BOUQUINS
Collection fondée par Guy Schoeller
et dirigée par Jean-Luc Barré

À DÉCOUVRIR AUSSI
DANS LA MÊME COLLECTION

Jules Barbey d'Aurevilly, *Œuvres*, édition établie par Philippe Sellier

Charles Baudelaire, *Œuvres complètes*, édition établie par Michel Jamet

Léon Bloy, *Journal*, 2 vol., édition établie par Pierre Glaudes

Colette, *Romans, récits, souvenirs*, 3 vol., édition établie par Françoise Burgaud

Contes immoraux du XVIIIe siècle, édition établie par Nicolas Veysman

Edmond et Jules de Goncourt, *Journal. Mémoires de la vie littéraire*, 3 vol., édition établie et annotée par Robert Ricatte

Joris-Karl Huysmans, *Romans*, édition établie sous la direction de Pierre Brunel

Alfred Jarry, *Œuvres*, édition établie sous la direction de Michel Décaudin

Pierre Louÿs, *Œuvre érotique*, édition établie et présentée par Jean-Paul Goujon

Octave Mirbeau, *Le Jardin des supplices et autres romans*, édition établie et présentée par Pierre Glaudes

Jules Renard, *Journal (1887-1910)*, édition présentée et annotée par Henry Bouillier

Rimbaud, Cros, Corbière, Lautréamont, *Œuvres poétiques complètes*, textes présentés et annotés par Alain Blottière, Pascal Pia, Michel Dansel, Jérôme Brancilhon

Raymond Roussel, *Œuvres*, édition établie par Patrick Besnier et Jean-Paul Goujon

Paul-Jean Toulet, *Œuvres complètes*, édition établie par Bernard Delvaille

Paul Verlaine, *Œuvres poétiques complètes*, édition et *Dictionnaire de Paul Verlaine* établis par Yves-Alain Favre

Hugues REBELL

RIEN N'EST VICE, RIEN N'EST PÉCHÉ

Romans, nouvelles, poèmes

ÉDITION ÉTABLIE ET PRÉSENTÉE
PAR NICOLAS D'ESTIENNE D'ORVES

BOUQUINS
la collection

En couverture : Jean-Léon Gérôme,
La Vérité sortant du puits, huile sur toile, 1896,
inv.78.1.1, collection du musée Anne-de-Beaujeu (Moulins).

ISBN : 978-2-38292-433-4
Dépôt légal : mai 2023 – N° d'éditeur : 65388/01
Bouquins éditions – 92, avenue de France – 75013 Paris

Ce volume contient :

INTRODUCTION
par Nicolas d'Estienne d'Orves

LA NICHINA

LA CÂLINEUSE

LA CAMORRA

LES NUITS CHAUDES DU CAP FRANÇAIS

FEMMES CHÂTIÉES

ANNEXES

CHANTS DE LA PLUIE ET DU SOLEIL

JUGEMENTS ET TÉMOIGNAGES

BIBLIOGRAPHIE SÉLECTIVE

Portrait d'Hugues Rebell
par Félix Vallotton, années 1890.

INTRODUCTION

par Nicolas d'Estienne d'Orves

« Si l'on cherchait un précurseur à la littérature moderne, c'est Hugues Rebell qu'il faudrait désigner. »

Kléber Haedens,
Une histoire de la littérature française

« Je veux aller chercher les catins et les reines et les nonnes.
Et parmi je prendrai celles qui sont belles ;
Je les ferai monter sur un trône d'or.
Et je m'agenouillerai devant,
Et je saluerai leur divinité ;
Car il n'y a ni catins, ni nonnes, ni reines,
Ni femmes vertueuses, ni femmes vicieuses,
Mais ceci seulement,
Ceci seulement, entendez-le :
La Beauté. »

Hugues Rebell,
Chants de la pluie et du soleil, XXVII

On espère tous une place en paradis. Passé son purgatoire, un artiste guette son strapontin chez saint Pierre. Il aura parfois dû attendre fort longtemps que son œuvre fût dépoussiérée des modes de son époque ; et ce que l'on jugeait daté se mue en style intemporel.

Il est bien sûr des écrivains, des compositeurs, des peintres qui ne sautent pas la barre des ans ; le silence qui entoure leur postérité n'est pas une iniquité mais un juste retour des choses, car ils furent parfois (trop ?) célèbres de leur vivant. Cela s'appelle la sélection naturelle.

Enfin il y a le cas – heureusement rare – de ces auteurs dont les admirateurs ne cessent de louer le talent, mais qui toujours restent en deçà de la notoriété. Dès leurs premières œuvres, ils ont plu mais jamais n'ont percé le plafond de verre, fût-ce un siècle plus tard, alors même que certains se passent leur nom comme un sésame.

Hugues Rebell (1867-1905) est de ceux-ci.

Rarement postérité fut à ce point vacharde. Voilà un écrivain qui, lorsqu'on le nomme, provoque un œil interrogatif, n'était auprès d'un cénacle de connaisseurs, lesquels répliquent alors, nostalgiques : ah, *La Nichina*… oh, *Les Nuits chaudes du Cap français*… Et rappelez-vous *La Câlineuse*… et *La Camorra*, la terrible *Camorra*... Et d'ajouter « quel dommage ! quelle injustice ! », s'étonnant qu'on lise encore – du moins connaisse – Mirbeau, Louÿs, Lorrain, Schwob, Barrès, Huysmans, Darien, quand Rebell est à jamais crucifié au Golgotha de l'amnésie littéraire.

Les dictionnaires de littérature les plus pointus le mentionnent du bout des lèvres, le réduisant à une sorte de monarcho-pornographe ; et seul Kléber Haedens, dans sa roborative et buissonnière *Histoire de la littérature française*, osera voir en lui le précurseur de la littérature moderne.

Au crépuscule des années soixante-dix, le courageux défricheur Hubert Juin rééditera les œuvres majeures de Rebell, dans son admirable collection « Fin de siècle », chez 10/18, assorties d'excellentes préfaces d'Auriant et de lui-même. Puis, à l'aube des années quatre-vingt-dix, l'éditeur historique de Rebell, le Mercure de France, en ressortira une poignée, sous l'égide du spécialiste et biographe de Rebell, Thierry Rodange[1].

À chacune de ces rééditions, critiques et lecteurs se sont étonnés de l'extraordinaire richesse de cet univers, de ces romans foisonnants, complexes, au style acéré, efficace, précis, sans arabesques décadentes, qui nous projettent dans un passé historique pour mieux dévoiler les travers humains, avec une lucidité abrasive.

Rédigées sur une dizaine d'années, les œuvres maîtresses d'Hugues Rebell semblent dépouillées des stigmates de la Belle

1. À qui l'on doit *Le Diable quitte la table ou la vie passionnée d'Hugues Rebell* (Mercure de France, 1994), passionnante et unique biographie d'Hugues Rebell, à laquelle cette préface biographique doit évidemment beaucoup.

Époque et font preuve d'une modernité de ton et de style[1] qui les rend singulièrement contemporaines ; en cela Haedens disait vrai.

Et puis il y a cette force de vie, une énergie presque païenne pour célébrer le plaisir, un sens du récit, des chapitres qui claquent, une narration qui caracole, et un humour gourmand pour tous les plaisirs que l'existence peut offrir.

Fruits d'un travail colossal, d'une puissance littéraire presque surhumaine, d'une culture comme seule l'époque le permettait, les livres d'Hugues Rebell paraissent sans âge, échappant aux rides du temps. Leur naturel est peut-être l'artifice suprême d'un écrivain qui ne cherche pas à éblouir, qui ne se drape jamais dans un style chantourné et spécieux, mais se montre à nu, à l'os, comme ces chairs qu'il s'est toujours plu à dévoiler.

La vie même de Rebell n'est qu'une lente et douloureuse construction littéraire, faite de coups d'éclat, d'échecs retentissants, de passions, de terreurs, de maladies ; c'est la vie d'un homme qui faisait passer l'écriture avant tout, dût-il mourir des mots.

*

Lorsqu'il vient au monde, à Nantes, le 28 octobre 1867, Hugues Rebell se nomme Georges Grassal. Du côté maternel, il descend d'une fameuse lignée de négriers nantais, qui firent fortune dans le commerce du « bois d'ébène ». Côté paternel, la grande figure est un certain Anselme Fleury, personnage haut en couleur et bretteur flamboyant (on lui connaît trente-deux duels) qui s'est depuis assagi pour devenir maire de la bourgade familiale de La Chapelle-sur-Erdre, où se trouve leur propriété de La Blanchère.

Georges est le benjamin choyé d'une fratrie de quatre enfants. Son statut de fils préféré s'accroît dès 1872, lorsque Colette, la sœur aînée, meurt de la fièvre typhoïde à dix-huit ans, plongeant la famille dans la douleur. Dans ces mêmes années, afin de mieux profiter de sa vie familiale et suivre de près l'éducation de ses enfants, le père vend ses affaires et devient un riche rentier.

Le petit Georges est un écolier sans heurts ; son oreille très musicale le rend doué pour les langues étrangères (adulte, il

1. « Net, concis, merveilleusement souple et élégant, racé, dirait-on, de la lignée de certains écrivains par occasion, qui ne font pas profession d'écrire […], il ne se grise jamais de mots, ne cherche pas à faire la roue. » Ainsi Auriant définit-il le style d'Hugues Rebell dans sa préface à *La Câlineuse*.

maîtrisera un dialecte en quelques semaines !). Entré dès six ans à l'externat des enfants nantais, il part à dix-sept ans chez les Jésuites de Notre-Dame-de-Bonsecours, dans l'île de Jersey. Cet exil insulaire n'est pas trop mal vécu, malgré un encadrement religieux que l'on imagine fort strict. Mais le futur pourfendeur de la religion se moule à la vie insulaire et s'immerge dans la lecture. Il y fait d'ailleurs une découverte capitale : *À rebours* de Huysmans. Et voilà le pensionnaire qui se croit déjà Des Esseintes. Ayant sans doute trop goûté aux vapeurs décadentes, il échoue à son baccalauréat.

Dès son retour à Nantes, en 1885, Georges a changé. Sa timidité se double désormais d'une attitude élitiste, voire aristocratique. Il toise le monde depuis ses éthers. Ainsi découvre-t-il Nietzsche avec passion et, en compagnie de ses camarades nantais Louis de Romain, Olivier de Gourcuff, Honoré Broutelle et Étienne Desgranges, fonde une revue au titre sans ambiguïté : *Le Gai Sçavoir*. Le jeune Grassal publie ici ses premiers textes, des poèmes, sous le nom de Charles Blanchère (hommage au fief familial).

Georges semble en rupture avec le monde réel. Toujours en retard, toujours décalé, il garde un pied dans les rêves et dans les livres. Il y a chez lui un écart entre son ton violent, obscène, flamboyant, et sa timidité galopante dès qu'il sort du tête-à-tête. La mort de sa mère, en 1885, accentue-t-elle ce refus des concessions avec le réel ? Toujours est-il que, malgré l'échec au bac, il s'abstrait dans les mots.

Dès 1886, il publie un recueil de poèmes, *Les Jeudis saints* (chez Vier, à Nantes), puis un roman, *Les Méprisants* (chez Vanier, à Paris), tous deux à compte d'auteur. Ces œuvres de jeunesse seraient passées sous un silence courtois, n'était le pseudonyme que Georges se choisit pour son roman : Hugues Rebell. Car ainsi se voit-il : rebelle, à rebours des modes, des conventions provinciales, de la morale étriquée ; quant à l'élision du « e », elle témoigne d'une anglomanie sincère chez cet homme épris du flegme britannique, et qui sera bientôt défenseur et traducteur d'Oscar Wilde[1]. Désormais, même en famille, Hugues Rebell exige qu'on l'appelle ainsi…

1. Apprenant la condamnation de l'écrivain anglais, il publiera en août 1895, dans le *Mercure de France*, une retentissante « Défense d'Oscar Wilde ».

1887 est une année pivot.

Alors qu'il publie (toujours à son compte) un deuxième recueil de poèmes, *Tymandra*, Georges perd son père, le 13 mai.

Les trois fils Grassal sont désormais orphelins, et chacun reçoit la somme – colossale pour l'époque – d'un demi-million de francs. S'ils sont prudents, sages et prévoyants, Paul, Anselme et Georges Grassal seront à l'abri du besoin jusqu'à la fin de leurs jours.

Mais Hugues Rebell ne voit pas si loin. Il entend jouir d'une fortune qui lui est pour l'instant rationnée, car il est encore mineur. Son oncle tuteur a d'ailleurs de quoi s'inquiéter, lorsqu'il reçoit des lettres de son neveu, lequel clame sans ambages : « Je songerai toujours à ce qui est et restera dans la vie mon unique souci : l'Art, sans lequel je ne voudrais pas être au monde. » L'oncle n'en resserre que davantage les cordons de la bourse.

Son frère Paul se montre tout aussi sourd aux suppliques du cadet. Chargé des revenus et rentes de Georges jusqu'à sa majorité, c'est lui qui hérite du domaine de La Blanchère, et ne cessera de le faire fructifier.

Ce sens de l'argent, ce tempérament de boutiquier, Hugues Rebell les considère avec dédain. Il veut récupérer son bien et en jouir comme il l'entend. Au vrai, il ne lui reste qu'un an à attendre. Un an au cours duquel il va continuer d'affiner ce tempérament artistique qui inquiète tant ses proches.

Son ami Desgranges dirige la revue *Le Nantes lyrique* où il est avant tout question de musique. Rebell y participe dès l'automne 1887, publiant poèmes et chroniques, affûtant son style, son art et son sens de la polémique.

Cette collaboration offre à Rebell une nouvelle gifle : la découverte de Richard Wagner. Le père de *Parsifal* est mort depuis cinq ans et le wagnérisme n'est pas encore un snobisme mondain. La sensibilité musicale de Georges prend de plein fouet cette épiphanie artistique et il fera, avec Desgranges, le pèlerinage sur la colline de Bayreuth, afin d'y entendre la *Tétralogie*.

Son élitisme subit un revers le 3 février 1888, lors du tirage au sort du service militaire. Le voilà cantonné au régiment d'artillerie de Nantes (cela aurait pu être bien pire !) mais le jeune écrivain n'a jamais été à ce point en contact avec la plèbe.

Rebuté par ses congénères, dégoûté par la promiscuité, le voilà qui s'invente des maladies, passe son temps à l'infirmerie et se fait même expédier à l'hôpital militaire de Rochefort pour soigner des maux imaginaires. Au calme d'un lit blanc, il peut retrouver ses amis les livres ; ceux-ci ne le quittent d'ailleurs jamais, fût-il en faction : ainsi, alors qu'il est de garde devant la caserne, il est surpris par ses officiers en pleine lecture d'un volume d'Ernest Renan.

Viennent les nombreuses libérations de l'an 1889. Débarrassé de ses obligations militaires, Rebell l'est également de ses tutelles. Il a vingt et un ans, un demi-million dans sa poche et entend aller à la rencontre du Beau.

Armé de valises de livres (où l'on trouve pêle-mêle Flaubert, Baudelaire, Nietzsche, Michelet, car il n'envisage pas de se déplacer sans eux), Hugues découvre ainsi la Belgique, l'Angleterre, la Hollande, l'Allemagne. Sa fringale artistique se double d'une organisation au cordeau : il ne s'agit pas de musarder au hasard de ses inspirations et envies. Chaque voyage est préparé et pensé : musées, tableaux, concerts, récitals, l'écrivain sait précisément ce qu'il veut découvrir et n'entend pas perdre son temps à fréquenter ses contemporains. « Il est bien certain que la vie pour un homme de quelque raison ne sert qu'à amasser des notes ; nos douleurs et nos joies n'ayant de valeur que transcrites dans un poème ou un roman, une symphonie ou une toile », écrit-il à son ami Desgranges.

Artiste il est, artiste il reste. Ainsi, à Londres, il découvre avec passion les toiles de Burne-Jones et va écouter, au Covent Garden, *Les Maîtres chanteurs de Nuremberg*, qu'il élit comme son Wagner de prédilection.

Reflet de sa sensibilité du moment, il travaille à un deuxième roman, *Baisers d'ennemis* (qui sera publié en 1892). Maxime, son héros, est aussi son double. Ce jeune homme affirme sa singularité, son élitisme, son travail acharné, sa passion de l'écriture, son mépris du peuple et son célibat. Lorsqu'il est amené à choisir entre son épouse et son art, il préfère Wagner au pot-au-feu. Rebell a même des mots terribles (et terriblement drôles) pour l'institution du mariage : « une cérémonie grotesque d'hilares témoins, approuvant l'union obscène, sous le fallacieux prétexte d'une parturition promise à la société ».

Au-delà d'un humour qui pourfend les conventions bourgeoises, Rebell montre ici ce qui va devenir un pivot de son imaginaire, de sa vie quotidienne et de ses fantômes : la place de la femme.

Misogyne patenté, il est également fasciné par le corps féminin, qu'il voit comme une nécessité et une damnation. À l'épouse bourgeoise et terne il préférera toujours la courtisane – fût-elle diabolique, vénéneuse – qui deviendra la figure centrale de son inspiration romanesque. « La femme, pour Rebell, c'est la courtisane, écrit Hubert Juin, dans sa préface à *La Camorra*. Non pas la prostituée asservie et contrainte aux pratiques du plus vieux péché du monde ; mais cette autre, qui, au contraire, asservit et contraint les hommes, règne dans les coulisses de la politique et s'empare des fortunes. » Hanté par le plaisir charnel, auquel il consacrera la moitié de son temps et de sa fortune, Rebell voyait pourtant les femmes comme un esclavage, une perte de temps, d'énergie, de talent. Au vrai, il ne les tolérait que tarifées, réduites à un emploi ancillaire ; un outil, une vidange. Très discret sur sa vie personnelle, on sait pourtant que, dans ces mêmes années de jeunesse, Hugues Rebell vécut une passion dévorante, épuisante, harassante, pour une jeune femme qui le fit tourner en bourrique et lui inspirera l'un de ses plus beaux romans : *La Câlineuse*. Reste que lors de ses périples européens, l'écrivain ne s'embarrasse pas de toquades sentimentales, trop soucieux d'absorber avec une extraordinaire acuité les univers qu'il découvre.

1890 le retrouve en Allemagne, où il arpente les bibliothèques pour lire Nietzsche dans le texte, avant de retourner à Bayreuth, dont il constate déjà la décadence (trop de Parisiens à son goût !).

Ce voyage tudesque est d'autant plus important que Rebell commence à rédiger, à Munich, ce qui sera son premier grand texte : les *Chants de la pluie et du soleil* (publiés en 1894).

Recueil de poèmes en prose, succession de textes courts, cet ouvrage pourrait sembler composite mais fait preuve d'une liberté et d'une audace peu communes. Lyrique sans être emphatique, poétique sans être précieux, Hugues Rebell se fait le défenseur de tous les plaisirs, y compris le sexe débridé et sans morale. Le poète distingue de la beauté en toutes choses, fût-ce au sein même de l'ordure, de la souffrance. À l'inverse, il formule sa haine tout élitiste de la démocratie : « Tu es Bassesse, je suis Démocratie : comment ne pas s'entendre ? » Pour sauver le monde, il appelle à l'avènement d'un roi, d'un dictateur, qu'il baptise « le tyran ».

« Le tyran que j'appelle dans mon livre, ce n'est point l'aventurier qui bouleverserait tous les États, voyez plutôt en lui le rêve d'une autorité réelle, d'un homme qui veuille sans faiblesse et sans transaction. Les pleurnicheurs à visage de femme, les femmes déguisées qui se composent de grosses voix, tels sont les deux éléments de la société moderne, cruelle sous des apparences de charité, aussi vite disposée à répandre des larmes que du sang. Le héros à qui je songe ne connaît point les crises d'hystérie, seulement il sait frapper quand l'heure l'exige. »

Provocation ? Forfanterie ? Conviction profonde ? Licence poétique ? Règlement de comptes ? L'aristocratisme de Rebell rôdera dans ses romans aussi bien que dans ses articles. Il se trouvera surtout théorisé dans cet essai publié lui aussi en 1894, *Union des trois aristocraties*, où le jeune écrivain dresse le tableau de sa société idéale : « Notre désir est de réunir dans une même alliance la noblesse du nom, celle de l'argent et celle de la pensée. » Un principe qu'Hubert Juin résume avec clarté, dans sa préface aux *Nuits chaudes du Cap français* : « Hugues Rebell est royaliste. Il est nationaliste. Il est antirépublicain avec ostentation ; anti-démocrate avec férocité. » L'écrivain voulait « arracher la France à la folie démocratique, anéantir toute l'œuvre de la Révolution : il n'y a pas d'ambiguïté possible ». Dont acte : Rebell sera bientôt collaborateur des plus célèbres journaux monarchistes de la fin du XIXe siècle. Et c'est d'ailleurs afin d'intégrer des revues, sans lesquelles toute légitimité littéraire est alors impossible, qu'Hugues revient à Paris, en 1891.

Le jeune homme de vingt-trois ans s'installe au 25, rue Claude-Bernard et entame différentes collaborations. Il donne des articles à *La Plume*, le journal de Léon Deschamps. Deux fois par mois, ses rédacteurs se retrouvent dans les sous-sols de la célèbre brasserie de la place Saint-Michel : *Le Soleil d'or*. Au sein d'une faune bigarrée et parfois interlope, Rebell croise les silhouettes de Maurras, Tailhade, Retté et même Émile Zola. Sa timidité foncière le rend hélas trop effacé, mais il est toujours là, dans un coin, tétanisé et à l'écoute, comme s'il devait absorber tout ce qu'il voit, entend, ressent, pour mieux s'en resservir à l'écrit.

Autre collaboration, celle de *L'Ermitage*. Cette revue littéraire n'a pas le lustre de *La Plume*, mais elle permet à Rebell de rencontrer celui qui va devenir son frère en littérature, son compagnon de bamboche, parfois son garde-fou, souvent son ange gardien : René Boylesve (1867-1926).

Le futur académicien français, célèbre romancier de mœurs du premier XXe siècle, est subjugué par la culture, les audaces, les foucades, le jusqu'au-boutisme de Rebell. Durant cinq ans, les deux hommes vont être inséparables. Voisins de la rive gauche (Boylesve vit rue Crébillon), les amis se voient presque chaque jour, arpentant Paris, toujours à l'affût de discussions, de débats, de controverses. Après ces cinq années fusionnelles, Boylesve prendra d'ailleurs ses distances, comme s'il devait se désenvoûter. L'épouse de l'écrivain ne goûtait pas la vie pour le moins sulfureuse du paillard nantais.

Rebell serait-il donc le mauvais génie de son ami ? Disons qu'il passe ses nuits dans les cabarets parisiens, consomme chaque soir une fille différente, sans qu'on sache d'ailleurs s'il menait ses pulsions à leur terme (un travers stendhalien qui ne serait pas sans expliquer sa misogynie compulsive).

Il y a également chez Rebell un goût du canular pervers, car il aime à jouer des tours pendables à ses amis, pour le seul plaisir de la farce. Bien vite il acquiert une réputation étrange, faite de respect pour son intelligence, son savoir, sa puissance littéraire, et une crainte devant un goût des plaisirs qui semble sans limites ; comme son personnage du moine Arrivabene de *La Nichina*, Rebell est un ogre qui dévore tout, grands repas et petites femmes. « Rebell était païen avec trop de naturels et d'allant pour n'avoir pas cédé à ses appétits, précise Hubert Juin. Il était épicurien avec beaucoup de vivacité, célébrant ses cultes tantôt à table, tantôt dans sa bibliothèque, tantôt au lit. »

Le poète aime choquer ; on dit qu'il exhibe volontiers sa nudité aux caméristes et qu'il écrit en tenue épiscopale.

Dans son *Journal littéraire*, à la date du 16 mars 1905, apprenant la mort de Rebell, Paul Léautaud rapportera un détail des plus singuliers qui entretiendra longtemps la réputation méphitique de l'écrivain : « J'ai dit qu'il était excessivement pervers. Ainsi, il avait une chatte. Il s'était mis à la masturber. Si bien qu'à la fin, cette chatte ne le quittait plus. Cela alla bien quelque temps, puis cela assomma Rebell. La chatte n'en était pas moins exigeante. Ce fut alors le valet de chambre qui dut s'occuper d'elle. Quand elle se montrait amoureuse, Rebell appelait le valet de chambre : "Jean, lui disait-il, masturbez la chatte", tout comme il aurait dit : "Jean, donnez-moi mon chapeau." Et le domestique remplissait son office, avec un crayon taillé soigneusement à cet effet. »

Si l'anecdote n'est qu'un ragot de pissotière, elle ressemble bien au futur auteur de *Femmes châtiées*. On ne prête qu'aux riches.

Après avoir arpenté l'Europe du Nord, Hugues Rebell part à la conquête de l'Italie. On peut s'étonner qu'il ait tant tardé à découvrir ce pays qui lui soufflera ses plus beaux textes. Nous sommes à l'hiver 1893 et voilà notre jeune poète dans les rues de Florence, ému aux larmes.

« Si je suis né en France, mon âme dut prendre son vol au soleil d'un matin d'été des hauteurs de Fiesole », écrit-il dans ses *Chants de la pluie et du soleil*.

Durant deux ans, l'Italie va devenir sa seconde patrie, et il ne va cesser de pratiquer de coûteux allers-retours entre Paris et la botte, dépensant sans compter pour voyager avec faste, luxe et une gourmandise de chaque instant.

Lorsqu'il revient à Paris, il déménage dans un grand appartement au 35, boulevard des Batignolles, qui devient une gigantesque bibliothèque. Volontiers solitaire en Italie, il aimerait vivre en ermite dans son logis parisien, mais il faut tout de même rencontrer ses pairs. Ainsi son ami le poète anglais Robert Sherard l'introduit-il aux célèbres « mardis de Mallarmé ». L'anecdote est restée fameuse : pétrifié de timidité, Rebell passa la soirée caché dans la cuisine, sans oser entrer dans le salon où le grand poète recevait amis et disciples[1].

Rebell n'avait pourtant rien à craindre du grand homme, d'autant que ses *Chants de la pluie et du soleil*, publiés à l'automne 1894, sont fort bien accueillis par la critique. Fussent-ils de son ami Boylesve, ces mots illustrent le sentiment des lecteurs découvrant ce recueil d'une profonde originalité : « Je dis hautement que je regarde l'apparition de ce livre comme un événement considérable, car il contient de quoi donner à la fois une chair et une âme à une génération. »

Si d'aucuns verront dans le paganisme incantatoire de ce livre, dans sa force de vie, dans son ode aux plaisirs, au désir, à l'éveil de sens, les prémices des *Nourritures terrestres* de Gide (sorties trois ans plus tard), ce recueil fait preuve – on l'a dit – d'un esprit autrement élitiste. Le nationalisme qui sourd entre ses lignes n'est pas sans déplaire à Maurice Barrès, lequel invite

1. Trois ans plus tard, le même Sherard l'introduira dans le salon de Mme Arman de Caillavet, où siège Anatole France : il s'y montrera tout aussi muet…

Rebell à collaborer à la revue dont il est le directeur politique : *La Cocarde*.

Le poète y commence d'ailleurs avec éclat par une exécution en règle d'Émile Zola, « un destructeur de la beauté ». Cette collaboration fera cependant long feu, puisqu'elle prendra fin quatre mois plus tard ; mais, une fois de plus, le nom de Rebell n'est pas sans faire trembler.

Cette réputation va d'ailleurs lui porter préjudice, car il est alors en bonne entente avec une jeune femme qu'il demande en mariage. Clairette est la fille du fameux graveur Félicien Rops, rencontré grâce à Barrès. Entre les deux jeunes gens, l'entente est immédiate. Rebell voit-il en elle la solution – dirait-on la rédemption ? – à sa vie de bamboche et de débauche ? Séduit par l'intelligence et le talent du poète, Rops consent à lui donner la main de sa fille. Ce jeune homme a bon esprit, il pense bien et on fait grand cas de son avenir littéraire. Las, renseignements pris, le graveur fait marche arrière : il semblerait que son futur gendre fût un odieux noceur dont les excès feraient pâlir Sardanapale. La main accordée est aussitôt reprise et Rebell se voit indiquer la sortie. Pour le poète, c'est une gifle. Mais il comprend qu'il est sans doute passé à côté d'une forme d'esclavage conjugal qui aurait éteint sa flamme littéraire. « La monogamie est impie ! Prostituons-nous à toutes les femmes… », déclare-t-il dans ses *Chants de la pluie et du soleil*.

À défaut de noce, c'est une collaboration nouvelle qui commence pour lui à l'hiver 1895. Le succès d'estime de ses *Chants* a conquis le très pointilleux Alfred Vallette, lequel accueille Rebell dans la plus prestigieuse revue littéraire de l'époque : le *Mercure de France*. Le 15 janvier sort un article savant et engagé : « Sur une traduction collective des œuvres de Nietzsche ». Hugues Rebell s'y étonne qu'ait pu être annoncé le projet d'une publication des œuvres du philosophe confié à plusieurs traducteurs. Nietzsche ne saurait être traduit que par un seul esprit, une seule sensibilité, qui parlât couramment l'allemand et fût en mesure d'en saisir toutes les nuances (une traduction plurielle serait la porte ouverte aux contresens). Rebell annonce même se proposer à l'exercice, lorsque le temps lui sera moins compté.

Mais un tel travail n'est pas d'actualité. L'écrivain a pour projet un grand roman italien, qu'il désire confier au Mercure :

La Nichina. Il doit pour cela regagner la botte et s'imprégner de son univers.

Lorsqu'il arrive enfin sur ces terres tant aimées, Hugues Rebell ne se doute pas qu'il signe là le début de sa ruine et – en un sens – son arrêt de mort.

Naples et Venise l'accueillent à bras ouverts. Sa fortune encore opulente lui permet une vie de pacha, dans des palais somptueux, à la rencontre de créatures affolantes. Certes, il travaille, ne délaissant jamais sa plume. Mais, on l'a dit, l'auteur doit absorber les lieux, comme si l'atmosphère d'un pays, d'une ville, d'une simple ruelle, infusait en lui. C'est d'ailleurs en cela qu'il semble aujourd'hui si moderne : ses scènes de genre n'ont rien de tableaux ; lorsqu'il décrit une venelle vénitienne, une terrasse à Naples, on y est, sans fard, sans la quincaillerie et l'artifice d'un écrivain français soucieux de chaque détail. Quand il écrit l'Italie, Rebell devient italien. Mais cette simplicité, ce naturel, s'atteint au terme d'un travail en profondeur, qui ne va pas sans un certain danger. Ainsi, on pense qu'il serait entré en contact avec les membres de la Camorra, cette célèbre mafia napolitaine qui régit la vie parallèle de la cité. Le tableau qu'il en dressera dans le roman éponyme est d'une troublante vérité. Ce n'est toutefois pas par souci de vérité documentaire qu'il se retrouve, à la fin de l'été 1895, dans le lit d'une jeune femme qu'on lui présente comme la courtisane la plus en vue du moment. L'alcool lui brouillant les sens, il ne voit pas que la demoiselle a douze ans. Le réveil n'en est que plus rude. Le lendemain matin, les parents de la nymphette débarquent chez Rebell et profèrent des menaces de prison – et même de mort ! – s'il ne leur verse pas une importante somme d'argent. Terrifié, Rebell s'exécute puis s'enfuit de Naples, honteux et piteux.

Ce n'est que le prologue d'une désolante aventure…

Début septembre, une fois rentré aux Batignolles, Rebell se croit tiré d'affaire, mais il reçoit la visite d'un homme étrange, au teint bistre : il s'agit du correspondant de la famille napolitaine, venu réclamer sa dîme. À nouveau, Rebell paie ; première salve d'une lente et fatale extorsion, qui va peu à peu grignoter le capital de l'écrivain.

Désormais, l'auteur des *Chants de la pluie et du soleil* vit dans la peur. Toujours il redoute la venue du maître chanteur, hésitant à voyager, à s'éloigner trop longtemps, pour ne pas exciter l'ire du fantôme…

Ce terrible fil à la patte ne l'empêche heureusement ni d'écrire ni de jouir. Pour tenter d'oublier l'épisode italien, Rebell replonge même dans la vie parisienne avec encore plus de fougue. Toujours à l'affût de personnages hors du commun, il rencontre toutes sortes d'énergumènes, comme le jeune Toulouse-Lautrec. Il est également escorté d'une série de pique-assiettes, trop contents de profiter des largesses du Nantais : ainsi l'étrange Paul Roué, ancien camarade de régiment, qui répond désormais au nom de Schilt de Monclar ; ce moine défroqué et libertin, sans domicile fixe, vit chez les uns ou les autres, mendie avec charme, emprunte à tour de bras et ne rembourse qu'en sourires.

En 1896, les lecteurs du *Mercure de France* découvrent les jolies nouvelles du *Magasin d'auréoles*. Sous couvert de savoureuses historiettes d'une ironie piquante, Rebell dresse une exécution en règle du protestantisme. Il voit en la Réforme un parangon d'hypocrisie, d'étroitesse, de moralisme fade, et lui préférera toujours les fastes du clergé de la Renaissance, avec ses prélats paillards et ses cardinaux sanguinaires. Étrange rapport à l'Église, dont il goûte le cadre, la pompe, le décorum, la structure, mais dont il rejette le fond. C'est que Rebell cherche l'élitisme en tous, y compris en matière de religion.

Citons Hubert Juin : « Le catholicisme, si l'on pousse le raisonnement de Rebell à son extrême, c'est le vrai rempart contre le christianisme, ce dernier étant la religion des faibles et des pauvres. » Louis-Numa Baragnon, chroniqueur et ami de Rebell, est encore plus clair : « M. Rebell, comme son ami Maurras, est un catholique ennemi du Christ. Entendez qu'Alexandre Borgia et Léon X sont leurs prêtres, somptueux et cruels. C'est pourquoi ils haïssent par-dessus tout les sévères et ennuyeux puritains. » Et Rebell de conclure : « Moi, je suis athée-clérical. »

Ce *Magasin d'auréoles* n'est toutefois qu'un galop d'essai, car Rebell travaille d'arrache-pied à ce qui reste sans doute son chef-d'œuvre, du moins son roman le plus accompli : *La Nichina*.

Confession d'une courtisane vénitienne de la Renaissance, ce roman plein de bruit et de fureur, où l'on célèbre un plaisir joyeux, sans moral, éruptif, où l'on se tue avec allégresse, où l'on est libre de son corps et de sa conscience, remporte un succès presque immédiat. Les abonnés du *Mercure* avaient suivi avec passion ses livraisons mensuelles, dès l'automne 1896. Et sa publication en volume, le 18 avril 1897, est presque un triomphe : on dit que 40 000 exemplaires seraient partis en quelques mois.

Il faut souligner qu'Alfred Vallette a fait preuve d'une patience et d'une bienveillance rares à l'endroit de Rebell. Jusqu'au dernier moment, l'écrivain n'a cessé de modifier, ravauder, allonger, biffer, remplacer le moindre détail de son texte. Surtout, il avait annoncé 4 000 lignes et en rend 9 000. Mais Vallette ne se démonte pas, lit le manuscrit en une nuit et, enthousiaste, bouleverse tout son sommaire pour donner à cette *Nichina* la place qu'elle mérite. Il repousse même la publication des *Hors Nature*, le nouveau roman de Rachilde… qui n'est autre que sa propre épouse !

Mais le directeur du *Mercure* a vu juste : le public parisien fait une fête à cette courtisane haute en couleur, à ces chapitres vifs, à ce collier d'épisodes picaresques, singuliers, où souffle une énergie sans commune mesure avec les pesanteurs de la littérature fin de siècle. Ce livre illustre bien le projet romanesque de son auteur : « Le devoir d'un écrivain n'est point de critiquer les instincts, de reprocher aux tigres leurs griffes et aux hommes leur égoïsme, mais de détruire peu à peu indirectement par des tableaux de nature cette fascination qu'exerce encore sur quelques-uns une morale caduque faite pour d'autres peuples et d'autres temps. »

Le succès du livre a aussi une raison plus anecdotique : de manière plus ou moins avouée, Rebell y a glissé de nombreux clins d'œil à son époque. En bien des points, il s'agit d'un roman à clé, qui drape les temps contemporains sous les oripeaux d'une Renaissance fantasmée (mais plus vraie que nature). Si la plupart des inspirateurs nous sont aujourd'hui inconnus, on sait que la Nichina est un portrait déguisé de Valtesse de la Bigne, célèbre horizontale du second XIXe siècle, qui fut la maîtresse de nombreux peintres, manqua ruiner le prince de Sagan et inspira la *Nana* de Zola, avant de finir bourgeoisement ses jours dans sa maison de Ville-d'Avray. De même, le personnage extravagant du moine Arrivabene, digne du monastère de Saint-Bernardin, est un décalque du chroniqueur Louis-Numa Baragnon, précédemment cité.

Tout le monde fête donc cette *Nichina*, jusqu'à Léon Blum lui-même, dans *La Revue blanche*. Au vrai, le lecteur le plus réticent sera sans doute le dédicataire du livre, Maurice Barrès, à qui Rebell offre ainsi son roman : « En reconnaissance de ses merveilleuses pages sur la Venise de Tiepolo, ces mémoires sur une Venise plus ancienne, mais également odieuse aux professeurs d'esthétique et de morale protestante. » L'auteur de *La Colline inspirée* se trouve bien embêté d'être associé à un catalogue de débauches, alors qu'il opère lui-même un changement d'image et de carrière, quittant le culte du moi pour une vie politique qu'il aimerait respectable.

« S'il vous plaît, mon cher Rebell, écrit-il à l'auteur, de vivre une vie complète – et je le crois, car vous êtes un homme de goût –, vous accepterez plus tard d'introduire un élément moral dans votre esthétique. »

N'étaient ces quelques piques, Rebell peut être satisfait : ce roman qui lui a demandé tant de travail est un succès critique et public. C'est compter sans une santé de plus en plus vacillante : ses excès de toutes sortes commencent à marquer son corps. C'est également compter sans l'assiduité de son maître chanteur, qui lit aussi les journaux. Apprenant le succès de *La Nichina*... il augmente ses tarifs ! C'est enfin compter sans la versatilité des lecteurs, qui aiment une œuvre mais peuvent bouder la suivante. Ainsi, lorsque le Mercure publie *La Femme qui a connu l'Empereur*, en 1898, le public n'est plus au rendez-vous. Dans ce roman historique où il règle ses comptes avec l'Empire et la politique en général, Rebell a mis en scène son fameux oncle Anselme Fleury de Quiry ; au pays, la chose scandalise, et l'ancien Georges Grassal devient *persona non grata*. L'écrivain ne pensait pas provoquer un tel scandale, d'autant que la Loire-Inférieure est le seul endroit où son livre fait parler de lui. Ailleurs, c'est un four.

Cet insuccès n'apaise hélas pas la gourmandise du maître chanteur, qui continue ses visites régulières.

À mesure que passent les mois, Rebell doit se rendre à l'évidence : son héritage est réduit à peau de chagrin. Le dernier roman n'a pas plu, son caractère impossible lui a fermé la porte d'un grand nombre de revues (hormis le *Mercure*) et voilà que son estomac ne cesse de le faire souffrir. L'écrivain n'arrange d'ailleurs pas sa santé en refusant de consulter des médecins. Aux remèdes d'apothicaires il préfère les potions de paysanne que lui prodigue la mère Roulleau, sa fidèle servante.

Avec un peu d'énergie, ces maux s'apaiseront sans doute. L'essentiel est d'écrire, et Rebell ne quitte plus sa table.

En 1899, les Éditions de la Revue blanche publient la bouleversante *Câlineuse*, seul grand roman contemporain de Rebell… avec le même insuccès.

Cette histoire de passion dévorante, manière de *Manon Lescaut* Belle Époque, inspirée de cet amour qui terrassa le jeune auteur dix ans plus tôt, ne trouve pas son public.

Las, avec ses caisses vides, sa santé vacillante, et son visiteur du soir, il n'est plus permis à Rebell de poser sa plume. Pour maintenir son train de vie il doit redoubler de projets alors même que son corps l'abandonne chaque jour un peu plus.

Commence une époque épuisante, où Rebell est toujours à l'affût. Pour maintenir le navire à flot, il signe des contrats d'édition à tour de bras, n'hésitant pas à recycler certains anciens textes. Ainsi refond-il sa *Femme qui a connu l'Empereur* en *Espionne impériale*, que Borel publie au printemps 1899. Il rachète également les droits de *La Nichina* dont il publie une version illustrée, toujours chez Borel, la même année. Par l'entremise de Schilt de Monclar, il fait la connaissance de l'écrivain Gustave Le Rouge, futur feuilletoniste à grand succès des années 1900 (le génial *Docteur Cornélius*). Les deux hommes s'entendent très vite et très bien et décident d'écrire à quatre mains une histoire de la flibuste… qui jamais ne verra le jour.

Comme l'écrit Juin : « Rebell passe du statut d'écrivain à celui de fabricant. »

Autre rencontre très importante – et sans doute fatale – de cette fin de siècle : celle de Charles Carrington.

Ce personnage douteux, vivant sous un nom d'emprunt[1], publie des ouvrages licencieux qui font le miel d'un certain lectorat. Ayant aimé les scènes les plus lestes de *La Nichina*, il propose à Rebell de lui rédiger des textes érotiques. L'écrivain n'aura rien à craindre pour sa notoriété : ces livres seront publiés sous le pseudonyme commun de Jean de Villiot, bien qu'ils soient écrits par toute une batterie de plumitifs. Rebell y a carte blanche, n'était une seule contrainte : caser çà et là la grande marotte de cette fin de siècle : des scènes de flagellation.

1. L'Anglais Paul Harry Ferdinando (1867-1921) a pris le pseudonyme de Charles Carrington lorsqu'il s'établit en tant que libraire-éditeur, dans le 9e arrondissement de Paris, vers 1895.

Aussitôt l'écrivain s'exécute, non sans volupté.

Il semblerait même qu'il éprouvât un plaisir réel à écrire ces scènes violentes et perverses, qui deviennent l'exutoire de toutes ses frustrations.

Car son quotidien n'en finit plus de s'assombrir : les maladies se multiplient ; ses vieux amis (comme Boylesve, sous l'influence de sa femme) se détournent de lui ; son commerce avec Carrington – lequel a manqué de discrétion – l'éloigne de *L'Ermitage* et du *Mercure* ; et les finances restent de plus en plus hasardeuses.

Il doit même faire appel à un vrai médecin, car les remèdes de la mère Roulleau ne suffisent pas, donnant un nouveau coup de poignard à ses rentes.

En un sens, signer avec Carrington était vendre son âme au diable… Mais un diable séduisant, qui pousse l'écrivain sur une pente qui lui est, à vrai dire, très naturelle. En mai 1894, dans *L'Ermitage*, sous le titre *L'Érotisme et le Mysticisme*, il avait écrit cette profession de foi : « Un écrivain devrait avoir le courage de se voir tel qu'il est : il n'a point à rougir d'ailleurs d'une sensualité sans laquelle l'art manquerait son but et ne pourrait même pas exister (ayant) pour objet la glorification de la vie. L'art érotique convie l'homme tout entier à la fête de la vie, c'est pourquoi il ne méprise pas les sens, il ne dédaigne pas le corps, ignorant qu'il y a des parties nobles ou honteuses, des idées basses ou élevées. Les mille désirs qui constituent l'amour de l'homme pour la femme, son besoin de caresses, ses appétits générateurs n'en sont point exclus et il ne craint pas de représenter à l'imagination ce que tous les jours un homme se réjouit de toucher ou de voir. L'homme complet : raison et instincts, voilà ce que représente l'alliance des deux actes érotiques et mystiques. Cette alliance se retrouve dans l'œuvre des maîtres. Aristophane, Rabelais, Shakespeare mêlent le chant ivre de la sensualité à la contemplation joyeuse. »

Pour alimenter la bourse, Rebell doit désormais fréquenter les usuriers. Il tombe également sous la coupe d'un nouveau pique-assiette, un vagabond appelé Labey de S., qui fait commerce de photos lestes et se propose d'être l'entremetteur entre Rebell et ses créanciers et usuriers. Pendant des semaines, Labey garde l'argent pour lui, enfonçant davantage Rebell dans la déroute. Le plus étrange est que l'écrivain ne lui en tient pas rigueur, trop admiratif de son culot et de sa duplicité, comme s'il excusait la malveillance au nom d'une sorte d'art de vivre maléfique.

Malgré cette vie de forçat, Hugues Rebell conserve une force de travail sidérante. Non content de rédiger ces textes érotiques, il continue d'écrire et de publier sous son nom. En 1900 sortent en libraire la magnifique nouvelle *La Saison à Baia*, ainsi que le roman *La Camorra*, dans lequel il transpose ses mésaventures napolitaines. Plus étonnant, en dépit d'une paralysie parfois totale des jambes, il trouve l'énergie pour partir découvrir Madrid. Il ne lui faudra qu'une semaine – de luxe, de palace et de débauche – pour dépenser l'argent que cette double publication lui a apporté.

Le retour à Paris n'en est que plus terrible : son corps est épuisé, le maître chanteur est revenu, et Carrington exige des nouvelles payées depuis longtemps…

Seule lumière dans la nuit, son vieil ami Charles Maurras, auquel le lie une admiration réciproque (en dépit de leurs innombrables divergences), lui propose de reprendre du service journalistique à *L'Action française*.

On se demande bien ce que l'auteur de l'*Enquête sur la monarchie* aurait pensé d'*En Virginie* et des *Mystères de la maison de la verveine*, que Carrington publie en 1901, s'il avait su que Jean de Villiot était l'alias de son nouveau collaborateur… Il y a d'ailleurs fort à parier que ces nouvelles remportent plus d'écho que *La Brocanteuse d'amours*, un roman que Rebell publie quelques mois plus tard chez Nilson, inspiré de son séjour espagnol.

Autour de l'écrivain, l'étau se resserre. Sa situation matérielle devient critique, car il ne pourra bientôt plus payer son loyer du boulevard des Batignolles. Malgré cette déroute, Rebell refuse d'exhiber son indigence, et continue de recevoir, de distribuer l'argent qu'il n'a pas, de se détruire l'estomac avec son plat favori : le poulet au cary. Unique témoin de ce naufrage, madame Roulleau s'arrache les cheveux et colmate les brèches.

La seule personne à laquelle l'écrivain décide de s'ouvrir est son frère Paul, avec qui il n'a plus aucun contact depuis des années. L'aîné a repris la maison de La Blanchère où il vit dans le confort bourgeois d'une existence provinciale. Paul refuse de donner de l'argent à son cadet, mais lui propose de venir s'installer chez lui, dans la maison de leur enfance, où il pourra se refaire une santé, écrire au calme, sans dépenser un sou. On s'en doute, Rebell décline l'invitation…

Tant qu'il parviendra à écrire, Rebell restera chez lui, fut-il ligoté à sa table de travail.

Malgré son corps qui se disloque peu à peu, il parvient à rédiger très vite et publier chez Tricon une fort sérieuse étude sur *Trois Artistes étrangers* : le peintre Whistler, le poète Robert Sherard et son ex-futur beau-père, le graveur Félicien Rops.

De même, entre août 1901 et septembre 1902, Rebell donne de nombreuses chroniques au *Soleil*, journal ultraroyaliste auquel collabore Léon Daudet. Dans ces colonnes, on lui permet d'écrire sans la moindre censure et cette liberté semble libérer son inspiration. À défaut de médecine, l'écriture sans entraves lui met du baume à l'âme.

Ces satisfactions éphémères ne sont pourtant qu'un leurre, car ses jambes sont trop souvent paralysées, et son dénuement de plus en plus incontestable. Mais la force de Rebell tient en un déni flagrant de son état physique. De l'avis même de ses proches, il est inconscient de la gravité de sa santé. Ou bien il refuse de l'admettre. Tout comme il feint de reconnaître que de nombreuses personnes ont commencé à faire des collectes à son intention ; ainsi son vieil ami Boylesve, lequel veille de loin, malgré l'hostilité de son épouse.

Arrive « l'affaire » des *Nuits chaudes du Cap français*.

Encore un rendez-vous manqué, un malentendu, une déconfiture. Nous sommes en 1902, et Rebell est à bout de forces et de moyens. Il jongle tant avec les éditeurs qu'il joue les funambules d'un contrat l'autre, et s'y perd.

Deux ans plus tôt, en 1900 il avait vendu à La Maison d'art un roman en deux volumes sur l'univers créole, en échange d'une coquette somme d'argent. Las, Rebell a vendu un projet similaire à l'éditeur Boès : quatre nouvelles, dont les deux premières sont publiées dans *La Plume*, en septembre 1901, sous les titres *Une vengeance africaine* puis *Le Journal d'une dame créole*, l'ensemble étant censé paraître sous le titre général *Les Nuits chaudes du Cap français*.

En 1902, sans s'inquiéter outre mesure, Boès annonce la publication du volume (que Rebell n'a d'ailleurs toujours pas achevé). Colère de La Maison d'art, qui flaire l'entourloupe et comprend que Rebell va publier des textes qui lui revenaient. Pour éviter un procès et un scandale, Rebell est acculé et rachète les droits à La Maison d'art. Il doit toutefois utiliser les services d'un prêteur sur gages (sous son nom de baptême, celui de Rebell ayant perdu toute crédibilité auprès des usuriers…).

Après une si douloureuse gestation, le livre sort en juin 1902. Il s'agit des deux nouvelles déjà publiées dans *La Plume* ; la suite, *L'Orgie noire*, paraîtra à l'automne. Mais le silence est si général, le bide si complet, que Boès renonce à la seconde publication. Pauvre Rebell, qui voit son dernier projet de grande envergure mourir avant même sa naissance. Il faut dire que l'œuvre est étrange ; l'écrivain y retrouve la force, l'énergie de *La Nichina* ou de *La Câlineuse*, mais s'y mêlent désormais les obsessions qui le hantent depuis qu'il travaille pour Carrington. Ambiance vénéneuse, tableau poisseux d'une France coloniale à la veille de la Révolution, ce drame de l'esclavage à Saint-Domingue est une œuvre singulière, où la violence sourd à chaque page, pour subitement exploser dans des scènes flagellatoires ou saphiques. On l'a dit, la critique est muette. Sorti à la veille des vacances d'été sans que l'éditeur ait jugé pertinent d'envoyer des services de presse, il n'est tout simplement pas lu. C'est même un miracle qu'il tombe sur la table du jeune critique Jean Ernest-Charles, lequel en dresse un compte rendu passionné dans *La Revue bleue.* « On se demande si, à l'heure actuelle, Hugues Rebell ne serait pas le premier des conteurs français. Le premier et presque le seul. »

Découvrant cet article, Rebell prend aussitôt contact avec son auteur, car il voit en lui un créancier potentiel…

Mais la déroute est irrémédiable. Toujours au bord de l'expulsion, l'écrivain lance mille projets qui n'aboutissent jamais, ralentis par la maladie ou le silence des éditeurs.

Preuve que la flamme est encore vive, il réussit à écrire et publier, dans les rares heures où la souffrance lui laisse du répit, une étude sur Victorien Sardou et un essai sur *Les Inspiratrices de Balzac, Stendhal, Mérimée.*

À la fin de l'année 1902, dans *Le Cri de Paris*, que dirige désormais son ami Jean de Mitty, il publie un feuilleton codé *Les Vacances d'un académicien* où il tourne en ridicule José-Maria de Heredia. Projet aussi cocasse que sot, car ce poète très officiel est outré et, par ses appuis politiques, fait interrompre la publication du feuilleton dès janvier 1903.

Mitty et Rebell ne baissent pourtant pas les bras et donnent au *Gil Blas*, de janvier à avril 1903, un *Journal d'un valet de chambre* qui dresse un tableau du Second Empire.

Désormais, Rebell peine à écrire seul. Il a besoin de collaborateurs, pour tenir la plume, le tirer de ses douleurs, et parfois rédiger intégralement les textes. Ainsi rencontre-t-il, à l'automne 1903, par le biais de Gustave Le Rouge, le jeune Marius Boisson, qu'il va réussir à subjuguer… pour mieux le réduire en esclavage. Pendant des mois, il va lui promettre monts et merveilles, lui faisant miroiter une œuvre commune. Boisson va travailler d'arrache-pied mais finit par comprendre que ce projet est à sens unique, et que Rebell s'est servi de lui pour faire valoir ses droits à des éditeurs.

On l'a dit, Rebell persiste à nier la réalité de son état physique, et ses amis – Boylesve, Barrès, Maurras, Mitty et tant d'autres – continuent à mener des collectes discrètes pour lui venir en aide. Ils demandent même à la jeune Louise Faure-Favier[1], sous prétexte de lui porter des fleurs, de glisser une enveloppe dans le bouquet. La jeune femme est d'ailleurs effarée de découvrir l'écrivain en habit de cardinal ; on ne l'avait pas prévenue que c'était là son unique tenue d'écriture depuis 1898 ! Autre ange gardien, la femme de Gustave Le Rouge, qui vient changer quotidiennement ses bandages.

Lorsqu'il parvient à sortir de chez lui, Rebell quémande de l'argent. André Gide est plus généreux que Paul Grassal : l'auteur de *Paludes* prête à Rebell l'argent que son frère persiste à lui refuser (non sans renouveler son invitation à s'installer à La Blanchère). Mais pour rien au monde l'écrivain n'abandonnerait ses livres ; ils sont sa dernière – sa seule ? – famille. Et puis il s'accroche au travail autant qu'à la vie, et ne saurait écrire ailleurs. Car il parvient encore à réveiller son inspiration fût-elle perverse. C'est de cette époque que datent les dernières nouvelles flagellatoires qu'il parvient à donner à Carrington, et qui seront publiées peu après sa mort, sous le titre de *Femmes châtiées*. Quelques années

1. Louise Faure-Favier (1870-1961) était alors jeune journaliste au *Mercure de France*. Cette grande amie de Guillaume Apollinaire sera également l'une des pionnières de l'aviation, qui lui inspirera de nombreux ouvrages. Elle publiera en 1925, dans la revue littéraire *Les Marges*, un article intitulé « La fin d'Hugues Rebell ». Elle était l'épouse du critique Jean Ernest-Charles, lui-même grand défenseur de l'œuvre d'Hugues Rebell.

plus tôt, ne se confiait-il pas ainsi à Le Cardonnel et Velay, dans le *Gil Blas* ? « Un roman doit intéresser tous les hommes, par toutes leurs facultés, par l'intelligence et par les sens. Il doit procurer une joie totale. Je crois que l'œuvre littéraire doit séduire, même par les sens. Un homme intelligent lit un livre pour vivre une vie prodigieuse. S'il mène une vie casanière, il veut se procurer par la lecture le spectacle d'une vie d'aventures et de voyages. S'il ne peut satisfaire ses besoins sexuels, c'est le rôle du roman de lui donner du moins l'illusion de ce plaisir. Mais il doit y trouver aussi d'autres plaisirs. »

L'automne 1903 voit Rebell revenir – brièvement, et avec douleur – sur le devant de la scène. Pour la première fois va être remis ce prix littéraire voulu par Edmond de Goncourt, et dont l'académie qui porte désormais son nom a pour mission de désigner le lauréat. Avec une spontanéité qui lui redonne un brin de confiance, son nom circule très rapidement. Sont également pressentis Charles-Louis Philippe et Alfred Jarry. Soutien de toujours, Maurras écrit : « L'auteur de *La Nichina* et de *La Câlineuse* me paraît, de tous les romanciers de sa génération, et des générations qui ont suivi, le seul désigné pour le prix Goncourt, ses livres honorent notre littérature. »

Rebell finit même par y croire ! Mais des âmes malveillantes (et bien informées) ressortent à dessein un article très violent au sujet d'Edmond de Goncourt, publié l'an passé, dans lequel Rebell dénigrait l'homme, l'œuvre et l'académie qu'il avait laissée en héritage…

On le sait, John-Antoine Nau remporte le premier prix Goncourt pour *Force ennemie*, et Rebell retrouve son cachot des Batignolles.

L'hiver est terrible, d'autant que l'écrivain ne peut plus se payer le chauffage. Autre calamité : la fidèle mère Roulleau est morte, remplacée par une femme qui exige d'être payée sitôt qu'elle met le pied dans l'appartement (alors que la mère Roulleau ne recevait plus un sou depuis des années…). Autant dire qu'elle vient de façon sporadique, et de mauvaise grâce, laissant bien souvent Rebell aux prises avec des rhumatismes que le froid ne fait qu'accentuer.

Au printemps 1904, il ne parvient plus à écrire. L'argent cesse définitivement de rentrer. Conséquence logique et immédiate : s'il veut pouvoir rester dans son appartement, le propriétaire l'assigne à vendre tout son mobilier. Par un hasard miraculeux (dont il est rarement l'objet) Rebell parvient à geler la décision et gagne quelques mois de répit. Arrive l'été, les beaux jours, comme un sursis de lumière. Pour la première fois, il réussit même à sortir de chez lui, ce qu'il n'a pas fait depuis des mois. Les rares témoins de la scène seraient bien effrayés si on leur avait dit que ce vieillard chenu, tremblant, grisâtre, qui met vingt minutes à traverser la rue, est un écrivain de trente-cinq ans… Mais ce regain d'énergie lui insuffle le courage de mener à bien le dernier travail d'écriture publié de son vivant : la traduction de la première des études d'*Intentions*, d'Oscar Wilde.

Après ces derniers mois d'espoir, le ciel s'obscurcit à jamais. Dès l'automne, le propriétaire du 35, boulevard des Batignolles a gain de cause… et tous les meubles disparaissent. L'écrivain malade vit désormais sur une paillasse, dans un appartement vide, au milieu de ses milliers de livres, qui ont miraculeusement échappé à la débâcle ; il préfère dormir sur le sol plutôt que vendre le moindre volume, l'ensemble de la bibliothèque étant estimée à 30 000 francs.

Si les meubles ont servi à payer les loyers passés, Rebell n'a plus un sou vaillant pour affronter l'hiver. Au prix d'un sacrifice terrible, il accepte la proposition de sa femme de ménage. Celle-ci connaît un homme qui offre d'exfiltrer secrètement l'écrivain pour le cacher ailleurs, en compagnie de ses livres ; il ne lui en coûtera que quelques volumes… Ainsi, comme un voleur, Hugues Rebell s'échappe en pleine nuit du quartier des Batignolles, pour rallier un galetas du 10, rue des Francs-Bourgeois. Le Marais est alors une zone populaire, malfamée, où l'on peut disparaître sans laisser de trace. Et le voilà dans quelques pièces vides, avec pour seuls objets ses livres, qui lui servent de fauteuils ou de table. Malgré ce logis terrible, Rebell trouve encore la force d'écrire, et achève la rédaction d'un roman commencé dix ans plus tôt : *Le Diable est à table*[1].

Chez les amis de Rebell, c'est la panique. L'homme est parti sans laisser d'adresse, sans même prévenir qu'il allait se carapater.

1. Publié par le *Mercure de France*, après la mort de l'écrivain, à la fin 1905.

Et il faut attendre le début de l'année 1905 pour qu'ils parviennent à le retrouver… pour leur plus grand effroi. Rebell est méconnaissable. Rachitique, toujours allongé, il vit sur le galetas d'une pièce insalubre. Ses livres eux-mêmes ont presque tous disparu, pour payer les doses de morphine que le docteur Lancereaux vient désormais lui administrer chaque jour. Il n'est plus question de le soigner, encore moins de le guérir, juste d'apaiser ses souffrances. Au moins ses amis peuvent-ils à nouveau lui venir en aide, telle la vaillante Louise Faure-Favier, qui s'invite à la fin février. La pourpre cardinalice est intacte, mais le corps de Rebell est un squelette. Pourtant, sans y croire, au moment de le quitter, Louise propose à l'écrivain de venir dîner chez elle, deux jours plus tard. À sa grande surprise, il accepte.

Le surlendemain, Louise a déjà oublié cette invitation de politesse. Ses invités sont là depuis des heures et le dîner touche à sa fin. Mais voilà qu'on sonne à la porte. Louise Faure-Favier est interdite. Vêtu d'un plastron blanc, d'une pèlerine de satin, Rebell est coiffé d'un chapeau claque et avance, comme un danseur, avec une canne à pommeau d'améthyste. Ses yeux brûlants trahissent l'énorme dose de morphine qu'il a dû prendre pour supporter ce calvaire. Mais il est là, fidèle au personnage qu'il fut jadis. Il ne mange rien, ne boit que du café, et parle, parle, parle, sans discontinuer, à la fascination des convives. Lorsque sonne l'heure de la retraite, au moment de passer la porte, il se penche sur son hôtesse et lui glisse à l'oreille : « Je vous dois ma dernière joie… »

Les deux semaines suivantes, Rebell reste cloîtré. Cette sortie lui a coûté trop d'effort. Durant ces quinze jours, les livres continuent de disparaître. Le 5 mars, il écrit à son frère Anselme, celui qu'il avait toujours renoncé à déranger, tandis que Paul était le chef de famille. L'écrivain trouve même la force d'aller porter la lettre à la poste. C'était le geste de trop…

À son retour, il s'effondre et ne se relèvera plus.

Le docteur Lancereaux exige qu'il soit hospitalisé à l'Hôtel-Dieu. Dans son délire, durant le transfert, Rebell demande juste qu'on ne touche pas à ses derniers livres, fût-ce pour les épousseter.

Hugues Rebell meurt dans la nuit du 5 au 6 mars 1905. Il sera enterré quelques jours plus tard, à La Chapelle-sur-Erdre, dans le caveau de la famille Grassal.

Dans son journal *Feuilles tombées*, à la date du 18 mars 1905, son vieil ami Boylesve écrira : « Il a été mon compagnon le plus intelligent, et le meilleur exemple pour moi de l'homme de lettres. Je n'en ai point rencontré d'autres qui le valussent comme dévouement à la chose littéraire [...]. Il n'a vécu que pour l'esprit et la luxure. Il est mort de l'un et de l'autre. »

Si les regrets du presque frère sont touchants, accordons le mot de la fin à l'auteur du *Diable est à table*. Dans cet ultime roman, posthume et sans doute testamentaire, Hugues Rebell déclarait avec une douceur presque élégiaque : « Pourquoi donc me plaindriez-vous ? J'ai eu le culte de l'art et de la patrie ; j'ai adoré les beaux paysages et les belles femmes ; je m'en vais dans l'adoration de toutes les choses créées. »

LA NICHINA

Notice

« Ce sont des duels, des rapts, des enlèvements, des querelles, des émeutes et des meurtres même et parfois des baisers tachés de sang, des substitutions de sexe et de personne, des scènes de chapelles et de bouges, des exploits d'entremetteuses et de ruffians, tout cela dans une atmosphère passionnée, sensuelle et joviale. » Cette lecture enthousiaste de Jean Lorrain, publiée dans *Le Journal* en octobre 1896, résume à merveille la générosité romanesque dont a fait preuve Hugues Rebell avec *La Nichina*. Car il y a vraiment de tout, ici : de l'aventure, de l'émotion, de l'amour, du sexe, des coups de théâtre, de la perversité, et surtout une prodigieuse gourmandise d'écriture ; cette jubilation narrative est telle que l'auteur lui-même semble peiner à lâcher son récit, à abandonner ses personnages. On sent combien Rebell est amoureux de son intrigue, de ce macramé romanesque à la croisée des genres, qu'il paraît inventer sous nos yeux, avec une verve inextinguible. L'auteur s'était d'ailleurs pris au piège de sa propre inspiration, puisqu'il avait vendu à Alfred Vallette, au *Mercure de France*, un roman de 4 000 lignes… mais en livra 9 000 !

« Je vous demande pardon de vous causer tous ces ennuis, j'en suis fâché, je vous assure, mais les idées et les faits d'un récit vous entraînent plus loin quelquefois qu'on ne peut aller. Quand vous m'avez demandé un roman, je ne voyais dans *La Nichina* qu'un petit tableau des mœurs de la Renaissance. J'ai cru rendre mon œuvre plus intéressante en mêlant à ce conte de passion quelques scènes de la réalité. Je ne croyais pas en augmenter sensiblement les proportions. Malheureusement, je me suis trompé et je vous en fais toutes mes excuses. »

On ne saurait tenir rigueur à l'écrivain de n'avoir su dompter sa fougue, car il donne ici le meilleur de lui-même. Jamais il ne retrouvera cet allant, cette allégresse, cet esprit picaresque qui pratique les ruptures de ton et jongle constamment entre les genres narratifs et les registres de langage.

La longue confession de Nichina, courtisane de la Renaissance vénitienne, n'a rien d'une laborieuse reconstitution historique. La cité des Doges échappe aux clichés des écrivains français de l'époque. C'est que Rebell n'essaie pas de faire vrai ; jamais ne surabondent les détails, les précisions inutiles. Il monte pourtant de ces pages les remugles méphitiques de la sérénissime au mois d'août.

Paru un an après l'*Aphrodite* de Pierre Louÿs, les critiques ne manquèrent pas de comparer *La Nichina* avec ce roman des mœurs antiques. À ce petit jeu, l'auteur de *La Femme et le Pantin* est perdant : son antiquité confine à Grévin. « M. Louÿs, écrit Bauër dans *L'Écho de Paris*, est tout en charme troublant, en grâce un peu maladive, en exquise décadence ; au contraire, la forme violente, fougueuse, emportée de M. Hugues Rebell brûle de passion. Elle ose tout dire, et du diable s'il est possible de répéter tout ce qu'elle voit et tout ce qu'elle dit ; mais l'artiste ne met aucune complaisance de libertinage dans sa fresque. Il va jusqu'au bout de sa vision de vérité et de sincérité. Sous le pinceau énergique s'anime la couleur brutale qui restitue toutes les faces étranges et puissantes de l'époque, orientées autour de la courtisane. On dirait d'une ressouvenance des toiles de Tiepolo. »

Quel est donc le secret de Rebell ? Comment si bien ressusciter cette Renaissance qui, au vrai, n'est qu'une projection de ses fantasmes littéraires ? Quelque temps plus tard, il l'avouera à Charles Vellay et Georges Le Cardonnel : « Quand je publiai *La Nichina* on a cru que j'avais donné un roman historique. Je n'y pensais pas plus que Watteau ne pensait à faire de l'archéologie en peignant des gens en costumes italiens. Je cherchai à montrer un moment de la vie et je plaçai mon action au XVIe siècle pour qu'elle parût plus vraisemblable, car tout ce qui n'est pas commun semble invraisemblable à la critique. La vérité est que les héros de *La Nichina* sont de notre temps. Ah ! si on les connaissait… »

Et on les connaissait ! Du moins à l'époque. Aujourd'hui, la plupart des références nous échappent (et c'est ce qui prouve l'immense qualité de ce roman ; peu nous importent les sous-entendus, puisqu'on se plonge avec délices dans les bras de ces personnages qui n'ont pas besoin de clés pour nous enchanter). Mais on dit que l'extraordinaire figure d'Arrivabene, moine truculent, obscène, pornographe, couard, veule, attachant, séducteur et crapoteux, riche en souvenirs coquins et flatulences intempestives, est un double de Louis-Numa Baragnon (1865-1921), grande figure de la critique et compagnon de bamboche de Rebell. Il était le fils homonyme d'un célèbre – et bien plus sérieux – avocat et député nîmois.

On sait surtout que la Nichina était inspirée par la fameuse Valtesse de la Bigne (1848-1910), célèbre courtisane qui défraya la chronique en étant maîtresse de princes, banquiers et artistes, inspira la *Nana* de Zola, et finit bourgeoisement ses jours dans sa villa de Ville-d'Avray.

Le public de 1896-1897 guettait les croustilleux clins d'œil que Rebell glissait entre les lignes de son aventure vénitienne. On est d'ailleurs en droit de regretter la pudibonderie d'Alfred Vallette, qui retrancha certains passages considérés trop osés, pour la publication en revue, puis en volume au printemps 1897, et qui ont été définitivement perdus. On peut juste les deviner, car Rebell montre ici les prémices de sa fascination callipyge et de ses marottes flagellatoires. Pour être plus clair : on découvre les débuts de l'obsession rebellienne pour la croupe et le fouet.

Est-ce pour cela que Maurice Barrès, dédicataire du texte, se montra si embarrassé ? Disons que le romancier égotiste était en pleine reconversion politique et qu'il ne lui plaisait pas d'être associé à une fresque sensuelle, amorale et hédoniste. « Je vous suis obligé de m'avoir fait respirer les émanations d'une période vénitienne que, dans mes promenades, je n'avais pas évoquée, autant que je fais à vous lire, lui écrit l'auteur de *La Colline inspirée*. Je comprends que vous vous égayiez l'esprit à renouveler les extrêmes libertés de mœurs : un tel déchaînement donne l'illusion d'une force de la nature, et de telles somptuosités paraissent artistiques, comme les monuments qu'on élevait alors et qui cherchent à captiver l'attention par la surcharge décorative et par des contrastes inattendus [...]. Ces magnificences incontestables et de bon aloi me parlent sans me retenir, car dans Venise je vais vers les régions de la mort. »

Par ce funambulisme rhétorique, Barrès s'arrache à l'attraction vénéneuse de *La Nichina*. Reste que, cent trente ans plus tard, la fresque d'Hugues Rebell a conservé sa fraîcheur, sa vivacité, quand *Les Déracinés* et *Leurs figures* ont disparu avec le siècle.

Citons encore Hubert Juin, premier défenseur (et « exhumeur ») d'Hugues Rebell : « Au milieu de tout le picaresque qu'il suscite et montre à merveille, il a le don de glisser un vertige, à la fois somptueux et pathétique, gluant et joyeux, qui n'a rien perdu, jusqu'ici, de sa verve et de son entrain. »

À Maurice Barrès

En reconnaissance de ses merveilleuses pages sur la Venise de Tiepolo, ces mémoires sur une Venise plus ancienne, mais également odieuse aux professeurs d'esthétique et de morale protestante.

H. R.

Âmes heureuses,
Brûlantes de zèle et de belle colère,
Vous exerciez jadis la vigueur de vos corps,
Teignant du sang ennemi et du vôtre
Les continents et les mers.

CERVANTÈS

— Conduisez-moi, dis-je au gondolier, à Saint-Félice.

L'homme eut un sourire et un clignement d'yeux libertins en considérant ma physionomie heureuse. Il pensa que j'allais à un rendez-vous d'amour.

— La dame est bien belle, seigneur, fit-il, si j'en juge par votre joie.

— En effet, répondis-je.

J'étais triomphant comme si j'avais conquis tous les vaisseaux des Turcs. Et je compris alors quelle puissante volupté se trouve dans la vengeance.

Sur la place de Saint-Félice, je m'engageai dans une ruelle étroite, puis me dirigeai vers la demeure de mon ami Liello de Cecco. Je heurtai longtemps à la porte sans résultat ; j'allais me retirer quand Liello, fleurant de fines odeurs et à demi dévêtu, vint m'ouvrir. Il avait l'air à la fois gracieux et ennuyé.

— Ah ! mon cher Lorenzo, s'écria-t-il, quelle heure tu choisis pour rendre visite à tes amis.

— Je ne choisis pas mon heure, répondis-je, je cours à chaque instant le risque d'être arrêté. Comme ta maison est secrète et retirée, je suis venu t'y demander asile.

— Tu crains d'être arrêté, pourquoi ?

— J'ai commis un crime.

— Est-ce qu'on commet un crime par une chaleur pareille ?

— J'ai assassiné ma maîtresse.

— Comment ! toi ! tu as assassiné la Carlona ?

Je répondis d'un signe ; il montra d'abord quelque étonnement, mais ensuite me tendant les mains :

— Eh bien ! tu as parfaitement fait et je te félicite, Lorenzo. La Carlona était la putain du Diable. Il y a longtemps que je te l'aurais dit si je n'avais craint de te causer de la peine. Tu avais l'air si épris d'elle !

À ce moment, une voix dolente appela Liello de l'intérieur.

— Je viens ! Je viens ! cria Liello ; puis, se tournant vers moi : Mon cher ami, j'ai une femme à la maison. Il m'est impossible de te recevoir. D'ailleurs je connaissais la Carlona : que l'on trouve chez elle de mes lettres, les zaffi peuvent venir ici ; tu compromettrais ma vie sans sauver la tienne.

— Tu allais chez Carlona ?

— J'y suis allé comme les autres, comme tout le monde. Elle se le serait fait mettre par le lion de Saint-Marc s'il l'avait eu en chair !

— La vache ! la vache !

— Puisqu'elle n'est plus, Lorenzo, souhaite-lui maintenant le Paradis.

— Liello, dis-je, je veux causer avec toi, j'ai absolument besoin de causer avec toi.

— Un autre soir, mon ami, un autre soir.

— Et où vais-je passer la nuit ?

— Cela te regarde, vieux Lorenzo. Je ne me mêle pas des affaires des autres. Tu devrais bien savoir qu'on ne joue pas du couteau sans répandre le sang. Mais il me semble qu'à ta place, je ne serais pas embarrassé. Ne connais-tu pas le secrétaire du légat, l'abbé Coccone. Il peut t'être plus utile que moi. Tu sais quelle est son autorité dans la république. Allons, bonsoir ! bonsoir ! et que la Vierge te protège !

Là-dessus, il ferma la porte.

Je fus indigné contre Liello. Je lui eusse à la rigueur pardonné de ne pas m'avoir reçu, mais je ne pouvais souffrir qu'il se fût vanté d'avoir eu la Carlona, quand, je suis sûr, avant cette fatale soirée, elle ne me fut jamais infidèle. D'ailleurs je ne reconnais à personne le droit de manquer de respect à sa mémoire. C'est un plaisir qui m'appartient.

L'instinct de conservation, peut-être aussi la joie de raconter ma vengeance, m'avaient seuls conduit chez Liello. Je n'avais d'abord nul remords, nulle crainte. Quand je me vis renvoyer par cet ancien ami, toute confiance m'abandonna ; et, comme j'apercevais une lumière à la fenêtre de Liello, je songeai à tout ce qu'il devait faire d'agréable en cet instant ; alors, furieux et plein de haine, je crachai sur son seuil et ébranlai sa porte d'un coup de pied en criant, si haut qu'il a dû l'entendre :

— Porc infâme ! puisse ta gouge te planter des cornes plus élevées que les colonnes de la Piazetta, puisses-tu devenir la risée de tout le monde et rester toi-même plus malheureux encore que je le suis en ce moment.

Ayant ainsi soulagé ma colère, je me sentis, au souvenir de Carlona, près de fondre en larmes, mais ce n'était pas le moment de pleurer, je me retins et courus trouver l'abbé Coccone qui habitait chez le légat, au palais Guarini, sur le Grand Canal.

Sachant le crédit dont il jouissait à Venise et l'estime qu'il témoignait à notre maison, je l'avais choisi pour directeur de conscience, en un temps où, l'âme libre et sans amour, je songeais à user de l'influence du prêtre pour parvenir aux honneurs. Malheureusement l'abbé Coccone, tout prêt à encourager des ambitions qui l'eussent lui-même servi, était, en cette circonstance, peu disposé à excuser des fautes dont l'éclat devait rejaillir sur le confesseur, et je redoutais, en lui avouant mon crime, sinon son indignation, du moins la sévérité de sa morale, car, vivant toujours au milieu de ses livres, il ignorait la femme et ne compatissait point aux faiblesses humaines.

Il travaillait la nuit, durant plusieurs heures, à une Vie de saint Pierre, dont le rude génie convenait à un esprit froid et ami de la règle comme le sien. Il n'était pas jusqu'à ce reniement discret, récompensé plus tard par le pontificat et la gloire de fondateur de l'Église, qui n'émût l'âme vaniteuse et prompte aux volte-face de Coccone. Il établissait des rapprochements flatteurs entre sa fortune et celle du saint, dont il n'oubliait que le crucifiement.

J'eus la bonne fortune de ne point trouver fermé le palais Guarini ; et, prenant l'escalier qui conduisait aux appartements de l'abbé, je montai de suite à sa bibliothèque.

Lorsque j'entrai, je l'aperçus assis entre un gros livre et un plat énorme de macaroni. Une jolie villageoise, ressemblant davantage à une chambrière d'amoureuse qu'à la gouvernante d'un ecclésiastique, s'amusait de voir son maître manger de si bon cœur. Le prêtre avait l'appétit exigeant et ponctuel d'un érudit sans gourmandise qui, contraint à une grande dépense de force, se sent dans l'obligation de la réparer fréquemment. À voir Coccone enrouler avec méthode les pâtes autour d'une cuiller, puis approcher la cuiller de sa bouche, béante comme un puits, on eût dit le jeu mécanique d'un moulin à deux roues que reliaient les tuyaux blancs et effilés partant du plat et venant aboutir à ses lèvres.

Comme il ne paraissait point prêter attention à mon entrée :

— Mon père, fis-je, je voudrais vous parler.

En reconnaissant ma voix, l'abbé, qui ne m'avait pas encore vu, laissa, de surprise, tomber sa cuiller dans son assiette, mais il resta attaché à son plat de macaroni par trois longues chaînes de pâtes.

— Comment ! Lorenzo, dit-il après m'avoir considéré quelques instants, c'est à cette heure que vous venez me voir ! Ne savez-vous pas que je m'étais réservé la nuit pour élever à saint Pierre le monument qu'il attend de ma piété ? On voit, mon fils, que vous menez une vie de dissipation et de paresse et que le temps ne compte plus pour vous. Sachez-le : cette heure appartient au repos, à la méditation ou aux travaux spirituels, et non point à des causeries profanes. Adieu donc, et à une autre fois !

— Mon père, repris-je sans l'écouter, j'ai quelque chose de très important à vous confier, mais je désirerais être seul avec vous.

Coccone, surpris, congédia d'un geste la jeune servante, puis, la rappelant :

— Nérina, dit-il, mettez à chauffer le macaroni ; vous me le rapporterez tout à l'heure.

Il coula un regard de concupiscence vers le plat qu'on lui enlevait et m'adressa ces paroles :

— Lorenzo, n'espérez pas vous servir de moi comme vous en avez l'habitude ; je n'accepterai plus de jouer le rôle que vous m'aviez imposé, car j'en comprends maintenant toute l'ignominie.

Coccone me rappelait une vieille histoire du Carême. Au moment de faire mes pâques, je quittai Carlona et, afin d'oublier l'attrait de ses luxures, je priai l'abbé de me présenter à une dame vertueuse et pleine d'esprit, la marquise Bentivoglio, jeune épousée qui s'était arrêtée à Venise avant de retourner dans les domaines de son mari. Je pensais que ma sagesse profiterait à son école. Hélas ! nous ne fûmes pas maîtres de nos désirs.

— Mon père, dis-je en m'agenouillant aux pieds de l'abbé, je suis un grand coupablc, mais du moins à présent ne pécherai-je plus, car j'ai détruit la cause de toutes mes défaillances ; j'avais un amour que Dieu réprouve pour une femme indigne : or je viens justement ce soir de la tuer.

— Tué ! Tué ! Tué ! vous avez tué une femme, s'écria Coccone en crachant d'émotion le macaroni qui pendait à ses lèvres.

Heureusement il se remit vite et ce fut par simple politesse qu'il ajouta :

— Était-elle au moins en état de grâce ?

Je racontai l'histoire de mes amours et de mon crime à l'abbé, qui consentit à prêter l'oreille à mon récit et se chargea, par de petits soupirs discrets, de rappeler mes paroles à la décence, lorsqu'elles étaient sur le point d'y manquer.

Tout à coup on frappe à la porte. C'est Nérina qui revient.

— Attendez un peu, dit Coccone, et, se tournant vers moi, il me parlait avec la vivacité d'un homme qui est pressé d'en finir avec une affaire ennuyeuse : vous voulez recevoir l'absolution ? C'est bien. Je vais vous la donner. Agenouillez-vous là ; préparez-vous à la contrition et regrettez de tout votre cœur vos péchés. Maintenant, continua-t-il, vous n'avez qu'un moyen de vous réconcilier avec Dieu, de fuir le châtiment que vous réservent les hommes et d'épargner une humiliation suprême à votre dévoué directeur : c'est de renoncer au monde et de vous retirer dans un couvent. Vous voyez combien serait pénible ma situation si, découvrant votre crime, on venait à savoir que je fus le confesseur d'un assassin.

La pénitence que m'imposait l'abbé me semblait pire que la mort. Je songeais aux mascarades de la Mercerie, aux collations du Lido et à des dames qui, avant que Carlona m'ensorcelât, m'apprirent à vénérer leurs belles chairs. Je m'écriai, dans un élan de désespoir :

— Renoncer au monde ! Et le puis-je, mon père ! Les images qui peuplent mon esprit, sans qu'elles offensent la vertu, n'ont rien de monastique, et croyez-vous que notre volonté suffise à nous en affranchir ? Est-il donc impossible de rester en bonne intelligence avec Dieu sans se consacrer exclusivement à son service ? N'est-ce pas plutôt pécher contre le Saint-Esprit que de ne pas suivre sa vocation ? Or, vous le savez bien, j'ai, comme mon oncle, le génie des affaires.

Zana, le frère de ma mère, avait gagné beaucoup d'argent à diriger une fabrique de verre à Murano.

Coccone était inébranlable.

— Je vous répète ce que je viens de vous dire : il faut entrer au couvent.

— Au couvent, repris-je, et à quel couvent ? Vous songez peut-être aux bénédictins, mais ces moines, si ce qu'on rapporte est vrai, accomplissent, en écritures, les travaux d'Hercule. S'il me fallait vivre avec eux je mourrais au bout de huit jours, moi qui n'ai jamais pu attacher mon esprit à quelque chose plus de deux heures de suite.

— Il y a d'autres ordres, celui de saint Dominique, par exemple.

— Ah ! mon père, les dominicains sont des prêchi-prêcha et je manque d'éloquence. D'ailleurs, depuis frère Girolamo, je crains qu'il ne souffle sur cet ordre un vent de perdition, et tant qu'à faire de me mettre moine, je dois éviter de m'unir à des hérétiques.

— Eh bien ! faites-vous carme.

— Les carmes vivent trop isolés, répondis-je, et moi, je ne me sens de dispositions au bien qu'en compagnie. J'ai toujours remarqué que la solitude était dangereuse pour mon imagination, qui, abandonnée à elle-même, s'autorise mille fantaisies.

— Alors, mon fils, il n'y a qu'un ordre qui vous convienne vraiment. C'est celui que fonda saint François : l'ordre des frères mineurs. Il humiliera votre orgueil et chassera de votre esprit la corruption qui s'y trouve encore.

Sur ces paroles, l'abbé commença d'écrire une lettre ; quand il l'eut achevée, il me la tendit en me recommandant de la donner au père Antonio, supérieur des frères mineurs réformés.

— La règle est un peu dure, mais vous avez besoin de faire pénitence.

Et comme j'hésitais :

— Finissons-en, dit-il, voulez-vous, oui ou non, que je sauve votre tête ou que je vous abandonne aux zaffi ?

Je me soumis sans enthousiasme, contraint par la nécessité. Au moment où j'allais le quitter, Coccone me rappela que je devais lui témoigner ma reconnaissance. Je lui promis de lui léguer, le jour où je prononcerai mes vœux, une partie de ma fortune, pour qu'il l'employât au service de l'Église, mais j'étais bien résolu à ne jamais tout de bon m'enfroquer.

Déjà je sortais du palais Guarini, lorsque j'entendis s'élever une violente dispute. Le bruit semblait venir de la bibliothèque de l'abbé.

— Puisque je vous affirme que le chat l'a mangé, votre macaroni, répétait une voix de jeune fille.

Mais Coccone paraissait ne rien vouloir écouter.

— C'est ce maure, ce turc, ce juif qui en est cause, faisait-il. Il ne lui suffit pas de tuer sa maîtresse, il faut encore qu'il vienne déranger son confesseur pendant son souper pour lui prendre les bouchées entre les dents. Nérina ! fermez la maison, et que personne n'interrompe le travail de votre maître. Si je n'ai pas mangé ce soir, saint Pierre ne doit pas en souffrir.

Je hâtai le pas. J'avoue que la peur d'être arrêté me tourmentais de plus en plus ; aussi je me dirigeai, sans tarder, vers le couvent des frères mineurs où m'avait adressé Coccone, et qui se trouve auprès du Ghetto.

Je craignais que les moines ne fussent endormis, de sorte qu'en arrivant, j'eus un vif plaisir à entendre une cloche qui sonnait à toute volée. Je frappe à coups de poing à la porte et, après une longue attente, je me dispose à partir, quand, enfin, un guichet s'ouvre et, à la lueur d'une lanterne, une barbe grise, de petits yeux brillants, un gros nez rouge apparaissent sous un capuchon de bure.

— Que voulez-vous, me demande-t-on, est-ce que vous venez pour les lapins ?

— Non, par Bacchus ! je voudrais parler au supérieur, le père Antonio.

— Excusez : je croyais que vous étiez l'homme de Padoue qui doit m'acheter mes lapins. Le père Antonio n'est pas visible à cette heure, mais si vous êtes sans asile, vous pouvez entrer : notre maison appartient à tous les malheureux.

En même temps la porte s'entrebâille et j'aperçois la trogne joviale, couverte de bourgeons, d'un moine d'aspect gras et bienveillant.

Il m'examina d'abord des pieds à la tête, puis, devenu soudain confiant :

— Je fais mon petit commerce la nuit, me dit-il, parce qu'il nous est défendu de vendre quoi que ce soit. Pourtant les moines sont des hommes comme les autres et ils ont besoin de beaucoup de choses, n'est-ce pas ?

Je pénétrai avec lui dans une étroite cellule où il n'y avait qu'une couverture jetée sur le sol et une cage où je vis deux lapins qui parurent crever de terreur à mon approche.

— Mon logis est modeste, dit-il, mais on y est tranquille ; je suis le seul portier du couvent.

— Quoi ! mon frère, c'est là que vous couchez ?

— Mais j'y suis très bien. Vous ne voyez pas, il est vrai, mon lit tel que je vais le faire tout à l'heure, quand les moines, qui sont à la chapelle en ce moment, seront rentrés se coucher. Je suis forcé de cacher mon bien, de crainte que mes frères ne me volent ou ne me dénoncent.

— Et vous n'avez pas peur de moi ?

— Non, parce que vous avez une bonne figure : oh ! ne protestez pas, je m'y connais en physionomies… Ici, voyez-vous, sous prétexte que nous sommes des réformés, on voudrait nous contraindre à mener une existence du diable.

— Comment !

— Oui, nous devons travailler du matin au soir, coucher sur la dure, ne faire par jour qu'un repas, et encore ! de légumes cuits à l'eau. En voilà une manière d'éviter l'enfer ! Je sais bien que le bon Dieu n'exige pas de moi de pareilles pénitences. C'est pourquoi je suis la règle quand j'y songe !… Tenez, fit-il, en ouvrant une porte adroitement dissimulée sous un crucifix orné de rameaux d'olivier, c'est là que j'enferme mes trésors.

J'aperçus, en effet, tout un magasin de provisions, des fiasques de vin de Toscane, dont la moitié étaient vides, et plusieurs tapis roulés ensemble.

Le frère leva un regard inquiet sur moi.

— J'espère que vous ne me trahirez pas, mais non, j'ai de suite reconnu en vous un ami. Mon instinct ne me trompe jamais.

Assuré de ma discrétion, il prit une fiasque remplie d'un vin brillant comme du soleil. Puis, avec des précautions infinies, comme si c'eût été un breuvage consacré, il m'en versa quelques gouttes dans un gobelet d'étain, et se mit à en célébrer la vertu.

— Regardez-moi ce vin ; on l'appelle Paradiso : avec raison, car, mieux que tous les récits des saints, il vous fait voir le ciel.

Il approchait la fiasque de la petite lanterne et il la contemplait de ses yeux écarquillés, tandis qu'entrouverte de désir, sa bouche montrait des dents longues et jaunes.

Alors, dans un élan de reconnaissance, il s'écria :

— Dieu est bon qui a créé ce vin !

« Malheureusement, ajouta-t-il, nous ne pouvons qu'y tremper les lèvres ; je tiens à le ménager, ne sachant si j'en aurai jamais d'autre… Ah ! tant pis ! buvons-le maintenant. Demain, nous serons peut-être tous les deux morts.

Il me considérait avec une soudaine tendresse :

— Comme je suis content de vous avoir rencontré. Notre solitude, à nous autres moines, est parfois si lourde !

Et, se penchant vers moi, il me glissa dans l'oreille cette confidence :

— J'ai volé cette fiasque à l'abbé Coccone qui a de bon vin, mais ne sait pas l'apprécier : c'est un imbécile. Ne le dites pas !

— Vous connaissez l'abbé Coccone ?

— Je vous crois ! C'est à lui que je dois d'être entré ici. Je ne l'en remercie pas.

— Ni moi non plus : l'abbé, je le vois bien, n'aura obligé que des ingrats.

Cependant le frère tirait dans la cellule tapis, couvertures, manteaux d'étoffe douillette, et commençait de préparer notre couche.

Brisé par les émotions de la soirée, je ne demandais qu'à m'étendre à côté de lui pour dormir, mais à peine me fus-je jeté sur ce lit improvisé qu'une horrible senteur de bouc, venant des habits du moine, m'incommoda si fort l'odorat que je fus près de me trouver mal. Le frère s'était couché près de moi et prenait, de toutes manières, d'étranges libertés. D'abord, tenant sans doute à me montrer quelles propriétés flatulentes avait la nourriture du couvent, il éclata comme une outre pleine, puis gai, libre et sans plus d'embarras, il vint se coucher près de moi et approcha sa barbe sale de mon visage. Déjà il allait égarer ses mains sur mon corps, quand, le repoussant avec violence :

— Arrière ! dégoûtant animal, lui criai-je en me redressant. Va souiller de tes caresses infectes des misérables tels que toi. Je suis Lorenzo Vendramin.

— Mais, seigneur, répondit le frère, je suis d'une bonne famille. Je m'appelle Arrivabene.

— Eh bien, dis-je, Arrivabene, si tu me touches, je te crève la panse avec ce poignard.

Et je brandis un couteau dont la pointe brillante terrifia le moine.

— C'est une plaisanterie, seigneur, une simple plaisanterie ; mes intentions sont pures :

Amour se rencontre
Avec Chasteté, et aux amants, il est permis
De se mettre ensemble et de se dire leurs histoires.

— Comment, vieux fou ! te voilà qui cites Pétrarque à présent, tu ne crains pas que les beaux vers du poète ne se déshonorent en passant par tes lèvres souillées ?

— Je vous prie de croire, seigneur, que mes lèvres sont aussi fraîches et innocentes que les vôtres. D'ailleurs, je citais ces vers sans savoir qui les avait composées. C'est l'ancien légat, Monsieur Benzoni, à la maison duquel j'étais attaché, qui les avait toujours à la bouche. Ah ! c'était un homme, Monseigneur Benzoni, une intelligence ! un esprit ! une vertu ! Sa mort est une perte pour Sa Sainteté : on ne le remplacera point. Ah ! quel homme de courage !

— Il ne te ressemblait pas alors.

— Seigneur ! seigneur ! fit le moine en tombant à mes pieds, je vois que vous ne me pardonnez pas de vous avoir trouvé beau. Je n'avais aucun désir de pécher, je vous assure. Pourquoi Dieu nous aurait-il donné des yeux et aurait-il créé des formes qui leur sont agréables si ce n'était pour nous permettre de jouir de la beauté ? Je préfère, je l'avoue, aux gentils hommes, les gentilles dames ; elles ont la chair plus abondante et plus douce ; mais, avec un désintéressement tout à fait sage, je me contente de regarder les femmes comme les hommes sans prétendre rien sur leurs personnes. Je connais, sur ce point, la règle du couvent et je m'y soumets. Il a fallu ce vin pour troubler mes idées. C'était aussi du Paradiso ! Et je ne suis pas coupable, car j'ai imploré le secours du Ciel, j'ai dit vingt fois le premier verset de la première que Monseigneur Benzoni m'avait appris à réciter au plus fort de la tentation, mais le bon Dieu n'a pas voulu l'entendre. Elle est jolie pourtant :

Illa die tenta est, tenta est et nocte ; nec unquam
Decidit ; arrectum est nocte dieque caput.

— C'est là, coquin, tout le beau latin d'église qu'on t'a appris !

— Mais, seigneur, je ne sais pas le latin, moi, je répète ce qu'on m'a enseigné de dire. Je ne lis guère dans les livres, seulement j'ai un peu de mémoire et quelque jugement.

Il eût parlé de la sorte jusqu'au matin si je ne lui avais ordonné de se taire, le menaçant, au premier mot, de le frapper de mon poignard. Il se coucha donc, et je le vis bientôt clore les paupières. Pour ne pas sentir la mauvaise odeur du moine, je répandis sur sa robe et sur mes vêtements un flacon d'eau de naffe que je portais sur moi ; je m'étendis à côté du frère et je m'endormis.

J'eus un sommeil lourd, profond et sans rêve ; je ne m'éveillai que le lendemain dans la soirée. En ouvrant les yeux, je m'aperçus qu'Arrivabene avait ramassé tapis et couvertures et que j'étais étendu sur mon manteau. Le moine, assis en tailleur, s'occupait de guillocher avec mon poignard des petits croix de bois comme en portent au cou les enfants.

Quand il rencontra mon regard, il m'apprit que le père Antonio était venu avec l'abbé Coccone. Ils m'avaient, paraît-il, considéré avec attention, mais ils n'avaient pas voulu qu'on troublât mon repos.

— Maintenant, dit Arrivabene, peut-être serait-il convenable d'aller voir le supérieur, mon frère.

Je fus choqué de la familiarité de ce moine malpropre et je songeai avec tristesse que, moi aussi, je devrais bientôt le traiter de frère, ni plus ni moins que s'il était sorti du même lit que moi.

Le père Antonio était à écrire lorsque j'entrai dans sa cellule. C'était un vieillard encore robuste, d'une stature de géant, avec un visage de prophète, des yeux et un sourire enfantins. Je pensai, en l'abordant, à ces navires solides et magnifiques, qu'un léger vice de construction condamne à rester dans le port. La nature s'était plu à donner à ce moine la force et la beauté, puis, au moment de finir son œuvre, elle avait négligé de mettre en lui cette intelligence d'homme sans laquelle tous les autres dons lui devenaient inutiles. Le père Antonio inspirait une mélancolie profonde comme la ruine d'un palais colossal et inachevé.

Mais le père possédait cette douceur des âmes simples que la vie n'a qu'effleurées. Il sut, dans le discours qu'il m'adressa, montrer combien était grande sa compassion, et quand, à la suite de mon récit, il me vit tout en larmes, il trouva, pour me consoler, d'exquises paroles.

Le lendemain de ce jour, je fus soumis à la règle du couvent et je dus prier et travailler avec les autres moines. Ma première peine fut de quitter mes vêtements et mon linge fin de gentilhomme pour revêtir une robe de bure qui me causait à la peau des démangeaisons intolérables. Les travaux manuels auxquels je fus employé me brisèrent. On m'ordonnait continuellement de remuer la terre du jardin, sans autre utilité que de me rompre le corps de lassitude. Je dormais à la chapelle, je dormais au réfectoire, je dormais partout. Une fois, par punition de m'être endormi, on me contraignit à rester agenouillé plusieurs heures devant l'autel. Je me relevais, la tête en feu, stupide de honte et d'immobilité forcée, lorsque j'aperçus, à côté de moi, un frère à barbe grise, qui venait de subir la même punition et avait les joues rouges, l'air piteux d'un écolier corrigé. Je ne pus m'empêcher de rire à l'idée de la discipline enfantine et ridicule à laquelle nous étions soumis. Enfin la fatigue, les privations et l'ennui de ma nouvelle existence me rendirent si malade qu'on m'autorisa, pour me remettre, à rester quelques jours couché dans ma cellule.

Quand le sommeil eut réparé mes forces et que mon intelligence eut repris son activité ancienne, une image insinuante se glissa dans mon esprit. Vague, indécise, voluptueuse comme une caresse, elle me rappelait des yeux dont j'avais chéri l'ardeur fine et passionnée, mais que je ne connaissais plus à présent. Il me semblait aussi qu'une gorge mignonne, aux pommes dures et écartées, s'approchait de ma bouche et la chatouillait de ses deux tiges. La chair ici, menue et comme économisée pour un subtil dessin, s'élargissait plus bas avec une richesse prodigue. Et le corps, qu'animait une santé riante, m'enchantait par le poli, l'éclat, les courbes larges et pleines de ses formes. J'allais me pâmer de jouissance sous la lourde et victorieuse beauté, quand je reconnus son visage. Carlona ! Carlona ! criai-je. Aussitôt l'image s'évanouit et j'aperçus la maison du canal Saint-Jean-Chrysostome, le corps de l'infidèle lié à un autre corps et mon bras frappant, d'un coup irréparable, les amants enlacés. La joie de la vengeance, le désir de la conservation m'avaient abandonné, et, à l'idée de ne plus voir ma maîtresse, je sentais la même défaillance qu'en cette soirée funeste où j'appris sa trahison.

Dès lors, je n'eus plus de repos. À la vision de nos luxures succédait le rappel des lettres accusatrices qu'on m'avait adressées. Avec combien d'amis m'étais-je brouillé pour cette passion dont ma jalousie s'acharnait maintenant à nier tous les bienfaits ! Il ne me restait plus même un souvenir.

Je demeurai quelque temps en proie à une fièvre délirante. Le père Antonio me soigna lui-même avec une tendre sévérité : il me forçait à prendre les remèdes, mais ma douleur le rendait pitoyable.

Lorsque je fus guéri, on me donna des tâches faciles, bien qu'elles me parussent assez humiliantes. Je dus balayer la chapelle et le cloître, j'aidai le frère chargé de la cuisine à écosser les pois, à traire les vaches, à mettre le pain au four. J'avais mission de ne pas laisser un grain de poussière dans le couvent, et tout le jour était employé à laver et à nettoyer.

Souvent, lorsque mon travail ne me demandait pas une grande attention, je m'oubliais à songer à Carlona. Tantôt je la comparais à la dernière des créatures et je la chargeais de toutes mes malédictions, tantôt je pensais à son rire, à sa gaieté, à ses saillies, je la voyais amoureuse et câline, et je ne pouvais m'empêcher de pleurer. Le frère cuisinier était indifférent à ma peine. Il sentait quelle répulsion m'inspiraient ses yeux ternes et durs, sa barbe frisottée où séjournait toute la graisse de la terre. Lui-même éprouvait une haine de rustre pour ce qui subsistait en moi du gentilhomme. Comme un paysan qui s'est fait moine par conviction et met au service d'une règle inflexible sa brutalité de conducteur de bestiaux, il ne supportait pas que je fusse oisif un seul instant ; et, quand il me surprenait les mains inactives, il détachait sa cordelière et m'en frappait rudement les épaules. J'étais si anéanti par le chagrin que je n'avais plus le courage de me révolter contre ce moine barbare et je m'abandonnais à ses coups.

Par bonheur, je ne restai pas longtemps sous ses ordres.

Un jour, le père Antonio entra dans la cuisine ; il aperçut mes yeux rouges, et, attribuant mes pleurs à une autre cause :

— Mon cher frère, me dit-il, consolez-vous. Dieu vous pardonnera, soyez-en sûr.

Il s'agit bien du pardon de Dieu, avais-je envie de lui crier, mais j'eus le bon esprit de retenir mes paroles.

Ce qu'il ajouta me causa plus de plaisir :

— J'ai décidé que vous iriez mendier avec le frère Arrivabene. La promenade vous distraira de votre affliction.

Comme il se retirait, survint Arrivabene que je n'avais pas vu depuis le jour de mon entrée au couvent, et qui s'approcha en sautillant comme un coq effarouché.

— Je ne suis plus portier, s'écria-t-il, et grâces en soient rendues au Ciel. Dire que j'ai eu la discipline et huit jours de cachot parce que le supérieur m'a trouvé à boire du Paradiso ! A-t-on vu pareille putain de couvent ? Le vin n'a-t-il pas été fait par Dieu pour être bu, et, s'ils tiennent absolument à imposer une règle, est-ce que le frère portier ne doit pas en être affranchi ? Je voudrais voir le père Antonio portier, je voudrais le voir, par Bacchus ! Enfin je suis heureux de changer de position ; la place n'était plus tenable. Maintenant me voici frère quêteur et frère vendeur ; et, tout en quêtant et en vendant, j'aperçois de bien jolies choses sur la Place-aux-Herbes, quand j'apporte le lait du couvent. Quel spectacle me donnent toutes ces demoiselles en déshabillé du matin : Bibbin a des yeux et une gorge, bonne sainte Vierge, à damner tous les saints !

— Mon frère, demandai-je à Arrivabene, puisque vous venez de la ville vous devez savoir ce qu'on dit de l'absence de Lorenzo Vendramin et de la mort de Carlona.

Arrivabene sembla fort étonné de mes paroles, et, comme je le pressais de me répondre :

— Je n'ai entendu parler ni de Vendramino ni de Vendramini, ni de Carletta, fit-il d'un air d'indifférence.

J'étais désolé. J'eusse voulu qu'il me contât quelque chose de ma maîtresse, et même à présent que j'étais à l'abri des poursuites, qu'il me parlât de mon crime. Il n'y avait pas un mois que j'étais entré dans ce couvent et déjà Venise m'avait oublié. J'étais enterré avant d'être mort.

Arrivabene, qui riait de toutes les rides de sa grosse face, remarquant mon air attristé, essaya de donner à son visage une expression de mélancolie ; il avança la bouche en cul de poule, baissa les yeux en Madone et glissa vers moi un regard de saint Sébastien percé de flèches. Sa physionomie de moine jovial, contraint de jouer la tristesse, devint alors si amusante que, malgré le chagrin qui m'accablait, j'éclatai de rire à son nez.

Aussitôt la figure d'Arrivabene s'illumina.

— Bravo ! bravissimo ! mon cher frère, me dit-il en me prenant les mains. Le rire est une façon d'adorer le Seigneur, tandis que les larmes sont un hommage au Diable. Je vous suis reconnaissant de ne plus m'offrir de mauvais exemples. Voyez quel soleil brille sur le jardin. Il est prescrit d'être gai par un si beau jour. Tenez, ajouta-t-il, voilà du vin que m'a donné Madame Gritti. La gourde est si petite qu'on peut la dissimuler dans sa manche, où l'œil de Dieu ne la découvrirait pas. J'ai savouré tout à l'heure une goutte de l'élixir. Prenez-en vous-même et dites-moi s'il n'est pas digne de la table de Jupiter.

— C'est un nectar, m'écriai-je après avoir bu une gorgée.

Mais le vin était plus amer que du vinaigre.

Le frère cuisinier contemplait cette scène avec des yeux de chien auquel on vient d'enlever un os. À la fin, n'y tenant plus, il nous lança cette menace :

— Je vous dénoncerai au père supérieur, et vous verrez si vous buvez du vin, et un jour de quatre-temps encore !

— Liche-casse de fiente ! répondit Arrivabene, fourbisseur de vieille ! oiseau déplumé pour empester les juives ! Dénonce-nous ! je te conseille, et aussi vrai que le Paradis et Dieu le père existent, je te décharge ce bâton sur la tête, de manière à t'apprendre pour la vie ce que vaut le bras d'Arrivabene.

Le frère s'était courbé humblement sous l'injure. Il se glissa jusqu'à nous et leva des yeux suppliants.

— Je ne vous dénoncerai pas, mais laisse-moi seulement humecter mes lèvres de ce vin, Arrivabene ! Allons ! sois aimable, passe-moi ta gourde.

— Te passer ma gourde ! Tiens ! voilà ce que je te passerai.

Arrivabene tourne alors le dos au cuisinier, se trousse très haut sur les reins, montre des chairs jaunes et énormes.

Le frère, ne sachant témoigner autrement son dégoût, se mit à cracher à terre, ce que voyant, Arrivabene éclata de rire, puis, me prenant le bras :

— Partons, me dit-il.

Et nous franchîmes le seuil du couvent.

Le travail, la maladie, l'obsédante pensée de Carlona m'avaient fait oublier ma servitude claustrale, mais quand je retrouvai les rues pleines de soleil, de rires, de babillages et de cris, quand j'aperçus, aux éventaires, la chair rose des pastèques parmi les oranges dorées et les choux pansus aux belles nervures, je goûtai délicieusement ma liberté. Je songeais combien ma robe et mes sandales de moine eussent étonné mes anciens compagnons de fête. Justement je rencontrai la Bazzotta, une bonne fille que je fréquentais jadis ; elle s'en allait avec un petit panier sous le bras ; elle nous regarda tous les deux, mais ne nous reconnut point.

Nous entrâmes aux palais Boldu, Foscolo, Morosini, que le père Antonio nous avait désignés. Partout nous fûmes reçus ; nous eûmes bientôt dix scudi qu'Arrivabene fit sonner avec amour dans sa besace. Puis, avisés que d'autres frères se chargeaient de la quête en ville, nous prîmes une barque et gagnâmes la route de Padoue, où plusieurs familles de Venise, riches et bienfaisantes, ont leur villa.

Comme le soleil était chaud et la route poudreuse, nous marchions lentement, essuyant sans cesse nos fronts qui dégouttaient de sueur. Soudain le frère s'arrête et prête l'oreille.

— Entends-tu, me dit-il, ce joli chant qui remplit d'aise tout le voisinage ? Il y a un nid de pinsons ici. Regarde !

Arrivabene me désignait, au milieu d'un sapin, une branche moussue d'où partait une claire et vive roulade. Aussitôt le voilà qui s'accroche à l'arbre, grimpe avec autant d'agilité que s'il n'avait pas eu de ventre ni de derrière, et je le vois, sous les coups de bec du mâle et de la femelle, toucher avec précaution la branche qu'il m'avait indiquée. Avant que j'eusse remarqué sa descente, il m'avait déjà rejoint au pied du sapin.

Il me montra, parmi des brindilles, de mousse blanche, les petites têtes emplumées.

— Bravo, lui dis-je, mais que vas-tu en faire ?

— Les éduquer moi-même, me répondit-il, j'ai besoin, dans ma cellule, d'entendre la causerie des oiseaux.

Chemin faisant, nous trouvâmes de grands ombrages. Le frère, joyeux de se mettre à l'abri du soleil, s'assit tout à coup et me déclara que la chaleur était trop incommodante pour qu'il pût s'occuper des affaires du couvent. Il renvoyait la quête au lendemain.

— Mais que dira le père Antonio ?

— Nous serons si lourds d'argent que le père ne songera point à notre retard. Aujourd'hui ne pensons plus qu'à nous rendre chez

Madame Nichina, où nous attend la plus généreuse et la plus aimable des hospitalités.

— Comment ! fis-je, tu connais la Nichina !

— Oui, je la connais, répondit Arrivabene, et pourquoi, je te le demande, ne la connaîtrais-je pas ?

— Ignores-tu que la Nichina est une ancienne courtisane et qu'elle ne doit son luxe qu'au grand nombre de ses impuretés ?

— Ne nous occupons pas, dit Arrivabene, de regarder d'où vient l'argent qu'on donne au Seigneur ; la Nichina sait préparer pour les serviteurs de Dieu les plus succulents repas, serait-il bien raisonnable d'en exiger davantage ?

— Arrivabene, repris-je, tu subordonnes toujours à ton plaisir les intérêts de Dieu.

— Mais mon plaisir et les intérêts de Dieu ne sont point opposés.

— Et tu n'as pas de remords ?

— Non, car si ma conduite ne plaisait pas à Dieu il ne la supporterait point.

Après nous être reposés plusieurs heures, nous nous dirigeâmes vers la villa de Madame Nichina.

— Tiens, s'écria Arrivabene, que sont devenus mes oiseaux ? Je les ai oubliés sous les arbres. Ah ! tant pis, nous trouverons un autre nid demain.

— Arrivabene, dis-je, tu dois être toujours heureux.

— Il est sûr, répliqua le moine, que je ne passe pas mon existence à me lamenter. Quand je mange, quand je bois, quand je vois une femme, quand je dors, quand je me soulage le ventre, quand je récite ma prière, je suis heureux.

— Pourquoi mets-tu l'acte de prier après tous les autres ?

— Parce que c'est l'acte que j'ai le moins souvent envie de faire.

— Et quand tu n'en as pas envie ?

— C'est bien simple : je ne le fais pas.

— Et si l'on te donne la discipline, Arrivabene, es-tu heureux encore ?

— Certainement, cela me chatouille le derrière.

— Et si tu es malade ?

— Je ne le suis jamais.

— Mais enfin, si tu l'étais, par hasard ?

— Alors je penserais à mon salut, et je m'imagine que j'aurais une grande joie à l'idée que je vais voir le ciel.

L'ombre se faisait douce sur l'herbe, et seuls les plus hauts feuillages brillaient dans la lumière lorsque nous arrivâmes devant la villa de Madame Nichina. La maison est bâtie au milieu d'un vaste jardin dont un côté offre aux regards des plates-bandes fleuries, des bassins environnés de nymphes et de tritons, tandis que l'autre partie, formée de bosquets, de charmilles, ménage aux amants des retraites fraîches et odorantes.

Je n'avais vu qu'une seule fois la Nichina, mais son visage a des traits si frappants que je la reconnus de suite. On ne trouve dans sa physionomie de féminin et de sensuel que la bouche ; les yeux sombres, le dessin pur et fier de la figure, le front large et découvert ont quelque chose de vainqueur. Sa magnifique chevelure, ici crépée, là relevée en larges torsades, lourde et soyeuse par derrière, légère par devant de frisons et de boucles folles que le soleil couchant couvrait d'or et de feu, cette chevelure dont elle eût pu s'envelopper et dont elle avait fait une couronne, était comme l'image de cette discipline puissante à laquelle Nichina plia toujours sa riche et superbe nature.

Elle ne portait pour tout bijou qu'un collier de perles, mais, malgré l'abandon de la vie rustique, elle était vêtue avec le même luxe fastueux qu'en ses plus beaux jours. Sa jupe de moire de Florence s'ouvrait sur une robe de satin cramoisi dont le corsage, joint par des liens de drap d'or, laissait voir la gorge qui était encore admirable.

Elle était assise sur la terrasse, au milieu d'anciennes amies et de jeunes femmes qui se plaisaient à former sa cour, à profiter de sa table, de sa réputation, et auxquelles Nichina s'amusait parfois à enseigner l'art de bien vivre.

Oubliant ma cagoule de frère mineur devant une assemblée que décoraient tant de grâces, je saluai ces dames en galant homme, ce qui les réjouit fort.

— Arrivabene, dit la Nichina, je crois que tu nous amènes un frère auquel il sied mieux de confesser les femmes que de prier les saints.

— L'un n'empêche pas l'autre, repartit Arrivabene qu'un faux pas étendit aux pieds de la belle courtisane.

La Nichina se baissa pour aider Arrivabene à se mettre debout, et je vis alors s'arrondir ses larges attraits, puis, au mouvement qu'elle fit pour relever le moine, j'aperçus ses bras d'une forme pleine et délicate, tandis que s'ouvrait en craquant une robe trop remplie de beautés pour pouvoir les contenir. En se redressant, elle eut un sourire de jouisseuse et de dominatrice, satisfaite de maintenir et de mouvoir si bien, malgré l'âge, sa chair splendide et encombrante.

Comme j'étudiais les visages, je me trouvai en pays de connaissance ; j'avais vu de côté et d'autre la plupart de ces dames, mais les femmes nous prêtent moins d'attention que nous ne leur prêtons, et, sous mon costume de frère, personne ne devina qui j'étais. Il y avait pourtant là les maîtresses de mes amis : Angela Balla-l'Ocche qui venait souvent raconter à Carlona les bons tours qu'elle avait joués ; la pauvre Marina Stella qu'un avortement avait rendue maigre et laide comme jaunisse ; la petite Polissena aux yeux malicieux et espiègles ; la Petanera si glorieuse de sa croupe ; Betta Pedali qui parvint à la fortune en faisant oublier son sexe à d'obscènes adorateurs.

La vieille mère et la sœur de la Nichina, Lucietta Buonpane, étaient aussi de la réunion, mais Nichina semblait avoir pris toute la beauté de sa race, car elles étaient courtes, minces et, malgré des yeux grands et pleins de flamme, assez vilaines. Elles ne se mêlaient point à l'entretien et raccommodaient le linge déchiré, se distrayant de temps à autre, tout en tirant l'aiguille, à lancer vers nous un regard de côté.

Après une abstinence si longue de tout plaisir, et par une si aimable soirée, j'avais peine à supporter tranquillement le voisinage de toutes ces femmes qui nous regardaient en souriant. La Nichina surtout, avec ses allées et venues lascives, ses gestes aisés et majestueux, la grâce et l'esprit qu'exprimait tour à tour son visage, enflammait mon désir.

— Eh bien ! fit Nichina, si je m'attendais à vous voir aujourd'hui, mon frère, je veux bien aller rendre visite au Diable.

— Ma chère sœur, dit Arrivabene, on se voit quand il plaît à Dieu. La Providence tient secrets ses desseins.

— Mais quel bon vent vous amène ce soir ?

— Tout simplement le désir de souper avec vous. Nous pensons que vous êtes assez pieuse et charitable pour n'éprouver aucun ennui à rendre des forces à des serviteurs de Dieu, fatigués d'un long jeûne et affaiblis par la nourriture insuffisante du couvent. Nous avons besoin des solides vertus, des sublimes principes de votre cuisine.

À cet aveu sans détour, les amies de Nichina partirent d'éclats de rire tumultueux et se tordirent comme des possédées. C'étaient d'excellentes personnes qui, pleines d'expérience, riches de la sottise des hommes, ayant vu et joué plus d'un bon tour, le ventre libre et l'estomac bien portant, ne demandaient qu'un prétexte pour manifester leur joie. Quand elles eurent ri tout leur saoul, la Nichina, plus calme, se tournant vers sa mère qui inclinait sur une chemise rapiécée sa tête déjà lourde de sommeil :

— Maman, appela-t-elle.

La vieille s'éveilla en sursaut.

— Maman, tu entends : on loue ta cuisine.

Aussitôt les yeux de la vieille se mirent à briller de colère.

— Mais je ne veux pas la louer, ma cuisine, je ne veux pas !

Sur quoi les rires recommencèrent de plus belle, tandis que Lucietta, par des explications vingt fois répétées, essayait de calmer sa mère.

— Je dois vous dire, mes frères, dit Nichina, que maman était malade aujourd'hui, et que vous ne serez pas servis aussi bien que lorsqu'elle s'occupe du dîner.

Arrivabene fit la grimace, mais déguisa son mécontentement sous une galanterie :

— Des yeux et des formes comme les vôtres rendraient friande la chère d'un ermite.

— Seigneur Jésus ! s'écria la Petanera, est-ce que le moine veut l'épouser ?

En même temps Angela Balla-l'Ocche et Betta Pedali déclarèrent qu'elles préféraient s'en aller, si ce sale moine d'Arrivabene restait à souper, mais Nichina les apaisa en leur disant qu'Arrivabene savait des histoires à mourir de rire.

On dressa sur la terrasse la table du festin, qui bientôt fut chargée de fiasques, de fruits et de mets de toutes sortes.

Le frère, se penchant sur un chapon enguirlandé d'herbes fines et parfumé d'aromates, huma l'odeur avec ravissement.

Puis, reportant sur Nichina l'adoration qu'il venait d'accorder à la volaille :

— Ah ! ma douce menteuse, fit-il avec des regards qui allaient de la table aux épaules des femmes, quels repas divins vous savez nous offrir !

Et sans attendre que Nichina eût pris place à table, il s'assit et dépêcha un petit signe de croix aussi vite que s'il eût chassé une mouche de son nez.

— Mon frère, lui dis-je, est-ce que tu aurais honte de notre sainte religion que tu te caches ainsi d'être dévot ?

— Il ne faut point rendre ridicule aux yeux des incroyants de pieuses pratiques, répondit le frère qui avait déjà la bouche pleine.

— Nous prenez-vous pour des suppôts d'hérésie ? s'écria la Petanera : vous vous imaginez donc qu'il n'y a ici que vous de religieux !

— Ces dames sont de bonnes chrétiennes durant leur repas, repris-je.

Cependant, le frère jouait des doigts, de la cuiller et engouffrait dans sa bouche des morceaux aussi grands qu'elle.

— Mangez et laissez-moi manger, répétait-il quand on voulait l'interroger, je vous répondrai tout à l'heure.

Il resta muet durant le souper, dévorant ce qu'on lui servait sans se préoccuper des conversations qui lui bourdonnaient à l'oreille. Comme le repas touchait à sa fin, on entendit s'élever des soupirs et des râles, plus lamentables que ceux des condamnés à la torture : c'était Arrivabene qui ronflait.

Les femmes se précipitèrent sur le moine, l'une lui tirant la barbe, une autre lui secouant les bras, sans parvenir à l'éveiller.

— Frère Arrivabene, s'écriaient-elles, une histoire ! une histoire !

Arrivabene ouvrit enfin des yeux ahuris, mais les referma de suite, et les ronflements, qui s'étaient un instant interrompus, recommencèrent, tandis que ses bras pendants, sa bouche ouverte, sa face penchée exprimaient toute la béatitude d'un saint martyr.

— Madame, dis-je à Nichina, on raconte à Venise que votre existence est pleine d'aventures ; il me semble qu'elles doivent être belles puisque vous en êtes l'héroïne.

Nichina répondit simplement :

— Je crains qu'on ne vous ait abusé, car ma vie n'a rien de merveilleux. Il y a seulement des larmes et du sang dans mon histoire, comme dans celle de toutes les amoureuses.

— Eh bien ! continuai-je, c'est l'histoire d'une amoureuse que nous serions heureux d'entendre plutôt que les contes insipides de ce moine.

La Nichina était à un âge où l'on aime fort à parler de soi : elle ne voulait que se faire prier. Aussi, après s'être recueillie un instant, elle commença le récit de son existence.

Toutes les femmes s'étaient rapprochées pour l'entendre. Les anciennes ruffianes demeuraient le regard baissé, les bras croisés sur leur large poitrine, solennelles et imperturbables, en personnes qui ont passé l'époque des surprises, tandis que leurs jeunes filles, l'œil et la joue animés par le festin, le coude sur la table et la bouche ouverte, l'écoutaient ainsi qu'un sermon de carême et buvaient chacune de ses paroles comme une goutte de vin de Chypre. Seule, la vieille mère de Nichina, qui était sourde, s'était remise, dans son acharnement au travail, à raccommoder ses chemises à la lueur d'une résine qui brûlait en crépitant et attirait tous les moustiques du voisinage.

Je respirais avec délices l'haleine du jardin toute chargée d'arômes et passant sur les chevelures odorantes et les vins sucrés. Au-dessus des vastes ombrages envahis par les ténèbres, une bande orangée, des nuées de feu rappelaient seules la lumière. Déjà la douce nuit venait avec son cortège d'étoiles, et la lune, terne encore, apparaissait dans l'azur pâle et infini du ciel. Les femmes, craignant la fraîcheur, s'étaient couvert la tête d'un voile et enveloppé le corps d'un manteau, mais le voile ne cachait point les yeux, et le manteau, serré à la taille, accusait mieux les formes. Devant ces printanières beautés Nichina pouvait évoquer les amours mortes. L'amertume, la mélancolie du passé ne pouvaient servir qu'à rendre nos jouissances plus délicates et plus profondes : la Volupté nous promettait encore de beaux jours.

PREMIÈRE PARTIE
LES ANNÉES D'INNOCENCE

Nichina n'est pas le nom de mon baptême, dit-elle, c'est l'amour qui me l'a donné. Je m'appelle Lucina Ferro et je suis la petite-fille de Giorgio Senese, qui, pour sa belle conduite au siège de Seutari, a sa place dans les annales de la République.

Je crois bien que mon enfance a vu de terribles spectacles, mais ils se sont évanouis de mes yeux sans me laisser rien dans l'esprit que de confuses images. Je me rappelle toutefois que je fus un soir enlevée de ma couchette par un homme dont les yeux irrités et la longue barbe m'épouvantèrent ; je me rappelle comment ma mère m'arracha de ses bras et quelle frayeur je ressentis devant notre chambre illuminée soudain de torches et envahie de soudards furieux qui brandissaient des épées. Nous avions, paraît-il, quitté

Venise et nous demeurions avec des paysans. Je vois encore ma fuite dans la campagne, pressée par ma mère, qui ne semblait pas entendre mes supplications ni considérer mes pieds en sang, et qui m'entraînait dans une course folle, sur des routes pierreuses, à travers les broussailles et les chemins d'épines, comme si elle s'était sentie poursuivie par des assassins.

Mais ma véritable existence, celle dont j'ai gardé un exact souvenir, date de cette fête du Jeudi gras où je passai par de si diverses émotions. Je me retrouve alors dans cette étroite maison de la Mercerie, tout obscure du voisinage de l'église Saint-Bartholomé, où mon père, qui était cordonnier, avait sa boutique et où nous nous entassions tous les six, papa, maman, mes deux sœurs Lucietta et Costanza, mon cousin Guido et moi. En ce temps-là, je passais des journées entières à jouer et à me promener avec Guido. Costanza, ma sœur cadette, d'un naturel triste et chagrin, ne se mêlait à nos jeux qu'afin de raconter nos espiègleries et de nous faire gronder.

Le jour du Jeudi gras, justement, je désirais mettre une belle robe que m'avait donnée ma tante pour aller à la promenade. Maman n'y voulut pas consentir, et, comme je m'obstinais dans ma résolution, elle prenait le balai pour m'en fouetter, quand Guido, qui, pourtant, n'avait qu'une année de plus que moi, se précipite entre nous, me couvre de son corps et s'écrie :

— Touchez-la donc ! dites ! touchez-la donc, et vous allez voir !

Cela n'était pas pour arrêter maman, qui en avait vu bien d'autres et n'avait pas peur d'un garçon comme Guido. Elle allait donc nous corriger vertement quand mon père arrive.

— Jolie mère de famille, s'écrie-t-il, qui n'est bonne qu'à battre les enfants.

— Occupe-toi de ce qui te regarde, répond ma mère, tu voudrais toujours rencontrer la paix à la maison, mais s'il n'y avait que toi pour l'y mettre, je crois que nous ne verrions pas souvent sa couleur.

Mon père ni ma mère n'étaient des gens à garder leurs injures pour en faire des petits. Au bout de quelques minutes, ayant épuisé toute leur provision d'insultes, ils se prenaient aux cheveux, aux épaules, aux jambes ; ils s'agitaient comme des lutteurs en foire, et enfin, ainsi que cela devait arriver, papa faisait tomber maman et la traitait, je n'ose vous dire comment, avec le pied, avec les poings, avec le bâton. Quelle grêle de coups, sainte Vierge, comme cela tombait ! Ah ! il faut qu'elle ait eu les membres solides pour s'en être échappée. Guido et moi nous pleurions toutes les larmes de notre corps en regardant maman qui se débattait et poussait des hurlements à mettre en branle le cimetière de Saint-Zanipolo.

Tout d'un coup, elle se relève, crache à la figure de mon père et se sauve en criant :

— Turc d'enfer, tu vas voir si je t'en fais porter, des cornes !

Mon père haussa les épaules, sortit pour l'appeler, puis revint vers nous.

— Voyons, mes chérubins, qu'avez-vous à pleurer ?

— C'est, dit Guido, ma tante qui voulait nous fouetter.

— C'est, dis-je à mon tour, maman qui ne voulait pas que je misse ma belle robe.

— Ah ! elle ne voulait pas te mettre ta belle robe, la gueuse !… Eh bien ! c'est moi qui vais te la mettre. Allons, ne pleure plus, où est-elle, ta robe ? que j'aille te la chercher, ma petite adorée du bon Dieu.

Aussitôt papa ouvre le coffre, lance les hardes sens dessus dessous, jette tout par la place.

— Tiens ! papa, la voilà, fis-je en accourant, et je lui montrai la robe blanche bordée d'une bande de velours rouge.

— Tu as raison, c'est une robe pour la dogaresse… Comme tu vas être jolie maintenant. Seigneur Jésus ! Et quand je pense que ta gueuse de mère… mais je ne veux pas en dire plus long sur elle aujourd'hui.

Lorsqu'il m'eut habillée, lentement, parce que ses gros doigts avaient peine à saisir les petits boutons et à les entrer dans les boutonnières :

— Et Guido, que va-t-il devenir ? Il n'a donc pas de pourpoint convenable pour la fête… Ah ! mes pauvres enfants, heureusement que je vais m'occuper de vous car, je le vois bien, on vous eût laissés aller tout nus.

Guido était ennuyé de sortir avec ses vêtements qui avaient de grandes pièces mal cousues et, çà et là, des trous par lesquels on voyait sa peau. Je remarquai son air chagrin.

— Ne sois pas triste, Guido, fis-je, va ! je t'aime bien.

Et d'un baiser, je lui pris toute la bouche.

Il rougit, et, à son tour, me baisa en rougissant, mais je savais qu'il était très heureux de ce que je lui avais dit.

— Non, s'écria-t-il, je ne veux pas t'accompagner, parce que tu es trop belle pour moi avec ta robe. J'aurais honte.

— Alors, dit mon père, va t'amuser avec le fils du boulanger et laisse-nous partir.

Papa lui coupa une tranche de pain et lui donna une jatte de lait pour son souper, puis, le mettant à la porte, il ferma la maison, de crainte des voleurs.

Comme je lui envoyais un baiser du bout des doigts, je le vis fondre en larmes ; ne voulant pas avoir de chagrin un jour que je portais ma robe neuve, je baissai les yeux et m'éloignai vivement avec mon père.

Si vous n'êtes pas de Venise, mon frère, et que vous n'avez jamais assisté à la fête du Jeudi gras, je vous dirai que c'est vraiment une agréable réjouissance et qu'à présent encore je ne manque pas une année de m'y rendre.

En commémoration de notre victoire sur le patriarche d'Aquilée, on y tue un taureau et douze petits cochons représentant le patriarche et les douze chanoines qui furent avec lui condamnés à mort. Ce jour-là, tous les bouchers de la ville sont en armes comme si, au lieu de tuer de paisibles et innocents animaux, ils se battaient vraiment contre de redoutables ennemis. Ah ! il faut les voir avec les cuirasses dont ils sont couverts, la lance et les vieux glaives qu'ils font bien haut sonner. Cet accoutrement, qu'ils n'ont point l'habitude de porter, embarrasse leurs mouvements et donne lieu aux plus divertissantes catastrophes. On remarque de ces gaillards qui, après s'être promenés toute une après-dînée sous une pesante armure, n'en peuvent plus de fatigue ; à les entendre souffler et haleter on croirait qu'ils vont rendre le dernier soupir, et avec l'eau qui coule de leur front on remplirait aisément un bassin. Il suffit alors du moindre croc-en-jambe pour mettre à terre le batailleur et donner à cette cuirasse qui devait le protéger contre l'ennemi le rôle vil d'adoucir sa chute. N'importe ! ces messieurs tiennent à garder leurs armes jusqu'à leur coucher ; bien heureux s'ils consentent, devant leur lit, à oublier qu'ils furent soldats un jour. Mais à côté de ces équipements ridicules, on aperçoit les toilettes les plus riches et c'est un enchantement pour les yeux. Il y a aussi mille tours d'adresse et d'équilibre ; des acrobates traversent dans les airs la place Saint-Marc sur une corde raide, et, le soir, les palais sont illuminés pour la joute en gondoles sur le Grand Canal.

J'étais éblouie des beaux spectacles qui s'offraient à ma vue, et, en même temps, gênée de me sentir regardée par les passants, d'entendre sans cesse des compliments de ce genre :

— Oh ! la jolie petite fille.

— Mes félicitations, messer.

Papa était plus fier de me tenir la main que s'il eût porté le saint sacrement.

Nous allâmes dîner dans une ostérie dont le maître était un ami de la famille. On voulut savoir le long du repas toutes les sottises que j'avais en tête et l'on accueillit d'un grand éclat de rire chacune de mes reparties.

À la tombée de la nuit, nous sortîmes sur la Place-aux-Herbes, que de grosses torches emplissaient d'une épaisse fumée et de lueurs vacillantes. Une foule immense était massée à regarder les danses qui étaient merveilleuses de grâce, de mouvement et d'agilité. Un jeune homme tournait autour d'une jeune fille qui lui donnait la main, le bras tendu et levé ; mais, tandis qu'il passait devant elle, la jeune fille, quand elle avait quelque malice, raccourcissait le bras tout à coup, rompait l'équilibre de son danseur qui, vaincu et humilié, tombait lourdement à ses pieds, aux rires et aux applaudissements du public. Des jeunes filles dansaient aussi entre elles la forlane, bras dessus, bras dessous ; elles s'avançaient vers vous, levant les pieds l'un après l'autre, si vivement que nous ne pouvions remarquer lequel était en l'air. On ne sait plus tourner comme cela aujourd'hui.

Les grandes ombres des danses tremblaient à la lueur des torches, aux roulements du tambour et aux chants de réjouissance ; les garçons chatouillaient les filles qui se défendaient mal, et, à l'écart, devant les ostéries, les bouchers qui avaient figuré au défilé parlaient gravement, ou cherchaient des prétextes pour se battre, agitant, à grand-peine, d'un geste de menace, leur espadon.

Soudain une lumière vive se fait à l'extrémité de la place, à l'endroit où s'assemblent le matin les marchandes de poisson ; je vois apparaître au-dessus de la multitude un long corps maigre vêtu d'une robe de dominicain, et j'aperçois une figure imberbe, jaune comme de la cire, avec des os qui semblent percer la peau et, enfouis sous des sourcils touffus, des yeux énormes que des larmes rendent brillants. Cette figure qui, sans les regards illuminés d'une vie fiévreuse, eût paru le crâne d'un mort, s'anima presque aussitôt ; les lèvres s'ouvrirent et j'entendis une voix puissante et souterraine, une voix pareille à un mugissement au fond d'une caverne, s'écrier par trois fois : Pénitence ! mes frères !

Je me serrai de frayeur contre papa, tandis que les danses cessaient comme à l'approche d'un orage. On se porta en foule autour de l'étrange moine, et mon père, qui s'imaginait que c'était un prophète, voulant le considérer de près, joua si bien des coudes qu'il parvint à se mettre presque en face de lui. Pour m'empêcher d'être étouffée par la multitude, il me prit sur ses épaules, et je pus suivre à mon aise le discours du prédicateur. J'ai gardé le souvenir de quelques-unes de ses paroles.

« Vous, qui n'écoutez que la voix de la passion, s'écriait-il, je vous le prédis : vous serez tous frappés, le Seigneur ne vous épargnera point… Cette ville est si bien devenue la demeure du Diable que je me demande s'il y reste un seul homme vertueux. Oui ! où devraient régner la modestie et la simplicité, je ne vois que luxe, inutile richesse et fornication. Quand passe une femme, je dis en mon cœur : voilà une courtisane ! et ce qu'il y a d'horrible, c'est que je puis le dire aussi des hommes, car les hommes sont encore plus adonnés aux œuvres de Satan !

« Or, je vous l'annonce : le jour de Dieu est proche. Le Seigneur viendra sur une nuée sanglante et toute la terre tremblera, et la mer se gonflera pour vous engloutir…

« Courtisancs ! Courtisanes ! allez-vous oublier vos dégoûtantes caresses, et mortifier votre chair, et vous humilier devant Notre-Seigneur Jésus. Je vous le répète : le danger est pressant ; déjà sont préparés en enfer les feux qui doivent vous dévorer ! ».

À ce moment, une troupe de jeunes gens qui, tout à leur plaisir, n'avaient point remarqué le moine, fendirent la foule, entourèrent le tréteau du haut duquel on prédisait à Venise tous les malheurs qui allaient la désoler, et ils commencèrent une ronde. Le peuple, qui, saisi de terreur, écoutait ces menaces dans un morne silence, ne put souffrir qu'on montrât une telle impiété à l'égard d'un être qu'il considérait comme un envoyé de Dieu ; les hommes se précipitèrent sur les danseurs, les mères et les parentes des danseuses se jetèrent sur les filles. Tandis qu'ils s'accablaient de coups de poing, s'arrachaient les cheveux ou se déchiraient le visage, le moine, les yeux au ciel, continuait son discours.

« Pour moi, j'espère dans la justice du Seigneur, parce que je suis venu prêcher l'amour de son nom. Apprenez donc à vous détacher de toutes les choses terrestres et je vous emmènerai dans la terre bénie ».

Cependant, personne ne l'écoutait plus. Les lumières de la fête étaient éteintes ; seule une petite lanterne continuait à éclairer le moine. Dans l'ombre, on distinguait un vaste mouvement, une agitation sourde, une rumeur énorme et grandissante. Des voix s'élevèrent derrière moi pour attaquer les danseurs, d'autres prirent leur défense ; on en vint aux coups ; à chaque instant la dispute s'élargissait, et bientôt les cris, le tapage, la violente poussée qui nous jeta presque sous le nez du moine, me firent comprendre que la bataille devenait générale.

— Papa ! dis-je, j'ai peur, j'ai peur.

— Allons-nous-en, me répondit-il ; et, me tenant par les jambes, il se disposait à percer la foule. Alors, nous fûmes entourés et pressés à étouffer dans un cercle de chair. Les bouchers, qui sortaient des ostéries, arrivaient en armes pour se mêler au combat.

Le moine parlait toujours sans rien voir de ce qui se passait autour de lui.

« Mon cher maître l'a dit… La foi nous vient de Dieu et n'est point le résultat de nos œuvres ».

Tout à coup un prêtre, qui se trouvait mêlé à la populace, s'écria :

— Saisissez l'hérétique ! Saisissez-vous de ce prédicateur de mensonge.

Une voix répondit :

— Laissez les saints parler aux hommes.

Mais aussitôt une furieuse clameur gronda :

— À mort l'hérétique ! À mort ! À mort !

Le moine s'arrêta de parler, et, comme s'il venait de tomber du ciel, il regarda devant lui la populace en colère, de ses yeux agrandis par l'épouvante et sans pouvoir dissimuler le tremblement de son corps. À peine avait-il eu conscience du danger que déjà un coup de bâton l'atteignit à la tête et le renversait ; une femme glissa et fut piétinée ; la petite lanterne qui éclairait le prédicateur s'éteignit. Toute la place fut plongée dans les ténèbres et la mêlée continua dans la nuit. Hissée sur les épaules de mon père, je mourais de peur et je sentais qu'il n'était pas plus rassuré que moi. Autour de nous on se battait et j'entendais le choc des corps, les vociférations, le cliquetis des armes. Nous étions portés à droite et à gauche, en avant et en arrière, sans réussir à percer la foule. Enfin, le combat se concentra dans une partie de la place opposée à celle où nous nous trouvions, et nous pûmes bientôt gagner les rues voisines. Comme nous sortions de la Place-aux-Herbes, une boue gluante me jaillit au visage, et un corps vint s'abattre contre nous, qui fit perdre à papa l'équilibre. Il s'étala par terre, m'entraînant avec lui dans sa chute ; mais, se relevant de suite, il me reprit sur ses épaules, et, sans regarder si j'avais du mal, il profita de ce que les rues étaient désertes pour gagner à toutes jambes notre demeure.

Dès que nous y fûmes entrés et que nous eûmes éclairé le logis, mon père me considéra d'un air épouvanté, devint pâle et, me saisissant dans ses bras :

— Ma petite fille chérie, ma Lucina, qu'as-tu ? que t'est-il arrivé ?

Je levai les yeux sur un miroir qui était en face de moi, et je vis avec frayeur que j'avais la figure couverte de sang ; mais mon père, étant allé à la fontaine voisine, trempa un linge dans l'eau, m'en essuya le visage et reconnut que je n'avais point de blessure : j'avais été seulement éclaboussée durant la bataille.

Papa fut si heureux qu'il pleura de joie et me couvrit de baisers. En cet instant, une femme qui se tenait au-dehors et que je distinguais mal dans l'obscurité, se dressa devant la porte que nous avions laissée ouverte, et pénétra dans la chambre. C'était ma mère. Elle s'avança d'un pas résolu et parla de la sorte :

« Lucio, j'ai entendu le sermon du moine sur l'Herberie. Il a dit qu'il fallait aimer Dieu et se pardonner les injures. Veux-tu oublier ce qui s'est passé ce matin ? »

Papa demeura quelque temps à la considérer en silence, puis il tendit les mains et ils restèrent tous les deux à pleurer l'un contre l'autre jusqu'au moment où l'on m'ordonna d'éteindre la lumière ; alors je crus qu'ils étaient tombés du haut mal, tant ils soupiraient, s'agitaient, faisaient gémir les sièges, se donnant les noms les plus tendres comme s'ils se fussent exhortés à souffrir…

Arrivabene, qui venait de se réveiller, interrompit la conteuse.

— Ah ! le beau sermon, cria-t-il, le beau sermon qui termine si bien les querelles conjugales et réunit le soir dans une même étreinte les ennemis du matin. Ce n'est pas le père Antonio qui aurait jamais l'idée d'en prêcher un de ce genre-là. Il est vrai que, comme nous n'avons pas de femme, cela ne nous servirait à rien.

Mais Nichina reprit tristement :

— Ce fut un vilain sermon au contraire.

Tandis qu'ils s'embrassaient, je courus chez les voisins où Guido avait dû passer la journée, et l'on me dit qu'on ne l'avait point vu. Je rentrai à la maison, espérant qu'il s'était couché à notre insu, et j'allai au petit lit où chaque soir, avant de m'endormir, je venais lui donner un baiser. Ce fut en vain que je cherchai sa tête, que je tâtai les couvertures pour rencontrer les formes de son corps : le lit était vide.

J'appelai de toutes mes forces.

— Guido ! Guido ! mon Guido ! où es-tu ? Oh ! reviens ! reviens !

Mon père, en entendant mes cris, cessa de soupirer.

— Vas-tu te taire, fit-il, enfant de Satan !

Un sanglot fut ma seule réponse.

Je revis mon cher compagnon de jeux, ses beaux yeux noirs et ce front triste qu'il avait toujours baissé. Je songeai à ses timides caresses, à la honte qu'il éprouvait devant moi comme si j'eusse été une grande femme pour lui, quand moi, de toute mon âme, je lui suçais la bouche et les yeux ; je me rappelai les méchants tours que je lui avais joués par plaisanterie, et je me reprochai de l'avoir abandonné pendant la fête, lui qui m'avait si généreusement défendu le matin. Je comprenais que le petit orphelin, recueilli par devoir, mais auquel mon père vendait si chèrement sa bienfaisance, avait besoin d'encouragement, et j'eus le regret de ne pas lui avoir mieux témoigné mon affection. Que j'avais été cruelle en me moquant de son air craintif et de son manque de hardiesse ! N'était-il pas un étranger dans notre maison ! Maintenant que j'avais peur de ne plus le voir, je me sentais triste à mourir. Il avait fallu son départ pour me montrer toute la force de mon amour.

Je me jetai sur son lit où je restai toute la nuit à sangloter pendant que mes parents faisaient retentir la chambre de leurs bruyantes caresses.

— Demain, dis-je au milieu de mes larmes, j'irai à la recherche de Guido.

Heureusement, l'aube vint avec la lumière me rendre l'espérance. Persuadée que je le retrouverais, je finis par m'endormir et je rêvai que Guido s'approchait de moi à petits pas et me mettait un baiser sur les lèvres, tout doucement et très vite, pour ne pas se laisser voir.

Je ne reçus point de nouvelles de Guido ; mes recherches demeurèrent inutiles et je continuai à me désoler du matin au soir.

Cette disparition qui, d'abord, avait surpris mes parents, leur devint une nouvelle cause de querelles.

Mon père, aux repas comme au travail, ne desserrait pas les dents. Ma mère faisait souvent cette réflexion :

— Est-il croyable qu'un enfant abandonne comme cela une maison où il était si bien traité ? Elle ne se rappelait point qu'elle le battait tous les jours.

Puis elle ajoutait :

— Enfin ! C'est une bouche de moins à nourrir. Lucina, Lucietta et Costanza auront leur part plus grande, pas vrai, Lucio ?

Mais papa levait les yeux au ciel avec tristesse :

— C'était le fils de mon frère : il me l'avait recommandé en mourant.

— Ton frère, que le Diable l'emporte ! Un propre à rien n'a pas le droit de recommander quoi que ce soit. Je voudrais voir qu'un beau messer de son espèce pût vous imposer ses volontés quand il ne laisse pas seulement, pour se faire ensevelir, un demi-écu à ses héritiers.

À ces paroles, les regards de mon père brillaient de colère et de haine.

— Tu l'as chassé d'ici, avoue-le, s'écriait-il en saisissant le bras de maman.

— Tu es fou ! tu es fou ! répondait-elle.

Cependant mon père, sans s'occuper de retrouver Guido, conservait sa rancune. Les baisers que mes parents se donnaient le soir n'étaient point un gage de leur bonne entente. À chaque instant ils en venaient aux insultes et aux coups. Pour moi, j'avais coutume de fuir dès que je pressentais une dispute.

Je m'en allais jusqu'au pont du Rialto, et, le visage penché au-dessus du canal, je souhaitais qu'il s'élevât de l'eau un conseil assez fort pour entraîner ma décision. Ma volonté, je dois l'avouer, chancelait encore. J'étais désespérée ; je ne croyais plus revoir Guido ; et la vie à la maison, où maintenant l'on m'accusait de sa fuite, où tout le monde se mettait contre moi, me devenait insupportable. Mais j'avais peur de ceux qui dorment sous les croix dans les cimetières : je me rappelais une fillette avec laquelle j'avais joué et qu'un jour on retira du canal. Je m'étais approchée pour l'embrasser et j'avais reculé devant l'horreur de sa personne raidie et gonflée. « On ne la maltraitera plus, la pauvre petite ! fit une vieille femme à côté de moi. — Elle ira brûler en Enfer, répondit un frère mineur ». Et je ne savais ce qu'on doit penser des morts.

Tandis que je demeurais sur le Rialto, abîmée dans ma tristesse, un moine, une dame ou un ouvrier s'intéressait en passant à ma figure, mais leur bienveillance ne me touchait pas, je ne répondais rien à leurs paroles et ils s'en allaient, impatientés de mon silence. Une fois seulement, comme je regardais les barques glisser sous le pont, je fus étonnée de voir tout à coup mon visage reproduit dans une glace qui brillait au soleil. En même temps, je reçus une petite claque sur les reins. Me redressant alors avec vivacité, j'aperçus un levantin qui me considérait en souriant et me tendait un miroir.

— C'est, dit-il, pour empêcher Votre Grâce de faire la moue, lui révéler qu'elle est jolie et lui apprendre à s'aimer.

Je gardai en main la petite glace quelques instants, pleine d'admiration pour les perles qui l'entouraient ; puis, sans en demander le prix, j'allais la rendre au marchand, mais il ne voulut pas la reprendre et répéta, en s'éloignant, qu'il me la donnait parce que j'étais belle.

Je fus si heureuse du présent que j'oubliai mon chagrin. En retournant à la maison, j'appelais les filles de ma connaissance que je rencontrais pour leur montrer le miroir ; et, ensuite, le serrant contre mon sein, je m'en allais, toute fière de l'envie que j'excitais autour de moi ; mais, au bout de trois pas, une boucle de cheveux me tombant sur l'œil, un petit bouton que je m'imaginais avoir sur la bouche, mon voile de cou que je jugeais mal attaché, tout devenait un prétexte pour attirer le miroir et m'y contempler.

Ce jour-là, plus encore que de coutume, je fus négligente de la tâche qu'on m'imposait. Maman qui, sans m'épargner les remontrances ni les coups, avait l'air de compatir à ma peine, ne put supporter de me voir passer si brusquement de la tristesse à la joie ; elle s'était habituée à ma douleur comme à mon état naturel et je lui parus fort coupable de m'en distraire. Elle saisit la première occasion qui se présenta pour me montrer quelle fureur elle ressentait de mon plaisir. Me voyant délaisser mon ouvrage et essayer devant le miroir une petite parure achetée à la dernière fête, elle me soufflette, me tire les cheveux et, m'arrachant mon collier, mon miroir, elle les lance contre le mur où ils volent en éclats.

— Vas-tu travailler, mauvaise graine ! répondait-elle à mes lamentations.

— Je ne travaillerai plus ici, fis-je en pleurant, et je me sauvai.

Après avoir quelque temps couru après moi, armée d'un bâton, elle cessa de me poursuivre.

— Tu n'as rien perdu, me cria-t-elle, quand tu rentreras, je te donnerai ce qui te revient.

Mais je ne voulais plus rentrer ; cette fois j'étais bien décidée à m'en aller vers cette onde attirante que j'avais regardée si souvent avec amour sur le vieux pont du Rialto. Dussé-je devenir plus laide que mon amie la petite noyée, me dis-je, dussé-je mériter l'Enfer, je suis résolue à ne plus demeurer avec cette femme cruelle, loin de mon Guido. Toutes mes anciennes souffrances, tous mes chagrins oubliés se réveillaient les uns après les autres, et, comme des mains barbares, me poussaient à la mort. Le jour aussi m'y invitait : au milieu de ces eaux immobiles, dans cet air embrasé, il me semblait bon de s'endormir.

J'arrivais donc au Rialto avec l'intention bien arrêtée, s'il n'y avait personne, de me jeter à l'eau, quand j'aperçois, – j'en tressaille encore ! – accoudé à la balustrade du pont, Guido, mon cher Guido en personne qui, tout songeur, regardait le canal étinceler au soleil. Alors, heureuse comme si j'avais été dans le Paradis, je me glisse vers lui bien doucement et, lui prenant le cou dans une étreinte ardente, je lui donne plusieurs baisers. Il tourna la tête, eut un cri de surprise et tout son visage exprima la joie. Maintenant qu'il était près de moi, je ne voulais plus mourir.

— Comme tu es beau ! m'écriai-je.

Il n'avait point, comme naguère, la face poudreuse et noircie ni les vêtements en lambeaux. Sa figure, d'une blancheur d'ivoire, était encadrée de longs cheveux noirs relevés en boucles contre son col, et j'admirais sa veste de satin, ses escarpins de velours et son béret à la bordure de pourpre.

Il me dit d'un ton fier :

— Je suis page de Monseigneur le cardinal Benzoni, le légat de Sa Sainteté. Ah ! la vie m'est plus agréable qu'autrefois.

Il avait perdu son ancienne timidité, s'exprimait avec assurance, et je ne revenais pas qu'il se fût si promptement transformé.

— Et toi, Lucina, fit-il, que deviens-tu ? je vois que tu n'as pas changé. Oh ! qu'est-ce que tu as là ?

Un morceau du collier que ma mère avait arraché était encore fixé à ma robe comme un ridicule débris. Au bout de la chaîne pendait un petit coquillage nacré, brillant comme une perle. Il le mit dans mes cheveux ébouriffés.

— Ah ! Nichio, petite Nichio, Ma Nichina[1], dit-il, comme j'ai pensé à toi !

— Pourquoi donc es-tu resté si longtemps loin de moi ?

— J'avais si grand-peur, en te découvrant où j'étais, que mon oncle le sût et me reprît chez lui !

Puis, voyant mes yeux rouges :

— On t'a encore battue, dit-il.

Et de pitié, il me baisa les paupières.

Pour cacher ma honte, je ne craignis point de mentir.

— C'est toi seul qui m'as fait pleurer.

Il me regarda d'un air attendri qui m'émut jusqu'aux larmes.

— Nichina, je veux t'appeler Nichina, parce que personne ne t'a donné ce nom.

— Tu m'aimes donc un peu ? Tu ne m'as donc pas oubliée ?

Il me ferma la bouche d'un baiser.

— Vois-tu, il faut que tu viennes avec moi chez le cardinal et nous resterons ensemble et nous ne nous quitterons plus. Monseigneur Benzoni a justement besoin d'un page et l'on sera trop content de t'accepter.

— Mais qu'est-ce que je ferai chez le cardinal ?

— Ce que j'y fais moi-même : tu apprendras à bien lire et à chanter ; tu iras porter les lettres ; tu serviras à table : tu ne seras pas malheureuse.

— Et maman, qu'est-ce qu'elle dira ?

— Elle ne le saura pas. D'ailleurs, si, par hasard, elle venait à l'apprendre, elle en serait très fière.

— Comment le cardinal accepterait-il une petite fille ?

— Revêts des habits de garçon et personne ne pourra soutenir que tu n'es qu'une petite fille.

Je souris de cette naïveté, mais comme j'étais décidée à ne plus rentrer chez mes parents et à suivre partout Guido, j'acceptai sa proposition. Au risque d'être chassée honteusement, je convins avec lui de me rendre, dès que j'aurais un costume, au palais Benzoni. Je devais m'y présenter comme un orphelin qui, à cause de mauvais traitements, s'était enfui de chez son maître. Nous n'aurions pas l'air de nous être déjà vus.

---

1. On sait qu'en italien, *Nichio* signifie coquillage. On emploie aussi *Nichio* dans la langue érotique par une métaphore toute naturelle

Pâle et rose comme un coquillage marin

a dit M. Stéphane Mallarmé de cette tendre chair que désigne parfois le mot italien.

En quittant Guido, j'allais trouver un jeune garçon du voisinage qui était à peu près de ma taille, et auquel je persuadai, par plaisanterie, d'échanger ses vêtements contre les miens. Il y consentit d'autant mieux qu'il s'imagina, en se travestissant, jouer de bons tours à ses camarades. Chacun irait seul de son côté, et le soir nous nous reverrions. Mais une fois que je me fus habillée de ses vêtements, je partis pour ne plus revenir. Je me dirigeai aussitôt vers le palais du légat.

Ma physionomie masculine, mon corps d'enfant aux hanches encore grêles, l'habileté avec laquelle je me déguisai, trompèrent sur mon sexe le moine qui me reçut, et qui n'était autre que ce vieux paillard d'Arrivabene…

Tous les regards se tournèrent alors vers le frère qui, satisfait de ce que l'on parlât de lui, approuvait gravement de la tête, baissait les yeux avec modestie et, les bras en croix, se frottait les pouces contre le ventre.

— Comment ! s'écrièrent les amies de Nichina, vous connaissez Arrivabene depuis si longtemps ?

— Nous nous connaissons de toute éternité ; il me semble qu'avant de venir au monde j'ai vu cette grosse face rouge quelque part ; j'ignore, par exemple, si c'est au ciel ou dans le ventre de ma mère… Quand il m'apparut chez le légat, il portait encore la robe du couvent des dominicains d'où il s'était échappé, après y avoir joué, comme frère convers, mille tours à Dieu et aux saints.

— Votre récit est exact, Nichina, reprit le moine, sauf en un point où vous me permettrez de le rectifier. Je ne me suis point trompé sur votre nature comme vous le prétendez ; seulement votre physionomie me plut si fort que je me résolus à devenir votre complice.

— Regardez-moi, s'écria la Petanera, cette bête de moine qui ne voudrait pas qu'une femme se fût moquée de lui.

— J'en ai la prétention, fit Arrivabene qui se donna tout à coup un air important et solennel. Je ne compte plus les fronts des maris que j'ai encornés, mais je puis vous le dire : bien loin qu'une femme se soit jouée de moi, jusqu'ici nulle ne m'a résisté, nulle ne m'a été infidèle. J'ai été beaucoup aimé. Trop même pour mon salut éternel et mon repos en cette vie. Je ne pouvais pas suffire à calmer toutes les passions que j'excitais. Plusieurs jeunes filles se sont poignardées, pendues ou ont bu du poison en désespoir de ne pas me posséder. L'autre jour encore, une de nos plus célèbres beautés de Venise, et non point une simple courtisane, mais une patricienne d'un sang illustre, épouse d'un des grands noms de la République, après m'avoir ouvert un coffret plein d'or, me disait dans le tuyau de l'oreille : « Arrivabene, tu vois ces richesses : tu y puiseras à ton gré, si tu daignes consentir à partager mon lit ».

— Et vous n'avez pas accepté ?

— Je vous avouerai que le visage de cette dame, quoique beau, ne me touchait point. Et puis, en fait de femmes, je ne veux plus servir que la sainte Vierge.

— C'est heureux, s'écria Polissena.

— Pourquoi heureux ?

— Parce que si vous vous étiez mis dans la tête d'avoir l'une de nous, moi, par exemple, qui ne suis pas patricienne, vous auriez couru grand risque de mourir sans avoir contenté votre envie.

Arrivabene eut un clignement d'yeux, puis, se levant, il s'écarta de quelques pas, et me fit signe, du doigt, de venir le trouver. J'obéis à son appel. Derrière moi les vieilles dames, laissant s'épanouir leur gaieté, gloussaient comme des poules qu'on effare, et les jeunes, plus retenues, étouffaient des rires qui finissaient à la façon d'une mine, par éclater en formidables explosions.

Pressé par les vins forts dont il avait bu en abondance au dîner, le moine avait levé sa robe et s'était placé derrière un arbre.

— Tu vois, cette petite Polissena, me dit-il tout en arrosant les plates-bandes de Madame Nichina, elle a des yeux doux comme une fleur, une bouche d'innocente et, avec cela, il n'y a point, dans Venise, de coquine plus accomplie. Des gentilshommes se sont ruinés pour elle, et l'autre jour, elle a fermé la porte au nez d'un Conseiller de la Seigneurie qui ne lui avait offert que vingt ducats. Eh bien ! dès ce soir, je l'aurai, et je la paierai d'un sourire.

À ces paroles, je ne pus dissimuler un mouvement d'indignation.

— Arrivabene, dis-je, tu es un vil scélérat. Comment ! tu viens de jurer de ne plus servir que la sainte Vierge, et déjà tu es prêt à violer ton serment.

— Mon frère, tu te trompes : je connais trop la faiblesse humaine pour m'engager avec des serments ; j'aurais crainte de me parjurer. Il est certain que j'avais tout à l'heure la ferme intention de vivre dans la chasteté, mais si je ne possède pas la grâce du bon

Dieu, tous mes efforts vers le bien seraient inutiles. Or, ce soir, je suis forcé de le constater, le bon Dieu m'a lâché, sans défense, au milieu des plus insurmontables tentations : vins du meilleur cru, chère exquise, dames grasses et libertines ; et, comme si ce n'était pas assez d'ennemis à combattre, Polissena vient me dire à brûle-pourpoint que j'ai pris son cœur !

— Hein ! fis-je étonné.

— Tu n'as pas entendu son aveu ?

— Je ne l'ai pas compris comme toi.

— Tu ne comprends jamais rien de ce que disent les femmes. Il n'y a pourtant pas à s'y méprendre : Polissena est amoureuse de moi. Que ferais-tu à ma place ? Tu ne repousserais pas ses avances, n'est-ce pas ? Je sais bien que si je profite de ses bonnes dispositions, je commets un péché mortel, mais j'en ai déjà un sur la conscience. Or, du moment qu'on en a un, il n'y a pas de raison pour qu'on n'en ait pas cent.

— Je vois. Arrivabene, que si tu vas dans l'Enfer, tu tiens à le mériter…

— Je n'irai pas ! je n'irai pas ! je suis un trop excellent chrétien. Aujourd'hui, c'est vrai, je réponds aux politesses de cette fille ; mais demain, sans faute, je me réconcilie avec le bon Dieu. Ne crois pas d'ailleurs que le bon Dieu soit très fâché : on se brouille, on se raccommode ; ça l'amuse !

Nous revînmes vers Nichina qui nous plaisanta de notre absence.

La lune, s'épandant sur le monde voilé, créait des formes nouvelles, brillantes et confuses. Une large lumière éclairait le groupe des jeunes femmes et leur donnait la beauté morte des statues. Devant le ciel semé de lueurs obscures et argentées, devant l'herbe vague, le jardin gris, les pâles feuillages et les vastes nappes d'ombre qui s'allongeaient autour des grands arbres, seule Nichina semblait vivante et, de ses gestes, de sa voix, prêtait une âme à la Nuit.

Elle continua de la sorte :

Lorsque j'entrai au palais Benzoni, Arrivabene se promenait dans le vestibule ; il m'accueillit très aimablement. Après un bref interrogatoire, il m'annonça tout à coup qu'il m'acceptait et que je faisais partie de la maison du cardinal. Chargé de trouver un page, il avait hâte de remplir sa mission.

Sa figure joviale, avec ses arabesques de boutons et de rougeurs, m'égayait fort, mais je ne pus retenir un cri quand je vis s'approcher de moi le frère à tête de cadavre que j'avais entendu prêcher sur la Place-aux-Herbes. À son extraordinaire maigreur, à sa démarche qui ressemblait à une suite de bonds rythmiques, à son visage aux orbites profondes comme des trous et où le regard disparaissait, on eût dit un crâne au bout d'une perche que faisait sauter un bouffon. Il était accompagné d'un prêtre jaune et sec, aux yeux soupçonneux, que depuis je sus être l'abbé Coccone.

Arrivabene me présenta.

— Encore un petit mendiant ramassé dans le ruisseau ! s'écria Coccone.

— Mais, reprit Arrivabene, il a la physionomie intelligente : il saura nous être utile.

— Sans doute, approuva le moine à la face de cadavre, d'une voix qui semblait lui sortir de l'estomac. On peut attendre quelque chose de tout enfant du peuple : si, au contraire, c'était le fils d'un gentilhomme, je ne garantirais rien, car la corruption s'attache aux grands, mais la vertu habite le cœur des pauvres.

— Avec une pareille engeance, dit l'abbé Coccone sans écouter le moine, le palais de Monseigneur va devenir le réceptacle de tous les vices.

J'entends alors un pas léger et le battement d'une traîne de soie contre les degrés de marbre du grand escalier qui occupe tout le fond du vestibule, et Monseigneur Benzoni apparaît, non point revêtu de sa robe de cardinal, mais habillé, à la façon des plus élégants damoiseaux, de vêtements noirs ajustés et fins ce qui lui donne l'air, au premier abord, d'un jeune homme, bien qu'il touche à la maturité. Il porte sous le bras un manteau de pourpre dont il s'est débarrassé dans l'escalier et qu'il lance à un valet.

— Voilà votre nouveau page, mon révérendissime seigneur, dit Arrivabene.

Le cardinal jette sur moi un regard distrait et réplique simplement :

— C'est bien ; vous lui montrerez ce qu'il devra faire.

Je le regardai avec attention et je fus étonnée de ce qu'il y avait à la fois d'agréable et de repoussant dans sa physionomie ; de grâce, de malice et d'affabilité dédaigneuse dans ses manières.

Cependant Coccone déjà l'avait pris à part ; il lui parla longtemps : l'abbé avait des gestes désespérés, levait les yeux au ciel, tandis que Benzoni, en l'écoutant, conservait sa physionomie calme et souriante.

— Ce qui se passe ici, dit Coccone en terminant, cause à Venise un véritable scandale. Pasquin vous reproche de vouloir singer les façons de Sa défunte Sainteté, le pape Léon, sans avoir l'excuse de son génie. Vous êtes la risée de tout le monde.

— Je ne me pique d'imiter qui que ce soit, fit le cardinal. Si le pape Léon a vécu comme moi, c'est sans doute que nos caractères se ressemblaient. Quant à posséder son esprit, cela, par malheur, ne dépend pas de ma volonté. Que les railleurs qui s'exercent sur nos personnes ne vous tourmentent point, seigneur abbé. Quoi que nous fassions, nous aurons toujours des ennemis et des détracteurs. Le mieux est de ne pas s'en occuper et d'agir à notre guise.

— Enfin ce moine hérétique, ce frère qui pue le vin, votre peintre athée, tous ces vauriens qui encombrent les cuisines et dont vous vous plaisez à composer votre domesticité, font ressembler le palais du légat à... à... je n'ose dire à quoi, par égard pour vous, monseigneur.

— Ces animaux-là m'amusent, répliqua le cardinal. Les uns ont la beauté, les autres l'esprit. C'est assez pour justifier leur présence au palais. Je joue avec eux comme avec mes lévriers. Vous comprenez, Coccone, que les affaires de Sa Sainteté ne sont pas si intéressantes que l'on n'éprouve parfois le besoin de s'en divertir.

Comme ils causaient encore, Guido entra dans le vestibule, portant deux gros volumes. Lorsqu'il me vit, il fut si pressé de se débarrasser de sa charge qu'il déposa les livres, sans y prendre garde, sur les bords d'une table, d'où ils tombèrent sur les dalles.

— Petit maladroit ! s'écria l'abbé, en lui appliquant deux soufflets.

Et Coccone se préparait à lui en donner d'autres, quand, furieuse, oubliant les recommandations de Guido, je tirai l'abbé par sa manche.

— Voulez-vous ne pas le battre, méchant !

— Tiens ! mais il est drôle, mon nouveau page, dit le cardinal. Voilà qu'il vous fait la leçon, Coccone.

— C'est déplorable ! monseigneur, déplorable ! vous encouragez les enfants à mal se conduire.

— Mais si je les encourageais au bien, croyez-vous qu'ils ne se conduiraient pas plus mal ?

— Ce n'est pas la peine d'être légat de Sa Sainteté pour se permettre de pareils discours.

J'avais rejoint Guido, et, négligeant toute prudence, nous nous tenions enlacés ; Guido m'entourait la taille, tandis que j'appuyais le bras sur son épaule.

— Oh ! l'admirable groupe ! s'écria quelqu'un derrière moi.

Me retournant aussitôt, j'aperçus un homme de haute taille, tout habillé de soie noire, qui portait sur son pourpoint un collier d'argent. Une barbe touffue et frisée se mêlait aux boucles de son abondante chevelure et, sans en cacher le dessin à la fois mâle et délicat, couvrait une partie de ce visage dont la large bouche s'épanouissait semblable à une fraise humide de rosée. Des yeux étincelants de joie, de désir et d'ardeur, éclairaient cette face d'immortel.

— Il ne manquait plus que celui-là, fit Coccone à demi-voix.

— Monseigneur, remarqua l'inconnu, vos pages me serviraient bien pour mon groupe de Castor et Pollux.

— Ah ! Fasol, ce sont de beaux enfants, dit le cardinal qui venait de nous regarder.

Il s'approcha de Guido et, tandis qu'il le considérait, je vis ses yeux briller de plaisir. Alors, se penchant, il lui baisa le front à plusieurs reprises. Il me donna aussi un baiser, mais très vite et comme pour ne pas laisser voir qu'il me préférait Guido.

Puis, avec une subite indignation :

— Arrivabene, cria-t-il en me désignant, à quoi pensez-vous pour laisser ce garçon avec de pareilles loques ?

Le frère, tout confus, prétendit qu'il n'avait point de costume préparé pour moi.

— Eh bien ! continua le cardinal, il faut que le tailleur vienne aujourd'hui. Je veux que mes pages soient élégamment vêtus.

L'heure du dîner était arrivée ; nous passâmes dans une salle qui m'éblouit par sa magnificence.

Les peintures éclatantes, aux fonds de pourpre, ressortaient entre les blancs stucs de cariatides et de danseuses sous les lambris de bois précieux et les dorures finement travaillées du plafond. Douze fenêtres, versant à flots la lumière du soleil, illuminaient la table couverte d'une nappe de dentelles où, parmi les coupes, les aiguières, les corbeilles de roses, se voyait la fleur et la joie du festin : une Léda en argent, docile et sereine amoureuse ouvrant ses jambes puissantes aux ardeurs du cygne. Mais ce qui surtout attira mon regard, ce fut la fresque immense qui couvrait les murailles et qui évoquait les batailles d'Alexandre. J'éprouvai je ne sais quelle admiration mêlée de terreur à contempler les engagements de chevaux cabrés aux croupes énormes que balayaient des queues et des crinières volantes ; les hommes, en une lutte sans merci, tendant toute la force de leurs bras et de leurs pieds ; les corps roulant embrassés sur le sol, et les deux sexes mêlés, offrant leurs chairs glorieuses, leurs accouplements emportés que, seules, comme pour justifier le carnage, dérobaient aux yeux de splendides chevelures d'or. Cette fresque était l'œuvre de Paolo Fasol : en la voyant, je ne doutai point que cet artiste ne fût dieu.

Le cardinal s'assit entre Fasol et l'abbé Coccone ; le moine et Arrivabene prirent place devant eux. Nous devions rester debout pour verser le vin aux convives et aider les domestiques.

Tel fut tous les jours notre service.

Comme je demandais bas à Guido quel était ce frère au visage effrayant, il me répondit qu'il se nommait en réalité Gennaro, mais qu'on l'appelait toujours l'Hérétique.

Justement Fasol disait au cardinal :

— D'où vient ce monstre ? Est-ce qu'on l'a déterré du cimetière des Saints-Apôtres ?

Par bonheur, frère Gennaro n'entendait pas. Après s'être largement signé, il attendait, en silence et les yeux baissés, qu'on le servît. Il ne s'occupait ni de ses compagnons de table, ni du luxe qui l'entourait. La partie de la fresque qui était devant lui représentait deux danseuses précédant l'entrée triomphale d'Alexandre à Suse. La première montrait son ventre lisse et ses seins épanouis ; l'autre, posée de derrière, offrait toute la plénitude et les larges cambrures de son corps. Mais Gennaro ne les voyait pas, non plus qu'il ne respirait les fleurs éparses ou jointes en bouquet sur la table. Le mouvement précipité en avant et en arrière de sa lèvre inférieure, découvrant les quatre dents qui lui restaient au fond d'une bouche noire comme une cave, des grimaces qui sillonnaient sa vieille peau de mille rides, indiquaient assez qu'il marmottait des prières. Peut-être, en cette salle somptueuse, se croyait-il au ciel ou dans le désert.

— C'est un pauvre moine florentin, disait le cardinal à Fasol : une lettre de frère Girolamo lui a égaré l'esprit. S'imaginant que Dieu l'avait choisi pour continuer l'œuvre de son maître, il s'est sauvé de son couvent et s'est mis à prêcher, de ville en village, toutes les folies qui lui sont passées par la tête. Après l'émeute sanglante qu'il a provoquée le jour du Jeudi gras et où il a failli laisser sa peau, le Saint Office l'a fait arrêter. On devait l'envoyer à Rome quand je suis intervenu en sa faveur auprès de mes collègues et me suis chargé de sa conversion. Je pense bien qu'il ne changera jamais, seulement, que voulez-vous ? il m'amuse.

Et il cria d'une voix forte :

— Frère Gennaro ! Frère Gennaro ! à quoi pensez-vous ?

Le moine tressaillit, eut un regard effaré, tourna la tête à droite, à gauche, et s'aperçut enfin que le cardinal lui adressait la parole. Il ferma les yeux et, d'une voix sourde :

— Il y a longtemps que mon esprit a quitté cette terre d'iniquités. Comme mon cher maître, j'ai maintes fois chanté ce vers en pleurant :

Heu ! fuge crudeles terras, fuge littus avarum.

— Gennaro, dit le cardinal à Fasol, me cite toujours ce vers comme s'il n'en connaissait point d'autres, et surtout comme s'il n'en sentait point l'harmonie : il faut que je lui donne une leçon.

Alors, se tournant vers le moine :

— Mon cher frère, nous ne mêlerons pas, si vous le voulez bien, le sacré au profane.

— Mais, répliqua Gennaro, n'est-ce point tourner les impies en dérision que de se servir de leurs erreurs pour le triomphe de la sainte Foi ?

Cette réponse mit le cardinal en fureur.

— Il ne vous appartient pas de tourner Virgile en dérision, s'écria-t-il ; c'est le Poète plutôt qui, par les vers que vous citez de lui, vous couvre à jamais de ridicule. Quand, à la suite de votre latin de populace et d'un vénitien de bateliers, vous prétendez, en vos sermons, l'amener comme un ennemi vaincu et humilié, il me semble contempler un dieu que la boue et les insultes n'atteignent point, et dont la rage impuissante de ses ennemis ne sert qu'à mieux faire éclater la gloire !

— Je vous félicite, monseigneur, dit Fasol ; enfin je vous vois ému.

Mais le cardinal était déjà las de sa colère.

— Ne louez point, Fasol, un mouvement d'indignation inutile et que je regrette déjà. La vérité n'a pas besoin de bouillants défenseurs. Que nous importent les préférences de ce moine grossier ! Il peut admirer à son aise les images incohérentes du Psalmiste : nous, mes amis, répétons les vers divins de Pétrarque et de Virgile, oublions l'éloquence rustique des apôtres pour Cicéron, ce prince du beau langage, et laissons se moquer les imbéciles.

Et rident stolidi verba latina Getae.

Coccone leva le nez et, sans regarder son interlocuteur, avec un mouvement en arrière de la lèvre inférieure qui produisait, à chaque parole, un petit sifflement d'aspic :

— Votre révérendissime seigneurie, dit-il, oublie que Sa Sainteté l'a nommé son légat dans la République de Venise ?

— Sa Sainteté, soyez-en sûr, est un trop galant homme pour ne pas m'approuver, quand je suis à table, de mettre en oubli mes fonctions. Je dois à mes hôtes de les divertir comme un mari doit à sa femme de lui causer d'amour, plutôt que de l'entretenir du métier plus ou moins vif qui lui procure l'existence.

— Et qui sont donc vos hôtes ?

— Mais, seigneur abbé, ce ne peut être vous qui êtes notre secrétaire, ni ce moine qui reste ici pour s'instruire de la vraie religion, ni Arrivabene, ni les officiers de notre palais. Notre hôte, c'est ce cher Paolo Fasol, que nous embrassons aujourd'hui devant vous en attendant l'heure glorieuse de lui décerner, en présence de Venise entière, la couronne d'or que mérite son génie.

Et le cardinal, appuyant les mains sur les épaules de Fasol, lui mit, parmi ses boucles noires, un long baiser sur le front.

— Ah ! monseigneur, dit Fasol, pourquoi faut-il que vous estimiez mon art et que je ne puisse arriver, malgré tous mes efforts, à goûter vos poésies ?

Benzoni, qui n'attendait pas ce compliment, fut atteint au vif. Malgré toute son indulgence, il supportait difficilement qu'on lui refusât les dons des Muses. Aussi, lança-t-il à son hôte un regard terrible, où la colère et la tristesse se mêlaient au remords d'avoir offert une louange improductive.

Satisfait de l'aventure, Coccone considérait le cardinal de ses yeux clignotants et tendait vers lui son museau de renard.

Mais Fasol reprit :

— Je crois bien qu'il n'exista jamais un esprit plus doué par les dieux et plus aimable aux hommes que le vôtre. Mais si, dans nos entretiens, vous montrez toutes les richesses d'intelligence dont la Fortune vous combla, il me paraît que, dans vos vers, vous prenez sur vous de les dissimuler avec autant de soin qu'un avare dérobe ses trésors. Votre esprit est excellent, mais un étrange démon l'emmène en de mauvaises voies. Ainsi vous révérez Pétrarque, Guido Cavalcanti et Cino de Pistoia. Ce sont de mauvais modèles, monseigneur. Leur amour ressemble à une dame malade et craintive du froid, qu'on enveloppe si bien de vêtements et à laquelle on fait boire tant de tisanes, qu'elle n'a plus formes ni haleine de femme. Je ne sais rien de beau comme une simple Vénus. Les héroïnes du poète Horace, Pholoé, Lycé, Myrtale ou Lydie, ces belles amoureuses dont les voiles de Cos ne cachent point les chairs, et jusqu'à ces servantes de plaisir qui attendant l'étreinte des hommes debout et toutes nues sous les claires lanternes de Suburre, je les préfère à ces maman-ne-veut-pas qui sentent par trop le confessionnal, les disputes d'école ou les nuits impudiques d'une longue continence.

— Mon cher Fasol, dit le cardinal, vous manquez d'éducation et de raffinement. Vous êtes un puissant créateur, mais vous ignorez l'art de jouir du monde. Semblable à un fleuve qui reproduit la magnificence du ciel et de ses rivages, toutes les beautés de la terre viennent se mirer en vous, et vous ne les apercevez pas.

Une discussion vive allait s'engager entre le cardinal et le peintre, quand on monta le dîner et nous eûmes l'ordre de remplir les coupes. Après m'être acquittée de cette tâche, je saisis le moment où tous les convives étaient occupés à manger des grives au laurier, – un plat exquis si j'en juge par l'odeur, – et où les domestiques étaient descendus à la cuisine, pour m'approcher de Guido et lui donner un baiser. Comme il me repoussait dans la crainte qu'on ne nous surprît, j'appuyai plus fort que je n'eusse voulu ma bouche sur la sienne et nos lèvres ne surent point rester silencieuses.

L'abbé Coccone, au bruit, leva les yeux sur nous.

— Vous voyez ce qu'ils font, dit-il à demi-voix à Benzoni, vous voyez quelle indécente valetaille vous avez dans votre maison.

— Ils sont assez beaux, s'écria Fasol, pour avoir le droit de s'embrasser.

Benzoni ne répondit rien et se contenta de lancer à Guido un singulier regard dont je ne compris point l'expression. Il me parut très irrité, mais il dissimula sa fureur.

Heureusement, le repas de frère Gennaro, qui ne touchait à rien de ce qu'on apportait sur la table, détourna de nous l'attention. Le moine buvait de l'eau claire et se nourrissait de pois cuits à l'eau ou de raves crues, mais le cardinal, soit amour du faste, soit plaisanterie, ordonnait que ce repas d'ermite fut servi à Gennaro dans la même vaisselle précieuse que le gibier et les poissons de choix qui formaient l'ordinaire.

Dès qu'il eut devant lui son misérable dîner, le frère, qui depuis quelques instants mourait de faim, promenait des regards sournois sur les plats et dilatait ses narines au fumet des sauces, se jeta comme un dogue sur les raves et n'en fit qu'une bouchée.

— À ce régime, dit Fasol qui considérait Gennaro d'un air railleur, pitoyable et amusé, le pauvre homme va devenir tout à fait un cadavre.

— Ah ! chuchotait à l'oreille du peintre Monseigneur Benzoni, j'ai trouvé un moyen de le forcer à manger. Il suffit de lui occuper l'esprit assez fortement pour qu'il ne songe plus à mortifier sa faim et à brider ses appétits. C'est alors un avale-royaume. Vous allez voir.

Et il appela devant nous le chef des cuisines, Nicodemo Meliaca, florentin aux lèvres fines et aux regards vifs, chez lequel les soucis de l'art culinaire n'avaient point étouffé l'esprit d'observation.

— Meliaca, fit le cardinal, on m'assure que tu as vécu à Florence, au temps de Girolamo. Est-il vrai qu'on y fut si heureux que tout le monde se crut un moment dans le Paradis ? Étais-tu de ce parti des Pleurnichards qui se lamentaient sur les vices du siècle et choisirent le frère pour sauver la vertu, l'invoquant comme un saint et un libérateur ?

Au nom de son maître, Gennaro avait tendu l'oreille.

Meliaca répondit :

— Si persécuter le pauvre monde est un titre à la sainteté, personne, plus que le moine de Saint-Marc, n'a droit à la canonisation, car personne, sous couleur de vertu et de charité, n'a mis les gens dans une telle misère. S'il n'était venu parmi nous, ce damné prédicateur, je serais aujourd'hui à Florence, ma chère cité, et j'aurais toujours le petit jardin que mon arrière-grand-père avait acheté à Fiésole, il y a plus de cent ans. Car ma famille avait du bien et était heureuse. Le Magnifique (dont Dieu ait l'âme) avait remarqué le talent de mon père pour ciseler les armes ; il l'avait employé plusieurs fois à divers travaux et payé généreusement comme c'était son habitude. De plus, sa faveur nous avait valu toute une riche clientèle. Mais, après la fuite de Monseigneur Pierre, lorsque cet avale-pater se mêla de régenter les citoyens et quand toute la ville de Florence fut comme bouche bée à chaque parole qu'il laissait tomber, notre infortune commença. Nous avions d'abord été assez stupides pour le soutenir : nous pensions qu'il ne voulait que le bien des simples citoyens, et qu'il ne poursuivait de sa haine que la richesse – la richesse impie et exécrable à Dieu, comme il ne cessait de le répéter. En réalité, il ne travaillait que pour les vide-goussets et les coupeurs de bourses. Il suffisait qu'on eût quelques florins chez soi pour qu'il vous considérât comme un ennemi de Jésus-Christ. Déjà les personnes qui faisaient autrefois travailler mon père ne lui commandaient plus rien, dans la crainte qu'on ne les accusât de dépenser leur argent en vanités. Une ciselure, si belle qu'elle fût, semblait une chose inutile aux barbares qui étaient nos maîtres. Bientôt on établit une si forte imposition sur notre jardinet de Fiésole, que mon père se décida à le vendre pour une somme dérisoire. Dès lors, à chaque instant, nous eûmes à subir des vexations. Le Magnifique avait donné à mon père le livre des Contes de Messer Boccacio. C'était une joie, le dimanche, de venir l'entendre lire ces belles histoires, autant pour l'aimable sonorité de sa voix que pour l'accent dont il savait relever la grâce, la passion ou les finesses du récit. Quels doux soirs j'ai passés au milieu des parents et des voisins qu'attirait son talent de lecteur, à écouter l'histoire de Violante, de Griselda ou encore celle du faucon de Federigo des Alberighi ! Quand on me permettait de retirer le volume du coffre où on le ramassait après chaque lecture, j'éprouvais je ne sais quelle émotion à tenir entre les mains ce livre si précieux, dont chaque feuillet était pour moi un souvenir. À l'aventure de Messer Nicolla de Saint-Lepidio, qui perdit ses braies en rendant la justice, je me rappelais ma vieille tante Damiana dont le ventre se gonflait et sautait si joyeusement de plaisir, et si je m'arrêtais aux malheurs de Lisabetta de Messine, il m'était impossible de ne pas voir en imagination les joues de ma chère Clotilde, humides et brillantes de larmes comme les rosiers sous une pluie de juin. Eh bien ! je ne sais quel suppôt de l'Enfer vint rapporter à la Seigneurie que mon père avait chez lui le *Décaméron*, et comme Girolamo avait ordonné d'en détruire tous les exemplaires, on vint réclamer le nôtre, et, sur notre refus, on fouilla la maison. Mon père, pour sauver le livre, l'avait mis dans une cachette ; on le découvrit, on le lui arracha des mains et le pauvre volume, qui avait amusé tant de braves gens, fut brûlé sous nos yeux comme avaient été brûlées, le jour des Rameaux de l'année précédente, avec tous les *Décaméron* et les *Morgante maggiore* qu'on put trouver, les statues qui étaient l'orgueil de Florence pour la grâce des femmes qu'elles représentaient et le talent de l'artiste qui les avait sculptées : la Bina, la Bencina, la Lena Morella. Sa Seigneurie peut m'en croire ! toute la beauté qu'a créée le bon Dieu était en horreur à ce fou. Je l'ai vu frapper une mère au visage, parce qu'elle ne s'était pas occupée de cacher le sein dont elle allaitait son enfant ; je l'ai vu accabler de coups de pied un pauvre innocent qui montrait son derrière en jouant sur le seuil d'une porte. La chair nue, un riche costume, tout objet de travail ou de métal précieux excitaient sa colère ; et, pour lui, la crasse et la laideur du corps étaient l'indice d'une âme pure et digne du ciel. Mais écoutez le dernier tour qu'il nous joua. Deux marchands, pour établir leur commerce, eurent besoin de l'assistance de mon père qui leur confia tout son bien. Ils s'engagèrent à le lui rendre peu à peu et à prélever, à titre de gratification, une petite somme sur leurs bénéfices annuels. Ces hommes, qui étaient de malhonnêtes gens, profitèrent, pour renier leur parole et garder le dépôt, d'une loi sur les emprunts que ce voleur de dominicain parvint à imposer au Grand Conseil. Par cette loi, tout prêteur était assimilé à un usurier, regardé comme un bourreau des pauvres et perdait ses droits sur l'argent prêté. C'est ainsi que ce moine prétendait ramener la justice à Florence ! Les réclamations de mon père ne furent donc pas écoutées, et, comme l'engagement conclu avec les marchands n'avait plus aucune valeur, on ne lui rendit rien. Désespéré d'une ruine qui l'atteignait dans la vieillesse, après toute une vie de travail et d'honnêteté, mon père se tua. Pour moi, qui appartenais à la classe des bénéficiers, je dus m'en aller de Florence, comme un mendiant, et chercher fortune à travers le monde.

— Alors, Meliaca, dit le cardinal, si on consacrait un autel au saint frère Girolamo, tu n'irais pas brûler un cierge devant son image ?

— Comment ! on élèverait un autel à cette truie, à cette drogue, à ce poison ! Que Sa Seigneurie en soit certaine, du jour où je le verrais béatifier, ce prédicateur de mon cul, je douterais du Saint-Père, de l'Église et du Christ ! Ah ! il faudrait en avoir, du courage ! Je l'avoue franchement, je ne regrette qu'une chose, c'est qu'on ait pendu cette canaille de telle sorte que le bûcher ne put dévorer que sa vilaine carcasse ; j'eusse voulu que la flamme attaquât sa chair vivante, j'aurais souhaité qu'il rôtît à petit feu, le brigand, le lâche assassin qui a demandé la mort des bienfaiteurs de Florence, causé le suicide de mon père et m'a forcé de quitter ma chère ville natale !

Pendant que le Florentin parlait, Frère Gennaro avait peine à ne pas manifester son émotion. Sans savoir ce qu'il faisait, il vidait, au grand amusement de l'assistance, les pleines coupes de Trebbiano que sur l'ordre de l'archevêque nous lui versions, et il dévorait, en un clin d'œil, au risque d'étouffer, les viandes, les fruits, les gâteaux qui se succédaient sans interruption sous ses yeux. Mais quand il entendit les dernières insultes et les souhaits féroces de Nicodemo Meliaca, il ne put demeurer tranquille, il se leva en chancelant et, d'un bond, il se jeta sur le cuisinier. Avant que personne eût le temps de le prévenir, il le saisit à la gorge et lui frappa à plusieurs reprises la tête contre la muraille.

— Enragé ! abominable enragé ! répétait-il, je t'apprendrai à dire du mal de mon doux, de mon tendre, de mon vénéré maître !

Le vieux Nicodemo, terrifié de cette attaque soudaine et croyant sa dernière heure venue, demandait grâce d'une voix éteinte.

Tout le monde se leva de table ; et Arrivabene, aidé des domestiques, arracha des mains du moine le pauvre homme tremblant et tout ensanglanté. Mais Gennaro n'eut pas plutôt vu emmener le cuisinier que sa fureur se tourna vers les fresques de Fasol, qu'il venait d'apercevoir pour la première fois ; il empoigna un couteau et le lança de toutes ses forces sur les danseuses du triomphe d'Alexandre en criant :

— Ah ! je détruirai vos maisons d'impureté ! je jetterai dans les fleuves vos trésors dont les pauvres ne profitent pas !

Le couteau entra dans la chair grasse d'un sein et y laissa une plaie béante.

Fasol aperçut la blessure, eut une plainte aussi douloureuse que s'il venait lui-même d'être atteint et, se précipitant sur le moine, d'un violent coup de pied dans les jambes, il le renversa, puis se mit à lui écraser le visage.

— Destructeur de chefs-d'œuvre ! charogne immonde ! faisait-il, je vais te rendre à la terre !

Gennaro, se redressant, s'était attrapé aux cheveux de son adversaire et essayait de lui égratigner le visage, mais il ne réussissait pas à éviter les poings vigoureux qui tombaient, comme une masse d'armes, sur son crâne chauve.

Tout à coup, le peintre leva sa dague et Gennaro, dont la voix m'avait paru si forte sur l'Herberie, se mit à pousser de petits cris de souris prise au piège. Par bonheur des valets arrêtèrent Fasol et parvinrent à maîtriser sa colère, tandis qu'Arrivabene, Guido et moi nous secourions le moine presque mort de frayeur.

— Cette scène est de trop dans mon spectacle, fit le cardinal, mes animaux commencent à devenir insupportables.

— Je vous ai prédit ce qui vient d'arriver, monseigneur, dit Coccone, et sa lèvre inférieure, en signe de mécontentement, s'allongea jusqu'au menton ; je vous ai tout prédit, mais vous ne voulez jamais m'écouter.

— Et croyez-vous, messer Coccone, que vous suffisez à ma distraction et que vos entretiens sur saint Pierre ne me laissent rien imaginer de plus joyeux ? Non, ajouta Benzoni, je le constate avec déplaisir : il m'est, pour le moment, impossible de me passer de ces énergumènes.

Comme Nichina s'arrêtait pour reprendre haleine, la Petanera jugea convenable d'émettre cette réflexion :

— J'ai vu passer plusieurs fois sous mes fenêtres Monseigneur Benzoni : il avait un port de tête si majestueux, que moi, qui ai une fois abordé dans la rue le dernier Doge, j'aurais eu peur de lui parler. Je n'eusse jamais cru que chez lui avaient lieu des comédies pareilles !

— Mais ce n'était pas de sa faute, repartit la petite Polissena.

— Cela n'en est pas moins fort déshonorant. On m'offrirait deux cents ducats pour aller voir un homme comme celui-là, je refuserais.

Je tenais, pour ma part, à remercier Madame Nichina du plaisir que m'avait causé son langage délicieux, tour à tour élégant et familier, et sa voix d'un son si clair et si séduisant ; plaisir, hélas ! qu'aucun écrivain ne pourra rendre, pas plus qu'aucun peintre n'est capable de représenter son visage changeant et animé, où la tristesse, qui suit toujours chez elle l'enjouement, met de si voluptueuses ombres.

Je lui dis :

— J'admire comment vous vous êtes rendu familier l'esprit de tant de personnes différentes au point de conserver pour nous jusqu'à leur accent.

— La galanterie, fit-elle, ne va pas sans une intelligence prompte et toujours en éveil. J'eus de bonne heure l'art de deviner les hommes, art en somme facile dans notre profession puisque nul ne garde ses confidences lorsqu'on vient dans nos bras de s'abandonner. D'ailleurs, la fortune réclame de nous moins un esprit entreprenant qu'une âme souple, docile et molle comme cire à toute empreinte. C'est pourquoi tous ceux qui m'approchèrent, amis ou ennemis, me marquèrent à leur signe. Il y a des jours où cela me gêne bien un peu de porter en moi des idées si diverses, d'autant plus que, semblables aux corps d'où elles sont venues, elles ont leur jalousie et font ensemble mauvais ménage. Seulement, cette confusion n'a lieu que s'il me faut juger des affaires qui ne me regardent point : sur la stratégie, l'art ou la politique, je soutiens tour à tour, parfois sans m'en apercevoir, les avis les plus différents, mais qu'il faille traiter d'argent, de commerce, d'amour, je redeviens moi-même.

— Madame, dit alors Arrivabene qui venait de courtiser Polissena et qui s'inclina respectueusement, je vous rends grâce de vous rappeler si bien le latin que je vous ai enseigné. Vous avez cité des vers mieux même que je n'aurais pu les dire.

La Nichina se mit à rire de tout son cœur.

— Si l'on peut se vanter ainsi ! s'écria-t-elle, mais, Arrivabene, vous savez bien que c'est le cardinal qui m'a appris certains poèmes de lui et de ses amis, dont je me suis toujours souvenue. Il aimait à me les entendre réciter, parce que, prétendait-il, j'avais une belle voix et que j'étais sensible à l'harmonie. Si je n'avais eu que vous pour m'instruire, mon frère, j'aurais couru grand risque de ne savoir, en fait de latin, que le « tabernaculum, taberna culi, il faut le montrer aux bargelli ! ».

— Arrivabene, ajoutai-je, ne dit en latin que ses prières à Vénus.

— Je vous demande pardon, mon frère, je connais la langue savante aussi bien que la vulgaire.

— Que m'avez-vous donc avoué, la première fois que nous nous sommes vus ?

Arrivabene se rappela, non sans déplaisir, qu'un soir, attendri par le vin, il m'avait confessé son ignorance.

— J'oublie beaucoup à présent, dit-il, mais naguère j'ai beaucoup appris.

— À quoi cela vous sert-il aujourd'hui ! fit sur un ton de suprême dédain la Petanera, à qui on reprochait sans cesse de ne pas être allée à l'école et qui se réjouissait de toucher enfin, comme un nouvel Ecclésiaste, la vanité de la science.

— Cela me sert à ceci, que je puis, sans mensonge, affirmer que j'ai reçu une excellente éducation. Si j'avais autant de connaissances que le maître d'école m'a baillé de fois l'anguillade, j'aurais la tête plus grosse que Virgile ; mais le pédant qui avait mission de m'insuffler de la science s'est trompé de chemin : il devait se montrer à mon égard plus prodigue de paroles et moins libéral de fessées ; comme cela, ma conduite eût répondu aux vastes espérances de mon pauvre père, qui rêva toujours de me voir porter la pourpre cardinalice.

Tout à coup, la vieille mère de la Petanera, plus grosse encore que sa fille dont l'ampleur, pourtant, était illustre à Venise, et qui, jusqu'alors, avait tenu les lèvres scellées, ouvrit la bouche.

— Arrivabene, demanda-t-elle, c'est bien ton père qui était tailleur à Padoue ?

— Vous ne vous trompez pas, répondit le moine, mon père était bien tailleur de son métier, et, de plus, c'était le meilleur homme du monde.

— Le ruffian de ma figue ! il m'a fait payer deux fois une robe que j'avais eu la sottise de lui acheter. Un jour, comme je me trouvais dans la sacristie de Saint-Antonio en conversation avec le curé et que nous étions tous deux déshabillés à cause de la grande chaleur, il se glissa, je ne sais comment, auprès de nous et m'emporta mes jupes, ma coiffe et jusqu'à ma chemise, sous prétexte que je ne me pressais pas assez de lui donner son argent. Il me fallut traverser l'église et revenir chez moi toute nue. Quelle honte ! Du fond de leurs niches, les bienheureux n'eurent pas l'air de me voir, mais je vous laisse à deviner comment l'accueillirent les jeunes gens auxquels je réclamais un ducat pour seulement regarder le bout de mon pied, et surtout les vieilles béguines qui ne pardonnaient pas à mes seins d'avoir autant de constance que leur âme ! Après avoir subi d'ignominieux traitements, je fus contrainte de quitter Padoue où je gagnais honnêtement ma vie en élevant ma fille. Et rien de tout cela ne serait arrivé sans ton ladre de père. Je ne sais ce qui me retient de me venger sur toi !

— Vous auriez grand tort, ma bonne Pestamonna, répondit tranquillement Arrivabene, car si le prêtre a pris de l'argent aux courtisanes, le fils leur en a bien rendu. À propos, mesdames, voulez-vous que je vous récite l'admirable sermon que j'ai composé pour le père Antonio, un soir qu'il était malade ?

— Non ! Non ! crièrent les femmes.

Sans s'occuper des protestations, Arrivabene continua :

— Le père Antonio me disait une fois : « Arrivabene, vous êtes aussi ignorant qu'une oie, mais vous parlez mieux que saint Jean-Bouche d'Or ». Je lui répliquai : « Où se trouve de l'esprit naturel, mon père, la science est inutile… ». Tenez, je commence le sermon…

Mais Polissena, montrant les dents comme une petite chienne en colère, plaque la paume de sa main sur la bouche du frère à lui enlever le souffle, tandis que, de sa main libre, elle lui donnait une claque retentissante à travers le visage.

Cependant, Nichina avait repris son histoire :

Durant les premiers mois que je passai au palais Benzoni, je n'eus point à me plaindre, parce que Guido ne me quittait plus. On nous instruisit ensemble et, d'apprendre tant de choses nouvelles à côté de mon ami, c'était pour moi un double plaisir. Par malheur, nous recevions un enseignement si divers, des notions si incohérentes que notre esprit en gardait un trouble et une insurmontable inquiétude.

L'abbé Coccone, chaque matin, nous faisait répéter des prières et nous prescrivait de n'en pas manquer un mot. Il nous montrait comment l'on doit s'agenouiller chez soi, à la messe et quand passe la procession. Il nous apprenait quelles pieuses pratiques il importe de ne point négliger à l'aube ou au soleil couchant. Enfin il nous contait la vie des saints, nous révélait par quels tours adroits on arrive à les attendrir, à capter leur confiance et à obtenir leurs faveurs.

Lorsque nous sortions de l'appartement de l'abbé, frère Gennaro, qui nous guettait, nous saisissait le bras.

— Pauvres enfants ! disait-il d'une voix tremblante comme s'il allait pleurer, quelles erreurs souillent votre esprit, et quand la Vérité luira-t-elle comme un soleil pour vos yeux !

— Et qui nous empêche donc, mon frère, de l'apercevoir ?

— L’Esprit du Mal, mes pauvres enfants ; et l’Esprit du Mal n’a pas qu’une seule forme ; il est aussi varié que les nuages du ciel et les flots de la mer. Il n’y a qu’un moyen de le vaincre : c’est de renoncer à toutes les tentations de l’existence. Tenez, Nichio (c’est ainsi que je m’étais fait appeler), pourquoi porter au cou des ornements inutiles et qui blessent la modestie ? (Ce disant, il m’arrachait un petit collier et l’écrasait sous ses pieds.) Imaginez-vous que le culte extérieur ne compte pour rien aux yeux de Dieu, s’il n’est accompagné du culte intérieur. Il ne s’agit point tant d’adresser au ciel telle ou telle prière ou de croire à tel ou tel dogme que de se montrer charitable envers les pauvres qui sont, sur terre, la vivante image de Dieu.

— Mon frère, est-ce que Dieu ressemble au vieux Policarpo qui vient chaque samedi mendier à la porte du palais et qui est si laid ?

— Le père Policarpo n’est laid que parce qu’il ne reçoit pas l’aumône. C’est l’indifférence des hommes qui a rendu les formes de son corps hideuses à leurs regards, mais, pour qui voit son âme, je vous assure, Policarpo a plus de beauté que vous ne pouvez même vous l’imaginer. Ainsi, donnez-lui sans compter.

— Mais, mon frère, nous n’avons rien à lui donner.

— Il faut alors vous mortifier la chair, retrancher de votre nourriture, de votre sommeil et vous préparer, par une vie de pénitence, à la vie glorieuse du Paradis. Sinon vous iriez brûler dans les flammes éternelles.

— Le bon Dieu, mon frère, est donc bien méchant qu’il tient à ce qu’on souffre quelque part et qu’il faut absolument choisir d’être malheureux dans ce monde ou dans l’autre ?

— Le bon Dieu est souverainement juste ; et, comme vous ne passez pas une journée sans l’offenser au moins sept fois, il est nécessaire que vous expiiez vos fautes. Regardez ces jeunes fous : ils s’en vont sur un pas de danse et éclatent de rire. Ils ne se doutent pas que, s’ils mouraient en cet état, ils iraient tout droit en Enfer.

— Pourquoi iraient-ils en Enfer ?

— Parce qu’ils commettent le mal.

— C’est un mal de rire ?

— Oui.

— Pourquoi ?

— Pourquoi ? Parce qu’il en est ainsi. Vous n’avez que ce mot sur les lèvres : pourquoi. Vous voudriez tout savoir, tout comprendre. Voilà un commencement d’orgueil dont il faudra vous corriger, mon enfant. Dieu a voulu qu'il y eût en ce monde beaucoup de mystères. Vous devez humilier votre esprit et respecter sa sainte volonté.

Il finissait toujours par nous faire cette déclaration après laquelle il n'y avait plus moyen de lui arracher un mot. Guido, qui admirait le frère, demeurait avec lui à réciter des oraisons, mais moi, je ne les avais pas plutôt vus s'agenouiller que, légère comme un oiseau, je m'en allais retrouver Fasol qui travaillait chaque matin dans la grande galerie. Le peintre Fasol c'était mon protecteur. Jamais il n'avait manqué de me défendre contre une réprimande. Nous étions une paire d'amis. Dès que j'arrivais, il me reconnaissait à mes pas, et il me souhaitait le bonjour du haut de son échelle sans s'arrêter de peindre.

— Tu vois là, disait-il, l'enlèvement des filles de Leucippe. Examine-moi cette gaillarde qui remue les jambes. Par Jupiter ! est-elle belle ! Et le dessin de cette cheville !… Quand tu trouveras un peintre pour me faire des pieds comme ceux-ci, tu voudras bien me l'amener.

Je restais des heures en contemplation devant la fresque, à la fois surprise et réjouie de voir tout d'un coup une lumière briller dans des yeux jusque-là éteints, un sourire aviver l'éclat des lèvres, les croupes se tendre, s'arrondir, se roser, tandis que jaillissaient sur les bras, les bleus et fins lacis des veines.

— Quand viens-tu poser, petit ? disait Fasol.

Mais à ces mots je me sauvais à toutes jambes.

Si le cardinal n'était pas trop préoccupé par ses affaires ou ses plaisirs, il nous appelait pour nous lire des vers latins et toscans que nous devions ensuite lui répéter.

Je me souviens qu'un jour Arrivabene se mit dans la tête de m'apprendre une chanson du pays padouan. D'abord il me la cornait lentement à l'oreille, puis l'entonnait lui-même à pleine voix :

Si vous voulez voir la Thietta qui est si belle.
Allez à Sacco où elle habite.
Au-delà de Cogio, tout là-bas.
Dans cette petite ruelle où elle a son logis.
C'est une jeunesse, je puis vous le dire.
Nette, polie et bien troussée.
On n'en rencontre pas deux ainsi faites
Dans tout le Vicentin…

Le cardinal, à plusieurs reprises, envoya un valet prier Arrivabene de ne plus chanter, mais le frère, comme enivré par le son de sa voix, ne s'occupait pas de la défense et continuait de plus belle :

Elle a des épaules à hisser jusqu'au clocher
De pleines bannes de fruits ;
Et ses chères mains sont mains à pétrir
Sans peine six boisseaux de farine...

— Veux-tu, cria la voix furieuse de Benzoni, veux-tu ne pas corrompre le goût de mes pages avec tes stupidités rustiques ! Cesse ton chant de campagne et envoie Guido et Nichio me parler.

Laissant le pauvre Arrivabene tout interloqué, nous montâmes chez le cardinal qui était étendu sur son lit, un peu malade d'un excès de travail. Il nous attendait pour le distraire de l'ennui auquel le condamnait un repos forcé.

— Mon petit Nichio, fit-il, ne retiens pas les vilaines leçons de ce moine grossier. Ta bouche fut créée pour les poèmes suaves, les douces paroles, et non point pour les ritournelles de buveurs. Écoute : je connais ton intelligence et ta mémoire ; eh bien ! tu vas m'entendre réciter un sonnet du poète-Dieu et tu me le réciteras à ton tour de ta voix fraîche de jeune garçon. Toi, Guido, viens près de moi ; j'aime tant caresser tes cheveux fins et jouer avec les formes exquises de ton corps ! Quand vous arrivez en vous donnant la main, il me semble voir le Printemps et l'Amour s'approcher de moi.

Et le cardinal, d'une voix lente et la face toute transfigurée par la jouissance, respirant chaque mot comme une fleur, me dit cet admirable sonnet :

J'ai senti au fond du cœur s'éveiller
Un esprit amoureux qui dormait.
Et puis j'ai vu venir de loin l'Amour
Si heureux qu'à peine je le reconnus.
Il me dit : Maintenant pense seulement à me faire honneur.
Et chacune de ses paroles riait...

Les vers sont d'une si pénétrante beauté que je pus les retenir et les répéter sans me tromper d'un mot. Je causai tant de plaisir au cardinal, qu'il me pria de venir près de lui et me baisa les lèvres en tremblant d'émotion. Puis, s'adressant à mon ami :

— Et toi, tu ne dis rien, Guido, tes yeux sont tristes et ta bouche me fait la moue. N'importe ! ton visage me charme toujours ; tu es le plus beau des enfants.

Il lui donna aussi un baiser et l'étreignit longuement.

Jusqu'alors, les témoignages de tendresse que l'on accordait à Guido me comblaient de joie. J'aimais tous ceux qui paraissaient l'aimer. Or, cette fois-là, quand je vis le cardinal joindre ses lèvres aux siennes, je sentis le frisson de la fièvre et comme une barre glacée me descendre le long du dos. Avant qu'on ne nous eût congédiés, je saisis vivement la main de Guido et l'entraînai au-dehors, puis, quand nous fûmes seuls :

— Guido, m'écriai-je, presque avec fureur, je ne veux pas qu'il t'embrasse ni même que tu ailles chez lui, je ne le veux pas, entends-tu !

Il me regardait avec des yeux immobiles de surprise.

— Mais qu'est-ce qui te prend, Jésus ! deviens-tu folle ?

— Je deviens ce qui me plaît. S'il fait mine de t'embrasser, tu lui diras qu'il t'agace.

Et, comme Guido ne me répondait pas, je lui détachai un vigoureux soufflet.

— M'obéiras-tu à la fin ?

Guido s'enfuit en se frottant la joue, mais sans prononcer une parole.

Nous ne nous revîmes que le soir au souper.

Mes yeux portaient encore la trace des larmes que j'avais versées tout le jour ; j'étais si émue qu'en servant, je renversai un plat de poisson à la lombarde sur la tonsure de frère Gennaro, qui, tout fumant et dégouttant de sauce, se mit à pousser les hauts cris. Par bonheur, on ne fit que rire de cette maladresse, sans écouter le frère qui me promettait les plus rudes châtiments, tandis qu'Arrivabene, lentement et avec la plus grande précaution, lui frottait, essuyait, fourbissait le crâne tout en répétant du ton le plus sérieux :

— Acceptez ces ennuis, mon frère, en esprit de pénitence.

Indifférent aux menaces du moine, je suivais les allées et venues de Guido qui avait l'air de ne pas me voir. À maintes reprises, j'essayai vainement de lui parler. Mais, lorsque tout le monde eut quitté la salle du dîner, au moment où Guido était sur le point de sortir avec les domestiques, je m'agenouillai devant lui et, embrassant ses genoux, pour le forcer à m'écouter, je le suppliai de m'accorder son pardon.

— Eh oui ! je te pardonne, fit-il.

Ce fut tout. Il paraissait un peu ennuyé ; et cette sécheresse me fut plus cruelle que sa haine : j'éclatai en sanglots.

Nous nous réconciliâmes le lendemain complètement, sans que Guido me montrât une plus vive tendresse.

Je ne pouvais me séparer de lui. Je cherchais à l'accompagner dans ses courses, à partager son travail ou ses plaisirs. Quand il se trouvait avec moi, je ne le quittais pas des yeux. Sa vue me causait une ardeur inquiète et un étrange appétit de jouissance. Près de lui, j'étais heureuse et toutefois je ressentais, au milieu de ma joie, je ne sais quelle souffrance inconnue. J'avais envie de lui faire mal, à cause de ce visage qui m'attirait comme l'aimant et me laissait inassouvie.

Une année, des mois s'écoulèrent sans rien changer à notre existence. De plus en plus je sentais croître mon amour et diminuer le sien.

J'avais complètement oublié ma famille ; je ne la rencontrais ni n'entendais parler d'elle. Pourtant, un jour je passai devant notre maison. Elle était ouverte. Quelque chose me disait d'y entrer, quelque chose me retenait à la porte. Ne sachant quel parti prendre, j'allai me cacher dans l'échoppe d'un fruitier, où il n'y avait personne, et d'où je voyais sans être vue. Papa clouait des bottes à vigoureux coups de marteau, maman était courbée sur une pièce de grosse toile qu'elle cousait. Ils ne se disaient rien, ils paraissaient tristes, et j'eus grand chagrin de songer que j'avais vécu avec eux des années et que leur maison avait été la mienne. Déjà, je me précipitais pour les embrasser, puis, tout à coup, sur le seuil, j'eus peur : peur d'être battue, peur de ne plus revoir Guido, et je me sauvai, tandis que j'entendais parler maman sans que je pusse comprendre ce qu'elle disait, mais le son de sa voix me poursuivit dans ma course.

Cependant, à la venue du printemps, je sentis mon sexe s'éveiller en moi et le désir me rendit savante. Toutes les causeries que mes parents et les domestiques du cardinal s'étaient plu à tenir devant moi, tous les spectacles qu'ils n'avaient pas eu soin de me cacher et auxquels d'abord je n'avais pas prêté attention, s'offraient à mon souvenir et me servaient de maîtres. J'étais femme et je ne l'ignorais plus. Maintenant aussi, je connaissais mon amour.

Et Guido, de même, prenait les grâces gauches et songeuses de la première jeunesse, mais il me semblait qu'en sortant de l'enfance il s'était dépouillé de toute son amitié pour moi. Il m'évitait, trouvait mille prétextes pour se promener seul.

Je lui disais :

— Guido, pourquoi ai-je quitté la maison ?

Il ne répondait rien et détournait la tête.

Pourtant, je soupçonnais en lui cette même flamme de passion qui me dévorait. Seulement je ne savais rien de ses sentiments que le dédain poli et aimable qu'il affectait à mon égard. Malheureuse comme j'étais, j'avais le courage de cacher ma misère, par orgueil d'abord, puis par crainte qu'on ne découvrît mon sexe. Il me fallait déjà tant de précautions pour le dissimuler ! Sans doute, le cardinal ne s'occupait que de ma voix, l'abbé Coccone, absorbé par ses travaux, ne me regardait non plus que le frère Gennaro, qui passait son existence dans le mépris de la terre et la contemplation du ciel, mais il n'en était pas de même de Fasol, d'Arrivabene, des valets et des servantes. Leurs yeux, brillants de curiosité, s'attachaient avec obstination sur mes formes, qui avaient perdu leur gracilité et dont les rondeurs naissantes accusaient ma nature.

J'épiais les démarches de mon ami ; je veillais surtout à ce qu'il n'entrât jamais chez le cardinal sans moi. Benzoni, avec un sourire ennuyé, remarquait qu'il ne m'avait pas appelée.

— Je ne quitte jamais Guido, répondais-je.

Il lui donnait des ordres, parfois le faisait réciter des vers, et, après quelques petites caresses, il le renvoyait, sans avoir l'air de s'apercevoir de ma présence. C'est à peine si, de loin en loin, il me priait de chanter avec lui et m'adressait quelque éloge indifférent. Souvent il lui arriva de se plaindre de moi :

— Oh ! que Nichio est ennuyeux, mon petit Guido ; que fait-il ici ?

Mais je restais et il n'osait pas me chasser. Un jour, je pris mon ami à part.

— Guido, lui dis-je, je t'ai aimé quand tu n'avais ni père, ni mère, ni ami, ni personne pour s'occuper de toi ; je t'ai aimé quand tu étais tout seul, qu'on te battait et qu'on te traitait plus mal qu'un chien. À présent que tu as quelqu'un qui veille sur toi, qui s'intéresse à toi, tu me repousses.

— Qui donc s'intéresse à moi ?

— Le cardinal.

— Le cardinal me trouve un air qui lui plaît ; pour moi, je lui trouve plutôt un air désagréable, mais puisque Monseigneur me nourrit et me paie bien, pourquoi ne pas lui témoigner quelque gratitude ?

— Guido, tu me trompes : tu l'aimes.

— Nichina, je n'aime personne, sauf Dieu et son divin fils, Notre-Seigneur Jésus.

Il venait de m'avouer son secret : il aimait Dieu ; ce n'était point un mensonge. Oh ! il ne l'aimait point sans partage et sans défaillance, mais c'était le seul sentiment auquel il s'abandonnait corps et âme.

Les dimanches où le cardinal s'absentait, je l'avais vu souvent s'en aller en chantant avec des garçons de son âge qui riaient et plaisantaient bruyamment. De toutes ces parties il rapportait une sombre et pesante tristesse. Et, le lendemain, il passait la journée dans la chapelle à pleurer devant la croix. Tantôt il était animé d'une joie méchante et railleuse, tantôt il avait les yeux fixes et le continuel sourire des insensés. Le frère Gennaro, avec lequel il causait sans cesse, n'était pas étranger, selon moi, à ces accès de folie et de dévotion. Aussi, à ma douleur d'être oubliée de Guido se mêlait une haine violente contre le moine qui m'avait de la sorte arrachée du cœur de mon ami.

Nous couchions tout en haut du palais dans une même salle : Guido, Arrivabene, un domestique et moi. Nos nuits, qui étaient voluptueuses et amères, s'écoulaient à pleurer et à étreindre de vaines ombres. De ma couchette, j'entendais souvent les sanglots étouffés de mon ami qui souffrait d'avoir offensé Dieu. Arrivabene, inquiet, irrité ou attendri par notre peine, se levait, allumait une lanterne et arrêtait un instant sur nos joues brûlantes de larmes un regard inquisiteur.

Une fois, je me tournais et me retournais sans arriver à m'endormir, poursuivie par d'étranges fantômes, avide d'une caresse qui fût comme l'onde glacée d'un puits pour m'y abîmer toute et éteindre cette chaleur dont j'étais embrasée. La plainte de Guido s'éleva, plus chargée d'angoisse et de douloureux désir que les autres nuits. Alors, profitant du sommeil de nos compagnons, je saute de mon lit, et, sans savoir ce que je fais, les mains sur mon cœur qui bat à se briser, je vole vers Guido et je m'étends sur lui, collant ma bouche sur la sienne, afin de prévenir ses cris.

— Guido, dis-je tout bas, tu es malheureux, je viens te consoler.

Et, d'être près de lui, tout mon corps tressaillait de bonheur, s'étalait sur son corps orgueilleusement, la chair gonflée, les jambes ouvertes dans une large étreinte. Guido, surpris d'abord et comme vaincu par ce soudain enlacement, me repoussa ensuite.

— Oh ! lui disais-je encore, c'est Dieu qui veut que nous soyons unis. Laisse-moi à côté de toi, que je te sente bien. Oh ! Guido, restons toujours ensemble comme cela. Laisse-moi ! Laisse-moi ! je veux t'aimer.

Mais il se débattait, et, sous ma caresse, il murmurait d'une voix haletante.

— Va-t'en !... Tu es le mal !... la fille de péché !... Va-t'en !

Enfin il me saisit les mains et, d'un violent effort, me rejeta du lit en criant :

— Au secours ! au secours !

Je me recouchai à la hâte, tandis qu'Arrivabene, réveillé par les cris de Guido, lui demandait ce qu'il avait.

— C'est elle... qui est venue me tenter... m'exciter au mal... c'est elle.

— Qui donc ?

— Nichio.

— Tu es fou, conclut Arrivabene, tu ferais mieux de dormir.

Le frère n'y manqua pas, mais ni Guido ni moi n'eûmes un instant de repos. Jusqu'à l'aube, il poussa des soupirs, et, d'une voix toute tremblante, récita des prières. De temps à autre, je l'entendais s'écrier : Mon Dieu ! Mon Dieu ! Et ces appels si désespérés qu'ils me donnaient de grands coups au cœur.

Pourtant je commençais à le détester jusqu'à vouloir qu'il souffrît, jusqu'à vouloir qu'il mourût. Je détestais aussi tous ceux qui me prenaient son amour ou qui l'aimaient : le cardinal, les jeunes gens qu'il fréquentait et frère Gennaro, le vilain moine. Surtout je détestais Dieu.

Fasol, me voyant un jour une petite croix dont m'avait fait présent l'abbé Coccone, m'avait dit :

— Vois-tu, Nichio, il ne faut pas te mettre au cou la croix : cela porte malheur. Le dieu qu'on a cloué là-dessus est un vilain dieu : il défend aux hommes d'aimer ; il a la haine de la chair divine qui nous enchante. Tenez, Nichio et Guido, vous êtes, sans vous vanter, d'admirables garçons. Eh bien ! ce dieu-là est jaloux de la beauté : si vous alliez à lui, il vous ferait couper les cheveux et maigrir le corps. Tu n'aurais plus, Guido, cette jolie ligne de la jambe, ni ces délicates cambrures du mollet ; ni toi, Nichio, ces fesses arrondies comme celles des femmes ; à tous les deux, les longues prières vous auraient voûté les épaules et enlevé ce port de tête hardi qui vous sied si bien et vous donne l'air d'être frères. Il n'y a qu'une sorte de gens à qui la religion de ce dieu peut sembler agréable, c'est à ceux qui s'en vont dans les cimetières respirer la pourriture des tombeaux, aux disciples du frère Gennaro, du frère Hiver, du frère La Mort !

Ces paroles, qui naguère m'avaient effrayée comme d'horribles blasphèmes, je les répétais à présent du fond de l'âme. Elles me semblaient avoir l'accent même de la vérité. C'était sûrement ce méchant Dieu qui me volait Guido.

Et Guido aussi me haïssait… Je n'eus plus à en douter, lorsque, après cette malheureuse nuit, il s'approcha de moi et me dit sur un ton de colère :

— Tu t'en iras aujourd'hui, infection ! Tu t'en iras aujourd'hui ou je te dénonce.

— Guido, m'écriai-je, oubliant mon ressentiment et près de fondre en larmes, que t'ai-je fait de si odieux pour que tu me parles de la sorte ?

Mais il me tourna le dos et s'éloigna en répétant ses menaces. Alors, retrouvant ma fureur, je ne souhaitai plus que de me venger. Quoi ! me dis-je, il s'est ainsi joué de moi, il m'a attiré dans ce palais pour me montrer qu'il ne m'aimait plus, et, parce que je murmure aujourd'hui contre ce subit dédain, il veut me chasser ! Ah ! il saura ce dont je suis capable !

Après le service commun qui nous était imposé, et que nous achevâmes sans prononcer un mot, sans échanger un coup d'œil, des tâches diverses allaient nous séparer, quand le frère vint prendre Guido, comme il le faisait de temps à autre, pour lui parler de Dieu. Je vis Guido monter à la chambrette du frère et s'y enfermer avec lui. Les suivant, je me couche à plat ventre, mets l'oreille contre le jour de la porte et j'essaie de saisir quelques-unes de leurs paroles. J'étais encore là au moment de leur sortie ; ils n'eurent pas un regard pour moi, et avant que j'eusse le temps de me relever, ils enjambèrent mon corps et redescendirent. Le frère s'appuyait sur l'épaule de Guido qui réglait son pas sur celui de son maître et semblait fier de marcher à côté de lui.

Ils entrèrent dans la chapelle du palais, où je me glissai derrière eux. Là, s'étant prosternés, ils s'approchèrent à genoux d'une petite lampe qui, par cette soirée pluvieuse, répandait seule quelque lumière dans la nef tout assombrie d'épais vitraux. La lampe éclairait un autel sans ornements, surmonté d'une croix en bois grossièrement sculptée.

Le frère l'avait reçue de Girolamo lui-même ; il y avait joint un reliquaire contenant un morceau de la robe que le dominicain martyr avait portée dans sa prison. Monseigneur Benzoni, indulgent à toutes les fantaisies humaines, avait permis à Gennaro, malgré les reproches indignés de l'abbé Coccone de fonder, chez lui, cette nouvelle dévotion.

Ils avaient commencé d'ardentes prières. Après s'être adressés à Dieu, puis à la Madone, ils implorèrent aussi le secours du moine ferrarais.

— Bienheureux frère Girolamo, s'écriaient-ils ensemble, ô vous qui êtes au ciel, ayez pitié de notre misère, donnez-nous votre saint courage pour combattre le péché, pour résister au Diable.

Je ne sais si je dois attribuer à mon ardeur jalouse l'émotion que je ressentis, mais Guido, en prononçant le mot « péché », me jeta dans la même colère que s'il m'eût craché à la face. La dernière nuit, il m'avait appelée fille de péché : c'était donc bien moi qu'il regardait comme son ennemie, son crime, son démon ! Atteinte au vif de mon amour, révoltée contre ce Dieu qui m'enlève l'être que j'adore, je cours à l'autel, saisis la croix et, de toutes mes forces, j'en frappe Guido au front, puis, le voyant tomber, je brise la croix, j'en lance à terre les débris, je les écrase, je les disperse du pied.

Frère Gennaro demeurait immobile comme si l'émotion l'avait changé en pierre. Tout à coup, m'écartant avec violence, il se baisse pour ramasser les morceaux de la croix. Ses mains tremblaient, les larmes lui coulaient des yeux ; à chaque fragment retrouvé, il poussait un soupir, et, d'une voix éteinte :

— Mon Jésus ! disait-il, comme pour implorer son pardon.

Mais quand il aperçut le reliquaire brisé et qu'il ne vit plus la petite touffe de laine jaunie prise à la robe de son maître, il parut suffoquer de douleur et tira de son sein des gémissements qui remplirent tout le palais.

J'étais si épouvantée de ce que je venais de faire, que je ne tenais plus sur mes jambes. Les lamentations du frère me déchiraient le cœur et je ne pouvais détacher mon regard du corps de Guido, étendu, la face sanglante, en travers de la chapelle.

Cependant, le frère, qui, tout à sa pieuse recherche, paraissait m'avoir oubliée, leva les yeux et m'aperçut. Il se redresse aussitôt, s'élance sur moi, me saisit par les épaules et me pousse dans le vestibule. N'ayant plus aucune force, je m'abandonnais à sa brutalité, sans penser que la rage prêtait à ce squelette de moine la vigueur d'un Hercule et lui inspirait le désir de l'éprouver à mes dépens. En effet, je ne fus pas plutôt sortie de la chapelle qu'il me jeta contre un pilier, m'y lia les mains avec sa cordelière, arracha mon pourpoint, déchira mes chausses et alla chercher le fouet qui servait à châtier les lévriers du cardinal.

Je passai un moment d'horrible angoisse dans l'attente de mon supplice.

— Sacrilège ! répétait-il, en revenant vers moi, et il semblait que ses lèvres ne pussent proférer une plus grave injure.

Déjà je frémissais en le voyant brandir la noueuse lanière, quand soudain il laissa retomber le fouet et s'approcha de moi. Je crus un instant que mon regard, à la fois implorateur et épouvanté, l'avait ému de compassion. Mais ce que j'attribuais à la pitié n'était dû qu'à la surprise : au milieu de mes vêtements déchirés, dont les lambeaux me cachaient à peine, le frère venait de reconnaître mon sexe ; terrifié d'abord de sa découverte, il se remit vite.

— Ah ! tu es femme, dit-il, tu es femme ; je devais m'en douter : le démon est toujours femme. Eh bien ! misérable sacrilège ! tu vas voir comment je traite ton fumier de chair ! comment je sais vous faire expier, à toi et à tes pareilles, vos abominables crimes.

Et d'un coup sec, féroce, le fouet m'emporta la peau. J'eus un hurlement d'animal, tant la souffrance fut vive, mais les cinglades se répétèrent du haut en bas du corps, plus rapides que mes cris, me brisant les membres, m'enfonçant partout des épines et des langues de feu.

J'appelais à mon secours le cardinal, l'abbé Coccone, les domestiques, tout le monde. Le palais sans doute était désert, car je m'enrouai la voix sans attirer personne. Seul un chien, enfermé je ne sais où, accompagnait mes plaintes d'aboiements par sympathie ou dérision. Mon bourreau fermait les yeux et, par un mouvement régulier et comme mécanique du bras, continuait de me lacérer le dos avec l'effrayante lanière. Je me crus au pouvoir d'un fou et je me sentis perdue. Mon sang teignait le pilier et les dalles ; une flamme dévorait ma chair ; mes cris s'étranglaient dans ma gorge : je m'évanouis. . . . .

. . . .

Lorsque je repris connaissance, j'étais étendue sur un lit et environnée de ténèbres. Ayant peur de la nuit où j'étais plongée, j'essayai de me redresser, mais mon corps rompu et meurtri se refusait à tout effort. Pourtant je vis, en levant la tête, une fenêtre où s'attardaient les dernières lueurs du jour, et cette lumière me réconforta. Presque au même instant, une ombre s'approcha, et je distinguai le capuchon d'Arrivabene. Alors, au souvenir de ce qui s'était passé, une grande angoisse m'étreignit.

— Mon frère, dis-je, vous savez tout : je vais être chassée du palais, n'est-ce pas ?

— Je l'ignore, répondit-il, le cardinal ne connaît rien encore de l'aventure.

— Et Guido ? demandai-je, inquiète déjà de la réponse.

— Votre coup l'a presque assommé ; le médecin pourtant ne désespère pas de lui sauver la vie. Ah ! vous avez beau n'être qu'une femme, vous pouvez vous vanter de savoir frapper.

— Au nom de Dieu ! fis-je, épargnez-moi : je souffre tant !

En effet, j'avais l'impression que ma chair, à vif en plus d'un endroit, était transpercée de continuelles piqûres.

— Je vous apporte justement de quoi adoucir votre mal.

Et il me tendit une petite fiole d'une huile balsamique dont il me conseilla de m'oindre le corps. L'ayant fait, j'en ressentis beaucoup de soulagement, je parvins à m'endormir, et un long repos, qui laissa au baume tout le temps de cicatriser mes plaies, me remit complètement.

À mon réveil, je fus surprise d'apercevoir Arrivabene installé devant mon lit, sur un escabeau, à la même place où il s'était assis la veille, comme s'il ne m'avait pas un instant abandonnée.

— Eh bien, fit-il d'un air joyeux en voyant que je cherchais à me lever, on n'est plus malade, on ne souffre plus ; je le savais : le baume d'Arrivabene est infaillible.

Je trouvai à côté de moi, sur un banc, un costume neuf tout préparé dont je me revêtis à la hâte. J'étais pressée de savoir ce qu'on avait décidé à mon sujet, et comment allait Guido, toutes choses dont Arrivabene ne voulait rien me dire ; mais quand je fus dans l'escalier, je tremblai de rencontrer le cardinal, l'abbé Coccone ou mon bourreau, le moine à tête de mort, et je sortis du palais.

C'était l'heure du dîner ; il n'y avait personne dans les rues. Je marchais un peu à l'aventure, espérant que le mouvement me ferait oublier mon inquiétude. Après avoir dépassé Saint-Paulo, j'arrivai sur une petite place que borde, d'un côté, le canal de la Madone. Au pied de l'escalier qui descend au canal, se trouve une sorte de chaussée d'où s'élancent les enfants qui désirent prendre un bain. J'étais venue là bien souvent, avec les bambines de mon âge, plonger comme un chien et, d'une pluie d'écume, arroser mes voisines. Cette fois, de même, je voulus rafraîchir mes membres brûlants et courbaturés. Le flot me tentait, comme argenté de palpitantes écailles. Profitant de la tranquillité de l'endroit et de ma solitude, je me déshabille et, tendant les bras, je me jette d'un bond dans le canal, heureuse, ainsi qu'une petite fille, du bruit, du jaillissement, puis de la douceur de l'eau.

Je nageais depuis quelques instants, lorsque je remarquai des raies livides sur mes bras et mes épaules. À me voir le corps ainsi endommagé, je fus accablée de honte, et, craignant que de mauvais garçons, à cause de ces marques ignominieuses, ne vinssent à se moquer de moi, je me dépêchai, pendant que tout était encore tranquille, de gagner la chaussée et de me vêtir. Mais comme j'allais reprendre mon pourpoint, je fus tout à coup saisie par derrière, aux hanches, je sentis un baiser m'engluer l'épaule, deux bras m'enserrer étroitement, tandis qu'un ventre, une chair monstrueuse se pressaient contre mon corps. Folle d'effroi, je me retourne et quelle n'est pas ma stupeur en reconnaissant Arrivabene, – un Arrivabene à la bouche humide, aux yeux fixes, avec des dents souriantes encore et déjà prêtes à mordre. Il me dit d'une voix haletante :

— Laisse-moi… Nichi… je ne te ferai pas de mal… et je te recommanderai à Monseigneur, je te recommand…

Je lui donnai en travers de la mâchoire un tel coup de poing que je crois bien lui avoir cassé deux ou trois dents. De douleur il me lâche, et moi, faisant une volte-face inattendue qui manque de le précipiter dans le canal, je remonte l'escalier à demi nue et me sauve dans une petite cour dépendant d'une verrerie pour remettre les vêtements que j'ai pu emporter. À peine ai-je commencé de m'habiller que mon coquin apparaît, fier comme un podestat. Sa robe troussée laissait voir toute la vigueur de son désir, et je le regardais venir avec admiration et épouvante. Mais comme il se croyait sûr de la victoire, la frayeur et l'orgueil me rendirent ingénieuse. J'eus l'air de l'attendre, vaincue, résignée d'avance à mon sort, et, au moment où, d'un élan brusque, les mains tendues, il arrivait sur moi, je me jetai vivement de côté de telle sorte que, rencontrant le vide où il comptait sur un appui, il perdit l'équilibre et s'étala par terre, en même temps que je sortais de la cour et m'échappais au plus vite. Déjà, me croyant sauvée, j'allais ralentir le pas, quand j'aperçois le moine au détour d'une rue. Je crie de toutes mes forces, demandant prompte assistance, et je reprends ma course. À mes appels, quelques personnes se montrent sur le seuil des portes ; d'autres se mettent à notre poursuite. Je fuyais Arrivabene, mais Arrivabene ne songeait plus lui-même qu'à fuir. La troupe de ceux qui étaient à nos trousses grossissait peu à peu. Ces gens, qui, d'abord, ignoraient pourquoi ils s'étaient dérangés, commençaient à découvrir la raison de leurs mouvements.

— C'est une fille sacrilège, dit un homme derrière moi. Ce qui, par hasard, était vrai.

Un autre, dont l'avis bientôt prévalut, lança cette affirmation :

— C'est un moine qui a violé une fille.

Et aussitôt tous se déclarèrent contre Arrivabene.

— Sus au moine ! Sus au penaillon ! Sus ! Sus !

Une seule voix persistait à m'accuser.

— Empoignez-moi cette coquine, faisait-elle, rossez-la l'importance !

Réunis par une frayeur commune de la foule qui ne discerne guère l'innocent du coupable, nous ne nous évitions plus, mais nous essayions, l'un et l'autre, de dérober à la multitude nos personnes, soit en nous sauvant dans une église, soit en gagnant une de ces cours à double issue où se serait égarée la poursuite.

Je ne sais comment je parvins au Palais Benzoni presque en même temps qu'Arrivabene. Tous deux, hors d'haleine, nous nous heurtâmes contre l'abbé Coccone qui, du choc, chancela et fût tombé à la renverse, s'il ne s'était retenu à un pilier.

Il était temps d'arriver. La foule envahissait l'escalier extérieur et même les plus hardis des coureurs allaient pénétrer dans le palais, quand Arrivabene commanda de fermer les portes d'un geste si impérieux que pour la première fois les domestiques lui obéirent. Cette mesure provoqua une agitation violente sur la petite place où se pressait déjà toute une multitude.

— Allons, qu'y a-t-il encore ? dit Coccone qui était de très mauvaise humeur.

Les cris qui s'élevèrent du dehors lui répondirent.

— Violeur d'enfant ! grondaient les voix, porc ! porc !

Arrivabene, agité d'un tremblement et devenu verdâtre de frayeur, demeurait assis sur ses talons dans un coin du vestibule, et, l'oreille tendue aux clameurs de la populace, il ne perdait pas une insulte.

— Je comprends maintenant pourquoi on vous en veut, reprit Coccone, vous pouvez dire que vous êtes un joli oiseau, mon frère.

— Seigneur abbé, je vous prie, ne croyez pas un mot de tout ce que raconte cette multitude. N'est-ce pas, Nichio, que tous ces gens sont des menteurs ? optionnel

L'abbé, jusqu'alors, n'avait pas daigné me considérer ; remarquant le désordre et l'indécence de ma mise que, dans mon émotion, je n'avais pas encore pris soin de réparer, il tourna vers moi toute sa fureur.

— C'est donc vous, messer Nichio, signorina Nichia, qui êtes cause de ce tumulte. Je vais vous faire jeter dans un cachot, pour troubler ainsi le palais de Monseigneur le légat.

J'étais plus morte que vive et c'est à peine si je pris garde à la protestation d'Arrivabene.

— Oh ! ayez pitié d'elle, seigneur abbé, elle n'est pas coupable, disait cette bonne âme.

Cependant le bruit augmentait aux portes.

Monseigneur Benzoni était fort mal vu à Venise. Son orgueil, ses richesses, sa maison, composée en grande partie de prêtres et d'officiers romains, de domestiques allemands et espagnols, lui aliénaient le peuple. De nombreuses aumônes n'avaient pu désarmer l'envie. On accusait le cardinal de vices honteux. Cette fois encore, on était prêt à charger le maître du crime de son serviteur, et on saisissait le premier prétexte pour manifester une haine qui, loin de s'affaiblir, se fortifiait avec les années.

— Quel scandale ! dit l'abbé Coccone. Et comment la Providence a-t-elle pu égarer un homme tel que moi, sage et ami de l'ordre, en ce vestibule de l'Enfer !

Au-dehors, des hommes frappaient du pied et criaient :

— Le fro-card ! Le fro-card ! Le fro-card !

À ce moment, le cardinal descendit dans le vestibule. Il se récitait des vers en s'éventant d'un voile de Smyrne.

Le délicieux piège
Que je tendais m'a pris
Et soudain m'a fait mettre
En défiance de l'Amour...

— Eh bien ! monseigneur, dit Coccone, vous voyez la belle besogne de vos animaux.

— Quoi donc ? que se passe-t-il ? demanda le cardinal qui parut tout surpris du tumulte.

L'abbé, en deux mots, lui apprit l'aventure.

Aussitôt le cardinal donna l'ordre à un domestique d'aller, par le grand canal, chercher le bargello avec les gardes ; il réclama lui-même son épée et fit prendre les armes à toute sa maison.

Les clameurs devenaient de plus en plus menaçantes.

— Qu'on nous livre le frère ou nous défonçons la porte, s'écriait-on.

— Monseigneur, dit Coccone, il faut absolument en finir. Si vous ne tenez pas à votre vie, vous avez le devoir de tenir à votre titre de légat de Sa Sainteté que ces brigands sont prêts à insulter en votre personne.

— Ma vie ! repartit le cardinal, oh ! ils n'oseraient s'y attaquer et, d'ailleurs, je saurai la défendre, mais ils sont capables, s'ils entrent ici, de me briser ma belle statue d'Antinoüs. Que faire, par Bacchus ! que faire ?

— Leur livrer cet indigne moine qu'ils réclament, et qui est la cause de tout ce tapage.

Le cardinal considéra un instant Arrivabene qui tremblait de tous ses membres.

— C'est une bête si amusante, dit-il.

— C'est un horrible paillard qui se roule avec volupté dans l'immondice.

— En tout cas, ce serait une bien lâche action, reprit Benzoni.

Mais il n'y avait plus à hésiter. Le peuple était allé chercher une poutre pour ébranler la porte. Encore quelques instants, et le palais serait envahi.

Soudain le cardinal eut un sourire.

— Si nous envoyions, dit-il, le frère Gennaro évangéliser cette canaille ? Il est bien capable de la convertir. Et, moine pour moine, le peuple ne s'apercevrait pas de l'échange.

— Ah ! monseigneur ! fit Coccone d'un ton de reproche.

— Arrivabene est soumis à ses instincts, je l'avoue, mais il me rend mille services, tandis que Gennaro, jusqu'ici, n'a jamais su que renverser mes vases, briser mes statues, trouer mes tableaux, et tout cela, sous prétexte de vertu. Enfin c'est un hérétique.

— Vous avez raison. N'a-t-il pas coutume de répéter : « Quand le pouvoir ecclésiastique est corrompu tout entier, on doit s'adresser au Christ et lui dire : Tu es mon confesseur, mon évêque et mon pape ».

— Allez donc le chercher et dépêchez-vous. Nous n'avons pas de temps à perdre. Vous entendez le bruit que font ces misérables !

L'abbé monta en toute hâte à la cellule où, depuis la veille, Gennaro restait en oraison, agenouillé devant une tête de mort sur laquelle, sans doute, il essayait de modeler ses traits.

— Mon frère, dit l'abbé, une émeute vient d'éclater devant le palais. Comme vous possédez la faveur du peuple, nous avons pensé que vous sauriez, mieux qu'un autre, l'apaiser.

Gennaro laissa voir dans sa physionomie tout l'orgueil que lui causaient ces paroles.

— Je viens, je viens ! s'écria-t-il. Je suis toujours prêt à ramener au bien le peuple qui s'égare. Notre-Seigneur m'a fait la grâce, et je l'en remercie, d'avoir l'oreille de ces gens simples et de connaître le chemin pour arriver à leur cœur.

Dès que le cardinal vit le frère descendre, il fit un signe ; on ouvrit les portes toutes grandes et, à la façon d'un héraut, un domestique, suivi d'une dizaine d'hommes en armes, qui repoussèrent la foule, s'avança au haut de l'escalier et cria d'une voix forte :

— Monseigneur livre le frère coupable à la justice du peuple !

Des applaudissements et des sifflets accueillirent cette déclaration. Les plus audacieux vauriens, qui déjà songeaient à piller le palais, voulurent coûte que coûte y pénétrer, mais ils furent repoussés à la pointe des hallebardes.

Tout à coup Gennaro apparut en levant au-dessus de sa tête le petit crucifix du moine ferrarais dont il avait, tant bien que mal, rajusté les morceaux.

— Mes chers frères, dit-il, semblable à mon divin Maître, je vous apporte la paix.

On ne l'écouta point ; des mains l'avaient saisi, le jetèrent la face contre le sol et les jambes vers le ciel, des poings de fer tombaient sur son crâne luisant qu'entourait une mince couronne de cheveux gris. En un clin d'œil, sa robe et son manteau furent lacérés, et l'on découvrit les os saillants, la peau jaunâtre et ridée, l'effrayante maigreur de son corps. Des taches violettes, des cicatrices provenant d'une discipline assidue et farouche, des ulcères béants d'on ne sait quel mal inconnu, que le moine ne soignait point par mortification, firent reculer d'horreur ses bourreaux. Il sembla au peuple que Dieu lui-même s'était chargé de son châtiment.

Cependant les bargelli, accompagnés de gardes armés comme à la bataille, tenant les uns l'épée nue, les autres la pique en avant, accoururent pour arracher le frère à la multitude et dégager les abords du palais.

Devant cette arrivée inattendue de la police, les plus chaudes têtes se calmèrent. C'est à peine si quelques coups de bâton furent nécessaires pour ramener l'ordre.

Le chef des bargelli commanda de se saisir de frère Gennaro, et l'on vit s'avancer entre les piques cette pauvre plaie vivante, cette masse horrible d'os, de blessures et de lambeaux de laine déchirés et boueux. On avait lié les mains du frère, mais entre ses doigts crispés le crucifix apparaissait toujours, et Gennaro détournait la tête pour que le sang infect, qu'il crachait et perdait à flots, ne vînt pas souiller la précieuse relique.

De peur qu'il ne s'évanouît durant le trajet à la prison, des zaffi l'étendirent sur un brancard, ce qui souleva dans la foule des murmures.

D'une fenêtre du palais où je m'étais mise à côté d'Arrivabene, dont l'ardeur amoureuse semblait s'être absolument éteinte, j'entendais monter des clameurs de haine.

— Pas de merci pour le violateur d'enfant ! pas de merci pour le bouc !

Le peuple, craignant que l'on ne fît grâce au malheureux ou qu'il ne parvînt à s'échapper, exigeait une justice immédiate ; et, comme les zaffi s'obstinaient à protéger leur prisonnier, on s'acharna contre eux, les empêchant d'avancer et essayant de se saisir de leurs armes. De tous côtés l'émeute renaissait. J'aperçus des filles qui venaient de se battre avec les sbires, la robe en loques, la chevelure sanglante, les yeux écarquillés de folie, la bouche écumeuse, se hisser, en dépit de nos hallebardiers, sur un échafaudage qui servait à la réparation de la façade et, de là, lancer sur le frère et ses gardiens des excréments et des pierres. Les bargelli, qui avaient jusque-là ménagé leurs adversaires, ordonnèrent alors de charger la foule à coups de hallebardes. Une panique s'ensuivit et la multitude se mit à fuir dans toutes les directions, se jetant dans des ruelles sans issue, envahissant les cours et les maisons ou se répandant, comme un troupeau de moutons affolés, dans les barques qui stationnaient sur le canal. Saisie d'horreur, j'allais me retirer de la fenêtre, quand un craquement retentit suivi de cris poignants. L'échafaudage s'était rompu sous le poids des corps qui le chargeaient et une femme, les jambes coupées, hurlait de détresse au milieu de cadavres mutilés et d'une boue immonde…

— Ah ! je l'avais toujours dit, s'écria la vieille Petanera en interrompant la conteuse.

— Qu'est-ce que vous aviez toujours dit ?

— Tel père, tel fils. Du moment que le père était voleur, le fils devait être assassin.

— Voilà un axiome, me permis-je d'ajouter, que l'Université de Padoue serait bien heureuse de connaître : il manque assurément à sa collection.

— Et regardez si ce coquin d'Arrivabene a l'air de s'émouvoir de ce qu'on raconte !

— Arrivabene, criai-je, viens donc te défendre ! On te reproche de ne pas écouter le récit de Madame Nichina dont cependant tu pourrais tirer profit pour ton existence.

— Mon frère, dit Arrivabene, qui chatouillait la petite Polissena, je contemple la beauté de Dieu auprès de laquelle les plus beaux récits des hommes et même des dames ressemblent à des crottes de chèvre à côté de ducats d'or.

— On te reproche aussi, continuai-je, de supporter bien gaillardement la vie pour un criminel.

Du coup, le frère se leva, et, sur un ton indigné, se frappant la poitrine comme au *Confiteor* :

— Je suis criminel ! moi ! moi !

Mais Madame Petanera sans le regarder et avec un mépris suprême lui adressa cette réponse :

— Oui, vous êtes criminel, n'avez-vous pas voulu le prendre à Madame Nichina ?

— Moi ? j'ai voulu le prendre à Nichina ?… Ah ! c'est vrai, autrefois, il y a des années. Vous venez nous parler du lait quand il est en fromage.

— Enfin, vous avez un joli passé !

— Ah ! si vous aviez vu Nichina dans ce temps-là ! qui n'eût pas été tenté ? elle était si jolie !

— Et maintenant, dit Nichina, je ne suis plus bonne à jeter aux chiens ?

— Maintenant, s'écria Arrivabene, vous n'êtes pas jolie, vous êtes céleste.

— Comment céleste ?

— Oui ! le bon Dieu choisit ses plus grandes saintes à l'âge où ma pauvre défunte maman, qui était fort jalouse, prenait ses cuisinières. La sainteté exige du bois solide et non pas des tendrons.

— Alors, dit la Petanera, vous croyez, Arrivabene, qu'une jeune et jolie femme ne pourrait pas aller en Paradis ?

— Oh ! rassurez-vous, répondit le moine.

— Je pardonne tout à Arrivabene, fit Nichina, sauf d'avoir laissé livrer à sa place un innocent.

— Mais je l'étais aussi, moi, innocent ! Et pourquoi n'aurais-je pas préféré mon innocence à la sienne ? D'ailleurs Gennaro avait une innocence d'hérétique, c'est-à-dire que sa conscience était nette comme le derrière des religieuses qui le lavent seulement aux quatre grandes fêtes de l'année. Le frère devra, au contraire, dans le ciel, me remercier de l'avoir abandonné à la justice des hommes, puisque sa pénitence terrestre lui a sans doute évité la justice de Dieu, dont les arrêts sont autrement redoutables. Mais laissons cela.

Et Arrivabene me conduisit à l'écart.

— Mon frère, dit-il, tu as de l'argent ?

— Comment, répondis-je, veux-tu que j'aie l'argent : c'est toi qui l'as mis dans ta besace.

— Je ne parle pas de l'argent de la quête, mais de ton argent à toi.

— Tu sais bien qu'en entrant au couvent on fait vœu de pauvreté.

— Tu n'as pas encore prononcé tes vœux ?

— C'est vrai, mais je n'ai rien sur moi. Je suis aujourd'hui un véritable frère mendiant qui, pour vivre, ne doit compter que sur la bourse de son prochain.

— Mon cher frère Lorenzo, écoute-moi, je suis bien malheureux.

— C'est la première fois de ta vie ?

— Ne plaisante pas, je n'ai pas envie de rire : il me faut de l'argent et je n'ai pas un scudo.

— Et que sont devenus les dix scudi de la quête ?

— Je les ai donnés à un pauvre.

— Le père Antonio sera bien content demain de nous voir arriver les mains vides ! Et de quoi as-tu donc besoin ?

— J'ai besoin de faire l'aumône.

— À cette heure ?

— À cette heure. J'aime mieux tout t'avouer. Il y a une petite femme pleine de grâces et d'esprit, aussi belle qu'aimable et qui est plus malheureuse que Job sur son fumier, à cause de deux vieux marchands juifs à qui elle doit quelques ducats et qui la poursuivent comme les chasseurs traquent avec leurs limiers une bête sauvage.

— J'admire ta comparaison. Et cette pauvre petite femme si malheureuse, c'est sans doute Polissena ?

— Tu l'as deviné !

— Je croyais que cette pauvre petite femme ne te faisait point payer ses faveurs ?

— Non seulement elle ne me fait point payer ses faveurs, mais encore elle est toute prête, à l'occasion, à partager avec moi ses bénéfices. Seulement, aujourd'hui, elle se trouve dans une telle infortune qu'il ne faudrait pas avoir d'âme ni de cœur pour ne pas être ému de compassion… Ah ! ah ! ajouta-t-il en me considérant le cou, la belle croix que tu as là, mon frère.

— C'est la croix de ma mère.

— La croix de ta mère ou la croix de ta tante, sais-tu qu'elle vaut bien soixante ducats ? Mon cher petit frère Lorenzo, prête-la-moi un instant.

— Pourquoi la prêter ?

— Pour la montrer à Polissena. Demain, je la porterai à un vieil orfèvre de ma connaissance, et il faudra que le bonhomme soit de bien méchante humeur s'il ne me prête pas au moins vingt-cinq scudi sur le bijou : je te le rendrai dans un mois.

— Voilà un beau marché, mon frère.

Mais Arrivabene, sans se décourager, m'avait pris le bras, en faisant le geste de caresser des chairs arrondies :

— Tu ne sais pas combien c'est ferme et délicat chez elle : pour moi je n'ai nulle jalousie, et, demain matin, si tu le désires, tu pourras, par toi-même, apprécier mon bon goût.

— Grand merci, répondis-je.

Alors Arrivabene, voyant que je dédaignais ses offres les plus séduisantes, serra les poings et me lança un coup d'œil si terrible que je crus qu'il voulait m'assassiner. Mais il n'eut pour moi qu'une injure :

— Porc ! fit-il, je savais bien que tu n'étais qu'un porc !

Et, me tournant le dos, il alla s'asseoir sur un banc écarté, loin des femmes.

Tout était devenu calme au palais Benzoni, continuait la Nichina, quand Fasol parut. Il n'avait rien vu de l'émeute, mais, apprenant que l'on avait conduit Gennaro en prison, il ne dissimula point sa joie.

— C'est de la bonne viande pour le bûcher, s'écria-t-il.

Il apportait cependant de mauvaises nouvelles : maître Pasquin avait fait des siennes ; dans un sonnet satirique, il accusait le cardinal d'avoir chez lui des jeunes filles déguisées en page et flétrissait les mœurs infâmes du légat.

— Tenez, regardez le sonnet, l'auteur de la pièce ne mériterait-il pas une fière bâtonnade ?

— Je ne trouve pas, répondit Benzoni, après avoir lu le poème, les vers sont fort bien tournés et la queue du sonnet me semble plaisante :

Leurs chausses à la fois les accusent et l'excusent.

— Monseigneur, s'écria l'abbé Coccone, votre légèreté vous perdra ; vous traitez des événements considérables avec la même indifférence que les bagatelles.

— Avec plus d'indifférence, reprit le cardinal, car les événements qui vous semblent considérables me paraissent, à moi, tout à fait frivoles.

— Ces accusations, dit Coccone, sont plus graves que vous ne pensez. Il est de toute nécessité de supprimer la cause qui les provoque et d'en punir les auteurs. Pour moi, je préfère vous quitter, monseigneur, si vous ne voulez réformer votre domestique.

— Mais réformez, réformez, qui vous en empêche ?

— Je vous demande d'abord de renvoyer cette maudite petite fille qui s'est introduite ici sous des habits d'homme et qui, en deux jours, a causé plus de mal que vingt diables.

— Renvoyez-la si cela vous plaît. Après ce qu'elle a fait à Guido, ce n'est pas moi qui tiens à la garder.

— Il serait bon aussi de renvoyer Guido.

Le cardinal ne put cacher son irritation.

— Vous ne pensez pourtant pas, dit-il, renvoyer cet enfant avec la blessure que vous lui avez vue à la tête. Il lui faut tous nos soins pour se rétablir.

— Et lorsqu'il sera guéri ?

— Lorsqu'il sera guéri, nous verrons : c'est un garçon dont on fera quelque chose.

Le cardinal m'avait donné mon congé ; l'abbé Coccone me le signifia lui-même : je dus me disposer à partir dans une heure.

Comme je rassemblais mes vêtements, désespérée de quitter ce palais où je laissais Guido, j'entendis, d'une salle voisine du vestibule, une discussion s'élever entre le cardinal et l'abbé, discussion où mon nom revint plusieurs fois. Je prêtai l'oreille. La conversation, après s'être continuée quelques instants à voix basse, se haussa bientôt jusqu'à un ton ardent et emporté. Je surpris les dernières paroles.

— Il n'y a pas de doute à avoir, disait Coccone, mes informations sont exactes : c'est bien l'enfant de Francesca Ferro. Sa mère l'a cherchée longtemps et c'est un hasard qu'elle ne l'ait pas rencontrée. Que Nichina retourne chez ses parents, comme on doit le supposer, qu'elle leur apprenne l'humiliation de son renvoi, les insultes qu'elle a reçues ici ; la haine que Francesca vous porte s'avivera encore ; elle en armera son enfant qui, vous le savez, ne brûle point d'un grand amour pour vous. Vous avez le droit, il est vrai, de la dénoncer, comme sacrilège, au Saint-Office, mais sa confrontation avec le frère Gennaro, qui alors est inévitable, sera très compromettante pour vous, tandis qu'elle possède assez de grâces et de hardiesse pour séduire vos collègues et se sauver elle-même. Songez à tout ce que peut la haine d'une belle fille, monseigneur ! Il faut prendre garde à vos ennemis. Ils ont, en ce moment, la confiance de Sa Sainteté ; même à Venise vous devez être sur la défensive : le peuple vous déteste, et, parmi les nobles, votre crédit diminue. Le scandale peut éclater à la suite de la moindre dénonciation, du plus ridicule pasquin. Ce serait votre perte, monseigneur, et ce serait aussi ma chute. Vous voyez si je suis intéressé à vous soutenir et si vous devez recevoir mes conseils à la façon d'un avis de courtisan.

— Vous exagérez le péril, reprit Benzoni. Vous savez quelle est l'autorité du cardinal Valmarana, mon protecteur près de Sa Sainteté ; et, à Venise, quoi que vous prétendiez, toute la noblesse me soutient. Qu'importe d'ailleurs que je traîne les vices communs à tous les hommes. J'ai pour moi mon génie et ma puissance. Qui saurait me remplacer ?

— Ah ! fit l'abbé, croyez qu'on aimerait bien mieux voir à votre place un imbécile qui aurait seulement la moindre odeur de vertu. Notre-Seigneur l'a dit : Heureux les pauvres d'esprit ! et il doit avoir raison, puisque toutes les paroles qu'il a prononcées sont divines… Je vous le répète, vos intérêts exigent que Nichina quitte Venise.

— Comment l'en éloignerez-vous ? demanda le cardinal.

— Soyez tranquille, monseigneur, conclut l'abbé en terminant, je me suis occupé de vos affaires.

Cette conversation me remplit d'étonnement et d'inquiétude. Je me demandais ce que le cardinal pouvait avoir à redouter de pauvres êtres comme ma mère et comme moi, et quelles étaient à mon sujet les intentions de l'abbé Coccone.

Avant de partir, je voulus dire adieu à Guido et lui demander pardon. Il était couché dans la chambre du cardinal. En lui voyant la tête enveloppée d'un linge, je ne pus retenir mes larmes.

Pour lui, dès qu'il m'aperçut, il s'agita dans son lit et s'écria :

— Je ne veux pas qu'elle s'approche ! Qu'on la chasse ! C'est elle qui a fait massacrer mon frère, mon cher frère.

De mon visage en pleurs, de ma parole tremblante de sanglots, je le suppliais de ne pas être cruel, d'avoir pitié de mon repentir. Je m'agenouillai devant le lit, j'essayai de lui prendre les mains pour les baiser, mais il se débattit avec colère et me repoussa.

Le cardinal survint à ce moment.

— Allons, dit-il d'une voix dure que je ne lui connaissais pas, taisez-vous et sortez ; vous voyez bien que vous le fatiguez et qu'il a besoin de repos.

Puis se tournant vers Guido :

— Mon doux ami, souffres-tu ? demanda-t-il, et longtemps il tint Guido dans ses bras.

En me congédiant, le cardinal me remit dix ducats que j'eus envie de lui jeter à la face, tant j'exécrais cet homme qui allait rester avec Guido et me chassait loin de lui.

Dans le vestibule, l'abbé Coccone m'attendait.

— Vous allez venir avec moi, me dit-il de sa voix la plus autoritaire.

Il avait les yeux pétillants et la lèvre inférieure repliée sur le menton comme en ses jours de graves soucis. À sa vue, j'éprouvai un profond sentiment de répulsion. Je le suivis pourtant jusqu'à une barque qui se trouvait devant le palais, et où nous montâmes tous les deux.

SECONDE PARTIE
L'APPRENTISSAGE D'AMOUREUSE

Les bateliers faisaient force de rames et j'éprouvais une contraction de tout mon être à voir que nous laissions la Piazzetta, Saint-Marc et cette Venise qui m'était chère comme l'est une telle patrie. Un instant, je crus que nous allions à Murano et l'idée de ses beaux jardins m'enchanta ; mais je m'aperçus bientôt que nous prenions une route toute différente. Voyant des barques chargées de monde revenir de Chioggia, où il y avait un pèlerinage, et craignant d'être reconnu, l'abbé Coccone ordonna de quitter la lagune et de gagner la haute mer. Déjà les nuages voilaient le soleil couchant, l'ombre s'étendait sur les vagues qui, soulevées par le vent, se gonflaient et m'inondaient d'écume. Alors une pensée fixe et terrifiante s'empara de mon esprit. Le cardinal et l'abbé, me dis-je, ont comploté de me noyer : c'est dans ce dessein qu'on me conduit en pleine mer. Devenue soudain hardie, je me jette aux pieds de Coccone.

— Seigneur abbé, fis-je, grâce ! ayez pitié !

Les mots expiraient sur mes lèvres ; je n'avais plus de souffle. Les bateliers me regardaient avec étonnement ; quant au visage de Coccone, il conservait la même expression d'indifférence.

— Je ne veux pas de ces manières, s'écria-t-il, relevez-vous tout de suite ! entendez-vous ?

Tandis que je me relevais toute tremblante, l'abbé, se courbant, attira un paquet caché au fond de l'embarcation.

— Vous allez, me dit-il, quitter ces habits de garçon et reprendre le costume de votre sexe.

Je n'avais qu'à obéir. En rougissant de honte, je me déshabillai devant les rameurs, qui dévoraient d'un œil allumé tout ce que le vent et le roulis leur livraient de mon corps. L'abbé me passait les vêtements un à un, insensible et pressé.

Quand j'eus fini, il m'enveloppa la tête d'un voile à la façon des paysannes de Trévise, puis, comme si je n'avais pas, à son gré, la figure assez couverte, il me mit sur le visage un grand fazzuolo qui me retombait jusque sur les seins et dont le tissu serré me permettait à peine de voir au travers.

À ce moment le bateau, qui ne s'était pas éloigné des dunes, s'avança plus lentement et sans secousse, comme abandonné au flot. Nous longeâmes des felouques, des galiotes à l'ancre dont les mâtures craquaient et dont je vis osciller les vergues. Un rameur m'apprit que nous étions à Malamocco. Tout à coup, l'homme qui était à l'avant poussa un cri auquel un cri répondit presque aussitôt, et nous approchâmes d'une galiote verte dont une petite statue d'argent ornait la poupe. Dès que nous l'avons jointe, l'abbé saute vivement à bord, me tend la main et, disant aux bateliers de me soutenir par derrière, il m'entraîne avec lui dans la galiote. Les marins qui nous entourèrent me parurent des Maures ; je n'eus plus de doute quand j'aperçus le capitaine qui s'avançait vers nous.

— Dieu est grand ! lui dit Coccone qui croisa les mains sur la poitrine en s'inclinant très bas.

— Allah akber ! répondit le capitaine.

Il me regardait avec attention, essayait de découvrir mes traits sous mon fazzuolo.

Coccone, qui ne savait point le barbaresque, reprit en vénitien :

— Je vous amène la jeune fille dont je vous ai parlé. Désirez-vous mieux la voir ?

— À sa taille, à ses formes, je devine qu'elle me plaira, répondit le capitaine dans la langue de son interlocuteur ; devant mes hommes il ne serait pas convenable de lui enlever ses voiles.

Là-dessus, il ordonne d'apporter du malvoisie, en offre une coupe à Coccone et vide aux yeux de l'abbé un sac rempli de ducats qu'il range en piles.

L'abbé, tout en buvant, comptait les tas d'or.

— C'est bien la somme convenue, conclut-il.

Il refait lui-même le sac, il met sous ses habits, salue profondément le capitaine et redescend dans le bateau qui s'éloigne au plus vite.

Quand je me trouve toute seule au milieu de ces étrangers qui me considèrent de la tête aux pieds, je sens mes jambes fléchir et j'éclate en sanglots. Alors surgit un homme, haut comme une perche, chauve, imberbe, ayant le ventre pareil à un sac gonflé, dont les bras ressemblaient à des fléaux et les joues à de vieilles toiles à goudron. Il me menace de m'attacher au mât et de me tanner la peau avec une corde à nœuds si je ne cesse mes pleurs.

— Allons ! Josouff ! s'écria le capitaine, n'afflige pas encore cette pauvre fille : elle est assez malheureuse sans cela.

Je levai un regard de gratitude sur mon défenseur. Avec sa barbe longue et malpropre, ses bons yeux, son nez flaireur, sa lippe qui laissait passer un petit bout de langue, il avait l'air de ces chiens qui vagabondent dans les ruelles, dont toute l'occupation est de salir et de caresser.

— Va, continua-t-il en s'adressant à l'homme qui avait voulu me maltraiter, conduis-la dans notre chambre et nourris-la bien pour qu'elle soit en d'agréables dispositions ce soir.

Josouff obéit et me fit descendre dans une élégante cabine. Voyant que son maître s'intéressait à moi, il se montra aussi attentionné qu'il avait été cruel. Il alla chercher des tapis pour que je fusse plus moelleusement couchée, m'apporta un pâté, des fruits et du vin de Chio. J'enlevai alors mon fazzuolo et le voile qui m'entourait la tête.

— Où suis-je ici ? demandai-je toute surprise.

— Vous êtes dans la galiote du capitaine Schifkat dont on admire la hardiesse aussi bien à Alger qu'à Constantinople.

— Mais que me veut-on ?

Pour toute réponse, il me montra, dans un sourire des dents longues et brillantes.

Il s'était agenouillé devant moi, me pelait les fruits et me versait à boire. J'étais si émue que d'abord je touchais à peine à ce qu'il me présenta. Et comme il me remplissait de pleines coupes :

— Vous voulez donc m'enivrer ?

— Cela ne fait rien. Il faut manger, manger.

— Mais vous allez m'étouffer !

— Cela ne fait rien.

Il me pressait tellement que je mettais, comme malgré moi, les morceaux dans la bouche et que je vidais, sans m'en apercevoir, la fiasque de Chio. Il me laissa enfin, la tête lourde, le corps pesant de ce dîner forcé. Je m'abandonnais au sommeil quand le mouvement de la galiote m'avertit qu'on levait l'ancre et que nous gagnions le large. La mer était grosse et battait le navire en tous sens. Les vagues se brisaient contre les parois avec un bruit insupportable. Soudain la porte de la cabine s'ouvre brusquement : Schifkat apparaît.

— Prépare-la, Josouff, dit-il en vénitien au serviteur qui le suivait. La traversée va être dure, je le prévois, cela me donnera du cœur.

Sans savoir ce qu'ils attendaient de moi, je laissais, dans mon demi-sommeil, Josouff m'étendre sur le tapis, m'écarter les jambes, honteuse de cette exposition mais trop lasse pour ne pas être résignée à tous leurs caprices.

— Eh bien, capitaine ! demandait Josouff.

Et brutalement il me manie comme un ballot de toile : il me saisit par les épaules, me relève, me retourne, m'agenouille, me forçant à courber la tête et à tendre les reins ; puis ses doigts s'égarent…

— Eh bien, capitaine ? demande-t-il encore, qu'est-ce que vous attendez ?

— Eh bien, imbécile ! s'écria soudain Schifkat, ne vois-tu point ce qu'elle a au cou ?

En même temps il se précipitait sur moi et prenait une petite médaille que m'avait donnée le cardinal.

— Cette fille, continua-t-il, est protégée par Allah ; il nous arriverait malheur si nous y touchions.

— Alors vous êtes de ceux dont parle le Prophète, qui « attribuent des filles à Dieu et n'en désirent pas pour eux-mêmes ».

— Je te rappellerai ces autres paroles du Prophète, puisque tu les as oubliées : « Il y a dans ceci des signes pour ceux qui ont de l'intelligence ».

— Et moi je vous répéterai celles-ci : « Il ne leur a été ordonné que d'adorer un seul Dieu. Loin de sa gloire les divinités qu'ils lui associent ». Une amulette ! voilà maintenant que vous adorez une amulette, l'amulette d'un chrétien !

— Tu ignores le pouvoir des talismans, Josouff. Si tu étais instruit, tu saurais que chaque religion a ses vertus spéciales.

Je m'étais relevée, puis rajustée ; je voyais enfin le péril que je venais de courir lorsque je n'avais plus à le craindre.

Les deux hommes commencèrent à parler avec animation dans une langue que je ne comprenais point, et Josouff répéta en vénitien :

— Que va devenir cette fille à présent ?

— Je vais la débarquer au plus vite.

— Par un temps pareil ?

— Je t'ai déjà dit qu'elle est protégée par Allah… Voyons ! qu'on mette une embarcation à la mer. Les deux marins espagnols la conduiront à Venise.

— C'est ainsi que vous sacrifiez des hommes ?

— Je sacrifie une barque pour sauver le navire !

Au moment de sortir, Josouff se ravisa.

— Et les soixante ducats de ma bourse que je vous ai prêtés pour acheter cette fille ?

— Tu les perdras, canaille ! Cela est juste : Pourquoi m'as-tu amené un cou à médaille ?

Josouff, ivre de colère, se planta, les bras croisés, devant le capitaine, mais Schifkat se contenta de sourire.

— Tu veux peut-être me tuer, dit-il, fais-le ; seulement qui dirigera le navire ? Est-ce toi, eunuque !

Ce mot cingla l'esclave comme une lanière, mais, ayant maîtrisé sa fureur, il sortit en disant :

— Je voudrais savoir lequel de nous deux est l'eunuque en ce moment. Ah ! si j'avais ce qu'on m'a enlevé, vous verriez si je suis un homme !

— Sainte Vierge ! dit Madame Petanera qui se plaisait à interrompre la conteuse, qu'une médaille pareille m'eût servi dans ma profession ! L'avez-vous encore, mon amie ?

— Je ne la quitte jamais, fit Nichina, tenez, la voici.

Et Nichina montra une petite rondelle de cuivre doré où se voyaient, d'un côté, l'image de sainte Agnès, de l'autre, celle de la Vierge portant Jésus dans ses bras.

Madame Petanera mit un baiser sur la médaille, ce que voyant, la vieille mère de la Nichina, qui n'était jamais en reste quand il s'agissait de dévotion, après s'être informée de ce qu'on baisait, s'approcha, fit un grand signe de croix, s'agenouilla et aspira longuement de ses lèvres tendues le cuivre vénéré. Ensuite, décollant sa bouche avec un bruit incongru, sans perdre un instant, elle revint à son ouvrage.

— Je compte, dit Nichina, en accrochant la médaille à son corsage, la donner, quand je mourrai, à la confrérie de sainte Agnès, protectrice des vierges et qui m'a sauvée d'un Maure.

Hélas ! reprit-elle, pour avoir échappé à un danger, j'avais encore à en affronter un plus redoutable. La petite embarcation où l'on me fit descendre avec les deux matelots espagnols pouvait à peine tenir la mer par cette tempête, et la nuit était si obscure que nous ne savions où nous diriger. Alors je pensai à prier Dieu, sainte Lucie et sainte Agnès, mes patronnes. J'implorai aussi toutes les assistances célestes que m'avait naguère recommandées l'abbé Coccone ; mes compagnons, bien qu'au service d'un Maure, avaient de la dévotion ; ils s'unirent à moi en poussant de grands cris. Comme c'étaient des hommes hardis et qui ne perdaient point courage, le Seigneur leur vint en aide ; après être restés pendant plusieurs heures entre la vie et la mort, harcelés par des vagues énormes, nous eûmes l'heureuse surprise de rentrer à Malamocco ; sans s'arrêter et quoique la tempête ne fût pas calmée, ils ramèrent du côté de Venise où nous arrivâmes enfin, brisés de fatigue, d'angoisse et tremblants de froid.

Mais dès qu'ils eurent amarré leur barque devant la Piazzetta, et mis pied à terre, oubliant le danger et la peine, ils respirèrent à pleins poumons la joie d'être encore de ce monde, puis ils m'entraînèrent vers l'Arsenal, dans une pauvre masure dont la porte, malgré l'heure, était encadrée d'un filet de lumière.

On eût dit qu'ils étaient attendus car, au premier appel, on vint ouvrir. Une vieille en haillons sordides, aux yeux souillés de chassie et au visage troué comme par une armée de vers, nous fit les honneurs d'une chambre où reposaient, à la lueur d'une chandelle, de grosses chairs flasques et de vieilles peaux desséchées. Coureuses et marins accouplés pêle-mêle sur les dalles, dormaient, ronflaient, et, soufflant par tous les pores, semblaient proclamer leur satisfaction sereine et le bon état de leurs organes. En entrant, je montai sur un bras musclé qui couvrait, d'un geste protecteur et tendre, une tignasse en broussailles. Le bras et la tignasse s'agitèrent et, en punition de mon méfait, un coup de pied m'envoya tomber au fond de la chambre, à une place où, par hasard, je ne rencontrai pas de corps. Je demeurai là immobile, dans cet air infecté d'haleines et de vinasse, tandis que les matelots qui m'avaient amenée réclamaient à boire avec insistance.

J'essayais de reposer, appuyant la tête contre la muraille, lorsqu'une masse énorme roule sur moi et m'écrase. Je tressaille d'épouvante, je veux me redresser, mais je suis maintenue dans une impitoyable étreinte. Des yeux monstrueux sont contre les miens ; des bras, des jambes de fer me saisissent et m'enchaînent les membres. Ô abomination ! Ô horreur ! je revois le rire de cette face qui bave sur la mienne. Je voulais appeler, je n'en avais plus la force, étourdie par les éclats de rire et les bruits de ripaille qui s'élevaient autour de moi. Tout à coup je sens mon corps comme défoncé par une profonde blessure… Et je ne sais plus ce que je suis devenue cette nuit-là.

À ce moment, Madame Petanera se pencha vers sa fille et, d'une voix qui voulait être basse mais que je saisis néanmoins, lui confia cette réflexion :

— Si ce n'est pas une honte, d'avoir commencé de la sorte et de faire tant d'embarras aujourd'hui.

— Moi, remarqua Polissena, je ne la trouve pas fière pour raconter comme cela ses débuts.

— Ah ! observa de son côté Betta Pedali, tout le monde connaît nos origines.

— C'est ce qui vous trompe, ma chère, repartit Madame Petanera et, les connaîtrait-on, il est inutile de les rappeler. Moi, j'ai toujours raconté à mon ami que j'étais la veuve d'un provéditeur.

— Et le croyait-il ?

— Certainement, du moins à ses heures de tendresse !

Nichina qui entendit, je crois, ces observations, redressa la tête et s'écria :

— Il ne faut pas regarder d'où l'on part, mais où l'on arrive. Qu'importe que je l'aie perdue avec un portefaix ou avec le Doge ! Quand on a le pied bien tourné, on a beau avoir buté d'abord, on suit tout de même sa route et l'on s'avance vers la fortune en faisant la nique au destin.

— Nichina, dites-moi, reprit la Petanera, à quoi vous a servi votre médaille ?

— Mais, à ne pas être prise par un Maure. L'homme qui m'a eue, grâces au ciel, si laid qu'il fût, était un Vénitien de Venise.

Nichina demeura quelques instants recueillie, puis, secouant la tête, elle continua son récit :

À présent je ris à tous ces souvenirs, mais comme je souffris dans mon corps, dans mon orgueil, sous cette brute violente et armée comme un âne !

Lorsque la vieille vint le lendemain me trouver, j'étais seule dans la chambre qu'éclairait un jour sombre et pluvieux. Elle me tendit un demi-écu :

— Votre homme a été généreux, dit-elle : il faut l'être à votre tour.

Je lui rendis la pièce et, sans écouter ses remerciements, je sortis, fripée, salie, malade, écrasée de honte.

Dehors, je n'osais regarder personne ; les yeux qui se fixaient sur moi me semblaient pleins de reproches ou de railleries. L'humiliation avait rendu mon âme haineuse. Me rappelant que j'avais un petit couteau sur moi, je l'ouvris. Si j'aperçois l'abbé ou le cardinal, me dis-je, je me jetterai sur eux et je les tuerai. Qu'on me tue ensuite moi-même si l'on veut : cela m'est indifférent. Et à tous les hommes que je rencontrais je lançais le même regard d'horreur et de défi. Puis, au milieu de ma douleur, je me souvins de Guido, je pensai à son beau regard sombre, à ses cheveux que je prenais tant de plaisir à caresser. Ah ! s'il avait voulu de moi, avec quelle joie je me serais offerte à lui ; de sa part toute violence m'eût semblé douce ! mais à présent je ne pouvais plus rien espérer que son mépris.

Comme mes larmes coulaient en abondance et que je craignais de montrer ma peine aux passants, j'entrai dans l'église de Saint-Jean-de-Bragora, et, m'agenouillant près de la grande porte, à la place des pauvres, je sanglotai dans l'ombre tout à mon aise. Soudain un jeune prêtre passa près de moi et me donna une petite tape sur la joue.

— Eh bien ! fit-il, qu'a-t-on à pleurer ?

— Ah ! messer, je suis si malheureuse !

Il s'était arrêté et me considérait en souriant.

— Est-on malheureux quand on possède une aussi jolie frimousse que la vôtre ?

Mais, voyant une dame qui traverse l'église, il me quitte en me chuchotant à l'oreille :

— Venez dans la sacristie tout à l'heure. Vous me conterez vos chagrins et j'essaierai de vous consoler.

Je n'avais retenu qu'une parole : il avait dit que j'étais jolie et cela me rassurait un peu, car je m'imaginais changée, défigurée, laide à faire peur. Je voulus savoir à quoi m'en tenir et je m'approchai du bénitier pour me mirer dans l'eau sainte ; mais, comme il était très haut, je regardai s'il n'y avait personne dans l'église et j'allai tout doucement chercher un escabeau dans la chaire du curé.

Je fus toute consolée de me voir. Oui ! le prêtre n'avait pas menti : malgré la fatigue de mes traits, j'étais jolie, plus jolie que Térésina, dont les parents étaient si fiers mais qui avait le nez trop relevé, plus jolie que Nanna qui est une belle fille, certes ! mais qui a des yeux de souris. (Elle est morte maintenant, la pauvre, mon Jésus, faites-lui miséricorde !...) Et je m'amusai de mes yeux bordés de sang et de mes joues rouges comme si on les avait claquées.

Sotte ! triple sotte ! me dis-je, est-ce que, pour l'avoir perdu, les servantes du cardinal se portent moins bien, est-ce que la grande

Aurélia ne rit pas, comme avant, au nez de tout le monde, est-ce que Niccolosa ne va pas entrer en ménage ? Il ne faut pas être triste. Et Guido reviendra : il est impossible qu'il ne revienne pas ; il sera trop heureux de jouir de ta beauté.

J'avais repris confiance ; comme pour m'encourager, un rayon venait de se glisser dans la nef. Je me penchai encore sur le bénitier, dont l'eau brillante, irisée sous le soleil, reproduisait mon visage, au milieu des verrières bleues et roses de l'église.

Ma joie fut de courte durée. Au moment où je levais la tête, j'aperçus le sacristain qui accourait, scandalisé de ma posture inconvenante. Il me saisit le pied et me le secoua en criant :

— Voulez-vous descendre, petite vesseuse, voulez-vous descendre ?

— Mais lâchez-moi ! lâchez-moi !

— Oh ! oh ! oh ! continua-t-il, elle est montée sur l'escabeau de la chaire, l'escabeau où s'assoit monsieur le curé pour lire le prône. Non ! on n'imagine pas une pareille impiété !

Il me prit à bras-le-corps, me mit brutalement à terre, puis, me tirant l'oreille, il me demanda ce que je faisais là. Honteuse de lui avouer la vérité, si simple qu'elle fût, je ne savais que lui répondre, quand une dame corpulente et vénérable s'avança vers le sacristain.

— Cette jeune fille est avec moi, dit-elle, excusez-la : elle cherchait sa bague qui lui était tombée du doigt. Tenez, voici pour votre dérangement.

L'homme, étonné, prit la pièce qu'on lui tendait, s'excusa et disparut après s'être incliné devant moi très respectueusement. Comme j'allais remercier ma protectrice, elle me saisit le bras et m'entraîna sur la place Saint-Jean. Rendue là, je l'examinai : avec la cape qui lui couvrait le front, le long voile qui lui cachait le visage, elle ressemblait à ces bonnes pizzocchere qu'on voit, le cierge à la main, suivre les processions.

Au mot de pizzocchere, Madame Petanera bondit.

— Ne nous parlez pas, s'écria-t-elle, de ces chieuses d'encens qui n'ont plus de salive à force de radoter des Ave et qui se sont installées chez le bon Dieu comme dans une hôtellerie, le payant de patenôtres du matin au soir et d'une chandelle de vieille cire à Pâques ou à la Trinité ! C'est le Diable qui se cache sous leurs voiles et qui, après avoir séjourné trop longtemps entre leurs vilaines jambes, remonte dégoûté jusqu'à leurs lèvres pour y trouver friandises à son goût : propos fielleux, complaisances empoisonnées, tendresses hypocrites, oraisons commençant avec une médisance et terminées par une calomnie.

Vous auriez tort, ma chère, reprit Nichina, de juger de la sorte ma bienfaitrice. Pour moi, je me sentis immédiatement conquise par sa générosité. Il y avait dans sa physionomie une majesté douce et pitoyable qui m'imposa. Aussi ne manquai-je point, tout attendrie, de lui exprimer ma gratitude.

— Mon enfant, fit-elle, je vous ai vue pleurer, et quand je vois pleurer une jeune fille, c'est plus fort que moi : je ne puis m'empêcher de lui venir en aide. Vous êtes malheureuse, n'est-ce pas ?

Ainsi sollicité, mon chagrin me revenait. Je pensai que ce serait bon de verser encore quelques larmes dans le sein de cette brave femme et d'exciter une compassion qui serait peut-être fructueuse.

— Voyons, ma chère enfant, reprenait-elle, ayez confiance en moi, je ne désire que votre bien. Contez-moi vos peines. Voulez-vous m'accompagner à la maison, à dix pas d'ici ? Nous serons mieux pour causer.

Je me souvins alors que le jeune prêtre de Saint-Jean-de-Bragora m'attendait dans la sacristie. Si cette dame me montrait une vive sympathie, il paraissait, lui aussi, me vouloir beaucoup de bien. Après quelques hésitations je me décidai pourtant à rester avec ma dévote. Je fis sagement : j'ai appris l'année dernière qu'on avait décapité l'abbé pour un crime abominable.

— Ah ! la fortune vous a toujours protégée, vous ! interrompit la Petanera en soupirant.

Mais Nichina, sans s'occuper de la réflexion, poursuivit son histoire.

Quand j'entrai chez ma bienfaitrice, je fus étonnée de voir, au lieu de la cellule de béguine que j'attendais, une maison décorée somptueusement. Sur la porte elle avait rejeté sa cape, son voile, son manteau et je m'aperçus que, sans rien perdre de sa physionomie respectable, elle gagnait une tournure non pas élégante, il est vrai, mais cossue. Elle avait un corsage très bas et fort lâche qui permettait à l'œil et même à la main d'y plonger ; un rochet de soie blanche, transparente et crêpée, bombait sur son ventre, serré par une ceinture de toile d'or. Elle portait des perles aux mains, aux bras, au cou : je ne sais où elle n'en avait pas. Le haut de ses cheveux était fort bien teint en blond mais la racine restait grise, ce qui faisait ressembler sa tignasse à une calotte au dessus brillant et aux bords usés. Comme elle remarquait la surprise que me causait son habillement :

— Une mise modeste, fit-elle, sied bien à une femme pieuse quand elle se rend à l'église, mais ne saurait lui convenir dans son intérieur lorsqu'elle doit recevoir les personnes les plus éminentes de la République et du monde entier. Ce luxe, cependant, est loin de me plaire. Il y a des jours, ma chère fille, où je voudrais être la femme d'un batelier, mais la comtesse Morosina de Jacomo des Ormesini se doit à elle-même. J'accepte, sans murmurer, les grandes obligations de mon rang, parce qu'il me permet de faire beaucoup de bien.

Cette déclaration me la rendit considérable et augmenta ma timidité. Toutefois, comme elle me pressait vivement et de l'air le plus sympathique, je finis par lui conter mes aventures, en évitant, bien entendu, de mentionner le bouge de l'Arsenal et la nuit que j'y avais passée. Lorsque j'eus terminé mon récit :

— Vous m'intéressez, me dit-elle. Vivre sans mari, sans enfant, est cruel à mon âge. J'ai besoin d'avoir une jeune fille près de moi. Vous êtes belle, je vous sens bonne, je vous crois intelligente. Je vous demande donc de rester dans cette maison. Vous n'aurez point à vous plaindre : je serai votre seconde mère.

Tant de bonté m'émut jusqu'aux larmes. J'appuyai la tête sur le bras de la comtesse et je sanglotai. Elle m'écarta doucement, s'essuya la manche, que mon visage poudreux avait effleurée, puis, pour me tenir compagnie, se mit, elle aussi, à sangloter.

Bientôt nos gémissements devinrent si bruyants, qu'à les ouïr, on eût pensé que nous souffrions les plus barbares supplices. Nous y allions toutes deux de bon cœur, lorsque j'entendis un pas dans l'escalier. Ma confidente cesse subitement ses lamentations, prête l'oreille, et, à la hâte, me recommande la conduite à tenir.

— Ne pleurez plus, voici un de mes parents d'Espagne qui aime les joyeux visages. Il est pourtant d'humeur assez farouche et fuit le monde. Aussi serait-il ennuyé de rencontrer des étrangères chez moi. Ne vous étonnez donc point de ce que je vais lui dire. Je puis faire votre fortune, mais vous devez m'obéir, me seconder et vous prêter aux innocents mensonges auxquels la destinée m'oblige.

Elle achevait à peine, que la porte s'ouvre avec violence et une sorte de petit tonneau, ayant une figure humaine et une crinière de cheval, saute dans la chambre.

— Comtesse, s'écrie le nouvel arrivant, je viens de finir mes pénitences.

La comtesse Morosina, devenue très grave, venait de se lever.

— Permettez-moi, lui dit-elle, de vous présenter ma cousine qui arrive d'un périlleux voyage à Chio où elle a de grands biens.

Puis se tournant vers moi :

— Don Gaspar Pimentel Cardona de Los Cabos y Benavides, marquis de la Cuenca, comte de Sandoval. Je n'oublie rien, n'est-ce pas ? ajouta-t-elle en me prenant la taille et en me poussant vers Don Gaspar.

Je me sentais assez mal à l'aise devant un homme qui avait un nom d'une pareille importance. De plus, il m'étonnait avec sa façon de rouler des yeux blancs de charbonnier et de ravaler, dans une aspiration, la fin de ses compliments.

— On m'a parlé, dit-il, d'une petite dévotion qu'il y a, en ce moment, à Saint-Marcilian. On expose des reliques de ce vénérable évêque. Ne pourrions-nous aller lui rendre visite ?

— Je suis à vos ordres, mon cher marquis, on n'est jamais lassée de prier les saints en votre compagnie.

Mais comme Don Gaspar se revêtait d'un grand manteau à la mode de Venise, quoique d'étoffes disparates, la comtesse me regarda en exhalant un soupir.

Déjà nous franchissions le seuil, lorsque nous fûmes abordés par une petite jeune fille au regard de feu, souple, fine, charmante sous sa cape simple et son grand fazzuolo.

— Ma cousine, marquis : la signorina Cecca Braggadino.

— Signorina, fit Don Gaspar, je suis charmé de vous voir, mais dites-moi, comtesse, combien avez-vous donc de cousines ? C'est la douzième au moins que vous me montrez depuis cinq jours que je suis à Venise.

— Notre race, sachez-le, marquis, n'est point chiche de semence.

Nous nous mîmes en route. La comtesse s'avançait d'un pas large, comme si elle avait été la dogaresse en personne ; ses hanches se remuaient avec lenteur et solennité ; à côté d'elle Don Gaspar tricotait des jambes et, ne réussissant pas à régler son pas sur celui de sa dame, tantôt la dépassait, tantôt courait derrière elle. Cecca et moi, nous les suivions à quelque distance ; Cecca imitait leur démarche avec des gestes si bouffons que je n'en pouvais plus de rire. Soudain Don Gaspar, se retournant, aperçut notre jeu ; il nous lança un coup d'œil féroce et désolé.

— Vous avez des cousines bien malhonnêtes, dit-il.

— C'est qu'elles n'ont pas été élevées par votre père, répliqua la comtesse ; ce qui ne l'empêcha pas, d'ailleurs, dans une volte-face si rapide qu'elle faillit perdre l'équilibre, de faire une moue de reproche à notre adresse en nous désignant d'un clin d'œil l'Espagnol.

La vue de Saint-Marcilian les réconcilia sans doute, car ils entrèrent dans l'église en se donnant le bras. Avec toute la tendresse de nouveaux mariés, ils s'avancèrent jusqu'à la chapelle où étaient exposées les reliques. Morosina de Jacomo se précipita la première à genoux, avec un élan de piété qui émut toute l'assistance, et entraîna Don Gaspar. Selon la dévotion d'usage, ils baisèrent tous deux les marches de l'autel, puis demeurèrent longtemps prosternés, la tête dans la poussière, tendant à notre recueillement leur vaste postérieur.

Cette oraison à Saint-Marcilian nous valut une excellente soirée, un souper plein d'entrain. Il était tard quand la comtesse, ayant sommeil, pria l'Espagnol de l'excuser et nous laissa seules avec lui.

Don Gaspar ignorait les délicatesses qui charment l'oreille des jeunes Vénitiennes et, embarrassé par notre idiome, il résolut d'user seulement de ce simple langage qui est compris par toute la terre. Cecca m'avait révélé quels étaient les desseins de la comtesse à notre égard. Étonnée d'abord qu'on pût concilier les soins d'une vertu si rigide avec des préoccupations qui, le plus souvent, n'en comportent guère, je compris que l'existence a de dures lois et, à pareille école, je crus qu'il était de mon devoir de m'y soumettre. Alors, comme Cecca, souriante et lâche, ne se défendait plus qu'avec ses mains, je trouvai qu'il était préférable de faire grâce du prélude à un homme qui n'en sentait point la valeur, et je m'étendis tout de mon long sur le tapis, très calme, disposée à mener au plus vite une comédie dont je savais le dénouement et qui n'avait aucun intérêt pour moi. Après avoir caressé Cecca un instant, Don Gaspar s'approcha de moi, mais son amour ne fit que m'effleurer. J'attendais de sa part une attaque plus rude, quand je le vois frapper du pied, me menacer du poing et ouvrir la porte. De toute sa voix il appelait la comtesse.

Morosina de Jacomo surgit en déshabillé, très inquiète, semblable à un vieux tableau craquelé. Ses cheveux gris se laissent voir insolemment sous la teinture ainsi que, par la chemise entrouverte, des seins en calebasse, si tombants qu'elle eût pu les rejeter, comme des sacs, par-dessus ses épaules. Ce manque de décence, mieux qu'un sermon, eût inspiré la vertu. Pourtant elle n'était pas sans prestance avec son menton à trois étages.

— Comtesse, comtesse, répétait l'Espagnol avec colère, vos cousines sont des carognes, entendez-vous ! des carognes, et vous m'avez trompé indignement : elles ne sont pas fraîches.

— Comment elles ne sont pas fraîches ? disait la comtesse en frottant ses yeux pleins de sommeil.

— Oui, vos cousines sont des putains, et vous aussi.

J'entendis retentir une paire de claques, mais de claques comme on n'en donne plus aujourd'hui. Ce soir-là, Morosina me révéla toute la force qui se cachait sous son embonpoint.

— Misérable ! criait-elle, c'est ainsi que vous abusez de la confiance d'une honnête femme pour débaucher sa famille ! Traître, hypocrite, lâche, suborneur éhonté ! Et vous osez calomnier de chastes jeunes filles qui se sont confiées à vous. Eh bien ! soyez-en assuré : demain j'irai déposer ma plainte, oui ! pas plus tard que demain. Allons ! vous en irez-vous à la fin ?

— Grâce ! comtesse, grâce ! un moment ! permettez-moi de faire mes malles.

— Vous n'avez rien à faire ici qu'à partir et je vais réveiller le bargello si vous demeurez dans cette maison un instant de plus.

Don Gaspar Pimentel Cardona de Los Cabos y Benavides disparut épouvanté, laissant à l'ennemi armes et bagages.

Aussitôt Morosina courut à la chambre qu'occupait l'Espagnol ; elle en revint toute joyeuse : elle avait les mains pleines d'or. À chacune de nous elle donna cinq ducats.

— L'affaire a bien tourné, dit-elle, mais il eût pu en être autrement. Pourquoi ne pas m'avoir avertie ? Avec un peu d'alun et de résine ce sont des malheurs qui se réparent aisément.

En ce moment, nous entendîmes parler à haute voix dans la rue. Nous nous mîmes aux fenêtres. C'était Don Gaspar qui causait avec lui-même en espagnol. Tout en conversant avec des marins de ce pays, j'avais appris quelques mots qui n'étaient pas les plus respectueux de la langue : c'étaient justement ceux-là que Don Gaspar proférait devant la maison.

— Vieja raposa, criait-il, cara de putilla, hija de corcovado !

Je rougissais de ces injures, mais la comtesse, qui semblait goûter ces paroles comme une voluptueuse musique, me dit avec les yeux d'une sainte ravie au ciel :

— Quelle langue harmonieuse que l'espagnol !

Je passais avec Cecca une nuit qui valut pour moi dix années d'école. Fort sagement, elle avait éteint les chandelles ; aussi ne s'aperçut-elle pas de ma rougeur et de mes étonnements. Sur l'amour, les procureuses, les hommes, l'existence en général et la vie galante en particulier, cette petite fille me dévoilait d'obscurs mystères. Quand je me levai du lit, j'aurais pu en remontrer aux plus instruites ; mais comme la science de Cecca ne se bornait point à des paroles, j'eus les membres fort las de cette longue leçon.

Je ne m'étais pas encore bien habituée à ma nouvelle condition, lorsque étant allée un matin jusqu'à la Mercerie, j'aperçus Guido qui s'avançait vers moi, le front couvert d'un emplâtre. Je ne sus plus où j'étais, tant mon émotion fut violente ; mes yeux se remplirent de larmes ; je tremblais de joie, de peur, de désir. Un instinct plus fort que toute prudence me dirigea vers lui. Il baissait le regard et ne me vit que lorsqu'il fut contre moi. Il eut un tel cri d'horreur que je me sauvai en courant jusque chez la comtesse. J'étais folle de chagrin, mais comme je songeais à tout ce qu'il pouvait me faire, la frayeur dominait mon affliction. À Morosina surprise de mon air égaré, je dis en pleurant :

— Ils vont venir tous, le cardinal, Coccone, Guido, ils vont venir me jeter en prison !

Morosina me calma en m'assurant qu'avec un peu de prudence, je n'avais rien à craindre.

— Sortez toujours avec un fazzuolo, évitez les abords du palais, et nul ne découvrira votre retraite.

Le soir, nous eûmes à dîner galante compagnie, et l'obligation d'être aimable, les histoires joyeuses, les reparties de Cecca, les flatteries des convives me divertirent de ma peine. Seulement, il me fallut répondre aux compliments de mon voisin de table, et ce fut pour moi un atroce supplice. Un mot vif et un peu dur que je me permis de lui lancer me valut, de la part de Morosina, un de ces coups d'œil qui imposent l'obéissance. Je m'abandonnai donc, en essayant de sourire, aux caresses du galant, dégoûtée jusqu'à en vomir, haineuse jusqu'à désirer le tuer. Ah ! me disais-je en voyant briller dans les yeux de mon compagnon une joie qui me soulevait le cœur, se peut-il que ceux que l'on aime vous repoussent et qu'il faille subir la volonté d'un ennemi !

— Laissez-moi ! fis-je à l'amoureux après une première étreinte. Vous voyez quelle est ma fatigue.

Et je le chassai tout nu de ma chambre, l'envoyant s'habiller au-dehors.

Je jetai les ducats qu'il m'avait mis dans la main et je pleurai sur mon corps souillé, mon corps qui me répugnait à présent comme quelque chose qui n'était plus à moi, une boue, un excrément attaché à ma personne.

Cecca, les pommettes roses et brûlantes des baisers qu'elle venait de recevoir, accourut à mes gémissements. Elle avait aussi congédié son ami, avec des sourires et des plaisanteries ; sans colère, sans tristesse. Elle essaya de me consoler.

— Va-t'en ! Va-t'en ! m'écriai-je, tu sens le mâle ! oh ! cette puanteur, cette infection d'homme, je la sentirai donc partout !

— Pauvre petite ! soupira Cecca.

Elle me prit le bras et, malgré ma résistance, m'entraîna jusqu'à la salle de bains. Toutes deux nous descendîmes ensemble avec délices dans l'eau vierge, dans l'eau purificatrice.

En sortant du bassin, elle répandit sur elle et sur moi un flacon de parfum, puis me baisa la bouche :

— Eh bien ! Nina, dit-elle, est-ce que je sens le mâle toujours ?

Comme ses lèvres me furent douces cette nuit !

Elle n'habitait point d'abord avec nous, mais à cause de son affection pour moi, elle avait obtenu de la comtesse de s'installer dans ma chambre. Je fus heureuse de sa compagnie. Après la brutale caresse des hommes, la sienne me consolait en me faisant oublier. Mais je la payais d'ingratitude et de colère. À ces lents et attentifs baisers, je ne répondais que par les emportements de mon amour trompé. Quand elle m'embrassait de toute sa force, quand elle pénétrait en moi de tout son désir, je pressais, j'appuyais sa tête contre ma chair comme pour l'étouffer ; si elle me tendait son corps, je ne savais que le mordre et le déchirer. Pourtant il y avait dans nos étreintes un moment d'abandon mutuel, d'exquise défaillance, où je ne savais si c'était Cecca, Guido ou Dieu enfin qui était en moi. À cause de cet instant je pardonnais à Cecca sa passion, sans l'encourager. Lorsqu'elle se relevait, les yeux vagues, fatiguée, ravie de ma jouissance, plus humble qu'une esclave, je me rappelais combien elle était dure envers les hommes.

— Va-t'en, lui criais-je, tu es ridicule.

Docile à mes ordres, elle se sauvait, en cachant ses larmes.

Elle ne faisait que me rendre plus douloureuse la privation de ces violences, préférables à toutes caresses, quand elles viennent du maître que nous avons choisi.

Cependant, de mes nouveaux soucis naissaient des plaisirs que je n'avais point soupçonnés. L'obligation d'avoir le corps bien tenu, la mise soignée, le visage riant, la parole vive et légère, avait créé pour moi des habitudes aisées, et les habitudes, un divertissement. Je ne songeais qu'à varier mes toilettes. Avec ce que je gagnais à la sueur de mon corps, je n'y suffisais pas. Il me fallait sans cesse de nouveaux costumes, et, chaque fois, de plus somptueux. Devant le miroir j'oubliais Guido. Mon cœur battait avec force quand, au dîner de la comtesse, entourée des plus élégants gentilshommes de Venise, je surprenais tous les regards attachés sur moi ; au contraire, je pleurais de dépit, je rêvais de me retirer dans un couvent, si, au milieu des amants de mes rivales, je n'avais point reçu tous les hommages que j'attendais. Le baiser des hommes m'était odieux et j'avais besoin de leur admiration.

La comtesse modérait mon ardeur de parure.

— À votre âge, disait-elle, la simplicité est plus séduisante. Faites croire à votre innocence le plus longtemps que vous pourrez. Une toilette trop luxueuse révélerait que vous n'êtes plus une jeune fille, en ayant perdu la modestie.

Ainsi portait-elle tous mes bijoux, sous prétexte qu'ils ne convenaient pas à mon extrême jeunesse.

À chaque instant, elle était prête à nous offrir le bénéfice de sa longue expérience. Elle se laissait ouvrir à volonté comme une boîte pleine de recettes précieuses, pouvant servir en toutes occasions. Dans les longues après-midi, après avoir dirigé le travail des servantes, elle ne dédaignait pas, tout en jouant aux dés, de nous enseigner l'art de vider les bourses.

— Je suppose, Nichina, disait-elle, qu'un homme vous lance pour la première fois le regard féroce de la possession. S'il vous prend pour une fille malheureuse, mais sage, gardez-vous bien de le détromper. Ne vous livrez point ; laissez-le prolonger indéfiniment son adoration et sans lui réclamer seulement un quattrino. Puis, quand vous vous êtes attiré sa confiance, jouez le grand coup ; rougissez vos yeux de façon que vous ayez l'air d'avoir pleuré depuis au moins vingt-quatre heures. Alors, vous arrivez chez lui et d'une voix entrecoupée de sanglots : « Mon bon seigneur, papa vient de mourir ; nous sommes sans pain, maman et mes cinq petits frères. Je n'ose venir vous trouver, et pourtant, mon bon seigneur, je ne connais que vous ». Rien ne flatte plus Priape que de mêler des larmes à ses épanchements. Ces larmes le sanctifient. Quand il a pleuré sur une jolie fille dont la vue gonfle sa braguette, elle est sauvée ; elle tient la forte somme et n'a plus qu'à s'en aller planter son camp ailleurs.

— Sans lui rien accorder ?

— Sans lui rien accorder. Sachez-le bien ; ma chère enfant, on ne conserve l'amour d'un homme qu'en le traitant avec le fouet et le bâton. Plus vous vous conduisez mal avec lui, plus il vous est dévoué. Un bien dont il est difficile de tirer profit, par exemple, vous ne le croiriez jamais, c'est le prodigue, cet être qui a envie d'acheter tout ce qui s'offre à ses yeux, qui ne refuse jamais un quémandeur, qui, chaque soir, aux dés ou aux cartes, s'en va jouer sa fortune. Il faut, sous un prétexte ou un autre, lui retourner ses poches chaque matin. Quant à ce beau seigneur qui ne se fait plus d'illusion sur votre vertu, qui vient vous voir un jour pour l'unique plaisir de goûter, d'effleurer vos grâces, c'est avec lui vraiment que vous devez vous montrer pleine d'habileté. Il connaît de longtemps les tours des femmes et il s'en défie, mais il en est devant lesquels les plus rusés ne tiennent point, parce que, comme disent les confesseurs, la chair est faible. Lorsque vous vous montrez à lui, sur la place Saint-Marc ou dans les jardins, il faut avoir toute la retenue, toute l'amabilité dont vous êtes capable. Prenez-le par des paroles sucrées, des attentions ; au besoin, s'il aime à rire, par d'innocentes espiègleries. Une fois dans le piège, il se dit : « Voilà une bonne fille à laquelle je puis donner mes petites pièces et qui sera trop polie pour murmurer ». Vous rentrez ensemble. Il vous remet son offrande menue. Vous, sans vous fâcher, après lui avoir gentiment baisé la bouche, vous vous asseyez sur ses genoux et vous lui chuchotez dans le creux de l'oreille, avec une petite moue et une voix de fillette câline : « Sa Seigneurie estime bien peu sa pauvre petite femme ». Et, sans un mot de plus, vous commencez par étaler sur vos épaules, d'un mouvement de tête, vos magnifiques cheveux. Rien que ce mouvement de tête vaut à lui seul un ducat. Comme mon homme n'ignore point le prix de la beauté, il inscrit déjà dans sa mémoire : un ducat. Vous vous déshabillez lentement. Il découvre vos seins. Ah ! vos seins ! si j'avais vos seins ! savez-vous ce que je serais aujourd'hui ? Dogaresse ! Pour baiser seulement vos seins, il donnerait bien dix ducats. Vous continuez à découvrir votre peau, à faire bomber vos formes, puis d'un mouvement sûr et prompt, vous laissez tomber vos jupes et vous sortez de vos robes plus majestueusement que Vénus sort de la mer. Mon renard, mon aigrefin, mon cœur froid est comme un insensé ; il ne reste pas en place ; il veut se jeter sur vous, avec l'impatience d'un chien qui voit qu'on se dispose à la promenade. Il y a encore la chemise à enlever. « Un peu de patience ! » dites-vous en écartant ses mains. Et, en femme qui ne perd jamais le sens de la mesure, tout en ayant l'air de vous hâter, vous brouillez les liens, renouez les nœuds et retardez le moment suprême, de façon que le désir du paillard soit bien à point. Alors, tout d'un coup, – la manœuvre est délicate et exige de l'esprit, – vous vous baissez, et, comme par mégarde, vous donnez à entrevoir, le temps d'un éclair, vos plus secrètes, vos plus vastes magnificences. Dès ce moment, mon roué vendrait son bien, assassinerait son oncle, renierait son Dieu, si vous le lui demandiez. Vous n'avez plus à modérer vos exigences : il est prêt à vous donner jusqu'à sa peau. Vous, de votre côté, ne vous épargnez pas : il s'agit de le ramener dans votre lit le lendemain, lors même que ses affaires, sa femme ou la République le forceraient à partir.

— Mais les avares ? demanda Cecca, comment peut-on venir à bout d'un avare ?

— Ah ! mon enfant, ne me parlez pas de ces gens-là. De seulement les nommer, c'est un blasphème. La première chose à faire pour une femme qui vient de lever un galant, c'est de regarder si le gibier a cette patte à griffes d'où il est impossible d'extraire quoi que ce soit, fût-ce un bagattino. Si l'animal est de cette vilaine race, possédât-il tous les trésors du monde, une femme doit le fuir avec plus de diligence que le mal français. Le pape viendrait chez vous, si vous venez à apprendre que c'est un avare, fermez-lui la porte au nez. Car, voyez-vous, des êtres pareils, ce ne sont pas des hommes, mais des monstres. Il n'y a rien à tirer d'eux, à moins de les assassiner, et encore sont-ils capables de se cacher dans les os leur or pour qu'on ne vienne pas les en dépouiller. C'est pourquoi Dieu regarde les avares comme les plus grands des pécheurs, qu'il laissera éternellement brûler dans l'enfer sans leur accorder jamais rémission de leur peine.

Nous avions besoin de cet enseignement, car, chez la comtesse, se réunissaient des hommes de toute la terre, qui nous familiarisaient avec les plus étranges passions. Une fois, un frère mineur, de vertueuse apparence, mais dont les yeux brillants ne s'accordaient point avec le reste de la physionomie, nous adressa d'immondes propositions. Cecca, qui avait tous les courages, voulut bien le satisfaire. Elle n'eut pas à s'applaudir de sa complaisance. Après un spasme effroyable et des cris à réveiller un mort, le moine se lève du lit, la saisit par les cheveux, la traîne sur les dalles et lui secoue violemment la tête en s'écriant :

— Infâme prostituée ! que n'ai-je un fouet pour te punir de tes crimes !

J'assistais à la scène ; je repoussai le moine violemment et le chassai de la maison.

— C'est vous qui devriez avoir honte, lui dis-je, de venir nous aimer avec votre robe de religieux qui pue la sueur, le retrait et la cuisine.

— Se peut-il, interrompit la Petanera, qu'il y ait des hommes aussi ingrats au plaisir ?

— Certainement, répondit Arrivabene, on se repent toujours de ses péchés lorsqu'on n'est plus capable de les commettre. Ce qui est beau et héroïque, par exemple, c'est de triompher, en pleine tentation, de ses mauvais instincts. Cela m'arriva, un soir de la semaine sainte, sur le pont du Rialto. J'étais si affamé d'amour que je me serais précipité sur la plus répugnante des vieilles. Or, à côté du pont, tout près de l'église Saint-Giacomo, demeure une dame d'âge respectable, mais habile à découvrir des jeunesses et pleine d'attention à nos petits caprices : la signorina Marietta Bombarda. Par malheur, elle est fort exigeante, surtout pour ceux qui, comme moi, ne peuvent plus s'en aller d'une maison, où on les a reçus avec bienveillance. J'avais justement vingt ducats dans mes poches. Apprenez donc, une bonne fois, à connaître et à estimer ma vertu. Comme je craignais, en passant devant la maison de la Bombarda, de ne point résister au Démon, et qu'en ce temps de l'année, mon péché eût été double, j'ai jeté les vingt ducats dans le Grand Canal.

— Comment ! Arrivabene, vous êtes frère mendiant, et vous avez vingt ducats sur vous ! et vous les jetez dans l'eau !

— C'était l'argent de la quête.
— Je vous confierai quelque chose !
— Vous chercheriez vainement un dépositaire plus fidèle que moi, seulement ce soir-là, j'avais bu, de trop, deux doigts de vin, et encore n'était-ce pas moi qui avais bu : on m'avait fait boire.

Après Pâques, reprit la Nichina, il nous vint un grand nombre de pèlerins qui, de Rome, retournaient dans leur pays. Morosina avait déniché sur l'Arsenal un bambin aux yeux vifs, fin comme renard, sachant des langues assez de mots pour être entendu de tous les voyageurs, et doué d'assez de flair pour reconnaître les étrangers de distinction qui ont la poche bien fournie de ducats. Un jour, il nous amena deux personnages ventrus, petits, à l'air jovial, heureux de vivre et qui se ressemblaient comme des frères, bien que l'un fût roux et l'autre grisonnant, le premier anglais et l'autre français. Ils se querellaient sans cesse ; toutefois, ils avaient l'air aussi bien collés l'un à l'autre que la mousse au rocher. Nous apprîmes que l'Anglais se nommait Humphrey Craddock et que c'était un riche tisserand ; l'autre, parisien et conseiller à la Cour, s'appelait Thomas Lannelongue. À peine en notre compagnie, ils se mirent, sans s'occuper de nous, à échanger leurs impressions.
— J'ai visité aujourd'hui quarante-cinq églises, dit Craddock en s'essuyant le front ; demain, je visiterai les autres : je veux absolument voir tout, tout ce qui se trouve à Venise.
— Il y a une chose, dit Cecca, que Monseigneur ne ferait pas mal de visiter.
— Quoi donc ? demanda Craddock.
— Sa sottise.
— Aucun guide ne m'a parlé de ce monument, répondit l'Anglais qui comprenait mal le vénitien.
— Je ne sais si vous êtes comme moi, fit à son tour Lannelongue qui semblait encore plus fatigué que son compagnon, mais Saint-Marc me paraît d'un bien mauvais goût. Ah ! Notre-Dame ! Ah ! l'air de Paris ! Ah ! ma pauvre bonne femme de femme !
— Mettez-les donc sur votre dos, votre Notre-Dame et votre Paris, et votre femme ! Depuis le premier jour de notre voyage, vous n'avez pas une seule fois regardé ce qui vous entourait. Êtes-vous aveugle ?

— Et vous, qui avez les yeux en vedette du matin jusqu'au soir comme pour agripper les objets, pouvez-vous me dire ce que vous avez vu à Venise ?

— Mais tout, messire Thomas, je vois tout, moi ! Tenez, l'autre jour, pendant que vous écriviez à votre pauvre femme, j'ai assisté à un jugement du Conseil des Dix, je suis allé rendre visite au Doge et j'ai vu frère Gennaro subir la question extraordinaire.

Au nom du frère Gennaro, mon cœur battit plus vite, je devins tout inquiète et, l'oreille aux aguets, je ne perdis pas un mot de leur conversation.

— Mais, comment avez-vous pu pénétrer au Conseil des Dix ? demandait Lannelongue.

L'Anglais écarta son manteau et frappa, en souriant, sur la bourse qu'il portait attachée à son cou, comme une médaille. Il reprit :

— Avec cela, il n'est pas d'endroit où l'on ne pénètre. Lorsque j'arrivai à Saint-Marc, un garde m'interdit l'entrée du palais. Je lui ai dit que j'étais un sujet de Sa Majesté le roi d'Angleterre : aussitôt il m'a laissé passer. À un second garde qui faisait plus de difficulté, j'ai donné un ducat et j'ai continué mon chemin. Un troisième a prétendu qu'il y allait de ma vie et de la sienne : j'ai souri et lui ai remis deux pièces d'or. Il m'a lui-même conduit par toute une suite d'escaliers ténébreux jusqu'à une étroite lucarne, d'où j'ai pu contempler la scène à mon aise. Ç'a été vraiment bien, bien, bien curieux ! La salle était assez obscure, mal éclairée de deux chandelles. Les juges, le greffier, le médecin, le bourreau, l'accusé, dont je ne distinguais ni le visage ni le costume, formaient des ombres noires. Il y avait une grosse voix qui parlait tout le temps et, sur un ton de colère, interrompait une petite voix pareille à celle d'une fillette corrigée. Celle-ci répondait si bas qu'elle semblait privée de souffle. Enfin, tout à coup, l'une des ombres noires s'est élevée jusqu'au haut de la salle, comme tirée par une chaîne, puis est retombée à terre avec une prodigieuse vitesse. Dans la descente, elle a poussé un grand cri, et une figure monstrueuse, une figure d'enfant aux yeux terrifiés a surgi à la lumière. Cette apparition, d'ailleurs, n'a pas duré plus qu'un éclair. Toutes les personnes qui étaient là se sont de nouveau confondues dans la demi-obscurité, tandis qu'un bruit de chuchotements mêlé à une plainte continuelle, lente et assourdie, montait jusqu'à moi. On venait de donner au frère Gennaro l'estrapade.

— Voilà une torture qui est profondément inhumaine, remarqua Lannelongue. Il faut que la justice à Venise soit d'une barbarie de sauvage pour user encore d'une question qui ébranle de la sorte l'entendement. À Paris, avec les brodequins en parchemin qui rétrécissent au feu et compriment étroitement la jambe, nous concentrons la douleur sur un seul point du corps et laissons au patient l'esprit tranquille, de manière qu'il ait tout le loisir de regretter son crime et de le confesser.

— Vous êtes à Paris, dit Craddock, aussi cruels qu'à Venise. Il n'y a que l'Angleterre où l'on sache donner chrétiennement la question. Nous nous contentons de flageller le patient.

— À merveille ! mais obtenez-vous de bons résultats : tout est là. La Pitié ne doit pas faire oublier la Justice.

— La flagellation est une torture suffisante, puisqu'un criminel, à qui on l'administre vigoureusement, meurt quelquefois sous les coups. Mais elle possède sur les autres peines la grande supériorité de pouvoir être proportionnée aux délits. À Londres, en effet, on déchire avec gradation la peau du coupable, et rien n'est plus salutaire, plus efficace, plus capable d'amener au repentir une âme endurcie que cette douleur progressive et mesurée. De plus, la flagellation est très économique. Elle ne demande que de l'adresse, mais ne coûte ni préparatifs, ni fatigue, ni perte de temps. Avec le fouet à dix branches, un bourreau n'a besoin, pour mille coups, que de lever cent fois le bras. Des exécutions faites aussi vite et aussi simplement ne ruinent pas un pays, et le bourreau se contente de la modeste rétribution qu'on lui accorde, parce que sa charge ne l'enlève point à son travail et lui sert de délassement. Enfin Notre-Seigneur fut flagellé, et c'est une grande consolation pour un pécheur de souffrir le même supplice que son divin maître.

— Évidemment, répliqua Lannelongue, évidemment votre défense est fort judicieuse, mais il serait facile de la battre en brèche. Avant de vous répondre, j'étudierai mon sujet plus au vif, je me propose même, à mon retour à Paris, d'écrire un traité sur les *Avantages de la Flagellation comparés à ceux du Brodequin.*

— Vous ferez sagement, mais en France on ne saura jamais aussi bien flageller qu'en Angleterre.

— Je me permets de vous contredire, mon cher Craddock, nous possédons d'excellents bourreaux ; celui de Paris, notamment passe pour avoir un des plus habiles bras du monde.

— Le malheur des nations, continua l'Anglais, est de tenir à leurs vices plus encore qu'à leurs vertus. Ici, je le constate, l'estrapade joue un rôle beaucoup trop important. Le frère Gennaro l'a soufferte trois fois.

— Il n'avouait donc pas ses crimes ?

— Il était absolument convaincu d'hérésie, de meurtre et de sodomie.

— Par exemple, voilà un crime que je n'aime guère, la sodomie ! Vous me croirez si vous voulez : j'ai de la compassion pour tous les malfaiteurs. Il m'est arrivé de verser des larmes sur le sort d'un enfant assassin qui avait coupé sa mère en petits morceaux ; mais si je vois conduire un sodomite au tribunal, c'est plus fort que moi, je ne puis m'empêcher de crier : Au bûcher ! Au bûcher ! Et Gennaro était sodomite ?

— On l'affirme. Seulement il avait accompli son forfait avec tant de mystère que personne ne l'avait vu. Quelqu'un demanda s'il n'était pas important de le confronter avec la petite fille qu'il avait violée. C'est inutile, s'écria le juge. Seulement on avait découvert, à l'endroit supposé du crime, un capuchon de moine. Gennaro avait fini par reconnaître que c'était le sien. Mais on voulait savoir si c'était à Venise ou à Florence qu'il se l'était procuré. Gennaro ne se le rappelait pas. « A-t-on arrêté les tailleurs compromis ? » fit un chef de la quarantie criminelle. Et comme on n'avait que Gennaro sous la main, on résolut de lui arracher des aveux en lui donnant une quatrième fois l'estrapade. Par malheur, le médecin déclara que le frère était incapable de supporter plus longtemps la question et l'on se résigna à le reconduire dans sa geôle. Aussitôt que je l'ai vu emmener, je me suis sauvé au plus vite pour ne pas être surpris dans ma cachette. Hier, on l'a brûlé, et le spectacle a été bien curieux, bien curieux… J'ai dépensé dix ducats pour être placé près du bûcher. Un peu plus, j'aurais été brûlé moi aussi, mais vraiment c'en eût valu la peine.

— Ah ! c'est pour cette exécution qu'il y avait tant de foule dehors ?

— Oui, tout le peuple tenait à voir la grimace que l'hérétique ferait au milieu des flammes. On l'attendit avec des trépignements d'impatience. Une longue rumeur a couru dans la multitude à sa venue. Il était en chemise et portait sur ses épaules des lambeaux de sa robe de moine qu'on venait de déchirer. Il tremblait fort, je vous assure : ses dents claquaient. On était obligé de le soutenir.

Il serrait un crucifix dans la main. Quand il a vu apparaître le bûcher élevé jusqu'au milieu des colonnes de la Piazzetta, il a eu une défaillance et il a poussé de petits cris : Hi ! hi ! oh ! ah ! oh !

— Vous avez dû mal entendre : il nommait son maître, le frère Girolamo.

— Je ne sais pas, mais la foule s'est mise à l'insulter, à le traiter de lâche, de porc, et un enfant, perçant la haie des zaffi, lui a lancé en plein visage un excrément qui est resté collé à sa peau comme un masque et lui a donné une mine si étrange que des rires ont éclaté de toutes parts. Un bargello, qui demeurait impassible, a dit à un sbire de laver le visage du condamné. Mais le sbire a répondu : « Est-ce la peine pour si peu de temps qu'il lui reste à vivre ? » Cependant le frère s'était évanoui, on a été obligé de le porter jusque sur le bûcher où, après l'avoir attaché à un poteau avec de grosses chaînes, on a appelé le médecin pour le faire revenir. Gennaro s'est réveillé en hurlant d'épouvante, tandis que le bourreau le couvrait de paille et disparaissait. Alors, de tous côtés du bûcher, j'ai vu courir les petites flammes des torches qu'on y jetait et presque aussitôt une montagne de fumée s'est élevée jusqu'au ciel, au milieu du crépitement des fagots et de l'immense clameur du peuple. Craignant d'être étouffé, je me suis sauvé en grande hâte.

En achevant son récit, Humphrey Craddock se tourna vers moi.

— J'ai un curieux souvenir de l'exécution, fit-il. C'est le neveu du bourreau, un jeune garçonnet, qui me l'a offert aujourd'hui pour quinze ducats. Voulez-vous le voir ?

Sans attendre ma réponse, avec un sourire plaisant, l'Anglais tira du petit sac de soie qu'il portait à la ceinture une masse noirâtre où je reconnus les os d'une main calcinée. Je poussai un cri d'horreur, et comme, par jeu, Craddock m'effleurait le visage de cette main de cadavre, je me rejetai brusquement en arrière et tombai à la renverse.

— Allons, ma chère enfant, dit Morosina en me relevant, n'ayez pas peur : ces seigneurs n'ont pas l'intention de vous faire de mal.

Et, s'adressant à Craddock, elle ajouta :

— Vous avez là, messer, un talisman précieux. Enduite de sésame, de cire vierge et de graisse de pendu, cette main de gloire s'allume comme une chandelle et répand une lumière merveilleuse qui paralyse l'audace des criminels. Il est seulement fâcheux qu'elle vienne d'un hérétique. Mais préparée convenablement dans un vase de terre avec du sel, du salpêtre et du poivre long, puis exposée ensuite au soleil d'été, je ne doute pas qu'elle n'ait de grandes vertus.

— Je les éprouverai, reprit Craddock, bien que cette main soit surtout pour moi un souvenir, – un souvenir que je serai heureux de montrer à ma femme et à mes amis de Londres. Je ne regrette pas moins de l'avoir retirée de mon sac, puisque cette jolie fille en a eu si grand peur.

— Ne faites pas attention à cette enfant, répliqua Morosina : elle est craintive à l'excès. Votre récit d'ailleurs n'a pu la laisser indifférente, car elle connaissait le frère Gennaro.

Ces paroles éveillèrent la curiosité des deux compères qui, jusque-là, n'avaient pas eu pour moi un regard. Ils se mirent aussitôt à me considérer de la tête aux pieds et à me poser une foule de questions auxquelles je répondis à peine, blessée de leur indiscrète curiosité. Comme je me retirais dans ma chambre avec la comtesse, Thomas Lannelongue se leva derrière moi, et, posant la main sur l'épaule de Craddock, sans soupçonner que je l'entendais, il lui dit :

— Elle est jolie, hein ?

— Elle est très curieuse.

— Je vais passer la nuit avec elle.

— Non, ce sera moi.

— Comment toi ? Est-ce que tu as jamais aimé une femme ? est-ce que tu as un cœur ?

— Je ne l'aime pas, seulement je trouve très curieux d'avoir eu à Venise la maîtresse d'un hérétique.

Comme ils voulaient m'avoir tous les deux et que ni l'un ni l'autre ne consentait à me céder à son compagnon, ils résolurent de me jouer aux dés. Cachée derrière une tenture, j'assistai à cette partie dont j'étais l'enjeu, amusée bien qu'indifférente. En effet, entre leurs laideurs, je n'aurais su choisir.

Ce fut Thomas Lannelongue qui gagna. Il regarda l'Anglais avec une figure qui voulait dissimuler sa joie, mais il riait malgré lui, tandis que Craddock frappait de grands coups sur la table. Thomas lui disait doucement :

— Console-toi, vieil ami, puisque tu n'aimes pas cette fille. Il y a d'ailleurs plus d'un inconvénient à partager son lit. Outre le péché de la chair, qui est un des plus graves que l'on puisse commettre, le cœur me manque à l'idée de tromper ma pauvre chère femme. De plus, on prétend qu'à Venise les courtisanes ne sont pas sûres de leur corps. Qu'en penses-tu ?

— Je pense que tu dois me céder ton enjeu.

— Pour cela, non. Je trouve même fort inconvenant de ta part de revenir sur une décision que nous avons prise ensemble avant de commencer la partie.

Et Lannelongue se disposait à sortir, mais il ne fut pas plutôt debout que l'Anglais lui lança le pied dans la poitrine, et, par une volte-face rapide, s'occupa de lui marbrer la peau de ses poings.

— Mais, mon ami, qu'a-qu'avez-vous ? que vous prend, prend-il ? disait Lannelongue, et, se tournant vers la porte, il cria : À l'aide ! À l'aide !

La comtesse accourut, la gorge, le ventre bondissants et les trois mentons agités d'une joie exubérante.

L'Anglais avait renversé Lannelongue et, le menaçant de son bras levé :

— Voulez-vous coucher encore avec elle, le voulez-vous ? répétait-il.

— Non, vieille truie, je ne le veux pas, faisait la voix haletante du conseiller, vas-tu me laisser à la fin, puisque je te certifie que je ne veux plus d'elle ! Ah ! puisses-tu attraper le mal anglais, la peste et toutes les infections de l'Enfer.

Il se releva et partit en se frottant les côtes. Morosina félicita Craddock de sa vigueur.

— Oh ! dit l'Anglais, il n'a pas plus de force qu'une guenille ; cela se comprend : il passe son temps à rendre la justice, tandis que moi, tenez, voulez-vous ?

Il avait déjà une attitude de pugiliste et se préparait à recommencer la lutte.

— Assez ! assez ! s'écria la comtesse en se sauvant épouvantée.

Au dîner, Lannelongue reparut. L'Anglais s'était placé à ma droite et la comtesse à ma gauche : mais le conseiller me semblait supporter avec sérénité cette usurpation de ses droits ; et, tandis que Craddok me questionnait sur l'hérétique, Lannelongue nous conta mille aventures dont nous rîmes aux larmes.

Quand sonna l'heure du couvre-feu, Craddock désira m'accompagner dans ma chambre ; je pris congé de nos hôtes, assez étonnée de l'adieu jovial que m'adressa le Français.

Tout en me déshabillant, je demandais à Craddock pourquoi il avait choisi un compagnon de voyage avec lequel il ne cessait pas de se disputer.

— C'est, dit-il, la Providence qui me l'a imposé. Ne contrarions pas les intentions divines. Je venais d'arriver à Paris où j'avais, à la promenade, lié connaissance avec sa femme. Thomas nous rencontre en train de nous mugueter. Aussitôt la dame aborde son mari et lui donne un baiser en disant : « Papa, ce pauvre Anglais ne sait pas un mot de notre langue ; alors je le conduis dans Paris, tu veux, pas ? » Le soir, nous nous sommes accolés sous son nez, car le bonhomme est sujet au sommeil quand il rentre du tribunal. Depuis, il ne me quitte pas plus que son ombre ; c'est lui qui a eu l'idée d'entreprendre ce pèlerinage avec moi. Je le supporte à cause des histoires de cocus qu'il me raconte durant les longs trajets et qui ont, sur ses lèvres, une bonne odeur de vérité.

Mais soudain Craddock eut l'air d'avoir peine à se tenir. Il se courba en faisant une grimace horrible et en se pressant le ventre.

— Vous souffrez, messer ? lui demandai-je.

— Laissez-moi ! de grâce ! laissez-moi ! Je suis malade. Oh ! oh ! oh ! je suis très malade.

Et il se précipita vers la porte, l'ouvrit et disparut.

Je riais encore de l'aventure, en considérant les beaux ducats qu'il m'avait offerts et qui lui avaient si peu profité, lorsque j'entendis le pas, doux comme un souffle, d'un homme qui entrait dans la chambre. On me mit un baiser sur le cou. J'aperçus alors le visage mystérieux et goguenard de Thomas Lannelongue qui pour venir me voir s'était, comme une épousée, vêtu d'une chemise de toile d'or et coiffé d'un béret de soie claire. Il avait les pieds nus afin d'assourdir sa marche. Comme j'ouvrais de grands yeux étonnés, il me dit d'une bouche de miel en étendant les bras à la manière des prédicateurs :

— Je viens vous aimer.

— Mais votre compagnon ?

— Il est au retrait et il y passera probablement la nuit, si la liqueur que je lui versai dans son vin produit tout son effet.

— Méchant ! alors c'est vous qui l'avez rendu malade ?

— Tout est permis quand on aime.

Cet homme-là, vous avait une façon d'aimer qui était plus celle d'un animal que d'un magistrat. À sa première attaque, je criai et demandai grâce. Mais lui, sans m'écouter, ne s'occupait que de mener à bonne fin sa besogne. Quand il s'arrêta, je crus devoir lui reprocher sa brutalité.

— Vous êtes un cruel de ne pas avoir pitié d'une pauvre petite fille comme moi.

— Ah ! chère enfant, dit-il, je suis bien fâché de vous avoir fait du mal. Il y a si longtemps que je n'ai vu ma femme : je me suis figuré que c'était elle. Depuis vingt ans que nous sommes ensemble, je ne lui fais plus peur.

Puis, s'asseyant près de moi, il me demanda de lui conter mes aventures. Je lui dis les plus émouvantes. Tout à coup il se mit à sangloter.

— Ma pauvre peti-i-te ! Ma pauvre peti-i-ite !

— Eh bien, qu'avez-vous, vieux veau ?

— Vous me rappelez ma fille… Je m'afflige de vos mi-i-isères comme si c'étaient les miennes. C'est si atroce cet état de courtisane. Exposée aux outrages du premier venu, aussi bien qu'aux vexations de la police, vous vivez dans de continuelles angoisses. Avec une âme délicate comme la vôtre, que vous devez souffrir ! ah ! malheureuse, pauvre petite malheureuse !

Ce coquin pleurait si éloquemment qu'il m'attendrit sur moi-même ; et, nos chemises relevées, les cuisses nues, nous nous arrosions de larmes.

— Pauvre petite, continuait-il, quand je pense qu'il y a peut-être un an, tu couchais près de ton bon père, de ta bonne mère, et que ton corps était chaste, et que dans cette petite té-tête, aucune pensée impure n'était encore venue. Ah ! que le monde est infâme. Vois-tu, Rici… Nici… comment t'appeles-tu ?… Nichina : c'est cela ! vois-tu Nichina, j'ai envie de faire une chose, c'est de t'acheter un petit magasin.

— Oh ! faites-le, mon papa, je vous aimerai bien.

— Un petit magasin, Nichinette, où tu serais honnête, où tu vendrais du fil et des aiguilles ou bien des légumes, de beaux gros légumes. Quelle accorte et gracieuse marchande tu serais. Il me semble que je te vois, que je t'entends : « Que désirez-vous, messer ?… Voici, madame… Je suis à vous, mademoiselle… » Tu gagnerais de l'or gros comme moi.

— Oh ! oui ! Oh ! oui ! mon joli papa, je gagnerais de l'or, et vous verriez si je serais ingrate, vous verriez cela ! Quand me le donnez-vous, ce magasin ?

— Voilà : j'y songe. Je te le donnerais volontiers dès maintenant. Seulement j'ai ma pauvre femme et mes enfants à nourrir. C'est pourquoi je ne puis te l'acheter à présent comme ce serait mon intention… Mais il y aurait une chose qui vaudrait bien mieux, pour toi, que de prendre un magasin, sais-tu ?

— Comment voulez-vous que je le sache !

— Ce serait d'entrer dans un couvent.

— Me faire religieuse, moi ! moi ! dis donc, tu n'as pas vu ma figure ?

— Alors, c'est bien ; ne parlons plus de tout tout cela et aimons-nous.

À ces mots, essuyant ses yeux humides, il sautait sur moi et me secouait à défoncer le lit et à réveiller Cecca qui couchait seule à côté et dont j'entendais le sommeil las et bruyant.

L'aube, toute pâle encore, éclairait le ciel lorsque les dalles résonnèrent sous un pas majestueux.

— Le satané paillard ! s'écria Lannelongue qui commençait à s'endormir, c'est lui.

— Qui donc ?

— Craddock.

— Mais puisque vous ne pouvez pas vous sentir, il me semble qu'il serait préférable de vous séparer.

— Il m'est recommandé par ma femme, et puis, en voyage, nul ne sait mieux que lui se faire servir. On ne lui prend pas un quattrino de plus qu'aux autres et on lui apporte toujours les meilleurs morceaux. L'hôtelier n'aurait plus qu'une seule bouteille de vin dans sa cave, qu'elle serait pour lui, quand même le pape viendrait la demander à genoux.

— Ah ! vous êtes avec elle, s'écria-t-il, c'est bien ! vous pouvez y rester. Je n'ai pas de jalousie, elle est fausse.

— Que voulez-vous dire ? demandai-je en m'asseyant sur mon lit, toute prête à claquer le personnage.

— Vous n'avez pas été la maîtresse de frère Gennaro.

— Non, répondis-je tout étonnée, mais qu'est-ce que cela peut vous faire ?

— Cela fait que l'on m'a trompé indignement, que j'ai perdu mon temps et mon argent à voir brûler un homme qui n'était pas hérétique et à courtiser une femme qui n'était pas même sa maîtresse.

Craddok, très froid d'ordinaire, serrait les poings et se promenait à grands pas dans la chambre.

— Il me fallait cette nuit pour me désabuser, continua-t-il. Malade de l'horrible repas que vous m'aviez donné, je suis allé, pour me remettre, à l'ostérie de la Noix, où j'ai rencontré mon ami John Scudamore qui m'a découvert tous vos mensonges.

Il atteignit une petite peinture qui représentait la Vierge et l'Enfant.

— Tenez, Lannelongue, j'ai payé ce tableau soixante ducats. Je l'estimais d'un grand prix. On m'avait dit qu'il avait appartenu au dernier Doge : c'est faux. Mon ami Scudamore m'a appris qu'il était l'œuvre d'un peintre anglais établi récemment à Venise et qu'il ne valait rien.

Craddock écrasa le tableau sous ses pieds.

— Arrêtez, fis-je en le lui arrachant, s'il ne vous plaît pas, je le prends pour moi : il ornera ma chambre.

Sans m'écouter, l'Anglais retira de son sac la main calcinée.

— Quand je pense que l'on m'a vendu cette main quinze ducats ! et que c'est tout bonnement la main d'un vulgaire cadavre, mise au feu au moment de l'exécution. Ah ! misérables trompeurs, la voilà votre main d'hérétique ! la voilà !

Et il la jeta par la fenêtre.

— Va donc, saleté ! cria-t-il, va donc où s'en vont les ordures !

Puis s'adressant à moi :

— Je voudrais te lancer, toi aussi, dans le canal, exécrable conteuse de balivernes. Je suis venu à Venise tout exprès pour connaître des courtisanes, de vraies courtisanes, et voici la femme que l'on m'amène !

— Je ne suis pas une courtisane ? insolent ! Et que suis-je donc ?

— Tu es la femme d'un batelier, oui ! tout simplement ! Mon ami Scudamore me l'a affirmé : il n'y a plus de vraies courtisanes à Venise. Oh ! les écailles me sont tombées des yeux : on ne me trompera plus à présent.

— Ah ! ah ! criai-je en l'empoignant à la gorge et en lui tirant la peau, vous allez cesser vos impertinences, grossier malotru, vous allez les cesser ou nous allons voir !

— Soyez tranquille, dit-il en me repoussant, je ne veux pas rester un instant de plus dans cette ville de mensonge. Venez-vous, Lannelongue ?

— Partez seul, répliqua le conseiller en m'attirant sur le lit pour me caresser. Je ne trouve pas qu'il y ait rien de faux en elle. Loin d'exagérer ses charmes, j'estime qu'elle les dérobe avec trop de modestie.

— Grand bien vous fasse de les contempler ! moi, je m'en vais et pour toujours. Je retourne à Paris.

— J'en rends grâce au ciel, repartit mon compagnon, qui ne songeait plus qu'à se reposer et goûtait déjà les agréments du demi-sommeil.

Craddock disparut, puis revint un instant après, il s'était radouci, et avec son meilleur sourire :

— Je vais donner de vos nouvelles à votre femme !

— Ah ! je vous remercie bien, mon cher ami, vous êtes mille fois trop aimable.

Soudain, comme l'Anglais était déjà parti, Lannelongue se réveilla complètement et cria de toute sa voix :

— Dites-lui que je ne l'oublie pas, que je pense à elle du matin au soir et que je serai bientôt de retour !

— Oh ! ne vous pressez pas, répondit la voix de Craddock.

— Vous n'avez pas peur qu'il vous plante des cornes ? lui demandai-je.

Il eut un rire tranquille.

— Non, ma chérie, il est trop laid pour triompher d'une femme aussi sage que la mienne.

Et, se croisant les mains sur la poitrine, il ronfla doucement à la manière des justes.

Ainsi s'écoulait ma vie, jouet et torture des hommes. Je me plaisais à irriter leurs désirs, jusqu'au moment où je devais les supporter. Pourtant ce tourbillon d'amour et de fête me causait une sorte d'ivresse où fondaient mes peines. Malgré les conseils de Morosina et au mépris de toute prudence, je sortais beaucoup, je me montrais dans les promenades. J'avais même gardé ce nom de Nichina qui m'était cher et que l'on répétait déjà de bouche en bouche à Venise.

Lorsque je m'avançais sur la place Saint-Marc au bras de Cecca, les causeries s'arrêtaient, les hommes s'écartaient pour nous livrer passage et j'entendais mon nom chuchoté de tous côtés avec une sorte d'admirative terreur. D'abord un peu gênée, je me sentais bientôt fière et toute heureuse. Je souriais même aux insultes, aux regards envieux des femmes du peuple comme à un hommage. Puis, rentrée chez moi :

As-tu vu, disais-je, comme on nous a regardées ?

— C'est toi : tu es si belle.

Et j'acceptais toutes les louanges.

Je me déshabillais lentement, posant avec soin, comme des reliques, les vêtements qui avaient si bien servi à ma beauté.

— Comme elle t'allait, cette jupe ! s'écriait Cecca, un genou à terre, en m'aidant à dénouer les liens.

— C'est un excellent tailleur, ce Pigula.

Alors, au miroir, je présentais mes seins, puis, détournant la tête, j'offrais ma vaste croupe, ravie de mon image. Cecca, qui ne se contenait plus, baisait mes reins, ma toison, mes jambes.

— Laisse-moi ! faisais-je, il faut que je m'habille pour le souper.

J'essayais de la repousser, mais elle m'enserrait le pied et y collait ses lèvres.

— Allons, vas-tu me laisser ? criais-je en la frappant rudement.

— Oh ! me répondait-elle toujours agenouillée, bats-moi, écrase-moi ; tes coups me sont aussi doux que des caresses.

Mais, parfois, il m'arrivait d'avoir l'âme si triste, si dégoûtée du monde et de toutes choses que je ne voulais plus voir personne. Sous un prétexte quelconque, j'envoyais dans la ville Morosina et Cecca, qui m'obéissaient comme des servantes, et je restais seule à la maison. Les soirs d'été, sur le banc de marbre du petit jardin, j'ai passé des heures à regarder les nuages étincelants de lumière se foncer de pourpre, d'orange, de mauve, avant de s'évanouir lentement dans l'azur assombri. L'image de Guido, jusque-là voilée, m'apparaissait désolante d'inutile séduction. Alors je m'étalais sur le ventre et je pleurais toutes mes larmes, goûtant l'odeur âcre de cette terre à laquelle j'eusse voulu me mêler.

Morosina, remarquant ma tristesse, entreprit de me consoler. Elle m'enseigna le chant, la viole ; j'appris aussi à danser et à me tenir à cheval avec élégance. Bientôt je devins si passionnée d'exercice, si désireuse de m'instruire, que Morosina, sans cesse, était forcée de me rappeler mes intérêts et mes amours.

M'ayant conduite dans une chapelle qui se trouve devant l'église Saint-Jean-de-Bragora, elle me montra au milieu d'un tableau du chœur, parmi les saintes femmes qui entourent la croix, son portrait peint il y avait vingt ans. J'admirai les grâces, la jeunesse disparues et je pensai avec terreur que le temps emporterait aussi ma beauté. Dès lors, je voulus être représentée sur les murailles d'un palais ou d'une église pour que, plus tard, les jeunes gens n'eussent point de mépris devant ma vieillesse.

Mon ambition croissait chaque jour. Je n'étais point de ces femmes qui se laissent vivre, roulées par le flux et le reflux des choses. Lorsque Morosina me parlait des grandes fêtes qu'elle avait vues à Ferrare et des spectacles dans lesquels avaient figuré des courtisanes, je me sentais dévorée d'impatience et d'ardeur ; j'eusse voulu paraître sur un théâtre, costumée en reine ou en déesse, aux applaudissements de toute une cité.

Dans l'espoir d'une haute fortune, je songeais à compléter mon éducation et je cherchais un maître. Ce fut le Ciel qui me l'envoya. Un jour que nous revenions de l'église, où Morosina, qui était fort pieuse, avait coutume d'aller chaque matin faire ses dévotions, nous aperçûmes, assis sur les marches, un pauvre homme enveloppé d'un long manteau déchiré. Il nous tendit la main timidement. Je fouillai dans mon escarcelle et lui donnai quelques quattrini. Alors, comme un chant monta des lèvres du mendiant :

Non humaines vraiment, mais divines
Étaient leur marche et leurs saintes paroles.
Ah ! bienheureux qui naît pour un tel destin !

Je le regardai. Il était jeune encore. Il avait de grands yeux bleus doux et effarés, des cheveux blonds tombant droits, par touffes, sur son visage, un nez à recevoir la pluie du ciel, surplombant une bouche énorme et un petit menton écrasé.

— Sainte Vierge, dis-je, mon ami, que tu es laid !

Mais voyant ses paupières retomber sur ses yeux tristement et son visage se contracter comme s'il allait pleurer :

— Console-toi, fis-je, si tu n'as pas une figure admirable, tu as la plus belle voix qu'on puisse entendre.

Il me répondit :

— Soyez sûre, madame, que ma voix ne me sert à rien, puisque depuis deux jours je n'ai pas mangé. Je suis pourtant docteur de l'Université de Padoue.

— Comment, c'est vrai, tu es docteur ? et tu sais dire les vers ?

— Je sais par cœur les vers des plus grands poètes, toscans, latins et grecs.

— Je me contenterais pour ma part d'apprendre les toscans, mais ne me trompes-tu pas ?

— Je jure sur la tête de ma mère que je dis la vérité.

— Oh ! quelle chance ! j'ai justement besoin d'un professeur. Eh bien ! je te prends chez moi et tu mangeras tous les jours.

Morosina m'adressa des observations graves et solennelles :

— Vous allez vous compromettre, ma fille, avec des engeances pareilles.

Je haussai les épaules.

— Non ! Non ! Je veux l'avoir chez moi. Il vient de la part du bon Dieu !

Et me tournant vers le pauvre homme :

— Docteur, ne me prenez pas pour une femme qui a séché sur les livres : telle que vous me voyez, je suis une petite ignorante.

— Sa Seigneurie est belle, cela suffit.

— Oui, je suis belle ; seulement écoutez : il ne faut pas me regarder comme cela ; il arrive toujours du mal aux docteurs qui regardent trop leurs écolières.

— Ah ! madame, je ne veux vous adorer qu'avec mon esprit. Il y a longtemps que j'ai dépouillé les désirs de la chair comme indignes d'un homme. La beauté n'est pour moi qu'un moyen de perfectionner mon intelligence. Elle me permet de découvrir les harmonies célestes qui demeurent inconnues au reste des hommes. C'est sans doute pour cela qu'on m'appelait à l'Université Michele des Étoiles, bien qu'en réalité je me nomme Michele Marzocco. Jusqu'ici je n'ai eu affaire qu'à de mauvaises âmes, fondues dans la chair mortelle et engluées à la terre. Voilà pourquoi vous me voyez dans ce triste état.

— Seigneur Michele des Étoiles, vous parlez d'harmonies célestes, mais n'admettez-vous pas qu'il y ait aussi des harmonies entre nos pauvres corps, par exemple entre le corps de l'homme et celui de la femme ?

— Non, madame, le corps n'a pour mission que de transmettre les pensées d'une âme à une autre âme : ce n'est qu'un domestique et un sale domestique encore !

Morosina ne tolérait plus l'entretien ; toute gonflée d'une colère prête à éclater, elle me lançait des coups d'œil furibonds en me voyant oublier ainsi ma dignité avec un loqueteux.

— Vous ne pouvez vous entendre avec Madame, dit-elle dédaigneusement à Michele, car elle fait profession d'aimer les êtres terrestres.

Je rougis et j'eus un regard de reproche pour la comtesse, mais Michele répondit :

— Si Sa Seigneurie aime les êtres terrestres, je dois la révérer comme la plus admirable de toutes les femmes, car c'est par l'amour que se purifie le Monde.

Morosina détourna la tête en trépignant d'impatience tandis que je parlais de la sorte au docteur :

— Messer, vous devez avoir grand-faim depuis le temps que vous êtes à jeun. Je ne sais si vous êtes comme moi, mais rien ne me fait le ventre plus creux que la philosophie. Voulez-vous venir prendre chez moi la collation ?

— Je ne refuse point, madame, des offres aussi aimables. Je sais d'ailleurs parfaitement ce que nous devons donner au corps pour que cet esclave nous laisse tranquille.

De retour à la maison, ayant relevé ma robe, j'allai à la cuisine, j'allumai le feu, je fis réchauffer des viandes, chanter la poêle et, avec de la pâte toute prête, je pétris un petit gâteau.

— Nichina, cria la comtesse tout à coup, voilà Monseigneur de Gonzague qui te demande si tu peux le recevoir.

— Qu'il aille au diable ! répartis-je, en ce moment, je m'occupe du manger de mon docteur.

Morosina se retira consternée, tandis que j'achevais de préparer le repas de Michele des Étoiles. Dans le vestibule, ayant la jupe en l'air, des plats jusqu'au menton, et les mains noircies au foyer, je rencontrai le marquis de Gonzague qui, à me voir ainsi faite, laisse tomber sa canne d'étonnement.

— Vous voyez bien, monseigneur, que je suis occupée : revenez demain.

Lorsque Michele aperçut les victuailles :

— Ah ! ah ! ah ! s'écria-t-il en ouvrant des yeux larges comme les verrières d'une cathédrale, oh ! oh ! oh ! comme vous êtes bonne !

Et, en quelques instants, il eut vidé, torché de sa langue les assiettes.

Je revins lui porter le gâteau :

— J'espère, docteur, que maintenant vous avez rassasié votre faim et que vous allez pouvoir me donner une excellente leçon.

Mais les bras étendus, la tête contre la table, Michele des Étoiles dormait, accablé de lassitude. Alors, je me sentis émue de pitié pour ce pauvre être et je mis un baiser sur sa chevelure poudreuse en pensant que c'était peut-être le premier qu'on lui donnait.

La comtesse et Cecca furent scandalisées. Cecca, toute rageuse, se croisa les bras et, se plantant devant moi, me regarda fixement.

— Eh bien ! on peut dire que tu en as une conduite !

— Ah ! ma pauvre fille, ajouta Morosina sur un mode plaintif, je ne sais ce qu'il adviendra de vous, mais si vous continuez de la sorte, je crains bien que vous ne finissiez sur la paille.

Je suffoquais de colère.

— Vous allez me flanquer la paix, répliquai-je : voici assez longtemps que vous me ratissez le poil de vos randonnées.

Elles sortirent avec des mines d'enterrement et en levant les yeux au ciel.

Dès le lendemain, Michele était dispos et je pus profiter de son enseignement. Il avait un savoir immense ; et les études approfondies qu'il avait faites des astres lui permettaient de juger les âmes humaines avec bien plus de finesse et de liberté que s'il n'avait jamais quitté des yeux les basses réalités de la terre. J'avais établi dans la porte de sa chambre un petit guichet, devant lequel il se postait à l'arrivée d'un nouveau galant.

— Michele, lui demandais-je, que penses-tu de ce muscadin ?

— Rien de bon, répondait-il, ou bien : Aime-le, c'est un cœur d'or.

Il ne se trompait pas très souvent. J'avais une pleine confiance en lui ; j'acceptais tous ses jugements ; je croyais toutes ses histoires. Seulement, lorsqu'il trouvait que mes caresses devaient avoir pour but de détruire l'animalité des hommes et de les ramener au bien, j'avais de la peine à m'empêcher de rire. Alors il ouvrait les yeux tout grands et me considérait avec inquiétude. Il me disait quelquefois :

— Nichina, vous ne vous êtes jamais montrée maussade pour moi comme la comtesse ; vous ne m'avez jamais joué de tour comme cette petite friponne de Cecca ; Nichina, vous êtes bonne, et pourtant, je vous l'avoue : il y a des moments où vous me faites peur !

Cet aveu me rendait fière ; je priais Michele de le répéter comme si je ne l'avais pas entendu ; et sans le contredire, en souriant, je l'écoutais confesser pour la vingtième fois la grande terreur que je lui inspirais.

Dans ces temps-là, un gentilhomme vint à la maison m'avertir que la Seigneurie me choisissait, à cause de ma beauté, pour figurer aux fêtes que Venise allait donner en l'honneur de Fasol. Cette nouvelle me transporta de joie. Pendant plusieurs semaines, je ne fus occupée que de préparer mon costume. Enfin, un jour, je ne fus pas peu étonnée de rencontrer Monseigneur Benzoni en personne, qui m'attendait dans le vestibule. Je ne pus me défendre d'un mouvement de frayeur, mais le cardinal, sans paraître le remarquer, vint à moi, et, m'ayant saluée, m'adressa toutes sortes de compliments. Il n'avait point changé : je retrouvai dans ses traits ce mélange de bienveillance et de dureté qui m'avait frappée la première fois que je le vis. Il me parla de la sorte :

— Votre beauté, ma chère fille, est la gloire de Venise : c'est pourquoi le triomphe de Fasol ne peut se passer de votre présence. Vous avez bien voulu conduire le cortège, mais nous attendons aujourd'hui davantage de votre générosité. Un acteur, qui devait jouer le soir de la fête, est tombé malade. Accepteriez-vous de le remplacer ?

J'étais toute tremblante de crainte, d'orgueil, de plaisir.

— Moi ? monseigneur, mais je ne saurai pas ! j'aurai peur sur la scène !

— Vous avez toutes les grâces et toutes les audaces : pourquoi auriez-vous peur ? Voici les pièces ; si vous y consentez, nous allons les lire ensemble, comme nous lisions des vers lorsque vous étiez mon page.

Tandis qu'il m'expliquait mes rôles, je le considérais avec étonnement car il ne m'avait point habituée à une pareille courtoisie. Son offre m'avait tellement enthousiasmée, que je me reprochai d'avoir eu pour lui tant de haine autrefois. Je brûlais de lui demander des nouvelles de Guido, mais je n'osai pas.

Lorsqu'il fut parti, je courus à mon docteur qui était à la promenade. D'aussi loin que je l'aperçus je lui criai :

— Michele ! Michele ! je joue la comédie à la fête ! je suis la maîtresse de Jupiter, puis une dame qui trompe son mari, et puis l'Hymen qui vient marier tous les amoureux, et puis je ne me rappelle plus quoi. Vite ! vite ! Il faut que tu me fasses entrer ces rôles dans la tête, allons ! secoue-toi ! n'aie pas l'air ahuri !

Nous nous mîmes aussitôt au travail. Il était d'une patience et d'un entêtement admirables ; pour moi je passais, dans un instant, de l'extrême enthousiasme au plus profond dégoût. Parfois, si j'avais mal répété une scène, je m'approchais de Michele à genoux, je baissais la tête et prenant une voix de petite fillette :

— Seigneur docteur, fouettez-moi ferme, que je ne recommence plus !

Mais il m'arrivait aussi d'avoir l'humeur capricieuse. Et comme Michele me répétait :

— Ce n'est pas cela !

— Que ce soit ma figue ou ton oiseau, je m'en moque, répondais-je.

Je lui jetais le livre à la tête en lui criant d'aller se promener et je descendais au jardin où, de colère, j'arrachais toutes les fleurs.

Après de tels emportements je devenais songeuse. Je réfléchissais à la demande du cardinal, je ne m'expliquais pas l'intérêt qu'il m'avait témoigné. Le souvenir des derniers moments que j'avais passés au palais Benzoni réveillaient mes anciennes terreurs. Je me confiai à Morosina.

— Pourquoi vous tourmenter, mon enfant, s'écriait la comtesse. N'est-ce pas naturel que monseigneur soit sensible à votre beauté. C'est d'ailleurs un homme si comme il faut.

Elle n'eut point de peine à me rassurer. J'aurais préféré vendre mon âme au diable plutôt que de ne pas jouer la comédie.

Le grand jour arriva ! Levée dès l'aube, je courus à la fenêtre respirer l'air frais que les roses embaumaient et je me réjouis de la lumière naissante. Déjà, dans notre rue, on clouait des tentures, la Seigneurie ayant voulu que toute la ville fût parée pour la fête. Je songeai alors à m'habiller et j'allai réveiller Cecca. La pauvre fille était toute triste de ne point faire partie du cortège, mais loin de concevoir quelque envie de mon heureuse fortune, elle semblait m'en aimer davantage.

Je me vois encore à ma toilette ce matin-là ! Quelle joie j'éprouve à revêtir cette robe de soie fine et argentée, qui laisse transparaître mes formes, se colle aux plis de mon corps, accuse les réserves ou les débordements de ma chair, ici met un voile, là une caresse, pour enfin, par un jeu voluptueux, me découvrir ailleurs tout à fait : la robe de Vénus !

— Ah ! dit Cecca, je ne voudrais pas me montrer comme cela : les hommes aujourd'hui n'auront pas besoin de payer pour te voir !

La comtesse, Cecca, Michele, les servantes, le coiffeur, tous se tenaient autour de moi pour m'aider ou me contempler. En petite reine fantasque, j'avais pour eux des tendresses et des violences.

— Allons ! Tonina, que faites-vous là ! Vous ne comprenez donc pas que vous gênez le coiffeur ? Felippa, cherchez donc le flacon de zibetto. Morosina, vous seriez bien aimable de m'apporter votre poudre musquée.

Devant le miroir, au milieu de ce va-et-vient de jupes empressées, j'étais devenue solennelle comme si j'avais marié ma sœur.

— Ah ! madame, dit le coiffeur qui recula de trois pas pour juger de son œuvre, sainte Chasteté elle-même renierait ses vœux en vous apercevant.

Alors, souriante et apaisée, je me tournai vers Cecca qui me mangeait des yeux.

— Toi, fis-je, tu es trop gentille.

Et j'interrompis ma toilette pour lui donner un baiser, tandis que les servantes souriaient entre elles en clignant de l'œil.

Je partis enfin et je me dirigeai vers le Rialto, d'où le cortège devait se rendre à Saint-Marc par la Mercerie. Partout sur mon passage, j'entendais l'exclamation : Belle ! Belle ! qui s'élevait des lèvres comme une prière et, de me voir ainsi admirée, j'avais les jambes molles d'émotion. Il y avait tant de foule que j'eus peine à me frayer un passage jusqu'au Rialto. La Mercerie était toute tendue de brocarts, de draps d'or et de dentelles, qui formaient une muraille brillante et légère à la fois, au-dessus du sol jonché de roses. Le pont disparaissait sous les trophées, comme à la venue des princes et des ambassadeurs et j'entendais les mille oriflammes conquises sur les ennemis claquer au vent sous la grande bannière rouge de Saint-Marc. Un officier vint me prendre pour m'amener au milieu des femmes qui composaient le cortège. Devant les chars attelés de chevaux blancs j'aperçus les plus belles courtisanes de Venise : Livia Azzalina, en Cérès, couronnée d'un diadème d'or formé d'épis entrelacés, Gratiosa Vilanella, qui figurait la Paix, montrant son corps superbe à peine dissimulé sous des feuilles d'olivier, les trois Grâces : Marietta Vespa, Lauretta Folega, Geronima, en robes de fleurs, et cette Lugrezia Barcariola, qui ne s'était jamais résignée à se teindre en blond, voulant garder cette incomparable chevelure noire aux reflets bleus sous laquelle ses amants voyaient disparaître son corps, comme sous une chape d'ébène.

Toutes les femmes tournèrent les yeux vers moi, m'examinèrent avec attention, essayant de surprendre quelque défaut, mais je m'aperçus, à la tristesse envieuse de leurs regards, qu'elles n'en découvraient pas. Un peu agacée de cette inspection malveillante, je me mis à causer avec Marietta Vespa toujours joyeuse, malgré les ennuis que lui avait valus sa liaison avec le Patriarche. En attendant le signal du départ, nous nous amusions à voir les grotesques qui devaient égayer le cortège, Polyphème, dont l'œil, énorme et clignotant, soulevait de grands rires, Cacus, dont l'estomac postiche, par un mécanisme ingénieux, allait rejeter de la viande crue, et Vulcain, barbouillé de suie, qui faisait fuir toutes les femmes en s'approchant d'elles pour les embrasser. Fasol avait désiré lui-même que la fête de son couronnement eût un caractère de gaieté libre et carnavalesque pour que le peuple, par ses plaisirs, s'unît à la joie qui le remplissait, de joie trop haute pour être comprise d'une foule.

Nous regardâmes aussi les peintures qui décoraient la place du Rialto ; elles représentaient l'histoire de Prométhée : le Sacrifice à Jupiter, la Découverte et le Vol du Feu, les Vices et les Maux s'échappant de la boîte fatale, enfin la Torture sur la montagne.

— Elle est belle, Pandore, me dit Marietta, tu ne devinerais jamais qui c'est.

— Non.

— Franceschina Morella !

— Pas possible.

— C'est elle. L'a-t-il embellie, hein ? le peintre ! Quand on aime aussi... Il ne s'est pas enlaidi non plus dans Prométhée. Il s'est donné la figure des jours où Franceschina lui fait des scènes de jalousie et où il apprend qu'elle l'a trompé une millième fois de plus.

Nous étouffions, pressées entre les dentelles, les soies et les chairs nues. Tout à coup Marietta éclata de rire.

— Qu'as-tu ? demandai-je.

— Regarde donc les chausses de ce compagnon de la Calza. Elles contiennent un joli compliment. Mais à laquelle de nous s'adresse-t-il ?

— À vous deux, répondit le galant.

— Pourrez-vous attendre jusqu'à ce soir ?

Et elle glissa la main vers son admirateur.

— Chut ! chut ! Voulez-vous finir ! criait-on autour de nous. Voici qu'on se met en marche.

En effet, le défilé commençait et j'admirais les jeunes gens des confréries coiffés de leurs bérets à plume et portant la devise de la société brodée en lettres d'or sur leur manteau de soie. Il y avait là les plus beaux garçons de la République. Les pourpoints ajustés, les chausses collantes de drap d'argent, de velours cramoisi ou de satin rose faisaient ressortir le joli dessin de la poitrine, des jambes et des reins. Les chars aussi s'ébranlaient : je vis passer ceux de Cybèle, de Mercure et de Neptune. Mes amies m'avaient quittée. Je restais seule à attendre mon tour.

Je vis bientôt s'approcher le char de Vénus, qui n'était qu'une corbeille de roses, et où étaient déjà groupées les trois Grâces. Une vieille dame nous confia un petit bambin de cinq ans qui n'avait pour costume qu'une écharpe de soie soutenant un carquois de flèches.

— Surtout, dit la vieille, prenez bien garde à mon petit amour.

— Oh ! madame, dit Marietta, je vous le promets.

Et tant que dura la fête, elle lui enseigna comment il devait se tenir, interrompant ses leçons pour lui donner des baisers et le bourrer de gâteaux.

Je me tenais droite sur le char, enlaçant une jeune Psyché, dont les cheveux se mêlaient aux miens et formaient pour nous deux un même collier de soie d'or. Des milliers d'yeux étaient fixés sur moi, mais la rumeur d'admiration qui courait dans le peuple ne me causait plus aucun trouble ; je levais la tête, buvant avec volupté ces louanges que j'entendais monter de toutes parts, perdue moi-même dans cette ivresse de foule, de soleil et de clair azur.

Soudain, l'immense place Saint-Marc m'apparut, toute chatoyante de couleurs, toute palpitante de lumière et de mouvement, sous les larges étendards des confréries, gonflés comme des voiles. Venise entière s'était réunie là, en un instant de joie et d'enthousiasme. Pour moi, je ne détournais pas les yeux du vaste dais de pourpre qui traversait la place et sous lequel se trouvaient le Doge, les pregadi, le Grand Conseil, toute la puissance qui faisait trembler le monde. À un moment on lâcha des colombes devant mon char et, d'une estrade construite au milieu de la place, j'entendis s'élever un concert de violons et de flûtes, tandis que des voix claires d'enfants chantaient un hymne à Vénus. Je fus sur le point de défaillir.

Le char avançait toujours ; il arriva bientôt sous le dais, au pied de la tribune qu'on avait élevée, devant Saint-Marc et où j'aperçus le Doge qui parlait à haute voix à un homme vêtu de satin noir. Je reconnus Fasol ; derrière lui étaient assis le cardinal Benzoni, le Patriarche, les podestats, les provéditeurs, dans un flot de pourpre, de soie claire, de damas sombre, parmi des chaînes étincelantes. Un officier me tendit la main pour me faire descendre du char. Deux pages me remirent le coussin sur lequel était posée une couronne de laurier d'or, et me précédèrent dans la tribune où, m'étant agenouillée, je présentai au Doge la couronne. Il la saisit vivement et, la mettant sur la tête de Fasol :

— Accepte, dit-il, l'hommage de cette Cité dont tu es la gloire.

Une acclamation formidable monta de la place, que l'agitation des spectateurs et la diversité des costumes, resplendissants de lumière, emplissait comme d'un vol infini et bigarré de papillons.

— Longue vie à Fasol ! criait-on, honneur au divin artiste !

Fasol avait les larmes aux yeux et il me semblait que j'étais ivre, tant j'étais émue. Un gentilhomme de ma connaissance me fit asseoir près de lui, tandis que les vivats continuaient et que l'enthousiasme du peuple gagnait les plus insensibles.

Cependant, aux sons clairs de trompettes, le Doge et Fasol se donnant la main descendaient les degrés de la tribune, jonchés de rameaux et de couronnes fleuries, et les nobles du cortège les suivirent dans un ordre majestueux, balayant de leur longue robe cramoisie l'escalier de feuillage. Mes yeux s'arrêtèrent alors sur un jeune homme qui s'avançait entre le légat et le Patriarche. Des dentelles fines et légères, le rubis qui mettait un œil de feu sur son béret noir, étaient les seules parures de son costume, comme s'il eût craint par d'autres ornements de dérober sa beauté. Mais, vêtu en pauvre ou en patricien, comment n'eût-il pas séduit toutes les femmes avec le charme impénétrable de ses yeux sombres et la merveilleuse volupté de sa bouche ? Le cou au dessin large et gras, les courbes fines de ses reins, de ses jambes, cette ligne fléchie et comme abandonnée de tout son corps appelaient la caresse. Attendrie par ses grâces langoureuses, j'étais conquise par son regard fixe, son nez droit de dominateur. Devant lui je rêvais à l'étrange plaisir d'être une grande sœur protectrice et avisée en même temps qu'une chienne docile, humble sous les coups. Et je sentais avec terreur s'approcher de moi l'impérieux, le cruel Amour !

Au moment où je rejoignais mon char, je dis à Marietta Vespa :

— Comme il est beau !

— Oui ! fit-elle, on aimerait à s'en passer le caprice.

— Sotte, répliquai-je furieuse, les femmes qui, à la vue d'un pareil homme, ne peuvent avoir qu'un caprice, ne sont pas dignes de le posséder.

Elle me considéra d'un œil curieux et étonné, tandis que je regardais le visage de l'admirable jeune homme se confondre avec les têtes rudes et grossières de la foule pour disparaître enfin au milieu de ces vagues humaines.

Autour de nous, le peuple trépignait d'impatience et criait :

— Les courses ! Les courses !

On attendait le départ du Doge pour commencer les divertissements.

D'abord les zaffi repoussèrent le peuple contre Saint-Marc de façon à laisser le milieu de la place libre, puis cinq coureurs s'avancèrent. C'étaient des marchands juifs que Venise forçait à prendre part aux jeux et qui s'y résignaient de bonne grâce, dans l'espoir d'un gain médiocre ou d'une petite récompense. Il y avait trois vieillards et deux jeunes garçons. Un concours de ce genre paraissait d'autant plus piquant que les longues jambes des plus âgés, l'ardente célérité des autres rendaient les chances égales. À eux cinq, ils semblaient représenter toutes les variétés de la race, depuis le peseur d'or au nez crochu, aux paupières lourdes et gonflées, jusqu'à l'adolescent fier, dont le nez fin, les yeux clairs et tranquilles, la démarche hardie, trahissent le sang des maîtres.

— Est-ce vous qui allez remporter le prix ? père Samuele, fit l'un des jeunes gens en clignant de l'œil à un long vieillard.

— On ne sait pas, mon enfant, dit le bonhomme auquel on s'adressait ; et, relevant la tête, arrondissant le ventre, il promena les yeux tout autour de lui avec la solennité d'une dinde qui, perchée sur un mur, contemple à ses pieds l'agitation de la basse-cour.

Ils se déshabillèrent sans enlever leur chapeau jaune, et un immense éclat de rire salua le dépouillement de ces épaules voûtées à d'arides négoces, de ces corps malingres et poudreux qui avaient l'air de sortir d'un souterrain. Seul, David, l'interlocuteur du père Samuele, fort et bien campé, soutenait l'orgueil de la race.

Un ronflement de corne donna le signal du départ ; les champions, les coudes au corps et les poings fermés, s'élancèrent. Comme il était convenu, ils firent quatre fois le tour de la place. Les trois vieillards, d'abord en avance sur les jeunes gens, furent bientôt dépassés. Le père Samuele, après un court effort, marchait tout haletant à une grande distance de ses compagnons et paraissait maintenant se désintéresser de la victoire, à la vive impatience des spectateurs qui tentaient de l'exciter par des cris, des encouragements ou des insultes :

— Hardi, père Samuele ! Allons !

— Sale lâche !

— Il ménage sa carcasse pour le cimetière.

— Ou pour son jeune cotillon.

— C'est Catau qui ne le ménage pas. Par Bacchus ! elle lui a sucé la respiration.

— Vas-tu marcher, porc !

— Je crois que la belle fera plus les doux yeux à son voile de veuve qu'à son bouquet de mariage.

— Et elle aura raison. Ça ne doit pas être drôle d'avoir épousé une vieille maladie de ce genre.

— En avant, limaçon !

— Des fainéants pareils, ce serait à gauler comme des roussins.

— Hardi, le vieux ! Holà !

Mais sans prêter attention aux paroles qui lui bourdonnaient à l'oreille, les paupières plissées rabattues sur ses yeux, le nez dans sa barbe blanche et poussant des soupirs à la façon d'un agonisant, le père Samuele s'avançait plus lentement encore. Tout à coup, des applaudissements éclatèrent, faibles d'abord, pareils à un coassement de grenouilles, puis tonnant à la façon d'une arquebusade. David, arrivé premier, recevait une bourse de dix ducats.

On se porta en masse du côté du vainqueur, et je fus entraînée, roulée par le flot. J'aperçus, à ce moment, le vieux Samuele qui, ayant repris haleine, s'était mis à courir à toutes jambes comme si le prix n'était pas encore gagné. Il souleva son chapeau jaune et, avec une grande humilité, s'agenouilla, inclina très bas la tête devant les juges, puis, se relevant brusquement, il regarda de haut le jeune David qui, attentif aux louanges dont on l'accablait, ne parut pas le voir. Alors, d'une voix criarde et pleurnicheuse qui agita d'un fou rire toute l'assistance, il l'interpella de la sorte :

— Je te dénonce à la face des seigneurs et du peuple, exécrable tricheur, larron des pauvres ! Si personne n'a remarqué ton jeu, moi je l'ai vu : tu n'as fait que la moitié de la course, en te dispensant de suivre la piste tracée. Mais tu vas voir si tu oses, à ma barbe, t'enorgueillir de tes brigandages. Le Dieu de Moïse, par ma propre main, va punir l'injustice et faire rendre gorge au voleur !

À ces mots, il poussa vivement David qui, surpris par cette brusque agression, trébucha et tomba par terre avec lui. Je vis ces deux corps noueux et souples, serrés en boule l'un contre l'autre, se débattre, rouler les pieds en l'air ; puis, à la suite d'un silencieux et rapide combat, il y eut un arrêt : un dos arqué aux os saillants et luisants sous la peau, une échine amaigrie, deux jambes tendues demeurèrent un instant immobiles. Enfin, d'un effort en arrière, Samuele se redresse, se retourne, arrache les mains qui l'enchaînent, et, tandis qu'une masse sanglante se détache lourdement de son corps, il élève, puis serre une bourse contre son sein. Déjà il a bondi vers la palissade qui sépare les juges du peuple, et, se baissant très vite, il passe sous la barrière, entre les sbires trop surpris pour inquiéter sa fuite. Après le premier moment de stupeur, on court à son adversaire ; on reconnaît qu'il est inanimé. Alors, un cri d'horreur s'élève, et, de tous côtés, j'entends retentir cet appel furieux, d'indignation :

— Arrêtez l'assassin !

— Tu ne viens pas à la collation du Lido ? me dit Marietta Vespa qui, je ne sais comment, se trouvait du côté des juges et, un peu gênée par la foule, ne savait rien de ce qui s'était passé. Sans doute, ajouta-t-elle, tu y verrais ton amoureux.

J'étais encore sous le coup du spectacle auquel j'avais assisté, mais le mot de Marietta me rendit la mémoire ; l'image du beau jeune homme, que j'avais admiré avant les jeux, vint m'occuper l'esprit et chasser toute fâcheuse émotion.

— Allons ! dis-je à Marietta, partons.

Et, profitant du trouble qui régnait parmi les juges et les sbires, j'enjambai la barrière et gagnai la Piazzetta.

Les gondoles couvertes de glaces, de guirlandes de roses entrecroisées sur des brocarts d'or qui trempaient dans l'eau, semblaient des corbeilles d'amoureuses. Les jolies passagères, par leur collerette de dentelles, ouverte très bas, laissaient voir la naissance des seins, et leurs bras nus s'enfonçaient avec une ombre charmante dans les larges manches de velours rouge. Elles battaient des mains au concert de violons et de flûtes qui s'élevait de la grande barque des musiciens, concert non point religieux et grave, mais si gai, si divertissant que les archets semblaient rire sur les cordes et que, ne se fût-on trouvé si pressé dans les barques, tout le monde se serait mis en danse. Lugrezia Barcariola, qui se croyait obligée par sa beauté à ne jamais sourire, me héla, d'une des gondoles, sans quitter son air majestueux.

— Viens-tu avec nous, Nichina ?

Déjà je serrais ma robe fine contre mes flancs à la grande admiration de tous les hommes, qui se pressaient pour admirer mon corps à travers les transparences de la soie et dont quelques-uns seraient, un peu plus, tombés dans le canal ; déjà, levant le pied, j'allais m'embarquer avec mes amies, quand la voix de Morosina me fit tressaillir :

— Eh bien, mon enfant, oubliez-vous que vous devez jouer la comédie ce soir ?

Morosina était devant moi, imperturbable comme la statue de la Constance.

Je crus qu'on me poussait un clystère entre les fesses.

— Laissez-moi, dis-je, bran pour vous et la comédie !

Mais ce rappel au devoir m'intimidait : je n'osais plus partir.

— Viens-tu avec nous, Nichina ? disait toujours Lugrezia.

Marietta Vespa parut dans la barque et vint s'asseoir sur les genoux de Geronima.

— Je vais te voler ton amoureux, me cria-t-elle.

— Non ! non ! je viens, lui répondis-je.

Mais il était trop tard. J'entendis des fusées de rires, le bruit sourd des rames, des claquements de doigts impatients et fébriles et la barque, toute chargée de jeunes femmes, s'éloigna lentement. Le soleil jouait sur les épaules nues et nacrées, sur les chevelures teintes en or, sur les riches brocarts. Les yeux de malice, les bouches sensuelles, les dents rieuses, les calices de fleurs, l'eau tremblante et limpide, tout étincelait de lumière.

— Ah ! fis-je à Morosina qui cherchait à m'entraîner, que je suis malheureuse !

Et mes paroles s'étranglèrent, mes yeux devinrent humides.

— Ma chère, observa Morosina, il faut toujours sacrifier son plaisir à sa gloire. Moi-même, combien de fois n'ai-je pas mis des souliers, un corps de jupe qui me gênaient pour avoir petit pied et taille fine.

— Quand cela vous est arrivé, répliquai-je, ce n'était pas de votre faute. Avez-vous assez, l'autre jour, abruti d'injures votre cordonnier, parce qu'il vous avait apporté des chaussures trop étroites.

— Parce qu'elles m'enlaidissaient ; si elles m'eussent embellie, j'étais prête à tout souffrir.

Je la regardai : sa robe couleur de l'arc-en-ciel, son ventre bombé, le souffle qui, à chaque pas, s'échappait de ses lèvres avec un petit bruit mal étouffé, me donnèrent envie de rire et j'éclatai, à son nez, à travers mes larmes.

Heureusement, elle ne s'irrita point de cette explosion subite de joie, occupée d'une gigantesque statue de Bacchus, qu'on avait élevée au milieu de la Piazzetta. Par une invention singulière, une pluie de vin s'échappait de la bouche entrouverte, des mains pleines de raisins et des pampres qui couronnaient le front ; le vin coulait aussi entre les jambes du dieu, et les jeunes gens entraînaient leurs amoureuses pour leur montrer le prodige, s'amusant de les voir rougir et détourner la tête avec un rire embarrassé.

— Voilà qui n'est guère honnête, ma fille, dit Morosina. Autrefois on n'eût jamais toléré une pareille indécence d'Égypte.

J'allais lui répondre, lorsque je fus saisie aux hanches et qu'un lourd baiser m'écrasa les lèvres.

— Rustre ! criai-je, en me retournant, ivre de colère, et je lançai derrière moi un coup de poing au hasard.

Je ne dus point manquer mon galant, car deux mains énormes se levèrent aussitôt ; j'attendis les claques en clignant des yeux, mais deux hommes avaient paré le coup, et prenant ma défense, s'étaient jetés sur mon agresseur, tandis qu'autour de moi on louait ma violente riposte.

— Bravo ! bravo ! la belle fille.

— Venez, mon enfant, me dit la comtesse avec un soupir, sans d'ailleurs hâter sa marche. Aujourd'hui, même en plein soleil, les rues de Venise ne sont pas sûres pour les pauvres femmes !

Après avoir déjeuné très vite dans une petite ostérie, au milieu d'un tapage de Jugement dernier, nous fûmes encore retenues par les danses qui avaient lieu devant la porte et où gentilles dames, filles du peuple, courtisanes fraternisaient, rivalisaient d'entrain et de gaieté. Je fus bien obligée de faire avec les autres ma partie de torsions et de jambes en l'air. Échauffée par le mouvement, le plaisir, la joie de mes voisines, je me divertissais tout mon soûl, et mes joues devaient être sans doute jolies avec les fossettes que le rire y creusait, et le rouge qu'y mettait l'animation des danses, car de hardis jeunes gens venaient à la dérobée les effleurer de leur bouche malgré tout ce que je pouvais leur cracher d'insultant. J'avais beau lever la main pour les souffleter, mes yeux et mes lèvres démentaient mon geste et ils se doutaient que, cette fois, je ne leur voulais point de mal.

Au milieu d'une forlane, on me frappa sur l'épaule. C'était Morosina qui, ne pouvant danser à cause de son embonpoint, jugeait ce plaisir malséant pour une dame et me priait de partir.

— Ah ! sale mère rabat-joie, dis-je, agacée d'une sollicitude si persistante : il faut toujours que vous veniez m'enlever à mon amusement.

— Je songe à votre fortune, ma fille, puisque vous n'y pensez pas.

Et elle parla d'un ton si solennel, si dominateur, que je la suivis encore.

Mais, comme nous arrivions sur l'Herberie, des détonations éclatèrent, et une foule énorme, qui se précipitait à notre rencontre, nous força de nous réfugier dans la ruelle de la Pâtisserie, proche de la place.

Là, nous apprîmes d'un passant qu'il y avait eu une course de buffles sur l'Herberie, et que des pétards, lancés imprudemment, avaient épouvanté les bêtes, leurs conducteurs, et jeté un grand désordre dans l'assistance. En voyant les buffles furieux s'élancer sur les spectateurs, des zaffi eurent la malencontreuse idée de fermer tout à coup les portes qui barraient, de notre côté, les issues de l'Herberie et la foule qui, prise de panique, s'était mise à fuir, vint se briser contre les panneaux de fer.

J'aperçus des faces aux yeux blancs, agrandis par la terreur, se coller contre les barreaux, des mains crispées folles, se tendre vers les chaînes qui retenaient les portes et essayer de les arracher. Soudain, au milieu des détonations persistantes, deux buffles, ivres de rage, se précipitèrent sur le peuple. Un cri d'épouvante, un bruit horrible d'écrasement s'élevèrent de la multitude, tandis qu'un corps inerte, lancé avec une force extraordinaire, passa par-dessus la porte et vint s'étaler à mes pieds. Je reconnus le cadavre d'un jeune homme ; la tête fracassée n'était plus qu'une boule informe et repoussante.

Saisie d'horreur, je voulus d'abord m'enfuir : puis j'eus pitié du pauvre mort : ne pouvant, sans aide, le transporter, j'appelai Morosina ; mais la comtesse avait disparu et j'étais seule dans la rue, maintenant silencieuse, devant la porte de l'Herberie obstruée par une masse sanglante. Au hasard, j'entrai dans une maison que je trouvai ouverte. Une vieille dame, les manches retroussées, préparait le repas du soir, allant de ses casseroles au feu brillant du foyer. Je ne réussis pas à lui faire entendre mes paroles.

— Parlez plus haut, ma fille, disait-elle en approchant l'oreille de ma bouche ; parlez plus haut ! Et elle ajoutait avec une grimace : le bruit de la fête m'étourdit.

Cependant, avec des signes, je parvins à l'amener jusqu'au seuil, d'où je lui montrai le cadavre. En un clin d'œil, je la vis s'élancer, se pencher haletante sur le visage en bouillie, et d'un coup, se rejeter en arrière. Elle fût tombée à la renverse si je ne l'eusse retenue dans mes bras.

— Au secours ! au secours ! criai-je à des personnes qui traversaient la ruelle. Au secours ! messer, madame, arrivez ! arrivez donc !

Une petite mendiante vint m'aider à transporter la vieille femme dans sa maison, où l'on mit aussi le cadavre.

Autour de nous j'entendis chuchoter :

— C'était son fils.

— Mais qu'y a-t-il donc ?

— Un accident est arrivé à la course de buffles : on dit que trois cents personnes ont été écrasées.

— Que faites vous ici à causer ? dit un sbire ; vous feriez mieux d'aller sur l'Herberie.

On venait d'ouvrir les portes, et le spectacle de ces morts entassés était si épouvantable que beaucoup de gens se sauvaient en se couvrant les yeux, comme s'ils étaient poursuivis par les affreuses images qui venaient de frapper leur vue. Malgré l'angoisse que me causait un si proche désastre, la vive et maladive curiosité que j'éprouvais d'aller moi-même contempler l'horreur, je restais, les jambes molles et tremblantes, au chevet de la pauvre femme, tandis que la mendiante, qui m'avait aidée, était en train de chercher le médecin. Morosina parut tout à coup sur le seuil de la porte.

— Comment, vous êtes garde-malade à présent ! dit-elle. Vous ne songez donc pas à la représentation de ce soir !

— Où étiez-vous donc, bon Dieu ? m'écriai-je.

— Hélas ! ma chère, répondit la comtesse, notre pauvre corps nous asservit à mille soins attristants.

Je lui appris le malheur qui était arrivé.

— C'est vraiment fâcheux, fit-elle, et elle poussa un soupir ; j'ai toujours dit qu'il fallait redouter les foules. Ne voyez-vous pas aujourd'hui que j'ai raison ? Mais, ma fille, pensez que vous devez jouer la comédie tout à l'heure.

Sainte Vierge ! Morosina que vous importe que je joue ou que je ne joue pas ?

— N'êtes-vous pas mon élève ?

Elle était entrée et, me prenant le bras, m'entraînait au-dehors, de son pas tranquille et majestueux. Elle me conduisit sur la place du palais Sagredo, où l'on avait élevé le théâtre. Là, croyant avoir rempli sa mission, elle me dit adieu et me laissa pénétrer seule dans la chambre qui se trouvait derrière la scène et où devaient s'habiller les actrices.

J'y rencontrai deux femmes qui allaient paraître avec moi dans le divertissement, à la fin de la représentation. Elles avaient déroulé un tapis de théâtre et s'en étaient formé un lit où l'une se vautrait avec paresse, tandis que l'autre, la plus jeune, s'y tenait assise à croupeton, croquant une belle pomme charnue à pleines dents et jusqu'aux gencives, comme si elle eût voulu, d'un coup, l'engloutir tout entière. Bien qu'elles me fussent inconnues, je jugeai convenable, à titre de compagne, de les saluer ; mais, soit timidité, soit jalousie, elles me répondirent à peine d'un signe de tête. La plus jeune acheva de manger sa pomme des yeux et de tout son visage ; l'autre ne voulut point déranger pour moi son attitude et, restant couchée sur le ventre, continua de m'offrir, avec un œil mi-clos et le bout d'une oreille à demi cachée par la main, sa croupe élargie et tranquille. Un peu gênée d'un pareil accueil, je m'approchai de la fenêtre où, le dos tourné, j'attendis mon costume et l'arrivée de Vivaio, l'organisateur du spectacle qui tenait à nous examiner au dernier moment.

Les jeunes femmes, que je ne dérangeais plus, reprirent la conversation que mon entrée avait interrompue.

— Vois-tu, Orsetta, disait celle qui était couchée, je ne puis comprendre que tu aimes un homme pareil à ton capitaine, un homme qui n'a pas un cheveu sur la tête, qui boite et, avec ça ! qui a une figure, une figure…

— Accouche donc : je n'ai pas de fierté.

— Une figure de Judas, une figure à l'envoyer tout de suite ramer sur les galères.

— As-tu jamais vu des yeux comme les siens ?

— De beaux yeux de crapule !

— Des yeux de divinité. Puis je ne sais pas ce qu'il a en lui, mais, s'il s'approche de vous, s'il vous met seulement les lèvres sur les vôtres, c'est à vous faire trembler, à vous faire défaillir de jouissance.

— Cochonne ! En as-tu du vice ! Alors, tu l'aimes pour ça ?

— Oui, et après ? Est-ce que ça me fait quelque chose, à moi, qu'il ait été capitaine comme il le dit ou ancien galérien comme on le raconte, qu'il ait assassiné Pierre ou Paul ou qu'il se soit, tout jeune, acheté une conduite, quand il a cette façon de vous baiser la bouche… Tiens, comme ça, Fenice… C'est bon, oh ! c'est bon !… Est-ce que tu ne te sentirais pas prise tout de suite par ces extraordinaires, par ces ensorceleurs, par ces diaboliques yeux ?

— Orsetta, je ne te dis qu'une chose : on a des mœurs. N'est-ce pas honteux pour tes voisins d'entendre la vie que tu mènes. Ils disent que, lorsqu'il te bat, tu pousses des cris si perçants, qu'on n'entendrait pas le tonnerre.

— C'est vrai : on se chamaille des fois ; on n'est pas des anges. Mais ça se passe ainsi dans tous les ménages.

— Voilà pourquoi je laisse les hommes à qui veut en prendre. Tiens ! Orsetta, l'amour ne vaut pas un bon verre de Malvoisie. Tu verras ce qui t'arrivera, en compagnie du beau messer que tu t'es mis sur le ventre.

— Qu'est-ce qui m'arrivera ?

— On te fourrera dans une prison toute noire et toute froide, pour que tu y pourrisses comme le chanvre que l'on met à rouir ; on te déchiquettera la peau à coup de verges et ton dos aura la couleur des viandes pendues à l'étal des bouchers ; peut-être même, à la fin des fins, t'accrochera-t-on à une potence pour danser une forlane dans les airs à la lune et aux étoiles !

— Eh bien, on me pendra ! mais au moins, dans l'existence, j'aurai eu du bonheur avec cet homme-là !

— Joli bonheur !

— Dis donc, Fenice, tu fais bien ta dédaigneuse aujourd'hui, mais tu ne t'es pas toujours appelée comme maintenant, la princesse. Je sais tes tours, va ! Ne m'a-t-on pas raconté qu'autrefois, il n'y a pas un an, on te surnommait Facchinella, le Bourrier du port, la Marinière, et qu'un jour, sur l'Arsenal, t'ayant vue causer avec un jeune matelot pour lui demander un renseignement, ton amoureux qui n'était ni beau, ni propre, ni honnête, t'a reconduite, devant toute la foule, avec de grands coups de poing à travers le visage. Il paraît que, plus tu pleurais, plus il frappait, tu en as porté les marques pendant plus d'un mois !

Fenice était devenue blême de colère.

— Qui t'a dit cela ? Le nom, vite, le nom de cette gouape, que j'aille lui plaquer ma main sur la figure et mon pied dans le ventre !

— Est-ce que je me rappelle ! Mais plus de deux cents femmes assistaient à la scène.

— Ô indignité ! Imagine-t-on de telles histoires sur son prochain. Je voudrais la connaître, la fabricante de pareils contes ! Je lui dirais qu'elle a commis un mensonge gros comme toi, gros comme elle, gros comme la terre entière !

— Dis-le donc à ta grand-maman, puisque c'est elle qui nous contait cela un jour, à ma tante et à moi, en pleurant, la pauvre femme ! toutes les larmes de ses yeux.

— Grand-maman ferait bien mieux de s'occuper de ses affaires au lieu de fourrer son nez dans les miennes. Suis-je une gosse à laquelle on torche encore le cul pour qu'on suive tous mes pas ? Est-ce que ça la regarde qu'on m'appelle Facchinetta ou la Marinière, ou ceci, ou cela. D'abord ce n'est pas vrai, là ! Et puis, quand même cela serait ? en aurait-elle moins de vin dans son cellier ! Tiens ! ça me fait hausser les épaules de pitié, Orsetta. Donne-moi un fruit, si tu en as encore dans tes poches : j'ai envie de me mettre une pomme sous la dent.

Une foule énorme passait devant le théâtre et tout en la regardant, je m'amusais à écouter la causerie des deux gamines.

Qu'elles sont sottes, pensais-je de se tourmenter pour des hommes. Pour moi, on ne m'aura pas à si bon compte, et jamais un galant ne franchira mon seuil si, d'avance, il ne m'a couverte d'or.

Et je lançai un coup d'œil de mépris à ces pauvres filles qui se laissaient voler et maltraiter par des rustres.

Soudain, je sentis une angoisse vive comme à quelque douloureux pressentiment. L'image du jeune homme que j'avais remarqué dans la tribune du Doge m'était revenue à l'esprit, à la fois douce et tyrannique. Il m'avait à peine regardée : cependant j'eusse vainement désiré fuir l'ardent baiser de ses yeux. Il portait en son corps la passion telle qu'une brûlante et merveilleuse lumière qui, sans qu'il y pensât, éclairait sa marche et son entourage. Il ressemblait à Guido, mais à un Guido sans gaucherie, sans tristesse, s'avançant avec aisance, avec fierté dans la vie. Je me disais : Mon Dieu ! je croyais avoir aimé déjà et pourtant je n'ai jamais éprouvé ce que j'éprouve aujourd'hui. C'est une frayeur, une inquiétude étrange et, en même temps, une surprise pleine de délices. Il me semble qu'il me vient une âme nouvelle et insoupçonnée, plus légère, plus rapide à goûter le plaisir, et que, dans cette subite naissance, peine et joie se confondent. L'amour, je le vois, se plaît à se déguiser sans cesse et à nous étonner, chaque jour, davantage que la veille. Mais je crains qu'il ne me réserve trop de souffrances. Et c'est pourquoi je serai plus forte que mon désir. Si je suis parvenue à oublier Guido, ce n'est pas afin d'aimer un autre homme. Je rougirais trop de ressembler à mes niaises compagnes !

Et pourtant il m'était apparu si beau !

Un piétinement semblable à celui d'une armée vint m'arracher à cette songerie. Quatre jeunes gens, précédant une foule recueillie, soutenaient un vieil homme aux épaules voûtées, au chef tremblotant, et dont les yeux sans lumière erraient machinalement sur la multitude. Comme la statue d'un saint, il avait la tête couronnée de fleurs qui, sur ses rides, formaient une parure dérisoire.

À côté du cortège j'aperçus Michele des Étoiles. Il s'était vêtu, pour la circonstance, d'un vieux pourpoint de soie écarlate que l'Anglais Craddock, dans son départ précipité, avait laissé à Morosina. Il n'en était pas moins fier et joyeux. Je l'appelai de la fenêtre.

— Michele, dites-moi, est-ce saint Joseph que l'on porte en procession ?

Il eut un ricanement dédaigneux.

— Ce n'est pas un personnage céleste, fit-il, mais le plus humble et le plus misérable des hommes : un ancien voleur que quarante années de cachot ont puni d'avoir convoité le bien d'autrui. Aujourd'hui la Seigneurie, en l'honneur des fêtes, lui rend la liberté ; et le peuple profite de cette grâce pour bien manifester sa clémence et pour se prouver, à grand fracas, qu'il a oublié l'injure du vénérable malfaiteur. Voici un vieillard qui lui présente une coupe de vin ; autrefois, lorsque le brigand passait enchaîné au milieu des zaffi, peut-être lui a-t-il craché au visage ; aussi tient-il à présent à lui donner une compensation.

Les jeunes femmes s'étaient mises, comme moi, à la fenêtre.

— Messer, cria Fenice à mon ami, est-ce que vous êtes allé à la collation ?

— Oui, dit-il, j'ai trop jeûné autrefois pour perdre aujourd'hui la moindre occasion de satisfaire ma gourmandise.

— Et la fête a été belle ?

— Pour quelques-uns, car des dames ont levé la jambe et se sont montrées fort charitables de leur vertu.

— Oh ! fit Orsetta, on a dansé et nous n'y étions pas !

— Comment, mesdemoiselles, reprit Michele, vous allez être déesses ce soir et vous ne voulez pas, si peu que ce soit, payer votre divinité ? Croyez bien d'ailleurs que, s'il y eut au Lido des scènes pleines de grâce, il y en eut aussi qui ne furent point agréables à voir. Arrivabene, le moine du palais Benzoni, pris de vin, est tombé dans le canal…

— Que cela devait être drôle ! fit Orsetta.

— Est-ce qu'il s'est noyé ? demanda Fenice. Et, à l'idée de cette grosse masse de chair plongeant tout à coup dans l'eau, elles eurent un frais éclat de rire.

— Non, il ne s'est pas noyé ; on l'a retiré aussitôt, mais il s'est mis à secouer sa robe trempée sur les habits de fête des dames qui, dans leur colère, lui ont administré des soufflets ; Arrivabene a répondu par des claques, et, comme Marietta Vespa n'était pas disposée à lui céder, il a saisi la pauvre fille, l'a troussée, puis battue au nez de ses amies, excité par les cris de sa victime et les rires des spectatrices.

Toutes trois pressées contre l'appui de la fenêtre, les bras à la taille comme des sœurs, unies, un instant, par une parole échangée, nous regardions, dans le ciel limpide, la lumière mourir au faîte du palais Sagredo et l'ombre douce gagner les plus hautes murailles.

— Je regretterai cette journée, soupira Orsetta.

— Est-ce qu'on les compte à votre âge, répliqua Michele.

— Qui peut savoir ? fit Orsetta toute souriante. Et, dans ses yeux je vis passer une petite lueur gaie comme une tranquille coquetterie à la mort, sans doute lointaine.

Elles babillaient et jacassaient, ravies de laisser s'envoler leurs paroles.

— Comme tu es jolie ce soir, Fenice !

— C'est toi ! ta coiffure te va, vois-tu, t'encadre si bien le visage, qu'il donne à tous les hommes l'envie de t'embrasser. Ah ! il t'aimera, s'il te voit, pour sûr !

— Tu crois ?

— Si je le crois ! Oh ! que tu es gentille ainsi !

Orsetta souriait toujours ; et les derniers rayons auréolaient d'or sa chevelure, tandis que de jolies clartés illuminaient ses yeux, ses dents fines et, glissant sur ses épaules moites de chaleur, venaient se poser sur la petite rose fraîche d'un sein qui sortait de la chemise dénouée. Fenice voulut lui mettre sur les lèvres un baiser, mais elle se défendit et lui éloigna le visage de ses deux mains étendues.

— Non, dit-elle, mon ami serait jaloux de nous voir nous embrasser comme cela.

— Laisse donc, s'écria Fenice, moi aussi, j'ai un amoureux.

— Ah ! la fourbe ! fit Orsetta.

À ce moment, une petite clochette s'agita et nous aperçûmes des moines noirs qui s'avançaient en tenant des cierges à la main. Ils étaient suivis de soccolanti, aux cagoules fermées, qui portaient sur une civière une large châsse recouverte d'un linceul.

— Voici les restes des condamnés à mort, remarqua Michele. La Seigneurie leur accorde enfin une sépulture chrétienne, mais ils n'arriveront pas tout entiers en terre bénie : les corbeaux en auront eu leur part.

— Michele, répliquai-je, il me semble que le vin vous remonte en aigreurs aujourd'hui. Vous n'avez plus vos hautes et sereines pensées.

— Vous avez raison, dit-il, un bon dîner vous rend l'âme orgueilleuse. Quand j'ai le ventre plein, je me crois Dieu et je suis disposé à regarder avec mépris cette vieille humanité.

Les soccolanti, en cet instant, passaient sous la fenêtre, chaussés d'épaisses socques de bois, et les dalles claquaient sous leur marche rythmique.

— Chut ! fis-je, voici les Morts.

Alors, nous signant toutes trois, nous nous agenouillâmes et restâmes prosternées jusqu'à ce que se fût éteint le bruit des pas.

— Au revoir, Nichina ! me dit Michele en s'éloignant, rappelez-vous mes leçons. Je reviendrai tout à l'heure vous applaudir.

— Michele, lui criai-je, Alcmène doit-elle bouder ou se mettre en colère, vous savez, dans le passage où elle reproche à Jupiter de l'appeler impudique ?…

Mais déjà Michele avait disparu et je ne devais plus demander conseil qu'à mon inspiration.

Vivaio, l'organisateur de spectacle, n'arrivait pas, et j'étais furieuse d'être ainsi restée à l'attendre inutilement au lieu d'aller me divertir au Lido. Puis, l'idée de jouer la comédie me causait une ivresse mêlée d'appréhension. Orsetta et Fenice, affalées contre le mur, s'égayaient de me voir marcher à grands pas dans la chambre. Je surpris leurs chuchotements et leurs coups d'œil railleurs.

— Ça ne vous fait donc rien, à vous, de paraître sur le théâtre ? leur dis-je en les regardant bien en face.

Fenice me répliqua :

— Je suis surprise que vous ayez si grand-peur de montrer votre figure en public, quand chacun a pu voir votre cul en particulier.

— Vous seriez bien heureuse de montrer le vôtre, m'écriai-je sur un ton de colère, si quelqu'un se souciait de le voir.

— Propre à rien ! dit Fenice, si tu n'avais pas ta sale dentelle sur la peau, tu ne pourrais pas seulement te vendre, tripes et tout, un scudo.

Nous continuions à nous jeter au visage de désagréables vérités, quand une voix retentit tout à coup, qui me coula dans le dos comme un seau d'eau froide en hiver.

— Allons ! qu'est-ce qui se passe ici ? ces demoiselles se disputent ?

L'abbé Coccone venait de montrer à la porte son nez long et ses yeux fureteurs.

Déjà prêtes à nous égratigner le visage, nous arrêtâmes notre querelle, et nos mains crispées de rage, qui se tendaient menaçantes, retombèrent lâchement, tandis qu'Orsetta, riant toute seule, se cachait la figure dans sa jupe qu'elle avait relevée sur ses yeux.

Je n'avais pas rencontré l'abbé depuis le jour où il m'avait vendue à Schifkat ; mais son image venait encore la nuit épouvanter mes rêves. Que de fois je m'étais éveillée en sueurs, oppressée d'une angoisse mystérieure. « Qu'as-tu ? me demandait mon compagnon d'amour. — L'abbé Coccone, m'écriais-je, l'abbé Coccone qui va venir m'enlever d'ici ». On souriait, on m'appelait folle ou bien, tout en me caressant, on sollicitait des explications. Mais bavardages et baisers calmaient à peine ma frayeur.

Maintenant l'épouvantail était devant moi. Et j'avais beau me répéter que je n'avais rien à craindre de cet homme, je ne parvenais pas à dissiper le malaise que m'avait causé sa soudaine apparition.

— Que vient-il faire ici ? me demandais-je.

Pourtant Coccone avait l'air plus risible que terrifiant, avec son corps maigre, pareil à une planche dans sa soutane trop serrée. Il nous regardait, la tête basse, d'un coup d'œil oblique et perçant en soutenant avec effort sous son bras un gros livre.

J'observai qu'il essayait de sourire, mais comme c'était, sans doute, la première fois que pareille chose lui arrivait, il ne parvenait qu'à rendre ses lèvres plus grimaçantes et à se creuser de nouvelles rides sur son vieux visage au teint de feuille morte. Il nous passa en revue toutes les trois d'un regard rapide, puis, les paupières baissées, comme s'il allait réciter l'Évangile :

— Ne vous échauffez pas trop, mesdemoiselles, dit-il, et gardez vos émotions pour la scène. Vous ne devez plus songer qu'aux admirables vers que vous allez dire tout à l'heure. Et il ajouta en poussant un soupir : Ces vers qui me reportent aux plus beaux jours de mon enfance, au temps où j'étais encore sous la férule de mon vieux maître Tito Zuzu !

Là-dessus, il nous tourna le dos et sortit.

— Est-ce là tout son compliment ! s'écria Fenice.

Nous ne songions plus à notre dispute.

— Tenez, fis-je à Orsetta dont le visage riant m'agréait, touchez mon cœur.

— Oh ! comme il bat ! qu'avez-vous donc ?

— C'est cet homme dont la vue me rend malade.

— Ah ! il ne m'épouvante pas, moi, reprit Fenice d'un ton dédaigneux ; puis, comme si elle avait eu la même pensée que moi : Mais qu'est-il venu faire ?

— S'il était l'auteur de la comédie ?

— Bête ! tu ne sais pas qu'elle est de Plaute.

— Plaute, demanda Fenice, n'est-ce pas l'homme qui venait chanter chez grand-maman ?

Orsetta, qui regardait par la fenêtre, se retourna vers nous.

— Le Coccone est encore là, devant le théâtre, dit-elle ; il cause à l'oreille de notre costumière. Il lui souhaite le bonsoir. Il lui parle à voix basse. N'oubliez pas mes recommandations ! Non, seigneur abbé ! Il lève le doigt. Oh ! oh ! oh ! est-il drôle ! Serait-il, par hasard, son galant ? Avec ses yeux chassieux et son nez de vieille sorcière, l'honorable dame le mériterait bien… Enfin, il s'en va. Le voilà parti ! Bonne nuit, seigneur abbé !

Alors, faisant un tuyau de ses mains :

— Vieux matou ! ou ! ou ! ou ! cria-t-elle.

Gagnées par son exemple, Fenice et moi nous hélâmes aussi l'abbé, interrompant nos appels par de grands éclats de rire.

Mais Coccone s'éloignait, la tête basse, l'air préoccupé ; il ne se détourna point, et son dos plat, qui semblait en bois, n'eut pas un tressaillement.

— Figurez-vous, dit Orsetta, que ma tante m'emmenait chaque matin, par religion, à Saint-Bartholomé, où ce turc va dire sa messe. Un jour, il me remarque, me lance des œillades. Ma bonne tante, qui priait bien doucement en se construisant le Paradis dans le creux de la main, ne devine point ces manigances ; mais moi, je veux en avoir le cœur net. Tu comprends, Fenice, on a beau être sage, le secrétaire d'un légat, ça ne se rencontre pas tous les jours. J'achète donc à l'apothicaire je ne sais quelle drogue que je mets dans le souper de ma tante et qui, le lendemain, lui fait s'en aller par en bas toute sa dévotion. Tandis que la purge lui retenait le derrière sur son siège, moi je m'en vais seule à l'église. Toute parée, les cheveux en or, une rose entre les tétins, l'air d'une petite sainte, j'eusse tenté jusqu'au bon Dieu. Je m'agenouille contre l'autel, de manière que l'abbé soit forcé de me voir. Mon Coccone arrive, se prosterne, lit l'Évangile, boit à plein calice, lève le bon Dieu, le mange, le goûte, nous tourne le dos, nous tourne le ventre, joint les mains, bref, ne manque pas un de ses Oremus, mais ne me donne pas la plus petite marque d'émotion. Sur mes genoux, que meurtrissait la rudesse des dalles, je séchais, je rageais d'avoir médicamenté ma pauvre tante et de m'être parée pour le lion de Saint-Marc ! N'avais-je pas loué deux scudi une chaîne en or, chez Basilide, l'orfèvre, afin d'être plus séduisante. Et tout cela n'allait me servir à rien ! J'eusse craché au visage du marchand de patenôtres. Enfin, comme le Coccone faisait une dernière révérence au bon Dieu et se mettait son bonnet sur le front, je m'approchai de lui. Il leva les yeux, et voyant que le répondant était entré dans la sacristie et que nous étions seuls, il me dit à voix basse d'aller le retrouver derrière l'église, qu'il désirait me parler. Il n'eut pas besoin de répéter ses paroles. Toute la messe, je les avais attendues ! Je cours, j'arrive au rendez-vous ; là, après une heure d'attente, je vois mon turc qui se dirigeait vers moi sans se presser, et, de l'air funèbre d'un curé qui va porter l'extrême onction à un mourant : « Mon enfant, me dit-il, sans me regarder, une autre fois, ayez une mise plus modeste. Vous causez du scandale et vous faites tort à ma messe. Allez. — Eh bien, marmottai-je entre mes dents, si j'avais su, vieille bête… — Que dites-vous, mon enfant ? » me demanda-t-il en se penchant vers moi. Je n'osai lui répondre et je me sauvai toute honteuse. Voilà l'oiseau !

— Crois-tu qu'il en a un ? ajouta Fenice.

Je ne prêtais plus d'attention aux jeunes femmes ; j'avais soulevé le rideau qui nous séparait de la scène, et je me promenais sur le théâtre. Je me trouvais au milieu d'une petite ville de bois, environnée de temples, de maisonnettes et de tours. Devant moi, la salle vide s'ouvrait obscure, froide et immense ; et je sentis un frisson en pensant que tout à l'heure elle allait être remplie de regards fixés sur moi, de bouches bienveillantes ou injurieuses. Orsetta et Fenice m'avaient suivie ; toujours insouciantes, elles s'amusaient à jouer à cache-cache dans les temples et à faire retentir le théâtre de leurs cris.

— Oh ! dis-je tout à coup, il y a un homme qui nous regarde.
— Où ? demandèrent-elles en interrompant leur jeu.

Je leur montrai une tête qu'éclairaient les dernières lueurs du jour et qui nous considérait en ricanant.

Nous allâmes toutes trois, en nous donnant le bras, au-devant de l'importun, ayant sur les lèvres de grosses sottises pour lui reprocher son indiscrétion ; mais, arrivées près du gêneur, nous éclatâmes à sa face.

C'était la statue du dieu Pan et nous nous moquâmes de son rire éternel.

— Mesdemoiselles ! venez vite vous habiller, nous cria la costumière. Le seigneur Vivaio vous demande. Le monde accourt !

Les compagnons de la Calza, qui devaient jouer avec nous, étaient arrivés. Cette fois, ce fut au tour d'Orsetta et de Fenice de se sentir timides et troublées. Elles ne savaient que répondre aux compliments des jeunes acteurs. Je n'en fus pas surprise. Ces pauvres filles n'avaient fréquenté que des mariniers, et l'aisance familière de ces jeunes gens les couvrait de confusion.

On m'avait apporté la robe d'Alcmène ; quand je levai les bras pour la passer, je cambrai un peu les reins et je vis tous les regards des hommes s'attacher sur moi. J'eus un bref sourire.

Fenice disait à voix basse à Orsetta :

— Moi, je la croyais mieux faite. Vois comme ses jambes sont maigres.

Je lui lançai un coup d'œil qui sans doute l'ensorcela, car elle n'osa plus ouvrir la bouche.

Vivaio récitait un rosaire en mon honneur.

— Nichina, vous devriez paraître nue sur la scène : vous êtes la seule femme qui n'ayez rien à cacher de votre beauté.

— Oh ! pourquoi vous moquez-vous de moi, seigneur, lui répondis-je, mais je souffris qu'il s'agenouillât à mes peids et parcourût mon corps de ses lèvres tandis que l'âme molle, emplie d'une ivresse tranquille, je m'abandonnais aux caresses des mains et des paroles, qui flattaient mon esprit tout en laissant ma chair inattentive.

Je rentrai à la maison pour repasser mon rôle avec Michele et, au dernier instant, j'accourus au théâtre tremblante d'appréhension. Déjà on entendait s'élever une rumeur énorme faite du piétinement, des voix, des rires de toute une multitude impatiente.

— Allons, du courage ! me dit Vivaio en me baisant les lèvres ; je le repoussai et m'élançai comme une folle sur la scène.

D'abord, je ne vis rien ; mes jambes se dérobaient ; mes yeux s'ouvraient à une lumière vague et confuse ; je voulus parler :

les mots s'arrêtaient dans ma gorge. Mais j'aperçus tout à coup mon compagnon qui paraissait désolé de mon émotion. Ce muet reproche me donna une volonté. Je voulus me montrer digne de moi-même. Comme par miracle, je retrouvai une voix forte et vibrante, je ne me rappelai pas la pièce : je la revécus. Cette pantomime de mensonge, que je trouvais souvent si pénible lorsqu'elle m'était imposée par l'existence, me semblait délicieuse à présent que je n'avais plus, pour me contraindre à la jouer, le besoin de quelques pièces d'or. Il me plaisait de figurer la passion sur cette couche où je n'allais m'étendre que par jeu. Je fus Alcmène. Avec quelle câlinerie, quelle impudeur de gestes et de paroles j'enlaçai mon volage amant, l'entraînant, le roulant sur ma chair pour le gronder ensuite avec une feinte jalousie. Tour à tour boudeuse, suppliante, lascive, je n'oubliai aucune des caresses, aucune des mines qui attendrissent les hommes.

À peine m'as-tu réchauffé mon lit et accolée une fois, tu t'en vas.
. . . .
Ah ! comme ton départ va me faire pleurer.

Je ne songeais plus à l'héroïne que je devais représenter, aux conseils de Michele, aux recommandations de Vivaio, mais conservant sur la scène mon visage de tous les jours, je forçais la comédie du poète à n'être plus qu'une servante pour rehausser ma vie, ma passion et ma beauté.

Après un court entracte, je jouai Fulvia de la Calandra. J'eusse aussi bien joué Hélène, Phèdre ou Médée. Je restais, sur les planches comme dans la vie, une amoureuse, et les spectateurs, d'abord surpris, ensuite transportés par mon jeu, devenus haletants à chaque mot, à chaque pas de mon rôle, goûtaient avec passion cette interprétation nouvelle et pleine d'audace. Je le vis bien, lorsque après avoir au milieu de gémissements soupiré mon amour pour Livio, je devins, de maîtresse infortunée, une épouse rieuse, folâtre, et cruelle, se moquant sans pitié de son belâtre de mari, battant à coups de poing, à coups de pied, cette belle chair ridicule.

— Bravo ! Bravo ! Plus fort ! Plus fort ! criait-on.

Alors il me sembla que j'étais la maîtresse de cette foule qui acclamait jusqu'à l'image de ma tyrannie, et je me sentis un plus noble courage, enflammée, aiguillonnée par les applaudissements.

À la fin de la Calandra, Fenice, Orsetta et moi, nous laissâmes la scène un instant pour demander à la costumière des rafraîchissements. Elle nous apporta une fiasque de vin, au moment où nous étions à nous habiller en déesses pour paraître dans le divertissement final.

— Seigneur, dis-je, quelle Hébé Jupiter nous envoie !

— Je me soucie peu que la vieille ait le visage laid si son vin est bon, reprit Fenice.

— J'ai grand-peur qu'il ne le soit pas, dit Orsetta. Tiens ! sens-le. On dirait que, dedans, son ami l'abbé Coccone se serait permis…

— Oh ! la sale !… mais si nous demandions une autre fiasque.

Justement la costumière était sortie et le divertissement allait commencer.

— Voulez-vous boire ? demanda Orsetta en me présentant la fiasque.

— Buvez si vous voulez, répondis-je, moi je ne touche pas à ce vin.

— Ah ! j'ai trop grand-soif pour suivre votre exemple, fit Orsetta en prenant une gorgée.

— Et moi aussi, dit Fenice, je ne suis pas si dégoûtée. Et, après avoir vidé la fiasque, elle ajouta : Je ne le trouve pas mauvais, il est vrai que je ne suis pas une Nichina.

J'allais lui répliquer vertement, quand Vivaio nous appela en scène. Nous vînmes toutes les trois sur le théâtre et je récitai les premiers vers :

Du beau mont Hélicon
Voici l'Hymen qui descend.
Le visage resplendissant
Et le front couronné,
Couronné de marjolaine…

Je n'avais pas fini la dernière strophe, que j'aperçus près de moi, si près qu'il eût pu me toucher, un jeune homme qui m'écoutait avec admiration. C'était lui ! C'était bien le merveilleux visage que j'avais remarqué le matin dans le cortège du Doge. Maintenant, les douces ardeurs de son sourire me causaient l'émotion d'une joie ancienne et retrouvée, d'un bonheur intime, familier, qui aurait eu aussi le piquant du neuf et de l'imprévu. Soudain je reconnus Guido ! Oui, c'était bien mon Guido, mais transformé, embelli de grâces nouvelles. Et il n'y avait ni haine, ni colère dans ses yeux. Alors, je reçus au cœur comme un grand coup et je n'eus plus la force de prononcer un mot. Déjà, Fenice, qui jouait Vénus, s'adressant à l'Amour, lui désigne une jeune insensible :

Si jamais elle s'éloigne de toi,
Mon enfant, prends tes flèches
Et meurtris-la sans pitié
D'un vil et méprisable amour.

Au lieu de lui répondre, je me sauvai de la scène.

— Ah ! fis-je, qu'on ouvre ma jupe, qu'on brise ces liens. J'étouffe ! Et je tombai sur un banc.

Mais, tandis qu'on s'empressait autour de moi, des cris terribles remplirent tout le théâtre et je vis accourir Orsetta et Fenice ; elles se tordaient de douleur et hurlaient qu'elles étaient empoisonnées…

— À l'aide ! à l'aide ! faisait Fenice. Ah ! mon ventre ! ah ! délivrez-moi !… Ah ! ah ! j'ai d'horribles aiguilles qui me percent, qui me supplicient. Oh ! je souffre ! oh ! sauvez-moi ! Ah ! ah ! arrr !

Orsetta, plus calme, implorait la Vierge :

— Sainte Marie, mère de Notre-Seigneur… Ah ! ah ! Sainte Marie, ayez pitié… Oh ! quel mal, quel mal horrible !… Ah ! ah ! je vais mourir.

— Voyons, dit Vivaio d'un ton sévère et ennuyé, si vous souffrez, on va vous soigner ; allez à côté, il doit bien y avoir un médecin dans la salle ; il viendra tout à l'heure vous voir. Mais tâchez de retenir vos cris : un pareil tapage est scandaleux.

— Messer, demanda Orsetta d'une voix éteinte, connaissez-vous Filippo Travetta ?… Non ! c'est bien malheureux, ah ! ah ! que je souffre !… mais peut-être qu'il y en a qui le connaissent ici… Ah ! ah ! secourez-moi !… Filippo est toujours dans l'ostérie du Merlone. Il faudrait bien lui dire… Mon Dieu ! ayez pitié… lui dire que, s'il m'aime un peu, il se dépêche de venir, parce que je n'en ai plus pour longtemps, oh ! l'affreuse douleur !… et que je voudrais bien le voir.

Se soutenant à peine, elles allèrent dans la chambre voisine, se jeter sur le tapis couvert de pelures de pommes, où elles avaient goûté l'après-midi.

En ce moment, la salle fut envahie par une foule brillante, et Fasol, enveloppé d'un manteau de fourrure, s'avança vers moi, avec la tranquille et heureuse majesté d'un dieu qui consent, de temps à autre, à regarder la terre.

Il ne se doutait point du trouble amoureux qui m'avait chassée de la scène, et croyait plutôt, de ma part, à une timidité, à un oubli de rôle ou à quelque subite terreur des planches. Il me dit :

— Vénus, madame, vous en veut donc bien de surpasser ses grâces, qu'elle n'a pu souffrir que s'achevât votre triomphe. Vengeance misérable ! en vous enlevant sitôt à nos acclamations, c'est nous seuls qu'elle a frappés, car elle n'a fait qu'abréger notre plaisir, sans pouvoir vous ravir ces couronnes, que déjà nous vous avions toutes données.

Tandis qu'il me parlait, je me remettais peu à peu, touché de la musique flatteuse de sa voix. Depuis le matin je vivais au milieu d'un tourbillon, dans un monde si varié, si plein de choses qu'il ne me semblait pas réel, et voici qu'une nouvelle émotion chassait les autres, et qu'en écoutant les louanges du grand artiste, en présence de son galant cortège, je m'abandonnais toute à la joie de me sentir admirée.

Cependant, sur la scène, le bruit ne cessait pas.

— Allez donc voir ce qui se passe, dit Fasol à un valet.

L'homme revint un instant après.

— C'est, fit-il, Arrivabene, le moine du cardinal, qui s'est avisé de représenter une farce de son cru après les comédies. Les musiciens, trouvant la bouffonnerie plate et insipide, ont résolu d'en berner l'auteur, mais le moine, après avoir sauté deux ou trois fois en l'air, a joué du derrière, par vengeance, une sérénade fort incongrue à ses bourreaux. Ceux-ci, furieux, ont empoigné leurs archets et l'ont rossé d'importance. Écoutez le tapage qu'il fait ! Ne croirait-on pas entendre un cochon qu'on égorge ?

Fasol sourit et eut cette réflexion :

— Il faut toujours que les plus belles fêtes s'achèvent d'une façon grossière.

Il s'était approché de moi.

— Madame, dit-il, aujourd'hui vous m'avez apporté la couronne, mais vous pouvez m'accorder une plus haute récompense.

Je le regardai. Il était beau, mais d'une beauté qui laissait mon âme indifférente. Seulement, c'était le héros, l'homme illustre, le dieu de Venise. Tout en n'éprouvant qu'une froide admiration, j'étais heureuse que cette foule d'artistes et de gentilshommes me vissent avec lui. Je me levai en souriant. Il me saisit la main et y posa ses lèvres. On criait autour de nous :

— Vive Fasol ! vive la Nichina !

Soudain, lancée comme un projectile de guerre, portant une robe de soie décolletée très bas qui laissait voir des épaules rouges, des seins larges et pendants, ornée de tous ses bijoux de famille, de tous ceux de ses galanteries, sans parler des perles que la sueur faisait courir le long de ses vastes chairs, Morosina éclata en louanges, en affectueux témoignages et en souvenirs d'un rayonnant passé.

— Ah ! mon enfant, disait-elle, comme vous avez été splendide, admirable, divine, tout à l'heure ! Quel triomphe ! Certes, j'ai vu à Rome et à Ferrare des représentations et des acteurs ; j'ai connu toutes les célébrités de l'époque ! Eh bien, permettez-moi de vous donner mon impression sincère ; vous surpassez nos plus illustres gloires. Ah ! ma petite Nichina, cette soirée comptera dans mon existence : je suis heureuse, oui, bien heureuse. Car enfin, c'est moi qui vous ai formée, ma fille, et vous êtes mon œuvre. Laissez-moi vous embrasser.

Mais ennuyée de ce radotage et honteuse des ridicules trop évidents de la comtesse :

— Demain, demain, fis-je avec un peu d'impatience.

Morosina me regarda d'un œil surpris, déjà humide.

— Ingrate ! s'écriait-elle. Et, se tournant vers Michele des Étoiles qui l'avait suivie : Voyez, seigneur Michele, Nichina ne me reconnaît plus ; elle rougit de notre vieille amitié.

— Allons ! venez donc, dit Michele froidement, elle n'a pas trop de sa gloire pour elle toute seule.

Je laissai Fasol me prendre le bras ; mais il me sembla que j'avais les lèvres amères et que tout mon être ressentait une mystérieuse souffrance. L'image de Guido me poursuivait doucement.

Comme nous allions sortir, nous croisâmes deux hommes ; de l'un, qui avait l'apparence de Monseigneur Benzoni, je ne pus voir la figure ; l'autre était sûrement l'abbé Coccone. Il parlait sur un ton très animé :

— Je vous ai toujours dit que cela ne réussirait pas.

Au même instant, des cris perçants s'élevèrent.

— Ces voix d'enfants me font mal, dit Fasol.

Je me rappelai mes camarades, le vin qu'elles avaient bu avant la dernière scène, et j'eus un tremblement d'épouvante.

— Oh ! fis-je, si elles étaient réellement empoisonnées. Courons à leur secours.

Nichina fut interrompue par les éclats de voix d'Arrivabene qui se disputait avec Polissena.

— Vous refusez de me venir en aide ; nous ne pouvons donc pas nous arranger.

— Mais puisque je vous répète que ma besace est vide et que le frère ne veut plus rien me donner.

— Alors n'en parlons plus.

— Ah ! c'est un singulier animal que ce Lorenzo.

— J'aimerais mieux lui faire vingt caresses qu'à toi une seule, mon bonhomme.

— Cela ne m'étonne pas, vous avez toujours aimé les coquins. Aujourd'hui vous vous intéressez à un homme qui a tué sa maîtresse.

— Il a tué sa maîtresse ? Mais c'est une originalité, cela ; je parierais bien que toi, tu n'as jamais assassiné personne !

— Non, jusqu'ici le ciel a bien voulu m'épargner les crimes : ne cherchez pas en moi un monstre, mais plutôt un homme vertueux, d'un charme, d'un agrément extrême, et dont toutes les femmes recherchent la compagnie. Pensez que ces lèvres qui vont vous baiser ont prononcé les plus pathétiques sermons, pensez que mes paroles ont tiré des larmes aux yeux infidèles et ramené dans la bonne route des milliers d'âmes égarées… Vous n'avez pas l'air de sentir le grand honneur que je vous fais en entrant dans votre lit.

— Mon cher, une bourse ne se remplit pas avec de l'honneur.

Ils continuèrent leur conversation à voix basse, tandis que Nichina, de crainte d'un orage, nous proposait de rentrer. La lune était voilée, le ciel sombre, et de grosses gouttes de pluie commençaient de tomber. Nous nous installâmes dans une vaste salle dont tout le fond était occupé par une volière. Quand on apporta les lumières, il y eut des effarements de plumes et de longs battements d'ailes contre les barreaux. La Nichina s'amusa un instant de la peur de ses oisillons qui volaient d'un bout à l'autre de la volière.

— Pauvres petits, faisait-elle en souriant.

Et, pour augmenter leur effroi, elle allait tambouriner avec ses doigts aux portes des cages.

Enfin elle se rassit et se disposait à continuer son histoire, lorsqu'elle aperçut sa mère, qui, ayant déjà couvert ses genoux d'une chemise à raccommoder, s'était mise à coudre avec une nouvelle ardeur.

— Maman, cria-t-elle, il faudrait pourtant te reposer.

La vieille hocha la tête plusieurs fois, montra son ouvrage et continua de tirer l'aiguille d'un geste large et majestueux.

La Nichina la considérait avec un étonnement mêlé de pitié ; elle se tourna vers nous :

— Hein ! pensez-vous qu'elle en a, de la constance ?

— Maman, cria-t-elle encore, à peiner comme tu le fais tu seras canonisée.

— Mais je l'espère bien, ma fille, dit la vieille.

— Elle travaille toujours comme cela ? demanda Betta Pedali.

— Oui, maman fait sa couverture pour le ciel de crainte d'y être mal couchée.

Nichina regarda si son auditoire avait diminué ; il y manquait quatre personnes. Madame Petanera s'était retirée dans sa chambre, accompagnée de sa fille qui, chaque soir, devait présider à son coucher ; et Polissena, donnant le bras à Arrivabene, avait disparu. Mais l'attention des jeunes filles et les instances des vieilles encouragèrent la conteuse.

Fasol et moi, dit-elle, nous ne pûmes sauver les jeunes comédiennes. Nous arrivâmes pour recueillir leur dernier soupir. Devant cette mort étrange, ces visages, ces corps de grâces que les convulsions de l'empoisonnement avaient rendus hideux, je restais suffoquée de frayeur. Le vin qu'elles avaient pris était encore là.

— Tiens, fis-je, voilà le poison, et j'ai failli le boire.

Fasol qui conservait une sérénité complète, me répondit avec indifférence :

— Bah ! quelque jalousie d'amant ; quelque rivalité de femme. Ce ne sont point nos affaires. Laissons tranquilles les morts ; et, nous qui sommes vivants, occupons-nous d'aimer.

Mais comme il n'y avait plus personne au théâtre, nous allâmes prévenir le bargello et nous rentrâmes ensemble.

TROISIÈME PARTIE
LA PASSION DE LA NICHINA

Fasol avait les emportements d'une virilité puissante et la grande ivresse de ma beauté. Mais son âme demeurait tranquille près de moi. Il ignorait les caresses, l'enlacement tendre, les petits mots qui fondent sur les lèvres comme des dragées. Avec le plus admirable corps que j'eusse vu, il ne me causait au lit que du dégoût. Je lui disais souvent :

— Toi, tu n'as jamais pleuré, tu n'as jamais aimé, tu n'as pas de cœur, tu n'es pas un homme !

Il me regardait avec une douceur méprisante et ne me répondait pas.

On racontait pourtant que, naguère, il avait eu une femme qu'il avait adorée et qu'il ne s'était point consolé de l'avoir perdue. Mais je ne voulais pas le croire. Il avait de cette femme un enfant qui vivait avec sa grand-mère à la campagne et dont il ne parlait point.

Un jour, en ma présence, il fit à l'un de ses amis cet aveu :

— Nos amours doivent servir à nos instincts de mâles et à nos rêves d'artistes, mais ne pas dominer notre existence. Pour moi, si mon corps ne peut pas rester vierge, mon esprit le sera toujours.

Cette déclaration souleva toute ma haine.

Je ne lui pardonnais pas de différer des autres et de refuser mon joug. Je l'aurais souffleté devant son ami si j'avais osé. Des hommes m'avaient léché les pieds, d'autres me révérèrent accroupie ou malade, d'autres chérirent mes insultes et mes coups. Fasol ne voulait même pas aimer mon esprit. Doutait-il donc de son existence ?

Dès le premier jour de notre liaison, il m'avait imposé sa volonté, me contraignant de quitter Morosina pour venir demeurer avec lui.

Il me traitait en servante d'amour et en belle statue. Après des nuits passées en d'ardentes étreintes, il ne me laissait pas, le matin, prolonger mon sommeil.

— Allons ! paresseuse ! me criait-il de son atelier, viens poser : tu as assez dormi.

Car, pour lui, les baisers, loin d'épuiser les forces, illuminaient le génie. Il fallait voir avec quelle fougue il peignait ses Bains de Diane ; ces admirables filles nageant en troupe parmi les poissons, les cygnes, les nénuphars, sous les grands feuillages des rives, tandis que de petits amours narquois les poursuivent d'une pluie de fleurs.

— Te rappelles-tu, disait-il, que tu ne voulais pas venir poser quand tu étais page du cardinal ? Tu avais peur de me montrer cette belle gorge (et il en baisait les fleurs). Va ! je ne t'aurais pas trahie, délicieuse fille !

Quand il m'avait annoncé que la Seigneurie lui avait commandé une fresque pour la salle du Grand Conseil et qu'il m'avait choisie pour symboliser Venise, j'en avais d'abord ressenti une grande joie, mais les attitudes qu'il me forçait à prendre durant des heures m'enlevèrent tout mon plaisir. Parfois je n'en pouvais plus d'impatience, de gêne, de fatigue ; j'avais envie de lui cracher à la face, et cependant je contenais ma colère qu'il ne pouvait deviner qu'à mon visage et à mon silence.

Sa maison était comme un monde où se trouvaient réunis les choses et les êtres les plus disparates : des richesses princières et des loques. S'il rencontrait un petit mendiant ou une pauvre fille dont le visage lui plaisait, il l'emmenait chez lui. Les chats, les lévriers se promenaient dans toutes les chambres ; des oiseaux apprivoisés volaient dans les tentures ; on rencontrait des enfants qui dormaient par terre ou des femmes qui mangeaient sur les lits. Je ne pouvais souffrir ce désordre :

— Moi, disait-il, j'aime toutes les choses de la vie.

Il mêlait si profondément l'amour à son œuvre qu'on ne savait s'il désirait la femme pour l'inspirer, ou s'il ne cherchait dans l'art qu'un prolongement de jouissance.

Souvent, il se jetait sur les filles qui lui servaient de modèles et, hurlant de passion, les renversait au milieu de son travail ; d'autres fois, il se levait du lit au moment où je croyais qu'il voulait m'enlacer, et il allait chercher ses pinceaux parce qu'il avait vu sur mes lèvres une jolie lumière.

Il m'arriva de le surprendre avec l'une des nymphes de Diane. Folle de rage, je brandissais un bâton pour leur rompre les jambes à tous deux, mais Fasol se tourne vers moi et m'arrête le bras :

— Laisse-nous, dit-il, qu'il te suffise d'être la plus belle et la plus aimée.

Et il me mit assez rudement à la porte. J'allai cacher mes larmes et mon humiliation dans ma chambre, d'où je pus entendre leurs rugissements de plaisir.

Il était généreux sans prodigalité. Quand il avait reçu un envoi d'argent d'un prince ou de la Seigneurie :

— Voici ta part, faisait-il en me comptant les ducats.

Mais je devais me contenter de ses cadeaux et ne rien lui réclamer.

Je me demandais quelle étrange fascination j'avais subie pour m'être brusquement décidée à échanger des relations profitables contre un amour qui m'était odieux. L'orgueil nous avait réunis ; et, maintenant je restais attachée à Fasol, dans l'espoir de profiter de ses relations avec le cardinal pour revoir Guido, qui était devenu secrétaire de Monseigneur. Me souvenant de l'expression d'enthousiasme que j'avais cru remarquer dans sa physionomie le soir de la fête, j'espérais qu'il ne me ferait pas mauvais accueil, mais je ne pouvais aller le trouver au Palais dont l'entrée, comme courtisane, m'était interdite, et où j'avais tout à craindre du Cardinal et de Coccone. Je les soupçonnais fort en effet, d'avoir, au théâtre, empoisonné le vin qui m'était destiné et qu'avaient bu mes malheureuses compagnes.

Les nouvelles que me rapportait Fasol désolaient mon amour : elles l'eussent ruiné s'il n'avait été indestructible. Je ne pouvais plus douter de la réalité. Benzoni ne quittait pas Guido. Il semblait même que le cardinal, fier de la beauté de son ami, fût heureux de donner sa passion en spectacle à Venise entière. Ils ne se cachaient point. Au Palais, en gondole, dans les jardins de Murano, on avait vu leurs caresses ardentes. Benzoni couvrait son vice de tant d'élégance et de poésie que le monde lui pardonnait, mais les barcariols avaient composé une ignoble chanson sur Guido qu'on appelait « la femme du cardinal ». J'étais consternée à de tels récits.

— Ô abomination ! m'écriais-je.

— Il faut fermer les yeux sur ces bizarreries de la nature, disait Fasol, quand elles se rencontrent chez un aussi galant homme que Monseigneur. Mais je ne pardonne pas à ce vaurien de Guido. De telles amours sont seulement excusables dans l'adolescence, alors que les sexes ont encore peur l'un de l'autre et qu'ils ont besoin de se connaître eux-mêmes avant de s'unir pour l'œuvre commune. Guido, n'étant ni un enfant, ni un grand homme, mérite le bûcher.

— Tais-toi ! Tais-toi ! répliquais-je : c'est le cardinal qui l'entraîne à son horrible passion.

— Avoue donc, continuait Fasol, que tu as aimé Guido. Tu as eu grand tort, car c'est un misérable qui finira sa vie aux galères s'il ne la termine, comme frère Gennaro, entre les deux colonnes de la Piazzetta.

Cependant, au palais Benzoni, les journées ne se passaient pas toutes en réjouissances. Un événement inattendu venait d'y porter une inquiétude extrême. Le secrétaire de Sa Sainteté, Monseigneur Valmarana était mort à Rome subitement et l'on craignait que son successeur, l'archevêque de Sorrente, ne se servît de son empire sur Clément VII contre son cousin le cardinal. Naguère, il lui avait disputé vainement l'héritage d'un oncle, l'abbé Roccaforte, et il ne s'était jamais consolé d'avoir perdu une si grosse fortune. On pensait donc bien qu'une fois en faveur auprès du pontife, il montrerait la persistance de sa rancune et de son envie. Aussi, à Venise, la disgrâce du cardinal était-elle le sujet de toutes les conversations ; si rien, dans l'attitude ni dans la physionomie de Monseigneur, n'indiquait la moindre anxiété, du moins l'air chagrin et réservé de l'abbé Coccone laissait deviner une catastrophe. Quand on annonça le départ du cardinal pour Posellino, sur les frontières de la Romagne, tout le monde crut à son rappel ; mais il s'en allait seulement, en compagnie du provéditeur Toderini, chasser dans un fief du Saint-Siège, appartenant au comte Marzio, et administré par le tuteur du jeune homme, le duc Gacialda.

— De peur de s'ennuyer, me dit Fasol, le cardinal se fait suivre de tous les officiers de sa maison : il me demande de l'accompagner.

— Et tu y consens, n'est-ce pas ? m'écriai-je avec une colère feinte.

Alors, comme Fasol ne répondait rien :

— J'en étais sûre, cela ne te coûte point de laisser ta femme toute seule : les vachères de Posellino ont tant de charmes !

— Mais je suis forcé d'accepter l'invitation du cardinal. Que veux-tu donc que je fasse ?

— Que tu m'emmènes, répliquai-je.

Pendant que je parlais à Fasol, l'image de Guido était devant mes yeux : je le voyais tel qu'il m'était apparu le soir de la fête, et, à la pensée que je pourrais être près de lui le lendemain, je ne contenais pas mon impatience. Mais Fasol se refusait à ce voyage, de peur que ma présence ne choquât le cardinal. Moi qui avais d'autres risques à courir, je ne redoutais plus rien. Pour fléchir Fasol, je m'abaissai jusqu'à le supplier à genoux. Ma honte fut inutile.

— Puisque tu ne veux pas m'être agréable, dis-je, n'espère plus rien de moi.

Et je m'enfermai dans ma chambre où je passai la nuit, refusant même, le lendemain, de lui dire adieu. Mais, dès qu'il fut sorti, je me couvris le visage d'un voile sombre et je m'élançai derrière lui.

J'allai de la sorte jusqu'à la place Saint-Eustache où une grande foule était rassemblée autour de l'équipage de chasse du cardinal. Les domestiques et les officiers de la maison se croisaient et se heurtaient avec des révérences peureuses ou des insultes. Les chiens, accouplés, attendaient, la langue pendante et assis sur leur derrière, le moment du départ. Au piaffement d'un cheval, au pas précipité d'un valet, ils haletaient plus vite, sautaient en l'air et lançaient vers le ciel un aboiement de colère, changé aussitôt en une plainte hurlante par le fouet des veneurs. On embarqua les mulets qui devaient transporter les bagages et les paniers à faucon. Au milieu de cette multitude, je perdis de vue Fasol, et je le cherchais encore quand j'aperçus, au loin, sur le grand canal, la gondole du cardinal, couverte d'une tente écarlate, qui s'éloignait lentement. Craignant de manquer le départ, je m'élançai aussitôt dans une barque.

— Où allez-vous ? me demanda l'un des rameurs.

— Je suis mon mari qui est officier de Monseigneur, répondis-je.

L'homme n'osa rien objecter, mais il me considéra de haut en bas comme si ma mise et mon voile ne lui disaient rien qui vaille. À ce moment, le signal fut donné, les cors retentirent, les faucons dans leurs cages d'osier battirent des ailes, les chevaux s'ébrouèrent, un chien jappa, éveillant un chœur de voix enrouées, de rauques appels, et j'eus la joie d'entendre les rames, d'un même coup, tomber sur l'eau, tandis que je sentais la barque glisser vers la gondole du cardinal.

Mes regards ne quittent pas la tente fermée car, je me l'imagine, l'âme qui fait vivre la mienne est là, vouée peut-être à une exécrable servitude. Je cherche à activer les bateliers ; je maudis leur lenteur : je voudrais si ardemment rejoindre la gondole, soulever le voile de la tente, dussé-je, à ce qui s'offrirait à mes yeux, tomber anéantie de douleur !

Mais la distance qui nous sépare est de plus en plus grande et, quand la gondole aborde enfin, je n'arrive pas à distinguer le cardinal ni personne de sa suite.

Comme je débarquais moi-même, j'aperçus Fasol auquel un écuyer amenait un cheval. Je courus à lui et, me découvrant, je me plantai sur son passage, les mains aux hanches, avec un air de bravade et des clignements d'yeux moqueurs.

— Tu vois : J'ai beau n'être encore qu'une petite fille, je puis cependant voyager seule.

— Chienne ! cria-t-il, je vais te faire passer ta rage.

Et il levait déjà sur moi son fouet de chasse lorsqu'un officier du palais lui arrêta le bras en lui disant que le cardinal venait de notre côté. Toute frémissante de colère et de honte, je rabattis mon voile.

Benzoni s'arrêta devant moi. Je fus étonné qu'il ne portât point, ainsi qu'il en avait coutume, un vêtement noir à la mode des gentilshommes vénitiens, mais qu'il eût revêtu sa robe de cardinal comme pour une fête.

— Oh ! Oh ! messer Fasol, commença-t-il, vous êtes donc toujours en bonne fortune ?

— Si c'est une bonne fortune, monseigneur, d'avoir attaché à ses pas une enfant obstinée, indocile et méchante.

— Vous n'êtes pas galant pour vos belles amies, Fasol, dit le cardinal. Au lieu de tenir ces propos sur une dame qui mérite, j'en suis sûr, toute notre admiration, vous devriez lui chercher une monture convenable pour le voyage. Mais, je le vois bien, vous me laissez ce soin.

En effet, appelant lui-même un valet, le cardinal lui ordonna de me céder son cheval et de me tenir l'étrier. Furieuse de l'humiliation que m'avait infligée Fasol, j'avais soif de me venger sur quelqu'un et, pour m'asseoir en selle, je m'appuyai brusquement de tout mon poids sur la main du domestique. Le malheureux se retira en poussant un cri et s'éloigna la tête basse, après m'avoir lancé un regard féroce.

— Que je te retrouve seule ! murmura-t-il, et tu verras, salope, tu verras si cette main, que tu as écrasée, ne saura pas un jour proprement t'étriper.

Cette cruauté absurde révolta Fasol. Pour m'en punir, il me saisit les doigts et me les serra si étroitement que je hurlai de douleur.

— Toi ! m'écriai-je avec rage, tu me paieras tout cela !

Fasol haussa les épaules avec mépris.

Cependant le cardinal éperonna son cheval, et nous nous élançâmes à sa suite. Mon cheval, solide, bon marcheur, était admirable d'allures et de formes. Je ressentais le plus vif plaisir à presser les flancs de cette belle bête et à bondir sur elle, grisée par le vent de la course, les cris des cavaliers, l'odeur des campagnes, la rosée étincelante et diaphane au soleil du matin. Ma fureur se dissipait dans le ciel clair. Toute à ma satisfaction du moment, j'arrangeais les événements à ma guise ; je pensais qu'affranchie des soupçons du cardinal, qui ne m'avait point devinée sous mon voile, il me serait aisé de voir Guido.

Comme nous avions ralenti notre course en montant une côte, je jouissais de l'ardente vigueur de mon cheval, de ses façons de grand seigneur, de ses manières brusques de secouer la tête et de mordre l'acier, du souffle qui sortait en blanche vapeur de ses naseaux, faisait trembler ses flancs ou agitait sa croupe de joyeuses pétarades. J'étais si heureuse qu'à un moment, je me penchai sur Fasol, et, levant un peu mon voile, je lui tendis ma bouche humide. Il avait, lui aussi, oublié sa rancune. Il me prit dans ses bras, me souleva de selle et m'embrassa. Je lui répondis de toute mon âme sans savoir sur quelles lèvres je mettais mon baiser.

— Bravo ! bravo ! cria-t-on autour de moi.

Déjà, je surprenais les lèvres fines, le nez recourbé, l'œil narquois du provéditeur Toderini qui se détournait, quand un galop effréné retentit derrière nous et fit s'écarter nos chevaux. Nous fûmes aussitôt heurtés, bousculés, jetés de côté par une masse volante que nous reconnûmes, une fois remis de ce choc, pour être les personnes, jointes parfois et plus souvent désunies, d'Arrivabene et de la vieille jument blanche du cardinal que personne ne montait plus depuis des années. Le moine avait les jambes écartées, les bras raidis ; son vaste derrière sautait de droite à gauche sur la croupe emportée, et d'une voix enrouée il criait :

— Arrêtez-la ! arrêtez-la !

Soudain il fut lancé, cul par-dessus tête, dans un champ voisin de la route, tandis que la jument poursuivait sa course folle. Nous nous arrêtâmes à l'instant et deux domestiques descendirent de cheval pour venir en aide au moine, mais comme ils entraient dans le champ, ils se rencontrèrent nez à nez avec Arrivabene qui, déjà relevé, se frottait les fesses et, le front plissé, l'œil triste, leur sourit d'une lèvre aimable. Ayant même entendu s'élever des gémissements, il s'imagina qu'il en était la cause et se fit un cornet de ses mains pour crier aux cavaliers restés en arrière :

— Ne vous inquiétez pas ! Je n'ai point de mal, point de mal !

Mais chacune de ses paroles semblait augmenter la violence des lamentations bruyantes et mystérieuses qui venaient de s'élever. À force de chercher d'où elles provenaient, nous finîmes par découvrir, assises sur le bord de la route, deux paysannes qui, pour pleurer à leur aise, avaient relevé leur robe sur leur visage, découvrant ainsi des jambes jaunes comme du vieil ivoire. Par leur teint et leurs vêtements, ces femmes se confondaient avec la terre, dont elles avaient la couleur.

Quand elles aperçurent le moine, elles laissèrent retomber leur jupe, se relevèrent et firent voir, l'une près de l'autre, une mine pointue et une trogne bouffie également arrosées de larmes, qui lustraient la peau de la grasse, que buvaient les rides et les crevasses de la maigre.

— Monstre ! s'écrièrent-elles.

Et la grosse paysanne, le menton perdu, le geste embarrassé par une chair qui se présentait comme un rempart, se lança sur Arrivabene, qui reçut avec terreur le double abordage de cette abondante poitrine.

— Quel diable vous travaille donc les flancs, sorcières ! dit-il.

— Regarde ton ouvrage ! répliquèrent-elles en même temps.

Du doigt, elles lui montrèrent un tout petit corps d'enfant étendu à leurs pieds dans une bouillie sanglante. Arrivabene, après un instant de surprise, était redevenu fort calme.

— Eh bien ! est-ce ma faute ? répliqua-t-il.

— Il le demande ! firent-elles toutes deux en échangeant un coup d'œil indigné.

Nous nous étions approchés du moine et des deux commères pour ne rien perdre de la dispute.

— Qu'y a-t-il ? demanda l'abbé Coccone qui, se tenant mal en selle, arrivait au pas de crainte de tomber.

— C'est cette sale pouffiasse de moine qui vient d'écraser le pauvre innocent.

— Si c'était un innocent, remarqua l'abbé Coccone, il faut se réjouir qu'il ait quitté la terre, car il est au ciel à présent, tandis que, s'il était demeuré parmi vous, il aurait bien pu manquer son paradis.

À l'idée que son enfant était un petit ange avec une tête sans corps et des ailes attachées au cou, ainsi qu'elle en voyait le dimanche à son église, dans un tableau d'autel, la bonne femme releva de nouveau sa robe sur sa figure et sanglota plus fort. Sa grasse compagne, qui avait fini de pleurer, lui frappait de petits coups dans le dos et promenait sur nous des yeux de vache ahurie.

— Bêlez pas comme ça, répétait-elle, vous allez vous enrayer la voix.

— Je suis sûr qu'il n'y a pas seulement une heure, fit Arrivabene, elle se tournait le sang à morigéner cette engeance.

Mais la paysanne était inconsolable et rappelait ses souvenirs.

— La pauvre fiotte, quand elle faisait « bou, bou », sur sa soupe, je croyais toujours voir ma pauvre défunte maman, lorsque sa tête déménagea.

— Voyons ! s'écria Arrivabene, cet enfant était donc de la graine du père Nicéphore, dont on a perdu l'espèce, voilà cent ans ? Voulez-vous que je vous en refasse un autre ?

Cependant, la femme, du coin de sa jupe, s'essuyait lentement le bord des paupières. Soudain, cessant de geindre, elle saisit à la gorge Arrivabene.

— Tu vas me le payer, vampire !

— Que voulez-vous que je vous paie ?

— La mort de ma fiotte.

— Demandez plutôt à ma jument de vous payer ; seulement tâchez d'abord de la rattraper.

— Pas tant de giries ! paie-moi tout de suite.

— Est-ce que j'ai le moyen de vous payer ? Tenez : regardez mes poches.

— Tu dois bien avoir quelque chose caché là, dans le gousset, répliquait la paysanne en tâtant le moine des pieds à la tête.

— Il faut que cette comédie finisse, dit le cardinal qui s'impatientait.

Et il donna l'ordre à Coccone de remettre aux paysannes deux ducats d'or.

L'abbé descendit de cheval, prit sur son cœur trois clefs, et les introduisit dans les trois serrures d'une cassette qui se trouvait attachée sur sa selle. Il ouvrit enfin, puis, lentement, comme à regret, il remit l'argent aux femmes.

— Maintenant, en route ! s'écria le cardinal.

— Et moi, que vais-je faire sans ma jument ! demanda le moine.

— Tu t'en iras à pied, coquin, il ne fallait pas la laisser s'enfuir !

Pendant que l'on se disposait à repartir, les deux femmes tournaient, retournaient dans le creux de leur main les pièces d'or et les considéraient avec surprise : elles n'en avaient jamais vu de semblables.

— J'ai dans l'idée que ce sont les faux-monnayeurs dont on nous a parlé, dit la grosse paysanne.

— Tu as raison, reprit son amie, ce sont eux : j'ai bien remarqué leurs figures de démons.

Aussitôt, à grands cris, elles appelèrent au secours.

Les paysans rentraient alors pour dîner ; nous les vîmes accourir vers nous et nous menacer de bâtons, de fourches et de faucilles. Très irrité, le cardinal donna l'ordre de prendre le galop et nous piquâmes des deux, suivis d'Arrivabene qui s'enfuyait à perdre haleine, précédés de l'abbé Coccone qui, pour la première fois, laissait courir son cheval et s'en allait, le front penché sur l'encolure de la tête, blanc comme un linge, sans pourtant oublier, dans sa frayeur, de retenir d'une main tremblante la précieuse cassette.

Les clameurs de cette canaille nous accompagnèrent longtemps. Nous réussîmes toutefois à y échapper et nous arrivâmes à Notre-Dame-des-Bois où nous devions passer la nuit.

Du haut de la colline que dominait le couvent, nos regards erraient sur les prairies de la vallée, où flottaient déjà les ombres du soir. Sous le vent léger, les hautes herbes frissonnaient à perte de vue et, lentement, s'avançaient les petits dômes de laine blanche et roussâtre des troupeaux, parmi les abois, les bêlements, la sonnerie incessante des clochettes.

Un moine, qui avait la taille et les allures d'un capitaine, se promenait d'un pas grave sur le chemin, en égrenant son rosaire. Je m'étonnai de l'expression humble de sa physionomie : il n'osa lever les yeux à notre passage.

— Voici un homme, me dit Fasol, qui portait peut-être en lui le courage d'un chef de bande, le génie d'un législateur ou l'enthousiasme d'un poète : mais il a eu peur de vivre, et la Terre, profitant de sa frayeur, a vite fait de lui reprendre son âme. Il l'a laissée peu à peu s'évanouir dans les bois, les eaux, les pâturages, tandis que la folie de la servitude s'emparait de son être et qu'il échangeait l'égoïsme neuf, impétueux de ses instincts contre une mécanique étrangère et ancienne, réglée jadis par un homme dont le cadavre même n'existe plus. Ainsi, tous les êtres que tu verras ici n'agissent point de leur propre volonté ; seule, l'ombre du créateur de leur ordre les conduit du fond de la tombe ; c'est lui qui leur inspira de ne garder, des magnifiques présents de l'existence, que les fonctions du corps les plus grossières ; et c'est pour complaire à ses cendres qu'ils ont étouffé en eux cette sensualité avide et curieuse, qui nous aide à pénétrer le Monde.

Mais excitée par l'air libre et les parfums des champs, je répondis :

— Ô Fasol ! si tu ne comprends pas ces hommes, tu ne comprends rien. Bien souvent, à Venise, j'ai rêvé d'aller m'enfermer dans un couvent pour ne plus voir que le ciel entre quatre murailles.

— Tu as eu des malheurs ? dit Fasol d'un ton railleur.

Je levai les épaules. Je songeais que s'il m'était impossible de vivre avec Guido, j'irais chercher la paix dans l'une de ces pieuses retraites. De ces hauteurs, l'agitation de Venise, les luttes pour l'argent, les honneurs et le plaisir, me parurent misérables. Seul le bon Dieu peut me consoler de ne pas être aimée, me dis-je, mais j'espérais bien ne pas avoir besoin de lui.

Nous allions nous engager dans l'avenue qui conduisait au monastère, quand l'abbé Coccone vint avertir Fasol qu'on n'y laissait entrer aucune femme et le pria de chercher un logis dans les environs. Fasol, très contrarié, se décida pourtant à tourner bride, après avoir lancé, contre les religieux et leur règle, toutes ses malédictions. Mais soudain, en route, nous croisâmes Arrivabene. Le moine, qui avait retrouvé sa jument, arrivait au petit trot en poussant des cris de triomphateur :

— Me voilà ! me voilà ! criait-il.

Apercevant au loin, au milieu des feuillages de l'avenue, la suite du cardinal, il sauta lestement à terre, puis se frotta les reins. Fasol, à sa vue, changea de résolution. Il descendit de cheval, m'en fit descendre moi-même, et, prenant par le bras Arrivabene, il le conduisit derrière un grand chêne dont le tronc et les vastes branchages nous cachaient à tous les yeux.

— Arrivabene, lui dit-il, tu vas me rendre service.

— Je suis à vos ordres, seigneur.

— Il s'agit d'être plus charitable que saint Martin lui-même et de me donner non pas un pan de ton manteau, mais ta robe tout entière.

— Seigneur, il m'en coûte beaucoup de vous refuser, mais cette robe a un caractère sacré : je ne puis la quitter sous aucun prétexte.

Fasol tira de sa bourse un ducat d'or et le fit étinceler au soleil.

— Voici de quoi t'offrir une bouteille de vieux vin et la plus belle tétonnière du pays.

Nous vîmes s'agrandir les yeux du frère.

— Je suis au désespoir, seigneur, mais…

— Tu n'as pas assez d'un ducat, c'est bien ! je t'en donne deux. Seulement déshabille-toi promptement et ne nous fais pas attendre.

Arrivabene secouait la tête. Il finit toutefois par prendre les ducats, les mit entre ses dents, puis, troussant son froc, il se le passa par-dessus la tête et nous le tendit. Fasol considérait l'obèse et tremblante nudité que le frère nous exposait.

— Sais-tu que tu as des formes élégantes ! fit-il par plaisanterie.

— Je vous crois, reprit Arrivabene du ton le plus sérieux, j'ai posé pour le sculpteur Claudio de Rivolta : il trouvait que j'étais beau comme un dieu.

— Comme le dieu Silène, peut-être, ajouta Fasol. Mais tu as froid ; enveloppe-toi de mon manteau. Au couvent on te donnera bien une robe.

— Ah ! que va dire l'abbé Coccone, s'écriait Arrivabene, que va-t-il dire, Sainte Marie des Anges !

Fasol m'avait apporté la souquenille du moine, qui sentait le bouc et la sueur humaine.

Je la rejetai bien vite.

— Je coucherai à la belle étoile, m'écriai-je, plutôt que de m'appliquer sur le corps cette infection.

— Quoi ! madame, vous méprisez mon habit, répliqua le frère, eh bien, moi, je ne vous ressemble pas : si vous me donniez une de vos robes, je ne ferais pas tant de manières, je me la mettrais tout de suite sur le dos. Ah ! je ne suis pas dégoûté.

Mais Fasol m'obligea, en dépit de ma répugnance, à revêtir le froc et en rabattit sur mes yeux le capuchon de laine. Alors, tenant nos chevaux par la bride, nous allâmes rejoindre le cardinal qui attendait à pied, avec tout le cortège, qu'on nous laissât entrer dans le monastère. Par bonheur, il ne nous remarqua point.

Après quelques moments, nous entendîmes pousser plusieurs verrous, grincer les clefs de deux ou trois serrures et une barre de fer se leva lentement.

— Pour se barricader ainsi, dit Arrivabene, il faut que la vertu des moines soit bien fuyante.

— Êtes-vous donc plus sûr de la vôtre ? repartis-je.

— C'est-à-dire, continuait Arrivabene, que je la mets sous la protection de Dieu et la laisse ensuite aller où bon lui semble, trop bon chrétien pour douter de la Providence. Si, ensuite, ma vertu ne suit pas le droit chemin, tant pis pour elle ! Je ne pèche que par excès de foi. Mais je sais bien qu'au jour du Jugement, entre les virginités orgueilleuses et ma paillardise pleine d'humilité, le bon Dieu n'hésitera pas. Alors on verra si, pour n'avoir confié sa vertu à personne qu'au creux de sa main, on a le droit d'entrer au ciel et d'y épouser les saintes !

Cependant la porte du monastère s'était entrebâillée. Un petit frère aux yeux rieurs et timides, qui essayait de donner une expression sévère à ses traits, nous dit d'une voix flûtée d'eunuque, avec un air boudeur, que nous étions trop nombreux pour être reçus au couvent.

— Je suis le légat de Sa Sainteté, répliqua le cardinal, et toutes ces personnes font partie de ma suite.

— Le légat est un homme égal aux autres, devant Dieu, continua le petit frère. La règle établie par le père Romuald ne souffre point d'exception. On ne reçoit pas ici, le même jour, plus de trois voyageurs.

— Oh ! oh ! oh ! monseigneur, remarqua l'abbé Coccone, je flaire ici un joli nid d'hérétiques.

Mais le cardinal, sans prêter attention aux paroles du petit frère, reprit sur un ton impérieux :

— Annoncez ma venue au père Romuald et dites-lui que je viens lui demander l'hospitalité.

— Je veux bien, seulement je doute qu'il vous laisse entrer.

Et après avoir promené sur nous des yeux inquiets, comme nous ne lui inspirions aucune confiance, le petit frère rentra et se barricada d'un tour de clef.

L'abbé Coccone soupirait :

— Quel repaire ! mon Dieu ! quel repaire !

Cette fois, la porte s'ouvrit toute grande et le père Romuald en personne vint nous souhaiter le bonsoir. Il avait, lui aussi, le regard fuyant, timide et joyeux, mais sa voix, formée à la prédication et au commandement, était ferme et bien assise. Il disait :

— Comme je suis heureux ! monseigneur, comme je suis heureux de vous savoir parmi nous ! Vous verrez combien Dieu favorise cette maison depuis que, sous de pieuses disciplines, je prépare les recrues du Ciel !

Nous entrâmes enfin. Nous dûmes passer un à un sous la double inspection du père Romuald et du petit frère.

Semblables de physionomie, de tournure, on remarquait, chez tous deux, un tel mélange de vieillesse sautillante, d'enfance solitaire et renfrognée, qu'on n'eût su dire qu'ils avaient douze ou soixante ans.

Sous le froc, mes hanches et ma poitrine restaient peu monacales, et le petit frère fronça le sourcil en les considérant. Puis, – fût-ce avec intention ou sans le vouloir ? – il m'effleura les jambes de ses gros doigts où l'ongle, rogné très bas, disparaissait dans la peau brune et durcie. À un moment même, je les sentis se promener au bas de mes reins.

— Ah ! m'écriai-je, finissez !

J'avais tout à coup oublié mon rôle d'homme ; je laissais éclater le rire que ce chatouillement me causait, enhardie par les yeux du petit frère, qui me paraissaient pleins d'indulgence pour ma gaieté, mais j'observai que le reste de sa figure demeurait sérieuse, et, cinq ou six fois, il hocha la tête, lentement et d'un air indigné.

Le père Romuald, sans nous donner le temps de respirer, se plut à nous faire visiter son monastère. Nous traversâmes de longs corridors.

— Ici, répétait le père, l'Esprit Saint souffle de toutes parts.

— Dieu ! m'écriai-je, qu'il sent donc mauvais !

En effet, des exhalaisons fétides, une odeur de graisse et de choux brûlés, nous arrivaient des cuisines.

— Est-ce que vous vous mêlez de pharmacie ? demanda l'abbé Coccone auquel je ne vis jamais si grimaçante figure.

— Oui, répondit le père, ou plutôt nous abandonnons ces besognes à des frères qui sont attachés à notre ordre, sans être astreints à toutes nos dévotions. Les uns s'en vont, dans les campagnes voisines, chercher des simples ; les autres, avec les herbes qu'on leur rapporte, composent une liqueur régénératrice dont la recette, trouvée par l'un de nos frères, est conservée dans nos archives.

— Et pourquoi ne fabriquez-vous pas vous-mêmes cette liqueur ?

— Parce que la règle nous le défend.

— Comment ! Mais c'est vous qui l'avez faite, cette règle !

— C'est une raison de plus pour s'y soumettre. D'ailleurs je l'ai composée sous la dictée du Saint-Esprit. N'est-il pas dit : Les lys ne filent point, les…

— Je sais ! je sais ! interrompit l'abbé Coccone. Mais vous profitez du travail des autres.

— Le monastère seul en profite pour la plus grande gloire de Dieu !

Le père Romuald courut chercher la clef de la chapelle, car, à Notre-Dame-des-Bois, tout était renfermé, le bon Dieu aussi bien que les provisions. Je regardai s'étaler sur les dalles ses larges pieds nus, dont les doigts meurtris et gonflés, ressemblaient à des coquilles de limaçons, tandis que nous nous communiquions librement, les uns aux autres, les pensées qu'avait fait naître ce pieux départ.

— Ce doit être un vieil avare, remarqua l'abbé Coccone.

— Il pourrait bien avoir beaucoup d'or, ce moinillon, ajouta le cardinal.

Après avoir prié quelque temps à haute voix dans une chapelle aussi nue que le crâne de Romuald, nous gagnâmes les cellules où nous allions passer la nuit, et nous y attendîmes l'heure du souper.

Ce repas causait à tout le monde de grandes inquiétudes. On craignait que le père Romuald, par ostentation d'austérité plus encore que par économie, ne se souciât point de rassasier ses hôtes, dont le voyage avait fort excité l'appétit. Pour moi, qui ne pouvais paraître au réfectoire où j'aurais forcément trahi mon sexe, je ne sais ce que j'aurais mangé ce soir-là sans la prévoyance d'Arrivabene. Mais le frère avait eu la précaution de glisser dans une poche de son froc un pâté, du pain, des fruits, un flacon de vin, et, tandis que Fasol s'en allait partager les pois chiches et les raves du père Romuald, je soignai bien ma petite gourmandise et je me traitai avec autant d'honneur que si j'eusse été à l'ostérie de la Noix, à une table présidée par le seigneur Bernardo Malaspina si amateur, comme on sait, des friandises de la bouche, et qui a reporté sur son ventre l'attention qu'il témoignait autrefois à des parties plus précieuses de sa personne.

La nuit venait lentement et Fasol ne remontait point. Fatiguée de la route, j'allais m'étendre sur la couchette que l'on m'avait préparée, quand, à côté de moi, je vis briller une lueur et je surpris des chuchotements. Je reconnus que, dans la muraille, il y avait un trou, large comme deux doigts, par lequel on pouvait communiquer avec la cellule voisine, sans toutefois que l'épaisseur des murs permît de voir ce qui s'y passait. Une parole s'élevait, caressante et charmeuse et, pour l'écouter, j'approchai l'oreille de l'ouverture.

— Ne craignez rien, monseigneur, faisait-elle, ici nous sommes seuls. Personne n'a occupé la cellule voisine, depuis que le frère Tito y est mort de chagrin. Le bruit que vous entendiez tout à l'heure est dû sans doute à des rats, seuls visiteurs que nous ayons, dans ces tristes retraites.

On répondit de la sorte :

— Enfin, que veux-tu ?

— Je veux savoir, reprit la première voix, pourquoi vous m'avez abandonné à la misérable existence du cloître après m'avoir enivré de vos belles promesses.

— Ah ! ah ! ah ! fit le cardinal, autant vaudrait demander au feu pourquoi il consume. Je t'ai aimé, je t'ai oublié. Et cela est tout simple, mon pauvre ami ; il n'y a que toi sans doute à ignorer que l'Amour est d'une nature inconstante et qu'il dédaigne aujourd'hui ce qu'il adorait hier.

— Je me le disais bien quand j'écoutais sans fureur vos horribles aveux, je me disais bien que j'allais être votre victime, et puis, je ne sais pourquoi, moi qui n'avais qu'un mot à prononcer, qu'un cri à faire pour vous dénoncer, j'ai tremblé devant vous, je me suis soumis à votre désir.

— Et tu as sagement agi. Autrement, tu te serais perdu et l'on ne t'aurait pas écouté. Car, tu ne t'imagines pas, je suppose, que l'accusation d'un moine comme toi peut renverser le légat. En vérité, mes pouvoirs seraient bien vains et inutiles s'il suffisait d'un mot pour les anéantir.

Mais la voix reprenait, humble et dolente :

— Je regarde vos yeux : je me demande quelle étrange fascination ils exercent sur les hommes pour que moi, comme tant d'autres, j'aie dû servir vos amours. Et je songe à celui qui m'a remplacé. Il est donc plus beau que moi ?

— Donato, je vais être franc car ton orgueil a besoin d'une leçon. Apprends donc à te connaître un peu, mon ami, et à ne pas exagérer ta valeur : tu n'as que des grâces de village, tu n'es qu'un rustre agréable à la campagne, mais dont les formes paraîtraient lourdes à Venise. Si tu as jamais satisfait chez moi une passion grossière, mon âme n'a jamais été à toi ; ne te compare donc pas à l'enfant merveilleux qui règne à présent sur mon existence : je l'aime, celui-là, d'un amour que toi, pauvre moine, tu ne peux comprendre, et qui égale en beauté les plus sublimes sentiments que les hommes aient jamais éprouvés. Mon pauvre Donato, il n'y a rien de commun entre nos anciens plaisirs, si vulgaires, et ces divines caresses.

— Quand je pense, quand je pense que vous me disiez autrefois : Donato, tu es le seul être auquel je tienne sur la terre.

— Certainement ! l'Amour a des formules de politesse qui sonnent bien à l'oreille, mais que personne, sauf toi, ne prend à la lettre. Je te croyais un esprit plus fin, Donato.

— Assez ! assez ! je ne souffrirai pas…

— Je suis curieux de savoir ce que tu ne souffriras pas, mon ami.

— Je ne souffrirai pas que, après m'avoir, dans le couvent où j'étais, fait courir le risque d'être brûlé, après m'avoir contraint à me sauver et à me cacher ici, vous veniez encore ce soir m'accabler de vos sarcasmes. Puisqu'on ne doit pas plus se fier à vos serments qu'aux promesses d'un ruffian ou d'une courtisane, laissez-moi du moins en repos. Laissez-moi ! je vous hais.

— Mais en quoi ai-je pu mériter ton ressentiment ? Je t'ai promis ma voix au prochain conclave. Je te la donnerai. Aie seulement un peu de patience et attends que Sa Sainteté ne soit plus de ce monde.

Ces paroles furent suivies de bruyants sanglots.

— Allons ! dit le cardinal, que signifient ces larmes ?

— Vous venez me railler, vous moquer de moi, disait-on au milieu de gémissements, vous me refusez une grâce que vous m'aviez toujours promis de m'accorder.

— Quelle grâce ! je ne sais ce que tu veux dire. Voyons, parle ! mais parle donc, imbécile !

— Apprenez-le, monseigneur : je ne suis entré dans les ordres que par désespoir de ne pas épouser la femme que j'aimais. Or, à présent, elle est veuve et me prendrait volontiers pour mari. Je n'ai donc plus de raison de rester dans un cloître.

— Et quelle est cette femme ?

— C'est une fille de Posellino, une tenancière du comte Marzio.

— Je reconnais là ton goût. Nos étreintes ne pouvaient te convenir : il te fallait une paysanne, qui sentît l'étable et le fumier.

— Taisez-vous. Je vous défends de vous moquer de ma fiancée.

— Ah ! vous êtes déjà fiancés ? Alors, c'est excellent. Tu t'enfroques et tu te défroques aussi vite qu'un acteur change de costume. Et c'est moi qui te sers de valet de chambre. Veux-tu, mon cher frère, que je tienne la chandelle ?

— Vous refusez de m'aider à sortir de ce cloître qui m'est plus dur qu'une geôle, plus douloureux qu'une chambre de torture, où je pleure des larmes de sang, où mes jours ressemblent à une agonie éternelle, eh bien ! soyez-en sûr : demain, quand vous partirez, je serai devant la porte du monastère et, en présence de vos domestiques et de tous les moines, je crierai votre crime, monseigneur ; peut-être, cette fois, ne dédaignerez-vous pas mes accusations.

— La bonne plaisanterie, mon frère, la bonne plaisanterie ! En vérité, il n'y a qu'au couvent du père Romuald qu'on en fait d'aussi bonnes. Mais, cher Donato, dis-moi, quelle idée as-tu donc du légat pour t'imaginer qu'il peut à son gré, ou plutôt au gré de tous, délier ou renouer les vœux monastiques ?

— Vous avez la confiance de Sa Sainteté, je le sais.

— La confiance d'un homme qui écoute tout le monde depuis le cardinal de Sorrente jusqu'à sa cuisinière ! qui change d'avis vingt fois par heure, et dont la pensée du soir est juste le contraire de celle du matin ! Ah ! tu as de singulières illusions ! Tiens, Donato, j'aurais le droit et le pouvoir, à cause de tes belles paroles, de te faire enfermer au cachot pour le reste de tes jours, mais, apprécie ma bonté, je consens à oublier tout ce que tu m'as dit, jusqu'à tes ridicules menaces. Je vais même te donner les moyens de sortir du couvent et de vivre en paix sans t'occuper des moines.

— Vous allez me relever de mes vœux ?

— Non, je te le répète, cela m'est impossible, mais tu auras assez de ducats pour te moquer de la dispense du pape.

— Je ne pourrai pas épouser mon amie ?

— Tu en feras ta maîtresse.

— Oh ! monseigneur !

— Maîtresse riche vaut mieux qu'épouse malheureuse. Seulement, écoute, il faut d'abord que tu m'obéisses en tout ce que je te commanderai. Tu connais Posellino ?

— J'y suis né.

— Et le comte Marzio ?

— Certes ! bien des fois, lorsqu'il était tout enfant, je l'ai conduit par la main dans les jardins du château.

— Alors ne perds pas un mot de ce que je vais te dire.

Et le cardinal se mit à parler à voix basse.

— Comment ! Monseigneur ! s'écria-t-on tout à coup, c'est à moi que vous venez de demander de commettre ces crimes ?

— Oui, mon cher Donato, à toi, car je sais l'homme que tu es, je connais ta vie. Ta récente vertu, tes projets de mariage ne m'en imposent point. Quand tu es entré au couvent où je t'ai connu, combien de meurtres déjà avais-tu commis ?

— J'ai tué parce que j'aimais Biagio, auquel j'ai planté mon poignard en plein cœur, s'était jeté comme une bête sauvage sur ma Cattina, le vieil Onfredo, que j'ai assommé de mon bâton, venait sans cesse à la maison lui offrir de l'argent et l'insulter de son immonde amour, quant au frère Harione, si je l'ai lancé dans le torrent, avait-il besoin d'épier nos caresses ?

— Se douterait-on que cette voix délicieuse est celle d'un assassin, et qu'un homme, qui chante si bien à l'église, manie avec tant de grâce le couteau ! Et tu comptes, sans doute, t'établir avec ta femme à Posellino et y fonder une famille respectable ?

— Non, je quitterai le pays ; seulement Cattina qui est pieuse, tient à ce que je l'épouse, après m'être fait relever de mes vœux.

— Et tu peux, au couvent, continuer tes relations avec elle ?

— Elle est venue ici deux fois sous des habits d'homme. Un frère l'a vue, et Harione, dont je vous parlais tout à l'heure, m'aurait dénoncé si je n'avais eu soin de le prévenir. Les autres moines, s'ils se sont douté de quelque chose, n'ont rien osé dire, mais il n'est pas de jour où le père Romuald ne les entende se plaindre de moi. Ils vont, à mon insu, lui accuser ma tiédeur, mon manque de piété, mes fautes contre la règle. Aussi le supérieur me traite-t-il comme un esclave ; j'ai épuisé toutes les pénitences. Et pourtant il faut que je reste, parce que Cattina ne veut pas vivre avec un défroqué, que moi-même, si je me sauve, je suis obligé de fuir bien loin d'ici et que je redoute d'arracher mon amie à une famille dans l'aisance pour l'emmener vivre sans argent dans un pays inconnu.

— Mais, quand je t'aurai donné de l'or, ne peux-tu lui mentir ? Tu n'auras plus peur de l'existence, j'espère ? Tu ne réponds rien. Hésiterais-tu encore ?

— Oui ! il en coûte trop cher d'obtenir vos faveurs.

— Réfléchis bien, tu as en main ta destinée. Ne peux-tu faire, par intérêt, ce que tu as déjà fait par jalousie ? Ce n'est pas l'audace qui te manque et tu as montré que la mort d'un être ne t'épouvantait pas.

— Vous avez raison, je n'ai pas plus souci de l'existence des autres que l'on n'a eu souci de la mienne ; et je ne suis pas troublé quand vous me dites de tuer un homme, mais plutôt quand vous m'ordonnez de prendre de force une jeune fille : il me semble impossible de trahir ma Cattina.

— Voilà bien des scrupules ! Et ne l'as-tu pas déjà trahie pour mon plaisir ?

— Avec vous ! Est-ce que je pensais à ce que je faisais !

— Je me souviens pourtant de certains soirs d'été où tes lèvres et tes mains furent si caressantes, où je vis tes yeux briller de bonheur ! Est-ce que tu songeais à ta femme ?

— Peut-être. Du moins, c'est à cause d'elle, que mon corps est devenu votre jouet. Mais mon âme ni ma chair ne vous ont aimé.

— Donato, tu mens sans le savoir. L'âme passionnée ressemble à une harpe qui n'est point avare de ses harmonies et dont tout doigt musicien peut émouvoir les cordes. Aime, et un enfant, une femme, un dieu feront aussi bien vibrer ton âme. Et puisque tu n'appelles pas l'Amour de ton nom, tu peux l'appeler de tous les autres. Sans que tu t'en doutes, ou plutôt sans que tu veuilles le reconnaître, j'ai été ta Cattina ; la petite marquise Paola pourra bien l'être à son tour un moment. D'ailleurs, en cette circonstance, il ne s'agit pas d'aimer, mais d'être un mâle ; et, si je me rappelle tes caresses, si seulement je te regarde, Donato, si je considère ta barbe noire et tes yeux de feu, il me semble que ce rôle te convient davantage que celui d'amoureux transi. Et puis ne dois-tu pas songer à la fortune de ta fiancée ?

— Et si l'on m'arrête ?

— Tâche de ne l'être qu'à la fin de la comédie ; tu n'auras rien à craindre. Car je serai ton geôlier et tu t'évaderas de prison les poches pleines d'or… Allons, tu pars ce soir, n'est-ce pas ?

— Je suis décidé. Je pars. Mais comment sortirais-je du couvent ?

— Tu vas aller te cacher dans ma chambre. Quand la nuit sera complètement venue, tu descendras par la fenêtre qui donne sur la campagne.

— C'est entendu. Seulement, j'aimerais, pour me donner du cœur, à recevoir dès ce soir un encouragement.

J'entendis un tintement d'or ; un pas s'éloigna dans le couloir, puis, à demi-voix, le cardinal s'entretint avec un homme à la parole lente et grave.

— Vous le suivrez partout, dit-il, et s'il n'exécute pas mes ordres, vous savez ce que vous aurez à faire.

Je n'avais plus envie de dormir, mais tremblante d'émotion, folle de terreur, je restais sur ma couchette, sans oser remuer, de crainte que le moindre bruit ne dénonçât ma présence. Je pensais que Benzoni n'eût pas eu peur de commettre un nouveau crime sur ma personne. Enfin, après une longue causerie, des chuchotements, des exclamations auxquelles je ne compris rien, on s'éloigna et je ressentis un grand soulagement.

Alors, j'allai jusqu'à l'étroite fenêtre qui donnait un peu d'air à la cellule ; je l'ouvris et je respirai l'odeur du foin coupé que le vent m'apportait de la campagne. Le calme de la nuit m'avait touchée. Oubliant la conversation terrible que je venais d'entendre, je pus jouir un instant du clair de lune et des douces étoiles.

Tout à coup, je fus saisie, enserrée aux hanches ; deux bras se croisèrent sur mon sein ; et un souffle, un baiser, vinrent m'effleurer les cheveux. C'est ainsi que Fasol m'annonçait son retour.

— Fou ! Fou ! criai-je moitié rieuse, moitié fâchée, veux-tu finir, fou !

Il m'avait entraînée, renversée sur le misérable lit, et je crus qu'il allait m'étouffer sous la violence de son désir. Ses doigts s'enfonçaient dans mes fesses et mes épaules ; sa bouche écrasait la mienne, et mon corps bondissait, emporté par ses furieux assauts.

— Ah ! fis-je après l'étreinte, d'un ton narquois, est-ce l'exemple des moines qui te rend aussi chaste ?

— Oui, me répondait-il, cet amour qu'ils portaient en eux et qu'ils ont vainement essayé de détruire, il flotte maintenant, aérien esprit, aux murailles des cellules et jusque devant l'autel, triste d'être repoussé de tous, heureux de se donner aux premiers êtres qui veulent bien l'accueillir. Ces retraites de moines sont des cavernes ardentes. Quand on s'en approche l'âme ouverte et les sens libres, toutes les passions proscrites par ces religieux viennent vous assaillir et vous enflammer.

La cellule retentit longtemps de nos soupirs et de nos cris de jouissance. Nous étions enlacés quand de furieuses clameurs, des grondements sourds montèrent jusqu'à nous en même temps que le tonnerre semblait éclater au-dessus de notre tête.

— Qu'est cela ? fis-je en me redressant et je prêtai l'oreille.

Le bruit venait de la chapelle où les moines étaient en prières. C'était l'orgue qui déchaînait ainsi ses tempêtes au milieu des ténèbres, mêlant ses rugissements à la colère des voix. Toutes ces âmes captives se délivraient un instant, mettaient dans un cri ce qui leur restait d'existence, et nous frémissions à leurs fiévreux appels. Mais leur révolte s'apaisa bien vite ; et, comme si les voix avaient, en un seul élan, épuisé leurs énergies, un chant las et traînant remplaça l'hymne de triomphe. L'orgue calmé n'eut plus que des plaintes sourdes, et finit par s'endormir.

— Ils offrent à Dieu, me dit Fasol, leur impuissance, leur stérilité, leur dégoût de la terre. Nous, honorons-le en faisant nos délices des biens dont il nous a comblés !

Et nous nous étreignîmes encore.

Mais l'image du cardinal et le souvenir de la conversation que j'avais surprise ne me quittaient pas. Il me sembla que si je rapportais à quelqu'un ces paroles horribles, elles cesseraient de m'inquiéter. Et comme Fasol, fatigué par le voyage et nos baisers, allait s'endormir, je lui touchai du doigt l'épaule. Il eut un sursaut.

— Fasol, lui demandai-je, sais-tu pourquoi nous allons à Posellino ?

— Pour chasser.

— Non, pour commettre un crime !

Il n'eut pas l'air d'avoir entendu ma réponse et, avec la plus complète indifférence, il laissa retomber sur le lit sa tête lourde de sommeil. Il me parut que le sort se prononçait franchement contre ma confidence. Je ne voulus point la renouveler, mais plutôt oublier tout ce que j'avais entendu, car je m'imaginais que la connaissance d'un secret si redoutable allait me rendre complice ou victime des meurtriers.

Le lendemain, au soleil levant, il me fut aisé de croire à un mauvais rêve. Les paroles du cardinal s'étaient déjà, pour la plupart, envolées de mon souvenir, et, comme je n'avais pu toutes les comprendre, qu'elles ne m'apprenaient rien de certain, je m'ingéniais, devant les belles promesses de l'aube, à leur donner une interprétation rassurante. J'étais donc fort calme lorsque je descendis me promener avec Fasol. J'avais rabattu mon capuchon sur les yeux et je réussis à franchir, sans encombre, le seuil du couvent. Le petit frère essaya bien de me voir le visage et de me tâter les reins, mais je me dérobai prestement à sa désagréable inspection.

Devant la porte nous trouvâmes l'abbé Coccone qui s'entretenait avec un moine court et rougeaud.

— Frère Simpliciano, disait l'abbé Coccone, ces excès d'austérité m'effraient. Il est contraire à notre sainte religion d'attenter au bien-être et à la santé de notre corps.

— Mais, seigneur abbé, reprenait le moine, toutes ces pénitences, qui vous font peur, nous rendent les plus heureux des hommes. C'est en cela que nous nous distinguons des autres religieux, qui n'acceptent la règle qu'en maugréant. Notre amour pour Dieu est si grand qu'il nous cache notre sacrifice. Ainsi le jeûne nous est devenu si naturel que nous préférons notre unique repas de légumes à vos dîners copieux.

— Mais alors, frère Simpliciano, vos pénitences n'ont plus de raison d'être. Ne jeûne-t-on pas, comme dit le Psalmiste, pour affliger son âme ? Vous vous rappelez bien la divine parole ?

— Non, je ne me la rappelle pas. Le père Romuald nous défend de lire, même les livres saints, estimant que la science, celle de Dieu comme celles des hommes, rend l'âme orgueilleuse. Il est venu dernièrement au monastère un grand docteur de Padoue, et le père, pour bien montrer qu'il se souciait peu de son savoir, lui a tourné le dos tout le temps qu'a duré sa visite, et, sans s'occuper de ses questions, s'est entretenu avec le jardinier.

— Votre père Romuald m'a tout l'air d'un grossier malhonnête.

— C'est un saint. Et nous avons tant d'affection pour lui que des coups, venant de sa main, nous sont plus doux que les baisers des courtisanes.

— Comment ! vous connaissez des courtisanes ? s'écria l'abbé Coccone.

— Non, c'est une façon de parler… Même quand Romuald nous frappe, sa main reste encore celle d'un père.

— Il vous bat quelquefois ?

— Régulièrement chaque vendredi, il nous administre la discipline en souvenir du crucifiement de Notre-Seigneur, et, par un miracle singulier, c'est pour nous une pure jouissance de répandre notre sang devant la Croix.

— Hem ! Hem ! Cette flagellation ne me dit rien qui vaille. Vous enflammez votre sensualité par de telles pratiques.

— Enflammer notre sensualité ! Est-ce que nous n'avons pas pris soin de l'éteindre ? Les plaisirs de la chair nous sont indifférents. Nous ne sentons plus notre corps. Tenez, je suppose que vous m'ameniez la plus belle des courtisanes…

— Ne parlez donc pas si souvent de ces créatures.

— Non, seigneur abbé ! Je suppose donc que vous m'ameniez la plus belle des courtisanes, mais nue, absolument sans voile, ni jupe, n'ayant rien qui couvre sa gorge, ni son ventre, ni ses cuisses, ni…

— C'est bien, n'insistez pas, je comprends…

— Eh bien ! je resterais pareil à cette statue d'ange que vous voyez là-bas. Nous ne sommes plus touchés que par la gloire de Dieu. Et pourtant il y a ici des moines qui, autrefois, ont tué père et mère. Romuald, par son exemple, a su les ramener au bien. Aussi, je vous le répète, c'est un saint ! L'autre soir, une jeune fille, en danger de perdre l'honneur, est venue lui demander asile. Pour une fois, le père a cru ne pas devoir observer les règles du cloître ; et, la conduisant à sa propre cellule, il a passé la nuit à lui parler de Dieu. Mais, le lendemain, un homme s'est introduit dans le monastère, disant qu'il n'avait point mangé depuis deux jours. C'était l'amant de la jeune fille qui, ne pouvant satisfaire avec elle son criminel désir, voulait au moins se venger sur Romuald de la lui avoir ravie. Au moment donc où le père, avec sa charité ordinaire, s'apprêtait à soulager cette fausse infortune, le misérable lui a assené sur la tête un terrible coup de bâton. Plusieurs frères, qui se trouvaient là, sont alors accourus, s'imaginant que le père était blessé. Ô miracle ! Romuald, devant le bâton rompu en deux, le front illuminé, les yeux remplis d'allégresse, étendait les mains pour bénir son meurtrier, qui était tombé à genoux et pleurait des larmes de repentir. « Mes frères, disait-il, Dieu ne m'a jamais causé tant de plaisir qu'en me frappant par la main de ce malheureux ! »

— Est-ce que le bâton était gros et solide ? demanda l'abbé Coccone.

— Je ne sais pas, répondit le moine, mais que vous importe ?

— J'ai besoin de ce renseignement pour reconnaître si, dans la circonstance, il s'est produit réellement un miracle.

— Oh ! n'en doutez pas, seigneur abbé ; d'ailleurs le père Romuald n'en est pas à son coup d'essai.

Il parlait encore quand Romuald lui-même apparut. Le père avait les yeux rieurs et la bouche sévère, comme si sa physionomie eût été faite de l'expression de deux visages.

— Je vous défends de parler de moi, mon frère, dit-il. Vous allez me donner de l'orgueil.

Et apercevant une bouse de vache étalée sur le chemin, il la prit dans ses doigts et s'en barbouilla les joues.

L'abbé Coccone détourna la tête, se pinça le nez, fit voler d'une chiquenaude un grain de poussière qui se trouvait sur sa soutane, puis, avec un soupir :

— Ce sont là des manières qui sentent bien leur hérétique, fit-il à demi-voix.

Mais Simpliciano répliqua, très bas, comme s'il eût craint de blesser encore la modestie de son supérieur :

— Il est charmé de trouver une occasion de s'avilir.

Le père Romuald tourna vers nous un visage tout souillé.

— Il faut mortifier notre corps pour délivrer notre âme, dit-il, afin de nous expliquer cette singulière pénitence.

— Que je plains donc mon âme ! s'écria frère Arrivabene qui venait d'apparaître vêtu d'une robe neuve et portant un gros paquet sous le bras.

— Pourquoi plaindre votre âme ? demanda Simpliciano.

— Parce que je ne lui sacrifierai jamais mon bonhomme de corps ! elle peut en être assurée. Ce pauvre vieux, je le vois, je le sens, je l'entends, et si, parfois, il me cause des chagrins, il est bien plus souvent disposé à m'apporter des plaisirs ; et j'irais lui sacrifier une péronnelle dont j'ignore même la couleur. Non ! par le sang du Christ ! Je suis comme ma défunte tante Tartaruga qui laissa tout son bien à Costantino, le sacristain de Saint-Antoine-de-Padoue. Lorsque j'appris qu'elle était sur le point de mourir, j'allai la voir, espérant une part d'héritage. Elle était couchée sur son lit en pleine connaissance. « Qui es-tu ? me demanda-t-elle, tu n'as pas mauvaise figure. — Je suis Arrivabene, ton neveu, ma pauvre tante. — Arrivabene ! Seigneur Jésus ! Que tu es changé, mon garçon. Pourquoi viens-tu si tard ? Je t'aurais laissé un souvenir, au lieu de tout donner à ce satané Costantino qui m'a embrenée du matin au soir, chaque jour de ma pauvre vie. — Eh ! ma tante, pourquoi est-il dans tes papiers ? — Parce qu'il a toujours été près de moi, aux petits soins de ma vieille carcasse, si bien que je ne pouvais pas plus me passer de lui que de mes jambes, encore qu'il me fît autant de mal. — Mais, ma tante, je suis là, tu peux changer d'avis. — Non, il fallait arriver plus tôt ; le notaire est parti et d'ailleurs ça me fatiguerait trop de faire un autre testament. Laisse-moi mourir en paix. » C'est ce qui vous prouve que, eût-on comme moi visage plaisant ou fût-on Sa Seigneurie l'Âme, on a toujours tort de ne pas se montrer.

Romuald, par bonheur, n'écoutait point Arrivabene.

Quant à l'abbé Coccone, il cherchait à deviner ce que le moine portait dans ses bras et il ne le quittait pas des yeux. Enfin, comme il ne pouvait rien découvrir et que sa curiosité augmentait toujours, il lui arracha brusquement son paquet. Une jolie jupe en soie, à fleurs roses, mais toute plissée, se déroula.

— Tiens ! tiens ! tiens ! s'écria l'abbé Coccone, voulez-vous me dire, ajouta-t-il, ce que vous prétendez faire de cette robe, Arrivabene ?

— Mais songer aux jolies chairs qui s'y sont moulées, repartit Arrivabene. Voyez ! elles s'y sculptent en creux de la plus galante façon. Lorsqu'on est sans femme, on se console, comme on peut, de leur absence.

— Enfin, où avez-vous trouvé cette robe ?

— Dans la cellule du frère Donato qui s'est sauvé cette nuit du monastère ?

Aux paroles d'Arrivabene, le père Romuald avait pâli tout à coup.

— Ah ! ah ! mon père, reprit l'abbé Coccone en arrêtant sur Romuald un regard sévère, vous avez donc des brebis galeuses chez vous ?

— Nous en avions une seule, et puisqu'elle est partie, nous devons bénir le Seigneur qui a éloigné le scandale de nos murs…

Le cardinal arrivait en ce moment.

— Je suis content de vous trouver, mon père, je vous cherche depuis une heure ! Vous me permettrez de vous dire que je trouve singulière votre attitude envers moi. S'il faut vous l'apprendre, vous n'êtes pas seul le maître, et vous eussiez dû m'informer déjà de ce qui se passe dans votre couvent.

— Que se passe-t-il ? demanda Romuald effaré.

— J'ai interrogé plusieurs frères. Tous me parlent des querelles, des jalousies, des actes d'indiscipline ou d'impureté dont ils sont chaque jour témoins. Et vous, suivant vos affections et vos antipathies, vous frappez au hasard, et, sans vous occuper d'atteindre les vrais coupables, vous multipliez les austérités, vous vous plaisez à faire de vos moines, non pas des pénitents, mais des galériens qui ne songent qu'à s'enfuir au plus tôt de votre monastère, comme ce frère Donato…

— Ah ! celui-là, interrompit Romuald, ce n'était pas un moine, mais un misérable, un monstre de lubricité, un assassin !

— Vous l'avez pourtant reçu dans votre couvent ?

— Par charité, monseigneur. Mais je m'en repens bien.

— Donato n'est sans doute pas le seul moine de son espèce à Notre-Dame-des-Bois. Je sais que vous aimez accueillir à la fois chez vous des criminels avérés et des moines d'âme indépendante qui, plutôt que de se conformer à l'enseignement et aux pratiques imposées par l'Église, se font à eux-mêmes une religion. Or, sachez-le, mon père, les criminels ne se repentent pas, ils se reposent. Quant à vos orgueilleux frères, tôt ou tard ils finiront par renier leur foi et par fonder une nouvelle hérésie. Vous, cependant, vous assistez d'un œil indifférent aux luttes incessantes qui s'élèvent dans votre monastère, et ceux qui vous demandent d'abolir la règle comme ceux qui vous prient de la modifier, vous trouvent également sourd. Il semble que vous ne deviez vous occuper de rien en ce monde, en dehors de vos dévotions mesquines et de vos opérations mercantiles.

— Monseigneur ! s'écria le père Romuald, indigné.

— Je connais votre goût pour les humiliations. C'est pourquoi je ne vous ménage pas, songeant avant tout à votre plaisir. Certes ! je n'ai point l'âme d'un réformateur et je vous laisse le soin de donner à vos moines des sandales ou de leur prescrire de marcher pieds nus. Seulement, je suis étonné que ce monastère échappe, je ne dis pas à l'autorité, mais à la connaissance de Sa Sainteté.

— Nous dépendons de la République de Venise, répliqua Romuald.

— Tous les couvents doivent être sous la protection du pape. La République de Venise, sachez-le, mon père, est en de trop bons termes avec l'Église pour souffrir qu'un couvent puisse jamais exister, malgré elle ou, ce qui revient au même, à son insu. Or, il est inconcevable qu'au moment où le Saint-Père a de si lourdes charges, ses fils s'enrichissent sans subvenir à ses besoins.

— Que voulez-vous dire ? s'écria Romuald.

Le cardinal eut un sourire, puis d'une voix caressante il demanda :

— Combien votre liqueur vous rapporte-t-elle ?

À cette demande le père Romuald trembla de la tête aux pieds.

— Ma liqueur ! Seigneur Jésus ! Ma liqueur ! Ah ! elle me donne plus de peines que de profits, ma liqueur !

— Ne vous moquez pas de moi. Vous faites bien, n'est-ce pas, bon an, mal an, vingt mille ducats ?

— Seigneur Jésus ! Vingt mille ducats ! Monseigneur ! Vingt mille ducats ! mais il faudrait vendre au monde entier. C'est à peine si, dans les bonnes années, nous gagnons le quart de cette somme.

— N'essayez donc pas de me tromper. Je suis au courant de vos affaires.

— Je vous demande pardon, mais vous ne les connaissez pas du tout, mes affaires. Je tiens mes bénéfices secrets parce que les envieux sont toujours prêts à suspecter mon industrie. Et cependant tout l'argent que je gagne est employé en aumônes et en bonnes œuvres pour la plus grande gloire de Dieu.

— Il ne vous déplaira donc pas, reprit le cardinal, de penser aussi à son vicaire. Je fixe votre redevance annuelle à dix mille ducats.

Le père Romuald était atterré.

— Dix mille ducats ! répétait-il, mais où les prendrai-je ?

— Je n'ai, à ce sujet, aucune inquiétude, répartit le cardinal.

— Monseigneur, c'est ma ruine que vous désirez ! Vous ne songez donc pas à tout ce que me coûte l'entretien du monastère !

—Tenez-vous à son existence ? s'écria Benzoni.

— Et quand devrai-je vous verser cette somme considérable ?

— Mais aujourd'hui même. Vous devez avoir fait des économies depuis le temps que le monastère et la fabrication de la liqueur occupent toute votre pensée.

Il fallait obéir et le père Romuald, après avoir hésité le plus longtemps possible, finit par le comprendre. Il poussa un soupir et nous pria de le suivre. Laissant le frère Simpliciano s'entretenir avec Arrivabene, nous accompagnâmes Romuald, le cardinal et Coccone à travers vingt corridors jusqu'à la chambre secrète où le père renfermait son argent. Sous le froc, je me sentais pleine d'audace et je fusse allée aux enfers.

Le père Romuald, ayant soulevé une trappe, nous fit descendre quelques marches dans l'obscurité. Au fond d'un couloir étroit, éclairé par une lampe, se trouvait un large coffre en fer où étaient entassées toutes les richesses du couvent. Le père nous découvrit ses trésors, et, avec un geste désespéré, il remit à l'abbé Coccone les dix sacs de mille ducats qu'avait exigés le cardinal. Puis, après avoir, d'un coup d'œil attendri, embrassé l'or qui lui restait, il referma le coffre.

— Vous m'assassinez, monseigneur, dit-il.

Nous partîmes le jour même. Le père Romuald humble, anéanti, vint nous souhaiter un bon voyage d'une voix rauque, d'une parole contrainte, laissant deviner, par ses gestes et sa physionomie, qu'il désirait pour nous les pires accidents.

— Sa Sainteté sera reconnaissante de ce que vous avez fait pour elle, mon père, lui dit le cardinal en montant à cheval.

À cette consolation ironique le père serra les lèvres, étouffant sa rage. Planté sur le chemin comme un peuplier mélancolique, à côté de Simpliciano et du frère portier, longtemps il suivit des yeux la petite caisse attachée sur la selle de l'abbé Coccone, et qui renfermait les économies de Notre-Dame-des-Bois. Qui eût pu dire s'il pleurait les pièces d'or perdues ou l'espoir détruit d'un couvent idéal ouvert à toutes les infortunes ?

Je me hâtai de rendre à frère Arrivabene sa puante défroque qu'il reprit avec plaisir, car sa nouvelle robe ne lui allait qu'à moitié.

— Ah ! dis-je à Fasol, comme il est bon de respirer le grand air ! Il me semble que je sors d'une effrayante prison. Au milieu de tous ces moines, je me sentais devenir folle. Le monde me semble plus beau, depuis que je l'ai quitté. Les oiseaux dans les feuillages clairs, les vaches dans les prés, et cette herbe pleine de fleurs, je voudrais tout baiser, tout embrasser. Décidément, je ne suis pas faite pour le ciel !

— Douce mignonne, disait Fasol, es-tu jolie dans ta joie, ardente et rouge de plaisir sous les beaux rayons de Monseigneur le soleil !

Et comme il m'en priait, j'arrêtai mon cheval puis, distraite, les yeux en l'air, je le laissai humecter ses lèvres des petites gouttelettes de sueur qui perlaient sous mes cheveux.

— Où est donc Guido ? fis-je tout à coup.

— Comment ! demanda Fasol, qui heureusement, ne se doutait point de ma passion.

J'éclatai de rire à son nez.

J'étais si heureuse, si pleine d'espoir ! Je ne sais pourquoi, craintes et soucis s'étaient dissipés comme par enchantement, mais, n'ayant pu découvrir Guido dans le cortège, ma gaieté s'envola bien vite.

Vers le soir, comme nous apercevions devant nous, par les déchirures des hautes futaies, les tours de Posellino, dont les fenêtres brillaient aux dernières heures du soleil, Benzoni et l'abbé Coccone se trouvèrent à côté de moi. Avant qu'ils ne m'eussent remarquée, j'eus soin de vite baisser mon voile. Le visage sombre, inquiet et fatigué de l'abbé formait un contraste frappant avec la physionomie calme de Benzoni.

— Vous avez l'air de bien méchante humeur ce soir, seigneur abbé, dit le cardinal. Le voyage vous aurait-il été pénible ?

L'abbé ne put se contenir.

— Certes, le voyage m'a été pénible, mais la cause de mon irritation est autrement grave. Je ne m'occupe point de ma lassitude, monseigneur, je songe que vous vous en allez avec insouciance à la chasse alors qu'à Rome, en ce moment même, Sa Sainteté se dispose peut-être à signer votre rappel.

Le cardinal avait pris une attitude hautaine et autoritaire.

— Contentez-vous de veiller sur ma caisse, seigneur abbé, dit-il, et ne songez pas à diriger ma fortune. Ce soin ne regarde que moi seul. Vous apprendrez bientôt que, si je suis à Posellino, c'est pour faire oublier, par un service éclatant, le scandale que cette Nichina a causé à ma réputation. Je vais prévenir une disgrâce probable et la rendre, dans la suite, impossible.

En prononçant mon nom, le cardinal avait réveillé mes craintes. Encore une fois, sans pouvoir rien deviner, je me demandais de quelle faute, de quel crime je pouvais m'être rendue coupable envers lui. Et j'essayais de comprendre cet homme qui s'avançait à cheval devant moi avec une tranquillité si parfaite et un visage si impénétrable.

Au détour du chemin, nous vîmes se dresser un petit être rouge de visage, à la barbe grisonnante, au ventre bedonnant et de gestes vifs. Vêtu d'un pourpoint de peau de chèvre, il portait de grosses bottes et des chausses rapiécées. Seul un béret de velours au liseré d'or, ombragé de plumes fripées, le distinguait d'un paysan. On chuchotait, dans notre troupe, que c'était le duc Gacialda.

Dès qu'il aperçut le cardinal, il se précipita vers lui et lui souhaita une bienvenue aimable et familière.

— En voilà une surprise ! Le légat ! Peste ! Mon brave cardinal Benzoni, voulez-vous que je vous aide à descendre de cheval ? On connaît ses devoirs ou on ne les connaît pas. Car je suis le vassal du Saint-Père ou le diable m'emporte. Et comment va ce bon papa Clément VII ? Moi, je ne sais rien du monde, vous savez. Je vis dans ma tanière comme saint Siméon sur sa colonne.

Le cardinal lui répondit avec affabilité, tout en gardant une certaine réserve envers ce campagnard aux libres et rudes manières.

Les portes du château étaient toutes grandes ouvertes ; dans les fossés comblés on avait fait des semis ; les arbres, le long des murailles, grimpaient, étalaient leurs branchages et, dans ce combat avec de vieilles pierres, semblaient devoir rester les plus forts. On eût dit que le châtelain de Posellino, en son âme pacifique, ne pouvait imaginer, chez les autres hommes, des instincts guerriers qui ne se trouvaient point en lui.

— On m'avait bien annoncé votre arrivée, continuait-il, mais c'est heureux tout de même que vous me trouviez là. Justement j'étais parti pour la chasse avec tout mon équipage. Je suis revenu seul pour la noce d'un tenancier. Vous comprenez, ces gens-là aiment qu'on les voie s'accoupler pour qu'on ne dise point ensuite devant leur rejeton : C'est le roi de Naples qui l'a fabriqué… Comme mes piqueurs sont demeurés sur la lisière de la forêt, vous pourrez, je pense, tenir tous au château… Et puis, quoi ! est-ce qu'on ne peut pas coucher à la belle étoile, pour une nuit ! Ce gros frère, par exemple, ça ne lui ferait pas de mal de se passer une fois d'un lit douillet.

— Je vous demande pardon, monseigneur, repartit Arrivabene auquel le duc s'était adressé, l'ordonnance de mon docteur, – que motive, hélas ! ma trop délicate santé, – me dispense, quand je suis au service de Dieu, de coucher sur la dure ; ce n'est point pour attraper des rhumatismes au service des hommes.

Mais Gacialda ne l'écoutait point : il s'entretenait avec le cardinal, avec Coccone, avec Fasol, avec tout le monde, laissant couler un flux de paroles intarissable.

— Quel rustre ! disait l'abbé Coccone.

Le duc surprit la remarque, mais, loin de s'en fâcher, il répondit bravement :

— Eh oui ! je suis un rustre. Moi, je vis avec des bêtes et des paysans qui se ressemblent comme deux gouttes d'eau. On ne prend guère, parmi eux, les façons des cours. Mais puisque le bon Dieu a créé ces bêtes et ces gens-là, moi, Gacialda, aurais-je honte de m'en occuper ? Je n'ai pas toujours l'honneur de recevoir des cardinaux.

Benzoni, se penchant alors vers Fasol, lui dit à demi-voix :

— Croiriez-vous que cet homme administre, au nom de ses pupilles, le fief le plus riche et le plus important du Saint-Siège ?

Coccone, qui se promenait de long en large au milieu de la cour du château, en tenant sa cassette dans ses bras, comme un poupon qu'on dorlote, entendit la réflexion du cardinal et lança un coup d'œil d'admiration envieuse à Gacialda.

À ce moment, une jeune fille traversa la cour, épaisse, forte en couleur, les mains rouges, les jambes nues et crasseuses. Elle avait le corps enveloppé plutôt que vêtu d'une robe courte et en guenilles, qui couvrait à peine ses genoux. Ses cheveux longs, poudreux, embroussaillés, étaient raides comme des brins de paille. Elle ne conservait de la femme qu'un goût barbare et tout primitif de la parure, que l'on remarquait à de grossiers pendants d'oreille en bois et à une petite bague d'or.

— Heureusement que Donato est un amoureux de village et que sa virilité n'a point d'yeux, fit le cardinal entre ses dents.

Qu'était-ce donc que ce Donato ? J'avais déjà entendu Benzoni prononcer ce nom, mais en quel endroit ? dans quelles circonstances ? je ne me le rappelais pas.

— Allons ! Paolina, cria le duc, viens dire bonjour au légat du Saint-Père.

La jeune fille s'approcha et je vis alors, dans ce visage sans sexe, briller un œil timide, farouche, qui ne manquait pas d'une certaine beauté.

S'étant inclinée gauchement devant le cardinal, elle se redressa très vite et se mit à courir, s'abandonnant à la joie et à l'ardeur de ses instincts comme un petit animal sauvage.

Un appel en deux tons, s'élevant d'une note basse à un cri prolongé, superbe et plaintif, discordant comme le bruit d'une meule, remplissait la cour.

— Oh ! oh ! papa ! papa duc ! cria la jeune fille, viens donc voir : le faucon qui étrangle notre paon.

Un faucon de nos piqueurs s'était échappé de son panier et venait de se jeter soudain sur l'orgueilleux éventail de plumes qui, pris de court, n'avait pu se rabattre et se laissait dévorer dans toute sa pompe, en lançant des cris lamentables.

On eut beaucoup de peine à arracher le malheureux paon à son bourreau, dont les serres demeuraient immobiles et qui ne céda sa proie que contre une large beccade, une tranche de bœuf saignant qu'on alla lui chercher.

— Oh ! c'était amusant, ce combat ! dit la jeune fille comme avec un regret.

— Laisse donc Paolina, tu es sotte !

Le duc se penchait sur l'oiseau blessé, dont le faucon avait tout déplumé la belle robe d'azur, et il essayait, du plat de la main, de la rendre lisse, comme on repasse une soie chiffonnée.

— Pauvre bête, disait-il.

Enfin, après avoir poussé un soupir et donné au paon une dernière caresse, il se tourna vers ses hôtes et leur offrit, en attendant le souper, de prendre des rafraîchissements. Nous entrâmes dans une haute et vaste salle, dont les murs étaient couverts de bois de cerfs et de têtes de sangliers.

— C'est moi qui ai tué tout ça ! dit le duc, non sans un sourire d'orgueil.

L'abbé Coccone, qui se trouvait près de Gacialda, s'efforça d'être aimable et de faire oublier, par des compliments, sa première réflexion.

— Ah ! mademoiselle votre fille, commença-t-il…

— C'est ma nièce, rectifia le duc.

— Mademoiselle votre nièce sera un beau parti.

— N'est-ce pas ? C'est une jolie chemisée de chair. Un peu capricieuse, un peu indépendante, je l'avoue, et n'étant pas tous les jours de bonne humeur. Nous nous disputons ferme quelquefois et, dame ! on se flanque de solides roulées. C'est une gaillarde. D'ailleurs nous ne sommes pas tous, tant que nous sommes, de petites perfections, pas vrai ? Mais n'importe ! c'est une bonne enfant. Et puis honnête. Il n'y a pas un mirliflore qui lui ait seulement levé le bas du cotillon.

— Vous devriez la mener à Venise.

— Pourquoi ça ? Est-ce qu'il n'y a pas à Venise plus de filles qu'il n'en faut ?

Voyant son maître causer avec Coccone, un chien de Gacialda, au long poil blanc et soyeux, pensa que l'abbé était un ami de la maison et voulut lui présenter ses hommages. Il se dressa, appuya ses deux pattes de devant sur la poitrine de Coccone et, ne pouvant atteindre jusqu'au visage, il lui lécha le cou. Comme il sentit promptement que ses caresses n'étaient pas appréciées, il se retira avec un air boudeur, en laissant sur la soutane de l'abbé le souvenir de ses babines grasses et de ses promenades dans le boue. Je m'imaginais que Coccone allait montrer son mécontentement ; sans doute songea-t-il à la Passion de Notre-Seigneur, car avec un sourire résigné il reprit la conversation.

— Certes, oui ! les jeunes filles ne manquent pas à Venise, mais qu'il est rare de trouver chez elles ces solides vertus qui forment l'ornement d'une épouse chrétienne et attirent sur les mariages la bénédiction du Ciel ! En cette triste époque, les cœurs droits, sincères, qui désirent fonder une union selon Dieu, ne se rencontrent plus, hélas ! Croiriez-vous que j'ai un neveu, jeune homme du plus grand avenir…

— Où est donc le comte Marzio ? interrompit le cardinal.

— Marzio ! ah ! ah ! Marzio ! ah ! ah ! vous me demandez où il est ? Mais je pourrais mieux vous apprendre les occupations actuelles du pape que de vous renseigner sur les faits et gestes de ce garçon. Il est parti ce matin pour la chasse ; voilà ce que je puis vous dire. Quand rentrera-t-il ? Ce soir ou à la prochaine lune, je n'en sais rien, par la sainte Trinité ! Marzio est un citoyen qui ne nous tient pas tous les jours au courant de ses projets. Il couche chez nos gardes plus souvent que chez son oncle. S'il a le cœur dispos et que la meute soit en train, Dieu seul peut deviner quand il s'arrêtera.

L'abbé Coccone s'était approché de Paola.

— Mademoiselle aime le monde ?

La jeune fille eut un regard peureux et étonné.

— Mademoiselle aime danser ? reprit-il.

— Oh oui ! j'aime ça ! fit-elle et, dans un large rire, elle nous montra ses dents qu'elle avait assez fines, mais toutes jaunes.

— Il faut venir à Venise, mademoiselle, conclut l'abbé.

Comme on dressait la table du souper, mes craintes se réveillèrent. Je pensai que je devais ôter mon voile et que le cardinal allait me reconnaître. Par bonheur, la table était trop petite pour le nombre des convives. Je m'installai donc avec Fasol sur un escabeau, dans l'embrasure d'une fenêtre, me plaçant de telle sorte que ni Benzoni, ni Coccone ne pouvaient me voir. Le cardinal, après s'être étonné de ne pas trouver Fasol près de lui, l'excusa de souper à l'écart.

— Ne gênons pas les amoureux, dit-il.

Et il apprit au duc Gacialda, qui ne devait pas plaisanter sur le chapitre des unions illégitimes, que nous étions de nouveaux mariés. Si le cardinal avait su quelle était la femme de Fasol, Seigneur Jésus !

La parole du duc, exubérante, joviale, infatigable, dominait toutes les causeries, Gacialda ne semblait pas croire que ses hôtes valussent la peine d'être écoutés. Il élevait la voix, quand il craignait de ne pas être entendu, ne prêtait aucune attention à ce qu'on lui disait et ne prononçait pas une phrase, fût-ce : « Donnez-moi du sel », sans y mettre les intonations importantes d'un prédicateur de carême.

— Ah ! vous avez un peintre avec vous, dit-il, moi aussi j'ai aimé la peinture. Je barbouillais sur tous les murs des enfant Jésus, des sainte Vierge, ce qui causait à mon pauvre père des fureurs, des fureurs !… Un moine, le frère Eusebio, me prédit que je me ferais religieux, que j'aurais un génie angélique et que je décorerais une église. Religieux et angélique, moi ! concevez-vous ça ? Hein ! gros père moine, me vois-tu dans ta peau ?

— Certainement, seigneur, répartit Arrivabene qui s'emplissait le ventre avec ardeur, mais je me vois encore mieux dans la vôtre.

Paola, qui avait quitté la salle, revint alors vers son oncle.

— Papa duc, fit-elle, on ne sauvera pas le paon.

Gacialda devint soucieux et se tut un instant, mais bientôt il s'écria de sa voix la plus éclatante :

— Il faut le tuer tout de suite, le rôtir et l'envoyer en cadeau à notre tenancier Borbottino pour son repas de noce.

Le provéditeur Toderini, qui était assis à la gauche de Gacialda, demeurait songeur. Il se pencha tout à coup vers son voisin de table et lui adressa cette question :

— N'avez-vous pas conservé, monseigneur, vos dessins de jeunesse ? Il y a dans ces premiers croquis, hâtifs et gauches, d'une main encore inhabile, une naïveté souvent ravissante et à laquelle ne sauraient atteindre des peintres d'un art accompli.

— Tiens ! j'y pense. Où sont-ils mes dessins ? Paola, tu dois savoir. J'ai vu Marzio descendre un jour du grenier des papiers pour les latrines. Pourvu qu'il ne les ait pas déchirés ! Il faut vous dire que, maintenant, je suis chasseur, et que je ne m'occupe plus de peindre des anges depuis que j'ai passé l'âge de l'être. Mais vous seriez peut-être heureux d'entendre ma première aventure de chasse. Elle n'est pas commune, je vous prie de croire.

Et il nous apprit comment seul, à douze ans, il tua son premier sanglier.

Il achevait à peine qu'une tête blonde, ébouriffée, mal attachée à un long corps maigre, apparut devant le duc.

— Comment ! dis-je, Michele des Étoiles est ici, mais il est donc partout, cet animal-là !

Le philosophe s'était levé, et, arrêtant sur Gacialda ses grands yeux doux, les narines énormes de son nez retroussé, il interrompit une seconde histoire de chasse.

— Prince, fit-il au milieu du chuchotement indigné des convives qui lui disaient de se rasseoir :

Prince qui laisses à d'autres les plaisirs de la guerre
Et cultives en sage l'héritage paternel,
Mon vers, aux siècles futurs, portera ton nom
Pur de cette fausse gloire qu'on paie avec du sang...

Ce fut au tour de Gacialda de l'interrompre. Il ne parvenait pas à demeurer silencieux. Ses lèvres, brûlantes de paroles, remuaient toujours.

— Bravo, messer, dit-il. Voilà qui est excellent. Je vous avoue que la poésie et moi, nous ne couchons guère ensemble. Je trouve que les vers sont d'agréables balivernes. Quand j'étais jeune, j'en ai écrit moi-même quelques-uns pour ma bonne amie, hum ! hum ! je veux dire pour ma femme. Les vôtres sont fort jolis. Toutes mes félicitations.

Tandis que le duc parlait et qu'on servait les rôtis ruisselants de graisse, les pâtés de venaison, les crèmes aux fruits et que tous les convives s'occupaient de jouer des dents et des mâchoires, j'inspectais la salle, cherchant en vain à découvrir Guido. Je demandai à voix basse à Arrivabene, puis à Michele des Étoiles, qui tous deux se levaient de table, l'un pour aller au retrait et l'autre pour prendre un livre, s'ils l'avaient vu. Ils me répondirent l'un après l'autre que Guido n'était pas avec le cardinal. Alors je me sentis tout à coup triste et dégoûtée ; la lourde gaieté de Gacialda et de ses hôtes, la grossièreté de tous ces gens qui mangeaient avidement, ouvrant de larges bouches au-dessus des plats de viande saignante, me répugnèrent, et, sans attendre la fin du souper, je montai à la chambre où je devais coucher avec Fasol.

Je m'étais toujours figuré, jusqu'alors, que Guido était avec nous et, bien qu'il ne parût point, la pensée que j'allais le voir bientôt, me rendait tout heureuse. À présent que je me savais loin de lui, perdue en ce pays de barbares, j'étais accablée de tristesse. La chambre que l'on m'avait donnée ajoutait encore à ma peine. C'était celle de Paola ; la jeune fille, déjà couchée, me regardait aller et venir de ses grands yeux étonnés, et je me disais que, tout à l'heure, Fasol me ferait la honte de m'embrasser en sa présence, qu'il me faudrait, devant une jeune fille, souffrir un amour qui me répugnait. Je m'affligeais aussi sur mon corps d'amoureuse, habitué à des soins tendres et voluptueux, et que je devrais forcément négliger, dans cette maison où l'on n'avait pas plus songé aux délices qu'aux besoins des sens. Ah ! si j'avais eu Guido près de moi, je me serais bien moquée de tous ces raffinements de toilette ! mais, en son absence, comment ne pas m'occuper de ces grâces qui étaient mon orgueil et ma richesse ? Il me semblait que si, chaque matin, selon les prescriptions de mon coiffeur, je ne pouvais arroser mes cheveux de l'Eau des Fées et me couvrir les joues du Fard d'Avicenne, je ne conserverais pas longtemps ma beauté. Que devenir sans Flavia la Strega qui me faisait des mains de neige, des ongles de nacre, et comment me passer d'Oreggio à qui je devais les boucles fines et la souplesse brillante de mes cheveux ?

Fasol m'avait suivie et, un instant, s'était arrêté à la fenêtre devant la nuit du jardin, pleine de grandes ombres et de pâles rayons.

— Eh, Nichina, dit-il, j'espère que nous allons être bien ! Respire les bonnes odeurs qui nous viennent des prés.

— Est-ce que nous allons rester ici longtemps !

— Je ne sais pas ; quinze jours, un mois peut-être.

Je frappai du pied avec colère.

— Ah ! bran alors !

— Je croyais que tu voulais devenir la petite dryade de Posellino ?

— Je ne veux rien devenir du tout ; je veux m'en aller au plus vite.

Fasol me considérait en ricanant.

— Tu veux t'en aller déjà quand tu étais si pressée de partir !

— Moi ! pressée de partir ? Vraiment je ne sais pas ce que tu as ce soir : tu es fou, je crois bien.

— Comment ! je suis fou ! Tu n'as pas voulu partir malgré tout ce que je t'ai dit, et tu ne t'es pas sauvée de la maison, malgré moi ?

— Non, je n'ai pas voulu partir, non, je ne me suis pas sauvée ; c'est toi qui m'as entraînée dans cet abominable pays où je vais mourir de chagrin.

Je m'étais étendue sur le lit toute vêtue et, tournant le dos à Fasol, je me couvrais le visage de mes mains pour qu'il ne me vît pas pleurer. Il s'approcha et voulut me caresser.

— Tu me fais mal ! lui criai-je, espèce de sot !

— Répète donc un peu ce que tu viens de dire !

Je me retournai brusquement, m'assis sur le lit et, avançant le haut du corps, regardant Fasol bien en face :

— Sot ! sot ! sot ! criai-je.

Pour répondre à cette triple provocation, trois claques vigoureuses et rapides vinrent m'enflammer les joues. Je sanglotai éperdument.

— Lâche ! faisais-je au milieu de mes larmes, lâche qui bats les femmes !

En me voyant souffleter, Paola, qui ne nous avait pas quittés des yeux, se redressa et nous lança un regard effaré. Fasol la considérait avec attendrissement et, comme pour lui-même :

— Les hommes sont bien heureux, disait-il, qui vivent aux champs avec de simples filles, et ne connaissent pas de pareilles possédées.

— C'est ça ! répliquai-je. Va donc coucher avec celle-là ! tu ne feras pas de mal : un derrière crotté, un souillon de village, ça doit te plaire. Regarde : elle est jolie, elle est tentante, n'est-ce pas, la pucelle ?

Je continuais mes sarcasmes quand je vis Paola devenir rouge, se cacher la figure sous les couvertures pendant qu'elle laissait éclater ses sanglots. Désolée de lui avoir causé de la peine, je courus vers elle, retirai la couverture sous laquelle se dérobait sa petite tête en larmes et, de mon mouchoir parfumé, je lui essuyais les pleurs que mes attentions semblaient redoubler. Puis, tout en lui donnant de longs baisers :

— Ma mignonne demoiselle, faisais-je, ne vous chagrinez pas et ne pensez plus à mes paroles ! Voyons, est-ce que je sais ce que je dis, moi : je suis une malheureuse femme qui a beaucoup de peine et s'en prend de ses ennuis à de jolies innocentes comme vous.

Mais Paola répliquait d'une voix entrecoupée par les gémissements :

— Oh ! je sais bien que vous disiez la vérité, madame. Vous êtes jolie, vous, tandis que moi, je suis laide. Personne, jamais, ne m'aimera.

— Voulez-vous bien vous taire ! En voilà des imaginations de petite folle ! D'abord, vous êtes une belle fille, là ! Et puis je saurai vous rendre plus belle encore en vous apprenant à vous coiffer, à vous habiller comme une grande femme. Vous êtes une gamine, ma chérie. Vous ignorez beaucoup de choses, mais vous les saurez bientôt. Je le vois à vos yeux. Ne dites pas non. Tenez, elle rit, l'espiègle ! Allons ! ne pleurez plus : vous êtes si jolie comme ça. Bonsoir, mademoiselle.

Satisfaite d'avoir consolé Paola, je me déshabillai à la hâte et me couchai près de Fasol.

— Et à moi, fit-il, on ne me dit rien.

— Ah ! les hommes, est-ce qu'on leur cause jamais de peine, ils ont des cœurs de pierre.

— Alors, tu ne veux pas faire la paix ?

— Un autre jour !

Mais déjà il me baisait les paupières, les cheveux, la bouche, et m'enlaçait de sa forte étreinte. Il me posséda malgré moi, tandis que mes yeux, pleins de sommeil, se fermaient pour m'offrir l'image adorée. Fasol a dû se croire aimé, ce soir-là, à moins que je n'aie crié tout à coup le nom de Guido : et encore, dans la joie de son désir exaucé, n'eut-il pas, innocemment, transformé les syllabes ?

Le lendemain, tout le monde s'occupa de se parer pour les noces. Le duc, dès l'aube, apparut dans notre chambre.

— Bonjour les amoureux ! cria-t-il. Et comment roucoule-t-on ce matin ?

Il avait mis un costume de velours vert passé et portait un béret orné de plumes de coq. Il jeta sur le lit de Paola un paquet soigneusement enveloppé.

— Tiens ! fillette, voici la robe de bal de ta tante. Vous étiez de la même taille : elle t'ira. Mais, fais-y attention.

Paola eut un sourire de plaisir en déployant la robe qui était bordée d'un passement noirci par les années, mais dont la soie avait assez de reflets pour réjouir sa coquetterie de paysanne. Quand je vis sa taille emprisonnée dans l'énorme corps de jupe, je ne pus m'empêcher de rire. Craignant de l'attrister de nouveau, je voulus lui laisser croire que c'était Fasol qui excitait ainsi ma gaieté.

— Seigneur Jésus ! m'écriai-je, quelle mine sérieuse, un jour de noces !...

Mais Fasol, assez bas pour n'être pas entendu, blâmait mon penchant à la moquerie.

— Le ridicule, disait-il, réjouit les égoïstes qui se jugent au-dessus du prochain, dès qu'ils surprennent ses misères ; il attriste les âmes tendres dans leur désir de ne rencontrer sur la terre que des êtres aimables. Pour ma part, je ne puis le concevoir, et je m'imagine volontiers qu'il n'existe plus aussitôt que l'on cesse de considérer les êtres isolément. En effet, la nature a voulu que des liens étroits unissent les hommes et les a placés de telle sorte que la disgrâce des uns sert la perfection des autres, lui emprunte quelque lustre ou disparaît devant elle. Est-ce qu'une fiente d'oiseau, étalée sur la fenêtre d'un palais, va en déshonorer la magnificence. De même, dans l'ensemble harmonieux du monde, la laideur ne saurait m'affecter. Au plus répugnant visage le soleil met toujours de belles ombres.

Cependant j'aidai Paola dans sa toilette et, sans me préoccuper des paroles de Fasol, je fis tous mes efforts pour qu'à mes yeux, elle ne fût point ridicule, puis Fasol et moi, en attendant la messe, nous errâmes autour du château.

Sur le chemin qui conduit aux habitations des tenanciers, nous rencontrâmes le cardinal qui causait avec un vieux paysan. Le bonhomme, courbé en deux, les mains derrière le dos, le haut du corps précédant de beaucoup l'arrière-train, s'avançait à la façon d'une vipère, tendant une petite tête qu'illuminaient des yeux bleus et fixes, bordés de rouge et entourés de vingt cercles de rides. De temps à autre, on voyait une bouche d'un rose tirant au noir s'ouvrir lentement, découvrir des dents noires comme l'ébène et se refermer avec un grand bruit de mâchoire. Il nous fut facile de suivre l'entretien, car le bonhomme criait de telle sorte qu'on eût dit qu'il s'adressait à tous les passants.

— Alors, père Borbottino, disait le cardinal, vous n'êtes pas satisfait du mariage de votre fille ?

— Pour sûr que non, monseigneur.

— Et toutefois vous avez donné votre consentement.

— J'l'ai donné ; j'l'ai pas donné. C'est-à-dire que nous fallait de l'argent. Il en a, lî, le Beccafico ! Moi, j'aviant dans l'idée que fallait l'aguicher, histoire de lî tirer quêques quattrini. Lorsque l'galant nous aurait compté les pièces, la fille, en vire-voltant su'les talons lui z'eut envoyé par le visage cette friandise : « Va-t'en, m'ami, attendre à l'glise que j'y vienne, le jour du mariage de sainte Catherine. » Mais l'homme a de la malice, y ne s'est point laissé berner. C'est même lî qu'en a conté à l'innocente. Quand j'ai su que l'paillard m'l'avait de vrai ou quasiment gâtée et pis, qu'à présent, y cherchait une aut'sotte pour la plaisanterie, moi, tout vieux et courbé que j'suis, j'ai pas hésité ; j'suis allé à Saliceto, jusqu'au logis du sire et, l'saisissant par l'bras, l'vant un manche ed pelle que j'aviant emporté : « Couillon ! lî ai-je dit, t'es de ces animaux qui s'amusent à creuser des trous sans s'occuper ensuite d'les boucher, et ne pensent guère à conduire dans leur lit la fille qu'y z'ont eu au bord du pré, mais t'as affaire aujourd'hui s'à ton maître. — Eh là ! qu'avez-vous à geindre ? » me demande le drôle qui c'mence à faire le niais comme si j'ne voyais pas clair dans son jeu. Mais moi qui mets pas une matinée à dire ma messe, je vas au but et j'lî crie : « C'que j'ai ! J'veux qu'tu t'maries avec la Borbottino. — Ah bian ! si vous l'v'lez, moi, je l'veux bien. Ne vous fâchez pouè pour ça. Autant cette-là qu'une aut' — Épouse-la donc ! et sans tarder, ou j't'écrase la trogne, vilain joufflu que tu z'es ».

— Enfin, c'est un parti convenable pour votre fille ?

— Oui z'et non. C'est-à-dire que, s'il a l'sac, comme c'est sûr d'ailleurs, y n'le montre jamais. Y n'ont pas leurs pareils pour être avares, dans cette sacrée famille de Jean-fesse. Et pis, y n'sont seulement pouè du peys, étant nés et demeurant à Saliceto, qu'est à deux heures d'route d'la maison.

— Ils ne vous plaisent pas, mais leur argent vous plaît. Sans doute votre vie est difficile à Posellino ?

— Ça n'est pas que nous sêyons malhureux ; seulement l'maître nous d'mande d'l'argent.

— Le duc se montre très exigeant à votre égard ?

— C'est-à-dire qu'aujourd'hui z'y n'est pas raisonnable. Pendant dix années, y nous a laissés aller not'p'tit bonhomme de chemin sans rien nous réclamer, et v'là, tout d'un coup, qu'y jete les hauts cris pace que nous n'pouvons pas encore lî payer nos redevances. Voyons ! un peu de bons sens ! une année de plus ou de moins, c'est y z'une affaire pour un grand seigneur comme lî ! Savez-vous ce que j'ai dans l'idée ?

— Non.

— J'ai dans l'idée qu'y boit.

— Le duc a peut-être des vices plus honteux encore.

— Possible ! on l'a vu z'en compagnie de la fille à la Buratella, une éhontée qu'en accepte de tous les hommes.

— Parlez-moi franchement, père Borbottino ! Vous êtes mécontent du duc et vous trouvez que c'est un mauvais maître.

— J'dis pas ça.

— Vous ne le dites pas mais vous le pensez.

— J'pense qu'y ne s'conduit pas bien avec des tenanciers qui l'servent aussi fidèlement. Non ! y s'conduit pas bien avec nous, et vous pouvez le faire savoir au pape, si vous le rencontrez.

— Tenez, mon bonhomme, dit le cardinal, cet argent vous viendra en aide.

Et il lui mit plusieurs ducats dans la main. Le Borbottino considéra l'or avec dévotion, puis déboutonnant ses braies, il laissa tomber les pièces, une à une, dans une poche profonde qui était cousue à la doublure. Ensuite, il s'appuya sur les mains pour courber devant le cardinal son dos voûté et s'en alla en répétant :

— Ah ! monseigneur, vous êtes un fier honnête homme, vous !

Cet entretien du cardinal, si dédaigneux d'ordinaire, avec un paysan ; les paroles malveillantes qu'il avait eues pour le duc, son hôte ; l'or qu'il avait donné au vieillard comme pour encourager ses mauvaises dispositions envers son maître, tout me causait un singulier étonnement. Alors, je ne sais pourquoi, la causerie que j'avais surprise de la cellule, à Notre-Dame-des-Bois, et à laquelle je ne songeais plus, me revint exactement à la mémoire. Je n'avais rien oublié. Et les mots s'en présentaient maintenant à mon esprit avec un sens terrible. Un crime va se commettre, pensais-je, et je ne sais sur quels êtres, et j'en ignore le but ! Comment découvrir, comment faire avorter le complot ? Pourtant je me rappelais bien que le cardinal, dans cette conversation de Notre-Dame-des-Bois, avait parlé de Paola, qu'il l'offrait à son interlocuteur pour amoureuse. Et j'avais beau me dire que c'était sans doute de sa part une plaisanterie indifférente, j'essayais vainement de calmer mon anxiété.

Sur ces entrefaites, Paola, toute parée et tenant à la main un gros livre de prières en velin blanc, vint nous rejoindre. Fière de porter sa robe ridicule et trop longue, dont la traîne embarrassait ses mouvements, gauche et gênée par la nouveauté de son costume, elle avait perdu son air farouche de la veille et, son teint, rafraîchi par une longue toilette, ses yeux bleus pleins d'étonnement et de naïveté, lui faisaient le visage d'un tout petit enfant. Le cardinal, en la croisant, lui adressa d'ironiques flatteries, dont elle ne sentit point le côté moqueur, et qui lui mirent un instant le visage en feu ; mais, sans lui répondre, elle se dirigea vers nous.

— Je vais voir la mariée, dit-elle, vous savez : c'est ma sœur de lait.

Comme elle nous invitait à l'accompagner, nous la suivîmes au milieu des poules et des porcs en folie, jusqu'à la maison de la Borbottino. Dans l'unique chambre, qui servait aussi de boulangerie, pleine d'odeurs de pain chaud et de pommes mûres, la mariée, aidée de sa mère et de sa grand-mère, était en train de revêtir sa robe de noces. C'était une grosse fille dont le corps, tout d'une pièce, ne donnait l'idée d'aucune forme ; seulement on oubliait cette lourde charpente en regardant son visage, dont la peau mate, les yeux clairs et doux étaient d'un grand charme. Cette tendresse du regard semblait commune à toute la famille, mais elle se mélangeait chez la mère de tristesse et de soumission ; chez l'aïeule, d'indépendance et de sauvagerie.

Paola s'approcha de la mariée, lui posa les mains sur les épaules et la baisa sur les deux joues. Elle embrassa de même les deux autres femmes.

— Quoi donc ! dit-elle en voyant la mère essuyer lentement une larme du bout du doigt, vous pleurez pour le mariage de votre fille ? Ça vous chagrine donc bien ?

— Ne m'en parlez pas, ma pauvre demoiselle, sait-on où elle s'en va, en ce jour ?

— Oh ! remarqua Paola, que t'es-tu donc mis sur le front ? Pourquoi ne pas laisser voir tes jolis cheveux ?

La figure de la vieille grand-mère eut une expression féroce. Elle saisit le bras de Paola et s'écria :

— Ses cheveux ! Savez-vous ce qu'y sont devenus, ses cheveux ? Y les lui z'a coupés, pour les vendre, sous prétexte que ces noces-là lî coutaient trop cher. Et le père l'a approuvé, comme il approuve tout ce que fait son gendre.

— On nous avait offert de ses cheveux le mois dernier quinze ducats, reprit la mère, et nous qui sommes d'pauv'gens, nous aviant refusé, par respect pour sa figure de chrétienne. Et lî ! il a des moyens, pourtant !

— Possible ! j'ai des moyens. Seulement j'aime mieux pas être si fier, couper les cheveux de ma femme et payer mes redevances.

C'était le futur mari qui entrait, habillé de vêtements noirs propres, mais rapiécés. Rouge de visage, d'allure gaillarde mais un peu lourde, il avait des yeux ternes, qui, de temps à autre, brillaient de petites flammes polissonnes. Il souriait avec tranquillité, en homme qui ne croit pas avoir à douter de l'avenir.

Il jeta brutalement sur la table un mince bouquet de roses artificielles, puis, considérant, sous la robe courte, les jambes de la mariée, joliment chaussées de bas cramoisis.

— Ma fiole ! Vous vous refusez rien : des bas de soie à présent !

— Ça vous regarde-t-il ? répartit la grand-mère. Pouillez-vous comme y vous chante et laissez-nous mettre les hardes qui nous conviennent. Est-ce qu'on se marie tous les jours ? Non, grâce au Ciel ! Mais avez-vous pas bientôt fini de la regarder des pieds à la tête ? V'le-vous aussi, pendant que vous y êtes, lî voir l'cul, si elle y met des dentelles ?

— Pour sûr ! je veux voir ce qu'elle a su'l'dos, car c'est moi qui devrai payer toutes ces frusques, après la bénédiction.

— Ayez donc pas peur ! On sait ce qu'on doit attendre d'vous, et on compte pouè sur vot'grenier pour faire manger nos poules !

— Enfin, v'les-vous me dire d'où qu'y viennent, ces bas ?

— C'est un cadeau.

— Un cadeau ! Un cadeau ! Jusse Ciel ! Et de qui ?

— Un cadeau du seigneur.

— Ah bian ! Ah bian ! répéta le Beccafico qui se mit à marcher de long en large à petits pas pesants et satisfaits.

Cependant le Compagnon de l'Anneau, qui devait conduire la mariée à l'église, était déjà sur le seuil. Un bourdonnement de voix et de gros rires s'élevait de la foule rangée devant la porte. Il ne manquait plus un invité. Les derniers retardataires, des parents ou des amis du Beccafico, venaient d'arriver à cheval.

— Dites donc, grand-maman, on attache les chevaux dans l'aire, n'est-ce pas ?

— Seigneur Jésus ! Ça sera propre ! Et mes pauv'choux, que vont-y devenir avec c'te cavalerie ? T'nez ! T'nez ! V'là déjà l'cochon qui s'sauve. Y lui z'ont fait peur. Bon sang de bon sang !

j'aurais mieux aimé me passer de manger trois jours de suite que de voir des noces pareilles.

Et la vieille, brandissant une baguette, au milieu des ricanements criards des oies et des petits rires étouffés des poules, s'élançait sur le chemin à la recherche du porc. Quand elle rentrait, toute haletante, le Beccafico s'approchait d'elle, la main tendue.

— Voyons ! Vous ne m'en v'lez pas !

— Gnan ! gnan ! gnan ! répondit la grand-mère entre ses dents, sur un ton si ambigu que nul ne pouvait savoir si elle pardonnait à son gendre ou si, au contraire, elle lui conservait son ressentiment.

La cloche de la chapelle seigneuriale sonnait d'une large volée quand le duc accourut à toutes jambes. Le ceinturon de son épée, qui lui serrait outrageusement le ventre, le rendait semblable à un double boudin, et son pourpoint vert était si étroit qu'on se demandait, à chaque instant, quel miracle empêchait son costume de craquer et, comme le voile du temple, de se déchirer du haut en bas.

— Eh ! eh ! mes enfants, qu'est-ce que vous faites donc ? s'écria-t-il en essuyant son front dégouttant de sueur. Mon chapelain s'impatiente. Songez qu'il ne peut manger qu'après avoir dit sa messe.

— Allons ! fit le Beccafico en ouvrant la marche d'un pas lourd et rythmé, tandis que la Borbottino embrassait sa fille en sanglotant.

Le duc nous avait pris à part. Il frappait sur l'épaule de mon ami qui le dépassait d'une tête.

— Mon petit Fasol… Ça vous étonne, n'est-ce pas, que je sache votre nom, mais je sais tout, moi !… Mon petit Fasol, écoutez : je vous retiens, s'il fait beau, après la noce. Nous partons pour Saliceto. Et vous verrez une chasse ! Vous verrez une chasse ! Je ne vous dis que ça.

Paola, les yeux fixés sur son livre de prières, d'une main précautionnée, enlevait les fermoirs d'or. Je ne sais pourquoi ce geste indifférent m'émut jusqu'aux larmes. La tranquillité de ces gens, que menaçait peut-être une affreuse catastrophe, excitait toute ma pitié. De nouveau le pressentiment d'un crime mystérieux venait me remplir l'âme de terreur. Je me plaçai à côté de Paola, résolue à lui confier mes craintes et, comme elle était absorbée par sa lecture, je la tirai par la manche.

— Que voulez-vous, madame ? me dit-elle en levant les yeux sur moi.

Mais au même moment, j'aperçus près de moi, le cardinal et l'abbé Coccone. Ils me regardèrent en passant, et je suis certaine qu'ils me reconnurent ; seulement ils détournèrent très vite la tête comme s'ils ne m'avaient pas remarquée. Ils se chuchotaient à l'oreille, mais j'ai l'ouïe fine et j'entendis parfaitement leurs paroles.

— Nous avons bien manqué notre coup à Venise.

— Nous pouvons reprendre ici la comédie. À la campagne, et jouée par l'homme que j'ai sous la main, elle ne peut manquer d'avoir du succès !

À travers la foule des paysans qui, d'un pas lourd, pesant et endormi, se rangeaient sur leur passage, ils se frayèrent une voie jusqu'à la chapelle où ils entrèrent avec beaucoup de recueillement et de solennité.

— Que voulez-vous donc, madame ? me répétait Paola.

Hélas ! je n'osais plus rien lui avouer, comme si l'apparition de mes ennemis avait subitement glacé les mots sur mes lèvres. Et je ne sus que lui faire cette inutile remarque :

— Votre croix est de travers, mademoiselle.

Cependant Fasol avait déjà posé le pied sur le seuil de l'église, amusé par la bigarrure des costumes.

— Entre, si tu veux, lui dis-je, moi je demeure ici ; j'ai besoin d'air.

Alors, laissant la noce s'engouffrer dans la chapelle, nous restâmes à nous promener aux alentours du château.

Le mot de noces avait éveillé le caquet de toutes ces dames, jeunes et vieilles, qui entouraient Nichina. Pour quelques instants, elles n'écoutèrent plus le récit, entraînées par de riantes images d'épousailles.

— Le bruit court, madame, commença Marina Stella en s'adressant à Betta Pedali, le bruit court que mademoiselle votre fille va se marier ?

— Ah ! fit Betta, ç'avait d'abord été mon intention d'unir ma fille à un ancien ami, fort riche, un peu âgé, il est vrai, mais excellent homme, et qui se fût montré plein d'égards pour sa jeune femme. Quand ma Bettina l'a vu, elle a jugé qu'il lui en imposait trop, qu'elle le regarderait toujours comme un père. En vain lui ai-je rappelé que le respect d'une femme était un gage de bonheur dans un ménage ; en vain lui ai-je démontré que l'âge de son mari lui garantissait de sa part prévenances et fidélité, – vous savez ce que sont ces folles cervelles ! – elle n'a rien voulu entendre. Aussi j'ai dû la lancer dans la galanterie.

— Le métier est perdu à notre époque, remarqua tristement Marina Stella. En effet, depuis qu'elle était devenue laide, elle ne conservait qu'un seul amant, le sénateur Pizzamano, celui qu'on appelait « le vieux larmoyeur ». Tout le faisait pleurer : les triomphes et les malheurs de Venise, la misère de l'espèce humaine et la beauté absente de sa maîtresse. Mais si l'on en croit les jaloux, Marina Stella ne se contentait pas d'attiser les regrets de son amant : elle avait pour lui mille attentions que son air modeste, sa parole prudente n'eussent point laissé deviner.

Angela Balla-l'Ocche s'écria :

— Et le mariage donc ! Croyez-vous qu'il fait beau pour les mères de marier leurs filles, à présent qu'il faut à nos péronnelles des trousseaux de reine ? Où trouver un épouseur pour subvenir à tout ce luxe ? Figurez-vous, ma chère, je suis allée aux fiançailles de la petite Elena Brunetta, – vous savez, la fille de la Calighera. On avait exposé sur le lit nuptial ses robes, son linge de corps, ses chaussures. J'ai vu des fraises de dentelles ornées de perles, des éventails de plumes, des collets chargés de rosaces d'or émaillé, des petits souliers à croquer, ma chère ! Je voudrais bien savoir le nom du cordonnier pour m'en faire commander de pareils. Ah ! il y en avait pour de l'argent ! Seigneur Jésus ! On avait mis là tout ce qui pouvait servir à la future, à chaque moment de son existence, à ses mois, à ses couches, à ses relevailles… que sais-je ? Enfin on n'avait rien oublié. Polissena et moi nous avons cherché le bassin d'or où devait se mirer son second visage : il y était ! offert à la vénération des fidèles, comme le vase du précieux sang, le jour du Vendredi Saint. Le fiancé, pareil à un capitaine qui montre à l'ennemi les forces dont il dispose, se réjouissait d'étaler, aux yeux de tous, ce qui allait défendre son honneur. Barrières pourtant bien faibles, et dont il ne devait guère se louer, ces corsages qui ne cachent pas seulement le creux de l'aisselle, ces collerettes si courtes qu'elles laissent à tous moments les seins à découvert, et ces caleçons à l'ouverture béante qui formeraient un cadre plutôt qu'un voile au tableau, si la chaste jupe ne se trouvait là, pour protéger, fût-ce un moment, la vertu des épouses ! En regardant ces chemises indécentes, ces jupes de ruffianes, ces voiles conseillers d'adultères, Polissena n'a pu retenir sa langue, la méchante gale ! Prenant en main un petit caleçon bordé de dentelles, si fin et si coquet qu'on avait envie de se le coller sur le derrière, elle s'est approchée du futur mari et, le plus naïvement du monde : « Pardon, monsieur, a-t-elle fait, quel jour est la vente ? »

Madame Betta Pedali continuait à nous entretenir de sa sollicitude et de ses chagrins maternels :

— Je connaissais la Bombarda de longue date ; c'est une vieille camarade d'école. Il y a peu de femmes qui soient, autant qu'elle, intelligentes et laborieuses. Il faut la voir, aux grandes fêtes de l'année, quand Venise regorge de marchands et de voyageurs en quête d'aventure galante. En ce temps-là, elle ne ferme l'œil de la nuit ; inspecte sa maison du haut en bas ; par des lucarnes mystérieuses contemple les couples ; veille à ce que chacune fasse son devoir ; active du geste, de l'œil, d'une confidence glissée à propos à l'oreille, l'ardeur des plus jeunes ouvrières. Si quelqu'un, dans la crainte qu'elle ne tombe de lassitude, lui conseille de prendre un peu de repos. « Ah ! répond-elle, avec une fierté de commandant des galères, il faut que je sois toujours sur le pont. Comment, sans moi, marcherait mon équipage ? » Je pensai que ma fille, puisqu'elle se destinait à la galanterie, ne pouvait être en de meilleures mains, car moi, je ne voulais pas lui donner de conseils, ni lui servir d'exemple. Vous comprenez qu'après lui avoir trouvé un beau parti, il m'en coûtait de lui dire : « Ma fille, fais-toi une spécialité de caresses. Tu n'auras aucun amant en titre et tu les auras tous en secret. Tu passeras pour être leur esclave et ce seront eux qui te lécheront les pieds. Une complaisance d'un instant t'évitera de souffrir, toute une journée, leurs déclarations mensongères, leurs querelles amoureuses, leur brutale jalousie. Ils affecteront de te mépriser : tu y perdras quelques bouquets et tu y gagneras beaucoup de ducats ». Ce sont là maximes à mon usage et formant ce que j'appellerai ma morale personnelle, mais une mère de famille ne veut point pour ses enfants des chemins qu'elle a suivis elle-même : C'est un grand tort et je le vois bien maintenant. La Bombarda plaça tout d'abord ma fille dans la classe des Consolatrices et lui donna pour son début un veuf en larmes dont une maladie contagieuse venait d'emporter la famille. Bettina ne sut qu'augmenter la douleur de cet homme et pleurer avec lui. Le lendemain, mon amie me renvoyait ma fille en m'écrivant « qu'elle n'avait aucune aptitude et ne réussirait certainement pas dans la profession qu'elle avait choisie ». Elle ajoutait : « Seul le sénateur Pizzamano pourrait être séduit par ses larmes, mais à sa place, je me ferais un cas de conscience d'enlever à Marina Stella un amoureux dont la pauvre fille a si grand besoin pour sa subsistance ».

— En vérité, j'en ai si grand besoin que cela ! interrompit Marina Stella. Eh bien, je voudrais lui montrer, à cette Bombarda, les lettres que je reçois, si nombreuses et en termes si honorables, que j'ai prié un poète de mes amis de venir me les classer pour les faire imprimer après ma mort. Ah ! je n'ai pas d'amants ! eh bien, je voudrais que la Bombarda eût seulement chez elle le quart des hommes éminents qui sont venus me supplier à genoux de leur accorder mes faveurs. Seulement, voilà ! je tiens à rester fidèle à un homme que j'aime.

— Vous avez une passion pour le sénateur Pizzamano ?

— Certainement. Il a tant de bontés pour moi. Si vous saviez ! c'est un père. D'ailleurs moi je suis honnête, les désirs des hommes me répugnent. Croyez-vous que, pareille à certaines femmes de ma connaissance, je consentirais, pour un peu d'or, à renier mon sexe et à offrir à un galant, comme un turc, l'envers de ma personne ?

En prononçant ces paroles, Marina Stella levait des yeux provocateurs sur Betta Pedali, mais sa malice fut perdue. Betta, qui songeait à sa fille, ne se préoccupa même pas de lui répondre, trop fière, d'ailleurs, de ses succès passés pour être sensible à une médisance.

— Si vous aviez vu ma pauvre enfant lorsqu'elle revint de chez la Bombarda : elle était pâle comme ma chemise. J'essayais de la consoler, mais j'y perdais mon latin. « Puisque je ne puis pas réussir chez la Bombarda, répétait-elle, puisque je ne puis pas réussir, c'est bien simple : je vais me flanquer à l'eau. »

— Pourquoi donc vous obstiniez-vous à lui faire prendre un métier ? interrompit encore Marina Stella, que l'émotion de son adversaire ne désarmait pas. N'aviez-vous pas assez travaillé sous les courtines pour que votre enfant pût à présent se reposer ?

— Il n'est pas convenable de laisser les filles dans l'oisiveté, remarqua, sur un ton grave, Angela Balla-l'Ocche.

— Il est surtout imprudent, répliqua Marina Stella, de les abandonner à leurs penchants quand elles n'ont eu, pour toute éducation, que les exemples et les conseils d'une mère sans pudeur. Qu'elles prennent un amant, elles ne se feront guère scrupule d'emporter un trésor acquis par des voies si peu chrétiennes.

— Hélas ! s'écria Betta Pedali à laquelle cette réflexion arracha des sanglots, j'aurais dû prévenir ce qui est arrivé. Elle s'est sauvée, l'ingrate ! et devinez avec qui ? avec un peintre ! emportant tout ce qu'elle a trouvé dans la maison. Par bonheur, j'avais caché la cassette où je renferme ma fortune, car elle l'eût emportée aussi. Voici un mois qu'elle est partie et je n'ai pas de ses nouvelles. Ah ! je suis bien malheureuse ! Le bon Dieu me punit d'avoir autrefois causé tant de peine à ma pauvre mère.

— Vous avez causé de la peine à votre mère ?

— Oui, ma pauvre maman voulait me marier à un charpentier, et moi j'ai préféré devenir la maîtresse d'un archevêque.

— Pardon, observa Angela Balla-l'Ocche, le cas est tout différent. Votre fille, Betta, s'est sauvée avec un peintre qui, sans doute, n'a pas un bagattino devant lui et serait incapable de barbouiller congrûment une porte. Vous, au contraire, en choisissant cet archevêque, vous vous êtes assuré une fortune : votre mère n'avait pas sa tête à elle lorsqu'elle vous ordonnait d'épouser un charpentier, et, vraiment, c'eût été vous donner au diable que de ne pas lui désobéir.

— Toutes les filles sont ingrates pour leur mère, conclut Marina Stella. Seule, la Petanera, a su montrer un dévouement filial digne de notre admiration. Pour que cette mère ne fût pas humiliée par la jeunesse et la beauté de sa fille, celle-ci la faisait passer pour sa grande sœur, et elle exigeait de ses amants qu'avant de la toucher elle-même, ils fissent, sur cette prétendue aînée, l'essai de leur vigueur. Toutefois Madame Petanera, voyant que cette clause indisposait les hommes, s'est résignée noblement à se retirer de la scène et à laisser à sa fille les destinées de sa maison.

À ce moment, nous entendîmes s'élever au fond de la salle les appels d'une petite voix enfantine.

— M'man ! m'man ! criait-on.

Comme tout le monde se regardait avec surprise, Angela Balla-l'Ocche crut devoir satisfaire la curiosité générale.

— C'est Aquilina, ma petite fille, que je n'ai pas voulu coucher parce que je tenais à écouter l'histoire de Madame Nichina.

— Comment ! Elle n'est pas encore dans son lit, à cette heure !

— Oh ! ça lui arrive plus d'une fois. Elle attendra bien un peu. Je vais la prendre sur moi.

Mais la fillette, complètement éveillée, s'élançait et bondissait dans la chambre comme une petite chèvre.

— Chut ! chut ! Voulez-vous bien vous arrêter, mademoiselle !

Cependant elle s'était élancée vers moi, avait, d'un grand effort, grimpé sur mes jambes, et, maintenant cherchait sur mon genou une petite place pour ses fesses, asseyant la droite et la gauche tour à tour.

— Eh bien ! Lina ! vous ne vous gênez pas, disait Angela.

— Laissez-la donc, madame, elle est si gentille.

Lina d'ailleurs, sans s'occuper des appels de sa mère, s'était mise décidément à califourchon sur ma jambe. Elle me regarda de ses gros yeux innocents.

— Veux-tu que je te bise !

— Oui, je veux bien.

— Moi aussi, veux bien, mais donne d'abord une p'tite pièce.

Ne possédant point ce qu'on me demandait, je crus pouvoir remplacer la pièce par des dragées que m'avait offertes Nichina après le souper. On accepta l'échange. Je glissai le bonbon entre les lèvres de l'enfant qui le croqua très vite.

— Baise-moi maintenant.

Alors toute sérieuse, en roulant de droite à gauche ses gros yeux vagues et indifférents, elle se pendit à mon cou et me fit résonner la joue sous un long baiser.

— Donne une autre drazée et te biserai encore.

Je lui tendis les lèvres.

— Non, bonbon d'avance !

— N'est-ce pas qu'elle est avancée pour son âge ? dit Angela Balla-l'Ocche. Elle n'a que cinq ans. C'est noncle, noncle Zan, qui apprend tout cela à Lina.

Mais soudain la fillette s'élança de mes genoux, fit une cabriole sur le tapis et, montrant au-dessous de ses jambes écartées, que le mouvement avait découvertes, sa petite tête renversée, malicieuse et toute en rires.

— Tiens ! pisque t'es zentil, z'vais t'le faire voir pour rien.

Et elle écartait les cuisses, tout heureuse d'étaler sa mignonne nudité.

Angela Balla-l'Ocche, furieuse, rouge de colère, atteinte au vif de sa dignité maternelle, s'était levée d'un bond et courait ramener sa fille dans le devoir.

— Misérable petite sale ! dit-elle en la mettant debout avec de grandes claques. Qui vous a enseigné ces choses ? Voulez-vous avoir le fouet, mademoiselle ? A-t-on jamais vu une enfant pareille !

Il y eut des sanglots étouffés par des menaces, des tapes assourdies sur les jupes, des promesses de châtiments chuchotés à voix basse et, finalement, un grignotement de dragées et un bruit de sonores baisers sur des joues encore en larmes.

Ce fut au milieu de cette réconciliation tendre et batailleuse d'une mère violente et de sa polissonne fillette que Nichina continua son récit.

Tandis que Fasol, devant la chapelle, regardait une sculpture du portail et que je songeais à partir aussitôt pour Venise, les gens de la noce sortirent en riant, en se bousculant, avec de grands cris et une pétulante gaieté qui nous joignit à eux et nous entraîna dans leur course. Au milieu de mon trouble, je me sentais attirée par ces foules joyeuses comme s'il était possible, à leur contact, d'oublier sa tristesse et de gagner l'insouciance. Ces pauvres paysans, dont plusieurs faisaient carême toute l'année, ne se tenaient pas d'impatience à la pensée du dîner copieux qui allait leur être servi. Ils imaginaient, par avance, les pièces de volaille, les gâteaux et les fruits qui devaient composer le repas, tout en se grattant l'oreille ou en se nettoyant le nez du bout du doigt. Quelques-uns, moins soucieux de leur ventre, échangeaient leurs impressions sur le costume des époux, sur la robe de la petite châtelaine, sur le pourpoint en velours vert du duc Gacialda. Ils ne concevaient pas des manifestations plus parfaites du luxe et de l'élégance, et ils restaient encore éblouis de ce qu'ils venaient de voir. Le cardinal excitait aussi les curiosités. On se demanda ce que pouvait bien être ce seigneur habillé de rouge. Tout le monde se détournait sur son passage et on l'examinait, par-derrière, en détail. Un paysan ne résista pas au désir qu'il avait de connaître Benzoni et, après s'être incliné très bas, il lui tendit la main.

— Dites donc messer, seriez-vous point l'oncle de not' châtelaine ?

Le cardinal promenait sur les groupes son regard dédaigneux, tandis que Coccone fronçait les sourcils et repliait la lèvre inférieure sur son menton, inconsolable d'avoir posé le pied au milieu d'une mare et trempé le bas de sa soutane.

L'idée de l'étreinte prochaine, qui allait ensanglanter une vierge, rendait les vieilles, selon leur caractère, graves, jacasseuses, prodigues de confidences. Sous leurs longs voiles noirs, elles penchaient l'une contre l'autre leurs figures jaunes comme des coings, ridées comme l'écorce d'un chêne, se chuchotaient à l'oreille des recettes mystérieuses, rappelaient la manière dont la mariée doit se tenir dans le lit en attendant le mâle, les moyens de prévenir sa colère au cas d'un doute injurieux ; puis, à des souvenirs attristants, elles levaient les yeux au ciel, pleuraient de grosses larmes, frappaient sur leurs cannes recourbées.

— Si on savait ce qu'on sait à ct'heure, Jésus !

— Oui, si ç'atait seulement à r'commencer !

— Je vous dis, la mère, y a pas de sorcellerie qui tienne ! Si la peau attire la peau, faut qu'y viennent l'un dans l'autre, quand bian même li diable voudrait s'mettre entre eux !

Les jeunes filles, voilées de blanc et portant au cou de petites croix d'or ou des colliers de verroterie, se tenaient roides et immobiles, de crainte de ramasser de la boue à leurs jupes.

— Quel âge as-tu, Veronica ? demandait l'une.

— Quinze ans passés de la Saint-Jean.

— Voilà l'âge.

— Oh ! attendez encore.

Soucieuses de jouer convenablement leur rôle de grosses petites saintes, elles souriaient avec douceur, et leur bouche entrouverte dans leurs joues roses ressemblait à l'entaille d'un couteau dans une pomme. On eût dit qu'en revêtant leur robe de fête, elles étaient devenues pareilles à des statues creuses pour enfermer à l'intérieur d'elles-mêmes toutes leurs passionnettes, sans en rien laisser transparaître. Seulement, si un lourd garçon venait, par-derrière, leur pincer la croupe, elles répondaient par une ruade bien envoyée qui faisait éclater de rire l'audacieux, tandis qu'elles lui lançaient un coup d'œil de colère et d'indignation.

Les jeunes gens les dévoraient du regard.

Dans cette bande de mâles, il y avait, sans doute, plus d'un tendre amoureux qui s'en allait aux veillées ou aux champs, à côté de sa promise, n'osant lever les yeux vers elle, plus attentif à ses moindres paroles qu'un écolier à la leçon du magister, mais en troupe, excités par l'exemple d'un des leurs, on voyait, à leurs yeux brillants de fureur amoureuse, qu'ils ne songeaient plus qu'à renverser, à fouler de leurs fougueux désirs ces corps de vierges.

Cependant, le duc venait de sortir de la chapelle. Il s'arrêta un instant, essuya son front dégouttant de sueur et, après avoir, deux ou trois fois, tourné très vite la tête à droite et à gauche, il se mit à courir de groupe en groupe en donnant ses ordres d'un geste vif et d'une parole rapide. On eût dit un général préparant une grande bataille, tant il paraissait actif et pressé d'affaires. Et, comme un petit marmiton s'élançait hors des cuisines, portant sur un plat d'argent un énorme pâté, le duc l'arrêta d'un cri.

— Allons, est-ce le paon, cette fois ? Depuis une heure que vous le faites attendre !… Ah ! mon petit Fasol, ajouta-t-il en se tournant vers mon ami, je ne voudrais pas avoir à marier tous les jours mes tenanciers : cela me donne une peine, un tracas !… Et vous, faisait-il à un nouvel arrivant, qu'est-ce que vous voulez ? Vous êtes le violon, dites-vous : hé bien ! allez vous placer tout de suite près de la flûte. Dépêchez-vous !

Le père Borbottino s'approchait doucement, découvrant ses dents noires.

— Dites donc, not' maître, commençait-il, j'voudrais vous parler.

— Tout à l'heure, mon ami, tout à l'heure ; vous voyez : je suis occupé.

— Ça serait rapport aux redevances. C'est quasiment malhonnête de vot' part de nous les réclamer au moment du mariage de not' fille.

— Le mariage de votre fille ! C'est ma bourse qui en fait les frais.

— Enfin, ça serait tout de même bian de vot' part, not' maître, de nous laisser en paix comme les aut'z années.

— Nous verrons ça, père Borbottino, nous verrons ça. Maintenant je ne puis vous écouter.

Le vieux s'éloigna de son pas lent, tranquille, glissant çà et là, au milieu des groupes, sa tête de vipère.

Une clameur prolongée annonça que le dîner était prêt. On avait dressé les tables en plein air et chacun courut y prendre sa place. Il y eut un grand tumulte fait du trépignement et des cris de deux cents personnes. Le duc passait, tout essoufflé, derrière les bancs, se plaisait à changer de place les convives, entraînant à son bras ou poussant par les épaules de grandes filles qui s'en allaient retrouver leur rang, les yeux baissés et en pouffant de rire. Enfin le moment arriva où tout le monde put s'asseoir. Les larges croupes s'écrasèrent sur les bancs et les coudes s'étalèrent sur les tables, avec lourdeur et tranquillité comme pour bien marquer leur prise de possession. Alors on n'entendit plus que le bruit des lèvres gloutonnes aspirant la soupe et des cuillers d'étain raclant les écuelles. Je ne sais pourquoi le duc m'avait séparée de Fasol. J'étais assise entre le frère du marié et une vieille coquette de petite ville à laquelle le Beccafico avait vendu les cheveux de la Borbottino. Il lui rappela même le marché.

— Et, à propos, comment vous va la crinière de ma femme ?

La dame rougit beaucoup et déclara qu'elle était en heureuse harmonie avec la sienne.

Le teint frais et le front couvert de rides, elle exhalait l'odeur à demi éventée d'un vieux sachet de civette qu'on aurait oublié au fond d'un coffre. Je devinai qu'elle attendait des compliments et je louai l'éclat de sa peau.

— N'est-ce pas qu'elle est jolie, madame ? me répondit-elle. Par exemple, que de soins minutieux et incessants pour arriver à ce résultat ! Si vous voulez quelque peu me ressembler, je vous donnerai un conseil : appliquez-vous la nuit sur le visage une tranche de veau cru que vous aurez fait baigner quelques heures dans du lait. Rien n'est meilleur pour le teint !

Je la remerciai du renseignement et continuai de manger.

À Venise, sans doute, ce repas substantiel, préparé à la hâte, sans art, par des mains inhabiles, m'eût dégoûtée ; mais ici le grand air, l'entrain des convives me le rendaient excellent, et, que ce fût l'œuvre du vin de pays, rose et léger comme l'aurore, dont, trop souvent, peut-être, je remplissais ma coupe, que ce fût la faute du cardinal qui, sous prétexte d'indisposition, s'était retiré au château avec Coccone, je me sentais heureuse, je ne pensais plus qu'à écraser entre mes dents les friandises, et à voir le soleil étinceler sur les gobelets d'étain. J'étais même à ce point conquise, soulevée par la joie forte de ces paysans, que leurs façons grossières ne me choquaient plus. Comme eux, je saluai, d'un battement de mains, l'apparition du paon, lorsque enrubanné, flanqué de dindons rôtis, couvert encore de sa robe aux yeux de velours, un cuisinier, solennellement, le déposa devant le duc ; et, avec toutes les tables, je vantai à grands cris la magnificence seigneuriale, tandis que le duc découpait cette belle pièce en souriant avec modestie à la mariée.

Vers la fin du dîner, comme on parlait de chanter, le duc s'adressant à frère Arrivabene qui lui faisait vis-à-vis :

— Eh bien, gros père ! dit-il, c'est toi qui vas commencer !

Mais Arrivabene s'excusa de ne point obéir à une proposition si gracieuse sous prétexte que sa voix était enrouée.

— Seulement, ajouta-t-il, je ne chante pas que d'en haut ; j'ai des talents cachés, et il suffit que vous désiriez les connaître, pour que je m'empresse de vous satisfaire.

— C'est ça ! frère ! c'est ça ! criait-on, montre tes talents cachés.

Devant la volonté de tous, Arrivabene ne crut pas devoir se dérober. Il tourna le dos aux convives, s'agenouilla, mit la face contre terre et, pour que les sons ne fussent point étouffés, il se troussa le froc autour des reins. Il préluda sur un mode si plaintif, dans une tonalité si haute, si aiguë qu'on eût dit la complainte de quelque misérable prisonnier, au fond d'une geôle douloureuse. Mais comme la chère copieuse du dîner n'avait pas mis la noce en veine de tristesse, cette voix gémissante provoqua la plus franche gaieté. Seul le Beccafico, impassible, la bouche ouverte, écoutait avec recueillement et semblait chercher le secret d'une mélodie si chagrine.

— Parions que t'en pousses pas trente, fit-il.

— Parions un gâteau d'amandes que si, répartit Arrivabene qui nous montra un instant son visage en feu.

— C'est dit, mais j'compte !

Dans son art, le derrière d'Arrivabene ne s'en tenait pas à un seul genre. En reprenant ses exercices, il eut des notes graves, sévères, d'une suite fort majestueuse. Puis, pareil à un orgue de cathédrale, il déchaîna la foudre, lança dans l'air des voix angéliques, mima les appels discordants des démons ; et, pour terminer, lâcha une canonnade retentissante qui fit miauler les chats à la ronde. Ayant fini ses jeux, le frère se leva, avec un sérieux imperturbable, au milieu des rires et des applaudissements de tout son auditoire ; sans attendre qu'on lui décernât la récompense promise, il saisit le gâteau d'amandes, le serra contre son sein et, d'un coup de poing en pleine poitrine, renversa sur son banc le Beccafico qui lui contestait d'avoir gagné son pari.

— Il est à moi, ce gâteau, cria-t-il, et je le garderai, et je le mangerai tout seul… à moins, ajouta-t-il, avec le plus galant sourire, à moins qu'une jeune beauté, séduite par mon talent, ne veuille bien venir à côté de moi en prendre une part.

Il parlait encore lorsque Michele des Étoiles s'approcha, et lui frappa l'épaule :

— Rustre ! fit-il, quel sale plaisir prends-tu à parodier la voix que Dieu a donnée aux hommes ?

— Mais, seigneur, dit Arrivabene, je ne parodie rien. C'est vous qui choisissez entre les cadeaux du bon Dieu, exaltant les uns et crachant sur les autres. Moi, je l'honore dans tous ses dons, grands et petits. Il n'est point de jour, par exemple, où je ne remercie son infinie bonté de l'excellent estomac et du docile derrière dont elle m'a gratifié. Vous auriez peut-être voulu m'entendre réciter vos sonnets, mais je me place à la portée de ces braves gens ; ils sentent ma musique, tandis qu'ils n'auraient sans doute pas compris vos vers, qui manquent de clarté.

Cependant, après avoir bu un vieux vin de Sicile qui sortait des caves du château, les convives se levaient aux sons des flûtes et des violons, et aussitôt les danses commencèrent, ardentes, ivres, emportées. Le jeune Beccafico me serrait contre lui, les bras autour de ma taille, les jambes dans les miennes. Il excitait de telle sorte ma honte et mon désir que je le mordis au visage. Il me répondit, avec la colère d'un homme en rut, en m'écrasant la joue sous un rude soufflet de campagnard. Cette violence, loin de m'irriter, me fut délicieuse. Tandis qu'il goûtait en moi la séduction de toutes les luxures inconnues, de toutes les grâces étrangères à sa rude sensualité, moi je subissais avec lui le charme des simples instincts, des libres amours, de la Terre ! Oh ! que j'eusse voulu me rouler sous son corps dans la boue chaude des fossés ! J'étais comme une bête en folie, ne conservant de la femme qu'une aptitude merveilleuse à jouir et à tirer de fines émotions des plus brutales étreintes. À présent, j'entraînais mon cavalier plus qu'il ne me conduisait. Il avait peur de mes yeux enflammés de plaisir, et des caresses de ma langue, et de ces jeux que l'on ne sait point au village. Il hésitait à me prendre.

— Voyons ! disais-je, mettons-nous là, là !

Mais où trouver un abri ? Dans les champs voisins, tournés ou accroupis contre les haies, hommes et femmes se soulageaient librement ; et moi, sans plus me soucier de ces misères de nature que des regards curieux qui ne me quittaient pas, je ne songeais qu'à m'étendre n'importe où, aux yeux de n'importe qui, pour que ce paysan me possédât.

Tout à coup au détour d'un chemin, Fasol apparut, rouge de colère.

— Qu'est-ce que cela signifie ? demanda-t-il, où vas-tu ?

À la vue de mon ami, le Beccafico, pris de frayeur, m'avait abandonnée. Comme je détournais la tête, je l'aperçus, à travers champs, qui détalait à toutes jambes.

— Je suis folle ! m'écriai-je et je me mis à pleurer. Je pleurais sur mon corps avide d'amour et qui devait s'offrir ainsi, en des moments d'ivresse, à des êtres ridicules comme le Beccafico. Maintenant je le voyais lâche, laid et stupide. Je le haïssais de tout mon cœur, et j'eusse voulu le battre, le fouler aux pieds pour l'avoir un instant désiré, pour avoir failli trahir en sa faveur le doux, le devin, l'unique aimé. Ô Guido ! me disais-je en moi-même, Guido, reviendras-tu jamais me donner la grande joie à laquelle j'aspire.

— Pauvre Nichina, répondait Fasol à mes sanglots.

Mes larmes avaient suffi à éteindre sa colère.

Dans la cour du père Borbottino les danses s'étaient interrompues. Une vieille femme venait de paraître, couverte d'une cape noire qui lui descendait jusqu'aux talons. D'un geste fier elle découvrit son visage, et l'on aperçut ses yeux larges et sombres qui regardaient le ciel. Déjà l'on chuchotait autour d'elle :

— C'est la folle ! la sorcière de Saliceto !

Et, comme tout le monde la considérait avec une curiosité mêlée de terreur :

— Je viens lire vos destins, dit-elle.

Elle s'avança vers la mariée qui dansait encore avec le duc Gacialda, joyeux comme un jeune homme. Elle lui prit la main de force, l'ouvrit et, un instant, elle examina les lignes simples, profondes, qui creusaient cette paume sèche et durcie de paysanne. Ce qu'elle aperçut la fit changer aussitôt de physionomie.

— Que voyez-vous donc ? lui demanda brusquement le duc.

— Hélas ! s'écria-t-elle, hélas !

— Mon dieu, dit Arrivabene, elle a découvert que la mariée aurait le restant de sa servante et le mari, en retour, l'usure du conducteur de bestiaux. Le beau prodige, seigneur ! la belle devinaille !

— Et moi ? me voyez-vous heureux en ménage, faisait en ricanant Gacialda.

La sorcière jeta les yeux sur la main qu'on lui tendait.

— Oh ! que de sang versé ! soupira-t-elle.

— Eh bien ! elle n'est décidément pas folichonne, la bonne femme, conclut le duc qui secoua la tête deux ou trois fois d'un air ennuyé.

La mariée s'était assise toute pâle et paraissait fort troublée. On crut qu'elle allait se trouver mal. Le chapelain, auquel le Borbottino venait de montrer ses treilles, fut étonné de l'expression de terreur qu'il remarqua sur les visages. On lui apprit que c'était la sorcière de Saliceto qui épouvantait ainsi toute la noce. Alors, s'approchant de la mariée, avec les deux mains passées dans sa ceinture, alourdi et tranquillisé par le dîner copieux qu'il venait de faire :

— Voyons, ma fille, dit-il, ne craignez pas cette pauvre femme. Le bon Dieu seul connaît l'avenir, et il ne donne pas mission aux folles de l'annoncer.

En face du prêtre, la sorcière se tenait debout, les bras croisés, et un rire de malade découvrait ses longues dents. Cette gaieté sembla au prêtre grosse de railleries à son adresse. Blessé, puis furieux qu'on se moquât de lui, il se fâcha tout de bon.

— Voulez-vous, cria-t-il, voulez-vous me faire le plaisir de tourner les talons, frelampière !

Mais la folle s'obstinait à demeurer à la même place et à rire au nez du bonhomme. Le duc Gacialda voyant que personne n'osait même la toucher, de crainte de recevoir un sort, s'excita au courage, s'enhardit, et s'occupa lui-même de l'expulsion. Tendant une main d'un geste impérieux, il poussait, de l'autre main, la sorcière, qui, à chaque pas, se retournait et levait sur lui ses yeux égarés. Ils allèrent ainsi, sans mot dire, jusqu'à la barrière qui séparait du chemin la cour du Borbottino. Rendue là, cette malheureuse commença de chuchoter des paroles incohérentes, mais le duc, sans l'écouter, l'empoigna par les épaules et la jeta sur la route.

— Toi ! dit-elle, tu auras le corps en sang avant qu'il ne s'écoule une semaine.

— Fais donc attention à ce que je n'y mette plutôt ton derrière ! répliqua le duc.

Elle maugréa, cracha, sauta en l'air, puis roulant le bas de sa cape autour de ses reins, prit sa course.

Satisfait de son acte de bravoure, le duc revint au milieu de ses paysans. Il avait la tête haute, l'air crâne, le sourire aux lèvres et jouissait de l'admiration qu'il lisait dans tous les regards. Il jugea utile d'informer le chapelain de ses impressions.

— Ces radoteuses, observa-t-il, ne savent au fond ce qu'elles disent, et, toutefois, je ne puis écouter leurs paroles avec indifférence. Moi, je m'imagine que la prophétie attire l'événement comme il suffit de causer du loup pour en voir la peau.

— Il y a, répliqua le chapelain, sorcières et sorcières. Les unes, possédées du Diable, sont effectivement fort dangereuses, mais je crois à l'innocence de celle-ci.

— Pourquoi cela ?

— Je l'ai exorcisée et il n'est sorti de son corps aucun démon.

— Ah ! si vous croyez que les démons sont toujours, comme cela, disposés à sortir… Moi, je suis très effrayé de ses prédictions, je ne vous le cacherai pas.

— Que vous a-t-elle prédit ?

— Que vous coucheriez demain dans l'enfer !

Le chapelain devint blême et ses jambes flageolèrent.

— Rassurez-vous, mon père chapelain, s'écria le duc en éclatant de rire et en donnant au prêtre une grosse tape sur le ventre. La folle ne m'a seulement point parlé de vous ; je voulais plaisanter.

— On ne plaisante pas sur de tels sujets, répliqua le chapelain d'une voix sévère. Vous m'avez porté un coup !… après un dîner de noce principalement, il est très dangereux pour le cœur de ressentir de telles émotions. Vous allez me rendre malade.

Pendant qu'on ballait et qu'on prophétisait ainsi, le Beccafico ne passait pas son temps en bagatelles. Il avait hâte de retourner à ses foyers et de montrer à sa femme ses devoirs de ménagère. Seulement il tenait à ne point perdre le profit de sa journée. Il dit à son garçon d'étable d'enlever son pourpoint ; lui-même se déshabilla, ne gardant que ses chausses, et tous deux, s'armant d'une pelle, se dirigèrent vers un grand tas de fumier que des piquets, enfoncés en terre, empêchaient de s'écrouler. Le Beccafico regarda un instant, avec un sourire de satisfaction, cette masse de litière pourrie, tandis qu'un valet, à reculons, roulait une charrette.

— C'en fait tout d'même, dit-il en secouant la tête, depuis deux mois que nous sommes ici. Allons ! perdons pas d'temps. À la b'sogne.

Ils se courbèrent, crachèrent dans leurs mains et, attaquant le fumier à coups de pelle, commencèrent d'en remplir la charrette.

— L'en rest' cor', dit le valet après un moment, y tiendra jamais tout. La charrette est d'ja pleine.

Soudain, le vieux Borbottino avança sa tête de serpent au milieu de leur ouvrage ; il ouvrit sa bouche noire.

— Dites donc, Beccafico, à qui il est le fumier ?

— Le fumier n'est-y poué z'à ceux qui l'aviant fait ?

— Moi j' pense qu'il est plutôt à ceusses-là qui v' z' aviant hébergé, empli de vent'et pourvu d'une garce, à ceux qu'aviant abrité vos sal' canassons, s'pèce d'voleur !

— V' z'allez c'mmencer par taire vot' gueule, répartit avec tranquillité le Beccafico en continuant sa besogne.

— Non, j'la tairai pas ! C'est-y poué z'une honte d's'voir emporter tout' ses pauv' affaires ?

— J'vous conseille d'geindre, quand, dans tout' la noce, v' n'avez seulement pas tiré de vot' poche un z'anneton ! C'est-y pas vous qui d'viez donner les quattrini au sacristain, pou' les cierges ?

— Mais pisque le seigneur les a payés !

— Eh bian après ! vous d'viez m' donner l'argent quein même. Faut-y pas que le mari touche son bénéfice dans la cérémonie. Ca va me rend' gras d'avoir vot' fille. La garce d'un couche-su'-la-paille qu'a seulement rian à s'mettre sous la dent. J'aurais quasiment mieux fait d'épouser ma servante !

La dispute fut interrompue par la Borbottino qui se précipita sur son gendre.

— C'est vous, pour sûr, qu'avez amené ici la sorcière !

— Qué sorcière ?

— La sorcière de Saliceto qu'a tourné les sangs à ma pauvre fille, si bien qu'alle est comme morte.

— Morte ! Morte ! J'vas bian la rend'vivante tout à l'heure, moué ! dit Beccafico avec un clin d'œil malin.

Déjà l'on attelait, l'on bridait les chevaux ; déjà le garçon d'étable attachait des sacs de chaque côté de la selle ; la Borbottino pleurait par petites secousses comme si son chagrin, trop longtemps refoulé, eût trouvé des voies difficiles pour s'épancher ; le père promenait son dos voûté, murmurant tout bas, le visage contre le sol, prenant à témoin la terre de son malheur. Des cris lamentables retentirent, suivis des « fuût foûtt » de chatte en colère, des « wa, ouâ » de chien maraudeur, et la grand-mère apparut, montra des yeux bordés de sang, des mains et des joues déchirées d'égratignures, une robe ouverte et pleine de poils. Elle portait, dans une couverture, le cadavre d'un chat étranglé qu'elle fit voir au Beccafico.

— Monstre ! criait-elle, r'garde donc ce qu'a fait ton brigant de roquet.

Le Beccafico se contenta de hausser les épaules et de détourner la tête, mais apercevant la petite mariée qui accourait vers lui, attirée par le bruit de la dispute et toute blême encore de l'émotion que lui avait causée la sorcière, il la prit dans ses bras, l'enleva de terre comme une légère corbeille et l'assit sur les sacs qui chargeaient les chevaux. Elle parut très effarée, prête à se laisser glisser à terre.

— Allons ! dit-il avec douceur, a pas peur, tu tomberas pas, j'serai là devant.

Et il sauta lui-même en selle

Cependant, le père, la mère, la grand-maman Borbottino unissaient leur colère.

— Abominable larron ! rugit la grand-mère.

— Vous n'emmènerez pas la fille, cria le Borbottino.

— Ni mon fumier ! ajouta le vieux.

Tous les trois se jetèrent sur la mariée ; le Borbottino la saisit par les pieds, la mère par un bras, la grand-maman lui poussait le derrière de toutes ses forces, si bien qu'elle ne tenait plus sur son cheval, quand son mari la retint par la taille et la replaça brutalement en croupe :

— Fill' d' putain ! lui cria-t-il, gare à toué si tu bouges !

Et, pour bien lui montrer ses pouvoirs, il lui envoya une claque à travers le visage. La mariée sanglota, d'une main se frottant les yeux tandis que, de l'autre, elle serrait la ceinture de son mari pour ne pas tomber.

En voyant souffleter leur enfant, les Borbottino ne se connurent plus.

— Attends ! attends ! brigand ! que j'aille chercher mon gourdin ! s'écria le bonhomme en se précipitant vers sa maison aussi vite que ses vieilles jambes le lui permettaient.

Mais le valet était déjà parti en avant avec la charrette de fumier ; à sa suite, le Beccafico piquait des deux, emportant son épousée, et il gagnait la route au milieu des sanglots de la Borbottino et des imprécations de la grand-mère.

À ce moment, la pluie commença de tomber avec une violence extrême, lardant les jambes, flagellant les échines comme de baguettes d'acier, tandis qu'arbres et maisons se changeaient en cascades et que les cours, les prairies devenaient des marécages. Devant ce ruissellement inattendu, les Borbottino, furieux, rentrèrent au logis et s'y enfermèrent ; parmi leurs invités, les uns, qui demeuraient dans le voisinage, coururent à leur maison ; les autres se réfugièrent avec les bestiaux ; d'autres, enfin, sans crainte de l'inondation, remontèrent à cheval. Fasol et moi, nous nous sauvâmes au château, aimant mieux être trempés que de respirer les odeurs de l'étable. Comme nous y arrivions en grande hâte, tout haletants d'avoir couru si vite, nous aperçûmes le duc qui, ayant ouvert le grenier à foin, y poussait une chambrière.

— Allons ! ma poulette, entrons ici, que je voie comment tu es façonnée sous tes robes.

Fasol, Arrivabene, Michele des Étoiles et moi, nous nous mîmes à jouer aux cartes dans la grande salle du château. L'air de la campagne, une chère abondante, les causeries et les divertissements rustiques nous avaient causé une lourde torpeur ; nous sentions comme une main de fer qui s'appesantissait sur nos têtes et paralysait nos idées.

— Il doit y avoir à Posellino, dit Fasol, une fée méchante, irritée contre les hommes. Si nous restons ici, nous n'aurons bientôt plus d'intelligence, puis nous perdrons jusqu'à la sensualité des bêtes, enfin nous finirons par devenir comme des pierres, et nous serons obligés, ainsi déchus, de continuer à vivre.

Sans écouter Fasol ni prêter une grande attention aux cartes, Arrivabene semblait trouver, dans la tombée hâtive du jour, un encouragement à la méditation. À considérer sa tête immobile et son pieux maintien, j'imaginais volontiers ses yeux, dont l'obscurité ne me permettait pas de distinguer le regard, illuminés par l'extase et dirigés vers le ciel. Je n'aperçus bientôt que le frère n'était pas encore parvenu à ce degré de sainteté. Il posa soudain sa grosse face rouge sur mes mains et, comme je me dégageais, levais le bras pour lui appliquer un bon soufflet, il se renversa sur son siège et laissa s'envoler de son postérieur un son important et courroucé, un retardataire sans doute, qui ne s'était pas trouvé au beau moment de la fête.

— Porc ! s'écria Fasol, te crois-tu encore au milieu de ces paysans.

— Seigneur, repartit Arrivabene, à la campagne on n'est point maître de ses envies.

— Il veut nous montrer, observa Michele des Étoiles, que, s'il n'est pas encore une pierre, du moins est-il en bon chemin pour devenir une bête.

— Ah ! je consens volontiers à être une bête, s'écria Arrivabene, mais une pierre, non, non, non ! Pourvu que je vive et que je me sente vivre, tout m'est égal. Même en enfer, je trouverais bien moyen de friponner le bon Dieu sur ses supplices et de me divertir au milieu des flammes. Il me suffirait de songer que je suis pareil à l'une de ces belles dindes qu'on nous a servies tantôt et que je passe entre les dents de madame Nichina.

— Chut ! lui dis-je, ne prononcez pas mon nom comme cela. Ne savez-vous pas que l'on doit ignorer ma présence à Posellino ?

Mais je me rappelai que le cardinal m'avait reconnue devant la chapelle. Il était inutile à présent de me cacher !

La nuit déjà envahissait la chambre et l'on apporta des lumières. Les flambeaux de cire, figés dans les hauts chandeliers de bronze à tête de chimère, firent étinceler les panoplies, glissèrent des reflets sur les défenses de sanglier et les bois de cerf derrière lesquels s'éleva, jusqu'au plafond, une mêlée inextricable de grandes ombres.

— Est-ce que le comte Marzio est ici ? demanda Michele des Étoiles.

— Non, répondit Fasol, il est toujours à la chasse, et, comme il reste absent du château des semaines entières, peut-être partirons-nous avant qu'il ne soit de retour.

— C'est fâcheux, dit Michele, car il manque un ours à la ménagerie.

Il parlait encore quand un domestique se précipita vers nous ; son visage trahissait la fatigue et l'angoisse la plus vive ; ses vêtements étaient boueux et ensanglantés. Il nous demanda si nous savions où se trouvait le duc. Alors l'idée d'une malice me passa par l'esprit :

— Il est à s'amuser dans le grenier à foin, dis-je en pouffant de rire tandis que Fasol me grondait doucement.

— Seigneur, faisait le domestique en soufflant avec peine, il vient d'arriver un grand malheur : on a trouvé sur la lisière de la forêt le corps du comte Marzio, baigné dans son sang. Il avait un poignard enfoncé dans le côté. Il ne respirait plus… Il faudrait bien tout de suite avertir le duc.

Aux premières paroles, j'avais éprouvé ce saisissement que nous causent les actes irréparables, qu'un moment notre volonté eût prévenus et que sa négligence a laissés s'accomplir. Et, pareille à ces naufragés attendant que leur navire rompu s'abîme dans la mer, je me demandais quelle catastrophe nouvelle allait survenir, assurée désormais d'être comprise dans quelque singulier désastre.

Les membres glacés, presque défaillante, ils m'avaient entraînée jusqu'au vestibule où gisait, sous un manteau en loques, le cadavre du comte Marzio. J'aperçus une face verdâtre dont tout un côté, souillé de sang, était devenu noir ; la bouche tordue suintait, laissant à découvert des dents horribles. Et je me penchais sur cette destruction, cédant à je ne sais quelle étrange curiosité, sans doute à cet attrait de la mort qui agenouille les vivants sur les tombeaux.

C'est alors que s'éleva tout à coup une plainte ; puis un bruit de meubles renversés, d'une poursuite féroce retentit au-dessus de nous. Nous montions l'escalier en toute hâte lorsque Paola apparut en chemise, les yeux égarés, les gestes fous, prête à s'élancer dans le vide. Je n'eus que le temps de la retenir.

Elle se laissa tomber dans mes bras, et tout son corps fut agité de longs sanglots. Je remarquai que sa chemise pendait en lambeaux sanglants autour de ses jambes. Au même instant, Arrivabene, qui avait couru, avec un domestique, à la chambre de Paola, retourna vers nous en poussant devant lui, à coups de pied et à coups de poing, un jeune moine qui, à la vue de Fasol, vint se jeter à ses pieds.

— Nous avons saisi le brigand, dit Arrivabene, au moment où il s'apprêtait à descendre par la fenêtre. Ah ! il a pris la fille de force, il ne peut soutenir le contraire. Si vous voyiez dans quel état est le lit !

— Grâce ! Grâce ! suppliait le frère.

Où avais-je entendu cette voix douce et musicale ? Où avais-je remarqué ce froc ouvert sur les côtés, qu'aucun ordre de moines ne portait à Venise ?

Je regardai le frère : de grands yeux sombres et passionnés éclairaient un visage dont les traits n'eussent point manqué d'un certain charme lascif, mais que déshonorait l'expression basse de toute la physionomie. C'était la première fois que je me trouvais devant cet homme, et j'étais trop troublée pour me dire que, sans l'avoir jamais vu, il pouvait ne pas m'être tout à fait étranger.

— Grâce ! Grâce ! répétait-il, tandis que les domestiques levaient sur lui des bâtons pour l'assommer.

Fasol le défendit contre les fureurs de la valetaille.

— C'est au duc, fit-il, à décider de son sort.

Arrivabene considérait Paola qui s'était évanouie dans nos bras, et que sa chemise déchirée livrait à tous les regards.

— Voilà bien de la besogne de moine ! s'écria-t-il en joignant les mains, puis, se tournant vers le frère : Il paraît, Jean Croque-Ave, que tu ne te contentes pas de chatouiller ton rosaire. Il te faut à toi, ni plus ni moins qu'à un prince, de grandes dames, de nobles filles, enfin, de la chair de première qualité, mais, permets-moi, beau sire, de te donner un conseil. On ne traite pas le tendre fruit des pucelles comme le croupion d'un père abbé !

Le cardinal venait d'entrer, accompagné par l'abbé Coccone et plusieurs officiers de sa maison. Il eut un léger tressaillement à la vue du cadavre, puis en passant devant le moine qui se tenait agenouillé, les mains derrière le dos, au milieu des domestiques, il se fit raconter par Fasol les événements, et manifesta une grande surprise.

— En vérité, dit-il, la coïncidence de ces deux crimes est extraordinaire.

Quelques instants après, le duc arriva, rouge, soufflant et de gaillarde humeur ; d'un coup d'œil il aperçut le corps de Marzio, Paola évanouie, la foule qui remplissait le vestibule ; alors, il ressentit une telle émotion qu'il chancela et dut s'appuyer contre la porte. Lorsqu'il fut revenu à lui et qu'on lui eut appris l'abominable attentat, il ne se contint pas et laissa éclater une immense douleur. Il allait du cadavre de Marzio à Paola, que je tenais toujours dans mes bras, ne songeant pas, dans mon trouble à la faire transporter sur son lit.

— Marzio ! Marzio ! criait-il au milieu de ses larmes, nos chasses de cet automne, t'en souviens-tu ? te rappelles-tu quand tu disais : « Papa duc, tu vas te fatiguer, rentre au château ! » Pauvre petit ! il ne viendra plus avec moi, il ne viendra plus ! Et Paola ! ma chère petite fille bien-aimée ! Ah ! c'en est fait de mon bonheur, à présent !

Le cardinal suivait d'un œil sévère les mouvements affolés de Gacialda.

— Il est bien tard pour montrer votre tendresse, dit-il. Si vous vous étiez occupé davantage de vos pupilles, peut-être cela ne serait-il pas arrivé.

Mais le duc, tout à sa douleur, n'entendait rien.

Soudain il aperçut le moine agenouillé au milieu des valets et qu'il n'avait pas encore remarqué. Il s'élança vers lui avec une telle fureur que nous crûmes qu'il allait le mettre en pièces. Sans doute, le prisonnier pensa que sa dernière heure était venue, car son visage devint d'une pâleur extrême et tout son corps fut agité par un tremblement. Mais, sur un geste du cardinal, deux officiers se précipitèrent au-devant de Gacialda pour protéger le misérable.

— Rangez-vous ! criait le duc en essayant d'écarter les gardiens du moine, rangez-vous ! je veux faire justice ! Il ne faut pas que ce misérable passe un instant de plus en ce monde. Oui ! bourreau de mes enfants ! tu vas mourir ! Je vais te tuer de ma main !

Déjà il tirait sa dague pour en percer le frère quand celui-ci, rassuré par l'intervention de ses gardiens qui formaient maintenant, entre son agresseur et lui, comme une barrière, se releva et, attachant un froid regard sur Gacialda, avec une tranquille audace qui nous frappa tous d'étonnement, l'apostropha de sa voix merveilleuse, plus séductrice que toutes les éloquences, et dont les douces intonations contrastaient avec les paroles terribles qu'elle proférait.

— Tu voudrais me tuer, disait-il, pour tuer ton crime avec moi. Mais je te démasquerai, lâche meurtrier ! je raconterai comment tu mets à mort ceux qui t'ont débarrassé de tes ennemis !

Accablé par cette accusation, le duc avait refréné sa colère et courbait la tête comme s'il ne trouvait pas une seule parole à répondre. Benzoni le considéra quelques instants, puis s'avançant vers lui :

— Vous connaissez cet homme ? demanda-t-il.

— Moi ! Moi ! connaître ce bandit ! Oh ! oh ! c'est trop fort ! c'est trop fort !

Cependant le moine, dont l'audace semblait croître avec la confusion de Gacialda, continuait à l'interpeller, plutôt comme un juge que comme un complice.

— Quoi ! tu ne reconnais pas l'Uccellatore, ton ancien piqueur, celui que tu chargeais autrefois d'accompagner à la chasse le comte Marzio, avant de lui donner l'ordre de l'assassiner. Tu l'as renvoyé quand tu n'as plus eu besoin de lui, et, après l'avoir rappelé pour exécuter ton crime, tu voudrais bien maintenant qu'il disparût. Ah ! Sa Seigneurie ne tient guère aux hommes quand elle n'a plus de services à leur demander !

À ces paroles, un cri d'horreur s'éleva dans la salle, tandis que le cardinal interrogeait le duc :

— Enfin, ce frère est-il un menteur ou a-t-il été réellement votre domestique ?

— Il l'a été, répondit le duc.

— Pourquoi ne le reconnaissiez-vous pas tout à l'heure ?

Gacialda se taisait, écrasé de stupeur.

— Duc Gacialda, dit le cardinal, moi légat de Sa Sainteté Clément VII, votre suzerain, je vous arrête !

Et, appelant d'un geste deux officiers de sa maison :

— Vous conduirez le duc aux prisons du château ainsi que la marquise Paola et ce moine.

— Il n'y a pas de prison, monseigneur.

— Eh bien, qu'on garde le duc et la marquise dans leur chambre et qu'on enferme le moine dans les écuries.

Le duc demeurait immobile, sans prononcer une parole, et les officiers du cardinal furent obligés de lui prendre le bras pour le mener à sa chambre.

Alors il sembla se réveiller.

— Le bon Dieu va me rendre fou, me rendre fou ! répétait-il.

Avec l'aide de Fasol je portai Paola sur son lit, suivie des officiers qui devaient, selon les ordres du cardinal, rester toute la nuit auprès d'elle. La pauvre enfant, revenue de son évanouissement, fut prise d'un délire atroce et remplit la chambre de ses cris. J'essayais de la calmer, mais sans succès, agitée moi-même de cette inquiétude et malade de cette fièvre qui la faisaient se tordre d'angoisse.

Dès le lendemain, le cardinal procédait à l'interrogatoire de Gacialda. Des paysans, parmi lesquels le Borbottino, venaient déposer contre le duc, tandis que l'abbé Coccone enregistrait de sa fine écriture des plaintes interminables. On reprochait à Gacialda ses exigences à l'égard de ses tenanciers, ses débauches avec les filles du pays, sa cruauté pour ses pupilles.

— Qu'avez-vous à répondre ? faisait le cardinal.

Le duc, selon l'état de sa changeante humeur, haussait vivement les épaules, essuyait une larme, ou levait les yeux au ciel.

Pour son malheur, il avait commis la plupart des actes qu'on lui reprochait. Il l'avouait lui-même, il ne s'était pas gêné pour trousser, derrière une haie, une fille accorte, claquer sa nièce, quand elle faisait l'impertinente, et exiger de ses paysans, sur un ton un peu rude, des redevances qu'ils lui promettaient sans cesse et ne lui apportaient jamais. Mais le cardinal s'autorisait de ces violences de maître et de tuteur, du soin même que le duc apportait à gérer Posellino, pour le déclarer criminel. Certes, disait-il, le duc aimait trop ces terres et ce château pour se résigner à les quitter un jour, et, quand il frappait, en plein visage, le comte Marzio ou battait, avec sa canne, la marquise Paola, ne montrait-il pas toute la haine qu'il avait pour ces enfants ? En vain le duc alléguait un mouvement de fureur et les corrections que réclament parfois les meilleurs naturels.

— Vous n'aviez qu'un désir, répétait le cardinal : vous débarrasser de vos pupilles, afin de vous emparer de leur héritage. Les accusations du moine, votre complice, sont aujourd'hui bien justifiées.

— Mais ce sont d'abominables calomnies, s'écriait le duc Gacialda ; je ne sais pas ce que ce scélérat a contre moi pour me reprocher de telles horreurs. Hier, j'en étais abasourdi, comme si j'eusse entendu dix cornets de chasse à mes oreilles, mais qu'il vienne aujourd'hui répéter ces mensonges, je le cloue tout vif à la porte avec ses histoires !

On se disposait à aller chercher le moine pour le confronter avec Gacialda lorsqu'on vint dire qu'il s'était sauvé pendant la nuit. Le cardinal eut une courte colère et déclara qu'il punirait avec une rigueur extrême les gardes qui avaient laissé échapper le misérable. Le duc Gacialda parut consterné de cette évasion.

— Il est d'ailleurs indifférent, déclara le cardinal, que ce moine vienne ici vous confondre ou vous disculper. Ces paroles d'hier nous ont seulement donné l'éveil ; mais ce sont les dépositions de vos tenanciers qui vous condamnent. Notre conviction est faite aujourd'hui ! Mon secrétaire, qui les a fidèlement enregistrées, les remettra lui-même au Saint-Père, qui décidera de votre sort, duc Gacialda. En attendant, vous allez, sous bonne escorte, partir pour Rome aujourd'hui même. Dès ce moment, le domaine de Posellino, aussi bien que vos domaines particuliers, retournent au Saint-Siège, en raison de l'indignité de leurs possesseurs. Ce n'est pas, en effet, à une fille violée ni à un duc criminel que Sa Sainteté peut laisser le titre de Grands Vassaux.

Ayant rendu cet arrêt, le cardinal se leva, tandis que le duc pleurait toutes ses larmes, en poussant de longs sanglots comme un petit enfant.

— Ah ! faisait-il, si mon équipage de chasse, si mes bons et fidèles piqueurs s'étaient trouvés ici, comme vous en auriez eu sur le derrière, monseigneur, tout légat que vous êtes ! Comme on vous aurait fait prendre au grand trot, et plus vite que ça ! la route de Venise.

Puis, s'essuyant les yeux, il parut résigné à son sort.

— Enfin, c'est bien, j'irai à Rome, mais je verrai le pape et je lui dirai…

— Que lui direz-vous ? demanda le cardinal.

— Je lui dirai ceci : « Saint-Père, quand on a votre puissance, on ne garde pas de tels couillons à son service ! »

Le cardinal décida que les funérailles de Marzio auraient lieu le jour même. Paola, aussitôt rétablie, devait être conduite à un couvent de Venise où elle passerait le reste de ses jours.

Le duc pleura beaucoup en quittant le château. Il voulut voir Paola, puis sa vieille nourrice qui ne savait rien encore de son arrestation.

— Mon pauv'duc, tu vas à Rome, dit-elle, mais c'est bien loin. Seras-tu seulement de retour à l'automne ? Et moi qui me fais si vieille ! Mon pauv'duc, j'ai dans l'idée que je ne te reverrai point.

Et, malgré qu'il eût beaucoup de peine, il dut encore consoler la bonne femme.

Cependant la plupart des tenanciers, qui avaient reçu de l'or du cardinal pour venir l'accuser, regrettaient ou oubliaient maintenant leur trahison. Quand leur maître quitta le château à cheval, suivi des gardes du cardinal, ils vinrent tous se ranger sur son passage. Les uns le priaient de leur pardonner ; les autres, sans vouloir songer à la perfidie de leurs dépositions, lui criaient d'avoir bon espoir. Nul ne le croyait criminel. Le père Borbottino lui-même, penchant sa tête d'aspic jusqu'au sol, répétait :

— Bon espoir, monseigneur !

Le duc parut d'abord très touché de leurs sentiments, mais deux petits vauriens lui ayant lancé des pierres qui, par bonheur, ne l'atteignirent pas :

— Oh ! les ingrats, s'écria-t-il, en essuyant une larme.

Comme il descendait l'avenue au pas, je le suivis jusqu'à la barrière où nous l'avions rencontré le jour de notre arrivée.

— C'est là, dit-il en se parlant à lui-même, c'est là que Marzio a tué son premier loup. Pauvre petit !

— Monseigneur, m'écriai-je, émue de compassion, j'ai sur moi un chapelet qui vient de Jérusalem. Il est fait avec un olivier qui ombrageait l'entrée du Saint-Sépulcre. Tenez, prenez-le.

— Qui êtes-vous, madame ? demanda-t-il.

— Je suis la femme de Fasol, du peintre Fasol.

— Ah oui ! ah bien merci ! grand merci ! madame ! dit-il en mettant le chapelet avec dévotion contre son cœur.

Il tourna les yeux une dernière fois vers le château de Posellino dont on apercevait les tours à travers le feuillage, envoya un adieu de la main à ces pierres et à ces arbres aimés, étouffa un sanglot, puis éperonna son cheval.

Je rentrais toute triste, quand passant à travers le potager, qui est séparé des terrasses par une longue allée de cyprès, j'entendis s'élever les voix de Coccone et du cardinal. Je ne pus me défendre d'écouter ces hommes dont l'existence était si singulièrement mêlée à la mienne, et je prêtai l'oreille.

— Sa Sainteté, faisait le cardinal, a-t-elle jamais rencontré un juge dont les sentences lui rapportent soixante mille ducats ?

— Non, dit l'abbé Coccone, jusqu'ici la Justice a toujours coûté fort cher à ceux qui l'ont rendue.

— Moi, reprit Benzoni en riant, je ne suis justicier que des gens fortunés.

— Mais, monseigneur, comptez-vous remettre toutes les redevances à Sa Sainteté ?

— Vous pensez bien, Coccone que, connaissant l'avarice pontificale, j'ai songé à me récompenser moi-même. Quand on administre une terre comme celle de Posellino, où, jusqu'ici, les paysans ont toujours agi à leur tête, il est facile de garder pour soi les redevances, en disant qu'elles n'ont pas été payées. Je tiens pourtant, cette fois, à apporter à notre pauvre besogneux de pape une lourde caisse. L'archevêque de Sorrente aura beau étourdir Sa Sainteté de ses propos de fiel, raconter, à mon sujet, les histoires de Nichina, mon or parlera plus haut que ses lourdes calomnies.

— Certes ! vous avez de l'audace, monseigneur, et de l'habileté, plus encore ; mais je crains que par faiblesse, pusillanimité, esprit de justice, que sais-je ? Sa Sainteté ne laisse le duc Gacialda gagner son procès et ne le renvoie triomphant à Posellino.

— Seigneur abbé, dit le cardinal, la Justice est une vieille comédienne à laquelle on donne un rôle, pour se distraire, durant les intermèdes, mais dans le cours de la pièce il n'est jamais question d'elle : on la laisse toujours à dormir derrière le théâtre. Il n'y a pas de vertu qui tienne : lorsqu'il s'agit de prendre l'argent d'un homme ou de lui abandonner le sien, on est toujours son ennemi. D'ailleurs, le duc Gacialda est loin de Rome, et nous ne savons pas encore si nous l'y laisserons jamais entrer.

À ce moment, derrière les cyprès, je vis passer un homme enveloppé d'un grand manteau de soie cramoisie.

— Monseigneur, dit le nouvel arrivant, je désirerais avoir avec vous quelques instants d'entretien.

J'avais reconnu la voix du provéditeur Toderini.

— Votre jugement de ce matin, poursuivit-il, équivaut à une prise de possession. Les domaines de Posellino ne sont plus maintenant le fief, mais la propriété de l'Église. Or, il existe un testament de la comtesse Marzio qui, vous ne l'ignorez pas, était vénitienne. D'après une clause de ce testament, si les enfants meurent, la République devient héritière.

— La comtesse, répliqua le cardinal, n'avait aucun droit de léguer ce qui ne lui appartenait pas. En prenant possession de Posellino, j'ai simplement suivi les ordres de Sa Sainteté qui était absolument décidée à joindre ce fief à ses États, au cas où les héritiers du comte Marzio ne se montreraient pas dignes de lui succéder.

— Il n'en est pas moins de mon devoir, s'écria Toderini, de soutenir les droits de la République, qui me semblent bien autrement fondés que ceux du Saint-Siège, car le fief pontifical est sans importance. Ce qui fait la valeur de Posellino, ce sont justement les terres que le mariage du comte avec Luigia Manin a réunies au primitif domaine.

— Vous agiriez plus sagement, seigneur provéditeur, en servant les projets de Sa Sainteté. Si elle est résolue à ne jamais abandonner Posellino, en revanche est-elle toute prête à s'entendre avec la République au sujet du Duché d'Urbin.

— J'agirai comme il me plaira, fit le provéditeur. Je ne reçois pas d'ordre du légat.

— Vous le prenez de bien haut, seigneur provéditeur, répartit le cardinal, mais croyez bien que notre crédit n'est point épuisé dans la République. Nous pouvons encore nous occuper de vous avec profit, possédant d'utiles renseignements sur votre personne dont nous ne manquerons point de nous servir à l'occasion. Nous savons, par exemple, comment vous avez hérité de votre cousin, qui avait de si beaux enfants et que l'amour, ainsi que le bruit en court, a si vite emportés ; nous savons comment la Providence a si miraculeusement fait couler, pour votre bon plaisir, le vaisseau du capitaine Garbino auquel vous deviez un peu d'argent, quelques milliers de ducats, paraît-il, nous savons…

— Assez ! de grâce ! interrompit Toderini, je sais, moi, que vous avez autour de vous beaucoup d'espions, et plus encore de calomniateurs !

— Nous ne recevons pas d'accusation sans preuve, n'est-ce pas Coccone ? observa le cardinal. Mais vous ne nous avez pas dit, seigneur provéditeur, si vous serez avec nous quand vous rendrez compte à la République de ce qui s'est passé à Posellino.

— Je verrai, répondit Toderini, mais par grâce ! monseigneur, ne répandez pas les propos infâmes qu'on vous a tenus sur moi.

— Nous verrons, répliqua froidement le cardinal.

À l'heure du dîner, nous nous retrouvâmes tous dans la grande salle. Comme nous allions nous mettre à table et que je cherchais une place d'où le cardinal ne pût me voir, un tout petit vieillard bossu, dont les cheveux blancs encadraient le visage et qui portait de larges lunettes d'or au bout d'un nez enflé et couvert de boutons, nous demanda où se trouvait le duc Gacialda.

— J'aurais voulu, dit-il, lui annoncer qu'un grand malheur était sur le point de lui arriver. Je suis son astrologue, et je tiens à le faire profiter de mes dernières découvertes.

Nous lui apprîmes les événements ; il en fut tour à tour content et attristé.

— J'aimais le duc Gacialda, continua-t-il, et je déplore cette catastrophe ; pourtant je suis heureux que mes calculs ne m'aient pas trompé.

— Mais, dit le cardinal, où vous teniez-vous donc, que nous ne vous avons pas encore aperçu ?

— Je sors rarement de ma tour, fit-il ; on m'y apporte d'ordinaire ma nourriture ; ce matin, ne voyant venir personne, j'ai deviné qu'il se passait au château quelque chose d'extraordinaire et je suis descendu.

— Eh bien, reprit le cardinal, asseyez-vous et dînez : vous irez regarder les astres ce soir.

Le chapelain, placé en face du cardinal, dévorait en un instant, comme un chien, à grands coups de mâchoire, tout ce qu'on lui servait.

— Seigneur chapelain, demanda Michele des Étoiles, aimiez-vous le duc Gacialda ?

— Certainement, messer, répondit le chapelain en suçant un os qui lui déchirait la lèvre.

— Le croyez-vous donc innocent ?

— Je ne le crois pas innocent parce que je ne veux pas contredire le jugement de Monseigneur le légat, et toutefois je ne l'estime pas coupable.

— Et son départ vous a-t-il causé de la peine ?

— Sans doute, messer, j'ai beaucoup de chagrin.

— Mais si vous avez beaucoup de chagrin, comment se fait-il que vous mangiez si bien ?

Haussant le nez, le chapelain fit voir à tous les convives, des yeux ahuris et des lèvres luisantes de graisse, puis il dit simplement :

— Messer, j'ai le cœur affligé, mais des exigences d'appétit.

Arrivabene se leva de table pour le féliciter.

— Ah ! seigneur chapelain, fit-il, laissez-moi vous bénir pour cette excellente parole. Comment vivrait-on, s'il fallait à tout moment que notre pauvre corps envoyât à notre âme ses compliments de condoléances ? Moi aussi, j'ai eu de la peine ; par exemple, le jour de l'enterrement de ma pauvre tante, quand je me vis privé d'un héritage sur lequel, jusqu'alors, j'avais toujours compté. Eh bien, je me le rappelle à merveille : je n'ai jamais si bien bâfré que ce jour-là.

Michele des Étoiles avait commencé de causer avec l'astrologue ; le cardinal voulut savoir quelle impression ils avaient l'un de l'autre.

— Vous devez bien vous entendre, dit-il, n'avez-vous pas, tous deux, étudié la même science ?

— Messer possède sans doute de rares qualités, conclut l'astrologue avec la solennité d'un juge qui va prononcer une sentence de mort. Je regrette seulement pour lui qu'il soit plus ignorant qu'un âne.

— Messer, répliqua Michele sur le même ton, pourrait bien être le plus excellent des hommes. C'est dommage qu'il soit venu au monde avec une si grande provision de bêtise.

Puis, sans regarder son voisin dont les mains tremblaient de colère :

— À propos, monseigneur, dit-il, j'ai composé un sonnet à votre louange. Désirez-vous l'entendre ?

— Volontiers, s'il a de l'agrément, répartit le cardinal.

Michele ne voulut pas se faire prier et récita aussitôt ses vers :

Toi qui portes l'olivier et le glaive dans ta main,
Pouvant, au fort du plaisir, châtier les criminels.
Tu montres que la Vertu aux Grâces s'allie,
Et que du Jeu, souvent, naissent d'austères œuvres...

— Eh bien, monseigneur, demanda Michele en terminant, vous ne me dites rien. Le sonnet vous déplairait-il ?

— Non, répliqua le cardinal, mais je songe à l'accent de sincérité qui distingue tous vos poèmes. Quels vers écririez-vous, si le Saint-Père me rappelait de Venise ?

— Je n'écrirais pas de vers ; je briserais ma plume et prendrais le deuil, répondit gravement Michele.

Mais le cardinal, sans l'écouter, contemplait, par les hautes fenêtres la campagne qui s'étendait au-delà des jardins.

— Il est fâcheux, remarqua-t-il, que le duc s'en soit allé avant de nous montrer ses chasses.

— Chassez si vous voulez, dit Coccone, quant à moi je reste ici, encore que les sièges ne soient pas fort commodes.

— Ah ! fit Arrivabene, les derrières de Posellino ne ressemblent pas à celui du seigneur abbé : ils ont d'autres jouissances que celle de s'asseoir.

— Soyez plus respectueux envers vos supérieurs, frère Arrivabene, dit l'abbé d'un ton sévère, et allez me chercher mon écritoire.

Sur ces entrefaites un domestique vint dire un mot à l'oreille du cardinal qui sortit avec précipitation, pour revenir, un instant après, d'un pas de triomphe, le visage attendri et souriant.

— Mes amis, dit-il, en s'adressant avec douceur aux gens du château, mon secrétaire Guido est venu nous rejoindre ici ; j'ai l'espoir que vous lui ferez bon accueil. Obéissez-lui comme à moi-même.

Au nom adoré, j'avais tressailli de désir, d'espoir, comme à l'idée d'une joie que l'on n'attend plus, mais quelles délices de le voir entrer, dans son costume de voyage en satin bleu, assez ample pour laisser à ses mouvements leur aisance gracieuse, assez serré pour ne rien cacher de ses formes parfaites. Un sourire, quelque peu ironique, formait un contraste attirant avec l'expression triste de ses grands yeux sombres, de même que l'orgueil du geste était chez lui corrigé par l'élégance si modeste, si naturelle de la démarche.

En le voyant près de moi, je ne pensais plus qu'il y avait là un être pour nous séparer. Je m'abandonnais au plaisir de le regarder, d'écouter ses paroles, sans même songer qu'elles ne m'étaient pas adressées.

Le cardinal n'était plus le même. Il avait quitté ces hauteurs âpres ou bienveillantes qu'il gardait d'ordinaire devant tous. Familier, tendre, jovial, son bonheur le débordait. Entraînant Guido dans l'embrasure d'une fenêtre, il le pressait de questions comme s'il eût voulu revivre avec lui, par la pensée, les heures d'absence. Mais Guido paraissait ennuyé de toutes ces paroles et ne ménageait pas au cardinal les reproches :

— Vous auriez dû ne pas me laisser dans ce village, disait-il, on a voulu m'y prendre ma bourse : il a fallu la défendre à coups d'épée.

— Ô mon ami ! s'écria le cardinal avec un geste de frayeur à la pensée du péril qu'avait couru Guido. Et moi qui te croyais en sûreté là-bas !

— Mais pourquoi ne pas m'avoir amené avec vous ? Qu'avais-je à craindre ?

— Le duc aurait pu n'être pas une si bonne bête ! Si j'avais été arrêté, que serais-tu devenu, en butte à toute la haine qu'excitent nos amours ? Tu serais tombé avec moi !

Serrant la main de Guido, puis, d'un geste brusque, la portant à ses lèvres, il la couvrait de baisers lorsque l'abbé Coccone s'approcha sur la pointe du pied et saisit le cardinal par la manche de sa robe.

— Que vous prend-il ? fit Benzoni.

— Monseigneur, dit l'abbé à demi-voix, songez à l'arrêt que vous avez rendu ce matin et prenez garde, qu'en un instant, vous ne perdiez tous les bénéfices de votre audace. Le provéditeur Toderini a l'œil sur vous et il paraît fort content.

Le cardinal eut un sourire de mépris.

— Eh bien, répliqua-t-il, que le provéditeur me regarde, puisqu'il y trouve tant de plaisir !

Il disait à Guido :

— Mon ami, avant de te connaître, il me semblait que la joie d'aimer était toute pareille à celle de mourir ; chaque jouissance s'offrait à moi comme une tombe ouverte pour s'étendre et oublier. C'est que je n'avais encore éprouvé que la lourde ivresse des désirs inférieurs ; ils vous conduisent et vous traitent en esclaves ; vous jettent, puis vous retirent la jouissance ; avec eux, rien n'est à espérer que l'accablement et le regret qui suivent de courts plaisirs. Mais l'amour, le véritable amour ! ne pèse point ainsi sur nos épaules, ne nous mène point les yeux baissés sous un fouet. Il est généreux, libérateur. Il illumine tout sur notre passage d'un feu clair et joyeux pour que le monde, nous paraissant plus splendide, s'offre riche à nos espoirs. Et il nous donne des ailes pour que nos corps ne nous touchent plus que de leurs formes parfaites, et que rien ne nous tienne enchaîné, courbé vers la terre. Vivre, comme il nous y invite, d'une existence toujours heureuse, comprendre, admirer, posséder ce qui nous environne, c'est être Dieu, et c'est toi, Guido, qui m'en a donné l'orgueil.

Arrivabene écoutait le cardinal, les yeux fixes et la bouche grande ouverte comme s'il eût voulu avaler les paroles.

— Moi, fit-il, je connais l'amour, je puis vous le certifier : j'ai aimé quatorze fois, avec une rage extraordinaire pour un homme. Sauf le respect que je dois à Monseigneur Benzoni, je n'ai jamais eu d'accablement ni de regret. Quand on est fatigué, on ronfle de compagnie, et puis on recommence les galipettes. Seulement, ce qui me prive de mes moyens, c'est que je secoue mes illusions aussi vite que je les attrape : elles sont pourtant bien utiles en ce monde ; comme la poussière de ma vieille robe, elles servent à cacher les taches. Ainsi j'adorais une jeune fille, Innocenzia Cocchiume, si j'ai bonne mémoire ; nous nous aimions comme des anges du bon Dieu, je lui eusse léché les pieds qu'à l'instant elle me l'aurait rendu, par esprit d'imitation. Or, un jour, en l'absence de la servante, elle m'avait préparé mon souper. Quelle déception ! moi qui m'imaginais qu'elle était bonne cuisinière : « Innocence, lui dis-je, cette polenta est exécrable ! — Est-ce ma faute si les châtaignes sont mauvaises cette année ! — Il fallait y mettre autre chose. Quelle éducation t'a donc donnée ta mère ? — Elle ne m'a pas du moins appris à souffler d'en bas comme toi, grossier personnage ! » Ç'a été la fin ! j'ai mis mon manteau sur mes épaules, elle a mis sa robe sur son derrière, et nous avons quitté la maison. Depuis, elle m'a prié, supplié de la reprendre, mais je lui ai répondu que ce n'était pas dans mes habitudes de pardonner. Mon âme, une fois offensée, met l'injure en conserve dans du vinaigre et la sert ensuite toute piquante à qui la lui a envoyée.

— Mais pourquoi êtes-vous partis tous les deux ? demanda Michele des Étoiles.

— Parce que nous ne voulions ni l'un ni l'autre payer une chambre où nous avions eu un tel déboire.

Cependant, je regardais Guido, et, insouciante de tout danger, je marchais à grands pas, je passais à côté de lui, pour essayer d'attirer son regard ; mais il demeurait songeur, indifférent aux paroles du cardinal et au bruit de la salle, les yeux captivés, il semblait, par le vaste horizon de feuillages.

Le cardinal se pencha et lui murmura quelques mots à l'oreille. Guido inclina la tête en signe d'assentiment, se leva, traversa la salle et entra dans le vestibule, tandis que le cardinal ouvrait la porte qui donnait sur les jardins.

Les battements de mon cœur se précipitaient ; le vertige que me cause l'idée du péril, d'un vif plaisir, d'un intérêt suprême, s'était emparé de moi, abolissant toute volonté. Sans songer à Fasol, à Coccone, à nulle autre chose qu'à ma passion, je m'élançai vivement dans le vestibule. Je pensais ne rencontrer que Guido, mais le cardinal, dont la sortie n'était qu'un trompe-l'œil, était déjà rentré par une porte des communs et se trouvait devant moi. Une colère féroce enflamma son visage.

— Que viens-tu faire ici, espionne ? s'écria-t-il.

Déjà toute mon audace m'avait abandonnée, je n'avais plus de voix, je me sentais anéantie par cet aspect et ces gestes menaçants.

— Il faut donc toujours que tu sois sur notre route, dit Benzoni.

Et, me prenant par le bras, il me secoua si rudement que je butai contre les dalles et tombai sur les genoux. Cette violence m'exaspéra, et me rendit mon courage.

— Je veux parler à Guido, fis-je en me relevant, et je lui parlerai malgré vous.

— Ah ! malgré moi, par exemple ! nous allons voir cela !

Il avait saisi un bâton de piqueur et m'en assena un coup terrible sur les épaules. Je me sauvai en criant de douleur, mais il me poursuivit, me raccrocha par ma robe, et il allait me frapper de nouveau quand Guido se jeta entre nous.

— Vous êtes donc fou ! Vous voulez donc la tuer !

— Laisse-moi ! laisse-moi, répétait-il, je veux en finir avec cette coquine.

Il ne lâchait pas ma robe et, le bâton levé sur ma tête, essayait de repousser Guido qui lui retenait le bras. Je me vis perdue. Alors, rassemblant mes forces, mettant dans un dernier cri tout ce que j'avais de voix, d'épouvante, de désir de vivre, j'appelai à mon aide. Fasol accourut à l'instant, suivi des habitants du château ; et, frémissant encore, les cheveux défaits et épars, la collerette en lambeaux, la robe tombée sur les talons, j'allai me réfugier derrière mon ami pendant que le cardinal, furieux de cette arrivée importune, lançait son bâton sur une statue en plâtre de la Vierge qui, du coup, tomba en poussière, au milieu de murmures d'indignation.

Puis, se croisant les bras, il se tourna vers Fasol :

— Vous abusez de ma bienveillance, dit-il.

— Oh ! Monseigneur !

— Oui, continua Benzoni, si je vous ai invité à venir à Posellino, je ne vous ai pas prié de m'amener une gourgandine de l'Arsenal.

— Je vous ferai remarquer, monseigneur, que cette femme m'a suivi malgré moi et que c'est vous-même qui m'avez empêché de la renvoyer à la maison.

— Elle était voilée, à ce moment ; et je ne m'imaginais pas qu'un grand peintre eût de telles maîtresses. Autrement, je vous eusse priés tous les deux de retourner à Venise.

— C'est bien ce que nous allons faire. Nous ne voulons pas être à charge plus longtemps à Votre Seigneurie.

Et, laissant Benzoni à sa colère, nous montâmes aussitôt à notre chambre.

— Qu'as-tu donc fait au cardinal, me demanda Fasol, pour l'irriter ainsi.

Il fallait bien mentir. Et comme j'entendais Paola, de son lit, criant des phrases d'insensée à ses gardiens :

— J'ai supplié le cardinal d'avoir pitié de cette pauvre petite et de ne pas l'enfermer dans un couvent. Il n'en a pas fallu davantage pour le mettre hors de lui, car il est, comme son maître, infaillible, et ne souffre pas qu'on critique ses décisions.

Sans se demander ce qu'il pouvait y avoir de vrai dans ma réponse, Fasol en était tout attendri, mais comme il me déplaisait d'avoir le bénéfice d'un acte que je n'avais point fait, furieuse d'ailleurs de ce renvoi, désespérée d'abandonner Guido, j'ajoutai :

— Tu as été bien couard devant ce scélérat, qui frappait ta maîtresse !

Fasol, blessé de mon observation, me répliqua d'un ton dédaigneux :

Il était dans son droit.

— Comment ?

— Sans doute, le légat du pape n'est-il pas libre de fermer sa porte à une putain.

Je pleurais de rage, et pourtant je supportai l'insulte.

— Oh ! plus tard, plus tard, me disais-je, si je puis me venger !

À ma honte, à ma douleur, je trouvais un baume dans cette pensée que Guido m'avait sauvé la vie, mais mon chagrin de quitter Posellino s'accroissait encore.

Dès que nos préparatifs furent achevés, nous nous mîmes en route, suivis de trois domestiques et précédés d'un paysan qui connaissait le chemin et devait nous conduire à un village où nous passerions la nuit. Fasol, très gai ce jour-là, tentait tous les moyens de causer avec moi. Il essayait d'attirer mon attention sur le pays que nous parcourions, inventait des contes burlesques, lançait des mots plaisants, des remarques piquantes sur les hôtes de Posellino ; enfin, me prenant moi-même à partie, il rappelait les souvenirs divertissants ou lascifs de notre vie amoureuse. Je le laissais raconter ses histoires, aussi indifférente, aussi impassible que si je n'en avais rien entendu. Il avait beau s'épuiser en paroles, il n'avait pas un mot, pas un sourire de moi.

Ah ! me disais-je, j'ai été insultée, battue, dans ma vie d'amoureuse, mais nul ne m'a jamais outragée comme ce misérable, en défendant un être qui avait essayé de me tuer, et venait de le mettre lui-même à la porte de son château. Ce mot de putain, qu'il avait proféré froidement, m'accablant de son mépris au moment où je lui demandais secours, était entré dans ma chair comme un coup de fouet et y avait fait une blessure brûlante. Et je pensai que le cardinal se serait vite calmé si Fasol lui eût un instant tenu tête. Oui ! avec un autre homme, je restais à Posellino, et je voyais mon cher Guido, je lui parlais, je le décidais à renoncer à sa honteuse liaison et à m'aimer.

Ma haine sourde, instinctive, pour Fasol, qui ne se dissipait à mes moments de bonne humeur que pour renaître ensuite avec plus de violence, devenait à présent une haine volontaire, qui se répandait par tout mon être et que chaque mouvement de mon corps entretenait. Si Guido n'était pas avec moi, si je souffrais de la soif, si je me sentais fatiguée, si mon cheval marchait mal, je m'en prenais à Fasol que je finissais par regarder comme la cause de toutes mes peines, multipliées et grandies.

La nuit tombait et nous allions atteindre une route boisée qui conduisait au village où nous devions nous arrêter, quand Fasol se haussant sur sa selle, se détourna pour jeter un coup d'œil derrière lui.

— Où est donc notre escorte ? dit-il.

Il n'achevait pas que deux hommes l'enlevaient de cheval ; je n'eus pas le temps de m'étonner ; je fus presque aussitôt saisie, emportée, renversée à terre, tandis que deux nouveaux arrivants essayaient d'enlever à la hâte les cassettes attachées aux selles de nos chevaux. Mais Fasol, après le premier moment de surprise, eut vite fait, avec sa force et sa souplesse ordinaires, de se dégager, puis, tirant tout à coup une dague, au lieu d'attendre l'attaque des brigands, il se précipita sur eux. Ils n'étaient armés que de bâtons ; aussi, le voyant si résolu, ils appelèrent à leur aide les autres voleurs qui, ne me jugeant pas à craindre, m'abandonnèrent vite pour se jeter sur Fasol. Sans s'effrayer le moins du monde, il commença de parer, avec une vivacité merveilleuse, les coups que les cinq brigands essayèrent de lui porter. Il était impossible pourtant que la victoire fût douteuse. Je le compris ; et, animée d'une haine qui voulait être active, désireuse de plaire à ces hommes dont j'allais tout à l'heure dépendre, je me précipitai entre les jambes de Fasol pour me venger en amoureuse et lui écraser cette chair virile dont il m'avait fait l'humble servante. Sous la pression cruelle de mes doigts caresseurs, transformés en tortionnaires, il poussa un hurlement qui me remplit d'aise ; et, surpris par une douleur si inattendue, il oublia un instant de parer les coups. Aussi fut-il frappé à la fois par ses cinq adversaires. Le sort du combat allait se décider lorsque j'entendis, sur le chemin, le galop de plusieurs chevaux ; en même temps un coup de pied, que je reçus dans les jambes, m'envoya rouler au fond d'un fossé.

Je me relevais à peine que déjà notre escorte était arrivée. Les voleurs, qui n'avaient compté que sur leur nombre et leur audace, ne voulurent pas essayer une lutte sans espoir et se sauvèrent à toutes jambes.

En sortant du fossé, je me heurtai contre un cadavre : c'était celui du paysan qui nous avait servi de guide, et, par de fausses indications, avait égaré l'escorte pour nous livrer aux bandits. Je regardais la blessure hideuse qu'il avait à la tête, ses larges yeux sortis de leurs orbites, entre deux bandes de sang noir ; et je songeais, en frissonnant, que peut-être je serais punie, comme cet homme, de ma trahison.

Il fallait fuir ou payer l'audace. Je n'hésitai pas.

M'étant tout doucement rapprochée de mon cheval, je remontai en selle, et quand nous repartîmes, je fis en sorte de chevaucher à côté de Fasol sans qu'il eût l'air de s'apercevoir de ma présence. Je tentai d'obtenir un mot de lui.

— Fasol, commençai-je timidement.

Il ne sembla pas m'entendre.

— Fasol, répétai-je, je n'avais plus ma raison tout à l'heure : pardonne-moi.

Ce fut à son tour d'être muet et insensible.

Nous arrivâmes enfin à l'ostérie du petit village où nous allions coucher. Fasol se fit servir à souper et mangea en silence sans avoir seulement pour moi un regard. Comme j'avais grand-faim et qu'il ne daignait pas s'en apercevoir, j'attirais timidement les plats qu'il laissait devant lui et je prenais ses restes, mangeant avec le plus de lenteur possible pour que nul bruit n'attirât sur moi son attention. Quand il eut fini, il demeura un instant immobile, les yeux fixes, abîmé dans une triste songerie, puis, se levant brusquement, il se dirigea vers la chambre qu'on lui avait destinée et où je le suivis, en tremblant de tous mes membres. Aussitôt que nous y fûmes entrés, Fasol en ferme la porte à clef, se jette sur moi, me saisit les mains :

— Gouge ! s'écrie-t-il, esclave toujours prête à trahir, qui es avec moi ce soir, parce que je suis vainqueur, comme tu serais, si l'on m'avait tué, en compagnie de mes meurtriers, à danser sur mon cadavre !

Les mains serrées dans cette étreinte de fer, la voix étranglée par l'épouvante, maîtrisée dans mon esprit et dans mon corps, je ne savais, pour l'attendrir, que balbutier des mots sans suite, de vaines supplications qu'il n'écoutait pas, emporté par une colère joyeuse et triomphante.

— Ah ! ah ! faisait-il, tu as voulu me mutiler ! À mon tour ! À mon tour ! Je vais mettre ton corps de putain dans un tel état qu'il n'y aura pas un seul ruffian à vouloir l'acheter.

Anéantie par la honte, je le laissai m'agenouiller, me lier les mains au pied d'une table et, le dos courbé, j'attendis le châtiment. Mais je ne m'imaginais pas qu'il dût être si cruel. Ayant détaché ma ceinture pour s'en faire un fouet, m'arrachant ma robe, ma chemise, Fasol me déchira sans pitié. Sous les coups ma résignation disparut, je devins folle de rage, je proférai les plus sales insultes.

Je poussais de tels hurlements que les gens de l'ostérie s'en émurent et vinrent demander ma grâce à travers la porte, sans compatir d'ailleurs le moins du monde à mes souffrances.

— Messer, cria l'hôtelier, pour la bonne renommée de cette maison, je vous supplie de ne pas faire un tel tapage.

— D'autant plus, ajouta sa femme, que vous empêchez de dormir un seigneur d'importance qui couche à côté de vous.

— Laissez-moi tranquille, dit Fasol, je corrige ma chienne !

— Au moins, fit l'aubergiste, si vous la frappez, empêchez-la donc de hurler de la sorte !

Mais Fasol ne s'occupa point de leurs prières. Il me traita en bête et moi, dans l'excès de ma douleur, oubliant mon sexe, à bout d'injures et d'outrages, je me vengeai aussi en bête, je lâchai mes excréments à la face de mon bourreau. Cette dérision dégoûtante l'enragea ; poussant sa barbarie à l'extrême, il prolongea mon supplice jusqu'à ce qu'il fût las de me fouetter. Alors, après avoir contemplé mes chairs ruisselantes de sang, il me délia et me jeta par les épaules dans une petite chambre qui se trouvait à côté de la sienne et où il y avait un peu de paille.

Quelle nuit je passai, mon Dieu ! Jusqu'à l'aube, l'humiliation, la peur de nouvelles tortures, le feu sans cesse avivé qui dévorait mon corps meurtri, me tinrent en éveil et m'arrachèrent des gémissements. Je m'endormais à peine lorsqu'un domestique vint me chercher pour partir.

— Eh bien ! la belle, dit-il d'un ton narquois en secouant la tête, votre seigneur vous a bien arrangé les fesses, hier soir, à ce qu'il paraît. Vous en avez fait des cris, bon Dieu ! Ah ! vous pouvez dire que vous en avez, une voix.

Je reconnus le valet que j'avais brutalisé au départ pour Posellino et je baissai la tête : il avait trouvé sa revanche !

Hélas ! mes tribulations n'étaient pas finies ! Ne fallut-il pas, au milieu des plaisanteries et des rires grossiers de la valetaille, remonter à cheval, à côté de Fasol ? Mes reins écorchés me causaient tant de mal qu'à chaque instant je m'arrêtais, incapable de supporter le mouvement du cheval. Fasol, sans s'occuper de mes souffrances, me mit en croupe et me fit attacher sur sa selle. J'étais comme morte quand le soir nous montâmes dans le bateau qui allait nous reconduire à Venise.

À son arrivée à la maison, Fasol me coucha lui-même sur son lit, et alla chercher dans son atelier un onguent qu'il étala sur mes plaies et qui répandit aussitôt dans tout mon corps une merveilleuse fraîcheur. Profitant du bien-être qu'il venait de me causer, il s'étendit à côté de moi et m'étreignit avec sa violence ordinaire, sans plus de gêne que si rien ne s'était passé entre nous.

Certes ! j'aime les baisers d'un homme, même si ce n'est pas l'adoré qui me les donne. J'ai une imagination assez vive pour oublier l'indifférent qui est près de moi, pour lui prêter les formes de l'être que j'aime ; je n'ai qu'à clore un peu les yeux : je suis au paradis. Mais cet être qui jouissait de moi après m'avoir flagellée, et qui, même au milieu de l'étreinte, ne s'abandonnait pas, ce monstre dont le front était tranquille lorsque je ne sais quelle ardeur inépuisable agitait sa croupe, cet amoureux aux embrassements égoïstes et aux mains sans caresses, qui n'attendait ni ne provoquait mon plaisir, oh ! je ne l'ai jamais tant haï que ce soir-là.

Pourtant ! mon orgueil, que de fois je l'ai foulé aux pieds ! Mais je tiens moi-même à en faire le sacrifice. Il m'est odieux, celui qui vient me dire : « Supporte ma servitude, car telle est ma volonté. » Ô Seigneur, attendez que ce soit aussi la mienne !

J'en voulais surtout à Fasol du mouvement de reconnaissance et de l'envie de pardon que j'avais eu lorsqu'il m'avait apporté le baume ; je lui en voulais, lorsque j'étais tout attendrie et surexcitée par la douleur, de ne pas savoir me prendre ni me gagner à son désir. Était-ce, de sa part, maladresse, indifférence ou orgueilleuse cruauté ?

Tandis qu'il me parlait, je me cachais le visage dans son sein pour ne pas le voir, pleurant de rage, plus humiliée par son baiser sans amour que je ne l'avais été par ses coups.

Nous nous levâmes le lendemain sans nous parler, et, tout le jour, le maître, d'une âme d'ordinaire si sereine, si confiante en elle-même, parut plus gêné que sa servante. Je n'osais pas le regarder, et il n'osait pas, non plus, m'adresser la parole. Cette attitude que nous conservions l'un à l'égard de l'autre me sembla intolérable ; et, à présent que les douleurs de mon corps s'étaient calmées, j'eusse préféré mille fois de nouvelles flagellations à cette vie en côte à côte avec un ennemi.

Vers le soir, au moment du souper, il reconquit son assurance et me commanda sur un ton hautain, comme à une esclave.

— C'est assez souffrir, me dis-je.

Je pris mon voile, mon manteau, et je me sauvai.

Je pensais : Je suis la Nichina ! Je suis belle et je trouverai bien quelqu'un pour m'aimer. Mais je n'avais fait aucune toilette et, à la promenade, nul ne me regarda. Tous les yeux étaient attirés par des filles laides comme la Farfalla et Daniella Tirone qui portaient des toilettes neuves de chez Pigula. Bientôt la foule galante se dispersa peu à peu et je restai seule à l'entrée des Jardins.

J'avais faim ; et je me demandais comment je pourrais manger, ayant perdu ma bourse durant le voyage. J'étais, en effet, trop fière pour réclamer un souper à d'anciens amis ou me présenter chez Morosina, que je n'avais pas vue depuis la fête.

Alors je m'en allai jusqu'à la Ruelle des Lessiveuses qui se trouve derrière l'Arsenal et où des hommes de tous rangs, affamés d'amour, vont chercher des baisers, sans les choisir. Je me souvenais du regard méprisant que j'avais lancé aux filles de ce triste quartier, une fois que de jeunes débauchés, par curiosité de toutes les luxures, m'avaient entraînée les voir. Pourtant, aujourd'hui, il fallait bien, pour manger, me mêler à ces malheureuses, puisqu'au milieu des élégances des Jardins je n'avais pas eu seulement un coup d'œil. Et je pensai avec terreur qu'à force de souffrir et de pleurer, j'étais devenue laide.

La rue était déserte et j'attendis longtemps qu'il passât quelqu'un.

Enfin une ombre sortit d'un porche voisin, une femme qui s'avança lentement, le visage voilé, habillé de vêtements noirs. M'étant approchée d'une porte entrouverte d'où venait, à la ruelle, son unique lumière, je me croisai avec l'inconnue qui leva son voile pour me cracher au visage. Une autre fois, j'eusse riposté avec colère, mais, ce soir-là, j'étais si abattue que je mis à pleurer. La femme n'en eut que plus de hardiesse à m'accabler d'injures.

— Salope, disait-elle, la Rue des Lessiveuses est à moi, et tu verras quelle trévisiane je t'ferai danser les jambes en l'air si tu t'avises de me voler mes pigeons.

À travers mes larmes je reconnus la Barbozzina, dont la fortune, jadis, avait fait scandale à Venise. Une couche de fard, mal étendue sur les joues, ne dissimulait point les rides profondes et la sécheresse de la peau. Elle ressemblait à une vieille statue de bois qu'eût repeinte à la hâte quelque enlumineur de village.

— Eh bien, s'écria-t-elle, vas-tu décamper ! Ou faut-il que j'appelle mon homme pour qu'il te lève le pétard !

— Madame, de grâce ! répondis-je, ayez pitié : si vous saviez ma peine !

Elle aussi m'avait reconnue et me considérait avec surprise. Cet examen lui sembla si divertissant que son rire éclata et longtemps lui secoua le corps. Je crus que son ventre allait crever de gaieté devant ma misère.

— Ah ! ah ! ah ! faisait-elle, ah ! ah ! ah ! c'est impayable ! La Nichina dans la Ruelle des Lessiveuses ! Misère, ma fille, quelle déconfiture !

Mais, tout à coup, elle cessa de railler, me tourna le dos et posant un doigt sur ses lèvres :

— Chut ! du gibier ! soyons sérieuses.

Un marin s'avançait d'un pas gaillard en sifflotant. Lorsqu'il fut près de nous, la Barbozzina me lança un coup d'œil féroce, puis se carrant bien dans la lumière de la porte, elle écarquilla les yeux et battit vivement, de sa langue à demi tirée, ses grosses lèvres peintes.

Le matelot souriait, encore indécis. Alors elle jugea nécessaire d'user des suprêmes moyens ; elle lui tourna le dos et, se courbant soudain, elle leva ses jupes couvertes de poussière, et baissa vers la terre des regards inquiets. Comme le garçon, attiré sans doute par les images de plaisir qu'elle venait de lui présenter, lui exprimait ses intentions par un brutal attouchement, vite elle se redressa, l'embrassa, fort joyeuse, et tous deux se glissèrent dans la maison éclairée.

J'avais suivi avec un immense dégoût cette comédie grossière.

— Non, dis-je, non, je n'aurai jamais ce courage !

Toutefois, voyant un jeune ouvrier s'en venir de mon côté, j'allai à sa rencontre et, timidement, je le frôlai de ma robe. Il ne me regarda point. Je soupirai :

— Il va donc falloir faire comme elle.

Je n'étais pas une novice et les moyens de séduction m'étaient familiers. Je savais éveiller, accroître, affoler le désir ; seulement mes plus provocantes audaces étaient aussi les plus mystérieuses, et le galant qui, tout d'un coup, voyait mes yeux pleins de dédain se détourner vers lui, comme par hasard, ne pouvait se douter, quand il venait implorer mon amour, que c'était moi-même qui l'avais appelé. Ainsi je pratiquais, au milieu de gentilshommes et de riches marchands, cette délicate sorcellerie de l'amour qui compense nos fatigues par toutes les satisfactions de l'orgueil et de la fortune, mais réclame aussi de ses initiés, comme mise, quelque loisirs et un peu d'or.

À présent, au lieu d'être la souveraine des hommes, je devenais leur esclave. Abandonnant les artifices qui m'assuraient protection et puissance, je devais, avec une basse effronterie, supplier de m'asservir et m'exposer, en pleine rue, aux affronts et aux violences d'un rustre. Et je répétais avec horreur, sans pouvoir me résigner à mon sort :

— Il va falloir faire comme elle !

Cependant nul homme ne passait, et une pluie fine, qui me glaçait les membres, commençait de tomber. Alors j'eus une image soudaine de l'existence que je m'étais choisie : elle m'apparut sombre, boueuse comme cette ruelle de luxure, et il me sembla que j'y demeurerais toujours, solitaire, affamée. J'avais peur, je devenais lâche, je ne voulais plus de cette prétendue liberté qui n'était qu'un suite d'esclavages.

Des voix furieuses s'élevèrent à ce moment. Le marin avait une altercation avec la Barbozzina sur le prix de son plaisir.

— Un scudo ! disait-elle, un scudo ! porc, mais tu ne m'as donc pas regardée.

— C'est au contraire parce que je t'ai trop vue que tu n'auras pas davantage.

Mais la dispute se changea en une lutte acharnée à laquelle prit part un nouvel arrivant, dont je pus entendre les menaces et les injures. Après des cris perçants, des poussées violentes, un bruit de corps qui s'effondrent sous des corps qui s'efforcent de rester debout, je vis jeter par la fenêtre, en travers de la ruelle, comme un sac d'ordures, le malheureux galant de la Barbozzina, dont les jambes et les bras étaient étroitement liés et dont la tête pleurait du sang par vingt blessures.

Le bruit continuait à l'intérieur de la maison.

— Mon Giannico, je t'assure, il ne m'a donné qu'un scudo.

— C'est bien ! Nous allons voir ça !

— Tu sais que je te donne tout, je ne garde rien pour moi.

— Ah ! tu ne gardes rien ! Qu'est-ce donc que ce scudo ? Et celui-là ? Ah ! carne, tu me volais, mais je vais bien te les faire rendre, mes pièces, quand tu les aurais cachées au fond de ton cul !

Des coups secs s'abattirent sur de la peau nue, puis des sanglots, des gémissements éclatèrent.

— Oh ! Oh ! criait-on, mon bras ! oh ! oh ! ma jambe ! mon Giannico, par pitié ! oh ! oh ! aah !

— Tiens ! en veux-tu encore ! Tiens ! l'as-tu, celui-là. Et cet autre ! Tiens ! Tiens ! Tiens !

La Barbozzina s'élança au-dehors avec des hurlements de chienne battue. Comme elle fuyait de mon côté, j'eus peur que son ruffian, s'il s'avisait de la poursuivre, ne me confondit avec elle, et prise de peur, je me sauvai de cette ruelle infâme. Je ne sais comment, pareille à un cheval qui reprend le chemin de l'écurie, je revins sur la place de Sainte-Marie-la-Belle et je me trouvai devant la maison de Fasol. Je crus que c'était mon destin qui l'avait voulu et je me décidai à rentrer.

Il était dans son atelier, étendu sur un lit et considérait la grande fresque de ses Bains de Diane. Il tressaillit en me voyant et d'abord je pensai qu'il allait me battre, mais il resta couché sans prononcer un mot.

— Fasol ! dis-je, j'ai faim.

Alors il se leva, courut me chercher un pâté, du pain, un flacon de Trebbiano. Je dévorai tout ce qu'il me servit, puis j'allai m'étendre dans un coin de l'atelier, tandis qu'il me suivait des yeux.

— Nichina ! appela-t-il.

Et comme je ne répondais pas :

— Nichina ! voyons, réconcilions-nous !

Je me relevai, ayant retrouvé en une fois toute mon ancienne hardiesse.

— Tu veux te réconcilier, m'écriai-je, c'est ton affaire, cela ! Est-ce que je suis quelque chose, moi ? est-ce que je puis traiter d'égal à égal avec toi ? est-ce qu'il ne faut pas subir ta bonne et ta mauvaise humeur, ton plaisir et ta cruauté, tes baisers et tes coups !

— Si j'ai été cruel, avoue que tu l'as été avant moi !

— Voilà ce que je ne savais point, par exemple ! C'est moi, sans doute, qui t'ai insulté à Posellino !

Il n'avait pas conscience de l'outrage qu'il m'avait fait, tant il avait pris l'habitude d'exprimer impunément ses dédains à tous les êtres. Quand je lui eus dit mon grief :

— Quoi ! s'écria-t-il, tu t'es fâchée d'un mot, d'un malheureux mot prononcé en toute innocence ! Tu aurais dû comprendre qu'un grand dignitaire de l'Église ne peut, sans scandale, recevoir chez lui une amoureuse.

— Oui ! il préfère recevoir ses mignons !

— On ne le sait pas ; on peut du moins l'ignorer.

— Enfin, ce que je te reproche, c'est de m'avoir abandonnée quand tu devais me défendre et répondre au cardinal.

— Mais, ma chère, il ne faut pas s'occuper des colères de Benzoni ; elles sont courtes et sans importance, si l'on n'entreprend pas de les calmer. Songe, d'ailleurs, que je ne pouvais me brouiller avec lui ; d'abord c'est un être charmant, plein d'esprit, pour lequel j'ai beaucoup d'estime, et puis je n'ai pas fini de décorer son palais.

Cependant Fasol était un homme de génie ; je l'ai su plus tard. J'acceptai ses explications et, comme il m'enlaçait, je m'abandonnai à son étreinte, mais il eut beau me baiser et m'embrasser, l'injure resta gravée au fond de mon âme, ineffaçable.

Cette aventure de la Ruelle des Lessiveuses un moment me transforma. Devenue tout à coup craintive pour l'avenir, je n'étais plus la jouisseuse insouciante d'autrefois : je me changeais en une ménagère sage et économe, et je m'efforçais de mériter les bonnes grâces de Fasol, attachée à sa maison pour la vie large et plantureuse qu'on y menait.

Mais on ne se délivre point de son passé ; il vous suit partout et ordonne votre existence. Un matin que Fasol s'était levé avec le soleil, impatient de terminer sa Gloire de Venise, je me réveillai avec des bras d'enfant à mon cou, et j'aperçus, à côté de moi, dans mon lit, Cecca vêtue d'une chemise de soie fine, doucement odorante du bain de myrrhe qu'elle venait de prendre et qui, la bouche fendue jusqu'aux oreilles, riait de toutes ses dents à ma surprise. Je n'en revenais pas de la voir.

— C'est toi ! C'est toi ! Et par où es-tu entrée ?

Elle remuait, tournait à droite et à gauche, gonflait et frottait sa croupe le long de mes jambes.

— Je suis entrée, je suis entrée… par le petit trou de la serrure !

Elle s'étira, pareille à une chatte lascive, puis se pelotonna contre moi. Il semblait que, dans son corps, il n'y avait pas une pincée de chair dont ne pût profiter son plaisir.

— Mignonne, disait-elle en me regardant de ses yeux d'innocente et la langue rose pointant entre ses dents, mignonne, veux-tu pas jouer à la fricarelle ?

Comme je riais de ses espiègleries gracieuses, ses yeux brillèrent ; elle se coucha à mes pieds, le visage perdu dans sa longue chevelure, étreignant et caressant mon corps.

— Vas-tu finir ! petite bête ! répétais-je.

Mais une pensée m'était venue tout à coup qui me remplit de terreur et de colère. Brutalement je tirai Cecca par les cheveux.

— Oh ! s'écria-t-elle en se redressant, qu'as-tu ? Comme ton visage a changé ! Ne me fais pas cette méchante figure.

— Cecca ! Fasol est ici.

— Eh bien après ! dit-elle en éclatant de rire.

— Veux-tu ne pas rire, imbécile ! repris-je. Ne sais-tu pas que, s'il te trouvait dans ce lit, il serait capable de nous tuer.

— Quelle chance ! nous mourrons ensemble.

— Je ne veux pas mourir, répliquai-je avec fureur.

Je songeais à cette paix, à ce bien-être, dont j'étais maintenant si jalouse, que je travaillais, avec tant de peine, à m'assurer, et que cette folle, en un instant, allait tout détruire. Je voulus la repousser de mon lit.

— Voyons ! lève-toi, et plus vite que ça !

— Alors viens avec moi.

— C'est impossible ! Tu sais bien d'ailleurs que je ne puis aller chez Morosina. Je suis brouillée avec elle !

— Comment, tu es brouillée ! Elle parle sans cesse de toi avec admiration ; elle t'adore, je te le répète, elle t'adore.

— Je ne tiens pas à recommencer mon existence d'autrefois… Changer chaque jour d'amant ; être poursuivie par des créanciers ; mettre tout son or en robes et en bijoux ; n'avoir jamais dix ducats devant soi ; rester même souvent sans un bagattino dans sa bourse… Non ! non ! non ! j'en ai assez, de cette vie-là.

— Mais tu en trouveras, des hommes qui t'entretiendront, et plus généreux, et plus agréables que ton Fasol. Tu n'as pas à craindre de manquer d'amis, va ! tu es si belle.

J'étais heureuse du compliment, malgré la partialité de son auteur, car depuis le soir où j'étais allée aux Jardins et à la Ruelle des Lessiveuses, je me demandais si je pouvais encore plaire aux hommes et j'avais besoin qu'on me convainquît de ma beauté. Pourtant la louange ne changea point ma résolution.

— Veux-tu t'en aller, repris-je, ou je me fâche !

Cecca, rieuse et obstinée, s'étala en travers du lit, le ventre offert, les jambes pendantes, la tête renversée voluptueusement sous ses bras en oreiller.

— Je ne m'en irai pas, dit-elle avec tranquillité.

— Ah ! tu ne t'en iras pas ? nous allons voir cela, par exemple.

La ceinture dont Fasol m'avait flagellée était justement devant moi, pendue parmi des armes de chasse ; je la décrochai et, saisissait Cecca par les cheveux, je la cinglai toute en travers du corps. Sous la douleur, elle bondit, se roula et tomba par terre, puis, se relevant, elle alla ramasser ses jupes qui s'étalaient au milieu de la chambre, froissées, jetées sans soin, méprisées pour le plaisir et qui, toutes béantes, offraient maintenant leur protection. Je la poursuivis jusqu'à la porte, amusée d'abord, puis enivrée par le plaisir de la frapper, comme si les coups que je donnais à cette fille, effaçaient de mon souvenir la correction de Fasol.

— Méchante ! cria-t-elle en se sauvant, méchante ! je te déteste, mais va ! je me vengerai !

J'étais si heureuse de l'avoir battue que j'allai en chemise, dans l'atelier, donner un baiser à Fasol.

— Si tu étais arrivée plus tôt, me dit-il, tu te trouvais nez à nez avec ton ennemi.

— Quoi ! le cardinal est de retour ?

— Oui ! les pluies continuelles qui sont tombées ces jours-ci l'ont chassé de Posellino. Il est venu me prier à une fête… Il était, ce matin, d'humeur flatteuse et charmante.

— Décidément, il a la mémoire courte.

— Ah ! il n'a pas oublié notre querelle. « Vous avez encore des relations avec cette, avec cette… (Il ne se souvenait plus de ton nom). Vous avez tort : un homme comme vous, qui a Venise à ses pieds, devrait choisir de plus nobles amoureuses. — Monseigneur, lui ai-je répondu, je ne prise chez les femmes qu'une noblesse : la beauté ».

Mais je ne l'écoutais plus, envahie par une joie immense. Guido est ici, répétais-je sans cesse, il est ici, je vais le voir !

Je me regardai dans une glace et me trouvai jolie, très jolie. Je n'avais plus peur de l'existence, je ne me sentais plus enchaînée à Fasol, j'étais libre ! Et ce jour-là, comme si Guido devait venir, je mis un soin extrême à ma toilette.

Ce fut alors que Cecca entreprit de me détacher de Fasol. Elle espéra se venger ou me ramener vers elle.

J'avais obtenu de Fasol qu'il consentît à recevoir Michele des Étoiles. Il aimait à disputer avec le philosophe, bien que sa laideur l'exaspérât. Je profitais de cette bienveillance pour obtenir, chaque mois, les quelques scudi qui faisaient vivre le pauvre hère. Morosina consentait bien toujours à lui donner l'hospitalité, mais elle était si grondeuse qu'il ne retournait chez elle qu'à la dernière extrémité.

Fasol et Michele avaient de temps à autre des conversations de ce genre :

— Savez-vous pourquoi vous peignez ? disait le philosophe.

— Je peins parce que cela me rend heureux.

— Je ne vous demande pas cela, je vous demande si vous avez une théorie de la peinture ?

— Je n'ai pas d'autre théorie que de représenter le mieux possible tout ce qui me paraît beau dans l'existence.

— Eh bien, mon pauvre Fasol, j'ai le regret de le constater, vous êtes une brute, une bête brute !

Fasol courait chercher un portrait de femme au sourire voluptueux, à la chair dorée.

— Est-ce une brute qui a fait cela ? demandait-il.

Mais Michele répliquait :

— Où est l'âme de ce corps, où est la pensée de cette œuvre, où est la morale de ces couleurs ? J'ai beau regarder, je ne les vois pas. Je vous le répète, mon pauvre Fasol, vous n'avez aucune intelligence.

Et Michele commençait à expliquer ce que devait être la peinture des idées.

— Tiens ! s'écriait Fasol en se remettant à peindre ses Bains de Diane, tais-toi ou je commence ton portrait : voilà qui serait bête par exemple !

Jamais Fasol n'aurait, de lui-même, soupçonné Michele : Cecca parvint pourtant à le rendre jaloux à force de perfidies qu'elle se permit d'écrire ou de raconter. Si Fasol s'autorisait toutes les fantaisies, il tenait à ma fidélité.

— Tu me trompes ! me dit-il un matin en froissant une lettre qu'on venait de lui apporter.

— Crois-le si cela te plaît, répondis-je en haussant les épaules.

— Je ne souffrirai pas tes trahisons, entends-tu ! je vais te battre, je vais te rosser, truie !

— Ah ! tu veux me battre, eh bien ! essaie donc de me frapper, essaie donc.

Ma rage librement éclatait enfin.

Ne craignant plus de le quitter, ravie de l'occasion qui s'offrait de secouer son joug, je me réjouis de lui lancer toutes les insultes que je savais et je lui crachai au visage. Alors, se jetant sur moi, il me serra la gorge si fort que je crus qu'il allait me tuer.

— Grâce ! lui criai-je, grâce !

Mais, sans m'écouter, il me prit dans ses bras et me précipita dans l'escalier.

— Va-t'en, puits d'infection, va-t'en, ventre à marinier, répétait-il.

J'en fus quitte pour de légères contusions, mais j'en eusse bien souffert le double pour être délivrée de lui.

Cette fois j'oubliai que, depuis ma liaison avec Fasol, j'avais peut-être montré, à l'égard de Morosina, trop de négligence : je retournai chez elle !

Cecca ne m'avait point trompée : la comtesse ne m'en voulait point et me conservait un enthousiasme mêlé d'étonnement.

— Morosina ! lui dis-je, vite, trouve-moi un costume de paysanne !

— Un costume de paysanne, Sainte Vierge ! pour quoi faire ?

— Je veux me déguiser et aller au palais Benzoni. Je ne puis plus vivre sans Guido ; il faut que je le voie.

— Ah ! ma pauvre fille ! quand l'âge vous aura-t-il rendue raisonnable ?

Une heure après, je m'étais noirci le visage, teint et arrangé les cheveux ; revêtue du schiavonetto des Chioggiotes, je n'étais pas reconnaissable. Je me rendis au palais Benzoni où je demandai à l'intendant de vouloir bien m'accepter comme servante.

— Nous n'avons pas besoin de domestiques, me répliqua-t-il.

— Ah ! seigneur, m'écriai-je, prenez-moi, vous ne me donnerez que la nourriture si vous voulez. Je pourrai toujours vous rendre service, et vous me sauverez de la misère.

Mon air, ma mise, ma figure lui firent bonne impression. Bien que le déguisement me fût peu avantageux, j'avais encore des attraits. Peut-être l'intendant eut-il sur moi d'amoureux desseins. Quoi qu'il en soit, je fus aussitôt employée dans les cuisines, où j'appris que Guido était à Padoue avec le cardinal. Toute une semaine je dus les attendre au milieu des tâches les plus viles, exposée aux soupçons et aux familiarités grossières de la valetaille, tandis qu'il me fallait, sans révolte, écouter les obscénités dont on souillait le nom de Guido.

J'étais à ranger la salle de fête quand on annonça leur arrivée. Comme je fus émue ! Mais, au moment où ils passèrent, un valet, qui ne les voyait pas, me prit la taille et me baisa sur la bouche. Le cardinal et Guido, sans me reconnaître, nous aperçurent et échangèrent un sourire.

Ce baiser que j'avais dû souffrir d'un domestique devant le cardinal, devant l'homme que j'aimais, m'accablait de honte. Sans doute, j'étais assez bien déguisée pour un œil indifférent, mais

Guido, s'il me regardait avec attention, pouvait découvrir qui j'étais : comme alors je serais humiliée ! en quels inutiles périls se trouverait, je ne dis pas ma vie, car je n'y pensais point, mais mon amour ! Guido ne croirait point que la passion seule m'avait rendue sa servante, et il allait me mépriser de mon abaissement. Je résolus de ne pas rester plus longtemps livrée à de pareils outrages ; il m'était pourtant impossible de m'en aller sans le voir.

— Je lui parlerai ce soir même, dis-je.

Aussitôt je monte à l'ancienne cellule de frère Gennaro, qui était abandonnée. M'y enfermant, je m'occupe de me laver le visage, de me recoiffer et de donner une tournure élégante à mes simples vêtements de campagne. Il ne me fallut que quelques instants pour redevenir Nichina.

Dès que la nuit fut arrivée, je descendis dans la chambre de Guido et me cachai derrière une tenture. Le cardinal ne tarda pas à rentrer avec lui. Monseigneur le tenait embrassé et appuyait la tête contre la sienne. Frémissant et brutal, il l'entraîna.

Ce fut une scène horrible de fureur et de violence amoureuse. Sous un extérieur calme et élégant, Benzoni déguisait les plus ardentes, les plus odieuses passions. L'Amour, tendre ou idéal, réel ou joué, ne maîtrisait point, chez lui, les fougues de la chair. Ses désirs, impitoyables, jusqu'à la cruauté, semblaient contraindre Guido, qui ne s'y abandonnait qu'avec lassitude. J'aurais voulu échapper à cet immonde spectacle, et je ne sais quel vertige me forçait à regarder ce qui m'était si exécrable. Je subissais la torture d'un prêtre qui voit insulter son Dieu, et je ne pouvais m'arracher à cette profanation.

Un coup, qui retentit à la porte, fit tressaillir le cardinal. Comme on s'obstinait à frapper, il se leva, entrouvrit et, d'un ton de colère :

— Enfin, qu'y a-t-il ?

— Un message de Sa Sainteté.

Je reconnus la voix de l'abbé Coccone.

— Ce vieux matou ne peut jamais nous laisser tranquilles, grommela le cardinal.

Puis il revint vers Guido, lui donna un baiser et quitta de la chambre.

Je ne pouvais plus me contenir ; j'avais besoin de crier mon indignation et mon dégoût, je sortis de ma cachette. Guido pâlit en m'apercevant.

— C'est toi, Nichina !

— C'est moi.

— Comment ! tu viens encore ici… après tout ce qui s'est passé ! Tu ne sais donc pas tous les dangers que tu cours ! Le cardinal veut t'assassiner !

— Cela m'est égal. Je viens t'arracher à tes abominations. Guido ! Guido ! tu oublies donc qui tu es pour te souiller ainsi ?

— Ah ! voyons, qui es-tu, toi-même, pour venir me prêcher la morale ?

— Je suis une femme qui t'aime et qui a grand-pitié de toi.

— Tu n'es qu'une ignoble putain, qui couche avec tous les hommes.

— Guido ! Guido ! m'écriai-je les larmes aux yeux, si je suis putain, c'est toi qui en es cause, toi qui méprisas mon amour ! En tout cas, mes amours, si elles ne sont point chastes, ne vont point contre la loi de nature. Mais les tiennes sont horribles à Dieu et à tous les êtres.

— Sais-tu que je puis appeler et te faire jeter en prison ?

— Et moi, je puis te faire condamner au feu !

— Tu l'oserais, misérable !

Je m'étais jetée à ses genoux.

— Oh ! Guido, je t'aime trop pour cela ! Comment te voudrais-je du mal, toi qui m'as sauvé la vie à Posellino. Ne dis pas non ! Tu l'as fait. Et encore as-tu fait pour moi davantage. Oh ! oui, le jour du couronnement, si tu savais quelle joie j'ai ressentie à voir que tu ne me regardais pas avec haine, que peut-être tu pourrais m'aimer encore !

— Oui, je m'en souviens : tu étais belle, ce soir-là, et puis quelle passion il y avait dans tes gestes et dans ta voix ! Tu es une grande comédienne, Nichina. Et je t'ai admirée.

J'étais déjà redevenue toute riante, toute joyeuse.

— Je t'ai admirée, reprit-il, mais comme n'importe quel spectateur. Car, vois-tu, si je n'ai point conservé pour toi mes haines de jadis, mes haines d'enfant, je n'ai point non plus d'amour. Tu m'es indifférente !

— Guido ! Guido ! ne dis pas cela : je mourrais de chagrin. D'abord cela n'est pas vrai. Pourquoi m'aurais-tu défendue contre le cardinal, si je n'étais rien pour toi ? Est-ce qu'on défend une indifférente ? Tu mens, Guido, oui ! tu mens !

— Je dis la vérité : je ne t'aime pas et je n'aime rien. Il y a entre moi et le monde comme un voile noir tendu sur toutes choses, il y a une amertume dans l'air, il y a une douleur dans toute action ; et je souffre sans cesse !

— D'où te vient ta souffrance, mon Guido ?

— Je l'ignore ; je sais seulement, hélas ! qu'elle n'est point imaginaire. Peut-être ma souffrance vient-elle de ne plus pouvoir rien souhaiter.

— Oh ! Guido, j'aimais mieux ta haine ; car, autrefois, avec cette haine, tu avais un grand amour. Te souviens-tu que tu restais des journées à prier avec le pauvre frère Gennaro ?

— Oui, il était fou, et à vivre avec lui, je l'étais devenu moi-même.

— Guido, je le sens, tu es bien malade, puisque tu détestes jusqu'à ton passé, mais je te guérirai, va ! je te guérirai, sois sûr !

— Je ne puis pas être guéri, car la maladie qui me ronge, c'est l'existence. Je respire et je porte en moi le dégoût. Pourtant j'ai encore un désir ; et c'est ce désir qui m'empêche de me donner un coup de poignard et d'en finir avec la vie.

— Quel est ce désir ? dis-le, dis-le vite !

— Je voudrais la richesse, une grande richesse pour être à mon tour le maître des hommes.

— Et si j'avais beaucoup d'or, Guido, si je te donnais tout l'or que je possède, voudrais-tu de moi pour ta servante ?

À ce moment, j'entendis un pas résonner dans le corridor.

— Au nom du Christ, me dit Guido, à voix basse mais avec des gestes pressants, va-t'en : le cardinal revient ! Je t'en prie, va-t'en.

Je lui baisai la main et je me sauvai par une petite porte qu'il m'ouvrit lui-même.

En sortant, j'étais comme enivrée de la joie de l'avoir vu. Son accueil ne m'enlevait pas tout courage, me laissait même un espoir incertain qui suffisait à m'enchanter. Si j'étais riche, me disais-je, il viendrait à moi. Et je songeais à tout l'or qui était passé dans mes mains, que j'avais gaspillé en fêtes et en toilettes. Alors, à cause de Guido, je voulus être avare.

Michele des Étoiles, un jour que nous nous promenions ensemble au Ghetto, m'avait montré la maison d'un alchimiste qui vivait seul, disait-on, au milieu d'immenses trésors. J'avais ressenti un grand trouble à l'idée de ces richesses inutiles, et souvent j'eus le désir de pénétrer dans cette mystérieuse demeure. Cette fois je me décidai.

— Qu'il veuille bien m'enrichir, me dis-je, et je m'abandonne à lui, si vieux et si répugnant qu'il soit. Pour Guido, je suis prête à tous les sacrifices.

Avec cette ardeur qui ne me laisse pas un moment de repos quand j'ai formé un dessein, je cours au Ghetto avant que le couvre-feu soit sonné. Je frappe à la porte de l'étrange maison. Un vieux petit homme, en haillons sordides, vient m'ouvrir, qui n'avait pas un cheveu sur le crâne, mais dont la longue barbe tombait presque jusqu'à terre. Ses paupières formaient deux poches rouges et plissées.

— Que voulez-vous, me demanda-t-il ?

— Est-ce vous, l'alchimiste ?

— Oui.

— Eh bien, j'ai quelque chose à vous dire.

Le vieillard parut très étonné. Il m'apprit que, depuis plus de vingt ans, personne n'avait eu rien à lui dire, et que j'étais sa première visiteuse. C'est pourquoi il me fit entrer, avec grand respect, dans une salle immense, encombrée, poudreuse, et qui me parut plus sale encore que ses vêtements. Comme il me demandait ce qui m'amenait chez lui :

— Qu'est-ce que vient faire une jeune femme chez un monsieur à cette heure ?

Il se récria.

— Oh ! ma pauvre enfant, vous ne m'avez donc pas regardé ? Ces badinages ne sont plus de mon âge.

J'allai m'asseoir sur ses genoux et, lui caressant sa barbe blanche :

— C'est vrai que vous êtes vieux, mais vous tenez encore bien sur vos jambes.

Il parut flatté du compliment et il eut pour moi un sourire de reconnaissance.

Je devins plus audacieuse.

— Voyons, suis-je une belle fille, oui ou non ?

— Vous n'êtes pas une belle fille, vous êtes l'une des Grâces.

— Si vous me trouvez belle, c'est excellent ; je m'engage – et cela, je le jure sur le Christ – je m'engage à vous faire éprouver plus de plaisir que vous n'en avez encore jamais eu, tout en prolongeant votre existence d'au moins vingt années.

Il me regardait avec stupeur, cherchant si je n'avais pas, sur le front, quelque signe infernal.

— Oui, je vous promets de vous rendre très heureux, seulement il faut que vous me donniez de l'or, beaucoup d'or.

Il voulut prendre sur sa tête des cheveux pour se les arracher, mais n'en trouvant pas, il se contenta de me repousser ; puis, se levant, il se mit à trépigner en hurlant de colère :

— Voilà ce que j'attendais : on me demande de l'or, de l'or, toujours de l'or, mais est-ce que j'en ai, est-ce que j'en tiens, moi, de ce gibier infernal, de ce cochon maudit, de cet or damné !

— N'êtes-vous pas alchimiste ?

— Je suis un alchimiste, c'est vrai, mais un alchimiste honnête, et, quoique vivant au Ghetto, bon chrétien. C'est vous dire que je n'ai jamais usé de la Pierre qu'avec discrétion. Il y a des gens qui, de paroles, méprisent la fortune et, de fait, oublient de vivre pour la rechercher. Je me contente de ne point l'estimer plus que ne veut le Seigneur. Et je gagne mon existence à tourner des pieds de table.

— Mais vous ne faites donc pas d'or ?

— J'en ai fait autrefois, mais cela coûte trop cher ; d'ailleurs le métier est perdu aujourd'hui : on ne nous en demande plus. Tenez, regardez ces cornues, ces alambics, ces in-quarto : j'ai mis ma fortune à les acheter. Un jour, je rencontre chez un brocanteur de Vicence un manuscrit arabe, fort précieux, que je payai dix mille ducats. Je ne savais pas la langue : je m'occupai aussitôt à l'apprendre, et, au bout de vingt ans, j'arrivai à lire le livre couramment et à connaître toutes les combinaisons pour se procurer de l'or. Malheureusement, un ver avait rongé les feuillets à l'endroit où l'on indiquait les matières à combiner. J'ai bien essayé de les découvrir à l'aide de mes propres lumières, mais mes expériences n'ont pas abouti. Il y a des alchimistes qui prétendent que le sang est l'élément générateur et qui, pour en avoir, égorgent de petits enfants. Moi, j'ai des principes et j'ai craint de me brouiller avec le bargello.

Il s'était apaisé, peu à peu et, de ses vieilles mains osseuses, me caressait les seins, me pressait les fesses.

— Voilà pour faire de l'or, dit-il, qui vaut bien toute l'alchimie.

— Mais si vous croyez que ça ne les fatigue pas ! m'écriai-je.

— En tout cas, les expériences sont moins longues et moins pénibles. Je voudrais pouvoir vous remplacer, ma jeune amie. Et puis, si j'étais femme, je n'aurais pas besoin d'être honnête.

Là-dessus, il me mit poliment à la porte.

Je me dirigeai vers la maison de Morosina, à laquelle j'allais de nouveau demander l'hospitalité. En chemin, je réfléchis aux conseils que venait de me donner le vieillard. Comme tous les sages, il s'était contenté de me dire mes propres pensées, en leur prêtant ce qui restait encore de force à son âge. Désormais, je savais, à n'en plus douter, que je portais en moi la richesse et qu'il était inutile de la chercher ailleurs.

Il y avait alors à Venise un juif nommé Moïse Buonvicino qui possédait une fortune considérable. C'était lui qui dirigeait la Banque de la Foi. Il ne portait point le chapeau jaune, la rouelle, ni aucune marque d'infamie. Au lieu de demeurer au Ghetto, il habitait, sur le Grand Canal, un des plus splendides palais de Venise, où les plus hauts gentilshommes de la République se flattaient d'être reçus. J'appris avec étonnement que ma sœur Costanza l'avait épousé. Ah ! fis-je, ma sœur est bien capable d'épouser un homme riche, parce qu'elle ne manque pas de beauté, mais il lui est impossible de s'en faire aimer, car elle a l'humeur acariâtre et l'esprit stupide. J'entrepris donc d'avoir Moïse pour amant. Cela n'était point facile, car beaucoup de femmes l'avaient sollicité en vain. J'envoyai cette fine mouche de Morosina déposer de l'argent à sa banque. Tout en causant de l'état du commerce à Venise et du tort que causaient aux banques les monts-de-piété qui prêtaient de l'or à un intérêt dérisoire, Morosina lui dit :

— Vous vivez plus chastement qu'un moine, avec toutes vos richesses. Enfin, vous êtes un jeune homme.

— Oh ! oh ! fit-il, j'ai passé la cinquantaine.

— Je vous aurais donné trente-deux ans à peine. Vous voyez que vous ne portez pas votre âge… Je serais à votre place, moi, je voudrais connaître les femmes de Venise : il y en a de si belles.

— Comment les appelez-vous ?

— Mais il y a la Nichina, on ne parle que d'elle : c'est une fille superbe ; seulement, je serais homme, je ne la prendrais pas, car il y en a d'aussi jolies et de moins chères. Parce qu'elles sont moins connues, elles n'en sont que plus agréables ; par exemple : Marietta Vespa, Lugrezia Barcariola…

— Comment avez-vous nommé la première ?

— La Nichina.

— La Nichina. Et c'est la plus célèbre ?

— Oui, mais la célébrité, dans l'espèce, ne joue pas un grand rôle. À votre place, j'irais voir cette jolie Margherita, par exemple.

— Enfin, on ne parle que de la Nichina ?

— Assurément, mais il y a dans de petites maisons écartées au fond de ruelles sombres…

— Nichina a de riches amants ?

— Je vous crois ! Le Doge vient chez elle.

— Vous en êtes sûre ? demanda-t-il.

Et il la regarda d'un œil de peseur d'or, qui eût fait trembler des femmes d'une vertu plus incertaine et d'une âme moins bien assise. Morosina répondit d'un ton tranquille :

— Certainement, cela est connu de Venise tout entière : il n'y a que vous qui l'ignoriez.

Moïse demeura quelques instants silencieux, puis, éclatant de rire et se frottant les mains :

— Ah ! ah ! s'écria-t-il, le Doge vient chez elle ! le Doge vient chez elle. Eh bien ! il n'y viendra plus, je vous le promets !

— Comment cela ?

— Je veux la Nichina, moi. Je vais la prendre pour maîtresse.

— Je ne vous le conseille pas. C'est, paraît-il, une femme ruineuse.

— Ruineuse ! est-ce qu'on me ruine, moi ? Est-ce que je n'ai pas la Banque de la Foi ? la plus riche banque d'Italie ! Ah ! le Doge vient chez elle. Eh bien, je voudrais voir qu'il vînt chez elle la semaine prochaine, oui ! je voudrais voir ça, moi !

Dès le lendemain, Moïse Buonvicino se rendit à la maison de Morosina. Il ressemblait à un vieux marinier qui se serait déguisé en gentilhomme. Dans son visage, d'une laideur singulière, le nez seul trahissait la race. Il me fit ses propositions. Il était disposé à me couvrir d'or et à me meubler un palais. Seulement, je ne devais y recevoir que lui et ses amis. Naturellement, j'acceptai, mais, une fois qu'il m'eut installée dans ma nouvelle demeure, il osa m'avouer sa passion.

— Ah bien ! dis-je, en voilà un goût ! Et que me donnerez-vous pour vous satisfaire ?

Il me promit des trésors. Il s'agissait de me trousser le derrière et de l'exposer à ses coups. C'était son plaisir de crier en me fouettant : « Chienne de chrétienne ! Chienne de chrétienne ! » Entre ses repas, il était fort poli.

Une fois, je lui avouai discrètement l'ennui qu'il me causait. Sans doute, il ne me frappait point comme Fasol, mais ces flagellations, pour n'être qu'un jeu, n'en manquaient pas moins d'agrément.

— Mon cher ami, vous avez beau être l'homme le plus riche de Venise, vous comprendrez que votre passion est insupportable. Regardez dans quel état vous m'avez mise.

Et je lui exposai le tableau de ses supplices, ces belles chairs qui étaient le délice de mes anciens amis et qu'il ne savait que lacérer.

— Cela ne peut pas durer, repris-je, vous m'enlaidissez.

— On ne vous voit pas.

— Mais je me vois, et surtout je me sens bien.

— Si vous ne voulez pas m'accorder cette jouissance, je serai forcé de diminuer mes cadeaux.

— Ne faites pas cela ! m'écriai-je, ne faites pas cela ! Ou aussi vrai que j'ai été baptisée par ma mère, je vous flanque à la porte de chez moi et vous n'y rentrerez jamais.

— C'est bien, dit-il, en courbant l'échine.

Depuis, il n'exigea plus d'aussi barbares jouissances. Il venait tous les jours chez moi, me donnait un petit baiser du bout des lèvres et du nez.

— Tu vas bien, mignonne, faisait-il ?

— Oui, mon beau chéri.

— Allons, c'est excellent !

Il s'installait à ma table, et se mettait à écrire des lettres d'affaires.

De temps à autre, il me donnait une petite tape sur la joue et, à la collation, il me disait sur un ton affectueux :

— Prépare-moi mon omelette au cumin, ma chérie, il n'y a que toi qui saches la faire.

Pour toutes ces complaisances, il me remettait chaque mois vingt mille ducats.

S'il me répugnait plus que tout homme au monde, je tenais cependant, en mon âme et conscience, à remplir mon devoir. D'ailleurs, il y allait de ma fortune de me l'attacher. Qu'une femme passe à Venise pour être plus belle que moi, me disais-je, et aussitôt mon galant me laisse dans mon palais au milieu de mes domestiques sans un bagattino devant moi. Un jour qu'il n'avait pas ouvert la bouche et que je le voyais plus absorbé que de coutume, je jugeai la situation pleine de périls. Alors, lente, sinueuse, avec une jolie façon d'étirer les bras et, en tordant mon corps, d'offrir la croupe et les seins, je m'approche bien doucement : puis je lui prends le menton, je le câline et je lui chuchote à l'oreille :

— Est-ce qu'on n'aime plus sa petite fa-femme, qu'on ne la regarde plus ?

— Comment, je ne te regarde pas ? C'est vrai ! aujourd'hui, je ne t'ai pas demandé mon omelette au cumin et nous n'avons pas goûté ensemble ! Ah ! ma pauvre enfant, ne m'en veux pas : je suis si occupé !

Et, lui saisissant la main, je la promenais du haut en bas de mon corps. Il avait des saccades de petits rires qui ressemblaient à des quintes de toux.

— Allons, repris-je, déshabille-toi.

— Mais les lettres ?

— Tu les écriras tout à l'heure.

Il me laissait lui enlever ses habits. Je débraguettais le bonhomme comme une mère son enfant, et, avec la hâte d'une fiévreuse, je jetais ses nippes par les places, anxieuse de connaître l'état de son amour.

— Ne jette pas mes vêtements ainsi, s'écria-t-il, tu vas faire tomber l'or !

— Ne t'occupe pas de ça, répliquai-je.

Prompte comme l'éclair, je sors de ma robe, j'enlève ma chemise, je l'entraîne au lit. Après avoir fatigué mes doigts de mille jeux et m'être tournée de toutes manières, j'observai que Moïse Buonvicino restait calme.

— C'est drôle, dis-je en lui regardant le dessus de la tête, tu as pourtant encore cinq cheveux noirs.

Croisant les bras dans une attitude de résignation, il poussa un soupir.

— Ah ! les affaires absorbent un homme, vois-tu !

J'eus soudain une illumination. Je me lève à la hâte et lui prépare un bain.

— Va le prendre ; c'est excellent pour ta situation.

Il revint quelques instants après :

— Eh bien ? demandai-je.

— Oh ! dit-il, l'eau n'était pas assez chaude.

J'étais lasse et furieuse de voir ainsi avorter mes projets.

— Vieille guenille ! vieille limace ! m'écriai-je, j'y renonce.

Et je lui tournai le dos. Mais lui, avec les yeux d'un homme qui vient de gagner à la loterie, me caressait à la façon d'un grand-père.

— Fais-moi ma petite omelette, Nina, veux-tu ? Momo a envie de collationner avec Nini.

Je lui fis sa petite omelette. De plus, je consentis à me laisser fouetter de temps en temps. Je lui défendis seulement de m'appeler : Chienne de chrétienne, parce que cela m'humiliait.

— Si vous me faites mal, dis-je, c'est moi qui vous fouetterai.

— De vous, chère amie, tout ne peut m'être qu'agréable.

— Eh bien, répliquai-je, changeons de rôle. Je préfère cela, si vous y avez le même plaisir.

Costanza apprit ma liaison avec son mari. Elle accourut chez moi, haletante de colère.

— Ah ! s'écria-t-elle, quand Moïse se plaignait de ne pouvoir rester à la maison, quand il prétendait que ses affaires l'appelaient au-dehors, c'était toi ses affaires. Et il ne me donnait plus rien, ni argent, ni baisers. Canaille ! tu n'as donc pas de cœur pour prendre tes amants dans ta famille ?

Je n'eus pas l'air d'avoir entendu ses injures et je lui répondis avec calme :

— Ne faut-il pas que tout le monde vive ? Je ne tiens pas à ta chiffe d'homme, tu peux le reprendre, mais je veux aussi, moi, tâter de sa fortune ; tu as assez mangé du gâteau comme cela : laisse-m'en une part.

Comme elle se préparait à s'élancer sur moi, je craignis de ne pas être assez forte, j'appelai à mon aide les domestiques qui, après avoir reçu insultes, crachats, égratignures, coups de pied, parvinrent à la jeter dehors. Mais la colère de Costanza était redoutable. Il s'agissait d'en prévenir les effets. Je connaissais l'âme de ma chère sœur : je la savais pourrie d'orgueil, de ressentiment ; animée d'une fureur toujours tiède, toujours prête à dégorger au premier feu ; et plus capable d'écouter les conseils de son derrière que les reproches de sa conscience. Je fis venir mon intendant, lui ordonnai de quitter ses vêtements, de s'habiller en gentilhomme et de se rendre chez elle.

— Tu ne seras pas à plaindre, dis-je ; sans me valoir, elle n'est pas indigne d'être ma sœur.

Le soir n'était pas venu, que je vois arriver mon Moïse tout éploré. Il avait vieilli de dix ans. Ses traits étaient tirés et les cinq cheveux noirs qui lui restaient étaient devenus blancs.

— Tu as fait une perte d'argent ? demandai-je en feignant une vive surprise.

— C'est moins grave, dit-il, mais c'est horrible tout de même ; oui, horrible ! Mon pauvre cœur en est malade.

— Allons, pleure un peu, cela te soulagera. Veux-tu ta petite omelette ?

— Non, plus tard. Ma femme, ta sœur ! car il paraît que c'est ta sœur, ma femme ?

— Ah ! m'écriai-je, je ne sais pas, je ne m'occupe pas de tes affaires et je suis brouillée avec ma famille.

— Eh bien, par un hasard extraordinaire, j'ai surpris ta sœur, tu ne devineras jamais avec qui ? avec ton intendant !

J'eus l'air de revenir de l'autre monde.

— Oui ! avec ton intendant ! Ah ! mais je lui en ai donné, au galant, du bâton sur la tête ! Je pense qu'il n'en reviendra pas.

— C'est un beau coup que tu as fait là ! Comment, maintenant, vais-je me passer d'intendant ?

— Je t'en trouverai un autre. Quant à ma gueuse de femme, elle s'est sauvée, et sais-tu ce qu'elle m'a dit en partant ?

— Comment veux-tu que je le sache ?

— Elle m'a dit : « Va retrouver ma salope, ma coquine, ma putain de sœur, celle qui t'appelle une chiffe, une limace ». Est-ce que je suis une chiffe, voyons ? Est-ce que tu m'as traité de la sorte devant elle.

— Vas-tu à présent écouter cette menteuse ? Mon cher petit mari, je sais bien que tu es le plus vaillant amoureux du monde et que, si tu n'avais pas à t'occuper de ta banque, tu me rendrais malade, je n'en pourrais plus.

— Ah ! fit-il en me donnant un baiser sur la joue, je savais bien, petite Nina, je savais bien que tu m'aimais. Parmi les canailles qui composent le monde, tu es la seule en qui j'aie confiance.

Malgré tout l'argent que je recevais de Moïse, j'avais peine à mettre de côté quelques ducats. Le Juif, en effet, tenait à éblouir Venise de sa magnificence, et ma maison devait être la première de la ville. Fréquemment, il recevait à sa table les plus fameux gentilshommes. Il fallait alors que dans ma toilette, la livrée, le festin, il y eût un luxe inouï, une nouveauté surprenante, sans quoi Moïse me témoignait sa mauvaise humeur.

Au milieu de ces fêtes fastueuses, d'où je retirais d'assez maigres bénéfices, mon existence était d'une écœurante monotonie. Ces seigneurs et ces marchands, réunis par intérêt, négligeaient d'être aimables et les entretiens étaient froids et cérémonieux. De mes anciennes connaissances, Morosina qui avait de l'argent à la

Banque de la Foi, Cecca, qui passait pour la nièce de la comtesse et s'était réconciliée depuis ma brouille avec Fasol, Michele, à cause de sa grande laideur et de ses bouffonneries, étaient seuls admis à me voir. Encore ne devaient-ils point venir trop souvent chez moi, car leurs visites excitaient les soupçons du juif. Il n'avait pas idée de la passion de Cecca, mais il craignait que mes amis pussent me servir de messagers, si la fantaisie me venait de lui planter des cornes. À peine m'était-il permis d'aller quelquefois à l'église et de me promener aux heures et aux endroits où l'on n'a point de chances de rencontrer les amoureux. Ainsi enfermée dans mon palais comme dans une prison, n'ayant que de loin en loin des nouvelles du dehors, je ne savais rien de l'homme pour qui je travaillais à m'enrichir et dont la vie était ma seule préoccupation. Souvent, à table, j'entendais parler des disputes et des rixes qui avaient lieu au palais Benzoni et je me demandais si Guido n'était pas mort. Malgré mes angoisses, il me fallait avoir l'air calme et souriant, répondre aux plaisanteries des amis de Moïse, m'intéresser à leurs conversations. C'était un supplice que je ne pouvais plus souffrir. Je résolus de m'enrichir et de me délivrer au plus vite. Grâce au Ciel, l'occasion que j'attendais ne tarda pas à se présenter.

Morosina, dont la piété semblait croître avec le temps, vint me chercher un soir pour me conduire à Saint-Bartholomé, où un franciscain, le frère Martino de Calabre, attirait la foule par ses prédictions violentes. Moïse voulut bien m'accorder la faveur de l'accompagner. Cette fois, le frère tonna contre la richesse, l'usure, la banque, et menaça Venise de la colère de Dieu, si elle ne se hâtait pas de chasser les juifs qui l'infestaient. Le moine fit le tableau d'une véritable cité chrétienne et il parla si éloquemment que tous, à l'entendre, versèrent des larmes : les pauvres rêvaient au partage ou à la communauté des biens, tandis que les riches, séduits par l'image de cette société admirable, consentaient de grand cœur à se dépouiller d'une fortune dont, – commodément assis sur leurs carreaux de satin, – ils ne se sentaient plus, en ce moment, le besoin. Je sortais de l'église, lorsque je rencontrai Michele des Étoiles qui m'offrit de l'eau bénite. Nous rentrâmes ensemble, et, chemin faisant, je lui demandai s'il appréciait les sermons de frère Martino.

— J'admire, me répondit-il, comment les moines, seuls parmi les hommes, peuvent se passer de femmes pour fabriquer des enfants. Il n'est pas d'épouse plus féconde que leur robe. Frère Girolamo de Ferrare a eu pour fils frère Gennaro de Florence et frère Gennaro engendre à son tour frère Martino. À moins que ces trois moines ne soient les incarnations d'un même être qui, comme le phénix, renaît de ses cendres.

Puis il reprit :

— Ils ont une façon bien originale d'adorer le bon Dieu : c'est de dire tout le mal possible de sa création. Ils imaginent un Seigneur tout-puissant qui, pour ne pas priver l'homme de sa liberté, se laisse du matin au soir cracher à la face, se réservant de faire griller plus tard ses insulteurs. Tel ce bon père de famille qui permet à son enfant de lui assourdir les oreilles d'un tambourin, dans l'espoir de lui administrer ensuite une vigoureuse correction. Pourtant, Nichina, c'est à ces rêveries de barbare que l'humanité tient le plus, c'est pour n'en avoir pas senti le charme que tant d'hommes sont morts au milieu des flammes. Et les victimes, qui se proposaient de rendre les hommes heureux sur la terre, étaient encore moins intéressantes que leurs bourreaux, qui avaient le bon esprit de ne songer qu'aux félicités du ciel ! Car les moines, quand ils viennent à nous parler du ciel et de l'enfer, nous donnent l'impression de riches gentilshommes qui nous entretiennent de leurs propriétés où ils ont passé l'automne ; nous pouvons les écouter avec intérêt et confiance, mais je me défie des prédicateurs qui s'occupent de ce monde méprisable qu'ils ont appris à connaître au fond de leur couvent, en lisant un traité de théologie. Ils ont une habitude de sacrifier les hommes à l'humanité et de chercher la jouissance des personnes en torturant leurs membres, qui serait d'un comique irrésistible, si nous ne devions tant nous-mêmes en souffrir. L'homme, en réalité, n'a qu'une supériorité sur les autres animaux : c'est d'avoir choisi une pièce d'or, pour représenter tous ses instincts et, par là même simplifier la guerre qu'il livre à l'homme, se permettre une trêve dans ses batailles, sauvegarder, embellir, diviniser ses fonctions. Il faut croire, pourtant, que ce symbole dépasse l'intelligence commune, puisque, sans cesse, des êtres comme frère Girolamo ou Martino de Calabre s'élèvent contre cet or souverain qui concentre sur lui toutes les fureurs et toutes les haines, en laissant l'amour et la faim se rassasier presque en paix.

— Vous tenez des discours effrayants, dis-je, mais vous n'eussiez point parlé de la sorte autrefois.

— Ah ! fit Michele, depuis que je vous ai connue, j'ai usé plusieurs philosophies. J'ai été avec l'Aristote de l'École, puis avec l'Aristote de Pomponazzi ; j'ai été platonicien ; je ne suis plus maintenant que moi-même, du moins en ai-je le désir. Ne faites pas attention à mes systèmes. Les philosophes, comme les autres hommes, sont enclins au changement.

— Savez-vous que, si l'on vous entendait, vous seriez brûlé ?

— Ma chère amie, je ne dévoile mes pensées, comme vous ne levez vos robes, qu'en secret.

— Et si je vous dénonçais ?

— Oh ! s'écria-t-il, je n'ai pas à craindre ce malheur : il faudrait que vous m'eussiez aimé.

— Enfin, Michele, ne trouvez-vous pas qu'à notre époque, plus qu'autrefois, les crimes se multiplient ; que l'avarice, par exemple, est fréquente et excessive ! Ces prédicateurs ont leur utilité.

— Ils jouent le rôle, répondit le philosophe, de ces chansons de nourrice dont on berce les marmots pour les endormir, mais les enfants dorment bien sans elles, quand ils sont fatigués ; les peuples aussi ont besoin, de temps à autre, de reposer leurs membres ; seulement, – les moralistes l'oublient volontiers, – c'est pour reprendre ensuite, plus dispos, leurs luttes et leurs plaisirs.

Je m'amusais, quand je n'avais rien à faire, à écouter le bavardage de Michele. S'il me fatiguait, je le congédiais après lui avoir remis quelques ducats ; et je ne le voyais plus durant des semaines. À son retour, il me disait qu'il sortait d'un grand travail, mais il ne se contentait pas, semblait-il, d'étudier dans ses livres, car on le rencontrait en de bizarres compagnies.

Cette fois, je voulus retenir Michele à dîner. Ses réflexions, d'ordinaire, divertissaient Moïse. Mais, j'étais en retard pour le souper et, quand nous arrivâmes, je vis la table occupée par plusieurs marchands du Ghetto.

— Seigneur Michele des Étoiles, dit le juif en s'avançant vers lui avec une extrême politesse, vous voyez : les places sont prises par nos amis. Si vous voulez revenir demain, nous vous verrons avec plaisir. Ayez seulement une mise plus décente, mon ami.

Michele était devenu pâle de colère. Il s'écria :

— On ne gagne une mise décente que lorsqu'on touche à l'or des autres !

Moïse haussa les épaules et alla s'asseoir.

Alors, je dis à voix basse à Michele :

— Va dans ma chambre ; on t'y servira et j'irai te retrouver tout à l'heure.

Je ne m'ennuyai jamais autant à la table du juif que ce soir-là. Tous ces marchands causaient de leur industrie, sans m'adresser une parole, et Moïse, en leur société, ne daignait pas faire attention à moi. Je mangeais en silence, irritée du mépris qu'on me témoignait, ne songeant qu'à me venger du juif et à lui faire payer son insolence grossière à l'égard de mon pauvre ami. Dès la fin du repas, je le laissai avec ses invités et je me retirai dans ma chambre. Quelle ne fut pas ma surprise en trouvant Michele des Étoiles transporté de joie.

— Allons ! Nichina, dit-il, soit sincère : est-ce que tu l'aimes, ton juif ?

— Grand Dieu ? Comment peux-tu m'adresser une pareille question !

— As-tu quelque chose contre lui ?

Je lui répondis d'un soupir.

— Je vois que tu serais heureuse de te venger. L'important est de le bien faire. Or, existe-t-il une vengeance plus savoureuse et plus profitable que de prendre à un ennemi sa fortune ?

— Que veux-tu dire, demandai-je ?

— Il dépend de toi d'avoir toutes les richesses de cet homme. Tu n'as qu'à suivre mes prescriptions. Peux-tu me prêter cent ducats ?

Je songeai au petit trésor que j'amassais pour Guido, à cet or qui devait me conquérir son amour, et je répondis que je ne possédais rien. Mais Michele, sans se déconcerter, insista.

— Eh bien ! va les demander à Moïse.

Sa parole était si pressante, que je n'eus pas une hésitation. Et, un instant après, je lui rapportais l'argent.

— Mais que veux-tu en faire ?

— Tu le sauras bientôt, dit-il en ricanant. Ah ! ah ! voilà qui est divertissant de se venger du juif avec son or. Pour une fois, les prédications de frère Martino de Calabre n'auront pas été inutiles !

Et il disparut.

Des mois s'écoulèrent. Moïse ne passait plus les soirées avec moi, ne m'adressait plus, comme jadis, des questions indiscrètes sur l'emploi de mon temps. Je profitais avec joie de cette liberté, sans en chercher la cause.

J'aurais même tout à fait oublié Michele et sa vengeance, lorsqu'un soir, au dîner, j'aperçus Moïse dont j'avais, depuis quelque temps, remarqué le visage triste et soucieux, qui pleurait en silence. La pitié qu'il crut trouver dans mes regards l'encouragea ; il laissa éclater sa douleur :

— J'ai mis toute mon existence, dit-il, à édifier la Banque de la Foi. Mes jours se sont écoulés dans un continuel labeur : avant de te connaître, je n'ai eu ni amour, ni plaisir. C'était mon rêve, en enrichissant Venise, d'acquérir, pour moi et ceux de ma race, le droit de jouir de la vie comme les autres hommes ; je pensais qu'ayant rendu tant de services, je verrais, avant de mourir, se réaliser mes espérances. Et, tout d'un coup, par l'intrigue de quelques insensés, ma grande œuvre est détruite !

— Mais, dis-je en cherchant à dissimuler ma frayeur, qu'y a-t-il ?

— Il y a qu'il paraît, depuis quelque temps, d'abominables écrits, de venimeuses satires contre moi, contre ma Banque, contre mes coreligionnaires. Ne reproche-t-on pas à la Seigneurie de tolérer, dans une ville chrétienne, des agissements qui, selon l'auteur, sont criminels ? Un moine, nommé Martino de Calabre, déjà m'avait attaqué du haut de la chaire ; on reprend ses accusations : on s'indigne des bénéfices que j'ai retirés de mes grandes entreprises ; sans songer à ce que j'y ai dépensé d'esprit, d'ardeur, de patience ; sans voir que j'y ai risqué plus que ma liberté, ma tête ! Et on demande à la Seigneurie la fermeture de ma Banque et la création des Monts-de-Piété à l'imitation de ceux de Florence et de Bologne, sous prétexte que la Banque prête de l'argent à des intérêts trop élevés, comme si la Banque, qui avance des sommes considérables à l'industrie des hommes, pouvait être comparée à ces associations de pauvres, qui n'ont pour but que de maintenir sur terre les fainéants, les lépreux et les pestifiérés.

— Oh ! fis-je, vous vous alarmez trop tôt : tout n'est pas perdu !

— Ces livres et ces sermons, continua-t-il, ont excité Venise contre moi. Venise n'est plus la ville qui a triomphé de la mer, qui l'a forcée à se retirer devant elle puis à la porter à travers le monde ! Venise est à la merci d'une bande de frocards et de gueux. Maintenant, la République se demande si ma Banque ne doit pas être fermée. On va consulter les Pregadi et le Grand Conseil ; et je ne sais s'ils seront avec moi : je ne respire plus.

À ces paroles j'entrevis, penchée sur cette ruine menaçante, l'ombre railleuse et vengeresse de Michele des Étoiles, et je frissonnai. Cependant, Moïse me racontait la naissance difficile de sa banque, les résistances, les haines, les préjugés qu'il avait dû vaincre pour la créer, son lent et pénible développement, puis enfin, pour récompenser son immense effort, le succès éclatant, la richesse et la toute-puissance. Le juif ne me paraissait plus le vieillard ridicule, inhabile à la joie d'amour, mais quelque adversaire formidable d'énergie, de souplesse et de ruse, qui, sans doute, ne céderait que devant la force des choses et après une lutte acharnée. J'eus peur, j'eus honte de le trahir ; et je mis toutes mes caresses, tout mon esprit à le consoler et à lui rendre un espoir qui, je le savais bien, renaîtrait de lui-même, mais dont je voulais lui paraître l'artisan.

Michele vint me voir dans la soirée et je lui retraçai la douleur de Moïse, en lui laissant voir que je n'étais pas indifférente. Je m'étonnais que le banquier fût devenu si dissemblable de l'amoureux.

— Les hommes, me dit-il, sont intéressants lorsqu'ils suivent leur destin, et qu'ils accomplissent la fonction pour laquelle ils sont nés ; ils deviennent, au contraire, stupides toutes les fois qu'ils prétendent y échapper. Dans le plaisir, seuls les artistes et les philosophes ne sont pas ridicules, parce que le plaisir n'est point pour eux un repos, mais une forme nouvelle d'activité. N'exagérons pas toutefois la beauté de ton juif.

Comme je baissais la tête, que je paraissais humble et hésitante, il me demanda, en prenant un air impitoyable :

— Nichina, veux-tu te venger ?

— Certainement, répondis-je.

— Nichina, veux-tu être riche ?

— Mais oui !

— Eh bien ! Nichina, tu n'as qu'à m'écouter.

Et il me souffla ma conduite. J'eus le courage ou la lâcheté de lui obéir.

J'avais, entre autres adorateurs malheureux qui devaient se contenter de me suivre à la promenade ou à l'église, un gentilhomme nommé Farfetti. Il me poursuivait depuis longtemps, mais je ne lui avais jamais accordé un sourire, bien qu'il fût riche et généreux, car son visage me répugnait. Membre du Conseil des Dix, il était à la tête d'un parti puissant et possédait une grande influence, aussi bien au Sénat qu'au Grand Conseil. Je dépêchai vers lui Morosina, pour l'encourager sans lui rien promettre. Elle le pria de venir dans sa maison un jour que j'avais l'habitude d'aller lui rendre visite. Le jour convenu, j'étais déjà chez la comtesse, quand je vis arriver mon homme, d'une allure légère et les yeux brillants de joie amoureuse.

Il fut ravi de mon accueil. Je fus aimable, tendre, caressante pour lui. Je lui fis mille avances. Il n'y comprenait rien, lorsque, tout à coup, profitant d'un moment où nous étions seuls, je m'approche de lui et, d'une voix tremblante d'émotion jouée :

— Seigneur, dis-je en lui mettant les mains sur le bras comme un grappin, seigneur, vous m'avez écrit que vous m'aimiez : est-ce vrai ?

— Comment pouvez-vous en douter ! s'écria-t-il.

— Eh bien, continuai-je, le jour est venu de me montrer que vous m'aimez autrement qu'en paroles. J'ai fait des dettes imprudentes et je suis perdue si je ne les paie pas ces jours-ci.

— Combien vous faut-il ?

— Cinquante mille ducats.

Farfetti baissa la tête et la secoua plusieurs fois, en répétant d'un ton désolé :

— Cinquante mille ducats !

— La somme est importante, repris-je, mais je sais un moyen de vous la procurer. Soutiendrez-vous la Banque de la Foi devant le Conseil ?

— Certainement, je la soutiendrai. C'est la richesse de Venise.

— Soutenez-la : vous avez raison. Seulement, laissez croire, si cela est possible, à Moïse Buonvicino que votre décision n'est pas encore prise, que vous tenez à examiner la chose.

— Et pourquoi cela ? demanda Farfetti.

— Parce que, répondis-je avec un sourire, Moïse vous donnera un petit encouragement, cela est certain, pour vous décider en sa faveur.

Farfetti se leva très pâle.

— Nichina, s'écria-t-il avec colère, tu oublies que je suis un gentilhomme. Sois sûre que, si tu n'étais pas une femme, je te rappelerais ma naissance.

Je pris aussitôt mon voile et je me disposai à sortir ; puis, d'un ton sec :

— Allons ! c'est bien, je m'en vais.

Mais je n'avais pas ouvert la porte, qu'il me suppliait de revenir.

— Nichina ! reste, je t'en prie. Je t'aime ! Je suis prêt, pour te le prouver, à tous les sacrifices, mais je ne puis pourtant pas me déshonorer !

Je revins vers lui pleine d'indulgence.

— Voyons, est-ce un déshonneur d'accepter un cadeau pour sa maîtresse. D'ailleurs, tu ne le demanderas pas : je te prie seulement de le recevoir.

Comme il hésitait encore :

— Je ne suis pas assez jolie pour vous, sans doute ?

Et, tout en marchant d'un pas furieux dans la chambre, j'avais soin, comme par mégarde, de le frôler au passage. Ses yeux brillaient de désir, mais il demeurait toujours irrésolu.

— Si cela pouvait rester secret ! dit-il enfin.

Je le regardai.

— Mais certainement, imbécile ! cela restera secret, à moins que tu ne te plaises toi-même à le crier sur les toits.

Il consentit enfin ; et Michele des Étoiles dépêcha vers Moïse un de ses amis avec une fausse lettre de Farfetti. Le juif se crut obligé de verser les cinquante mille ducats et les envoya, non sans regret, à mon adorateur qui, dès qu'il les eut reçus, s'empressa de me les faire remettre. Le soir même, ayant dit à Moïse que j'allais à une fête avec Morosina, je me rendis chez Farfetti, toute nue sous mon manteau, lui donner sa récompense ; mes lèvres, mes mains, mes jambes eurent des mouvements assez heureux pour lui laisser croire que je l'adorais. Après une nuit de caresses, je le quittai, épuisé de jouissance, mais gardant sur les lèvres et dans les yeux le souvenir de mon corps comme une chaîne indestructible qui devait toujours le lier à moi. Dès lors, je profitai de son crédit persistant pour extorquer encore à Moïse des sommes énormes.

La superbe confiance qui, jusqu'alors, avait soutenu le juif, commençait à l'abandonner. Des pasquins ridiculisant ses amours, des écrits où on l'accusait de voler la République, l'abandon de ses hautes relations, les violences des prédicateurs aussi bien que les insultes des facchini, tout conspirait à l'accabler. Il espérait encore, à force d'argent, triompher du ressentiment public, et, tel qu'un fou, gaspillait ses richesses, comptant que sa ruse et son génie les lui rendraient plus tard. Je m'arrangeai pour que tout l'or qui sortait de ses coffres rentrât dans les miens, et j'eus la chance de trouver plus d'un Farfetti.

Cependant il vint un jour où, las de ces distributions inutiles, Moïse se décida à ne plus rien donner.

— Ces gueux de chrétiens me réclament sans cesse de l'argent, disait-il, mais c'est fini : je préfère quitter Venise plutôt que de leur payer seulement un bagattino.

Je compris que le moment était venu de jouer le dernier acte de ma comédie. Comme Moïse rentrait un soir, il fut assailli par des cestaruoli que Michele avait engagés sur l'Arsenal. Ils avaient reçu l'ordre de ne point le frapper, mais seulement de lui faire grand-peur en le menaçant de le tuer. Ils devaient fuir à l'approche d'une autre troupe qui, après avoir rempli la rue de clameurs, proférerait des insultes et des menaces sous les fenêtres de mon palais.

Tout réussit à merveille. Moïse rentra haletant et à demi mort de terreur :

— Imagine-toi, me dit-il, quand il fut revenu de son émotion, imagine-toi que des brigands m'ont attaqué sur le seuil de ma porte !

— Ah ! mon cher Moïse répliquai-je en pleurant, c'est horrible ce que je vais te dire et, pourtant, c'est la vérité : on veut t'assassiner.

— M'assassiner ! répéta-t-il, m'assassiner ! Et pourquoi voudrait-on m'assassiner ? Quel mal ai-je fait ?

— Le frère Martino de Calabre te hait, tu le sais bien. Il espérait que la Seigneurie se déciderait à fermer la Banque de la Foi et à t'expulser. Voyant qu'elle hésite encore, il a décidé de te tuer lui-même. Tiens, lis !

Je lui montrai une lettre, écrite par Cecca sous la dictée de Michele, où une amie, qui ne voulait pas dire son nom, m'avertissait du grand complot tramé contre les juifs par le frère Martino de Calabre, et que lui avait, par hasard, révélé son amoureux. Il devait y avoir prochainement des massacres à Venise et l'inconnue me pressait de fuir.

Moïse n'avait pas achevé la lecture, qu'un grand bruit, des vociférations éclatèrent au-dehors. Aussitôt, je me jette aux pieds de Moïse, j'embrasse ses genoux et, tout en sanglotant :

— Au nom de Dieu ! m'écriai-je, mon cher Moïse, pars, sauve-toi, ils vont te tuer si tu restes ici.

Moïse était dans un trouble extrême ; mais l'inquiétude paralysait sa résolution.

— Je ne puis pas abandonner ma banque, finit-il par dire. Si Venise veut se ruiner, c'est son affaire, mais, moi, je ne veux pas perdre toutes mes richesses : j'attends de grandes rentrées ces jours-ci.

Je lui parlai de la sorte :

— As-tu confiance en moi ? Oui ! alors pourquoi ne pourrais-je pas, moi-même, avec tes associés toucher les sommes que tu attends ? Je n'ai besoin que de ta procuration. Aie soin de ta vie, j'aurai soin de ton argent, et laisse tes ennemis se ruiner eux-mêmes. Je réglerai toutes les affaires pendant que tu t'éloigneras de Venise. On répandra le bruit de ta maladie. Et, dès que je le pourrai, j'irai te rejoindre dans la ville où tu te seras retiré.

— Mais ils n'en veulent pas qu'à mon existence : ils en veulent à ma fortune, à la fortune des juifs !

— Si l'on te croit très malade, Martino de Calabre abandonnera sans doute ses horribles projets, car c'est toi surtout que l'on hait à Venise et, – tu connais la sottise de ces moines, – il pensera que Dieu lui-même a pris soin de te punir. En t'éloignant tu sauves ta vie, ta fortune et celles de tes frères.

Comme je parlais, j'entendis frapper à la porte qui donnait sur le canal. Les domestiques, déjà couchés, n'allaient point ouvrir, et l'on ébranlait la porte de coups violents.

— Il faut aller voir ce qu'il y a, dit Moïse, et nous descendîmes tous les deux.

— Qui est là ? demanda Moïse, tandis que les coups redoublaient de force.

— C'est moi, l'abbé Coccone ! répliqua une voix.

Nous nous décidâmes à ouvrir et l'abbé, le visage enveloppé d'un grand voile, de crainte de l'humidité du soir, se glissa dans le vestibule. Il baissait la tête, et promenait ses yeux de droite à gauche. Il remarqua notre étonnement.

— Je pars demain matin pour un petit voyage, fit-il, et je tenais à reprendre l'argent que j'ai placé chez vous.

— Mais la banque est fermée, les employés dorment à cette heure, seigneur abbé.

— Cela ne fait rien, répondit-il, je les réveillerai.

Je voulus profiter de l'aventure.

— Tu vois, chuchotai-je à l'oreille de Moïse, on l'a prévenu lui aussi de la conspiration.

Il eut un soupir et me dit à voix basse :

— Allons ! rassure-toi : puisqu'il le faut, je vais partir.

Il écrivit à la hâte une lettre qu'il tendit à Coccone ; l'abbé lut deux fois, s'inclina très vite, et disparut.

Dans une autre lettre, Moïse me conférait de pleins pouvoirs sur sa banque.

Nous passâmes toute la nuit à préparer son départ. Aux premières heures de l'aube, il me quitta.

— Adieu ! s'écria-t-il en m'étreignant avec force, tu es la seule chrétienne que j'ai aimée. Ceux de ta race désirent me briser, mais ils verront si je suis homme à ne me point relever d'une défaite. Que ce soit à Ancône ou à Florence, je triompherai, car j'ai encore du courage ! Mais reviens vite près de moi. Il me semble que ta présence est un talisman.

Et, le voyant pleurer, je pleurai moi-même de vraies larmes.

Dès le lendemain, munie de la procuration du juif, je me hâtai de réunir tout l'or qu'il me fut possible de toucher. Comme, dans l'attente de catastrophes possibles, je craignais de perdre mes richesses. J'allai les enfouir dans cette Villa Gloriosa que Moïse m'avait achetée quelques jours auparavant et où je n'étais pas encore allée.

Sur la route de Padoue, je rencontrai Michele des Étoiles, qui se promenait avec un jeune garçon qu'il avait l'air d'éduquer avec beaucoup de tendresse.

— Eh bien ! fit-il, je sais les nouvelles : le succès est complet.

Bien qu'il m'ennuyât de rien distraire d'une fortune qui était pour moi celle de Guido, j'offris quelque argent au pauvre diable.

— Ma vengeance serait gâtée, dit-il simplement.

Je dus m'éloigner au galop de mon cheval, pour le laisser converser avec son compagnon qui absorbait tous ses soins.

Après trois jours passés à la campagne, je retournai à Venise. La ville était consternée du départ de Moïse, de la fermeture de la Banque, et de la ruine des plus grandes fortunes. Farfetti, les associés de Moïse, plusieurs employés étaient arrêtés ; et, comme je m'approchais de ma demeure, Morosina vint m'avertir que les zaffi me cherchaient partout et que mon sort lui inspirait les plus vives inquiétudes.

— Vous ne m'avez pas regardée, lui répondis-je, est-ce qu'on met une femme comme moi en prison ?

Cependant, pour plus de sûreté, je songeai à me réfugier chez Fasol. On m'avait dit qu'il parlait souvent de moi et regrettait sa violence. Peut-être me recevrait-il avec plaisir. Il était si populaire à Venise, qu'au besoin sa protection pouvait m'être utile. J'attendrais chez lui que l'on m'eût oubliée, pour essayer de revoir Guido.

Le peintre fut étonné et ravi de mon retour.

— Je ne t'en veux plus, lui dis-je, je reviens.

Il me prit dans ses bras et me couvrit de larmes.

— Il fallait donc partir pour être aimée ! m'écriai-je.

— Je t'ai toujours aimée ; mais l'amour des femmes se pose sur nous comme l'abeille qui s'envole dès qu'elle nous a fait sa piqûre. Chaque jour j'ai senti croître ma passion, tandis que, de ton amour, je ne vois même pas les cendres.

— Je t'aime pourtant. Serais-je venue si je ne t'aimais pas ? Je suis riche à présent.

— C'est vrai ! fit-il avec tout l'élan crédule de la passion. J'ai tort de ne pas te croire.

Et il m'embrassait encore. Mais, indifférente :

— Voyons, dis-je, montre-moi ce que tu as peint depuis que je ne t'ai vu.

Alors il me conduisit vers un portrait qui était voilé et qu'il découvrit en tremblant. Et j'aperçus mon image plus belle que je ne l'eusse rêvée bien que ressemblante. J'aimai l'expression d'ardeur et d'orgueil qu'il m'avait donnée. Mon corps sans draperie était resplendissant de lumière. J'allai vers Fasol, je lui entourai le cou et m'unis à lui dans une étreinte où je me donnai toute.

— Je t'aime ! je t'aime ! m'écriai-je.

Mais aussitôt j'eus honte d'avoir renié Guido.

—Comment, dis-je, t'a-t-il été possible de me peindre sans me voir ?

— Oh ! tu étais toujours présente à mon esprit. Il n'y a que mon pauvre corps qui se désespérait de ne point te posséder, car vois-tu, Nichina, le corps, cela aime aussi.

— Et qu'est-ce que tu as fait de plus ?

Il eut un coup d'œil vers le portrait et baissa la tête tristement.

— J'ai pensé à toi, dit-il.

Nous nous assîmes l'un contre l'autre, et il me fallut souffrir ses baisers. Il était si enivré de m'avoir près de lui, le malheureux ! qu'il ne sentait pas combien mon âme était loin de la sienne. À un moment, je n'y tins plus ; la question qui brûlait mes lèvres sortit enfin :

— Et Guido ?

Il ne revenait pas de son étonnement.

— Oui, repris-je, Guido, le cardinal, l'abbé Coccone ? tu ne vas donc plus au palais, maintenant ?

— Si, toujours. Ils se portent à merveille. Mais que peut te faire leur bonne ou leur mauvaise santé ?

— Oh ! rien ; je voulais simplement savoir de leurs nouvelles : ils mènent une vie si étrange !

Il m'avait prise, et son puissant désir me pénétrait, m'enveloppait toute, me gagnait enfin à sa jouissance, chassait de mon esprit l'image adorée. Je me relevai, défaillante de plaisir, mais aussi pleine de dégoût pour cette passion qui s'imposait à moi et à laquelle je répondais en dépit de ma volonté.

Tout à coup, dans la nuit qui montait lentement sur les choses, une tempête de féroces clameurs s'éleva jusqu'à notre chambre silencieuse. Et nous entendîmes la foule à pleine voix répéter mon nom en l'accompagnant de menaces ignobles. La place de Sainte-Marie-la-Belle, où donnait notre chambre, grouillait d'ombres mouvantes, de torches et de têtes en feu. Des hommes cherchaient à enfoncer la petite porte de notre maison, qui craquait déjà sous leurs efforts.

Fasol se mit à la fenêtre.

— Que voulez-vous ? demanda-t-il.

Des cris partirent de la multitude :

— La putain ! La putain du juif !

— Pour lui écorcher la peau !

— Et la décrotter dans le canal !

Je tendais l'oreille, immobile de terreur, écrasée sous les outrages.

— Voyons, mes amis, dit le peintre, vous ne me connaissez donc point : je n'ai pas de relations avec les juifs. Je suis Paolo Fasol !

Il y eut dans la foule comme un long murmure d'étonnement. Quelqu'un m'avait bien vue entrer dans la maison, mais le peuple croyait trop en Fasol pour s'imaginer qu'il cachait chez lui la maîtresse d'un juif.

— Je suis dans cette maison avec une jeune femme souffrante et qui a peur de vos cris. Ayez donc pitié d'elle !

Puis, à voix basse, il me demanda de me montrer au peuple.

— N'aie pas peur, ajouta-t-il, la plupart de ces gens ne t'ont jamais vue et les autres ne pourront, dans cette pénombre, te reconnaître. Notre salut est dans notre audace.

Alors, je m'approchai en tremblant de la fenêtre et, comme naguère, à la fête du couronnement, les cris « Belle ! Belle ! Belle ! » retentirent, lancés par mille voix.

— Mes amis, reprit Fasol, ne soyez pas cruels envers cette pauvre femme et retirez-vous.

Des protestations et des vivats lui répondirent, tandis que la foule se dispersait lentement.

— Vous avez tort de raconter ces aventures devant des jeunes filles, dit la Petanera qui rentrait de coucher sa mère.

— Comment ! s'écria Nichina, n'ai-je pas bien fait de reprendre au juif l'argent qu'il avait volé aux chrétiens ?

— Nous ne vous blâmons pas, Nichina ; seulement vous donnez à ces jeunes personnes l'envie de vous imiter, et votre exemple serait périlleux à suivre, aujourd'hui que les juifs sont les maîtres : pour un scudo dont nous dégrossirions leurs poches, ils nous feraient supplicier.

— Ah ! remarqua Betta Pedali, les pauvres femmes ne sont pas heureuses à notre époque. Ne voilà-t-il pas à présent qu'on nous défend de porter des dentelles et des bijoux !

— Ces gueux d'hommes, dit la Petanera, ne savent qu'inventer pour nous dérober l'argent que nous gagnâmes à faire leurs cochonneries. Pour moi, ils peuvent me condamner ! je porterai mon collier de perles jusqu'au jour du Jugement : je veux qu'on me couche avec lui dans la bière.

— Et s'ils vous mettent à l'amende ?

— Les femmes ne paient point les amendes.

— Et s'ils se paient eux-mêmes sur votre corps ?

— Je voudrais voir cela ! Je saurais pour eux devenir une planche et changer ma chair en morceau de glace !

J'allais me coucher avec Fasol, continua la Nichina, quand nous aperçûmes le ciel en flammes. L'incendie devait être immense. Des tourbillons d'étincelles montaient sans cesse et de toutes parts, comme de vingt cratères embrasés ; une fumée rouge se répandait, en nuages énormes, au-dessus des toits, et une pluie de feu remplissait la place de débris ardents. Fasol sortit et demanda des informations aux passants. On lui apprit que le peuple avait incendié le palais Buonvicino, la Banque de la Foi, le palais de la Nichina et tout un quartier du Ghetto. On craignait des massacres de juifs et la République, disait-on, se hâtait de réunir ses troupes de mercenaires.

Fasol revint tout ému du désastre. Pour moi, je ne songeais qu'à la ruine de ce palais magnifique que m'avait donné Moïse et où j'espérais un jour recevoir Guido. Il me sembla que c'était le premier coup porté à ma fortune.

Des meurtres et de nouveaux incendies eurent lieu les jours suivants. Au milieu de ces troubles, Fasol, tout à sa passion, gardait une tranquillité d'âme qui m'était odieuse. Je pensais aux dangers qu'en ce déchaînement de la fureur populaire pouvait courir Guido dans le palais Benzoni, et je ne réussissais pas à calmer mon inquiétude.

Les événements, hélas ! semblaient trop la justifier. Une fois, à souper, une domestique, entendant Fasol me dire que le cardinal était malade, avait interrompu la conversation pour s'écrier :

— Sang du Christ ! je mets un cierge à Ma Dame et à tous les saints si ce succube s'en va prendre la place qui lui est réservée dans l'enfer, à côté de Satan.

— Contre qui en avez-vous ? demanda Fasol.

— Contre le Benzoni, répondit-elle.

— Et pourquoi donc ?

— J'avais un enfant, continua-t-elle, les larmes aux yeux, un petit ange beau comme Jésus… Il voulait être marin, ainsi que l'avait été son père. Ce succube me l'enleva pour en faire un gondolier. Je ne le revis plus. Moi, mauvaise mère, je ne me plaignis pas, parce qu'en me le prenant, il m'avait donné beaucoup d'or. Mais quand je l'ai vu emmener mon cher petit Luca, le bon Dieu m'a envoyé des remords, je me suis fait cette réflexion : « Mon enfant s'en va chez le Diable ». Or, un matin, on est venu me dire qu'on l'avait trouvé noyé dans le canal.

— Mais, interrompit Fasol, en quoi le cardinal est-il coupable ? Je me souviens très bien de l'accident qui a causé la mort du pauvre petit. Une grosse barque sans fanal est venue se jeter la nuit contre la gondole de Monseigneur et l'a renversée. Le cardinal lui-même a failli se noyer avec l'abbé Coccone.

— On m'a raconté tout cela, fit la servante, mais je n'en crois rien. Je sais ce que je dis : le Benzoni est un assassin.

Sans ajouter foi aux contes qu'imaginait la malveillance publique, je tremblais que la foule n'enveloppât mon ami dans sa haine pour le cardinal.

Mon sort, non plus, ne laissait pas de me préoccuper. Farfetti, appliqué à la question, m'avait dénoncée au milieu de son supplice. Ses paroles avaient produit peu d'effet sur les juges qui redoutaient mes aveux. On s'était contenté de lancer un mandat d'arrêt contre moi, sans s'occuper de le mettre à exécution. Seulement, la Seigneurie m'avait fait avertir en secret, pour me défendre de me montrer en public jusqu'à nouvel ordre. En effet, si l'on venait à me reconnaître, le peuple exigerait mon emprisonnement, et il faudrait m'arrêter afin d'éviter un plus grand scandale. Depuis ma liaison avec le juif, il est vrai, j'avais toujours vécu dans la retraite, et la foule ne me connaissait plus guère que de nom ; mais il suffisait, pour me perdre, d'un seul homme qui se rappelât mon visage, et je n'osais plus sortir.

Les émeutes succédaient aux émeutes sans que le frère Martino de Calabre interrompît ses prédictions. Il était devenu le prophète et l'apôtre de la cité. On s'empressait à Saint-Bartholomé pour l'entendre dénoncer les crimes et prédire les châtiments. Un soir que Fasol avait dû se rendre à une fête intime que donnait le cardinal, j'étais si désireuse de son retour, si avide de nouvelles que je ne puis rester à la maison. Je pensai que la marche endormirait mon impatience, et le hasard de la promenade m'amena devant Saint-Bartholomé, où la foule m'entraîna. J'avais déjà assisté aux sermons de Martino, mais je n'avais pas eu encore l'occasion de le voir, tant l'affluence du peuple était considérable chaque fois qu'il prêchait. Mais, ce jour-là, il me fut permis de le contempler à loisir, car, à l'entrée de l'église, je trouvai un de mes anciens amis qui voulut bien me céder la place qu'on lui gardait devant la chaire. Un jeune prêtre me conduisit à travers la multitude et les ténèbres. À peine m'étais-je assise sur le carreau de velours que l'on me fit apporter, la porte de la sacristie s'ouvrit au milieu d'un bruit de cloches ; deux lueurs étoilèrent l'ombre, et un grand frisson de terreur agita la foule, comme si Notre-Seigneur lui-même était venu sur la terre. Le moine approchait, précédé de deux prêtres tenant des cierges allumés, et l'on s'écartait sur son passage. Court, ventru, large d'épaules, il s'avançait très vite, les poings serrés et la tête basse, pareil à un lutteur, qui s'élance sur son adversaire. Il avait un nez d'aigle, la mâchoire puissante et ses yeux sombres, ardents, sous leurs épais sourcils noirs, lançaient des regards de côté. Je ne sais comment la dentelle de mon voile se prit à son manteau ; mais, sans y faire attention, il se dirigea vers la chaire emportant mon voile à ses vêtements. Toute décoiffée, je courus le lui reprendre. Alors, il s'arrêta, me considéra un instant d'un œil furieux, puis, levant sa grosse main rude d'ouvrier, il me souffleta par deux fois.

— Je t'apprendrai, dit-il, gourgandine ! à venir étaler tes guenilles jusque dans la maison du Seigneur.

Dominée par la terreur qu'il inspirait à tous, je n'osai lui répliquer, et, honteuse, les joues brûlantes de ses coups, je me mis à pleurer. À la vue de mes larmes, le moine eut un geste autoritaire.

— Qui a laissé entrer cette fille ? demanda-t-il aux prêtres qui l'accompagnaient.

Et comme personne ne lui répondait :

— Vous allez, sans tarder, me la flanquer dehors, s'écria-t-il en me tournant le dos pour monter en chaire.

Les prêtres me saisirent par les épaules pour exécuter les ordres du frère Martino, mais, au même moment, trois jeunes gentilshommes s'élancèrent sur eux et les contraignirent à me lâcher. Des murmures s'élevaient déjà de l'assistance, et je ne sais ce qui se serait passé, quand Martino de Calabre, appuyant une main sur le rebord de la chaire, de l'autre, se signa lentement, et, d'une voix importante, prononça l'invocation :

« In nomine Patris et Filii et Spiritus Sancti ».

Les prêtres, craignant d'interrompre le sermon et de causer un scandale, me laissèrent enfin, après avoir tenté de m'épouvanter par des gestes et des regards menaçants. Je remerciai mes protecteurs et je m'assis toute tremblante.

J'ignore si c'est moi qui, sans le vouloir, inspirai le frère, mais il prêcha sur le luxe des femmes et se servit, pour nous mieux salir, des termes qu'emploient les mariniers ou les balayeuses de rues, quand le vin ou la colère les échauffe.

« Tu prétends, toi, faisait-il en s'adressant à une interlocutrice imaginaire, tu prétends que tu es une honnête femme, et tu déguises ta crasse sous le fard, et tu t'en vas chez le Seigneur avec des robes si ajustées et d'un drap si fin, qu'il n'a l'air d'avoir été tissé que pour montrer tes tripes et ton cul aux chalands. En vérité, tu fais de l'église ta ruffiane, et, quand tu t'habilles pour la messe, ton mari peut se dire : Voilà une gouge qui se dispose à infecter mon lit de sa fornication !

« Que viens-tu demander à l'autel du Christ ? Sont-ce les vertus de ton sexe, la modestie, l'esprit d'aumône et la pudicité ? Non, à l'église tu es encore dans les bras de ton galant et ta bouche ne sait prier que le Diable ! Sans cela, entendrais-je du soir au matin ta voix querelleuse emplir la maison de ton mari, abandonnerais-tu tes enfants aux servantes pour passer les heures devant ton miroir et te coller sur la peau, en pommades et en fards, de quoi remplir le ventre de tous les malheureux ! Enfin, te surprendrais-je, à la tombée du jour, au fond d'une ruelle sordide, à l'entrée d'une de ces maisons infâmes, où les femmes doivent laisser au seuil honneur, religion, fidélité aux serments… ».

Une petite voix flûtée interrompit Martino de Calabre.

— Vous les connaissez donc, ces maisons infâmes ?

Le moine répondit simplement :

— Pour combattre le vice, il faut l'avoir rencontré.

Puis, abandonnant le ton pathétique du sermon, il retrouva, comme par miracle, les intonations sourdes et brutales de l'ancien facchino qu'il avait jadis été.

— Dis-donc, sacristain, à quoi te sert ta baguette si tu laisses les cochons me grogner à la figure ?…

« Femmes impudiques ! femmes impudiques ! répétait-il d'une voix éclatante, savez-vous qu'il y a un ciel et vous inquiétez-vous de le conquérir ? Non, si votre esprit s'applique à quelque chose, c'est à la recherche des biens de la terre. Votre Évangile, c'est l'art des paroles mensongères, des œillades trompeuses des tendresses feintes ; et, pourvu que vous ayez les reins souples et les doigts agiles, vous ne vous souciez pas de connaître la parole de Dieu…

« Je ne vous dirai point que vos yeux ont envoyé des damnés à l'enfer. Comment seriez-vous émues aux plaintes qui montent du fond de l'abîme, quand vous n'entendez point les sanglots de ceux que vous faites pleurer en ce monde, quand vous marchez insensibles sur le sang versé en votre honneur !

« Mais je veux vous montrer la destinée de tous ces membres auxquels vous avez sacrifié votre âme, et qui savent si bien aujourd'hui leur leçon de plaisir, en attendant qu'ils expient leur science voluptueuse par cette même chair qui, pour être devenue tendre à la jouissance, sera lâche devant la douleur ».

Il s'attachait à nous peindre la vieillesse, la maladie et la mort ravageant cette chair trop aimée ; il allait jusque dans les cimetières lever les pierres sépulcrales pour nous montrer ce que recèlent les tombeaux.

« Diriez-vous que cette carcasse puante est le corps de cette Impéria, dont Rome entière fut amoureuse ? Il n'en sera pas plus de votre Nichina. Vous l'admirez aujourd'hui ; demain peut-être elle vous forcera à vous boucher le nez… »

Je ne sais s'il m'avait reconnue ou s'il voulait, en parlant de moi, frapper toutes les courtisanes de Venise, dont j'étais la plus célèbre, mais, me supposant morte, il se plut à décrire mon agonie, à étaler mon cadavre et à le faire respirer à tout son auditoire.

« Accourez tous, criait-il, venez contempler l'odieuse dépouille de celle que ses débauches, ses crimes et sa scandaleuse richesse ont enfin désignée à la colère du Ciel. Venez donc voir ces yeux qui mettaient la joie ou le deuil sur les fronts, cette bouche dont on attendait, comme d'un tribunal, des arrêts de vie ou de mort, toute cette chair à laquelle ses amants comparaient les plus parfaites beautés du monde. Je n'aperçois que des trous, un crâme grimaçant, une pourriture sans nom d'où s'échappe une eau fangeuse. Regardez, amants, voilà ce que vous avez adoré, voilà pourquoi vous avez tué et voulu mourir ».

— Madame, me dit à voix basse un de mes jeunes défenseurs en s'approchant de moi, de telles indécences ne doivent pas souiller vos oreilles. Voulez-vous sortir de cette église ?

— Ah ! bien volontiers, seigneur, répliquai-je, ce moine me rend malade.

Me prenant par le bras, mon ami inconnu me fit traverser l'église, envoyant, quand cela était nécessaire, un coup de poing aux personnes qui étaient trop absorbées par le sermon ou le sommeil pour se déranger d'elles-mêmes.

Déjà j'entendais chuchoter derrière moi :

— Nichina est là.

— Si je le savais ! elle passerait un mauvais quart d'heure.

— Quelle grimace fait-elle en ce moment ? Je serais curieuse de la voir.

— Elle peut bien gémir, la gueuse : elle a causé assez de mal ici.

— Est-ce qu'une femme pareille devrait s'asseoir auprès d'honnêtes femmes !

— Si mon mari était ici, je vous promets qu'il la mettrait vite dehors.

— Ma chère, il vaut mieux nous délivrer nous-mêmes de ce poison.

Nous étions à peine au milieu de l'église qu'un jeune homme interpella le prédicateur.

— Lâche moine ! Oses-tu insulter une femme ?

— Ruffian ! Encroupé ! riposta Martino de Calabre, oses-tu interrompre la voix du Seigneur ?

— Je vais te fermer la bouche, misérable !

Ayant tourné la tête, je vis que le jeune homme était monté dans la chaire et se battait à coups de poings avec Martino de Calabre. Cette agression souleva une tempête d'insultes et lança les assistants les uns contre les autres.

Au milieu d'une dispute générale, nous parvînmes enfin à la porte ; sur la place Saint-Bartholomé mon défenseur me baisa la main et s'éloigna.

Je revins à la maison bouleversée. Sans attendre Fasol, je me couchai et essayai de dormir, mais les fantômes ridicules ou terribles dont le moine m'avait rempli l'imagination me poursuivaient jusque dans mon sommeil. Je me vis morte, ensevelie, le corps pourri et dévoré par les vers, tâchant de soulever la pierre énorme sous laquelle on m'avait enterrée. Je m'éveillai en poussant des cris d'horreur ; et, comme Fasol voulait me prendre dans ses bras, je le repoussai avec violence. Plus tard, quand je me fus levée et que j'eus dit la cause de mon épouvante, Fasol me mena devant un squelette qui se trouvait dans son atelier et auquel je n'avais jamais fait attention.

— Regarde donc, me dit-il, si cette belle charpente a rien de terrifiant et si tu ne dois pas plutôt admirer l'esprit divin qui l'a formée. Chère ! comme tu es née, comme tu as grandi, tu mourras, mais ce mot de mort ne doit pas plus t'attrister que la disparition d'un désir lorsque tu l'as satisfait. Comme tu souhaites le sommeil à la fin d'une journée de jouissance, ainsi, en ses dernières heures, le corps usé réclame le suprême repos. L'instinct vital, il est vrai, essaie de nous effrayer, en nous avertissant du péril que court notre existence, mais la raison et la profonde lassitude de notre être doivent triompher de ces vaines alarmes.

— Oh ! m'écriais-je, ce n'est pas la mort qui m'effraie, c'est la vie qui me répugne ; le moine m'a fait honte de mon corps.

— Douce, me répondit-il, ne crois pas ce fou ; ton corps est admirable, beau comme les fleurs et les fruits. Et toutes ces facultés, entends-tu, sont divines, aussi bien ce pouvoir de jouir de toutes choses que cette économie merveilleuse qui emprunte des forces aux aliments et chasse du corps les substances inutiles.

Parce qu'une rose se flétrit, ce n'est pas une raison pour qu'elle ne soit pas, toute fraîche de la rosée qui l'a fait éclore, une fleur magnifique. Il ne faut aimer d'ailleurs que ce qui est éternel.

— Et qui est éternel ? demandais-je.

— Les Formes ! Les Formes selon lesquelles les êtres se perpétuent et qui, par des lois immuables, renouvellent le monde.

Comme il parlait, la porte de l'atelier s'entrouvrit et une dame âgée, habillée de vêtements de campagne, entra, conduisant par la main un petit garçon dont la figure disparaissait presque sous de grands cheveux bouclés. Fasol courut à elle et l'embrassa longuement.

— C'est ma mère, me dit-il, et voilà mon fils ; comment le trouves-tu ? Quand il sera grand il viendra demeurer avec son papa, n'est-ce pas, Pepp ?

Il prit l'enfant dans ses bras et lui approcha le visage de sa joue barbue. Pepp, alors, se mit à chuchoter quelque chose à l'oreille de Fasol, écarquillant les yeux, remuant les lèvres lentement et avec grand mystère.

— Ah ! tu vois, s'écria Fasol, en s'adressant à sa mère, tu contraries Pepp. Il vient de m'avouer que grand-maman ne veut jamais lui laisser prendre un pinceau quand je ne suis pas là.

— Mais, mon enfant, répondit la vieille dame, j'ai peur qu'il ne te gâte tes tableaux…

En effet, Pepp avait glissé des bras de son père et, profitant de la permission, s'amusait à couvrir de pourpre une esquisse de bacchante.

— Malheureux enfant ! s'écria la grand-mère en lui arrêtant le bras.

— Laisse-le ! Laisse-le ! dit Fasol. Il y a, dans mes doigts, assez de formes belles pour que je puisse lui abandonner une ébauche !

Et comme je restais étonnée d'une pareille indulgence, sachant le prix que Fasol attachait à ses moindres œuvres :

— Ah ! madame, dit la grand-mère, vous allez trouver que nous le gâtons ; mais c'est si difficile d'être sévère, quand on aime !

Puis, avec une simple rudesse de campagnarde :

— Et vous, madame, quand nous en donnerez-vous un pareil ? Une maison est triste sans enfant ! Et celui-là, puisqu'il n'a plus sa pauvre mère, je le garde avec moi. N'est-ce pas, mon mignon, que tu ne veux point me quitter ?

L'agitation où j'étais, le rouge qui me couvrait le visage, montraient assez le désagrément que me causait un entretien semblable, mais Fasol ne s'apercevait de rien et, quand sa mère fut partie avec le petit garçon, il s'approcha de moi doucement :

— Eh bien ! ma Nichina, tu as entendu ce qu'a dit maman ?

— Ah ! laisse-moi, fis-je avec colère, laisse-moi : tu es stupide.

Jamais Fasol ne m'avait ainsi exprimé sa volonté. Je savais son désir d'amant, désir combattu jusque-là par son égoïsme d'artiste qui souhaitait que je fusse stérile. Le mâle aujourd'hui était le plus fort. Il voulait s'assurer une race aux dépens de ma beauté. Plutôt mourir, me disais-je, si je ne puis sauver ma vie qu'en l'humiliant à jamais. Paraître devant Guido avec l'enfant de Fasol, cela me semblait le pire des supplices.

— Le médecin, fis-je, m'a dit que j'en mourrais.

— Toi ! Par Bacchus, une fille aussi saine et forte que tu l'es… Vois-tu, Nichina, s'écria-t-il, tu me trompes : tu aimes un homme.

— Eh bien, oui ! j'aime un homme, es-tu content ?

— Veux-tu que je te dise qui tu aimes continuait Fasol, le veux-tu ?

— Je te défends de t'occuper de mon amour, pourceau ! je t'ai donné mon corps : tu n'as rien à réclamer de plus.

Fasol reprit avec fureur :

— Tu aimes Guido, ce sodomite infâme !

— Oui, je l'aime, m'écriai-je, tandis que toi, je te hais ; c'est pourquoi je ne veux plus te voir.

Et là-dessus, je descendis sur la place Sainte-Maire-la-Belle.

— Nichina ! appela Fasol d'une voix désespérée.

Au bas de l'escalier, je levai la tête.

— Je ne reviendrai jamais ! jamais !

Alors j'entendis éclater ses sanglots. Je pressai le pas, car je me suis toujours sentie faible devant un homme qui pleure.

Je voulais revoir Guido coûte que coûte ; sans crainte de la haine du cardinal, du scandale de ma présence au palais. Maintenant que j'étais riche, j'étais sûre de le conquérir. Oui, il viendrait à moi, d'abord par cupidité ; puis, je saurais bien ensuite réveiller, avec les vieux souvenirs, le charme du premier amour. Mais je tremblai de tous mes membres quand j'aperçus le palais Benzoni fermé. Il n'y avait même pas de gardes à la porte. Comme j'allais et venais sur la place Saint-Eustache, dévorée d'inquiétude, ne pouvant pas me décider à m'éloigner, un barcariol me demanda ce que je cherchais. Lorsque je l'en eus informé :

— Le Saint-Père, me dit-il, a rappelé Monseigneur pour lui donner le commandement de ses troupes. On pense qu'il va s'unir au duc d'Urbin, le généralissime de la République.

— Grand Dieu ! fis-je, il y a donc la guerre ?

— Comment ! vous ne le saviez pas ?

Non, je ne le savais pas, car Fasol, dans l'égoïsme de sa passion, oubliait le monde et ne me parlait que d'amour. À l'idée que Guido accompagnait le cardinal et courait à de grands périls, je m'assis sur les marches comme une pauvresse et je me mis à pleurer. Oh ! m'écriais-je, il faut que je sache où il est, que je le suive à l'armée !

Quand il était à Venise, j'avais l'impression de le posséder ; indifférent ou ennemi, je ne le sentais point séparé de moi. Mais l'éloignement me causait toutes les angoisses. Pour la première fois, j'éprouvais son absence.

— Et savez-vous pourquoi on se bat ? demandai-je.

— Je n'en sais trop rien, me répondit le barcariol. Je crois que c'est à cause de l'Empereur qui veut faire la pluie et le beau temps dans le Milanais, et ailleurs aussi, dit-on.

J'errais du Rialto à Saint-Marc, interrogeant tout le monde et ne sachant qui croire, car toutes les nouvelles se contredisaient. Les rues étaient pleines d'hommes d'armes allemands, espagnols, français, à la solde de la République. J'appris qu'un régiment seul était déjà en marche sur Milan. Le gros des troupes ne partait que le lendemain pour rejoindre l'armée pontificale dans le Plaisantin.

Comme j'allais rentrer chez Morosina, deux soldats allemands, très ivres, m'entourèrent, et, me prenant le bras, voulurent m'emmener dans une ostérie. Malgré les coups de pied dont je les accablais, ces brutes, qui avaient la peau dure comme le fer, n'en continuaient pas moins à m'entraîner, me barbouillant, m'infectant le visage de leurs baisers sordides. Un capitaine florentin, qui passait, me vit me débattre sous leurs caresses et leur ordonna de me laisser tranquille. Ils lui répondirent qu'ils se moquaient de ses commandements et qu'ils n'en feraient qu'à leur tête. Alors le capitaine, mettant l'épée au clair, se précipita sur eux. L'un prit la fuite, l'autre, qui voulut se défendre, se sentant effleuré par la pointe de l'épée, chancela et alla rouler à dix pas.

— Seigneur officier, dis-je au capitaine, je n'oublierai jamais que vous m'avez délivrée de ces brigands. Acceptez cette bague en preuve de ma reconnaissance. C'est un anneau de saint Georges : il vous protégera pendant la bataille.

— Madame, répondit le capitaine, je suis assez récompensé si j'ai une place dans votre souvenir. Cependant, je veux mettre cette bague à mon doigt, non pas que je révère beaucoup les saints, mais parce que vous l'avez portée.

— Ah ! seigneur, on voit bien que vous venez de Florence où il n'y a que des impies et où l'on ne croit à rien.

— On y croit à la beauté, madame, n'est-ce point assez ?

De galanteries en compliments, nous en vînmes à causer d'une façon plus sérieuse. Il me dit qu'aimant les aventures et le danger, il n'était pas fâché de partir pour la guerre ; il regrettait seulement l'entretien et les caresses des jeunes femmes. Mais la fatigue des étapes et les chances des combats lui donneraient d'autres soucis. Tout en écoutant ses paroles, je venais de former un projet.

— Et si je vous demandais de vous accompagner, fis-je, y consentiriez-vous ?

Il me regarda longtemps, ne sachant à quoi il devait attribuer sa bonne fortune.

— Je ne vous cacherai pas, dit-il, que vous exposez votre vie et que vous n'allez point à une partie de plaisir.

— Regardez-moi, repris-je, ai-je l'air d'une femmelette ?

Il me considérait toujours avec étonnement.

— C'est bien, dit-il enfin, venez avec moi ; votre présence me comblera de joie, mais, je vous le répète : vous devez réfléchir avant de prendre une décision aussi grave et vous n'avez pas de temps à perdre : nous partons demain.

— Ma décision est prise, mes préparatifs seront vite faits ; attendez-moi à l'ostérie de la Noix. Je vous y rejoins tout à l'heure.

J'allai chez Morosina, où je me revêtis d'un costume d'homme, d'un drap souple et solide, que j'avais commandé en prévision d'un voyage ; je m'armai d'un poignard, remplis mes poches d'or et j'allai retrouver le capitaine.

— Oh ! s'écria-t-il, que je vous aime ainsi : vous réunissez la beauté des deux sexes. Le cardinal, s'il vous voit, est capable de s'éprendre de vous.

— Ne me parlez pas de cet homme, répliquai-je ; je ne croyais pas qu'on pût faire de ce muscadin un général.

— Vous ne connaissez pas ses mérites ; il est admirable de courage, de clairvoyance et de décision : il l'a montré dans la dernière guerre ; malheureusement, le bruit court qu'il est amoureux, et l'amour ne s'accorde guère avec la stratégie.

Nous passâmes la nuit ensemble, mais lorsqu'il voulut m'enlacer, je me défendis avec colère.

— Ceci n'est point dans nos conventions, m'écriai-je.

Et nous dormîmes l'un près de l'autre comme des frères.

Dès l'aube, les cornets et les tambourins nous réveillèrent. Le capitaine m'amena le cheval noir que je devais monter et sauta lui-même en selle, tandis que ses hommes se mettaient en marche. Quand je vis derrière moi, devant moi, s'ébranler cette forêt de piques et de hallebardes, je fus comme emportée par un élan de joie aventureuse et guerrière. À une fenêtre, je reconnus un jeune homme qui m'avait aimée une nuit de toute la force de ses vingt ans. Il me sourit et me jeta des fleurs. Je pensai qu'il gardait de moi un souvenir doux et tranquille comme d'un beau soir d'été ; je fus heureuse d'être aimée ainsi et je lui envoyai un baiser.

Nous fîmes un voyage lent et pénible avec des vivres insuffisants, par des routes mauvaises, sous des pluies incessantes. Le capitaine, occupé de ses hommes, devait me délaisser souvent et je m'ennuyais, je m'effrayais de rester seule, durant des heures, au milieu de ces soudards dont chaque coup d'œil trahissait la convoitise. Enfin, après des journées de marche, nous aperçûmes les fossés qui entouraient le camp pontifical. J'eus la joie d'apprendre que Monseigneur Benzoni s'y trouvait avec son secrétaire. Mais tandis qu'au milieu de l'encombrement et du désordre d'un établissement hâtif, je m'occupais de chercher Guido, la nouvelle courut dans les troupes de l'approche des Impériaux et d'une bataille prochaine. Les officiers, déjà, rassemblaient les soldats dans leurs campements et leur prescrivaient de ne point s'en écarter. Vers le soir, comme je me retirais sous la tente, après avoir essayé vainement de trouver Guido, j'aperçus le capitaine, étendu parmi les couvertures, qui me regardait avec tristesse :

— À quoi songes-tu ? lui demandai-je.

— Je songe que demain je puis mourir.

Je compris son souhait. Alors, ne voulant pas le priver d'une joie qui pouvait être la dernière de son existence :

— Viens ! lui dis-je.

Et je m'étendis avec résignation, gardant seulement la main sur les lèvres, pour ne pas lui donner mon âme.

Au petit jour, des éclaireurs annoncèrent que la cavalerie ennemie allait tenter de surprendre le camp : la bataille était décidée et l'on s'y prépara en toute hâte. J'étais dévorée d'impatience. La Victoire, la Mort, la Honte agitaient tour à tour mon âme d'enthousiasme et de crainte. Je pensai que peut-être le lendemain je serai une prisonnière ou un cadavre. Puis l'image de Guido vint dominer toutes les autres et je n'eus plus que le désir de le voir.

Ayant dit adieu au capitaine, qui allait se mettre à la tête de sa compagnie, j'errai dans le camp, où j'eus la surprise de rencontrer Arrivabene, qui avait remplacé son froc par un costume plus martial. Ses mouvements étaient embarrassés par une cuirasse et une épée, dont la poignée atteignait le haut de sa poitrine. Il marchait à petits pas, la tête penchée, en regardant ses pieds. J'observai qu'il avait beaucoup maigri. Il n'en revint pas de m'apercevoir dans le camp. Après les premières paroles de bienvenue :

— Oh ! fis-je, comme tu es pâle ! tu trembles, Arrivabene.

— Oui, Nichina, mais de froid.

— On dirait que tu es malade ?

— Non ; seulement la mauvaise nourriture que l'on nous donne ici depuis le commencement de la campagne m'a dérangé le corps.

— Arrivabene, il faut que tu me rendes un service : dis-moi où se trouve Guido.

— Ce porc d'encroupé !... attends ! je reviens tout à l'heure. Je souffre trop du ventre !

Il s'éloigna un moment, puis reparut avec un visage moins accablé. D'un haussement d'épaules et d'un coup d'œil de pitié, il me désigna une grande femme, habillée, comme moi, de chausses et d'un pourpoint d'homme, qui eût peut-être été belle, avec ses yeux passionnés et le dessin énergique de son visage, si la fatigue et la maladie n'avaient défiguré ses traits. Elle passait devant nous triste et dédaigneuse.

— Voilà une mijaurée, dit le frère, qui a failli me déranger dans mon opération. Est-ce que les moniches devraient aller à la guerre ?

— Tu es bien heureux de les trouver quand tu te sens d'humeur gaillarde, répliquai-je ; mais quelle est cette dame ? Sa peine, qui est sans doute une peine d'amour, m'intéresse.

— C'est la maîtresse du duc d'Urbin, me répondit-il. Elle s'appelle Giulia Brandolini. Elle a quitté Venise, ses richesses, son vieux père, pour suivre le duc qui, d'après ce qu'on prétend, ne la paie pas de retour. Ah ! si j'avais été à sa place ! comme je serais restée tranquille dans mon palais, sainte Vierge !

Et il ajouta :

— Je comprends la guerre, je comprends qu'on ait besoin de se tuer de temps à autre, mais pourquoi s'en aller si loin ? ne peut-on pas se tuer chez soi ? J'ai mes pieds dans un état ! Je vais te les montrer.

— Oh ! c'est inutile : je les vois en imagination… Mais tu ne prends point part au combat ?

— Non, seulement j'occupe le poste le plus périlleux qui soit : je garde les vivres.

Il finit par me conduire devant la tente du cardinal. Guido se tenait à l'entrée. Jamais son visage ne m'avait paru si beau et si douloureux en même temps. Il y avait une si profonde tristesse dans ses regards que j'en eus les larmes aux yeux. Le cardinal était agenouillé aux pieds de Guido, et, déjà revêtu de son armure, le suppliait de prendre la sienne.

— Mon adoré, disait-il, mais tu veux donc mourir ? Tu ne songes pas à toute la perfidie des batailles.

— Cette armure me gêne, répondait Guido, et d'ailleurs, que m'importe ?

Folle d'inquiétude, je me précipitai pour unir mes supplications à celles de Benzoni mais déjà ils avaient tous deux sauté en selle.

Au même instant, j'entendis le sol résonner sous un galop de cheval et, dans un éblouissement de crinière et de plumes blanches, l'épée nue, la cuirasse brillante, j'aperçus un cavalier qui s'en allait à bride abattue.

— Le duc d'Urbin ! me dit Arrivabene.

Je voulus regarder l'homme qui portait la fortune de Venise, mais il était déjà loin sur la route de Laudes, et je ne vis plus qu'une forme indécise dans un nuage de poussière.

Je fus alors comme étourdie par le bruit et l'agitation qui se firent autour de moi. Le camp, plein d'un frémissement de départ, retentissait du piétinement des bataillons en marche, du trot lourd de la cavalerie, des « Hoch ! Hoch ! » des Allemands et des longs vivats de nos Italiens. Les soldats d'infanterie s'avançaient d'un mouvement de machine, le visage impassible, les yeux sans regard, observant une discipline et un ordre admirables, tandis que des reîtres, qui traversaient le camp de toute la vitesse de leurs chevaux, l'estoc et l'épée attachés aux arçons, battant les flancs de leur monture, s'élançaient avec une ivresse sauvage et s'excitaient par de grands cris. Un corps d'arquebusiers passa :

— Ces gens-là, dit Arrivabene, ont des armes non pas d'hommes, mais de diables, dont les chrétiens, entre eux, ne devraient point faire usage, et qu'il faut réserver pour combattre les infidèles.

Il y eut un mouvement tournant des troupes et, sur la petite route qui longeait le camp, je pus enfin apercevoir, sous le casque, le nez droit, les yeux calmes, le menton noble et fort du duc d'Urbin, comme une image d'audace fière et tranquille. Le cardinal, qui l'accompagnait, en cherchant à paraître impassible, s'était fait une expression dure presque féroce. Il portait une magnifique cuirasse, dont le plastron était décoré d'une tête de Méduse, en or, aux cheveux d'aspics se tordant et s'enlaçant jusqu'aux épaulières. Guido passa au galop, si vite qu'il me fut impossible de lui regarder le visage et j'en ressentis une grande angoisse ainsi que d'un mauvais présage. Comme je me lamentais, quelqu'un s'élança entre nous et je reconnus Giulia Brandolini qui tenait une brassée de fleurs. Elle courut au duc d'Urbin, et, lui présentant une couronne :

— Francesco ! fit-elle, en mettant dans son cri tout son amour.

Mais le duc n'eut pas l'air d'y faire attention et piqua des deux, tandis que son aide de camp, pour ne pas écraser la jeune femme, arrêta court son cheval qui se cabra et faillit la renverser. Toute la cavalerie suivait derrière au galop. L'officier, furieux, frappa brutalement Giulia en travers du visage. Elle eut un hurlement de douleur et se sauva, la figure déchirée, la joue sanglante.

Les Allemands arrivaient par rangs de douze, couverts de leur armure sombre, la visière du casque baissée, énormes et gigantesques, tours de fer formidables d'où allait sortir la mort et qu'il paraissait impossible de renverser. Dans ces escadrons noirs, seuls brillaient les glaives nus et l'écharpe blanche que le duc avait fait prendre à ses soldats pour se reconnaître dans la mêlée.

— Ah ! s'écria une voix, il va mourir ! il va mourir ! je le sais.

Giulia était près de nous, qui pleurait ; de grosses gouttes de sang coulaient de sa joue meurtrie et se mêlaient à ses larmes. Je déchirai la doublure de mon pourpoint, qui était d'étoffe fine et je lui enveloppai la tête. Elle s'abandonnait comme un enfant à mes soins, tout en répétant :

— Il va mourir !

— Madame, lui dis-je, ayez bon espoir : Dieu ne peut frapper un homme aussi utile à la République que Monseigneur le duc.

Elle leva les yeux sur moi. Ce n'était plus la femme à l'air méprisant que j'avais entrevue d'abord, mais une douce, tendre et misérable amoureuse. J'essayai de la consoler le mieux que je pus, et, tandis que les troupes s'éloignaient, je la ramenai au camp, où Arrivabene allait prendre son poste.

— Il vaudrait mieux qu'il mourût, fit-elle, puisqu'il ne m'aime pas.

— Oh ! pourquoi dites-vous cela ? repris-je.

— Vous avez vu que tout à l'heure il ne m'a même pas regardée !

— Il craignait de penser à vous, alors qu'il ne lui est permis de penser qu'à son armée.

Elle eut le sourire douloureux d'une femme éprise, qui veut espérer, qui espère toujours.

— Vous avez peut-être raison. Et je dois lui pardonner sa cruauté envers moi, puisque c'est à sa gloire qu'il me sacrifie. Mais vous, ajouta-t-elle, vous aimez aussi, n'est-ce pas ?

— Ah ! madame, je suis bien malheureuse, car l'homme que j'aime ne le sait ou ne s'en préoccupe pas : il ignore même que je suis au camp.

Ce fut à son tour de compatir à ma peine, et nous pleurions toutes deux, confondant nos chagrins.

— Les pauvres femmes sont à plaindre, dit-elle, la vie de ceux que nous aimons se joue en ce moment, et nous devons demeurer loin d'eux dans l'inquiétude.

Comme elle parlait encore, Arrivabene s'approcha et nous offrit de nous montrer la bataille. Il nous conduisit à une tour ruinée, qui se trouvait à quelque distance du camp, et d'où nous eûmes une vue immense sur la campagne. Au milieu des prairies, couvertes çà et là de bouquets de saules et où l'Adda déroule son ruban clair, nous aperçûmes les clochers de Laudes et le château qui domine la ville. De petits points noirs, sans cesse plus nombreux, s'avançaient à travers les pâturages comme une bande de corbeaux. Soudain notre armée déboucha d'un bois de chênes. Les grosses masses serrées de l'infanterie se tendirent, semblables à des anneaux de serpents, pour enlacer l'ennemi, pendant que galopaient de petits chevaux qui, du point de vue, avaient l'air de jouets d'enfants. D'un autre côté, tout près de nous, sur la route de Laudes, la bataille venait de s'engager. Les arbalétriers commencèrent l'attaque, en lançant une pluie de traits sur la cavalerie impériale, qui chargea, soulevant derrière elle des tourbillons de poussière. Un épais voile enveloppa un instant les combattants ; lorsque enfin il s'abattit sur la plaine, les deux armées étaient jointes et l'ennemi cherchait à rompre les lignes de nos piquiers, dont les lances unies formaient, au soleil, un miroir éblouissant de lumière. Cependant les hallebardiers de notre arrière-garde, voyant les Impériaux arrêtés par l'infanterie, essayaient de leur couper la retraite. Ce fut un corps à corps effroyable. Sous les haches brandies à bout de bras, les têtes volèrent, tandis que les lourdes cuirasses s'effondraient, et que les chevaux écrasaient les soldats de leurs flancs bardés de fer. Pareils à un monstre énorme qui palpite, s'étend, se retourne sur place, les régiments embrassés avançaient puis reculaient, pour s'avancer encore, sans accomplir de mouvement appréciable. Mais au loin, vers l'Adda, des bataillons entiers fuyaient à la débandade ; nous vîmes des soldats se jeter à la rivière, d'autres tomber sous la lance des cavaliers qui les poursuivaient, et nous nous demandions avec angoisse quels étaient les vaincus. Une immense rumeur, faite du choc des lances et des rugissements sauvages des combattants, grandissait, puis mourait, pour éclater ensuite plus furieuse, comme le bruit de l'ouragan dans les hautes cimes. Je ne pouvais plus en supporter davantage.

— Madame, dis-je à Giulia Brandolini, nous ferions peut-être mieux d'aller prier pour ceux que nous aimons.

Je lui montrai un petit ermitage qui se trouvait en arrière du champ de bataille, où nous devions être plus en sûreté. Nous descendîmes et nous allions entrer dans le camp, lorsque nous aperçûmes, du côté du magasin des vivres, une troupe de cavaliers au milieu desquels courait Arrivabene, la tête dans les épaules, les yeux à demi fermés, brandissant un fléau dont il donnait, à droite et à gauche, de grands coups qui n'atteignaient que le poitrail des chevaux. Soudain, je poussai un cri : il venait de tomber et les chevaux arrivaient sur nous ventre à terre. Giulia m'étreignit de toute sa force comme pour mourir avec moi.

— Sainte Vierge ! m'écriai-je, sauvez-nous !

Et, me débarrassant de son étreinte, d'un mouvement instinctif, je sautai à la tête du premier cheval qui venait sur moi et je me cramponnai à la crinière. Il m'emporta un instant, jusqu'à ce qu'un gantelet de fer vînt, d'un coup violent, me faire lâcher prise et me rejeter sur le sol. J'allai rouler dans un fossé profond et rempli de feuillage d'où, le cœur palpitant et la bouche sèche, j'entendis passer au-dessus de moi toute une cavalerie.

Je restai là des heures comme anéantie, sans penser, sans désirer rien, les oreilles bourdonnantes des deux battements rauques et légers de sabots qui galopent sur la terre sonore.

À la tombée du soir, le froid que je ressentis me réveilla de ma torpeur. Le silence s'était fait autour de moi ; je me décidai à sortir de ma cachette. D'abord j'eus beaucoup de peine à grimper dans cette terre molle et sans résistance qui fuyait sous mon pied. J'arrivai enfin sur le bord du fossé ; mais rendue là, je faillis tomber de nouveau, reprise de terreur en entendant du bruit derrière moi. Par bonheur, ce n'était qu'un lièvre que je vis détaler, deux pattes en l'air, et haussant à chaque bond son petit cul blanc.

À mes premiers pas, je glissai dans une boue gluante et, me baissant, je reconnus que je foulais le cadavre d'un soldat écrasé ; je reculai d'horreur, mais, en reculant, j'allai heurter la bouche d'un moribond qui poussa un affreux gémissement.

J'avançai, semblable à une insensée, au milieu de ces corps dont les uns étaient immobiles, les autres tressaillaient d'un dernier souffle d'existence.

Aux abords du camp, un paysan et une jeune fille erraient avec une petite lanterne. La jeune fille portait un grand panier et, de temps à autre, elle s'arrêtait, dirigeait la lumière sur un cadavre : ils se penchaient tous deux ; les joues roses, les yeux doux et indifférents tout près du regard sombre et des dents avides. Je leur demandai ce qu'ils faisaient là.

Alors, dans un patois rude et nasillard :

— Il y a de grands seigneurs ici, s'écria l'homme qui était vieux et courbé ; je vois s'ils n'ont rien sur eux pour le pauvre monde.

— Vous n'avez pas honte, lui dis-je, de dépouiller les morts ?

— Ah ! fit-il, ces messieurs dépouillent assez les gens quand ils sont en vie ; on peut bien leur reprendre, quand ils ne sont plus à craindre, ce qu'ils ont volé.

— Tiens, continua-t-il, en s'adressant à sa fille, pige-moi cette cuirasse d'or !

Mais le possesseur n'était que blessé ; il essaya de se relever et lança un horrible blasphème.

— Giuseppina, dit le vieillard, étouffe-moi ce sale citoyen, qu'il ne nous étourdisse plus de ses cris de canard !

Docile à l'ordre de son père, la jeune fille, tranquillement, posa le pied sur la bouche du blessé, tandis que le paysan, un genou sur la poitrine du malheureux, le serrait à la gorge. Je m'enfuis avec épouvante, puis le besoin de savoir le résultat de la bataille me ramena vers ces misérables. La pensée que Guido pouvait être parmi les morts me terrifiait.

— Savez-vous, leur demandai-je, qui a remporté la victoire ?

— Bien sûr que non, nous ne le savons point. Qu'est-ce que ça peut nous faire ? Que ce soient les uns ou les autres, ça ne nous mettra pas sur notre pain de meilleur fromage.

— Vous n'avez donc rien vu de la bataille ?

— J'ai vu des cavaliers qui s'en allaient à Laudes ; ils avaient une écharpe blanche sur l'estomac. Mais je ne sais pas à qui ils étaient, pour sûr !

Je retournai vers le camp qui était désert. Comme je passais devant le magasin de vivres, quelque chose remua contre la palissade.

— Grâce ! grâce ! criait-on, ayez pitié !

Reconnaissant la voix d'Arrivabene, je m'approchai pour le secourir. Il était étendu à plat ventre.

— C'est toi ! mon pauvre Arrivabene.

— C'est moi, Nichina, mais il faut se hâter de le dire, car je n'en ai pas pour longtemps à rester sur la terre.

Et il se mit à pleurer et à gémir bruyamment.

— Mon pauvre ami ! tu es blessé ?

— Je te crois ! Je suis blessé mortellement. J'ai lutté seul contre la cavalerie ennemie, enfin j'ai succombé, et je ne sais par quel miracle je parle encore à l'heure qu'il est.

— Voyons, où es-tu blessé ?

— Je ne pourrais pas te dire exactement l'endroit. Je suis blessé par tout le corps.

Là-dessus, il se leva et se mit à marcher comme vous et moi, mais chacun de ses mouvements soulevait une odeur infecte qui me montait aux narines.

— Sainte Vierge ! mon pauvre Arrivabene ! que tu sens mauvais !

— Ah ! Nichina, on n'assiste pas à de pareilles batailles sans éprouver quelques émotions !

Cependant, nous entendîmes sonner les cornets de ralliement ; des cavaliers, au grand trot, passèrent à la file, comme des ombres, et je n'eus que le temps de me jeter de côté ; la nuit s'emplit tout à coup de flammes ; des torches brillèrent sur des fronts dégouttants de sueur, sur des yeux ivres ou lassés, sur des armes ébréchées et sanglantes. Le duc d'Urbin apparut à cheval, sans casque, la tête enveloppée d'un bandeau et le bras en écharpe, toujours calme et fier. Ce ne fut qu'un cri sur toute la ligne des troupes :

— Vive Monseigneur !

Il s'inclina et eut un triste sourire, puis, rendu devant sa tente, il descendit de cheval avec peine, en s'aidant d'un officier accouru pour le soutenir. À ce moment, je rencontrai l'ordonnance de mon capitaine florentin ; je l'arrêtai pour avoir des nouvelles.

— La journée a été dure, fit-il, mais la victoire nous reste. Les Impériaux sont en pleine déroute. Le marquis de Guast, qui était venu au secours du capitaine Fabrice, se replie sur Milan. Enfin, voyant le succès des troupes de Venise, les bourgeois de Laudes ont envoyé une députation à Monseigneur, lui offrant de livrer la ville s'il voulait bien leur promettre de la sauver du pillage. Le duc a accepté, de sorte qu'une partie des troupes campe à Laudes cette nuit. Par malheur, au milieu de l'action, notre pauvre capitaine, qui s'est battu avec un courage admirable, a été tué.

Je pensai à ses pressentiments de la veille, mais aussitôt je repris :

— Et Guido ?

— Guido ? répéta le soldat avec étonnement.

— Je veux parler du cardinal Benzoni, de son aide de camp.

— On ne sait ce qu'ils sont devenus.

Mes jambes plièrent et je suffoquai d'émotion.

— Pasquale, fis-je sur un ton de commandement, tu vas venir avec moi à leur recherche.

— Ah ! répondit-il, c'est que je suis bien fatigué.

— Cela ne fait rien ; il faut venir. Je te donnerai de l'or, je te donnerai tout ce que tu voudras. Allons, prends une torche !

Nous nous dirigeâmes vers Laudes et traversâmes le champ de bataille, où se croisaient de petites lueurs. Nous avancions avec peine au milieu des morts. Le sang frais, coulant en ruisseaux parmi les corps écrasés, formait des marécages. De temps à autre, un hennissement, un râle sortait des monceaux de cadavres et nous voyions frémir une croupe de cheval ou le bras d'un soldat se soulever lentement. Une troupe hurlante d'hommes d'armes nous aborda, parmi lesquels j'aperçus le paysan et la fille que j'avais rencontrés en sortant du fossé. Liés dos à dos et tout nus, avec leurs vêtements roulés comme des cordes, ils avançaient sous le fouet d'un cavalier allemand, fort amusé du contraste de ces épaules voûtées avec cette chair blanche et grasse d'où le sang commençait à couler. Le paysan tremblait et claquait des dents ; la fille, les yeux fermés, poussait une plainte sourde à chaque coup. Un vieux soldat aux yeux égarés nous dit :

— Comprenez-vous que ces brigands dépouillaient mon bon maître, lui enlevaient jusqu'à la médaille où se trouve l'image de sa mère !

Et il essuya ses yeux d'un revers de main.

Une férocité de barbares animait les hommes d'armes.

Le paysan, qui refusait d'avancer, reçut un coup violent en travers du visage ; alors, de fureur il lança son crachat à la face du cavalier.

— Faut casser la tête au cochon ! cria le soudard en le souffletant.

— Si vous voulez donner le trente-et-un à cette garce, j'en suis ! reprit un autre.

Toute la troupe approuva :

— C'est ça ! c'est ça ! le trente-et-un !

— Devant le gueux !

— Sur le croupion du gueux !

— Qu'il sente qu'on lui remue comme il faut sa progéniture !

— Attachez-la ! Attachez-la !

Nous nous sauvâmes, poursuivis par des rugissements et des plaintes.

— Elle m'a mordu, la gaupe ! Tiens, truie !

— Achevez-la ! nous ne voulons pas d'elle.

— Oui, qu'on la tue, cette salope !

La terre enfin redevenait libre ; nous errions dans des prés déserts, essayant de retrouver la route de Laudes, que Pasquale prétendait toute proche. Soudain une voix de détresse s'éleva.

— À l'aide ! À l'aide ! faisait-elle.

— Entends-tu ? demandai-je à Pasquale.

— Oh ! me répondit-il, nous n'avons pas à nous préoccuper de tous les appels.

Mais la voix qui, faible comme elle était, nous paraissait très éloignée, devint, dans un suprême effort, retentissante et éclata près de nous. Me tournant aussitôt vers l'endroit d'où elle venait de partir, j'aperçus un homme aux yeux vagues et dont le visage rouge, traversé d'une balafre, semblait fondre en sueurs de sang. Il fléchissait sous la charge qu'il avait sur le dos et se soutenait de ses deux bras.

— À l'aide ! À l'aide ! répétait-il d'une voix éteinte.

Je reconnus Benzoni. Sans casque, sans épée, sans cuirasse, en loques, il n'avait plus l'air du chef de l'armée pontificale, mais d'un pauvre. Une grande angoisse m'étreignit ; et, m'élançant :

— Guido ! m'écriai-je, mon chéri ! mon adoré ! où es-tu ?

Hélas ! C'était lui que le cardinal portait. Ses pauvres jambes, sa poitrine n'étaient plus que des lambeaux de chair sanglante, et quand je vis sa face écrasée, ses yeux sans regard, sa lèvre déchirée qui pendait, mon amour fut humilié jusqu'à la mort. Dans l'excès de mon désespoir, je tirai mon poignard pour me tuer. Pasquale me retint le bras.

— Aidez-moi, disait le cardinal, aidez-moi ! Je ne puis plus le porter !

Il tomba à genoux, sans lâcher le cher fardeau.

Je me précipitai pour soutenir mon ami, puis Pasquale jeta son manteau sur l'herbe, où nous l'étendîmes tous deux. Sa respiration était pénible et douloureuse comme un râle.

— Oh ! fis-je, il va mourir !

Et je me penchais sur lui, dans l'espoir qu'il pût me reconnaître.

Cependant, le cardinal s'était relevé. Me voyant étreindre Guido, il me reconnut et, se jetant sur moi, il me frappait du pied.

— Chienne ! criait-il, horrible catin ! exécrable gueuse ! je te défends de souiller le divin visage de mon enfant.

Sans m'occuper de ses insultes et de ses coups, j'enlaçais mon cher adoré. Oh ! comme j'eusse voulu que cet homme m'eût tuée sur Guido ! Mais me prenant par les épaules de ses mains fortes et brutales, il me fit tomber en arrière. Je me redressai aussitôt.

— C'est mon ami ! entends-tu ! mon ami ! et je veux préserver ses derniers moments de ton contact infâme !

— Fumier ! continuait-il, je vais te casser ton abominable face, si tu oses seulement effleurer Guido !

— Assassin ! c'est toi qui l'as amené ici pour le tuer !

— C'est toi, putain ! ce sont tes baisers de salope qui l'ont dégoûté de mon grand amour.

— Non, c'est toi, encroupé, qui lui as rendu la vie si odieuse qu'il a voulu mourir.

Et, comme il levait la main sur moi, je lui sautai à la figure, et la déchirai de mes ongles ; mais lui, de ses deux poings, m'envoya rouler toute meurtrie.

Alors, brandissant mon poignard :

— Je vais te tuer, pourceau ! m'écriai-je.

Il était sans armes, mais au moment où j'allais frapper, il me saisit les bras et m'écrasa les pieds sous ses lourdes bottes. Pasquale intervint et nous sépara, les poings menaçants, la bouche écumeuse.

— Il n'est plus temps, fit-il, de vous disputer son amour.

Nous courûmes à Guido. Sa respiration devenait plus haletante. Sa bouche grande ouverte, ses yeux ternes nous effrayèrent.

— Il faut absolument l'emporter à Laudes, dit le cardinal qui retenait avec peine ses pleurs, puis me prenant la main :

— Nichina, nous l'aimons tous deux, ne pensons qu'à le sauver.

Notre fureur s'était évanouie ; nous n'étions plus que de pauvres êtres prêts à s'anéantir dans leur commune passion.

— Oh ! monseigneur, fis-je, s'il pouvait ne pas mourir.

Le manteau de Pasquale nous servit de civière. Le cardinal et moi, nous soutenions Guido par les épaules, l'ordonnance lui tenait les pieds. À chaque instant il me fallait répéter les mêmes paroles.

— Pasquale ! fais attention, ta marche est trop précipitée ; aie soin de ne pas lui causer de secousses !

J'éprouvais une grande peine à le porter et à marcher au milieu des prairies marécageuses, mais je me réjouissais de souffrir pour Guido.

Et puis, je l'aimais tant que je ne pouvais encore désespérer. La pensée qu'il échapperait à la mort soutenait ma lassitude.

Nous parvînmes enfin à la route de Laudes et, dès lors, notre trajet s'effectua facilement. Aux portes de la ville, comme des gardes essayaient de nous arrêter, Benzoni se nomma et menaça de faire passer, le lendemain, ces hommes par les armes, s'ils ne nous laissaient entrer aussitôt. Nu-tête, les vêtements en lambeaux et le fourreau sans épée, il conservait ses allures hautaines et magnifiques de généralissime, et, à ses paroles, les soldats s'écartèrent.

Guido ressentait une profonde douleur de ses blessures ; chaque mouvement trop vif lui arrachait un cri. Aussi le cardinal, devant la première maison qui lui parut convenable, s'arrêta et me dit d'aller y demander l'hospitalité. Après une longue attente et des pourparlers infinis tenus sur le seuil de la porte, on nous accepta.

— Donnez-nous votre plus belle chambre, fis-je à une vieille femme qui s'était décidée à nous recevoir. C'est pour le général de Sa Sainteté.

Tandis que Pasquale courait chercher à la hâte le médecin de la ville, que le cardinal et moi nous nous occupions de coucher Guido et de lui donner les premiers soins, la rue s'emplit de tumulte et de chansons d'ivrogne. De toute leur voix, les soudards criaient :

De l'argent ! De l'argent !
Aux soldats qui ont fait la guerre
De l'argent ! De l'argent !
Pour remplir nos panses vides
Et trousser les chambrières
De l'argent ! De l'argent !

Pour fermer nos blessures
De l'argent pour avoir
Le sourire de Monnina
Et du trebbiano à pleine tonne !

Pasquale, qui rentrait, nous apprit que les mercenaires à la solde de Venise, n'ayant pas été payés, étaient résolus à piller la ville, si le duc d'Urbin ne leur faisait distribuer de l'argent le soir même. Dans leur effroi, les seigneurs de Laudes allaient de nouveau envoyer au duc des députés pour le supplier de tenir sa promesse. Le cardinal, plein d'épouvante à l'idée du péril que courrait Guido si la ville était mise à sac, voulut lui-même écrire au duc. Espérant qu'il maintiendrait l'ordre dans Laudes, il mettait ses propres trésors à la disposition de la République.

— Nichina, il faut porter cette lettre, me dit-il.

— Oh ! m'écriai-je, laissez-moi près de Guido ; que Pasquale aille à ma place !

— J'ai besoin de Pasquale. Nichina. Sachez-le : en ce moment, le salut de Guido dépend peut-être de vous.

Je n'hésitai plus, mais, comme j'allais partir, une bande fit irruption dans la chambre. À travers mon pourpoint déchiré, mes seins pointaient sous la chemise.

— Ohé ! la belle fille ! dit un soldat, tu vas venir avec nous.

— J'y consens volontiers, mais vous allez laisser cette maison tranquille. Il y a ici un homme qui a été blessé dans la bataille.

Le cardinal me remercia d'un regard.

— C'est bien ! C'est bien ! En route ! crièrent les soldats en m'entraînant.

L'un de mes compagnons, qui finit par me garder avec lui, me raconta ce qui se passait à Laudes. Les mercenaires n'avaient pas attendu la réponse de Francesco de la Rovera pour commencer le sac de la ville. Dans les faubourgs, les habitants effrayés, préférant encore l'existence à leur pauvre fortune, s'étaient laissés dépouiller sans murmure. Des femmes et des jeunes filles, attablées avec la soldatesque, avaient déjà payé de leur honneur le repos du père, du mari, de la famille. Mais les riches, barricadant leurs maisons, armaient leurs serviteurs et s'étaient résolus à défendre leurs biens. Déjà l'on se battait dans les rues, et l'on essayait de nous pousser au combat, mais mon compagnon, dont la poche était bien garnie, évitait l'émeute, cherchant un quartier calme et une ostérie où il pût se divertir avec moi. Nous vîmes des hommes enduire les portes de résine pour les incendier, tandis que les habitants affolés jetaient par les fenêtres des bancs, des coffres, des cabinets de bois précieux. Des nonnes en grand émoi, qui avaient voulu se sauver de leur couvent, avaient été arrêtées dans leur fuite, et les soldats, malgré leurs pleurs et les cris des religieuses, les promenaient sur leurs épaules, la jupe par-dessus la tête, salissant et frappant leur corps. Sur la place de la Seigneurie, il y avait une telle affluence de peuple que mon compagnon me lâcha le bras. Je réussis à le perdre dans la foule, et j'arrivai devant la Maison de Ville, toute blanche, au milieu des ténèbres qui l'environnaient, de la lueur des torches qui brûlaient sous les fenêtres. Les principaux habitants de Laudes s'étaient réunis là en armes. J'appris que les députés envoyés au duc d'Urbin allaient partir et j'obtins de me joindre à eux.

Le voyage fut triste dans la nuit. Les députés marchaient en silence, anxieux de l'accueil qui leur était réservé, anxieux aussi de ce qu'ils laissaient dans la cité. On prétendait que le duc avait été blessé gravement et ils craignaient de ne pas être reçus. Enfin nous arrivâmes au camp. Quoique souffrant, le duc veillait encore, occupé à écrire. On nous introduisit dans sa tente.

— Et que voulez-vous ? demanda-t-il en se levant avec difficulté.

Un vieillard répondit d'un ton ferme :

— Nous venons, monseigneur, vous rappeler votre promesse. Vos mercenaires, au mépris de la foi jurée, ont commencé à piller la ville.

À ces paroles le visage de Francesco de la Rovera prit une expression de colère.

— Ah ! s'écria-t-il, on n'arrête pas, comme on veut, des soldats le soir d'une victoire !

Les députés se regardaient d'un air désespéré. Alors, m'avançant à mon tour, je m'agenouillai devant le duc et lui présentai la lettre du cardinal.

— Voilà bien une épître de prêtre, s'écria-t-il.

— Le cardinal ne l'est point, dit un officier.

— Il s'occupe des affaires de l'Église et il en a l'esprit. Cela se vaut. Pourquoi d'abord n'est-il pas au camp avec son armée ? Ne m'offre-t-il pas à présent ses trésors ? Mais, si ce sont les trésors de Sa Sainteté, il n'a pas le droit d'en disposer ; si ce sont les siens, je crains qu'il ne se fasse des illusions sur sa fortune. Et puis, où sont-ils, ses trésors ?

— Mais enfin, monseigneur, fit un député, vous n’allez pas laisser saccager Laudes par vos mercenaires !

Le duc répondit :

— Ces soldats m’ont donné la victoire et je leur devais au moins de remplir les engagements que la République a contractés avec eux. Or, Venise, ruinée par la faillite de la Banque de la Foi, n’a pas d’argent à leur distribuer, et il m’a fallu, jusqu’ici, les payer de mes deniers ; mais je ne peux plus y suffire.

— Monseigneur, continua le député, vous ne souffrirez pas qu’un pareil crime se commette ! Votre présence dans notre ville, celle, au besoin, des troupes pontificales suffiront pour ramener à l’ordre vos soldats.

— Je leur dois un dédommagement, reprit le duc d’Urbin inflexible. Si j’empêchais le pillage, ils passeraient à l’ennemi ; et j’ai toujours besoin de leurs services. La fortune de la République de Venise, qui m’est confiée, est d’un plus haut prix que les biens et l’existence même de quelques milliers de citoyens. J’ai déjà sacrifié à cette grande cause mes amours, mon repos ; je suis prêt à y sacrifier ma vie. C’est pourquoi je n’interviendrai point aujourd’hui entre la ville et mes mercenaires qui m’ont servi loyalement et que je ne puis payer comme je l’aurais voulu.

— Je vous admire, monseigneur ! s’écria le député.

— Vous pouvez ou non m’admirer ; ma conduite est celle de tous les hommes qui ont une œuvre à faire et pour qui il n’est pas d’autre devoir que de l’accomplir.

Les députés se retirèrent en proférant à voix basse des malédictions. Plusieurs, pensant à leur femme, à leurs enfants qui étaient à Laudes, ne pouvaient se retenir de pleurer. Pour moi, je songeais à Guido et, devant l’insuccès de l’ambassade, je regrettais de l’avoir abandonné. Peut-être ne vivait-il plus, et, s’il vivait, à quels dangers n’était-il pas exposé au milieu de cette dévastation ! En toute hâte, je retournais à Laudes avec les députés, lorsqu’un homme, qui venait de la ville, nous dit que personne n’y pouvait plus rentrer, qu’on avait fermé les portes. En même temps, nous aperçûmes le ciel embrasé par quelque formidable incendie et je m’imaginai qu’une partie de Laudes devait être en flammes. Je rentrai au camp accablée de douleur. Je tombais de fatigue ; et le sommeil vint me surprendre au milieu de mes larmes.

Au petit jour, après quelques heures de repos, je partis et traversai encore une fois le champ de bataille. J'y rencontrai un homme debout et immobile qui contemplait un cadavre. C'était le duc d'Urbin. Devant lui était étendu le corps de Giulia Brandolini, défiguré, couvert de blessures. Seul le visage conservait dans la mort sa sereine noblesse.

— Et elle n'a pu savoir combien je l'aimais ! répétait-il.

— Monseigneur, fis-je en m'approchant, j'étais hier avec celle que vous pleurez ; elle me confessait son grand amour ; vous avez eu sa dernière pensée.

En m'entendant parler de Giulia, il laissa éclater ses sanglots et s'agenouilla devant la morte.

Alors, m'agenouillant aussi, je priai et je pleurai avec lui, car je pensais à Guido.

Quand je me relevai, le duc me prit la main.

— Merci, me dit-il.

Je m'éloignai, le laissant regretter les beaux jours qu'il n'avait point vécus et toutes les joies dont il avait eu peur.

À l'ouverture des portes, je voulus rentrer dans Laudes, mais les gardiens essayèrent de m'en empêcher. L'un d'eux, auquel j'offris une pièce d'or, eut l'air d'accepter, me saisit les bras, m'entraîna dans une cabane qui lui servait de logement et tenta de m'y violenter. Je me défendis si bien des pieds et des mains, qu'il dut renoncer à me retenir. Aussitôt délivrée, je cours à la maison où j'avais laissé Guido. Là, un soldat m'apprit que, le matin même, le cardinal avait reçu un message de Sa Sainteté et qu'il venait de partir. Il n'en savait pas davantage. Pour comble de malheur, je m'aperçus que l'on m'avait volé ma bourse. Sans espoir de retrouver Guido, sans argent pour ma subsistance, je n'avais plus de courage. Les rues ajoutaient encore à mon désespoir, avec leurs ruines fumantes, le craquement, les gerbes de flammes des incendies allumés depuis la veille et que personne n'osait éteindre. En travers du chemin, des cadavres de femmes nues, qu'on avait égorgées après le viol, étaient jetés comme d'inutiles débris au milieu de fiasques et d'assiettes brisées. Elles m'épouvantaient de leur corps verdâtre, par places meurtri et souillé de boue, de leurs yeux grands ouverts où il y avait la terreur et la honte des suprêmes instants, de leurs cheveux dénoués et épars, qui traînaient comme des bêtes encore vivantes attachées à la mort. À côté dormaient des lansquenets ivres, tandis que des chiens maigres et sordides venaient flairer les vivants et se disputer cette pourriture. Les rares maisons épargnées demeuraient fermées. Partout on sentait le deuil, la peur, l'épuisement d'une féroce débauche.

Ayant quitté Laudes, je marchai longtemps devant moi, comme au hasard, affolée par la douleur et les affreux spectacles auxquels je venais d'assister. Enfin, n'en pouvant plus, j'allai frapper à une hôtellerie que je trouvai sur la route. On m'y fit bon accueil, mais le lendemain, au moment de payer ma dépense, lorsque j'avouai que l'on m'avait volé ma bourse, l'hôte voulut me battre. Pour l'apaiser, je m'offris d'entrer à son service. Il y consentit et je dus aider sa femme, attendant que la générosité des voyageurs me permît de retourner à Venise. Je pensais que le cardinal y avait ramené Guido ou, du moins, que je pourrais m'y mettre à sa recherche, car seule, sans argent, dans un pays parcouru par des bandes d'aventuriers et où j'avais beaucoup de mal à me faire entendre, il ne fallait pas espérer de les rejoindre.

Je ne sais si la pensée de Guido m'enlevait tous les autres soucis, mais je ne sentais ni les peines, ni les hontes de ma nouvelle condition. Une fois, après m'avoir adressé mille reproches, l'hôtesse, croyant m'avoir blessée, me fit des excuses.

— J'ai parfois la parole rude comme la main, mais il ne faut pas m'en vouloir : je ne suis pas une méchante bête.

— Oh ! madame, repris-je, tranquillisez-vous. Je ne vous avais pas entendue.

Mon visage, paraît-il, inspirait la crainte, car les galants n'osaient point me courtiser. Aux soirs de fête, pourtant, il me fallut plus d'une fois me défendre d'un ivrogne trop décidé. Je n'hésitais pas alors à mettre à profit ces précieuses connaissances du poignard que le capitaine florentin m'avait inculquées, durant mon expédition à Laudes. Il y eut, dans l'auberge, du sang versé. L'hôtelier m'approuva et même se permit de me féliciter. Seule, sa femme en conçut de la jalousie. Enfin, je rencontrai un marchand dont j'agréai les offres amoureuses et qui se montra libéral envers moi ; mais n'ayant pas la somme nécessaire pour acheter un cheval, je résolus d'entreprendre à pied mon voyage ; et, un matin, je dis adieu à mes maîtres.

J'étais partie depuis plusieurs jours, lorsque j'appris, dans une petite auberge où je m'arrêtai, que Sa Sainteté avait licencié ses troupes, laissant la République continuer seule la guerre. L'hôtelier tenait cette nouvelle d'officiers qu'il avait logés le mois précédent.

Il se vantait d'avoir hébergé le chef de l'armée pontificale et, tout en me servant à déjeuner, il me disait :

— Un domestique m'a montré l'une de ses cuirasses, seigneur Jésus ! Y en avait-il des dorures ! On en eût bâti une église. Et celle de son aide de camp était plus belle encore ! mais il ne l'avait jamais portée ; pour son malheur ! car elle l'eût sans doute garanti du terrible coup de lance qu'il avait reçu dans le côté.

Je ne doutai plus qu'il ne parlât de Guido et, tremblante d'inquiétude :

— Vous l'avez vu, demandai-je ; souffrait-il beaucoup ?

— Pour sûr, il souffrait ! Le général, il faut le reconnaître, le soignait comme son fils.

— Et que disait le pauvre blessé ?

— Ah ! il ne jabotait guère, je vous prie de croire ! Le général ne quittait pas sa chambre et ne permettait pas que personne y entrât. Un jour, cependant, par la porte entrouverte, je l'ai vu tout en larmes donner un baiser à ce pauvre garçon qui se tordait sur son lit, étendait les bras, comme pour le repousser et d'un air de dire : « Oh ! laissez-moi mourir en paix, laissez-moi mourir ! »

À ces paroles, je sanglotai ; et l'hôtelier étonné, s'approchant de moi, voulut me prodiguer toutes les marques de sympathie qu'un homme peut accorder aux jeunes femmes dans le malheur.

— Vous le connaissiez donc ? me demandait-il.

Et ses yeux brillants m'exprimaient une pitié singulière.

J'eus peine à repousser les consolations dont il me poursuivait. Heureusement, l'hôtesse vint dans la salle, et je profitai de son retour pour payer mon repas ; mais, comme elle avait le dos tourné, je tendis la joue à cet homme compatissant :

— Tenez, dis-je, je vous permets d'y mettre un baiser, si vous voulez m'indiquer où ils sont allés.

Il eut un sourire et, avidement, il m'embrassa.

— Je ne puis rien vous affirmer, fit-il. Je crois pourtant leur avoir entendu dire qu'ils s'en allaient là-bas, là-bas, à Venise !

Au moment où je sortis, l'hôtesse, qui avait vu son mari me caresser, courut vers moi en me lançant des injures ; mais elle ne réussit pas à me joindre.

Comme je marchais ! Comme j'avais hâte d'arriver, maintenant que je le savais à Venise ! C'est à peine si, à la fin du jour, je me décidais à m'arrêter pour un court repos ; et dès l'aube, j'étais sur les chemins.

Par une journée chaude, pour gagner une route qui devait abréger mon voyage, je pris les bois, au risque de m'égarer. Je descendis le long des roches abruptes ; je traversai des fourrés, des carrières pleines d'eau, des marais où je faillis rester embourbée. Après toutes sortes d'angoisses et d'efforts, j'atteignis la route, mais je ne pouvais plus avancer. J'avais les pieds gonflés à éclater ; les chevilles coupées par mes souliers. Chaque pas était pour moi un supplice. Je m'assis contre un arbre, désespérée.

Il n'y avait pas un instant que j'étais là, quand un cavalier vint à passer. Je l'appelai à grands cris. Il arrêta sa monture.

— Mon bon seigneur, dis-je, accordez-moi une grâce : Je ne puis plus marcher. Voulez-vous me prendre jusqu'à la ville voisine ? Dieu vous bénira !

— Ah ! répliqua-t-il, mon cheval a une trop longue route à faire ; je ne tiens pas à le fatiguer.

Mais moi, avec l'audace de celles qui n'ont rien à perdre, je me lève, et, découvrant les seins, l'appelant des doigts :

— Vous aurez votre récompense, dis-je.

Il me regarda un instant, sauta de cheval et m'enlaça de toute sa force. Je regrettai de lui avoir fait signe. Il portait des habits immondes et son visage était pourri d'ulcères.

— Je la veux, ma récompense, et de suite, répétait-il en me salissant le visage de ses baisers.

Et il me renversa sous lui. J'eus l'idée que le brigand ne me donnerait pas le prix de ma complaisance ; alors je me décidai à le lui arracher moi-même. Tandis qu'il m'embrasse, je porte la main à mon poignard et, soudain, d'une brusque secousse, je le jette de côté, le saisis à la gorge, et lui enfonce, par deux fois, ma lame dans le cœur. Son désir, son étonnement, la promptitude et la sûreté de mon agression ne lui permirent pas de se défendre. Il eut un blasphème, un rugissement étranglé, une convulsion ; puis tout son corps devint immobile.

— Meurs donc ! chien ! fis-je en montant sur son cheval.

Et je m'éloignai au galop.

Le misérable avait bien choisi sa monture. En deux jours, je fus à Venise, où j'arrivai presque aussi fourbue que mon cheval. Je sus bientôt que Guido était très malade et souffrait beaucoup de ses blessures, mais qu'on espérait le sauver. Je voulus le voir. Couverte encore de mes vêtements de voyage pleins de boue et de poussière, je me présentai au palais Benzoni d'où l'on me jeta dehors. Comme les gardes, sans s'occuper de mes ruades et de mes insultes, me déposaient sur les marches, j'allais tirer mon couteau et passer malgré eux, lorsque je vis sortir Michele des Étoiles. Dans mon exaltation, je saisis le philosophe par sa collerette qui, par hasard, se trouvait neuve, et je la lui déchirai.

— Canaille ! m'écriai-je, tu oses venir ici ?

— Mais toi-même, Nichina ?

— Je viens pour arracher mon amant à ce bouge.

— Et moi pour y vendre mes vers.

Son dernier mot fut pour mon esprit une lumière inattendue. J'entraînai Michele à quelques pas ; puis sans lui commander rien, je lui dis les paroles qui devaient, mieux qu'un ordre, me valoir son obéissance.

— Michele, commençai-je, tu aimes le cardinal ?

— J'estime, répliqua-t-il, que c'est un homme de goût et d'esprit.

— Parce qu'il admire tes poèmes ?

— En effet, il les admire ; mais mon sentiment ne dépend pas de l'opinion bonne ou mauvaise qu'il en peut avoir.

— Alors, veux-tu savoir le jugement qu'un jour de sincérité, il portait sur toi devant ses hôtes, devant Fasol qui me l'a répété ?

— Oui, j'en serais heureux.

— Benzoni disait : « Ce pauvre Michele ferait un excellent maître d'école, mais je ne vois qu'un endroit où ses vers ne puissent être déplacés, c'est à côté d'une chaise de retrait ».

Le cardinal n'a jamais parlé, que je sache, en bien ni en mal de Michele des Étoiles, mais je prévoyais l'effet de ce mensonge. Mon philosophe pâlit, baissa les yeux, crispa les poings, atteint au vif de son orgueil. Il voulut pourtant garder bonne contenance.

— Ce n'est pas, fit-il, le jugement qui m'afflige : je suis au-dessus des blâmes et des louanges d'un Benzoni, c'est l'hypocrisie de l'homme. Ne trouvait-il pas, tout à l'heure, que, dans la poésie élégiaque, j'étais un fils de Pétrarque, et, dans la satire, un petit cousin de Dante Alighieri !

— Ah ! repris-je, si c'était seulement un fourbe, un athée, un sodomite, une crapule, passe encore, mais c'est un meurtrier !

Comme Michele restait muet de stupeur, je lui appris les attentats du cardinal et je lui expliquai ce qui s'était passé à Posellino. La rage m'avait rendue subitement clairvoyante. Pour la première fois, je pénétrais ce complot odieux auquel jusque-là je n'avais osé penser. Lorsque j'eus fini :

— Voilà qui est excellent ! Voilà qui est admirable ! répétait-il. Benzoni, mon ami, tu verras si je suis un maître d'école : peut-être même pourras-tu apprécier à tes dépens mon génie satirique.

— Que vas-tu faire ? demandai-je.

— Pour mes ennemis, dit-il, j'ai une plume, à défaut d'un poignard.

Ses yeux brillaient de haine et ses lèvres entrouvraient sur des dents féroces. Il me parut transfiguré, presque beau : et je lui pris les joues dans une caresse.

— C'est cela ! m'écriai-je en souriant de plaisir, venge-moi ! je t'aimerai bien.

Et pour attendre les événements, j'allai m'installer chez Morosina, qui m'accueillit avec une grande joie.

Quelques jours après, parurent les révélations de Michele des Étoiles. Elles étaient précédées d'une adresse à la Seigneurie et terminées par une prière à Sa Sainteté, où l'auteur, qui gardait l'anonymat, réclamait prompte justice. Michele n'y montrait point son esprit habituel de froid sarcasme et d'indifférente raillerie, mais une ardeur, une persévérance, vraiment terrible, d'indignation et de colère. Ne trouvant pas mes accusations suffisantes, il avait déterré des cadavres inconnus et les avait amoncelés autour du cardinal comme pour l'écraser sous ses crimes. Et l'on sentait que l'écrivain ne calomniait pas. Les insultes étaient si violentes, qu'elles semblaient s'élever du tombeau des victimes.

Le scandale à Venise fut immense. De tout temps, on s'était chuchoté à l'oreille les tragiques amours de Benzoni, mais l'effet que pouvaient produire ces accusations était presque détruit par ce qu'on savait de sa douceur, de sa courtoisie, de sa charité. C'est à peine si, à la suite de ces manœuvres et de ces rumeurs souvent contradictoires, un léger voile était venu couvrir la réputation du cardinal ; et, du mystère de sa vie, il lui demeurait comme une ombre attirante. Le livre, au contraire, allait partout illuminer cette existence secrète et permettre au plus vil barcariol d'insulter le légat.

Cependant, au palais Benzoni, tout paraissait calme et l'on n'avait pas l'air de s'inquiéter de cette sanglante satire qui effrayait toute la ville. Le cardinal venait de réunir à dîner plusieurs peintres que Fasol avait formés, et il s'était montré, pour ses hôtes, débordant de verve et de joie. Le soir même, il donnait encore une grande fête à laquelle étaient conviés le Doge et les plus hauts gentilshommes de Venise. La foule se demandait si les ordres de Rome n'étaient pas arrivés ou si l'audace du cardinal imposait à la justice.

J'allai rôder, le soir, aux abords du Palais ; je vis, du côté du Canal, allumer les lanternes de la grande porte et les domestiques effeuiller des roses sur les marches de l'escalier. La salle des Triomphes d'Alexandre déjà resplendissait de lumière, et les gondoles se suivaient, amenant les invités dont étincelaient les riches costumes sous les manteaux sombres. Je reconnus Messeigneurs Gradenigo, Pellicuoli et plusieurs autres gentilshommes.

Je rentrai chez Morosina et je me couchai, très anxieuse, craignant que ma vengeance ne retombât sur Guido. Je commençais à m'assoupir, lorsqu'on entra dans ma chambre. Découvrant la lampe qui veillait près de moi, j'aperçus Michele des Étoiles, dont la face respirait une atroce volupté.

— Oh ! dis-je, en me couvrant le visage de mes mains, vous me faites peur.

— Rassurez-vous, me répliqua-t-il, c'est pour vous que j'ai travaillé. Je viens d'assister à la représentation d'une pièce que j'ai composée, dont je n'ai pas eu besoin d'apprendre les rôles aux acteurs.

Il me dit qu'il arrivait de la fête et me raconta ce qui s'y était passé.

Après avoir reçu les invités, au milieu du concert et dans le bourdonnement des causeries, l'abbé Coccone, avec le regard sombre et la lèvre tirée des mauvais jours, traversa la grande salle et, abordant le cardinal, lui parla quelque temps à voix basse. Il l'entraîna ensuite dans une chambre éloignée, où Michele, qui voulait savourer sa vengeance, réussit à les suivre. D'un cabinet voisin, il put assister à leur entretien.

— Monseigneur, dit l'abbé, je viens de recevoir un message de Rome : vous n'avez nulle grâce à espérer. Je ne vois plus qu'une solution à cette affaire.

— Et quelle est cette solution ? demanda Benzoni.

— Votre mort.

Le cardinal, qui conservait son sourire, devint pâle. Pourtant il domina promptement son émotion.

— Comme vous allez vite en besogne, mon cher abbé, reprit-il. Quoi ! parce qu'un drôle s'est permis de me reprocher tous les forfaits du monde, je n'ai plus qu'à prendre congé de l'existence ? Vraiment ! j'ai gagné des batailles plus désespérées.

— Vous vous croyez toujours au temps du pape Léon, monseigneur ! Mais imaginez-vous donc que Sa Sainteté actuelle n'a aucun esprit, que c'est même, entre nous (et l'abbé regarda tout autour de lui), une vieille bête. Elle ne doit être préoccupée en ce moment que de faire justice, sans s'occuper du déshonneur dont votre mise en accusation va couvrir toute l'Église. Le pape Léon se serait contenté d'un sévère avertissement, d'un rappel, peut-être, mais Sa Sainteté va vous jeter en prison.

— Qu'on me jette en prison ! J'en sortirai ! Je saurai me défendre ! On verra si, sur la dénonciation d'un misérable, on arrête un homme comme moi ! Je nierai tout.

— Et comment vous justifierez-vous du meurtre du petit batelier ?

— Il n'y a pas de preuves.

— Et de la mort du comte Marzio ?

— C'était pour le bien de l'Église.

— Et de la tentative d'assassinat sur Francesca et son enfant ?

— C'est si vieux ! et puis on ne peut m'accuser d'un crime qui n'a pas été commis.

— Et de l'empoisonnement des deux comédiennes ? La femme n'est point morte, à laquelle vous avez donné le poison. La torture, ou seulement un peu d'argent la fera parler.

— Il serait si facile de l'en empêcher.

— Non, monseigneur, ce ne serait pas si facile que vous le croyez, et puis cela ne servirait à rien : vous avez beau vous en défendre, il y a trop de personnes qui furent témoins de vos crimes pour que vous puissiez prévenir leur déposition.

— Si ma cause est perdue, je puis me sauver.

— Avez-vous de l'argent ?

Benzoni eut un léger frisson.

— Mais c'est vous qui l'avez, mon argent !

— Il reste juste quatre-vingt-dix ducats dans votre cassette. Cette somme vous suffit-elle pour entreprendre un voyage ?

— J'ai des dépôts dans les banques.

— Vous n'avez pas l'espoir de recouvrer aussitôt l'argent que vous ont emprunté le mois dernier l'armateur Rizzo et les Pellicuoli ?

— Il est assez d'usuriers à Venise pour me prêter sur mes domaines de Toscane.

— Vous en auriez trouvé mille, il y a quinze jours, vous n'en découvririez pas un aujourd'hui.

Le cardinal avait perdu son calme ordinaire, et ce fut avec une angoisse dans le regard et d'une voix sifflante qu'il dit à Coccone :

— Mais vous, seigneur abbé, votre cassette n'est point vide, je suppose ?

Coccone ne se troubla point et répondit doucement :

— Grâce à Dieu ; monseigneur, ma cassette est loin d'être vide, mais si j'ai couru des risques considérables depuis que je suis avec vous, ce n'était point pour vous abandonner une fortune qui m'a coûté tant de peine à ramasser, hélas !

Il n'achevait pas, que Benzoni l'avait saisi à la gorge et la lui serrait à l'étrangler, en disant :

— Vous allez me donner la clef de votre cassette, vous allez me la donner tout de suite, vous entendez ! ou je vous tue !

— Oui ! oui ! oui ! j'y consens, fit Coccone.

Mais une fois que le cardinal l'eut lâché, il rajusta son camail, releva sa ceinture sur son ventre effacé, puis tranquillement :

— Je ne vous la donne pas.

Et comme le cardinal le menaçait de nouvelles violences :

— Restez tranquille, continua-t-il, ou j'appelle au secours. J'ai encore de la force dans la voix et l'on m'entendra.

Il ajouta sur un ton de confidence :

— Vous êtes un homme trop intelligent, monseigneur ; pour ne pas me comprendre. Ma perte ou ma ruine vous serait inutile. Je sais, il est vrai, que vous seriez heureux de ne point partir seul pour l'autre monde, mais ma courtoisie, si grande qu'elle soit, se refuse à vous y accompagner.

Le cardinal ne répondit rien ; il allait et venait dans la chambre, tandis que la voix des chanteurs, réunis dans la salle d'Alexandre, leur arrivait en phrases voluptueuses.

L'abbé Coccone poursuivait son discours :

— Vous êtes forcé de quitter ce pays et d'aller demeurer loin de Venise, de Rome, de Florance, – loin de tous les lieux où vous aimez vivre. Croyez-vous que cette existence à l'étranger, sans luxe, sans autorité, au milieu des barbares, ne vous paraîtra pas bientôt intolérable ? Vous exécuterez alors, lâchement et sans bénéfice pour personne, ce qu'il serait beau de faire aujourd'hui, par égard pour votre mémoire et pour l'Église dont vous êtes le représentant.

— Ah ! faisait Benzoni, quitter mon cher enfant Guido ! et ce palais, ces fresques, cette statue d'Antinoüs, la Leda, toutes ces choses charmantes et divines qui ont enchanté mon âme si longtemps ! ah ! je n'en ai pas la force.

— En vérité ! s'écria Coccone impatienté, je ne vous comprends pas de manquer ainsi de courage : je ne pensais pas vous trouver une âme si pusillanime.

— Seigneur abbé, je voudrais vous voir à ma place ; vous sauriez s'il est facile d'abandonner l'existence.

— Moi, moi, ce n'est pas la même chose.

— En effet, vous ne tenez à rien en ce monde.

— Je ne dis pas cela ! Seulement je suis un chrétien, et notre sainte religion nous défend d'attenter à notre propre vie ; mais vous, un admirateur des Romains et de leur morale, vous m'étonnez de reculer ainsi devant la mort : votre conduite ne s'accorde pas avec vos principes.

Cependant, le cardinal, sans prononcer un mot, était sorti de la pièce et se dirigeait vers la chambre de Guido. L'abbé Coccone le suivait comme un bourreau qui ne veut point manquer sa victime.

Benzoni demeura quelques instants immobile devant le lit de Guido, à regarder dormir le pauvre blessé, puis tombant à genoux :

— Doux ami, dit-il, tu m'as donné les plus belles joies de mon existence.

Il passa ses mains tremblantes sur les cheveux de Guido et l'étreignit longuement sans qu'il se réveillât.

— Adieu ! adieu ! fit-il d'une voix que les sanglots étouffaient.

Il se releva, marcha d'un pas ferme jusqu'à sa chambre, prit un flacon de liqueur, puis, s'étendant sur son lit, remplit une coupe et la vida d'un trait.

— Vous êtes heureux à présent, dit-il à Coccone qui demeurait immobile devant lui.

Et il rendit le dernier souffle.

Quand l'abbé eut constaté qu'il était bien mort :

— Je viens de sauver l'honneur de la chrétienté tout entière, marmotta-t-il.

Il se dirigea vers la salle de fête, où il annonça que Monseigneur, par suite d'une légère indisposition, avait dû se retirer dans ses appartements. Il présida lui-même au départ des invités, qui sortaient du palais sans dissimuler leur étonnement, les uns croyant à la fuite, les autres, à l'arrestation du cardinal.

Dès que Michele eut terminé son récit, je sautai de mon lit.

— Il n'y a pas un instant à perdre, lui dis-je, il faut sauver Guido de cette maison maudite. On ne sait pas le danger qu'il peut y courir. N'as-tu pas eu la sottise de parler de lui dans ta satire !

Michele demeurait confus et pareil à un esclave qu'aurait grondé son maître.

— Allons ! repris-je, viens avec moi, et dépêche-toi !

Nous allâmes réveiller Morosina. Elle fit, à la lumière, une grimace qui sillonna de plis son visage, puis, étendant les bras pour repousser ma lampe dont la lueur l'éblouissait :

— Ma chère enfant, fit-elle, soyez plus attentionnée une autre fois : vous troublez mes songes.

— Ah ! par exemple ! m'écriai-je, voilà qui m'est égal ! Ce que je les ai dans le cul vos songes !

— Oh ! oh ! continuait-elle, monsieur Michele des Étoiles est là, lui aussi. De grâce, messer, ne me regardez pas. Ce n'est pas l'heure pour visiter les dames : je n'ai pas mon fard.

— Il ne s'agit pas de vous farder, mais plutôt de vous lever de suite, d'aller chercher le jardinier et son fils pour qu'ils viennent avec nous au palais Benzoni, tandis que vous préparerez avec les servantes la chambre de Guido.

Mes paroles l'avaient tout à fait réveillée. Devenue docile à ma voix, elle se disposait à se lever. Lorsque nous entendîmes le lit craquer sous son corps et vîmes son gros ventre remuer sous les draps, nous partîmes, la laissant à sa toilette. Tout en s'habillant, elle murmurait :

— Si elle amène ici son Guido, sûrement la fin du monde est bien proche !

Je partis avec Michele et les deux jardiniers. Le palais était fermé, mais heureusement je retrouvai, dissimulée sous une fenêtre en trompe l'œil, la porte secrète par où Guido m'avait fait sortir lors de notre entrevue. Elle demeurait ouverte toutes les nuits, afin de favoriser les amours du cardinal. Ainsi nous parvînmes sans encombre à la chambre du pauvre blessé. Il reposait doucement sur son lit, et une faible plainte s'échappait de sa bouche :

— Ah ! mon Guido adoré ! le voilà ! il est là ! je l'ai enfin ! m'écriai-je.

Comme nous entrions, j'entendis un petit trot de souris et j'aperçus, par la tenture soulevée, l'abbé Coccone qui sortait avec précaution de la chambre du cardinal, portant une brassée de papiers. Il était si préoccupé qu'il ne nous vit point.

Nous enveloppâmes Guido de nos manteaux et nous le descendîmes dans la gondole. Il se réveilla, nous regarda d'un œil fixe et terrifié.

Je m'approchai de lui pour le rassurer.

— Nous te sauvons, dis-je en lui mettant un baiser sur le front.

Alors, tout frissonnant, il ramena jusqu'à son visage l'un des manteaux dont nous l'avions couvert et, avec la résignation tranquille des malades, il s'assoupit de nouveau.

Au souvenir de son ami, Nichina essuya une larme furtive et demeura quelques instants silencieuse ; elle allait continuer quand la porte s'ouvrit avec violence devant Arrivabene. La grosse tête du moine, aux longues et larges oreilles, éclairée par la lanterne qu'il tenait à la main, ressemblait à un pot rougi au feu où cuisaient deux yeux bleus pointillés d'or, à la fois féroces et lamentables. Il déposa la lanterne, essuya son front dégouttant de sueur, secoua sa robe mouillée, puis, levant le poing, frappant du pied, il lança un blasphème. Les visages se tournèrent aussitôt vers lui. Flatté de l'attention qu'on lui portait, il daigna se radoucir un peu. Il tint cependant à témoigner son indignation.

— Eh bien ! s'écria-t-il, vous pouvez dire, Nichina, qu'il s'en passe, dans votre maison, des horreurs ! Ah ! vous recevez du joli monde !

— De qui parlez-vous ?

— Je parle de ce derrière mal torché de Polissena. On ne tient pas de voleuses chez soi quand on se respecte.

— On vous a volé ?

— Je vous crois qu'on m'a volé. Dix scudi ! C'est une somme pour un pauvre moine comme moi !

— Mais comment cela vous est-il arrivé ? Vous dormiez donc ?

— Pas du tout. Je suppose que vous alliez chez votre boucher…

— Je n'y vais point : j'y envoie maman.

— Eh bien, si votre maman va demander du gigot de mouton, qu'elle le paie, et qu'on lui fasse porter, au lieu du morceau délicat qu'elle a choisi, une vieille viande coriace, ne sera-ce pas du vol ? Moi, j'ai donné dix scudi pour prendre les lèvres de cette petite morveuse de Polissena. Entre nous, c'était dix fois trop cher. Mais on ne commande pas toujours à son désir. Seulement c'était Polissena que je voulais et non pas sa nourrice. Cette guenuche me promène, à travers le jardin, sous une pluie battante, et, une fois que je suis bien trempé, elle me fait rentrer par les communs, sous prétexte qu'on ne doit point nous apercevoir et qu'il ne faut pas la compromettre ! Je monte, derrière elle, l'escalier à tâtons, j'arrive dans sa chambre, je me couche et, au moment où je pense la tenir dans mes bras, je rencontre, sous mes caresses, je ne sais trop quoi, quelque chose d'humide et de profond comme une cressonnière.

Toutes ces dames, qui avaient écouté le frère avec un intérêt extrême, n'eurent pas assez de blâmes pour flétrir la conduite de Polissena. La Petanera se chargea de porter à Arrivabene les condoléances de l'assemblée.

— Que le bon Dieu me damne, dit-elle, si j'ai trop d'estime pour ces gueux d'hommes ! Depuis mes dents de sagesse, je ne me suis jamais fait scrupule de les traiter comme des animaux et de les renvoyer de chez moi les poches vides, mais enfin j'ai de l'honneur, je suis loyale et, si un homme me paie bien, je ne lui conteste jamais ses droits sur ma personne. Polissena manque totalement d'honnêteté ; c'est même, pour dire le mot cru, une coquine. Elle déshonore notre profession, et si jamais elle vient se frotter à moi, je lui tourne le dos. Est-ce que j'exagère, mesdames ?

Il n'y eut qu'une voix pour lui répondre.

— Non, certainement, firent toutes les amies de Nichina en chœur.

Les vieilles, levant les yeux au ciel, se présentèrent la paume de la main en signe de commisération et d'étonnement ; les jeunes se regardaient en secouant la tête et se disaient l'une à l'autre « Crois-tu ! » comme s'il était impossible de croire à tant de scélératesse. Arrivabene répétait toujours que c'était abominable.

— En faites-vous du barouffle ! s'écria soudain une voix qui ressemblait à un aboiement sourd. Ne s'imaginerait-on pas, à vous entendre, qu'on vous a scié les parties !

Je levai les yeux, et j'aperçus Madame Petanera mère, qui surgissait en chemise, dans un état que seules excusaient les ardeurs de la saison. Le corps de la pauvre femme s'était jadis si bravement dépensé de toutes manières qu'en le voyant, au naturel, on ne pouvait pas même parler des beaux restes qui ne s'y trouvaient plus depuis longtemps. Sa chair, à force d'être battue et façonnée à la guise de ses amants, était devenue comme une masse informe et gélatineuse. Pourtant il y avait de la langueur dans son regard et ses lèvres s'entrouvraient dans un sourire de voluptueux regret.

Arrivabene eut une longue stupeur en l'apercevant, puis il lui saisit le bras d'un geste furieux.

— Ah ! c'est vous qui vous êtes couchée avec moi ? dit-il.

Madame Petanera le regardait avec un diabolique sourire.

— Mais puisque tu as eu l'illusion, que te faut-il de plus ?

— Je l'ai quelque part votre illusion. Vous allez commencer par me rendre mes dix scudi !

Le visage de la vieille dame exprima tant d'étonnement que nous vîmes bien qu'elle n'était point complice de Polissena.

— Je n'ai point reçu de scudi, fit-elle. Je somnolais doucement, quand tu es entré dans mon lit : je t'ai reconnu à ta voix. J'ai pensé que tu étais dans les vignes du Seigneur et j'ai souhaité que le bon Dieu ne t'en fît point sortir. Ah ! tu m'as procuré une grande jouissance. Tiens ! Arrivabene, je te gardais une dent à cause de ton père, eh bien ! je te pardonne pour ta belle conduite de tout à l'heure.

— Oh ! maman ! à ton âge !

— À votre âge ! reprit Arrivabene.

Les assistants se crurent obligés, pour l'honneur, de paraître graves et de froncer le sourcil, mais Madame Petanera mère releva fièrement la tête.

— Je vous conseille de vous montrer si dégoûtés, quand j'ai reçu un podestat dans mon lit !

— Il y a combien d'années ? demanda le frère.

— Mais il n'y a pas si longtemps. Tu t'en souviens, ma fille : c'était à l'époque de ta première communion.

— Enfin, j'exige mes dix scudi, répétait Arrivabene en frappant du pied.

Tout le monde commençait à s'impatienter de cette réclamation qui revenait dans la causerie, à chaque instant, comme un refrain.

— Tiens ! les voilà, dit Nichina.

Elle fouilla dans son escarcelle, et tendit l'argent à Arrivabene.

Le moine mit les pièces dans le creux de sa main et les considéra d'un air piteux.

— Que te faut-il encore ? demanda Nichina.

— Je songe, répondit Arrivabene, que j'avais déjà cet argent avant de venir et que j'espérais en recevoir ici le double.

— Tu n'es jamais content. Puisque l'argent n'est pas pour toi, cela devrait t'être égal de rapporter au couvent une grosse ou une petite somme ?

— Pardon ! je quête pour ma famille d'abord, pour le monastère, ensuite. J'ai mes charges personnelles et mes pauvres. Tel que vous me voyez, je suis père de onze enfants.

— Seigneur Jésus !

— Cela vous étonne ! Mais j'en fais encore maintenant, croyez-le bien. Seulement, je ne m'occupe pas de ceux que j'ai eus après mon entrée dans les ordres ; et, parce que ce sont des enfants du péché, je ne les reconnais pas. Mais, en revanche, comme les aînés sont heureux ! Ils bénéficient de toute l'affection que je n'ai point pour leurs plus jeunes frères. Pauvres petits ! j'aimerais mieux me passer de vin quarante-huit heures que de les voir manquer de rien. Je les éduque, je les corrige, je veille sur leurs mères.

— Mais Arrivabene, pourquoi t'es-tu fait moine, si tu possèdes une si grande progéniture ?

— Parce que, si je n'étais moine, je serais pendu : il y a, dans le monde, des tentations si pressantes que le juste lui-même ne peut avoir la certitude d'y toujours échapper. Le froc me conserve honnête homme. Et il vaut encore mieux que mes fils aient leur père dans un couvent qu'au bout d'une corde.

Arrivabene se permit encore d'autres réflexions, mais je ne les entendis point ; je m'étais tourné vers Nichina qui n'avait point abandonné son histoire.

Je fus bien heureuse, dit-elle, quand le médecin, après avoir examiné Guido, me dit qu'il espérait une prompte guérison. Mais il souffrait toujours beaucoup. Durant la bataille, son cheval s'était renversé sur lui ; et, outre les blessures de la jambe et le coup de lance qu'il avait reçu dans le côté, sa bouche était presque écrasée. Il avait peine à articuler quelques paroles et j'éprouvais de grandes difficultés à lui faire prendre un peu de nourriture. Il s'abandonnait doucement à mes soins. Je ne quittais plus son chevet ; si, un moment, je sortais de la chambre, la comtesse, à laquelle j'avais inspiré ma tendresse et ma sollicitude pour mon ami, venait prendre ma place.

Tout en le soignant, j'avais, par Michele, des nouvelles de la ville. L'abbé Coccone, s'entendant avec le médecin du palais, avait fait croire à la mort subite de Benzoni. Il y eut à Venise des cérémonies funèbres d'une pompe inouïe. Cinquante chevaux, aux caparaçons d'argent, traînèrent le char par le Rialto et la Mercerie, tendus de noir, jusqu'à Saint-Marc, dont les coupoles, en signe de deuil, portaient des voiles immenses, et où le Patriarche, en présence du Doge, du clergé, du gouvernement et de tout le peuple qui put entrer dans l'église, donna l'absoute après avoir parlé longuement des vertus éminentes du défunt. Le cercueil, pour lequel on avait dépouillé dix jardins, paraissait une fleur monstrueuse et, sous le soleil, riait de tous les clairs pétales de ses couronnes à la joie environnante des êtres et des choses. Il semblait que la Nature eût craint d'attrister ces funérailles tant elles se firent avec élégance ; ce fut comme la dernière fête du cardinal. On transporta sa dépouille à Florence, où la Seigneurie, d'accord avec la famille, appela de Milan le fameux sculpteur Claudio de Rivolta, pour lui ériger un tombeau qui perpétuât son souvenir parmi les hommes.

Le jour des obsèques, une femme en deuil vint chez Morosina et me demanda. J'allai la trouver et la saluai comme une étrangère d'un signe de tête indifférent, mais quand elle leva son voile, je reconnus maman. Hélas ! quelques années avaient suffi pour transformer son visage et lui donner l'air d'une vieille femme. Je l'embrassai avec une grande joie et m'assis auprès d'elle. Je remarquai alors ses yeux rouges, ses paupières gonflées. Une petite larme avait glissé le long de sa joue, et une autre s'était arrêtée comme une perle sur l'aile de son nez.

— Maman, dis-je, il me semble que, depuis si longtemps que vous ne m'avez vue, vous devriez montrer plus de joie et oublier vos chagrins. Je vous cause donc de la peine ?

— Ah ! Nina, fit-elle, ce n'est pas sur toi que je pleure, c'est sur ton père.

— Quoi ! m'écriai-je toute troublée, Lucio Ferro est mort ?

— Pas celui-là, répliqua-t-elle, l'autre !

Et elle m'apprit que le cardinal l'avait aimée autrefois et que c'était de leurs amours que j'étais née.

— Comment ! fis-je, cet homme était mon père ? mais il avait donc tous les vices !

— Tu te rappelles bien, me dit-elle, ces bandits qui vinrent un jour, dans le village où je t'élevais, t'arracher de mes bras : c'est ce misérable qui les avait envoyés. Il voulait te faire disparaître, de crainte qu'on ne découvrît le secret de ta naissance et que Sa

Sainteté ne s'inquiétât des mauvaises mœurs de son légat. Je leur donnai des fiasques de vin, de l'argent : je les amusai ; je les étourdis ; et, tandis qu'ils étaient occupés à boire, je me sauvai avec toi. Voilà ce que je ne t'avais jamais raconté ma fille, et ce que je te révèle, aujourd'hui que ce scélérat n'est plus !

— Ah ! maman, fis-je, vous eussiez bien dû garder cela pour vous.

— Ce secret m'étouffait, Nina, j'avais besoin de le confier à quelqu'un.

— Et après tout ce que ce mécréant vous a fait, vous avez encore le courage de le pleurer ! Ma pauvre maman ! soyez persuadée que si vous étiez morte à sa place, il ne verserait point tant de larmes.

— Je le sais bien, ma fille, mais j'aime mieux répandre des pleurs sur son souvenir que d'être dans une bière à recevoir les siens. Cela soulage, je t'assure. Mais je m'étonne, Nina, que tu n'aies pas l'air de t'émouvoir de mes paroles.

— Que voulez-vous ? j'ai détesté le cardinal pendant qu'il vivait ; maintenant qu'il est mort, je ne pense plus à lui. Ce que vous m'avez appris m'a donné, sur l'instant, un grand coup au cœur, mais un seul ; à présent, je suis tranquille.

— Ah ! Nina, dit ma mère en me considérant avec admiration, tu en as, toi, une âme forte : tu serais capable de faire une cantinière !

Comme nous devisions, Lucio Ferro entra dans la chambre.

— Tiens ! papa ! m'écriai-je.

Et je courus vers lui pour l'embrasser, mais il me repoussa et marcha droit vers ma mère. Il leva le bras sur elle.

— Ventre de putain ! fit-il, c'est ainsi que tu m'as trompé ! N'essaie pas de mentir : j'étais derrière la porte pendant que tu parlais à Nichina ; j'ai tout entendu.

Maman arrêta sur lui ses pauvres yeux implorateurs qui éclairaient une face osseuse, jaune et ridée. Elle était tombée à genoux, et son petit corps, tout amaigri, semblait n'avoir plus qu'un souffle d'existence. Alors Lucio Ferro songea que sa jalousie venait un peu en retard. Il se contenta de serrer les poings et, tout en appelant maman « souillure » ou « excrément », il sortit de la chambre. J'ignore si c'est la maladie ou le chagrin d'avoir été trompé qui en fut la cause, mais il mourut quelques jours après. J'ai, le jour où on l'a enterré, recueilli maman chez moi.

À cet endroit du récit, Arrivabene interrompit la conteuse.

— Nichina, dites-moi, pourquoi, durant toute votre histoire, avez-vous appelé Lucio Ferro votre père, puisqu'il ne l'était pas ?

— Je me suis toujours imaginé, je m'imagine encore qu'il l'était. Je vais chaque année porter des fleurs sur sa tombe ; et, le jour des morts, je ne puis m'empêcher de pleurer quand je pense à lui, tandis que le cardinal ne m'a jamais tiré une larme.

Arrivabene saisit tout à coup les deux mains de Nichina.

— Ne dites pas un mot, fit-il, et ne bougez plus.

Et, tandis qu'elle se demandait si le moine n'était pas fou, il se mit à lui regarder le blanc des yeux, puis à lui considérer le front, les oreilles, le menton ; enfin il l'abandonna et, se croisant les mains sur le ventre, la tête en arrière, il laissa tomber cet oracle :

— Nichina, soyez-en sûre, vous pouvez vous fier à moi, car je m'y connais. Or, je vous le déclare aujourd'hui : vous avez de la race, oui ! vous avez de la race !

— Vous me causez là un vif plaisir, dit Nichina d'un air indifférent, et elle continua de la sorte :

Dès que l'état de Guido me le permit, je dis adieu à la comtesse et je fis transporter mon ami en litière à cette campagne. La guérison, hélas ! était bien lente à venir. Chaque matin, j'épiais avec angoisse, sur son visage, le retour de la santé ; si je remarquais des couleurs plus vives, un teint plus frais, je le voyais déjà rétabli ; mais je n'étais pas longtemps à reconnaître combien mon espoir m'avait trompée. La bouche s'était guérie, mais la blessure du côté, qui ne se fermait point, la fièvre qui l'agitait sans cesse, me causaient une grande inquiétude. De même s'il parlait mieux maintenant, ce n'était que pour crier des mots sans suite, des folies absurdes ou immondes. Je passais les nuits à l'entendre délirer. Parfois il interrompait tout à coup ses discours d'insensé, se soulevait à demi, et, d'une voix étranglée, haletante, demandait à boire ; alors je lui donnais de l'eau ou du lait, et les larmes me venaient aux yeux devant sa soif de malade, le mouvement animal de ses lèvres sèches, l'air de profonde lassitude avec lequel il retombait sur le lit après avoir bu.

— Vous mangez à peine ; vous ne dormez plus, me dit le médecin, vous allez tomber malade.

— Oh ! messer, lui répliquai-je, je ne puis pas tomber malade : il faut bien que je le sauve.

Je sentais comme une force nouvelle qui soutenait ma vie, l'attachait à cette chambre d'où je ne sortais pas plus que d'une prison et que je ne désirais point quitter, heureuse d'arracher mon Guido à la mort et le disputer au mal.

Il avait des journées tranquilles où il souffrait avec une patience admirable, sans proférer une plainte ; et j'étais toute joyeuse de sa résignation, comme d'une preuve d'amour. Puis ses yeux, qui habituellement étaient aussi vagues et mobiles que ceux des tout petits enfants, se fixèrent sur moi. Quand je préparais devant lui son repas ou les breuvages qu'avait ordonnés le médecin, ils ne me quittaient pas, et ce regard, que je sentais me suivre partout me troublait comme une caresse.

Un matin que par la fenêtre ouverte entraient, avec la lumière, les claires et vives batteries du chant des oiseaux et que les prairies soulevaient jusqu'à nous sous la brise leurs odeurs fines, il m'appela près de lui et me dit de sa voix faible et voilée :

— Nichina ! oh ! je voudrais vivre ! ce serait si bon de se promener là-bas, dans les prés, sous ce soleil !

Ses yeux s'agrandissaient à l'idée de cette existence qui l'entourait et dont il se sentait séparé ainsi qu'un prisonnier. Ses sanglots éclatèrent : je devins lâche devant son émotion ; et je mêlais mes larmes aux siennes.

— Ô mon bien-aimé, m'écriai-je, ne crains rien ; le mauvais temps est passé pour toi ; nous aurons de belles journées à vivre ensemble et à être heureux, je te le promets.

— Nichina fit-il en me pressant la main, tu es bonne.

Ce fut sa première caresse, son premier mot d'amour.

J'y répondis en le couvrant de baisers. Depuis si longtemps j'attendais cette étreinte divine ! Je fus ensuite comme enlevée au ciel, un moment je ne pensai plus à sa souffrance et je n'eus plus de crainte de l'avenir.

Cependant son état ne changeait point, et, doutant de la science de mon médecin, je me décidai à le remplacer. Mais son successeur me terrifia en m'assurant que Guido était perdu, qu'il ne passerait pas l'année. C'est alors qu'avec cette ardeur de vie que rien ne désespère et qui cherche partout le salut, je me souvins de Fasol. Si l'homme me répugnait, son génie vaste, épris des formes innombrables de l'existence, m'émerveillait toujours. Ce n'était pas seulement un peintre et un poète, mais aussi un savant.

On citait plusieurs cures extraordinaires qui étaient son œuvre. Il m'avait soignée moi-même une fois que j'étais très malade et m'avait guérie presque aussitôt. Il me disait souvent que nul médecin ne connaissait comme lui le corps des hommes et les vertus des plantes. Je m'imaginai que seul il était capable de sauver Guido. Je fus longtemps à me décider, redoutant de sa part un mauvais accueil et me disant qu'après tout il n'en savait pas plus long que les médecins. Mais je me reprochai ces hésitations comme une lâcheté qui pourrait coûter la vie à Guido ; et, résolue à aller le trouver le jour même, je n'attendis même pas que mes chevaux fussent revenus de la promenade. Je partis à pied pour Venise.

Dès mon arrivée, oubliant ma fatigue et sans me préoccuper du négligé, du désordre de ma mise, je frappe à la porte de Fasol. Il vint m'ouvrir lui-même.

— Oh ! c'est toi ! va-t'en ! va-t'en ! s'écria-t-il en voulant refermer la porte. Oh ! va-t'en ! tu m'as fait trop de mal.

Mais j'étais déjà sur le seuil. Il vit ma robe salie, la pâleur de mon visage, mes yeux fiévreux et inquiets ; alors il eut pitié.

— Que t'est-il arrivé ? dis-le, Nichina, conte-moi ta peine.

Et, comme jadis, il m'attira près de lui.

— Tu vois comme tu m'as fait pleurer. Regarde mes yeux. Ils ont versé tant de larmes qu'ils ne voient plus. Je n'ai pas touché à un pinceau depuis ton départ.

Mais moi, sans l'écouter :

— Pol, dis-je, m'aimes-tu ?

— Comment peux-tu me le demander ?

— Eh bien, si tu m'aimes vraiment, tu vas me rendre un service, un grand service, et je t'aimerai.

— L'amour ne se commande point, soupira-t-il.

— Je ne te dis point que je t'aimerai comme une amoureuse, mais n'est-ce rien d'avoir de l'amitié l'un pour l'autre, de se voir, de se parler, de partager la peine et le plaisir ?

— Oh ! Nichina, ce n'est point cet amour que j'attendais de toi, car je t'aime, comme un homme simple, de tout mon corps, de toute mon âme et de toute ma jalousie.

— Tu es jaloux, c'est vrai, mais tu es généreux aussi ; voilà pourquoi je serai franche avec toi. Je te l'avoue, Pol : mon cœur est pris par un autre homme, par un homme que tu détestes, et je viens te supplier de le sauver.

Fasol se leva, éperdu de rage et de douleur.

— Il faut être femme, dit-il, pour s'imaginer de pareils supplices !

Je m'étais jetée à ses pieds ; et, le corps secoué de grands sanglots, je lui disais au milieu de mes larmes :

— Fasol, si tu m'aimes réellement, tu dois aimer, tu dois désirer mon bonheur. Or, une femme ne peut pas souffrir plus que je ne souffre. C'est à ce point que, si aujourd'hui tu me refuses, je vais mourir.

Comme il pleurait en silence :

— Fasol, si ta mère, si ton fils t'avaient fait du mal, beaucoup de mal, et qu'ils fussent en danger de mort, et qu'il n'y eût que toi seul à pouvoir les sauver, hésiterais-tu ? Alors, pourquoi n'oses-tu prendre une résolution quand il s'agit de secourir la femme que tu prétends aimer ?

Ses incertitudes cessèrent. Il s'écria :

— Enfin, qu'y a-t-il ?

Je lui dis les blessures que Guido avait reçues à la bataille, et l'aide que j'attendais de sa science.

— Mais je ne suis pas médecin, fit Fasol.

— Pol, repris-je, tu m'as raconté que tu avais guéri un de tes amis, blessé comme Guido à la guerre et dont les médecins désespéraient. Tu peux aussi guérir Guido.

Et, m'attachant à lui, l'embrassant comme si je l'eusse aimé, j'avais, pour l'émouvoir, tous les mots d'une misérable, toute l'éloquence d'une femme en pleurs.

— Fasol ! Fasol ! répétais-je, tu ne veux pas me tuer, n'est-ce pas ?

Il se leva enfin : il était décidé. Aussitôt, il donna l'ordre à un domestique de seller deux chevaux. Alors, de joie, de bonheur, m'imaginant que, puisqu'il venait, Guido allait être sauvé, je lui baisai la main, sans qu'il eût l'air d'y prêter attention.

Nous fîmes la route en silence ; je n'osais lui adresser la parole, tant il semblait vouloir s'enfermer dans son chagrin. Je sentais combien était grand ce sacrifice et qu'il le faisait malgré lui, poussé par quelque mystérieuse puissance. Cependant, je n'en étais point émue. Que m'importait sa douleur, à moi qui eusse donné le monde, ses richesses et jusqu'à ma vie pour la guérison de Guido !

En arrivant à la villa, il voulut voir mon cher blessé. Guido, qui n'était point averti de sa venue et ne savait rien de sa passion, le salua joyeusement, mais Fasol lui répondit à peine et, de suite, le pria de découvrir ses blessures. Guido se mit sur le côté, montra la plaie béante.

— Votre médecin est un niais, me dit Fasol après un minutieux examen. Il vous eût conduit dans la tombe avant peu. Mais, heureusement, rien n'est perdu. Avez-vous du courage ?

Comme Guido se montrait résolu à supporter les plus pénibles opérations, Fasol alla prendre divers instruments qu'il avait apportés avec lui et revint vers son malade. Il commença d'élargir la plaie pour la nettoyer et en faire sortir le pus. En sentant le froid de l'acier pénétrer dans sa chair, Guido ne sut se défendre de pousser un cri. Mon cœur battit alors vivement, je courus à Fasol et lui arrêtai le bras.

— Barbare ! m'écriai-je.

— Tiens-tu à ce qu'il vive ? répliqua-t-il.

Je ne répondis rien et j'allai pleurer dans une autre chambre, ne pouvant supporter de voir Guido souffrir.

Fasol montra un dévouement et une habileté admirables. Personne n'eût pensé, à le voir, qu'il soignait un rival. Comme s'il avait enfin triomphé de son amour, il ne semblait pas me garder de ressentiment. Il ne se bornait point à son rôle de médecin : il essayait aussi de faire oublier son mal au pauvre blessé en animant les conversations de toute sa verve, de toutes les apparences d'un esprit insouciant et joyeux.

La guérison s'achevait rapidement. Le visage avait repris ses couleurs ainsi que ses lignes nobles et belles. Les plaies des jambes n'existaient plus ; la blessure du côté, la plus dangereuse, se fermait. La respiration, la parole devenaient faciles, et la fièvre disparue laissait place à toutes les ardeurs de la santé. Bientôt Fasol permit à Guido de sortir et, un jour qui fut pour moi d'une ivresse infinie, mon ami descendit dans le jardin appuyé à mon bras. Nous nous promenâmes en des allées emplies des odeurs chaudes de l'été. Fasol, qui marchait devant nous, de temps à autre se retournait, et, pour la première fois depuis son arrivée à la villa, je remarquai dans son regard une expression de douleur.

Ce fut la promenade de nos fiançailles. Depuis si longtemps que nous n'avions joui de l'air, de la lumière, de toutes les grâces de la vie, avec quelles délices et dans quelle triomphale étreinte nous marchions, loin de l'infamie et de la mort ! Il était enfin touché de mon immense amour ; enfin son timide désir d'enfance se reconnaissait et s'exaltait en moi.

Au bout d'une heure, Fasol, d'un ton presque furieux, dit à Guido de rentrer ; et, de peur que mon ami ne fût fatigué, j'obéis en tremblant.

Mais, les autres fois, nous ne nous occupions point de Fasol ; il avait beau me recommander d'être plus prudente, je me moquais de ses prescriptions que, d'après moi dictait seule la jalousie. Guido me semblait si heureux, si gai ! Je ne pouvais imaginer qu'il ne fût pas complètement rétabli.

Un après-midi, que le ciel était doux, parsemé de nuages légers comme la robe des anges, je me rendis avec Guido jusqu'au fond du jardin, à l'endroit où les aiguilles des pins forment une couche si voluptueuse devant la pièce d'eau.

— Je crois avoir vu Fasol, fis-je avec terreur.

Depuis que nous sortions, Fasol me poursuivait partout. Quand je ne le voyais pas, c'était son fantôme qui m'obsédait.

— Non, me répondit Guido, mais pourquoi est-il attaché à nos pas ? As-tu remarqué l'œil méchant et envieux dont il nous regarde ? On dirait qu'il ne nous pardonne pas notre bonheur.

— Je ne sais pas, répliquai-je.

Je ne l'avais pas écouté, devenue soudain tremblante à la pensée que l'heure si longtemps désirée allait sonner pour moi. Je goûtais chaque instant qui passait, silencieuse et immobile dans ma crainte de perdre ou d'effaroucher le bonheur.

— Guido, dis-je enfin, Guido, je te l'avais promis : le beau jour est venu.

Ses lèvres s'entrouvraient, dans un délicieux sourire, à la joie prochaine ; il m'appelait de ses bras tendus de ses yeux pleins d'extase. Je l'enlaçai, et nos bouches unies échangèrent leurs âmes.

Mais nos caresses emportées ne parvenaient pas à nous confondre. Tout à coup Guido détourna le visage, repoussa mon étreinte et, d'une voix de colère, il s'écria :

— Abominable Christ ! tu m'as souillé la vie pour toujours.

Je lui fermai la bouche de mes deux mains, effrayée de ses blasphèmes.

— Ô mon bien-aimé, dis-je, n'outrage pas le Christ, cela nous porterait malheur ! C'est à lui que je dois ta guérison. Je l'ai tant prié pour toi !

— Ah ! qu'importe la guérison si je ne puis plus t'aimer ! Ce sont les prêtres du Christ qui ont voulu m'éloigner, me dégoûter de toi ! Ce sont eux dont l'infâme souvenir me tourmente à présent !

— Mon Guido, ne t'afflige pas, reprenais-je, nous devons être l'un à l'autre, je le sais, et je t'aime trop pour que tu ne puisses m'aimer.

Le pauvre enfant pleurait sous mes lèvres, les belles journées perdues et, gagnée par sa tristesse, je me demandais pourquoi nous vivions encore, si le bonheur devait à jamais nous fuir. Mais je ne voulais point désespérer. Rejetant ma robe, décidée à n'être plus que la servante de sa chair, l'esclave de son plaisir, je m'étendis toute nue sur son corps et chaque baiser, chaque caresse, qui m'eût accablée de honte autrefois, m'emplissait d'une joie infinie maintenant que mon maître était aussi mon Dieu.

Tant d'amour devait chasser enfin les obscènes fantômes qui séparaient nos âmes brûlantes et façonner nos deux corps l'un pour l'autre. Ô merveilleux instant où nous nous unîmes de toute notre passion, de toute notre jeunesse !

— Nichina, disait-il, Nichina, je veux t'appeler ma chère petite maman, parce que tu m'as rendu l'existence et que tu m'as donné une nouvelle âme.

— Mon cher petit enfant, lui répondais-je, en le serrant plus fort contre moi, ce que je t'ai donné est bien peu de chose si je le compare à l'amour immense que j'ai pour toi ; mon cher petit Guido, je voudrais que tu eusses besoin de ma vie pour t'en faire le sacrifice.

— Et moi, chère bien-aimée, que puis-je te donner qui te prouve combien je t'aime ?

— Ô Guido, donne-moi ta tristesse, donne-moi ta peine, et garde seulement la joie car, en te voyant heureux, je serai heureuse moi-même.

Son regard chargé de désir, errait sur mon corps, et ses lèvres enchantées, suivant ses yeux, m'adoraient, à chaque place, de leurs baisers.

Alors, à mon tour, posant ma bouche sur ses cicatrices :

— Vilaines blessures, leur disais-je, je vous hais parce que vous avez torturé mon Guido, mais je vous aime aussi de me l'avoir rendu.

Puis, tout en l'embrassant, je lui demandais, pour apaiser une inquiétude :

— Eh bien ! mon chéri, tu n'as plus peur du passé n'est-ce pas ?

— Je n'ai peur de rien puisque je te possède.

— Et tu ne penses plus au Christ ?

— Je ne pense qu'à toi.

Nous nous perdîmes des heures dans l'ombre de nos cheveux mêlés et l'odeur de nos lèvres.

Quand nous nous relevâmes, le soir étendait ses grands voiles sur le jardin qui nous enveloppait de sa fleurance piquante et embaumée. Et nous regardâmes dans le ciel clair les nuages brillants de lumière.

— Vois, fit Guido, ils ont l'air immobile : on dirait qu'ils sont arrêtés sur notre bonheur.

Mais soudain, devant la pièce d'eau toute rouge des flammes du couchant, se dressa une ombre noire. Elle passa lentement.

— Le voilà ! Le voilà ! chuchotai-je à l'oreille de Guido avec un grand effroi.

Je venais d'apercevoir Fasol.

Nous nous enfuîmes à la hâte, mais, comme nous allions rentrer, je me retournai et je vis, derrière nous, Fasol qui pleurait.

— Nichina, demanda Guido, pourquoi cet homme est-il ici ?

— Oh ! mon chéri ! sois sûr que je ne tiens pas à le garder.

Cependant je voulais que Fasol restât encore, car Guido avait toujours besoin de lui. Il venait le matin dans notre chambre et, s'il trouvait mon ami souffrant, lui prescrivait de rester au lit ; mais nous n'observions pas très fidèlement les ordonnances ennuyeuses, tentés que nous étions de les attribuer à sa jalousie. Il ne cherchait même pas, comme aux premiers jours, à déguiser sa tristesse et ne prononçait pas un mot en dehors de la consultation. Après cette visite, nous ne le voyions plus qu'aux repas, et c'était trop encore. Nous avions tous les deux horreur de son silence, de sa pâleur, de ses yeux rouges de larmes, de son air sombre, de sa politesse glacée.

— Puisqu'il voit que je ne l'aime pas, disais-je, pourquoi s'obstiner à m'aimer ?

Un soir arriva chez nous une femme, habillée d'une robe en loques, qui avait l'air d'une mendiante, mais dont le visage se cachait sous un voile brodé.

Elle découvrit sa figure.

— Cecca ! m'écriai-je en la reconnaissant, quelle a donc été ta conduite pour que tu tombes dans une pareille misère ?

Elle éclata en sanglots.

— Regarde, fit-elle au milieu de ses larmes, ils m'ont coupé les cheveux, et si tu voyais mon corps ! depuis les épaules jusqu'aux jambes, ce n'est qu'une plaie.

— Mais la raison de tout cela, Seigneur Jésus !

— Ah ! la raison ? je ne la sais pas. Sous prétexte que j'avais eu des relations avec un Maure, on nous a saisies, Morosina, une servante et moi, on nous a jetées en prison et…

Elle ajouta, accablée de honte :

— On nous a fouettées toutes nues par la Mercerie. Ah ! il y a du sale monde sur la terre, vois-tu !… jusqu'à un de mes anciens amants qui m'a craché à la face !

— Pauvre petite !… Et Morosina aussi a été fouettée ?

— Non, elle avait de l'argent : elle a pu échapper au supplice, elle s'est sauvée à Ferrare, mais moi, je n'avais pas un ducat dans ma bourse ; alors voilà ce qui est arrivé !

Un sanglot étrangla ses paroles.

— Mais qu'est-ce qu'ils ont donc maintenant à Venise, m'écriai-je, pour persécuter les femmes ?

— Ils ont qu'ils se laissent tous conduire par cette couille molle de Martino de Calabre, par ce frère-sans-poil, comme on l'appelle, qui ne voudrait pas qu'il y eût d'autres femmes que des nonnes sur la terre !… Oh ! je voudrais posséder seulement vingt ducats ! Oui, avec vingt ducats, j'aurais un homme pour assassiner cette canaille !

Puis elle reprit tristement :

— Ce sont mes pauvres cheveux que je regrette ! Je suis sans doute devenue bien laide, que tu n'as pas un petit baiser pour moi.

— Non, Cecca, dis-je, tu n'es pas laide (je ne voulais pas l'attrister car, avec sa tête rasée, je la trouvais affreuse) ; seulement j'ai donné mon âme ; ne me parle donc plus d'amour ; c'est avec plaisir que je te reçois chez moi, mais à cette condition.

Cecca versa de nouvelles larmes, mais je ne m'en préoccupai pas, et, pour lui bien montrer que tout était fini entre nous, comme Guido s'approchait, je courus à lui et l'embrassai devant elle.

L'heure du souper étant venue, nous nous mîmes à table sur la terrasse. Le parfum des fruits, des sauces et des aromates, les belles couleurs des vins, la certitude d'avoir, ce soir-là, un abri, rendirent à Cecca de la gaieté, lui firent oublier sa honte et son malheur. Avec cette impardonnable étourderie qui lui était coutumière, elle ne craignit pas de nous rappeler, à Fasol et à moi, nos aventures galantes.

— Eh bien ! seigneur Fasol, vous devez m'en vouloir…

Heureusement elle comprit le coup d'œil que je lui lançai, et, comme Fasol gardait le silence, elle se tourna vers mon ami, remplit une coupe en son honneur…

— À la santé du seigneur Guido, fit-elle.

Elle but d'un trait.

J'allais la remercier de sa courtoisie, quand je la vis pâlir, jeter la coupe qu'elle tenait encore, porter la main à son cœur et enfin tomber lourdement sous la table.

Guido et moi, épouvantés, nous courûmes à elle, et nous essayâmes de la relever : mais elle retombait inerte : elle ne respirait plus.

— Fasol, criai-je, venez donc ! que faites-vous !

Fasol demeurait immobile : ses dents claquaient ; il tremblait de tous ses membres.

— Qu'avez-vous, Fasol, qu'avez-vous ? répondez !

— C'est trop atroce, fit-il, c'est trop atroce !

Et, prenant la fiasque qui se trouvant devant Guido, il se versa une coupe pleine, qu'il approcha de ses lèvres. Je remarquai son mouvement et lui arrêtai le bras.

— Misérable ! dis-je en lui arrachant la coupe et en la lançant avec la fiasque dans le jardin.

— Assassin ! s'écria Guido en lui sautait à la gorge.

— Vous, dit Fasol, qui parvint à se dégager, vous n'avez pas à m'accuser : je vous ai sauvé la vie, j'ai bien le droit de la reprendre.

— C'est toi que nous allons tuer ! m'écriai-je et je saisis un poignard.

— Tuez-moi, répétait-il, tuez-moi, vous m'avez assez fait souffrir pour que je ne tienne plus à l'existence.

Mais me ravisant :

— Nous n'avons pas besoin de ta mort. Jure-moi seulement que tu n'as pas essayé, autrement que par cette fiasque, de nous faire mourir.

Il répondit d'une voix sourde :

— J'ai été meurtrier une fois : c'est assez.

— Alors, va-t'en, misérable ! repris-je, sors d'ici au plus vite, que je ne te revoie jamais !

Il était à mes pieds ; il essayait de me prendre la main.

— Oh ! pardonne-moi, disait-il, si tu connaissais la torture que tu m'as infligée, tu aurais pitié de moi !

— Avoir pitié de toi ! meurtrier ! avoir pitié de toi, mais n'est-ce pas déjà se montrer bien miséricordieux que de ne pas te livrer à la justice ?

Il partit en sanglotant. Lorsqu'il passa devant le cadavre de Cecca, il s'agenouilla.

— Pauvre enfant, fit-il, qui est venue te mêler à nos douloureuses passions !

Ce fut un soir abominable, un soir maudit où il me semble que Dieu s'est vengé en quelques moments de tout le bonheur que nous avions goûté sans lui. À peine Fasol était-il parti, à peine, aidée de deux servantes dévouées, avais-je déposé le corps de Cecca sur un lit, en attendant de l'ensevelir, que Guido chancela, eut un faible cri.

— Nichina ! appela-t-il.

Et il s'affaissa.

J'eus l'impression qu'on me jetait dans la mer. Je me précipitai vers mon bien-aimé et lui saisis la main. Je pense qu'il a vu mon angoisse ; oh ! oui, car ses yeux, au dernier instant, m'ont dit adieu, avec tant d'amour, avec tant de regret ! mais aussitôt j'ai senti l'effroyable rapidité de la mort qui venait obscurcir son cher regard : on n'avait pas eu le temps de le porter dans sa chambre qu'il n'était plus.

D'abord je ne voulus pas croire qu'il m'avait abandonnée. La vie, jusque-là, m'avait inspiré trop d'espoir pour que je fusse capable de concevoir un tel malheur. Je le caressais, je le baisais, je l'appelais des noms les plus doux. Je priais Dieu, la Vierge et les Saints de me le conserver. Et je me couchais sur son corps, baisant ses lèvres glacées, essayant de toute la chaleur de mon haleine, de toute l'ardeur de ma passion, de lui rendre la vie, espérant un miracle, n'imaginant point que cette chère œuvre de beauté pût être ainsi détruite. Hélas, mon bien-aimé Guido, l'homme pour qui j'avais tout fait et tout souffert, était devenu un pauvre mort.

Quand mon esprit eut accepté l'odieuse vérité, ma douleur fut infinie. Si alors je ne me suis pas tuée de désespoir, c'est que le désir de venger Guido soutint mon existence. Après avoir pleuré toutes les larmes de mes yeux, mon chagrin se changea en une immense colère, en une soif terrible de représailles. Je ne doutais pas que Fasol eût empoisonné mon ami.

— Exécrable traître ! disais-je, je veux que l'on t'écorche tout vivant ! je veux que l'on t'écartèle ! je veux que l'on t'arrache la langue ! Ou, plutôt que l'on t'enferme dans une geôle où tu te lamentes des années au milieu des plus lents et des plus affreux supplices !

Et courant à mon bien-aimé qui reposait sur son lit entre quatre flambeaux de cire :

— Oh ! Guido, m'écriais-je, je lui ferai expier son meurtre ! oui ! je te le jure !

J'écrivis le lendemain au Conseil des Dix, dénonçant Fasol comme assassin.

Déjà une réaction violente s'opérait contre son œuvre et ses idées. Le frère Martino de Calabre l'accusait volontiers, du haut de la chaire, de corrompre les jeunes gens par ses œuvres sensuelles, et lui reprochait d'avoir peint, jusque sur les murs des églises, les plus éhontées courtisanes. Sa vie était un scandale pour la République. Est-ce qu'on ne prétendait pas l'avoir vu naguère se promener, en pleine Mercerie, escorté de toutes les femmes qu'il avait représentées dans ses Bains de Diane, créatures de mœurs inavouables et dont ce sultan avait composé son sérail ? Seule l'impunité dont il jouissait était un crime, et Venise ne pouvait pas se déshonorer plus longtemps. Les sermons de Martino trouvaient un écho jusque chez les élèves du peintre qui ne pardonnaient point à leur maître sa gloire persistante ; et, soit par austérité, soit par intérêt, tous n'attendaient qu'un prétexte pour se lever en masse contre lui. Ma dénonciation devait donc être très bien accueillie.

Cependant j'avais fait appeler un médecin auquel je racontai les empoisonnements. Comme il voulait examiner le corps de Cecca, j'entrai avec lui dans la chambre mortuaire. Je fus saisie d'horreur : le cadavre était devenu noir comme de la suie et répandait une odeur insupportable. Je me couvrais la face et sortis en toute hâte ; puis, nous allâmes ensemble voir mon bien-aimé. Le médecin, avec des mains brutales, comme s'il ne sentait pas quelle âme tendre et passionnée avait frémi sous cette chair, dénoua la chemise, rejeta le drap, dévoila le corps. Il n'était que raidi, gardait quelque chose des grâces de l'existence, et l'ombre, qui emplissait les orbites, qui cernait la bouche, conservait au visage une grave, une majestueuse beauté.

— Votre ami n'a pas été empoisonné, dit le médecin.

Au même instant, on m'apporta une lettre où Fasol m'annonçait son arrestation et me suppliait de ne pas le croire coupable.

« Nichina, écrivait-il, je suis innocent de la mort de Guido. C'est ton amour, ce sont tes imprudences qui l'ont tué. Ne m'accuse pas d'un crime que je n'ai pas commis. Tu me frappes, et moi je ne puis m'empêcher de t'aimer ».

Cette lettre m'atterra.

En pensant que j'avais causé la mort de mon ami, ma douleur s'aviva encore et je remplis la maison de mes gémissements. Je m'en allais de chambre en chambre, heurtant la tête contre la muraille, me plaisant à me faire du mal voulant et toutefois n'osant pas en finir avec l'existence.

Il fallut me résigner à l'ensevelir, et ce fut un moment atroce quand je vis le cercueil entrer dans sa chambre. Je restais agenouillée devant ce lit où Guido avait souffert, où nous nous étions aimés ; je songeais à tant de journées de peine, d'espoir et de joie, et il me semblait qu'avec sa pauvre dépouille, c'était ma vie qu'on allait emporter.

J'allai chercher toutes les roses des rosiers qui se trouvaient au fond du jardin, à l'endroit où nous nous étions embrassés le premier jour et j'en remplis le cercueil. Mais, comme je baisais mon bien-aimé une dernière fois, ne pouvant me décider à l'abandonner à la terre, j'entendis un grand bruit dans la maison et le bargello entra, en même temps que plusieurs hommes de police.

— Que voulez-vous ? demandai-je.

— Nous venons chercher le corps.

Il me montrait l'ordre du Conseil des Dix qui réclamait le cadavre de Guido pour le faire examiner.

— D'abord il n'a pas été empoisonné, repris-je, et puis, qu'il l'ait été ou non, ça ne vous regarde pas, c'est mon affaire ! Vous n'avez pas besoin de lui. Mon Guido est à moi, à moi ! entendez-vous ? Ah ! vous venez chercher mon bien-aimé, et vous vous imaginez que je vais vous le livrer comme cela, l'abandonner à vos outrages !

— Certainement, répliqua le bargello, c'est l'ordre.

— Tiens ! voici le cas que j'en fais de ton ordre !

Et, le lui arrachant des mains, je m'en essuyai le derrière.

— Qu'on arrête cette femme ! commanda-t-il.

Mais moi, me couchant sur le corps de Guido :

— Venez donc nous prendre ! m'écriai-je.

Il y eut un combat entre les hommes qui avaient apporté le cercueil, mes serviteurs et les zaffi. Pour moi, je me sentis tout à coup enlevée par les jambes et les épaules et jetée brutalement par terre. Puis, j'entendis tous ces gens descendre très vite dans le jardin. La chambre était déserte et le cercueil vide. Me relevant aussitôt, je courus à la fenêtre et j'aperçus les zaffi qui arrachaient à mes domestiques le corps de Guido et le lançaient sur une civière. Je tombai évanouie.

Quand je repris connaissance, j'étais couchée sur mon lit et auprès de moi se trouvait le médecin qui dormait. Une image effrayante me poursuivait sans trêve. Je voyais Fasol tout ensanglanté, hurlant de douleur dans la chambre de torture, tandis qu'il criait et maudissait mon nom. Songeant à l'amour que Fasol avait pour moi, je me désespérais de l'avoir accusé.

— Docteur, appelai-je.

Le médecin se réveilla en sursaut.

— Docteur, dis-je, je veux partir pour Venise. Et vous direz au Conseil des Dix qu'il n'y a pas eu d'empoisonnement.

Il me crut folle.

— Ma chère enfant, dit-il, vous êtes malade. Il est nuit. Dormez, nous verrons plus tard ce qu'il faudra faire.

Le lendemain, bien que je fusse très souffrante, je partis avec le médecin qui avait consenti à m'accompagner. À peine arrivée, j'essayai en vain de savoir des nouvelles par les amis de Fasol, mais, quand ils ne l'attaquaient point franchement, ils affectaient maintenant de ne plus s'occuper de lui, ils paraissaient d'ailleurs ne rien savoir de ce qui se passait.

Nous ne pûmes obtenir aucune grâce. On refusa d'entendre notre déposition. De même qu'on refusa de nous livrer le corps de Guido, de nous dire s'il était enseveli et en quel endroit. J'appris seulement que l'accusateur de Fasol devant le Conseil des Dix s'appelait Volonta. Comme, devant un ami, j'exprimais mon intention d'aller voir cet homme :

— Il ne vous accordera rien, fit-il. Volonta est insensible aux grâces d'une femme ; il possède, il est vrai, de nombreux enfants, mais il les doit à la générosité de ses voisins.

— Mais quel homme est-ce donc ? demandai-je.

— C'est le fils d'un batelier et d'une cuisinière. Cette femme a décidé un sénateur, dont elle était la maîtresse, à le reconnaître pour son enfant, et c'est ainsi que ce misérable, qui n'a pas une goutte de sang noble dans les veines, qui n'a reçu aucune éducation, qui n'est pas vénitien, qui n'est même pas homme ! se trouve au Conseil des Dix et jouit d'une haute autorité dans la République. Tant l'ignorance et la grossièreté ont de valeur, aujourd'hui que frère Martino de Calabre appelle la populace l'élue de Dieu, et, aux derniers des êtres, assure les premiers rangs !

— Alors, vous n'espérez pas qu'il sauvera Fasol ?

— Je suis sûr, au contraire, me répondit-on, qu'il fera tout ce qu'il lui sera possible pour le perdre. Il a contre lui toute la haine du rustre pour le génie.

Le jour où devait se rendre le jugement, je me souvins du moyen qu'employa l'Anglais Craddock pour pénétrer au Conseil, et, avec quelques pièces d'or, je me fis conduire jusqu'à une petite lucarne, d'où j'assistai à la séance.

Le Doge, ses conseillers et les dix sénateurs prirent place devant une table, tandis que des gardes amenaient Fasol. Je fus étonnée du changement qui s'était produit dans toute sa personne : ses yeux semblaient s'être voilés, sa barbe et ses beaux cheveux noirs étaient devenus blancs, et cet homme vigoureux, ardent, plein de puissance et de vivacité, n'avait plus que des mouvements fatigués et lents comme s'il eût, en quelques jours, perdu toute sa force.

Volonta qui était un petit avorton pâle et fluet, sans rien de saillant dans la physionomie que des yeux encadrés de rouge, féroces et fixes comme ceux des oiseaux de proie, exposa le crime d'une voix bégayante, tantôt précipitant et tantôt traînant ses phrases. Il demanda pour l'accusé les plus terribles châtiments.

Le vote eut lieu aussitôt et, dès qu'il fut terminé, Volonta prononça la sentence :

Fasol, à la majorité des voix, était condamné aux galères.

Je fus prise d'un tremblement, lorsque Fasol, entraîné par les zaffi, s'en alla, les yeux vagues, l'air indifférent. Je pensai que la raison l'avait abandonné.

Volonta crut qu'avant de lever la séance, il n'était pas inopportun d'adresser un discours à ses collègues, et ce fut ainsi qu'il leur parla :

— Puisse cette condamnation servir d'exemple à tous, dit-il, et bien montrer où la science conduit. Si j'étais le maître, il y a longtemps que les Universités seraient fermées et qu'on brûlerait ces livres abominables, refuge du Diable et des sept péchés capitaux. Moi qui ne suis pas allé à l'Université de Padoue, moi qui sais à peine écrire mon nom, eh bien ! vous voyez, je suis un honnête homme, marié, père de famille et ayant de la fortune, tandis que ce bandit qui savait le grec, le latin, la médecine, peignait – je ne m'y connais pas, grâce au Ciel ! mais on prétend qu'il avait dans son art quelque habileté, tandis que ce bandit est aujourd'hui galérien. Et encore n'a-t-il pas tout ce qu'il mérite. Je ne puis m'empêcher de regretter, par amour de la Justice, que cette canaille soit seulement condamnée aux galères ! Oui ! je regrette que nous n'ayons pas réussi à mieux prouver le crime de ce coquin, car, quand bien même il n'aurait assassiné personne, il méritait un autre supplice. Il fallait lui couper la main pour actes d'indécence, la langue comme blasphémateur et le brûler vif comme athée.

Mais il se rasseyait à peine que Foscolo, l'un des sénateurs, se leva et dit :

— La République vient de se déshonorer à jamais en condamnant un homme qui l'a couverte de gloire. Une telle sentence n'a pu être dictée que par un bâtard, ce fils d'une cuisinière, le Volonta, brute qui veut faire de la grande cité d'aristocratie et d'art une taverne pour les gondoliers, les frocards et les marchandes de légumes ! Quant à moi je déchire ma robe, puisqu'un domestique de la populace a le droit de s'en revêtir pour prononcer ses iniques jugements.

À ces outrages, Volonta voulut se jeter sur son insulteur.

— Ne me touche pas, charogne ! continua le prélat. Je ne veux pas que mon épée se souille de ton sang. Car tu n'es bon qu'à être bâtonné par une valetaille, mais peut-être, quelque jour, me donnerai-je ce plaisir.

Là-dessus, Foscolo sortit, et je quittai ma cachette. J'étais accablée de désespoir.

— Ah ! me disais-je, j'ai fait le malheur de tous ceux qui ont voulu m'aimer, et l'homme à qui je sacrifiais les autres n'est plus, et j'ignore même sa sépulture !

Je sanglotais si haut que tout le monde se détournait. Deux jeunes gens vinrent près de moi et, trouvant mon chagrin ridicule, éclatèrent de rire.

— Tiens ! fit l'un, Nichina qui s'apitoie sur ses victimes !

— Ou sur ses propres misères, reprit l'autre ; ce doit être son ruffian qui l'a battue.

Comme je traversais la place Saint-Marc, j'aperçus une vieille dame en noir qui me demanda si j'avais des nouvelles du Conseil. Je ne pensai point à ce que j'allais faire ; je lui appris l'affreuse sentence. En entendant le mot galères, elle fut si émue qu'elle tomba sans connaissance. C'était la mère de Fasol. Elle est morte de chagrin, la pauvre vieille ! et le fils de Fasol, n'ayant plus de parents, a été recueilli par les Dominicains.

J'étais allée cacher mon immense douleur dans cette maison de campagne ; je n'y recevais personne, et je passais mes journées à pleurer. Parfois une servante, touchée de mon affliction, s'approchait de moi et essayait de me consoler, mais je la renvoyais à son travail.

— Laisse-moi, disais-je, la meilleure consolation est encore de penser à ceux que l'on a aimés.

Je finis par me croire malade. On alla chercher un médecin de Padoue, messer Cornielio Griffo, qui était l'ami de Vesale et qu'on regardait comme un des plus savants docteurs de la région. C'était un homme à la fois calme et empressé. Comme il courait toujours, il n'avait le temps de s'étonner de rien. Après lui avoir révélé mon état, je m'écriai tout à coup :

— Docteur, il me semble que je suis un monstre.

— D'où vous vient cette idée ?

— Je souffre tant que je dois être une grande criminelle.

— Où souffrez-vous ?

— J'ai le cœur malade.

— Vous mangez, vous digérez bien ? Montrez votre langue. Découvrez-vous un peu. C'est parfait. Vous êtes une fort saine et fort belle personne. Et vous n'avez pas à vous occuper de votre cœur.

Il allait se retirer lorsque, sentant une vive démangeaison, je levai ma chemise et laissai voir ma jambe.

— Oh ! oh ! qu'avez-vous là ? dit Griffo qui revint vers moi.

— Rien, docteur : c'est une piqûre de zanzaire.

— C'est très grave. Il y a cinquante ans, mon grand-père a vu mourir une femme qui avait été piquée, comme vous, par un moustique. Nous n'avons pas une minute à perdre : il faut vous couper la jambe.

— Docteur, j'aimerais mieux mourir que de me laisser faire.

— Je vois que vous avez encore les préjugés de la foule. Pourtant l'opération est bien simple, je vous assure. Et vous vous portez ensuite à merveille. Tenez, je reviendrai demain avec de beaux instruments tout neufs.

— C'est cela, revenez demain : seulement on ne vous recevra pas.

Prévenue de l'innocente manie de Cornelio Griffo, je ne me préoccupais point de la fin de sa consultation, mais ses premières paroles m'avaient rassurée : j'étais contente de savoir que je me portais bien.

Malheureusement, en dépit des prescriptions du médecin, je m'occupais de mon cœur et je ne savais où trouver la guérison. Je voulus confesser à un prêtre toutes les peines que le bon Dieu m'avait envoyées, espérant que j'en serais un peu soulagée. Je m'adressai au curé de la paroisse. Après lui avoir fait l'aveu de mes péchés, qu'il voulut bien écouter avec le plus grand intérêt, je lui demandai s'il ne croyait pas qu'il serait sage, pour moi, de terminer dans un cloître une existence si pleine de tempêtes. Il me regarda le visage en détail.

— Ce serait dommage, me dit-il, ma chère enfant, d'enfermer dans un couvent une pareille beauté. Êtes-vous riche ?

— Assez, répondis-je.

— Eh bien ! faites-moi une petite aumône pour mes pauvres et mon église : dix mille ducats, par exemple, si cela ne vous gêne pas. Et soyez assurée que le Seigneur vous accordera son pardon.

Je sortis du confessionnal, tout heureuse d'en être quitte à si bon marché. Mais, comme j'allais franchir le seuil de l'église, je songeai qu'il serait convenable de remercier le prêtre d'avoir réglé mes affaires avec le bon Dieu.

— Monsieur le curé, dis-je en revenant vers lui, je suis une malheureuse femme ; je vis seule à la campagne ; j'aurais besoin de vos avis, de vos préceptes, de vos consolations. Voulez-vous venir manger un perdreau dimanche prochain avec moi ?

Il accepta, non sans m'accabler des plus humbles compliments ; et je pensai que le bon Dieu ne m'en voudrait plus une fois que j'aurais reçu à ma table l'un de ses représentants. Pourtant, j'eus quelque ennui, en regardant le prêtre, de voir qu'il avait une loupe, le ventre proéminent et la soutane grasse.

Dans ces jours-là, Michele des Étoiles vint me demander l'aumône en habits d'une extrême élégance. Je fus étonnée qu'il eût la bourse si plate et le corps si bien paré.

— J'ai mis, dit-il, toutes mes économies à m'acheter un costume, car on ne donne point aux pauvres honteux.

— Savez-vous, repris-je, que vous n'avez pas trop mauvais air avec votre chapeau à plumes ?

Alors, me coulant un regard à me prendre l'âme :

— Voulez-vous que nous allions au fond de votre jardin, dans la charmille ? nous nous verrons plus à l'aise.

Je ne sais si c'était la chaleur, le soleil, ou d'avoir beaucoup pleuré, mais j'éprouvai un grand bien-être à m'étendre avec lui sur la mousse. Son enthousiasme me fit oublier sa laideur.

— Ne prétendiez-vous pas autrefois, lui dis-je durant l'un de ses intermèdes, que seule l'union des âmes avait quelque importance ?

Il me répliqua :

— Je le croyais, en effet, au temps où je pensais avec l'École. À présent, je me moque de ma philosophie ancienne, quoiqu'elle m'ait bien été utile. Car, voyez, Nichina, combien ma chasteté de jadis m'a conservé de vigueur. Le véritable avantage de la philosophie, c'est de garder les corps intacts pour la vieillesse. Moi-même, je commence à vivre de trop bonne heure. J'aurais dû attendre à avoir les cheveux blancs. À cinquante ou soixante ans, un sage aborde l'existence ingambe, alerte, avec des trésors d'expérience, des goûts raffinés et cette jolie fleur de naïveté qu'a entretenue l'étude. Et puis, n'est-ce pas amusant d'arrêter sur la route de pauvres vieillards de votre âge, qui ne marchent qu'avec des béquilles, pour leur dire : « Je fais les sottises que vous faisiez quand vous aviez vingt ans. Donnez-moi donc des conseils ». Car leur sagesse les encombre et ils se réjouissent de vous montrer qu'ils sont encore bons à quelque chose.

Mais au milieu de nos babillages, de nos baisers, le souvenir du passé se réveillait, plus torturant qu'une brûlure.

— Dans quel monde criminel ai-je vécu ! m'écriais-je.

Michele des Étoiles alors me rassurait.

— Ma chère amie, disait-il, nous vivons tous dans un monde de ce genre, et nous sommes tous criminels : le Doge qui déclare la guerre, le voleur qui assassine, l'amoureux qui tue, l'enfant qui martyrise les animaux, le chat qui étrangle la souris et le chien qui étrangle les chats. Nous ne pouvons même pas concevoir un Dieu qui ne soit pas criminel, car c'est une absurdité d'imaginer qu'un être tout-puissant puisse permettre ce qui lui déplaît si fort. Ainsi, acceptons le meurtre comme une loi du monde, sans trop nous effrayer d'y être soumis. Nos existences ne sont probablement pas plus précieuses que celle du zanzaire qui veut prendre notre sang et auquel nous prenons la vie, pour le punir d'attenter à notre bien-être.

Nous étions sortis de la charmille et nous nous promenions dans le jardin, quand Michele, absorbé par le système du monde qu'il voulait me décrire, avança une jambe vers l'étang qui borde ma propriété. Heureusement, je le retins par la manche ; il eut un grand frisson.

— Cette fois, dis-je en souriant, vous ne nierez pas que vous n'ayez eu peur. Vous voyez bien que votre existence est précieuse !

Je vis Michele rougir.

— C'est l'instinct, reprit-il, qui a produit ce mouvement, et non pas la raison. D'ailleurs, je tiens à la vie et je prétends que chacun doit y tenir, la défendre soi-même ou, ce qui est plus périlleux, la mettre sous la protection des lois. Je m'amuse seulement de voir qu'on la divinise et qu'on immole chaque jour, en son honneur, des hécatombes. Quand j'ai quitté Venise, on donnait la torture à trois beaux garçons qui avaient assassiné un homme de quatre-vingt-dix ans pour se partager ses trésors entre eux et leurs maîtresses. Sacrifier ces jeunes gens à ce vieux cadavre, n'était-ce pas un excès de déférence à l'égard des héritiers ?

— Ah ! m'écriai-je, je voudrais bien être, comme vous, sans scrupule ; je serais moins malheureuse.

Le séjour de Michele me réconforta ; je repris du courage et je commençai à renouer d'anciennes liaisons. Mais, comme Michele finissait par s'imaginer qu'il était le maître chez moi, et qu'il choquait mes hôtes par son langage, ses manières libres, je lui remplis sa bourse et le priai d'aller voir à Venise si mon souvenir était préférable à ma personne. Il comprenait toutes les nécessités de l'existence ; aussi, à son départ, me salua-t-il fort poliment.

— Je m'en vais écrire un poème pastoral, me dit-il en me quittant. On y verra des bergères qui se nourriront de l'air du temps et le loup n'y paraîtra qu'à la fin.

Je l'accompagnai jusqu'à la terrasse et le regardai s'éloigner. Il n'avait pas fait cinquante pas sur la route qu'il fut assailli par une bande de jeunes gens qui l'accablèrent d'injures.

— Fourbe ! Imposteur ! Hypocrite ! criaient-ils.

J'envoyai mes domestiques chasser ces mauvais garçons. Michele alors revint vers moi, me remercia, et, tout en secouant la terre dont on avait couvert ses habits :

— Ce sont, dit-il, des étudiants de Padoue qui ont suivi mes leçons sur l'amour platonique et ne me pardonnent point maintenant de venir voir une courtisane. Ces pauvres enfants en sont encore à ma philosophie de l'hiver dernier. Ils ne se tiennent pas au courant de mon évolution. Pardonnez-leur. Mon Dieu !

Il s'en alla enfin, et je ne l'ai jamais revu depuis. On m'a dit qu'il a fait un riche mariage. Cela ne m'étonne pas. Avec les années, l'argent, qu'il méprisait d'abord, lui avait paru digne de ses ambitions, et ses derniers écrits, d'une moralité parfaite, lui avaient gagné l'admiration des patriciennes, heureuses, en les lisant, de se découvrir de si belles âmes.

Peu de temps après son départ, comme j'allais entrer à Saint-Antoine-de-Padoue, je me heurtai contre une femme en haillons qui balayait les marches. Quelle ne fut pas ma surprise en reconnaissant Lucietta ! Les larmes me coulèrent sur les joues.

— Oh ! ma pauvre petite sœur ! m'écriai-je.

Lucietta laissa le balai, se frotta les yeux et rougit de honte en m'apercevant.

— Comment en es-tu venue là ? continuai-je ; on m'avait conté que tu étais partie pour Trente avec un riche gentilhomme ?

— Ah ! c'est l'amour qui m'a mise où je suis.

— Je t'ai toujours dit que tu avais trop de cœur, que cela te jouerait un mauvais tour.

— Que veux-tu ? Le bon Dieu est le maître ! Et toi-même, Nichina, on m'a raconté que tu avais eu une grande passion ?

— Il faut bien jeter sa gourme. Je suis sage à présent. Car, vois-tu, Lucietta, on pouvait autrefois se permettre d'avoir du sentiment dans notre métier, mais, aujourd'hui, celles qui en montrent un peu sont perdues. Les hommes ne savent plus se conduire honnêtement avec la femme. Demande au gentilhomme le plus riche du monde de te donner seulement la moitié de sa fortune : il t'enverra promener. Aussi, puisqu'ils sont des porcs, soyons donc à notre tour des truies !

Comme Lucietta regardait avec envie mon voile et mes jupes brodées :

— Tu vas venir dîner chez moi et, si ma maison te plaît, tu y resteras. Et, vois-tu, je serai bien heureuse de causer d'amour avec toi. Nous avons assez souffert toutes deux pour prendre plaisir à nos confidences. Attends-moi un instant. Je vais mettre un cierge à Ma Dame, et je te rejoins.

Pendant le trajet, nous vînmes à parler de notre sœur Costanza et je lui demandai ce qu'elle était devenue.

— Tout le monde, fit Lucietta, s'était tourné contre elle. On ne tarissait pas en reproches. « Pourquoi, lui disait-on, avez-vous épousé un juif ? — Mais je l'ai trompé. — C'est encore plus mal ! Vous deviez vivre honorablement avec lui et tâcher qu'il mourût avant vous pour que sa fortune passât entre des mains chrétiennes. Vous vous seriez remariée ensuite ». Costanza, voyant qu'elle ne pouvait obtenir du monde la considération, n'a plus songé qu'à s'enrichir. Elle fait maintenant concurrence à la Bombarba et s'occupe de fournir des maîtresses discrètes et de bon ton au clergé. Je suis allée un jour lui demander de me trouver un amant. Elle m'a jetée à la porte, disant que je manquais trop de tenue pour prétendre à un pareil honneur.

— Pauvre Cietta !

Nous entrâmes à la villa, et ma sœur, passant devant la cuisine, respira le parfum du rôti qui cuisait. Comme elle avait faim, elle eut un mouvement voluptueux de narines et tourna le visage vers la fenêtre, où elle aperçut maman qui écossait des pois. Elle s'avança pour l'embrasser.

— Te voilà, Lucietta, s'écria maman sans s'étonner de la voir, bien qu'il y eût six ans qu'elles ne se fussent rencontrées. Elle lui rendit son baiser, puis reprit sa tâche.

— Pourquoi la mets-tu à la cuisine ? me demanda ma sœur.

— Et où veux-tu que je la mette ? Il faut bien qu'elle fasse quelque chose. Elle s'ennuierait à rester oisive. Et je ne peux pourtant pas lui donner les poésies de Pétrarque, puisqu'elle ne sait pas lire, ni lui confier une harpe, car elle serait capable de la prendre pour un appareil à étendre le linge. Laissons-la écosser des pois. Elle trouve cela très divertissant, je t'assure !

— Et moi, où me mettras-tu ?

— Où tu voudras, petite sœur ; tu courras même les hommes si cela t'amuse encore !

ÉPILOGUE
AUX JARDINS DE MURANO

Ayant parlé de la sorte, Nichina, pour sa récompense, voulut profiter du privilège dont elle jouissait d'être toujours élégante et de pouvoir se permettre les plus audacieux mouvements sans choquer l'assistance. Elle bâilla, s'étira, poussa un soupir, fit craquer son corps de jupe, tendit ses belles chairs sur son siège, appuya ses coudes sur la table et colla ses mains à ses joues. C'est ainsi qu'ayant eu le bonheur d'avoir deux pères, l'un donné par la nature, et l'autre par la loi, elle mêlait avec agrément leurs façons, rappelant tantôt le cardinal Benzoni, tantôt Lucio Ferro le cordonnier.

— Voilà mon histoire finie, dit-elle, et j'en suis heureuse, car le temps est venu d'aller dans son lit se reposer ou se divertir avec de beaux rêves.

Nous nous approchâmes tous pour féliciter la conteuse. Arrivabene lui-même, malgré sa mauvaise humeur, sut trouver un compliment.

Tandis qu'on servait les rafraîchissements, je demandai à Nichina une explication.

— Il y a, dans votre récit, un passage que je n'ai point entendu et que je tiendrais cependant à connaître. Savez-vous ce qu'est devenu Fasol ?

— Mais il est toujours aux galères, répondit Nichina. J'ai demandé sa grâce au Doge ; il a prétendu qu'en cette époque d'austérité où c'est un crime de s'asseoir sur du velours et de porter des dentelles, un homme, qui professait autrefois avec tant de franchise l'épicurisme et vivait si voluptueusement, n'avait aucune grâce à espérer. On excuserait à la rigueur ses crimes, mais on ne lui pardonne pas d'avoir dans ses œuvres célébré le plaisir. Tous ceux qui furent liés avec lui regardent comme une honte de l'avoir connu. On efface ses fresques dans les églises et on enlève son nom des monuments qu'il a décorés. Mais je ne l'oublie point. Ainsi, il n'y a pas un mois, je lui ai envoyé un pâté avec une fiasque de vin de Chio. N'est-ce pas, maman, que tu es allée porter des friandises à Fasol ?

Madame Francesca Ferro, qui avait enfin abandonné son ouvrage, approuva sa fille.

— Pour du cœur, dit-elle, Nina en a ; ce n'est pas ça qui lui manque. J'en suis même assez ennuyée, car cela me déshonore d'aller tous les deux mois voir un galérien. Il y a des gens qui me disent que c'est mon fils ; j'ai beau leur répéter que c'est seulement un amant de ma fille, ils ne veulent pas le croire.

Elle parlait toujours lorsque nous entendîmes au-dehors, sous la pluie tombante, une galopade emportée. Un instant après, une servante à demi déshabillée, les cheveux épars, entrait comme une folle dans la chambre.

— Madame, le Doge qui arrive de Padoue !

— Comment ! le Doge ! le Doge est ici ?

— Oui, dans le jardin, avec toute une suite. Il demande si vous êtes couchée.

— Que le diable l'emporte ! s'écria Nichina. Ne pouvait-il me laisser tranquille cette nuit ! Je vais bien le recevoir : il peut s'y attendre !

Puis, s'adressant à nous :

— Vous, mes moines, vous m'obligerez en déguerpissant au plus vite. Il ferait une belle figure s'il vous rencontrait ! Et j'ai encore besoin de ses ducats, vous savez.

— Nichina, dit Arrivabene, vous n'allez pas nous envoyer dehors par un temps pareil : écoutez la pluie.

On eût dit que la mer se déversait dans le jardin.

— Qu'il pleuve ou qu'il vente, je m'en bats les flancs. Allons, partez vite, et tâchez surtout qu'il ne vous aperçoive pas.

Comme nous prenions congé à la hâte de notre hôtesse :

— Et toi, maman, criait-elle, tu travailles quand il n'y a rien à faire, et tu restes à te croiser les bras quand nous sommes accablés d'ouvrage !

— Mais qu'y a-t-il donc, ma fille ? demanda Madame Francesca Ferro, qui restait tranquillement assise sous cet orage de paroles qu'elle ne soupçonnait même pas.

— Le Doge ! On te répète que le Doge est ici ! Veux-tu te dépêcher à préparer sa chambre ! Je vais te flanquer la fessée si tu ne veux pas te lever !

— Ah ! ma fille, que tu es de mauvaise humeur ce soir, s'écria Madame Francesca en se retirant avec majesté.

Nous partîmes au milieu d'un va-et-vient de robes envolées, d'un déménagement de meubles et de coffres qu'on descendait à la hâte, d'une bousculade de grosses dames et de jeunes filles qui se jetaient les unes contre les autres dans leur précipitation de se rendre utiles.

Du jardin, sous l'averse, nous entendîmes le Doge entrer.

— Ma chère Nichina, dit-il, je vous baise la main.

— Et moi, je ne vous baise rien du tout. Est-ce poli de venir chez les gens, à cette heure, trempé comme vous êtes. Vous allez m'inonder toute ma maison. Et puis, ne vous imaginez pas que vous passerez la nuit à faire le joli cœur. Je suis fatiguée. Je vous tourne le dos et je dors.

Arrivabene s'était arrêté sur la route devant la terrasse. Je crus qu'il récitait les litanies de la Vierge.

— Ribaude ! criait-il, gouge ! crasse ! puanteur ! raccrocheuse de poux ! grenier de maladies ! ouvrière d'infection !

— À qui parles-tu ? demandai-je.

Mais il continuait à crier sous la pluie :

— Ordure de Nichina ! puisse-t-on te sangler en pleine Mercerie ! puisses-tu pourrir dans un cachot ! puisse le Diable te mettre dans le derrière un fer rouge qui te consume lentement, puisse…

— Ah ! dis-je, Arrivabene, comme tu as l'estomac peu reconnaissant !

— Je n'admets pas les demi-hospitalités, répliqua le frère ; si on vous emplit le ventre, il ne faut pas qu'on vous fasse tremper la peau. Moi qui, justement, ai laissé mon manteau dans cette maison damnée !

— Au lieu de t'épuiser en injures, il serait plus sage de chercher un abri.

En ce moment, nous vîmes sauter au milieu de nous un petit moine encapuchonné, qui portait une lanterne :

— Je parierais, fit Arrivabene, que c'est le boute-fête de cette truie qui s'évade !

Mais aussitôt il reprit :

— Oh ! oh ! voilà mon manteau ! Je reconnais la tache du trebbiano que j'y renversai l'autre jour !

À ces mots, le capuchon s'ouvrit et nous aperçûmes la figure espiègle de Polissena.

— Petite morveuse ! fit Arrivabene, en la secouant brutalement, tu vas me rendre mes dix scudi tout de suite.

Je m'interposai entre eux.

— Que de tapage ! mon pauvre Arrivabene, pour une fois qu'il t'arrive de payer une femme.

— Eh bien, je lui laisse l'argent, mais qu'elle trousse sa robe.

— Sous l'averse, n'est-ce pas ? dit Polissena. Allons plutôt dans le pavillon du jardin. Personne ne nous y dérangera. Le Doge est en train de recevoir la semonce de Nichina. Quant aux gentilshommes, ils s'occupent à se partager les amies : vieilles ou jeunes, demoiselles ou servantes, il n'y a pas une femme qui restera inoccupée.

Polissena se mit alors à courir et nous la suivîmes. Tout en marchant, Arrivabene, d'un œil fixe et énormément agrandi, considérait, sous la jupe relevée, le mouvement prompt des deux petits pieds qui s'élançaient et glissaient dans la boue.

Nous entrâmes enfin dans le pavillon. Il était meublé d'une sorte de lit appuyé à la muraille et qui faisait le tour de la pièce.

— On ne donne à personne la clef de ce pavillon, remarqua Polissena, qui prit une voix enfantine. Moi, ze l'ai eue parce que ze suis bien zentille. C'est ici que Madame Nichina vient penser à Guido.

— Ou l'oublier.

— Oh ! dit Arrivabene, reniflant avec force l'odeur de la chambre. Comme cela sent l'amour !

— Nous avons de quoi nous réconforter, fit Polissena en découvrant plusieurs fiasques de vin et des gâteaux.

— Polissena, s'écria Arrivabene, je vous demande pardon : vous êtes une femme divine !

— Pas encore ! répondit-elle.

Le frère et moi, nous nous assîmes sur le lit, attirant sur nous Polissena dont nos genoux devinrent les assises. Sa jolie croupe remuait et dansait de plaisir.

— Voilà comment j'aime les divertissements, répliqua-t-elle, je déteste les fêtes cérémonieuses. Aussi, que je plains la pauvre Nichina de rester avec le Doge ! Un homme pareil, je ne saurais pas quel bout le prendre !

La lanterne s'était éteinte, nous buvions et nous nous caressions dans les ténèbres. Tout à coup Polissena s'appuya si lourdement sur moi qu'elle me fit perdre l'équilibre. Nous roulâmes ensemble par terre et je la retins dans mes bras. Elle ne se défendit point. Sa bouche fraîche avait le parfum d'une poire fondante ; sa langue souple enveloppait la mienne d'une caresse vive et délicieuse. J'oubliai le couvent, Carlona, toutes les choses de la terre.

— Eh bien ! Eh bien ! dit Arrivabene qui entendit nos soupirs et voulut toucher sa part de jouissance.

Mais Polissena lui lança une ruade qu'il reçut en pleine poitrine. Me rappelant alors son offre gracieuse de la soirée :

— Attends à demain, mon cher frère, je te céderai la place.

Quand Polissena reprit haleine :

— Je suis bien heureuse, dit-elle, enfin j'ai eu un amant de cette Carlona qui prétend qu'un homme, du jour où il la connaît, ne peut plus souffrir d'autre femme. Je lui apprendrai demain combien elle se trompe, et elle aura une belle fureur.

— Ah ! m'écriai-je, est-ce donc cela seulement qui vous rend heureuse !

Cependant je ressentais une grande joie à l'idée que Carlona pouvait ne pas être morte, car si Polissena possède quelque grâce, la beauté de Carlona est d'une splendeur qui efface toutes les autres.

Aux premières lueurs de l'aube, Arrivabene était sur pied. Il avait passé la nuit à se lamenter sur sa solitude et à tenter d'y remédier « en mangeant son pain, comme il disait, à l'odeur du roti ». Il réveilla brutalement Polissena. À peine avait-elle les yeux ouverts :

— Ma dette, payez-moi ma dette, répétait-il.

— Vous êtes le plus insupportable des moines, répliqua Polissena.

Elle se résignait pourtant au sacrifice, lorsque, se ravisant tout à coup :

— Tenez, dit-elle, j'ai un jeu de cartes. Faisons une partie. Si je perds, vous aurez tout de moi : le corps et l'argent.

Arrivabene accepta la proposition, mais Polissena eut beau demander plusieurs fois sa revanche, elle perdit toujours. À la fin, de rage, elle donna une grande claque au moine, et, se relevant avec vivacité, elle sortit du pavillon. Arrivabene la regarda s'éloigner avec une tranquillité souriante.

— As-tu vu, dit-il, comme je l'ai battue ? Je triche si bien au jeu que Polissena, elle-même, malgré toute sa défiance et sa ruse, ne réussit pas à s'en apercevoir. Vois, elle revient : je savais bien qu'elle tiendrait parole.

Mais Polissena, les yeux effarés, levait les bras au ciel d'un geste d'épouvante.

— Sauvez-vous ! Sauvez-vous ! fit-elle. Voilà le Doge !

Ennuyés de ce contretemps, nous prîmes nos manteaux et nous partîmes au plus vite, mais, sur la route, nous entendîmes appeler. Nous nous retournâmes et nous aperçûmes Polissena qui, formant un cornet de ses mains, criait de toute sa vix :

— Arrivabene ! J'ai eu les scudi et je ne t'ai pas eu !

Là-dessus, très alerte et sautillante, elle revint à la villa.

Lorsque Arrivabene comprit qu'il était joué, il poussa des gémissements, proféra mille injures à l'adresse de Polissena et devint sentencieux comme un livre de morale.

— Seigneur ! dis-je, que tu vois la vie en noir ce matin. Il fait pourtant du soleil.

— Je me moque du soleil : j'ai toujours vu la vie comme aujourd'hui. Toutes les femmes sont des coquines, les hommes sont des fourbes, l'existence est une honte. J'ai mal à l'estomac, j'ai envie de me pendre.

— Ne fais pas cela, Arrivabene, de crainte que tu ne regrettes ta pendaison, avant qu'elle ne soit complètement achevée.

— Alors je vais me retirer dans le sein du Seigneur. Donne-moi ton rosaire, Lorenzo : je crois bien avoir oublié le mien chez cette gueuse de Bombarda.

Et le frère se mit dévotement à égrener le chapelet que je lui passai, tandis que nous reprenions ensemble le chemin de Venise. Sur la route, nous vîmes venir une petite paysanne, dont le bras, se courbant avec élégance, soutenait un pot de lait sur la tête.

Arrivabene, tout en finissant sa dizaine d'Ave, la mangea des yeux au passage. Puis, se troussant, il me montra sa virilité, toujours dressée, toujours prête aux batailles.

— En voilà une qui me coûte cher, dit-il, sûrement elle me conduira quelque jour chez le Diable, si je n'y prends garde. Je voudrais me la couper comme Damascène.

— Comme Origène, tu veux dire.

— Damascène, Origène ; cela n'a pas d'importance. Allons, veux-tu baisser la tête, coquine !

— Tu lui parles ainsi qu'à une personne ?

— C'en est une aussi, et qui fait toujours sa grande dame : il n'y a pas moyen de lui résister.

Comme nous arrivions à Venise, nous passâmes devant de hautes murailles surmontées d'une croix et percées d'étroites fenêtres grillées.

— Ma sœur est supérieure de ce couvent, dit Arrivabene ; si nous allions la voir ? Il y a bien dix ans que je ne lui ai pas dit bonjour, et je me sens l'esprit familial ce matin.

Nous entrâmes. Une petite nonnette silencieuse, pâle et toute frêle dans ses amples voiles, aux jupes et aux pantoufles muettes, mais dont le chapelet, pendu à la ceinture, se démenait avec orgueil, nous introduisit dans une pièce vide où il n'y avait, pour amuser l'œil, que des têtes d'anges soutenant un bénitier. Au bout d'une petite heure d'attente, nous vîmes arriver, dans une robe noire, une bonne paire de joues rouges qui semblaient se retirer de devant le feu. Il en sortit une grosse voix masculine. Dès qu'il l'entendit, Arrivabene en eut les larmes aux yeux.

— C'est ma sœur, ma pauvre sœur, me dit-il, celle qui m'a sauvé de l'enfer. Une fois de plus les oraisons d'une humble et sainte fille ont touché davantage le bon Dieu que les prières orgueilleuses d'un savant docteur. Pourtant, étais-je une fripouille accomplie, en avais-je commis des crimes !... Quand je pense que ce petit choriste... Comment s'appelait-il donc, ma sœur ? ce petit choriste qui avait des yeux de chérubin ?...

Pour toute réponse, la religieuse ramena ses sourcils sur ses yeux et sa bouche vers son nez.

— Et toi aussi, tu m'as donné de mauvaises pensées ! C'est que tu étais un beau brin de fille dans ton temps, ma sœur.

— Allons ! allons ! fit la religieuse.

— N'est-ce pas qu'elle est encore jolie, ma sœur ? dit Arrivabene en lui prenant le menton.

— Allons ! allons ! mon frère, dis-moi plutôt ce que tu fais à présent.

— Mais je suis un grand prédicateur ! J'ai prêché le carême devant le Doge. J'écris aussi, à mes moments perdus, des livres de piété ; j'ai publié une vie de saint Boniface qui a été généralement fort goûtée.

— Tu devrais me la montrer, à moi qui aime tant la lecture !

— Je le ferais avec joie, ma chère sœur, malheureusement, tu n'y comprendrais rien. Il faut avoir étudié au moins dix ans la théologie pour en saisir les premières pages.

— Seigneur Jésus !

— C'est comme cela. Mais ma sœur, n'aurais-tu pas une fiasque de vin pour me rafraîchir ; je meurs de soif.

— Non, mon frère, nous ne buvons que de l'eau ici.

— Alors, sois sûre que je ne serai jamais ton aumônier, ma sœur. Les couvents où l'on ne boit que de l'eau sont maudits par Dieu. Aussi, je te souhaite le bonsoir, ma sœur !

Arrivabene, en sortant, m'annonça son intention de ne point retourner chez les Frères mineurs et son désir de vagabonder dans les ruelles mal famées où le poussait sa soif de vin et de baisers. Je ne voulus point l'accompagner, mais craignant, moi aussi, de retourner au couvent, où l'on ne pouvait manquer de m'imposer une rude pénitence, j'allai trouver mon secours et mon conseil, l'ennuyeux mais indispensable abbé Coccone.

Nérina, la jeune servante, vint m'ouvrir, les joues en fleur, l'haleine chaude, toute guillerette.

— N'est-ce pas vous, me demanda-t-elle, qui avez assassiné votre maîtresse ?

— Comment ! dis-je, surpris et accablé de cette réception.

— Sainte Vierge ! ce sont des choses qui arrivent ! Il ne faut pas en être honteux. Tenez, moi qui vous parle, il y a quinze jours à peine que je suis mariée et j'ai déjà envie de tuer mon mari.

— Oh ! repris-je, attendez au moins jusqu'à la fin de l'année. Ce sera plus convenable. Et l'abbé Coccone est ici ?

— Il est à Rome.

— Il a terminé son histoire de saint Pierre ?

— Non. Mais il vient de faire épouser à son neveu une dame laide et une grosse dot. Son neveu, vous le connaissez bien, n'est-ce pas ? ce jeune gringalet qu'on voyait toujours assis sur les marches du palais Guarini, où il achevait d'user les vieilles culottes de son oncle ? À présent, l'abbé espère bien rentrer dans ses charités et il a veillé lui-même à ce qu'on ne l'oubliât point dans le contrat.

— Et que fait-il à présent ?

— Il s'occupe d'obtenir le chapeau de cardinal.

J'étais fort ennuyé de ce contretemps. Je songeai alors à me retirer chez une vieille tante dévote et malade qui ne sortait jamais de chez elle. Comme parent et comme moine, je ne pouvais manquer d'y être bien reçu. Je lui raconterais que le couvent avait brûlé et que je venais demeurer avec elle jusqu'à ce qu'il fût reconstruit. J'attendrais dans sa maison que Coccone vînt m'apporter un pardon ou un ordre d'exil.

Ma tante, ainsi que je le pensais, m'accueillit avec grand plaisir et je m'installai chez elle. J'occupais mes journées en lectures et en entretiens pieux que je faisais à la vieille dame, et, pour me distraire, j'écrivais cette histoire. Cependant je ne vivais point dans l'oisiveté. Comme ma tante avait toujours peur de mourir et qu'elle ne voulait pas s'en aller dans l'autre monde sans confession, elle me sonnait à chaque instant pour m'avouer, au tribunal de la Pénitence, qu'elle avait eu dans son lit un geste indécent, ou qu'elle s'était assise devant son dîner avec trop de plaisir.

Un jour que le soleil était venu me trouver dans ma chambre plus clair et plus joyeux que jamais, il me fut impossible de contenir mon impatience ; et, au risque de me voir jeter dans un cachot, je sortis et je m'en allai à la promenade. Je passais sur le Rialto, lorsque je vis venir à moi un Maure magnifiquement vêtu de chausses bouffantes et d'un manteau de soie tout neuf où, par malheur, s'étalaient de larges taches de graisse et de vin. Tout en regardant le visage du Maure, je trouvais qu'il ressemblait beaucoup à Arrivabene, mais je ne voulais pas croire que le moine eût une parenté, même lointaine, avec cet infidèle. Il fallut pourtant bien le reconnaître quand il me frappa sur l'épaule. Il eut l'extrême courtoisie de prévenir mes questions :

— Que veux-tu ? mon frère, dit-il, je suis un aventurier. Je suis au service, pour l'instant, du capitaine Schifkat.

— Celui qui a failli le prendre à Nichina ?

— Celui-là même. C'est un excellent homme. Tu n'as pas idée des dîners qu'il vous sert. Il y a du chypre tel que je n'en ai jamais bu d'aussi bon.

— Et à quel titre es-tu au service du capitaine Schifkat ?

— Je suis son médecin.

Je me demandai si je ne rêvais point.

— Comment ! repris-je, Arrivabene, tu as jeté le froc aux orties et tu es médecin d'un Maure !

— Permets : j'ai jeté le froc aux orties pour qu'on n'y jetât point ma peau. D'ailleurs il ne faut pas croire, mon frère, que les Maures soient des gens sans religion. Schifkat, en particulier, en sait fort long sur le bon Dieu. Quand je m'imagine qu'il se trompe et que je veux le réfuter, je ne me rappelle plus une ligne des Évangiles, tandis qu'il a toujours à la bouche des paroles du Prophète. Ah ! c'est un homme fort instruit.

— Et ta malheureuse sœur qui t'avait déjà converti une fois !

— Elle priera pour ma seconde conversion. Les nonnes n'ont rien à faire : ça l'occupera.

— Mais, comment peux-tu être médecin, mon pauvre Arrivabene ?

— J'ai été quelque temps domestique chez le docteur Cornelio Griffo, l'ami de Vesale et le médecin de Nichina. Il m'a appris divers préceptes de l'École de Salerne ; et puis je l'ai vu couper des jambes. Alors, quand Schifkat est inquiet sur sa santé, je lui dis, par exemple :

Mingere cum bombis
Res est saluberrima lumbis.

Ce latin l'impressionne. L'autre jour, deux matelots avaient des plaies aux jambes, je la leur ai coupée. Par malheur, ils en sont morts. Comme Schifkat me faisait mauvaise figure, je lui ai dit qu'il donnait trop à manger à ses hommes, et que cet excès de nourriture avait compromis mon opération : il m'a rendu sa confiance. Désormais, je puis exercer mon art sans crainte de perdre ma réputation. Aussi, j'y mets tout mon zèle. Je ne pense plus aux personnes ; je ne songe qu'à la science. C'est bien intéressant, je t'assure, de considérer l'humanité comme de la chair à découper.

— Enfin, tout cela n'empêche pas que tu sois un renégat.

— Ah ! s'écria-t-il en me quittant, où est la vraie religion ?

J'étais encore tout troublé de cette étrange rencontre, lorsque j'en fis une, plus bizarre encore. Je poussai un cri de terreur en voyant s'avancer vers moi ma victime, la Carlona ! Elle avait, comme pour le passé, la même démarche fière, élégante et assurée, la taille élancée sur de vastes hanches, ainsi que ses joues roses de fillette et son doux regard bleu d'enfant capricieuse et naïve. Elle portait une collerette fine, ouverte sur sa gorge, et une robe légère et chatoyante lui dessinait la jambe à la façon des Levantines. Sa grâce, sa beauté, son costume excitaient l'envie de toutes les femmes. Un homme lui donnait le bras d'un air de complaisance furieuse et imposée. J'eus peur un moment, que ce ne fussent des fantômes qui, jugeant mes remords trop faibles, venaient en accroître l'énergie, et déjà j'étais prêt à leur demander grâce quand Carlona laissa éclater son large rire de tudesque.

— Oh ! ce costume, dit-elle.

Son compagnon se permit alors de lui adresser des remontrances à demi-voix.

— Toi ! laisse-moi tranquille, et va boire ton malvoisie.

Elle prit, dans son escarelle, un scudo et le remit à l'homme, qui s'éloigna.

— Mon mari, dit-elle.

— Mes compliments.

— Je ne m'attendais plus à te voir, mon pauvre Lorenzo.

— Ni moi non plus, Carlona. Tu m'as pardonné, n'est-ce pas ?

— C'est-à-dire que si je t'avais eu sous la main, le soir de l'aventure, je t'arrangeais proprement le visage.

— Et à présent ?

— À présent, j'ai oublié que je t'en voulais.

— Au fond, c'est une preuve de grand amour que je t'ai donnée là.

— Une preuve froide, tout au moins.

— Mais comment t'en es-tu tirée ?

— C'est toute une histoire ; je te raconterai cela : les gondoliers assistaient à ton exécution et nous ont repêchés de suite. Nous n'avons pas eu le temps de nous noyer. Tu ne sais pas t'y prendre ! tu ferais bien, vois-tu, une autre fois, de te faire donner quelques leçons, avant d'assassiner ta maîtresse.

J'étais ivre de joie d'avoir retrouvé Carlona. Mais, me dis-je, puisque je ne suis pas assassin, on n'a point confisqué ma fortune ; et, puisque je n'ai pas prononcé mes vœux, il sera facile de laisser quelque part ma robe de moine. Tous les biens m'étaient rendus à la fois. Seul, le pendant que Carlona venait de donner à sa beauté m'affligeait fort. Je ne le lui cachai point. La charmante fille me rassura elle-même.

— Je t'ai trompé avec cet homme ; veux-tu que je le trompe avec toi ? Ce sera une compensation.

— Je veux bien, Carlona, mais dans combien de temps aurai-je envie de te jeter par la fenêtre ?

— Ce ne sera plus toi qui m'y jetteras, ce sera mon mari.

— Alors je suis tranquille.

— On ne sait pas, dit-elle ; qui peut répondre d'un amoureux ?

— Il t'aime donc ?

— Des fois : quand il a bu son malvoisie.

Elle me dit que depuis notre dramatique entrevue, elle avait eu de mes nouvelles par un frère mineur qui était son directeur de conscience et avait béni son mariage. Elle m'apprit aussi que le père Antonio venait de mourir en odeur de sainteté.

— Cela ne m'étonne pas, répliquai-je ; les bienheureux attendent le jour de leur mort pour sentir bon… Mais tu es donc devenue dévote ?

— Oh ! fit-elle, j'aime bien aller dans les églises l'été. Il y règne une si délicieuse fraîcheur. Et puis, quand je m'agenouille dans le confessionnal très sombre, cela me rappelle les jours de mon enfance où l'on me mettait en pénitence dans le cabinet noir… Mais, ajouta-t-elle, regarde comme le ciel est beau. Une petite partie amoureuse ne serait pas désagréable aujourd'hui. Il me semble que, depuis que tu es moine, tu dois avoir envie de goûter aux anciennes voluptés. Tiens ! touche-moi. Est-ce que j'ai changé ?

— Tu es toujours la plus belle des femmes, dis-je, après m'être assuré que la chair gonflait ses robes avec la même magnificence qu'autrefois.

— Oh ! mon mari ne m'a pas fait maigrir. Je ne l'aime point.

— Pourquoi donc m'as-tu trompé avec lui ?

— Je voulais voir si je pourrais l'aimer. Mais ne perdons pas de temps. Profitons du soleil et de cette douce fin de jour. Si nous allions à Murano ?

— Je n'ai pas d'argent sur moi.

— J'en ai, moi. Je t'entretiendrai aujourd'hui. Mais d'abord change de robe. Mon frère, justement, qui est de ta taille, a laissé l'autre jour des habits de fête chez moi. Tu peux les prendre. Ils t'iront toujours mieux que ton sale froc. Et puis je n'aime pas sentir le moine dans mon lit. Tiens, voici ma clef. Va te changer et reviens vite. Nous irons ensuite chercher une barque. Allons ! vite !

Je me hâtai d'aller chez Carlona prendre des vêtements décents. Ce fut une bien grande joie de dépouiller pour toujours cette vilaine robe de frère mineur.

Je retournais vers mon amie, lorsqu'un mendiant s'approcha de nous et nous demanda l'aumône. Je le reconnus avec stupeur.

— C'est toi, Liello de Cecco, toi si riche autrefois !

— C'est moi ! ma maîtresse m'a ruiné et je suis forcé d'avoir recours à la charité des passants. Donne-moi un ducat, tu m'obligeras.

— Traître ! dis-je, tu n'auras pas un bagattino. M'as-tu obligé toi-même quand je venais te demander l'hospitalité ! Je te rends la monnaie de ta pièce !

À ce moment, nous fûmes abordés par un petit jeune homme, à la poitrine plate, perché sur de maigres et longues jambes, et dont la tête branlante, ébouriffée, sans menton, aux yeux, aux lèvres énormes, ne semblait pas tenir sur ses épaules. Jamais je n'ai vu figure plus animale ; il y avait dans cette physionomie du porc, du dogue et du mouton. Avec un regard candide et un sourire plein de méchanceté, il déroula devant Carlona un parchemin dont elle regarda seulement les dernières lignes.

— C'est, me dit-elle d'un air négligent, le compte de ce que je dois à ce petit maroufle, pour les robes qu'il m'a vendues le mois dernier.

— Ciel ! Carlona, m'écriai-je, après avoir été les yeux sur le parchemin. Est-ce ton mari qui va payer tout cela ?

— Tu m'aideras bien un peu, n'est-ce pas, mon Lorenzino, fit-elle d'un ton doucement implorateur, en levant les yeux sur moi.

— Un peu seulement. Et j'ajoutai : Voilà une fâcheuse rentrée en ménage !

Elle reprit sur un ton aigre :

— Je savais bien que vous n'aviez point l'âme généreuse. D'ailleurs cette note est exagérée.

Puis se tournant vers le jeune marchand :

— On te donnera la moitié de ce que tu demandes. Quant au reste, tu m'en tiendras quitte, et je dirai cinq *Pater* et cinq *Ave* pour ta conversion.

— Oh ! madame, envoyez-moi au paradis, si vous le désirez, après ma mort, mais laissez-moi premièrement faire mes affaires en ce monde. Parce que vous êtes jolie, ce n'est pas une raison pour me ruiner. Déjà, par égard pour votre gentillesse, je me résigne à ne tirer qu'un profit dérisoire des marchandises que je vous livre. Que diriez-vous donc si je vous vendais une robe aussi cher qu'à Madame Nichina, c'est-à-dire le double de ce que je vous la compte.

— Comment ! s'écria mon amie, tu vends plus cher à Nichina, et pourquoi ?

— Il le faut bien : ella a autrefois volé mon père.

— Qui es-tu donc ? demandai-je au jeune marchand.

— Je suis le fils de Moïse Buonvicino, qui, il y a quelques années, dirigea la Banque de la Foi.

— C'est étonnant, repris-je. D'après ce que m'avait raconté Nichina, j'aurais cru que ton père ne pouvait pas fabriquer d'enfants.

— Ah ! dit-il, l'air d'Ancône lui avait fait beaucoup de bien. Après tout, ajouta-t-il, je suis peut-être le fils d'un de ses voisins. Moïse, en vieillissant, était devenu plus jaloux de son or que de sa femme.

— Tu ne te soucies pas d'être héritier de son sang, mais tu veux bien l'être de sa créance ?

— En effet, c'est plus important. Je voudrais reprendre peu à peu à Nichina tout ce qu'elle a volé à Moïse.

— Mais sais-tu bien ce que tu prends à Nichina, tu le prends au Doge, qui, en qualité d'amant, doit payer les dettes de sa maîtresse et, en qualité de Doge, les fait payer au peuple.

— Cela m'est égal, seigneur, je n'ai jamais eu pitié de la bourse des autres. Et puis, entre voleurs, que deviendrait-on avec trop d'honnêteté ?

— Petit sacripant ! je te ferai expulser de Venise.

— Nous y rentrerons bien sans votre permission, moi, ma femme et mes enfants. Je suis juif, seigneur ; c'est vous dire que les coups de pied au derrière que je reçois, loin de m'affliger, me réjouissent fort. Je les garde longtemps, mais un jour on me les paie avec usure. Voilà comment j'ai des rentes.

Après le départ du jeune Moïse, Liello de Cecco voulut me parler encore.

— Tu es prêt à obliger un juif qui te vole, dit-il, et tu ne peux secourir un chrétien qui, s'il ne t'a pas rendu service, du moins ne t'a pas causé de mal.

— Paix ! répondis-je. Il vaut encore mieux faire du mal que de ne rien faire du tout, comme toi, fainéant, qui es incapable de te servir toi-même ! Ce galopin de Moïse, avec ses scélératesses, n'en fait pas moins marcher le commerce !

Nous nous éloignâmes, sans nous occuper de ses injures et nous allâmes jusqu'à l'Arsenal chercher le père Sardella, que Carlona a l'habitude de prendre pour ses excursions.

Comme nous nous promenions en l'attendant, du côté où sont occupés les condamnés aux galères, nous vîmes venir vers nous un homme à la barbe et aux cheveux blancs, au visage livide, aux traits flétris, qui marchait la tête basse, en pliant sur ses jambes, comme accablé de honte et de lassitude. Il leva les yeux et les baissa presque aussitôt. Nous aperçûmes alors ses pieds qui étaient enchaînés ; en même temps un gardien accourut sur lui, le bâton levé. Pour le ramener à son travail, il lui donna sur les épaules un coup si violent qu'il lui arracha un cri de douleur, mais comme le gardien se préparait à lui en donner d'autres, sa femme, qui était présente, lui arrêta le bras en disant :

— Laisse-le un peu se reposer, il reprendra sa tâche tout à l'heure.

Le gardien y consentit, tout en secouant la tête d'un air à la fois indulgent et sévère.

— Pour cette fois ! dit-il.

La femme tendit au galérien un gobelet d'eau fraîche qu'il lapa comme un chien, buvant, avec l'eau, la sueur qui coulait de son front.

Carlona, qui s'intéressait à ce spectacle, interrogea la femme du gardien.

— Savez-vous le crime qu'il a commis, madame ?

— Tenez, dit la femme, il va parler.

Après avoir fait claquer sa langue et essuyé d'un revers de main ses lèvres humides, l'homme s'écria :

— Voici où m'ont conduit l'amour d'une femme et l'ingratitude des hommes. Je suis aux galères, et pourtant j'ai décoré les plus beaux palais de Venise, et j'ai reçu la couronne d'or sur la place Saint-Marc !

— Il ne sait dire que cela, reprit la femme ; c'est un innocent. Mon mari prétend même qu'il a quelquefois des colères terribles et que, sans un bâton, on n'en viendrait pas à bout. Ah ! ces gens-là sont de grandes canailles ; mais que voulez-vous ? je ne puis m'empêcher de les plaindre.

L'homme s'était mis à secouer ses haillons et à gratter la vermine qui lui rongeait le corps.

Carlona regardait le condamné avec un air de compassion. Ne voulant pas que la femme du gardien pût croire à son indifférence, elle me demanda si je n'avais pas un quattrino sur moi.

— Tu sais bien, répondis-je, que je n'ai pas ma bourse, mais donne-lui toi-même, je te rendrai demain ton aumône avec l'argent que nous aurons dépensé ce soir.

Carlona chercha dans sa bourse et revint vers moi, tandis que le gardien appelait l'homme avec des gestes menaçants.

— Eh bien ! tu ne lui as rien donné ?

— Je n'avais que des ducats.

— Tu pouvais bien lui en donner un. Je te l'aurais rendu.

— Un ducat à un galérien ? Ah ! mon pauvre ami, tu ne seras jamais économe !

Comme je demeurais attristé de ce spectacle, je voulus savoir si la femme du gardien avait appris à Carlona le nom du misérable.

— Je crois qu'il s'appelle Fosol ou Fasol, répondit-elle. Cela m'est égal d'ailleurs.

Je me rappelai le récit de la Nichina, les peintures que j'avais admirées et la vision de l'artiste, dans toute sa gloire, passant au milieu de l'acclamation des foules ; et je fus saisi d'une grande pitié.

Cependant mon amie, qui avait enfin trouvé le père Sardella, venait de l'engager pour nous conduire à Murano. Nous nous assîmes dans la barque, l'un à côté de l'autre, tandis que Sardela agitait l'eau pleine de scintillements et d'étincelles.

— Beau temps ! seigneur, dit-il, nous aurions le vent pour aller à Chioggia.

Le ciel était d'un bleu trempé de lait ; les blanches maisons des îles semblaient se soulever au-dessus des vagues ; de grosses voiles rouges glissaient légèrement, comme avec précaution, sur la lagune irisée.

Alors je songeai à ce que nous ferions, quand monteraient les ombres du soir, sous les tonnelles de Balthazar Giocoso, qui sait si bien accommoder, à la sauce bolonaise, les carpes de ses viviers.

FIN

Puisque rapides sont les jours,
Et nombreuses les peines,
Qu'en s'efforçant de vivre chacun supporte,
Allons, derrière nos désirs,
Passer et consumer les années.

MACHIAVEL, *LA MANDRAGORE*

LA CÂLINEUSE

Notice

« Écrire constitue un acte de générosité, de franchise et d'abandon. Vainement l'écrivain voudrait duper ; malgré lui il se confesse. » Cet aveu d'Hugues Rebell, dans *Les Inspiratrices de Balzac, Stendhal, Mérimée*, pourrait être cité en exergue de *La Câlineuse*.

Prépubliée dans *La Revue blanche* à partir du 1er novembre 1898, il s'agit d'un des rares textes contemporains du romancier. L'auteur de *La Nichina* délaisse les drapés de la Renaissance, les villas de l'Antiquité, et les éclats de l'Histoire européenne, pour nous entraîner, à Paris, à sa suite. Et c'est bien Rebell que l'on suit, dans cette ville souvent nocturne, où les fêtes battent leur plein, où l'on se grise de vin et de femmes, où l'on médit au secret et calomnie en alcôve, où amour est frère de débauche.

Cette *Câlineuse* pour laquelle le héros abdique toute volonté, au point de sombrer dans une passion qui vire à l'obsession, au suicide, à la ruine, Hugues Rebell l'aurait connue. Au début des années 1890, une certaine Juliette, originaire de Clermont-Ferrand, aurait retourné le cœur du tout jeune homme de lettres, le plongeant dans une dépendance sentimentale que seule l'écriture peut parvenir à exorciser. Toute sa vie durant, Rebell gardera même chez lui une photographie de cette femme. Et la Juliette du roman serait bien le double de celle qui pétrifia l'auteur dans sa jeunesse : une femme totale, belle et laide, charmante et odieuse, obsédante. Rarement l'auteur est allé aussi proche de lui-même, de ses souvenirs. « *La Câlineuse* est labouré, traversé, travaillé par le vécu », nous dit Hubert Juin ; c'est un « Livre blessé ».

Blessure magnifique, flamboyante, car Rebell dresse ici le tableau aussi rare que précis du Paris amoureux, galant, de la fin du XIXe siècle. Il y a une dimension documentaire, dans ces descriptions précises et roboratives des grandes fêtes du Montmartre artistique, au crépuscule du siècle ; les soirées au Moulin de la Galette, au Nouveau Cirque, les après-midis à Chantilly ou aux Magasins du Louvre… Sans jamais verser dans le reportage ou la complaisance naturaliste, Rebell nous offre toujours l'essence d'un lieu, d'un esprit, avec une remarquable efficacité : « esquissées en traits rapides, justes et précis, rappelant, par leur tonalité impressionniste, certaines toiles de Manet, de Degas, de Renoir, de Lautrec, elles accompagnent harmonieusement les divers incidents de la vie de Juliette et participent de sa grâce libertine », nous dit Auriant. Car nous sommes bien chez les peintres, et le personnage de Jacques de Tavannes est un double de ce Toulouse-Lautrec, que Rebell a si souvent fréquenté, ces années-là. L'artiste prendra d'ailleurs assez mal ce portrait pourtant flatteur ; il demanda même que son nom fût moins transparent, car dans la version prépubliée dans *La Revue blanche*, il se nommait Jacques de Mauffrez-Ponthieu. Le très acide chroniqueur mondain Pierre Chaperon est quant à lui un double de Jean Lorrain, qui n'exigea pas que l'on adoucît son portrait.

Pour la plupart, les critiques furent très bienveillants à l'endroit de cette *Câlineuse*, car Rebell leur décrivait un monde qui était le leur. « C'est peut-être un chef-d'œuvre, écrit André Beaunier dans *La Revue bleue*. Quelque chose comme un *Manon Lescaut* d'à présent. L'éternelle histoire de l'avilissement de l'amour, la voluptueuse, la douloureuse aventure de ceux qu'a grisés et pour toujours affolés une capiteuse et délicieuse sensualité. » Charles Maurras se montre tout aussi enthousiaste : « Le grand succès de *La Câlineuse* s'explique tout d'abord par la vivacité extraordinaire des analyses de cet amour indigne qui est peut-être le plus fort de tous les amours. » Seule Rachilde, qui conserve une dent contre Rebell (ses *Hors Nature* furent déprogrammés par Vallette, dans le *Mercure de France*, au profit de *La Nichina*), note non sans perversité : « Demain M. Rebell pourrait bien devenir le Zola du roman d'amour ! du train dont il marche. »

Notons enfin que, dans *La Revue blanche*, l'aventure se finissait de façon aporétique. Pour son édition en volume, en 1900, Hugues Rebell ajoutera deux chapitres, assez terribles, où s'achève la déchéance de ses personnages.

« C'est, nous dit Hubert Juin, dans la production "aristocratique" et volontairement "froide" de Rebell, le seul ouvrage où l'on saisit au vif des frissons qui sont des aveux. »

I

APPARITION SOUS UNE VOITURE

— Il n'y a jamais eu de femmes comme cela.

— Il devrait aller à l'école primaire apprendre le dessin.

— À l'école primaire on ne l'apprend pas !

— Au diable alors !

Ces propos sans aménité éclatèrent aussitôt que le peintre Jacques de Tavannes nous eut fermé la porte de son atelier, et ils continuèrent sur le boulevard de faire explosion ou long feu. On avait trop vanté en sa présence ses toiles et jusqu'à ses moindres croquis ; on l'avait trop comparé à Goya, à Jean Steen, aux maîtres japonais, à tous les grands peintres morts ou vivants ; on éprouvait à présent le besoin de se venger d'une si servile admiration.

En réalité nous étions tous saisis de ce qu'il nous avait subitement révélé du monde et de lui-même. Si étranges que fussent sa personne : naine, ardente, joviale, pétrie de malice ; sa maison à la fois vide et encombrée : ici pleine de meubles orientaux, d'armes africaines, là nue et souillée comme une salle d'asile, – son œuvre, que nous voyions réuni pour la première fois, nous causa de violentes surprises.

Chaque artiste prend autour de lui ce dont il a besoin pour nourrir sa pensée : de quoi vivait donc Jacques de Tavannes, lui qui ne prenait que les hideurs de la terre, et mettait son génie à les éterniser sur une toile en traits vigoureux, en couleurs puissantes ?

Il ne se contentait pas de peindre les laideurs communes et apparentes, mais il en découvrait de mystérieuses ; au besoin il en créait de nouvelles. Jeunesse ni beauté n'obtenaient grâce devant lui. Sous prétexte de faire le portrait d'une jeune femme, il se plaisait à la caricaturer. Et la déformation n'était ni joyeuse, ni grossière, mais accomplie froidement, avec la délicatesse et la sûreté de main d'un maître bourreau, si bien que le modèle ridiculisé, s'apercevant avec stupeur que cette image horrible était pourtant ressemblante, ne trouvait plus la force de s'indigner. C'était même son divertissement, à Jacques, de surveiller sur un gracieux visage la naissance de l'étonnement, de le voir effaré d'une laideur insoupçonnée. À la fin, quand la surprise ne pouvait plus s'accroître, il s'écriait d'un ton à peine malicieux : « Hein ! Est-ce ça ? Vous ai-je assez bien attrapée ! »

Alors il triomphait.

Nous étions poursuivis par des visions monstrueuses, oppressantes, et nous marchions vite comme pour les fuir. Plus d'une fois nous regardâmes de beaux yeux, des hanches, fières, de merveilleuses chevelures. Nous demandions à toutes choses de nous prouver le mensonge du peintre. Est-ce que Paris, est-ce que l'Univers allaient s'enlaidir à cause d'un homme ?

La pluie commença de tomber tout à coup, une pluie froide de novembre. La nuit était venue, parsemée de lunes bleus et d'étoiles clignotantes, de girandoles rouges et de lettres de feu ; pleine d'ombres lentes ou précipitées de roulements de voitures et de clapotements de chevaux. Encore une fois le monde se renouvelait, disposait ses clartés et ses ténèbres.

Sous l'averse nous étions plus que jamais acharnés à discuter.

M. de la Baille, surtout, ne cessait de parler, sans s'occuper des heurts des passants et de son parapluie balancé qui lui dégouttait dans la bouche. Vêtu d'anciens vêtements d'été, mais fleuri de violettes et ganté, il unissait aux manières d'un gentilhomme du vieux répertoire la tournure d'un sous-officier de cavalerie. D'une voix tantôt brève et métallique, tantôt traînante et rouillée, d'une voix qui avait fait la fête et donné des ordres jadis, il déclara solennellement :

— Messieurs, maudissons Jacques de Tavannes. Messieurs, je vous permets de ne pas croire en Dieu, je vous laisse libres de ne pas aimer la France, mais je ne tolérerai jamais que l'on n'aime pas, que l'on n'admire pas la Parisienne !

Quelqu'un de la bande s'écria :

— La Parisienne ! Mais qu'est-ce que c'est ? Dites-le moi : je serai heureux de le savoir. Voulez-vous parler des dames de la colonie américaine, des juives ou des espagnoles ? des provinciales ou des étrangères ? Vos Parisiennes sont-elles à Montmartre ou à Montrouge ? Voyez-vous le signe distinctif et aimé sur les joues pâles des petits trottins maigriots ou dans l'allure des grandes filles râblées que nous rencontrons à nos promenades. Il y a plus d'une race, plus d'un type à Paris. Votre idéal de la Parisienne, serait-ce par hasard mademoiselle Yvette Guilbert ?

— Je n'ai pas besoin de vous expliquer mes préférences, reprit M. de la Baille. Vous me comprenez très bien, mais vous avez envie aujourd'hui de me contredire.

À ce moment nous passions devant les larges lumières d'un café. À la terrasse frissonnait une petite ombre. Je ne vis guère qu'un collet de fourrures et une toque de violettes de Parme.

Alors M. de la Baille, devenu impertinent et talon rouge :

— Une Parisienne ! vous voulez voir une vraie Parisienne !… En voilà une ! dit-il.

Un rire franc, en roulade, lui répondit, et une voix d'un timbre enfantin s'échappa du collet :

— Par exemple ! Je suis de Clermont-Ferrand !

— Je le regrette pour Paris, répliqua M. de la Baille qui se détourna et salua de la main galamment ; puis, avec une curiosité familière :

— Vous la connaissez ? fit-il en interrogeant des yeux. Elle vous a regardé. Voyez : On dirait qu'elle veut vous parler.

Je répondis affirmativement. C'était un prétexte de les laisser à leur apologie de la Parisienne et à leur envieux débinage de Jacques de Tavannes.

Comme je repassais devant le collet de fourrures :

— Monsieur, me dit la voix enfantine, puisque vous entrez au café, vous seriez bien aimable d'appeler le garçon. Voilà un temps infini que je suis à me morfondre.

La phrase commencée poliment s'achevait sur un ton rageur qui me surprit. On n'eût pas parlé autrement au propriétaire du café. Il semblait que tout le monde fût responsable de la négligence d'un employé.

J'obéis comme à un ordre ; le garçon arriva, fit approcher une voiture où l'on mit le pied à la hâte ; mais le cheval, impatient, s'avança d'un élan brusque ; et la toque de violettes, le collet de fourrures se fussent étalés dans la boue si je ne m'étais trouvé derrière eux pour les en empêcher.

— Oh ! merci, monsieur, s'écria la voix enfantine.

Je vis alors, sous une violette baissée, des yeux qui avaient l'éclat glauque et froid des yeux de chat. Dans la toilette d'hiver qui était devant moi, encombrante, dissimulatrice, sorte de rempart contre les désirs, mais stimulant la curiosité, j'imaginai une femme jolie.

— Cette menace de chute est un mauvais présage, dit ma protégée avec un air d'effroi. Je ne remonte pas en voiture. D'ailleurs je ne veux pas rentrer à la maison en ce moment : je n'en ai pas le courage.

Elle jeta de la monnaie au cocher et s'avança au milieu de la foule avec une maladresse assez sensible. Elle était petite : ses pieds, sans doute accoutumés aux voitures, paraissaient embarrassés sur le trottoir vaseux. Mais les jupes une fois levées, serrées contre le corps, en laissèrent deviner les élégances, et l'on ne vit plus sa démarche.

Évidemment elle n'était entrée seule dans le café que pour se garantir de la pluie subite. Elle n'avait aucune parenté avec les pauvres filles échouées sur les banquettes et les joueurs entêtés qui jettent les cartes sur le marbre en fumant des pipes et en criant les atouts. Loin d'exhaler les tabagies, elle laissait derrière elle un sillage d'iris qui pénétrait l'air lourd du boulevard. Mélange de grâce et de gaucherie, alliant une certaine morgue à une grande liberté d'allures, des airs d'enfant, – d'enfant obstiné, despote, – à des façons sérieuses et douces, on n'eût pu la définir. Qu'importe ? Elle était jeune, elle avait le charme ; on se retournait sur son passage.

Le soleil éparpille sur toutes choses le désir d'exister. Tout resplendit, tout attire. Mais aux soirs sombres, froids, brumeux, on ne pense plus qu'à égayer l'abri, – palais, humide chambre d'hôtel – à réjouir une couche où l'on ne se veut plus solitaire. Les climats féroces ont nécessité la vie de famille, des mœurs réglées, la vertu officielle, créant l'ordre en même temps que la barbarie. Il ne faut en effet qu'une journée de pluie et de boue pour ressusciter les simples instincts et faire un sauvage du plus civilisé des hommes.

Elle était suivie et désirée parce que, plus que ces ouvrières qui la coudoyaient au retour hâtif de leur travail, elle rappelait les caresses, le lit. Quelques-uns, distraits de leur marche, se heurtèrent à ses côtés. Un homme, préoccupé davantage de ses affaires que des séductions féminines, se lança contre un passant qui la regardait obstinément. Celui-ci reçut le choc, trébucha et me poussa vers la jeune femme, que je pressai un peu.

Sa voix, si douce il n'y avait qu'un moment devint glapissante :

— Mufle ! Espèce de dégourdi ! cria-t-elle. Vous ne pouviez pas faire attention !

Les passants s'arrêtèrent, avides d'esclandres. L'ordre public, sous la forme d'un sergent de ville à la taille de géant, à la moustache provocatrice, apparut au-dessus des têtes assemblées, voulut savoir si un crime ou, faute de mieux, un délit, réclamait son intervention.

Mais la jeune femme venait de reconnaître en moi son secours de tout à l'heure. Pour s'excuser, elle ne trouva rien de mieux que d'éclater de rire. Les spectateurs, un peu déçus, se dispersèrent.

À ce moment, un petit soldat en capote bleue, qui ressemblait à un collégien, perça la foule et se dirigea vers nous :

— Bonjour, Juliette ! fit-il gaiement. Qu'on a de peine à se retrouver !

Elle ne répondit rien d'abord ; elle était devenue pâle, paraissait fort troublée. Elle regarda autour d'elle d'un air inquiet ; puis, sans jeter les yeux sur son interlocuteur, lui dit du bout des lèvres :

— Tu viens trop tard. Je ne puis causer avec toi maintenant. Laisse-moi !

Le petit soldat voulut insister, et parla quelques instants à demi-voix. Il n'obtint que cette réponse impatiente :

— Allons ! laisse-moi : tu es ridicule.

Elle se mit à marcher très vite ; et, comme l'autre ne la lâchait pas, elle se retourna, furieuse :

— Je vais te faire fiche à la boîte, tu vas voir ça !

Sur cette menace, la toque de violettes et le képi rouge s'enfoncèrent dans les vagues humaines. Je me résignai à cette disparition et j'arrêtai un fiacre. Déjà j'y avais pris place et j'allais fermer la portière, lorsque j'eus la surprise de voir la jeune femme se précipiter, monter, crier une adresse. Dans l'obscurité elle ne m'aperçut pas et, au roulement de la voiture, se laissa doucement asseoir sur mes genoux.

— Oh ! fit-elle en se levant brusquement avec une sorte de frayeur. Oh ! pardon.

Mais, à la lueur d'un réverbère, elle avait reconnu mon visage.

— Comment, c'est vous, monsieur ! Il y a donc une sorcellerie pour nous rapprocher. Ayez la bonté, je vous en supplie, de me garder quelque temps. Un homme me poursuit, et je ne veux pas retomber dans ses pattes… Il n'y a pas de voitures sur ce maudit boulevard !

— Aussi vous avez pris la mienne.

— Oh ! je ne savais pas !

— C'est ce jeune soldat qui vous effraie ?

— Vous l'avez vu ? fit-elle en me regardant avec défiance… C'est l'ordonnance de mon mari, un être insupportable !

— L'ordonnance ou votre mari ?

— Les deux !

— Vous les confondez ?

— Oui !… Vous me permettez, n'est-ce pas ? de rester avec vous… le temps d'échapper à cet homme.

— Mais, madame, je puis vous reconduire chez vous.

— Nous, je vous remercie, je ne veux pas rentrer… Et puis pardonnez-moi, ajouta-t-elle en souriant, pardonnez-moi mes grosses injures de tout à l'heure… Je suis dans une irritation aujourd'hui ! Je suis si malheureuse ! Je suis comme folle.

— À cause du soldat ?

— Oh ! non. Celui-là vient achever mes ennuis, voilà tout !

Elle mit la tête à la portière :

— Je regarde s'il nous suit… Ce fiacre va si lentement !… Il pourrait nous rattraper.

— Il est donc bien terrible ?

— Oui, surtout lorsqu'il est ivre, comme ce soir… D'ailleurs je ne veux pas être espionnée. Je veux aller où il me plaît… C'est atroce, continua-t-elle comme se parlant à elle-même, c'est atroce de penser qu'il va falloir revoir cet appartement. J'aurais besoin de m'amuser, de m'étourdir ce soir.

Il me sembla qu'il y avait dans ses paroles la demande d'une invitation qu'il ne me déplaisait pas du tout de lui adresser.

— Voulez-vous passer la soirée dans quelque théâtre ?

Elle eut une seconde d'hésitation.

— Non, fit-elle, on nous verrait. Et puis je ne suis pas habillée. Il faudrait encore rentrer dans cet appartement qui m'est odieux… Il n'y est pas, mais tout me le rappelle. Son fantôme est partout. Tenez, j'aperçois une voiture libre. Je vais la prendre. Voyez-vous, j'ai la tête trop faible ce soir. Je ne veux pas avoir des occasions de repentirs. Adieu, monsieur. Adieu et merci !

Elle me retira vite la main qu'elle m'avait tendue et sauta précipitamment. Je vis sous sa robe haut troussée ses fines bottines patauger dans la boue à la poursuite d'un fiacre qui s'enfuyait. Elle l'atteignit enfin et monta sans tourner la tête.

Je rentrai affligé d'une légère tristesse, regrettant le plaisir deviné qui s'enfuit et ne repassera plus sous nos lèvres.

En s'asseyant sur mes genoux, elle avait révélé la plénitude de sa chair de femme, que n'eût pas laissé deviner chez elle le visage délicat, ni l'apparence frêle du buste. Le contraste de son corps devait se retrouver dans son esprit à en juger par sa parole tour à tour froide et emportée, pleine d'éclats et de caresses. Si couverte, si enveloppée, si opposée à elle-même, elle éveillait le désir de la voir toute dévêtue. Mais, sans doute, ces curiosités sensuelles allaient se perdre sous les désirs qui s'élèvent et meurent avec chaque journée, incessamment brisés, incessamment renouvelés, nous exaltant sans répit jusqu'à nos dernières heures.

À mon arrivée chez moi, je trouvai au salon un visiteur qui me tendit les mains avec un bel élan de confiance et d'ardeur juvéniles. C'était un jeune homme court, vigoureux, au regard ardent et doux.

— Paul Ancelle ! m'écriai-je.

— Herbert !

Il y a plaisir, après une longue absence, à se saluer de la sorte, à voir notre nom dominer ambitions et intérêts, de même que celui de notre ami est toujours frais sur nos lèvres. C'est un égoïsme, si l'on veut, mais vivifiant comme tout ce qui attache naturellement les êtres.

J'ai connu Paul Ancelle enfant. Nos familles étaient liées. Des saisons à la campagne et au bord de la mer nous ont rapprochés, ont fortifié notre amtié. Mais les parents meurent, les enfants se séparent. Tandis qu'il achevait ses études et faisait son droit en province, je voyageais en Amérique.

Et voici que nous nous retrouvons encore !

Je suis son aîné de plusieurs années ; aussi à son amitié se mêle un respect pour tout ce que j'ai pu voir et apprendre du monde, qu'il ignore encore. De même j'ai un peu à son égard la tendresse d'un maître pour le jeune esprit qu'il a formé. Je me revois devant lui comme il y a dix ans, lorsque nous allions, au mois d'avril, tirer des buses dans la forêt de Bellême. Travail du matin, chasses de l'après-midi, causeries du soir, tout nous unissait alors !

— Tu es seul maintenant, mon pauvre Paul.

— Oui, je suis seul. Ma mère est morte cette année. J'habite Paris à présent. Je me prépare au Commissariat de marine. Mes parents le désiraient. J'ai suivi leur volonté. Oh ! sans enthousiasme.

— C'est un tort, mon cher ami. Si l'on ne se sent pas un don vraiment divin, un amour violent pour une activité spéciale, à quoi bon s'écarter de la route suivie par nos parents ? Songe à toute l'énergie dont tu pouvais hériter en dirigeant la maison de ton père. Continuer une œuvre est plus facile que d'en commencer une nouvelle.

— C'est mon frère maintenant qui a la maison. Je lui ai vendu ma part.

— Et pourquoi donc cela ? Tu te dis seul et dégoûté, mais si tu dirigeais avec lui la maison de ton père, vos intérêts communs vous uniraient, et tu aurais plaisir à travailler.

— Herbert, dit-il, je ne pense guère en ce moment au travail et aux affaires.

Je songeai combien mes conseils pouvaient lui paraître hors de propos.

— Je désirerais passer la soirée avec toi, reprit-il. Es-tu libre ?

— Mais certainement, mon cher Paul. Je m'en voudrais de ne pas rester avec toi ce soir, depuis si longtemps que nous ne nous sommes vus.

Nous avons dîné ensemble chez moi. Le repas a été rapide et presque silencieux, mais, dès que nous nous sommes levés de table, Paul a commencé les confidences.

— Herbert, dit-il, je suis le plus malheureux des hommes.

Je n'ai pu m'empêcher de sourire de cette prétention, mais il y avait vraiment dans l'accent de mon ami un désespoir si profond que je me suis reproché comme une cruauté ma légèreté d'attitude à son égard.

— Imagine-toi, me disait-il, ma solitude à la mort de ma mère, le vide que causait en moi cette affection disparue. Je me voyais dans le monde comme dans un désert.

— Et tu ne songeais pas que dans ce désert il y avait moi, ton ami ?

— Mais ne m'avais-tu pas assez négligé pour me laisser croire que tu m'oubliais ? Aujourd'hui, c'est à peine si j'osais venir te voir.

— Je te remercie… Et madame de Requoy, mesdemoiselles de Requoy ? Tu étais assidu chez elles. Ne vas-tu plus les voir ?

— Ces jeunes filles me paraissaient charmantes autrefois, mais l'éducation qu'on leur a donnée en a fait des êtres insupportables. Entends-les causer seulement toute une soirée, entends-les exposer leurs principes ou plutôt les idées empruntées et sans lien qui en ont pris la place, tu ne pourras même pas t'apercevoir qu'elles sont jolies, tant elles et sembleront absurdes. Non, non, vois-tu, il ne faut plus espérer rencontrer dans le monde autre chose que des amitiés d'une saison, d'un soir, d'une heure. Ce n'est pas assez pour moi. Je suis de la vieille race !

« Si tu songes, reprit-il, à la sécheresse et à la stérilité de mon existence, tu comprendras avec quelle ardeur je me suis rué à l'amour lorsque je l'ai rencontré. Mais cet amour est atroce, et j'en suis brisé. Je viens à toi comme un malade, non point pour te demander guérison, mais pour avoir un peu de soulagement. Au nom de notre vieille amitié, écoute-moi, laisse-moi te parler ; il me semble que je suis moins affligé en te racontant ma peine. Un écrivain téméraire a écrit qu'il n'y avait pas d'amour sans estime ; or, la femme que j'aime, je sais que je pourrais la mépriser, et cela ne diminue rien de mon amour.

— Mon pauvre Paul, je vois que tu es dans les griffes d'une coquine.

— Oh ! ne parle pas ainsi !

— Tu le dis toi-même.

— Non, non Ce n'est pas cela que j'ai voulu exprimer… Il y a seulement entre elle et moi je ne sais quel abîme, que nous ne devons jamais franchir. Aucun être ne peut, plus qu'elle, violenter tout ce que j'aime au monde, mes penseés, ma façon de sentir et de voir. Nos corps mêmes se repoussent !… Oui, il y a dans chaque homme une idée particulière de beauté physique, une image de volupté sensuelle qu'une femme est plus apte qu'une autre à évoquer. Or, son charme me laisserait indifférent si ce n'était pas elle qu'il décorait. Te dirai-je, moi qui, d'ordinaire, ne puis voir une femme sans songer à l'étreindre, te dirai-je que je suis resté longtemps en sa présence, froid comme un vieillard, alors qu'elle me donnait mille occasions de la prendre ?

— C'est ce que j'appellerais l'inimitié des peaux ! Mais alors pourquoi l'aimes-tu ?

— En voilà une question ! Pourquoi l'aimes-tu ? Est-ce qu'on choisit ses amours. Il arrive qu'une femme se présente au moment où votre âme est ivre de se répandre, de donner tout ce qu'elle a de beauté. Cette femme se transfigure, s'illumine à votre lumière, et elle reste ainsi des années. Que ce soit une princesse, une courtisane ou une pauvre femme, le résultat est le même. Il y a pour vous dans le monde un être qui est plus désirable que tout le reste, et qui seul fait le prix de la vie.

— Et t'aime-t-elle, au moins ?

— Il y a des jours où je crois que oui, réellement, elle m'aime ; elle est une petite sœur pleine d'attentions, soucieuse de tout ce qui m'intéresse, et quelle amoureuse, mon ami !... D'autres jours, au contraire il semble que mes paroles l'importunent, qu'elle a horreur des idées, qu'elle me hait, que toutes ses tendresses d'auparavant sont une comédie.

— Pourquoi une comédie ? Alors c'est une femme...

— Non, répliqua vivement Paul Ancelle qui avait deviné ma pensée. Et elle ne m'a jamais laissé soupçonner qu'elle était intéressée. Mais combien de motifs, autres que ceux de l'argent, peuvent décider une femme à se donner sans amour ! Le plaisir, la curiosité, le désir de se venger. Quand je réfléchis maintenant à ce qui nous attira l'un vers l'autre, je vois un obstacle à franchir, un désir de victoire. L'obstacle n'est ni un mari jaloux, puisque le sien ne voit rien, ni des parents contraires, puisque nous n'en avons point, mais l'obstacle est en nous, dans notre caractère, notre passion, dans tout notre être. L'autre jour, après l'avoir possédée pour la première fois, – avec quelle ardeur, avec quelle soif furieuse, grand Dieu ! – j'ai eu, en quittant sa bouche, l'idée que c'était moi qui avait brisé l'obstacle, parce que je m'étais anéanti en elle, parce que j'étais devenu sa chose, sa pensée. Et, après tant de jouissances, je me sentis irrité, contre moi-même et honteux de mon sacrifice.

— Tu es un raisonneur Paul. On dirait que tu te plais à détruire tes jouissances et à augmenter tes afflictions.

— Non, Herbert, seulement je suis à la fois attiré et épouvanté. Je voudrais trouver des motifs assez puissants pour m'éloigner d'elle tout à fait. Et je manque de courage.

À ce moment, le maître d'hôtel vint apporter une lettre au nom de M. Paul Ancelle. Quand Paul vit l'enveloppe, il pâlit, l'ouvrit brusquement, puis, après l'avoir lue en deux secondes, il la froissa, la déchira et en jeta les morceaux.

— Elle ne vient pas ! Elle ne vient pas ! s'écria-t-il en se levant, et il marcha à grands pas devant le domestique effaré...

Elle m'avait promis de venir pourtant. Et elle est libre ce soir ! Je sais qu'elle est libre ! Alors à quoi bon se donner à moi l'autre jour puisqu'elle devait me quitter ainsi ! Est-ce son amusement de me rendre malheureux ?… Adieu ! mon ami, je pars. J'avais plaisir à parler d'elle, car je comptais la voir ce soir. Maintenant, je ne veux plus penser à cette femme, je ne veux plus penser à rien !

— Et où vas-tu ?

Il eut le regard tendre, caressant, le sourire plein de tristesse, qui prêtaient un charme si étrange à son visage plutôt mâle et énergique.

— Je vais oublier, dit-il.

Cependant, avant de me quitter il se courba vite sur le tapis pour retrouver les fragments de la lettre déchirée, et il les glissa dans son manteau.

Comme il a changé ! Comme il m'est étranger à présent ! Il éprouve une passion niaise exagérée probablement, et il n'a pas même la pudeur de la garder pour lui ! Quelle idée lui a-t-il pris de venir me raconter toutes ces choses, puisqu'il ne s'est pas soucié de me demander conseil ?

Ce qui m'irrite en lui, c'est que rien ne subsiste de sa virilité que l'orgueil ; des nerfs de femme, une éducation de femme, et puis cette disposition à résumer toute l'existence dans l'Amour, telle est l'explication de sa conduite insensée.

Je le jugeais avec cette clairvoyance sévère dont on se garde bien d'user pour soi-même. Cette passion qui, comme une grêle inattendue, tombait dans mon existence tranquille, m'avait étourdi et indisposé.

Cependant, par simple curiosité, j'aurais bien voulu connaître la maîtresse de Paul.

Ainsi commence l'aventure qui m'a apporté tant de joie et de chagrins. Cette pluvieuse soirée de novembre, qui semblait s'être glissée silencieuse et inutile à l'oubli, m'apparaît, aujourd'hui, avec un relief affligeant ; les mots que j'entendis, alors insignifiants, ont des résonances continuelles et profondes, comme s'ils eussent été des sentences et décidé de plusieurs années de ma vie.

II
UNE JEUNE FILLE À LA MODE

Je reposais encore lorsque mon valet de chambre entra, hésita un instant, puis, bravement, se décida à éclairer. La lumière vint me frapper les yeux.

— Pourquoi me réveillez-vous si tôt, Jean ?

— Il y a une dame qui demande monsieur.

— Une dame ! mais quelle heure est-il ?

— Cinq heures du matin.

— Elle est donc de la police ?

— Oh ! la police ne vient pas si tôt.

— Vous êtes bien au courant des us de la police.

— Oui, monsieur, mon ancien maître est allé à Mazas.

— C'est vrai, c'était une élégance il y a quelques années.

— Que dois-je dire à cette dame ?

— Que ce n'est pas une heure pour faire des visites.

— Mais, monsieur, il y a un temps infini qu'elle sonne à la porte. Elle a réveillé toute la maison.

— Et voilà pourquoi vous voulez me réveiller aussi ? m'écrai-je impatienté.

Le valet de chambre eut un sourire perfide.

— Enfin, monsieur, c'est une jeune et jolie dame.

— On ne juge pas si tôt de la beauté.

— On en juge quand il lui plaît, fit une voix féminine, et, forçant la consigne, une jeune fille en culotte et en bottines de cycliste, sous un grand manteau beige de voyage, se présenta portant un petit sac de cuir verni à la main. Je reconnus avec étonnement les yeux clairs, ingénus et un peu égarés de Mlle Geneviève de Requoy. Elle serait belle sans cette façon de relever ses cheveux, et de se faire un grand front de penseur. Elle avait les paupières battues, les traits tirés d'une veille prolongée. Cette fatigue apparente ne lui enlevait rien d'ailleurs de sa vivacité.

— Comment, mademoiselle ! Vous ici ! À quoi doi-je l'heureuse surprise ?…

— Hein ! Ça vous ennuie que je vienne, sans me faire annoncer. Dites-le, voyons, soyez sincère.

— Et si je vous disais que c'est la vérité ?

— Je serais ravie. Seulement je ne vous croirais pas.

— Vous auriez tort.

— Non. Il n'y a qu'un cas où je me serais crue indiscrète : si vous n'aviez pas été seul… Oh ! ne protestez pas. On connaît vos mœurs… Tenez ! cette délicieuse chemise, vous ne l'avez pas, je suppose, pour me recevoir, ou vous seriez un fat ! Un homme épris de lui-même, ah ! fi donc ! Je ne vous fais pas l'injure de vous juger ainsi.

— Alors, d'après vous, un homme ne peut s'habiller convenablement qu'en vue de plaire ?

— Certainement.

— Et vous, mademoiselle, est-ce par coquetterie que vous êtes toujours, même dans un costume de voyage, habillée d'une façon si gracieuse.

— Moi, ce n'est pas la même chose, je suis femme, j'ai le droit d'être élégante pour moi-même.

— Vous avez tous les droits… Aurais-je celui de vous demander la raison de cette visite matinale ? Vous devez comprendre que ma curiosité est un peu excitée.

— Je vais la satisfaire. C'est bien simple. Vous savez s'il fait bon à la campagne au mois de novembre. Des chemins vaseux ; des prairies inondées. Pas un chat… Avec cela l'espoir de passer l'hiver aux champs. Maman a perdu beaucoup d'argent cette année à Aix-les-Bains, et elle veut se rattraper en mettant toute la maison à l'économie. Nous ne resterons cette année que trois mois à Paris. Vous devinez la colère que l'on a là-bas ; maman surtout, qui se sent cause de son malheur. Vous ne l'avez jamais entendue crier dans ses grands jours, lorsqu'elle donne toute sa voix !… Cela fait mal de l'entendre. Quant à papa, il s'enferme dans son atelier, et, du matin au soir, il barbouille. Je me demande ce qu'il peut peindre par exemple ! Des effets de tristesse, sans doute. Ah ! c'est récréatif !… Moi, quand j'ai vu que nous en avions pour cinq mois d'une pareille existence, j'ai pris ma petite poudre d'escampette, et me voilà !

— Mais vos parents doivent être dans une inquiétude !

— Bah ! je leur ai écrit. Par exemple, seule ma sœur sait où je suis, et elle est la discrétion en personne. On lui brûlerait la plante des pieds qu'on ne lui arracherait pas un secret… D'ailleurs ils savent que je n'ai pas l'habitude de me perdre. Et puis il faudra bien que nos créateurs s'habituent à nos absences. Nous avons toutes deux, ma sœur et moi, comploté d'aller chaque année faire une petite promenade expérimentale, et une autre fois nous partirons ensemble. Ce sera plus sûr et plus commode pour nous.

— Savez-vous que vous êtes, passez-moi l'expression, à fesser.

— Ah ! ah ! ah ! On ne s'est jamais permis de toucher à nos personnes.

— Vous n'avez pas à vous en féliciter. On a trop fait vos quatre volontés depuis le berceau.

— Avec cela que vous n'aimeriez pas une femme comme moi, avouez-le… Consolez-vous ! Vous ne m'aurez point.

— Mais je vous ai maintenant. Cela me suffit. Je ne songe pas à l'avenir… Et vous ne m'avez pas encore dit ce qui me vaut cette faveur de vous recevoir ?

— Mon Dieu ! Une idée ! Quand je suis arrivée à Paris, cela m'a fait froid dans le dos de voir cette grande ville endormie. Je ne pouvais pas aller à notre appartement où l'on serait venu me dénicher. Descendre à l'hôtel en arrivant, cela m'effrayait. Attendre à la gare, c'était mortel. Alors j'ai pensé à vous. Oh ! me suis-je dit, je vais aller éveiller M. Herbert Primeraine. Ce sera amusant.

— Vous êtes bien aimable.

— Oh ! j'avais déjà pensé à vous dans le train… en passant sous un tunnel.

— Pourquoi, sous un tunnel ?

— Parce que… vous êtes mystérieux, sombre comme les tunnels.

— Tiens ! je ne m'en étais jamais aperçu. Et vous n'avez pas eu l'idée aussi d'aller réveiller M. Paul Ancelle ?

— Ah ! non, par exemple. Celui-là, je le laisse à son sommeil. Un homme d'un autre âge. Il date au moins de l'Empire… du premier !… Et puis je ne sais pas son adresse… Tenez, pendant que vous allez vous habiller je vais fureter partout dans votre appartement. Je m'imagine que ça doit être très drôle. Vous permettez ?… Seulement, voilà : il ne fait pas chaud chez vous. Je suis transie.

— Je vais sonner pour qu'on allume du feu.

— Arrêtez ! non, ce n'est pas la peine ; j'ai une idée… Si vous vouliez ?…

— Que je me mette pour me réchauffer… dans votre lit. Eh ! qu'est-ce qu'il y aurait d'extraordinaire ? N'avons-nous pas couché l'un près de l'autre dans nos excursions en mer, dans nos ascensions sur les montagnes ?

— Et les domestiques, qu'est-ce qu'ils diraient ?

— Ce que je m'en moque, des domestiques ! Tenez, j'ai lu qu'une grande dame russe, quand elle avait des envies, – vous m'entendez, – se faisait tenir ses robes, pour plus de commodité, par ses serviteurs. Et, comme elle priait une dame de sa compagnie, d'en user de même et que celle-ci s'en étonnait : « Mais, ma chère, répliquait-elle, ces gens-là ne sont pas des personnes. » N'est-ce pas là une belle réponse ?

— Excellente… Et où avez-vous lu cela ?

— Dans un livre de la bibliothèque de papa, un livre de prix, je crois.

— On donnait de jolis prix à votre papa, il paraît… Mais nous ne sommes pas en Russie, mes domestiques connaissent ceux de votre père, et si M. de Requoy venait à savoir que sa fille a couché dans le lit d'un jeune homme, il ne serait pas fort satisfait.

— Papa ! voilà qui lui serait égal ! Vous n'avez pas encore appris à le connaître ?… Et puis vos domestiques n'entrent pas, je suppose, à chaque instant dans votre chambre à coucher. Vous avez des portes et des clefs ?… Alors, je ne vous écoute plus, je me déshabille.

Elle tremblait un peu : de froid ou de son audace. Les bottines tombèrent lourdement ; la culotte, le pardessus beige, le petit chapeau de feutre à aigrette volèrent dans la chambre, et je vis un tourbillon de jupes blanches, de chair rose, de cheveux blonds s'élancer, s'élever puis descendre vers moi ; le tout se coula doucement, sans bruit, sous les couvertures. Je sentis alors un cœur battre à coups précipités tout près du mien.

Nous restâmes quelques instants silencieux. Toute la bravoure de ma petite compagne de lit semblait l'avoir abandonnée. Elle était dans un trouble extrême. Elle commença plusieurs phrases dont elle n'acheva pas le premier mot. Enfin elle me dit :

— Monsieur Primeraine, vous êtes un galant homme ?

— Je l'espère.

— Vous êtes un charmant garçon, et qui connaissez le monde ?

— J'ignore si j'ai ces qualités, mais je serais flatté que vous me les supposiez

— Je puis avoir confiance en vous ?

— Absolument.

— En tout ?

— En tout.

— Compter sur votre discrétion ?

— Sur ma discrétion entière.

— Je vous déclare d'abord que je ne vous aime pas du tout.

Cette déclaration venant après toutes ces demandes de garantie, loin de m'émouvoir, me donna une violente envie de rire.

— Ne riez pas, fit-elle en me plaquant ses doigts fins sur les lèvres. Ne riez pas. Ce n'est pas le moment, et, pour ma part, je vous avoue que je n'ai pas le cœur à la gaieté, bien au contraire. Je vous répète que votre personne me laisse indifférente ; c'est justement pour cela que je viens vous demander un service, je compte ne pas être refusée. Il y a deux choses que je voudrais éviter : le malheur et la bêtise. Or il n'y a rien, à mon avis, de plus malheureux qu'une femme soumise à tous les caprices de son mari, et rien de plus bête qu'une vieille fille qui ignore l'existence. J'aurai plus tard une certaine fortune qui me permettra de vivre à ma guise. Je ne veux donc ni me marier ni rester dans le célibat. Aujourd'hui je commence la série de mes expériences à travers le monde et je vous prie de me débarrasser de cette particularité gênante qui vous rend gauche et timide, inapte à comprendre les relations sociales. Si j'attends, je puis tomber entre les bras d'un goujat ou, ce qui est peut-être pire, entre ceux d'un homme que j'aimerais et dont je deviendrais l'esclave. L'une et l'autre alternatives me répugnent : aussi vous ai-je choisi… Vous ne répondez rien. Est-ce que ma proposition vous déplaît ? Vous suis-je désagréable ?

La peur de toucher à cet être fragile, d'une si complète innocence sous ces corruptions de surface, et la crainte aussi de laisser évanouir, sans les étreindre un instant, des grâces qui se donnaient avec tant de franchise, se partageaient ma volonté et l'anéantirent un instant. Mais si la pauvre enfant ne savait guère ce qu'elle faisait, elle ne le saurait pas davantage avec d'autres, et puisqu'il fallait que ce charme d'enfance ne durât pas, pourquoi ne pas le voir s'éteindre doucement sous mes yeux fervents, au lieu de laisser un inconnu, peut-être insensible, le briser avec brutalité. S'il y eut faute, mon excuse se trouve dans l'invitation de ces paupières à demi-fermées, de ce sourire des dents pures, et de ce corps délicat, dont l'attente soulevait plus vite les seins. Elle passa la main sur son front, tordant ses cheveux, et je l'étreignis de toute ma joie.

— Oh ! me chuchota-t-elle à l'oreille, c'est étonnant : vous ne m'avez pas du tout fait mal.

Elle se mit alors à rire nerveusement, et je ne sais ce qui m'exaltait le plus, de ce qui était mort ou de ce qui naissait en elle. À nos promenades ensemble, dans les voyages que j'avais faits avec les Requoy au bord de la mer, aux séjours dans leur château, je n'avais vu de ma jeune amie qu'un air de grâce, et je découvrais maintenant en la gardant contre moi toutes les magnifiques promesses de son jeune corps. Ces lignes ténues, rigides, allaient s'étendre, s'assouplir, et le beau vase de plaisir se gonfler, prendre ses courbes voluptueuses.

Au milieu de l'ivresse qui l'avait rendue si hardie elle était redevenue toute ingénuité : c'est pourquoi elle n'avait ni embarras ni étonnement.

— Je vais aller voir votre bibliothèque, dit-elle, tandis que je m'habillais. À présent je puis tout lire.

— Oui, si vous voulez, mais c'est inutile !

La mauvaise littérature qui avait recouvert ses idées se craquelait, tombait en poussière et laissait son âme toute fraîche.

Quand je la retrouvai, devant mes livres, elle tenait sur ses genoux un album fermé, et elle avait les yeux humides. Elle s'écria :

— Si papa savait !

Et elle fondit en larmes.

Peine passagère, aussi courte qu'une ondée de printemps ! Je séchai ses pleurs de mes baisers et la journée fût pleine de fêtes.

Cependant à la venue du soir, elle m'annonça son départ :

— Je vais aller chez une de mes amies russes, la fille d'un pope, que j'ai connue en voyage : nous nous aimons bien toutes deux. Vous, oubliez-moi, et si je ne retourne pas vous voir, ne me recherchez point.

— Mais vous reviendrez ? lui demandai-je.

— Il vaudrait mieux ne pas revenir, mais ce serait peut-être trop dur pour nous deux. Oui je reviendrai. Je sens que je ne le devrais pas. J'ai peur de vous aimer. Oh ! soyez tranquille : vous m'êtes encore indifférent. J'ai passé une agréable journée avec vous. Voilà tout.

Elle recommençait ses refrains habituels, redevenait la petite poupée qui m'était apparue le matin derrière mon domestique : je regrettai la simple enfant que j'avais vue heureuse dans mon lit.

Sur mon seuil, devant la nuit brumeuse de Paris, à peine trouée de lueurs vacillantes, elle se recula, comme saisie d'un immense regret et peut-être effrayée de tant d'inconnu.

— Voulez-vous rester, demandai-je

— Non, on m'attend, il faut que je parte. Adieu !

— Vous reviendrez !…

On ne me répondit point. Elle avait pris sa course et déjà elle n'était plus qu'une ombre dans les ténèbres.

III
LE PORTRAIT SACRILÈGE

Je ne pouvais plus rien distinguer que mes yeux s'attachaient encore à cette obscurité attirante où la jeune fille venait de disparaître. Ce fut avec une sorte de peine que je m'arrachai à mon seuil et que je revins à la chambre où elle m'avait donné son corps. Tout autour de moi semblait s'être terni ou voilé. Ce qu'elle avait touché, caressé du regard ou de la main, gardait comme une tristesse de son brusque départ.

J'étais irrité de ma faiblesse. Entrer ainsi à l'improviste dans une existence, s'y lier avec ardeur et calcul, puis froidement disparaître, ce sont coutumes ordinaires des êtres dont il ne faudrait pas plus s'étonner que de la fuite des jours et des saisons. Sans mentir j'aurais très bien répété à mon amie d'une minute sa propre déclaration : « Je ne vous aime pas du tout. » Et pourtant je ne me sentais pas indifférent.

Je songe à ces années de voyage, de liaisons aisées, de faciles détachements, où l'existence fut réellement pour moi une comédie aux décors variés et dont on n'imagine pas le dernier acte. Mon compagnon de route, Lord Beresford, un Anglais qui met beaucoup de raison dans ses plaisirs, m'avait alors imposé sa règle de conduite : « Tout refuser au Hasard. » Il avait puisé jadis, dans ses lectures latines, une morale bizarre où le plus sévère stoïcisme vient en aide aux voluptueux pour leur apprendre la jouissance. Il poussait à l'extrême ses paradoxes et les résumait par un distique composé à Oxford, dont voici le sens :

Si Vénus ou la Fortune viennent te trouver
et que tu ne les attendes pas :
Mets-les à la porte plus vite que la Douleur.

Grâce peut-être à cette école d'orgueil et de volonté, j'avais poursuivi en paix mes voyages, mes études, puis, plus tard mené une vie active, soutenu ou lancé des affaires. Sans négliger mes entreprises, j'avais eu les aventures que je souhaitais et évité les autres.

Et maintenant ? Maintenant je me demande si cet air de Paris, enivrant, dangereux lorsqu'on le respire après en avoir été longtemps privé, ne me laisse pas sans défense devant tout ce qui passe d'aimable. Depuis mon retour de l'étranger, une agitation inutile et oisive m'absorbe, me prend mes journées entières. Ce soir, je dois dîner en ville, apparaître dans une réunion intime, et enfin tardivement, retrouver des amis à une fête. Agréments qui deviennent vite des fatigues. Il faut se faire une existence d'ours dans les montagnes, ou bien sentir à chaque instant la corde dont les sociétés polies vous entraînent. À quel genre de vie donner la préférence ?

Il serait sans doute délicieux de songer à cette jeune fille, mais je ne veux pas me souvenir d'elle. J'irai oublier cette journée heureuse parmi des indifférents. De nouveau je me prends à répéter ma vieille maxime de jeunessse : Puisque nous sommes contraints de vivre à travers mille événements et au milieu d'une multitude bariolée, soyons comme cette glace du boulevard où viennent se peindre êtres et choses, mais qui n'en conserve aucune image.

J'en étais là de mes réflexions lorsqu'on annonça Paul Ancelle.

À voir la fièvre et la lassitude qu'exprimait son visage, je me rappelai par contraste l'adolescent tranquille et solide de naguère, qui portait d'un pas alerte ses douze heures de chasse dans un pays de bois et de montagnes, tout en détours et en escalades. À quelle étrange poursuite se donnait-il aujourd'hui ? Sa fatigue, si évidente, était pourtant moins sensible que la préoccupation douloureuse de sa pensée. Il en demeurait comme meurtri et écrasé. Et je me dis que je n'avais pas tort autrefois de craindre pour lui son regard sombre et caressant de femme où l'on devinait, bien plus qu'une force de séduction, une trop prompte facilité de tendresse.

Cependant ce ne furent point des plaintes qui tombèrent de ses lèvres, mais des paroles pressantes ou imploratrices qui trahirent sa grande détresse.

Avec une insistance et sur un ton affligé qui ne manquaient pas, dans cette occasion, d'un certain comique, il me parla d'une fête à laquelle il voulait se rendre.

— Il faut, répétait-il, que tu m'obtiennes une carte pour le bal de Tavannes.

— Mais, lui dis-je, tu sais bien que le bal a lieu ce soir.

— N'importe ! Il faut que j'y aille. Elle y va !

Je dus me rappeler notre dernier entretien. Les amants dédaignent les précautions oratoires et s'imaginent que vous ne songez comme eux qu'à leur passion.

— Oui, reprit-il, elle a un besoin de divertissement, une avidité féroce de plaisirs. Ce n'est pas vanité, coquetterie chez elle, mais désir de se mêler à une foule. Ah ! elle a des goûts abominables !

— Puisque tu l'aimes, mon cher ami, accepte-la telle qu'elle est.

— Il y a des folies que je ne puis souffrir. Et je la surveillerai ce soir !

— Tu ne lui as pas dit que tu voulais l'accompagner ?

— Non, puisqu'elle m'a caché qu'elle allait à ce bal. Je l'ai appris par hasard : de sa femme de chambre.

— Mais si elle s'aperçoit que tu viens l'espionner, elle sera furieuse contre toi. Tu vas te rendre odieux !

— Cela m'est égal. Je ne puis pas rester loin d'elle ce soir, alors que je la sais au milieu d'une société grossière, livrée à tous les contacts, à toutes les excitations. Figure-toi une femme menant d'ordinaire une existence tranquille, lancée tout à coup dans des réjouissances de carnaval. Cette fête, paraît-il, est des plus libres ; ces messieurs s'accordent pleine licence… Et c'est une enfant, une véritable enfant !

— Tu ne me l'as pas présentée ainsi. D'ailleurs, si elle mène cette existence tranquille, elle a besoin parfois de se distraire, la pauvre enfant !

— Tu ne me parlerais pas sur ce ton détaché si tu étais à ma place, si tu l'aimais !

— Enfin, mon cher ami, tu n'es ni son mari, ni son frère, ni son amant officiel. De quel droit l'épier de la sorte ? Je te le répète : Tu n'as rien à gagner à ce rôle.

— Je veux savoir si je suis trahi.

— Dans le trouble où je te vois tu ne peux rien savoir. Tu attacheras de l'importance à des actes sans portée, de simple hasard. Pas de boutade qui ne te semble un aveu, et la plus innocente espièglerie sera pour toi un abandon.

— Je suis plus calme que tu ne penses… Et puis, peu importe ! Je veux la voir !

Ces confidences m'exaspéraient. À cet amour étranger qui s'imposait si indiscrètement, je sentais se révolter en moi le plus impitoyable, le plus jaloux des égoïsmes : l'égoïsme sexuel.

Je ne songeai plus qu'à fuir Paul Ancelle. Le seul moyen était d'aller dîner en ville, mais l'heure en était passée ; je ne pouvais pas même prétexter une invitation. Adieu visites et rendez-vous ! je devenais auditeur de Paul jusqu'à la nuit, si je ne réussissais à l'oublier chez Tavannes ou à le perdre dans la fête.

Nous dépêchâmes ensemble un repas silencieux, irrités tous deux de nous trouver face à face, puis nous courûmes à la recherche d'une carte et d'un travestissement.

Nous passions en voiture devant un magasin illuminé, lorsque je vis les yeux de mon ami vagues et brillants de larmes. Je fus frappé dans mon indifférence comme si, pour la première fois, je sentais sa peine. Il s'en aperçut mais, se trompant sur mon émotion, il me dit d'une voix qui retenait mal des sanglots :

— Je t'ennuie, je le vois bien. Pardonne-moi. Je ne fais plus attention à rien ; j'oublie tous les devoirs de la politesse et de l'amitié. Le monde, le monde entier pour moi, c'est la petite figure d'une femme qui n'est peut-être pas jolie, qui n'est peut-être pas bonne, et qui sans doute, ne m'aime pas.

— Pourquoi dire cela ? fis-je, voulant, vaille que vaille, lui donner une consolation.

— Oh ! je le comprends maintenant, continua-t-il. Elle ne m'aime pas. Et pourtant c'est avec elle seule que je puis être heureux. Quand elle m'apparaît, si tu savais comme il fait beau tout à coup en moi !... À voir comme ses mensonges sont adorables, j'imagine quelles délices aurait sa franchise... Seulement c'est là une joie que je ne connaîtrai jamais, jamais !... Je t'agace... Que veux-tu ? Je suis fou... ce qui ne m'empêche pas, d'ailleurs, de bien souffrir.

Je lui pris la main ; et il me sembla que son mal venait de pénétrer en moi.

— Va ! mon pauvre ami, lui dis-je, je te plains. Je sais, moi aussi, ce que c'est que d'aimer.

Mais je mentais. Jusque-là j'avais dédaigné comme une puérile faiblesse ou une affectation de rhéteurs la souffrance qui, le long des siècles, courbe et confond tant d'esprits humbles et superbes. Et je ne connaissais rien encore de la misère humaine.

Losqu'on nous introduisit chez Jacques de Tavannes, nous eûmes l'impression de pénétrer dans quelque pagode étrange du fond de l'Asie. Il y avait, pendus ou poussés contre le mur, un encombrement d'objets de toutes sortes dont le mauvais éclairage ne nous permettait guère de voir la forme ni de découvrir l'usage. Cela tenait du temple et du bazar forain : fouillis d'ombres et de pauvres clartés, traversé de raies de pourpre, de lambeaux d'azur, d'un éclair d'arme, d'un reflet de soie ; peuplé de vieilles faïences ébréchées et de grosses poupées aux joues luisantes dont se distinguaient à peine les êtres vivants, hommes et femmes, qui formaient la cour du peintre. Assis tout seul au milieu d'un divan large, et bas, sous une lampe antique dont le bec portait une étoile de feu, Jacques levait ses courtes jambes, se frottait les mains, se tournait à droite et à gauche dans un mouvement perpétuel. Sa tête aux cheveux ras, énorme pour son petit corps, se perdait dans une barde noire touffue qui semblait lui avoir poussé tout exprès pour déguiser l'âme railleuse et faunesque de ses traits ; mais ses yeux allumés, ses oreilles en cornet, longues et plates, de satyre, sa bouche sarcastique formant une barre de lumière, le trahissaient assez. Il était là comme une idole parmi ses hôtes qui, rangés de chaque côté du divan, écroulés dans une adoration silencieuse, digéraient gravement, les yeux en arrêt sur leur pipe ou le regard au plafond pour y suivre la fumée des cigarettes.

— Si tu viens pour me confier un secret, me dit-il avec un accent à la fois bref et paresseux d'ouvrier parisien qui casse les mots pour en traîner indolemment la dernière syllabe, sois le bienvenu, mon cher, je suis seul. Il ne faut pas faire attention à ces dames et à ces messieurs. Ils sont morts. Je les ai trop nourris ce soir.

— Dis donc, toi ! s'écria une femme immense à trois mentons, qui se précipita le bras levé sur Jacques et sembla l'écraser de sa vaste corpulence. Je te défends d'abord de lâcher des grossièretés.

— Non, trésor, je craindrais de te faire rougir. J'attendrai que tu aies ta poudre de riz… Mais tu devrais aller habiller Lili : vous ne serez pas prêtes.

— Lili ne vient pas.

— Pourquoi cela, mon trésor ?

Lili était une chétive petite blonde, ayant la grâce fine, un peu maladive des fleurs épanouies au fond des cours.

— Parce que, répliqua-t-elle, je n'ai pas une robe de cinquante louis à me ficher sur le…

— Lili, veille à tes expressions : il y a des messieurs ici.

— Enfin, c'est stupide de ta part, reprit-elle, d'inviter un tas de sales gonzesses qui viennent à ce bal pour rigoler de notre poire. Qu'avais-tu besoin d'avoir Suzette de Joigny, Félicienne d'Entragues, et toutes ces grues-là ? Tu donnes dans la noblesse, maintenant ! Tu n'as donc pas assez de la tienne, voyons !

— Mademoiselle Lili, fit Jacques en se tournant vers nous, méconnaît absolument le caractère social de cette fête qui n'est qu'un bal de bienfaisance, ou, si vous voulez, de concentration. Il m'a paru que les dames de la galanterie ne se connaissaient pas assez, et qu'il pourrait être d'une haute moralité d'opérer entre elles des rapprochements. Quel touchant spectacle de voir toutes les classes de la prostitution…

— Tâche donc d'être poli, espèce de malhonnête !

— … toutes les classes de la prostitution, continua le peintre, s'unir aux harmonies langoureuses, d'une valse ou d'un pas de quatre !

— Moi, je ne connais qu'une chose : quand on donne une fête, c'est pour être à l'aise.

— Mon Dieu, s'il n'y a que cela pour faire ton bonheur, tu n'as qu'à te déguiser comme Eva. Tu pourras prendre toutes les libertés. Personne ne te reconnaîtra.

— Moi, quand je me déguise, ce n'est pas pour me cacher. Et puis, à cette heure, où trouver un costume ?

— Tu es trop difficile : je ne pourrai jamais te marier, ma fille. N'est-il pas vrai. Eva ? À propos, en quoi te mets-tu, mon trésor ?

— En Fô-lie ! répondit d'un ton superbe la grosse femme aux trois mentons en roulant des yeux extasiés.

— Ne t'approche pas de moi, tu me ferais tourner la tête… Et sans doute Perdriel et Vermacher t'accompagnent. Entendez-vous, Vermacher ? Que faites-vous dans le coin tout seuls ? Quelle nouvelle escroquerie combinez-vous ensemble ?

Deux hommes sortirent de l'ombre un visage effaré.

Un ventre, des joues flasques et roses, avec un gazon de cheveux jaunâtres et des yeux errants : c'est Vermacher. Perdriel cache de petits yeux fureteurs, inquiets, défiants sous des lunettes d'or qu'il enlève aux heures d'abandon. Partout on voit son crâne humble et ravagé, ses faroris empressés qui datent des beaux jours de la coulisse, sous le second Empire. Mais avec les derniers cheveux qui lui restent derrière la tête, bien coiffés, formant une bosse rude au-dessus des oreilles, il a des prétentions à être irrésistible.

— Vous parlez de nous, Tavannes ?
— Oui, je demande si vous venez à mon bal.
— Mais, mon ami, dit Vermacher avec un fort accent d'Outre-Rhin, vous savez bien : ch'ai mes affaires…
— Une affaire importante, oui ! corrigea vivement Perdriel. Demain, de bonne heure, nous sommes obligés…
— C'est-à-dire que vous voulez vous amuser sans moi. Vous êtes tous des lâcheurs. Vous êtes mon état-major, et vous m'abandonnez dans les grandes circonstances ! C'est bien. Seulement, écoutez, mes petits : quand vous viendrez me demander à dîner, je vous dirai : Allez bouffer ailleurs !
— Vous avez tort, Tavannes, protesta Perdriel avec un air de chien battu, vous avez tort de nous traiter ainsi. Je vous assure…
Perdriel et Vermacher, qui considèrent les hommes comme des mines d'or ou de cuivre à exploiter à leur profit, environnent d'un respect quasi dévot Jacques de Tavannes. Peut-être lui savent-ils gré de son nom, de son art, ou de gagner beaucoup d'argent en mettant simplement quelques traits sur une feuille de papier, tandis que leurs gains leur coûtent à eux mêmes tant d'intrigues ! Peut-être les plaisanteries qu'il joue aux êtres sans en vouloir aux porte-monnaie, imposent-elles à leur intelligence, qu'elles dépassent. Comment, d'ailleurs, ne pas aimer un homme chez qui l'on trouve toujours une bonne table et des filles, communes, je l'avoue, mais habiles, et dont peut fort bien se satisfaire le caprice vacillant d'un vieux coulissier ? Et si, parfois, ils se sentent gênés en sa présence, Tavannes a une manière charmante de leur dire « qu'ils ont la canaillerie candide et qu'ils sont de braves bêtes de coquins », qui les attendrit. Lorsqu'ils se sentent l'âme trop noire, ils vont chez lui retrouver leur dernière illusion d'honnêteté.
Tavannes semblait ennuyé de leur défection ; c'étaient, d'ordinaire, des collaborateurs dociles, des agents soumis à toutes ses fantaisies ! mais leur obéissance aveugle leur avait amené trop de mésaventures ; ils se défiaient à présent.
— Moi ! je viens ! s'écria d'un air pimpant et junévile, M. de la Baille, qui oublia, en cette circonstance, les propos qu'il avait tenus sur Jacques l'autre soir… Je viens…
Et il ajouta à demi-voix en se penchant vers le peintre :
— Vous seriez bien aimable, cher ami, de me prêter deux louis. Je ne pourrais même pas offrir à souper si j'en trouvais l'occasion.
Lili aussi se décidait à honorer le bal de sa présence.

— J'ai pitié de toi, dit-elle. Je vais m'habiller.

— Tu es un ange. Mais n'oublie pas que je commence ton portrait samedi.

— Ah ! flûte ! Samedi on me photographie avec Eva… Cela t'étonne. Dame ! je serai ressemblante au moins.

— Alors je t'attends demain.

— Tu comptes beaucoup travailler cette nuit ?

— Probable. Je serai fatiguée ; j'aurai les yeux cernés ; je serai laide.

— Tu auras beaucoup plus de caractère, tu veux dire.

— Oh ! je sais que ça t'amuse de m'faire poser quand j'serai à mon désavantage. Tu veux que j'aie une sale gueule, avoue-le donc tout de suite !

— Vénus sera jalouse de ton portrait.

— Je sais… Seulement ça ne prend pas avec moi, mon petit. Enfin, monsieur, fit-elle en s'approchant de moi et en jouant avec les boutons de mon habit, comprenez-vous qu'il nous fasse des têtes comme cela, à coucher dehors ?

— Plaignez-vous à vos mères qui les ont faites avant moi.

— Insolent ! On le battrait, cet animal-là… Tenez, monsieur, vous connaissez Juliette Fournier. Qui ne la connaît pas ? Je pense que voilà une fille jolie et gentiment troussée… Eh bien ! je vais vous montrer comment le coco que voici l'a arrangée.

Et Lili courut fureter le carton d'esquisses.

— Veux-tu laisser ça ! criait Jacques en essayant de s'opposer à ces perquisitions indiscrètes.

Cependant Lili a déjà retiré un dessin et l'élève au-dessus de sa tête d'un geste de triomphe. Jacques essaie en vain de le rattraper. Lili nous le montre à tous. C'est le croquis d'une femme réveillée brusquement d'un lourd sommeil et qui accueille par une contraction du corps, par une tension de bras, par des grimaces pénibles, la venue brutale du jour. L'œuvre est pleine d'une grotesque horreur. Je suis d'autant plus frappé qu'il me semble avoir vu déjà ces yeux de chat, cette figure de fouine que le peintre s'est plu à animaliser.

Lili est heureuse de notre étonnement. Elle sourit. Au fond, la femme de ce dessin, comme toutes les femmes, est pour elle une rivale. Pourquoi s'affliger de sa caricature ?

— Allons ! soyez francs, disait-elle. Reconnaissez-vous la toute charmante Juliette Fournier ?

— Mais, ma chère, tu ne l'as jamais vue le matin : elle est comme cela, je t'assure… avant la venue du coiffeur.

Paul Ancelle avait pâli en apercevant le dessin. Il se pencha vers la figure ridicule et, son regard, attaché avidement sur elle, parut en boire les traits. Il resta quelque temps ainsi, puis, tout à coup, sa voix s'éleva, haute et impérieuse :

— Combien ce dessin ?

On se tourna vers cet amateur inattendu et on le dévisagea curieusement. Jusqu'alors il n'avait pas ouvert la bouche. Les allées et venues des modèles ne m'avaient pas permis de le présenter.

Le ton et la brusquerie de cette demande pouvaient fort bien blesser Jacques ; mais il se méprit sur le sentiment qui l'avait inspirée. Il crut à une grossière admiration.

— Oh ! monsieur, fit-il, c'est un croquis sans importance, et que je garde pour moi.

— Combien ? demanda Paul une seconde fois.

Perdriel, pensant avoir affaire à un maniaque, voulut s'amuser :

— Deux cents louis, dit-il.

Paul tira son portefeuille, y prit des billets qu'il lança au peintre ; il saisit ensuite le dessin, le déchira, le foula aux pieds. Et, sans s'occuper de l'émotion de l'assistance, il sortit, l'air égaré, en criant des paroles sans suite :

— Abominable !… Oser insulter une femme !… Abominable !

Tout cela fut si vite fait que nous n'eûmes pas le temps de nous interposer. Nous demeurâmes un instant immobiles de stupeur. J'étais confus et ne savait comment m'excuser auprès du peintre de lui avoir amené un pareil insensé.

— Un amoureux, sans doute ? dit-il enfin d'une voix traînante et gutturale, et il affecta une fausse résignation.

— C'est bien fait pour toi, remarqua Lili, cela t'apprendra une autre fois à enlaidir les femmes.

— Ah ! tais-toi, imbécile que tu es, tais-toi ou je…

Le petit homme eut un geste de colère et, devant Lili mortifiée de cette menace inattendue, il se mit à quatre pattes pour réunir les fragments épars et chiffonnés de son dessin.

— C'est bête, cela ! dit-il. Je ne referai jamais un morceau pareil.

IV
FRANCHES ATTAQUES

Cet égarement d'un homme que je considérais comme mon ami me laissa une impression douloureuse que je voulus détruire en allant chercher au milieu d'une foule l'oubli de toute pensée. Le bal donné par Jacques de Tavannes m'offrait une occasion de me perdre dans le bruit, les lumières, et toutes les apparences du plaisir. Certainement j'aurais mieux fait de rentrer chez moi pour y rouvrir un livre aimé ou demander de l'inconnu à une lecture de hasard, mais je redoutais le fantôme de ma petite visiteuse du matin, fantôme qui pouvait en appeler d'autres et m'envelopper de mille souvenirs.

Tavannes, dont l'atelier se trouvait rue Lepic, avait loué le Moulin de la Galette pour son bal des Jolies-Rencontres, auquel étaient conviées les plus élégantes amoureuses. En ne changeant pas de quartier, il se donnait l'illusion de recevoir chez lui ses invités et il avait le plaisir de ramener sur la Butte les jeunes femmes qui y étaient nées. « Je leur rappelle, disait-il, le printemps de leur vie, Totor ou Nénesse, et les volées de leur brave mère. »

C'est un soir mémorable. Malgré la pluie et la boue, tout Montmartre s'est massé sur le parcours du gracieux cortège. On dirait la visite déférente, en grande pompe, de la Richesse à la Pauvreté. Les équipages à doubles cochers, quelques-uns égarés dans les rues les plus étroites et les plus impraticables, montent bravement à l'assaut de Montmartre, à grand renfort de jurons, de claquements de fouet, et malgré les rebiffades des chevaux qui butent contre le pavé. Les bêtes et la livrée sont également indignes, dans leur morgue de serviteurs de bonne maison, d'être conduites dans des quartiers si obscurs, si escarpés, si misérables. Enfin des lanternes se balancent, des étoiles d'or brillent, des lunes bleues apparaissent. On est au Moulin. Sauvé, mon Dieu ! Aussitôt les portières s'ouvrent, saluées par des cris d'enthousiasme naïfs ou des chuchotements étouffés.

— Regarde ! Regarde !

Cette petite frimousse rose dans un col de cygne, toute légère, toute vaporeuse, c'est Grande sœur ; voici cousine Georgette, rigide et sévère en robe de mariée, diamantée comme une reine.

Cette grosse-là on ne la connaît pas, mais voici Rose, Jeanne, Marcelle. On se souvient qu'on les a vues partir de la maison en souliers éculés, avec une robe qui n'avait plus d'âge, et on est émerveillé d'une si rapide fortune. En revanche, tous ceux qui n'ont point de « parente » à découvrir dans le cortège songent à la morale, à leur vertu et à la misère du pauv'monde que, disent-ils, « une simple perle fine arrachée à l'une de ces petites oreilles pourrait soulager ».

— Ah ! elles en ont pour de l'argent sur la peau !

Un peu effarées de l'admiration comme de la malveillance qu'elles devinent dans une exclamation ou une remarque brutale, craignant peut-être de rencontrer le regard de maman ou d'un ancien amoureux, elles ne lèvent pas les yeux de leurs pieds qu'elles doivent sauver de la vase et d'un large ruisseau fangeux qui roule ses eaux noirâtres devant la porte d'entrée.

Les messieurs qui les accompagnent, qu'ils soient de Pétersbourg, de Londres ou même de Paris, sont presque aussi embarrassés que leurs belles amies. Montmartre les attire parce qu'ils ont entendu dire que c'est un coin singulier et qu'au milieu d'une population de pauvres gens, des religions, des vices et des arts étranges fraternisent. Cependant y sont très dépaysés. Paris, pour eux, c'est le Bois, les Champs-Élysées et quelques boulevards, comme Londres, c'est Hyde Park et Piccadily. Tout ce qui dort et s'agite dans les bas-fonds ou au sommet des grandes villes leur demeure étranger. Ils se sentiraient même inquiets à l'extrémité de cette rue sombre, devant l'aspect morne de cette entrée de bal, au milieu de cette foule pauvre et étonnée qui les environne, s'ils n'avaient à dominer leurs émotions pour faire sauter du bout de leurs gants les flaques d'eau à leurs maîtresses ou pour les enlever dans leurs amples manteaux noirs comme des oiseaux de plumes fines.

Je m'oubliais, avant d'entrer, à considérer le défilé brillant et pittoresque, quand un cri d'enfant traversa l'air.

— Ah ! mon Dieu !

On accourut, on s'empressa. Je ne vis qu'un long manteau de chinchilla sortant du ruisseau. C'était une petite femme qui venait de glisser un pied chaussé de satin blanc dans l'eau vaseuse. Bien qu'elle eût seulement la pointe d'un soulier et le bout de sa robe salis, cet incident menu, en une pareille soirée, lui inspirait une furieuse désolation. Elle s'était tournée vers son compagnon, un homme aux moustaches noires, aux cheveux blancs, aux yeux austères, d'aspect grave et correct. Elle le morigénait comme un enfant :

— Vous voyez, c'est de votre faute. Je vous disais que je sauterais bien toute seule. Si vous ne m'aviez pas touchée !

— Mais, ma chère, c'est vous qui m'avez demandé la main.

— Vous avez toujours raison… Eh bien, restons-nous là pour faire des petits ? Moi, je vous avertis que je remonte en voiture.

— Je vous assure que la tache de votre robe ne se voit pas.

— Vous êtes aveugle, mais les autres ont des yeux. Je ne tiens pas à être ridicule… Que faites-vous donc à présent ? Vous n'entrez pas ?

— Vous venez de me dire à l'instant que vous désiriez revenir à la maison.

— Oh ! je ne veux pas vous contrarier. Je sais de quelle humeur vous êtes quand on ne satisfait pas tous vos caprices !

À ce moment Tavannes, qui adorait ces sortes de querelles, apparut l'œil éveillé, l'oreille aux aguets, la bouche joviale. Appuyé sur une petite canne qui le courbait en deux et rendait sa taille encore plus exiguë, habillé d'un costume de bouffon écarlate et émeraude, il semblait sortir de quelque légende des bords du Rhin.

— Qu'est-ce que c'est que ce monstre-là ? s'écria la petite femme en se reculant.

— Jacques de Tavannes, votre serviteur… Comment allez-vous, Juliette ?

— Ah ! pardon, cher ami… Où diable aussi êtes-vous allé pêcher votre déguisement ?

— Et vous, ma chère, où avez-vous décroché le larbin qui vous accompagne ?

— Chut ! taisez-vous donc, mon ami va vous entendre !

Mais « l'ami de Juliette » est tout occupé d'un court, vif et rougeaud personnage qui vient de l'aborder familièrement en lui touchant l'épaule. C'est un député méridional qui promène à son bras quelque jeune débutante de la galanterie, arrogante, cérémonieuse, emprisonnée dans une lourde toilette. Ces messieurs, un instant, oublient leurs plaisirs, échangent de hautes considérations et retrouvent leur importance virile.

Nous pénétrâmes dans la salle, triste et nue comme une guinguette abandonnée, et où l'on cherchait en vain les feuillages, les fleurs et les tentures d'une fête. Le peintre avait dédaigné ces décorations banales ; il avait aussi oublié, sans doute, de prévenir les musiciens, car l'orchestre était encore vide. Pour s'occuper, les jeunes femmes en étaient réduites à se promener de long en large au bras de leurs amis ; et leurs glorieuses toilettes ne faisaient que mieux ressortir la désolation de l'endroit. On commençait partout à bâiller ferme ; amants et maîtresses avaient beau se promener l'un près de l'autre, et ressembler ainsi à des automates montés pour l'éternité, ils n'arrivaient pas à dissiper l'ennui qui pesait sur cette réunion. Seules des invités, Suzette de Joigny et Félicienne d'Entragues paraissaient s'amuser, et sans avoir besoin de musiciens, aux sons d'une danse imaginaire, valsaient éperdûment, d'une main se tenant la taille et de l'autre portant la lourde traîne de leur jupe.

Cependant Tavannes se divertissait davantage. Il étudiait les physionomies et, quand il y découvrait une expression d'impatience, on le voyait rire dans sa barbe.

Pour moi je considérais la jeune femme qui venait de se montrer à la porte, hargneuse et emportée. C'était bien le modèle qui avait inspiré à Tavannes ce dessin féroce que Paul Ancelle venait follement de détruire. L'image du pauvre garçon m'apparaissait auprès d'elle. Voilà donc, me disais-je, cette maîtresse si ardemment aimée, pour laquelle on est prêt à faire tous les sacrifices ! Certes elle n'était point laide, mais j'étais agacé de retrouver dans ce visage les caractères d'animalité que Tavannes avait si bien mis en relief, et le ton autoritaire, revêche de sa parole me choquait encore plus.

Quelle ne fut pas ma surprise lorsque je la vis venir à moi d'un air riant et dégagé, et avec une sorte de grâce innocente :

— Ah ! fit-elle, que je suis heureuse de vous rencontrer ! Je ne sais si vous êtes comme moi, mais j'éprouve une impression pénible à songer que ce que j'ai vu une fois ne repassera jamais devant mes yeux. C'est la cause de mon plaisir de tout à l'heure en vous apercevant. Et puis je me suis dit que je passerais une triste soirée si je ne vous parlais.

Je cherchais vainement où j'avais pu la rencontrer :

— Comment ! continua-t-elle, vous ne vous rappelez pas le café du boulevard Clichy, et le soldat qui me poursuivait, et ma montée dans votre voiture ! Il est vrai que j'avais alors un collet de fourrure et une voilette qui me déguisaient bien. Et puis j'étais si folle et si désagréable ce jour-là ! Enfin me reconnaissez-vous à présent ?

Je la reconnaissais comme un paysage que l'on a vu d'abord sous un ciel pluvieux et qui vous apparaît ensuite tout ensoleillé. Je fus ravi de ce qu'il y avait de jeune, d'enfantin dans sa gaieté.

— Vous n'êtes plus la même. Je suis sûr que vous changez d'âme tous les jours.

— Oh ! oui, cela m'étonne aussi. Je ne me retrouve plus.

À ce moment Jacques de Tavannes s'approcha de nous :

— Vous savez, ma chère Juliette, que votre portrait n'existe plus.

— Vraiment ? fit-elle avec indifférence.

— Oui, un ami de monsieur Primeraine l'a déchiré.

Elle me regarda comme si elle voulait inscrire mon nom sur mon visage, puis, se tournant vers Tavannes :

— Vous voyez, vous auriez dû le faire photographier. À propos, votre fête n'est pas gaie, vous savez !

— Attendez, attendez ! répliqua-t-il en s'éloignant. Je vous ménage une surprise.

— Comment, dis-je à Juliette, avez-vous pu laisser Tavannes faire votre portrait ?

Elle n'eut pas l'air de comprendre ma question.

— Vous l'avez vu ! C'est assez ressemblant. Je ne suis pas flattée, par exemple.

— Il vous a odieusement caricaturée.

— Bah ! il y aura toujours assez d'hommes pour m'aimer. Mais qui a pu déchirer mon portrait ?

Je lui racontai la scène. Je me gardai naturellement d'en nommer le principal acteur.

— Distes-moi, n'est-ce pas un M. Paul Ancelle qui a fait ce beau coup ?

— Vous le connaissez ?

— Je l'ai rencontré quelquefois. Il me poursuit de ses assiduités.

Cependant les invités de Tavannes, furieux de s'être dérangés pour contempler une salle vide, murmuraient contre l'organisateur de la fête. Déjà on prononçait le mot de mystification. Les femmes, exaspérées, demandaient qu'on traitât Tavannes comme ces fous de cour dont il portait l'habit. Mais le peintre, sans se déconcerter, imposant silence à tout le monde, se jucha en haut d'un escabeau et de sa voix traînante et gouailleuse :

— Messieurs, dit-il, en venant sur la Butte, vous avez bien eu, je pense, l'intention d'honorer mon talent, mais, – avouez-le, – vous

vous êtes aussi laissé tenter par l'attrait mystérieux de ce quartier, par le charme que possède jusqu'à son nom. Vous avez voulu connaître les mœurs de ses habitants, et surtout vous vous êtes intéressés à ces classes laborieuses dont le sort est si digne d'intérêt. Je suis allé au-devant de vos désirs. J'ai pensé que vous seriez heureux de vous rapprocher des membres les plus respectés d'une de nos plus utiles corporations. En vous unissant fraternellement dans les danses qui vont avoir lieu, puis dans le souper par petites tables qui suivra le bal, je crois que vous aurez bien mérité de la Démocratie !

Des applaudissements et des rires saluèrent de toutes parts cette déclaration. La plupart ne l'avaient pas entendue, mais le ton du discours et l'air solennel de Tavannes suggérèrent à ses auditeurs les plus joyeuses idées.

Le peintre était descendu de son escabeau et une nouvelle série d'invités entrèrent, qui semblaient avoir été recrutés parmi les promeneurs nocturnes des boulevards extérieurs : de grands garçons vigoureux et râblés, de jeunes premiers aux bandeaux pommadés, plaqués sur le front, et qui portaient à leur cravate lâche des épingles de cuivre. Les femmes avaient d'extravagantes coiffures, portant les cheveux rabattus sur les yeux ou relevés en chignons énormes qui écrasaient de petites faces blêmes et sans traits. Nous aperçûmes des fillettes à figure de sainte, cambrées en des attitudes provocatrices, aussi innocentes du regard qu'insolentes et impudiques de gestes. Quelques-unes étaient assez jolies, mais Tavannes ne se serait pas reconnu lui-même s'il n'avait exhibé quelques monstres. On vit donc apparaître d'osseuses sorcières, des visages bouffis, informes, humbles et lourdes masses de chairs endormies dans les labeurs de la prostitution, où un œil doué de quelque vie inquiète comme une blessure ; figures avides et béantes, tout en dents qui font songer aux carnages. Puis la présentation commença :

— Le comte de Pont-Bellanger, disait le peintre, monsieur Bras d'Acier et madame Bras d'Acier pour le moment. Mademoiselle Victorine, une excellente travailleuse qui ne laisse pas l'ouvrage chômer. Mademoiselle est encore à un syndicat ; elle a jusqu'à présent préféré le nombre à l'unité…

Le goût chez les uns de changer de rôle, de s'encanailler un instant, et chez les autres, le plaisir de traiter d'égal à égal avec des ennemis plus forts, une joie de se moquer d'eux, une vanité de les approcher, tout vint d'abord servir le projet de Tavannes. On se prêtait à la plaisanterie. Des mains fines et poncées se tendirent vers de larges et rudes battoirs de marloupins, faits pour serrer les gorges ou enlacer des géantes.

Cependant de nombreuses protestations ne tardèrent pas à s'élever.

— Monsieur, dit une voix, il n'est pas permis de se moquer du monde de la sorte. Quant à moi je ne souffrirai pas qu'on nous dérange pour une pareille mystification.

Juliette, amusée, tendait l'oreille à ces bruits de dispute.

— Qu'a-t-il à se plaindre, celui-là ! Oh ! s'écria-t-elle, mais… c'est mon ami. Ah ! je le reconnais bien là. Au moment où cela devient intéressant, il va vouloir partir – et m'emmener… Si nous ne l'attendions pas ? Voulez-vous que nous sortions ensemble ?

Et devant mon hésitation à lui obéir :

— Il m'a laissée pour causer avec un député de ses amis. Eh bien, je lui rends la pareille. Je n'aime pas qu'on se moque de moi.

Nous quittâmes le bal au moment où une vive altercation venait de s'engager. Des voix aigres, glapissantes se répondaient, et des mots boueux, infâmes s'envolaient à la fois des lèvres mignonnes et des bouches avinées. Les rôdeurs et les promeneuses nocturnes avaient beau être payés par Tavannes, un mot imprudent, une blessure faite à l'honneur professionnel suffisaient à les rappeler aux violences coutumières.

Je comprenais maintenant pourquoi les amis du peintre montraient si peu d'empressement à assister à ce bal. Les farces de Tavannes pouvaient très bien s'achever en tragédies.

— Emmenez-moi souper, fit Juliette. Nous montons dans votre voiture, n'est-ce pas ? Je laisse la mienne à mon aimable compagnon. J'ai cette charité-là !

— Mais que dira-t-il quand il ne vous retrouvera pas ?

— Il ne dira rien. Je le mène « au commandement » pour parler comme les chasseurs.

— Ne lui soyez pas sévère, puisque nous lui devons d'avoir quitté cette fête horrible.

Sans plus me connaître, sans savoir quels étaient mes sentiments à son égard, elle me traitait déjà comme une conquête. Pour moi je me laissais conduire sans attendre d'elle autre chose qu'une fin de soirée agréable. Et je ne pouvais rien prévoir des aventures auxquelles je devais être mêlé.

V
« VOUS N'AUREZ PAS MA SAVEUR »

À peine en voiture, mon amie improvisée s'enveloppa de son manteau et, soit qu'elle eût besoin de réfléchir, soit qu'elle jugeât inutile de faire plus de frais, elle se mit à fredonner je ne sais quelle chanson, du bout des lèvres, et sans prendre garde à ma présence. Dans l'ombre du coupé elle se tenait immobile sous ses lourdes fourrures, plus éloignée de moi que si les grilles d'un couvent nous eussent séparés. Il semblait que tout fut mort en elle, à l'exception de ses yeux que je rencontrais sans cesse devant les miens, vagues, distraits, pleins de soucis et d'inquiétude.

J'attribuais à la voiture l'indifférence subite qu'elle me témoignait. Le coupé, dans l'effarement d'une vie de jouissances, a remplacé l'oratoire et l'église, où la femme d'autrefois, sous prétexte de prier Dieu, venait se recueillir loin de son mari et préparer en paix ses intrigues. Maintenant c'est l'unique retraite que puisse trouver une jeune élégante, inclinée vers toutes les fêtes et ivre de divertissements. Entre deux visites, durant une promenade, lorsqu'elle se rend à un magasin, elle est là fort bien pour examiner ce que les plaisirs, pris follement et sans compter, lui apportent d'espoirs et de regrets, de pertes et de profits. Le mouvement de deux bons trotteurs, un capitonnage souple et enveloppant favorisent la méditation ; elle repasse alors à son aise sa tactique amoureuse et calcule doucement ses audaces. En se levant des coussins elle y laisse ses pensées comme un bagage qui pourrait gêner ses mouvements, qu'on ne craint pas de perdre, et qu'on retrouve toujours.

Ma nouvelle amie venait sans doute de retrouver sa cervelle, et j'essayais en vain de la lui faire oublier. Son silence obstiné m'exaspéra. Elle s'aperçut de mon impatience, et pour la calmer, elle saisit le premier prétexte venu.

— Ne m'en veuillez pas, dit-elle. Toute la journée j'ai été à bicyclette. Je suis un peu fatiguée.

Cela était faux, je le vis bien.

Nous étions arrivés : elle sauta de voiture légèrement et avec un joli élan de gaieté.

Au restaurant nous fûmes de suite invités par tout un parterre d'épaules souples et nacrées, par les ondulations dorées des chevelures, par des bouches riantes et des fleurs fraîches. La lumière tombait blanche des claires boiseries. Il régnait partout comme une luxure ingénue et paisible.

Mais des hommes à faces massives, gonflées, cramoisies, sortirent. Ils suivaient à quatre pas de petites femmes droites et importantes que les maîtres d'hôtel s'empressaient de saluer avec un grand respect. On eût dit des bouledogues menés en laisse.

Dans la salle, d'autres physionomies m'apparurent brutales, grossières. Peut être les trouvais-je telles parce que j'avais auprès de moi une jeune femme et que j'éprouvais cette animosité jalouse qui nous suit jusque dans nos plaisirs. Des soupeurs aussi, en nous apercevant, se penchèrent l'un vers l'autre et chuchotèrent. Chaque sexe alors juge, en un clin d'œil, ses représentants, – ses adversaires.

— Il y a ici, dis-je, des figures de sauvages. Tenez-vous à les avoir devant vos yeux ?

J'étais d'autant plus empressé à les éviter que je venais de reconnaître deux de ces visages. Il me sembla qu'ils allaient gâter notre intimité.

Mon amie fut très surprise de ma demande. Pour Juliette, le monde se partage en endroits de mauvais et de bon ton. Les derniers ne peuvent réunir que des êtres courtois et des manières excellentes.

— Tiens, fit-elle, voici Massard du *Gil Blas* et ce pauvre Escote du *New York Herald*, qui a tout fait pour obtenir une invitation aux Jolies-Rencontres. Voyez comme ils nous regardent avec envie ! Dirait-on pas que nous avons assisté à des scènes extraordinaires !

Elle était heureuse que tous ces messieurs eussent les yeux braqués sur sa toilette. Comme elle eût aimé leur en détailler les grâces et les richesses ! Découvrir son nom dans un journal, bien encadré d'épithètes louangeuses, apprendre qu'on a été la reine d'une fête, même lorsqu'on s'y est trouvée presque seule, cela flatte le penchant secret à l'immortalité.

Cependant elle consentit à fuir dans un salon les murmures d'admiration, les chuchotements de jalousie et tout le bruit de sa célébrité. C'était mon désir : mais elle s'y rendit d'elle-même et presque trop facilement. Son correct et sévère compagnon de la soirée lui avait-il donné l'habitude de ces amoureux refuges ? N'y voyait-elle aucun péril ? Je ne savais que croire d'une telle femme qui montrait d'abord toutes les libertés de courtisanes, et, un moment après, tant de retenue et de froideur. Je me sentais blessé dans ma vanité d'homme par une promesse, si hâtive, d'abandon, ignorant encore que la passion ne suivait point avec elle les chemins ordinaires, qu'elle était toujours obscure, désireuse de détours et qu'elle vous perdait au moment même où vous croyiez la saisir.

À peine étions-nous seuls qu'elle oublia toute préoccupation de coquetterie ; et, comme pour obéir à une curiosité lointaine qu'elle avait jusqu'ici dissimulée :

— Voyons, fit-elle, soyez franc : M. Paul Ancelle vous a dit beaucoup de mal de moi, n'est-ce pas ?

— M. Paul Ancelle, répondis-je, ne m'a jamais parlé de vous. Il m'a bien avoué ses joies et ses peines d'amoureux, mais d'une façon trop voilée pour que je puisse vous soupçonner d'en être cause.

— Voulez-vous que je sois sincère : eh bien ! c'est un sot, votre ami.

— Vous êtes aimable pour lui.

— Je vous fais juge : aime-t-on une femme qui vous a montré en toutes occasions non seulement que vous lui étiez indifférent, mais qu'elle ne pouvait vous souffrir ?

— Vous en êtes à ce point-là ?

— Oui. Il m'agace, il m'exaspère. Je n'ai rien dans le caractère, ni dans les goûts qui puisse lui convenir…

— Et votre beauté !

— Oh ! vous savez, pas de battage !… Je sais qu'il y en a de plus laides que moi. Mais serais-je cent fois mieux que je ne suis, quand on est un homme, on a du cœur, on se fait une raison. Tu ne m'aimes pas, je ne t'aime pas : Voilà ma règle. Seulement c'est une chiffe, une femmelette, ce garçon-là.

— Il devient femme pour mieux vous comprendre.

— J'abhorre les gens qui changent de sexe.

— Vous abhorrez !… Oh ! que voilà un gros mot pour une bouche si aimable.

— Mais certainement j'abhorre… C'est plus facile que d'adorer… S'il fallait prendre en pitié tous les hommes qui ont plaisir à vous regarder, il faudrait renoncer à être femme. Même une laide n'y pourrait suffire. Pour ma part je hais ces continuels hommages.

— Vraiment.

— Oh ! j'admets une cour discrète, à la rigueur ; mais cette passion qui vous importune, vous recherche, vous poursuit partout… non, c'est odieux !… Cet homme-là manque absolument de politesse, de savoir-vivre. Je ne puis aller à la promenade, au théâtre, à une exposition, sans le voir tout à coup dans mon ombre. Pourtant je ne lui cache pas mes sentiments, et, s'il n'est pas aveugle, il n'a qu'à regarder mon visage. Mais, que voulez-vous ? il est comme ces roquets qu'on a beau battre et qu'on retrouve toujours dans ses robes. Rien ne le décourage… Avec cela je ne le crois pas sincère. Il n'a pas une tête à aimer une femme. C'est un genre qu'il se donne. Figurez-vous qu'après m'avoir écrit des lettres délirantes de quatre pages, monsieur en est maintenant à m'envoyer des vers ! oui, des vers ! Ce serait Catulle Mendès, Richepin, je comprendrais, mais un garçon qui se prépare au commissariat de la marine, n'est-ce pas absurde ?

— Vous avez pris des renseignements sur lui ?

— Mon Dieu non ! C'est lui qui me les a donnés. Un jour, dans mon lit, seule, n'ayant pas envie de dormir, n'ayant pas de livre à portée de la main, j'ai ouvert une de ses lettres qui, par hasard, se trouvait à côté de moi. Je vous assure que je ne me suis pas repentie de ma lecture. C'était impayable.

— Alors vous ne lui renvoyez pas ses lettres.

— Au contraire, je les conserve soigneusement. Je les mets avec les autres. J'en ai reçu de bien drôles. Je garde cela pour me distraire lorsque j'aurai des cheveux blancs.

— On les teint si bien ! Il est inutile de songer à ce temps-là. Vous pourrez toujours entendre des déclarations. C'est plus divertissant que d'en lire.

Ainsi nous amusions-nous à de fades escarmouches et à des médisances communes. Des ennemis semblables, une même cible à frapper, rien ne peut mieux nous unir. Tandis que nous lançons nos ironies avec détachement ou férocité, tandis que nous éloignons beaucoup d'être de nous-mêmes, nous pensons nous rendre l'âme plus libre et plus vaste pour aimer.

Paul Ancelle a déjà été immolé avec une cruauté toute cordiale qui nous a enivrés. C'était la première victime offerte à l'Amour possible : notre amour à venir. Ensuite ont lieu des exécutions moins voluptueuses, qui vengent des insultes anciennes, qu'inspirent des ressentiments moisis, mais pourtant utilisables. Juliette dit crûment sa pensée sur son ami, cet homme correct et sévère qui l'accompagnait à la fête de Montmartre. Il s'attache à son image des souvenirs si fâcheux qu'elle en est toute attristée. Une larme, je crois, tombe dans une coupe de Saint-Marceaux.

— Ah ! si vous vous imaginez que je suis heureuse avec cet être-là ! Il ne comprend rien, il ne sent rien. Ce soir, par exemple, au lieu de rester avec moi, comme il le devait, il me laisse pour aller causer avec je ne sais quel député… Il me traite comme une fille, je vous dis, comme une fille ! Et les autres soirs, quand nous ne sortons pas, quel ennui de demeurer l'un près de l'autre en tête-à-tête !… On se couche, et je vous laisse deviner nos folles voluptés. Il a pour principe : « Une fois, et c'est assez. » Il en est fier encore !… Puis, le matin, de grand matin, comme il est officier, commandant, ma chère ! il s'en va et, en se levant, me réveille, moi qui aime tant dormir !… Cette vie-là est atroce… Il ne sait pas ce que c'est qu'une femme, ce que c'est qu'un baiser… à son âge ! L'autre fois, il me disait : « Petit rat, je suis bien fatigué ; si je t'aime ce soir, c'est par dévouement. » Voilà le personnage !

Elle s'animait au milieu des confidences, et la passion découvrait par éclairs son âme habituellement dissimulée.

— Comme vous êtes dure, lui dis-je, pour ceux qui vous ont approchée.

Un sourire effleura ses lèvres.

— Vous craignez aussi que je le sois pour vous, n'est-ce pas ? Vous avez tort. Je ne me plains jamais du mal que l'on ne m'a pas fait.

— Mais si l'on a voulu vous faire du bien et qu'on n'ait pas réussi.

— Ah ! dit-elle, il faut être adroit ; je préfère encore un méchant à un niais.

C'était le moment d'échanger nos idées sur l'amour, en prévision des aventures qui pouvaient nous unir. Avec candeur et franchise, à la manière d'ennemis qui, durant un armistice, évaluent leurs forces et leurs défenses réciproques, nous nous avouâmes l'un à l'autre comment nous entendions gouverner notre passion. Plans prématurés et misérables, que les hasards de l'existence et les fureurs de l'instinct se chargent plus tard de modifier !

— J'espère que vous n'êtes pas écrivain, ni « théâtreux », me demanda-t-elle tout à coup en me regardant comme pour deviner ma réponse ou la contrôler sur mon visage.

— Non, je ne suis pas « théâtreux », répliquai-je. Mais pourquoi cette question ?

— Parce que, si vous l'étiez, je ne saurais vous aimer. Je désire que l'on soit sincère, et les gens de lettres font tous Guignol avec leurs sentiments.

Elle avait pris un air solennel et me laissait entendre que, sur certains sujets, elle n'admettait pas la plaisanterie.

Mais vite, pareille à ces princesses de féerie qui, sous un déguisement sombre et vieillot, découvrent des robes étincelantes, elle redevint de grave et compassée, l'enfant rieuse que j'avais déjà entrevue à la fête. Elle se repentait d'avoir gaspillé sa soirée en conversations vaines et prétendait maintenant ne plus perdre une minute. Une gaieté joueuse, pleine de malices, se réveilla en elle soudain, et lança, rejeta tous ces voiles de prudences et de réserve qui l'embarrassaient. Ce fut d'une adorable séduction.

Parmi tant de paroles et de gestes, un mot insignifiant, je ne sais pourquoi, m'est resté dans la mémoire, et j'ai cru plus tard y retrouver une intention secrète ou comme une involontaire prophétie. Nous avions demandé des sorbets ; par mégarde, le mien n'était pas au parfum demandé. On avait servi mon amie à son goût. Elle triomphait de ce petit avantage ; pareille à une gamine qui a reçu une plus grosse part de gâteau, elle savourait le sorbet avec une gourmandise lente et à demi jouée, feignant, si je faisais un geste, de protéger son bien et de prévenir mes convoitises.

— Vous n'aurez pas ma saveur ! répétait-elle. Laissez-moi. Vous n'aurez pas ma saveur !

Elle s'amusait encore à cette espièglerie lorsque le maître d'hôtel ouvrit la porte et introduisit un soldat en capote bleue. Je reconnus le petit jeune homme que j'avais vu avec Juliette à notre première rencontre.

— Bonjour, monsieur ! fit-il en retirant son képi et en promenant des yeux effarés sur la table qu'on n'avait pas encore désservie.

À sa vue, Juliette cessa de rire et devint pâle.

— D'où viens-tu ? s'écria-t-elle avec colère ; qui a osé t'introduire ici ?

Sans répondre à cette demande, le petit soldat lui dit avec un accent à la fois timide et résolu :

— Juliette, le commandant est à la maison.

— Eh bien ! qu'il y reste.

— Il est dans une grande colère contre toi.

— Laissons-la passer.

— Juliette, je t'en prie : Viens !

Elle se leva, courut au jeune homme, et le secouant par les épaules :

— Vas-tu me laisser, imbécile ! Vas-tu me laisser !

Puis tournant vers moi des yeux éplorés :

— Croyez-vous que je suis malheureuse !... Et toi, veux-tu me dire comment tu as pu me rejoindre ici ?

Le soldat baissa la tête.

— Je savais que tu allais au Bal de Montmartre, fit-il d'une voix sourde, je t'ai suivie ; et, quand tu es sortie avec monsieur, j'ai pris une voiture, derrière toi. Dès que j'ai vu où tu t'arrêtais je suis allé à la maison attendre le commandant. J'ai cru bien faire.

— Tu es un imbécile, je te le répète. Et je ne veux pas que tu me suives ainsi, que tu m'espionnes ! Tu vas me faire le plaisir de décamper au plus vite... A-t-on idée d'un pareil fou !

Le jeune soldat était déjà dans le vestibule lorsque Juliette sortit du salon, le rappela. Elle versa le reste de la bouteille de Saint-Marceaux dans une coupe qu'elle lui tendit.

— Tiens, flûte-moi ça, fit-elle. Et, tandis qu'il buvait avec de gros yeux de côté, inquiets et en éveil : Seulement ne recommence plus. Il t'en cuirait. À présent, file ton nœud. Allons ! oust !

Elle revint vers moi, et sans expliquer cette arrivée étrange, elle voulut s'excuser d'avoir été incorrecte :

— Le pauvre garçon ! Il avait regardé notre souper avec des yeux si malheureux que j'ai eu de la peine. C'est un fou, je le sais bien, mais tout de même, il me fait pitié.

Et elle ajouta :

— Vous voyez, je suis forcée de vous quitter, mais je ne voudrais pas partir ainsi.

Elle avait un sourire, perfide et délicieux, qui implorait : ses yeux, glauques, vagues, se fixaient sur les miens avec une avide curiosité. Elle s'approcha tout près de moi et, à voix basse :

— Je veux, dit-elle, si cet homme avec lequel je suis, – pour mon malheur ! – a, cette nuit, la fantaisie de m'embrasser, qu'il me trouve déjà infidèle, protégée contre lui par vos baisers.

Aussitôt elle lia ses mains à mon cou, et me happa les lèvres de sa bouche qui devint douce et fondante comme une pêche glacée.

Mais la glace aussi devint tout à coup son désir.

Que s'était-il passé entre nous ? Quelle pensée nous éloigna dans l'étreinte même ? Avait-elle regret de son abandon ? Sa curiosité, son goût du plaisir s'étaient-ils subitement lassés ? Je l'ignore. Il arrive que des ombres viennent voiler les moments les plus heureux ; cette fois je sais bien que seuls nos corps s'unirent. Aussi promptement qu'elle s'était livrée, elle se reconquit ; à travers sa chair calmée, je sentis une colère sourde, et résignée seulement parce qu'elle était impuissante. En nous désenlançant nous croisâmes des regards pleins de reproches. Nous pouvions nous dire l'un à l'autre :

— Vous m'avez trompé.

Par une ironie singulière de la mémoire, je me souvins alors des paroles de Paul Ancelle sur cette « amoureuse incomparable ». C'était sans doute un mensonge volontaire, puisque Juliette prétendait n'avoir eu aucune relation avec lui et même ne pouvoir le souffrir.

Nous n'avons prononcé que des paroles indispensables jusqu'à la voiture où je l'ai reconduite. Lâchement, la bouche serrée, nous nous sommes pris la main et, d'un ton détaché, nous nous sommes dit adieu, espérant ne pas nous revoir.

Jamais le baiser d'une pauvre fille qui se donne pour quelques pièces d'argent ne m'a paru contenir autant de haine que celui de cette jeune femme, venue par goût, d'elle-même, avec moi, et révoltée tout à coup, sans raison apparente, contre mes caresses.

Et tandis que la voiture s'éloignait, je la revoyais dans le salon, savourer lentement le sorbet, et dire de sa voix d'enfant espiègle :

— Laissez-moi ! vous n'aurez pas ma saveur !

En sortant du bal, elle n'avait que mon indifférence ; maintenant, elle me paraissait odieuse.

Je ne lui pardonnais point de m'avoir laissé entrevoir toutes les grâces qu'il y avait en elle – seulement pour me les refuser.

VI
QUI DES DEUX A FORMÉ L'AUTRE, LE PÈRE OU LA FILLE ?

S'il arrive que ces souvenirs sortent de mes tiroirs et que quelques personnes y jettent les yeux, je crains fort que mes lecteurs ne me jugent mal et que les plus indulgents ne donnent pour toute qualité à ce pauvre Herbert qu'une ridicule indélicatesse.

Il est certain que dans mes voyages avec Lord Beresford, – voyages qui ont rempli plusieurs années, – je n'ai eu aucune facilité pour apprendre ces façons pudiques et discrètes qui sont l'honneur du style moderne. Dans les pays que nous parcourions il était difficile de se procurer des livres nouveaux ; et les anciens que nous avions avec nous, grecs, latins, anglais, français ou italiens, ne nous arrachaient pas assez, je l'avoue, à cette commune grossièreté où nous ramenaient toujours nos yeux, nos oreilles, toutes les impressions de nos sens et tous les actes de notre vie. Depuis mon retour, j'ai eu l'occasion de m'instruire, mais il y a un âge pour l'école, et, malgré d'élégantes lectures, mes sensations nouvelles du monde, trop semblables aux anciennes, m'ont maintenu dans la mauvaise voie dont je désespère de sortir.

En reconnaissant mes torts avec humilité, je me demande pourtant si tant de voiles, que je n'ai pu garder, ne sont pas plus importuns que nécessaires. Il est convenable, je le sais, de ne voir dans l'amour qu'une conversation animée qu'on arrête, par politesse, devant un lit. Mais n'est-ce pas, d'une pièce, ne vouloir connaître que le prologue ?

Je confesse qu'en Amérique nous poussions les choses plus loin, et nous ne nous jugions pas trop barbares quand, par aventure, dans nos conversations et nos notes de voyage, notre pensée se reportait sur cet acte mystérieux.

Les baisers ont une âme, disions-nous, et c'est faire preuve de sauvagerie plus que de civilisation, de rusticité plus que de raffinement, de s'imaginer que notre intelligence s'arrête dans l'étreinte, et qu'un acte, si important, si varié de l'existence, doit toujours demeurer obscur.

Quand, aux époques rudes et farouches, le jeune mâle triomphait de la vierge, il se pouvait que l'aventure de leur amour fût achevée, et que le barde qui la célébrait terminait son chant avec ces noces brutales. Mais comment la femme moderne, qui a appris depuis ces temps lointains, – avec la liberté, la ruse et la souplesse, – l'art de se défendre, de prolonger sa jeunesse et de garder, plus tard, une partie de sa puissance, comment jouerait-elle ainsi toute sa fortune dans un abandon ? Elle le fait quelquefois, c'est vrai, mais alors il faut le dire, car cet abandon pur et simple, que notre parole ose à peine mentionner, ne signifie en lui-même, ni défaite, ni victoire.

J'ai cru devoir ces excuces et ces explications à ceux qu'effarouchent des commencements si brusques. Ces amours, qui n'eurent point les longs préludes accoutumés, n'en ont pas moins fait rendre à notre existence toutes ses joies et ses douleurs.

Quelques jours après ce bal des Jolies Rencontres, je reçus la visite de mademoiselle Geneviève de Requoy. Elle arriva le matin comme la première fois, rose, fine et toute gaie. J'accueillis avec bonheur cette fraîche apparition. J'espérais qu'elle m'arracherait à des idées inquiétantes. Le souvenir de Juliette commençait à m'obséder. J'en étais poursuivi sans cesse, et j'y voyais comme la menace d'une passion dangereuse, à laquelle je m'efforçais de ne pas céder.

Geneviève avait une mise élégante, mais un peu austère, et je regrettais le déshabillé libre et gracieux de sa première visite.

— Maman, fit-elle, n'aime pas me voir en cycliste.

— Et c'est maintenant que vous lui obéissez ?

— Oh ! elle peut avoir raison quelquefois. De loin, quand je n'entends pas sa voix criarde, ses conseils me semblent justes. Elle trouve que ce costume de garçon pour une femme est indécent.

— Mon Dieu, ce fut autrefois le costume des amoureuses dans la Rome des papes ; vous voyez que le Saint-Père était plus indulgent que madame de Requoy. D'ailleurs vous avouerez que cet habillement convient bien à la franchise et à l'égalité des relations.

— Sans doute… mais je ne fais plus de bicyclette à présent. Non ! à la campagne, je comprends. On s'en va sur les routes très loin et à toute vitesse ; on s'imagine que l'on court au bonheur, et puis, quand on rentre le soir, on est si fatiguée ! On ne songe plus à ses ennuis et à ses chimères… Ici, c'est inutile, on a assez d'étourdissements !

— Et puis ici vous êtes heureuse… avec votre amie…

— Quelle amie ?

— Cette jeune Russe dont vous m'avez parlé, la fille d'un pope.

— Oh ! il y a beau temps que nous ne nous voyons plus.

— Comment ! vous êtes à Paris depuis huit jours à peine.

— Eh bien, c'est lundi dernier que je me suis fâchée avec elle… Oui, elle me soutenait qu'une femme n'est réellement maîtresse d'elle-même que dans le mariage ; je prétendais au contraire que le mariage est une servitude… Nous nous sommes querellées, battues… Oh ! c'est une cosaque ! Elle est d'une violence !… Elle m'a mordue à la main… Voyez la marque. Par exemple, je l'ai bien giflée. Et puis j'ai dit à madame sa mère : « Madame, quand on a une fille comme la vôtre, on n'invite personne chez soi… »

— Mais c'est vous qui vous étiez invitée.

— N'importe ! cela fait bien… Elles sont très heureuses, je vous assure, d'avoir reçu une Requoy chez elles… Les popes, vous savez dans leur pays, ce n'est rien du tout.

— Et qu'êtes-vous devenue depuis que vous l'avez quittée ?

— Moi, rien… J'ai fait des visites… des expériences… Tenez, je m'ennuie, amusez-moi.

Toute sa joie s'était envolée ; elle se laissa tomber dans un fauteuil, croisa les mains comme pour une prière et demeura ainsi quelques instants, le regard fixe, perdue dans sa songerie, puis, tout à coup, levant la tête, elle éclata de rire.

— Je vous demande de m'amuser, dit-elle et vous semblez plus triste encore que moi… Ne niez pas, c'est inutile. Vos yeux ont l'air d'avoir fait de mauvais rêves… Oui, vous avez une figure de bon Dieu crucifié qui, du reste, vous va fort bien.

La gaieté de ces bavardages, toute factice, dissimulait peut-être quelque douleur intime. Je trouvais à Geneviève une singulière exaltation, mais elle n'en laissait point deviner la cause.

À ce moment on annonça M. de Requoy. Je fus très ennuyé de son arrivée intempestive. Comme le domestique l'avait introduit, j'étais obligé de le recevoir. Geneviève, loin d'être inquiète de notre entrevue, en parut très heureuse.

— Papa ! oh ! chic alors ! s'écria-t-elle. Il faut le faire venir ici.

— Taisez-vous donc, lui dis-je. Les portes sont ouvertes. S'il vous entendait ?

— Vous ne connaissez donc pas papa ?… Il ne sera pas le moins du monde étonné de me rencontrer ici.

— Vous vous êtes enfuie de chez votre père, et c'est maintenant que vous désirez le voir ?

— Pourquoi pas ? À la campagne il est insupportable, mais très gentil à Paris. J'en profiterai pour lui poser mes conditions. Il les acceptera certainement. Après cela maman sera bien forcée d'en rabattre, de ses prétentions à nous gouverner et à nous tenir à l'attache comme des bébés de quatre ans.

Mais, sans écouter Geneviève, j'étais allé trouver son père qui m'attendait dans le petit salon.

M. de Requoy rappelle des époques écoulées.

Ces visages qui nous émurent dans les bas-reliefs et les fresques du passé, tel type qui semblait perdu, telle image de beauté, de force, d'indolence qui souleva les êtres il y a des années, plus d'une fois nous les avons rencontrés avec stupeur dans la vie. Ce sont d'anciens caractères qui ressuscitent, de vieilles passions qui continuent ou se métamorphosent. Il y a ainsi des dames fort sages et d'une honnêteté reconnue qui furent jadis, si l'on s'en rapporte à leurs portraits, d'avides et impitoyables courtisanes ; de même de féroces soudards sont devenus, d'une époque à l'autre, des hommes de bureau ponctuels et sans reproche. Mais ces transformations ne sont pas toujours aussi heureuses. M. de Requoy, par exemple, a perdu en changeant de siècle.

Quand on le voit, on s'imagine que le Philippe IV de Velasquez a quitté le cadre où il se morfondait depuis plus de deux cents ans pour prendre un peu l'air de notre époque. Mêmes yeux hautains, insouciants ; même visage fier et fermé ; même menton énorme, massif, des fortes races. Comme ce prince, il a de la majesté dans le front dégarni, dans les longs cheveux qui viennent tomber sur ses épaules en boucles noires et argentées. Mais au lieu de la fraise et du manteau royal, il porte un veston de vieille mode, boutonné très haut, toujours assez poudreux, négligé ainsi que le reste de son costume. Plus de sceptre ni d'épée, mais un pinceau qui n'est pas encore glorieux. Dans sa famille, on ne croit pas à son génie, et, par respect du nom, on lui interdit d'exposer ce qu'on appelle « ses barbouillages ». Cependant une activité dévorante et fantasque se trahit sous ses façons tantôt froides et détachées, tantôt pleines d'une vive et cordiale bonhomie. Les trois âmes d'un gentilhomme, d'un artiste et d'un bohème se sont données rendez-vous dans le crâne de M. de Requoy, font mauvais ou bon ménage au fond du petit chapeau d'Arlequin qu'il porte rejeté sur le derrière de la tête, et agitent sans cesse en marches, en courses et en voyages ses pantalons larges, traînants, bouffants, à sous-pied, qui paraissent contemporains des gilets écarlates de l'école romantique.

M. de Requoy, me sentant venir, me tendit la main sans me regarder. Il était tout occupé de considérer les tableaux appendus au mur.

— Très bien, ce paysage ! marmottait-il. Un peu d'inexpérience encore, mais jolie vision. Décidément ce garçon-là a du talant… Ah ! pardon, fit-il brusquement en se tournant enfin vers moi. Pardon, mon cher, de venir chez vous à une heure si matinale, mais j'ai une mission à remplir. Dites-moi : Avez-vous vu ma fille ?

Une telle question, que je n'attendais point, m'irrita. Je la trouvais d'autant plus indiscrète que je la sentais trop justifiée. Plus innocent, j'aurais été moins susceptible.

Sans prendre garde à l'impression qu'il avait pu me causer, M. de Requoy, s'était assis tranquillement et me disait avec douceur :

— Ma femme pense que vous avez pu la rencontrer chez sa tante, madame de Trémant, où elle sait que vous allez. Nous sommes en froid avec ma belle-sœur, mais ma fille, qui a toujours gardé son indépendance, a continué de voir assidûment sa tante. Je m'adresse à votre amitié pour rassurer une famille. Parlez-moi franchement, mon cher ami… Moi, je ne suis pas inquiet : je connais Geneviève ; mais vous savez comme madame de Requoy se tourmente aisément.

Je dus feindre une grande surprise.

— Mais qu'est-il donc arrivé ?

— Comment ! vous ne savez rien ? s'écria-t-il d'un air joyeux, assez étrange dans cette circonstance. Je croyais que nos chasseurs vous l'avaient dit. Tout le pays en est malheureusement informé. C'est un scandale énorme et, comme toujours, pour une bagatelle. Voici : ma fille a eu une petite querelle avec sa mère. Oh ! rien du tout, une de ces querelles de femmes qui s'apaisent aussi vite qu'elles ont éclaté. On se couche mortels ennemis et on n'est pas plutôt réveillé que l'on court s'embrasser. Geneviève a un cœur d'or : c'est une brave enfant…

Un bruit de sanglots, qui s'éleva en ce moment, interrompit M. de Requoy et lui fit tourner la tête.

— C'est une brave enfant, continua-t-il, mais d'un caractère entier, et, à notre égard, un peu despotique. Nous lui avons passé tous ses caprices…

On entendit dans la pièce voisine un remuement de chaises ; M. de Requoy me regarda d'un air inquiet et effaré.

— Nous lui avons si bien passé tous ses caprices, reprit-il, qu'elle ne peut plus souffrir la moindre contrariété. J'ignore quel langage a pu lui tenir madame de Requoy, mais Geneviève s'est jugée très offensée. Elle a déclaré qu'elle allait quitter les Cormiers et n'y rentrerait plus jamais... Naturellement sa mère a cru à une boutade et ne s'en est pas occupée. Mais Geneviève est tout de même partie !

— Comme cela ?

— Comme cela. Et nous ne savons pas où elle est en ce moment. Vous devinez l'état dans lequel se trouve ma femme. Elle ne vit plus. D'abord elle voulait mettre la police à ses trousses. J'ai eu beaucoup de peine à l'en dissuader. Vous voyez cela d'ici ! Une Requoy ayant affaire à des agents des mœurs. Il n'y a que ma femme à avoir des idées pareilles. Je vous répète d'ailleurs que je ne crains rien pour cette enfant. Geneviève n'est pas fille à ignorer comment elle doit se conduire. Mais j'ai peur de rentrer bredouille aux Cormiers, moi qui n'en suis parti qu'avec la promesse d'y ramener ma fille. Ah ! mon cher, vous ne savez pas ce que c'est que d'entendre quelqu'un crier du matin au soir. Les Cormiers sont grands, n'est-ce pas ? Et bien ! la voix de madame de Requoy remplit tout le château. Il n'y a pas une chambrette, pas une cave, pas un coin perdu où on ne l'entende résonner. J'envie le sort des taupes qui peuvent se cacher sous terre. Là peut-être ne parvient pas le bruit des reproches et de la colère de ma femme.

— Vous n'êtes pourtant pas cause du départ de mademoiselle Geneviève.

— Vous le croyez, vous, et moi aussi je le crois. Mais, mon cher, pour ma femme, je suis cause de tout le mal qui tombe sur les Cormiers. C'est parce que j'ai donné une mauvaise éducation à Geneviève, c'est parce que je n'ai pas surveillé mes conversations devant elle, c'est parce que je l'ai laissée lire *Une Page d'Amour* de Zola, qu'elle nous a quittés... Comme si mes filles n'étaient pas assez grandes pour savoir ce qu'elles doivent lire ! Ah ! voyez-vous, la vie n'est pas rose là-bas, et je prévois à mon retour des scènes plus insupportables encore... Enfin, si vous avez des nouvelles de Geneviève, pensez à moi.

— Vous ne retournez pas tout de suite aux Cormiers ?

— Non, je reste encore une quinzaine de jours à Paris. Je suis censé faire des recherches ; mais quelles recherches voulez-vous que je fasse, en bonne vérité ? Ma femme s'est brouillée avec sa famille et avec la mienne. Geneviève doit être quelque part chez un de ces parents ennemis. Elle reviendra quand elle le jugera convenable. Avec le caractère que je lui connais, je sais bien que rien ne pourra la décider qu'elle-même. Moi, j'en prends mon parti : je flâne, j'occupe mon temps comme je puis. Êtes-vous allé chez Durand-Ruel ? Il y a un joli Renoir. À propos, vous connaissez Jacques de Tavannes ? Présentez-moi donc un jour. Il a du talent, ce bougre-là, beaucoup de talent. Mais, sacré Dieu ! je ne lui ferai pas faire le portrait de ma maîtresse. Il a une façon de vous découvrir les défauts de l'objet aimé qui, ma parole, vous coupe l'aiguillette !

M. de Requoy prit congé. Au moment de me dire adieu, il se pencha vers moi, et presque à voix basse :

— Pas un mot de tout cela à Paul Ancelle, n'est-ce pas ?

Pourquoi cette recommandation ? Est-ce qu'il avait des vues sur mon ami ?

Du moins ne le préoccupaient-elles pas trop. Avant que la porte fût refermée, il se retourna, eut un grand geste :

— Allez voir le Renoir de Durand-Ruel ! me cria-t-il. Vous serez content !

Là-dessus, il partit d'un pas royal et victorieux, comme un Philippe IV délivré de son Olivarès, libre, plein de grands projets et décidé à les accomplir. Les cheveux blanchissent, le temps passe, et M. de Requoy sent qu'il n'a plus une minute à perdre s'il veut devenir tout au moins un Corot. En attendant, il court aux expositions de jeunes artistes rêver, devant la peinture nouvelle, de son futur génie, et songer à la gloire dont il va couvrir la vieille noblesse des ancêtres.

VII
PRÊTE À AIMER, PRÊTE À TRAHIR

— Il est gentil tout plein, mon papa, s'écria Geneviève. Je me suis retenue à quatre pour ne pas aller l'embrasser. J'en avais une envie folle. Et puis maintenant je trouve qu'en somme j'ai bien fait de rester tranquille.

— C'est heureux pour nous. Qu'aurait dit votre père en vous apercevant ?

— Oh ! rien. Et c'est même cela qui m'ennuie. J'aurais voulu le voir bien chagrin, bien affligé.

— Vous êtes bonne pour lui.

— C'est parce que je l'aime, tiens ! Ainsi de savoir maman embêtée, ça ne me fait ni chaud ni froid. Je dis : « Tant mieux ! » Et c'est tout. Tandis que papa… non, c'est trop triste !

— Quoi donc ?

— Qu'il aime tant sa peinture ! Il ne regrette pas assez sa fille. Ah ! si j'étais à sa place, comme je serais inquiet, comme je chercherais partout ma Geneviève ! Je n'aurais pas de repos que je ne l'aie trouvée. Au lieu de cela il est bien tranquille, et il s'en va d'un cœur léger voir des expositions de tableaux. Oh ! je n'aurai plus de peine à cause de lui. Il ne le mérite pas. Moi qui ai pleuré !

— Oui, et assez indiscrètement même. Du salon, on vous entendait sangloter.

— Papa m'a entendue ? Et il ne m'a pas devinée, le vilain égoïste. Mais c'est fini. Quand il aura une larme de moi, je veux bien que le loup me croque. Ne parlons plus de M. de Requoy si vous le voulez bien. Je suis ici pour m'amuser beaucoup, beaucoup. Qu'allons-nous faire de notre journée ? D'abord, pour commencer, vous m'emmenez déjeuner dans un cabaret à la mode.

— C'est fou. Pour rencontrer M. de Requoy !

— Avec quelque hétaïre ? Cela m'amuserait bien.

— Vous n'avez aucun respect.

— Qu'est-ce que le respect a à voir là-dedans ? Papa est un homme, je suppose, et puis c'est un artiste. Il a besoin de ces femmes-là. Mais ne parlons plus de lui. En sortant du cabaret, où allons-nous ?

— Où il vous plaira.

— Moi, je veux aller au Louvre, aux magasins.

— Vous avez aujourd'hui des désirs de petite bourgeoise provinciale indignes d'une exquise élégante comme vous.

— Mais je suis une petite provinciale, puisque voici trois mois que je suis aux Cormiers. J'ai besoin de voir les étoffes nouvelles. On trouve tout au Louvre, vous savez.

— Oui, à peu près, comme on trouve tous les arts et toutes les sciences dans un dictionnaire.

— Cela vous ennuie d'y aller, je le vois.

— Rien ne m'ennuie en votre compagnie.

— Vous verrez que je vous apprendrai beaucoup de choses que vous ignorez… Et ce soir, nous irons dans quelque théâtre bien drôle ou bien triste. Moi, je suis pour les extrêmes ! Tenez, il y a quelque temps j'ai vu un drame où il y a des pauvres petits bien malheureux auxquels on fait tout le mal possible et qui à la fin sont sauvés par le braves gens. Est-ce qu'on joue une pièce de ce genre-là maintenant ? Oui, Oh ! tant mieux. Vous m'y conduirez alors. N'avouez pas mes goûts à ma sœur. Elle me mépriserait. Elle n'aime que les grandes machines : le Wagner, le Gluck, le Victor Hugo. Moi, cela me fait bâiller… Et où irons-nous après le théâtre ? Oh ! mais je ne veux plus faire de projets. Cela nous porterait malheur. Aux Cormiers, quand j'arrange une promenade avec papa, le bon Dieu ne manque jamais de nous envoyer de la pluie.

Elle babillait comme chante et s'égaie un gentil oiseau, secouant sans cesse les idées frêles et les rapides images qui passaient en elle, importunée de tout ce qui arrête le vol de l'imagination, avide de mouvement et de nouveauté. On la croyait d'abord volontaire et affectée. C'était seulement la volonté d'un autre qu'elle avait en elle et qu'elle exagérait. Elle subissait toutes les empreintes, bonnes et mauvaises, incapable de résister à l'influence de quelqu'un ; tour à tour, les esprits les plus divers s'imposaient au sien, le maîtrisaient ; mais avec quelle naïveté charmante et toute personnelle se laissait-elle prendre, pour reconquérir !

Si gracieuse qu'elle fût, je n'étais point à elle en ce moment. L'image confuse encore et pourtant grisante de Juliette, l'idée d'une joie mêlée de péril, d'un inconnu à la fois exquis et douloureux, d'un avenir plein de brumes et de lumières, m'attiraient, me repoussaient. Avec Geneviève, je sens tout le prix d'une franche jeunesse ; seulement elle me rappelle aussi son château familial, les parfums fades des chambres closes et le silence écrasant des Cormiers. Chant joli et clair au bord des haies dans les près calmes, tu ne nous fais pas oublier la rumeur des villes, tout ce qu'il y a d'enivrant dans les mêlées des êtres !

Geneviève eut beau m'en prier, je ne voulus point la conduire dans un de ces endroits que fréquentaient les amis de son père, où elle eût peut-être rencontré ses danseurs de l'hiver dernier et ses compagnons de promenades de l'été. Cependant il lui fallait du changement à tout prix. Ma salle à manger était déjà trop vieille pour ses yeux ; elle n'y pouvait plus prendre ses repas avec agrément ; aussi nous allâmes déjeuner au-dehors.

Il y a des retraites en plein Paris que la plupart ignorent, où l'on n'ose pas s'égarer de crainte de l'ennui et de la solitude. Pourtant la vie y frémit jadis, et des ombres amoureuses semblent y errer encore, toutes prêtes à flatter les amours nouvelles. Elles accourent sur notre passage, et nous sentons alors que tout le passé s'unit à nous pour agrandir et prolonger nos joies. Si ces anciennes passions furent grossières, cela nous importe peu. Il ne subsiste d'elles qu'une chaleur généreuse qui témoigne de leur force et réchauffe les plus froides âmes.

J'amenai Mlle de Requoy dans le Palais-Royal désert où palpita, il y a cent années, le cœur de Paris. C'était un moyen de satisfaire son caprice sans courir beaucoup de chances de la compromettre, et, au risque de profaner sa grâce, je me plus à la mêler aux souvenirs tumultueux de 89, laissant ma mémoire se jouer parmi les amants, les politiciens, les habitués des clubs et des tripots révolutionnaires, tandis que mes yeux se divertissaient à la regarder. Ainsi je m'ingéniais à lui découvrir des séductions dont je sentais bien qu'elle n'avait pas besoin, m'efforçant de détruire cet attrait singulier pour une autre que j'éprouvais malgré moi.

Elle n'eut point d'abord son audace accoutumée ; les yeux mercenaires et curieux qui s'arrêtaient sur elle l'effaraient ; heureusement, dès que nous fûmes seuls, sa gaieté se réveilla et elle recommença ses jolis enfantillages. À voir la surprise que lui causaient les moindres détails du service et le banal ameublement, on n'eût point dit qu'elle était habituée à une vie large, dans un château luxueux. Le nouveau la ravissait, disait-elle, mais c'était son âme jeune, oublieuse et changeante, qui le créait elle-même. Il ne lui fallait pour cela qu'un prétexte.

Elle avait des séductions si imprévues que je dus enfin les subir. Je ne la flattais plus seulement de mes paroles. Je savais maintenant que mon plaisir de cette journée se trouvait sur ses lèvres et dans le bonheur de ses yeux.

Nous allions sortir, contents l'un de l'autre ; et Mlle de Requoy, devant une glace, arrangeait sa coiffure, lorsque, du salon voisin, s'éleva le bruit d'une discussion. Ces entresols de restaurant, qui furent autrefois des appartements de courtisanes, ont gardé leur première disposition, leurs cloisons minces et indiscrètes.

J'entendis très distinctement ces paroles :

— Votre jalousie est idiote, mon ami. Dans un bal de ce genre, on parle à tout le monde.

J'avais reconnu la voix. C'était celle de Juliette Fournier !

Le ton de l'entretien baissa et je ne pus le suivre, mais, plusieurs fois, je surpris mon nom comme si c'était le mot important du discours sur lequel on devait principalement appuyer. J'entendis encore :

— Ses voyages ! Il vous les a contés, n'est-ce pas ? Il n'y manque jamais. Mais toutes ses grandes aventures ne lui sont jamais arrivées… il ne les invente même pas ; il les a pillées dans le *Tour du Monde*.

C'était Paul Ancelle qui parlait de moi avec cette complaisance.

— Brave ami ! me dis-je sans songer que moi-même je ne l'avais peut-être pas plus ménagé.

Mais comme je me sentis blessé davantage lorsque Juliette, exagérant encore la malveillance des propos, imagina des traits de tout genre pour me ridiculiser !

Ils parlaient alors si tranquillement, avec une sécurité si haute, que je ne perdais rien de leurs railleries.

Et, de les découvrir intimement unis lorsque Juliette m'avait fait de Paul un soupirant haïssable, toujours repoussé ; de me sentir joué de la sorte, une rage me soulevait contre eux.

Cependant je n'étais pas seul, et je ne devais pas l'oublier.

Mlle de Requoy était prête ; nous partîmes. À ce moment retentirent de grands éclats de rire. Je supposai que je faisais les frais de cette gaieté et j'eus peine à contenir ma fureur.

— Oh ! mon Dieu, fit Mlle de Requoy à voix basse et d'un air effrayé, que cette maison est sonore ! Pourvu qu'on ne nous ait pas entendus ! Si ces gens-là, par hasard, nous connaissaient ?

Je vis bien qu'elle n'avait pas reconnu la voix de Paul Ancelle, ni distingué aucune parole ; mais le trouble où j'étais ne lui échappait pas, et elle essaya d'avoir des explications. J'espérai que le Louvre, où nous nous rendions, allait l'absorber et m'enlever à une attention gênante.

Je ne me trompais pas : elle fut, en entrant aussitôt conquise.

Dans ce monde énorme où ce qui doit aider la coquetterie, la volupté, l'orgueil de la femme est mêlé brutalement à ce qui en fait un mannequin et une caricature ; où vendeuses et acheteuses se confondent avec l'entassement disparate et colossal des choses ; où la lumière paraît obscure, la laideur semble charmante ; où les soies étincelantes perdent leur éclat et les fourrures sombres prennent de clairs reflets ; où les mousselines, les batistes, les crêpes de Chine se font lourds, tandis que des tissus, de laine paraissent diaphanes ; dans ce renversement du réel, dans ce royaume fabuleux et extravagant où se rencontrent toutes les industries et tous les peuples, Mlle de Requoy se dirigeait d'un pas léger, fier, sûr, aisé, comme si tout ce qui l'entourait était à elle. Elle savait l'art de rendre vivantes ces étoffes inanimées et devinait dans leurs masses ternes ou éclatantes toute la beauté qu'elles peuvent contenir.

Je la suivais, mais je n'étais point, comme elle, fée ni magicienne ; et une pensée immuable venait me distraire des changeants spectacles qui passaient devant mes yeux. Je la perdis et je ne pus la retrouver. Je n'en eus point de tristesse. Ce n'était pas à elle que je songeais. L'image de Juliette ne m'avait point quitté.

— À qui a-t-elle menti ? me disais-je. Peut-être à Paul, peut-être à moi, peut-être à nous deux.

Et l'injure qu'elle m'avait faite en secret m'attirait plus vers elle que toute les promesses de plaisir.

VIII
JEUX DE LA DESTINÉE

Un mot de Juliette me revient en ce moment à la mémoire. Elle le laissa échapper un jour qu'elle se donnait encore devant moi des airs d'innocence, car, si secrète qu'elle fût, elle avait ses minutes de franchise. « Je suis une femme trop simple et trop tranquille, avait-elle dit ; je serai toujours, pour la plupart des hommes, inférieure à la moindre catin, car ce que vous aimez en nous, vous autres, c'est l'odeur d'une trahison. »

Elle savait son charme ; mais était-il le résultat d'une tactique volontaire et étudiée, ou, simplement, une inclination naturelle dont elle se contentait de se servir ? Il y avait chez elle un mélange si continu de mensonge et de sincérité qu'il était bien difficile de distinguer l'art de l'instinct.

L'orgueil, la curiosité me pressaient avec une égale violence. J'aurais voulu la prendre malgré elle, la contraindre à me crier franchement sa haine ou sa joie. Oh ! cette fois je ne l'aurais pas laissée partir la bouche froide, les yeux indifférents.

À ma sortie du Louvre, je me décidai à aller la voir.

Elle ne m'y avait point invité. Et son adieu, l'autre nuit, était bien définitif. Tant pis ! Me rappelant son adresse, que j'avais vu dans un petit carnet d'or qu'elle portait à la fête, je me fis conduire aussitôt chez elle, boulevard Péreire. Je ne pensai même pas qu'elle demeurait avec le commandant dont elle m'avait parlé et que, si sa porte pouvait s'ouvrir à un ami clandestin, elle resterait fermée pour moi.

Peut-être, me disais-je, ne sera-t-elle pas rentrée ? Alors je l'attendrai. Peut-être Paul Ancelle, en l'absence du commandant, aura-t-il pris sa place ? N'importe ! Je veux la voir. J'avais l'espoir de profiter de l'étonnement que devait lui causer ma visite.

J'arrive. On m'avertit que Mme Juliette Fournier est rentrée. Je monte très vite les deux étages, mais j'ai beau sonner une, deux, trois fois : on ne m'ouvre point. Je vais descendre lorsqu'un bruit de lutte, des cris de bête égorgée retentissent ; puis j'entends des pas précipités qui viennent à moi, des voix qui s'approchent, l'une plaintive, l'autre haletante de colère : « Grâce, Juliette, pardonne-moi ! — Va-t'en, brute ! ne remets plus les pieds ici, va-t-en, canaille ! » La porte s'ouvre, se referme violemment. Je vois passer une petite capote bleue. C'est le soldat que j'ai déjà rencontré deux fois, en des circonstances aussi singulières.

Il s'arrête sur le palier comme s'il attendait de Juliette un repentir. Enfin, il se décide à descendre, lentement ; il laisse une trace rouge sur le tapis. Il a le front tout ensanglanté.

Il ne fallut qu'un instant pour me transformer en un homme nouveau.

Cette venue étrange, ces cris, ce sang m'avaient enlevé tout désir de connaître davantage Juliette. Je soupçonnais dans son existence quelque passion ignoble ; je pris la ferme résolution de renoncer pour toujours à son baiser.

En rentrant à la maison, je trouvai un télégramme de Mlle de Requoy qui me reprochait de l'avoir quittée. Elle ne voulait pas croire que je l'eusse perdue, et elle déclarait ne point me pardonner. Il y avait, dans les quelques mots qu'elle m'écrivait, une colère et aussi une douleur que je ne m'expliquais pas. Depuis, mon aveuglement, bien plus que ce télégramme, m'a semblé incompréhensible.

J'étais agacé de ces deux aventures. Décidément, le premier automne que je passais à Paris depuis mon retour de voyage commençait mal. N'étais-je plus adapté à ses passions ? Je m'imaginai que j'avais besoin de me délivrer de souvenirs sans volupté et de rompre des liaisons que je n'avais point cherchées. Brusquement je résolus de m'en aller pour quelques jours dans le Midi, et je fis retenir une place dans le train de Lyon-Méditerranée.

IX
PARIS-CRAMPON

Merveilleux homme qui peut courir toutes les routes, sauter d'une voie ferrée dans un bateau, quitter les villes bruyantes pour les campagnes mortes, voir la mer, la montagne, les plaines se succéder devant ses yeux sans être lui-même plus qu'une balle lancée dans l'air et qui n'a pas conscience de sa vitesse ! Je ne connais point, pour ma part, une semblable indifférence ; quelques heures passées dans un endroit inconnu parmi des étrangers suffisent à m'enchaîner ; je ne me détache que par un singulier besoin d'activité, je ne m'en vais qu'au milieu d'un cortège de souvenirs.

Dans la voiture qui m'emportait à cette gare de Lyon, si éloignée du Paris élégant, en traversant ces quartiers de travail, de prostitution, de petites rente croupissant paisible et heureuse parmi les misères et les crimes ; au milieu de cette foule diverse et sombre, je me sentais lié étroitement à la multitude d'existences dont j'allais me séparer ; j'en goûtais avec violence, avec ivresse, la beauté, l'horreur, l'ignominie. Ces hautes maisons blanches au clair de lune, ces fenêtres innombrables qu'illumine d'une clarté rouge la lampe domestique, cet enlacement, cet entrecroisement de fiacres et de charrettes, ces lanternes qui courent à je ne sais quel but ignoré, toutes ces passions qui s'agitent autour de moi me deviennent précieuses : Paris m'appelle de ses grâces connues et de son mystère.

L'idée de Juliette s'est glissée en moi ; elle occupe ma pensée, délicieuse et irritante comme le baiser d'une bouche lorsque le corps se refuse ou se dérobe. Je vois la jeune femme devant mes yeux ; je pourrais croire qu'elle est à mon côté, et je me demande si je la rencontrerai jamais. Les soupçons s'évanouissent, et aussi le souvenir des violences, des injures que j'ai surprises. Pourquoi la fuir ? Il me semble à présent que c'est un acte de courage tout à fait inutile. Et cependant je n'arrête point la voiture, je presse le cocher : j'ai peur de Juliette et de moi-même.

J'arrivai à la gare de Lyon parmi beaucoup de voyageurs. Couples heureux, visages que torture l'anxiété, errants mélancoliques qui vont promener leur richesse et leur ennui aux quatre coins du monde. Tous sont fébriles, impatients. De grandes femmes, enveloppées d'un pardessus quadrillé qui tombe jusqu'à leurs bottines, se promènent d'un pas militaire et en silence. Une frénésie de mouvement nous agite tous, dans cette gare si tranquille, si peu en harmonie avec les ambitions qui s'élancent sur ses rails, et qui conserve ses apparences de paix, de modestie provinciale au milieu des colères rouges et sifflantes des locomotives, des défilés incessants et fantomatiques des trains, des ombres, des fumées charnues, des clartés de lune, de feu, de soleil. Elle paraît indifférente à tant de départs hasardeux, coupables, enivrés. Elle ne vibre ni ne résonne aux passions qu'elle abrite. On dirait qu'elle a peur de porter ces bruits de voyage et de délivrance aux détenus de la prison voisine qui s'affolent de voir leur vie immobilisée. Et pourtant les jouissances qu'annonce cette agitation tumultueuse sont bien souvent vaines et illusoires. Les voyages, disait Lord Beresford, sont une mort volontaire pour ressusciter meilleur et plus beau, mais combien en reviennent sans avoir changé de formes, sans avoir rien fait que découvrir les murailles et les barreaux d'une geôle qu'ils ne soupçonnaient point !

Lord Beresford, lorsqu'il avait mal à l'estomac et ne se sentait pas d'inclination à être épicurien, s'inspirait volontiers du pessimisme noir de l'Ecclésiaste. Cette pratique est d'un grand secours dans les situations difficiles. On tarit le désir que l'on ne peut plus satisfaire et on se crée un esprit contempteur de tout ce qui nous est refusé.

Par malheur, dans la fâcheuse disposition où je me trouve, j'essaie vainement d'enlever des charmes à ce que j'abandonne. Mlle de Requoy elle-même devient, dans mon imagination, comme une des suivantes de Juliette destinée par un savant et joli contraste, à rendre plus attirante l'amoureuse unique, ou, si l'on veut, la première aimée.

Ce fut au milieu de tant de regret que vint me surprendre l'apparition de Paul Ancelle. Qu'il fût là, dans cette gare, je ne pouvais d'abord en croire mes yeux. Car, enfin, pourquoi quittait-il Paris ? Je savais qu'il n'avait pas de famille ni d'intérêts dans le Midi ; et, amoureux comme il l'était de Juliette, il ne pouvait lui venir l'idée d'entreprendre seul un voyage d'agrément. Or Juliette n'était pas libre. Un moment, je m'imaginai qu'elle lui avait tout sacrifié, et avec une sorte d'angoisse je cherchai follement la jeune femme auprès de lui. J'éprouvai une grande joie à constater qu'il n'était pas accompagné.

Paul, je pense bien, ne m'avait pas aperçu, mais il se dirigeait de mon côté. Comme il me déplaisait de lui parler, je me hâtai de monter dans le train.

Une main sèche, tendue mollement avec la nonchalance d'une petite maîtresse qui offre ses doigts à un baiser, vint chercher la mienne et m'arrêta dans le couloir de sleeping-car.

C'était Pierre Chaperon, romancier, poète, chroniqueur. Je voulais fuir Paris et, déjà, le Tout-Paris s'accrochait à moi, me suivait comme une femme jalouse, qui, sans avoir l'excuse d'un réel amour, tient cependant à proclamer ses droits sur ses amants.

— Vous avez devant vous, cher ami, dit-il d'une voix dolente et rythmée, un homme en galanterie avec la Mort. Mais je l'ai si bien courtisée, que la Mort, qui est capricieuse comme toutes les femmes, ne veut plus de moi. Alors je la fuis à mon tour, et je quitte Paris, son entremetteuse. Figurez-vous que je ne dors plus, sauf aux conférences de M. Legrier, et mon médecin vient justement de me les défendre, car ces dames y font un tel abus de parfums qu'on en sort avec d'atroces migraines. Pour parer à cet inconvénient j'ai pensé une minute à me déguiser en femme et à inviter M. Legrier à m'endormir chez moi, mais il paraît qu'il a renoncé aux conférences privées depuis son aventure avec la marquise de Palestro où il fut des plus aimables à l'égard de la grande dame, et où ne lui manqua que la parole quand il s'agit de dépouiller de vieux titres et de découvrir l'éternel féminin. Voyez comme nos savants mêmes se laissent abuser par leurs désirs ! Avec plus d'audace familière, M. Legrier, en troussant un peu de Palestro, eût trouvé encore beaucoup de cette Maria Gonzalès qui dansait avec une si gentille gaminerie dans les bouges de Toulon ; mais on a les grandes dames qu'on peut. M. Legrier en voulait une à tout prix. Et, comme a dit Voltaire, si les marquis n'existaient pas, il faudrait les inventer.

Les paupières demi-closes comme une vierge ou une coquette précieuse, il parlait avec lenteur et vivacité, tantôt caressant ses phrases, tantôt enfonçant sa pointe légèrement et d'un air détaché. Lorsque le trait venait bien, ses yeux s'ouvraient tout grands, et il riait d'un bon rire jovial. Appelé à vivre parmi des êtres ivres d'ambition, de vanité, d'envie, et qui n'ont pas de jouissance plus profonde que de dévorer leur prochain, Pierre Chaperon a tiré de la méchanceté tout un art. Il s'est donné une bonne fois tous les vices, pour avoir, dans la suite, le droit de jouer avec ceux des autres ; au besoin, afin de mieux connaître, de mieux railler les ridicules à la mode, il les effleure, il y trempe comme par badinage. Il met une grâce raffinée et toute sociable à apprêter les sauvages et cordiales agapes qu'on réclame de lui, où l'on se mange un peu les uns les autres et d'où l'on ne sort que meilleurs amis. Spirituel, naïf, enthousiaste, un peu dupe, suffisamment pervers, capable de dévouement par nature, de perfidie par attitude et pour le plaisir d'un instant, il allie en lui les vices, les qualités les plus contraires et compose de tout cela l'ensemble le plus séduisant. Dans une démocratie grossière, il apporte quelque chose de l'élégance fine et avisée du dernier siècle, glanant l'esprit d'une époque qui n'est point celle d'un Chamfort et à laquelle il prête bien plus souvent qu'il ne reçoit.

Pierre Chaperon était un compagnon de voyage pour un homme moins résolu que moi à la solitude, mais je n'avais point envie de causer, et puis il me rappelait trop un monde que je voulais oublier.

Cependant le train siffla, s'ébranla. Une petite femme arriva très vite devant nous, suivie d'un voyageur encombré de valises. Nous fûmes obligés de nous effacer dans l'étroit couloir pour la laisser passer.

Elle me pressa de toute la plénitude de ses hanches et, se détournant, elle eut sous la voilette un coup d'œil rapide et indifférent vers moi.

— Pardon, dit-elle entre les dents et comme avec un ennui d'être polie.

Mon cœur battit avec force, car j'avais reconnu Juliette. Et elle aussi m'avait bien reconnu, mais elle n'eut pas l'air d'être surprise ni de se soucier de ma présence.

— Une jolie grue ! fit Pierre Chaperon avec un sourire, mais, mon cher, il me semble que vous la regardez avec une attention qui m'inquiéterait si j'étais son époux.

Je ne lui répondis point. Je ne m'occupais point de ses paroles. L'employé de service venait d'ouvrir le compartiment que Juliette et son compagnon avaient retenu, et que je les écoutais s'installer pour la nuit.

— Dis-moi, petit rat, fit cette voix à la fois grasse et brève que j'avais entendue au bal des Jolies-Rencontres, dis-moi où tu as mis la pharmacie.

C'était le commandant, l'ami en titre de Juliette.

— Vous êtes stupide en vérité, répliqua le « petit rat », mes malles m'ont donné assez de tracas aujourd'hui sans que je m'occupe de vos affaires.

— Mais, petit rat, c'est pour toi que j'emporte une pharmacie. Je suppose qu'à Naples, tu tombes malade. Comment te soigner ? Avec quels remèdes ? Moi qui ne sais pas un mot d'italien. On t'empoisonnerait que je n'y verrais que du feu.

— Vous voilà bien ! Je vous reconnais ! Gai comme un employé des pompes funèbres. Nous partons en voyage. Au lieu d'être heureux, de penser à vous amuser, vous songez à ma prochaine maladie. Mais, petit sot, je me porte à merveille, vous entendez, à merveille !

Le compagnon de route fut sans doute ravi de s'entendre appeler « petit sot ». Ce mot dut lui donner la conviction que Juliette ne voyait pas ses cheveux grisonner ni sa peau se craqueler de rides ; dès lors, il s'abandonne à la plus franche gaieté. Derrière la porte nous entendîmes partir de jolies fusées de rires.

Le commandant avait dit qu'il allait à Naples. Je n'avais pris mon billet que pour Menton, mais je continuerais la route, je les suivrais partout !

À ce moment Pierre Chaperon me quitta.

— Bonsoir, mon cher, fit-il. Ne croyez pas que j'aille retrouver Caylus ni Manon, mais bien une vieille tante – sans jeu de mot. Le malheur, c'est qu'elle n'est pas une tante à héritage – Un Pierre

Chaperon en famille, n'est-ce pas que c'est bien parisien ? Que voulez-vous ? J'ai assez des succès mondains ; je deviens vieux, j'ambitionne le prix Montyon.

Je ne pensais qu'à Juliette et je ne pouvais détacher mes yeux de cette porte fermée qui me séparait d'elle. Comme j'aurais désiré l'étreindre, la presser, qu'elle le voulût ou non ! Une douleur persistait, dans tout mon être, de son brusque passage auprès de moi. Elle eût pu, sans se compromettre, d'un clin d'œil, d'un sourire rapide, me reconnaître. Pourquoi ne l'avait-elle pas fait ?

Le voyage ne fut pour moi qu'une attente anxieuse. Je ne goûtai point la beauté des pays que je traversais. De plus en plus, cette petite femme occupait despotiquement mes sens et ma pensée. Souvent dans le wagon nous nous rencontrâmes. Elle ne fit pas plus attention à moi que la première fois. Seulement j'observai que le voyage l'avait un peu fripée et défraîchie, qu'elle était assez poudreuse et négligée. Je pensai que son orgueil en était humilié et j'en fus heureux. Ce fut là mon unique triomphe.

Je me suis dit souvent que je me serais affligé bien davantage si j'avais vu Paul auprès d'elle. Je m'imaginai qu'il ne nous avait pas accompagnés, et son image même disparut de ma pensée.

Au train qui courait à toute vapeur dans le plus admirable pays du monde, je reprochais de ne point assez se hâter. J'étais si impatient d'être à Naples ! Là sans doute je pourrais lui parler.

Rien ne venait me distraire, ni le paysage, ni mes voisins de route. Pierre Chaperon lui-même n'osait plus se montrer, craignant sans doute que je fusse avec lui trop taciturne et mélancolique.

Malgré tout, si violente que devînt déjà cette possession amoureuse, je trouvais la force de maudire ma chancelante résolution. Je me répétais : « À quoi bon aimer cette femme-là ? » Seul le dieu qui pousse les êtres les uns vers les autres eût pu me répondre ; nous ne sommes, nous, que des jouets dans sa main et qui ne savons rien de ses caprises.

X
PROFITS AMOUREUX D'UN VOYAGE

Trois jours après mon arrivée, je me trouvais au restaurant du Château de l'Œuf. Un tiède et heureux soleil d'automne illuminait d'une clarté fine, légère, la mer et le Pausilippe. En compagnie de Pierre Chaperon et de toute une caravane je laissais fuir les heures devant des verres de Falerne. Une volée de corneilles n'emplit pas les airs de bruits plus bizarres que ces hommes de tous pays, anglais, allemands, français, russes, polonais, se servant tour à tour des idiomes les plus variés, sans perdre rien, d'ailleurs, de leur accent national. Pierre Chaperon, seul, ne s'exprimait qu'en français, soit qu'il ignorât les autres langues, soit qu'il dédaignât de les parler aussi imparfaitement que ses compagnons.

— Je viens, mon cher, disait-il, de découvrir un bijou ! Dans un magasin de Chiaia. J'ai failli me ruiner. Figurez-vous un portrait qui réunit les grâces des deux sexes. C'est hardi, robuste, et en même temps cela vous a des airs langoureux, d'une tristesse, d'une grâce !… Vous n'imaginez pas. On ne retrouve aujourd'hui ces expressions que chez certaines Américaines ou parfois, à Rome, chez quelques adolescents du peuple… Le professeur Cicogna prétend que c'est un Saint Jean-Baptiste du Sodoma. M. Barbarani soutient au contraire que c'est une Sainte Catherine de Gaudenzio Ferrari. N'est-ce pas charmant que deux passions se satisfassent ainsi devant une seule image ?

M. de Sonsfeld, lieutenant aux hussards de la Garde, haussa les épaules et s'écria :

— Affez-fous, ffini avec fos saints. On ne parle que de Sainte Vierche, de Pon Tieu ici. Fous ne sortez d'une église que pour entrer dans une autre. Faites-fous tonc curé tout de suite. Moi che n'aime pas les imaches. Ch'aime la réalité, le ziel, la mer, les betits enfants.

— Comme le Christ, monsieur de Sonsfeld… Mais nous ne vous empêchons pas de regarder les jeunes Napolitains. Seulement commencez par leur débarbouiller le visage, si vous ne voulez pas avoir les ennuis de M. Mielgounof.

— Guels ennuis ?

M. Mielgounof, un violoniste russe né en Pologne, n'avait pas compris cette allusion à d'anciennes faiblesses, et il dit doucement d'une voix de fausset :

— Oh ! on ne s'amuse pas à Napoli… Voulez-vous que je vous dise où on s'amuse ! Eh bien, c'est à Vâsovie. Ainsi l'année dênière j'étais à Vâsovie. Le prince Rodolphe est venu. On a fait la fête. Eh bien, nous avions avec nous la plus belle femme de Vâsovie… Une femme malhonnête, par exemple, mais belle. Nous lui avons donné un bain de champagne, et puis après nous avons bu dans son bain. Oh ! on s'amuse à Vâsovie. Venez un jour, vous verrez !

— Pas avant de vous avoir interviewé, mon cher maître, dit M. Coningsby, rédacteur au *Sun* de New-York et au *Moonshine* de Chicago.

— Oh ! laissez-moi, je suis fatigué aujourd'hui, et puis j'ai ma sonate à repasser pour ce soir.

— Bien ! Bien ! Vous ne voulez pas vous laisser interviewer, mais je me vengerai.

— Oh ! fit M. de Mielgounof épouvanté, et comment cela ?

— Nous avons plus d'un moyen. Par exemple, nous vous ferons dire que Moussorgski est le plus grand compositeur qui ait jamais existé.

— Mais, c'est faux ! Je ne le pense pas, vous le savez bien ! Je le hais !

— Raison de plus. Nous dirons aussi que vous détestez Sarasate.

— C'est ignominieux, c'est infâme ! Moi qui le joue avec religion, avec la piété d'un ange !

— Je me venge, vous le savez. Oh ! j'ai fait dire bien d'autres choses à mes interviewés. Tel que vous me voyez, j'ai interviewé toute l'Europe. Je suis allé chez M. de Bismarck. Il m'a crié : « Weg ! Weg ! » en me montrant la porte. Attends un peu, mon bonhomme ! Je l'ai salé en trois colonnes où mon prince reconnaissait qu'il avait causé tous les maux de l'Allemagne et demandait pardon à Dieu et à son pays. Je suis allé aussi chez M. de Moltke. Il a été très poli. Il m'a dit : « Cher monsieur Coningsby, je désirerais vous faire des confidences. Malheureusement cela m'est impossible. Mille regrets. » Je lui ai rendu sa politesse en deux colonnes. Chez M. Crispi, je n'ai même pas été reçu. Pour du coup, je me suis fâché tout rouge. Le ministre a écopé dans une feuille entière. Je lui faisais faire des excuses au roi d'Italie. M. Crispi a prétendu que je lui prêtais des paroles qui n'étaient pas les siennes. L'éditeur du *Sun* s'en est plaint à moi. Je lui ai répondu : « Est-ce M. Crispi qui est rédacteur au *Sun*, ou bien M. Coningsby ? Si c'est M. Coningsby, alors j'ai le droit de rédiger mes articles comme il me plaît et en me privant de la collaboration d'un Italien qui ne connaît pas comme moi, je pense, le goût de mes lecteurs d'Amérique.

— Et pourquoi donc tenez-vous tant à avoir ma collabo-âtion. Inventez-moi.

— Je ne s'aurais, je vous l'avoue. J'ignore la musique et il m'est impossible d'imaginer trois colonnes de vos opinions. Et puis j'ai besoin de temps à autre d'interviews authentiques qu'on ne démente point, pour inspirer confiance.

— Prenez un autre homme célèbre. M. Pierre Chaperon, par exemple.

— Vous êtes célèbre, monsieur ? Répondez-moi franchement. Vous savez, nous autres Américains, quand nous nous adressons à des Européens, nous voulons de véritables, de grandes, d'absolues célébrités. Combien gagnez-vous par an ? Cent, deux cent mille francs ?

— Je ne puis certes lutter en célébrité avec M. Mielgounof, répondit Pierre Chaperon.

— Ah ! observa simplement Mielgounof, c'est l'avantage de la musique sur les autres arts : on n'a besoin que d'avoir des oreilles pour la comprendre. À Vâsovie, à Londres, à Petesbourg, à Paris, pâtout je suis connu. Je fais pleurer quand je joue mes sonates. J'ai fait pleurer le tzar. J'ai fait pleurer l'autre jour Mme Sarah Bernhardt. Elle m'a dit : « M. Mielgounof, vous êtes le plus grand âtiste que j'aie rencontré ! » Voilà ce qu'elle m'a dit, Mme Sarah Bernhardt !

— Et qu'aurait-elle tonc tit en endendant ces quitaristes, répartit sans malice le lieutenant des hussards de la Garde.

— Oh ! ceux-là ! Ce sont des c'iminels ! Ils déshonorent leurs instruments. On devrait les mettre à la torture. Tenez ! Je m'en vais repasser ma sonate. Je ne puis pas entendre ces scélé-ats !

M. Mielgounof partit au moment où un joueur de mandoline et un guitariste entraient dans la salle pour nous faire entendre leurs chansons napolitaines pleines d'ironie, de tristesse et de volupté, qui vous exaltent et où l'on s'absorbe comme dans ce large paysage de Naples, riche de toutes formes et de toutes lumières. Leurs pizzicati gouailleurs que terminent des notes filées et langoureuses, comme des cris d'oiseaux envolés et ravis dans le ciel, me rendaient à ma passion, dont ne m'avaient distrait qu'un instant le babil et les folies des touristes.

Je cherchais Juliette depuis mon arrivée. Je ne l'avais point vue descendre de train et j'avais vainement essayé de la rencontrer aux endroits que fréquentent d'ordinaire les étrangers. Cette déception m'accabla. La solitude de cette ville étrangère, où rien ne m'était familier, exagéra ma peine. J'étais alors trop préoccupé pour prendre garde aux beautés et aux singularités de Naples. Il n'y avait plus rien dans ma vie que l'idée de posséder une femme, et une seule femme. Ardeur folle d'étreinte et de vengeance qu'entretenaient à la fois mes sens et ma vanité virile ! Je promenais partout ma sombre affliction dans cette ville éclatante de clarté, où tout parle de jouissance, dure à l'amour malheureux comme le Londres gorgé de richesses l'est à la misère et à la faim.

Pierre Chaperon et la caravane de cosmopolites me cachèrent un peu ma détresse. Ils vivaient à Naples comme s'ils n'avaient jamais quitté le pays natal, sans rien remarquer de l'existence environnante que la table d'hôte où ils se réunissaient chaque soir, et je me laissais entraîner au milieu d'eux comme le misérable s'en va chez le marchand de vins boire un peu d'oubli et se figurer un instant que la vie coule sans obstacles.

La musique des mandolines, des guitares, des chansons passionnées me rendait ma douleur, mais elle me la rendait légère et ailée ; tant que résonnent ces vives mélodies, on se sent un consolateur, un soutien ; ce n'est qu'ensuite qu'on se retrouve plus accablé.

Cette fois la musique fut pour moi le prélude d'une fête. À peine les dernières notes s'étaient-elles échappées des cordes qu'une petite servante s'approcha de moi et me tendit une lettre. Elle avait des cheveux noirs plaqués en accroche-cœurs, des dents et des yeux brillants, une robe sale, mais un si joli sourire ! Fillettes de ruelles et d'église, chairs innocentes et pétries d'artifices, ces mignonnes vont du confessionnal chez l'entremetteuse, et mêlent dans leurs poches les rosaires et les billets d'amour.

C'était la première femme que je regardais avec plaisir depuis que j'étais à Naples. C'est qu'aussi elle m'apportait de quoi me rendre heureux : une lettre, une invitation de Juliette !

« Vous avez beau vous faire introuvable, écrivait-elle : on parvient à vous dénicher. Je m'assomme ici. Voulez-vous venir me désennuyer ? S'il vous plaît de me rencontrer, trouvez-vous cette après-midi, à Porta Capuana ».

J'étais émerveillé que Juliette eût pu me découvrir, et je ne songeai point d'abord au ton cavalier de l'épître.

Cette façon brutale de convoquer un homme, qu'on ne s'est point jusque-là soucié de voir et qu'on soupçonne épris, était une des manières de son art d'amoureuse. Elle opposait ainsi l'orgueil à l'orgueil, jugeant qu'une impudeur fière est souvent la meilleure séduction.

Je remis une réponse et quelques lires à la petite servante qui s'envola en chantant.

Juliette avait choisi ce quartier de Naples parce que c'est un quartier populaire où ne s'aventurent guère les étrangers.

Je me rendis aussitôt à la Porte de Capoue où je ne l'attendis qu'un instant. Elle arriva à pied comme si elle connaissait déjà fort bien le chemin.

— Bonjour, mon ami, fit-elle. Elle eut son joli rire franc et heureux, en me tendant les mains.

Elle devenait une femme si nouvelle qu'il eût été absurde de lui garder rancune de fautes qui réellement n'étaient plus les siennes. J'avais envie de la battre en venant à son rendez-vous et maintenant je ne voulais plus que l'embrasser. Nous eûmes le langage de vieux amants qui se seraient quittés la veille et nous ne parlâmes d'abord que des menus faits de la journée.

— Vous savez, dit-elle, il a fallu m'échapper pour venir vous voir. Il devient insupportable.

— Le commandant ?

— Oui. Qui voulez-vous que ce soit ? Nous sommes allés aujourd'hui au Musée. Il a pris des notes.

— Et que faisiez-vous pendant ce temps-là ?

— Moi je regardais. Il y a des statues admirables. Le Taureau Farnèse. J'ai tout vu. Et puis il y a une pauvre petite Anglaise qui s'est trouvée mal. Heureusement que j'avais mes sels sur moi. J'ai couru vers elle et je les lui ai fait respirer. Elle s'est remise promptement. Elle m'a dit : « Je vous remercie, madame » en excellent français, sans accent. Et puis ses sœurs sont venues me remercier aussi. C'est agréable d'obliger de braves gens qui sentent ce que vous faites pour eux… Le commandant, lui, ne s'occupait de rien. Il en a été bien puni. Il a attrapé une horrible migraine qu'il a encore. Il est rentré se coucher à l'hôtel et j'en ai profité pour venir vous trouver. Suis-je gentille, hein ?

Nous profitâmes de l'obscurité et de la solitude d'une ruelle voisine pour nous baiser aux lèvres.

Mais de tumultueuses clameurs vinrent rompre notre intimité. Le peuple de Naples a l'air de répéter tous les jours la comédie de la Révolution tant il dépense de cris et de mouvements.

Juliette fut effrayée.

— Oh ! fit-elle, moi qui croyais que ce quartier était bien tranquille.

— Vous ne le connaissiez donc pas ?

— Mais non ! J'y étais passée simplement une fois, en voiture.

La curiosité nous poussa au milieu des déclarations emportées et des commérages intarissables de la foule bruyante qui s'agitait devant le Castel Capuano. On nous regardait avec étonnement, mais sans malveillance. Juliette était vêtue avec un soin exquis qui surprenait ces gens débraillés. Très simple et d'une correction ordinaire à Paris, sa jupe et sa jaquette bien prises à la taille ; mais la chemisette aux fines broderies, la toque aux plumes légères et tout ce qu'il y avait d'élégance et de recherche dans sa parure contrastait avec cet entourage de vieilles masures, d'oripeaux pendus aux fenêtres, d'hommes et de femmes s'invectivant et ne craignant point de se montrer la laideur ou les charmes que Dieu leur a donnés.

Le Castel Capuano est le tribunal de Naples, et la procédure y a gardé une simplicité toute patriarcale. J'appris bientôt qu'on jugeait un homme accusé d'avoir commis un assassinat par jalousie. Il avait beaucoup de défenseurs et l'on se passionnait pour son acquittement. Nous vîmes une belle fille, très entourée, qui souriait doucement aux compliments et aux consolations de ses amies. On nous dit que c'était pour elle que l'accusé avait donné un coup de couteau.

— Pourquoi riez-vous ? lui demanda un indiscret.

— Songo felice, signore, répondit-elle simplement, pecche n'è testemmonia.

Elle dit qu'elle est heureuse, fis-je en traduisant sa réponse pour Juliette, parce qu'il n'y a pas de témoins contre son amoureux.

À ce moment, un petit homme, qui semblait avoir volé sa tête rouge aux gros yeux blancs à quelque devanture d'un marchand de jouets, sortit du Castel Capuano, avec une robe sous le bras, et se livra à une mimique endiablée de Polichinelle devant un homme plus petit encore et qui parut s'anéantir à sa vue, comme un écolier surpris par son maître. On nous apprit que c'était un juge qui, ayant vainement cherché au tribunal un avocat pour défendre l'accusé, était descendu sur la place et venait d'en trouver un.

— L'audience s'est prolongée un peu tard aujourd'hui, nous dit un voisin complaisant, et tous ces messieurs du tribunal sont à Chiaia pour voir passer les équipages et les jolies femmes.

Le juge montait quatre à quatre les vieux escaliers branlants et pourris du Castel Capuano, sous les voûtes tendues, de toiles d'araignées, et le malheureux petit avocat, qui n'avait pu se dérober avec ses amis, le suivait lentement avec une mine résignée, mais lamentable.

— Ah ! fit Juliette, on s'amuse plus ici qu'au Musée.

— Le Musée est divertissant aussi, repris-je, à condition qu'on n'y aille point avec un Baedeker, un guide et un carnet de notes. Il faut se donner franchement à la vie d'autrefois comme à celle d'aujourd'hui. Notre petite vie à nous seuls est si étroite, si limitée !

— Croyez-vous, fit-elle, avec dépit.

— Quelquefois, repris-je, quand on n'a point l'amour que l'on souhaite.

Puis, comme elle semblait craindre des reproches, je détournai la conversation.

— Voyez comme ce peuple est raisonnable, dis-je. Ces gens souffrent une police et en admettent même la nécessité, mais ils n'en font pas comme nous une religion. Un homme touché par un gendarme, condamné par un juge, enfermé dans une prison, n'est pas déchu. Un homme qui, dans un moment de passion, a levé son couteau sur un rival ne cesse pas pour cela à leurs yeux d'être un homme comme eux. Ils n'ont pas l'idée, à l'exemple de nos singuliers moralistes, d'en faire un monstre, un être à part. Leurs instincts ne sont-ils pas plus sages que notre jugement ?

— Comme vous avez des idées bizarres ! répliqua-t-elle simplement.

Je ne pouvais pas fuir plus longtemps une explication à laquelle me ramenaient toutes mes pensées et jusqu'aux détours de notre entretien.

— Si je comprends à merveille l'indulgence de ce peuple pour les criminels, repris-je, c'est que je comprends aussi la colère qui peut inspirer les crimes.

Elle se sentit désignée et sourit légèrement.

— Est-ce moi, demanda-t-elle, qui vous ai rendu si intelligent ?

Comme je ne répondais rien, elle changea de ton et s'écrira :

— Moi aussi, croyez-le, j'ai été bien irritée contre vous !

XI
LES HAINES CRÈVENT AU BORD D'UN LIT

Les yeux sur ses bottines, inattentive au bruit et au mouvement de la rue, Juliette m'énumérait lentement et comme à plaisir les causes de son ressentiment. Elle semblait vouloir recueillir jusqu'aux miettes infimes de notre unique festin d'amour pour me montrer qu'elles étaient empoisonnées.

— Vous devez penser, mon cher, dit-elle, que lorsqu'une femme se donne à un homme, c'est une faveur qu'elle lui fait et elle entend qu'il apprécie le cadeau. Vous aviez l'air si indifférent ! J'étais exaspérée, je vous l'avoue.

Je lui répondis brutalement :

— Croyez-vous que l'arrivée de ce soldat dut me rendre heureux ?

Elle eut un rire singulier.

— Ah ! c'est cela ?… Vous êtes jaloux d'un *troupier* à présent ? Alors, qu'est-ce que je suis donc à vos yeux !

— Mais ce troupier est un jeune homme. Il vous suivait partout comme un chien, comme un amant. Et si vous le traitiez avec une familiarité assez vive, cela ne prouve pas, je pense, qu'il vous fût indifférent.

Elle attendait mes paroles en me regardant d'un air inquiet. Quand j'eus fini, elle haussa les épaules.

— Vous êtes ridicule, tenez !

— Mais ce jeune homme, pourquoi est-il toujours à vos côtés ?

— Je vous l'ai déjà dit. C'est un fou, un pauvre garçon qui s'est mis en tête de m'aimer d'un amour respectueux et servile qui ne doit pas vous effrayer. Je le rudoie, je le maltraite : il m'aime davantage… Le commandant l'avait pris à son service, seulement je l'ai gardé au mien. Il m'est bien utile parfois. Ainsi, le soir où nous avons soupé ensemble, s'il n'était venu m'avertir, le commandant partait, et qui sait ? peut-être pour ne plus revenir.

J'avais cette exaspération vague qui s'irrite de tout, sans connaître son ennui. Si amoureux que je fusse de Juliette, si inexplicable que m'eût paru à trois reprises différentes, la présence de ce soldat auprès d'elle, ce n'était point de cet homme que j'étais jaloux, et Paul, non plus, ne me semblait point à craindre. C'était son âme qui m'agaçait, et me rendait furieux, son âme tour à tour naïve et obscure, qui, un instant, apparaissait dans ses yeux, s'offrait sur ses lèvres, puis, sans qu'on devinât pourquoi, se retirait brusquement et se couvrait de ténèbres. Juliette eût été franche que je n'aurais pensé qu'au plaisir de l'avoir près de moi, et maintenant j'étais absorbé par la blessure que faisaient, à mon orgueil, toutes ces apparences de mensonge.

Je ne savais à qui m'en prendre. Les lèvres me brûlaient de lui rappeler cette conversation insultante que j'avais surprise au Palais-Royal.

Dans l'état où j'étais un homme n'a nulle délicatesse, nul esprit. Ma vanité fut la plus forte et m'empêcha de m'abaisser ainsi. Je dis seulement :

— Pourquoi ne m'avez-vous pas reconnu quand vous êtes montée dans le train, à la gare ?

— Le commandant était derrière moi.

— Il n'eût pas remarqué un clin d'œil, je suppose.

— C'est ce qui vous trompe. Il est excellent observateur. Vous comprenez que je tiens à lui. Quand sa mère mourra, il aura cent cinquante mille francs de rentes. Cela ne se trouve point dans le pas d'un cheval, un amant de ce genre, sérieux, et qui n'a nulle envie d'aller prendre de l'amour ailleurs.

— J'avoue, dis-je, que je n'ai point pour ma part d'héritage à espérer.

Elle resta silencieuse quelques instants, puis derrière le petit mouchoir dont elle essayait de se cacher la figure, elle éclata en sanglots.

— Ah ! fit-elle, pourquoi suis-je venue ! pourquoi suis-je venue !

Ses yeux, humides de larmes, se portaient sur mon visage comme s'ils eussent épié dans mes traits l'effet produit par ce grand chagrin. J'étais attristé, agacé ; je devais avoir une physionomie assez maussade qui sans doute lui parut fort drôle, car, au milieu de ses pleurs, tout à coup elle éclata de rire, me disant ensuite pour s'excuser :

— Ah ! si vous voyiez la figure que vous faites !

Ma fureur s'en alla au bruit de cette gaieté. Et je baisai ses lèvres riantes.

— Mon Dieu ! m'écriai-je, comme c'est stupide de perdre en querelles de belles heures !

— À qui la faute ?

— À moi ! À moi ! me hâtai-je de répondre, prenant sur mon dos tous les torts.

— C'est quelque chose de se reconnaître coupable.

— Alors pardonnez-moi.

Elle tourna la tête pour voir si personne ne nous suivait et finalement elle m'embrassa. Nous entendîmes un léger chuchotement au-dessus de nous, et nous aperçûmes deux jeunes filles, la tête penchée en dehors d'une fenêtre, qui nous regardaient en souriant d'un œil curieux et indiscret.

Un peu gênés par leurs regards, nous descendîmes la petite ruelle baignée d'une ombre fraîche. La lumière frôlait seulement les derniers étages des maisons où des chemises de toutes couleurs pendaient comme des drapeaux. De vieilles femmes, non sans majesté, peignaient des bambins noirs et barbouillés ; de temps à autre elles arrêtaient leur besogne et, comme on admire une perle fine, elles considéraient entre leurs doigts les trouvailles qu'elles avaient faites dans les longues et poudreuses chevelures ; au milieu de ces occupations les commérages allaient leur train d'une porte à l'autre et emplissaient la rue d'un murmure d'abeilles.

Des poules s'effarèrent dans nos jambes, et une fillette vint répandre un baquet d'eau devant nous comme si c'était sa façon de nous rendre hommage. Tandis que Juliette essuyait des gouttes qui avaient jailli sur sa robe, une main tout en os jaunes et en veines bleues sortit d'un couloir obscur, lui prit le bras.

— Una bella camera, signora mia, faisait une voix plaintive.

Il y avait au-dessus de la main décharnée un châle noir et, au-dessus de ce châle, une toute petite figure que les ans avaient à demi mangée, ne laissant que de grands yeux douloureux, blancs et immobiles sur une boulette de cire ancienne. La voix, qui nous avait appelés, sortait de cette figurine.

— Una bella camera, signore, dit-elle encore.

On s'adressait maintenant à moi, sans doute dans la pensée qu'en nous implorant tous les deux on arriverait à décider au moins l'une de nos volontés.

Cette face chétive avait un air respectable ; et, quoique mon désir ne le fût point, la bienveillance qu'elle exprimait m'attira vers elle.

— Cette dame nous offre une chambre, dis-je. Si nous entrions dans sa maison ?

— Pourquoi faire, mon Dieu ! demanda Juliette étonnée.

Elle lut la réponse dans mes yeux et sourit.

— Mais nous allons nous faire assassiner !

— Oh ! dans une maison où il y a une madone !

Et je lui montrai, derrière un grillage où brûlait une petite lampe, une statuette ébréchée, couronnée de fleurs artificielles. Ce signe de la piété des habitants la décida. Mais dans le corridor sombre où la vieille nous précédait, elle parut regretter son escapade. Il fallut l'entraîner un peu jusqu'à la chambre qu'on nous donna et que remplissait presque entièrement un meuble faisant l'office de lit mais qui ressemblait à une estrade, à un échafaud, à tout ce qu'on voudra. Il n'y avait, pour tout ornement, qu'un large bénitier de coquillage surmonté d'un Jésus tout rose qui ouvrait ses bras. Juliette, dès qu'elle aperçut le bénitier, y trempa ses doigts et fit le signe de la croix. Je ne pus m'empêcher de lui dire :

— Comme vous devenez pieuse ! C'est le pays sans doute qui vous rend ainsi ?

— Mais j'ai toujours été attachée à la religion… Et puis ça nous portera bonheur.

Cependant la petite vieille entra dans des explications sans fin sur le mode et le prix de la location. J'avais beau accepter toutes ses conditions, elle persistait à nous assourdir de ses bavardages. Je dus la mettre doucement à la porte.

— Ah ! s'écria Juliette, comme c'est mal de tromper ce pauvre commandant !

Elle céda toutefois sans prières à mon étreinte et nous tombâmes enlacés sur ce lit de planches, lit d'ermite plutôt que d'amoureux, où je fus ravi de la serrer dans mes bras. Soudain elle se désenlace, court à la fenêtre inspecte sa toilette.

— Si j'allais me salir ici, dit-elle, savez-vous qu'il n'y a personne à Naples capable de me faire une robe comme celle-ci ? Elle n'a l'air de rien, n'est-ce pas ? Et bien, c'est un bijou de robe. C'est un amour de petit tailleur, que j'ai déniché moi-même, qui me l'a faite. Il travaille mieux que Doucet.

— Juliette, Juliette, vous ne vous intéressez pas à ce que nous allons faire.

— Mais si !… C'est pour être plus à l'aise.

Comme elle revenait vers moi, une porte que nous n'avions pas remarquée, s'ouvrit et notre vieille logeuse apparut encore. Apercevant Juliette en chemise contre moi, elle se voila les yeux.

— Jesu ! Cristo ! Sant'Anna e Maria ! s'écria-t-elle. Che fedente !

Elle feignit une grande colère et nous fûmes bien surpris d'entendre une voix pareille au grondement d'un matou sortir de ce petit corps, aussi léger qu'un paquet de plumes. Juliette, la chemise relevée sur ses genoux, la regardait avec terreur comme si c'eût été quelqu'une de ces sorcières que le peuple de Naples redoute plus que la peste, venue tout exprès pour nous jeter un sort.

— Mère du Christ ! répétait la vieille dans son jargon, quelle indécence d'Égypte ! Quelle pourriture d'humanité !

Je lui mis dans la main un louis qu'elle laissa tomber. L'éclat et le tintement de la pièce éveillèrent son regard ; elle se baissa péniblement, la chercha en vain sous le lit, finit par la trouver entre les pieds de Juliette, qu'elle écarta d'un geste familier, puis, l'ayant bien contemplée et retournée, elle essaya, pour nous remercier, de rendre sa face plaisante ; ses joues s'arrondirent, son regard se brouilla, ses gencives, pâles et édentées, se montrèrent ; elle eut un petit sautillement, nous envoya un baiser de ses longues mains desséchées, et disparut.

— Bon vent ! fit Juliette.

Nous ne voulions plus être exposés à de pareilles surprises. Nous inspectâmes les murs soigneusement et nous barricadâmes les deux portes. Ce retard apporté à nos baisers, les rendit plus vifs et plus ardents. Juliette sentit qu'elle n'avait plus le temps de songer à ses robes, et elle se rua au plaisir comme si le commandant l'eût attendue à la porte de la maison.

Sans arrière-pensée, sans comédie, simple comme son corps qui n'avait plus que sa propre beauté, elle fut mienne et je connus une autre femme. Le lit l'avait rendue à elle-même.

Sans presque y songer, je goûtais à toutes les jouissances. J'étais si transporté de bonheur ! Alors les sens ne semblent rien garder pour eux-mêmes, ils se dévouent à une ivresse unique. J'ignore les grâces secrètes que je couvris de baisers. J'ignore ce qui me charma davantage dans son joli corps, formé pour les caresses. Je ne voyais rien, et je ne voyais qu'elle.

Il y a une souffrance exquise dans ce désir de toujours se joindre davantage, de vouloir étouffer deux souffles en unissant nos lèvres.

On prend, on donne en même temps. Une égalité parfaite règne entre les amants : l'Amour seul est maître.

Tous les malheurs qui me sont arrivés plus tard ne m'ont pas fait oublier cet après-midi d'automne où Juliette s'offrit d'un cœur si ingénu. La corruption qui menace les objets les plus chèrement aimés, où déjà viennent se fondre et s'abîmer tant de grâces, n'a point souillé ces souvenirs. Ils conservent leur frais éclat, pareils à l'image qu'un peintre a laissée d'un bouquet, et qui survit aux fleurs.

Elle n'était ni déesse, ni grande dame, ni femme instruite ; elle n'avait point la beauté un peu froide qu'admirent les sculpteurs, elle n'avait point ce regard céleste ou pervers qui inspire certains poètes : ce n'était qu'une jolie fille, n'ayant d'autre guide que sa fantaisie, souvent fausse, artificieuse, frivole, mais qui sut prendre et se donner comme elle ? Elle n'aimait qu'un instant, mais la vie est-elle si longue, que cet instant ne doive compter ? Seulement, qui avait connu une fois ces courtes fortunes ne pouvait se résigner à ne plus les rechercher. Amoureuse et capricieuse, elle a semé autour d'elle les plus féroces jalousies.

La lumière s'était retirée de la chambre ; la fenêtre seule conservait encore quelques clartés. Comme l'ombre favorisait nos caresses, Juliette se transforma ; après avoir régné sur moi de sa chair despotique, elle retrouva les charmants badinages de notre première entrevue ; elle joua de tout son corps : massive et légère, agile et enveloppante. Alors mon désir, et aussi cette vanité d'homme qui voit toujours une protection là où il n'y a qu'un servage, me la montrèrent comme une innocente, une naïve enfant et je l'appelai de ce nom, que je lui donnai toujours depuis dans la suite : « Ma petite câline ».

J'ai longtemps voulu oublier qu'elle fût réellement une maîtresse pour tous ceux qui la connurent.

— Nous nous sommes aimés en sauvages, fit-elle en relevant ses cheveux qui voilaient son regard.

— C'est si bon, répliquai-je, d'oublier un peu tous nos mensonges de civilisés.

— Oh ! mon Dieu ! s'écria-t-elle étonnée de l'obscurité. Comme il doit être tard.

Elle courut à la fenêtre. Sur sa chemise, les dernières lueurs du jour indiquaient d'un reflet les courbes fines et les lignes fléchies de son corps, ici enveloppé, disparu, là soulevant d'un mouvement ferme la soie brillante. J'admirais toutes ces richesses que, dans l'avidité, l'aveuglement de ma joie, j'avais à peine soupçonnées, et je lui dis, la baisant encore :

— Comme je te remercie d'être venue !

Mais, déjà indifférente à ce qui nous avait embelli la journée, elle était agitée de mille inquiétudes.

— Que va dire le commandant ? Comment vais-je me recoiffer ici ? Où trouverons-nous une voiture ? Si nous allions faire de dangereuses rencontres ?

Je parvins à la calmer un peu ; elle s'habilla à la hâte, et, un instant après, nous eûmes quitté cette pauvre maison, sans songer que les heures que nous venions d'y passer compteraient parmi les plus belles de nos amours.

Il faisait nuit quand nous sortîmes, et nous eûmes quelque peine à retrouver notre chemin. En voyant que je ne savais souvent quelle rue prendre, elle montrait une vive impatience ; elle craignait de ne pas être à l'hôtel pour le dîner. Une fois son caprice satisfait elle avait hâte de retrouver sa servitude.

Comme nous atteignions la Porte de Capoue, Juliette crut reconnaître devant nous l'un de nos compagnons de voyage. C'était en effet Pierre Chaperon qui marchait à côté d'un garçonnet frisotté comme un mouton. Un boiteux les suivait en s'appuyant bruyamment, à chaque pas, sur un long bâton ferré.

— Mais, fit-elle, tout le monde vient donc dans *notre* quartier ?

— Pierre Chaperon y vient sans doute dans le même but que nous.

— Avec ses amis ?

— Oh ! il n'est pas avec ses amis. Avec son fils peut-être, ajoutai-je en souriant.

Elle regarda le jeune homme frisotté qui s'avançait au bras de Pierre Chaperon.

— Quelle horreur, s'écria-t-elle devinant la parenté qui pouvait les unir… Puis, se ravisant : C'est bien le chroniqueur parisien, n'est-ce pas ? Vous le connaissez ?… C'est un homme curieux. Vous devriez me le présenter.

— Attendez un peu. Le moment serait mal choisi pour l'aborder.

Cependant une carrozzella arrivait à toute vitesse. Nous l'appelâmes avec de grands gestes. Le cocher arrêta à quelques centaines de mètres.

— Je vous quitte, dit-elle. Ne venez pas avec moi. Si un ami du commandant nous voyait ! Ah ! connaissez-vous un coiffeur ? Vous comprenez que je ne puis pas rentrer ainsi à l'hôtel.

Je lui donnai une adresse, et elle courut vers la voiture, puis, à mi-chemin, revenant vers moi, avec un gentil sourire :

— J'oubliais, fit-elle, que je ne vous avais pas dit au revoir, mon ami. Vous ne m'en voudrez pas : je suis si inquiète !

Ses yeux semblaient tout attendris de ce qu'ils découvraient dans les miens. Elle tourna la tête pour voir si Pierre Chaperon était loin de nous – elle était toujours prudente – ; et elle m'embrassa comme elle m'avait embrassé dans la petite chambre.

— Au revoir ! je tâcherai de vous voir demain, mais n'y comptez pas trop. Je ne sais pas si je pourrai sortir. Il me tient tellement à l'attache !

Elle monta vite dans la voiture qui partit aussitôt.

Ainsi tout se succédait en elle, tout passait, tout s'éloignait avec la rapidité du cheval qui l'emportait d'un trot de folie, activé encore par le fouet du cocher, menant à droite, menant à gauche le frêle équipage, au risque de briser avec lui ce que j'aimais le plus au monde.

XII
UN RENDEZ-VOUS DANS L'EAU

Les heureuses images qui m'avaient exalté tout le jour me suivirent à l'hôtel et rendirent d'abord ma solitude presque agréable. Je frémissais encore de ses baisers ; je conservais sur mes lèvres l'odeur de son corps ; et, tandis qu'on me servait à dîner dans la grande salle triste, silencieuse, où des Anglaises mangeaient lentement et avec la solennité d'un prêtre qui dit la messe, j'avais l'impression qu'elle ne m'avait quitté qu'un instant, qu'elle allait, d'un moment à l'autre, venir me retrouver.

Mais quand j'eus terminé mon repas, je sentis se dissiper ma griserie. Je m'imaginai que je ne la reverrais plus. Pourquoi, me demandai-je, ne m'a-t-elle pas donné son adresse ? Pourquoi est-elle revenue sur ses pas me dire adieu ? Est-ce qu'elle en aurait pris la peine si elle avait dû me revoir demain ? Je prêtais à sa sollicitude, comme à sa négligence, la même intention défavorable. J'étais ingénieux à me torturer.

Il faut bien peu de réalité pour alimenter, pour satisfaire l'amour. J'aurais su où elle demeurait qu'une promenade sous ses fenêtres me l'eût rendue de nouveau présente. Je l'aurais attendue à sortir. J'aurais eu la chance de la voir. Le commandant ne pouvait me rendre bien jaloux. Mais je n'avais aucun moyen de tromper ma solitude.

Afin de m'étourdir je me mis à errer dans les rues de Naples. Elles sont si animées et si singulières que je fus un peu arraché, malgré moi, à ma passion.

J'allais devant ces églises ouvertes au bruit de la rue, et qui laissent voir un peuple immobile d'ombres inclinées sous des voûtes pleines de ténèbres, d'où s'élève parfois, du fond d'un chœur illuminé de pâles étoiles, un appel de voix enfantines, un murmure d'orgue, qui expire sans résonances ; j'allais parmi ces théâtres de planches branlantes et de toile trouée où les pauvres viennent oublier qu'ils ont à se plaindre du destin ; j'allais au milieu de pancartes invitant à une parade de Pulcinella et de sonnets célébrant sur une affiche l'ordination prochaine d'un prêtre. Et aussi sur ce port qui s'endormait à peine, sur ces places qui ont vu tant de révoltes, d'exécutions, de dynasties. Puis, des rues de matelots, d'ouvriers, de mendiants, je revenais aux promenades où se mêlent l'aristocratie et la richesse de tous les peuples ; regardant se coudoyer les êtres les plus divers, comme dans un carnaval de l'humanité ; admirant cette étonnante ville qui a conservé les usages de quatre civilisations, qui héberge l'univers, sans rien changer à ses mœurs, et, avec l'esprit le plus vif et le plus ardent, demeure la gardienne du Passé.

Je rencontrai dans la Via Roma le boiteux au bâton ferré que j'avais vu vivre Pierre Chaperon. Avec quelle importance s'avançait-il ? Avec quelle majesté résonnaient son pas et son bâton sur le trottoir ! Il semblait ce soir-là, aux lumières, comme le premier citoyen de Naples, le dispensateur de tous les plaisirs ! Car c'était là son rôle. Il s'adressait aux grands de ce monde sans humilité ; tout en marchant, il effleurait les robes des moines avec dédain et ne se dérangeait même point pour laisser passer les jolies filles. J'eus l'honneur d'attirer son attention. Il avait à me présenter, à mon choix, des favoris d'évêques en vacances et des maîtresses de princes en disponibilité ; à l'occasion, il m'aurait trouvé des reines dans le malheur.

— Foi d'honnête homme ! disait-il, vous pouvez m'en croire, signore, Salvator n'a jamais trompé personne.

— Salvator, répliquai-je, sois meilleur observateur. Ai-je le visage d'un homme qui songe à se réjouir ? Ne vois-tu pas, à mes yeux, que j'ai d'autres préoccupations ?

— Je l'avais déjà deviné, signore, c'est pour cela que je venais vous offrir mes consolations.

— Va les porter à d'autres ; je n'en ai pas besoin.

— À votre aise, signore. Mais vous les souhaiterez peut-être une autre fois. Quand vous voudrez me voir, je me promène tous les soirs dans la Via Roma.

Et il s'éloigna.

Un instant j'eus l'idée de le rappeler. Je voulais lui faire chercher la demeure de Juliette ; mais il me répugna de mêler cet homme à mes amours et je le laissai courir.

Dans mon état d'esprit je craignais la nudité de ma chambre d'hôtel. Notre âme habite les objets familiers, les murailles que nous sommes habitués à voir. Lorsqu'une affliction nous courbe et nous domine, lorsque nous cherchons un encouragement à vivre, cet entourage accoutumé nous rappelle à nous-mêmes, tandis que ces tristes cellules des grands caravansérails modernes, d'une si froide impersonnalité, ne peuvent qu'augmenter encore notre accablement.

Au lieu donc de revenir à l'hôtel, j'entrai dans un petit théâtre où l'on représentait *le Barbier de Séville* et je ne sais plus quel ballet napolitain. Les maillots roses et bien moulés ne surent point m'émouvoir ; plusieurs figurantes étaient jolies et dansaient avec cet art et cette grâce que n'ont guère que les ballerines italiennes, mais c'est à la fois le charme et le défaut de l'amour de rendre si attrayant un seul être pour tout le reste du monde n'a plus de prix. Je m'ennuyais fort : et *le Barbier* joué en charge, mimé grossièrement, trahi par le plus déplorable des orchestres, allait me faire quitter la salle, lorsque j'aperçus à quelques rangs de moi Paul Ancelle. Je ne l'avais pas rencontré depuis le jour de mon départ et je pouvais croire qu'il ne nous avait pas suivis jusqu'à Naples. Sa vue me frappa comme un malheur soudain ; et je demeurai au théâtre, les yeux attachés sur lui. Il s'occupait peu de la représentation, sortait à chaque instant sa montre, se l'appliquant contre l'oreille comme s'il eût craint qu'elle ne fût arrêtée. Évidemment il attendait l'heure d'un rendez-vous. Une jalousie atroce m'étreignit, me souleva. Je pensai que Juliette allait venir le trouver, et je me déclarai à moi-même que je ne le souffrirais pas. Pour la première fois, Paul Ancelle m'apparut comme un homme absurde, laid et ridicule ; si pitoyable qu'il me semblât, il m'inspirait aussi de la haine. À la fin, après avoir une derrière fois examiné, puis écouté sa montre, il se leva, partit. Résolu à le suivre, je me levai et je partis aussi ; par malheur, les corridors et le vestibule étaient encombrés ; ma sortie fut retardée, et, quand j'eus quitté le théâtre, je ne pus découvrir par quelle rue il s'était enfui. Je rentrai désolé à l'hôtel.

M. Coningsby se trouva avec moi dans l'ascenseur.

— Je vais écrire mon interview du Prince de Naples, fit-il.

— Interview authentique ? demandai-je.

Il ne se souvenait plus de ce qu'il nous avait conté le matin même et dit fièrement en haussant le menton, pareil à un coq qui lève sa crête :

— Toutes mes interviews sont authentiques, monsieur !

Cependant il se radoucit, et, pour me laisser soupçonner sa valeur :

— On me paie un dollar la ligne, monsieur ; or, avec ma machine à écrire, j'écris un mot en trois secondes. Vous voyez ce que je puis gagner par heure.

Nous étions arrivés sur le palier où se trouvaient nos chambres.

— Vous pouvez entrer chez moi, dit-il ; vous ne me dérangez nullement. Je causerai avec vous tout en travaillant. Voyez-vous, monsieur, le travail, il n'y a que cela. M. Mielgounof, M. Chaperon sont des hommes de talent, mais comme travail, que font-ils ? Rien. Ils ne sont pas maîtres de leurs passions. Moi, je suis maître de mes passions ; j'ai rayé l'Amour de ma vie. J'ai une femme, femme des plus distinguées, présidente de la Ligue pour l'éducation des jeunes orphelines ; malheureusement cette femme a un mauvais caractère. Elle serait un embarras pour moi en voyage. Je la laisse à New York. Nous nous voyons un mois à Brighton tous les ans. Je fais la part… Comment dites-vous ? la part de la flamme ! Je fais la part de la flamme, mais c'est tout.

M. Coningsby ouvrit sa porte avec difficulté, et, comme il entrait, il trébucha, et se fût étendu par terre si je ne l'eusse secouru.

Il me dit avec une haleine odorant le whisky :

— Ce sont ces vins du pays : ils sont très dangereux… mais ils sont moins dangereux que l'Amour ; moi je l'ai rayé de ma vie, parce que je suis maître de mes passions… Allez-vous-en, je vous prie, parce que je me trouve un peu mal.

Comme je regagnais ma chambre, j'appris qu'il y avait un homme à la porte qui voulait me remettre une lettre, mais que le portier refusait de le laisser monter. Je descendis et je fus très étonné d'apercevoir Salvator qui me tendit une feuille de carnet où quelques mots étaient tracés au crayon.

— Vous ne saviez pas, signore, dit-il, que je vous rendrais sitôt service.

— Pourquoi ne vouliez-vous pas le laisser monter ? demandai-je au portier.

— Parce que, monsieur, le drôle passe pour avoir donné plus d'un coup de couteau.

— Quel mensonge ! s'écria Salvator.

— Silence ! fit le portier majestueusement. Vous n'avez rien à dire ici. Remettez votre lettre à monsieur, et partez.

Je lui donnai une pièce d'argent et Salvator, malgré sa claudication, disparut avec la légèreté d'une fille.

Le portier, auquel M. Coningsby avait dû enseigner sa morale, me regardait de la tête aux pieds et se demanda sans doute quel genre de sacripant je pouvais bien être. Cependant je lisais avec surprise le billet qu'on venait de m'apporter.

« Je ne puis vous voir. Soyez demain au bateau d'Ischia, Au premier départ.

JULIETTE. »

Ce mot me mit d'abord dans la joie, puis me remplit d'inquiétude. Je songeai à Paul Ancelle et me demandai si le billet m'était réellement adressé. La première phrase, en effet, n'avait pour moi aucun sens.

Tant pis ! me dis-je. Quel que soit le destinataire de cette lettre, j'irai au rendez-vous.

Je passai la nuit dans l'attente, dans l'angoisse.

Dès huit heures du matin je me trouvais à l'embarcadère de l'Immacolatella. Je vis Juliette arriver de son pas un peu défiant, timide, dont le sautillement semblait produit par l'effort d'une volonté en lutte avec l'instinct. Elle avait vaincu en elle tant de répugnances et tant de colères ! Toujours vêtue avec cette simplicité apparente qui est une fête pour ceux que l'on convie à regarder, à aimer. Il semble qu'il y ait beaucoup de jupes de ce genre : et on reconnaît près d'elle que seule la sienne a la coupe exacte, la nuance juste. Tout ce qui enveloppe, tout ce qui caresse sa chair est l'œuvre de sa fantaisie. Où trouve-t-elle ces batistes aux fleurettes capricieusement jetées, où prend-elle ces soies lumineuses ?

Un instant je ne pense plus à ma jalousie. J'admire Juliette. Mais la voilà près de moi, et le souvenir de son billet me revient. C'est avec de violents battements de cœur que je l'aborde.

Elle recula en m'apercevant. Je vis bien qu'elle n'était pas venue pour moi, mais elle avait une facilité merveilleuse à accepter les hasards les plus inattendus et à transformer brusquement ses résolutions.

— Il paraît que c'est charmant Ischia, dit-elle, et je suis bien heureuse d'y aller avec vous.

J'essayai de sourire.

— Vous allez être la reine sur ce bateau.

— Oh ! je n'aurai pas grand-peine. Beaucoup de femmes s'imaginent qu'il y a des moments pour un bal, pour un dîner. Elles sont aussi stupides que ces hommes qui ne voulait avoir de l'esprit que le dimanche. Au fond, une femme ignore si ce n'est pas en chemin de fer, à la promenade, dans une course d'affaires qu'elle sera le plus admirée.

— C'est cela, vous ne passez pas une seconde sans songer à conquérir quelqu'un.

— Vous vous trompez… Oh ! voyez cette jeune fille. Elle est jolie, mais s'enveloppe-t-on ainsi de cache-nez, se met-on dans un sac comme cela ?

Tous ces caquetages n'étaient que des tromperies réciproques. Elle était inquiète, j'étais furieux ; mais nous ne voulions point nous avouer ce qui nous tourmentait. Elle restait éloignée de moi de quelques pas, regardant à chaque instant derrière elle. Elle attendit, pour monter dans le bateau, qu'il fût prêt à partir. Elle fit ensuite mille tours sur le pont et dans les cabines, me disant qu'elle ne me quittait que pour une minute. Le bateau se mit en marche. Elle s'assit alors à côté de moi et resta sans dire un mot, comme endormie.

En vain lui montrai-je successivement au-dessus des vagues étincelantes Nisida toute blanche de ses rocs creusés et déchiquetés, des azurs fins du cap Misène qui semblent effleurer la mer, Ischia encore enveloppée et vaporeuse sous la lumière comme une attirante promesse de beauté.

Son regard vague errait au loin ; elle ne voyait rien, ne parlait toujours pas, et j'avais envie de la battre. Nous fîmes ainsi, par un soleil et une mer admirables, la plus horrible des traversées.

Lorsque le bateau toucha Casamicciola, nous fûmes des premiers à débarquer, mais à peine étions-nous sur le quai, que Juliette s'arrêta et demeura immobile à considérer la foule bariolée qui se précipitait sur la passerelle. On eût dit qu'elle y cherchait quelqu'un.

— Qu'attendez-vous ? lui demandai-je.

— Rien, rien, fit-elle sans bouger. Je regarde ce monde.

Les derniers passagers eurent bientôt quitté le transport et se dispersèrent devant nous. Alors Juliette parut délivrée d'une violente inquiétude ; elle me sourit, jeta les yeux autour d'elle comme par devoir, puis me prenant le bras :

— Nous sommes à Ischia ?… C'est joli… Marchons !

Que ce fût l'angoisse ou le voyage, elle avait faim, grand'faim, et, à l'hôtel, le plaisir qu'elle eut de manger lui fit trouver tout gentil, tout aimable : la salle coquettement parée d'arbustes, la galerie de bois s'ouvrant sur une cour fleurie, et la mer plane, sans lumière, fermant l'horizon comme d'un tulle vague et léger. Elle admira les petites corbeilles de paille tressée que l'on fabrique à Ischia pour quelques sous et que le propriétaire de l'hôtel lui offrit comme cadeau de bienvenue. Les yeux brillants, soulevée d'une joie folle, elle s'écria :

— Oh ! nous irons après déjeuner voir la fabrique, dis, veux-tu ? Ce sera amusant !

Un collier de perles, une parure de turquoises, les plus beaux joyaux ne l'eussent pas ravie davantage.

Sa gracieuse âme qui s'était éveillée, qui avait commencé de sentir à Paris, ne pénétrait point encore les magnificences d'une nature trop éloignée, trop nouvelle. Elle allait aux travaux des êtres, même les plus infimes, comme si elle s'y fût trouvée moins étrangère. La vie obscure et étonnante de cette île, soulevée par les volcans, écrasant les hommes de siècle en siècle, et sans cesse les attirant par une fertilité, une richesse sans égales, ne la touchait donc point, mais elle était tout de même heureuse de son voyage, pareille aux enfants que la couverture d'un livre enchanté et qui n'ont pas même la curiosité d'en regarder les feuillets. Insensible, elle n'en était pas moins charmante. Je l'aimai de ne rien comprendre en dehors d'elle-même. Son esprit n'était-il pas, à lui seul, un monde : tantôt simple et d'instinct, tantôt compliqué, artificiel, toujours riche de mouvements et de révolutions ?

Elle avait beau être aveugle à ce que nous étions venu voir, je devinais déjà en elle une bienfaisance mystérieuse.

L'air qu'on respire dans ces pays fortunés ne nous donne point une agitation stérile et ne nous presse qu'au bonheur. C'était peut-être cette chambre du quartier de Castel Capuano où des misérables se sont unis depuis tant d'années qui l'avait rendue une femme naturelle, et c'était sûrement cette pure lumière qui donnait à ses yeux de si franches et de si heureuses clartés. Les mille idées qui, autrefois, partageaient son existence, l'empêchaient de se livrer à quoi que ce fût plus d'un instant, s'étaient enfin évanouies ; quand nous sortîmes, elle était disposée à prendre encore davantage de plaisir. Et elle voulait tout voir.

Le maître de l'hôtel, qui était sur le seuil, vint me dire qu'un jeune homme ayant demandé madame, pendant notre déjeuner, il lui avait répondu qu'elle n'était pas seule et l'avait prié de donner son nom ; le jeune homme était parti en disant qu'il reviendrait.

Cette communication, qui eût dû me bouleverser, me laissa toute ma tranquillité ; Juliette ne parut pas l'avoir entendue, bien que l'hôtelier se fût exprimé à voix haute et en français. La voiture que nous avions retenue était à la porte et Juliette montrait une impatience enfantine à partir. Son enivrement me gagna. Je ne pensai point à cet inconnu, qui avait voulu troubler notre joie, tant il est vrai que la jalousie a ses heures et que les circonstances les plus inquiétantes ne suffisent pas à l'inspirer.

En passant devant les blocs noirs d'Arso, devant cette lave tordue en croupes et en faces convulsées de monstres, qui couvre de mille débris énormes une terre abandonnée où des pins clairsemés et des touffes de genêts étendent un maigre ombrage, le cocher se tourna vers nous et, d'une voix de guide qui travaille pour son pourboire, nous rappela le désastre de quatre-vingt-trois : Casamicciola ensevelie par un beau soir d'été en une seconde ; les survivants allant chercher dans les ténèbres les inconnus, peut-être la mère, l'enfant, la maîtresse qui hurlent au milieu des décombres ; les acteurs du théâtre Manzi, affolés, fuyant vers les barques en habits d'Arlequin et de Pulcinella ; puis les journées de calme horreur, la découverte des morts sous une pluie torrentielle, l'apparition hideuse d'êtres surpris dans le plaisir, qu'une danse ou un baiser avait enlacés ; enfin, pour achever la peste, montant de ce sol pourri de cadavres, s'étendant partout sur l'île voluptueuse et embaumée comme une vengeance des victimes envers ceux qui ne les ont pas suivis. Les traces de la catastrophe nous entouraient ; nous retrouvâmes la terreur de ce soir fatal dans les inscriptions et les affiches qui couvraient les murailles des villages, les flatteries à Dieu et aux saints, les prières pour les attendrir et s'assurer leur protection : Viva Giesu Sacramentado ! Sant'Anna e Maria, orate pro nobis ! Tant d'évocations funèbres ne suffisaient pas encore. Nous touchâmes une fois de plus la mort au château d'Ischia, dans ces étroits caveaux où les anciens prieurs, revêtus de leur robe, sont assis sur leur siège abbatial, humbles petites momies qui tombent en poussière doucement, sans plus agiter le monde de leur fin qu'ils ne l'ont fait de leur existence.

Mais ces images n'étaient pour Juliette qu'un amusement sans tristesse.

La belle et fine clarté du ciel nous déguisait toute misère.

— Dire qu'ils ont le froid à Paris ! faisait-elle, fière de son destin.

Elle s'abandonnait aux séductions d'Ischia ; déjà les hasards de la promenade avaient dérangé sa toilette ; la brise jouait dans ses cheveux cendrés ; mousseline et batiste trahissaient un peu des grâces charmantes. J'écartai encore les voiles, je respirai la douce chaleur de son sein : le désir le soulevait vers moi, et j'arrêtais ma bouche dans ces fruits délicats et parfaits, sur lesquels les sculpteurs antiques eussent pu mouler leurs coupes.

— Vous les avez vus hier, dit-elle, avec un sourire.

— Non, dis-je, je vous découvre aujourd'hui, comme vous-même découvrez l'île.

C'était vrai. Elle était à présent surprise et exaltée de ce qu'elle apercevait. Ses yeux demeuraient épanouis ; elle frémissait devant un horizon si vaste qu'elle n'eût pas soupçonné.

Lorsque nous aperçûmes au-dessous des routes que nous suivions, au-delà des vallées et des puits d'ombres, la mer lointaine, d'un bleu à peine moins pâle que le ciel, radieuse, infinie, caressant l'île d'une molle ceinture de flots, nous fûmes attendris de cette paix et de cette union de toutes choses ; à notre tour nous avons rapproché nos lèvres, nous nous sommes mêlés et perdus dans la joie immense.

Le cocher, avec la familiarité ordinaire aux Italiens du Midi, se permit des plaisanteries toutes rustiques sur la musique des soupirs.

Il avait entendu nos baisers. Nous ne fûmes ni blessés, ni honteux. Notre ivresse débordait ; il fallait que tout ce qui nous entourait fût complice ou spectateur.

Nous nous oubliâmes si bien au milieu de nos caresses ! nous ne savions plus qu'il y avait au monde d'autres pays que cette île merveilleuse et que nos yeux devaient revoir des endroits moins beaux. Quand la lassitude nous fit souvenir de l'heure, nous revînmes à Casamicciola trop tard pour reprendre le bateau de Naples. Il y avait longtemps déjà qu'il était parti.

Alors, pour la première fois depuis notre arrivée, Juliette pensa à autre chose qu'à notre plaisir. Elle pensa avec colère à cet homme qui l'attendait et dont dépendait son bien-être. Elle était si irritée d'avoir risqué de le perdre qu'elle oubliait toutes les jouissances de cette heureuse journée. Comme, sans prendre garde à sa fureur, je lui disais que l'île avait plus d'un hôtel où nous pouvions passer la nuit, elle s'écria en frappant du pied :

— Mais je ne veux pas ! Je ne veux pas rester ici. Il faut que je sois à Naples, ce soir, ce soir même.

Je cherchai des bateliers pour nous conduire. Après avoir frappé vainement à plusieurs maisons et erré longtemps sans pouvoir rencontrer de passeurs, nous allions renoncer à ce tardif départ, quand un vieux marinier vint mettre son canot à notre disposition. Il nous débarquerait à Cumes, et, de là, nous mènerait chez un de ses amis qui possédait une petite carriole et nous conduirait volontiers à Naples. Nous acceptâmes avec empressement.

Le vieillard s'éloigna, puis revint un instant après avec ses deux fils et un autre de ses parents. Nous partîmes aussitôt à la rame.

La nuit montait rapidement. L'horizon, les côtes, les montagnes disparurent dans des fumées sombres, cuivrées, flamboyantes. Un cercle immense d'ombre grise emprisonna la mer unie et blafarde. La barque envahie par les ténèbres glissa son ombre informe sur les flots blanchâtres et sur le ciel éclairé. Nous ne pouvions plus voir nos visages. Juliette, un peu effrayée de se trouver parmi ces pêcheurs, un peu fatiguée de sa promenade, se serrait contre moi. Nous étions attirés par la limpidité du ciel, nous égarions nos yeux dans les profondeurs infinies où les étoiles brillaient, pâlissaient, semblaient se fondre en myriades de clartés. Les rameurs, comme pour se donner du courage, se mirent alors à appeler la lune absente d'un chant large et tranquille.

Tout à coup, le vieillard qui faisait, lui aussi, sa partie dans le chœur, laissa s'échapper de ses lèvres, au lieu de sons harmonieux, une bordée d'injures et de cris.

Le chant s'interrompit brusquement.

— Managgia ! s'écria-t-il. San Gennaro ! Uh ! Puorco !

Et, dans son émotion, il lâcha sa rame qui tomba dans la mer.

Nous n'eûmes pas le temps de nous garer : une barque arriva sur nous, beaucoup plus grande que la nôtre, éclairée à l'avant par une petite lanterne rouge, manœuvrée à toute vitesse par des gens qui semblaient ivres ou ne pas nous voir. Elle nous prit en travers. Le choc pouvait nous faire chavirer. Nous en fûmes quittes pour une violente secousse. Mais tandis que nos rameurs trouvaient leurs invectives des grandes circonstances pour lancer à la tête des maladroits, trois hommes, sans s'occuper des injures, sautèrent vivement dans notre barque. L'un de ces hommes se tourna vers le bateau qui l'avait amené et cria :

— Élevez le fanal ! Vite, donnez-nous de la lumière !

Au même instant, il saisissait le vieillard par le col de sa vareuse et le secouait rudement.

— Abominable canaille ! répétait-il, rends-moi ma femme ! Rends-la moi, lâche !

Je reconnus la voix de Paul Ancelle. Une minute après, la lanterne de son embarcation dirigée sur nous éclaira des yeux égarés, une face féroce : il était devenu un autre homme.

Il s'aperçut de sa méprise, lâcha le vieux marinier et enjamba les bancs qui le séparaient de celui où je me tenais avec Juliette. Ma figure restait dans l'ombre, mais Juliette se trouvait en face de la lumière.

— Mon Dieu ! mon Dieu ! disait-elle toute tremblante, protégez-moi, protégez-moi !

Paul Ancelle s'élança de notre côté et saisit le bras de mon amie.

— Gueuse ! fit-il en essayant de l'entraîner.

Mais, d'un effort brusque, je repoussai l'agression ; Ancelle trébucha lourdement, faillit perdre l'équilibre. Il était par là même à notre merci, et tout allait se terminer sans lutte à notre avantage, lorsque ses deux rameurs accoururent à son secours ; avant que j'eusse le temps de me mettre sur la défensive, je me sentis enserré par des bras de fer. La tête renversée, je me débattais vainement dans une étreinte impitoyable ; j'étais écrasé, étouffé contre un corps qui me paraissait énorme et gigantesque. J'eus l'impression que dans une seconde j'allais être jeté à la mer.

Subitement, les rôles changèrent. On me dégagea. Les hommes des deux barques se prirent à bras-le-corps. Le champ de bataille, qui dans sa plus grande largeur, n'avait pas quatre pieds, était le plus redoutable ennemi. Le bateau penchait à droite, à gauche, en avant, en arrière. Je voyais approcher le moment où nous allions couler, en grappes humaines, ennemis et amis accrochés les uns aux autres.

Devant moi, sur le canot qui avait amené Ancelle, un mousse, resté seul de l'équipage, dirigeait vers nous sa lanterne et nous considérait d'un œil hébété, sans faire un mouvement.

Je pris dans mes bras Juliette, qui semblait anéantie par la terreur, et j'essayai de passer avec elle sur le canot avec le mousse. Je ne songeais qu'à nous sauver tous deux.

Malheureusement, un couple de lutteurs s'effondra devant nous, au milieu de plaintes et de rugissements étouffés. L'un d'eux parvint à se redresser, à se débarrasser des mains qui l'étreignaient, et, au hasard, croyant sans doute frapper son adversaire, il m'asséna un coup de poing que je lui rendis de toutes mes forces. Nous nous battîmes avec la fureur égarée de gens qui ne savent où sont leurs ennemis et qui ne se voient pas. La lanterne, tournée maintenant d'un autre côté, nous laissait dans une obscurité complète.

Soudain, des cris de détresse partirent ; la barque pencha vers la droite ; se coucha presque sur l'eau ; je sentis que cette fois c'était fini et que nous allions chavirer.

Mon inquiétude fut courte. Il y eut une chute pesante, je fus inondé d'écume et aussitôt la barque se releva, rebondit comme allégée d'une lourde charge. À la lumière, qui nous éclaira en plein, j'aperçus un homme à la nage. Juliette était étendue au fond du canot, blême, frissonnante. Le vieux marinier, nos trois rameurs avaient repris leurs avirons.

— Tout le monde est là ? demanda le vieux. Et le signore et la signora ne sont pas blessés ?

— Il y a Giulio, répondit l'un des fils, qui a été blessé au front.

Le bonhomme examina la plaie sanglante, puis déchirant un morceau de sa vareuse trouée et salie, il le tendit au blessé :

— C'est rien, dit-il. Enveloppe-toi avec ça. Moi aussi, j'en ai reçu un marron ! Bah ! ce n'est pas le premier. Allons ! En route !

Les rames battirent l'eau d'un même coup. Quelque temps encore, nous vîmes derrière nous la lueur de la petite lanterne tournoyer au-dessus de la mer, puis ce ne fut qu'un point rouge, puis tout redevint obscur.

Je remerciai chaleureusement le vieux marinier et son équipage de nous avoir ainsi sauvés.

— Ah ! dit le vieux, c'est du sale monde de Forio. Je connais toute la nichée. Ça n'a jamais fait rien qui vaille. N'empêche qu'à présent ces porcs-là ne nous réclameront plus leur godaille. Nous leur avons donné à boire ! Mais, ajouta-t-il, qu'avait donc ce signore contre vous ?

Et, comme je ne répondais rien :

— Oui, ça se conçoit : l'Amour !

Il jeta ces mots d'un ton triste et gouailleur. Sans doute quelque ancienne amertume lui remontait à la bouche ; il devait rire de pitié en songeant aux misères qui frappaient après lui les hommes, aux misères qui attendent les générations à venir et qui sont inévitables. Sur cette peau rude, la peine ne mord qu'une fois – à la dernière heure. Sans me parler davantage, il se mit à siffloter, puis il s'écria brusquement :

— Allons ! À l'ouvrage !

Il cracha dans ses mains et recommença de plus belle, de toute sa vigueur, à manœuvrer ses avirons.

Le silence et l'immobilité de Juliette me causaient une grande angoisse. Dans les ténèbres, je me demandais si elle n'était pas blessée, malade. Je l'avais embrassée, elle était demeurée rigide, les lèvres serrées ; enfin, – ce fut un soulagement pour moi, – je l'entendis parler. Elle dit d'une voix faible, à peine distincte :

— Qu'est-IL devenu ?

Elle me rappelait la scène qui venait de se passer. Quelque surprenant que cela puisse sembler à ceux qui n'ont point subi les mêmes épreuves, ni remarqué combien certaines circonstances nous transforment et nous paralysent, je ne pensais plus à l'aventure. Les émotions violentes nous absorbent à ce point que toute conscience disparaît en nous. La lutte de tout à l'heure n'était pour moi qu'un cauchemar. Je ne savais plus si j'avais frappé Paul Ancelle, si je l'avais jeté à la mer. Lui que j'avais si profondément détesté lorsqu'il m'était apparu tout à l'heure ivre de jalousie et de colère, il m'était à présent indifférent. Je ne m'inquiétais pas de son existence possible, ni de sa mort probable ; je n'avais nul regret, nulle pitié, nulle inquiétude. Je ne songeais qu'à Juliette, et c'est pourquoi je ne lui répondis pas aussitôt lorsqu'elle me demanda une seconde fois :

— Qu'est-il devenu ?

Elle pensa que, si je me taisais, c'était par crainte d'avouer la vérité.

— Ah ! mon Dieu ! mon Dieu ! fit-elle.

— Mais, répliquai-je, je ne sais pas ce qu'il est devenu. Il a peut-être regagné son canot à la nage. S'il s'est noyé, tant pis pour lui ! Il l'a bien mérité.

Et, assez mal à propos, je lui rappelai ce que nous avions vu à la Porte de Capoue ; tout l'enthousiasme qu'un donneur d'estafilades avait inspiré au peuple. J'ajoutai :

— Ces mœurs-là sont contagieuses ; Ancelle a voulu imiter les Napolitains : il nous a contraints de lui retourner ses propres arguments.

D'une voix brève, sifflante, elle dit :

— Alors, c'est bien vrai, il est… (elle n'osait pas prononcer le mot et elle chuchota tout bas :) il est tué.

— Son sort vous inquiète donc bien ? répondis-je. Je vois à présent qu'il avait peut-être des droits de vous traiter comme il l'a fait.

— Ah ! taisez-vous. Je suis libre d'agir comme bon me semble.

— Avouez-donc que vous l'aimez !

— Ah ! ne parlez pas d'amour en ce moment. Vous me faites horreur.

Et elle s'écarta de moi.

Cette aversion subite, inexplicable, m'accabla.

Je me demandai ce que j'avais fait pour la mériter. Si elle aimait Ancelle, que signifiaient les baisers emportés de l'après-midi, cet amour si bien joué qu'on se refusait à y voir une comédie ? Une pareille duplicité m'exaspérait. Je me disais : « Oh ! toi, ma chérie, sois tranquille, tout à l'heure, quand nous serons seuls, nous réglerons nos comptes. Dans ce bateau, je suis le rival de tous ces hommes ; ils sont avec toi, ils m'empêcheraient de te battre comme tu le mérites. Peut-être profiteraient-ils de l'incident pour faire de toi leur gouge, et tu en serais bien heureuse. Va j'attends. Je suis patient. Plus tard ! Plus tard ! » Je n'avais pas, comme on le voit, des imaginations bien délicates, ni bien raisonnables ; mais ceux qui furent la proie d'un désir aussi implacable me pardonneront.

La traversée, qui fut longue, ne dura point pour moi. Ma haine m'occupait, me donnait ce plaisir stérile d'inventer mille vengeances.

Nous abordons à Cumes ; au milieu des ténèbres le vieux marinier nous conduit parmi les ruines et les broussailles ; nous montons et nous descendons ; à chaque instant on craint de mettre le pied dans une fondrière ; nous ne savons pas où nous sommes ; notre guide seul connaît son chemin et se dirige d'un pied sûr. Nous suivons le bruit de ses pas.

Juliette, à un moment, se rapproche de moi ; elle s'arrête, me force aussi à m'arrêter.

— Oh ! fit-elle, j'ai peur. Donnez-moi le bras.

Cette prière m'est délicieuse ; elle me paie plus d'une souffrance.

— Andiamo ! Andiamo ! (Allons ! Allons !) s'écrie le vieux.

Nous continuons notre marche.

Nous parvînmes à la petite ferme où nous devions trouver une voiture. À coups de pied qui ébranlèrent la porte, et avec des appels sauvages, nous réveillâmes l'homme qui devait nous servir de cocher. Il vint nous ouvrir, une chandelle à la main. Il nous écouta en se frottant les yeux et voulut bien accepter notre proposition, homme de bonne volonté jusque dans son demi-sommeil. Tandis qu'il préparait son cheval, le vieux marinier lui racontait l'aventure de notre traversée avec une volubilité étonnante et des gestes grandiloquents, me tapant sur l'épaule et me montrant du doigt pour bien laisser entendre qu'il s'agissait de moi, roulant des yeux épouvantés, ou menaçants ; se prenant le bras, puis se frappant sur le poing d'un air terrible. Son auditeur le regardait une minute, approuvant le récit d'un « Benissimo » ou d'un « Giesu ! » et allait à son ouvrage. Il semblait dire : « Que voulez-vous que cela me fasse ? Ce ne sont pas mes affaires. »

Lorsque la voiture fut attelée, mes rameurs, qui ne voulaient point partir sans pourboire, me demandèrent, le front humble et le chapeau à la main : « La bona mancia ! » et me rappelèrent leur obligeance. J'étais d'autant mieux disposé à reconnaître leurs services, qu'au lieu de me secourir, je savais qu'ils auraient très bien pu m'assassiner. La pièce que je leur remis excita d'abord chez eux le même étonnement que chez la vieille du quartier de Castel Capuano. « L'or, dans le pays de Naples, disait Beresford, est aussi rare que la vertu des filles. » Mais ils reconnurent vite ma générosité et exprimèrent leur reconnaissance par de grands saluts et toutes sortes de souhaits. Seulement, avant de s'en aller, ils voulurent savoir pour qui ils avaient risqué leur peau et défilèrent devant Juliette, la regardant comme les paysans regardent à la foire.

— Trop petite ! Telle fut, à demi-voix, la confidence de Giulio, le blessé, à l'un de ses compagnons.

Il regrettait sans doute d'avoir versé son sang pour une femme qui ne répondait pas à son idéal d'amoureux.

Nous arrivâmes à Naples sans nous être réconciliés. Sa frayeur m'avait attendri, mais elle ne l'avait rapprochée de moi qu'un moment. Elle était à présent plus armée, plus forte, puisque ma pitié pour elle en dissipant mes haines, en détruisant mes projets de vengeance, me mettait à ses pieds.

Sur la Via Caracciolo, elle me dit d'un ton impérieux :

— Vous n'allez pas venir jusque chez moi. Je ne le veux pas. Je ne veux pas que vous sachiez mon adresse. Descendez ici. Descendez.

— Juliette, m'écriai-je, que vous ai-je fait pour que vous me parliez ainsi ?

— Comment osez-vous le demander !... Allons ! descendez. Et puis, je vous demande de quitter Naples... Si vous y êtes venu pour moi, vous savez que vous n'avez plus rien à y faire, puisque je ne vous verrai plus. Non, il est inutile de me supplier. Je ne vous verrai plus jamais. Si je vous rencontrais, je ne sais pas ce que je ferais. Je vous dénoncerais à la police !

— Mais, Juliette, vous savez bien que je ne suis pas cause de ce qui s'est passé. C'est lui qui nous a attaqués.

— Non. Vous êtes cause de tout... Je devais aller avec lui à Ischia. Oui, c'était avec lui, et vous n'avez rien à dire. Pourquoi êtes-vous venu ? Pourquoi m'avez-vous gardée là-bas si longtemps ? Pourquoi ne lui avez-vous pas parlé doucement, comme il faut parler à un fou, car il était fou alors, fou d'amour pour moi. Et vous l'avez tué. Si, c'est vous qui l'avez tué. Que vais-je devenir à présent ? Le commandant va tout savoir, et bien d'autres aussi le sauront. On m'accusera peut-être... Ah ! c'est atroce. Je vous hais, tenez, je vous hais.

Elle m'avait repoussé de la voiture, mais je gardais sa main dans la mienne ; j'espérais encore, bien qu'il n'y eût plus rien à espérer.

— Lâchez-moi ou j'appelle au secours, cria-t-elle, et d'un brusque effort elle se dégagea. Ah ! pourquoi vous ai-je connu ?

Elle ne voulait pas donner son adresse devant moi ; et, comme elle ne savait pas un mot d'italien, de la main seulement elle fit signe au conducteur de partir, mais il ne comprit pas son geste.

— Alors j'irai à pied, dit-elle.

Elle sauta de voiture et se mit à courir. Je la rattrapai ; je la retins par la taille. Elle se débattait, résolue à ne pas céder.

— Cela m'est égal. Vous ne saurez pas où j'habite.

Voyant que j'étais décidé aussi, moi, à ne pas la quitter, elle consentit, pour m'échapper, à ce que je voulus, remonta en voiture et dit au conducteur :

— Hôtel Bristol. Corso Vittorio Emanuele. Et elle ajouta en se tournant vers moi : Vous pouvez venir, vous pouvez venir, vous ne m'y trouverez pas.

— Juliette, arrêtez ! criai-je.

Il était trop tard, la voiture roulait déjà vers la Piazza dei Martiri, et j'avais vu Juliette se pencher à l'oreille du conducteur, sans doute pour lui donner sa véritable adresse.

En quel pénible cortège d'images riantes et douloureuses m'en retournais-je le long de la Via Partenope ! La lutte du bateau, la fin de Paul Ancelle ne m'occupaient point ; ce qui me torturait sans cesse, autant que le souvenir d'une couronne perdue peut supplicier un roi sans royaume, c'était le souvenir de ce visage, que j'avais vu heureux et passionné sous mes caresses, prenant tout à coup une expression – que je pouvais croire immuable pour moi – de haine et de ressentiment. La mort est-elle plus terrible que l'arrachement d'un être où nous nous sommes plu à réunir toutes les beautés, tous les plaisirs, où nous avons placé, par un coup de folie, toute notre fortune et tout l'attrait de l'existence ?

Sur le seuil de l'hôtel, ce fut un divertissement à mon chagrin de retrouver la personne de Salvator, si peu noble qu'elle fût. N'était-ce pas en effet à cet homme que je devais cette journée d'affliction, dont je ne pouvais encore oublier les délices ?

Salvator paraissait ne pas être de bonne humeur. Il parlait à voix haute, frappait le sol de sa canne ferrée, et de temps à autre, il abattait sa main d'un coup sec sur la manche de M. Mielgounof, qui s'empressait aussitôt de la chasser et de lisser soigneusement l'étoffe du bout de ses doigts. M. de Sonsfeld et Pierre Chaperon assistaient à l'entretien, très animé.

— Comprenez-vous, me dit M. Mielgounof, que ce ruffian demande une commission ! Il me propose de me conduire chez la duchesse de Casête et il me mène chez une gueuse. Je n'ai pas besoin de gueuse, moi. J'ai des mœuss.

— Mais, mon cher, si cette gueuse est belle. Que vous importe !

— Je me fice de la beauté, moi. Je connais la Duchesse de Casête. C'est un ange ! Elle adore ma musique. Elle m'écrit de venir chez elle : j'y vais, je me laisse conduire par ce coquin, et je me retrouve en face d'une maritone, d'une femme pour les matelots. Et le ruffian pétend ête payé.

— Mais, signore, vous ne voulez pas comprendre. C'était la femme de chambre de la duchesse. Elle venait de sa part. Foi d'honnête homme ! Salvator n'a jamais trompé personne. Puisque je vous dis que c'était la femme de chambre de la duchesse et qu'elle avait un message de sa maîtresse à vous porter.

— Ce n'est pas vrai, répliqua M. Mielgounof. Je connais aussi la femme de chambre de la duchesse.

— Salvator, dis-je, en prenant le ruffian par le bras et en le conduisant à l'écart, si M. Mielgounof ne veut pas te payer, soit mon commissionnaire et tu y trouveras profit. Dis-moi où demeure cette dame qui, hier soir, t'a remis une lettre pour moi.

— Ah ! cela est impossible, signore.

— Pour une pièce d'or française.

— J'en ai reçu déjà une de la signora.

— Pour deux pièces, alors.

— Pour deux, je suis à vous. Elle demeure Strada di Chiaia. Je vous montrerai la maison quand vous voudrez.

Je déchirai un feuillet de mon carnet et j'écrivis à Juliette une lettre de supplications, où je la conjurais de me donner un rendez-vous pour l'après-midi du lendemain.

— Porte, dès le matin, ce billet à cette dame, dis-je à Salvator, et rapporte-moi la réponse.

J'essayai de m'étourdir cette nuit-là en allant avec mes amis de voyage dans les salons de jeu de la Via Roma et dans les tavernes du port où des fillettes du pays viennent danser la tarentelle, après avoir laissé glisser leurs jupes sur un corps souple et cambré. Mais dans ces bouges misérables, l'image aimée ne me quittait pas. Je voyais toujours le joli rire qu'Elle avait quand je la pris dans mes bras sur la route d'Arso.

Dès le matin, comme je retournais à l'hôtel, alourdi de lassitude, je vis arriver Salvator. Je me sentis fléchir en lui voyant à la main le billet que je lui avais confié.

— Pourquoi ne lui as-tu pas donné ? demandai-je.

— Signore, la dame a quitté Naples.

— Mais où est-elle ? Où est-elle ? Veux-tu me le dire, animal !

— Ah ! signore, je n'en sais rien. Il y a des secrets que Salvator lui-même ne connaît point.

J'eus l'impression que toutes les choses du monde perdaient leur lumière et qu'il se faisait une nuit étrange autour de moi. Mon grand bonheur n'avait pas duré deux jours.

XIII
LE MUTILÉ

Je partis de Naples comme au milieu d'un rêve. Des émotions si diverses, la fatigue d'une journée de fête et de chagrin avaient tari en moi toute sensibilité, effacé toute conscience. J'avais seulement cette idée fixe qu'il fallait m'éloigner au plus tôt, et aussi qu'un grand mal venait de m'atteindre. Mais il ne me tourmentait pas encore. Je montai dans le wagon comme un enfant se laisse conduire par la main, sans regret pour cette ville que j'abandonnais. Une force, qu'on eût dit étrange, me pressait à quitter un pays où je n'avais plus qu'à souffrir.

Mais dès que le repos m'eût rendu la pensée, tous mes souvenirs se précisèrent. La nuit, dans la demi-somnolence du voyage, d'atroces fantômes m'entouraient. Criminel, abandonné, je sentais une barrière entre le monde et moi, que je ne voulais même pas franchir. Je me demandais pourquoi je me rendais à Paris ; je n'avais nulle raison d'y revenir ; je fuyais au hasard, comme si on pouvait fuir un ennemi intime installé au fond de soi, et que seul doit renvoyer un caprice de la destinée.

C'est un état d'esprit étrange. La vie s'écoule aussi abondante, aussi énergique qu'à l'ordinaire ; et tout ce qui s'offre à nous apparaît terne, sans séduction. Nous souffrons, et je ne sais quel vacillant espoir nous empêche de vouloir terminer cette souffrance. L'assassin que l'on conduit au bagne ou à la prison d'où il ne sortira que pour mourir, est résigné ou affolé : l'image d'une fin inévitable domine peu à peu son esprit, l'entraîne lentement à la suprême renonciation. Au contraire, le mal qui nous frappe est sans franchise et perfide ; il vient nous surprendre dans toute l'ardeur de nos désirs, dans toute la floraison de la vie, dans toute la lucidité de l'intelligence. Il enfièvre l'existence en même temps qu'il écarte tout ce qui pourrait l'embellir ; il augmente son pouvoir, l'entretient dans une activité double, comme pour la rendre plus sensible à l'inquiétude, à l'angoisse. C'est une soif torturante et qui refuse d'être apaisée. Oh ! qu'on maudit alors la minute où l'on s'est laissé séduire, le hasard qui vous a fait rencontrer l'Ennemie, la Maîtresse !

On avait deux yeux qui nous suffisaient à aimer et à admirer le monde ; à rendre nos jours variés, imprévus, sans redites ; à nous consoler, par tout ce que nous apprenions de nouveau, des maux semblables et anciens ; et voici qu'une fois ces yeux ne nous suffisent plus ; nous croyons rendre notre vision plus heureuse en l'unissant à une autre ; un instant le monde nous apparaît plus beau, glorifié par un double désir. Le miracle est accompli ! Pour longtemps, pour toujours peut-être, il nous sera impossible de considérer le monde autrement ; et, si l'auteur du miracle, la magicienne complaisante, la dispensatrice de beauté s'éloigne, non seulement nous ne verrons plus ce qu'elle nous faisait voir, mais nous ne verrons plus ce que nous apercevions de nous-même, avant sa venue. Nous n'avons plus nos yeux puisqu'elle est absente ; nous sommes des aveugles, nous sommes des mutilés !

À chaque moment je sentais que tout c'était transformé en moi. Je ne pouvais plus rien examiner avec calme et sang-froid. Dans le train, je me rappelai en détail la lutte du bateau, à laquelle, dans mon trouble, je n'avais pas encore songé. Je me vois avec horreur meurtrier, et meurtrier d'un ami. Volontiers j'oublie notre rivalité, notre haine, et je me reporte à plusieurs années en arrière, à un soir de chasse où je causais joyeusement avec Paul Ancelle, des exploits ou des maladresses de la journée. Mon attendrissement ne dure pas. Je retrouve pour maudire Ancelle une jalousie irritée, cruelle. C'est lui qui m'a forcé à le frapper, c'est à cause de lui que Juliette ne veut plus me voir. Peut-être même l'a-t-elle aimé ? Mon imagination surexcitée multiplie les idées douloureuses, exécrables. Il me semble qu'ils sont là enlacés devant moi. Et, de toute la force de mon être, voici que je déteste ce rival misérable qui, sans doute, n'est plus à présent qu'un cadavre.

La figure placide et un peu niaise d'un gendarme, que j'entrevis à la douane française, me causa une nouvelle préoccupation. J'avais tué, on pouvait découvrir que j'étais meurtrier, et bien que ce fût un cas de légitime défense, m'arrêter, m'accuser. Le ridicule plutôt que le tragique de ma situation m'apparut. Que la justice sous la forme de cet homme à chapeau à cornes et à grand sabre entrât dans ma vie et en devînt maître, il me semblait que c'était absurde comme un jaillissement de boue sur une toilette neuve. Une société sans chef, sans direction, sans ordre, qui laisse mourir de faim les hommes, n'est-elle pas assez malvenue de se faire justicier et comptable des existences, d'excéder les droits ordinaires de police, et de prétendre régenter les passions ? Il y a des crimes isolés, qui n'ont aucune importance sociale et qui sont réellement des accidents chez leurs auteurs. Supprimer une existence utile parce qu'il s'y trouve un acte mauvais, se priver de tous les services qu'elle peut rendre pendant des années parce que, par hasard, dans un moment, elle s'est trouvée nuisible, cela n'est pas moins déraisonnable que ne le serait la suppression des chemins de fer à la suite d'un déraillement ou d'une collision de trains. C'est des criminels, non pas des crimes que l'on doit s'occuper, et des actes bien moins que des hommes. Quiconque a un peu voyagé ou seulement un peu vécu, un peu réfléchi, doit sentir qu'il est des circonstances nombreuses où la société ne vous protège point, ne peut vous protéger, et où l'on doit se défendre soi-même ; il y a ainsi tout un domaine qui devrait être fermé à la justice, comme il serait fermé également à la sécurité. L'Amour comporte des chances de crimes comme les traversées comportent des tempêtes et des naufrages. Mais ce culte que l'on rend, après tant de cultes détruits, à l'Existence de l'homme, auquel chaque jour on immole solennellement quelques hommes, et, ce qui est plus grave encore, les plaisirs et la liberté d'action de tous les autres, ce culte fort de la piété et de la terreur de toutes les anciennes dévotions qui sont venues s'unir en lui, ne permet pas que l'on regarde un assassinat comme un accident ordinaire. Cette vie humaine, dont chaque instant est menacé, qui porte en elle-même ses meurtriers, quand elle ne les trouve pas dans un simple contact avec les êtres ou les choses qui l'entourent, est devenue un dieu qui, une fois mort, réclame ses victimes.

Il m'était arrivé déjà dans mes voyages, et ce qui pourra surprendre, dans de petites villes de France et d'Italie, qui semblent fort paisibles, des aventures du même genre, sans que je m'en fusse ému. Je me gardais toujours d'occuper la police de mes défaites et je ne me souciais pas beaucoup, non plus, des conséquences de mes victoires. Mais cette fois, comme je l'ai dit, j'étais un « mutilé », l'homme à qui manque son soutien ordinaire, l'opium dont il s'est fait une habitude et sans lequel il n'a plus de courage. Aussitôt à Paris, je courus à la recherche de journaux napolitains ; je n'y trouvai aucune mention de l'événement. Le lendemain de mon arrivée et les jours suivants pendant plus d'une semaine, je lus encore avidement les journaux. Il n'y avait rien qui pût me concerner.

Dès lors la pensée de cet amour perdu domina seule et étreignit mon existence. Je me réveillais avec une impression d'accablement, la douleur d'un être qui n'arrive pas à respirer. Puis quand ce premier malaise s'était dissipé, je sentais autour de moi une décoloration de toutes choses ; la lumière des plus beaux jours, les teints de femmes les plus frais me paraissaient fanés ; les livres ne me parlaient plus. J'étais du matin au soir enfoncé dans un dégoût sombre, comme dans un marécage battu de pluie. Si un faible espoir m'en sortait un instant, ce n'était que pour m'y laisser ensuite retomber plus profondément.

Dans la rue, bien souvent, il me semblait la voir. Sans me demander si elle me parlerait, je me précipitais à sa rencontre et j'avais le désespoir de trouver devant moi une autre femme, qui presque toujours, n'avait pas un trait de ressemblance avec Juliette. Le désir que j'avais de la retrouver, brouillait ma vue, me rendait halluciné.

Comme furtivement elle s'était insinuée en moi, la cruelle passion ! comme il lui avait fallu peu de temps pour écraser mon orgueil, et faire une loque d'une volonté qui avait des raisons de se croire puissante et à l'épreuve de pareilles surprises !

Un jour enfin je me décide à me rendre boulevard Pereire. Un pâle soleil brillait derrière les arbres défeuillés, sans pénétrer de sa lumière l'écorce verdâtre et humide. Ce ciel clair au-dessus des allées obscures et froides me rappela d'abord, par contraste, les belles après-midi de Naples, en me faisant sentir davantage mon abandon ; puis ces rayons, qui se posent à peine sur la terre, m'enlevèrent peu à peu à mes chagrins, m'inspirèrent de vastes espoirs.

De quelles hauteurs brillantes je tombai quand j'aperçus à la porte l'écriteau annonçant un appartement à louer ! Je fus aussitôt assuré que c'était le sien. Levant les yeux sur ses fenêtres j'aperçus des carreaux noirs sans rideaux et des volets fermés. La concierge interrogée, me dit :

— Cette dame a déménagé, voilà plus de quinze jours.

J'éprouvai par tout le corps le frisson qui vous saisit à l'idée d'un malheur irréparable et dont on est l'artisan. Pourquoi n'étais-je pas venu plus tôt ! Je l'aurais vue certainement, et peut-être m'aurait-elle pardonné. Je demandai, tout en pressentant déjà la réponse :

— Savez-vous où elle demeure à présent ?

— Non, monsieur, cette dame ne m'a pas laissé son adresse.

Je vis bien à son air indifférent que cette femme n'observait nulle consigne, que réellement elle ne savait rien. Me rappelant alors le nom de « cet amour de petit tailleur » dont Juliette m'avait parlé, je me suis rendu chez ce fournisseur sous prétexte de solder une note et de lui commander pour elle un costume de voyage. Mais le tailleur me reçut en souriant et me répondit d'un ton badin que Madame Juliette Fournier ne lui devait rien et qu'il irait la voir à son retour, car elle n'était plus en ce moment à Paris. Il venait justement, le matin même, de recevoir d'elle une lettre datée de l'étranger. Il me fut impossible d'en savoir davantage.

Comme je sortais, je croisai l'ami de Juliette, le commandant qui l'avait accompagné en voyage. Il marchait le dos voûté, les yeux baissés, aveugle, insensible à l'agitation de la rue, se heurtant aux passants, pareil à quelque songe-creux absorbé par sa folie.

— Il n'est donc pas avec elle ! pensais-je. Elle l'a donc quitté, lui aussi !

Et me souvenant de l'air hâbleur du commandant, de l'expression de forfanterie qui lui était ordinaire, j'étais frappé, presque attendri, par la peine inattendue, toute nouvelle, que témoignait son visage. Il souffrait comme moi !

Cette apparition acheva de me désoler. Elle avait transformé, peut-être transplanté sa vie au loin : elle m'échappait pour toujours. Jamais plus à présent ces yeux aux longs cils, cette grâce vive, ardente, libre, enjouée, diverse, tout le charme de ce corps souple et caressant ne viendraient m'enchanter. Et la douceur de vivre s'envolait avec cette journée.

XIV
MESSAGES DES PARQUES

À quelques mois de ces événements, un matin, l'esprit plus calme, je me trouvais à écrire dans mon cabinet de travail lorsqu'on m'apporta trois lettres. Aux suscriptions des enveloppes je reconnus les écritures, ronde, droite, sereine de Lord Beresford ; rapide, penchée, frébile de M. de Requoy ; large, carrée, un peu lourde de Maurice Lefranc.

Cet ami venait de me sauver de moi-même. Le travail est la seule défense contre l'amour, qui demeure, à cause de cela, le plaisir et la souffrance de riches inoccupés ; or dans le désarroi, l'oisiveté d'esprit qui suit un long voyage, j'étais sans ressource pour me guérir, comme j'avais été sans défense pour me préserver. Maurice Lefranc me rencontra en cet état misérable, vagabondant à travers ce Paris nocturne où s'égarent peu les Parisiens, où l'on a chance, plus qu'ailleurs, de se trouver sans compagnon et de s'étourdir au milieu de foules bruyantes et bariolées d'inconnus.

Lorsque j'aperçus mon ami, mon premier mouvement fut de chercher à l'éviter, tant j'avais honte de ce mal accablant, que j'étais incapable de dissimuler. Mais Maurice me poursuivait avec une obstination singulière, poussé sans doute par ce besoin de confident ou de société qu'éprouvent les gens qui n'ont pas de très vives émotions. Il me rejoignit enfin, me tendit la main, et je la lui pris avec effusion, car j'avais plaisir à le rencontrer, malgré tout. Il avait senti confusément ma peine et, pour me consoler, il n'imagina rien de mieux que de me prodiguer de grosses plaisanteries qui, en un autre moment, ne m'eussent pas même fait sourire, mais où je trouvai alors un divertissement inattendu.

—Tu sais, dit-il, cette fois je t'emmène.

Il demeurait une partie de l'année dans ses terres du Gâtinais, et, à plusieurs reprises déjà, il m'avait invité, par vanité de propriétaire moins encore que par besoin de société, à passer la saison des chasses dans son château de Crucy-Lespinoy qu'il venait de faire réparer, et dont il tenait à me montrer les transformations de luxe et de confort, qui étaient son œuvre. Je fus heureux de son invitation ; je mis un grand empressement à l'accepter ; il me semblait que, près de ce jeune homme avec lequel pourtant je n'avais pas deux idées communes, mais qui était gai et actif, volontiers remuant et causeur, je m'affranchirais de mon obsédante passion. Si je la subissais, ce n'était point, en effet, en amoureux résigné à sa misère et qui trouve presque un plaisir dans son affliction, c'était en révolté malheureux, encore impuissant, mais qui a toujours l'espoir de se délivrer.

Le commencement de mon séjour à Crucy-Lespinoy fut marqué par certains froissements, inévitables entre des êtres si différents que nous étions l'un de l'autre. Il les oublia vite, et l'effort que je fis moi-même pour ne pas m'en souvenir, occupa mon attention et me devint très profitable.

Peu à peu cette vie de chasses, de promenades, calme et plantureuse, assoupit mon inquiétude. Par certaines journées, sous un ciel bas et obscur, mes bottes, lourdes de boue, me pesèrent moins que ces plaines monotones, ces terres noires, désertes, étouffées par des nuages énormes, et ces taillis grisâtres où s'accrochent des lambeaux jaunes de feuillages. Quand je n'étais pas prisonnier de la terre, c'étaient les brouillards diaphanes, la rosée étincelante du matin, ou la lumière large des après-midi qui emportaient ma pensée. Depuis cette époque, j'ai compris pourquoi les bergers ont des yeux vagues et sans clarté. Ils sont fascinés par le monde étranger et mystérieux qu'ils contemplent ; ils ne peuvent le pénétrer ; et c'est lui plutôt qui les attire, qui les étreint, et où ils oublient leur âme.

Je ne reprenais mon humanité que le soir, au dîner ; c'était, au contact de mon ami, une humanité à demi faunesque, même à demi bestiale. Les champs l'ont assoupli à leurs mœurs simples. Un robuste appétit, un palais délicat, une vigueur à toute épreuve lui laissent croire qu'il goûte à toutes les joies terrestres. Des vins vénérables à point, réunis par le père et que le fils prodigue à ses hôtes sans craindre de vider jamais sa cave, nous disposaient mieux, malgré le proverbe, à goûter la fraîcheur rustique et les gaietés acides de son entourage féminin, dont il est fier, qui est fier de lui et ne demande qu'à le servir, avec ses invités. L'âme morte ou absente, et d'un désir tranquille, j'enlaçais la nuit ces conquêtes aisées. Mon ami Maurice Lefranc avait eu toutes les prévenances.

Au bout de quelques semaines je m'étais enfin réveillé de ce sommeil ; décidé à partir, je m'arrachai aux supplications de Maurice qui paraissait désolé de se retrouver de nouveau seul avec ses servantes, d'attentions trop prévues.

— Tant pis pour toi ! me dit-il à la gare, en me serrant la main. J'irai te relancer à Paris. Au lieu d'être mon invité, tu seras mon hôte. Et tu sais, je ne suis pas d'humeur si changeante que toi. Une fois que je me trouve à mon aise dans un endroit, j'y reste.

— Je l'espère bien, répliquai-je en le remerciant.

Cependant cette cure m'était suffisante.

Le mal demeurait, mais apaisé ; je le sentais pareil à une blessure à demi cicatrisée qui ne se fera plus sentir qu'à de longs intervalles. J'avais l'anxiété d'un être dont chaque instant est menacé, mais qui attend toujours la menace : mon aventure se perdait dans un passé qui me semblait très lointain ; seulement, dès que mon souvenir se portait sur la catastrophe, j'éprouvais comme une étreinte douloureuse, en même temps qu'une honte soudaine, et je tâchais de diriger bien vite mon esprit d'un autre côté.

Ce matin-là, le soleil m'apporta de frais espoirs, et des désirs égoïstes de liberté. Je regardai mes lettres avec une certaine indifférence. Je me décidai pourtant à les ouvrir.

— Que peut me dire ce bon Maurice ? pensai-je, un peu étonné à la vue des quatre pages aux lignes serrées que m'envoyait mon ami, dont je connaissais pourtant la paresse à écrire.

« Mon cher Herbert, m'écrivait-il, le marquis de Thouars, qui représentait notre circonscription, vient de mourir. On va élire son successeur. On a d'abord pensé à moi, dont on connaît les opinions conservatrices…

Il est conservateur, me dis-je, interrompant ma lecture, et il a raison de l'être. Tout, dans sa vie, n'est-il pas à conserver. Au fait, pourquoi ne serait-il pas député ? Maurice Lefranc a beau avoir des instincts faunesques, il n'en est pas moins un excellent homme. Il a, d'ailleurs, intérêt, plus qu'un autre, à la prospérité de la région qu'il représente, puisqu'il en possède une partie.

« … Seulement, tu sais moi je suis un garçon paisible, peu remuant, meilleur agronome que profond politique…

Il se flatte, mais continuons.

« … Nullement orateur…

Ah ! ça, m'écriai-je, il n'a donc jamais lu le compte rendu d'une séance de la Chambre ? Et puis, est-il nécessaire d'être orateur pour voter un budget ? Il est étrange que pour tous les Français, un homme politique, grand ou petit, c'est surtout un monsieur qui prononce de beaux discours. Peu importe, qu'il ait du jugement.

Bismarck et Disraeli firent éclater de rire lorsqu'ils parlèrent pour la première fois en public, cela ne les a pas empêchés, je pense, d'être de grands hommes d'État…

« Au surplus, mes intérêts, mes habitudes, tout me retient à la campagne…

Avoue donc la vraie raison, vieil ami ! Tu ne pouvais te séparer longtemps de tes chambrières, ni manquer de faire la sieste après ton déjeuner. Tu trouves Paris trop bruyant pour toi ; et puis tu ne t'y sens pas, sur les êtres, l'autorité que tu possèdes sur tes fermiers.

« Alors j'ai pensé à toi ! continuait Maurice. J'ai parlé de toi au comité. On a lu tes brochures d'économie politique et tes relations de voyages. On a déclaré que tu étais l'homme de la situation.

Je me demandai si mes yeux ne me trompaient point. Il me fallut relire les lignes précédentes.

« Tu étais ambitieux autrefois. L'es-tu encore ? »

Singulière ambition, me dis-je, que d'être le domestique de plusieurs milliers d'hommes, car, si indépendant que l'on soit de pensée, ne faut-il pas, au moins pendant la période des élections, flatter toutes les sottises, se dévouer aux intérêts les plus médiocres et aux plus abjectes vanités.

« Décide-toi ! Que fais-tu à présent ? Rien. Pourquoi ne serais-tu pas député. Tu viendrais en aide à ton pays, d'abord, et à ton ami ensuite. Je m'explique. Voici ce qui aura lieu, si tu ne te présentes pas. À ta place, le comité mettra un niais avec lequel j'ai eu déjà maille à partir. Je ne puis guère appuyer sa candidature. Le ferais-je, qu'il n'a aucune chance de réussir : il y a des gens qui ne sont pas populaires, que veux-tu ? Moi, je le suis, tu le seras, si tu veux, mais la personne en question, jamais ! C'est une sorte de petit pète-sec qui fait le Monsieur avec nos terriens, et qui répond à leurs poignées de mains par de belles manières. Le paysan n'aime pas ça. Alors, vois-tu, on a beau, dans le pays, n'être point pour les innovations, ce ne sera pas lui qu'on nommera, mais le “socialiste”, comme ils disent : un certain Marpaux, qui est la bête noire des propriétaires, et pour cause ! Il a proposé au conseil municipal de construire un chemin de fer économique pour relier La Garenne-des-Lices à Crucy-Lespinoy. Ce chemin de fer n'aurait aucune utilité, mais il couperait en deux le jardin du marquis de Thouars et le parc de ton ami Maurice. C'est là un précieux avantage pour le citoyen Marpaux qui serait aux anges du bon tour qu'il nous aurait joué. Naturellement on a repoussé son projet, mais que mon Marpaux soit nommé député, il fera la pluie et le beau temps, il aura son chemin de fer économique, et tu ne verras plus, quand tu viendras chez moi, cette belle terrasse plantée de marronniers où nous avons fait de si bonnes parties d'écarté. Tu te souviens : tu me gagnais toujours, sacré tricheur ! Il n'y a donc pas à hésiter, décide-toi, je te répète, arrive par le premier train, sauve le jardin des Thouars et la terrasse de ton ami. Tu passes haut la main ; je soutiens ta candidature mieux que si c'était la mienne. Je n'aurai pas honte de faire de la réclame pour un autre ; je serai éloquent pour la circonstance, je t'en f… mon billet, et puis j'ai dans ma cave de quoi acheter toutes les résistances. Le citoyen Marpaux n'a pour lui que le vin des cabaretiers qui ne voudront pas lui faire crédit. Seulement il a du bagout, le coquin, et, si tu refuses, il pourrait bien entortiller son monde. »

La proposition qui, au premier instant, m'avait surpris, ne m'étonnait plus : Je m'habituais fort bien à envisager la nouvelle charge qu'on me proposait ; elle ne me paraissait pas incompatible avec mon caractère, et les qualités que je pouvais avoir. Il y avait, me disait Maurice, des chances que je fusse nommé. Pourquoi ne pas tenter l'aventure ? J'étais disposé à rendre service à mon pays et déjà, excellent présage, signe évident de ma vocation politique, je commençais à détester cet adversaire qu'on n'avait fait pourtant que me signaler. Je me le représentais la barbe touffue et les cheveux ébouriffés, pareil à un épouvantail à moineaux, lançant ses phrases de cette voix tour à tour douce et puissante, ordinaire aux professionnels de son genre, qui rend la sottise spirituelle et prête aux mauvaises raisons des grâces toujours victorieuses. Non, me dis-je, je ne le laisserai pas nommer à ma place. Je dois me dévouer à une tâche qui, médiocre d'apparence, peut avoir une réelle beauté.

Je ne savais guère alors si j'étais ambitieux ou désintéressé.

Mais le souvenir de mon séjour à Naples me revint subitement à la mémoire. Ce fut la surprise du marin qui, croyant être au port, aperçoit tout à coup le rocher contre lequel vont le briser les vagues. Comment songer à représenter les intérêts des autres hommes, quand on a ainsi oublié les siens ! Et quelle imprudence de prétendre imposer à la volonté de plusieurs milliers d'êtres lorsqu'on a anéanti sa propre volonté dans un amour de hasard, qui eût paru à tous si facile à combattre.

Il y a quelques mois, mon travail, mes voyages, certaines connaissances spéciales sur la vie des peuples, que j'avais acquises durant ces dernières années, me rendaient apte plus qu'un autre à m'occuper des affaires publiques ; aujourd'hui il me semble que j'ai perdu toute l'énergie qui pourrait à mes yeux justifier mon ambition. Je suis indigne, je suis incapable ! Et puis ce meurtre que l'on sait déjà ou que l'on saura un jour, s'il ne trouble point ma vie privée, doit compromettre à jamais ma carrière politique et m'éloigner des affaires. Mes ennemis, s'ils apprennent l'événement, ne manqueront pas de le travestir, de me reprocher toutes les infamies, et je ne rencontrerai pas un ami pour me défendre.

Et bien ! qu'importe ! me disais-je, lors même que je ne serais pas coupable, mes adversaires inventeraient bien quelques horreurs sur moi ; moquons-nous donc des accusations vraies ou fausses. Je ne suis pas maître du Passé, mais le Passé n'est pas mon maître non plus. Si j'ai été faible, je me sens aujourd'hui plein de courage. Je suis libre de faire ce que je veux, car je veux aujourd'hui. Je suis guéri de ma passion.

Guéri ? Oh ! non pas. Comme une plaie que le plus léger contact met à vif, mon amour, dès que ma pensée s'y reporte, s'enflamme. Juliette n'est plus près de moi, mais il me semble qu'elle est à la porte, qu'elle va entrer. Comme je courrais à son baiser, même à ses injures ! Je criais trop tôt victoire.

Ainsi deux voix se répondent en moi, pareilles à deux avocats qui défendent et accusent le même criminel. C'est dans cette alternative affligeante que je prends la lettre de Lord Beresford.

Il m'annonçait son intention de partir pour la Chine et me demandait de l'accompagner.

« Pensez, m'écrivait-il, à l'utilité que présentent des voyages accomplis par des hommes comme nous, qui ne sommes point des spécialistes ni des hommes de parti, mais simplement des observateurs affranchis de tout système et désireux de connaissances variées.

« Je ressens pour ma part, plus que personne, le besoin de me retremper souvent l'esprit dans des civilisations différentes, afin d'en éprouver la solidité. Je sais bien que mon jugement n'est pas mauvais et que mes sens sont assez exercés, mais une atroce discipline a plié trop longtemps ma raison pour qu'il ne lui en reste quelque chose. Alors même que je crois ma vision nette et claire, j'ai peur que des préjugés l'obscurcissent.

« Il est bon de voir comment, d'un pays à l'autre, on juge diversement les mêmes choses ; on contrôle mieux ainsi la valeur de ses pensées.

« C'est, je m'imagine, un noble but de mettre son intelligence en harmonie avec les formes multiples de la vie, et loin d'en rejeter aucune, de s'appliquer à toutes les aimer. Je crains que notre vieille Europe, à ce point de vue, ne soit moins avancée qu'elle l'était il y a cent cinquante ans, lorsqu'on ne pensait pas à découvrir le monde, mais seulement à le regarder.

« J'ai hâte d'étudier, par moi-même, ces peuples d'Asie, si sévèrement ou si dédaigneusement jugés. Jusqu'ici les historiens et les voyageurs n'ont pas pris la peine de connaître des religions, des gouvernements et des mœurs, qui avaient le tort de ne pas ressembler du tout aux leurs. Je ne les imiterai point ; rien ne me semble plus respectable et plus digne d'intérêt que ce qui a servi à l'existence et au rêve de millions d'hommes pendant des siècles.

« Nous voyagerons en honnêtes gens, comme votre Bernier, comme votre Burton. Nous verrons tout. J'ai des lettres pour l'ambassade d'Angleterre, pour des négociants et des consuls. Nous aurons des escortes.

« Et si nous courons des dangers, nous ne sommes pas de ceux, n'est-ce pas, qui n'estiment un plaisir au prix même de la vie.

« Venez donc avec moi. Je suis pressé de me mettre en route ; mes lèvres brûlent de crier à la mer la salutation du poète :

Welcome, welcome, ye dark blue waves ! »

. . . .

Voilà une offre admirable. On donne à l'intelligence jusqu'à l'effort et à la fatigue musculaire. Regarder le monde de haut et sans s'y mêler, c'est une jouissance de Dieu. Seulement nous sommes des hommes ; et nous ne pouvons guère qu'élargir notre égoïsme en utilisant pour notre race nos ambitions et en rapportant à notre pays tout ce que nous avons pris aux autres. De quelle sécheresse est frappée une existence uniquement contemplative ! Il nous faut nous mêler aux passions des hommes, sous peine de ne plus éprouver aucune passion. Moi aussi j'ai senti l'attirance des vagues, mais de même j'ai senti au loin le regret du coin de terre où les mêmes amitiés, les mêmes objets familiers nous cachent nos continuelles transformations, ces morts incessantes qui nous acheminent à la fin dernière.

Et pourtant aurais-je trouvé, il y a quelques mois, toutes ces bonnes raisons pour ne point partir ! L'attrait de l'inconnu était alors si grand pour moi ! Aujourd'hui l'idée de l'exil, d'une solitude attristerait toutes les heures de mon voyage. Autrefois, elle ne m'eût même pas effleuré. On ne connaît pas de solitude avant d'avoir aimé. Et l'exil, c'est surtout l'absence de cet amour dans un pays où rien ne vous le rappelle.

Cependant les deux propositions m'attiraient également. Indécis, troublé, je remis au lendemain ma réponse. Ces deux lettres m'avaient absorbé à ce point que je ne songeais plus à la dernière, celle de M. Requoy.

Je l'ouvris enfin avec une peur étrange que je ne m'expliquai pas, mais il faudrait prendre garde à ces frayeurs-là. N'y a-t-il pas en nous, à l'approche des êtres et des événements, une intelligence obscure du danger comparable à cet instinct plus grossier des animaux qui les éloigne de tout ce qui peut leur nuire ? Le billet de M. de Requoy n'avait pourtant rien d'épouvantable.

« Je viens, cher ami, vous rappeler votre promesse de me présenter à M. Jacques de Tavannes. »

Je n'avais rien promis du tout à M. de Requoy. C'était lui seul qui s'était promis de se faire présenter.

« J'organise au Mans une exposition de peinture. J'y accroche mes paysages, mais mon nom et mon œuvre ne sont pas une attraction suffisante pour le public et je serais heureux si quelques-uns de vos amis, M. de Tavannes, M. Jean Veber, M. Renoir voulaient bien se joindre à nous dans cette tentative de décentralisation artistique. Nos provinces désirent beaucoup connaître cette jeune école de peinture que Paris détient jalousement. M. de Tavannes, surtout, serait sûr d'obtenir un grand succès de curiosité. Nous lui demanderions seulement de ne pas choisir dans son œuvre les scènes les plus décolletées, car la pudeur et la pruderie sont toutes-puissantes chez nous. J'irai vous prendre demain, et peut-être pourrons-nous aller rendre visite, le jour même, à M. de Tavannes. »

Je songeais en lisant cette lettre, beaucoup moins à l'exposition de peinture de M. de Requoy qu'à sa gracieuse Geneviève. Qu'était-elle devenue ? Comment avais-je pu l'oublier si longtemps ! Et que l'amour nous rend injustes envers tant de biens précieux qui nous sont offerts et que nous ne savons pas voir ! À présent plus détaché d'une aveuglante amie, je regrettais, trop tard hélas ! d'avoir répondu par de l'indifférence à une demande si touchante d'amitié et de protection. Si j'étais décidé à attendre M. de Requoy, si j'étais même impatient de le voir, c'était dans l'espoir que ce père insouciant, au milieu de ses causeries d'art, trouverait un mot pour me parler de Geneviève.

Le hasard devait le prévenir, ou plutôt cette entente obscure qui fait se deviner deux désirs lointains, et les réunit. J'allais bientôt apprendre par quels marécages, par quels pénibles chemins de traverse cette aimable jeune fille s'était égarée.

XV
LA GLISSADE

Il n'était bruit, à ce moment, dans le monde des courses, que des « Glares », les magnifiques étalons du Nouveau-Cirque, présentés en liberté par Miss Poppy. Ce succès était-il dû à leurs sauts incroyables, à leurs formes parfaites qui leur valaient l'enthousiasme des artistes et l'attention des éleveurs, ou bien à l'aisance singulièrement hardie de la jeune dresseuse, à la fois svelte et potelée dans sa culotte de soie noire à crevés et ses bottes Bassompierre ? Il est à croire que le plaisir qu'on prenait devant eux était fort mélangé. Les cirques ont mille attraits pour les existences actives aussi bien que pour les tranquilles. Les odeurs et les mouvements des bêtes ; l'adresse et la force de corps souples, robustes, élégants ; le combat, la rivalité, la maîtrise de l'homme, de la femme et de l'animal, entretiennent dans notre civilisation un souvenir utile des sociétés primitives et flattent l'être d'instincts qui demeure en nous en dépit des lois et des morales. Nous serions trop dupés si de temps à autre, sous nos raffinements, nous ne retrouvions, avec une surprise pleine de délices, notre peau naturelle de sauvages.

J'avais vendu mes chevaux en quittant Paris, et je n'en avais pas racheté à mon retour ; je m'en sentais très privé et je ne manquais pas les occasions que je trouvais d'en voir. Justement, ce soir-là, mon ami Louis Deshays m'avait donné rendez-vous devant la jolie dresseuse, et, malgré mes préoccupations, ou peut-être à cause d'elles, je m'étais promis d'aller le retrouver.

J'arrivai dans un cirque empli d'ombres et d'agitations muettes. Aux frises seulement et aux balcons du pourtour traînait une lumière fanée de soleil couchant ; mais, comme je cherchais à me glisser au milieu de la foule obscure, tout à coup des gerbes lumineuses de roses et de lilas tombent sur l'arène ; une galopade affolée, sourde, tourne aux claquements d'un fouet, sous des rayonnements cuivrés, et des incendies rouges ; des chevaux passent à côté de moi, s'évanouissent comme des fantômes. J'étais venu trop tard. En un clin d'œil, aux applaudissements des spectateurs, aux colères de l'orchestre, le cirque s'éclaira d'une poussière d'or, trembla sous les enthousiasmes, et j'aperçus, au milieu de l'arène, Miss Poppy, blonde et rose poupée, en culotte bouffante et tout de noir vêtue, qui souriait béatement de ses lèvres peintes, de ses yeux agrandis et noircis au Rimelss, envoyant du bout des ongles, à droite et à gauche, des baisers à la foule.

Aux doigts de l'écuyer qui l'accompagnait, elle s'élança vers la sortie et retomba près de moi sur ses grosses bottes et de tout le poids de ses hanches lourdes. J'entendis un cri, puis la voix de la dresseuse s'éleva, voix enfantine et zézayante qui contrastait avec la force et l'ampleur de sa personne.

— C'est de vot'faut ! Pôquoi éttiez-vô su'mon cemin ?

Aussitôt se forma autour d'elle un groupe de manteaux amples et parfumés, et le dos poudreux de valets d'écurie.

Louis Deshays, en même temps, venait de m'apparaître, et en lui tendant la main :

— As-tu vu ce qui vient de se passer ?

— Oh ! ce n'est rien, répondit-il, rien ou peu de chose. Miss Poppy vient de retomber sur les pieds d'une petite danseuse, comme par mégarde. Elle lui a à moitié écrasé le pied. Il paraît que cette chère demoiselle est coutumière de ces maladresses... ou de ces violences. Cela lui arrive presque tous les soirs.

— Mais pourquoi cela ?

— Ah ! va lui demander. Rivalité, jalousie, est-ce que je sais ? Les femmes, et ces femmes-là surtout, ça ne peut jamais se souffrir... Tiens ! voici la petite écrasée. Elle va figurer dans la pantomine. La grosse Poppy en estourbirait bien trois comme elle !

— Mon Dieu ! fis-je, c'est étonnant comme sa tournure, ses yeux, tout en elle...

— Tu la connais ?

— Je ne la connais pas, mais elle ressemble beaucoup...

— À qui donc ?

— C'est impossible ! Mais regarde si on ne croirait pas voir les yeux de mademoiselle de Requoy.

— Eh bien, elle serait contente si elle savait que tu l'as comparée à une danseuse de cirque.

— Et si c'était elle, pourtant ?

— Tu es fou, ma parole ! D'abord elle est bien plus petite. Et puis mademoiselle de Requoy est aux Cormiers, en train sans doute de rêver au fiancé. Regarde-la bien. Tu verras qu'elle ne lui ressemble pas du tout. Elle paraît au commencement de la pantomine. Tu vas pouvoir l'examiner à loisir.

Toute une foule, figurant le cortège d'un prince indien, venait d'entrer d'une marche scandée, effarant les yeux d'un chatoiement de soies, de châles multicolores, de parasols fleuris, de voiles amples et flottants. On eût dit des étoffes devenues, par je ne sais quel miracle, vivantes, prenant mille formes bizarres, sans rapport avec le sexe ou la personne humaine, monde créé par la fantaisie d'un costumier, bien en harmonie avec cette salle étrange où les êtres disparaissent dans les jeux de lumière, semblent se fondre avec les boiseries, ne sont plus qu'un rayonnement de corsage, une lueur de peau, ou l'éclat brutal d'un plastron.

Du cortège se détachent trois jupes de taffetas pailleté ; des bras se tendent dans un enroulement de gaze ; des yeux noirs, des bouches d'un rouge de fruit s'offrent sous les tulles. Ce sont, paraît-il, les bayadères. Les bandelettes qui semblent les lier se desserrent : elles vont danser.

Elles dansent les jambes écartées, les yeux perdus, les bras envolés, comme ravies de jouissance. La foule rythme leurs pas d'un bruit de clochettes, tandis qu'un gong de temps à autre lance une note stridente, étouffée par des tambours. Elles se joignent, s'enlacent, se séparent ; puis deux d'entre elles étendent le bras, se donnent la main, et, sur ce dossier gracieux, la troisième qui s'approche à reculons et sur la pointe des pieds se renverse, pâmée ; les voiles qui recouvrent son front s'écartent et une splendide chevelure blonde jaillit, libre et rayonnante.

Trois nouvelles bayadères avaient surgi pour des danses nouvelles ; mais, après des mouvements si mesurés et si harmonieux, on remarqua le sautillement pénible de l'une d'elles, qui semblait boiter. Dans le public, déjà on riait, ou on s'indignait « qu'un cirque parisien osât exhiber de pareils sujets ».

— Allons ! me dit Deshays, est-ce qu'elle lui ressemble ?

— Non, fis-je pour être agréable à son obstination.

— Ah ! tu vois bien.

Mais il était difficile qu'on pût reconnaître qui que ce fût sous le lourd travestissement qui déguisait les formes, la taille et jusqu'au visage. Cependant je ne regardais qu'elle ; je cherchais à rencontrer ses yeux, à lire dans cette physionomie dont le sourire glacé paraissait emprunté comme le costume, et je souffrais à chacun de ses pas de l'effort évident qu'elle faisait pour cacher sa claudication. Elle n'y réussissait point, arrivait à perdre absolument la mesure, heurtait par des pas à contretemps l'épaule des autres danseuses qui lui lançaient des regards féroces, irritées de voir qu'elle compromettait leur succès. Enfin, elles se retirèrent ; la danse m'avait paru d'une longueur exagérée ; la petite boiteuse en passant auprès de moi, très vite, détourna la tête. Elle se rencontra dans les couloirs avec une vieille dame qui sortait, emmenant une fillette, et elle se rejeta vivement de côté. La vieille dame s'en alla la tête haute, les lèvres pincées, en baissant les yeux.

Louis Deshays me plaisanta sur la manie que j'avais, prétendait-il, de retrouver partout des ressemblances. Est-ce que mademoiselle de Requoy pouvait être dans un cirque ! faisait-il.

— Mais qu'y aurait-il là de si extraordinaire ? répliquai-je. N'est-ce pas un préjugé qui nous vient des Romains, ce mépris de l'acteur, du bateleur, de l'homme qui montre au public son savoir-faire ? Est-ce que toi qui donnes à de grands journaux tes dessins, est-ce que moi qui ai commis un livre autrefois, est-ce qu'une femme qui va offrir dans une loge ou dans un bal sa beauté à tous les yeux, est-ce qu'un politicien qui affiche sur les murs sa profession de foi, est-ce que tous nous ne sommes pas cabotins ou exhibitionnistes par goût ou par nécessité ? Je t'assure qu'il vaut mieux montrer une belle gorge qu'une belle pensée. La foule vous en a plus d'obligeance, car cela lui paraît moins singulier.

— C'est au moins une opinion de Lord Beresford ?

— Peut-être. Beresford est un second moi-même.

— Et quand me présentes-tu l'oiseau rare ?

— Il s'en va en Chine, dis-je en le quittant. À son retour !

Au fond, j'étais fort troublé. Je n'étais pas sûr d'avoir vu Geneviève ; mais je craignais pour elle un malheur, une chute déshonorante ; je craignais aussi d'en être responsable ; en parlant à Deshays comme je l'avais fait, j'avais voulu me justifier devant moi-même.

Étais-je donc décidé à m'étourdir, à oublier tout, et cette pensée de Geneviève avait-elle hâté ma résolution ? Le lendemain, j'écrivis à Lord Beresford que je restais en France, et, à Maurice Lefranc, j'annonçais mon arrivée prochaine à Crucy-Lespinoy. Je voulais achever de guérir ma passion par une autre passion et user dans une activité et des soins nouveaux, fussent-ils d'ailleurs inutiles, les milles désirs qui me consumaient.

Je sortais pour faire les divers achats que nécessitait mon départ quand je me rappelai que M. de Requoy devait venir. Tant pis ! On lui dira que je suis en voyage. Telle fut ma première idée. Puis le souvenir de Geneviève, la curiosité, l'intérêt qu'elle m'inspirait m'ont retenu. J'eus tort : presque tous les malheurs qui me sont arrivés dans la suite proviennent de cette sortie différée. Et je ne dois pourtant pas le regretter, puisque j'ai eu l'occasion de rendre un grand service.

On sonna. Je me levais déjà pour recevoir mon fantasque ami. Mais ce n'était pas lui.

— Une femme qui prétend connaître monsieur, annonça le valet de chambre.

— Et où est-elle ?

— Dans le vestibule. Je ne savais si je devais la faire entrer. Elle est si mal habillée !

— Priez-la d'entrer.

Que vois-je ? Oh ! je ne m'étais pas trompé la veille. C'était bien elle que j'avais reconnue au cirque. Geneviève m'apparut, mais ce n'était point la Geneviève des Cormiers, la Geneviève qui était venue me surprendre un matin, – il y avait si longtemps déjà ! – rieuse, coquette, charmante, avec de naïves et d'audacieuses paroles aux lèvres. Oh ! pauvres yeux gros et rouges de larmes, pauvres yeux flétris, sous le petit chapeau de velours vert usé, aux plumes tordues ! Elle avait un collet beige vieilli, sali de pluie. Mais c'était son visage qui me saisissait ! maigre, pâle, de ce ton terreux que donne la misère. Ah ! il semblait bien maintenant qu'elle n'avait plus rien à apprendre de la vie.

Elle entra, sombre et muette, sans lever les yeux ; puis, comme si elle avait fait un grand effort pour venir et qu'elle fût maintenant à bout de forces, elle se laissa tomber sur un canapé. Je lui pris les mains, je lui dis tout ce qu'on peut dire à une malheureuse enfant dont on ne connaît point la peine et pour laquelle on éprouve une réelle affection, mais elle ne me parlait toujours point et elle ne me répondait que par des sanglots. Elle me dit enfin :

— Si vous saviez quelle honte j'éprouve à être ici. Vous m'avez vue hier, d'autres aussi… Ah ! à présent, je dois souffrir toutes les humiliations, tous les maux, puisque je n'ai pas le courage de me tuer ! Si, c'est ce que je devrais faire. Je n'espère plus rien, allez… que du pain ! Car cela est nécessaire quand on manque de résolution comme moi. Soyez bon ! Ayez pitié de moi ! Je sais beaucoup de petites choses. J'ai appris l'anglais, l'allemand… Arrachez-moi à ma misère. Ne pourrais-je pas trouver une place d'institutrice, de maîtresse de piano ? Je viens à vous ; je n'aurais osé demander un service à madame de Trémant, aux amis de ma mère. D'ailleurs, elles me l'auraient refusé. Tandis que vous, Herbert, il me semble que vous ne devez pas être trop dur pour moi. Ah ! si vous aviez su voir…

Elle reprit avec plus de force :

— Oui, si vous aviez su voir ! Mais vous ne comprenez rien, vous autres hommes. Il semble que vous ayez un masque sur le visage pour vous protéger et aussi pour vous empêcher de voir, d'être sensible. Mais laissons cela. Tout cela est fini ! Tout cela est passé !

Et comme je détournais la conversation sur les Cormiers, voulant m'épargner des reproches et ne pressentant point les aveux qu'elle allait me faire :

— Ne me parlez pas des Cormiers ! Je n'y mettrai plus jamais les pieds, non jamais ! Tant que ma mère sera là. J'aimerais mieux mourir de faim. Car il n'y a plus rien de commun entre nous. Mais vous ne savez pas ce qui s'est passé. Vous avez cru ce que je vous ai dit, ce que vous a dit papa, sans en chercher plus long. Je vous avais menti. Vous voulez savoir ? À quoi bon ? Au surplus, à présent, je puis bien tout vous dire. Je n'ai plus rien à ménager, plus rien à cacher, mon Dieu.

Je lui baisais tendrement les doigts, jolis naguère et maintenant si rugueux, qui avaient, hélas ! d'autres occupations que de courir sur un clavier ou de promener un léger pinceau d'aquarelle ; elle eut un triste sourire et d'une voix sourde :

— Ils ont voulu me marier. Oh ! pas papa. Vous savez bien, papa est indifférent à tout ; il ne s'occupe de rien ; mais ma mère, mon oncle, madame de Trémant, qui s'était réconciliée avec nous, par intérêt et pour mon malheur. Oui, ils voulaient me marier avec Paul Ancelle. Cet homme-là, voyez-vous, je le déteste, je le hais ! Et chaque soir, c'étaient des discussions qui se terminaient de la sorte : « Si ce mariage me convient, vous m'obéirez. Une jeune fille de votre âge ne doit pas avoir de volonté. » Papa disait simplement pour arranger les choses : « Écoute ta mère, mon enfant. Elle connaît, mieux que toi, ton intérêt. Tu la remercieras un jour.
— Mais puisque je ne puis souffrir cet homme-là », m'écriais-je. Papa, quand il voyait que l'on commençait à se disputer, faisait : « Allons, je monte à mon atelier. » Mais une fois qu'il était parti, ma mère ne ménageait plus rien. Ah ! j'ai souffert aussi là-bas, je vous assure. Elle m'insultait. Une fois elle m'a frappée, elle m'a battue. Alors je suis partie, et pour être sûre que rien ne pourrait me décider à revenir, je suis allée chez vous ce matin-là…

Elle continua :

— Mais vous n'avez pas su voir ! Il ne faut jamais prendre les femmes pour ce qu'elles paraissent. Si je suis venue en folle, mon Dieu, vous me connaissiez déjà, un peu, vous auriez dû vous dire que pour avoir ainsi oublié mon caractère, il s'était passé quelque chose de grave en moi ! Ah ! si vous aviez voulu à ce moment-là ! J'avais seulement un peu peur de vous, cela se conçoit, n'est-ce pas ? et je faisais ma fière, mon indifférente, mais, au fond, je me disais que c'était vous qui deviez me protéger, et il me semblait aussi que cela ne vous déplaisait pas. Là-bas, aux Cormiers, on aurait fini par vous accepter, bien que vous n'ayez pas la fortune d'Ancelle… Mais je m'étais trompée…

À présent, reprit-elle, comme pour répondre à des paroles qui étaient sur mes lèvres, il est trop tard. Quelques jours après notre visite au Louvre, je battais les rues de Paris, – j'avais dépensé, perdu mon argent, je m'étais fâchée avec mon amie russe, je ne voulais plus vous revoir, et je voulais moins revoir encore ma famille ; – je ne savais où aller. Je m'étais assise sur un banc, bien triste : j'avais dîné d'un morceau de pain ; un sergent de ville a voulu m'emmener, sous je ne sais quel prétexte, et alors un homme qui passait a pris ma défense, et moi je l'ai suivi, au hasard, sans trop savoir ce que je faisais, où il m'emmenait. J'avais la fièvre, j'avais faim. Je ne réfléchissais guère. Et bien, je suis tombé par hasard sur un brave homme. Oh ! ce n'est pas un prince, mais j'ai eu de l'amitié pour lui, et puis je l'ai aimé vraiment. Oui, nous avons eu des moments heureux. Je mentirais si je vous disais le contraire. Il gagnait un peu d'argent. Il était écuyer au nouveau Cirque. Mais il a fallu qu'il tombât malade. Il jouait dans la pantomime nautique. Il a attrapé un refroidissement un soir, en sortant de l'eau. Alors c'est moi qui ai dû aller chercher l'argent du ménage. Je m'étais amusée autrefois à apprendre, avec ma sœur, des danses exotiques ; cela m'a servi ; on m'a engagée dans la troupe du ballet. D'abord tout allait bien, mais il y a une méchante femme qui m'a prise en grippe ; il paraît qu'elle a connu autrefois mon ami. Il ne se passe point de soir qu'elle ne cherche à me faire du mal. On dit qu'elle veut me tuer. Hier, elle m'a à moitié estropiée. Je ne pourrai pas danser ce soir. Et puis je ne veux plus rester là. Oh ! trouvez-moi une place, je vous en supplie.

Je la priai d'accepter quelques secours et je lui offris ce que j'avais dans mon portefeuille.

— Ce n'est pas cela que j'aurais voulu, fit-elle, avec hésitation.

— En attendant.

— À cette condition, alors.

À ce moment, j'entendis sonner et je regardai par la fenêtre.

— Vous attendez une visite ? me demanda-t-elle.

— C'est votre père qui doit venir, Geneviève.

Un sourire de joie éclaira sa physionomie.

— Vraiment ? papa doit venir ici ? Oh ! que je voudrais le voir… Mais il ne le faut pas. J'ai assez de chagrin comme cela.

— Geneviève, chère petite amie, dis-je, laissez-moi lui parler de vous.

— Cela ! je vous le défends, répliqua-t-elle.

— Vous ne voulez plus retourner aux Cormiers ?

— Jamais, du vivant de ma mère ! On m'y a assez tyrannisée.

— Mais à présent on vous laisserait peut-être libre, ma pauvre enfant.

— Et on me permettrait de vivre avec mon ami, avec un écuyer du cirque !… Non, n'est-ce pas. Alors cela me suffit. J'aime mon ami et je ne le quitterai point. Je suis majeure, je suis libre de mes actions. Que ma famille m'oublie. Je n'ai plus rien de commun avec elle, à présent. Je ne porte plus son nom.

Comme elle sortait, elle aperçut la lettre de M. de Requoy ; elle reconnut l'écriture et prit l'enveloppe qu'elle regarda avec des yeux attendris, tout humides.

— Pauvre papa, dit-elle, c'est un enfant, un tout petit enfant.

Quel regret infini me laissa son départ ! Je crus l'avoir vue pour la première fois : pauvrement vêtue, avec un air malade et fatigué, elle ne m'avait jamais paru aussi gracieuse. Et je pensai qu'elle aurait pu m'aimer, que nous aurions pu être heureux ensemble, mais je n'y avais pas seulement songé.

Cependant, j'entendais la voix de M. de Requoy résonner dans l'escalier, il avait cette fois une mise soignée, et portait, à la boutonnière de sa redingote, le ruban d'officier d'académie ainsi que deux autres décorations.

— Eh bien, mon cher, dit-il, nous allons chez Tavannes, j'espère ? Vous savez que l'exposition du Mans est un grand succès, mais colossal. Dagnan-Bouveret a envoyé un chef-d'œuvre !

— Ah ! tant mieux, m'écriai-je.

Mais pourquoi suis-je sorti avec lui, pourquoi ai-je fait cette funeste visite ?

XVI
AGAPES CORDIALES

Après avoir dîné ensemble, nous nous rendîmes aussitôt chez Jacques de Tavannes, tant était grande l'impatience de M. de Requoy.

L'atelier du peintre était en fête ce soir-là.

J'y rencontrai cette société aux éléments disparates que Tavannes affectionnait, et où il se plaisait à retrouver une image de ce monde moderne, fait de coudoiements, d'incohérences et de désunion.

Pierre Chaperon y était venu chercher parmi les invités et dans les dessins du peintre, des types monstrueux ou tout au moins étranges pour sa nouvelle pantomime : *La Cour des miracles* ; Tavannes avait raccroché lui-même M. Mielgounof et M. Coningsby qui faisaient maintenant les beaux jours de Paris. Rencontrés dans un bar, ils lui plurent à cause de leur ivresse loquace et originale. Un anarchiste, compromis dans les attentats de Barcelone, et auquel le peintre donnait le vivre et le couvert, un peu adouci par la vie tranquille qu'on lui assurait, causait doucement avec un riche amateur anglais des préraphaélites et de la décoration moderne des châteaux. Deux hautes dames de la galanterie honoraient l'atelier de leur présence. C'était Suzette de Joigny et Félicienne d'Entragues. Suzette de Joigny, dont les tiroirs se trouvaient vides en ce moment, s'était empressée d'aller chez Tavannes chercher un bon souper pour elle et l'heureux dragon qui régnait sur son cœur ; Félicienne d'Entragues était venue à cause de Lili, la maîtresse du peintre, à laquelle pourtant elle ne cachait point sa passion. Lili tout en demeurant froide, se sentait flattée ; sans répondre à ce grand amour, elle ne voulait point le repousser : « Il faut que je la tienne sur le feu, disait-elle, car elle pourra me chauffer à l'occasion. » Il y avait les petites sœurs Sandwich, Riquette et Bleuette, frisées, roses, poupines et aux grands yeux bleus innocents. Elles sortaient pourtant de Saint-Lazare où elles avaient fait plusieurs retraites, injustement, prétendaient-elles ; avec justice, assuraient leurs ennemis. La Poire-à-soif, un jeune homme équivoque, qu'on disait leur frère, les accompagnait. Il y avait enfin les familiers de Tavannes, parmi lesquels deux chanteuses de café-concert, camarades de Lili.

Quand M. Coningsby aperçut ce monde à la fois brillant et sombre, où les gorges étincelantes voisinaient avec les robes fripées ; les fracs, les smokings avec des vareuses souillées et passées de couleur, il eut un geste de dégoût.

— Je ne comprends pas, commença-t-il, que mon illustre compatriote…

— Qui est-ce donc ? demanda quelqu'un.

— Je ne me rappelle pas son nom, mais je sais que c'est un ami de Lord Rosebery, et qu'il doit être membre de la Chambre des Communes. Un homme aussi honorable ne devrait pas se compromettre dans une société pareille, même à l'étranger.

— Mais vous le faites bien, mon cher ami.

— Moi, c'est tout différent. Je suis ivre. Je ne suis pas, en ce moment, responsable de mes actes.

En convoquant ainsi près de lui, familiers et inconnus, Tavannes n'avait pas seulement prétendu se divertir, mais donner plus d'éclat et de solennité à l'arrêt qu'il allait rendre pour flétrir deux de ses anciens fidèles, Perdriel et Vermacher, coupables de traîtrise à son égard.

Vermacher, dont la complaisance ménageait tout le monde, était devenu l'ennemi commun. Il avait rapporté au peintre ce mot de la superstitieuse Lili : « Moi je ne garde Tavannes, que parce qu'il a de la veine. Depuis que je suis avec lui, je gagne aux courses. Avant, je perdais toujours. » Dédaigneux d'une liaison si vénale, Tavannes avait imaginé la comédie machiavélique de laisser courtiser Lili par Perdriel, et de les surprendre en flagrant délit dans son atelier, afin de les mettre tous deux à la porte. Il serait survenu comme par hasard, et les aurait chassés en chemise dans la rue. En dépit de sa taille, il était de force, disait-il, « à mâter ces deux carcasses ». Mais Vermacher, averti, et craignant un esclandre, courut avertir les coupables qui, loin de lui en savoir aucun gré, le crurent de complicité avec Tavannes, tandis que sa trahison lui valait de la part du peintre le plus vif ressentiment.

Lili, femme et gracieuse, avait obtenu aisément son pardon ; quant à Vermacher et Perdriel, n'ayant aucun droit à la clémence, ils allaient être sévèrement châtiés. Sans soupçonner le péril, insouciants et légers, ils vaquaient à leurs affaires, ne comptant arriver à l'atelier du peintre qu'à l'heure où l'on se mettrait à table, mais, pendant ce temps, on préparait leur sentence qui devait éclater sur eux comme un orage.

Les conversations bourdonnaient et se croisaient dans les chambres encombrées.

— Ah ! vous voilà, ma toute belle, dit Pierre Chaperon à Félicienne d'Entragues qui arrivait dans un grand bruit de jupes et couverte de toutes ses parures comme si elle se fut rendue à une réception royale.

Félicienne salua de la tête, remercia d'un sourire embarrassé, et passa, ne sachant trop si on lui avait lancé un compliment ou une impertinence.

— Je lui ai donné son titre, fit Pierre Chaperon en se tournant vers Lili, car elle n'est plus toute charmante à présent. Elle est montée en grade !

— Et en rides ! répliqua la petite Riquette.

— Ma chère, des titres comme cela, on ne les obtient qu'a l'ancienneté. C'est quand les miroirs ne vous flattent plus qu'on s'adresse aux journalistes.

Les petites chanteuses accoururent aux côtés de Chaperon, se pendirent à ses bras.

— Monsieur Chaperon ! monsieur Chaperon ! vous savez : nous débutons demain à la Cigale : ne nous oubliez pas dans votre chronique.

— Est-ce qu'on a besoin de demander quand on est jolie comme vous ?

— Et moi, monsieur Chaperon, vous savez, je danse demain.

— Mais, ma petite chérie, je ne suis pas le bon Dieu pour être partout à la fois.

— Oh ! monsieur Chaperon, cela ne fait rien, vous vous échapperez bien un moment pour venir me voir. Et puis pour dire un petit mot, rien qu'un petit mot sur moi, vous n'avez pas besoin de me voir. Vous me connaissez bien comme cela. Et puis, tenez, je vais tout vous montrer, si vous le voulez : moi j'suis pas fière.

— Tu perds ton temps. M'sieu n'en pince pas pour toi.

— Ah ! c'est bien vilain, ça.

— Comment, vilain ?

— Dame ! j'suis assez jolie pour qu'on m'aime. Je suis sûre que la vôtre ne me vaut pas… Car vous en avez une. Oh ! ne mentez pas. Qu'est-ce qui vous aurait fait des yeux cernés comme ça ?

— Ma petite amie, je me fatigue les yeux à écrire des compliments pour les vieilles actrices de Paris, et je gagne le paradis à ce métier-là, soyez-en sûre.

— Et pourquoi ne pas parler des jeunes aussi ?

— Parce qu'on pourrait croire qu'elles en ont besoin… D'ailleurs comment voulez-vous qu'on soit impartial devant vous ?

— Alors vous êtes impartial ? comme qui dirait indifférent, blasé ? C'est joli, ça, à votre âge !

— Vous voulez donc que je brûle tout le temps, mais à ce jeu-là, je serais vite consumé.

— On brûle pour les jeunes, les belles. Il n'y en a pas déjà tant.

— Et les autres, qu'est-ce qu'elles diraient ? L'autre jour, je me permets de trouver qu'une ballerine ne dansait pas avec toute l'élégance désirable. Je reçois le lendemain une lettre où l'on me menace de me vitrioler. Ce sont les mœurs douces de notre époque qui préludent au désarmement général.

— Ce que cela m'assommerait, si j'étais à votre place ! C'est que vous avez l'air fatigué ! Prenez donc du vin Orsini.

— C'est bon ?

— C'est excellent. Cela vous donne bien un peu de migraine, un léger mal d'estomac, mais ce que cela vous remonte, oh ! c'est étonnant.

— Je suivrai vos conseils. J'aime beaucoup changer de maladies ; cela distrait le corps.

M. de Requoy, sans écouter les conversations, sans regarder les femmes, ni les tableaux, se promenait dans l'atelier, de long en large, d'un air ennuyé et de temps à autre, demandait sur un ton impatienté, autoritaire :

— Où est donc M. Jacques de Tavannes ?

C'était bien la troisième fois qu'il s'interrogeait ainsi lui-même, lorsque Lili s'écria d'un air important, en dame d'intérieur :

— Mais je ne sais pas ce qu'il fait ! Il était à montrer des lithographies tout à l'heure à « l'amateur anglais ». Je pense qu'il va venir.

— Dis donc, toi, fit tout à coup Riquette. Tu crois que c'est convenable de se promener devant des dames sans leur parler ?

M. de Requoy qui, pour être amateur de peinture et organisateur d'expositions, n'en était pas moins homme, regarda la jeune femme et se tournant vers moi :

— Mais elle n'est pas mal, cette petite ?

— J'te crois que j'suis pas mal. J'ai eu un prix de beauté.

Tandis que M. de Requoy s'occupait de faire à la petite Riquette la cour de gestes et de caresses que réclamait cette beauté facile et apprivoisée, je causais avec Lili, qui venait seulement de s'apercevoir de ma présence.

— Il y a tant de monde ici, disait-elle, que je ne vous avais pas encore vu. J'espère que vous ne nous amenez pas votre beau déchireur de dessins, M. Paul Ancelle ! Ah ! il serait malvenu ici ce soir Juliette Fournier m'a promis qu'elle viendrait souper. Et dame, à présent, ça ne biche plus ! Ils se sont assez léchés le museau comme cela. Faut que ça finisse.

Je ne revenais pas de ce que venait de m'apprendre Lili, laissant, de ses jolies lèvres heureuses et indifférentes, tomber d'écrasantes paroles. Je sentais déjà ce frisson qui nous annonce une catastrophe. Ah ! comme je me repentais d'avoir accompagné M. de Requoy chez Tavannes. À présent, il fallait écouter cette imprudente petite babillarde, et même la forcer à parler, dût-elle me torturer encore davantage.

— Comment ? fis-je, Juliette est à Paris ?

— Mais elle ne l'a pas quitté, que je sache. Ah, si ! elle m'a dit qu'elle avait fait un petit voyage en Italie, mais de quelques jours seulement. Par exemple, elle a changé son existence depuis un an ! C'est à ne plus la reconnaître. Elle s'est lancée dans la grande vie. C'est qu'aussi le commandant l'avait trop bassinée. Elle a eu besoin de prendre de l'air, mais c'était pas une raison pour s'payer le portrait après avoir eu le modèle, car Paul Ancelle, c'est le commandant tout craché, et de la délicatesse en moins. Ah ! fallait-y avoir de l'amour tout de même pour s'appliquer ça sur la peau. Car ça a bien duré, dix,… oui, je me trompe pas, ça a bien duré dix mois.

— C'est vraiment fini ? demandai-je.

— Ah ! vous ne voudriez pas que ça durât jusqu'à la fin du monde, n'est-ce pas ? Au commencement, on eût pensé qu'ils étaient partis pour ne plus en revenir. Quel béguin ! mes amis. On ne se quittait pas ; on se baisait dans les coins et devant le monde. C'en était scandaleux. Avec ça, ils menaient l'existence dans les grands prix. Un hôtel, une roulante, ma chère ! et un train de maison comme on n'en avait pas sous l'Empire. La fortune à Rothschild n'y aurait pas suffi. Ils vous dépensaient l'argent comme s'ils l'avaient volé, que ça faisait mal au cœur aux pauv'gens. Lui, eût joué jusqu'à sa peau, et madame se serait plutôt privée de briffer pour se payer une liquette avec de la dentelle. Quand elle sortait pour une emplette, elle ramenait le Louvre dans sa voiture. Voulait-elle acheter des croquenots, elle se fourrait des traîneuses avec du point d'Alençon, du Chantilly ! est-ce que j'sais ? Rien n'était trop beau pour son cul ; mais avec ces exercices-là, ils se sont trouvés un beau matin à chercher dans leur doublure où diable ils avaient oublié leur dernière cigue. Ils ont eu beau retourner leurs poches, l'or n'a point chanté. Dame ! à partir de ce moment-là, ça n'a pas été joli, joli chez Juliette. Monsieur battait madame, quand ce n'était pas le contraire. Chacun portait la livrée de l'autre sur la figure. Ancelle a tondu la famille de Juliette ; il a dit au papa qu'il avait trouvé un placement extraordinaire, et il a mis les quat'sous du vieux dans ces belles mines d'or du baccara qui rapportent tant de zéros. Si vous aviez vu la colère de Juliette ! quand son vieux bonhomme de père est venu lui réclamer c'qu'il avait gagné à la sueur de son corps. Ils ont manquer de se tuer tous les deux. Ancelle est tout de même parvenu à lui apprendre à vivre en l'envoyant balayer les escaliers avec son pauv'troussequin. Mais ça n'était rien encore. Chéri n'avait pas de quoi bouffer, et quand, par hasard, il lui tombait un sou, c'étaient les cartes qui le mangeaient. Un beau jour, Juliette a trouvé ses tiroirs forcés, vides. Tous les bijoux envolés à faire des pépettes pour le bac. À ce coup-là, ma Juliette en a fumé. J'ai bien cru qu'elle avait soupé du coco. Elle voulait l'envoyer aux galères, à la guillotine. Elle est partie pour se rendre chez le commissaire de police ; seulement elle n'était pas rendue devant la porte qu'il revenait, l'agrippait, lui flanquait une roulée, et vous la reconduisait à coups de bottes dans le derrière. Ça y était ! C'était r'collé !

— Mon Dieu ! m'écriai-je, désespéré, dégoûté de ce flot de boue qui souillait mon amour, mon amitié, tous mes souvenirs. Je n'aurais jamais attendu d'Ancelle de telles hontes. Et je me disais en moi-même : « Dire que j'ai regretté d'avoir pu le tuer ! Ah ! si c'était à recommencer, je ne le manquerais pas, cette fois, le misérable ! » Mais, repris-je, Ancelle était très riche. Il est bien étrange malgré toutes ses prodigalités, que toute sa fortune s'en soit allée en si peu de temps.

— Je ne sais pas, moi, voilà ce qu'on m'a raconté. Je crois que sa famille l'avait fait interdire ; je ne sais trop ce que Juliette m'a chanté. Ce qu'il y a de sûr, c'est qu'ils n'avaient le sou ni l'un ni l'autre, et les pains qu'ils se donnaient sur la peau ne leur en mettaient pas dans l'estomac. Alors Ancelle, qui ne doute de rien, a usé des grands moyens. Il a cherché des amants pour madame. Ah ! il en est arrivé de drôle, je vous prie de croire. Il a eu la toquade de lui amener une fois M. de La Baille qu'il ne connaissait pas et qu'il a pris gravement avec ses belles manières pour un fils à papa, un grand seigneur qui a des miyons à dépenser. Il en a été pour son déshonneur. Y a aussi un vieux cacochyme qui a failli leur faire arriver une sale histoire. Ancelle s'était mis dans la tête de le faire trépasser entre les bras de Juliette une fois qu'le vieux l'aurait nommée son héritière. C'est un monsieur de bonne famille, de je ne sais pas quoi, qui s'est mis sur le tard, ne pouvant plus rien faire, à écrire des livres d'amour sur Henri IV, sur madame de Pompadour. Il aimait encore à traînoter le soir au Palais de Glace, aux Folies-Bergère, partout où il y a de la chair fraîche. Ça l'amusait, cet homme. Juliette, faut lui rendre justice, rendrait de l'appétit à un mort. Quand le vieux monsieur l'a vue, il s'est imaginé que son printemps lui était rendu ; il a sauté dessus comme le loup pour croquer la brebis. Comme Juliette a tiré, a pressuré le pauvre homme pour extraire son argent et les dernières gouttes de sa vie, je ne pourrais vous le dire. Mais il était plus voisin du cimetière que du lit de noces, quand quelqu'un auquel on ne s'attendait pas, comme qui dirait la Providence du bon Dieu, l'a pris sous sa protection. Faut dire que si l'vieux n'était plus sage, il l'avait été une fois, y a longtemps, lorsqu'il avait promis à son valet de chambre un legs important s'il vivait plus de quatre-vingts ans. Le domestique veillait au grand-père comme à la prunelle de ses yeux. Le voyant décliner, décliner, il a senti approcher le moment où l'héritage allait lui échapper avec son bonhomme. Alors il l'a suivi, espionné, et a découvert sa réelle maladie. N'a-t-il pas fourré dans la tête au vieux monsieur qu'on l'empoisonnait à petites doses. C'est qu'il s'en est peu fallu qu'on arrêtât Juliette et Ancelle. S'ils ne s'étaient hâtés de décamper, je ne sais pas où ils seraient aujourd'hui. Enfin à mes tourtereaux, est arrivée, d'elle-même, la plus complète brave bête que la terre ait portée. Un Péruvien, je crois, qui ne savait que baragouiner sa langue. Ah ! ce que nous avons ri ensemble. Il y a eu des scènes impayables. Juliette nous faisait cacher, moi et la femme de chambre, derrière un rideau, et, là elle nous montrait comment elle lui donnait ses pieds à baiser, à lécher. Parfois elle se troussait, et alors, non, c'était trop drôle. Une fois nous avons pouffé, si haut qu'il nous a entendues ; Juliette sans s'émotionner, a dit au rasta : « Veux-tu rester là. Ce sont mes amis. S'il me plaît qu'ils te voient comme cela, je suis libre, je pense. » Et Ancelle venait aussi des fois avec nous derrière le rideau. Ça n'était pas lui qui rigolait le moins. Pourtant, d'après ce que j'ai pu voir, il aimait Juliette. C'est à ne rien comprendre à ct'homme-là… En deux mois Juliette a râtissé la fortune du Péruvien, et l'a envoyé se tirer quelque part une balle dans la tête. Mais tout l'argent qui a passé entre ses croches s'est écoulé aussi vite qu'il était venu. Elle n'a plus rien aujourd'hui, Ancelle, lui, a sa place de commissaire, car d'faire le gigolo, ça n'la pas empêché de passer ses examens. Il doit partir pour Madagascar, mais il a demandé un sursis ; ça lui coûte, vous comprenez, de fiche son camp comme ça : il l'a toujours dans le sang.

— Mais Juliette ? demandais-je, est-ce qu'elle l'aime ?

— Vous vous intéressez donc à ses béguins ? demanda Lili souriante et un peu étonnée. Ah ! je ne saurais vous répondre. Elle prétend qu'elle peut pas le voir en peinture, mais est-ce vrai ? C'est une femme si loufoque ! les gens qu'ont pu savoir ce qui se manigançait dans sa caboche sont bien malins.

Elle n'avait point fini ses commérages lorsque Jacques de Tavannes apparut avec « l'amateur anglais » dont la taille de géant ressortait davantage auprès du petit homme. L'un marchait en levant le nez et l'autre en se courbant en deux. À leur vue, M. de Requoy, dont les genoux supportaient Riquette, accrochée à lui comme un enfant, déposa doucement la jeune femme sur une chaise voisine ; et se, levant, il s'avança d'un pas majestueux vers le peintre.

— Monsieur, dit-il, je suis président du comité de l'exposition artistique du Mans, et je viens vous prier, au nom de mes confrères, de vouloir bien nous honorer d'un envoi. Quelques-uns de vos précieux dessins seraient l'ornement de l'exposition et contribueraient à en assurer le succès.

— Ah ! fichez-moi la paix, s'écria Tavannes. Ceux qui veulent voir mes œuvres, n'ont qu'à venir à mon atelier. Quant à envoyer en province des dessins pour qu'ils soient perdus : la peau !

— Monsieur, j'espérais… dit M. de Requoy assez blessé d'un pareil accueil.

— Monsieur de Requoy est un de mes bons amis, fis-je en le présentant à Tavannes.

— Excusez un mouvement d'humeur, je vous prie, reprit le peintre en se radoucissant. Certainement cette exposition provinciale a un grand intérêt, et si je puis vous être agréable…

Mais sans achever sa phrase, les yeux inquiets il se tourna vers Lili et d'un ton irrité :

— Ils ne viennent pas, dit-il, on a dû les avertir ?

— L'heure n'est pas encore passée, répliqua Lili. Tiens, les voilà !

Les yeux fureteurs et le crâne luisant de Perdriel venaient d'apparaître, suivis du ventre imposant et du front tranquille de Vermacher.

— Vous savez, dit Perdriel essoufflé, et d'un ton rageur. C'est bête de donner des rendez-vous comme ça. Nous vous avons cherché dans tous vos cafés. C'est seulement chez Weber qu'on nous a dit que vous nous attendiez ici.

— Ces chers amis ! s'écria le peintre, en leur tendant les mains, que Vermacher saisit avec transport, et Perdriel comme à regret ; puis il passa gravement avec Lili et les deux arrivants dans la salle attenant à l'atelier où l'on avait préparé le souper. Les autres invités comprirent que le moment solennel, si impatiemment attendu, était proche ; et ils suivirent à la file, sans s'occuper des rangs des personnes. Tavannes couvait des yeux ses paisibles victimes. Inconscientes du péril, elles contemplaient cette table que le peintre s'était plu lui-même à parer de fleurs, et qui resplendissait, comme un autel, de sa vaisselle et de ses candélabres illuminés, chargée de bons vieux plats que reconnaissait leur gourmandise et de mets nouveaux qui intriguaient leur curiosité, entourés d'une armée de bouteilles aux goulots dorés.

— Fous affez pien ffait les choses, dit Vermacher.

— N'est-ce pas ? répliqua Tavannes. Et regardez le menu. Il y a des friandises que votre palais encore grossier ignore certainement. Dites-moi : Connaissez-vous les biscotins en lacs d'amour et les gimblettes à la fleur d'oranger ? Non, n'est-ce pas ? Ce souper est une reconstitution historique des plats qui ont charmé nos bisaïeuls et qui doivent charmer encore leur descendance si elle n'a pas tout à fait perdu le goût. Il faut vous confier que c'est le cuisinier d'un grand-duc en villégiature qui a bien voulu se charger de cette merveilleuse cuisine. Je tais son nom parce que, modeste comme beaucoup de grands hommes, il tient à ne pas signer ses chefs-d'œuvre.

Le peintre continua :

— Et regardez l'assistance ! Voici M. Poire-à-soif, par exemple, qui vous donnera des conseils sur la manière de se conduire avec les femmes. Je vous assure qu'il s'y entend très bien. Ces dames aiment qu'on les débarrasse de leur argent et qu'on leur chatouille un peu rudement l'épiderme. Je vous avoue, pour ma part, que c'est ma méthode…

— Ah ! assez, fit Lili en secouant le bras de Tavannes. Ne me fais pas passer pour ce que je ne suis pas.

Puis elle ajouta avec un sourire et en haussant les épaules :

— Enfin, c'est réglé pour moi. L'averse est tombée. Je m's'coue. À présent, c'est le tour des autres.

— Vous avez à votre droite, reprit Tavannes, mon cher Perdriel, un homme fort riche. N'auriez-vous pas en ce moment quelques jolies petites affaires véreuses en train pour lui extorquer quelque argent…

Le riche « amateur anglais » se tourna vers un de ses voisins ; il n'avait pas compris le mot « véreux » et il en demanda l'explication. Quand on lui eut répondu :

— Ah ! ah ! charmant ! très joli, fit-il en éclatant de rire.

— Parmi les jeunes femmes qui entourent cette table, disait toujours Tavannes, vous pourriez peut-être trouver une personne charitable qui voulût bien se charger d'amuser vos veilles. Ce ne serait malheureusement pas la maîtresse d'un ami.

— Mais qu'est-ce qu'il a ? Mais qu'est-ce qu'il a ? grommelait Perdriel qui commençait à deviner l'orage.

— Aussi je vois bien que, malgré les délicatesses du menu, malgré les charmes de l'assistance, je ne pourrais réellement pas vous satisfaire, à moins de me retirer discrètement, ce dont mon dévouement pour vous n'est pas encore capable. Souffrez donc, cher Perdriel et cher Vermacher, que je vous prie d'aller chez Weber retrouver mon ombre, puisque ma personne ne saurait désormais vous être bien agréable.

— Voilà une farce de fort mauvais goût, fit Perdriel entre ses dents. Il est gris ! Sûrement il est gris !

— J'affoue ne bas gombrendre, ajouta Vermacher.

— Tâchez que je ne vous donne pas d'autres explications. Elles ne seraient pas de votre goût, s'écria le peintre en montrant la porte du doigt au large et épais Vermacher, qui fit sa retraite avec Perdriel, au milieu d'une assistance glaciale. De rouge, il avait pris des teintes de vert-de-gris. Quant au crâne brillant et comme ciré de Perdriel, il était toujours inaltérable aux émotions.

Lorsqu'on entendit la porte de la rue se refermer avec fracas sur les deux bannis, des félicitations tumultueuses assaillirent Tavannes. Les rois ne sont pas les seuls hommes du monde à avoir leurs courtisans.

— Tous mes compliments, mon cher ami, pour cette exécution.

— C'est un homme taré, ce Perdriel.

— Je vous confesse, mon cher ami, dit M. de La Baille, que ma seule amitié pour vous me faisait lui donner la main.

Au milieu de ce concert, la petite voix de Lili, qui était devenue criarde pour la circonstance, dominait toutes les autres. Lili avait toutes sortes d'histoires plaisantes à raconter sur les expulsés.

— C'est bien ! dit le peintre en baissant la tête. Et puisque les mouches et les mouchards sont partis : à table !

À ce moment, M. de Requoy s'approcha du maître pour prendre congé. Sa fatigue, disait-il, ne lui permettait pas de rester au souper auquel on voulait le convier. Il sortit, heureux d'avoir pu obtenir de Tavannes un rendez-vous pour le lendemain. Moi, je restais encore. Lili ne m'avait-elle pas dit que Juliette allait venir ?

À peine M. de Requoy était disparu, je vis la gentille Riquette qui mettait son chapeau.

— Tu pars ? demanda Bleuette.

— Oui, j'ai r'fait l'pante qui s'en va. Il a l'sac.

— Qui t'a dit ça ?

— L'espérience. C'est un pante chic qui vient de province pour acheter des tableaux. J'lui ai tapé dans l'œil. Il a dit qu'il allait à l'hôtel et qu'y m'rejoindrait cette nuit. Tu sais où j'donne mes rendez-vous.

— Moi, vois-tu, à ta place, j'aurais pas confiance. Ces gens de province, ça boufferait sa m... plutôt que d'sortir une cigue.

Elles s'étaient écartées des invités, et continuèrent à demi-voix leur conversation.

— Crains rien, va ! fit Riquette. On grattera l'porc s'i n'veut pas suer. Viens-tu ?

— Ah ! moi, j'aime pas ces histoires-là.

— Allons, est-ce que j'suis une gosse. T'épate pas. J'connais l'métier, c'est pas de turbin inutile. Seulement, c'est en cas qu'y ait d'la rouspétance ; vaut mieux être deux qu'une. Le p'tit aura l'œil, et le clampin aussi, mais une de pus, ça fait pas d'mal.

Ah ! me dis-je, M. de Requoy s'est fourré dans un joli guêpier. Cette Riquette à l'audace des jeunes coquines, et l'autre, trompé par des yeux, des façons d'enfant, croit à une arrière-candeur de gigolette et va donner tête baissée dans le guet-apens. Il faut à tout prix le prévenir. Mais comment ? Il ne couchait pas chez lui quand il était de passage à Paris, et j'ignorais l'hôtel où il descendait. Une idée soudaine me donna une résolution. M. de Requoy voyait toujours Ancelle, lui seul devait savoir son adresse. Je répugnais profondément à me rendre chez cet homme qui m'étais odieux, mais je n'avais pas d'autre moyen de sauver M. de Requoy d'un malheur probable, d'un vol, d'un chantage, qui sait ? peut-être de la mort. C'était moins le souci de sa personne qui me rendait si anxieux que la pensée de Geneviève. Je me rappelais l'attendrissement qu'elle avait eu en prenant la lettre de son père et les paroles qui s'était échappées de ses lèvres à son départ : « C'est un enfant, papa, un tout petit enfant ! » Malheureusement, je ne connaissais pas plus l'adresse d'Ancelle que celle de M. de Requoy.

Je la demandais à Lili, quand je remarquai un mouvement parmi les invités. Suzette de Joigny, Félicienne d'Entragues s'étaient levées et Lili, sans faire attention à mes paroles, se tournait vers la porte. Juliette venait d'apparaître, avec un sourire un peu effacé, surprise sans doute de rencontrer une assistance si nombreuse ; mais elle reconquit aussitôt sa grâce modeste et insinuante, et elle se glissait vive et gaie parmi les convives ; souple, échappant d'un bond coquet aux étreintes, et répondant par un regard malicieux aux caresses qui n'avaient pu l'atteindre.

XVII
ADIEU VA !

Dès qu'elle se fut montrée, les injures de la dernière causerie, les hontes que je prévoyais dans son existence, tout ce que je ruminais de haine et de mépris se dissipa. Et en même temps mes projets de départ, la pensée de M. de Requoy, de mon élection possible s'évanouirent devant elle. Ainsi, chaque fois qu'elle revenait, je franchissais un degré de plus vers la servitude. Elle n'avait plus pourtant, aussi fraîche qu'aux premiers soirs où je la vis, cette grâce printanière qui m'avait d'abord enchanté ; les soucis, l'amour peut-être avaient effleuré son visage, lui enlevant cet éclat de peau et ce charme de bonheur qui sont comme l'innocence et le premier âge de la beauté. Mais à présent ses traits se dessinaient mieux, adoucis et embellis par ces ombres qu'étendent les années et qui semblent couvrir de tristes et radieux souvenirs. La séduction d'une vie qui ne s'ignore plus, qui a déjà un passé derrière elle, cet art de plaire et de se parer qui n'appartient pas aux très jeunes femmes la rendaient davantage désirable, d'autant qu'elle avait toujours son entrain, sa gaieté d'enfance. Elle m'aperçut au premier coup d'œil ; et, avant de s'asseoir à table entre Suzette de Joigny et Félicienne d'Entragues, elle vint à moi sans aucun embarras, comme si rien ne s'était passé entre nous, comme si elle n'avait plus de mémoire ! La sienne s'illuminait ou s'enveloppait de ténèbres, selon ses besoins, ses caprices. Elle me prit les mains, onduleuse, avec cette jolie façon qu'elle avait de tendre, d'offrir, de retirer son corps. Elle paraissait le jouer dans des sourires. Des paroles s'envolèrent au hasard de ses lèvres.

— Eh bien, mon ami ! Comme il y a longtemps !… Vous ne vous souvenez plus de moi… Oh ! ne dites pas non… C'est mal ! Ah ! Naples, était-ce beau, ce voyage ! Et notre escapade ! Savez-vous que deux matelots ne sont pas revenus. J'ai eu une peur ! Vous en faites de belles. Heureusement que ces histoires-là sont à la mode là-bas. On n'y prend pas garde.

Puis m'ayant regardé :

— Savez-vous que vous êtes pâle ? Vous avez un teint d'amoureux. Quelle est l'heureuse femme qui a vos tendresses : est-ce indiscret de vous le demander ?

Elle n'attendit pas la fin de la réponse que je lui fis et se mit à rire :

— Ah ! ah ! vous m'amusez. Voyez, je ne connaissais pas mon bonheur. Je ne m'en serais même jamais douté. Vous m'avez trouvée méchante alors, je suis sûre ? Oui, j'étais une petite rosse dans ce temps-là. Mais il n'y a plus ça, aujourd'hui, de l'ancienne Juliette. J'ai changé, n'est-ce pas, de figure, de façons ? Eh bien, mon caractère a plus changé encore !

Elle m'entraîna jusqu'à l'étroite pièce qui servait de vestiaire, tandis que les convives nous appelaient, en frappant sur la table, et que Jacques de Tavannes, gouailleur, improvisait un nouveau discours :

— Ohé les amoureux ! Ohé ! criait-on.

— Sont-ils bêtes, ces gens-là, dit-elle, un peu contrariée, en haussant les épaules. Si vous voulez, nous allons filer à l'anglaise, et les laisser à leur tapage. Nous nous excuserons demain.

— Mais où irons-nous ?

— Où il vous plaira. Chez moi, par exemple. Vous verrez comme je me suis arrangée. C'est gentil. Je ne suis plus boulevard Pereire, et je n'ai plus le père Chauffe-la-Couche pour Cerbère. Soyez sans crainte. Je l'ai plaqué à Naples. Il devenait trop insupportable.

— Vous n'avez plus le commandant, mais vous avez Paul Ancelle.

À ce nom, Juliette pâlit subitement et, avec un air de profond dégoût :

— Pourquoi me parlez-vous de cet homme-là ? Vous ne connaissez donc pas l'aversion qu'il m'inspire. Voulez-vous savoir : il me répugne !

Et comme je ne répondais rien, elle reprit en épiant dans mes yeux l'impression de ses paroles :

— Je vois : on vous a raconté notre liaison. Et après ! Si vous croyez qu'on fait toujours dans la vie ce qui vous amuse. D'ailleurs maintenant, c'est bien fini entre nous.

— Cela ne me regarde point, répondis-je, en affectant une grande indifférence. Vous êtes libre : vous me l'avez dit à Naples. Si je vous parlais d'Ancelle, c'est tout simplement que je désirais avoir son adresse et je pensais que vous pourriez peut-être me la donner. Il faut que je le vois dès ce soir !

Là-dessus je rapportai à Juliette la conversation que j'avais surprise entre les deux pierreuses.

Le sort de M. de Requoy m'était toujours indifférent, mais j'étais heureux de trouver un prétexte d'aller voir Ancelle. J'avais soif de lui parler, au besoin, de le provoquer, de le forcer à se battre.

— Alors, vous m'abandonnez dans cette cohue ? demanda-t-elle.

— Mais pourquoi ? Ne pouvons-nous partir ensemble ?

— Vous n'attendez pas que j'aille voir Ancelle, je suppose ?

— J'irai vous reconduire et je reviendrai.

— C'est que nous n'habitons pas tout à fait le même quartier… De la rue de Prony à l'extrémité du boulevard Saint-Germain, il y a du chemin.

Cependant, elle se décida, et d'un ton brusque :

— Tenez, je vous accompagne. Je resterai dans la voiture. Vous n'aurez pas, j'espère, de trop longues explications.

De la pièce voisine, nous parvenaient des voix querelleuses de femmes, mêlées à des rires et à de petits cris effarouchés.

Nous allâmes jusqu'à la porte entrouverte pour voir ce qui se passait.

M. de la Baille avait entrepris de comparer les grâces des jeunes chanteuses et avait prié de la façon la plus galante, mais aussi avec les gestes les plus osés, Félicienne d'Entragues et Suzette de Joigny de ne pas dérober si égoïstement leurs beautés.

— Je ne sais pour qui vous me prenez, s'écria Suzette de Joigny, d'un air indigné, et le front empourpré de rougeurs virginales.

— Allons-nous-en, ma chère, dit Félicienne d'Entragues, grave, solennelle, pareille à une reine offensée. On ne répond à de tels muffes que par le mépris.

— Monsieur, s'écria le dragon, l'ami et le soutien de Suzette, si vous ne savez pas vous conduire avec les dames, nous vous l'apprendrons !

— Ce serait un renseignement qui pourrait vous coûter cher, monsieur, répliqua M. de la Baille, avec cette assurance qui imposait à tous, et lui valait les baisers des femmes, le respect et la crainte des hommes. (Sans être allé une seule fois sur le terrain, il passait pour être une des plus redoutables épées de Paris.)

— Silence, là-bas ! s'écria Tavannes comme un professeur pourrait parler à ses élèves.

— Y a qu'lui qu'à l'droit d'faire du chichi, ajouta Lili.

Mais on ne l'écoutait point ; les répliques irritées se croisaient avec les observations aigres et les apostrophes furieuses. Un verre fut lancé par une femme et alla se briser en tombant contre la muraille, juste au-dessus de Tavannes qui poussa un énorme juron.

— Il est temps de partir, dit Juliette.

Je songeai que nous nous étions connus un soir pareil et dans la même société, et je craignis que celui-ci ne s'achevât comme l'autre, tristement. Mais Juliette s'était si amoureusement pendue à mon bras, elle avait une si radieuse gaieté ! Ces rires frais, ce pas sautillant, tous ces charmes ingénus, m'émouvaient d'autant plus que je les connaissais déjà, et que le souvenir d'un même bonheur venait augmenter mon plaisir. Je me laissai conduire par sa joie feinte ou sincère : je ne pensais plus qu'à l'étreindre encore. Telle est pourtant notre folie qu'au lieu de jouir simplement de mon amour retrouvé, je gardais, j'entretenais la préoccupation de ce qui, selon moi, le menaçait toujours ; à plusieurs reprises, dans la voiture, tandis que nous roulions vers le boulevard Saint-Germain, je détournai, avec un despotisme bien maladroit, le joli babil de Juliette sur Ancelle. Par bonheur, ce soir-là, elle était décidée à ne voir aucun de mes défauts et à tout me passer.

Quand la voiture s'arrêta, elle mit la tête hors de la portière et leva les yeux.

— Il est là, fit-elle, il y a de la lumière chez lui. Allez vite. Je vous attends !

Je montai les quatre étages et sonnai à la porte que m'avait indiquée Juliette. Au premier coup de timbre, Paul vint ouvrir, comme s'il attendait quelqu'un ; lorsqu'il m'aperçut, une vive surprise, puis un grand désappointement se peignirent sur son visage, qui me parut las et ravagé, atteint de la vieillesse précoce de ces êtres sensibles, ardents, que la vie n'effleure pas, mais pénètre de toutes ses peines et de toutes ses joies. Il était vêtu avec soin ; pourtant son appartement aux tapisseries en lambeaux, aux portes souillées trahissait bien sa misère. Il me fit entrer dans une pièce nue où il n'y avait comme meubles qu'un vieux canapé usé, passé, et une petite table en bois blanc. Pour qui l'avait connu autrefois, menant une large, luxueuse existence, ce dénuement avait quelque chose de profondément douloureux, mais je n'étais pas venu pour m'attendrir. Ancelle m'avait naguère assez blessé pour me rendre aujourd'hui impitoyable. Nous avons par-dessus notre être réel, un masque et une armure qu'on peut frapper sans beaucoup nous émouvoir ; qu'on attaque nos préjugés, tout ce qu'ont déposé en nous l'éducation et l'entourage, nous sommes à peine atteints : il nous est facile de pardonner ; mais c'était ma chair d'homme qu'Ancelle avait meurtrie, et ces plaies-là ne se cicatrisent guère.

Cependant, il me reçut avec cordialité, ce qui ne laissa pas de me causer quelque étonnement ; Juliette me donna plus tard la raison de son bon accueil : à Naples, à Ischia, il ne m'avait pas vu ; dans notre lutte sur le bateau, l'obscurité ne lui avait pas permis de me reconnaître ; et Juliette, naturellement, s'était bien gardée de lui apprendre nos relations. Il semblait disposé, selon sa coutume, à des épanchements ; ayant déjà commis ou prêt à commettre les pires scélératesses pour son amour, il conservait, malgré les apparences, une naïveté d'enfant ; mené toujours par ses instincts, il était incapable de considérer les êtres et les choses autrement qu'au point de vue de sa passion.

D'un mot bref, j'arrêtai des confidences qu'il commençait déjà, et je lui appris la cause de ma visite. À mes paroles, sa physionomie, qui était triste et soucieuse, s'éclaira :

— Tant pis pour le vieux ! fit-il avec indifférence, et tant mieux pour moi !

Je n'aurais pas eu déjà tant de motifs de le détester, qu'une pareille réponse eût soulevé mon mépris, ma colère.

Le silence que je gardai lui laissa voir l'effet de ses paroles ; mais, sans se troubler de ce muet reproche, il continuait ainsi :

— Ce serait une vraie chance pour moi si le bonhomme pouvait s'en aller. Geneviève hériterait alors et serait un beau parti. Sans compter que M. de Requoy a été jusqu'ici le principal obstacle à notre mariage !

— Vous vous trompez, dis-je froidement, sur un ton qui l'étonna fort, car, comme on a pu le voir, la plus grande familiarité régnait d'ordinaire dans nos causeries. M. de Requoy, je le sais d'une façon certaine, serait heureux de vous voir entrer dans sa famille.

— Autrefois, peut-être. Mais aujourd'hui que je suis ruiné, il ne veut plus entendre parler de moi. Madame de Requoy, au contraire, s'est entichée de ma personne, et malgré ma pauvreté, elle me donnerait volontiers sa fille.

— Vous l'aimez ? demandai-je.

— À vous dire vrai, mon cher Herbert, elle m'est assez indifférente, mais je ne suis pas dans une situation si brillante que je puisse me marier selon mes goûts.

— Ainsi, m'écriai-je, la vie d'un homme, d'un ami dépend peut-être de vous, et loin de rien faire pour lui, vous souhaitez qu'il disparaisse, et cela, afin d'épouser une jeune fille que vous n'aimez pas, ou plutôt afin de voler un héritage. Vous êtes un misérable !

Il eût bondi autrefois à mon insulte ; à présent, il demeurait tranquille, et ce fut sans montrer la plus légère impatience qu'il me répondit :

— Enfin, je ne suis pas chargé de veiller sur la vie de M. de Requoy !

— Évidemment. Mais c'est votre devoir de me donner son adresse. C'est un service qui devrait vous êtes facile.

— Mais je ne la sais pas, son adresse !

— Vous mentez. Je sais que M. de Requoy est allé vous voir à son dernier voyage à Paris, qu'il vous a conduit à son hôtel, où vous avez dîné ensemble. Il a dû y descendre encore cette fois. Où était, cet hôtel ?

— Si vous croyez que je me rappelle ! Et puis ce danger que vous craignez pour lui est tout à fait imaginaire. M. de Requoy n'est pas un petit garçon, voyons !

— Ancelle, repris-je, vous commettez aujourd'hui un crime abominable, et vous n'en retirerez aucun profit.

— Que voulez-vous dire ?

— Jamais vous n'épouserez Mademoiselle de Requoy.

— Vraiment ? Pourquoi tout à l'heure, me disiez-vous que M. de Requoy était fort bien disposé à mon égard ?

— Ce mariage ne dépend pas seulement du père, mais aussi, je pense, de la jeune fille. Or, Mademoiselle de Requoy n'y consentira jamais.

— Vous êtes devin, dit-il, et il eut un sourire sarcastique. C'est vraiment agréable d'être si bien informé !

Je ne pris pas garde à ses railleries et je continuai.

— Quand bien même vous épouseriez Mademoiselle de Requoy, le but que vous cherchez dans ce mariage, vous ne l'atteindrez pas ! Vous auriez la femme la plus riche, vous auriez tous les trésors du monde : vous n'aurez pas Juliette !

Il devint pâle ; puis comme un afflux de sang et de colère le précipita vers moi.

— Non, lui répétais-je avec une joie mauvaise et tout près de lui, vous n'aurez pas Juliette !

— Je vous défends, s'écria-t-il, en serrant le poing comme s'il voulait me frapper, je vous défends de prononcer une seconde fois le nom qui vient de tomber de votre bouche. Entendez-vous ?

À ce moment on sonna ; Ancelle tressaillit et courut ouvrir. Tout son visage s'illumina en voyant entrer Juliette, comme s'il m'avait aussitôt oublié, moi et mes paroles. Cependant Juliette, sans lui dire seulement bonjour, sans jeter un regard sur lui, froide, grave, dédaigneuse, s'avança vers moi.

— Eh bien ! mon ami, fit-elle, vous vous attardez ici. Il est temps de rentrer.

Et comme si Ancelle ne s'était pas trouvé derrière nous, elle m'enlaçait avec le rire et les gestes joueurs d'une femme amoureuse qui ne sait plus attendre ; elle me poussait contre le canapé, pour m'y renverser sous son corps, les reins tendus, les jambes ouvertes, avide et haletante de plaisir.

À cette vue, Ancelle fut d'abord si frappé, si anéanti qu'il n'eut pas un mouvement, mais il revint à lui, hurlant de rage et de douleur.

— Chiens immondes, criait-il, infectes charognes ! Attendez ! je vais vous traiter comme des chiens !

Et il saisit la lampe qui se trouvait sur la table.

Juliette devina le mouvement, et se détournant vers Ancelle, sans cesser de m'enlacer, avec cet accent fier et dédaigneux qu'elle savait prendre à l'occasion.

— Ose donc ! s'écria-t-elle.

Ce fut assez pour qu'il reposât la lampe sur la table, fasciné par le regard de cette femme qu'il adorait, en dépit de sa cruauté. Elle était si bien habituée à le gouverner qu'elle ne pouvait plus en avoir peur.

— Partons, dis-je à Juliette en l'écartant de moi, n'ayant plus le courage de prolonger une si atroce vengeance.

Je sortis en baissant les yeux : je n'osais plus regarder Ancelle : Ah ! quel soulagement j'éprouvai en passant son seuil ! Mais je n'en avais pas fini avec ce malheureux ! Comme nous allions monter en voiture, nous l'entendîmes appeler d'une voix lamentable. Il était là derrière nous, non plus féroce, mais gémissant, implorateur, si accablé que je me sentis ému de pitié.

— Juliette ! criait-il, oh ! ne t'en va pas. Que t'ai-je fait ? Tu veux donc que je meure de chagrin.

Nous étions déjà installés dans le coupé, lorsqu'il se précipita vers nous, nous empêchant de fermer la portière.

— Tu ne veux donc plus me voir, Juliette ?

— Non, répondit-elle.

— Et que veux-tu que je devienne si je ne peux plus te voir ?

— Tu n'as qu'une chose à faire, c'est de t'en aller au plus vite.

— Eh bien, c'est cela, je partirai, je quitterai Paris, tu ne me verras plus !

— Mais je ne demande que cela !

— Je m'en irai bien loin, le plus loin possible. Sois tranquille ! Mon Dieu ! Mon Dieu !

La voiture partit. Juliette se pencha au-dehors et, en manière d'adieu ironique :

— Adieu va ! lança-t-elle, puis, se pressant contre moi, elle me donna ses lèvres.

J'entendis alors un bruit de sanglots, si douloureux qu'il retentit longtemps en moi et que les baisers de Juliette ne purent me le faire oublier.

XVIII
LES RÊVES ET LES CAUCHEMARS

Le miracle était accompli. Je ne savais plus si, réellement, j'avais vécu d'autres heures. Mes journées de Naples et d'Ischia, simples et calmes, me semblaient fades à présent que je connaissais d'autres joies : tourmentées, inquiètes, il est vrai, mais aussi pleines de surprises, de nouveautés, où les nuées orageuses se déchirent sur des ciels d'une suavité infinie, des paysages d'une lumière et d'une ombre adorables.

L'amour ne va point sans d'incessantes angoisses. Comment s'attacher à un bien si fragile que le désir et la grâce d'une femme, et, en même temps, voir couler les heures d'un cœur reposé ? Ne croyez point à ceux qui confondent l'amour et le bonheur. Les amoureux ne connaissent la paix que dans les contes mensongers et les tombes où ils viennent prendre un sommeil chèrement acheté.

Juliette ne se ressembla jamais. Parfois grave, réfléchie ; parfois naïve et capricieuse. Elle avait des jours de sombre, d'ardent désir, et des lendemains d'indifférence, où tout l'ennuyait ; des besoins de fête, et aussi de vie tranquille. Railleuse jusqu'à la méchanceté, froide, cruelle, elle était capable de s'attendrir, d'être généreuse. Sans éducation, son intelligence souple et avisée aurait pu faire envie à des femmes instruites ; ce qui ne l'empêchait pas d'avoir ses moments ternes et arides.

Prodigue, désintéressée, avide de plaisirs comme elle l'était, je voyais parfois apparaître dans ses yeux ce regard âpre, égoïste et prudent des durs travailleurs qui l'avaient mise au monde. Je crois qu'elle n'avait point de passions, mais qu'elle était toujours passionnée. Elle était belle, elle était jolie, puis presque laide, comme par déguisement et pour être plus charmante tout à l'heure. Son corps, son esprit, sa grâce, c'était une féerie, une agitation sans fin, le génie même du mouvement.

Les ombres où se perdent un visage attirent, éloignent.

Dans cet être que l'on aime, on sent des amis, des ennemis ; on se voit en même temps trahi et désiré. On voudrait combattre, mais, comme dans une mêlée obscure, les adversaires se confondent avec les défenseurs. Et puis on hésite : du mal, du bien qui est à elle ? Je l'ai vue dominatrice, mais elle a peut-être été asservie ? Même sans l'avoir été jamais, comme il est probable que son âme ouverte, sans défense, a laissé jusqu'à ses esclaves la marquer à leur signe. Bataille singulière que celle que je livre chaque jour, où sans cesse je me trouve en face de nouveaux ennemis. Mais la lutte a d'autant plus de séductions qu'elle est plus difficile, et le plaisir est en nous, pour nous reposer de nos peines.

Il n'y a guère que l'amour où civilisation et barbarie s'unissent et concourent si intimement à nos jouissances, où une sensibilité affinée puisse aider, prolonger, embellir nos violences. Aux instants où la jalousie s'apaise, où le doute se dissipe, notre ivresse est d'autant plus parfaite qu'elle est simple, qu'elle dépend tout entière d'un sourire et que tout, de nos soucis et du monde, s'efface dans une caresse.

Je ne savais pas ce qu'étaient devenus M. de Requoy, Paul Ancelle ; je ne songeais plus à Maurice Lefranc ni à ses propositions politiques ; je ne faisais plus aucune visite, j'avais cessé tout travail, j'avais brisé toutes mes relations. Il n'y avait plus rien que sa chère présence ; pas d'autres fêtes que celles de sentir sa joie s'éveiller et frémir tandis que ma vie s'abandonnait et se perdait en elle.

Nous voyageâmes ; des passants joyeux ou stupides vinrent un instant dans notre existence ; de magnifiques paysages, des jours sombres ou étincelants encadrèrent nos amours ; mais les forêts, les plaines ou les grèves, c'était la place qu'elle avait foulée de son corps, que nous avions marquée de nos étreintes. Les êtres, ennuyeux ou intéressants, ce n'étaient que les bouffons de nos intermèdes, des ombres pâles et falotes qui se confondaient dans notre souvenir. À Monte-Carlo, à Biarritz, à Trouville, partout où des foules se rassemblent, prodigues d'or, avides d'ostentation, je la conduisais parce que je savais qu'elle aimait à jouer à la reine, au milieu des jalousies grondeuses des femmes et des compliments audacieux des hommes. C'était encore une façon de préparer nos fêtes du soir. Il me semblait qu'elle m'appartenait mieux lorsqu'elle avait raillé ou dédaigné tant d'hommages ; pour moi seul sa peau nacrée, les lignes fermes et grasses de son corps sortaient des jupes sombres ; pour moi seul sa fine et délicate beauté de l'après-midi s'épanouissait en une large et impudique fleur de chair. Enfin elle me donnait ces émotions de victoire que seules peuvent donner des femmes libres comme elle, en me livrant tous ceux qu'elle connut, dont elle chassait ainsi le fantôme de sa mémoire, en le flagellant de ses sarcasmes.

Aveux cruels et délicieux, indiscrétions ravissantes pour l'orgueil viril dont se fussent gardées des femmes tenues à plus de réserve, et qu'elle laissait tomber avec négligence de ses lèvres, comme si c'était sa façon de se reconquérir et de venger ses abandons. À ces moments-là je me rappelais très bien la scène du Palais-Royal, et comment elle m'avait mis moi-même devant un autre sur la sellette ; mais nous avons le pouvoir de prêter aux images, selon les circonstances, une couleur plaisante ou odieuse, et j'étais si disposé à tout accepter d'elle avec enthousiasme que je n'avais aucun ressentiment du passé, aucune crainte pour l'avenir. Une fois qu'elle semblait prête à me faire de franches confidences, je lui demandai de me dire quelle place avait dans sa vie ce jeune soldat qui trop souvent s'était rencontré près d'elle. Elle répondit évasivement et se tira de mes demandes comme elle put, mais sans me rien révéler. Je n'insistai pas davantage ; les tortures de la jalousie viennent plus tard, même chez ceux prédisposés à cette atroce passion. Nos querelles, ne duraient pas ; on eût dit quelles n'étaient destinées qu'à relever nos plaisirs.

Combien de temps avons-nous vécu ainsi ? Je ne saurais le dire. Nous étions tout à la minute présente ; toujours l'un près de l'autre, ne nous quittant point, nous ne pouvions pas songer à ce que nous avions fait la veille, et nous n'avions plus conscience du temps. Notre existence se transforma insensiblement jusqu'au moment où il fallut bien nous apercevoir que nous n'étions plus les mêmes. Comme pour punir notre égoïsme, ce furent des événements étrangers, ce fut ce monde indifférent auquel nous ne voulions plus prêter attention, que nous ne considérions que comme un décor à nos amours, ce fut cet entourage dédaigné, oublié, qui vint nous ouvrir les yeux.

Juliette, naturellement prodigue, n'avait pas montré cette folie de dépenses, signalée par Lili. Il est à croire qu'Ancelle, plus faible encore que je ne l'étais, avait encouragé sa passion de gaspillage ; peut-être aussi, Juliette se plut-elle à ruiner un homme pour qui elle prétendait n'éprouver que de la haine. Cependant mon insouciance à l'égard de tout ce qui n'était pas ma passion me fut aussi nuisible que la complaisance d'Ancelle. Conserver une fortune demande presque autant de soins que d'en acquérir une nouvelle ; or cette entente des affaires et des hommes, qu'on m'avait accordée jusque-là et que je croyais moi-même posséder, je la perdis bien vite ; des catastrophes successives se produisirent, dues à mon incurie ou à un aveuglement subit. Après avoir possédé des biens assez considérables, je ne disposais plus que de ressources à peine suffisantes pour vivre, et j'étais décidé à les employer encore à mes amours, cachant à Juliette une nouvelle qu'elle n'eût point reçue, je le savais, d'une âme paisible, car le luxe lui était devenu aussi nécessaire que le pain.

Qu'espérer pourtant ? Il y a quelques mois encore, une éducation diverse, sérieuse et utile, des connaissances spéciales, des relations étendues, m'auraient permis, avec un peu d'énergie, de refaire ma fortune, mais la réclusion amoureuse où je m'étais confiné ne m'avait pas seulement privé de mes amis et de mes biens ; elle avait lentement détruit ce que je possédais de plus précieux : ma volonté. Je me sentais sans force aussi pour faire accepter à Juliette ma pauvreté. Qu'elle fût là, près de moi, et que je fusse assuré d'avoir ses caresses, quand la nuit viendrait, je n'avais plus d'autre ambition. Je crois que l'« après moi le déluge », ou plutôt le « demain le déluge » est le mot de tous les amoureux. C'était du moins le mien à ce triste moment de ma vie, qu'aujourd'hui encore je ne saurais maudire, tant Juliette savait mettre de délices à ces heures incertaines, où l'on a conscience d'une chute proche et fatale.

Cependant cet avenir menaçant dont je ne pouvais toujours écarter l'idée, me rendait assez soucieux, et m'enlevait cette gaieté nécessaire à l'entretien d'une petite âme désireuse d'amusements et sans pitié pour la tristesse. Nos disputes furent dès lors fréquentes ; et Juliette était trop observatrice pour ne point finir par savoir la cause de ce changement d'humeur. Un jour, avec ces grâces d'enfant qu'elle prenait pour demander quelque chose :

— Si Bert voulait être bien zentil, bien zentil, faisait-elle, sait-il ce qu'il donnerait à sa petite Zette pour sa fête ? Tu sais ce collier que nous avons vu chez Vever l'autre jour. Oh ! dis, veux-tu ?

Il fallut bien lui refuser, non seulement ce cadeau, mais d'autres plus modestes, car ma bourse était vide ; elle s'étonna de mes explications, ne les trouva pas claires, enfin elle devina.

— Mon pauvre Herbert ! fit-elle en allant vers moi, puis elle s'assit sur mes genoux, me donna de petits baisers longs et prolongés, répétant toujours : « Mon pauvre Herbert ! » avec un grand accent de pitié et comme si ma ruine ne la frappait point.

Puis elle resta songeuse un moment.

— Ah ! c'est ennuyeux, ça, dit-elle en secouant la tête.

Mais vite elle changea de ton, et furieuse :

— Que tu as été bête, aussi ! s'écria-t-elle, et durant deux heures les reproches tombèrent dru, sans un instant d'arrêt. Elle redevint pourtant calme et insouciante :

— Enfin, nous ne sommes pas à la mendicité, n'est-ce pas ? Et bien, amusons-nous ce soir. Nous verrons ce que nous pourrons faire demain.

Nous allâmes aux Variétés ; les deux anciens amis de Tavannes, Perdriel et Vermacher y étaient. Elle me les montra en riant.

— Est-il laid, ce Perdriel !

Pendant l'entracte Perdriel passa devant notre baignoire, nous salua, et Juliette lui lança du ton le plus aimable :

— Eh bien, M. Perdriel, vous n'avez pas de chance avec vos amis.

Perdriel cru devoir nous répondre. La conversation s'engagea. Nous l'invitâmes, Juliette ou moi, je ne sais, à venir dans notre baignoire.

La causerie naturellement fut une accusation en règle de Tavannes.

— Un homme pour lequel j'ai été si dévoué ! s'écriait Perdriel.

Quand nous revînmes à la maison, comme je me moquais assez vivement de l'homme d'affaires.

— Mais je ne trouve pas qu'il soit si ridicule, dit Juliette. Il a été fort aimable ce soir.

À notre rentrée, nous trouvâmes, dans le vestibule, une lettre que la femme de chambre avait déposée sur le plateau, en notre absence. Je la pris négligemment, mais dès que j'eus regardé l'adresse, j'éprouvais cette défaillance de tout l'être que nous sentons aux moments où se joue notre existence. Elle venait de Madagascar ! Elle était d'Ancelle ! Juliette, qui s'était penchée sur mon épaule, me l'arracha brusquement des mains, et avec une sorte de colère :

— Donne-moi ça, dit-elle, ce n'est pas pour toi !

Juliette décacheta la lettre tranquillement, sans ombre de crainte, et commença de la lire avec un sourire attendri ; elle avait l'air flatté et embarrassé d'une jeune fille qui reçoit des compliments. Je m'imaginai que la lettre en était remplie. De temps à autre des paroles s'échappaient de ses lèvres :

— Le pauvre garçon, comme il m'aime !

Elle dit encore :

— Il s'en tirera ; c'est un roublard, celui-là !

Puis je vis ses yeux s'agrandir et son sein soulevé vivement comme par une forte émotion.

— Juliette, dis-je, montre-moi cette lettre.

Et j'essayai de la lui prendre. Elle la serra contre sa poitrine et, sans me regarder m'écarta doucement.

— Laissez donc ! fit-elle, d'un air seulement un peu ennuyé.

Elle semblait si inconsciente de la douleur qu'elle me causait que tout autre se fût senti désarmé.

— Juliette, repris-je, autrefois vous n'aviez pas de secret pour moi.

Tout en continuant sa lecture, elle répliqua d'un ton tranquille :

— Autrefois n'est pas aujourd'hui.

Je crus qu'elle m'annonçait la fin de nos amours, qu'elle me repoussait à jamais. Avec une grande angoisse et une colère désespérée :

— Vous allez me donner tout de suite cette lettre, m'écriai-je, entendez-vous tout de suite !

Je lui avais saisi les mains, mais elle se débattait, refusant de céder.

Elle glissa enfin entre mes bras.

— Espèce d'idiot ! Il m'a fait mal.

Et elle se sauva dans le salon. Je la vis s'approcher de la cheminée où le feu allumé avant le théâtre rougeoyait encore ; je n'eus pas le temps de la prévenir ; elle déchira la lettre et en jeta les morceaux.

— Allez la lire dans le feu ! cria-t-elle, et, craignant sans doute ma fureur, elle courut avec de bruyants éclats de rire, s'enfermer dans son cabinet de toilette.

Mais, tandis que ma rage s'exhalait en insultes, en malédictions, en marches folles, j'aperçus les morceaux dans un coin du foyer ; le feu les avait épargnés ; ils étaient presque intacts, à peine brunis et rongés aux bords. Je les ramassai précipitamment et pus, sans peine, reconstituer la lettre en grande partie. C'était une sorte de journal écrit en plusieurs fois, et sous des influences très diverses. Dans une agitation extrême, les jambes molles, la gorge sèche, le cœur battant à coups pressés, je dévorais et je remâchais ces passionnés, ces insanes fragments, comme quelque fruit amer, brûlant des tropiques, un piment, un poison !

« Mardi. — Je t'écris de l'hôpital militaire, dans un air enflammé, infect. Je suis là, abandonné comme une loque immonde. L'infirmier, le médecin, personne depuis des jours, ne me regarde plus. J'ai entendu le major, qui disait hier : "Celui-là n'en a pas pour longtemps. S'il ne claque pas cette semaine, je n'y comprends plus rien." Oui, je devrais être mort. La fièvre ne m'a pas quitté depuis mon départ de Marseille. Mon corps s'en va, se fond lentement. On m'a défendu de boire, mais il y a un nègre qui est là près de moi et qui me donne tout ce que je veux, et je me moque des ordonnances, et je lui fais jeter les remèdes par les fenêtres. Oh ! puisque la mort doit venir, qu'elle se hâte. J'en ai assez, mon Dieu !

Je t'ai vue aujourd'hui dans mon rêve, et quand je me suis réveillé seul dans mon lit, si loin de toi, ç'a été plus atroce que tout. Et dire que tu es à rire peut-être, en ce moment, tandis que je vais mourir, et que c'est toi qui m'a mis où je suis. Au moins, tu sauras que c'est toi qui m'as tué. Quand cette lettre t'arrivera, ce sera fini d'Ancelle, mais tu entendras sa malédiction.

Non, non, Juliette, ma chérie, je ne te maudis pas. J'ai la fièvre, je ne sais trop ce que je dis, à présent, mais tu comprendras bien, toi, chère petite Zette, ce que je voudrais te crier, ce que je te dirais si ma tête ne s'en allait pas dans un vertige. Je t'aime de toute ma force, entends-tu, chère délicieuse. Je ne suis pas poète, je ne sais pas écrire, et je suis si malade ! mais tu m'entends bien, n'est-ce pas ! Tu sais que ta bouche, tes chers yeux aux grands cils, tes beaux grands yeux d'enfant, je les baise encore, je les baise jusqu'à la fin. Je ne veux voir qu'eux, mon adorée, mon Dieu ! Oh ! si tu étais bonne, je sais que tu l'es, mais si tu voulais avoir un peu de pitié pour un homme qui t'aime tant, tu écrirais bien vite, aussitôt que tu recevras ceci ; et alors ta lettre aurait peut-être le temps d'arriver, quoi qu'ils disent ; et je ne m'en irais pas sans avoir baisé quelque chose de toi ! Ah ! ma chère aimée, c'est trop beau d'espérer : mes idées fuient dans un tourbillon. Je ne vois plus rien. C'est la fin… Mais toi, toi toujours, tu es là, je te vois. Mon adorée, adieu ! Je te baise toute. Juliette chérie, adieu ! »

« Jeudi 25.

« Je ne croyais pas en revenir, et pourtant à présent je me sens mieux. Le major me dit : Soyez donc prudent, sacré N. de D. !

Oui, monsieur le major, oui, je serai prudent. Oh ! je voudrais tant en réchapper, pour revenir en France, pour revoir ma Juliette. Oui, je te reverrai, j'en suis sûr, nous aurons encore de belles journées. Nous nous sommes trop aimés pour que tu ne m'aimes plus à présent. Je suis sûr que tu penses à moi quelquefois, ma chère petite chérie. Tu te rappelles qu'un jour, parce que tu avais été méchante, je t'ai mordu si fort que tu en as gardé plus d'un an les marques. Il n'y a pas que ta peau qui soit restée marquée. Ne dis pas non. Ton sang est en moi, ta chair est sur moi. Il me semble que tu te presses comme une petite chatte sur mes genoux, que je sens tes grosses petites fesses contre moi. Oh ! que je voudrais t'étreindre, te mordre, te tuer, mais à condition que tu me tues aussi en même temps. Je suis fou. C'est que tu n'es pas là. Ah ! je ne me guérirai jamais, puisque je ne te vois pas. Un misérable m'a volé ta photographie, sur le paquebot. Comme je suis malheureux loin de toi !

« Jeudi 15.

« Enfin cette fois, je me décide, tu vas lire mes griffonnages. Ah ! tu en liras ce que tu pourras, mais quelques lignes te tomberont bien sous les yeux, et comme toutes disent : “Je t'aime !” il est impossible que tu ne te souviennes pas un peu, que tu n'aies pas pitié. Oh ! écris-moi, ma chère adorée.

« Je vais aller moi-même porter ma lettre à la poste, car je suis debout maintenant ; je suis un brillant commissaire dans toute l'importance et tout l'éclat de ses fonctions. Je commence à connaître mes attributions, à me faire à ces mœurs ; elles ne sont pas toujours drôles, va. Je demeure dans une sale maisonnette, humide, malpropre et habitée par mille petits insulaires qui viennent me dévorer la nuit. Et encore ne faut-il pas les tuer ! un de mes domestiques malgaches m'a fait comprendre que cela me porterait malheur. Je dis un de mes domestiques, car j'en ai plusieurs ; c'est mon seul luxe ici. On ne les paie guère d'ailleurs qu'en riz, en friandises ou en coups de bâton. L'un d'eux, qui est Hova, m'a amené sa sœur. Elle avait d'abord la gaucherie, la fierté timide d'une demoiselle qui sort du pensionnat, mais sur un geste de son frère, elle s'est jetée sur moi, m'a écrasé la bouche de ses lèvres, et m'a serré le cou à m'étouffer. Oh ! ne sois pas jalouse : je l'ai repoussée. Seulement, cette réserve de ma part n'a pas été sans causer de l'étonnement. Il paraît que le commissaire dont j'ai pris la succession ne s'était pas montré si dédaigneux. Il avait eu l'autre sœur qui, m'a-t-on dit, était plus jolie ; et qu'on ne m'a pas amenée par égard pour moi, parce qu'elle ne pouvait me donner ce qui, aux yeux d'un Hova, constitue le bien le plus précieux de l'amour. La pauvre fille a paru profondément mortifiée de mon refus ; je ne pouvais, comme je l'ai su plus tard, davantage l'humilier. En vain ai-je essayé de la consoler, elle est sortie, froide, digne et solennelle, d'un pas à rendre jalouses nos chanteuses d'opéra. Que les galants nègres me pardonnent ! les femmes malgaches, à quelque race qu'elles appartiennent, avec leurs cheveux pareils à une laine qui ne serait pas cardée, ou tordus, ramassés en petites tresses misérables, avec leurs grands yeux éteints ou effarés, leurs dents longues, leur peau grasse et froide, ne sont plus pour moi des femmes, mais comme des animaux étranges, mystérieux. Elles m'effraient ou me répugnent. Je ne m'imagine pas comment on peut les aimer. Il paraît que les Hovas de leur côté méprisent aussi nos Françaises. Est-ce bizarre !

« Tu devines si ce pays-là est bien amusant. Mais ce qui me console un peu, ma chérie, c'est que j'espère y faire assez de gratte pour te rendre heureuse à mon retour. Tu comprends : Si on risque sa peau, ce n'est pas pour des prunes, et en vérité le gouvernement est si peu généreux qu'il faut bien se payer soi-même. Il y a mille moyens de s'enrichir, et je ne suis pas assez niais pour ne pas user de quelques-uns. Il n'existe pas de monnaie divisionnaire qui permette de régler tous les paiements ; on se sert de grenaille d'argent que l'on pèse avec huit poids ; si la somme ne correspond pas à ces poids, ce qui arrive sans cesse, ce sont des contestations à n'en plus finir. De fait, dans les marchés, il y a toujours une perte, du côté de l'acheteur ou du côté du vendeur. Il faut s'arranger à avoir assez de poigne, de calcul et de vivacité d'esprit pour ne pas être volé. Car c'est là un sot rôle. Tu peux compter que je sais m'y prendre. J'ai à ce moment à choisir mes fournisseurs pour l'infanterie de marine. C'est une lutte extraordinaire entre tous les marchands et les éleveurs. Naturellement, que ce soit l'un ou l'autre, cela ne m'importe guère. Leur marchandise, leur bétail se ressemble, ou à peu près. Je traite avec ceux qui se montrent les plus aimables. Un marchand de bœufs de l'Antankara est venu l'autre jour m'offrir une jolie commission. Je me suis fâché tout rouge. Il a haussé la somme : “Je verrai, lui ai-je répondu, vos élèves. Je ne me décide pas si promptement.” Je les ai vus. Ils sont fort beaux. Malheureusement, il vend cher, et il y a ici tant de coquins et d'imbéciles pour s'occuper de ce qui ne les regarde pas, que je ne sais si je conclurai le marché. N'importe ! Je crois qu'il y a de l'argent à gagner dans ce pays. Ah ! chère adorée, que je voudrais devenir riche pour toi. Nous serions si heureux ensemble ! Oh ! ne dis pas non. J'ai consulté un vieux sorcier qui m'a prédit que mes amours ne seraient plus contrariées. Du moins, c'est l'oracle que m'a traduit mon interprète, car le sorcier ne savait pas le français et je ne comprenais pas un mot de son baragouinage ; mais son air m'a inspiré confiance. Que veux-tu ? moi, je suis superstitieux : tout le monde l'est dans ma famille. Le bonhomme m'a donné un odi, c'est-à-dire un talisman. C'est un morceau de bois creux, où l'on a versé du sang de taureau et que l'on a imbibé d'un parfum piquant, qui dure autant que nos amours et doit éloigner nos ennemis. Ainsi, que tes amoureux prennent garde !…

« Je songe à la jolie maison que nous avons vue un soir en rentrant à Saint-Germain, tu te souviens ? au fond d'un grand parc plein d'ombre, où il y avait une vieille dame qui tricotait toute seule. Tu as dit : “Comme nous serions mieux tout de même, à sa place !” Je voudrais revenir riche. Et nous irions nous aimer là-bas. N'est-ce pas que tu le veux, ma chérie ?

« Lundi 5.

« Je jette ma lettre et je la reprends. Il y a des jours où je me dis que tu vas te moquer, d'autres où je pense que tu es mon aimée d'autrefois et que cela ne t'ennuie pas de m'entendre parler. À qui écrirai-je si ce n'était à toi ! Est-ce qu'il y au monde une autre personne que j'aime, à qui je veuille confier ma vie. Zette, ma chère petite Zette chérie, écoute-moi. Je me sens triste à mourir aujourd'hui. Il n'y a que ta pensée qui puisse me donner un peu de courage.

« J'ai vu aujourd'hui, au café, le Père Chauffe-la-Couche à qui nous avons fait tant de misères à Naples. Oui, le commandant est ici. Oh ! bien changé. Un peu plus je ne me remettais pas son visage. Sais-tu que je me sens attiré vers lui ? il me semble que je l'aime de t'avoir connue. J'ai essayé de lui parler. Mais il ne veut rien savoir. Je sens qu'il me hait de toute sa force. Ne serait-ce pas préférable, pourtant, puisque nous souffrons de la même peine, de nous confier l'un à l'autre ? Si nous parlions de toi ensemble, je crois que je serais si content.

« Je suis rentré chez moi. J'ai ouvert ma fenêtre. Il fait un temps exceptionnel ici. Une brise fraîche souffle dans les hauts feuillages, m'apporte des vagues de parfum, chasse, jusque sur mon tapis, des pétales violets de bougainvillier. De mon quartier on aperçoit une partie de la ville, des milliers de toits noyés dans des verdures sombres, claires, vertes, blondes, dorées ; des bicoques à galeries suspendues sur des rocs on ne sait comment ; et, tout au loin, la plaine, la plaine à perte de vue, où étincellent les rizières entre les monts bleus qui semblent s'effacer, se perdre dans la violente clarté du ciel.

« Mais tout ce paysage resplendissant me paraît funèbre. Je sais bien que ce que je vois est beau, mais cela ne me touche pas. Il me semble que je suis dans un autre monde, et qu'il faudrait d'autres sens pour le comprendre. Je n'ai plus goût à rien. Je ne me sens pas malade et pourtant je me sens faible, brisé comme si je l'étais. J'irais me jeter sur mon lit si ces damnés moustiques pouvaient m'y laisser dormir, mais ils ne m'abandonnent pas. Et puis j'ai peur d'un jeune domestique que j'ai depuis hier. Je ne vois rien luire dans ces yeux-là. Un Français a été assassiné l'autre jour, mystérieusement. Hovas, Sakalaves, qui peut se fier à de pareilles gens ? D'ailleurs, je ne sais pourquoi, ce jour clair, silencieux, cette ville tranquille, ensevelie dans ses jardins, et abritant un peuple ensommeillé m'épouvantent. Ah ! ma bien aimée ! il faudrait ton joli rire pour que tout cela parût riant, gracieux, charmant, pour que tout cela eût une âme. Mon Dieu ! pourrai-je demeurer des mois et des mois ici, sans te voir. Il me semble que j'y suis depuis l'éternité, et que je n'en sortirai jamais.

. . . .

« Je t'envoie un singetra que j'ai tué et que j'ai fait empailler. Tu verras ses merveilleuses plumes ! J'ai acheté aussi à ton intention un châle qui sert à rehausser les beautés du pays, mais, je t'en avertis : il est bien laid. Seulement ça t'amusera peut-être de faire la madame de Madagascar. Pauvre aimée, quand donc pourrai-je t'envoyer des présents dignes de ta beauté, dignes de mon amour ! »

Était-ce le journal d'un amoureux désespéré dont on n'a jamais satisfait la passion ? Jusque-là j'avais eu pour Ancelle une aversion presque paisible ; aujourd'hui j'éprouvais cette colère charnelle qu'exaspère sans cesse une image odieuse, permanente. Je ne pouvais plus penser à Juliette sans penser aussitôt à cet homme-là, comme si leur union abominable eût aussi été indissoluble.

Tandis que je m'irritais et que je m'affligeais de la sorte, Juliette, croyant sans doute ma fureur passée, sortit du cabinet de toilette, odorante de parfums, parée plutôt que vêtue d'une chemisette lumineuse, tout encadrée de dentelles et de rubacelles bouffantes. Elle avait l'air ainsi d'un joujou charmant, mais sa chair, dont les lignes brusques et hardies tendaient ou laissaient tomber le fin tissu, sa chair qui transparaissait sous l'étoffe, plus ferme et plus douce encore, prenait une vie et une séduction nouvelles de cet attirail et de ces fanfreluches de jolie poupée. Juliette affectait une expression froide, dédaigneuse, compassée ; cependant, malgré elle, sa bouche souriait et des éclairs de gaieté maligne brillaient dans ses yeux.

Ma jalousie et mon désir me précipitèrent vers elle. Et je lui montrai la lettre d'un geste emporté.

— Eh bien ! je l'ai lue !

Elle fut une seconde surprise ; mais, se remettant vite, elle haussa les épaules d'un air agacé, et, comme je lui prenais la main, elle me repoussa, bondit vers le lit, m'offrit en se penchant l'arc voluptueux de ses jambes, se glissa entre les draps ; en un clin d'œil, elle fut couchée, couverte, reposant une tête innocente dans l'encadrement blanc et virginal de l'oreiller.

— Laissez-moi, fit-elle d'une voix dolente et les yeux à demi fermés, laissez-moi, ou je vais coucher à l'hôpital.

Qui m'imposait, de sa malice ou de sa candeur ? je ne sais ; j'aurais aimé la frapper de mes poings, la déchirer de mes dents, de mes ongles, et je n'osais plus toucher à cette grâce frêle et légère qui allait peut-être s'échapper en gambades et en rires tout à l'heure. Il n'y avait pas de femme plus sérieuse quand elle le voulait, je ne l'ignorais point ; malgré cela, ces transformations en enfant déroutent toujours. Comme ce manteau rouge que l'espada lance au taureau surexcité, elles étourdissent ou désarment l'attaque.

Le sommeil accepte toutes les complicités. Doucement, les paupières closes, elle vint, d'un mouvement volontaire, audacieux, caressant, me chercher, se suspendre, s'enrouler à mon corps, me pénétrer de toute son ardeur ; et ensuite, comme reconnaissante et enivrée, prolonger du bout de ses lèvres glacées des baisers lents et attendris, tremblante, soulevée de plaisir comme par des sanglots.

Cependant ma joie inquiète, troublée d'un doute, sottement exigeait d'elle des promesses, des aveux.

— Encore ! disait-elle d'un air ennuyé, mais calme, devenue soudain compatissante. Encore ! tu seras donc toujours le même ! Je ne puis que te répéter ce que j'ai dit cent fois : Je le déteste.

— Pourquoi êtes-vous donc restés ensemble si longtemps ?

— Il me faisait peur. Je croyais qu'il me tuerait si je l'abandonnais. J'avais bien essayé de m'enfuir, de m'en débarrasser. Il me reprenait, il refaisait de moi son esclave. Il m'ensorcelait.

— Tu l'as quitté pourtant ?

— Je ne pouvais plus le souffrir. Je me suis dit : Tant pis ! il me tuera. Mieux vaut en finir que de supporter une pareille existence. Alors j'ai vu qu'il suffisait de ne pas me soumettre pour le dominer. Il a filé doux. Tu as vu ce qui s'est passé quand je suis allée chez lui. Au moment où il voulait nous jeter sa lampe à la tête, je me suis tournée vers lui. Mon regard a suffi à l'arrêter. Oh ! je serais une bonne dompteuse.

Et, au milieu de ses explications, elle s'endormait avec un air de petite sainte.

Tout semblait s'être raccordé de notre amour, quand, deux ou trois jours après cette scène, je dus me rendre pour mes affaires à Versailles. J'en revins plus tôt que je ne croyais. En rentrant dîner à la maison, je fus étonné de rencontrer dans l'escalier Perdriel qui me salua, sans s'arrêter et d'un petit geste protecteur. Aussitôt j'eus le pressentiment qu'il venait de voir Juliette.

La porte du vestibule faisait face à celle de la chambre à coucher qui était au fond du couloir. Cette porte était ouverte, et j'aperçus Juliette les pommettes en feu, les cheveux ébouriffés, la robe de chambre dégrafée devant le lit découvert.

Elle tressaillit en m'apercevant. Je me jetai sur elle, et alors tous les mots immondes que j'avais dans la mémoire, toutes les injures boueuses que j'avais entendues proférer au milieu des querelles des faubourgs, se pressèrent sur mes lèvres et vinrent la salir. Et en même temps je la frappais. Elle sembla résignée à mes injures, à mes violences, et, sans me répondre, renversée sur le lit, le visage protégé par ses mains, elle attendait mes coups. Quand j'eus la gorge enrouée de l'insulter, je me sentis brisé de douleur, je pleurai devant elle, trop ému pour songer à l'humiliation de ces larmes qui suivaient de si près ma brutalité. Elle n'avait pas changé de place, s'était seulement redressée, et les bras croisés, les yeux au plafond, elle paraissait attendre tranquillement que je me fusse calmé. Je la regardai. Avec ses cheveux épars sur le cou, sa chemise tombante qui laissait voir une gorge admirable, avec son teint enflammé et ses yeux froids, ce contraste d'un corps frémissant et d'une tête reposée, jamais elle ne m'avait paru plus belle. Je voulus nier l'évidence, m'imaginer que j'avais eu tort de la soupçonner. Je la serrai contre moi.

— Pardon ! fis-je.

Je vis ses yeux s'allumer. Elle se sentait redevenir reine.

— Je vous pardonne à une condition, dit-elle. C'est que vous allez partir tout de suite.

Je confessai mes torts, j'implorai ma grâce. Elle me répliqua :

— Je ne peux plus supporter de pareilles scènes. Moi, je veux être libre, libre ! Il fallait m'accepter comme j'étais. Quand même je me serais donnée à ce Perdriel, est-ce que cela vous regarde ? Pouvez-vous m'entretenir ? Non. Alors laissez-moi tranquille. Maintenant tout est fini entre nous.

— Je ne partirai pas ! m'écriai-je.

— Ah ! c'est comme cela, eh bien ! je vais appeler la femme de chambre, et, si cela ne suffit pas, le concierge montera ici pour vous jeter dehors. Vous allez voir cela !

Mais, comme elle courait à la porte, je l'arrêtai, la rejetai sur le lit ; elle voulut appeler, ma main la bâillonna, arrêta les paroles sur ses lèvres ; vainement, elle se débattait, jouait des jambes et, de sa main restée libre, m'assénait de vigoureux coups de poing. Enfin, fatiguée de la lutte, elle se soumit, et comme pour mieux marquer son servage, je la pris sur ce lit en désordre où sans doute un autre homme venait de la posséder.

Une existence ignoble commença dès lors pour moi. Je fus pour Juliette cet ami complaisant, indifférent ou aveugle qui m'avait si fort indigné chez Ancelle, ou plutôt j'en jouai le personnage. Il y eut cependant des jours où je me révoltai contre mon rôle. Une fois, je suis arrivé dans une maison de rendez-vous, car, en attendant la richesse, c'est là qu'elle allait chercher ses amis ; sans m'occuper de la stupeur de l'entremetteuse, j'ai fait sortir Juliette à demi nue, je l'ai entraînée dans un fiacre, féroce de rage et de honte. Une autre fois, c'est Coningsby que j'ai mis à la porte, ayant encore sur sa personne l'odeur de Juliette et balbutiant des paroles ridicules : « Je ne souffrirai pas, monsieur, qu'un citoyen de la libre Amérique !… » Enfin, j'ai connu des matins gris, froids, humides, où l'on va risquer sa peau dans un de ces vrais duels qui n'ont lieu que pour des femmes, et où on laisse sur le terrain un cadavre ou un moribond, quand on n'y reste pas soi-même. Et tout cela, afin de défendre un amour douteux et chancelant, un honneur que l'on n'a plus !

C'étaient, on doit le comprendre, après de semblables esclandres, des reproches écrasants ou des silences interminables de deux, trois jours, où je n'obtenais pas une parole, et qui me torturaient plus encore que les scènes de violences et d'injures ; n'imaginant pas ce qui se passait dans son esprit, ignorant la cause de son ressentiment, je ne pouvais pas la combattre ni la ramener à moi. Pendant ces heures d'angoisse, j'avais toujours la crainte de la voir partir brusquement, fuir à l'inconnu, sans me laisser un mot.

L'amertume de telles amours est inconnue à ceux qui attendent pour se lier fortement de rencontrer des âmes vierges, estimables, ayant des titres et des richesses, une bonne éducation et des connaissances variées. Mais ces gens-là savent-ils ce que c'est que l'attrait de deux yeux, la folie qui pousse deux êtres l'un vers l'autre, qui lie deux peaux vivantes, le parfum unique pour un homme qu'exhale une chair de femme ! Je méprisais Juliette ; je me méprisais moi-même, et il m'était impossible de concevoir, sans elle, mon existence.

Aussi, pour la garder, je me résignais aux pires complaisances et j'employais mille artifices d'esprit et d'imagination à me les déguiser. L'aimer, c'était aimer aussi son désir de luxe, d'élégance, son besoin de richesse, et n'ayant plus aucune fortune, il me fallait bien accepter ses intrigues et ses prostitutions. À présent que je lui devais tout, il me semblait que notre amour renaissait, qu'elle était même meilleure pour moi qu'à l'époque de notre aisance, et que notre attachement, en dépit de tant de misères, prenait un caractère de confiance et de tendresse qui devait m'en faire oublier les basses humiliations.

Et pourtant, par combien d'épreuves ai-je passé ! Ingénument, elle me contait les passions ardentes, viles ou grossières dont elle était devenue l'inspiratrice et la servante ; ingénument aussi, elle me demandait de jouer l'amant malheureux, de lui écrire des lettres brûlantes et désespérées qu'elle montrait à un autre pour attiser sa vanité ou sa jalousie. Je ne refusais plus aucun service ; j'en étais assez payé, – si j'avais réussi à lui plaire, – par ses rires et ses caresses du soir.

Seulement, ce que je ne pouvais pas souffrir, c'étaient ces bals et ces fêtes qu'elle aimait plus que tout, où elle se donnait toute à la danse, à ses parures, aux compliments sincères ou affectés d'une foule brillante, et d'où elle revenait au petit jour, lasse, insensible aux baisers. Elle ne voulait pas de moi pour compagnon, parce qu'elle me trouvait trop jaloux et qu'elle avait peur aussi des propos qui couraient sur notre union, des railleries qu'on entend chuchoter derrière soi. Souvent je l'ai suivie déguisé, masqué ; mais quel supplice de la voir rire de si bon cœur aux galanteries, aux caresses indiscrètes, et lorsqu'une bouche avide se posait sur ses épaules nues ! Je m'approchais d'elle aussitôt, mais, avec un haussement d'épaules, elle me disait la phrase qui revenait sans cesse sur ces lèvres : « Ah ! laissez-moi, ici je suis libre ! » Prestement, elle m'échappait et j'entendais au loin sonner son rire.

Il fallut m'intéresser à ces chasses hasardeuses de l'argent. Ancelle lui avait donné plutôt que le goût, l'habitude du jeu. Autrefois, j'avais le droit de combattre en elle cette passion ; maintenant, je ne pouvais guère disposer de ce qui ne m'appartenait plus. Elle me demandait des conseils qu'elle ne suivait point, écoutant d'ordinaire les avis officieux, se faisant une opinion d'après les différents journaux de courses, puis se décidant au petit bonheur, jouant le cheval qui portait un nom agréable. Je compte plus d'une de ces journées douloureuses, d'attente inutile, de grelottements, de pataugeage dans les boues d'Auteuil ou à la recherche de la voiture qui ne vient pas, et dont on ne pourra seulement payer le pourboire du cocher.

Combien aussi de ces longues séances, de ces soirées perdues aux casinos d'été, devant une table de baccara ou à ces petits chevaux où l'on sème doucement un tapis vert de pièces d'argent comme d'une graine inutile qui embarrasse vos poches ! À l'air libre, ou sous les lampes, dans ces encombrements de joueurs, on aperçoit des têtes à la Perdriel, aux yeux fureteurs, aux lèvres minces et perfides, aux calvities triomphantes. Bookmakers, batteurs de cartes, ils guettent l'anxiété, la détresse des malchanceuses. Les maîtresses de ruses galantes, les reines toutes-puissantes d'alcôves se voient ici désemparées, à la merci parfois de quelques sordides obligeances. Quelle horreur, quel dégoût, quelles angoisses affreuses ai-je éprouvés à la vue de ces oiseaux de naufrages, rôdant, cherchant leurs proies parmi lesquelles allait se trouver peut-être ma Juliette.

Les lendemains de pertes, comme si la fortune voulait nous mieux accabler, on voyait arriver les marchands grands et petits, les innombrables créanciers avec des factures invraisemblables. Juliette, depuis qu'elle dirigeait seule sa maison, n'avait pas seulement envie du Louvre, comme avait dit Lili, elle désirait tout ce qu'elle voyait dans la rue, tout ce que le monde pouvait fournir de beautés pour ajouter à ses grâces ; elle n'achetait pas tout, mais presque. On avait compté sur un gain très douteux pour les règlements. À quand les remettre ? C'est alors que Juliette se montrait merveilleusement habile, rouée, astucieuse ; caressante pour l'un, ferme pour cet autre, fixant une date au hasard, laissant entrevoir une extraordinaire fortune, invitant les petits à goûter avec elle, pleine de respect et d'attention pour les plus considérables. Le Don Juan de Molière, renvoyant M. Dimanche, n'eût été que son élève. Et cependant il y avait des fournisseurs pressés, inquiets ou malveillants que nulle bonne raison ne pouvait éconduire. On entendait gronder d'ignobles injures dans le vestibule et jusque dans l'escalier ; moi-même je devais intervenir et pousser par les épaules les plus entêtés insulteurs. Une vieille vendeuse de la rue du Temple, à qui Juliette devait depuis des années et qu'on ne voulait jamais recevoir, entrait malgré la femme de chambre, cherchait de pièce en pièce sa débitrice qui se cachait dans la salle de bains, s'enfermait dans les cabinets ou se sauvait dans l'escalier de service. Juliette, le cœur battant, attendait que la vieille eût fini de gémir, de s'emporter, de prendre la maison, le monde et Dieu même à témoin du dommage qu'on lui causait ; d'appeler toutes les malédictions du Ciel sur sa cliente ; et qu'elle eût annoncé son départ en claquant la porte de toutes ses forces. On s'arrangeait encore avec ces créanciers, mais les dettes brutales, les traites, les billets, il fallait bien les payer. Deux ou trois fois par mois, nous étions sur le point d'être vendus. La veille, le jour des échéances, Juliette s'habillait avec autant de soin que pour une fête, se faisait coiffer et décoiffer, ne trouvant jamais de mains assez expertes pour arranger ses cheveux ; elle écrivait au courant de la plume une douzaine de lettres galantes : aimables, enjouées, au besoin amoureuses ; puis sortait vite. Je ne devais point lui parler ces jours-là, elle ne me répondait que des phrases de ce genre : « C'est ta faute, si tu n'étais pas là, j'aurais un amant sérieux. » Elle rentrait le soir toute pâle, les traits creusés : « Ai-je des lettres ? » Il n'y en avait jamais. « Les mufles ! » s'écriait-elle en haussant les épaules ; puis, jetant sur la table une poignée d'or : « Tiens, tu iras payer ». Et elle allait s'étendre sur son lit où elle dormait jusqu'au lendemain un lourd et bruyant sommeil.

Je me sentais si pénétré de pitié, si accablé de honte, que je perdais toute personnalité ; je n'étais plus rien qu'une machine à exécuter des ordres, j'aurais obéi à la femme de chambre, à un enfant. Si ma conscience parlait encore, me montrait dans quelles infamies j'avais roulé, je trouvais cette pauvre excuse : « N'est-ce pas Juliette qui m'a fait le misérable que je suis ? »

Des amours aussi viles, battues et secouées par la vie, n'ont pas la marche des amours ordinaires. Les joies simples, naturelles, ne conviennent qu'à une existence sûre et réglée. Juliette cherchait les jouissances inéprouvées, nouvelles, inconnues, tout ce qui devait l'arracher plus complètement à la pensée d'un lendemain d'afflictions. Elle apportait à nos courtes, à nos trop rares étreintes, une frénésie et une science bizarres, et, d'instinct, sa caresse pervertissait les plus innocents désirs.

Sa sœur, malade à l'hôpital, abandonnée sans ressources par son mari, lui avait confié son enfant, une fillette de sept à huit ans, jusqu'au jour où elle serait rétablie, où elle aurait trouvé un métier et pourrait la reprendre. Juliette la traitait selon les jours en mère ou en marâtre ; c'était son élève ou sa poupée. On la lavait, on la fessait, on babillait avec elle, on la comblait de cadeaux et de bonbons. Enfin les jeux changèrent de caractère. La grande enfant révéla à la petite des mystères ingénus et ignorés. Elles furent toutes deux de vicieuses, d'inconscientes fillettes. Aux emportements de ma jalousie éveillée et clairvoyante, elles répondaient du fond du lit par de frais éclats de rire ; et, si je levais la main, il y avait deux voix pour remplir la maison de gémissements.

Enfin ce fut au-dehors et impudemment que Juliette chercha des intermèdes à notre passion.

Au Nouveau-Cirque, un soir, elle avait admiré deux jeunes femmes, dont, l'une se pendant par les pieds à un trapèze, soutenait l'autre à bout de bras, puis la laissait se relever, glisser, monter sur son corps, la soutenir elle-même à son tour. Rien de plus voluptueux que ces exercices qui semblaient faciles, tant les jeunes gymnastes laissaient voir peu d'effort. Ces corps, jaillis, développés, épanouis comme de sveltes fleurs, puis ramassés, enroulés l'un sur l'autre, ces corps qui prennent mille formes surprenantes et pourtant gracieuses, ces têtes souriantes entre des jambes levées, enflammèrent Juliette. Quelque temps après nous les aperçûmes au Palais de Glace, courbées, rapides, oscillantes ; ombres noires sur les blancheurs. Elles étaient seules à patiner ; on eût craint, sans doute, de lutter de charme avec elles, et c'était une jouissance de les regarder. Quand elles cessèrent, Juliette profita du moment où je causais avec un ami pour me quitter.

Elle revint au bout d'un instant ; elle semblait préoccupée, elle me pressa de sortir. Elle me dit qu'elle avait un de ces rendez-vous odieux, que je m'étais résigné à accepter. Nous nous séparâmes ; puis je ne sais quel instinct ou quel hasard me conduisit au Cirque. Dans les couloirs j'aperçus les patineuses de tout à l'heure, en maillot, déjà arrangées pour la représentation ; Juliette marchait entre les deux femmes et leur enlaçait la taille. Je m'approchai du groupe, j'abordai Juliette et lui pris le bras assez rudement ; elle se laissa emmener.

— Menteuse ! coquine ! faisais-je entre mes dents.

— Mon Dieu, disait doucement Juliette, il n'y a pas grand mal. Je voulais m'amuser avec ces filles.

Comme nous quittions le Cirque, j'aperçus Geneviève de Requoy, dans son misérable travestissement ; elle me regarda avec étonnement, puis sa physionomie exprima une profonde douleur. Je fus bouleversé par cette rencontre. L'idée de sa déchéance me rendait plus sensibles mes propres malheurs.

— Tu connais cette femme, me dit Juliette. Ne dis pas non !

Et sur le seuil du Cirque elle me chercha querelle. Nous rentrâmes furieux l'un contre l'autre.

Nous nous étions réconciliés, et nous menions toujours cette même existence où de rares plaisirs étaient payés par tant de misères, et ne m'en semblaient pas moins indispensables à ma vie, lorsqu'un soir, comme je rentrais assez tard pour dîner, je m'étonnai de ne pas déjà voir mon amie dans la salle à manger. Je la cherchai dans la chambre à coucher, puis dans les autres pièces, appelant à grands cris :

— Juliette ! Juliette !

Personne ne répondait. J'eus le pressentiment qu'il venait de m'arriver un grand malheur.

— Florence, demandai-je à la femme de chambre, où est Madame ?

— Mais je croyais que Monsieur savait. Madame est partie.

— Partie ! partie ! pour où est-elle partie ?

— Ah ! je ne sais pas. Madame est partie ce soir, par la gare de Lyon, je crois.

— Mon Dieu ! mon Dieu !

Je sentis cette fois que c'était fini à jamais de nos amours. Et d'abord je me révoltai contre cet abandon. Pendant des heures, je maudis Juliette et je souhaitai pour elle toutes les tortures. Je rêvais aux accidents de chemins de fer, aux rencontres de trains, aux brûlures, aux étouffements sous les tunnels effondrés, aux supplices les plus lents et les plus atroces. C'était une compensation à mon désespoir, que l'image de ce corps anéanti, souillé, lacéré, sanglant. Puisqu'il n'était plus à moi, puisqu'il me causait tant de mal, je voulais qu'il souffrît à son tour.

Cependant j'aperçus le lit de tant de nuits délicieuses, le lit où ses formes me moulaient encore ; et ma férocité s'évanouit. Je ne sus plus que me lamenter, que l'appeler de cris inutiles : Ma Juliette ! Ma Juliette !

— Monsieur, dois-je revenir demain ? interrogea Florence.

— Non, non, partez !

Le bruit de la porte qui se fermait sur la femme de chambre me donna l'idée d'une délivrance.

Maintenant je voulais penser à ma Juliette, revoir, fut-ce dans un songe d'une minute, le bonheur que j'avais perdu.

Je me mis à son chevet comme aux jours où elle était souffrante et demeurait couchée. Ma nuit s'écoula devant une petite chemise qu'elle avait oubliée : c'était tout ce qui me restait d'elle ! Je la baisais, je la déchirais, j'en couvrais les lambeaux de mes larmes.

L'aube parut, rose, avec de belles promesses de lumière. Hélas ! cette claire journée qui s'annonçait, je ne la passerai pas avec elle. À ce moment je me souvins que ce matin-là je devais payer deux mille francs. Je courus au tiroir où nous ramassions notre argent. Des cinq cents francs qui nous restaient, elle avait laissé dix louis, emportant le reste. J'étais forcé de quitter cette maison. Une dernière fois, je visitai ces chambres qui avaient vu nos querelles et nos plaisirs. Ici l'almanach marqué d'une croix rouge indiquait une promenade prochaine ; là un service ébréché me rappelait une de ses colères enfantines, suivie d'une si tendre réconciliation ! à côté, une petite statuette était un cadeau qu'elle m'avait fait pour ma fête : tout le passé m'apparaissait plein d'instants adorables, comme ces prairies que l'on découvre de loin, où ne brillent que les marguerites et les claires fleurettes.

Je sortis avant que le concierge ne fût levé, avant que personne ne me vît, je sortis en sanglotant. Quand je fus dans la rue, je regardai le balcon où nous nous tenions l'après-midi, où nous avions fait de si beaux projets, où nous nous étions enlacés et baisés sans nous soucier des passants.

C'était Juliette qui avait compromis et ruiné mon existence, mais je ne regrettais rien que son départ. Qui avait pu le lui inspirer ? Je cherchais de quel crime je m'étais rendu coupable envers elle. Jamais plus qu'en cette dernière nuit de nos amours elle n'avait paru simple, franche, et passionnée, si bien que dans ma folie toujours prête à s'abuser, j'avais pris pour le renouveau de nos amours ce qui en était l'indubitable déclin.

XIX
TON AMOUR OU TON SANG !

Il reste toujours à découvrir dans la douleur. Je croyais, après ce retour désolé de Naples, n'avoir plus rien à en connaître, et la vie m'instruisit encore. Heures cruelles où tout manque à la fois, où notre courage n'est soutenu, n'est réveillé que par la diversité des peines ; où la faim, l'humiliation, les courses inutiles et harassantes nous empêchent seules de sentir l'autre mal, plus secret mais aussi destructeur. Cette fois, comme naguère, mon énergie à vivre me sauva, énergie absurde, puisque j'avais vu se dérober tout ce qui me rendait agréable l'existence, et que chaque jour augmentait mes causes d'affliction.

En effet, après mille efforts, des journées mornes ou désespérées d'attente, de misère, lorsque j'arrivai à obtenir une petite place qui me permît de subsister, je retrouvai mon mal, comme le supplicié d'autrefois, réconforté après la question, retrouvait sa torture. Il me sembla que je n'avais travaillé que pour le nourrir, pour avoir le temps d'en bien éprouver les artifices.

Le regret amoureux de l'homme qui n'a point possédé sa maîtresse ressemble assez à l'envie du misérable qui n'a jamais eu d'or entre les mains ; il n'est pas comparable à la douleur de l'amant heureux naguère, qui a joui d'un bien et ne l'a plus. À chaque minute, il en sent la privation ; les plaisirs passés lui rendent plus lourds le dénuement et la solitude. Ce lit vide du soir, où je retrouvais des souvenirs vains, des formes fugitives, devenait un chevalet d'affres, d'insomnies. Sans trêve, mille fantômes rôdaient jusqu'à mes lèvres pour s'évanouir aussitôt ; le corps adoré, embelli et grandi par mon désir, se roulait sur moi, insaisissable et réel, effleurant mes yeux et mes narines, pesant lourdement sur mon sein, sur mes jambes, de sa chair railleuse et obsédante. Cette image qui s'acharnait après moi me devenait odieuse ; j'employais toutes mes forces à la repousser, mais alors, par un jeu singulier de l'esprit, ma haine finit par m'absorber autant que mon amour. Je cherchais Juliette pour lui faire du mal, qui sait ? peut-être pour la tuer.

Je cherchais Juliette, mais je ne la rencontrais point. Elle avait quitté la maison de la rue de Prony comme elle avait quitté son appartement du boulevard Pereire, sans avertir qui que ce fût, non seulement pour dérouter ses créanciers, mais parce qu'elle aimait à recommencer sans cesse une existence nouvelle et à anéantir son passé. Jamais, je crois, personne n'a plus vécu du présent, insouciant de la veille comme du lendemain.

Elle se cachait ; les journaux dévoués aux gloires de la galanterie ne mentionnaient plus son nom ; peut-être l'avait-elle changé ainsi qu'elle avait changé son amant. Ma pauvreté m'empêchait de la rechercher dans les théâtres, les cabarets, les fêtes où elle aimait se montrer ; quant à demander de ses nouvelles à ceux de mes anciens amis qui pouvaient la rencontrer, il n'y fallait pas songer. Ils avaient tous rompu avec moi. Maurice Lefranc, lorsqu'il venait à Paris, affectait de me regarder avec mépris et de ne plus me reconnaître ; Louis Deshays me saluait de loin, sans jamais me parler. C'était moins le caractère de ma liaison que sa bassesse qui les avait choqués. Juliette aurait eu titre ou richesse, mes complaisances ne leur auraient plus importé ; non seulement ils m'eussent gardé leur estime, mais encore davantage honoré. Ce qu'ils ne pardonnaient pas, c'est que l'amour seul eût inspiré mes dissipations et mon industrie.

Ma haine s'exaspérait de son éloignement, de ma solitude, des humiliations de ma vie, de cette possession et de ce servage charnels qui continuaient malgré moi. On m'avait dit qu'elle allait souvent dîner chez une de ses amies qui habitait Neuilly. Je connaissais la rue. Pendant quinze jours, je m'y suis rendu tous les soirs à pied, passant des heures à me promener devant la maison où j'espérais la voir entrer. Une colère m'exaltait et me rendait court le trajet ; j'étais armé ; je songeais que si je la voyais accompagnée, je tuerais les deux amants. Par bonheur pour nous, je ne la rencontrai point. De ces courses, je rentrais chez moi accablé, brisé de cette fatigue que donnent les passions inassouvies.

Enfin, je l'aperçus : bien assise au fond d'un de ces mylords, la voiture des luxes, des étalages et des orgueils féminins, où la femme se montre appuyée langoureusement comme au fond d'une chambrette voluptueuse ; se montre mais pour vite disparaître. Un jeune homme était près d'elle, dont je n'eus pas le temps de regarder le visage, tant l'attelage trottait vite, mais je vis bien qu'elle m'avait reconnu et qu'elle me considérait en riant.

Oh ! ce rire, ces yeux qui s'étaient posés sur mes vêtements râpés, sur mon visage attristé, enlaidi de sa fuite, je crois que je n'en oublierai jamais la blessure.

Et je la revis encore, comme si, à présent que sa personne m'était exécrable, je devais à jamais en être poursuivi. Dans un théâtre, – c'était au Gymnase, où j'étais entré avec un billet de faveur, – je la vis au fond d'une baignoire, entourée d'une troupe joyeuse, décolletée, resplendissante, les yeux amusés, la bouche moqueuse, avec l'air de dévisager un pitre grotesque. Je ne pus résister, je me levai, dérangeai tout un rang pour sortir ; je voulais me faire ouvrir sa baignoire, lui parler ; mais quand j'arrivai, elle venait de sortir ; je l'attendis en vain ; elle ne revint pas, et je me demandai si j'avais été le jouet d'une hallucination.

Une nuit, pour fuir mes obsessions, pour m'étourdir, pour m'apaiser, j'allai dans une de ces geôles amoureuses où à la faveur de lampes claires, de glaces, de fards, d'un léger duvet de poudre rose, des femmes entassées, actives d'œillades, de coups de langue, d'appels de doigts, ouvrant des sorties de bal luxueuses et vieillies sur de chaudes nudités, sur des croupes tendues, sur des gorges offertes, peuvent paraître tentantes à un désir exaspéré. Je choisis dans la brutalité des sourires : je ne voulais que me perdre un instant, oublier toute douleur contre des chairs neigeuses et sans âme. Mais, comme je sortais du salon, suivant l'un de ces corps consolateurs, je fus atterré, épouvanté, puis soulevé de colère et d'indignation ! Toute étincelante, toute légère, avec un collier de perles qui luisaient doucement entre les bords écartés de sa fourrure blanche et fine, Juliette montait l'escalier, revenant sans doute de quelque théâtre. Elle m'aperçut, parut à peine étonnée, et me prenant la main :

— Chut ! fit-elle à voix basse. Il vient derrière moi.

Je ne répondais rien, plus irrité encore de son calme que de sa présence. D'ailleurs, la femme qu'elle était alors, la femme qui accompagnait jusqu'en ses débauches un amant perverti, cette femme-là qui eût pu me répugner ou exciter ma jalousie, je ne la voyais même pas ; je ne voyais en elle que l'autre femme, celle qui m'était apparue en voiture au théâtre, et dont j'avais surpris le regard moqueur. C'était maintenant la maîtresse trompeuse, railleuse, impitoyable, celle qui m'avait abandonné ; c'était la bourrelle, la donneuse d'affliction, la créatrice de misères. Elle ne devinait rien de ce qui se passait en moi ; elle dit encore :

— Ah ! il en a des passions, celui-là ! Mais il arrive, je l'entends, laissez-moi !

Cependant elle pâlit subitement ; sans doute ma physionomie témoignait de la violence de mon émotion : elle fixa mes yeux avec une sorte d'angoisse. Je la poussai dans une chambre ouverte, je la poussai contre un lit, elle glissa, tomba à genoux. Alors je la frappai, je la frappai sans un mot, sans une injure, avec je ne sais quelle ardente et pourtant sereine férocité.

— Oh ! fit-elle, ouvrant de grands yeux terrifiés, oh ! qu'avez-vous ? Laissez-moi ! Ah ! laissez-moi ! Au secours ! Grâce ! Au secours !

Mais je la tenais par ses cheveux dénoués ; en un clin d'œil, j'avais saccagé toute son élégance apprêtée ; elle fut pitoyable et ridicule dans sa jupe déchirée, avec son collier de perles rompu, au milieu des lambeaux de sa riche toilette. Sous mes coups, elle poussait des cris perçants, des cris enfantins, affolée, prise d'une peur grandissante, comme si sa dernière heure était venue. Elle voulait se relever et elle n'y parvenait pas, et moi je la battais à coups de canne, à coups de pied, jouissant de sa douleur comme de la plus exquise volupté, caressé, enchanté par ses lamentations. Le sang parut à son front : ce fut un encouragement à la frapper davantage, mais à ce moment mes bras furent saisis, je fus moi aussi violenté, terrassé, j'ignore par qui : je ne vis point mes agresseurs. Je sais seulement que sous les yeux d'une foule d'ombres noires et de corps clairs j'allai rouler au bas de l'escalier de cette maison de plaisir, au milieu de cris et d'injures. Je me relevai un peu contusionné, mais avec l'impression d'une délivrance, la joie d'une revanche. Longtemps les cris de ma victime me poursuivirent, mélodie ensorcelante. Tuer la traîtresse, c'est perpétuer son propre supplice, mais s'attaquer à cette chair qui vous a torturé, à ce corps devant lequel vous vous êtes anéanti d'amour, c'est bien se reconquérir. Oh ! comme ses cris m'avaient fait de bien ! L'horrible vision moqueuse, qui bafouait ma peine, avait comme expiré dans cet élan douloureux. J'avais rencontré la plaie secrète pour la panser. J'avais percé le fantôme insaisissable qui depuis tant de jours s'était acharné sur moi. Certes, les femmes qui ne se rappellent pas leurs cruautés anciennes et aussi ces hommes froids, aveugles, qui n'ont jamais aimé ou n'ont jamais eu conscience de leurs abaissements devant une maîtresse trop ardemment chérie, ces gens-là m'appelleront lâche et infâme, mais moi je sais bien que je pouvais m'applaudir de ce coup difficile comme d'une prouesse. Frapper une femme ? non, c'était frapper un monstre en moi, essayer de renverser au fond de mon âme un culte atroce et sanguinaire, et auquel je ne pouvais m'attaquer qu'avec violence, qu'avec colère.

D'ailleurs, le monstre était encore debout, comme inexpugnable. Quelles larmes, quelle pitié infinie suivirent cet acte sauvage ! J'écrivais des lettres de pardon que je couvrais de pleurs et qui restaient sur ma table, car je ne savais où les adresser ; mais cela me consolait de parler ainsi à son ombre. Qui sait ? Peut-être existe-t-il de secrètes correspondances entre deux êtres qui se sont aimés. Peut-être se doutait-elle de mes remords et me pardonnait-elle une cruauté que m'avait inspirée ma seule passion pour elle ? Je subissais à présent des souffrances nouvelles. Je me demandais avec terreur si je l'avais blessée, si je l'avais tuée.

Dans cette chambre misérable que j'habitais au haut d'une vieille maison du faubourg Montmartre, où personne ne venait, où je ne recevais aucune lettre, où j'avais l'impression d'être retranché du monde des vivants, mes journées du dimanche, ainsi qu'une partie de mes soirées et de mes nuits, s'écoulaient en regrets, en angoisses. Penser à mon chagrin était devenu le divertissement et tout l'attrait de mon existence ; je me sauvais du bureau empesté de mauvaises haleines et où me retenaient tout le jour d'insipides copies, d'interminables calculs, des voix nasillardes, sèches et autoritaires, je me sauvais le soir dans cette chambre afin de pouvoir m'affliger en paix, loin des indifférences, loin des indiscrètes et fausses compassions. Aussi, une fois, fus-je bien étonné de recevoir une visite dans une maison où, selon moi, tous sauf le concierge devaient m'ignorer ; mon étonnement s'accrut encore lorsque j'aperçus Florence, la femme de chambre de Juliette. Elle ne prit pas le temps de s'asseoir.

À peine entrée :

— Monsieur, dit-elle, il faut vous sauver d'ici, et le plus vite possible. Si vous restiez sûrement il vous arriverait malheur. Madame veut vous faire arrêter !

Oui, continua-t-elle en voyant ma stupeur, et savez-vous que ce serait une mauvaise affaire pour vous, monsieur ? Ce qui s'est passé l'autre nuit n'est rien ; madame Juliette est toute marquée, et puis son beau collier est brisé, c'est vrai, mais ce ne sont pas les premiers ennuis que lui causent ses amants. Ça ne serait rien, je le répète, si elle ne vous en voulait pas. Mais elle va dire que vous êtes un assassin, que c'est vous qu'avez tué ces marins de Naples, vous savez, ceux qui se trouvaient avec M. Paul Ancelle et qui, paraît-il, ne sont jamais revenus. Ah ! ce sont de sales histoires ! Et c'est que tout le monde vous, en veut, monsieur. Vot, valet d'chambre à qui vous deviez d'l'argent, paraît-il… Ça ne me regarde pas, d'ailleurs. C'est l'affaire de monsieur, tout ça, mais le valet d'chambre, il se paraît, vous a espionné. Il a su où vous demeuriez. Et puis la police va venir. Je ne comprends pas madame. On règle entre soi ses comptes, sans mettre ces gens-là dans ses mic-mac. Moi, d'apprendre qu'on allait vous arrêter, ça m'a fait du mal, car monsieur a toujours été très bon pour moi, même que c'est lui qui m'a défendu quand madame voulait me chasser, rapport que j'étais enceinte… moi, j'suis pas une ingrate ; j'me suis souvenue de tout ça, et dès que j'ai su qu'il se manigançait quêque chose contre lui, alors je suis venue. À présent, c'est l'affaire à monsieur de savoir ce qu'y doit décider. Mais le temps presse.

Toute ma fureur contre Juliette s'était réveillée aux paroles de la domestique, que, dans mon émotion, je ne pensais même pas à remercier.

— Ah ! elle veut me faire arrêter ! Elle veut me faire arrêter ! m'écriai-je, mais en souriant soudain à quelque idée abominable : Dites-moi, Florence, est-ce qu'elle a toujours chez elle sa petite nièce ?

— Toujours, monsieur, même que c'en est scandaleux. Elle la laisse patiner, bichoter par des messieurs. Elle n'a pas honte que c'est la fille de sa sœur !

— C'est excellent, ce que vous me dites là, Florence. Eh bien, vous allez voir, vous allez voir qui de nous deux sera arrêté le premier !

— Qu'est-ce que monsieur va faire ? s'écria la femme de chambre déjà effrayée.

— Vous me le demandez ? C'est bien simple. Je vais mettre la police dans ses histoires, comme elle la met dans les miennes. Je vais la dénoncer au parquet ! Oui ! la dénoncer… pour encouragement de mineures à la débauche ! Je ne la vois pas très propre. Madame Juliette Fournier, après quelques années de travaux forcés.

— Mon Dieu ! monsieur ne va pas faire ça. Et Florence immobile, me considérait d'un œil épouvanté, ne s'attendant pas à découvrir chez moi un être aussi féroce.

Je me sentais déjà vaincu, attendri à la pensée que Juliette pouvait souffrir par ma faute, que je pouvais être quelque chose de pire que son bourreau : son dénonciateur.

— Non, Florence, fis-je les larmes aux yeux, j'étais fou en vous disant ces choses. Je suis incapable de lui faire du mal, mais elle, pourquoi ne me pardonne-t-elle pas ? pourquoi ne comprend-elle plus mon amour ? Elle a donc tout oublié des beaux jours que nous avons vécus autrefois. Elle aime donc quelqu'un ?

— Celle-là, aimer ! reprit Florence en haussant les épaules. Non, ça ne saura jamais ce que c'est ! Ça a des caprices. Après l'un, l'autre. Et puis l'argent, l'argent, voilà ce qu'elle désire surtout. Vous en savez quêque chose. Est-ce qu'elle n'vous en a pas fait voir comme à M. Ancelle. Il n'en a pourtant pas assez, celui-là !

— Que voulez-vous dire, Florence ? demandai-je. Elle est encore avec cet Ancelle ?

— Comment, vous ne saviez pas ! Quand elle vous a lâché, c'est lui qu'elle allait retrouver, à Marseille. Il arrivait de Madagascar. Ah ! dame, il était décati, le pauv'garçon.

— La menteuse ! fis-je, sentant renaître toute ma colère. Elle m'a affirmé qu'elle ne l'aimait pas, et c'est à lui qu'elle retourne toujours. Dites-moi, Florence, elle l'aime, elle l'aime ?

— Oh ! ça a été bien dans les premiers temps, mais je vous assure que ça s'est vite ralenti, cette passion-là. À présent elle lui en montre de rudes ! Elle le mène au doigt et à l'œil. Le malheureux en voit de telles qu'il a beau être la brebis du bon Dieu, il y a des jours où le sang lui monte à la tête. Ah ! pour sûr, il arrivera des malheurs ! Un soir, chez Maxim's, un homme, un prince russe est venu quand l'autre était là, et il la pressait, et il la caressait, et elle, bien contente, riait de toutes ses dents à son ami qui commençait à faire les gros yeux : « Finis donc, vilain jaloux ! » Ils ont fini par se jeter des carafes à la tête. On a ramené monsieur, évanoui… Y a pas à dire ! Tant qu'il a été mal, elle l'a soigné comme une sœur de charité, mais à peine a-t-il été rétabli, les scènes ont recommencé. Il dit comme ça qu'il n'a jamais vu de femme comme elle. En plein café de Paris, monsieur, elle lui demande de l'argent, et pas deux sous, des cent et des mille, et des bijoux et tout ; c'est qu'il lui en faut à présent, elle a des chapeaux, des chapeaux à en remplir une chambre. Et s'il fait mine de r'fuser, elle se lève de table ; un soir elle est partie toute seule. Elle se faisait mettre sa sortie par les garçons qu'il était encore à l'attendre devant le souper qu'il venait de commander. Vous voyez la tête de ce malheureux au milieu d'une foule qui rit et s'amuse de voir un homme qu'on plaque au milieu d'un souper. J'vous dis, monsieur, que les condamnés aux travaux forcés sont moins à plaindre que c't homme ! Elle le traite comme un paria. Plus il la comble, plus elle lui en fait. L'aut'jour, il venait de lui donner une bague que moi j'trouve pas bien jolie, bien jolie, mais qui, paraît-il, vaut des tas d'argent. Y a des perles grises, des perles roses. C'est admirable, il se paraît. Elle était d'abord dans le ravissement de l'avoir, elle la montrait à tout le monde, puis, le jour même du cadeau, la voilà, au Concours, qui se met à se jeter à la tête d'un officier. Tout le monde l'a vue. Et comme le pauvre amant, bien humble, souffrant le martyre, mais sans trop oser le laisser voir, venait l'implorer : « Ah ! fiche-moi la paix. Crois-tu que pour une bague je vais être à tes pieds ! Tiens, la voilà ta bague. » Et elle la lança je ne sais où. Oui, une bague qui valait tant d'argent ! Après, par exemple, elle s'en est repentie, elle est allée la chercher, la demander, mais dame ! personne ne l'a retrouvée, – ou on ne lui a pas fait dire. De trois jours elle n'a pas couché à la maison. J'ai cru que monsieur allait se tuer. Ah ! voyez-vous, c'est une méchante carne. Oui, elle en fait aux hommes comme aux femmes. Enfin, à moi, pourquoi qu'elle voulait me mettre à la porte, est-ce que ça la regarde que j'aime Pierre ou Paul ? Tenez, monsieur, excusez-moi, mais Madame, c'est une salle bougresse !

— Florence ! m'écriai-je, je vous défends de parler ainsi. Taisez-vous, je ne puis entendre dire du mal de ma Juliette. Non, elle n'est pas méchante. Je ne veux pas le croire. Et vous, Florence, vous seriez bonne de lui dire combien je l'aime, conbien je suis malheureux de m'être ainsi laisser aller à ma colère, comme je pleure le mal que je lui ai fait. Tenez, Florence, portez-lui ce que j'ai écrit. Peut-être aura-t-elle un peu de compassion.

— Mon pauv'monsieur ! répliqua la domestique en me dévisageant d'un air de profonde pitié. Si j'avais été que monsieur, c'est pas des femmes comme ça qui m'auraient tourné la tête. Y en a tout de même assez qu'ont du cœur !

Elle sortait déjà ; elle revint sur ses pas et, s'approchant tout près de moi, elle me chuchota :

— Si vous la voyez, madame, n'lui répétez pas c'que j'vous ai conté. Faut pas faire tort au monde. Et puis ça m'a échappé !

— Ah ! Florence, je ne la reverrai jamais.

— C'est ça qui s'rait heureux pour vous !

— Ne dites pas cela, Florence !

— Moi, reprit la femme de chambre qui ne voulait pas partir sur de mauvaises paroles, moi, j'ai dans l'idée que tout ça s'arrangera, et qu'monsieur n'sera pas c'qu'il est aujourd'hui, quoiqu'tout d'même, avouez-le, monsieur, c'est bien de vot'faute… J'vas toujours lui dire que ça n'a pas de bon sens de vouloir être mauvaise pour un homme qui l'aime tant !

Cette visite me laissa une grande joie. Je ne songeais point d'abord à la dénonciation de Juliette. Le léger espoir que m'avait donné Florence avait suffi à m'enchanter. Que Juliette fût si cruelle pour Ancelle, je m'en réjouissais comme d'une faveur singulière. Ancelle était, sans doute, revenu riche de Madagascar, et c'est pour le dépouiller qu'elle s'était précipitée vers lui. Que Juliette fût avide, fausse, abjecte, cela m'était égal, pourvu qu'elle n'aimât pas un autre homme.

Puis ma tranquillité s'enfuit.

En amour nous créons presque seuls nos plaisirs et nos peines ; et comme sans raison je m'étais mis à espérer, sans raison aussi je m'abandonnais à la crainte ; j'en vins, dans ma solitude, à m'effrayer à l'extrême de cette arrestation menaçante dont m'avait parlé Florence. Je me reprochais de n'avoir pas demandé à la femme de chambre l'adresse de Juliette. J'aurais voulu lui écrire, la voir, lui parler ; elle m'aurait écouté, j'en étais persuadé tandis que, loin d'elle, je devais toujours être un ennemi.

Dans ces jours-là je reçus une bonne nouvelle. Le seul bien qui me fût resté de toute ma fortune, bien jusque-là très inutile, car je ne pouvais rien en retirer : une usine, fermée depuis longtemps, venait tout à coup de tenter un riche industriel. On me l'achetait à un prix, il est vrai, bien modique, mais qui n'en était pas moins pour moi inespéré. Maintenant que ma vie de privations et de misères continues s'éclairait d'un pâle rayon, je redoutais tout ce qui pouvait l'inquiéter. Je n'avais plus, comme dans les commencements de ma pauvreté, l'insouciance, le mépris du lendemain.

En même temps que je reprenais goût à l'existence, ma passion devenait plus forte, plus impérieuse que précédemment ; je ne me résignais pas à l'idée de ne jamais la satisfaire ; et l'avenir incertain me causait une inquiétude, une exaspération continuelle.

J'étais dans ces angoisses lorsqu'un samedi soir, avant dîner, – il faisait jour encore, je me souviens, c'était au mois de mai, – j'entends frapper à ma porte. Je me demande avec des battements de cœur précipités si je dois ouvrir. Est-ce qu'on viendrait m'arrêter ? Non, il me semble entendre un bruit de jupe. Ce doit être Florence. J'ouvre vite, mais comme je suis saisi, comme je tremble de plaisir et de cette peur qui vous abat aux moments suprêmes, quand je la vois, ma Juliette ! Car elle est là, devant moi, habillée comme elle sait l'être, jolie plus que jamais. Elle ne fait pas un mouvement ; elle n'entre pas. Elle à l'air d'hésiter, d'avoir peur aussi ! Est-ce qu'elle viendrait pour me dire des injures, pour être cruelle. Non, elle sourit ; elle ne craint pas que je la batte, elle ne m'en veut plus, elle me prend les mains ; et maintenant simple dans sa bonté comme peut-être elle l'a été dans ses ruses et ses méchancetés, elle me dit :

— Votre lettre était gentille ; alors je suis venue. Ah ! vous avez bien mal agi… Oui, je sais, je l'avoue, j'avais des torts, mais ce n'était pas une raison pour que vous vous conduisiez de cette façon. Enfin, ne parlons plus de cela… Je vais partir, et je n'ai pas voulu m'en aller sans vous voir. Après avoir vécu ensemble comme nous l'avons fait, ce serait stupide d'être ainsi, à couteaux tirés…

— Oh ! ma Juliette, vous n'allez pas partir ?

— Si, pour Vienne. L'ennuyeux, c'est que je n'ai pas encore trouvé ce que je vais lui raconter…

— À qui ?

— À mon ami, je le lâche, j'en ai assez de lui. Je vais à Vienne où l'on m'attend…

— Juliette, m'écriai-je avec colère, vous partez avec Ancelle ?

Elle éclata de rire.

— Bête ! fit-elle, c'est justement lui que je plaque.

— Ah ! Juliette, pourquoi m'avez-vous quitté pour cet homme-là ?

— Pourquoi ? Est-ce que je puis vous dire ? Pour mille raisons. Nous n'avions plus le sou, mon pauvre ami ; il était impossible de rester ensemble. Et puis je sentais que vous n'étiez plus avec moi le même qu'autrefois. Ne dites pas non, c'est la vérité. Alors moi aussi, que voulez-vous, ça diminuait, l'amour ! D'ailleurs j'aime être libre ! Et le pauvre garçon m'écrivait de là-bas des lettres, des lettres !… Ah ! si vous les aviez vues, ces lettres-là. Heureusement que je ne vous les montrais pas. Moi j'avais pitié de lui. Il était si malheureux ! Et puis il a fait des affaires admirables à Madagascar. Il est revenu cousu d'or. À présent… (elle se reprit à rire) à présent je lui ai tout boulotté !

— C'est comme cela que vous avez eu pitié de lui ?

— Dame ! La patience se lasse à la fin… surtout quand on n'aime pas. Maintenant, c'est bien décidé. Je ne le verrai plus. Un pareil crampon ! Non, c'est trop insupportable.

À ce moment, promenant les yeux autour d'elle, elle s'écria :

— C'est gentil, ici ! Sans blague ! C'est pas grand, mais c'est propret, coquet, et puis, pour un homme seul, n'est-ce pas suffisant ?

De la fenêtre ouverte sur la rue du Faubourg Montmartre montait cette rumeur lourde, appesantie, qu'on entend les soirs de paie, ce grondement sourd du travail lassé, de la luxure affranchie, des convoitises à demi déchaînées. Et au-dessus de ces bruits de foule d'une grande ville, le ciel était d'une limpidité, d'une paix infinie. Un dernier rayon de soleil s'endormait au bord du toit.

Nous étions muets tous deux ; elle appuyait son bras sur mon épaule, laissait pendre sa main. Je la lui baisai. Et je regardai le lit. Elle surprit mon regard. Sa coquetterie se défendit lâchement.

— Oui, mais comment me recoiffer ? Tu n'as rien ici ?

Cependant elle se livra où son fantôme durant tant de nuits était venu me tourmenter ; la légère, l'insoucieuse, l'intéressé, offerte toute, riait à mon plaisir et me retenait au sien de ses lèvres, de ses mains jointes, de ses jambes croisées sur mon corps.

Comme nous nous reposions du plaisir, elle dit, me montrant son bras marbré de bleu :

— Oh ! regardez, méchant, vous m'avez tout tigré la peau ?

Alors je m'agenouillai, et à chaque place où j'avais frappé, je mis avec délices un baiser. Elle riait, soupirait, le sein frémissant, étendue en travers du lit, la tête perdue, baignée dans ses longs cheveux dénoués. Puis d'un effort violent elle se courba vers moi, m'attira encore à ses lèvres. Avec quelle fureur de jouissance je l'étreignis ! Il me semblait fouler en elle toutes les hontes, toutes les jalousies, toutes les misères du passé.

— Savez-vous que nous allons mourir si nous continuons. Vous m'avez fait oublier de dîner. Et puis voilà, maintenant, mon vilain ventre me rappelle cette négligence, le malhonnête !

— Mais moi non plus je n'ai pas dîné.

— Quelle chance ! Nous allons faire un joli petit gueuleton ensemble. Ah ! mais… (elle tâta ses jupes)… Non… tout va bien !… je croyais avoir oublié mon porte-monnaie, mais je l'ai.

— Que vous l'ayez ou non, cela ne fait rien. Je suis riche aujourd'hui.

— Mon pauvre Herbert !

— Certainement.

— Veine alors !

— Et je ne veux plus que vous partiez pour Vienne.

— Ça, nous verrons ! Ce ne serait que dans trois jours. D'ici là, vous avez le temps de vous dégoûter de moi.

— Comme vous êtes méchante !

— Je vous connais comme si je vous avais fait.

— Ah ! m'écriai-je tout à coup, vous allez avoir honte de moi, Juliette, c'est que je suis loin d'avoir la garde-robe du prince de Galles.

— Vous êtes bien comme cela. Oh ! vos mains, montrez-les moi. Comme elles sont abîmées ! Il faudra que je vous envoie ma manucure. Et puis je vous donnerai de la crème Jones. C'est excellent. Oh ! pourquoi vous coiffer ainsi ? J'aimais mieux vos cheveux comme ils étaient autrefois.

Elle s'oublia en toutes sortes d'enfantillages, de conseils et de recettes. Sans doute pour veiller ainsi aux autres, elle devait jouer tout le jour à soigner et à embellir son corps, se faisant elle-même sa petite poupée.

En sortant de dîner, elle m'emmena chez elle, rue de Presbourg. J'entrevis une claire entrée, une suite de pièces gaies, blanches, virginales, ouvertes aux yeux et à la lumière.

Elle avait une plaisante satisfaction de vanité à me les faire voir. Elle dit devant le grand salon vide encore de meubles, et qui résonnait tristement aux paroles : « J'attends mon prince de Vienne pour me l'aménager. » Mais au fond cet intérieur lui importait peu. Là comme ailleurs elle vivait en camp volant. L'appartement joli et coquet, mais trop neuf, gardait quelque chose de banal ; on n'y trouvait point ces sièges larges, assouplis par l'usage, ni ces bonnes vieilles tentures, ces bons vieux meubles vastes et sombres d'autrefois qui font les coins, les cachettes et l'ombre délicieuse aux caresses. Rien n'y était intime sauf le cabinet de toilette où, chaque jour, durant de longues heures elle venait s'adorer, où le corps qui se parait par ambition était là plus qu'ailleurs livré aux surprises. Je me rappelai alors. Des scènes libres, gracieuses, vinrent m'exalter ; me blesser aussi, car je songeais à ceux qui pouvaient avoir les mêmes souvenirs.

— Ah ! monsieur voit bien que tout s'est arrangé, dit la femme de chambre que Juliette était allée réveiller.

Puis, agitée tout à coup d'un tremblement :

— Oh ! madame, madame, fit-elle.

— Qu'avez-vous ?

— Mais vous savez bien que M. Paul…

— Qu'il a la clef. Eh bien, après ? Je voudrais bien qu'il se permît d'entrer !

— Mais c'est qu'il ne se connaît plus, quand il est dans ses colères… Violent comme il est.

— Vous mettrez-là mon revolver pour lui faire peur s'il osait venir. Soyez sans crainte. Je ne m'en servirai pas. Et demain vous ferez changer la serrure. Il ne manquerait plus que je fusse l'esclave de ce monsieur-là !

Elle voulait avoir l'air irrité, mais au fond je la sentais heureuse, émue agréablement des fureurs qu'elle inspirait ; et cette nuit-là, avec plus d'ardeur que jamais, elle m'écrasa, me transporta dans son étreinte.

— Vite ! vite ! réveille-toi, s'écriait-elle en me frappant l'épaule, le lendemain matin, et les yeux encore pleins de sommeil, elle sauta au bas de son lit comme si le feu était à la maison.

— Oh ! il va faire beau. Quelle chance ! continua-elle. Heureusement qu'il n'est pas tard. Nous avons le temps. Car tu ne sais pas, aujourd'hui il y a courses à Chantilly et pour rien au monde je ne voudrais manquer d'y être.

— Juliette, Juliette, tu vas encore jouer, te ruiner !

— Il faudrait avoir de l'argent pour se ruiner, moi, tu sais bien, je n'en ai pas ; il vient, il passe, il s'en va. C'est comme l'eau, ça ne se retient pas. D'ailleurs je suis sage. Tu verras ! je ne joue plus. Non. Seulement j'étrenne aujourd'hui une ravissante toilette. Tu ne t'imagines pas comme je suis jolie là-dedans ! C'est pour cela que je ne puis manquer les courses.

Et, de fait, jamais si modeste étoffe avec un art en apparence si ingénu n'avait mieux enveloppé des élégances discrètes et de belles formes en flattant les convoitises. Sous cette jupe, la marche de Juliette était une offre aussitôt retirée, des impudeurs vite recouvertes, la coquetterie la plus savante travestie en une simplicité sans façons. Une petite capote Louis XVI aux bords gaufrés, baissés sur le devant et relevés sur le côté, ornée de boutons d'or, de fleurs d'ajonc et de bruyère qui formaient sur la paille blanche comme une parure de hasard improvisée à travers champs, mettait une ombre et une grâce enfantine au front audacieux de Juliette, déguisait ce qu'il pouvait y avoir parfois de dur dans son visage. Les yeux apparaissaient à présent attendris, langoureux sous leurs longs cils.

Je souffrais à la pensée de cette provocation amoureuse qu'allait être dans la foule chaque geste, chaque regard de mon amie, et pourtant je savais qu'il était inutile de m'y opposer. Elle appartenait aujourd'hui à sa toilette, à sa grâce et à son orgueil, comme la veille elle avait appartenu à mon baiser.

Elle arrangeait les fleurs de son chapeau lorsqu'on entendit une clef dans la serrure.

Malgré l'assurance qu'elle avait affectée précédemment, Juliette pâlit et se tourna vers moi.

— Mon Dieu ! fit-elle, c'est lui. Sauvons-nous par l'escalier de service.

Et nous sortîmes à la hâte.

— Que faut-il dire à monsieur Paul ? demanda Florence.

— Ce que vous voudrez… que je suis en voyage !

Ce fut pour Juliette une journée d'enivrement. Elle était si heureuse de se sentir belle qu'elle se donnait à toutes choses comme si sa joie ne devait point lui appartenir.

Dans la gare toujours encombrée de foule où des trains se suivant de quart d'heure en quart d'heure ne parvenaient pas à faire des vides, à côté de femmes, en chapeaux de fleurs et en robes de foulard, il y avait de ces figures prématurément vieillies, usées par le travail et la fête, de ces hommes qui semblent porter plusieurs existences sur leurs épaules tant ils ont l'air harassé. Malgré cette expression de fatigue écrasante, ils ont des toilettes juvéniles, des vestons courts et ajustés, des cravates éclatantes, de petits chapeaux de fantaisie ; ils jouent négligemment avec leur étui à jumelles qu'ils portent en bandoulière. Auprès de leurs fraîches et fringantes maîtresses, ils ressemblent à des collégiens très âgés évadés du pensionnat, à de très vieux petits garçons qui se laissent emmener par leur jeune maman. Elles les dirigent, les précèdent, donnent des ordres pour eux ; et c'est à peine si, par un haussement d'épaules, ils protestent quelquefois contre cette usurpation.

Juliette souriait à ces figures ; elle reconnut Lili accompagnée de Perdriel et Suzette de Joigny flanquée de son dragon. Félicienne d'Entragues était aussi là, mais, depuis qu'elle avait pour amant un prince de sang royal, elle ne frayait plus avec ses anciennes amies.

Comme Juliette se précipitait vers Lili et Perdriel, je voulus la retenir.

— Allons, dit-elle, nous sommes réconciliés depuis hier et voici déjà que vous recommencez ! Il faut bien que je parle à Lili.

Et elle courut serrer la main à la jeune femme et à son compagnon, riant aux éclats des compliments qu'on lui adressait sur sa toilette. L'homme d'affaires véreuses, comme le désignait Tavannes, était à présent en admiration devant Lili.

— Écoutez ce qu'elle a fait, ma chère : un truc épatant !

Lili prit des airs majestueux.

— Moi, dit-elle, à Enghien, il pleuvait à torrents ; nous enfoncions dans la boue ; alors j'ai pensé que les jeunes chevaux ne s'en tireraient pas. J'ai joué les vieux. Oh ! j'ai gagné, j'ai gagné… Malheureusement le soir j'ai eu un lapin. Ce petit cochon-là n'est pas venu.

— Croyez-vous qu'elle a de l'esprit ! s'écria Perdriel. Ah ! elle arrivera, c'est sûr.

— Mais ne t'épate pas, mon vieux, j'ai de l'argent de placé.

Cependant Juliette était venue me rejoindre, toute rouge de colère.

— Mon cher, je suis outrée. Je viens de demander un renseignement à un employé. Il m'a à peine répondu. Enfin ces gens-là sont des domestiques. Ils ne devraient pas se fiche du monde comme ça ! Moi, j'aime qu'on soit poli avec moi.

Par bonheur de petits sous-lieutenants de hussards, la culotte bouffante et les bottes en fuseau vinrent à passer ; devant Juliette leur képi énorme se sépara de leur tête, découvrit des moustaches blondes effarées qui montaient jusqu'aux yeux, et Juliette se consola de l'incivilité des employés avec le salut des jeunes officiers.

— Il est gentil, ce petit garçon-là, dit-elle, c'est le fils du duc d'Inkermann. Il aura cinq cent mille francs de rentes à la mort de son père.

Suzette à ce moment se précipita vers nous.

— Juliette ! Juliette ! Je viens de voir mon jockey. Joue Myrtil. Moi j'y vais de mes quinze louis, et tu sais, je ne joue qu'à coup sûr.

Mais Lili accourait derrière elle, elle l'entraîna par le bras.

— Que tu es donc poire, ma pauvre fille ! Si tu donnes à toutes tes amies le bon cheval, comme ça, il ne nous rapportera rien.

Quand nous arrivâmes, Chantilly nous enchanta de ses tendres verdures printanières, lumineuses de soleil ; puis de la nuit fraîche de sa forêt. Juliette huma cette senteur grisante de sable arrosé, de toilettes neuves, de foule et de cavalerie qui monte du champ de courses ; elle se plut à coudoyer aristocratie, richesse, haute et basse galanterie, entraîneurs et sportsmen, la canaille et l'élégance. On la désirait ; on l'enviait. Des hommes lui lançaient ce regard qui déshabille et qui viole, des femmes détournaient les yeux vers cette jupe qui tombait trop bien à leur gré. Elle allait sautillante, l'allure dégagée, les lèvres retroussées d'un sourire, parmi les promenades indolentes ou majestueuses, au milieu de cette attente anxieuse de tous ; moi je la suivais, inquiet, attristé ; des gens que je connaissais étaient là, qui avaient applaudi à ma ruine, à ma chute ; et je la voyais répondre à leur sourire d'un clin d'œil. Je me demandais si ce soir elle serait avec moi. Mes atroces fureurs me tourmentaient encore ; elle me regardait, sentait bien ce qui se passait en moi et ne faisait que s'amuser de ma peine.

— Qu'avez-vous encore ? Quelle drôle de figure vous faites, oh ! oh !

Et sa gaieté éclatait, s'envolait.

— Attendez-moi ici, dit-elle.

Je crus qu'elle m'abandonnait. Je la perdis au milieu des cris des bookmakers et du ticketage du Pari-Mutuel. Quelles minutes horribles et délicieuses passées à l'attendre, à la désirer, à la maudire, à la retrouver ! Je jouais aussi, moi, mais à un jeu plus hasardeux encore que tous les autres.

— Je suis sage, fit elle en revenant. J'ai mis seulement cinq louis sur Gospodar.

La cloche sonnait pour la course. Nous montâmes en haut des tribunes. Les petits cavaliers aux casaques de soie orange, mauve, rose, bleue, pourpre, azur, partirent en ligne, puis vite se désunirent. Juliette suivait, toujours souriante, à peine inquiète.

On criait :

— Bravo, Régence !

— En avant !

— En avant !

Je regardais l'agitation des ombrelles, les vastes parasols rouges, les toilettes claires des femmes, les vêtements sombres des hommes, tous ces papillons blancs sur cette fourmilière noire s'étaler au soleil au milieu de la pelouse veloutée ou se perdre sous les grands ombrages.

— Voyez comme mon jockey se tient bien, dit Juliette.

La casaque orange passait devant les tribunes, la taille droite, menant d'une belle allure le superbe Gospodar et laissant loin derrière elle la casaque azur toute penchée, tout arc-boutée contre l'encolure du second cheval qu'emportait un galop inutile.

Des sifflets, des injures, des cris de triomphe, de colère, d'indignation éclatèrent à la fin de cette première course. Juliette se pendit à mon cou comme un enfant.

— J'ai gagné, j'ai gagné. Ah ! je savais bien que j'avais la veine aujourd'hui !

Au pied des tribunes courut un long murmure de réprobation. Personne ne prévoyait que Gospodar aurait la victoire.

Un jeune homme humblement s'excusait devant une dame âgée dont il avait trahi la confiance, et qui fixait sur lui des yeux de reproche, tendait ses lèvres comme pour le mordre.

— Je vous assure, madame, que je n'aurais jamais deviné ce qui vient d'arriver. Gospodar, d'après tous mes calculs…

— Ils sont jolis, vos calculs.

— Ça ne devrait pas être permis, ces choses-là, observaient les entraîneurs.

— Toi qui ne joues jamais, fit une jeune femme furieuse, à son amant tout penaud, avais-tu besoin de jouer ce cheval-là ? Ah ! c'est fin !

— Le jockey a fait un arrêt cynique, s'écria un gros bookmaker congestionné.

Lili était elle aussi très irritée. Elle alla boire du champagne pour se consoler avec Perdriel.

— Allons, j'ai soif. Sors ta galette.

— Oh ! fit Juliette, je gagne deux cents louis ; et elle battait des mains à son propre succès.

— Gardez votre joie pour vous madame, fit d'un ton hargneux, en se retournant vers nous, une vieille entremetteuse à trois mentons et à grandes plumes de cygne. C'est indécent de se réjouir quand tout le monde a perdu.

— Et si ça me plaît, à moi, d'être gaie, répliqua Juliette en baissant le regard d'un air dédaigneux et en prenant ses plus solennelles façons. Si ça me plaît, qu'avez-vous à dire ?

La dame chevronnée haussa les épaules et ses grandes plumes s'agitèrent comme en signe de deuil au-dessus de son vaste chapeau mousquetaire, tandis que derrière elle Juliette confessait entre les dents son manque de bienveillance :

— Qu'est-ce qu'elle a dans le trousseau qui la démange ? Espèce de vieux lavement de la reine Putiphar !

Mais vite elle se précipita du côté du pesage ; un valet promenait par la bride un cheval qui s'ébrouait, secouait et baissait la tête, comme fier et intimidé de ses longues jambes minces qui semblaient à peine effleurer la terre battue. À sa vue Juliette s'écria :

— Mon joli petit cheval, mon joli petit cheval !

— Tu vas jouer Myrtil ? lui demandai-je.

— Non, je ne joue plus à présent. Pour une fois que j'ai gagné, je ne veux pas risquer mon argent. D'ailleurs cette rosse de Suzette peut bien m'avoir donné un mauvais tuyau. Allons-nous-en !

Elle était ainsi, caprice et fantaisie, détestant ce qu'elle venait d'adorer il n'y avait qu'une seconde, toute prête à abandonner d'un coup ce qu'elle avait souhaité et poursuivi avec ardeur.

Nous partîmes. Comme elle montait avec moi en voiture pour se rendre à la gare, un homme au visage cuivré, creusé, amaigri, à l'air sombre, couvert de vêtements pleins de poussière, se précipita vers nous. Juliette pâlit en l'apercevant.

— Putain, cria-t-il d'une voix enrouée, putain ! Je t'ai payée, tu es à moi, je te veux.

Je levai ma canne. Juliette m'arrêta le bras.

— Non, laissez ! Vous voyez. Des gens viennent derrière nous.

L'homme criait encore :

— Dire que j'ai triché, j'ai volé pour toi, volé mon pays pour que tu me jettes à la porte comme un chien. Salope ! Salope !

C'était Paul Ancelle. Sa présence, son aspect me causèrent tant de surprise que je n'eus pas un tressaillement aux insultes qu'il nous lançait.

— Mais avancez donc, cocher, disait Juliette livide et d'une voix étranglée, avancez donc !

Les chevaux, fouettés et refouettés, emportaient enfin la victoria d'un trot rapide ; je vis Ancelle courir après nous ; mais il se heurta contre quelque chose et tomba tout de son long dans la poussière avec un cri qui fit longuement retentir la forêt. On accourait, on s'empressa autour de lui ; des gens nous poursuivirent. Nous arrivâmes pourtant sans encombre à la gare et nous montâmes dans un train qui partait aussitôt pour Paris.

Juliette revint bouleversée à la maison.

— Vous auriez dû lui répondre, dit-elle.

— Mais c'est vous qui n'avez pas voulu.

— Cela ne fait rien. Vous deviez lui fermer la bouche avec votre canne, à ce misérable-là ! Ah ! le misérable, répéta-t-elle. Et dire que je l'ai aimé !

— Que venez-vous de m'avouer, Juliette ? m'écriai-je.

— Je ne vous ai rien avoué. Je voulais dire que je me suis laissée aimer, que j'ai été trop bonne pour lui. Je suis bien récompensée !

Elle se laissa tomber en sanglotant sur un canapé et longtemps mes baisers burent ses larmes.

XX
L'OISEAU TUÉ PAR L'OISELEUSE

Nous vécûmes quelques jours ensemble, heureux d'un bonheur un peu terne, sans les abandons, sans les joies enthousiastes du passé. Nous ne nous occupions point d'Ancelle ; nous ne savions ce qu'il était devenu. Juliette supposait qu'il avait quitté Paris.

Brusquement, un matin, elle m'annonça son départ pour Vienne, qu'elle prétendait ne plus pouvoir retarder.

— Mon ami, me dit-elle, ce que vous avez ne peut me suffire ; gardez-le pour vous. Vous en avez besoin. Pour moi ce ne serait qu'un feu de paille. Je vous verrai quelquefois, le plus souvent que je pourrai. Il faut se résigner, mon Dieu ! Si vous croyez que je ne souffre pas, moi aussi, d'aller retrouver mon vieux prince hongrois ! C'est un homme très bien, mais la politesse et l'élégance ne comptent guère quand on touche à la soixantaine.

Elle devait prendre le soir même l'Express-Orient, et Florence déjà sortait d'énormes malles. Je lui dis que je l'accompagnais à la gare.

— Non, dit-elle, il vaut mieux que vous ne veniez pas. Il y a peut-être dans le train des domestiques du prince ; à mon dernier voyage, il m'en avait envoyé toute une escorte pour m'accompagner, me servir, ou m'espionner. Comme tous les vieillards, il est soupçonneux, et il faut au moins qu'en allant le voir dans son pays je garde les apparences.

Nous nous fîmes des adieux passionnés. Juliette semblait toute triste de me quitter et je me sentais presque aussi désespéré que le jour où j'avais appris son abandon.

Comme je regagnais lentement ma chambre de la rue du Faubourg-Montmartre, j'aperçus quelqu'un qui descendait de voiture devant ma porte, et je reconnus Paul Ancelle ; s'il était cette fois convenablement vêtu, il avait dans son visage le même air de souffrance et d'abattement qui m'avait frappé aux courses de Chantilly. Sans me saluer, il vint à moi, et d'un ton impérieux, mais sans rudesse :

— Écoute, me dit-il, il faut que je la voie, que je lui parle une dernière fois. Je ne vous troublerai plus, mais laisse-moi encore ce soir lui parler. Je quitte Paris. Je croyais pouvoir m'en aller sans la revoir, mais je le sens, cela m'est impossible. Il faut que je la voie.

Cette demande était assez inattendue, et je demeurai quelques temps sans répondre.

— Après vos insultes, lui dis-je enfin, je ne crois point que l'on consente à vous voir, et d'ailleurs je m'y opposerais.

— Herbert, fit-il d'un ton qui évoqua le passé, les jours de chasse où il m'appelait au milieu des champs, Herbert, je veux la voir pour lui demander pardon, pour que nous ne nous quittions pas comme des ennemis.

— Puisque tout doit être fini entre vous !

— Oui, tout est fini. Mais laisse-moi la voir une fois devant toi. Oh ! ne sois pas cruel, Herbert.

— Je voudrais vous satisfaire que je ne le pourrais pas. Juliette part pour Vienne.

Ancelle parut très étonné, puis un sourire railleur effleura ses lèvres.

— Elle ne part pas ce soir, dit-il.

— Comment cela ? lui demandai-je d'une voix irritée.

— Je viens de la rue de Presbourg. La femme de chambre m'a dit que Juliette était sortie pour faire différentes courses et qu'elle se rendrait directement, sans revenir à la maison, au Châlet du Cycle. Elle m'a dit aussi que tu étais rentré chez toi, mais que tu irais la rejoindre au Châlet pour le dîner.

— Qu'est-ce que c'est que toute cette histoire ?

— C'est la vérité, probablement. Il n'est pas difficile d'obtenir, d'une femme de chambre, des renseignements sur sa maîtresse.

Je revoyais, en l'écoutant, le regard malicieux de Juliette, et ma jalousie renaissait encore.

— Il faut que j'aille au Châlet du Cycle, m'écriai-je.

— Eh bien, je t'accompagne.

Je le laissai s'asseoir à côté de moi ou plutôt je ne fis pas attention à sa présence. Durant le trajet ;

— Tu souffres ? demanda Paul tout à coup.

— Oui. Qui peut aimer une telle femme sans souffrir ?

— Moi aussi, j'ai souffert. Ah ! vois-tu, il ne faudrait pas l'avoir connue. À présent notre vie est à jamais perdue.

— Non, non, j'espère encore, j'aurai de l'énergie.

— Tu veux la revoir ?

— Comme toi.

— Comme moi. Mais moi je me suis résigné à ma misère. Et toi, tu espères encore vaincre ta passion, toi qui t'es ruiné pour elle !

— Et toi, tu as volé pour elle !… Ne nie pas, j'ai lu ta lettre de Madagascar. Je sais ce qui te faisait recommander les fournisseurs de l'armée.

— Ah ! cela m'a bien peu servi. Si tu savais comme elle m'a traité quand je n'ai plus eu d'argent !

— Et tu n'as pas fait que voler, tu as laissé assassiner…

Je songeais que j'avais vu dernièrement Geneviève en grand deuil, et que Tavannes m'avait appris la mort de M. de Requoy.

Le père de Geneviève avait succombé subitement le lendemain de sa visite au peintre. On avait trouvé à l'hôtel son corps inanimé étendu sur son lit. Les médecins ne s'accordaient pas sur la cause de son décès.

— Ne dis pas cela, Herbert, s'écria-t-il ; personne ne sait comment M. de Requoy est mort, personne ! N'as-tu rien à te reprocher de ton côté ? Je sais, va, ce qui s'est passé entre Geneviève et toi, je sais où elle est à présent. Et c'est un crime, entends-tu !

— Tu n'as pas le droit de parler de crime, misérable !

— Et toi non plus tu n'en as pas le droit, Herbert. Ah ! Herbert, moi qui t'admirais, moi qui lisais avec passion tes récits de voyages, tes études savantes, moi qui m'intéressais à ton élection et te croyais appelé à quelque haute destinée, comme tu m'as frappé au cœur quand j'ai appris que tu abandonnais tout, que tu n'aspirais plus qu'à l'amour d'une femme indigne, et dans quelles hontes tu t'abîmais ! C'était bon pour moi, cela, mais pour toi, non, Herbert ! tu as manqué à ce que tu te devais ; et si j'ai souffert de te rencontrer pour rival, j'ai souffert plus encore de penser que tu n'étais plus l'homme que j'avais aimé, l'homme auquel, malgré ma passion, malgré tout, je restais attaché.

— Paul, lui dis-je, es-tu sûr que Florence ne t'a pas menti ? Crois-tu que Juliette est bien au Châlet du Cycle ?

— Oui, je le crois, mais tu ne m'empêcheras pas de lui parler, n'est-ce pas ?

Nous arrivâmes au Châlet assez tard. Le jour tombait ; il y avait foule de cyclistes et de promeneurs pour dîner dans le jardin. Les tziganes de l'orchestre accordaient leurs instruments et les garçons allumaient sur les tables servies de petites lampes rouges. Ces lumières éclairaient des nappes blanches et des têtes rieuses qui semblaient détachées du corps plongé dans l'ombre. Nous n'eûmes qu'à donner un coup d'œil pour découvrir ce que nous étions venus chercher. Juliette était là, et elle n'y était pas seule ! Il y avait un homme à sa table, le dernier peut-être que je me fusse attendu à trouver près d'elle. C'était le jeune soldat que j'avais vu autrefois, à ces côtés, au début de notre liaison. Il avait laissé l'uniforme, était vêtu comme un petit employé. Une flamme empourprait ses joues, allumait ses yeux. Il paraissait très gai – comme son amie. Il se pencha vers Juliette et l'embrassa. Juliette se mit à rire, tandis que nous restions immobiles devant elle. Enfin elle leva les yeux m'aperçut, parut toute honteuse comme une fillette dont on vient de surprendre les méfaits. Puis, affectant un air dégagé, elle se leva, courut à moi.

— Je vous assure, Herbert, ce n'est pas de ma faute si je ne suis pas partie. Je vais vous expliquer…

Mais je ne l'écoutais point ; je regardais son jeune compagnon qui paraissait assez inquiet de notre arrivée.

— Enfin, pensez donc, Herbert, je puis bien dîner avec lui : c'est mon frère.

Que cela fût vrai, cela ne m'importait plus. J'avais senti soudain que tromperie et vérités m'étaient devenues également indifférentes. Qui m'avait transformé ? Était-ce la vue de ce frère qui, j'avais lieu de le penser, était toujours demeuré dans son ombre, et dont l'affection me semblait à présent si excessive ? Était-ce le mensonge qu'elle m'avait fait sur son départ ? Je l'ignore. Mais je n'étais plus irrité, plus ému. Je sentais qu'on venait de renverser quelque chose dans ma vie, quelque chose qu'on avait miné lentement et qu'il avait suffi de bien peu d'effort pour jeter à bas. Il y avait comme un trou béant dans ma mémoire d'où s'étaient échappées des années de misère et de bonheur. Je ne désirais plus. Je ne regrettais rien. Le mal et les délices de ma vie avaient cessé d'être pour moi.

Sans m'occuper d'Ancelle, sans regarder Juliette, sans lui dire un mot, je sortis du Châlet du Cycle et remontai en voiture.

J'avais l'impression de renaître à une vie nouvelle, mais froide et morne, où j'aurais, comme un naufragé, abordé à la terre de salut nu, dépouillé, sans souvenir.

XXI
ON NE LA VERRA PLUS SOURIRE

À l'artificieuse avait succédé une paisible jeune fille, une enfant gaie, douce comme une matinée de soleil, que j'avais rencontrée un soir, rue de la Paix, sortant du magasin où elle était employée. Elle avait de grands yeux calmes qui ne changeaient point de regard, où l'on ne voyait pas, comme chez Juliette, apparaître tout à coup, sans raison, le caprice, la ruse, ou la colère. Elle allait au travail et au plaisir avec la même sérénité heureuse.

Juliette disait : « Moi, je hais les gens qui sont sûrs de moi, leur confiance me donne envie de les tromper. » Et de fait, elle se plaisait à inspirer l'inquiétude, le doute, la jalousie. Avec Lucienne, on n'avait point ces craintes continuelles ; on pouvait attarder ses lèvres sur un sein que ne soulevaient pas sans cesse de nouveaux désirs, qui ne s'abandonnait pas un instant pour presque aussitôt se refuser. Dans cette liaison il n'y avait point de joie vive, mais il n'y avait point non plus de profonde souffrance. Rien n'était inattendu.

Comme ces anciens miroirs, solides et ternis, qui ont traversé les temps dans leur encadrement massif, les existences éprouvées, minées par l'amour et qui en ont triomphé, finissent par ne plus réfléchir nettement les douceurs et les peines ; tout ce qui passe devant elles s'y peint en couleurs confuses. On n'est plus surpris, et l'on est résigné, comme si, pour dominer l'amour, on avait déjà quitté la vie.

Parfois, semblable à l'éclat d'un orchestre lointain, la vieille passion s'éveillait en moi, mettait un désir, un regret ; mais ce n'était qu'un éclair et une ombre. Je m'attachais au présent et je ne voulais plus retourner en arrière, même par la mémoire.

Depuis plus d'un an je vivais de la sorte, achetant par de besognes pénibles, peu rétribuées, un court loisir près de ma nouvelle amie, qui éloignait, sans la détruire, l'idée d'une complète solitude.

De tous ceux que j'avais connus je ne savais plus rien. Seule Mademoiselle de Requoy m'avait écrit des Cormiers pour me renvoyer l'argent que je lui avais remis autrefois. Dans sa lettre, triste et affectueuse, elle me disait qu'elle était fixée à la campagne, et qu'elle ne retournerait plus à Paris qui ne lui rappelait à présent que des chagrins. Aussi fus-je assez étonné, un matin que j'étais sorti seul, de la rencontrer rue Cardinet. Nous nous croisâmes sur un trottoir. Elle n'osait point d'abord me regarder, mais elle répondit à mon salut et nous nous abordâmes.

— Je ne suis ici qu'en passant, dit-elle en remarquant l'expression de surprise de ma physionomie. Je viens chercher quelques livres. C'est que je suis devenue très studieuse !

Elle était aussi jolie qu'autrefois, mais je remarquai dans sa tenue un air de sévérité, un mépris de coquetterie, et presque une négligence, assez singulière chez une jeune femme. Ses beaux cheveux relevés brutalement laissaient libre le front et apparaissaient à peine sous le chapeau très simple.

— Vous regardez ma toilette, et vous ne la trouvez peut-être pas à votre goût. Ah ! tout cela m'intéresse si peu maintenant !

J'aurais dû me faire religieuse, voyez-vous ! à présent c'est trop tard ; je n'aurais plus le courage de me plier à la discipline. Enfin, je puis toujours oublier le monde et me faire oublier !

L'espèce de sourire qu'elle affectait d'abord avait disparu. Elle était devenu silencieuse, mais je vis bien qu'elle avait besoin de me parler et que les promiscuités de la rue l'en empêchaient. Nous nous dirigeâmes vers le Parc Monceau.

Il était près de midi et en ce mois d'août le Parc était complètement désert ; nous pouvions y causer librement sans avoir à redouter les indiscrétions ou les rencontres d'anciens amis.

— Vous me trouvez transformée ? dit-elle. Oh ! je le sais bien, mon Dieu ! C'est qu'il m'est arrivé de grands malheurs depuis notre dernière entrevue ! Après mon pauvre père, il m'a fallu voir s'en aller l'être que j'aimais le plus. Je n'avais même pas alors de quoi payer son enterrement. Ah ! j'ai passé par de cruelles épreuves !

Elle essaya de dominer son émotion et me dit, d'un ton qui voulait être indifférent :

— Est-ce que vous voyez ma sœur à Paris ?… Elle écrit, elle fait des conférences : c'est un bas-bleu des plus distingués.

Mais de quelque côté que se tournât son souvenir, elle retrouvait des chagrins.

— Ah ! son histoire est aussi triste que la mienne… Non ? Mais vous ne savez donc pas ce qui lui est arrivé ? Vous avez donc rompu avec Paul Ancelle ?

À ce nom d'Ancelle, qui me rappelait toutes mes peines, je dus laisser paraître sur mon visage quelque émotion et ce fut une réponse suffisante.

— Vous avez eu bien raison, reprit-elle. C'est un homme que l'on ne doit pas voir, que l'on doit mépriser.

Je crus qu'elle savait comment était mort M. de Requoy et je tremblais de l'apprendre de ses lèvres. En effet, lorsque je le supposais en danger n'avais-je pas été, par ma négligence à le secourir, aussi coupable qu'Ancelle qui refusait de le sauver ? Si réellement on l'avait assassiné, notre absorbante passion nous avait l'un et l'autre rendus complices des meurtriers.

Mais Geneviève, comme tout le monde, ignorait les circonstances de cette fin, et elle avait d'autres misères à me révéler.

— À peine mon pauvre père était mort, dit-elle, ce misérable Ancelle est venu demander la main d'Hélène. Maman le connaissait très mal ; elle pensait qu'il était riche ; quand elle apprit sa ruine, elle se crut trop engagée avec lui pour rompre ; d'ailleurs il avait fait sa conquête, elle s'était entichée de lui, et elle comptait beaucoup encore sur la fortune à venir de l'oncle d'Ancelle, M. de Carignac, qui s'est marié depuis et ne pense nullement à prendre Paul pour héritier. C'est l'éternelle comédie. En unissant leurs enfants, les parents ne songent pas à autre chose qu'à marier des fortunes, et comme cela eut lieu pour Hélène, ils sont dupes plus d'une fois. Ancelle avait si bien conduit son jeu qu'il était parvenu à rendre désirable un mariage où il n'apportait que sa personne, alors que seule sa fortune avait pu le faire agréer au commencement. Mais il ne sut point cultiver ces bonnes dispositions. La nuit même des noces je suis réveillée par des cris, le bruit d'une querelle, et je vois ma sœur à demi vêtue, l'air égaré, qui se précipite vers mon lit. Elle vient y tomber et s'y roule en sanglotant. J'essaie en vain de la consoler, d'avoir des explications. Maman, qui accourt à ses plaintes, n'est pas plus heureuse que moi. Hélène persiste à vouloir rester là, près de nous, et ne nous laisse rien deviner de ce qui a pu inspirer une pareille résolution. Pourtant nous avons des soupçons, nous accusons Ancelle. Ma sœur n'est pas une fillette. Pour qu'elle se soit sauvée ainsi, il faut qu'Ancelle ait montré une grossièreté, une barbarie, que sais-je moi ?… La nuit se passa pour nous trois dans une inquiétude extrême. Le lendemain une discussion eut lieu. Vous ne croiriez pas que Paul s'emporta jusqu'à traiter ma mère et ma sœur comme on ne traite pas les plus méprisables des êtres. Maman, après avoir montré un peu d'énergie, en voyant Hélène pleurer, a fondu en larmes. Il n'y avait que moi qui eusse conservé quelque sang-froid. À la fin, lorsque je vis ce misérable proférer les plus ignobles insultes, je ne me contins plus, j'appelai les domestiques, et je l'ai fait jeter à la porte. Sur le moment on m'a remerciée ; mais une fois Ancelle parti, une fois la rupture consommée, ma sœur s'est mise à aimer cet homme dont l'offense d'abord l'avait révoltée. Je voyais qu'elle n'était plus la même à mon égard ; elle ne m'adressait pas la parole, elle ne me répondait pas. Un soir elle à éclaté. « Oui ! s'est-elle écriée, c'est toi qui a chassé Paul des Cormiers, c'est parce que tu étais jalouse de ce mariage, que tu es venue envenimer une querelle sans importance et le brouiller à jamais avec nous. — Mais mon enfant, disait maman, qui assistait à notre altercation, tu sais bien que si Geneviève autrefois a quitté les Cormiers, c'est parce qu'elle craignait d'être forcée de l'épouser. — Je sais, répliquait ma sœur intraitable, je sais qu'elle le déteste et qu'elle veut contraindre aussi les autres à le détester. » Et comme maman ne paraissait pas l'approuver autant qu'elle l'eût voulu, elle a déclaré qu'elle ne vivrait plus avec nous. Il n'y a pas eu moyen de lui faire entendre raison. Elle est partie comme elle l'avait dit. À présent elle est installée ici. Nous ne la voyons plus. Il paraît qu'elle vit très luxueusement, gaspillant sa dot dans toutes sortes de folies. Elle voudrait se réconcilier avec Ancelle, mais, tout en désirant le revoir, elle a peur de lui, et elle est trop orgueilleuse pour courir le chercher. Si la réconciliation a jamais lieu, elle ne durera pas. Hélène pardonnerait tout à son mari, vices et crimes, elle ne lui pardonnera pas une infidélité ; et, si Ancelle se rapproche d'elle, c'est sans amour, par intérêt, avec la pensée d'une autre femme.

À ce moment Mademoiselle de Requoy détourna la tête, et je vis qu'elle portait la main à ses yeux. Peut-être voulait-elle me cacher ses larmes.

— Qu'avez-vous, ma chère Geneviève ? fis-je en l'attirant contre moi.

J'aurai désiré qu'elle montrât plus de confiance, qu'elle crût mieux en mon affection, et moi-même je sentais bien que je ne pouvais lui donner qu'une indigne pitié. Elle ne demandait rien ou davantage.

— Je songe, disait-elle, à ma vie de là-bas, dans cette grande maison abandonnée. Maman ne s'interrompt de gronder les domestiques que pour se lamenter. Moi, je pleure aussi, et pourtant nous sommes si étrangères l'une à l'autre que nous n'avons même pas la consolation de confondre nos chagrins. Nous nous parlons à peine. L'autre jour je suis montée dans l'atelier de papa. J'ai vu le paysage qu'il avait commencé quand il est parti… Ah ! cela m'a fait du mal… mais j'ai eu aussi comme du plaisir à pleurer en songeant à lui. Pauvre papa, il n'y a que moi qui pense à lui. Maman souffre d'être seule, mais au fond elle ne regrette pas le passé. Moi, je n'ai que mes souvenirs pour me tenir compagnie. Personne ne vient plus aux Cormiers, et je ne vais chez personne… Je ne vois que les fermiers. Ils me font bonne figure quand je viens apporter des robes pour leurs enfants… J'essaie de lire, de travailler, seulement j'ai beau faire des efforts pour m'absorber, la pensée m'emporte bien loin. C'est la même chose si je me mets au piano ; je songe toujours au pauvre papa. Il aimait tant m'entendre jouer ! *Les Noces de Figaro* surtout le passionnaient. Je n'aimais pas cela autrefois. À présent cela me passionne. Il me semble que je le vois tourner les feuillets près de moi. Mais comme j'ai mal ensuite !… Vous ne vous imaginez pas l'hiver que j'ai passé là-bas. Traverser ces grandes pièces désertes, descendre toute seule cette longue allée de peupliers que j'avais connue si joyeuse, hiver comme été, du temps de papa, c'était désolant !

Je ne lui répondais pas. Je pensais à cette matinée d'automne où elle était venue vers moi et qui devait nous attacher ; elle était si ingénue malgré ses audaces, si tendre, si prête à aimer malgré ses affectations d'indépendance ! Pourquoi n'avais-je pas su mieux la retenir, pourquoi n'avait-elle alors ému que mes sens ?

Elle dit encore :

— Oh ! je n'aurais pas dû revoir maman, ni retourner aux Cormiers. Cela n'a servi qu'à me rendre plus malheureuse.

Ne sommes-nous pas un peu liés l'un à l'autre, pensais-je, et maintenant qu'elle est seule dans l'existence, refusera-t-elle quelqu'un qui ne lui était pas indifférent autrefois ?

Je la regardai ; elle ne parlait plus, elle enfonçait dans le sable le bout de son ombrelle, et son regard aussi s'attachait à terre.

Peut-être attendait-elle un mot d'encouragement ? mais prononcer ce mot, n'était-ce pas la tromper, lui laisser espérer un bonheur que je n'avais plus le droit de lui promettre.

Certes, elle me plaisait. Je me sentais aussi attiré vers elle comme vers un bien utile à mon existence. Mais c'était tout. Naguère j'aurais pu la désirer. À présent, il me semblait que Juliette avait détruit tout amour en moi, à moins que le sien ne subsistât, semblable à quelque ruine encombrante. Parmi tant de débris, certaines images m'arrêtaient toujours.

Cependant Geneviève m'avait tendu la main.

— Adieu, mon ami, dit-elle, et ses yeux se fixèrent longtemps sur mes yeux, comme si son regard pouvait pénétrer en moi et lui révéler mon âme obscure.

Je ne sus point la retenir. Je n'y montrai d'ailleurs aucun empressement, bien que j'eusse désiré demeurer avec elle. J'étais abattu, découragé. Nous nous séparâmes. Elle s'éloignait lentement. En passant la grille du boulevard de Courcelles, elle se détourna à demi. Peut-être espérait-elle encore. Mais je ne fis pas un mouvement. Quand je ne la vis plus, je retournai chez moi, dans une grande tristesse.

À la maison, Lucienne, qui avait d'ordinaire l'humeur enjouée, m'accueillit d'un air sombre, sans un mot de bienvenue. Puis elle me reprocha de l'avoir fait attendre. « L'heure du déjeuner était passée. Je n'avais plus aucune attention pour elle. » Habituellement elle ne s'occupait point de mes retards. Et je sus bientôt la véritable raison de ce changement.

Comme je la pressais de questions :

— Je vois, dit-elle, que nous sommes restés trop longtemps ensemble.

Cette réponse me surprit et je le laissai voir. Alors Lucienne tira de son corsage un télégramme froissé qu'elle me tendit.

— Je l'ai ouvert par hasard, fit-elle. Mais je ne savais pas être indiscrète.

Je tressaillis en reconnaissant l'écriture. Juliette m'écrivait ! Tout un passé frémissant surgit, me souleva ; comme un flot qui palpite derrière une écluse, ma volonté seule avait pu l'arrêter, mais il était toujours prêt à se précipiter et à me couvrir de son écume.

« Mon ami, disait-elle, j'ai été très malade. Je le suis encore un peu. Vous me feriez grand plaisir en venant me voir. »

— Comme ce télégramme a l'air de vous émouvoir, s'écria Lucienne.

— Ah ! laissez-moi, répliquai-je.

Je comprenais à présent ma froideur devant Geneviève. L'instinct m'éloignait d'elle, au moment où Juliette voulait se rapprocher de moi. Rancunes et mensonges disparaissaient à l'idée de la posséder encore. Et je ne songeais plus qu'à m'élancer vers cette joie amère, exquise, passionnante, à l'étreindre de nouveau sans songer aux maux anciens, aux dangers futurs, fuyant comme une prison la vie grise et ensommeillée.

— Il faut nous quitter, reprit Lucienne.

— Faites ce que vous voudrez.

Je ne pris point garde à la peine que j'infligeais d'un cœur si insouciant à la pauvre femme, aux larmes que lui causait une pareille rupture. Les paisibles plaisirs qu'elle m'avait donnés ne comptaient plus pour moi. Je ne cherchai aucun prétexte, aucune excuse, aucune consolation.

Je la laissai à son chagrin et je courus chez Juliette avec cette angoisse que l'idée de la voir me donnait toujours dans les premiers temps que je la connus. Inquiétude d'un plaisir si ardemment attendu que la crainte d'en être privé vous anéantit ! Ainsi chaque fois que je m'étais cru libre, détaché d'elle, elle n'avait eu qu'à étendre la main pour que je me sentisse enchaîné. À présent, le mal de cette passion ne devait venir ni de mon égoïsme, ni de sa fantaisie, mais hélas ! d'un ennemi invisible.

À mon arrivée, je fus frappé du silence et de la solennité avec lesquels Florence m'accueillit. En même temps, ma joie et mon empressement d'amoureux furent glacés par l'odeur de maladie et de pharmacie que l'on respirait dès le vestibule. Florence me conduisit à la chambre à coucher qui d'abord me parut vide, et où je ne reconnus pas tout de suite ma Juliette dans cette petite tête pâle, perdue, ensevelie au milieu de la blancheur des draps. Ce grand lit qui l'environnait, qu'elle ne remplissait plus de ses yeux, cette armée de flacons et de fioles qui semblaient monter la garde autour d'elle, où étaient maintenant sa santé et sa grâce, me l'éloignaient, me la rendaient étrangère. Et j'eus peur aussi de son repos. Son souffle avait cette douceur, cette paix des êtres qui se sont déjà retirés des luttes et qui n'aspirent plus qu'au sommeil.

Je me tournai vers Florence comme pour l'interroger. La femme de chambre eut un regard vague qui ne me répondit point, et je sentis une étreinte et une faiblesse douloureuse à la pensée que Juliette pouvait être très malade. Cependant un meuble que je heurtai l'avertit de ma présence, elle leva les yeux vers moi ; je retrouvai encore quelque chose de cette vivacité charmante qui m'avait conquis autrefois. Malgré moi, je comparais ce qui restait à ce qui n'était plus ; une honte, une pitié anéantissante me courbèrent vers cette chère existence insultée et meurtrie. Pourtant il fallut retenir mes larmes.

— Mon pauvre ami, dit-elle d'une voix faible, comme je vous sais gré d'être venu ! Au fond il n'y a jamais eu que des niaiseries pour nous désunir, des caprises, et puis la vie qui n'est pas drôle. J'ai eu tort bien des fois, mais vous auriez dû comprendre mon caractère. Je ne suis pas méchante.

Je pris sa petite main qui s'étalait sur le lit, sèche, aux veines saillantes, aussi jaune qu'une main de cire, et j'y mis mes lèvres adoratrices. Jamais je n'avais plus aimé ma Juliette.

— N'est-ce pas que je suis changée ? reprit-elle d'une voix qui semblait presque plaintive, et en me lançant un coup d'œil rempli d'anxiété.

Et comme je voulais la rassurer :

— Ah ! vous ne direz pas la vérité, mais je sais bien ce qu'il en est, allez ! J'ai été très malade, et je ne suis pas encore rétablie. C'est un jour, après déjeuner, que cela m'est venu… Comme une traînée de feu me brûlait la gorge et les entrailles. J'ai souffert atrocement. Le médecin voulait me mettre en traitement. Non, par exemple ! Quitter mon pauvre chez moi : Il me semble que je serais morte.

Tout à coup, elle pressa les mains contre son corps et son regard se voila.

— Je sens que cela me reprend, fit-elle… Ah ! c'est cet Ancelle qui est la cause de tout cela. Quand j'étais avec lui, je buvais d'horribles boissons qui m'ont gâté l'estomac.

Puis se soulevant un peu :

— Ouvrez donc les fenêtres. Il fait beau aujourd'hui ! Vous voyez les fleurs que mon ami m'a envoyées. Il m'aime bien. Tenez, regardez comme il a meublé mon salon, c'est d'un joli effet, n'est-ce pas ?

Florence vint à ce moment apporter une facture. Juliette y jeta un coup d'œil rapide ; et cette fureur qui la transportait autrefois lorsqu'il s'agissait de défendre son intérêt ou d'obtenir un avantage d'indifférents, cette fureur âpre de terrienne qui subsiste sous les habitudes prodigues et les élégances apprises, lui rendit une minute les couleurs et le mouvement de la santé,

— C'est idiot ! c'est fou ! s'écria-t-elle. Mais puisqu'on veut me voler, je ne paierai pas. Qu'elle rengaine sa note et qu'elle fiche son camp. On verra bien après, mon ami sera là.

Elle m'interrogea le visage comme si elle craignait d'être désapprouvée, et eut un sourire.

— Vous retrouvez votre Juliette, n'est-ce pas ? Toujours le goût des folles dépenses ! Il faut vous dire que mon ami me donne beaucoup d'argent. Mais tout cela ne vaut pas la santé.

Elle regardait les fenêtres au-delà desquelles s'accomplissait la majestueuse splendeur d'une journée d'été. Paris était calme, endormi à cette époque. Le plaisir l'avait fui, et la rumeur du travail ne troublait point ses rues tranquilles. L'ombre large, le rayonnement brutal des maisons muettes et fermées, la pure clarté du ciel invitaient aux voyages. Il semble alors qu'il se passe au loin des fêtes merveilleuses et une tristesse immense pèse sur nos désirs prisonniers.

— Ah ! comme c'est dur d'être cloué dans ce lit… Vous souvenez-vous, dit-elle, il y a trois ans, nous faisions nos malles pour Biarritz ?

Je vis ses yeux qui brillaient ; elle allait pleurer. Je l'embrassai, lui chuchotant à voix basse les paroles qui pouvaient lui donner du courage. Elle était tout attendrie. Elle me prit la main, me serra longuement contre elle.

— Enfin, je suis bien heureuse de vous avoir près de moi. Mon pauvre vieux, c'est que nous nous sommes bien aimés !

— Et nous nous aimerons encore, ma Juliette, n'est-ce pas ?

— Ah ! je ne compte plus sur rien. Il me semble que mes beaux jours, je les ai eus déjà. Tenez, hier, ma petite nièce est arrivée toute gaie, toute heureuse de vivre ; avec cela, des yeux à la perdition de son âme et des façons de gentille coquette. Elle en a du vice, la mignonne ! Savez-vous l'idée qui m'est venue ? J'ai pensé que tout ce que je pouvais avoir de bien, d'agréable, elle l'avait maintenant, et que c'était son tour de prendre ma place.

— Ma pauvre chérie ! Pourquoi vous faire ces idées-là ?

— Je suis si changée ! On me l'a avoué plus d'une fois : cela doit être vrai. Ancelle n'a pas été comme vous ; il ne s'est pas gêné pour me le dire.

Elle saisit une petite glace qui était à portée de sa main et contempla quelque temps ses joues blémies, creusées, ses cheveux en désordre. Elle sourit tristement.

— Je suis assez belle, puisque j'inspire encore des jalousies. J'ai vu votre tressaillement tout à l'heure ! Rassurez-vous ! Si j'ai du mépris et du dégoût pour quelqu'un, c'est bien pour cet homme-là.

Il y a quelque temps, continua-t-elle, je me suis trouvée dans une grande misère. C'est même peut-être ce qui m'a mise où je suis. Souvent, je ne savais pas la veille si je mangerais le lendemain et je me grisais pour m'étourdir.

— Juliette, ma chère aimée, pourquoi n'êtes-vous pas venue me trouver, pourquoi ne m'avez-vous rien dit ?

— Je n'aurais jamais osé… après ce qui s'était passé… Il a fallu que je fusse malade pour vous demander… Aux autres cela m'était égal, mais ils se sont conduits comme des sauvages. C'est la guigne, voyez-vous : je ne l'attendais pas. Jusqu'alors j'avais toujours été chanceuse… Mon ami de Vienne m'avait donné vingt-cinq mille francs avant son départ. Je les remets à un prétendu homme de confiance, que m'avait recommandé

Perdriel, pour une affaire admirable. Mon argent se trotte avec lui. J'écris à Vienne : pas de réponse ! Quelques jours après, par hasard, j'apprends que mon ami le prince, compromis dans une affaire financière, vient de se suicider. Ah ! ça m'a donné un coup !… C'est à ce moment-là que dans la rue j'ai rencontré Ancelle. Je lui ai dit ma peine : Savez-vous ce qu'il a trouvé à me répondre ? « Tu m'as assez fait souffrir. C'est bien ton tour. Vois : Je puis à peine marcher. C'est pour toi que j'ai quitté la France, que j'ai été à Madagascar attraper la maladie qui me mine à présent. Tu viens m'implorer maintenant que tu es décatie, que personne ne veut plus de toi. Passe ton chemin ! » Ah ! il a été cruel. Et croiriez-vous que le lendemain il est venu chez moi, insistant auprès de Florence pour être reçu. Mais je ne reverrai jamais cet homme-là. J'aimerais mieux crever la faim. On ne traite pas une femme comme cela. Aussi ça ne lui a pas porté bonheur. Il paraît qu'il a fait un mariage qui a très mal tourné. Le bon Dieu l'a puni de s'être si mal conduit avec moi !

Elle s'interrompit pour me demander un de ces breuvages à la glace qui couvraient la cheminée ; et comme j'hésitais à reconnaître parmi tant de verres celui qu'elle désirait.

— J'ai soif ! j'ai soif ! cria-t-elle avec colère.

Et je songeai à ses jolies gourmandises d'autrefois, à ses manières félines de goûter des lèvres et du bout de la langue au vin et aux gâteaux ; rien ne me touchait plus que cet appel violent où la coquetterie de la femme disparaissait, où il n'y avait plus qu'un besoin animal, plus fort que toute habitude polie, que toute volonté de grâce.

Elle but avidement, puis me tendant le verre, les yeux détournés de moi :

— Oh ! fit-elle, voilà que cela revient : La colonne de feu ! Il me semble qu'une cendre ardente me descend dans la gorge. C'est horrible ! horrible !

Elle resta ainsi la tête renversée sur l'oreiller, tandis que je me désespérais de n'avoir à lui donner qu'une pitié inutile, épouvanté par ce mal que je n'attendais point et que je ne savais comment soulager.

La souffrance mordait à plein ce pauvre être délicat, plus nerveux et sensible qu'aucun autre ; pourtant elle essayait de ne point montrer tout ce qu'elle ressentait et d'étouffer ses cris ; son mal ne se trahissait que par de faibles soupirs, parfois par un mince sifflement aussitôt arrêté, comme si elle ne voulait point s'y abandonner devant moi.

Dans ce cruel moment un coup de timbre résonna du vestibule et la fit tressaillir. Elle parut dominer son mal, car elle releva la tête, se pencha vers moi et, d'un air inquiet, me demanda :

— Mon ami, quelle heure est-il ?

Je le lui dis. Son inquiétude redoubla :

— Oh ! partez, partez alors, partez vite, dépêchez-vous ! Mon ami doit revenir aujourd'hui. Il me l'a écrit. C'est l'heure de son train. Il ne faut pas qu'il vous rencontre ici.

— Mon Dieu, fis-je, dois-je vous laisser lorsque vous souffrez !

— Oh ! je suis mieux. Le mal vient, il passe. Vous savez : il ne dure pas, heureusement !

Ce fut affreux pour moi de me séparer d'elle, alors que je la sentais si dangereusement frappée, mais je ne voulais lui causer aucun souci. Je lui dis adieu. Tout le vieil amour s'éveilla lorsque je touchai ses lèvres. En même temps une tendresse que je ne connaissais pas me la rendait plus chère. Ce n'était plus seulement une maîtresse adorée, il me semblait que c'était aussi mon enfant. Ne l'avais-je pas portée dans ma pensée ; ne lui avais-je pas donné de mon existence ?

— Au moins, dis-je, que je revienne vite.

— Ce sera très difficile de vous recevoir quand il sera là. Je tâcherai pourtant, et dès qu'il s'absentera je vous préviendrai. Vous savez que je vous aime bien, fit-elle en levant sur moi un regard qui me rappela tous ses abandons.

Je partis avec un pressentiment que j'essayai longtemps de combattre. Je ne connaissais point son mal ; ses confidences rapides ne m'avaient guère éclairé ; Florence, à mes questions, avait seulement répondu en secouant la tête : « Ah ! la pauv'dame, elle n'est pas bien. » Mais je n'avais retrouvé en elle, qu'un instant, cette flamme de vie qui l'illuminait d'ordinaire jusqu'en ses heures les plus pénibles. Et l'amour qui s'était réveillé en moi, aussi fort que l'ancien, était un amour sans jalousie, plein de compassion, comme si je ne devais plus la désirer, la disputer à un autre ou à elle-même, comme si je ne devais plus baiser sur ses lèvres que la Douleur.

Le jour même de cette visite, Florence m'écrivit de la part de sa maîtresse, me priant d'attendre, pour retourner la voir, qu'elle m'eût envoyé une lettre. Elle alléguait la jalousie de l'amant de Juliette et ajoutait qu'elle me donnerait elle-même des nouvelles.

Je n'en reçus point ; il me fallait subir de longues angoisses. Lucienne m'avait quitté, et quand je laissais le bureau où je venais chaque jour travailler, il n'y avait rien pour me distraire de mon inquiétude. Ne pouvant plus demeurer ainsi, je me rendis rue de Presbourg, au risque de contrarier Juliette.

Florence avait l'air égaré lorsqu'elle vint m'ouvrir. Comme elle hésitait à me recevoir :

— Qu'avez-vous ? lui demandai-je. Est-ce que je ne puis pas la voir ? Est-ce que son ami est auprès d'elle ?

— Non, son ami n'est pas encore revenu…

— Alors pourquoi ne m'avez-vous pas écrit ?

— Ah ; monsieur, je n'ai plus la tête à moi. La pauvre dame est si malade ! Le médecin dit que c'est une péritonite.

J'attendais un malheur, et pourtant cette nouvelle me brisa ; ce fut en tremblant que j'entrai dans la chambre à coucher. C'est à peine si je retrouvai dans la petite face qui s'attachait à l'oreiller quelques traits de la chère aimée. Elle me reconnut de ses yeux à demi fermés et qui me paraissaient sans lumière, mais ce fut pour me repousser de ses cris et de ses mains étendues.

— Il va venir ! Il va venir ! Laissez-moi ! Laissez-moi ! Allez-vous-en !

Dans son délire, elle se rejeta d'un autre côté ; puis, son corps se souleva, courbé en arc, le ventre haut, tandis que de la tête et des mains elle s'écrasait contre le lit.

À ce moment, j'aperçus devant moi le jeune homme entrevu au Châlet du Cycle. Sa présence exaspéra encore ma douleur. Je ne pus me contenir, je sortis de la chambre et demandai à Florence, à haute voix, ce qu'il faisait là.

— C'est son frère, répondit-elle. La pauvre dame ! elle l'aimait peut-être autrement qu'il n'eût fallu.

— Taisez-vous ! m'écriai-je. Vous ne savez pas ce que vous dites.

— Elle vous aimait aussi, ajouta Florence.

Comme pour répondre à nos paroles, j'entendis éclater des sanglots.

Je retournai vite auprès de ce lit de misères.

Je craignais à tout instant qu'elle ne nous quittât.

Elle ne s'agitait plus comme à mon arrivée. Mais par une plainte faible, continue, elle laissait soupçonner la violence de son mal.

Son frère, à son chevet, continuait de pleurer. Le chagrin qu'il témoignait diminua l'aversion que je ressentais pour lui.

— Il lui faudrait une piqûre de morphine, dit-il, le médecin devait la faire lui-même. Comprenez-vous que cet homme-là ne vienne pas, laisse ainsi ma pauvre sœur ?

Et comme une soif ardente la dévorait, il lui tendit un verre en pleurant.

Elle parut un peu soulagée par la boisson fraîche qu'elle venait de prendre ; ses lèvres se desserrèrent en un sourire ; un regard oblique sous ses longs cils se dirigea vers moi. Sa figure eut, comme malgré elle, une expression de gaieté désolante en un tel moment ; ses traits, à demi effacés ou grossièrement agrandis, semblaient railler eux-mêmes la délicate beauté d'autrefois, mais ce qui en demeurait ou ce qui pouvait seulement la rappeler, m'attachait davantage, et me soulevait d'horreur contre cette destruction.

Elle avança une main osseuse ; ses lèvres remuèrent ; je crus qu'elle prononçait mon nom.

Affolé, obsédé par le passé, je ne songeai plus qu'à la serrer contre moi, qu'à l'étreindre encore. Je la saisis dans mes bras, tandis que son frère tendait aussi les mains vers elle comme si nous voulions tous deux la disputer à la mort. Hélas ! ce fut la fin. Ses lèvres se glacèrent sous les miennes. Ma bien-aimée retomba parmi ses beaux cheveux. L'horrible cruauté s'était accomplie.

Je tombais à genoux, sans force dans ma désolation. Les reproches que je m'adressais l'augmentaient encore. N'aurais-je pas dû mieux l'aimer, repousser cet orgueil qui m'avait éloigné d'elle, alors qu'elle me gardait tant de joies merveilleuses ? C'était peut-être dans ces jours de profonde misère, que j'avais ignorés, que son mal avait grandi jusqu'à devenir irrémédiable. Je maudis ma jalousie ; j'enviai la servitude pleine de délices que la pauvre morte m'avait imposée quelque temps. Alors je l'aurais souhaitée éternelle.

Le frère de Juliette pleurait en silence ; nos douleurs veillaient, rapprochées l'une de l'autre, comme deux ennemies désarmées.

Florence eut des cris discordants, abominables, à peine sincères ; mais les parents surtout blessèrent toute piété humaine. Après quelques démonstrations et quelques larmes, ces gens se répandirent en propos grossiers, laissèrent voir une curiosité inconvenante, puis, sur une observation que je me permis, me crièrent une injure que je n'avais pu mériter qu'un instant et seulement par l'excès de mon amour. Ils me reprochèrent d'avoir eu près de Juliette une situation peu désintéressée. Malgré ma patience, je fus sur le point de leur répondre ; le frère heureusement s'interposa, la querelle prit fin ; ces gens retombèrent de leur emportement à des bavardages misérables où je les laissai. Mais comme une boue en rejaillit sur la morte.

Puis vinrent les formalités infâmes ; la libre vie de la pauvre enfant n'en avait pas garanti son corps ni sa demeure. La rapacité des parents s'accrocha au luxe d'une existence maudite naguère, mais dont on voulait bien aujourd'hui tirer profit. Les scellés furent posés partout.

Du moins, je pus choisir dans ses robes son dernier vêtement. La jolie toilette de Chantilly était là, toute neuve comme si elle ne l'avait portée qu'un jour. Je la couvris de cette claire étoffe, où je la voyais encore rire, rayonner, palpiter d'une vie si abondante qu'elle semblait inépuisable. Je baisai une dernière fois ma chérie ; on l'arracha de mes lèvres pour la livrer aux mains brutales, aux mains avilissantes qui allaient clouer son cercueil.

Au milieu de ces gens qui m'entouraient, je me sentais seul et à peine toléré. Mon affliction leur paraissait à tous une suprême indécence. Le frère pouvait bien sentir ma peine, mais il lui était impossible de me tendre la main. Moi-même n'aurais-je pas refusé de la prendre ?

Je pensais que l'Église, ou plutôt les prêtres refuseraient de bénir le corps de ma Juliette, mais l'argent ou la pitié les y décida. Pompes souvent atroces et cependant plus consolantes que l'enfouissement sombre, rapide, dédaigneux pour ce qui subsiste d'une existence, des funérailles religieuses honorent les morts ; c'est assez pour que je les aime. Ma Juliette n'en était point indigne. N'avait-elle pas fait ce que la Vie avait voulu d'elle ? Jolie, heureuse, n'avait-elle pas donné sa grâce et sa joie comme la terre offre des fleurs et ses fruits ?

Enfin il fallut abandonner cette maison où elle s'était promis des fêtes si éclatantes, où elle avait goûté presque à la fois l'orgueil et la misère. Ah ! la minute de déchirement où j'ai vu s'approcher la voiture sombre qui allait l'emporter ; les chevaux se cabrer en une épouvante instinctive ; et la poussée brutale, instantanée du cercueil qui renfermait le secret de cette âme vibrante et tout mon bonheur.

On l'emmenait à un cimetière lointain, dans ce petit village d'où elle était venue nous enchanter.

Comme nous allions partir on apporta un télégramme que j'ouvris machinalement au milieu de mes larmes.

« J'arrive enfin, ma Zette aimée, viens m'attendre la gare de Lyon. J'ai hâte de t'embrasser. »

Pauvre petite morte qu'on ne laissait même pas reposer en paix dans sa tombe !

XXII
LES BELLES SAISONS DE TROUVILLE

Enfermé dans mon chagrin comme dans une geôle sans fenêtres d'où je n'apercevais plus rien de la vie environnante, je reçus une lettre de lord Beresford qui m'annonçait son arrivée en France. Lui seul m'était demeuré attaché au milieu de mes malheurs. Il allait partir pour l'Inde qu'il tenait à visiter, comme il disait, en philosophe, afin d'y étudier avec franchise l'âme et les mœurs. Connaissant ma pauvreté, désirant voyager avec moi, il m'avait demandé de lui servir de secrétaire. Puisque ma peine, si grande qu'elle fût ne m'enlevait pas encore le goût d'exister, je devais fuir Paris, m'arracher à une ville où je ne retrouvais plus ce qui m'avait ravi pendant des années, où tous les êtres m'étaient devenus ennemis ou indifférents. J'acceptai donc cette offre généreuse et je me rendis au Havre ou Beresford passait quelque temps. Au Havre on me dit à l'hôtel que Beresford était allé à Trouville et l'idée me fut cruelle et pourtant agréable de revoir un endroit où, il y avait trois ans, j'avais été si heureux avec la chère morte. Les êtres laissent un peu de leur âme dans les endroits où ils ont vécu, et je revivrais peut-être, dans quelques heures, une saison enchantée.

Arrivant par le bateau, je suivis de la plage les frêles robes d'été, les jolis babils, l'odeur des courtisanes, toutes les gaietés qui me remplissaient d'une amoureuse, d'une immense douleur ; je les suivis à travers les rues étroites, entre ces petites maisonnettes de bains de mer où l'on semble jouer au plaisir et à la poupée. Je reconnus notre ancienne villa parée, enrubannée de feuillage, de fleurs ; toute retentissante de rires. Les notes d'une valse s'envolèrent dans le ciel bleu. Une jeune femme se précipita vers la fenêtre, se laissa embrasser, en poussant un cri. Les acacias par-dessus les murs faisaient une ombre légère. De temps à autre, par les rues en pente, la mer apparaissait endormie, voilée d'une vapeur diaphane. Je descendis sur la chaussée où les ombrelles papillotaient, où les yeux des femmes étaient pleins d'ombre et de langueur. Partout s'étendait cette paix voluptueuse, mélancolique des beaux jours où l'ivresse du monde nous pénètre comme pour affoler des sens bornés et insatiables.

Mais cette foule s'ouvrait devant moi, pareille à un tombeau. Il me semblait qu'on ne me voyait pas et que j'étais, comme celle que je pleurais, une ombre. J'étais poursuivi par son rire clair, par le souvenir de sa joie aventureuse et espiègle. Elle courait sur la terrasse du Casino, folâtrant entre les tables, disant un : « Pardon, monsieur ! » ou un : « Oh ! vilain, voulez-vous me lâcher ! » avec ce mélange d'ingénuité et de coquetterie qui était sa grâce. Je n'entendais plus à présent autour de moi que des offres de service et des paroles mercantiles. Un Russe me proposa une chambre ; puis un Espagnol me demanda un renseignement. Et j'eus l'idée qu'il n'y avait là que des inconnus. Les Roches-Noires, à l'heure où j'arrivai, étaient mornes et désertes ; j'y déjeunai dans la grande salle, devant une fenêtre, à cette table que l'on gardait pour nous, où j'avais vu de si magnifiques couchers de soleil illuminer ses cheveux ; puis je me rendis à l'Hôtel de Paris où nous avions aussi passé quelque temps ; je demandai la chambre que nous occupions. Par hasard elle était libre, mais tout avait été transformé, je cherchai vainement le grand lit de ses jeux et la place où elle avait écrit son nom.

Lorsque je descendis, je fus bien étonné de voir Paul Ancelle devant moi. Puis je songeai qu'il était venu à cause d'elle. La vieillesse de ses traits s'était accentuée. Il avait l'air accablé, malade. Il marchait en s'appuyant sur une canne, et ses cheveux çà et là étaient déjà blancs. Je ne fus pas irrité de la rencontre. Il me tendit la main et je la lui serrai sans hésitation. Comme toutes nos jalousies s'étaient dissipées, comme ce que nous avions pu être pour le monde et même l'un pour l'autre nous était aujourd'hui indifférent ! Nous n'étions plus que les amis de Juliette et c'est pourquoi nous avions je ne sais quelle triste joie à nous retrouver. Nous ne parlâmes que de banalités, nous demandant des nouvelles sans intérêt ; mais la chère disparue était entre nous, c'était elle qui nous unissait, rendait douce notre causerie. Les mots qui nous arrivaient aux lèvres n'avaient point pour nous leur sens ordinaire ; nous n'y voyions qu'un chant qui rappelle le passé, qui endort les blessures.

Nous prîmes une voiture ; nous allâmes jusqu'à Honfleur, suivant cette merveilleuse route voilée de grands ombrages, éventée par les feuillées fraîches, ouverte sur l'immensité de la mer, sur le travail du Havre, reliant une discrète et laborieuse ville du passé aux élégances modernes et cosmopolites, joignant la paix, l'agitation, le travail, le plaisir, l'amour, l'argent, la mort. Combien de fois avais-je fait cette route avec elle ! Je cherchais les endroits où nous nous étions unis, enivrés par l'admirable paysage. Chaque pas éveillait des souvenirs.

Ce jour-là les promeneurs pullulaient ; à tout moment ils surgissaient comme des apparitions : les automobiles secouant le sol de leur trépidation, titubant comme des monstres ivres, ou remplissant la route de leur bourdonnement de sphinx ; des chevaux au galop, des bicyclettes lancées à toute vitesse nous couvrant, nous enveloppant de poussière. Cette joie ardente, aveugle, avait l'air de nous jeter en passant notre linceul, de nous signifier notre congé.

Nous revînmes tristement à Trouville et, comme nous arrivions, Paul exprima enfin la pensée qui, durant notre promenade, au milieu d'une causerie décousue, nous avait rapprochés, me dit le mot qui était sur nos lèvres et que nous n'avions pas osé prononcer. Il me parla de Juliette.

— Tu es bien heureux, dit-il, d'avoir été là près d'elle, d'avoir pu l'aimer jusqu'à la fin.

Toute réserve était brisée ; dès lors nos confidences jaillirent. Avec quelle ivresse nous acharnions-nous à rappeler le passé, à nous le partager ! Notre mal d'alors devenait notre bien d'aujourd'hui, puisqu'elle s'y mêlait toujours. Nous oubliions nos rancunes, nous nous perdions l'un et l'autre dans ce vaste regret comme dans une nuit embaumée, nous isolant au milieu de la foule avec son image, allant jusque sur la terrasse du Casino chercher la place où elle aimait s'asseoir pendant la musique, où elle se cachait avec moi, pour qu'on ne nous vît pas nous embrasser.

Cependant Chaperon était là ; il nous héla.

Il me rappelait Naples, les promenades autour du Castel Capuano ; je ne sus pas me défendre d'aller vers lui ; tout de suite, comme si le monde ne voulait pas nous laisser à nos regrets, nous fûmes repris par des gestes et des babils, entraînés un instant à d'autres tristesses, à de nouveaux désirs.

Chaperon était assis au milieu d'un cercle de jeunes femmes ; il leur récitait de précieuses galanteries, sans les regarder, les mains croisées devant son ventre. Ses larges yeux aux paupières à demi retombées, au regard d'extatique, semblaient ne voir que les paroles qui montaient de ses lèvres, et les adorer au passage. Ces dames l'écoutaient gravement comme les saintes peuvent écouter les litanies de leurs fidèles.

— Regardez donc Chaperon, observa le duc d'Inkermann, ne dirait-on pas une grenouille qui se chauffe au soleil ?

— Au soleil de la Beauté, fit sentencieusement le poète qui n'avait entendu que la fin de la remarque.

— De votre beauté, oui ! s'écria Lili, qui ne trouvait pas le culte de Chaperon assez sincère. Quand on pense qu'il m'a dit l'autre jour que j'étais la plus rupine des femmes, qu'il me trouvait à peindre, et j'ai vu qu'il me confondait avec la grosse Rita de Sansovino !

— Je voulais vous flatter, ma chère, fit Chaperon négligemment, tandis que Lili pâlissait et que toutes ses amies se regardaient en souriant. Eh bien, mon ami, ajouta-t-il en se tournant vers le duc d'Inkermann, avez-vous retrouvé votre Trouville cette année ?

— Ah ! mon cher, que dites-vous ! Ce n'est plus mon Trouville. Regardez ces petits vieux aux peaux craquelées de rides ; sans bouches, sans regard, hauts comme ma botte. Voilà la jeunesse dorée d'aujourd'hui ! Ils ont quatre-vingts ans en venant au monde. Ils peuvent se trémousser sur leurs bicyclettes, cela ne leur donnera pas du sang, ni des muscles. On dirait que c'est tout exprès pour eux qu'ont été faites ces femmes sans hanches, sans fesses et sans tétons qui leur servent de compagnes. Vous comprenez, des gens pareils, ça a peur de la chair. Une belle fille les étoufferait !

— Mais, au fait, reprit Chaperon, d'où viennent-ils, ces gens-là ? Ils n'ont l'air ni Français, ni Anglais, ni Allemands.

— Non. Ce sont simplement des avortons. Leurs parents se sont trop exténués dans l'ombre d'une arrière-boutique à amasser des richesses. S'ils ont réussi à faire leur fortune, ils n'ont pu créer que des monstres. Ce soir, ce sera parfumé, en frac ou en smoking. Cela dira des rosseries à quelque fille, des grossièreté à des maîtres d'hôtel, ce sera brutal et inepte, et encore cela croira faire son gentilhomme. Ah ! mon cher, ces messieurs sont en train d'assassiner le plaisir, de déshonorer la richesse. Pour moi je me sens triste ici comme sur une plage abandonnée.

— C'est que nous nous faisons vieux, mon ami, mais je vous assure, il y a encore une jeunesse, de belles filles et de beaux jeunes hommes.

— J'te crois qu'il y en a de propres ! s'écria Lili. Et Charles et Robert, r'luque les moi un peu, pour voir s'y n'dégoteraient pas tout ceux d'ton temps, les Cent-Gardes !

— Charles ?… Robert ?… Quels sont ces messieurs ? demanda le duc.

— Mademoiselle sort ses béguins.

— Pourquoi donc pas ? J'ai pas à en rougir.

— Vous pouvez vous en vanter, au contraire. Ils sauvent l'honneur de Trouville. Au surplus le monde ne meurt pas comme cela, et s'il n'y avait que les petits messieurs que nous venons de voir pour le sauver !…

— Le monde qui nous succède est vraiment trop différent du mien, s'écria le duc d'Inkermann ; je ne me sens pas plus de parenté avec lui qu'avec un phoque ou un marsouin… Dites-moi, Chaperon, avez-vous souvenance d'avoir vécu cette charmante époque de quatre-vingt-cinq à quatre-vingt-quatorze ? C'était votre prime jeunesse, vous la dévoriez ; moi, c'était mon été de la Saint-Martin, et je le savourais. Vous rappelez-vous ce Paris, Ce Nice tout en fête, l'Éden avec ses somptueux ballets, ses régiments de belles filles, cette fièvre qui animait, mêlait mondaines et courtisanes, armait leurs mains de confetti pour des luttes qui étaient encore neuves et élégantes ? Les attentats anarchistes nous rendaient la vie plus précieuse, nous pressaient à la mieux étreindre. Nous avions la même ardeur de jouissance que les gentilshommes du dernier siècle qui n'étaient pas partis pour Coblentz et avaient pu dissimuler quelque fortune. Les palais minés remplaçaient pour nous la guillotine. Personne ne songeait alors à ressusciter la République. Nous la laissions dans son ruisseau, parmi ses scandales, éructant et cuvant son ivresse ; et, en attendant le gouvernement de nos rêves qui ne venait pas, nous nous étourdissions le mieux du monde. Sans doute nous n'avions pas les excellentes façons de nos pères, mais nos sens étaient affinés ; notre esprit, expert en jouissances. À défaut du bon ton, nous en avions le goût, et c'était quelque chose. À présent tout est fini ! Du moins, si le monde doit revoir encore de jolies fêtes, combien d'années devra-t-il les attendre ! Pauvre Morny ! le petit Thiers a bien fait de déboulonner ta statue de Deauville. À quels divertissements de rustres assisterais-tu aujourd'hui !

— Il est certain, observa Chaperon, que les modèles de Tavannes semblent s'être donné rendez-vous ici. Je croyais que le peintre inventait ses monstres, mais il n'a fait que les prendre sur nature. S'il a retrouvé et reproduit partout leurs traits, même en peignant d'agréables visages, il est excusable. Ces gens ont bien des faces à vous halluciner.

Le duc répliqua en secouant la tête :

— N'est-ce pas étrange qu'un artiste se plaise à représenter la laideur. Les peintres anciens n'avaient sans doute pas toujours devant leurs regards la beauté, mais ils la créaient avec l'Idéal et l'Amour qu'ils avaient en eux.

— Qui parle d'idéal ? fit une voix. Je l'ai eu, moi l'Idéal, et ma foi…

— Tiens, M. Coningsby, s'écria Lili, en apercevant l'Américain qui surgissait en culotte courte et en vareuse, couvert de poussière.

— Vous n'êtes pas à Brighton ?

— J'ai possédé l'Idéal dans la personne de madame Coningsby, continuait l'Américain, l'une des femmes les plus distinguées de New York. Aujourd'hui j'en suis réduit à faire épier toutes ses démarches par une agence de divorces. Non, ne cherchez pas l'Idéal.

— Ta femme te fait des queues ? demanda Lili.

— Je le soupçonne. Heureusement je suis tranquille : J'ai toujours été maître de mes passions. Dès que je saurai quel est le séducteur, je me rendrai à Brighton et je vous prie de croire, je vous prie de croire…

— Oh ! tu ne vas pas les tuer ?

— Je m'en garderai bien. Mais je lui ferai payer, je lui ferai payer cher à ce voleur son acte d'indécence !

— Et s'il n'a rien, que ses talents ?

— Monsieur, si dégradée que soit ma femme, je l'estime encore assez pour croire qu'elle n'aurait pas été s'abandonner entre les bras d'une crapule sans ressources.

— Consolez-vous, mon cher, dit Chaperon. Vous n'êtes pas le seul à avoir des malheurs conjugaux. J'ai appris que cette petite rosse de Suzette de Joigny vient de se sauver avec toute la galette de Perdriel qui avait quitté Lili pour elle. Il avait une si grande confiance dans sa vertu qu'il lui abandonnait la clef de sa caisse.

— Le voleur est volé par la voleuse.

— Permettez, monsieur, observa Coningsby qui tenait à avoir le prix d'infortune, ce n'était pas une femme honnête !

— Félicienne n'eût pas fait ça, dit gravement Lili.

— Non, répliqua Chaperon, elle est trop sage. L'honnêteté dans la galanterie est toujours récompensée. Mais il faut, comme Félicienne, pouvoir se l'offrir.

— Dans un monde où les courtisanes sont si nombreuses, reprit le duc, et où pourtant on refuse de reconnaître leur existence, pourquoi voulez-vous qu'elles se conduisent autrement. Comment respecteraient-elles une société dont elles ne font pas partie ?

— Dieu ! que les hommes sont bêtes, s'écria Lili.

— Mais non, madame, répondit le duc qui parlait moins pour ses interlocuteurs que pour lui-même. L'homme est livré pieds et poings liés à la femme et il n'en peut être autrement. Nulle autre passion ne lui est permise. N'a-t-on pas dit au riche que sa fortune était un vol à la communauté ? Ne doit-il par la cacher ou la dissiper ? Lui aussi s'imagine être un paria dans la société moderne. On lui interdit de penser à ses devoirs, il ne veut voir que ses plaisirs, et ses plaisirs deviennent ses tyrans.

— Trêve à vos morales, mon cher ! s'écria Chaperon. C'est un crime de bavarder quand ces dames servent à nos yeux un régal si savoureux. Voyons, regardez et confessez vos mensonges. Vous n'avez pas la prétention, je pense, d'avoir enterré la beauté.

La terrasse du Casino se couvrait de monde. Tout le Paris féminin de la luxure était là, alangui ou excité par l'air salin, dans ces claires toilettes d'été qui ne travestissent plus le corps et semblent l'abandonner, même avant le désir.

La mer et le ciel, comme pour laisser à ces fêtes terrestres toute leur puissance, s'étaient voilés. Une brume sombre flottait à l'horizon. Les vagues, au-dessus des baraques de la plage et de l'agitation de la foule, se creusaient vertes et blafardes sous les déchirures rouges du ciel, les montées obscures des nuages.

De fines beautés passèrent, de ces femmes dont l'intelligence a transformé un corps souvent ingrat, toujours au-dessous de leur désir, et en a fait un miracle de séduction. Je songeais à ces mots de la pauvre Juliette :

— À dix-huit ans j'étais une petite sotte, je m'habillais tout de travers ; j'étais horrible. À présent je sais de quelle façon je dois être jolie.

Chaperon, comme pour répondre à ma pensée, dit au duc d'Inkermann :

— Ces jeunes femmes doivent leur grâce au rêve des grands artistes. Ce sont eux, bien plus que la sensualité d'un peuple et le génie de la nature, qui ont façonné cette chair spirituelle, créé ces gestes souples et enlaçants, cette vie fière ou pétillante des yeux.

Fragonard, Boucher, Watteau, Jeaurat ont plus fait pour elles que leurs mères.

— Bah ! répliqua le duc, elles ignorent sans doute ces peintres et leurs peintures.

— Et qu'importe ! Ces artistes ont révélé une forme de beauté qui s'est affinée dès qu'elle a pris conscience d'elle-même. Son existence réelle date du jour où elle s'est connue.

L'orchestre alors éclata en notes vives et brutales, s'assourdit un instant, puis de toutes les voix de ses cordes commença une danse farouche et lubrique, allègrement rythmée, mais au dessin vaste, puissant, fougueux, évoquant des étreintes passionnées et de foules en délire.

Gaies ou lamentables, ces musiques de casino nous inspirèrent une tristesse infinie. Devant ces vastes espaces et parmi tant d'appels voluptueux, on s'exaspère de ne pas retrouver le regard où s'effaçaient pour nous la solitude et l'immensité du monde.

Nos désirs lancés éperdument nous ramenaient le passé. Les causeries, les jolies passantes n'avaient pu nous distraire qu'un instant de la morte. De nouveau, la musique nous liait à elle.

Une jeune femme au bras de deux jeunes gens, ivre d'espoir et de plaisir ; de son charme savant et de sa toilette accomplie ; de cette fin de journée ardente, de cet air chargé d'amour, des sonorités de l'orchestre, des aveux chuchotés à l'oreille, nous effleura de sa chair et de sa jupe odorantes, bondissant comme une petite chèvre.

— Mais c'est Cilette ! dit Chaperon.

Paul se leva très pâle ; ses lèvres eurent un murmure. Je compris qu'il se croyait en face d'une résurrection.

Ressemblance trompeuse ! Il n'y aura jamais qu'une Juliette.

Lord Beresford venait de paraître. En nous apercevant, il eut un geste joyeux et se dirigea vers nous. Tous les yeux se détournèrent à son passage. Il avait cette carrure d'épaules, cette élégance d'allures, cette expression de force tranquille et consciente d'elle-même, cette fière cordialité d'accueil qui ne se retrouvent plus guère que chez quelques gentilshommes d'Angleterre, le seul pays peut-être où la noblesse a encore assez souci de ses devoirs pour pouvoir conserver le respect d'elle-même et l'orgueil de ses privilèges. Parmi tant d'êtres manqués et, comme disait Lili « de fausses couches », on avait la sensation de voir vraiment un homme.

Nous causâmes quelque temps, puis l'heure du dîner éloigna, avec la foule, plusieurs de nos amis.

— Nous reverrons-nous jamais ? dit Paul en me quittant.

— Oh ! fis-je, je pense revenir de l'Inde, n'est-ce pas, Beresford ?

— Moi, me répondit Paul, je pars pour Madagascar, dès que je serai rétabli et reposé.

Il ajouta à demi voix :

— Ce ne sera point pour y faire fortune, mais sans doute pour y mourir.

J'essayai de lui inspirer de l'espoir et du courage, mais il secouait la tête. Je le vis s'accouder sur la terrasse, regarder la nuit monter de la mer, tandis que je m'en allais dîner aux Roches Noires.

Beresford m'accompagnait ; il me parlait de mon voyage, de, l'existence que nous allions mener là-bas, mais je ne le voyais, je ne l'entendais pas. La chère morte était revenue ; elle était près de moi, elle ne me quittait plus.

À l'heure où j'écris, tandis que, les vagues battent le navire qui m'emporte et que les étoiles brillent doucement dans la nuit calme, son ombre passe devant ces pages pleines d'elle, et je vois son regard agrandi, voilé comme si ses yeux étaient humides, tristes peut-être de ne plus aimer. Oh ! puisse-t-elle ne pas s'éloigner et m'accompagner là-bas ! Qu'elle vienne dans les chaudes nuits de l'Asie, s'échappant du petit cimetière de campagne où elle est ensevelie, ravir encore mon sommeil par une illusion d'existence, qu'elle vienne encore, ma chère Câlineuse ! car elle m'a coûté trop de larmes, elle m'a causé trop de joies pour que je ne l'aime pas jusque dans la mort.

FIN

LA CAMORRA

roman d'aventures napolitaines

Notice

Hugues Rebell entretenait une relation passionnée avec la ville de Naples. Découverte en 1893, la cité italienne ne va cesser de le fasciner. Il y trouve le sel de sa propre inspiration littéraire : la beauté et la crasse, le savoir et la bassesse, la pureté et le chaos. Et puis cette puissante force de vie, sans doute née du volcan voisin, qui crée cette atmosphère éruptive, criarde, aussi enivrante qu'épuisante. La beauté suffocante des lieux se double d'une déliquescence générale, due à l'histoire et au climat de la ville. Pour le jeune écrivain voyageur (il a vingt-cinq ans), c'est un choc esthétique, géographique, culturel, humain et bien entendu charnel. Toujours soucieux de comprendre un lieu au point de l'absorber, Rebell s'immerge dans Naples comme s'il s'y voulait noyer. Pas une rue, pas une venelle n'échappe à ce découvreur infatigable, qui veut devenir le plus napolitain des écrivains parisiens. D'aucuns disent qu'il se serait acoquiné avec cette terrible Camorra, la mafia locale qui, depuis des temps immémoriaux, régit la vie secrète de la ville, au point d'en être la doublure, la réalité inversée. Rebell est-il allé trop loin ? A-t-il voulu en savoir trop ? Est-ce par vengeance que la Camorra l'aurait jeté dans le lit d'une nymphette de douze ans, dont les parents débarquent au petit jour, et menacent de tuer l'odieux suborneur s'il ne leur verse pas une somme astronomique ? Pour Rebell, la ville de Naples prend un goût amer, d'autant que l'extorsion ne s'arrête pas là. Des années durant, un maître chanteur frappera à sa porte, réclamant sa dîme au point de contribuer à la ruine de l'écrivain.

Ce mélange d'ombre et de lumière, de plaisir et de souffrance, de beauté et de crasse, Rebell y puise pour écrire cette *Camorra* frénétique.

Tableau éclatant de la vie quotidienne à Naples au début du XIXe siècle, tout n'y est que conspiration, traîtrise, maîtresses bafouées, vengeances intimes et crimes politiques. Mais si le sujet est souvent morbide, le ton de Rebell est d'une singulière légèreté, d'une alacrité presque paradoxale, comme un drame de Verdi récrit par Rossini. Ici on passe du rire aux larmes, de l'effroi à la farce, en quelques lignes. La frénésie napolitaine est tout entière dans ces chapitres ramassés, souvent violents, aussi entraînants qu'une tarentelle. Rôde ici également l'inspiration plus sombre, plus perverse de Rebell. À l'heure où il rédige sa *Camorra*, l'auteur a commencé de travailler pour l'éditeur Carrington, qui lui commande des textes érotiques publiés sous pseudonymes. Ces nouvelles illicites semblent contaminer les ouvrages plus officiels de l'écrivain, ce qui nous vaut des scènes de tortures, de flagellation, d'humiliation, qui, comme toujours chez Rebell, ne sont jamais triviales. Il y a dans cette *Camorra* une violence sourde, toujours sur la brèche ; la cruauté et la débauche explosent brusquement, comme si elles étaient contenues et devaient s'écouler. « La violence s'exagère soudain et ne laisse plus percevoir que le dérèglement de l'écrivain », écrit Hubert Juin.

L'œuvre est publiée, dans une relative indifférence, aux Éditions de la Revue blanche, en 1900. Elle avait été prépubliée dans la presse (dans *Le Journal*) grâce à l'intervention de José-Maria de Heredia. Trois ans plus tard, l'impossible Rebell ne se montrera guère reconnaissant envers le poète, puisqu'il le tournera en ridicule dans un feuilleton du *Cri de Paris*, le journal de son ami Jean de Mitty : *Les Vacances d'académicien*. Étrange persistance suicidaire d'un écrivain qui n'en finit pas de scier les branches sur lesquelles il s'assied. Homme puissant et influent (Rebell en avait profité) Heredia fera aussitôt interdire la publication du brûlot.

À Alexandre Natanson

I

BEAUTÉ INUTILE DU LIEUTENANT FORTIGUERRI

— Je vous défends d'entrer dans cette chambre !

— Mais, ma chère Helen…

— N'avancez pas ! N'avancez pas ! Je vous cravacherais.

— Vous oubliez à qui vous parlez !

— Je n'oublie rien. Vous êtes un misérable.

— C'est bien. Demain, vous ne me verrez plus. Je vais aussitôt donner l'ordre à Giuseppe de faire mes malles.

— Vous ne partirez pas !… Oh ! d'ailleurs, je sais que vous n'en avez pas du tout l'intention.

— C'est ce qui vous trompe. Je suis absolument décidé…

— Vous n'avez pas de décision à prendre. C'est moi qui commande, ici. Vous resterez dans votre appartement ; je me tiendrai dans le mien. Voilà !

— Laissez-moi du moins me justifier à vos yeux.

— Inutile ! Je vous connais. Vos paroles ne changeraient rien à mon opinion.

— Enfin, j'ai bien le droit…

— Non ! Assez de bavardages.

Au bruit de cette querelle, le marquis Malaspina, qui venait présenter son cousin, le lieutenant Fortiguerri, s'arrêta effarouché devant la portière du salon, le pied levé comme s'il eût craint de marcher sur des charbons ardents. Il avait trouvé la maison ouverte, sans domestiques ; et il était entré en familier libre et un peu obsédant, très fier de montrer son joli garçon de cousin, élégant et martial dans le costume des bersagliers. Son ami, sir Francis Scamler, n'était-il pas soldat, lui aussi : ancien colonel des King's Royal rifles, ayant fait les guerres de l'Inde ; et puis la nièce de sir Francis, cette charmante miss Helen Morgan, eût certainement convenu au lieutenant. Ah ! si la Providence avait bien voulu arranger ce mariage ! Mais, comme pour narguer ses projets, voici que, juste au moment favorable, on se mettait à se disputer.

Le marquis pensa que, tout à leur altercation, sir Francis et sa nièce n'avaient pas dû les entendre, et, jugeant opportun de remettre sa visite à une autre fois, il fit un signe à son cousin, mais sans résultat. Le lieutenant s'intéressait fort à ce que lui laissait découvrir la tenture soulevée.

Tout de suite, la grâce puissante, fière et élancée de miss Helen l'avait séduit. Il demeurait comme ébloui par les cascades de sa magnifique chevelure blonde et le regard vert, froid, orgueilleux, qu'elle dardait devant elle. Seulement, il n'eut que le temps de l'entrevoir. La jeune fille se retira dans sa chambre en jetant violemment la porte au nez de sir Francis.

— À son aise ! fit le colonel qui haussa légèrement les épaules.

Et, sans s'inquiéter de cette belle colère, il choisit, dans une boîte ouverte, un havane qu'il respira et se fit craquer à l'oreille, en amateur délicat ; puis, tout en fumant, il se remplit un petit verre de porto dont il admirait à la fenêtre les lueurs de vieil or.

La rue de Chiatamone, où habite Scamler, est une des plus agréables de Naples. L'ombre y est douce aux après-midi de soleil, et elle s'ouvre, à son extrémité, sur la pleine lumière du golfe. La fraîcheur de l'endroit, la vue d'un miroitement de flots à travers les grands cèdres d'une terrasse suffirent à remplir d'aise sir Francis qu'une jeunesse aventureuse, pleine de périls, préparait mieux à sentir les voluptés de la mollesse et de la paix.

Malaspina, qui s'était enfin décidé à se montrer avec le lieutenant, vint le tirer de sa contemplation. Sir Francis ne put s'empêcher de sourire en voyant la toilette du marquis. Pour faire honneur à son cousin. Malaspina avait revêtu une redingote longue comme une lévite, d'où sortaient des jambes maigres et de longs pieds vernis. Il portait un monumental haut-de-forme ; et des gants blancs tout neufs, un rubis d'un feu clair à la cravate, trois roses blanches à la boutonnière faisaient encore mieux ressortir le démodé, l'usure et la malpropreté de ses vêtements.

Le visage, il est vrai, est chez lui en harmonie avec le costume. Ses yeux ronds, en vigie au bord de la tête, son nez bourbonien aux narines vastes, sa bouche largement fendue, tout de sa figure semble tendu vers la vie pour la saisir et l'attirer à lui, mais il n'en a rien pris qu'une rongeuse pauvreté que, vainement, par mille tours ingénieux, il s'essaie à déguiser. Chiaia et tout le quartier de Tolède sont sur les portes quand l'antique guimbarde, qu'il appelle sa calèche, aussi large qu'une voiture de déménagements, tressautant, gémissant sur ses ressorts comme si elle allait rendre l'âme, quitte lentement les remises ancestrales, attelée de deux vieux chevaux à l'échine écorchée, conduite par un cocher sourd et à moitié aveugle. « Vedete, vedete la carrozza del marchese ! » crie-t-on de toutes parts. Mais le marquis n'entend pas les railleries, et lorsqu'il plonge, tête en avant, du fond de « sa calèche » pour saluer les vieilles douairières, il oublie la Révolution qui l'a ruiné et se croit encore aux beaux jours du roi Ferdinand, confident du prince et coqueluche de toutes les femmes.

Ridé, criquet, bavard, paressant dans un entourage de luxe et de misère, entre des fards et des remèdes, Malaspina n'en passe pas moins à Naples pour un conspirateur. On l'entend critiquer amèrement le nouveau régime chez la comtesse Labriola, chez la duchesse Tupputti, chez Don Prina. Si son jeune cousin a bien voulu se souvenir d'un parent qui pourrait le compromettre aux yeux de ses chefs et nuire, par des façons grotesques, à ses conquêtes amoureuses, c'est que personne n'est plus répandu que le vieux beau dans tous les mondes. On le respecte pour son passé ; on le craint, parce que le roi légitime peut revenir encore et lui rendre, avec les honneurs, le crédit et la fortune ; on le plaint à cause de ses malheurs ; on l'aime pour ses ridicules. Du seul éclat de son ancienne renommée, il entretient une danseuse qui, d'ordinaire, met à le tromper des égards et de la discrétion, comme s'il la couvrait d'or.

Le lieutenant Fortiguerri espère se servir du marquis, ainsi que d'un guide, pour le conduire au milieu de cette société napolitaine qui lui est étrangère, à lui Milanais, autant qu'à un tudesque, et où viennent de le jeter les hasards de la vie militaire. De son côté, Malaspina qui, malgré son âge, n'a point renoncé à l'amour, entend bien user de sa vieille expérience et tourner à son profit les conquêtes du jeune homme.

Après les premiers compliments, Malaspina, avec insistance, malice et curiosité, demanda des nouvelles de miss Helen. Scamler lui répondit sans embarras, sur un ton ironique et faussement solennel.

— Oh ! vous savez, monsieur le marquis (le colonel trouvait un étrange amusement à faire sonner un titre à l'oreille de cet homme ruiné), vous savez, l'air de votre pays ne vaut rien à nos filles. Helen est tellement agitée, tellement nerveuse depuis quelque temps que je me demande si je ne vais pas m'en retourner à Londres.

— Et vous la laisseriez ici ?

— Si je ne puis l'emmener, certainement.

C'était au moins la dixième fois, depuis qu'ils étaient liés, que sir Francis annonçait au marquis sa séparation et son départ. Malaspina n'y prenait plus garde. D'après les paroles qu'il avait surprises en entrant, il s'était imaginé que la querelle avait plus d'importance. Il dit seulement :

— Vous avez raison de quitter notre malheureuse ville. On n'y est plus en sûreté. Depuis que nous avons perdu notre roi légitime, les crimes de toutes sortes se multiplient. Ce matin même, on a trouvé un de nos meilleurs avocats, Gabriele Gazola, le corps percé de coups de poignard, et savez-vous dans quel endroit ? Sur le parvis de l'Incoronata ! Les misérables ne respectent plus rien.

— Mais n'est-ce pas votre parti qu'on accuse ?

— C'est abominable. Accusez le mécontentement public, monsieur, et non pas de braves citoyens. Évidemment, certains hommes, par leur usurpation, leur impéritie, leurs injustices, ont provoqué ces attentats. Ce sont comme des représailles que je n'excuse point, mais dont il ne faut pas méconnaître les véritables auteurs. Sans compter que la police, aujourd'hui, n'existe plus ! Ah ! nous allons en voir bien d'autres !

— Oh ! n'exagérez pas, marquis, repartit le lieutenant. Je crois que la police, justement, connaît le véritable auteur de ces assassinats.

— Comment ! un seul homme aurait commis tant de crimes ?

— Oui, un seul homme. C'est un certain Marco Ascalona, paraît-il. On est sur ses traces. Il ne peut manquer d'être bientôt arrêté.

— Arrêté ! Vous dites qu'il est arrêté ? s'écria tout à coup miss Helen qui, de sa chambre, avait entendu la conversation et venait de reparaître tout à coup, l'air égaré, le sein soulevé d'émotion. Elle n'avait plus ce regard assuré, froidement orgueilleux que le lieutenant avait surpris à son arrivée, mais, au milieu des boucles blondes qui lui retombaient sur le front, sur les joues et lui cachaient une partie du visage, ses yeux avaient une expression charmante d'inquiétude enfantine.

— Malheureusement non, mademoiselle, dit le lieutenant qui se trompa sur la cause de cette émotion, Ascalona n'est pas encore arrêté.

— Ah ! j'en suis bienheureuse, fit miss Helen ; et elle soupira largement.

— Vous vous intéressez beaucoup à cet homme ? demanda Scamler d'un ton insolent. Vous le connaissez ?

— Non, je ne le connais pas, répondit miss Helen. Je ne l'ai même jamais vu. Je sais seulement que c'est un brave, un grand cœur.

— Un assassin, un grand cœur ? Vous devenez folle, ma pauvre Helen.

La jeune fille lança un regard dédaigneux à Scamler.

— Je suis très raisonnable au contraire, fit-elle d'une voix lente, en détachant les syllabes.

— Voulez-vous que je vous dise, mademoiselle, ce que c'est que votre héros : c'est un Camorriste !

— Qu'est-ce que c'est que cela, un Camorriste ? demanda Scamler.

— Ce serait trop long de vous l'expliquer, répondit Malaspina un peu effaré et en prenant un air mystérieux.

— Je vais venir à votre aide, mon cousin, dit le lieutenant. J'ai rencontré naguère, à Milan, un Napolitain fort instruit de l'existence secrète de sa ville natale : M. Luigi Baculo. Il prétendait que la Camorra était une association de malfaiteurs, née dans les prisons, qui avait pour but de défendre les détenus et de les arracher, le plus possible, au régime pénitentiaire. Elle leur procure une meilleure nourriture, de petites douceurs, parfois des armes, et même, quand une occasion se présente, favorise leur évasion. Il paraît que les Camorristes sont très habiles, puisqu'ils parviennent à gagner des geôliers, des avocats, des juges, et à conserver leurs couteaux jusque dans les salles de la Vicaria[1]. Une fois libéré, le Camorriste reste fidèle à une association qui lui est venue en aide et dont il n'a pu faire partie qu'après de dures et sanglantes épreuves qui montrent bien son adresse et son courage : un duel au couteau, par exemple, ou encore une estafilade à travers la face, sur le bras,

1. Prison de Naples.

qui le marque pour toujours. Il prouve sa fidélité en secourant ses compagnons dans les rixes qu'ils peuvent avoir à soutenir ; en les défendant contre la police ; et, enfin, en extorquant aux marchands, par des menaces, au besoin par des exécutions, une part de leurs bénéfices, qu'il verse ensuite à la caisse commune de la société.

— Et les marchands se laissent faire ? Ils n'ont pas recours à la police pour se protéger ?

— Oh ! la police ne les protégerait guère ; elle est très mal payée, vous savez, la police. Et puis, comment voulez-vous que des gens paisibles aillent à chaque instant, au péril de leur existence, se colleter avec des malfaiteurs à seule fin de venir en aide à un inconnu ? Il faut de grands crimes comme ceux d'Ascalona pour les décider à se mettre en chasse… Les Camorristes, d'ailleurs, ne sont pas aussi dangereux qu'on se l'imaginerait. Cette part qu'ils exigent sur la vente de tous les produits, ils la regardent comme une commission de leurs services. En effet, le marchand qui veut bien ne pas lésiner avec eux est assuré, en retour, de leur protection. Ne riez pas. Les Camorristes peuvent vous défendre contre des vols de toute espèce ; ils ne se contentent pas, comme la justice, de punir les coupables, ils rendent l'argent ou l'objet enlevé.

— Mais c'est charmant, cela ! s'écria Helen en battant des mains.

Scamler haussa les épaules, tandis que le lieutenant souriait avec fatuité. Il attribuait tout son succès aux agréments de sa parole, mais la jeune fille n'avait fait attention qu'au récit, sans rien accorder au causeur.

— Alors, cet assassin ? reprit Scamler.

— Ascalona ? Il est de l'association.

— Vous placez bien vos sympathies, observa Scamler en se tournant vers miss Helen.

— Certainement, répondit-elle avec assurance. Tenez, je connais une pauvre marchande de fruits de la Piazza dei Martiri. Un matin, on vient lui dire que sa mère est mourante ; elle quitte aussitôt ses éventaires, court chez elle, à cinq ou six cents pas de l'endroit. Sa mère se portait à merveille. Elle revient heureuse et tranquille à sa boutique, mais c'est là que son deuil l'attendait. Il ne restait plus seulement un brin de paille. Non seulement on avait déménagé le comptoir où elle renfermait son argent, mais on avait pris les fruits, les légumes et jusqu'aux chaises. Vous devinez les pleurs et les lamentations de cette malheureuse. Elle ameutait tout le quartier autour d'elle. Passe un homme : un grand et solide gaillard. Il s'informe de l'aventure. La victime elle-même vient se plaindre à lui d'une voix entrecoupée de sanglots. « Courage, ma pauvre, fait-il, nous retrouverons les voleurs. En attendant prenez ceci pour vous consoler. » Et il lui met dans la main de quoi ouvrir trois boutiques comme celle qu'on venait de piller. N'est-ce pas là un beau trait ? J'en sais d'autres ; celui-ci, par exemple : M. Nasello, le professeur d'anglais qui fait des conférences, n'a pas toujours été un homme à la mode. Un jour, il y a de cela deux ou trois ans, il errait par les rues, affamé, sans domicile, et dans un désespoir si extrême qu'il était sur le point de se tuer. Un inconnu, remarquant le dénuement et l'affliction qu'exprimait toute sa personne, l'aborde, cause avec lui, le console, lui donne de l'argent, et, le soir même, le fait entrer comme précepteur dans une riche famille anglaise. Ce généreux bienfaiteur de la fruitière et de M. Nasello, c'était Ascalona. Je vous dis que c'est un homme admirable !

— Tout ce que vous voudrez, mademoiselle, repartit solennellement le marquis. Il n'en est pas moins vrai que c'est un meurtrier.

— Qu'en savez-vous ?

— N'a-t-on pas reconnu qu'il était l'auteur des derniers assassinats ?

— Le pauvre ! Il a bon dos, comme on dit. Il n'est heureusement pas là pour répondre à ces sottes accusations.

— Vous le cacheriez peut-être, mademoiselle ? demanda Fortiguerri.

— Certes ! Et avec grand plaisir !

— Vous auriez tort. Un homme de ce genre appartient à la loi et à la police.

— La police ! la police ! Je la hais, votre police ! Voulez-vous savoir les méprises, les crimes qu'elle commet tous les jours ? Mon amie Lydia Middleton a été arrêtée un soir, à Paris, en même temps que de misérables femmes, des vagabondes, des ivrognesses ; elle a passé toute la nuit avec elles ; ce n'est que le lendemain soir qu'on l'a délivrée. En prison, Lydia, mon amie, une si gracieuse jeune fille ! Au risque d'être injuriée, frappée ignominieusement ! Est-ce compréhensible ?... Et nulle part la police n'est plus intelligente. Il faut même se réjouir quand elle ne fait pas le mal avec intention. On m'a dit qu'à Londres, les pauvres vagabondes, pour ne pas être arrêtées, paient chaque soir six pence aux policemen de leur quartier. La voilà, la Camorra légale ! J'aime mieux l'autre.

— Je vois que mademoiselle connaît à fond l'existence des « pauvres vagabondes », observa insolemment le marquis.

— Oui, je la connais, répliqua Helen dont les joues s'empourprèrent de fureur. Et après ? Quel mal y a-t-il ?… Moi je lis et j'observe ; je regarde autour de moi. Je ne suis pas comme vos saintes nitouches de petites Napolitaines qui prient par-devant la Madone et, par-derrière, se font trousser leurs jupes.

— Helen ! s'écria Scamler.

— C'est la vérité… Moi je suis une honnête femme.

— Nul ne le conteste, fit à demi-voix le marquis.

— Ces déclarations sont absolument déplacées, ajouta le colonel.

— Vous m'ennuyez. Au surplus, je ne sais pas pourquoi je suis venue ici. Quand vous me reverrez, il tombera des hallebardes. Adieu !

Et, de nouveau, miss Helen se retira dans sa chambre en battant la porte.

Le colonel, prenant la boîte de havanes, la présenta au lieutenant et à Malaspina.

— C'est l'air de Naples, fit-il, toujours tranquille, en clignant de l'œil vers la chambre de la jeune fille. Il ne vaut rien, vous savez, pour les étrangères.

Cependant Malaspina et Fortiguerri, très agacés de cette scène, s'étaient consultés du regard pour prendre congé.

— Mon cher colonel, nous sommes au regret…

— Si tôt ! J'espère que ce n'est pas cette petite écervelée…

— Oh ! vous la remplacez bien, dit Fortiguerri, qui voulut être aimable.

— Nous nous reverrons avant votre départ ?

— Mais je ne suis pas encore décidé à m'en aller. On s'habitue à tout.

— À qui le dites-vous, mon cher colonel ! Je me suis habitué à la Révolution.

— Et elle n'était pas si gracieuse, conclut Fortiguerri.

Ses lèvres avaient adressé le compliment, mais sa volonté demeurait injurieuse. Que cette jeune fille n'eût pas eu pour lui un seul coup d'œil, cela seul lui semblait impardonnable. Les jolies femmes de Milan ne l'avaient pas habitué à tant d'indifférence !

Il était pressé d'exhaler son dépit, et dès qu'il fut dans la rue avec le marquis :

— Eh ! bien, lui dit-il, elles sont aimables, les Napolitaines !

— Ne confondons pas, mon ami. Miss Helen est une Anglaise et n'habite notre ville que depuis un an. Quand tu connaîtras nos Napolitaines, tu avoueras qu'il n'existe pas de femmes au monde qui soient plus belles et mieux faites pour le plaisir. Veux-tu que nous allions voir une de mes bonnes amies, la duchesse Tupputti ?

— Mais elle est vieille la duchesse ?

— Mûre, seulement. Et elle a gardé tout le radieux éclat de sa jeunesse. C'est la rose dans son épanouissement. Il faut vite la cueillir. Elle n'a qu'un léger vice : elle incline un peu trop vers la dévotion. Mais, en ce temps de scepticisme, ne nous plaignons pas de rencontrer chez nos amies une véritable piété. Notre pauvre ville n'aurait pas éprouvé tant de maux si l'incrédulité n'y était déjà toute-puissante !

II
OÙ NAPLES SE FAIT ENTREVOIR MAIS NE SE LAISSE PAS PRENDRE

La duchesse Tupputti habitait, derrière la piazza del Carmine, en plein quartier populaire, un ancien palais branlant, poudreux, dont la grande façade sombre, à arcades, semblait manger les hautes et étroites maisonnettes de son entourage, rouges, vertes, roses, jaune serin, pavoisées de guenilles éclatantes, plaquées de larges ombres, traversées de rais de soleil, éventées, çà et là, par les feuillages en bouquet des jardins conventuels. Les voiturées de fruits, les marchands d'eau et de citron, une marmaille batailleuse et criarde, des colères de mères ou de femmes jalouses, des interpellations hardies ou outrageantes de vieilles et de jeunes ouvrières, les jeux, le négoce, les tempêtes des ménages pauvres, tout cela venait heurter incessamment cette vaste demeure, aux fenêtres toujours fermées, dédaigneuse de la vie bruyante qui battait à ses portes et qu'elle n'avait plus la force d'éloigner.

Comme Malaspina et le lieutenant allaient pénétrer dans le palais, une fillette, pareille à un animal sans honte, se troussa et s'accroupit lestement dans l'enfoncement du porche. La grille s'ouvrit : « Fuori, porcheria ! » cria une vieille voix en colère, et un balai s'en fut frapper le derrière de l'incongrue qui se releva et se sauva vite sans mot dire, tandis que la vieille voix reprenait sur un ton de familiarité, et aussi de respect excessif :

— Entrez, entrez, monsieur le marquis ! Que monsieur le marquis prenne garde… Ah ! le palais n'est pas bien tenu depuis que ces brigands de domestiques sont partis… Comme si tout le monde n'était pas gêné, des fois !… Est-ce qu'on n'a pas des égards pour ses maîtres… Ainsi, supposons que vous, monsieur le marquis…

Le bonhomme qui parlait ainsi, très long, très maigre, vêtu d'un habit qui avait dû être noir autrefois et que l'âge avait fait gris et verdâtre, présentait son sourire d'une bienveillance apprise, l'humilité de sa tête baissée, de ses yeux qui attendaient toujours des ordres, l'infinie résignation de son grand front dur et triste, sur lequel la peine semblait s'être usée.

La porterie du palais donne sur un vaste promenoir ouvert ; entre les arcades, on entrevoit une cour herbue et abandonnée, avec une pompe hors de service, des statues effritées d'amours. Toute la douleur des ruines qui s'étalent avec indifférence vous pénètre au milieu de ces murailles majestueuses et lézardées, de ces cinquante fenêtres dont la plupart manquent de carreaux. Dans un coin, s'élève un monceau de plâtras : c'est ce qui est déjà tombé du palais. Chaque jour, le monceau s'augmente.

D'un pas dégagé, heureux, le marquis Malaspina, sans prendre garde à ce délabrement auquel ses yeux, de longtemps, étaient accoutumés, sans écouter les radotages du vieux maître d'hôtel, se dirigeait vers l'escalier, suivi du lieutenant, qui considérait avec surprise les rampes descellées, les jours entre les marches, les crevasses béantes, les portes affaissées contre les tapisseries en loques. Tout à coup, le vieux maître d'hôtel se frappa le front et hocha la tête, comme si une inspiration subite venait de l'éclairer sur ses devoirs et lui faire regretter une faute commise dans son service. Il se précipita vers Malaspina, qui avait déjà mis le pied sur la première marche, et l'arrêta brusquement par le bras.

— Monsieur le marquis, s'écria-t-il ; j'avais oublié de vous dire que madame la duchesse n'est pas au palais !

— Qu'est cela, Vincenzo ? Et pourquoi m'avez-vous laissé entrer ?

— Je demande bien pardon à monsieur le marquis, fit le bonhomme, mais…

Ici, Vincenzo jeta un coup d'œil vers la rue bruyante, puis, à voix basse, en se mettant la main au coin des lèvres, comme pour empêcher les paroles de voler aux oreilles indiscrètes :

— Madame la duchesse est à faire une retraite chez les Dames de l'Immaculée, sous la direction de Don Prina.

— C'est étonnant, dit le marquis, qu'elle ne m'en ait pas parlé ; elle me dit pourtant tout ce qu'elle fait.

À ce moment, une tête apparut à un petit guichet de l'escalier ; elle se pencha au-dehors, serpentine, le cou tendu et les yeux étincelants, puis rentra bien vite, comme ennuyée de s'être laissé voir.

— Que dis-tu donc, Vincenzo ! s'écria d'une voix irritée Malaspina, Don Prina est ici !

— Je ne sais pas, monsieur le marquis, gémit le vieux serviteur qui eut l'air d'implorer sa grâce.

— Comment ! tu ne sais pas, Vincenzo ! Il vient de se montrer à l'instant. Tu l'as vu comme moi. Qu'est-ce que cela signifie, tout ce mystère ? Par Bacchus ! je ne suis pas un étranger !

— Je vous jure, monsieur le marquis, que je ne sais rien, absolument rien.

— Il se passe ici quelque chose d'extraordinaire, répétait le marquis.

Enfin il se retira, en proie à une violente colère, tandis que le lieutenant riait dans sa moustache ; au fond, il était, lui aussi, très contrarié. Que la propriétaire de cette ruine ne se fût pas laissé voir, cela ne le touchait guère, en dépit du portrait séduisant qu'avait esquissé Malaspina ; mais cette porte fermée lui rappelait l'accueil de miss Helen ; et il en éprouvait comme une nouvelle amertume.

— C'est une simple courtisane, dit-il.

En rabaissant ainsi le charme de la jeune fille, il prétendait s'en délivrer.

Malaspina, qui ne pensait qu'à la duchesse, regarda son cousin avec une indignation naissante.

— Ce ménage d'une nièce et de son oncle n'est-il pas bien équivoque ? reprit Fortiguerri.

— Ah ! tu veux parler de l'étrangère, s'écria le marquis, heureux que le blasphème redouté n'eût pas été commis. Cella-là, je te l'abandonne. Je ne crois cependant pas qu'elle soit la maîtresse du colonel.

— Pourquoi vivent-ils ensemble, alors ?

— Oh ! ils sont un peu comme chien et loup.

— C'est une preuve, cela ! D'autant plus que ce prétendu colonel m'a tout l'air d'un forban sans scrupule, et cette miss Helen n'est pas fille à supporter un Bartholo.

— Qu'elle soit ce qu'elle voudra, peu m'importe, répliqua le marquis. C'est la conduite de la duchesse que je ne m'explique pas. Être traité comme un inconnu, pense donc ! moi qui la connais depuis vingt-cinq ans !

— Vingt-cinq ans ! s'écria Fortiguerri, et vous n'en êtes pas fatigué !

Le marquis parut profondément blessé. Aussi, le lieutenant, un peu honteux, se hâta-t-il d'ajouter :

— Elle est sans doute malade.

— On n'est jamais malade pour un ami comme moi.

Ils passaient alors devant Santa-Maria del Carmine.

— Entrons dans l'église, dit le marquis, nous y verrons Don Natale. C'est un prêtre éminent, et il nous dira, je l'espère, où se trouve réellement la duchesse. Il était encore son confesseur il y a huit jours, mais je ne serais pas étonné que cette vipère de Don Prina l'eût remplacé. Viens-tu ?

— Allons ! puisque les Napolitaines sont invisibles. Peut-être serons-nous plus heureux avec les Napolitains.

L'église était sombre et fraîche, pleine d'une odeur grasse et écœurante de renfermé, de misère humaine, de cire et d'encens. Çà et là, devant des madones parées de médailles et habillées de robes de soie poudreuses, des cierges portaient haut leurs petites étoiles ou se mouraient au milieu de rigoles de cire. Deux vieilles femmes, devant l'illumination du maître-autel, demeuraient immobiles, anéanties, comme des tas informes de haillons sombres, pendant qu'un petit sacristain voûté, aux yeux fixes, la face animée d'un ricanement incompréhensible, errait partout, d'un pas léger, remplissant l'église d'un bourdonnement de mouche.

Le marquis s'avança dans la nef de gauche jusqu'au confessionnal où se tenait d'ordinaire Don Natale, mais il vit qu'il y avait un homme agenouillé à côté du prêtre ; et il alla se placer plus loin, auprès du tombeau de Conradin, en attendant que le pénitent eût fini sa confession. À ce moment, au milieu de l'église sonore, des sanglots éclatèrent avec un bruit d'orage, prolongés, répercutés par les nefs et les chapelles. Ils jaillissaient, expiraient pour s'élever et mourir encore, comme un hymne au rythme tranquille et presque heureux. Et, couvrant cette douleur qui se calmait avec des larmes, la voix tremblante de Don Natale prononça les paroles sacramentelles : « Ego te absolvo, in nomine Domini. » Le pénitent se releva, humble et soupirant encore, mais avec un air de calme et de joie répandu sur tout son visage.

C'était un des types les plus admirables de cette race napolitaine où la mère semble ne pouvoir concevoir que la beauté mâle, enfantant de toute sa joie des Narcisse et des Antinoüs, et accouchant, comme malgré elle, de maritornes et de gotons. Il avait ce regard tendre et ardent qui s'allie si bien, là-bas, à la force virile ; les traits fins, le nez droit qu'affectionnent les statuaires grecs, et ce teint mat qui laisse au dessin du visage toute sa finesse gracieuse et séductrice. La barbe, la chevelure, noires et puissantes, ne lui donnaient aucune dureté, ne lui enlevaient rien de sa jeunesse. Et les lèvres grasses, molles, colorées, pareilles à un fruit entrouvert qui provoque la morsure, étaient bien comme l'âme même de cette face amoureuse et sensuelle. Il portait la veste de toile, la chemise lâche d'un homme du peuple, mais ses vêtements étaient propres et soignés. On devinait à sa cravate fine, à la ceinture de soie qui lui entourait la taille, aux bagues qui chargeaient ses doigts, ces recherches de coquetterie ordinaires, en haut comme en bas, aux hommes à femmes.

Don Natale se leva derrière lui et sortit du confessionnal. Les deux hommes traversèrent la nef. Le prêtre semblait aussi ému que son pénitent ; seulement sa large face, douce et mélancolique, un peu ridicule par l'exagération des traits et où, seul, le front était noble, buvait les larmes et étouffait une douleur que son compagnon ne se donnait pas la peine de dissimuler.

Comme ils allaient sortir, le pénitent se retourna vers son confesseur et, par un mouvement irrésistible, il lui prit les mains et les baisa avec passion. Le prêtre eut un air épouvanté, mais il ne retira pas ses mains. L'homme partit, gagna une ruelle obscure et disparut, tandis que Don Natale, après s'être essuyé les yeux, se mettait à marcher d'un pas pressé dans la direction du palais Tupputti.

— Don Natale ! Don Natale ! appela le marquis en se lançant à sa poursuite.

Mais le prêtre n'entendait pas. Il marchait si vite qu'une ou deux fois il manqua de renverser des enfants sur son passage. Le marquis et le lieutenant, arrêtés par des attroupements, ne purent le rejoindre. Ils arrivèrent devant le palais au moment où Don Natale y faisait son entrée. Ils ne le virent point ressortir.

Le marquis était outré.

— Alors elle reçoit tout le monde, tout le monde, sauf moi. À merveille, madame ! Mais ne comptez plus, si votre fantaisie daigne m'honorer encore, me revoir dans vos salons. Si vous avez envie de vous distraire, adressez-vous à vos amis Don Prina et Don Natale ! Quant à moi, je me dispenserai désormais de ces soins fatigants que vous savez si mal récompenser.

Sans prendre part à cette infortune tumultueuse, le lieutenant demanda au marquis s'il avait remarqué le pénitent de Don Natale, l'émotion et la beauté de cet homme du peuple.

— Non, fit Malaspina. Pourquoi veux-tu que je m'occupe de la clientèle de Don Natale ? C'est une canaille, perdue de crimes, que je me flatte de ne pas connaître.

— Est-ce que Don Natale aurait une spécialité de pénitents ?

— Sans aucun doute. Quand on confesse à Santa-Maria del Carmine, on a toutes les sales consciences de Naples à purifier. Il n'y a, dans ce quartier, que des voleurs, des prostituées et des assassins.

— Et la duchesse Tupputti ?

— Je lui ai toujours conseillé de quitter son palais. Tu vois, la contagion la gagne, elle aussi !

— Alors, un prêtre qui confesse des voleurs, selon vous ?…

— Devient leur complice, c'est évident.

Cependant, le marquis, tout en parlant, était redevenu calme ; un sourire effleura ses lèvres ; il tira sa montre, puis hâtant le pas :

— Laissons ces sottes, dit-il. Ces visites m'ont glacé l'âme. Je soupire vers la chaleur de la jeunesse… Veux-tu que nous allions voir Barborin ?… Ah ! voilà ! tu ne connais pas Barborin ? Eh bien, imagine-toi tout ce que le printemps peut mettre de séduction dans une fleur, et l'été, de saveur dans un fruit. Imagine-toi une enfant qui a toute l'expérience et toute la passion de la femme ; une femme, toutes les candeurs et toutes les innocences de l'enfant. Imagine-toi !… Non, n'imagine rien. C'est impossible de se figurer Barborin, lorsqu'on ne l'a pas vue. Viens avec moi, plutôt.

— Est-ce que Barborin a l'âge de la duchesse ?

— Tu plaisantes ! Barborin n'a pas encore dix-huit ans. Ah ! la Providence m'a gâté en me permettant de cueillir cette rose sur ma route, à un âge où l'on doit déjà penser aux cyprès qui ombrageront votre dernière demeure.

— Oh ! mon cousin…

— Ah ! vois-tu, je ne me fais pas d'illusions : je ne suis plus un jeune homme, mais combien de jeunes gens, aujourd'hui, ont la verdeur du vieux Malaspina ? Ah ! je me soigne ferme, mais je me conserve aussi… Et puis, veux-tu que je te dise : ceux de ta génération sont trop brutaux avec les femmes ; ils ne savent pas leur plaire. Vous n'avez pas le sens de la caresse, vous autres. Regarde miss Helen, elle n'a pas seulement fait attention à toi.

— Permettez : ni à vous, non plus.

— Parce qu'elle me connaissait. Ces filles-là aiment la surprise d'un nouveau visage. Mais toi, qui étais un inconnu pour elle !… Tu aurais eu le plus grand succès, te dis-je, avec un peu plus de savoir-faire. Tu es beau, tu es jeune, mon ami. Cela ne suffit pas. Tiens, prends modèle sur moi. Tu vas voir le joli petit ménage que nous faisons tous deux. Nous sommes comme deux colombes amoureuses. Cette enfant, tu comprends, a besoin de tendresse, et elle était si mal servie ! Elle était avec le vieux duc de Medina-Cœli. Sec comme du bois, paraît-il. On n'en pouvait rien tirer. Mais ça le flattait, cet homme, d'avoir une petite danseuse de San-Carlo : il avait réussi à inspirer à sa femme de la jalousie. Maintenant, j'ai rendu la paix à sa femme et la gaieté à sa petite maîtresse. N'est-ce pas une bonne action ?

Ils allèrent ensemble chez Barborin. Curieux et inoccupé, le lieutenant s'était décidé à suivre le vieux Malaspina dans ses courses inutiles. Ils montèrent donc une petite ruelle en pente qui donnait sur la rue de Tolède, tout encombrée d'épluchures de légumes, d'écorces d'oranges et de fiasques brisées. Le chemin qui conduisait à cette étoile de la danse ressemblait assez à celui du paradis : glissant et semé d'embûches. Barborin n'avait point l'ambition de nos amoureuses de Paris, qui se font bâtir et meubler des palais : peu lui importait l'écrin où elle enfermait ses grâces, pourvu qu'on sût les y découvrir. Le mystère même de cette rue obscure servait ses amours.

Malaspina et le lieutenant, en pénétrant dans la maison de la danseuse, furent comme étourdis par un tonnerre roulant de vociférations que dominaient des aboiements, le cocotement d'une poule en détresse et les battements d'ailes d'un colombier. Des enfants, des chiens se faufilèrent entre leurs jambes : une grande fille se laissa glisser de haut en bas sur l'appui de l'escalier, vint tomber à leurs pieds, et ils durent s'aplatir contre la muraille pour céder le passage à une troupe hurlante qui dégringolait sur eux.

Des hommes entraînaient par le bras ou poussaient par les épaules une femme échevelée qui leur résistait de toute sa force, tendant les poings, à demi étouffée par une main qui se collait à ses lèvres dès qu'elle voulait parler. Elle parvint pourtant à se dégager une minute, et, détournant la tête, elle se mit à injurier, d'une voix enrouée de rage, quelque ennemie invisible.

— Truie dégoûtante ! Fumier pourri ! Tu ne me voleras pas mon homme, entends-tu, vache ! ou je jure sainte Anne que je te fais sortir tes tripailles !

— Passons, dit le marquis au lieutenant qui considérait l'insulteuse avec un sourire amusé, et essayait d'entrevoir ses traits à travers les cheveux qui lui couvraient le visage.

Malaspina tambourina longtemps à la porte massive, aux solides ferrures, qui défendait Barborin des visites indiscrètes. Après un quart d'heure d'attente, lorsque la maison fut redevenue tranquille, un pas se fit entendre à l'intérieur.

— Qui est là ? demanda-t-on.

— Moi, Malaspina !

— Imbécile ! Quelle idée de venir me réveiller ainsi, répliqua une voix zézayante et chanteuse bien napolitaine.

— Ouvre ! cria Malaspina.

— Tu parles comme si tu étais le roi. Je n'aime pas ça, moi.

— Ma chère petite Barborin, voyons, ne sois pas méchante.

— Qu'as-tu à me dire ?

— Mille choses. J'ai d'abord un joli garçon à te montrer.

Un verrou fut tiré et la porte s'entrebâilla, suffisamment pour laisser voir une petite frimousse rose, poudrée jusqu'aux sourcils, des lèvres riantes, un nez à l'aventure et un joli sein, impudiquement heureux, qui prenait l'air au-dessus d'une chemisette lâche, glissée très bas et toute prête à tomber davantage.

— Montre ton joli garçon, papa !... Ah ! je le vois. Il n'est pas mal, mais tu sais, j'ai mieux chez moi.

— C'est bien. Laisse-nous entrer.

— Cependant, si je suis avec quelqu'un ?

— Tu le renverras.

— Et si on ne veut pas s'en aller ?

— Je ferai déguerpir moi-même l'impoli, et plus vite qu'il ne voudrait, sois-en sûre.

— Ah ! ah ! ah ! laisse-moi rire !... Et si c'était Ascalona ?

— Avez-vous entendu ? dit le lieutenant.

— Qu'est-ce que c'est que cet Ascalona ? demanda le marquis dont la mémoire était assez infidèle.

— Un homme qui ne souffre pas que l'on canule ses femmes !

— Le Camorriste ! ajouta le lieutenant.

— Ah ! un Camorriste. Eh bien, je vais le faire arrêter, ton Camorriste, tu vas voir ça !

— Viens donc le prendre ! dit Barborin.

Et elle poussa l'énorme porte qui se ferma d'un coup et fit tressaillir toute la maison.

— Peste infernale ! s'écria le marquis.

— Dis donc, très cher !...

Malaspina leva la tête. Barborin, ouvrant l'œil-de-bœuf qui se trouvait au-dessus de la porte, montrait sa petite tête gouailleuse.

— Dis donc, très cher, tu as encorné assez d'hommes dans ta jeunesse. Tu peux bien souffrir qu'on te le rende à présent.

— Malheureuse ! Mais tu n'as donc plus aucun égard...

— Pour ton âge ? Dame, tu te teins les cheveux. Tu ne peux pourtant pas être vieux et jeune à la fois.

— Barborin, reprit le marquis, jure-moi au moins...

— Quoi donc ?

— Que tu es avec un homme de bonne compagnie.

— Ah ! cela, par exemple, je te le promets.

Et elle éclata de rire.

Le marquis, d'une voix tremblante et sourde, laissa gronder sa colère.

— Tu te moques de moi, coureuse. Mais, va, tu t'en repentiras. Tout Naples saura ta conduite. D'abord, tu vas quitter San-Carlo ; dès ce soir, je parle à ton directeur, et je te la ferai danser, oui ! la danse de la faim, avec les mendiants, au clair de lune.

Barborin ne répondit rien à ces menaces, mais, pour montrer combien elle les méprisait, elle se retourna et offrit sans voile le revers joufflu de sa personne, pareil à une chair de pêche dorée par le soleil.

Cette vue, qui eût dû réjouir le marquis, souleva tout son dégoût. Il prit le bras du lieutenant et descendit très vite dans la rue.

— Nos pères, dit-il, avaient des duègnes pour garder ces coquines. Ils avaient bien raison. Il est honteux de penser qu'une morveuse de cette espèce puisse affoler un honnête homme.

— Moi, répliqua Fortiguerri, si j'étais à votre place, il y a longtemps que j'aurais laissé là cette infidèle.

— Tu parles, mon ami, comme un homme qui n'a jamais aimé. Permets-moi aussi de te dire que Barborin a toujours été charmante. Je ne comprends rien à ce qui se passe aujourd'hui…

Puis, changeant brusquement la conversation :

— Si tu veux, pour oublier ces visites désagréables, nous irons finir la journée chez la comtesse Labriola. Elle a des confitures de Constantinople qui sont exquises. Tu y goûteras.

— Ah ! non, s'écria Fortiguerri, décidément, je suis las de ces visites à des femmes qui ne vous reçoivent pas, qui vous ferment la porte au nez ou qui vous tournent le derrière. Oui, j'en ai assez des Napolitaines, et vous irez seul chez la comtesse. Tenez, si je le pouvais, je demanderais mon changement.

— À ton aise, dit le marquis, très blessé dans son amour-propre national, mais tu sauras, mon ami, qu'à Naples seulement on connaît le plaisir. Tu vois notre ville dans un jour extraordinaire. Je puis te dire que je n'ai jamais ressenti, dans ma longue existence d'homme, tous les ennuis que j'éprouve aujourd'hui. C'est à croire que tu me portes malheur.

— Je vous remercie, mon cousin. Je ne veux pas vous porter malheur plus longtemps. Adieu.

— Adieu.

Et, après lui avoir abandonné la main, sans le regarder, en détournant la tête, le marquis s'éloignait à la hâte.

III
ENTRE L'ÉTREINTE ET LE BAISER

Ce fut avec un sentiment de délivrance que le lieutenant vit s'éloigner Malaspina. Calme, pondéré, raisonnable, et, malgré beaucoup de fatuité, assez clairvoyant, Fortiguerri ne pouvait plus supporter l'imagination grossissante et les sautes d'humeur continuelles du marquis, ces alternatives de froideur hautaine et de familière bonhomie, ces éloges qui se terminaient par des invectives, ces désespoirs que venaient illuminer des gaietés soudaines et inattendues.

Tant de caprice, de vanité, d'enfantillage, d'activité sans but, lui paraissait inconvenant chez un vieillard ; et il regrettait presque d'avoir renoué les liens lâches et dédaignés d'une parenté lointaine pour se faire un guide de Naples aussi ignorant et un arbitre des usages tellement démodé. Quelle lubie amoureuse, se disait-il, a pu unir à la brave famille des Fortiguerri ces lunatiques Malaspina ! Ils étaient tous aussi singuliers, dans cette maison ; filles et garçons, mondains ou ecclésiastiques, révolutionnaires ou défenseurs de l'ordre, ils avaient diverti, étonné, scandalisé leur entourage de leurs gestes et de leurs reparties. Un Malaspina s'était fait remarquer par ses bouffonneries à la cour de Ferdinand Ier. Le roi lui avait pris sa femme qui était laide et à laquelle il ne tenait point : « Voici mon meilleur serviteur, dit une fois Ferdinand au mari comme pour le dédommager.

— Je suis heureux, Sire, répliqua Malaspina, que le service de Votre Majesté soit devenu si facile. » Une Malaspina avait aussi bouleversé de sa vivacité et de ses audaces la petite cour d'Étrurie. Un jour de grande chaleur, les dames du Palais, ses compagnes, ne la trouvèrent-elles pas, au milieu d'un salon de la reine, étendue sur un canapé, sans jupe et sans chemise ? Comme ces dames lui adressaient des reproches, elle se rappelle leurs liaisons militaires, et, éclatant en fureur : « Je regrette bien, mesdames, s'écrie-t-elle, de n'être pas faite comme un général. » C'étaient des traits presque célèbres et qui gênaient Fortiguerri dans son respect de la famille et des siens. Ces ombres avaient des formes trop légères : il ne les reconnaissait plus pour ses ancêtres.

Il fut heureux de rencontrer le capitaine Roselli, son compatriote, pour lui confesser son horreur de Malaspina et des Napolitains.

— Il y a seulement deux jours que je suis ici, s'écria le lieutenant, et la vie m'y semble impossible.

— À qui le dites-vous, mon pauvre Fortiguerri ! Nous sommes ici des ennemis : je l'éprouve tous les jours. Notre roi a eu tort de vouloir rattacher à l'Italie cette province étrangère. Par caprice, Naples a bien pu l'acclamer un instant, mais ce sont là bravos de spectateur impressionnable, qui ne comportent pas l'amour et moins encore la fidélité.

— Croiriez-vous donc à un soulèvement ?

— Oui, et prochain. Le peuple superstitieux, excité par le clergé qui voit en nous des schismatiques et des persécuteurs de la papauté ; la noblesse orgueilleuse, dépossédée des charges lucratives qui la faisaient vivre, tout le monde nous déteste.

— Mais François II n'a aucune chance de recouvrer sa couronne ?

— Je ne sais pas. Naples est comme une amoureuse qui aime battre et être battue. L'émeute la divertit ; la servitude la repose. La révolution n'aurait aucun but qu'elle aurait lieu tout de même, car Naples est arrivée au moment où elle aspire à la révolution comme des enfants, enfermés dans une classe, aspirent aux jeux du plein air. Tout d'ailleurs me porte à croire que, cette fois, l'insurrection ne sera pas aveugle et aura un véritable chef pour la conduire. Les assassinats de ces temps derniers semblent ordonnés par un pouvoir mystérieux et intelligent, qui ne frappe pas au hasard, mais s'attaque directement à ses ennemis les plus forts, les plus capables de s'opposer avec efficacité à une révolte. Des magistrats éminents ont disparu, et vous savez que le colonel Pignatelli vient, lui aussi, d'être assassiné.

— Comment ! Que dites-vous ? Pignatelli ! ce brave soldat que nous aimions tant ?…

— Oui, ils l'ont étouffé, puis jeté devant la porte de Capoue. Son corps était souillé d'ordures et ils lui avaient attaché au cou un écriteau où était inscrit en lettres rouges le motif de sa condamnation : CASCETTONE[1].

— Les misérables ! Mais on ne peut donc pas les découvrir, les arrêter ? Comment cet Ascalona n'est-il pas déjà sous les verrous ?

— Il est introuvable. Ou la police est avec les meurtriers, ou elle en a peur. Et puis, qui nous assure qu'Ascalona est le vrai coupable ? Ascalona, paraît-il, est un Camorriste. Or, jusqu'ici, la Camorra ne s'est jamais mêlée de politique. On a dû mettre le nom de cet homme en avant pour laisser croire que l'on savait quelque chose. Mais qu'est-ce que l'on sait ? On a des soupçons sans doute, mais ces soupçons portent sur tant de personnes qu'ils ne peuvent servir qu'à égarer les recherches. Il faudrait arrêter tout Naples. Sans compter que ces bavards de Napolitains, si prodigues d'ordinaire de paroles inutiles, sont, sur ce sujet, d'une prudence étonnante et ne laissent pas échapper un mot qui puisse les compromettre. Je vous assure que j'aimerais mieux être ailleurs à culotter ma pipe.

— Ce pauvre Pignatelli ! disait le lieutenant rêveur. C'est lui qui m'a fait venir. Il m'écrivait sur Naples des choses charmantes.

— Oui, tout lui semblait admirable… Il était amoureux d'une petite danseuse de San-Carlo.

1. En argot napolitain on appelle ainsi les espions du nom du tonneau de fumier où, autrefois, à Naples, on les étouffait.

— Barborin ? demanda Fortiguerri qui, aux paroles du capitaine, venait d'éprouver comme un pressentiment.

— Justement… Vous l'avez vue à la scène ?… Oh ! vous savez, rien d'intéressant. Une petite folle, sans grande beauté.

— C'est étrange, répétait le lieutenant.

— Ne nous inquiétons pas à l'avance, reprit le capitaine en serrant la main de Fortiguerri. Seulement, si j'ai un conseil à vous donner, tenez-vous sur vos gardes et ne sortez que bien armé.

À présent, le lieutenant ne voulait plus partir. Le péril, à défaut d'amoureuse, était là pour le tenter. Le souvenir de Pignatelli le poursuivait. Cet ami de famille qui, au régiment, s'était montré un chef si facile et un protecteur si dévoué, ce héros de la guerre nationale qui, blessé, couvert de sang, avait rallié ses troupes en fuite, recommencé, avec une poignée d'hommes, une bataille perdue et contribué par son courage à faire du désastre de Custozza une des gloires de l'Italie, son imagination se le représentait, ce noble soldat, succombant dans un lâche guet-apens, sali et frappé par un ramas de misérables. Et animé d'une douloureuse colère, Fortiguerri s'écriait :

— Va, je te vengerai, mon vieux !

Il dîna seul dans une petite trattoria de la place Saint-Ferdinand. Son trouble l'empêcha de s'extasier, ainsi que l'y invitait l'hôtelier, sur les vins de la cave des jésuites et les fritures croustillantes de Pouzzoles. Comme une barque prise entre le courant et la bourrasque, il se débattait entre des imaginations féroces et de caressants fantômes. Une avidité d'aventures, un ressentiment d'homme méprisé, l'impatience d'un soldat qui a soif de se battre, d'un ennemi qui ne se sait pas en sûreté, tout cela venait se heurter et mourir contre l'évocation blonde de miss Helen et le souvenir polisson de Barborin. Mais à ce double désir demeuraient mêlées de singulières fureurs. C'est en soldat conquérant qu'il eût voulu pénétrer chez ces amoureuses rétives, pour leur faire expier leurs dédains – et des crimes de sang, peut-être !

« Pourquoi, se demandait-il avec une inquiétude superstitieuse, pourquoi, quand on m'a parlé de la maîtresse de ce pauvre colonel, ai-je tout de suite pensé à la petite danseuse ?… Bah ! ajoutait-il pour se calmer, ce n'est qu'une enfant malicieuse et lascive. »

Cependant il ne parvenait pas à s'éloigner des soupçons que rien, pourtant, ne semblait justifier.

Il sortit du restaurant dans une agitation extrême. Il se sentait à la fois lâche et plein d'ardeur, avec l'envie de frapper ces faces sournoises de traîtres et le désir de s'attendrir devant les grands yeux sombres qui se détournaient vers lui. La nuit bleue et dorée qui venait sur la rue de Tolède l'enveloppait d'une volupté délicieuse et canaille, fleurant le jasmin et le poisson, l'huile chaude et l'orange. Des places mortes, des maisons aux jalousies baissées, des marchés déserts sous le clair de lune aux ruelles grouillantes, noires, pailletées de lueurs fumeuses ; des fenêtres éclairées d'où se penchent des ombres qui chuchotent à la foule mêlée et bourdonnante d'en bas, c'est le même air de mollesse et de plaisir qui vous pénètre.

Où sont les conspirateurs dont a parlé le capitaine ? À tous les coins de rue, des jeunes gens attendent et signalent au passage les jolies filles d'un cri métallique et strident comme un sifflement d'aspic : « Bella ragazz' ! bella ragazz' ! » Ils n'ont d'autre occupation. Est-ce donc ainsi qu'ils espèrent rétablir François II sur le trône ? Et le lieutenant s'imagine que Roselli a voulu se moquer de lui.

— Donnez-moi quelque chose, seigneur ! fit une voix de femme à l'oreille du lieutenant. Et elle ajouta plus bas et très vite en lui prenant le bras : Dieu vous le rendra, et moi aussi.

Ce n'était pas une simple mendiante, on le pense bien, mais ce n'était pas non plus une simple prostituée. Les hautes courtisanes, à Naples, ont toute une armée de ruffians pour les annoncer et vanter leurs grâces aux passants. Elles attendent dans le sommeil l'heure du plaisir et de la fortune. Les pauvres traînent des haillons dans les couloirs sombres et le long des rues populaires. Cette jeune femme qui avait abordé le lieutenant ressemblait, par sa mise, à une femme d'ouvrier, dans une toilette cossue de dimanche. Elle portait une chaîne d'or, des boucles d'or et beaucoup de verroteries. Malgré ses joyaux sauvages, sa jupe lourde, sa taille courte et ramassée, il y avait en elle un grand charme. Fortiguerri prenait plaisir à regarder cette bouche ouverte sur des dents très pures, comme dans une extase heureuse, et ces yeux sombres, ces yeux de velours que la passion devait rendre si beaux. À ce moment, ils étaient fixés sur une petite pièce romaine en or qui pendait à la chaîne de montre du lieutenant.

— Tu me donneras cette chaîne, dit-elle, et tu verras comme je suis jolie.

— Je veux bien, fit le lieutenant ; puisque les marquises sont invisibles et que Barborin…

Les yeux de la jeune femme étincelèrent.

— Je ne veux pas que tu parles de Barborin.

— Pourquoi donc cela ? D'abord sais-tu si ma Barborin est la tienne ?

— Il n'y a, à Naples, qu'une truie qui s'appelle Barborin. Mais elle n'y restera pas longtemps… elle n'y restera pas longtemps parce que Lisabetta Dentone la tuera.

— C'est toi Lisabetta Dentone ?

— C'est moi.

— Et tu ne crains pas que la police, si elle t'entend…

— Je ne crains personne… Viens-tu avec moi ? Viens : tu verras comme je suis jolie, mais, n'est-ce pas, tu me donneras ta chaîne ?

« Est-ce que, par hasard, se demandait le lieutenant, ce serait cette femme que j'ai rencontrée avec Malaspina, dans l'escalier de la danseuse ? »

Il la considérait plus attentivement. La colère lui avait très vite transformé le visage. Fortiguerri en voyait mieux les pommettes saillantes, les traits en relief, le teint brûlé ; mais elle lui semblait toujours séduisante, avec les beaux cheveux noirs qui lui encadraient le front et sa coiffure rustique, ce châle blanc et léger de contadine qu'elle portait comme une mantille, replié ou plutôt chiffonné coquettement, sur le haut de la tête, et qui lui descendait par-derrière jusqu'aux reins, déguisant les repos, ou accusant les mouvements vigoureux de la croupe, toute l'ardeur brusque et inquiète de ce corps.

Le lieutenant ne songea plus aux recommandations du capitaine ; et il s'en fut avec la jeune femme, par des ruelles obscures, en la caressant. Les beautés du pays ne l'avaient pas gâté jusque-là : il prenait de l'amour de Naples ce que le hasard lui en offrait.

Seulement, il ne s'attendait pas à la promenade qu'on allait lui faire faire.

Il n'avait jamais imaginé des défilés si étroits, si immondes. Comme les couches des feuilles, dans les forêts, s'entassait là, depuis des jours innombrables, tout ce que l'homme rejette de son existence. Un peuple entier vivait côte à côte avec cette pourriture de mort ; les maisons elles-mêmes proclamaient cette union extraordinaire d'une magnificence décrépite et d'une horreur toute jeune. Çà et là, comme égaré au milieu de fenêtres grimaçantes et d'auvents pourris, s'avançait un beau balcon charnu ; un fronton élégant était troué par un tuyau de cheminée ; on surprenait la saillie d'un bas-relief sous une affiche géante, et le sourire d'une statuette gracieuse qui tombait en poudre sous le suintement jaunâtre d'une gouttière. Ils traversèrent des décombres, des quartiers démolis ou abandonnés, des champs de pierre tout blancs sous le clair de lune ; puis, de nouveau, des ruelles infâmes, puant la vinasse, le haillon et les latrines, où eût régné une obscurité complète sans, de loin en loin, la petite veilleuse allumée au pied d'une madone ou la clarté rouge d'une trattoria ouverte, vomissant sur eux sa gaieté obscène, ses chants d'ivrogne et ses batailles. Le lieutenant, hésitant entre la boue visqueuse et le ruisseau fangeux, ne savait où mettre le pied. Il avait perdu son désir amoureux, et s'il s'occupait encore de sa compagne, c'était pour prévenir, à l'occasion, un coup de couteau, ou l'empêcher d'appeler des complices. Ah ! pourquoi n'avait-il pas suivi le conseil du capitaine et ne s'était-il pas armé d'un revolver ? Il se voyait déjà condamné au sort du malheureux Pignatelli. Mieux eût valu le venger, certes ! que d'aller si tôt le rejoindre.

Cette Lisabetta Dentone n'avait rien pourtant de redoutable ; tout en marchant aux côtés de Fortiguerri, elle se livrait aux jeux de lèvres et de mains d'une maîtresse familière, mais sans se départir d'une solennité qui était plutôt étonnante en ce moment. Elle ne riait pas, parlait peu, et encore n'était-ce guère que pour adresser au lieutenant cette incessante question :

— N'est-ce pas, tu me donneras ta chaîne ?

Sur quoi, Fortiguerri demandait à son tour :

— Quand serons-nous arrivés ?

— Dans un moment, dans un moment, lui répondait-elle depuis une heure.

Le lieutenant eut la pensée de revenir sur ses pas, mais comment, après tant de tours et de détours, aurait-il pu retrouver son chemin ? Il se résigna donc à attendre le jour auprès de cette singulière amoureuse.

— Nous sommes rendus, dit-elle enfin.

Ils enfilèrent un couloir obscur, descendirent quelques marches, en montèrent, puis Lisabetta, tirant une clef, ouvre vite une porte mince comme une feuille de carton, frotte une allumette, éclaire un intérieur assez propre mais plus encombré qu'une boutique d'antiquaire.

— Entre, fait-elle.

Mais le lieutenant n'avait pas fait deux pas dans la chambre qu'une grande ombre noire surgit devant lui et se jeta sur Lisabetta.

— Éhontée ! coureuse ! fornicatrice ! criait une voix furieuse.

— Don Prina ! supplia la jeune femme effrayée.

Le lieutenant vit un prêtre de haute taille et très maigre, qui secouait rudement par les mains Lisabetta.

— Misérable femme, continuait-il, tu oublies donc ce que tu as promis à Ascalona, devant moi ? tu violes ton serment d'épouse, tu blasphèmes la loi de Dieu !

— Grâce ! grâce ! hurlait Lisabetta.

— Tu ne sais donc pas, abominable prostituée, que ce n'est pas seulement ton corps que tu souilles, ton mari que tu trahis, mais que c'est un peuple tout entier que ta conduite met en péril et empêche de se libérer ?

Le lieutenant demeurait muet, frappé d'étonnement, trop surpris par cette scène pour pouvoir rien y comprendre.

— Sois sûre, louve impudique, sois sûre que ton mari le saura !

Lisabetta s'était jetée aux pieds du prêtre.

— Oh ! non, seigneur, non, non ! Je vous en supplie !

— Il le saura, répétait Don Prina inflexible. Je le lui dirai.

— Ayez pitié, seigneur Prina, pardonnez-moi ! gémissait Lisabetta.

— C'est Dieu que tu offenses, malheureuse ! Et il faut que tu sois punie.

— Eh bien, punissez-moi, vous, mais que lui ne sache rien, oh ! non.

— C'est inutile !… Allons, relève-toi… Où est Ascalona ? Il devait rentrer ce soir.

— C'est demain seulement qu'il rentre, seigneur. Il est allé chercher les armes à…

— Chut ! Tais-toi !…

Le prêtre, se tournant alors vers Fortiguerri :

— Que viens-tu faire chez nous, chien immonde ! Retourne dans ton Piémont, amateur de charognes, va salir les femmes de ton pays, mais ne touche pas aux nôtres, ou prends garde à toi !… Allons, déguerpis, misérable !

Dans sa stupeur, le lieutenant ne sut point résister. Il n'en avait d'ailleurs nulle envie. Il obéit à la voix impérieuse de Don Prina et se disposait à sortir, mais il n'était pas facile de se reconnaître dans cette suite de couloirs et d'escaliers obscurs. Fortiguerri dégringola plusieurs marches avec grand bruit. Lisabetta revint avec de la lumière.

— Vous vous êtes fait mal ?… Seigneur Prina, laissez-moi conduire l'étranger à la porte. Il se tuerait.

— Ce ne serait pas un grand malheur, fit la voix de Don Prina du fond de la chambre.

Lisabetta s'approcha du lieutenant, le prit par le bras et le poussa dans une galerie sombre.

— Attends que ce vilain sac au charbon soit parti. Je reviens tout de suite.

Quelques instants après, il entendait Don Prina qui se retirait sans cesser de gronder Lisabetta de sa voix de nez, monotone et pénétrante.

— Tenez-vous, je vous le conseille, tenez-vous bien !

— Je vous promets, seigneur, que c'est par aventure…

Dès que le prêtre fut parti, Lisabetta courut à Fortiguerri, fit résonner ses lèvres sous un baiser et, lui prenant les mains, elle se mit à babiller tout à coup comme si Don Prina, en s'en allant, lui eût délié la langue :

— Oh ! très chéri ! Comme tu as froid ! Tiens réchauffe-toi les mains là, sur mon sein. Et puis ici ! Elles sont belles, mes fesses, n'est-ce pas ? Viens dans la chambre. Cet homme-là, c'est un fou. Il me fait peur. Il tourne mon mari contre moi. Marco, vois-tu, je l'aime bien, je l'aime beaucoup, je l'aime à en mourir. Mais puisqu'il n'est pas là ! Si ce « Dominus vobiscum » ne lui disait pas, il ne saurait rien. Seulement, voilà : le prêtre me déteste… Et puis toi, oh ! comme il t'a regardé, tu as vu ? C'est que tu es un Piémontais ! Ne dis pas non, tu commettrais un mensonge. Mais qu'est-ce que ça fait que tu sois Piémontais ? Ils les détestent ici, mais moi je trouve que ce sont des hommes comme les autres. Toi, tu es joli. Oh ! tu me donneras ta chaîne d'or, n'est-ce pas ?

Elle s'en fut à une armoire, l'ouvrit ; ouvrit au fond un tiroir dissimulé derrière un tas de hardes, et, attirant un petit coffret recouvert de cuir très usé, elle en leva le couvercle. Des bijoux de toutes sortes, vils ou précieux, colliers de perles fines, d'agate ou de grenat, bagues de cuivre et de brillants, enfin la plus étrange collection de joyaux qu'on puisse rêver étincela tout à coup aux yeux du lieutenant ébloui.

— Tiens, fit-elle en prenant une chaîne d'or ornée de rubis et en l'admirant à la flamme de la chandelle, est-ce beau, ça ? On dirait le sang qui s'est égoutté de la plaie du Christ, au Calvaire… Vois-tu, je ne montre pas ça à tout le monde… Marco me battrait, s'il découvrait ma boîte. Et puis, ajouta-t-elle en allant inspecter le couloir, il faut prendre garde aux voleurs. Toi, heureusement, tu n'en es pas un.

Tout en parlant, elle avait très vite retiré la chaîne de Fortiguerri de la boutonnière où elle était passée ; elle l'admira un instant, puis la posa au milieu des autres bijoux.

— Regarde comme elle fait bien, là !

Et, brusquement, elle ferma le couvercle et courut reporter le coffret dans l'armoire.

— Ah ! non, s'écria le lieutenant, pas de ça ! C'est un souvenir d'une amie auquel je tiens beaucoup. Je ne te le donne pas.

— Et si j'y tiens aussi, moi ?

— Tant pis, tu ne l'auras pas.

— Quand l'orange est mangée, on n'en demande pas le jus.

— Voyons, je te donnerai de l'or pour en acheter une autre !

— Je ne veux pas de ton or, je veux ta chaîne, moi !

— C'est bien, tu es une voleuse ; bonsoir.

— Une voleuse, tu vas voir si je suis une voleuse, moi !

Et avant que le lieutenant ait eu le temps d'ouvrir la porte, elle s'y adossait et, de toutes ses forces, d'une voix de chienne qui aboie à la lune, elle appelait :

— Teresina ! Stellina !

— Qu'y a-t-il, Lisabetta ? fit-on de l'étage supérieur, à travers le plancher.

— Venez, les filles, venez vite !

On entendit aussitôt des pas descendre à la hâte un escalier. Lisabetta s'écarta et une grande fillette assez jolie, habillée de ses longs cheveux noirs et d'une chemise en guenilles, apparut, accompagnée d'une femme qu'on devinait toute jeune, mais qui avait la peau ridée d'un ancêtre. Elles entrèrent avec des airs effarés.

— Qu'y a-t-il ? qu'y a-t-il ? demandèrent-elles.

— C'est ce galonné-là, à qui je veux montrer que je ne suis pas une voleuse… Déshabillez-le.

Les deux filles et Lisabetta se jetèrent sur le lieutenant et se mirent à lui enlever ses vêtements. Fortiguerri ne savait s'il devait rire ou se défendre. Quand il n'eut plus guère que sa chemise :

— Merci, dit Lisabetta à ses amies. Allez-vous-en, maintenant.

Et, tandis qu'elles se retiraient, avec des chuchotements et des rires, Lisabetta s'en vint à Fortiguerri qui, cette fois, était décidé à accepter, sans murmure et vaille que vaille, sa bizarre fortune.

— Pourquoi es-tu triste ? fit-elle… Ah ! ce sont les Vieux[1] qui te rendent ainsi. Ils n'ont pas d'huile. Ils grognent.

Elle alla remplir la veilleuse qui se trouvait devant les statues de sainte Anne et de saint Janvier, y mit une mèche et l'alluma ; puis, lascivement, elle s'abattit sur le lieutenant et l'enveloppa, à l'étouffer, de sa chair grasse. Sans plus penser à sa chaîne perdue, le lieutenant s'abandonnait à des lèvres molles ou happantes, à des caresses audacieuses et inattendues. Ils roulèrent ensemble sur le lit.

Soudain, Lisabetta tendit l'oreille.

— Ah ! corne de Lucifer ! J'entends Marco. Nous sommes dans le baquet ! Cache-toi ! Cache-toi bien dans le lit. Je vais lui ouvrir.

— Va te coucher, Lisabetta, dit une voix, et laisse-nous. J'ai à causer.

Le lieutenant, qui sentait son cœur battre plus vite, aperçut, derrière le rideau tiré, deux hommes qui entraient dans la chambre, et il ne fut pas peu étonné lorsqu'il reconnut, dans l'un d'eux, le beau pénitent de Santa-Maria del Carmine, et que se montra en pleine clarté, devant la chandelle, le visage tranquille et légèrement dédaigneux de sir Francis Scamler.

— On m'a parlé de vous, monsieur Ascalona, dit le colonel en s'asseyant. On m'a parlé de vous comme d'un homme qui pourrait servir utilement mes projets…

Au nom abhorré, le lieutenant avait tressailli. Pris d'un beau courage, il se demanda un instant si ce n'était pas la Providence qui l'envoyait chez ce bandit pour l'arrêter ; puis, se voyant en chemise, sans arme, protégé seulement par un mince rideau et par Lisabetta qui s'était rassise sur le lit, haletante d'émotion, il se trouva peu à son aise.

Cependant Ascalona, sans répondre à Scamler, roulait une cigarette.

Le colonel, qui s'attendait sans doute à plus d'empressement, parut étonné.

— Continuez, fit enfin Ascalona, après quelques minutes de silence, je vous écoute.

— Mais, dit Scamler, vous n'êtes pas seul…

---

1. I Vecchi, les Saints.

— Ma femme est là. Qu'importe ? Que venez-vous donc me proposer ?

— Il s'agit d'un enlèvement, de l'enlèvement d'une femme…

— De l'enlèvement d'une Napolitaine ?

— D'une Anglaise.

— Cela m'est égal. Je ne marche pas, fit Ascalona en tournant le dos au colonel.

— Je vois, monsieur Ascalona, que vous voulez vous faire payer très cher.

— Ah ! ça, dites-moi, pour qui me prenez-vous ?

— Mais pour un homme dont la tête est mise à prix et qu'on peut arrêter demain.

Un hurlement retentit et Lisabetta se jeta sanglotante au cou de son mari.

— N'aie pas peur, fit Ascalona en la repoussant avec douceur, ma tête est encore solide sur ses épaules… Puis-je vous demander, monsieur, ajouta-t-il, en se tournant vers Scamler, pourquoi vous choisissez un homme aussi compromis que votre serviteur ?

— Je désirerais quelqu'un qui fût sans scrupule,… pardon ! je veux dire, sans préjugés.

— Qui vous assure que je n'en ai pas ? Dites seulement que vous seriez heureux d'être débarrassé de votre complice, une fois le crime accompli.

— Il n'est pas question d'un crime.

— D'une malpropreté tout au moins. Est-ce que vous croyez que je ne vous devine pas ? Vous voulez, vous, vieillard… mettons homme mûr, abuser d'une jeune fille qui ne vous aime pas.

— Permettez : la faire rentrer dans le droit chemin.

— Eh bien ! c'est votre affaire, et non la mienne.

— Vous êtes un Camorriste bien délicat, monsieur Ascalona, dit Scamler en le regardant fixement.

— Oui, je suis un Camorriste, reprit Ascalona, et j'en suis fier. Je suis un Camorriste, non pas pour servir les sales passions d'un homme tel que vous, mais pour soutenir mes frères misérables, et, ajouta-t-il d'une voix sourde et avec des yeux agrandis, pour défendre Naples opprimée. S'il y a des coquins dans notre association, ce n'est pas de ma faute. Adressez-vous à Zingone ou à Furiano, mais ne venez pas frapper chez Marco Ascalona.

— Vous avez dit Zingone, Furiano, reprit le colonel très calme. Et où habitent ces messieurs ?

— Ah ! allez les chercher vous-même, dans leurs tanières, et tâchez, vous qui voulez être le bourreau, de ne pas être la victime. Ils pourraient bien ne pas attendre votre générosité et se payer eux-mêmes sur vous.

— Oh ! j'ai avec moi des guides, monsieur Ascalona, des guides qui sont prêts à me défendre.

— À moins qu'ils ne vous assassinent.

— Je saurai au besoin me défendre moi-même. Je suis un ancien soldat.

— Il n'y paraît guère, dit Ascalona, qui ouvrit la porte toute grande devant Scamler.

— Ah ! monsieur Ascalona, fit le colonel en se retirant, vous regretterez peut-être d'avoir refusé mes services. L'or anglais est bon à quelque chose parfois.

Il n'était pas plutôt parti que Lisabetta, avec un oubli, une inconscience, ou une ruse étonnante, courut à Ascalona et l'étreignit violemment.

— Oh ! mon cher amour, mon homme délicieux, mon Marco adoré ! s'écria-t-elle en le baisant à chaque mot, mon chéri, dis-moi, ce que l'Anglais disait là, tout à l'heure, ce n'est pas vrai, n'est-ce pas ?

— Nous courons tous les mêmes dangers aujourd'hui, ma pauvre Bettina.

— Ils disent qu'on n'enverra pas la police, mais que ce sont les alezans[1] qu'ils vont lancer sur toi.

— Alors on se battra dans le quartier. Ils ne me tiennent pas encore, les porcs !

— Marco, pourquoi es-tu revenu ? Ils vont t'arrêter.

— Ils n'oseraient pas. D'ailleurs ici je suis inconnu. Ils me cherchent à Santa-Maria del Carmine.

— Tu vois bien que l'on sait où tu es, puisque cet Anglais a pu venir te trouver.

— Des amis l'ont conduit, Mormino, tu sais, le petit.

— Oh ! tu es imprudent, Marco : toutes les mouches sont après toi. On épie chaque pas que tu fais. Et toi, au lieu de veiller à ta sûreté, tu t'amuses à me torturer, à me rendre malade. Oui, tu me fais mourir de douleur. Tu vas chez des rats d'égout, chez des peaux pourries, comme la Barborin… Ne réplique pas. Je t'ai vu

1. Saurielli (les soldats) en argot napolitain.

à sa fenêtre. Tiens, j'ai envie de te gifler. Et Don Prina qui te croyait à Résina pour les armes ! Même que j'ai couru comme une folle pour te voir, te donner une becquée. Pense donc, mon chéri, il y avait si longtemps ! Et ce que j'ai vu, ah ! non, ça me fait vomir d'y penser.

Ascalona n'écoutait que distraitement ces remontrances jalouses. Son regard était fixé sur un point lumineux qui se trouvait au milieu de la chambre. Il s'avança avec curiosité pour reconnaître ce qui brillait ainsi.

— Qu'est cela ? s'écria-t-il en apercevant les galons qui ornaient la tunique de Fortiguerri.

Au même instant, il découvrit le lieutenant, que le rideau du lit ne pouvait cacher de ce côté.

Fou de rage, il se précipita sur lui et, avant que Fortiguerri eût pu se mettre en défense, il l'arrachait par les bras et l'envoyait tomber avec les draps et la paillasse au milieu de la chambre.

— Ruffian, canaille, ver de pourriture ! criait-il.

Le lieutenant essayait de lutter ; mais, courbé sous l'effort d'Ascalona, la face contre terre, il ne réussissait même pas à appeler à l'aide ; il ne parvenait qu'à pousser des gémissements sourds, des cris indistincts.

Lisabetta, toute tremblante, avec une face de morte et des yeux vagues, considérait la lutte.

— Donne-moi une corde ! demanda Ascalona.

Devenue comme un animal docile, sans volonté, Lisabetta courut à une valise ; de ses doigts pressés, raidis par la peur, elle en arracha les cordes et les apporta bien vite à Ascalona.

Il lia les pieds, les mains de Fortiguerri et lui jeta au visage son uniforme ; puis, d'un coup de botte, il le poussa contre la muraille.

— À ton tour, maintenant, fit-il en se redressant du côté de Lisabetta.

La malheureuse ne sut que tomber à genoux et se protéger la face de ses mains.

— Ah ! menteuse infecte, ordure de latrine publique, cureuse d'égout !

— Grâce ! grâce ! répétait Lisabetta.

— Et dire que tout à l'heure tu m'appelais ton chéri, ton adoré, ton délice ! Ah ! menteuse ! menteuse !

— Aie pitié ! gémissait-elle.

— Et avec un ennemi ! un Piémontais, un traitre !

— Mais il est venu malgré moi,… et puis moi je n'ai rien fait, je n'ai rien fait, je te le jure !

— Tais-toi, ramasseuse de boue !

— Eh bien, bats-moi, tiens, bats-moi, puisque je t'ai fait du mal.

Et elle arracha ses jupes, offrit sa chair nue aux outrages. Devant cette soumission, Ascalona sentit s'évanouir tout désir de violence.

— Et pourquoi te battre ? Quand je t'aurai labouré ton champ de fèves, cela aura-t-il effacé ma honte et ta trahison ? Ah ! je t'ai assez battue, les coups ne te changent pas. Tu es toujours la même, coquine !

— Pardon ! Pardon !

— Rends-lui ce qu'il t'a donné.

Et comme elle demeurait toujours immobile et agenouillée, Ascalona fouilla ses jupes, les secoua, puis il courut à l'armoire, bouleversa le linge et les robes, découvrit le tiroir secret. Lisabetta tressaillit quand elle le vit retirer le coffret. Elle se releva, s'agrippant à ses bras :

— Non, pas ça ! fit-elle avec un accent dur, féroce.

Ascalona regardait avec une sorte d'effroi ce monceau de joyaux et de pierres précieuses qui représentait à ses yeux tant de hontes et de trahisons. Comment avait-il pu les ignorer ?

— Rends-moi ça, disait Lisabetta, d'une voix sourde, haletante, les yeux fixes, et elle avançait les dents comme dans un besoin irrésistible de mordre et de déchirer.

— Quelles infâmes saletés ont souillé ton corps ! s'écriait Ascalona, quelles cochonneries abominables leur as-tu donc faites, puits d'infection ! pour qu'ils te donnent tout cela !

Mais Lisabetta n'entendait pas les injures, n'éprouvait plus ni humiliation ni amour ; une seule idée brillait en elle et l'attachait, palpitante, aux côtés d'Ascalona : ses parures.

— Laisse, répétait-elle, c'est à moi.

Et, afin de lui faire lâcher le coffret, elle lui égratignait, elle lui mordait les doigts.

Tout à coup, elle poussa un cri horrible, comme si elle venait de souffrir le plus atroce supplice. Ascalona avait retiré la chaîne de rubis, celle que Lisabetta comparait à une rosée du divin sang, et, avant que la jeune femme eût pu le retenir, il la lança sur Fortiguerri, qui avait réussi à se débarrasser la tête et qui, atteint en plein visage, eut un long gémissement. Lisabetta se jeta alors à genoux, s'en fut à quatre pattes ramasser la chaîne ; mais Ascalona prenait maintenant à poignées les autres bijoux, en frappait la jeune femme, lui fouettant la face des bagues, des colliers, des bracelets, ou la chassant du pied.

Elle restait agenouillée, guettant de ses dents et de ses ongles les joyaux qui tombaient, se tendant toute, s'étalant à terre pour les saisir, ne paraissant même pas sentir les coups de botte furieux dont il lui écrasait les reins.

— Va-t'en, chienne, lui cria-t-il enfin, va-t'en et emporte tes immondices avec toi !

Elle n'eut pas un mot, pas une plainte ; elle se releva et partit, serrant contre son sein les bijoux qu'elle avait ramassés, ainsi qu'une mère qui a hâte de mettre à l'abri son enfant.

Alors Ascalona se tourna vers Fortiguerri.

— Misérable mouche, fit-il, coquin qui viens salir mon lit et espionner mes actes, en attendant de me vendre, je vais te tuer, abominable traître !

Ces menaces n'effrayèrent pas le lieutenant ; la mort à présent lui semblait inévitable ; il s'était déjà résigné et employait toute son énergie à la supporter avec courage. Il regarda fièrement son meurtrier.

Ascalona, rencontrant sous sa main une canne massive, la brandit de toute sa colère.

À ce moment, quelqu'un se précipita dans la chambre et se jeta entre eux.

C'était le prêtre que Fortiguerri avait vu en entrant : Don Prina.

Ascalona essaya, un instant, d'écarter l'intrus qui venait ainsi s'opposer à sa vengeance ; mais on lui avait saisi le bras et il n'essayait que mollement de se dégager.

— Laissez-moi, disait-il encore, laissez-moi, il faut que je le tue.

Mais sa voix était sans force ; il était déjà vaincu, soumis à une volonté supérieure.

— Je ne veux pas que vous frappiez cet homme, dit Don Prina.

Et comme Ascalona semblait vouloir protester :

— Ne compromettons pas, fit le prêtre, la sainteté de notre cause par des meurtres inutiles et des vengeances personnelles.

— Il a surpris nos secrets, répliqua Ascalona, qui ajouta quelques paroles à voix basse.

— Alors il m'appartient, dit Prina, et vous savez où le conduire.

Il dit aussi :

— J'ai rencontré Lisabetta. J'ai su ce qui s'était passé. Vous avez bien fait, mon fils, de chasser cette misérable.

Mais Ascalona, rendu soudain à sa douleur jalouse et brisé d'émotion, se laissa tomber sur le lit et éclata en sanglots.

— Ah ! mon père, mon père, gémissait-il, comme je suis malheureux, moi qui l'aimais tant !

— Courage, mon enfant, disait Don Prina. Pensez à la tâche que vous avez acceptée. Il ne faut pas mêler une femme à nos grands desseins.

IV
LES FANTAISIES D'UNE JEUNE ANGLAISE

— Qu'avez-vous donc ce matin, monsieur Marco ? demanda miss Helen, à son retour de la promenade, à Ascalona qui s'enfuyait vite, le long des maisons de Chiatamone.

Ascalona tressaillit, détourna la tête ; puis, comme illuminé d'une inspiration subite, il revint sur ses pas, passa devant la jeune fille surprise, et monta d'un trait les cent trente marches qui conduisaient à l'atelier de miss Helen.

Elle le suivait, se demandant s'il n'était pas devenu fou. Quand elle l'eut rejoint sur le palier :

— J'allais me plaindre de votre oubli, dit-elle avec une pointe d'ironie, et je vois avec plaisir que l'absence, loin de diminuer en rien notre intimité, l'a fortifiée encore. Éloignez-vous de nouveau un an, et nous serons les meilleurs amis du monde.

— De grâce, mademoiselle ! ne plaisantez pas en ce moment, et plutôt ouvrez-moi.

Miss Helen, un peu inquiète, mais cédant à cette supplication ardente, introduisit aussitôt Ascalona dans l'atelier. Une fois au milieu de ses meubles familiers, devant ses toiles et ses chevalets, elle n'eut plus peur.

— Voyez votre portrait, dit-elle en montrant une peinture ébauchée. Il est toujours là à vous attendre. Pour me punir de vous avoir fait poser un instant, vous m'avez laissée me morfondre des mois. Le châtiment n'est pas proportionné à l'injure… Mais maintenant que vous êtes là, vous ne m'échapperez plus.

Je vous enferme… Regardez, méchant homme, par qui j'ai dû vous remplacer !… Voyez ces études de petite fille, comme elles sont peu intéressantes. Que voulez-vous ? le modèle ne m'inspirait pas… Je songeais devant lui à cet homme d'une beauté antique que vous êtes, mon cher ami… Oh ! vous savez, je m'y connais. Je juge, non pas en femme, mais en artiste. Mon maître, Holmann Hunt, se fût pâmé de plaisir s'il vous avait vu, en ce matin bleu où nous nous sommes rencontrés, assis sur le port, les bras croisés, dans cette attitude de fierté heureuse et abandonnée. Quel tableau magnifique il eût fait avec vous !… Mais je babille, je babille, et… vous ne m'écoutez pas… Voyons, qu'avez-vous, monsieur Marco ? fit-elle en s'asseyant sur le divan où Ascalona était allé se jeter. Vous avez les traits tirés et un air de grande fatigue. Assurément vous avez passé une mauvaise nuit. Voulez-vous que je vous prépare quelque chose ? Prendrez-vous un verre de marsala ?

Ascalona, qui n'avait pas écouté un mot de tout ce verbiage, demanda :

— Est-ce que vous êtes seule, mademoiselle ? Votre oncle ne va-t-il pas venir ?

— Mon oncle ne vient jamais ici, et d'ailleurs il n'est plus à Naples.

— J'en suis bien content.

— Pourquoi ? Vous ne le connaissez pas !

— Non, mais tous ces Anglais…

— Eh bien, voilà au moins qui est aimable pour moi.

— Oh ! vous, mademoiselle, vous êtes une femme admirable.

— Allons, chacun s'adresse des compliments. Cela promet une belle journée.

— C'est très sincère de ma part… mais vos compatriotes, je les hais ; j'en ai encore rencontré un dernièrement…

— Dans tous les pays, il y a des misérables ; cela ne prouve rien !

— J'ai à me défier, en général, des étrangers, et je voulais savoir s'il n'en venait pas ici.

— Vous êtes bizarre aujourd'hui, monsieur Marco. Vous entrez chez moi sans me saluer, sans me demander si j'ai l'intention d'ouvrir ou de fermer ma porte, et maintenant vous voudriez savoir qui je reçois chez moi. Je reçois qui me plaît, entendez-vous. Il est vraiment inimaginable que vous vous en occupiez !

— Ah ! mademoiselle, je m'occupe de me sauver, et je m'imaginais, dans ma simplicité, que vous aviez l'âme assez généreuse pour me venir en aide.

— Vous sauver ! que voulez-vous dire ?

— Tout à l'heure, quand je suis entré ici, des hommes de la police, déguisés, me suivaient. J'ai fait, un détour, et ils m'ont perdu de vue. Mais si je sors, cela est presque sûr, on va m'arrêter. Dans les quartiers populaires, on ne s'y risquerait pas. Ce serait trop dangereux. Tout le monde viendrait à mon secours. Ici à Chiaia, dans les quartiers d'étrangers, rien n'est plus facile. Je n'avais que l'espoir de trouver l'hospitalité chez vous et d'y attendre la nuit. Mais je sens bien qu'il faut y renoncer !

Miss Helen regardait Ascalona. Elle n'eût pu définir l'étrange sentiment qu'elle éprouvait devant lui : admiration et aussi dégoût, curiosité et frayeur, les émotions les plus diverses se succédaient en elle.

— Pour qu'on vous poursuive ainsi, il faut que vous soyez un malfaiteur.

— Ce n'est pas seulement les malfaiteurs, hélas ! que l'on poursuit aujourd'hui.

— Enfin, qui êtes-vous ? Vous m'avez dit que vous aviez été batelier, commis chez un marchand de vin, sacristain, maître d'hôtel chez une comtesse, secrétaire d'un avocat ; vous avez fait tous les métiers, mais j'ai bien peur que vous n'en connaissiez qu'un seul : celui de duper les hommes et de nuire à la société.

— Croyez-le si vous le voulez, dit Ascalona en jetant à la jeune fille un regard de mépris.

Et il se tourna vers la porte.

— Non, non, ne partez pas, s'écria miss Helen en le retenant par le bras. Qui que vous soyez, quoi que vous ayez fait, je ne veux pas vous livrer.

— C'est bien, dit-il ; j'accepte votre charité, parce qu'en me sauvant je sauve plus que mon existence. Seulement, je ne vous en sais aucun gré. Marco Ascalona n'a pas besoin qu'on lui soit pitoyable.

— Quoi, vous êtes Ascalona ! fit-elle avec stupeur. C'est vrai ? Ah ! c'est affreux, cela ! Je suis épouvantée de penser que vous êtes là, vous, chez moi !

Et miss Helen se mit à marcher à grands pas dans la chambre en répétant sans cesse :

— Ascalona ! Ascalona ! Qui aurait pu le penser !

— Pourquoi avez-vous ainsi horreur de moi ? demanda-t-il.

— Mais songez donc à ce que je deviendrais si vous étiez arrêté ici ! Comme toute cette vie tranquille que m'ont faite le travail de mes parents et mon énergie particulière serait à jamais détruite ! Me voyez-vous compromise dans un procès, jetée en prison, peut-être accusée des crimes que vous avez commis ! On dit tant de mal de vous !

— Et jamais de bien, n'est-ce pas ?

— Oh ! si, on dit aussi beaucoup de bien de vous. Moi-même, quand on vous attaquait, j'ai pris plus d'une fois votre défense. Je soutenais que vous étiez une âme noble et généreuse. Et maintenant que je vous vois là, devant moi, je vous le répète, je suis épouvantée. Je me souviens de tout ce que j'ai entendu. J'ai beau faire tous mes efforts pour l'oublier, cela m'est impossible.

— J'avais tort d'accepter votre offre, puisque vous deviez si tôt vous en repentir. Mais il est toujours temps de la refuser.

— Vous ne me comprenez donc pas ! Je ne veux pas que vous partiez. Vous entendez ?

— Vous croyez au mal que l'on dit de moi ?

— Oui.

moins, que je puisse conserver mes doutes sur un homme que j'ai admiré.

— Que vous importe ! Comprendrez-vous jamais le caractère et le but de mes actions ? Vous n'êtes pas napolitaine, n'est-ce pas ? Eh bien, notre lutte nationale vous échappe, comme nos mœurs. Je me rappelle le jour où vous êtes venue me prendre à l'Immacolatella, pour faire mon portrait, comment vous m'interrogiez sur nos usages, sur notre ville, répondant ensuite par un éclat de rire à chacune de mes explications.

— Et vous avez été blessé ? Oh ! comme je vous demande pardon. Il n'y avait chez moi aucune intention de raillerie, je vous assure. J'étais étonnée seulement. Pensez donc ? Une Anglaise, élevée dans le respect de convenances particulières, dans une retenue complète de tous ses sentiments, de toutes ses affections, se croyant libre pourtant, parce qu'on n'impose nulle contrainte à son intelligence ni à ses allures, habituée à la dissimulation et au secret comme à une vertu ; et vous trouvant, vous, si affranchis, sous votre apparente servitude ; si savants et civilisés, avec cet extérieur de barbarie et d'ignorance. Surtout si beaux ! Oui ! Vous avez cette splendeur que là-bas, dans nos villes brumeuses et sombres, nous évoquons avec tant de regrets ! et vous possédez à ce point le rayonnement de l'existence que même les misérables, chez vous, ont à nous revendre du bonheur. Ah ! quand je suis arrivée ici, ç'a été pour moi une illumination ; j'aurais voulu devenir napolitaine ; et puis, les vols, le désordre dont j'ai été témoin, les meurtres que j'ai appris, cette vie sans loi, sans règle que j'ai observée chez vous : cela m'a écœurée. Je me sens, à chaque instant, redevenir au milieu de vous une tranquille Anglaise, et aussi, à chaque instant, j'ai comme le vertige de votre libre existence. Peut-être est-il un bien que je ne conçois que vaguement, mais que j'entrevois, et qu'on trouve parmi vous.

Ascalona regardait la jeune fille, et il subissait le charme de cette grâce naïve, énergique, franche et aventureuse.

— Que j'aime entendre vos paroles, dit-il, et comme j'avais tort, tout à l'heure, de douter de votre générosité. Certes, l'effroi que vous a donné Naples, je l'ai éprouvé en votre présence. Vous étiez si railleuse ! Je ne comprenais rien à vos plaisanteries. Je suis un homme du peuple, moi, et je n'ai guère été à l'école. Je voyais des insolences là où il n'y avait que d'innocentes espiègleries. Et puis ce servage auquel vous m'aviez condamné, cette obligation de poser, de n'être devant vous qu'une statue, un bloc inanimé qui ne peut servir qu'à une étude de peintre, mais dont on méprise l'âme, les sentiments et les pensées, comme humiliant, révoltant pour moi !

— Il paraît, puisque vous n'êtes jamais revenu, et que vous avez refusé l'argent que je vous offrais.

— Cela m'aurait fait mal de le prendre. Pourtant, j'en aurais eu grand besoin, mais c'était pour vous faire plaisir que j'étais venu dans votre atelier, subjugué par votre beauté, et je ne voulais pas être traité en modèle.

— Le beau malheur ! dit miss Helen, en souriant ; je posais aussi, moi, devant vous.

— C'est bien différent ; moi, je vous admirais.

— Oh ! voilà de ces exagérations napolitaines ! Je suis peut-être gentille… à Londres, mais en Italie, où il y a tant de jolies femmes, comment peut-on faire la moindre attention à moi ?

— Oh ! vous ne savez pas comme vous êtes belle, et d'une beauté que nous ne connaissons pas ici. Les Napolitaines sont comme des enfants colères et gentils, que l'on bat et que l'on caresse, mais vous avez une grâce si noble, si tranquille, si raisonnable !

— Comme vous vous trompez !

— Non, je ne me trompe pas. Quand on vous voit, on vous prendrait pour une grande fillette, un peu turbulente, et quand vous vous mettez à parler, vous semblez si sage. Vous ressemblez aux beaux anges qui sont à Monte-Oliveto.

— Vous allez donc dans les églises ?... Mais c'est vrai, tout le monde est dévot, à Naples.

Elle avait repris, peut-être sans le vouloir, ce ton insolent qui lui revenait de temps à autre, dans la causerie, comme si elle ne pouvait se résigner à l'égalité de la conversation, toujours impatiente de dominer son interlocuteur ou son entourage.

Ascalona sembla vivement attristé. Elle s'en aperçut, sourit des éloges, si peu mérités, qu'on venait de donner à sa raison ; puis, elle lui dit, avec l'air d'un vrai repentir :

— Je vous ai fait encore de la peine ! pardonnez-moi.

Pour lui prouver qu'il était sans rancune, Ascalona lui prit la main et y posa longuement ses lèvres.

Elle la lui abandonna en souriant, heureuse et un peu troublée, avec le désir et la peur d'une aventure qu'elle imaginait prochaine.

Ils étaient assis l'un près de l'autre, sans se parler, rapprochés par la même fantaisie amoureuse, séparés encore par une défiance qu'ils ne réussissaient pas à éloigner, inquiets de leurs caractères étrangers et de leurs existences inconnues. Ardent, audacieux, enivré par le souvenir de tant de succès galants qui n'étaient pas tous vulgaires, Ascalona redoutait l'air de fierté, les railleries de ce visage enfantin et sage. Miss Helen sentait peser sur elle la volonté tranquille de ses ancêtres ; elle était enchaînée à leurs habitudes calmes, à leur esprit clairvoyant, un peu étroit, d'industriels. Cependant ce qu'elle appelait elle-même « l'odeur de la liberté », ce parfum âpre de l'air salin, cette séduction du voyage et de l'inconnu, qui, tout enfant, l'avait entraînée à mille escapades et lui valut plus d'une fois les brutalités de son tuteur, l'attirait, la ravissait à présent, avec une violence inéprouvée. « Qui sommeille dans cette âme obscure ? se disait-elle ; quel mal et quel bien y fraternisent ? Ne pourrait-on pas lui rendre sa noblesse native et les généreux sentiments pour lesquels elle semble avoir été faite ? » Miss Helen était romanesque. Depuis que les opéras eux-mêmes s'humilient jusqu'à la plus monotone réalité, des êtres capricieux se sentent le besoin de mouvementer leur existence et de faire du monde leur théâtre. Miss Helen voulait aimer un brigand. Elle avait trouvé l'homme de ses souhaits. Certes, ce n'était pas absolument celui qu'elle avait rêvé ; mais comment ne se fût-elle pas consolée des qualités qui manquaient à son héros, en faveur des autres ? Pour tous deux, c'était un étonnement que leur beauté. Ce visage d'Ascalona, où une force mâle s'unissait à une grâce si féline, était pour elle aussi nouveau que, pour Ascalona, le charme enfantin, orgueilleux et décidé de cette blonde jeune fille.

Un coup frappé à la porte les fit tressaillir et rappela soudain à Ascalona les dangers qu'il courait.

— Ce doit être mon marchand de couleurs, dit miss Helen. Il devait venir ce matin. Elle ouvrit avec précaution un petit guichet.

— C'est Don Natale, mon confesseur. Que peut-il bien me vouloir ?

Et comme Ascalona paraissait très ému :

— N'ayez pas peur. C'est un homme excellent, qui aime tous les malheureux. Il ne vous trahira pas. Si vous ne voulez pas le voir, mettez-vous dans ce coin-là, derrière le grand tableau. Tel que je le connais, il est incapable de vous découvrir.

Là-dessus, elle introduisit le prêtre.

Don Natale paraissait toujours tomber du ciel et avoir peine à se reconnaître sur la terre. Le cou tendu, il furetait une chambre de son nez long et retroussé, de ses yeux un peu inquiets, de son menton en pointe, sans autre but que de trouver une place pour sa personne ou d'observer sur les traits d'un auditoire les effets de ses discours. Il prêchait, d'ailleurs, rarement, n'ayant point le don d'éloquence ; il employait ses journées à confesser et à visiter les pauvres. D'une graisse blanche, sans gaieté, avec sa bouche de travers, sa figure énorme de mascarade et son grand front de mystique, il ne pouvait guère prétendre à avoir les confidences des Napolitaines élégantes, et il était allé s'échouer parmi les gueux, à Santa-Maria del Carmine, où tout le monde l'adorait. Il comptait pourtant parmi ses amies la duchesse Tupputti et miss Helen, que la bonté du prêtre avait conquise. Miss Helen s'était attachée à ce prêtre humble, semblable en cela à certaines femmes qui préfèrent au chien de race le pauvre cabot misérable et craintif qu'elles ont rencontré par hasard dans la rue. Elle avait besoin de plaindre un peu ceux qu'elle chargeait de sa direction.

— Je venais voir votre oncle, mademoiselle, dit Don Natale, et je regrette bien qu'il ait quitté Naples. Il était fort lié, m'a-t-on dit, avec sir Thomas Eveningham, et je pensais qu'il aurait bien voulu me présenter à lui, ainsi que mon éminent ami, Don Prina.

— Quelle idée avez-vous, mon père ! s'écria miss Helen. Sir Thomas Eveningham est un homme sans agrément, et, de plus, un puritain farouche, opposé en principe à notre religion. Je doute fort que son commerce vous soit bien utile.

Don Natale regarda tout autour de lui, et, à voix basse :

— Il ne s'agit pas absolument de notre religion, mon enfant, mais de la patrie. Sir Thomas est l'intime de lord Palmerston, et nous voudrions savoir quelles seraient les dispositions de l'Angleterre dans le cas…

Le prêtre s'interrompit et, considérant avec attention la jeune fille, comme pour surprendre dans son regard une hostilité ou une bienveillance :

— Je vous ai toujours vue dévouée à notre pays, et c'est pourquoi je crois pouvoir vous parler librement. Je puis être sûr, n'est-ce pas, qu'aucune de mes paroles ne sera répétée ?

— Oh ! mon père ! vous devez avoir confiance en moi, s'écria miss Helen, toute troublée à l'idée de ce secret qu'on exigeait d'elle.

— Tout Naples, dit Don Natale, va se soulever pour rejeter les usurpateurs et retourner à son roi légitime.

— Oh ! mon père, mon père, que me dites-vous, vous si bon, si doux ! Vous m'annoncez ainsi la guerre !

— Elle est inévitable, et si l'Église y prend part, c'est pour la conduire et la rendre moins cruelle.

— Et pourquoi me mêler, moi, une étrangère, à vos complots ?

— Il faut que nous ayons avec nous les peuples, et l'Angleterre avant tous les autres. Vous connaissez Mrs. Eveningham. Par elle, vous pouvez obtenir l'entretien que je sollicite de votre complaisance.

— Et quand vous aurez vu sir Thomas, à quoi cela vous avancera-t-il ?

— Don Prina le décidera, mon enfant, et il décidera son ministre à nous être favorables, à son tour.

— Je crains bien que vous ne vous fassiez de grandes illusions.

— Non, mon enfant. D'ailleurs j'irai à Londres, s'il le faut.

— Oh ! mon pauvre père ! Pour trouver des maisons fermées, une prison, peut-être !

— Mon enfant, je ne suis que l'instrument de Dieu. J'obéis à ses inspirations. Puis-je compter que vous verrez Mrs. Eveningham aujourd'hui ?

— Oui, mon père, puisque vous le voulez.

Don Natale, qui ne se rappelait plus où il avait déposé son bréviaire et son chapeau, se mit à les chercher à travers la chambre. Il recula tout à coup en apercevant Ascalona.

— C'est un modèle, dit simplement Helen.

— Vous devriez prendre garde, mon enfant, quand vous les choisissez, observa le prêtre d'un ton de reproche.

— Que voulez-vous dire, Don Natale ?

— Rien, rien, fit le prêtre en s'en allant.

Au moment où il descendait une voix perçante de femme monta soudain jusqu'à l'atelier.

— Il est là, faisait la voix, vous l'avez vu, n'est-ce pas ? Allons, parlez-moi, mon très cher prêtre. Vous dites que non. Vous mentez, vilain homme. Oui, oui, il est avec cette coquine ; tenez, je les entends. Ils s'embrassent. Ah ! les ignobles porcs !

Et elle appela de toute sa force :

— Ascalona ! Ascalona ! Réponds ! C'est moi, ta Bettina. J'ai jeté dans la mer tous les diamants, pour toi, mon chéri. Oh ! viens. Laisse cette saleté. Il n'y a que moi qui sache t'aimer. Tu le sais bien, Marco.

On entendit Don Natale qui grondait.

— Eh bien, qu'est-ce que cela me fait qu'on l'arrête, reprenait la femme, si je ne puis plus le voir ! Ah ! pourriture de Prina, sans toi, il serait à mes caresses… La canaille ! Voyez s'il m'écoute ! Eh bien, va-t'en donc mourir. Tiens, je vais te dénoncer, et j'irai danser avec les amis, sois sûr, le jour où ils feront couler ton vin rouge !

À ce moment, un grand coup de pied fut lancé dans la porte derrière laquelle se trouvait miss Helen, pâle d'émotion ; puis, les insultes furent de moins en moins distinctes. Le prêtre avait dû emmener de force la malheureuse. La maison redevint calme.

Miss Helen s'approcha d'Ascalona et, très froidement :

— Vous resterez dans cette partie de l'atelier, dit-elle ; moi, je me tiendrai dans l'autre. Je vous apporterai vos repas. Je vous demande seulement de ne pas m'adresser la parole. À quelle heure comptez-vous partir ?

— Dès qu'il fera nuit.

— C'est bien. À présent, plus un mot.

— Miss Helen, de grâce, écoutez-moi, gémit Ascalona, écrasé par la colère et le mépris à peine contenus de la jeune fille.

Sans lui répondre, miss Helen tira un long vélum qui sépara l'atelier en deux. Il ne la voyait plus. Il l'entendit ouvrir ses boîtes, remuer des pinceaux. Elle devait se mettre tranquillement au travail. Il serrait les poings, frappait du pied et demeurait là, derrière le vélum qu'il n'osait écarter, se méprisant de sa soumission et de sa timidité. Lui, qui avait eu presque de force la comtesse Labriola, sa maîtresse – une grande dame ! – allait-il trembler devant une jeune fille, une étrangère ? Il était indigné.

V

UN MAÎTRE DU BIEN ET DU MAL

La poitrine à demi découverte, la jupe salie, les cheveux noirs, poudreux et flottants sur les épaules, Lisabetta Dentone s'avançait à côté de Don Natale, lançant ses roulades de paroles, ses bordées d'injures, ses hurlements de chienne battue, auxquels le prêtre, apitoyé, mais très calme d'apparence, répondait de temps à autre par un mot de consolation et d'apaisement, sans paraître gêné le moins du monde de cette compagne bruyante et grossière. Personne, d'ailleurs, dans les ruelles où ils passaient, ne faisait attention à ce singulier accouplement d'un vieillard respectable et d'une femme plus débraillée qu'une prostituée du port. C'est le charme de cette ville que tout y voisine avec aisance et que les plus étranges contrastes n'y détruisent point l'harmonie. Naples ressemble à ces étoffes orientales dont l'éclat et la richesse s'accommodent de toutes les couleurs. Les tons les plus divers peuvent s'y heurter : c'est toujours de la lumière.

— Avez-vous jamais vu, disait Lisabetta, un marchand d'eau bénite comme celui-là, mon père ; une couleuvre qui se glisse partout où l'on s'aime pour faire pousser la zizanie, une peste qui vient tout infecter. Où on s'embrassait on se chamaille, après qu'il a passé. Dire qu'on se plaisait tant chez nous !… Ah ! Prina ! ah ! vipère, va ! quand je pourrai t'écraser, tu ne relèveras pas la tête !

— Ma pauvre enfant, si vous aviez été plus sage !

— Qu'est-ce que j'ai donc fait, moi ? J'ai trompé Marco, c'est vrai, mais est-ce que c'était la première fois ? D'ordinaire, il me battait, je lui répondais, on s'empoignait tous deux, et puis après ? quoi ! c'était fini. On s'embrassait. On était heureux. Marco savait bien qu'il n'y avait pas d'autre femme pour l'aimer autant que sa Lisabetta. Il a fallu que cette grande trique de Prina vînt lui chuchoter ses bisbilles, lui dire que je faisais ci, que je faisais ça comme s'il était sorcier, ce démon-là, comme s'il pouvait voir, du fond de sa chambre de Saint-Dominique, si je suis à laver les chemises des enfants ou si je lève mes jupes pour un péché ! Et alors Marco a cru à ses rapportages.

— Hélas ! ma fille, Don Prina ne disait que la vérité.

— Il mentait, mon père ; il mentait comme un diable cornu… Est-ce ma faute, si je trompe Marco ? Ce n'est pas pour le plaisir… Une supposition, mon père : vous, qui êtes dans les églises et les sacrements, si un jour vous aperceviez une belle madame du Christ, une bonne mère de Dieu, tout ornée de perles et de jolies médailles, tout enveloppée d'une jolie robe de satin céleste, comme j'en ai vu une chez Panettone, l'orfèvre, que feriez-vous ?

— Eh bien ! mon enfant, je l'admirerais.

— Rien que ça ? Moi je ne peux pas voir des ors ou des perles briller sans avoir le désir de les prendre dans mes mains, de les mettre sur moi, de m'en parer. C'est si beau !… Alors, quand un homme m'offre un bijou, je me vois danser dans les étoiles. Je suis folle… Il peut me demander ce qu'il veut. Je lui ferais tout… C'est après que je suis malheureuse ! Que Marco me frappe, les coups me font du bien. Je ne me trouve jamais assez punie. Mais rien ne me change.

— Il faut prier Dieu avec ferveur, ma pauvre enfant.

— Oh ! je prie bien, mon père… Tenez, j'ai brûlé des cierges à La Bruna ; je suis allée pieds nus en pèlerinage à Monte Vergine… Tout a été inutile… Et pourtant, à présent que Marco est fâché, je ne sais pas, pour le revoir, quel sacrifice je ne ferais pas… Oui, je serais capable de jeter toutes mes bagues et tous mes bracelets dans la mer, comme je le lui ai dit. Ah ! je l'aime tant… Mais il était chez cette étrangère…

— Je vous assure, mon enfant, que votre amour n'a pas à s'inquiéter de miss Helen.

— Si, si. J'ai peur de toutes les femmes. Il est si beau, Marco !… Surtout maintenant qu'il me hait, ça ne lui donnerait pas la colique, allez, de me tromper !… Le Prina l'a voulu : il ne me reviendra pas.

— Nous allons, au contraire, demander à Don Prina d'user de toute son autorité sur Ascalona pour le réconcilier avec vous.

— Faites, faites, mon père ; seulement, s'il n'y a que ce moyen-là de recoudre nos draps de noce, je suis bien sûre de me faire jusqu'à ma mort un lit de veuve. Ah ! si je le revoyais, s'il pouvait sentir encore mon baiser, il ne jouerait plus l'insensible… Mais où est-il, maintenant ?… peut-être le Prina, avec toute sa politique, l'a-t-il fait quitter Naples.

Elle bavardait, elle jacassait, épanchant son babil intarissable, tandis qu'elle s'acheminait avec Don Natale à cette petite maison de Saint-Dominique majeur, où Don Prina, sur une cour obscure, avait trois chambrettes pour abriter ses rêves et, de concert avec Mgr Ricario Sforza, préparer ses grands desseins.

Personne, à Naples, n'aimait Prina. Même l'archevêque Sforza, qui conspirait avec lui, n'éprouvait aucun attrait pour cet homme d'extérieur glacial, calculé, qui, s'il avait des passions, les cachait avec soin ; qu'on pouvait croire désintéressé, austère, et dont l'enthousiasme brûlait, à l'intérieur, d'une flamme discrète et sans éclat.

Mais Prina, à défaut d'amour, avait su conquérir un pouvoir mystérieux et extraordinaire. Tous les partisans des Bourbons voyaient en lui l'organisateur de la restauration prochaine. C'était lui qui allait rendre à Naples sa fortune, ses usages, sa religion, son repos menacés par les étrangers piémontais et les bandes garibaldiennes. Le plus singulier, c'est que ses adversaires eux-mêmes le recherchaient, se fiant à son apparente modération et à ses lumières. Les républicains mazzinistes, qui ne voulaient pas plus du roi d'Italie que du roi de Naples, essayaient de le rallier à leur cause ou, du moins, d'associer leur parti au sien dans la même révolution. On rencontrait aussi Prina en des salons qui n'étaient fréquentés que par des fonctionnaires du gouvernement et des étrangers. Il laissait voir habituellement un jugement éclairé, mais une raison très froide qui apprécie les hommes et les événements sans décider entre eux. De ses causeries, on emportait l'impression d'un esprit dédaigneux, égoïste, renfermé en lui-même. Cela servait grandement ses projets. On ne pouvait croire qu'un homme aussi indifférent à tout atteignît au fanatisme du conspirateur.

Depuis longtemps, le gouvernement l'aurait fait arrêter s'il se fût douté, le moins du monde, de ce qui se passait au fond du petit appartement de Saint-Dominique majeur et de la conquête ardente et silencieuse que Prina achevait avec tant de bonheur.

Sans éloquence, sans prestige d'aucune sorte, grâce seulement à certaines circonstances qu'il avait fait servir à sa fortune, Prina exerçait une royauté secrète, dominait Naples par l'espérance et aussi par je ne sais quelle terreur superstitieuse.

Ses débuts n'auraient pas laissé soupçonner son rôle futur. À peine sorti du séminaire, il publiait une petite brochure où il critiquait sous une forme respectueuse, mais avec une grande violence, le gouvernement de Ferdinand II. La brochure fut saisie et Don Prina emprisonné. Cet événement, en apparence malheureux, servit au prêtre à fonder sa puissance. Dans la prison de la Vicaria, il se trouva au milieu d'insignes malfaiteurs, tous affiliés à la Camorra. Le lendemain de son arrivée, dans la salle commune où l'on faisait chaque jour la distribution du pain, il voit venir à lui un homme qui lui dit brusquement :

— Les saints sont sans lumière ; donne-moi de quoi leur acheter de l'huile.

C'était la façon ordinaire aux Camorristes de demander aux nouveaux prisonniers leur cotisation pour la caisse commune.

Don Prina refusa.

— Il est possible, dit-il, que les saints soient dans le besoin ; mais moi, qui suis leur serviteur, je le suis bien davantage.

Cette réponse, qui amusa l'ensemble de l'assistance, mit en colère le quêteur et deux ou trois Camorristes, très jaloux des droits de la société.

— Ah ! grapilleur, ah ! tondeur d'œufs, firent-ils, puisque tu serres ta bourse, c'est ton cou que nous allons serrer, nous autres !

Et ils se jettent sur lui. Don Prina, qui ne sait comment se défendre, sort le crucifix qu'il porte sur la poitrine et en frappe si rudement et si adroitement au front son premier agresseur que le malheureux tombe, sous le coup, inanimé. Les autres, voyant le prêtre brandir un crucifix, reculent, pris de frayeur à l'idée de se battre avec cette image du Christ qui, déjà, vient de faire parmi eux une victime.

À partir de ce moment, on ne demanda plus rien à Don Prina ; en revanche, il obtint tout ce qu'il voulut. Remarquant l'organisation intelligente de la Camorra, l'esprit de solidarité de ses membres, en même temps que l'ascendant qu'il exerçait déjà sur eux, l'idée lui vint d'employer cette force à un noble but. Frappé par un Bourbon, il n'en défendit pas moins leur pouvoir, prétendant l'améliorer, mais non pas l'abolir ; il fit de la propagande en leur faveur auprès des prisonniers et rêva de transformer la Camorra en une sorte de garde secrète et antirévolutionnaire.

À la Vicaria, également, il connut Marco Ascalona, qu'on accusait d'avoir empoisonné sa maîtresse. La crainte d'une condamnation capitale moins encore que le souvenir de l'amoureuse morte accablait Ascalona. Le prêtre lui parla, découvrit un homme ardent, enthousiaste, qui n'était point un criminel vulgaire. Il se promit de se l'attacher plus tard. En attendant, il aida à le faire évader en lui donnant ses vêtements ecclésiastiques.

Les deux hommes ne se rencontrèrent que plusieurs années après cet emprisonnement. Don Prina était devenu l'un des prêtres les plus éminents du clergé napolitain. Ascalona, après avoir exercé vingt métiers, avait fini par grouper autour de lui un grand nombre de Camorristes et fonder une police privée qui se mettait, moyennant finance, au service de tous ceux qui en avaient besoin. Une femme, par exemple, avait-elle à se plaindre des infidélités de son mari : elle le dénonçait à la société, qui le poursuivait de persécutions et de chantages jusqu'à ce qu'il fût revenu de son erreur. Parfois, il faut le dire, la société servait des causes moins légitimes.

Don Prina eut recours à Ascalona pour faire rompre une liaison scandaleuse qui était la honte de l'Église napolitaine et désolait l'archevêque. Un enlèvement, suivi d'une incarcération secrète qui dura plusieurs mois, sépara pour toujours les indignes amants.

En retrouvant Ascalona, Don Prina se souvint de ses anciens projets. Il ne s'agissait plus de faire de la Camorra une garde pour le roi, puisque le roi légitime n'était plus là, mais une armée pour lui reconquérir sa couronne. Le prêtre n'eut pas de peine à convaincre Ascalona, déjà gagné à sa cause par le souvenir de ses discours et de son dévouement à la Vicaria. En même temps, il essayait de rattacher à la Camorra les jeunes nobles ruinés, les besogneux, les mécontents, tous ceux que le présent révoltait et qui fondaient de grands espoirs sur l'avenir.

Il y eut alors comme deux « Camorre ». La vieille, qui se recrutait toujours dans les prisons et se contentait de rançonner les marchands ; la nouvelle et l'élégante, d'abord vaste association de chantage, devenue surtout, sous l'influence de Prina, une confrérie politique.

Les membres des deux sociétés se haïssaient, s'appelaient « faux frères », se battaient au couteau ou au revolver ; mais la nouvelle s'augmentait, chaque jour, de nouveaux adeptes, et finissait par absorber la première.

Cependant, les assassinats commencèrent avec une sorte de régularité. On eût dit qu'ils étaient nécessaires à l'existence de Naples. La ville ne se réveillait plus sans apprendre la mort d'un fonctionnaire piémontais. Chaque parti accusait de ses crimes le parti rival. Parfois, mazzinistes et bourboniens s'unissaient pour dénoncer les bandes de Garibaldi. Mais aucun Napolitain ne voulait soupçonner Ascalona, si populaire à Naples que même la police avait fini par reconnaître ou, du moins, par tolérer l'existence de son association. Les étrangers, pourtant, persistaient à dire que, seul, un homme disposant de ses pouvoirs et assuré de son impunité pouvait se permettre une telle suite de forfaits.

Don Natale, qui, sur Prina et sur Ascalona, en savait peut-être plus qu'il n'en laissait entendre, parut tout ému lorsqu'il pénétra dans la maison de la place Saint-Dominique. Lisabetta, elle, continuait ses bavardages.

— Restez ici, mon enfant, dit le prêtre, voulez-vous ?

Le visage de Lisabetta eut une expression désolée.

— Ah ! vous voyez, mon père, j'avais bien raison de dire que Prina me détestait. Vous n'osez même pas vous présenter avec moi !

— Mais si, mais si ! seulement vous conviendrez que le désordre de votre mise pourrait un peu irriter Don Prina, même s'il était bien disposé à votre égard.

— Vais-je donc me parer pour ce bel oiseau ! s'écria Lisabetta, que le prêtre, sans le vouloir, venait d'atteindre au vif de son orgueil féminin. Allez, allez, j'ai contenté des hommes autrement faits que cette figue sèche !

— Don Prina tient à une grande modestie, observa Don Natale ; il ne serait pas prudent de lui déplaire aujourd'hui. Restez, et, dans un moment, je descends vous apporter une bonne nouvelle.

— Que sainte Anne vous protège, mon père !

Ce fut une vieille petite femme, bossue, édentée et sourde, qui ouvrit à Don Natale. Il s'échappait de ses lèvres un ronron plaintif où le prêtre ne sut point distinguer une parole ; quand il voulut entrer, le ronron devint plus fort ; elle sembla se fâcher, enfonça la tête dans ses épaules et opposa son ventre. Don Natale écarta la vieille, passa outre et s'en fut frapper à la porte qui se trouvait devant lui.

— Qu'on attende ! fit une voix de l'intérieur.

Don Natale dut s'asseoir sur une pile d'in-folio, au milieu de paquets de journaux et de livres qui répandaient une odeur de moisissure et de colle, tandis que la petite vieille demeurait devant lui, comme pour le garder, la tête penchée et ne cessant de le considérer de son regard en dessous. Un perroquet chantait dans la cour, semblait imiter la voix de Don Prina et se moquer de la grosse colère qui éclatait dans la chambre voisine :

— Misérables ! répétait Don Prina, je vous défends, entendez-vous ! je vous défends de rien faire sans mes ordres.

— Son Excellence, disait une voix, ne nous donne pas tant de macaroni que nous puissions en refuser des bonnes mains généreuses.

— De l'or, Excellence, à couvrir toute votre table : voilà ce que l'Anglais nous a promis.

— Et pour faire une besogne qui n'écorche pas les épaules.

— Non, San Gennaro ! Tenir une fillette qui ne pèse pas plus qu'une goutte de rosée !

— Ah ! Excellence, quand nous donnerez-vous du travail pareil ?

— Taisez-vous, coquins, taisez-vous. Il y a quelqu'un ici.

À ce moment, la porte s'ouvrit brusquement et toute grande. Don Prina parut.

— Ah ! c'est vous, Don Natale ! Entrez ! entrez vite ! Je suis pressé !

À la vue de Prina, Don Natale ressentit la gêne qu'il éprouvait toujours en face de cette tête de vieille, ridée et sombre comme une écorce de chêne, qui se tendait avec des manières serpentines au haut de ce long corps, enroulé plutôt qu'assis, dans le fond d'un vaste fauteuil. Deux figures de coquins, que le prêtre crut avoir vues déjà dans son confessionnal, l'une chafouine et avisée, l'autre épaisse et brutale, se montraient à la gauche de Prina, comme pour meubler cette pièce où il n'y avait, avec le fauteuil et la petite table du maître, qu'un crucifix en cuivre, un portrait jauni de François II cloué à la muraille, et un étroit lit de sangle qui servait de siège aux visiteurs.

Sans attendre le salut du prêtre, sans l'inviter à s'asseoir, Prina lui dit tout de suite :

— Je n'ai pas à vous féliciter, Don Natale. Vous voudriez détruire mon œuvre que vous n'agiriez pas autrement. Qu'ai-je appris ? Que vous aviez trouvé de l'éloquence l'autre jour pour conseiller le calme, l'apaisement, le mépris des injures à un peuple auquel, moi, je prêche la guerre parce que la guerre est sainte, parce qu'elle est juste, parce qu'elle est nécessaire ! Vous blâmez la violence ! vous exhortez Naples, atteinte dans sa chair et dans son âme, à vivre en paix avec ses bourreaux. Vous êtes donc aveugle, vous êtes donc fou, Don Natale !

C'était la première fois, depuis qu'il le connaissait, que Prina lui parlait sur ce ton emporté. Pour qu'il se découvrît complètement, il fallait que les événements attendus fussent bien proches ! Don Natale acceptait la révolution, mais malgré lui, comme avec douleur. Homme tranquille jeté au milieu d'une tempête, il en gardait l'effarement, il en recevait le geste, il haussait le ton jusqu'à elle. Souvent aussi, sous l'influence d'amis fanatiques, il eut l'apparence d'un rebelle exalté, tandis que Prina, jusque-là toujours dissimulé, laissait croire à trop de mansuétude. Mais à l'église, devant ceux qu'il était chargé de conduire, il répudiait ces violences. Il n'était plus que l'apôtre de la douceur et du pardon.

Don Prina continuait ses reproches ; l'âme pleine de colère, mais la parole encore mesurée, il laissait tomber de son nez plutôt que de ses lèvres, semblait-il, des mots qu'il comptait comme des trésors. À la fin de chaque phrase, il dardait un regard large, sombre, beau comme celui d'une amoureuse, et qui, venu de cette face vieillotte, vous mettait une plaque glacée sur le front et un bâillon dans la gorge.

Cependant, Don Natale, d'abord humble et tremblant sous de méprisantes et froides invectives, venait de recouvrer son courage.

— Vous perdez Naples en voulant la sauver, s'écria-t-il tout à coup. Vous en faites un abîme de crimes sans nom.

— Qui vous a permis de juger ma conduite ?

— Dieu ! repartit Don Natale.

— Je ne vous savais pas tant d'orgueil.

— Il n'y a pas d'orgueil à suivre le Décalogue. C'est vous qui montrez l'audace de Lucifer en substituant vos inspirations à la loi divine.

— Vous avez l'esprit trop simple pour la comprendre.

— Elle n'est point faite pour quelques rares intelligences, mais pour tous les hommes.

— Les obligations des hommes varient selon les temps, et c'est à quelques-uns qu'il appartient de les établir.

— Je ne sache pas qu'en aucun temps le meurtre puisse devenir une vertu.

— Je ne prêche pas le meurtre, dit Prina avec force.

— Non, vous l'ordonnez !

— J'ai ordonné des exécutions, dit Prina. Elles étaient nécessaires. Quand les juges sont absents, il faut bien que quelqu'un prenne leur place.

— Pour purifier un peuple, oui, mais non pas pour le corrompre.

— Que voulez-vous dire ?

— Je veux parler de tous ceux qui, à votre service, sont devenus des misérables, de tant de familles unies que vous êtes venu bouleverser. Ascalona, par exemple, que j'avais retiré du vice, dont j'avais réveillé les sentiments généreux, que j'espérais voir rentrer comme intendant chez la comtesse Labriola, vous l'avez arraché à la vie tranquille qu'il commençait à aimer ; vous avez excité son ambition, sa cruauté, ses convoitises, son orgueil ; vous l'avez placé à la tête de votre armée du crime, et vous avez réussi à le séparer de sa femme, qui se livre aujourd'hui à la plus honteuse prostitution.

— Vous voyez bien que c'est une misérable !

— C'est surtout une malheureuse ; elle aime ardemment son mari, mais elle aurait besoin de son affection et de sa surveillance constante.

— Ah ! ah ! vous avez une jolie cliente, seigneur avocat ; malheureusement, vous ne gagnerez pas votre cause.

— Comment ! Don Prina, vous persistez à tenir Ascalona éloigné de sa femme ?

— Ascalona fait ce qu'il veut.

— Dites qu'il fait ce que vous voulez.

— Eh bien, oui, je l'ai fait maître, pour ainsi dire, des destinées de Naples. Mais le rang auquel je l'ai élevé vaut bien qu'on lui fasse des sacrifices, et il serait à désirer qu'il n'en eût pas à faire de plus douloureux que celui de cette drôlesse.

— Ainsi, vous ne voudriez pas le réconcilier avec elle ?

— Certes, non ! Je le répète : un homme comme lui peut se passer d'une telle femme.

— Vous aimez mieux qu'il ait une maîtresse.

— Une maîtresse ! Ascalona a une maîtresse ?

— Je le suppose fort.

— Comment le savez-vous ?

— Je ne puis vous le dire, Don Prina.

— On vous a fait cet aveu en confession ?

— Non, je les ai surpris ensemble.

— Le misérable !… C'est une femme du peuple ?

— Une étrangère.

— Une étrangère !… Oh ! mais alors, je saurai peut-être quelle est cette maîtresse inconnue.

— Ce n'est pas possible, fit Don Natale, craignant déjà d'avoir commis une indiscrétion.

— C'est très facile, au contraire… Voyons, vous n'êtes pas très répandu dans le monde, mon cher Don Natale ; surtout, vous ne connaissez pas beaucoup d'étrangères. Or, je vous avais chargé d'aller voir sir Francis Scamler et de lui demander une entrevue avec sir Thomas Eveningham… entrevue qui a eu lieu aujourd'hui, ajouta Prina en souriant. Je ne vous attends pas toujours, vous pensez bien… Ne serait-ce pas la nièce de Scamler, miss Helen Morgan, que vous avez surprise avec Ascalona ? Déjà, je le sais, il lui avait servi de modèle.

Don Natale était saisi de stupeur. Prina jouissait de son trouble et le regardait fixement de ses yeux sombres, scrutateurs et superbes.

— Je vous dispense de répondre, s'écria-t-il tout à coup avec colère, mais je vous promets qu'il la quittera, et avant peu !

Appelant alors les deux hommes avec lesquels il était en altercation à l'arrivée de Don Natale, et qui s'étaient tenus à l'écart durant cet entretien :

— Zingone, fit-il, et vous, Furiano, vous pouvez accepter ce qu'on vous offrait. Je vous y autorise à présent.

— Merci, Excellence. Et devrons-nous nous occuper de la petite ?

— Naturellement. Vous ne prétendez pas, je pense, voler un homme qui se montre si généreux.

Les deux hommes s'inclinèrent respectueusement et sortirent.

— Que venez-vous de dire à ces gens-là ? demanda Don Natale, en proie à une vague inquiétude.

— Rien qui vous intéresse, répliqua Prina d'un ton rude. Mais je vous ai déjà dit que j'étais pressé. Je vous prierais de vouloir bien remettre à une autre fois la suite de vos discours.

— Ne puis-je porter un mot d'espoir à la pauvre femme d'Ascalona ?

— Mais comment donc, Don Natale, si cela vous fait plaisir ! s'écria Prina, et il eut un sourire glacé.

— Merci, fit le prêtre, qui ne sentit pas l'ironie de Prina. Ainsi, vous voudrez bien conseiller à Ascalona…

— Non, conclut Prina, je ne lui conseillerai point ce que vous désirez. Je l'arracherai à d'humiliantes et à de dangereuses influences. Et d'ailleurs, je ne veux pas qu'Ascalona appartienne à une femme, quelle qu'elle soit. Il se doit à son pays.

Don Natale comprit que Prina demeurerait inflexible. Il s'en alla, désolé, levant les regards au ciel.

Lisabetta l'attendait sur la place Saint-Dominique, devant l'église. Elle avait les yeux rouges, tout en larmes.

— Eh bien, mon père, il est en haut ?

— Oh ! non, mon enfant.

— Ce n'est pas vrai. Il est là. C'est le Prina qui le retient, qui l'empêche de venir. Je vous disais bien que cet homme veut ma mort. Ah ! voleur du bon Dieu, viens, descends donc, que je t'étouffe !

Elle se précipita vers l'escalier. Le prêtre eut beaucoup de peine à la retenir. Dans son désespoir, elle s'arrachait les cheveux, déchirait sa chemise ; et sa peau, çà et là, apparaissait parmi des loques : nudité belle et pourtant douloureuse dans son avilissement. Tandis qu'elle se lamentait, si fort que les passants se retournaient vers elle, une grande fille passa en courant, un panier sous le bras. Comme les autres, elle détourna la tête, sourit, et, sans s'arrêter :

— Tu sais, Lisabetta, je l'ai vu, ton homme !

— Où çà ? où çà ? Allons, parle, Stellina ! Arrête-toi donc, espèce de sauterelle !

Stellina cria, les mains en cornet devant sa bouche :

— Il était là, à Chiatamone !

— À Chiatamone ! Vous entendez, père, il est toujours là. Ah ! tu vas voir, Stellina, comme on se venge quand on a du cœur !

La grande fille haussa les épaules.

— Bah ! vous allez encore finir par des embrassades. Tiens, tu me dégoûtes !

— Viens, et tu verras si Lisabetta Dentone se laisse insulter par un porc de cette espèce. Viens voir !

— J'ai pas le temps. Et puis, je te connais, va ! Tu aurais peur de lui faire du mal. Il te tient trop là, fit-elle en se claquant les reins.

Et elle partit en riant. Lisabetta courut après elle.

Cependant, Don Natale songeait moins à cette pauvre amoureuse qu'à sa pénitente préférée, cette Helen Morgan, si dévouée à ses pauvres, si enthousiaste pour les nobles actions. Jusque-là, il se l'était volontiers imaginée comme une sorte de sainte ; sans des allures dégagées, trop vives, qui choquaient la modestie chrétienne, il l'eût trouvée parfaite ; et comment ne pas lui pardonner ces légers défauts, quand on mettait en regard sa magnifique générosité ! La rencontre d'Ascalona dans l'atelier d'Helen lui avait causé une émotion inattendue et très pénible. En vain, les goûts artistiques et les façons libres d'une Anglaise expliquaient la présence du modèle : un pressentiment, que le prêtre ne pouvait éloigner, l'assurait d'un mensonge et d'une chute. C'était un coup porté brusquement par la jeune fille à l'image candide qu'il s'était formée d'elle. Il ne reconnaissait plus à présent cette amie transformée, coupable peut-être. Et il lui en voulait comme d'une trahison.

VI
COMMENT LE MARQUIS MALASPINA RENTRE EN GRÂCE

Il y avait deux lits dans la chambre de Barborin.

Ouvrant la bouche, tendant un bras vers toutes les jolies friandises du rêve, et fermant obstinément les yeux à la réalité, la jeune danseuse dormait d'un sommeil tranquille, heureux, souriant, qui soulevait à peine la petite médaille de Notre-Dame reposant sur sa jeune poitrine. L'oreiller de ses cheveux capricieux, répandus en boucles, dressés en mèches, roulés en touffes enlaçantes ou rebelles, soutenait une tête plus énergique et moins gracieuse que la sienne, dont le nez seul regardait le ciel, et qui était morte, elle aussi, à la lumière. Ainsi était habité le premier lit. Dans l'autre, le marquis Malaspina en personne, mais dépeint, déteint, sans fard, avec ses rides au complet, se remuait, se tournait, se retournait, levait les pieds, poussait des soupirs, bâillait à engloutir les cloches de Monte-Oliveto, qui sonnaient, graves ou aigrelettes, l'angélus matinal. Et le soleil jouait sur ces deux têtes endormies et dans le toupet de ce vieux Polichinelle de marquis, parmi des ombrelles pendues, des images éclatantes, des Vierges en sucre, en verre, en argent, en chocolat, des jouets d'enfant, une couronne de lauriers dorés dans un cadre, et une admirable robe de théâtre, d'une moire étincelante, qui servait à Barborin pour danser Giselle à San-Carlo.

Malaspina, impatienté de ce sommeil, s'élança hors du lit et vint battre des mains à l'oreille des amoureux. Barborin tressaillit, se recula sur son compagnon, ouvrit un œil ennuyé, et, apercevant cette figure grattée, ravagée, pareille à une palette de peintre nettoyée où il traîne encore des couleurs, elle eut un cri d'effroi.

— Le Diable ! fit-elle.

Quant à l'amoureux, il se réveilla aussi et attira machinalement un revolver, qu'il avança dans la direction de Malaspina en clignant les yeux au jour.

— Veux-tu cacher ça ! dit Barborin. Est-ce que tu n'es pas en sûreté chez moi ?

— On ne sait pas, répliqua l'amoureux.

— Ingrats ! s'écria Malaspina. Dire que c'est moi qui vous ai fiancés, hier soir, à San-Carlo. Ce garçon-là n'avait d'yeux que pour Barborin, et Barborin, de se voir ainsi regardée, paraissait la plus heureuse des femmes.

— Si on peut dire !…

— Maintenant, vous en êtes, dans les bras l'un de l'autre, à dormir comme de vieux époux. C'est honteux. Que deviendrez-vous quand vous aurez mon âge ?

— Je n'irai certainement pas ennuyer les femmes comme vous le faites, dit l'amoureux, ni m'installer de force à leur chevet. Vous croyez que c'est amusant, peut-être, de vous voir planté toujours là, devant nous !

— Tu sauras, mon bel ami, que tu es ici chez moi, que Barborin m'appartient, et que c'est par pure générosité que j'ai consenti à te la faire connaître.

— Oh ! nous nous serions bien connus sans vous.

— Cela n'est pas probable. Barborin est trop sage pour accepter le premier venu. Elle sait qu'à Naples, comme dans toutes les grandes villes, il court plus d'un polisson sous un habit bien taillé. Elle attend que je choisisse pour elle. Et sois persuadé que si je n'avais pas connu ton père je ne t'aurais pas présenté ; tu ne serais pas auprès d'elle en ce moment.

— C'est vrai, Barborin ?

— N'écoute pas le vieux : il radote… Tiens, papa, tu ferais mieux de t'occuper du chocolat.

— Pas avant que tu ne m'aies embrassé.

— Eh bien, toi qui es le fils de son père… non, de son ami, embrasse-le à ma place.

— Tu es bonne !

— Contente-toi de ce que l'on t'offre. Moi, je ne me sens pas pour toi en goût de caresses, ce matin.

— Tu fais l'ânesse, Barborin, prends garde !

— De quoi ?

— Si j'allais, pour me venger, empoisonner votre chocolat ! Cela s'est vu.

— Je n'ai pas peur. Que ferais-tu si tu nous voyais morts, sainte Anne !

— Morts, vous l'êtes déjà ! Cela ne me changerait pas.

— Quand tu seras à la cuisine, tu nous entendras ressusciter.

— Il y a heureusement des fissures à la porte !

— Ne le dis pas si haut, papa. Tu vas effaroucher ce jeune homme.

À ce moment, un carillon de cloches, puis une roulade de coups de canne retentirent sur le palier.

— Par Bacchus ! s'écria le marquis anxieux, si c'était le duc !

— Eh bien ! cela ne nous gênerait pas. Tu lui dirais de te donner un coup de main à la cuisine.

— Comment, le duc ! Tu as donc plusieurs propriétaires ? demanda l'amoureux ébahi.

— J'en ai six, répliqua Barborin, sans compter mon directeur de théâtre : un pour tous les jours de la semaine. Le dimanche, par exemple, je me repose, comme le bon Dieu après la création.

— Et vous la souffrez ? s'écria l'amoureux.

— Avec peine, répondit le marquis. Je me console pourtant, car je connais tous ses amants. Ils sont de race et bien élevés.

— On sonne toujours, dit Barborin. Allons, va ouvrir. Cela te changera d'air.

Le marquis se précipita dans le vestibule, en caleçon de soie, très fat de sa mine fatiguée et de son allure d'amant en bonne fortune. Mais il fit la grimace en apercevant le vieux Vincenzo, le maître d'hôtel de la duchesse Tupputti, portant un énorme chapeau galonné et habillé d'une livrée qui datait au moins du commencement du siècle.

Barborin, en chemise, vint regarder, sur la pointe des pieds, par-dessus l'épaule du marquis ; l'amoureux accourut à son tour. Malaspina, furieux de cette intervention, eut beau jouer du coude et s'agiter, les amants demeurèrent comme une escorte d'honneur à ses côtés.

— Pourquoi venez-vous ici, Vincenzo ? dit Malaspina d'un ton irrité. Je demeure à Santa-Chiara. Allez m'y attendre. Et, d'abord, qui vous a si bien renseigné ?

Le vieux domestique, tout confus, humble et dodelinant de la tête, balbutia :

— Mais c'est madame la duchesse, monsieur le marquis, madame la duchesse qui…

En entendant ces mots, Barborin prit feu tout à coup.

— Madame la duchesse ? Alors tu as une duchesse, maintenant ! Eh bien, je t'en donnerai des duchesses, espèce d'hypocrite. (Et elle giflait le marquis de toute sa force.) Alors, je ne te suffis pas. Tu as tant d'amour, n'est-ce pas ? Il faut que toutes les femmes de Naples y viennent goûter. Ah ! je ne m'étonne plus, quand tu viens me voir, que tu sois fourbu comme une jument de carrozelle après minuit. On a servi madame la duchesse d'abord. Tant pis s'il ne reste rien pour Barborin. Sale groin, va !

— Je suis bien fâché, monsieur le marquis, répétait le vieux maître d'hôtel, d'être cause…

— Mais, mon petit chat, disait le marquis, l'amitié que j'éprouve pour la duchesse est une de ces affections pure qui n'ont rien de commun avec…

— Avec ton sentiment pour moi ? Je m'en doutais ! Tu leur donnes le cœur et tu me gardes les épluchures, je te remercie ! Mais ça ne me convient pas, moi. Moi aussi, j'ai du cœur, et je veux qu'on m'aime avec le cœur ! Ceux à qui ma manière ne convient pas n'ont qu'à le dire. Je les prierai d'aller voir ailleurs s'il y a des catins pour les ganter ! Moi, je ne danse pas de ce pied-là.

Au milieu de cette explosion de colère, le vieux maître d'hôtel tendait une enveloppe timbrée d'un sceau vaste et d'une cire rutilante.

— Madame la duchesse m'a dit de remettre cette lettre à monsieur le…

Malaspina avança la main pour la prendre, mais Barborin l'arracha brutalement au vieux Vincenzo.

— Donne-moi le poulet de ta cocotte, fit-elle, que je voie les saletés qu'elle t'écrit… Oh ! urgent ! Madame est en chasse, paraît-il… Oh ! oh ! elle lui demande sa calèche… Pour promener ses amoureux, sans doute. Dis donc, ce n'est pas une vraie duchesse, pour avoir besoin d'une roulante comme la tienne… Elle doit être dans une belle marmelade, ta duchesse !

Le marquis était blême de colère.

— Barborin, dit-il d'une voix sourde, j'ai excusé jusqu'ici tous vos écarts de langage, mais je ne souffrirai pas, entendez-vous ? je ne souffrirai pas que vous manquiez devant moi à une femme aussi respectable que madame la duchesse Tupputti !

— Ah ! ah ! ah ! Tupputti ! Quel nom ! fit Barborin en éclatant de rire.

— Taisez-vous ! s'écria le marquis en levant la main.

— Voyez-vous le petit qui se rebiffe ? Oh ! là là ! Tu sais, mon chéri, ce n'est pas mon genre de me faire battre par des vieux. Mais ça m'apprendra aussi ! Des ruines comme ça, ça n'est bon qu'à s'écrouler sur vous. Mais tu t'en iras, vieux potiron. Hardi là, Niccola ! À nous deux, mon Niccolino, qu'on le déplante. Ah ! vieille racine !

S'accrochant au chambranle de la porte, Malaspina résistait aux efforts réunis des deux amoureux ; enfin, il dut céder. La porte se ferma sur lui avec fracas. Un instant après il lui tombait sur la tête comme une avalanche. C'était Barborin qui lui jetait ses vêtements.

— Coureuse éhontée ! disait le marquis, qui ne possédait pas le riche répertoire d'injures de ses libres amies et dont la colère était vite à bout d'expressions. Je ne l'ai pas assez battue.

— Ah ! les femmes, monsieur le marquis, les femmes !

— Tu connais ça aussi, toi ?

— Oui, je les ai connues dans mon temps. Je n'en souffre plus aujourd'hui.

— Déjà ? dit le marquis en se rengorgeant. Eh bien, je t'envie, vois-tu, mon pauvre Vincenzo. Ce sont de vilains petits animaux.

— N'y a que madame la duchesse…

— Il ne s'agit pas de la duchesse, fit le marquis en achevant de s'habiller sur le palier. La duchesse est une vénérable et digne femme… Mais que m'écrivait-elle ? Sa lettre est restée aux mains de cette coquine.

— Madame la duchesse, je crois, demandait pour ce matin le carosse de monsieur le marquis et invitait pour ce soir monsieur le marquis à dîner.

— Alors, va vite à « mes » écuries et dis à « mon » cocher d'atteler. Je crains bien, par exemple, qu'on ne soit obligé de demander à la comtesse Labriola de me prêter ses chevaux. Les miens sont malades, mon pauvre Vincenzo. Farfalla s'est couronnée très maladroitement et Nerina est encore chez le vétérinaire. Cela tombe bien mal !... Enfin, peut-être pourront-ils sortir !

— J'irai demander ceux de la comtesse Labriola.

— C'est ça, tu feras bien... Et, maintenant, ne souffle mot de cette misérable aventure, n'est-ce pas ?

— Monsieur le marquis, dit Vincenzo en s'en allant, je ne vois rien, je n'entends rien : ce n'est pas mon métier !

La pensée de la duchesse, qu'il allait revoir le jour même, avait complètement distrait le marquis de ses malheurs amoureux. Chez lui, la curiosité l'emportait sur tout autre sentiment.

— Que veut-on faire de l'équipage ? se demandait-il.

Ce fut aussi la question que tout Naples se posa lorsque la célèbre guimbarde du marquis, conduite par son vieux cocher, attelée de ses deux vieux chevaux que le vétérinaire avait tant bien que mal remis sur pied, monta la rue de Tolède et s'enfonça dans une petite ruelle sombre où elle parut s'étouffer entre les maisons rapprochées. Elle était fermée. Des rideaux noirs, épais et tirés, empêchaient les passants de voir à l'intérieur.

— Le marquis est en bonne fortune, disait-on dans la foule.

Certains, cependant, prétendirent qu'elle ne contenait point de femme, et, de fait, comme une bande de garnements la poursuivait de cris et de plaisanteries, trois hommes en descendirent, qui dispersèrent les curieux à coups de canne et de fouet. À partir de ce moment, la « calèche » du marquis s'avança sans encombre et solitaire en des ruelles inconnues.

Toute une journée, cette promenade mystérieuse fut le sujet des causeries napolitaines, de Chiaia au haut de la rue de Tolède. Mais le marquis était trop occupé de la soirée prochaine pour aller s'enquérir des commérages.

Il s'habilla de la façon la plus élégante et la plus neuve qu'il put, fit, avec force crayons, la toilette de son visage et se dirigea d'un pas leste vers le palais Tupputti.

Il y régnait toujours le même silence et le même délabrement. Le marquis aperçut dans la cour sa grande calèche dételée et ses maigres petits chevaux qui arrachaient l'herbe des pavés disjoints. Farfalla s'était encore couronnée ; ses jambes saignaient et mettaient un peu de vie sanglante et souillée sur cette désolation de pierre.

Le marquis suivit de longs corridors sombres, des galeries dont les carreaux étaient enlevés, dont le parquet pliait sous les pieds, des chambres où s'amoncelaient les ordures et les gravois. Puis, tout à coup, apparurent les pièces habitées, pleines d'un luxe fastueux, encombrant et éteint. À peine quelques bougies, perdues dans les lustres de Venise, éclairaient les portraits, peints par Goya, du duc Tupputti, le beau-père de la duchesse, et d'une grand-tante de la famille ; les cabinets d'ébène de la Renaissance ; la collection futile et charmante réunie par le duc défunt : figurines de Sèvres, de Saxe et de Capodimonte. Des ombres erraient parmi ces meubles, rendues discrètes et légères par tout ce passé qui les entourait. Le marquis reconnut le nez et les yeux d'aigle de Monseigneur Ricario Sforza, qui se promenait avec Don Prina. Le regard d'eau obscure du prêtre se posait çà et là, distrait des choses et pensif. Trois femmes s'étaient rapprochées. Deux causaient avec animation mais à voix basse : c'étaient la duchesse Tupputti et la comtesse Labriola. Raffaele Tupputti, assise devant elles, les mains sur les genoux, n'ouvrait pas la bouche ; petite fillette qu'on destinait, dès le berceau, à la vie religieuse, à cause du peu de fortune laissé par le duc, mais dont la turbulence désolait sa mère.

— J'étais inquiet, très chère, dit le marquis en baisant la main de la duchesse. Je m'imaginais, par les temps de désordre que nous traversons, qu'on vous avait enlevée.

— Hélas ! fit la duchesse, distraite.

— Et vous, très chère belle, très chère cruelle, très chère volage, avec qui êtes-vous en amour cette semaine ? Quel est l'amant heureux et infortuné que vous faites souffrir ?

La comtesse Labriola prit son air solennel.

— Je ne fais plus souffrir que Dieu, hélas ! par mes péchés.

— Des anciens, j'espère ?

— Des nouveaux, s'écria-t-elle avec colère.

Puis, se reprenant soudain, avec une candeur feinte :

— Je suis très gourmande.

— Tiens ! moi aussi, s'écria la duchesse.

— Oh ! gourmande de confitures, très chère, c'est bien innocent quand on a une si jolie bouche !… Si vous aviez connu Mrs. Armstrong !

— Ah ! pas ici, mon cher. Ne racontez pas ici vos bonnes fortunes !

— Je parlais de sa mère, ma belle amie… Elle s'enivrait… Elle s'enivrait, mais à tomber sous la table !

— Oh ! ces femmes du Nord ! Quelle tenue ! Quelle grossièreté !

— Elle avait eu de grands chagrins d'amour.

— Cela ne l'excuse pas.

— Nous nous consolons dans les cloîtres, nous autres, avec Dieu !

— Ne parlez pas de Dieu si souvent, chère amie : Don Prina va se plaindre que vous lui fassiez concurrence.

— Je ne sais pas ce que vous avez, duchesse, depuis quelques jours. Autrefois, vous étiez pieuse…

— Je le suis toujours, ma chère, mais je laisse aux hypocrites cet affichage indécent de religion et ces démonstrations ridicules. Je garde ma piété en moi, dans mon âme.

Là-dessus, la duchesse, qui était comme une tour par l'embonpoint et la haute taille, mais aussi comme une bille roulante et cascadante par l'extrême agilité de ses allures, tourna vers Mgr Sforza sa voix de tambour, ses yeux durs, son nez en trompe, l'ébouriffement noir de ses cheveux, la descente majestueuse de ses mentons, qui, à chaque mouvement, semblaient s'accroître et se multiplier. Elle ne pardonnait pas les toilettes, les chevaux, la mince fortune dont faisait tant de montre cette petite pute de comtesse Labriola, si maigre et si sèche que les mauvaises langues se demandaient comment ce sac d'os n'effrayait pas les amants. Mais ceux qui l'avaient vue aux heures de l'amour étaient seuls à la connaître. Alors ses yeux prenaient un éclat admirable ; et ses bandeaux épais, souples, moirés, qui mettaient sur son front comme des ailes sombres, se déployaient et tombaient jusqu'aux reins, voilant ses petites épaules et ses hanches étroites d'une nuit ample et magnifique.

Cependant le marquis attendait toujours de la duchesse une explication de cette absence injustifiée, un remerciement pour l'envoi de sa calèche.

La duchesse parla enfin, mais comme ses amabilités furent étriquées !

— J'ai reçu votre carrosse, mon ami, ce matin… Je vous expliquerai ma demande… Ah ! je n'attendais pas moins de votre cœur.

« Elle parle de cœur, comme Barborin, se dit le marquis ; mauvais présage ! Est-ce qu'elle aurait l'intention de garder ma calèche ? Ah ! pas de ça, par exemple ! »

Et, très surpris de la manière dont on le recevait, il profita de ce que tout le monde passait dans la salle voisine pour appeler la petite Raffaele et avoir des explications. Malaspina, qui n'avait ni enfants légitimes ni enfants naturels, jouissait beaucoup de ceux de ses amis. C'était le confident de Raffaele, qui lui racontait ingénument tout ce qui se passait dans le palais. Il s'amusait des yeux toujours étonnés de l'enfant, si bien à fleur de tête qu'ils semblaient accrochés comme des médailles à cette grosse petite face brune et arrondie.

— Que se passe-t-il ici, mignonne ? Comment se fait-il que tu sois sage aujourd'hui ?

— Ze suis toujours sage.

— Oh ! oui, surtout le jour où le bon Dieu va en enfer, n'est-ce pas ? Tu as eu le fouet, dis-le donc.

— Non, ze ne l'ai pas eu.

— Et ta maman, pourquoi a-t-elle un air si singulier ? Elle a encore eu son indigestion cet après-midi, c'est sûr.

— Oh ! non.

— Alors elle a fait ses comptes avec son intendant.

— Oh ! non.

— Enfin, qu'est-ce qu'il y a ?

Raffaele s'enfonça un doigt dans le nez, se gratta la fesse, puis, les yeux tournés vers la duchesse, qui causait à côté avec Don Prina :

— Y a le prince, dit-elle à voix basse à l'oreille du marquis qui s'était courbé vers elle.

— Quel prince ?

— Le prince, et puis…

— Et puis quoi ?

— Le zoli zeune homme.

Et Raffaele éclata de rire en répétant :

— Ah ! vieux papa, vieux papa, ça fait lever ton nez, ça !

— Veux-tu ne pas rire, petite vilaine. Et puis que je t'entende m'appeler vieux papa ! Je le dis à ta mère ! Ce n'est pas la duchesse, je pense, qui t'a appris ces grossièretés-là.

— Si : maman t'appelait comme ça à collation. Ça l'amusait, et Vincenzo aussi. Ils riaient tous deux.

— Fiez-vous donc aux vieux serviteurs ! fit le marquis. Enfin, voilà ma récompense de tant d'années de fidélité !

L'émotion l'étranglait. Il essuya une larme au bord de son nez.

La duchesse arriva, bruyante, encombrante, et, de sa voix de tambour :

— Que vous dit cette enfant ? Veux-tu te tenir ! Tu vas voir !… Venez, cher ami, que je vous présente au prince.

C'était le conseiller, l'ami le plus intime du royal exilé. Malaspina ne le connaissait pas. Il se sentit trembler comme un adolescent, lui, ancien homme de cour, en le voyant. Le prince était robuste, grisonnant, taciturne. Sa figure ni ses façons ne se gravaient en vous. Il avait l'air d'un vieux pastel effacé.

— Monseigneur, monseigneur ! s'écria Malaspina soulevé, égaré par une double émotion : son chagrin d'ami négligé s'unissait à sa jouissance de royaliste fidèle.

Le prince laissa tomber des paroles blanches. Des invités arrivèrent, se groupèrent autour de lui.

Malaspina n'eut plus de ressentiment contre la duchesse.

Mais, tout à coup, le prince se détourna pour parler à l'archevêque de Naples et cessa de faire attention à Malaspina. À partir de ce moment, personne ne s'occupa du marquis. Après que le vieux Vincenzo fut venu, dans son habit noir verdâtre, annoncer le dîner, on passa dans la salle à manger, et le marquis se trouva à un bout de table, entre la petite Raffaele et un jeune prêtre inconnu. Alors il se demanda quelle faute il avait pu commettre pour se voir traité avec tant de mépris. Était-ce sa liaison avec Barborin qui irritait ainsi la duchesse ? Lui en voulait-elle de s'être montré trop respectueux ? Sans doute, il aurait dû la prendre comme une fille, lorsqu'il la trouvait somnolente, feignant de dormir, couchée, portes ouvertes, au fond de son palais désert, accablée d'ennui et de pauvreté. Il aurait dû la prendre ? certainement ! Par malheur, il n'était plus à l'âge de ces assauts soldatesques, et comment, chétif amoureux, aurait-il affronté cette tour ? Il s'y serait perdu. Seulement, c'était une de ces injures que les femmes ne pardonnent pas. Combien devait-elle être blessée pour l'avoir présenté si sèchement au prince ! « Le marquis Malaspina », avait-elle dit, et c'était tout ! Quand il avait eu la confiance et l'amitié de son roi, quand il avait abandonné des maîtresses plus belles que la duchesse et que Barborin pour le suivre à Gaëte et soutenir avec lui un siège de quatre mois ! La duchesse se montrait vraiment bien dure. Et il pensait toujours à sa pauvre calèche, qu'il faudrait peut-être abandonner à cette cruelle, en expiation de son manque d'audace. Un instant, toutefois, il crut pouvoir ressaisir la faveur perdue. La Tupputti, qui, par économie et malgré sa gourmandise, ne dînait bien d'ordinaire que chez ses amies, avait fait préparer, ce soir-là, un repas fin, quoique bizarre et peu abondant et tenait à y faire honneur. Elle mangeait assez gloutonnement, mais non sans fantaisie ; prenait la salade avec ses doigts, la lançait dans sa bouche et l'attrapait avec ses dents. C'étaient là façons familières de jeune fille et d'amoureuse, qui avaient plu au père et au mari et que la femme mûre conservait comme une grâce. Malaspina, qui avait vieilli avec la duchesse, admirait toujours en elle ses séductions de vingt ans.

— Regardez, dit-il à son voisin, assez haut pour être entendu de son amie, regardez comme la duchesse est jolie en mangeant. Toute autre femme qui se permettrait cette liberté serait grossière et ridicule ; elle n'en est que plus charmante.

Mais cette observation, que le marquis avait faite cent fois et qui lui valait toujours un sourire reconnaissant de l'intéressée, ne fut pas entendue. Du moins, personne ne la remarqua, sauf la comtesse Labriola, qui jeta un coup d'œil irrité à Malaspina. Il comprit qu'il venait de se faire une nouvelle ennemie.

La comtesse, habituée à être admirée, déjà en pique avec la Tupputti, était outrée des hommages qu'on rendait au prince. Il était la jolie femme de cette réunion. On n'avait d'yeux que pour lui, et, comme il parlait peu, par égards, tout le monde se taisait. Seul, Don Prina causait à voix basse avec Mgr Ricario Sforza, et le sifflement de sa voix arrivait aux oreilles de la petite Raffaele, à laquelle on servait des morceaux si minces qu'elle les avalait d'une bouchée, et qui s'amusait ensuite à souffler dans son couteau pour répondre aux chuchotements du prêtre.

« Quel est donc ce jeune homme dont l'enfant m'a parlé ? » se demandait le marquis. Et, dominé par la curiosité, il adressa la question à mi-voix à la fillette, qui dit très haut :

— C'est le beau Piémontais de maman.

— Voulez-vous vous taire, Raffaele ? fit la duchesse.

La réponse de l'enfant n'avait pas renseigné le marquis ; en revanche, elle avait augmenté encore sa curiosité.

Après le dîner, les chuchotements et les apartés continuèrent. On semblait résolu à écarter le marquis de toutes les conversations. À peine s'approchait-il d'un groupe qu'on se mettait à parler bas ; quelquefois, on détournait sur lui des yeux défiants. Il eut l'idée d'aller faire sa cour à la comtesse Labriola, qui s'était assise seule, à l'écart, désolée de tout ce mystère. Il la salua d'un compliment banal et maladroit.

— Vous n'avez jamais été si belle !

— Mieux vaut tard que jamais ! répliqua-telle, hargneuse.

Alors, les émotions, et peut-être aussi l'étrange dîner qu'on lui avait servi, le forcèrent à sortir.

Dans la cour, où il s'attarda, il donnait un coup d'œil à sa calèche, se demandant toujours s'il devait se soumettre au caprice de la duchesse ou briser une bonne fois avec elle. Au clair de lune, au milieu de ce palais silencieux, la vieille voiture prenait, avec ses brancards levés, des apparences monumentales et effrayantes de quelque antique machine de guerre, bélier ou catapulte. Et, devant cet équipage ridicule, il songeait à toutes ses escapades de jeunesse, à des rires et à des abandons d'amoureuse, aux jupes folles, coquettes, bruissantes, à tant de gestes hardis et heureux qui l'avaient remplie naguère.

Il se demandait :

« Est-ce qu'elle va me la prendre ? Pourquoi a-t-elle gardé mon pauvre Michele ? »

Michele était autrefois le valet de pied du marquis, le porteur de messages amoureux. Maintenant, c'était surtout « son cocher honoraire ». Tout le temps que Malaspina ne donnait pas à ses visites mondaines ou galantes et à sa toilette, il le consacrait à causer du passé avec le vieux Michele, malade le plus souvent, et auquel le soin des chevaux et la sortie de la voiture paraissaient quelque chose de si considérable que c'était avec terreur qu'il s'en chargeait.

« Pourquoi m'a-t-elle invité, si elle voulait me recevoir ainsi ? se disait-il encore. Veut-elle donc se jouer de moi ? »

Il se sentait plein de haine et pourtant désarmé.

À ce moment, une lumière passa sous les arcades, et le marquis aperçut Raffaele. La fillette s'était accroché une lanterne à la ceinture et portait, à grand-peine, deux lourds paniers qui lui tiraient les bras.

— Où vas-tu donc si chargée, mignonne ? demanda le marquis.

— Chut ! Chut ! fit-elle. Il ne faut pas qu'on me voie.

— Mais moi, ton ami ?

— Toi, non plus, ne me regarde pas.

— C'est ta maman qui te fait travailler ainsi ?

— Oh ! non ; maman ne sait rien et même ce serait bien malheureux qu'elle sût quéque çose.

— Alors tu n'obéis pas à ta maman ?

— Oh ! non.

— À qui donc ? À Vincenzo ?

— À lui non plus. Ze m'obéis à moi.

— Mais à qui vas-tu porter tout cela ? Des fruits, des gâteaux, du vin, un pâté ? Peste ! tu soignes bien tes amis.

— C'est pas un ami : c'est le prisonnier, le beau zeune Piémontais.

— Qu'est-ce que tu dis là ?

— Z'veux pas vous dire. On me l'a défendu.

— Je serai bien discret. Qu'est-ce que c'est que ce prisonnier ?

Raffaele redevint souriante et familière.

— C'est celui qui est venu dans ta voiture, la voiture à Barborin.

— Je te défends de parler de Barborin, petite peste… Alors, tu es chargée de garder le prisonnier et de le nourrir ?

— Mais non : c'est Vincenzo. Seulement, ce soir, dans la cuisine, il était si fatigué par le dîner qu'il s'est endormi sur les plats. Z'avais beau lui crier : « Vincenzo ! Vincenzo ! réveillez-vous ! » il m'écoutait pas. Ze me suis dit : « Sûrement, Vincenzo va laisser crever de faim…

— On dit mourir, mon enfant, c'est plus noble.

— … va laisser mourir de faim le prisonnier. » Alors, z'ai fouillé dans ses poces, z'ai trouvé la grosse clef du caçot, z'ai préparé le souper du beau zeune Piémontais et voilà : z'arrive !

— Et tu n'as pas peur du Piémontais ?

— Non, il a l'air très doux, et puis… il est attacé !

— Pour plus de sûreté, je vais t'accompagner.

— Ze ne veux pas. Ze te le défends !

— Jusqu'à la porte !

— Alors, tu resteras à la porte ?

— Je te le promets.

— Viens donc, et surtout ne me dézobéis pas.

Ils descendirent ensemble plusieurs marches sous la galerie. Puis Raffaele appliqua l'oreille contre la serrure.

— Z'ai peur, fit-elle. Tu l'entends ? Il ronfle.

— Je vais avec toi, dit le marquis.

— Non, non, non. Ze ne veux pas.

Et, bravement, elle introduisit la clef, ouvrit, entra vite.

— Allons, zeune prisonnier, cria-t-elle très haut, pour se donner du courage, quand tu auras fini de dormir !

Il y eut un tressaillement, le bruit d'un homme qui se relève avec peine.

— Voyez, m'sieur le prisonnier, ze vous apporte à manzer. Oh ! ne me regardez pas comme ça. Vous me faites trembler.

— Qui diable est cela ? Une petite fille ?

— Votre zeôlière, m'sieur.

— Que vous êtes donc aimable, mademoiselle la geôlière, de m'apporter de si bonnes choses, et que je vous remercie ! Mais comme vous seriez plus aimable encore en me desserrant un peu ces horribles cordes qui m'entrent dans les chairs.

— C'est vrai qu'elles doivent vous faire mal !

— Ah ! certes.

— Oui, mais si on vous a attacé comme ça, et si on vous a mis dans un caçot, c'est que vous avez été méçant.

— J'ai l'air méchant ?

— Oh ! non. Mais maman dit qu'y a, comme ça, des figures qui trompent. Tu en as une, vois-tu, à présent que ze te regarde ! Ah ! papa ! papa Malaspina ! papa marquis, au secours !

Le marquis poussa la porte, qui n'était pas fermée à clef.

— Qu'est-ce qu'il y a, mon enfant ?

— Le prisonnier m'a regardée.

Mais, au grand étonnement de la petite Raffaele et à la stupeur du marquis, le prisonnier s'écria :

— Ah ! mon cousin. C'est Dieu qui vous envoie ici.

Malaspina venait de reconnaître la voix de Fortiguerri. Il s'élança dans le cachot.

— Comment, c'est toi, lieutenant ?

— Oui, c'est moi. On m'a reçu enfin au palais Tupputti, et dans ce beau salon ! Ah ! les brigands !

— Mais qu'as-tu fait, grand Dieu ?

— Qu'ai-je fait ? ça, je n'en sais rien !

— M'expliqueras-tu ?

— Oh ! plus tard. De grâce, desserrez ces cordes, j'étouffe.

— Papa Malaspina, oh ! ne déliez pas le prisonnier, s'écria Raffaele. Que diraient Vincenzo et maman ? Oh ! ils vont me fouetter.

— Eh bien, on te fouettera. Ce ne sera pas la première fois, dit le marquis en essayant de dénouer les cordes… Les scélérats ! c'est qu'ils t'ont bien ficelé, mon pauvre cousin.

— Ne le déliez pas, papa, implorait toujours Raffaele. Il va nous arriver malheur.

— Tu m'ennuies, répliqua le marquis.

— Ze vais aller prévenir maman.

— Veux-tu rester ici, ou c'est moi qui vais te fouetter, et tout de suite peste que tu fais. Par Bacchus ! Dans cette maison du diable, ils vont me faire perdre la tête, la mère, le domestique et l'enfant !

Cependant, le marquis avait réussi à enlever les entraves des pieds, la corde avec laquelle Fortiguerri était attaché à un anneau de la muraille. Il ne restait plus qu'à lui délier les mains, quand des voix de femmes s'élevèrent dans la cour.

— Sauvons-nous, dit Malaspina au lieutenant à voix basse.

— Oh ! des femmes, répliqua Fortiguerri : ce n'est pas à craindre.

— Ce sont des démons ; tu ne les connais pas !

— Mais comment fuir, les mains liées ?

— Tu as les pieds libres, n'est-ce pas ? Eh bien, marche ! Je te débarrasserai quand nous serons sortis.

Malaspina entendit la voix de la duchesse :

— Vous verrez, très chère, il est vraiment beau, ce jeune homme. C'est dommage que ce soit un espion.

— Au moins est-il bien attaché ? demanda la comtesse Labriola.

— Vous n'avez rien à craindre, très chère. Ah ! ces Piémontais, ce sont les plus jolis garçons de la terre.

Ainsi, la pensée de ce beau mâle ligoté, et qu'on pouvait admirer tout à l'aise, avait réconcilié les deux ennemies !

Elles descendirent l'escalier qui conduisait au cachot ; mais à ce moment, comme un taureau, tête baissée, le lieutenant se précipita sur elles, les écarta violemment, s'ouvrit un passage, et traversa la cour de toute la vitesse de ses jambes.

— Dieu ! fit la comtesse en portant la main à son cœur.

— Au secours ! Au secours ! cria la duchesse.

Le vieux Vincenzo, enfin réveillé, accourait, suivi de Michele, le cocher du marquis.

— De la lumière, au nom de Dieu ! implorait la duchesse.

Vincenzo ramassa la lanterne que sa maîtresse avait laissé tomber, la ralluma. Les deux femmes aperçurent la porte ouverte. Alors seulement elles songèrent au prisonnier qui leur échappait.

— Courez, courez, Vincenzo. Courez vite. Rattrapez-le. Il ne faut pas qu'il se sauve.

— Oh ! regardez donc, très chère, dit la comtesse Labriola.

Le marquis et la petite Raffaele, qui n'avaient pu ou n'avaient osé s'échapper, venaient d'apparaître aux regards étonnés des deux femmes.

— Petite misérable, voulez-vous dire ce que vous faites ici ? s'écria la duchesse en tirant les cheveux de Raffaele et en la souffletant.

— Maman, maman ! gémissait la fillette.

— Et le marquis ! Ah ! je vous disais bien que c'était un espion !

— Comment un tel homme, s'écria la duchesse, a-t-il pu capter si longtemps ma confiance !

— Oh ! mon amie, soupira Malaspina, pouvez-vous croire…

— Taisez-vous ! Viens, toi, petite misérable, et vous, restez ici, prenez la place du bandit que vous avez fait évader.

— Duchesse, je vous en prie, écoutez-moi.

— Pas un mot.

— Accordez-moi une grâce, une seule !

— Aucune.

— Duchesse, je vous en supplie ! Que Vincenzo m'accompagne, si vous n'avez pas confiance en moi. Je reviens ici. Je serai votre prisonnier, puisque vous l'exigez. Mais il faut absolument que j'aille ce soir, et sans tarder, à San-Carlo. Ne me refusez pas cela !

— Ah ! ah ! fit la comtesse Labriola, il pense toujours à sa gueuse !… Mais, ajouta-t-elle, vous pouvez vous dispenser, cher ami, de cette visite ; elle est tout à fait inutile : j'ai vu l'affiche de San-Carlo. Aujourd'hui, Barborin ne danse pas.

— Barborin ne danse pas ! Barborin ne danse pas ! s'écria le marquis. Mais que se passe-t-il enfin ? Quel mystère m'environne ? Le monde est donc devenu fou ?

— Vous avez là un beau sujet de méditation, fit la duchesse, creusez-le.

Et elle fit rouler la lourde porte du petit cachot. Malaspina, enfermé, entendit avec angoisse le bruit de la clef ; les pas qui remontaient l'escalier ; des claques qui frappaient une peau nue, et la voix de tambour de la mère qui couvrait les plaintes de l'enfant.

— Quand je pense, fit le marquis, quand je pense que les femmes m'ont tant aimé autrefois ! Je n'ai pourtant pas changé. Pourquoi se conduisent-elles ainsi, à présent ? C'est extraordinaire !

VII

NUIT D'AVENTURES

Avant les cris d'alarme, le lieutenant avait déjà gagné la conciergerie du palais, mais il trouva la grille et les portes fermées. En même temps, toute une foule qu'il n'eût point soupçonnée dans ce palais tranquille descendait un escalier et se dirigeait de son côté. Une grande émotion l'étreignit à l'idée de perdre une liberté dont il se croyait si proche. À demi déshabillé, les mains attachées derrière le dos, on ne pouvait manquer de le remarquer, par ce clair de lune qui l'éclairait en face. Soudain une porte s'entrebâille devant lui et une tête de femme se penche au-dehors, comme surprise par le bruit de pas qui s'approche. Suivant un de ces instincts étranges et vertigineux qui nous attirent vers le bien ou le mal, Fortiguerri s'élance vers cette femme, la repousse, pénètre malgré elle dans une étroite chambrette. La femme, d'abord épouvantée de cette entrée subite et brutale, se rassure bientôt quand elle voit les mains liées du lieutenant ; elle veut appeler à l'aide.

— De grâce ! sauvez-moi, dit Fortiguerri d'un ton suppliant. Je ne suis pas un criminel.

Elle le regarde avec inquiétude, mais soit que l'émotion arrête ses cris, soit qu'elle ait pitié d'un homme sans défense, elle ne souffle mot.

Des causeries tumultueuses venaient de remplir la galerie.

— Il m'a donné trois carlins, disait quelqu'un, avec cela on a de quoi se graisser l'estomac, pas vrai ?

— Ne geins donc pas tant, faisait un autre, moi je n'en ai eu que deux, et j'ai été blessé à Rionero !

— De vieux soldats comme nous, c'est une honte de nous traiter comme ça.

— Ils en auront, ils en auront des dévouements à bon marché !

— S'ils croient qu'on va se faire casser la tête pour une citronnade !

— On va les planter là, tu vas voir ; moi, toujours, je ne marche pas.

Les paroles devenaient précipitées, les conversations s'animaient jusqu'à un ton de colère. Des cris partirent çà et là, timides, étouffés, dominant à peine la rumeur croissante.

— À bas Prina !

Puis, tout d'un coup, les voix s'apaisèrent, le silence se fit. Quelqu'un parlait dans la cour et réussissait à obtenir l'attention de tous ces hommes surexcités.

Rassuré par le silence de cette foule, le lieutenant considéra la femme qui se trouvait devant lui. Elle était toute jeune ; et, bien que sans grâce, son visage séduisait par une expression de bonté tendre et caressante. Son déshabillé coquet, apprêté et voyant, aussi bien que sa chambrette remplie de fanfreluches et de souvenirs galants, indiquaient assez sa profession. Fortiguerri se demanda comment elle pouvait demeurer dans ce palais.

— Ce sont eux qui t'ont serré comme ça ? fit-elle à demi-voix.

— Délie-moi. Je t'en prie ! implora le lieutenant.

Après un moment d'hésitation, elle se mit à dénouer les cordes ; puis, pour aller plus vite, elle prit un couteau.

— Tu n'es pas de ce pays, n'est-ce pas ? dit-elle. Tu as l'accent milanais. Moi aussi, je suis de Milan. Ah ! je ne les aime pas, ces gens-là !

Elle alla regarder à la porte.

— Mets-toi là, fit-elle, vite ! vite ! On vient !

Et elle le poussa dans un placard, derrière ses jupes pendues. À peine s'y était-il blotti qu'on entra. Il reconnut la voix de Vincenzo. Le vieux serviteur, que le lieutenant avait vu si humble devant le marquis, prit un ton arrogant pour parler à la jeune femme.

— As-tu vu un homme traverser la galerie ?

— Non, seigneur Vincenzo.

— Je croyais bien qu'il était chez toi !

Vincenzo fit le tour de la chambrette, passa tout près du placard entrouvert.

— Tu ne le caches pas ?

— Où voulez-vous que je le cache, seigneur Vincenzo ?

— C'est bien… À présent, veux-tu me dire quand tu paieras ? Tu m'avais assuré que ce serait aujourd'hui.

— Oh ! seigneur, patientez un peu. Les affaires vont si mal en ce moment !

— Dis donc que tu n'es pas assez jolie ou trop paresseuse !

— Je vous promets, seigneur, que je fais tout ce que je puis.

— Tout ce que tu peux de bruit, de noce et de godaille, ça oui ; je te crois ! On dirait qu'il vient chez toi un cent de diables chaque nuit. L'autre fois, la duchesse m'a demandé s'il était venu des voleurs. J'ai cru qu'elle allait tout savoir.

— Ah ! seigneur, ils sont arrivés dix chez moi ; ils ont forcé ma porte, m'ont battue et pris tout l'argent que j'avais.

— Cela ne me regarde pas… Si, demain, tu ne me paies pas, je te flanque dehors. On ne tient pas à avoir chez soi des roulures pareilles. Tu déshonores le palais. Ce n'est que par pitié que je t'ai gardée jusqu'ici. Seulement, ma pitié se lasse à la fin.

— Oh ! seigneur…

— L'argent, demain, je te répète, ou je te donne la rue pour hôtellerie.

Et il partit.

— Brute ! cria-t-elle, affameur de pauvres, tu nous retires le pain de la bouche. Mais je sais bien, moi, ce que je te retirerai, assasin, quand ton jour sera venu !

Le lieutenant était sorti de sa cachette.

— Je t'en supplie, fit-il, achève de me débarrasser de ces cordes et sauve-moi. Je te récompenserai bien. Je suis un officier. C'est même pour cela que ces traîtres m'ont arrêté.

— Ah ! seigneur, je voudrais vous sauver, mais comment ? Il y a bien une porte par laquelle entre mon amant, et que Vincenzo ignore, mais mon amant a la clef. D'ailleurs, il vous faudrait sortir sur la galerie.

— Est-ce que la foule est toujours là ?

Elle jeta un coup d'œil au-dehors et revint toute bouleversée.

— Oh ! partez, chuchota-t-elle en poussant le lieutenant, allez-vous-en ! Mon amant arrive. Il vous tuerait s'il vous rencontrait ici.

Fortiguerri, mis à la porte, se sentait déjà condamné ; il fut tout surpris de trouver encore un motif d'espérer. En effet, les hommes qui remplissaient la galerie lui tournaient le dos et semblaient très absorbés par les paroles qui montaient de la cour. Il s'approcha d'eux d'assez près pour n'être pas vu par l'amant de la jeune femme ; mais il se tint aussi assez loin pour qu'on ne pût aisément, dans l'ombre, remarquer sa toilette sommaire et les cordes qui lui liaient toujours les mains.

Cependant la foule avait augmenté encore. Des faces rudes et cavalières d'anciens soldats voisinaient avec des figures moins franches, de ces mines suspectes que l'on surprend dans les ruelles du port ou dans le voisinage du vieux marché. Quelle réunion était-ce là ? Si divers, si bariolé que fût ce peuple, une âme unique semblait pourtant l'animer tout entier. On n'eût point dit que, tout à l'heure, il était si tumultueux, à le voir écouter, dans un tel recueillement, l'orateur de la cour.

La voix qui le dominait était ardente, emportée et rythmait chacune de ses phrases du même appel énergique, impérieux, vibrant : « Mes frères ! » Ce cri de concorde et d'amour, lancé de la sorte, avait de singulières résonances de bataille. S'il imposait un instant à cette foule passionnée l'oubli des rancunes et des querelles personnelles, c'était en lui inspirant des haines plus larges, en lui promettant de plus vastes combats.

« C'est votre liberté, disait l'orateur, c'est votre existence même que menace cette bourgeoisie étrangère qui s'est jetée sur vous comme le vautour sur l'oiseau sans défense. Elle vient vous piller et vous écraser, arracher vos franchises, transformer à son profit vos lois sages, vous pressurer d'impôts…

» Mes chers frères, écoutez-moi ! Je ne vous dis point : Ralliez-vous à ma cause parce que vous y trouverez profit. Je vous dis : L'ennemi est dans votre maison, chassez-le !

» Rappelez-vous le passé ! Rappelez-vous, soldats, comme le roi vous aimait et savait récompenser vos services. Qu'a fait pour vous le nouveau régime ? Comment a-t-il reconnu des années de peine, des actes de courage ? En déchirant votre uniforme, en donnant à d'autres le soin de garder ce pays, en vous privant, après tant d'efforts, du pain nécessaire.

» Mais le roi, lui, n'est pas un ingrat. Il sait ce qu'il vous doit déjà. Il sait ce qu'il vous devra bientôt. Votre dévouement n'aura pas été vain.

» Le prince qui vient combattre à vos côtés quitte à peine Sa Majesté et vous dira qu'Elle est prête à revenir au milieu de vous pour assurer l'ordre et le bonheur de ce pays. Soutiendrez-vous votre roi ? Vous souviendrez-vous de votre bienfaiteur ? »

Une clameur puissante roula sous les vieilles voûtes. Le palais en eut comme un tressaillement et sembla tout à coup revivre.

— Vive François ! criait-on, vive le prince ! vive Prina !

Des voix s'enrouaient à ces acclamations ; des paumes se fouettaient avec rage ; les pieds frappaient les dalles ; les cannes se levaient ou heurtaient les colonnes dans un applaudissement immense. Quelques soldats appelaient le roi de ces diminutifs câlins réservés aux lèvres de mère et d'amoureuse, ou de ces noms familiers qu'on prodiguait à ses prédécesseurs et dont on avait été plus sobre jusque-là envers lui.

— Vive Franceschino ! vive le Lazzarone ! vive Don Ciccio le vermicelle !

Le lieutenant profita de ce frémissement d'enthousiasme pour essayer de s'échapper. Il se glissa doucement derrière ou même à travers l'assistance, sans être remarqué. Seulement, comme il arrivait à la conciergerie, un vétéran aux cheveux gris lui cria d'un ton de reproche :

— Tu n'applaudis pas, toi ? Que fais-tu donc ici ?

Le lieutenant sentit battre son cœur plus vivement, mais il ne répondit pas et marcha droit à la grille. Elle était toujours fermée. Alors il avisa une petite porte qui se trouvait dans la conciergerie, ouverte et vide. Le verrou en était poussé. Avec ses dents, le lieutenant réussit à le tirer. La porte céda. Il s'élança dans la rue. Il était libre !

Mais, à ce moment, des cris éclatèrent. Vincenzo, qui rentrait au palais après d'inutiles recherches, le vétéran, qui avait suivi le lieutenant, l'aperçurent qui fuyait ; et, ne se fiant pas à leurs vieilles jambes, ils appelèrent à l'aide :

— Alerte ! alerte ! faisaient-ils, le traître s'échappe ! Courez, arrêtez l'espion !

Fortiguerri filait, comme une flèche, de toute la vitesse dont il était capable. Il traversa ainsi la rue de Lavinaro, la place del Carmine, se jeta dans une ruelle obscure.

Mais, tout à coup, derrière lui, il entendit comme les jappements d'une meute. C'était la troupe qu'on venait de lancer à sa poursuite et qui criait déjà victoire. Il se reprocha d'avoir quitté sa prison : au milieu de ces exaltés, son existence même était en péril, et comment leur échapper ? Les liens qui lui serraient le haut du corps comprimaient sa respiration : après une course de quelques minutes, il était hors d'haleine. S'il avait rencontré une trattoria ouverte, il y serait entré. Peut-être tout le monde à Naples ne haïssait-il pas les Piémontais. Mais, à cette heure tardive, aucune maison qui ne fût fermée.

Cependant les limiers lancés par Vincenzo approchaient. Deux, déjà, entraient dans la ruelle où il s'était aventuré, et il entendait les appels des autres. L'ombre qui le cachait ne pouvait le protéger longtemps. Dans un instant on l'aurait rejoint. Que faire ?

En tournant la tête de côté et d'autre il aperçut, à quelques pas, au milieu d'une petite place, un carré de bâtiments dont les uns étaient à demi démolis, et les autres en reconstruction. L'idée lui vint de s'y réfugier et de se cacher parmi les décombres. Peut-être ne songerait-on pas à l'y chercher. Par malheur, ces bâtiments étaient éclairés par la lune, et il était difficile d'y arriver sans être vu. Il le tenta pourtant et se jeta vite dans un couloir abrité qui conduisait à une vaste cour.

Là il s'arrêta, surpris par des éclats de voix, des invectives. Deux femmes, furieuses, s'y querellaient tout à l'aise.

— Sale gouapeuse de Lavinaro[1], on t'apprendra à voler nos hommes.

— Ferme donc ton fermoir. Tes hommes, tu n'as qu'à les garder ; seulement, faut te visser une autre bobine sur le fuseau.

Et il y eut un retentissant éclat de rire, puis, presque aussitôt, le bruit d'une chute. L'insultée, large et corpulente commère, s'était ruée sur l'insulteuse si violemment et si brusquement que l'autre, grande fille dégingandée, avait glissé, était tombée en arrière, sur les genoux. Il n'avait pas fallu longtemps à son adversaire pour la rouler sur le sol, au milieu du sable. Elle la maintenait à terre, couchée sur le ventre, l'enfourchant, lui écrasant les reins de tout son corps, lui frappant la tête rudement contre les pierres.

— Lâche-moi, Gambacorta ! hurlait la grande fille, que se voyait à deux doigts d'un tas de chaux dont l'autre voulait lui brûler le visage.

— Attends, Stellina, attends, ma chérie, faisait la commère, toute joyeuse d'avoir la victoire. (Et elle la chargeait de coups de pied.) Attends que j'aie mis tes tables d'aplomb et que j'taie galamment pomponné la peau. Faut bien que j'te poudrederize pour qu'on t'aime.

Stellina poussait des cris de porc qu'on saigne, auxquels succédèrent bientôt des gémissements sourds, des râles étouffés. Malgré tout son corps bandé dans une résistance énergique, ses mains accrochées à terre, ses pieds enfoncés dans le sol, elle se sentait entraînée peu à peu vers le tas de chaux ; elle l'effleurait déjà de ses cheveux lorsque Fortiguerri, entendant des pas dans le couloir, se précipita, affolé, au milieu de la cour et s'en vint heurter ces deux corps embrassés, qui, au choc, se désunirent et roulèrent ici et là.

Stellina, tout à l'heure vaincue, se ressaisit de suite. Souple et agile, elle est aussitôt debout et, sans prendre garde au lieutenant, tirant d'une gaine de bois un rasoir ouvert, elle se prépare

1. Quartier de basses prostituées.

à attaquer sa rivale. La grosse femme, au contraire, embarrassée dans ses jupes qui ont glissé durant le combat, se relève lentement et lourdement ; mais à peine s'est-elle redressée que Stellina se jette sur elle et, d'un coup vif, de bas en haut, elle lui taillade la joue. Avant que Gambacorta ait le temps de se reconnaître et même, peut-être, de sentir la blessure, puisqu'elle ne crie pas, elle se trouve couverte de sang.

— Souviens-toi de Stellina, la Camorriste, dit la fille au rasoir. Personne n'a la main plus habile. Elle en a décousu d'autres que toi, guenillouse !

Sans se rappeler qu'elle avait elle-même mordu la poussière il n'y avait qu'un instant, elle entrouvrait ses lèvres, encore pleines de sable, dans un rire aux roulades vives et moqueuses, et, méprisante, les poings sur les hanches, elle regardait Gambacorta. La blessée ne songeait plus maintenant qu'à arrêter le sang qui coulait à flots de son estafilade. Elle s'enveloppa la figure dans un mouchoir de cou ; puis, sans un regard vers son ennemie, sans un cri, sans une insulte, comme si elle se reconnaissait définitivement vaincue ou, du moins, renonçait, pour cette fois, à la lutte, elle s'en alla ; mais elle ne s'était pas plus tôt engagée dans le couloir que deux hommes la saisissaient au passage.

— Ah ! bon ! s'écria Stellina. Les asperges[1] ! Vite, détalons !

Et, légère, elle s'élança dans le fond de la cour, sautant par-dessus les tas de chaux, les larges solives, escaladant de ses longues jambes minces les amoncellements de pierres. Le lieutenant, à qui Stellina avait communiqué sa crainte, s'imagina que la bande de Vincenzo était toujours à ses trousses et se mit aussi à fuir. Il la suivait, mais de loin, obligé, plus d'une fois, de renoncer aux voies rapides, souvent aériennes, qui semblaient être familières à la grande fille.

— Un échappé de la Vicaria, fit soudain quelqu'un derrière lui. Il a les mains liées. Nous le tenons !

Fortiguerri se retourna. Un homme, près de lui à le toucher, étendait la main pour le saisir, mais le monceau de plâtras sur lequel il était monté s'éboula. L'homme fit une chute lourde, ce qui permit au lieutenant de prendre de l'avance et de sortir des bâtisses.

Dans la rue il aperçut Stellina qui courait. Elle était déjà loin en avant. Il s'efforça de la rejoindre. La grande fille faisait des détours

1. En argot napolitain, les carabiniers, les agents de la Sûreté et les gardes municipaux.

sans fin, n'était pas plus tôt entrée dans une ruelle qu'elle s'engageait dans une autre. Un moment, il cru l'avoir perdue ; il ne savait plus quel chemin elle avait pris. Il se dirigea au hasard ; enfin, au bout de quelques minutes, il se rencontrait nez à nez avec elle.

Elle était arrêtée devant une de ces habitations misérables, comme celles que le lieutenant avait déjà vues dans sa promenade avec Lisabetta. Les fenêtres, ou plutôt les soupiraux étroits qui trouaient les murs, montaient et descendaient en zigzag, entre des crevasses et des lézardes, marquées en dessous de larges taches jaunâtres par toutes les eaux fangeuses qui en avaient coulé. La maison était formée de deux bâtiments ruinés, penchés l'un vers l'autre et se soutenant à peine, comme des vieillards ivres. Une puanteur exécrable montait du sol jonché de détritus.

Le lieutenant se demandait quelle folie l'avait conduit à ce bouge. Pourquoi avait-il cru que cette fille pouvait lui rendre service ? Il allait sans doute retrouver un autre Ascalona.

Stellina semblait attendre qu'on lui ouvrît.

— Arrière, l'homme, fit-elle en voyant approcher le lieutenant, arrière ou je cogne !

Puis, reconnaissant son sauveur involontaire de tout à l'heure :

— Ah ! c'est toi, porte-chance ! Pourquoi me suis-tu comme ça ? Je ne veux pas me marier ce soir et, ici, on ne donne pas la bénédiction… Mais, sans doute tu as eu peur, toi aussi, des corneilles[1]. Et tu as pris ta volée avec moi… Oh ! à présent, tu peux être tranquille. Ils ne viendront pas nous chercher ici. Ils y perdraient leurs plumes !

— Déliez-moi, par charité, dit le lieutenant d'une voix entrecoupée.

La course et l'émotion lui avaient enlevé le souffle. Il était épuisé.

— Comment ! Tu es attaché ? Mais qui a bien pu t'encorseter comme ça ? C'est que tu dois être gêné, mon pauvre, pour jaspiner… Patience ! Une seconde, et je te délivre.

Elle tira aussitôt son rasoir, et d'un coup elle abattit les cordes.

— Maintenant, prends de l'air.

— Merci ! s'écria le lieutenant.

— Ah ! j'te dois bien ça. Sans toi, cette truie faisait avec ma peau de la confiture pour les vers. Mais je l'ai dressée : la rosse va filer doux à présent.

---

1. Les carabiniers, en argot napolitain.

Comme elle parlait, la porte s'ouvrit. Une large et ventripotente matrone, fière comme un suisse de cathédrale, portant une chaîne d'or sur sa robe sale, apparut et éleva sur eux une chandelle.

— Eh bien, tu te presses, la mère ! dit Stellina. Veux-tu que je prenne racine ?

— Si tu crois qu'on entend, petite, au milieu du bruit qu'ils font tous.

Stellina se tourna vers Fortiguerri.

— Entre : tu prendras avec nous un verre de vin clair, et on te donnera une couverture, car tu dois avoir froid dans ce costume.

Puis, considérant le lieutenant qui passait devant la lumière :

— Oh ! mais il me semble que je te connais. Je t'ai vu déjà. Mais où donc ? On voit tant d'hommes !… Ah ! je sais maintenant. N'es-tu pas le galonné que j'ai déshabillé chez Lisabetta ? Tu es son amant, n'est-ce pas ?

— Son amant, c'est un peu dire !

— N'en rougis pas. C'est une belle fille… Toi aussi tu es beau. Tiens, j'ai envie de t'embrasser.

Et elle lui prit les lèvres dans un baiser. Le lieutenant parut un peu surpris de cette vivacité.

— Si tu étais un saint, expliqua-t-elle, je te brûlerais un cierge. Mais, puisque tu es un homme !…

Ils pénétrèrent dans une chambre où tous les actes de l'existence étaient représentés. Une femme, accroupie, se retroussait derrière une porte ; des joueurs, protégés par un rideau, interrogeaient leurs cartes tandis que des rires et des craquements partaient d'un lit et que, toute seule, à l'écart, sans s'occuper de personne, une vieille face de marinier, roulant de gros yeux, suçait de sa bouche édentée un morceau de caciocavalli. Puis ce fut une cuisine encombrée de bassines d'eau sale et un cellier rempli de bouteilles vides, fleurant le vin renversé ; et, tout à coup, ils tombaient dans une tempête de cris, de chansons, de claquades, d'applaudissements, de baisers, de coups de poing, d'éructations d'ivrogne que dominaient, comme des arpèges de violon et de harpe, de frais gazouillis de rires féminins.

La maigre lumière d'une petite lampe, au milieu de cette vaste salle, laissait de l'ombre partout. On ne voyait que des épaules lourdes, des masses obscures, qui se mouvaient, se confondaient dans la fumée bleuâtre des cigarettes ; un instant apparaissaient une face sanguinolente, ricaneuse ou féroce, des nudités rougeâtres, une main qui se levait pour raccrocher, pour frapper, pour caresser ; et tout se perdait ensuite dans une nuit grouillante et tumultueuse.

Ils furent poussés, jetés presque, sur un banc où des femmes, animées d'une gaieté cruelle, maintenaient, étendu et le froc levé, un vieux capucin, aux yeux effarés, que Fortiguerri s'étonna de rencontrer dans une assemblée pareille. Elles avaient détaché son cordon et lui donnaient de temps à autre de violentes cinglades sur les fesses.

— Épargnez-moi, implorait-il.

— Laissez donc tranquille ce marchand d'absolutions, dit Stellina.

— Mêle-toi de tes affaires, Simplicie ; tu ne sais pas que ce renégat nous a pris vingt carlins pour dire des messes. Il devait nous donner les bons numéros du lotto[1], et aucun des siens n'est sorti ! Le filou ! mais sa peau va nous payer.

— Imbéciles que vous êtes ! s'écria Stellina. Regardez-moi donc la trogne de ce père Bon-Dieu, s'il vous a le nez d'un prophète ! Il aurait plutôt besoin que je lui souffle le Saint-Esprit.

Et, s'accroupissant sur le visage du père, elle lui fit baiser ses chairs obscènes et lui lâcha, aux narines, un air de sa flûte.

Les femmes éclatèrent de rire. Le moine eut un soulèvement de dégoût.

— Leur diras-tu maintenant, demanda Stellina, pourquoi elles n'ont pas gagné ?

— Le Seigneur est fâché avec vous, gémissait le capucin. Ce n'est pas de ma faute s'il ne veut pas m'exaucer. J'aurais beau passer mes jours et mes nuits en prières, tant que vous serez des fornicatrices, des voleuses…

— Veux-tu clore ton bec ? criaient les femmes en le souffletant et en le claquant de plus belle. Tu n'as pas honte de nous appeler voleuses !

— Tu flaires l'or dans les jupes, fit un homme en s'approchant, mais tu n'oserais pas fouiller nos culottes, dévaliseur de filles.

— Allons ! Allons ! fit la logeuse en s'interposant. Finissez ! Quand vous lui aurez fait venir du sang plein ses cuvettes et débourré la pipe de vos ongles, son accordéon chantera-t-il davantage les bons numéros ? Moi, je ne veux pas qu'on insulte le

1. Loterie qui a lieu, chaque samedi, à Naples et dans les principales villes d'Italie.

clergé dans ma maison. Ça nous porterait malheur. Allons, venez, mon père, voulez-vous un verre de vin ? Ces jeunesses, ça n'a pas de cervelle.

Tandis que le moine s'en allait la tête basse, tout honteux et endolori, Stellina se pendit au cou du lieutenant.

— Voulez-vous un porte-chance ? fit-elle, en voilà un ! Il vous dira les bons numéros, celui-là.

— Qu'est-ce que c'est encore que ce sale mitron-là ! s'écria une sorte de géant, aux énormes épaules, dont une barbe soignée et de longs cheveux fins ennoblissaient les traits grossiers, épais et vulgaires, lui donnant une ressemblance lointaine avec l'image traditionnelle du Christ.

— Tu as donc laissé tes yeux dans le ventre maternel ? dit un petit homme chafouin. Tu ne vois pas que c'est son marchand de plaisir ?

— Ah ! gouge, s'écria le géant en s'avançant vers Stellina, tu n'as pas assez senti mon bras, l'autre jour ?

— Tais-toi, Furiano, répliqua Stellina, tu es stupide. Cet homme-là m'a sauvé la vie. Si tu m'aimes, aime-le aussi. Voyons, donne-lui à boire. Il a la gorge sèche après tant d'émotions.

Et elle fit asseoir Fortiguerri devant une table, s'assit elle-même sur les genoux du lieutenant, tandis que Furiano lançait un terrible coup de poing dans la lampe qui vola par la chambre tout enflammée. Une jeune servante se précipita, ramassa la lampe brisée, essuya l'huile et vint rapporter une chandelle, sans paraître le moins du monde étonnée de l'accident.

— Calme-toi donc, dit le petit chafouin, tu sais bien que ça ne lui tient pas. L'abcès crève.

— Oui, mais quand l'un est passé, un autre revient. J'attends toujours mon tour.

— Ne criez donc pas tant, fit Stellina, et écoutez le seigneur parler.

— Le seigneur ! le seigneur ! Il n'y a pas de seigneur ici. On est tous des frères.

— Verse-lui donc du vin, puisqu'il est ton frère, et écoute-le raconter comment l'a arrangé Ascalona.

— Ascalona ! Je ne veux pas qu'on parle d'Ascalona ici.

— Ah ! il n'en pense pas de bien, je te prie de croire.

— Si vous n'en pensez pas de bien, alors voilà ma main !

— Vous le détestez donc beaucoup ? s'écria Fortiguerri.

Furiano leva les yeux, les mains vers le plafond, poussa un soupir qui gonfla sa poitrine et laissa retomber lentement la tête comme s'il désespérait de trouver une expression capable de rendre sa haine pour Ascalona.

— Tenez, dit-il, s'il venait ici, je ne le tuerais pas. Le tuer, n'est-ce pas ? cela ne le ferait pas souffrir. Non, je le torturerais, mais, longuement, longuement, de façon qu'il sente bien toute ma haine pour lui, et qu'il meure de rage, la canaille !

— Que vous a-t-il fait ?

— Je ne puis tout vous dire : je ne finirais pas demain. Imaginez seulement que ce misérable a assassiné ma sœur, ma chère petite Diamante ! Je lui avais toujours dit que l'amour de cet homme-là, c'était pire que le poison. Elle ne m'a pas écouté… Et, un matin, on l'a trouvée dans la rue Égyptienne, qui avait fini de se réjouir, la pauvre !… Cet envoyé de Lucifer l'avait étranglée.

— Vous êtes bien sûr que c'était lui ?

— Je n'ai aucun doute. Il y avait un papier sous la chemise de Diamante où il disait qu'il la tuerait si elle le trompait. Il croyait qu'elle voyait un autre homme… elle qui l'aimait comme une insensée. Ah ! le monstre ! On l'a arrêté. Mais à peine était-il à la Vicaria qu'il s'échappait. Et on l'a laissé aller. Ils disent qu'il n'y avait pas de preuve. Pas de preuve ? Seigneur mon Dieu ! Quand il y avait un papier de sa main sur la poitrine de la morte !… Et puis, ce n'était pas son coup d'essai. Avant d'entrer dans la Camorra, j'ai été longtemps attaché à sa personne ; j'étais son petit[1], son serviteur plus encore que son compagnon, ne le quittant pas plus que son ombre. Ah ! ce qu'il m'en a fait faire pour lui, des atrocités !… Que voulez-vous ? il me fascinait, cet être-là ! Quand il me commandait quelque chose, c'était plus fort que moi, il fallait que je lui obéisse !… Mais, par les saints, j'en suis délivré aujourd'hui. Il peut venir à présent. Il ne fera plus peur à Battista Furiano !… M'a-t-il fait souffrir aussi ! Orsolina, qui était la plus belle des Napolitaines, il me l'a prise, ce ruffian, et imaginez quel tour il m'a joué avec elle… Il l'a contrainte à m'accuser, à me dénoncer.

1. *Picciotto di sgarro*, compagnon de contrebande. *Picciotto* : littéralement gros petit, déniaisé, dégourdi. Cette expression désigne à la fois une servitude et un grade. Le jeune homme qui aspire à entrer dans la Camorra est d'abord attaché à un Camorriste, le sert comme un fag d'il y a dix ans, à Eton et dans les grands collèges anglais, servait l'élève des classes supérieures. Il agit sous sa direction, a la responsabilité de ses actes. Dans les associations de malfaiteurs espagnols, au XVIIe siècle, on retrouve le *picciotto* sous le nom de *trainel*.

Oui, elle est venue dire à la police toutes les horreurs qu'il m'avait ordonnées, l'assassin ! Et ils m'ont emmené à la Vicaria ! Et, si je suis maintenant ici, à causer avec vous, je ne me l'explique pas, car, après tout ce que j'ai souffert en prison, je devrais bien être crevé… Ah ! quand je suis sorti de la Vicaria, comme je l'aurais bien tailladé, et saigné, et vidé, le porc, avec ce couteau que je tiens là ! Mais il ne fallait pas y toucher. Il avait sa garde : des hommes, des femmes ; des femmes surtout… Elles en avaient toutes perdu leur salive pour lui. Tenez, cette demoiselle que vous voyez là, à côté de vous, elle aurait marché sur le feu pour lui…

— Moi ? moi ? dit Stellina. Es-tu fou, toi aussi, voyons.

— Dis donc qu'il ne t'a pas eue !

— Il a été mon commissionnaire. Il m'amenait des étrangers chez moi. C'était tout. Et puis, au bout d'un mois, je ne l'ai plus revu. Je n'aurais pas voulu de ce visage d'espion. Il me faisait horreur. Je le hais.

— Beaucoup chantent vêpres qui chantaient jadis la sérénade. Il est sûr qu'à présent il n'a pas beaucoup de partisans. Il a pu être un jour le maître de la Camorra ; mais, quand on l'a vu rafler tout l'argent de la société[1], nous quitter pour se mettre aux ordres des riches et, enfin, pour s'associer au Prina, alors son jeu a été clair et on n'a pas été longtemps à le juger. Moi aussi, j'ai été au service de Prina, mais je ne veux plus y être. C'est trop dangereux. On y risque sa peau sans remplir son sac… Si vous saviez tous les crimes qu'il a commis de gaieté de cœur, cet Ascalona ! et comme ça, sans que ça lui rapporte rien ! La Camorra devient une machine pour leurs machineries. On dirait, San Gennaro ! qu'elle n'a été faite que pour eux ! Et tout ça, ensuite, retombe sur les innocents. On nous accuse de nous mêler de politique, nous qui nous moquons comme d'une peau d'orange que Victor remplace François ou Garibaldi, si nous avons seulement du pain à nous mettre dans le ventre et quelques carlins dans nos poches pour le plaisir.

Le lieutenant crut pouvoir tirer profit de sa mésaventure.

— Alors, dit-il, vous ne refuseriez peut-être pas, pour une somme d'argent, de livrer Ascalona aux Piémontais, si on vous en priait un peu ?

1. Le *barattolo*, argent commun de la société, produit des concussions et des vols, est réparti entre les différents quartiers de Naples, qui ont chacun leur chambrée. Le chef de la chambrée fait la distribution à tous les Camorristes de son quartier.

— Pour une somme d'argent ? s'écria Stellina. Oh ! pour un carlin, pour un grain, pour rien du tout, pour l'agrément !

La jolie figure du lieutenant, dont le type, singulier à Naples, était étrange en cette assemblée de vagabonds et de malfaiteurs, avait attiré plusieurs femmes et, derrière elles, leurs amoureux, leurs ruffians, leurs « commissionnaires », qui entouraient et pressaient Furiano. Le géant leur lança un regard défiant et, d'un geste de menace, imposa silence à Stellina, qui voulait encore parler, puis il dit à voix basse, en se tournant vers le lieutenant :

— Pour une somme d'argent ? Faudrait voir.

— Si vous voulez vous venger, dit le lieutenant à Stellina, il me semble que cela vous serait facile, puisque vous demeurez dans la même maison qu'Ascalona.

— Je demeure dans la maison de Lisabetta. Ascalona ne vient plus jamais chez elle. C'est le sort qui a voulu, l'autre fois, que vous vous rencontriez. Et, si j'avais su qu'il était là, je vous assure qu'il ne vous aurait pas empaqueté comme il l'a fait.

— Il se cache à présent, reprit Furiano. Ce ne sera pas facile de le découvrir. Et puis, quand il s'aventure quelque part, il a toujours devant et derrière lui une bande de coquins. Les asperges en ont peur, et ceux qui, comme moi, aimeraient lui larder la carcasse, ne sont pas pressés de l'attaquer, vous comprenez. Mais le jour viendra, le jour viendra où nous verrons danser en l'air son corps sans tête !… Ah ! je serai là, moi, aux premières places !… Tenez, en ce moment il se gratine quelque chose à Naples qui va mettre bien de la misère par les rues. Il en est, vous le pensez. Il est toujours de la partie quand il s'agit de faire du mal. Les Piémontais ne veulent pas voir ce qui se passe ; ils croient que tout, ici, est une farce de Polichinelle… Mais je vous le dis, moi : y aura du sang… Ah ! si on pouvait le pincer, le gredin, avant le coup, chez une de ses femmes ! Ce serait là qu'il ferait bon le prendre ! J'ai dans l'idée qu'on trouverait des papiers, des lettres qui leur couperaient un peu la crête, à tous ces beaux messieurs… On m'a dit qu'il cachait des armes. Mais où ça ? C'est ce que j'ignore. Sais-tu quelle est sa maîtresse, Stellina ?

— Je ne sais pas, mais je l'ai vu à Chiatamone, chez cette Anglaise.

— Celle-là, il ne l'aura pas longtemps. À propos, j'y songe, il faut que je voie Scamler, cette nuit.

Le lieutenant avait tressailli. Quels rapports pouvaient exister entre l'élégante, la gracieuse Anglaise et ces misérables ? Pourquoi avait-il vu Scamler chez Ascalona ? Et pourquoi entendait-il prononcer dans un pareil endroit le nom du colonel ? Est-ce que miss Helen courait un danger ? Est-ce que Scamler complotait quelque vilenie contre sa nièce ? Il se jura qu'il le saurait et que, si miss Helen était menacée, il la protégerait. Cette jeune fille si hautaine, que l'orgueil blessé lui avait rendu haïssable, il la plaignait maintenant ; il s'attendrissait sur elle, il l'aimait presque de lui donner l'occasion de la secourir. Tous ses instincts chevaleresques, en un moment, s'étaient réveillés.

Cependant, Furiano disait à Stellina :

— Il faut que tu trouves la maîtresse de ce porc !

— C'est Teresina qui était avec lui, le mois dernier. Elle doit bien connaître son héritière. Elle a fait assez de baroufle quand il l'a quittée. Elle était là il n'y a qu'une minute.

Et elle appela :

— Teresina !

L'amour a des séductions mystérieuses. Il endort parfois les sens avant de les ravir. On se demandait par quels agréments cette femme maigriotte et déjà ridée, ayant le teint jauni des vieilles, avait pu conquérir le superbe Ascalona, et surtout lui faire oublier la séduction puissante et capiteuse de Lisabetta. Leur malheureuse passion avait rapproché les rivales. Les deux femmes étaient, à présent, inséparables. Et comme Furiano paraissait surpris de cette alliance bizarre et inattendue :

— Oui, dit Teresina en s'essuyant les yeux, nous le pleurons toutes deux.

Lisabetta reprit d'une voix sourde, tremblante :

— Et nous le haïssons ensemble !

— Ne te désole pas, il te reviendra…

— Dis-leur donc : « Il vous reviendra », puisqu'elles sont deux, dit le petit homme chafouin. Tu ne seras jamais poli avec les dames.

— Et tu connais ta voleuse ? demanda Furiano en clignant de l'œil du côté de Stellina.

— Ah ! la boue de Lavinaro, la pourriture, la peau de crasse et de poux, oui, je la connais, la faiseuse de pirouettes et de tourniquets, mais que ceux qui veulent encore voir son tambour et admirer ses pattes de sauterelle se dépêchent !

— Pourquoi donc ? Tu ne vas pas la tuer je pense ?

— Non ! Je me gênerai pour l'étouffer, cette bouche d'égout ! Tiens, demain nous irons ensemble, Teresina et moi, – n'est-ce pas, Teresina ? – quand il sera là, avec elle. Oui, demain !

— Et comment s'appelle-t-elle donc, cette faiseuse de veuves, cette méchante gale ? demandait toujours Furiano.

Lisabetta, surprise de cette insistance, le regarda.

— Tu es bien curieux aujourd'hui, Battista… Je sais, tu cherches partout Ascalona pour lui donner un coup de couteau… Ne dis pas non. Tu ne lui pardonnes pas d'être plus beau, d'être plus fort que toi, et d'être devenu le maître de la Camorra. C'est que tu as beau monter jusqu'au ciel, grande perche, d'une chiquenaude, mon homme enverrait promener par terre tout ton échafaudage. Eh bien, je ne te le dirai pas, où il est, brute ! Ah ! tu espérais que, parce que je suis en colère contre Marco, j'irais te le vendre à toi, face de Judas ! Tu ne me connais pas. Si je voulais me venger de Marco, je me chargerais de l'affaire, je m'en chargerais seule, entends-tu ? J'ai des bras, moi aussi, je sais manier le rasoir ! Et je n'irais pas chercher une sale crapule comme toi.

Furiano, affolé de colère, s'était jeté sur Lisabetta et lui serrait la gorge à l'étrangler.

— Tu vas rentrer tes injures, balayeuse du ruisseau ! Tu vas les rentrer tout de suite…

— Laisse-la, dit Stellina. Elle est folle. Et puis tu sais maintenant tout ce que tu voulais savoir.

— Comment ?

— Certainement. Elle a parlé de la faiseuse de pirouettes. Maintenant il n'y a pas de doute : c'est Barborin, la danseuse de San-Carlo. Tiens, tu as vu comme elle a tressailli !

— Excellent ! s'écria Furiano en lâchant Lisabetta et en la poussant d'un coup de genou dans les jambes.

Mais la jeune femme revint vers lui et se mit, de sa voix criarde, à lui répéter à l'oreille :

— Ce n'est pas Barborin ! Ce n'est pas Barborin !

— Et qui est-ce donc ?

— Tu ne le sauras pas, fit Lisabetta. Et elle se glissa au milieu de la foule, entraînant avec elle la confidente de ses chagrins amoureux.

— Elle essaie de te donner le change, dit Stellina. Je suis sûre que c'est la danseuse.

— Alors, je tiens ma canaille !

— Doucement ! reprit Stellina. Tu dois bien penser que, si Ascalona est chez Barborin – une fille qui reçoit tant d'amoureux – il faut qu'il y ait dans la maison des cachettes et des portes que tout le monde ne connaît pas. Avec cela qu'elle est rusée, la mouche ! Si elle ne vous met pas dans ses confidences, tu irais vingt fois chez elle, quand Ascalona s'y trouve, que tu ne dénicherais pas l'oiseau. On m'a dit qu'elle avait eu ensemble deux amants qui étaient les plus jaloux des hommes, qui étaient toujours fourrés chez elle, et qui ne se sont jamais rencontrés.

— Mais comment faire ?

— Tu vas voir Scamler cette nuit, chez la Cavalletta ?

— Oui. Eh bien ?

— La Cavalletta est, à la regarder comme ça, une amie-amie de Barborin, mais, si on la connaît bien, elle ne peut pas l'avaler. Elle lui fait bonne figure devant le monde, mais elle la déteste de tout son petit cœur et de toute sa grosse personne : Ça la mettrait en paradis de lui faire manger un serpent de son jardin. Le secret de la comédie, c'est que Cavalletta danse comme un éléphant. Elle a beau montrer tout ce que sa mère lui a donné, ça ne suffit pas au public, qui préfère les cabrioles légères de Barborin. Barborin, elle, enflée, étourdie de bonheur par son succès, ne voit pas le mauvais œil que lui fait sa chère amie. Il faut profiter de cette sainte confiance.

— Alors ce serait Cavalletta qui livrerait Ascalona ?

— Oui, je crois qu'elle s'en chargera. Tu entends, joli galonné ? On va te pêcher ton homme.

— D'abord, observa Furiano, il faut savoir ce qu'il nous donne.

— Nous conviendrons de ça en route. Allons premièrement chez la Cavalletta et racontons-lui nos histoires. Ah ! on va te montrer une belle fille, galonné. Surtout, ne t'avise pas de l'aimer. Ton cœur est à moi, tu entends ?

— Par Bacchus ! fit le lieutenant sans l'écouter, conduisez-moi d'abord chez moi. Je gèle.

— Est-ce qu'on a froid quand le cœur brûle ? Tiens, tu es un insensible. Donne-lui ton manteau.

Ils sortirent au moment où l'hôtesse venait leur demander leur écot et éteindre la lampe. Peu à peu, pendant qu'ils parlaient, la salle s'était vidée. Il n'y avait plus que deux filles qui dormaient par terre, ramassées dans des couvertures, et la petite servante, comme écroulée sur la table, les bras en avant et l'arrière-train tendu, devenue, dans le sommeil, pareille à une carapace monstrueuse.

Le lieutenant eut l'impression de s'arracher de l'enfer lorsqu'il respira l'air libre ; pourtant, l'odeur et les manières du bouge l'accompagnaient encore ; des filles s'approchaient de lui, cherchaient à l'attirer, et les injures que lançait Stellina provoquaient d'autres injures, rendaient leur marche difficile et batailleuse.

Furiano, devenu humble, implorateur et inquiet, demandait de temps à autre :

— Que me donnerez-vous, seigneur ?

— Nous verrons, répondait le lieutenant.

Ne possédant que peu d'argent, il craignait de s'engager pour une somme importante, et surtout de se faire de pareils créanciers ; d'un autre côté, il inclinait à croire que son aventure était providentielle et qu'il lui était réservé de sauver l'armée piémontaise en même temps que miss Helen. Il ne voulait pas lâcher Furiano.

Ils arrivèrent assez vite à une maison située en vue de la Villa nationale. Le lieutenant reconnut avec une grande joie les fenêtres du petit appartement qu'il avait loué. Il eut un moment d'hésitation.

— Merci, dit-il, et à demain !

— Ah ! mais non, pas de ça, s'écria Furiano, tout prêt à s'emporter.

Stellina le calma d'un geste.

— Seigneur, dit-elle au lieutenant, demain soir, vous ne trouverez pas la Cavalletta. Et puis demain serait peut-être trop tard. Battista vous a dit comment Ascalona et sa clique préparaient leur coup ; ils l'ont fixé à un jour très proche. Il faut nous hâter de conclure l'affaire.

— Soit ! fit le lieutenant, qui était déjà décidé.

Ses deux compagnons se regardèrent en souriant, tandis que Fortiguerri, les laissant à sa porte, montait chez lui et s'habillait en toute hâte.

Il donnait un coup d'œil heureux aux portraits, aux livres et aux menus objets qui l'avaient suivi à Naples pour lui rappeler la famille et la patrie absentes, à tout ce qu'il avait pensé ne plus jamais revoir et qui lui semblait, maintenant, doublement cher ; il n'oublia pas, cette fois, la recommandation du capitaine Roselli, se munit d'un revolver et aussi d'un poignard, solide et bien effilé, qui venait de ses ancêtres.

— Poignard contre poignard, dit-il, se souvenant d'une vieille devise, c'est le Milanais qui l'emportera !

Se fiant à la perfection de ses armes, il allait partir quand il aperçut une lettre cachetée sur la table. Il reconnut l'écriture du marquis et ouvrit l'enveloppe avec une vive curiosité.

« Mon cher cousin, écrivait Malaspina, je suis le prisonnier de la Tupputti. J'ai l'espoir que tu es, toi, hors des griffes de ces coquins, que tu avais bien raison, certes ! de ne pas chérir. Par amitié pour ton vieux parent, je te prie d'aller, le plus vite que tu pourras, chez Barborin, la danseuse, à laquelle j'avais voulu te présenter. Demande-lui de détruire les lettres et les papiers qu'elle a de moi. Si elle ne savait où elle les a mis, dis-lui qu'ils se trouvent, avec ses petits secrets, dans le meuble en bois de rose que je lui ai donné. Elle m'épargnera et s'épargnera à elle-même de grands ennuis. Car on va faire prochainement des perquisitions chez elle. Le vieux Michele, qui était prisonnier avec moi et qui, je pense, va pouvoir s'échapper et te porter cette lettre, t'expliquera ce qui se passe au palais. Adieu. Veille à ta sûreté !

Marquis Malaspina.

P.-S. – Si tu ne te souviens pas de l'adresse de Barborin, à San-Carlo tout le monde te la donnera. Dis seulement que c'est moi qui t'envoie. »

— Ah ! ça, s'écria le lieutenant, dans quel monde suis-je donc ? Qu'est-ce que c'est que cette ville où le premier venu devient justicier de son semblable, arrête, perquisitionne sans avoir de mandat que de son bon plaisir ? Comment se fait-il que le marquis, vieux bourbonien, soit emprisonné par ces royalistes et que Barborin, maîtresse d'Ascalona, soit suspecte à ces conspirateurs ? Ma tête s'en va. Je ne comprends plus rien.

Puis, songeant à son expédition :

— L'agrément de Naples, se dit-il en souriant, c'est que tout le monde peut user des mêmes procédés. Je vais répondre aux Napolitains avec leur encre. Pourvu que Barborin ne paie pas pour tout le monde. Bah ! elle a été assez méchante avec le pauvre marquis. Il lui arriverait quelque aventure qu'elle l'aurait bien mérité !

Il descendit retrouver Stellina et Furiano.

— Allons délivrer Naples de la vermine qui l'empoisonne, dit Furiano avec conviction.

— Et venger toutes les malheureuses qu'il a fait souffrir.

— C'est donc un Barbe-Bleue, cet homme ?

— Je ne sais pas, seigneur. Il n'y a pas de monstre pareil sur la terre. Pour vous en donner une preuve, quand il faisait pour moi la commission, il m'a retenu cinquante carlins sur cent que m'avait donnés un généreux étranger.

Le lieutenant s'avançait au milieu d'une griserie de joueur et de combattant, avide d'événements et d'un rôle. Il savait, à présent, qu'il était sur un terrain de guerre, et il n'avait plus peur.

C'était une fête singulière qu'avait donnée la Cavalletta dans ses chambrettes de Pizzo-Falcone. Scamler, qui entretenait la danseuse, voulant éblouir son ami, le major William Gawen, tout récemment arrivé d'Angleterre, avait commandé à sa maîtresse un grand souper, la priant d'y inviter les Napolitaines les plus connues par leur grâce ou leur gaieté. Mais Cavalletta, dont la mauvaise langue était célèbre, avait perdu les rares amies qu'elle pouvait s'être faites. Il ne lui restait guère que Barborin, qu'elle s'était bien gardée de convier à cette partie, de crainte que sa gracieuse rivale ne lui ravît le cœur et l'argent du colonel. Elle s'était rabattue sur des figurantes et quelques pauvres filles qui cherchaient leur pain tous les soirs, ravies d'avoir cette fois un festin sans bourse délier, et l'occasion de découvrir, sans trop de mal, un amant. Par malheur, il n'y avait pas à cette fête d'autres hommes que Scamler, William Gawen, et quelques amants de cœur ou ruffians de ces dames. Tout ce monde était habillé d'étoffes éclatantes et chargé de faux bijoux. Les gilets à fleurs roses, les robes ponceau, crème-d'épinards, les colliers de verroteries ternes et d'ors cuivrés se mariaient sous les lampes et faisaient de tous ces corps engoncés, gênés par la présence des deux Anglais, le plus étrange assemblage de poupées, de pantins muets ou de madones bénisseuses. Mais entre les deux Anglais, droits comme des quilles, Cavalletta, avec sa figure de bébé maussade, et son vaste corps abandonné, aux chairs croulantes dans la robe lâche et le corsage ouvert, apportait, par ses cris, son babil et ses gestes, une animation étonnante au souper. Elle se renversait sur ses voisins, les embrassait à tour de rôle, pleurnichait aux gronderies de Scamler, éclaitait de rire aux boutades de Gawen, et, dans ses accès de gaieté, crachait les sauces au visage de ses hôtes ; puis, se levant de table tout à coup, se sauvait à la cuisine chercher les plats, bousculait la servante et les convives. On n'entendait que sa voix glapissante, zézayante, et le bruit de fourchettes et de coups de dents d'une féroce bâfrée. La maîtresse de céans, croyant, sur la foi de la légende, à la gloutonnerie anglaise, avait fait préparer un repas de viandes rôties et saignantes, à épouvanter tout un régiment de horse-guards ; mais il se trouvait justement que Scamler ni Gawen n'y touchaient, alors que les autres invités qui eussent dû, pourtant, se montrer plus dédaigneux d'une chère aussi peu nationale, engloutissaient les morceaux avec un jeu de mâchoires si rapide et une avidité si insatiable, qu'on pouvait redouter quelques accidents. Déjà le repas touchait à sa fin, lorsque Cavalletta, avec des façons mystérieuses, comme si elle voulait ménager une grande surprise à ses invités, frappa trois coups dans son verre, et l'on vit entrer trois femmes qui, sans être de première jeunesse, avaient cru plaire aux convives en ne conservant aucun vêtement. Elles dansèrent en agitant des tambours de basque, en faisant mille gestes et en prenant des attitudes qu'elles croyaient lubriques, mais qui secouaient de dégoût les Anglais et toute l'assistance, sauf la Cavalletta. Elle-même se leva bientôt, dégrafa sa jupe, arracha son corset, et se croisant les bras sur la poitrine nue, comme pour retenir ses chairs ballantes, elle se composa une figure de sainte en extase et se mit à bondir, à faire des pointes, des pirouettes, qui agitaient et rendaient toutes tremblantes les vastes et molles cambrures de son derrière. Il y avait quelque chose de si amusant dans le contraste de cette danse, d'un caractère gracieux et idéal, avec ce corps alourdi de graisse et l'expression prétentieuse de cette frimousse d'enfant, que tous les spectateurs pouffaient de rire. La Cavalletta, qui s'attendait à inspirer de l'admiration, ne put supporter l'hilarité de ses hôtes ; elle s'arrête tout à coup, rouge et haletante, les yeux brillants de colère, interroge du regard ses invités, puis, à un rire plus bruyant qui éclate derrière elle, elle se retourne, lance un verre d'asti mousseux à la malhonnête, tire la nappe, renverse une pile d'assiettes et, glissant elle-même à terre, tombe sur le ventre, le corps frémissant et secoué de sanglots.

La douleur burlesque et inattendue de leur hôtesse acheva d'enlever toute contrainte aux invités, dont la gaieté, dès lors, se permit pleine licence ; et l'on menait grand tapage quand la servante, les joues en feu et la chevelure en cornes, malpropre et effarée, se précipita :

— Où est Sa Seigneurie ? demanda-t-elle.

— Sa Seigneurie est par terre, répondirent des voix railleuses.

Alors Cavalletta, se revelant, en pleurs et soupirante :

— Quoi ? Qu'y a-t-il ? fit-elle.

— Seigneurie, c'est la maîtresse de la trattoria qui demande qu'on lui paie le souper.

— Ah ! sainte Anne ! s'écria Cavalletta avec grand effroi, et elle courut parler à l'oreille de Scamler.

— Comment, dit le colonel, et l'argent d'hier ?

— Je l'ai joué.

— Tant pis pour vous !

Il alluma un cigare, se leva et invita son ami Gawen à aller respirer l'air frais sur le balcon. Cavalletta le toisa d'un œil méprisant.

— Monstre de ladrerie ! fit-elle.

Et, sans se décourager, elle s'en vint chuchoter à chaque convive des paroles qui donnèrent aussitôt aux visages des expressions de mauvaise humeur. Quelques-uns murmuraient :

— Il fallait nous laisser manger, chez nous, nos pois secs et notre demi-lune.

Ou bien :

— On ne force pas les gens à se bourrer avec leurs poings et leurs chevilles.

Les voix devenaient criardes et emportées comme si tout le monde, déjà, flairait la bataille et qu'on se préparât à tomber en chœur sur l'hôtesse. Soudain apparut Furiano, suivi du lieutenant et de Stellina.

— Quelles trognes diaboliques ! s'écria-t-il en regardant les invités. Quel os toutes ces chiennes veulent-elles donc s'arracher ?

Alors la Cavalletta et une autre femme, le prenant par le bras, essayèrent, chacune de leur côté, par le geste et par la parole, de lui expliquer l'aventure.

— M'bomba la belle histoire ! fit-il. Mais ce beau frisé que tu vois là va, dans un instant, te renvoyer à ses fourneaux l'écosseuse de pois. N'est-ce pas, galonné, tu veux bien payer la boustifaille de ces dames ?

Là-dessus, il arracha aux mains de la servante la note du souper pour la montrer à Fortiguerri. Le lieutenant, après avoir jeté un rapide coup d'œil, se décida de suite à une première semaille d'argent.

— Ah ! ma tartelette adorée ! s'écria la Cavalletta en serrant étroitement le lieutenant contre ses larges chairs. Dis-moi, Furiano, veux-tu que je renvoie le Scamler ? Je ferai tout ce qu'il voudra, cette chère tendresse !

— Ne t'avise pas de renvoyer l'Anglais, je suis en affaires avec lui. D'ailleurs, il ne s'agit pas d'amour en ce moment.

Et, emmenant à l'écart la danseuse, il découvrit son projet.

— Faire mousser un peu cette méchante teigne, dit Cavalletta, cela me chatouille de plaisir !

— Ne t'occupe pas de Barborin, répliqua Furiano à demi-voix, mais seulement de cet amant qu'elle cache chez elle. Il faut d'abord que tu saches où elle l'a fourré, et qu'ensuite tu nous le livres. Il y a un beau sac de piastres à gagner. Tu pourras, après, congédier Scamler, si tu en as la fantaisie.

— Mais il faudrait pour cela demeurer chez elle. Comment, dans, une visite, me lâcherait-elle ses petits secrets ?

— Fais-lui croire que ta propriétaire, ou ton amant t'a mise à la porte, que tu es sans logis. Elle aura pitié ; elle sera plus confiante avec toi.

— J'essaierai de la voir demain.

— Demain, sans faute.

— Ah ! je ne te le promets pas. Hier soir, elle ne dansait pas à San-Carlo, et, à une amie qui est allée la voir, elle n'a pas ouvert.

— Tu vois bien qu'il se passe quelque chose d'extraordinaire. Oui, elle a sûrement chez elle l'Ascalona !

— Qu'est cela, Ascalona ? demanda la danseuse.

C'était la première fois qu'elle entendait prononcer ce nom ou, du moins, qu'elle y prêtait attention. Paresseuse, indolente, elle dormait tout le jour, ne s'éveillait guère que le soir, pour le ballet et la galanterie. Elle ignorait ce qui se passait à Naples, jusqu'à cette célébrité populaire qui soulevait tant de colère, d'enthousiasme, d'épouvante. Les clairons de la renommée expiraient à ses oreilles.

— Ascalona ! Tu ne sais pas ce que c'est qu'Ascalona, le misérable qui terrorise Naples, l'assassin !...

— Si c'est l'amant de Barborin, interrompit la danseuse, je saurai bien les brouiller ensemble.

— Il ne suffit pas de les brouiller, il faut nous le faire prendre. Tu agis comme une héroïne, comme une sauveuse du peuple en nous livrant cette canaille !

— Vraiment ? dit Cavalletta d'un ton indifférent et elle jeta un manteau sur sa chair nue et frissonnante.

Furiano se demanda un instant si la sottise de cette fille, supérieure encore à la sienne, ne les desservirait pas plus qu'elle ne leur serait utile. Mais il songea aussi que la haine d'une rivale donne de l'esprit aux plus niaises. Peut-être n'était-il besoin que de la diriger.

Cependant, Fortiguerri courtisait les grâces apprivoisées qui entouraient Cavalletta, sous le regard plein d'indulgence et comme maternel des ruffians. Mais sa cour était fort distraite. Il suivait la conversation qui s'était engagée, dans la chambre voisine, entre les deux Anglais. Scamler et Gawen, sobres mangeurs, étaient grands buveurs de whisky. Cette nuit-là, la liqueur les rendait expansifs, plus même que leurs intérêts ne l'eussent voulu. Et Fortiguerri, sans résister aux caresses de son entourage, ne perdait aucune de leurs paroles.

Gawen était un petit homme râblé, aux sourcils puissants, aux yeux enfoncés, durs, et qu'on sentait violent en dépit de ses gestes, d'ordinaire compassés. Après un vagabondage de causerie qui dura quelques instants, et des plaisanteries qu'ils se lancèrent l'un à l'autre, comme par devoir et sans gaieté, Gawen, soudain, prit le bras de Scamler et lui dit :

— Voyons, mon cher ami, assez de gaspillage de temps, d'argent et de mots. Nous nous sommes promenés, nous avons bavardé. Vous m'avez montré Naples, ses jolies filles et ses agréments divers. J'en suis fort heureux. Mais vous devez penser qu'en venant ici, j'avais d'autres projets. Parlons sérieusement. Quand me rendrez-vous mon argent ?

Les traits du colonel eurent une contraction légère. Il devait s'attendre à la demande, mais il n'en avait prévu ni le ton ni la brusquerie.

— Comme vous paraissez inquiet ! dit-il.

— Nullement. Depuis que nous sommes ensemble, c'est la première fois que j'aborde ce sujet, mais vous comprenez que je ne suis pas assez riche pour renoncer de gaieté de cœur à ce que vous me devez.

— Vous aimez mieux, n'est-ce pas ? renoncer à ce qui m'est dû.

— Vous m'avez sauvé la vie, c'est vrai, mais il me semble que, depuis, je vous ai bien payé.

— Ah ! c'est là toute votre reconnaissance ?

— C'est vous qui semblez prendre à tâche, par vos manières d'agir, d'effacer de plus en plus le souvenir du passé. Vous m'avez arraché autrefois aux mains des révoltés, mais, depuis, vous m'avez extorqué, souverain par souverain, mes économies. Vous ne m'avez sauvé des cipayes que pour me livrer à mes créanciers. Ce sont là de singuliers services et, vous en conviendrez, un peu intéressés.

— Et les vôtres, donc ! Je vous ai emprunté de l'argent à de gros intérêts.

— Que vous n'avez jamais payés.

— Attendez.

— Voilà des années que je ne fais que cela.

— Si vous aviez eu un peu plus de patience, vous vous seriez épargné une explication sans utilité, et pénible pour des amis tels que nous. Mais je ne vous en veux pas. Sachez seulement qu'avant la fin de l'été vous serez remboursé.

— Comment cela ? Miss Helen s'apaiserait-elle, par hasard ?

Scamler regarda d'un œil étonné son créancier, qui eut un rapide sourire.

— On m'a raconté sur votre existence d'étranges histoires, ajouta Gawen.

Scamler l'interrompit.

— J'aime mieux tout vous dire, fit-il. L'héritage dont je vous avais parlé n'existe pas…

Ce fut au tour de Gawen d'être étonné. Il eut un geste de fureur, puis, saisissant les mains du colonel, il les secoua brutalement.

— Ah ! menteur, ah ! voleur, répétait-il.

Il était devenu un autre homme. Un mot avait suffi à le transformer.

— Laissez-moi, répliqua Scamler en se dégageant, et calmez-vous. L'héritage n'existe pas, mais il y a, en revanche, une fortune qui, sans être précisément à moi, va se trouver à ma disposition.

— Oui, parlons-en, fit Gawen.

Et il secouait la tête, il grinçait des dents, il serrait les poings, en proie à une colère extrême.

Scamler reprit, sans se troubler :

— Vous avez entendu, sur ma nièce et sur moi-même, mille calomnies, je suis sûr, mille contes absurdes comme ceux que l'on m'a rapportés ou que j'ai pu apprendre par aventure. Mais vous saurez, mon cher Gawen, que personne, sauf moi, ne connaît miss Helen. Personne ne peut soupçonner les liens qui existent entre nous.

— Liens solides, en vérité ! s'écria Gawen. Et il vous sied bien de les invoquer au moment où elle vient de vous mettre à la porte.

— Elle s'en repent déjà, dit Scamler. Et c'est lorsqu'un être se croit des torts envers vous qu'il est le plus facile de lui imposer votre loi. Ma nièce, d'ailleurs, attend son maître, et ce maître, vous l'avez sous les yeux. Ah ! c'est une singulière orgueilleuse, cette fille ! Sa mère, lorsqu'elle me l'a confiée en mourant, me chargeant de sa tutelle et de son éducation, ne m'a pas caché les soins difficiles qu'elle attendait de moi. J'ai eu plus de peine avec cette enfant qu'avec tous mes soldats. C'était, à chaque instant, dans cette jeune tête, des projets fous, un besoin inouï de liberté et même de domination, des insolences et des caprices de despote. Il fallait la châtier jusqu'à la cruauté. Mais alors son audace superbe tombait tout d'un coup ; elle redevenait douce et soumise. Pendant des jours, des mois, elle supportait naturellement et sans se faire violence une volonté et une règle ; puis ses fantaisies l'emportaient encore, et de nouveau on était obligé de recourir aux punitions sanglantes. Elle a grandi ; elle n'a pas changé. Ce sont les mêmes alternatives de dépendance et de rébellion ; tantôt on dirait qu'elle ne peut se passer de moi ; tantôt, au contraire, elle semble m'abhorrer. Depuis que j'ai perdu ma fortune, elle n'a pas manqué une seule fois de me servir une pension ; elle tient à ce que je vive auprès d'elle, puis, un beau jour, sans qu'il y ait de raison apparente à sa conduite, elle s'éloigne de moi ou elle me repousse, elle me chasse. C'est la vierge ardente dont la chair appelle le baiser, et c'est aussi la femme hautaine qui ne veut pas se livrer. Mais, de gré ou de force, elle cédera. Et, une fois que je l'aurai possédée, je vous le promets, Gawen, la honte de sa défaite me l'enchaînera pour toujours. Le fouet, qui était nécessaire, autrefois, pour la réduire, pour briser ses résistances de fillette fière et indomptée, c'est l'étreinte du mâle qui doit le remplacer aujourd'hui.

— Il reste à savoir si c'est vous qui la lui ferez subir.

— Les coups, comme les caresses, me l'ont attachée dès l'enfance. J'ai été le premier homme à m'imposer à elle. Ce qui l'irrite, sans la détacher, c'est de ne pouvoir être pour moi ce que j'étais à ses yeux autrefois. Sans doute, à mesure qu'elle devenait plus belle et que je prenais de l'âge, elle eût souhaité que les rôles se fussent intervertis. Elle voudrait que je me soumisse à ses fantaisies. Elle ne me pardonne pas de supporter si froidement ses sautes d'humeur. Et, comme elle est habile, elle essaie de piquer ma jalousie, de me faire croire qu'elle est amoureuse. Hier, elle témoignait plus que de l'admiration pour le ténor Ricciardelli ; aujourd'hui, il n'y a qu'un homme qui compte à ses yeux : Ascalona !

— Ces amourettes, qui vous paraissent une feinte, pourraient bien être de véritables passions.

— Non. Parce que je ne les laisserai pas se développer. J'ai décidé que dimanche elle serait à moi. Elle doit faire une excursion à Pompéi. Ne sachant pas que je suis à Naples, elle ne se méfie de rien. Pour moi, j'ai acheté les gardiens : nul ne pénétrera dans les ruines, sauf Helen et nous, car je ne serai pas seul. Vous savez, Gawen, ces Camorristes dont je vous ai parlé ! Ce sont vraiment des hommes précieux ! Ils m'accompagneront. Et si elle ne se laisse pas persuader, tant pis pour elle ! On pourra la contraindre. Il n'y a pas de meilleur moyen d'en finir avec cet orgueil insensé qui fait son tourment et le mien. Une violence, qu'elle réclame elle-même, et la voilà pour toujours dressée !

— Votre projet est abominable, dit Gawen.

— Et combien me jugeriez-vous donc plus abominable si je ne vous remboursais pas ! Je n'ai pourtant qu'une manière de vous rendre votre argent, c'est de m'unir à cette fille par un lien charnel qui lui fasse tout accepter de moi. Alors mon influence, mon pouvoir sur elle grandissent. Sa fortune est à ma disposition. Non seulement je puis vous restituer les sommes prêtées, mais encore vous aider à mieux vivre.

— Ainsi c'est à cause de ses richesses que vous voulez faire d'elle votre maîtresse !

— Assurément. Sa fortune ne m'est pas indifférente. Mais son charme, son charme de lutteuse fière qui ne veut pas se donner, me rendrait capable, je le sens, de mille folies. Songez donc ! Comment cette chair d'enfant qui s'offrait sans cesse à mes yeux, à mes lèvres, à mes coups, ne m'eût-elle pas donné le désir de la femme qu'elle allait être plus tard avec une perfection si achevée ! Je pouvais l'embrasser, la meurtrir à ma fantaisie. Elle était, pour ainsi dire, toute à moi, puisque la grâce amoureuse qui en fait l'enchantement aujourd'hui était encore à naître. Et je l'aurais vue grandir sous mes yeux pour la livrer dans son plein épanouissement ! J'aurais eu l'enfant, et la femme serait à un autre ! Non, cela ne peut pas être. Je la veux de tout mon désir et je l'aurai !

Ils parlaient encore lorsque Furiano, ayant achevé ses instructions à Cavalletta, se présenta devant le colonel.

— Enfin, voilà mon homme, dit l'Anglais. Prina vous donne donc l'absolution ?

— Nous ne sommes plus avec Prina, seigneur. Nous voulons manger le macaroni que nous avons gagné. Ce dépêcheur de messes basses nous le retirerait du ventre.

Le lieutenant perdit à ce moment quelques mots de leur conversation, car Cavalletta s'était approchée de lui et le forçait de la regarder. Un peu grisée par les promesses de Furiano, la danse, le vin d'Asti et les émotions de la soirée, elle se dévêtit lestement de son manteau ; puis, attirant, une à une, ses invitées les plus timides, celles qu'elle savait ne pas lui résister, elle les troussait de force et, se comparant ventre à ventre ou dos à dos à chacune devant une haute glace, elle admirait, caressait du regard, du doigt, l'ampleur de ses épaules et de ses hanches, le dessin large et mou de son derrière, l'avalanche de ses seins.

— Bec de pigeon ! disait-elle au lieutenant, où trouveras-tu un idéal comme moi ? Tu les vois toutes. Laura a des pattes de canard, Verronica vous regarde comme un hibou, Ursina est un squelette. Moi seule je suis belle, moi seule, je suis l'idéal, l'idéal de la danse !

Mais, en tendant, en offrant son corps dans toutes les postures, elle laissa échapper une note basse et aigrelette qui mit en gaieté toute l'assistance. Ces rires la poussèrent hors d'elle-même. Toute en feu, elle cracha sa colère comme un volcan en éruption.

— Lécheuses de plats, criait-elle, vous lécherez votre crasse et votre misère chez vous, mais si vous n'avez que moi pour vous gaver, vous pourrez bien crever la faim, je n'irai pas vous porter de la friture.

Des protestations s'élevèrent de la chambre.

— Ma fille, tu sais, nous en avons assez de tes honnêtetés…

— C'est bien ! Que je ne revoie plus vos gouffres d'affamées, vos dents de loups !

— Et nous, que les saints nous fassent la grâce de ne plus renifler vos pois de senteur.

— Décampez ! Décampez !

— Ah ! tu ne vas pas me voler mon chapeau, toi !

— Tiens, le voilà ton champignon !

Et Cavalletta piétinait une galette de paille légère, de grosses roses artificielles et de plumes communes. La propriétaire du chapeau, petite femme courte et vive, s'en prit aux cheveux de la danseuse, et, s'y accrochant comme un rat rongeur, malgré les hurlements de sa victime, elle lui arracha, du chignon, une large touffe. Il fallut que le lieutenant vînt séparer les femmes. Déjà, les autres invités s'en allaient, riant de cette dernière lutte et des gémissements de Cavalletta, qui se lamentait, en se tenant la tête à pleines mains et en criant :

— Mes pauvres cheveux ! Mes pauvres cheveux !

Elle s'en arrachait elle-même, pour être sûre qu'il lui en restait encore.

Dans la pièce voisine, Furiano, sans s'occuper de ces batailles de femmes, disait à Scamler :

— À Pompéi, dimanche, n'est-ce pas, seigneur ?

— Et que ton camarade Zingone t'accompagne.

— Mais c'est donc une enragée, cette seigneurie de la belle jambe ?

— Un homme ne suffit pas.

— Ah ! je vois que j'aurai des griffes et des morsures, comme l'autre fois, avec cette fille de Capri. C'est dangereux, voyez-vous, de s'attaquer aux femmes. Elles vous font des blessures de traître. Au moins, seigneur, vous me donnerez bien tout ce que vous m'avez promis ?

Cependant, Fortiguerri n'avait plus qu'un désir : s'échapper tout doucement avec les filles et les entremetteurs. Dès qu'il ferait jour, il irait avertir miss Helen du guet-apens qu'on voulait lui tendre. Quant à Ascalona, le lieutenant essaierait de le prendre, lui-même, en dépit des ruses de Barborin. Mais il ne voulait plus employer les agents de Scamler. Il lui semblait que se servir de ces coquins, c'était se rendre coupable, pour son compte, du crime qu'il prétendait empêcher l'Anglais de commettre. L'arrestation d'Ascalona, acte à ses yeux si juste et si nécessaire, devenait, accomplie par Furiano, quelque chose d'infâme, une sorte de traîtrise.

Il profita d'un moment où Stellina causait avec la danseuse pour s'esquiver. Il descendit avec peine l'étroit escalier, où les invités de Cavalletta se pressaient encore, prenant plaisir à injurier les portes fermées et à salir les marches. C'était comme une gamme montante d'appellations obscènes et de bruits immondes, de cris d'animaux, de poussées contre les murs et de dégringolades. Les vers luisants de deux veilleuses traçaient de minces sillons de lumière dans cet entonnoir bruyant et infecté, où Fortiguerri heurtait à chaque pas des corps accroupis lâchant ruisseaux et pétarades, des étreintes vacillantes et croulantes de lutteurs, des rixes d'hommes ou de femmes, fondus en sueur – en sang – et que les injures de Cavalletta semblaient avoir mis en verve pour d'autres colères.

Enfin, il parvint à se délivrer, à sortir, et retrouva la fraîcheur, le semis argenté, la pureté de cette nuit lunaire. Les injures excrémentielles, les « boue de Lavinaro », les « truie », les « vache », se confondaient à présent dans une rumeur assourdie. Et, à part la maison de la danseuse, qui ouvrait son gouffre noir, tumultueux, étalait l'illumination de son quatrième étage, la rue de Monte-di-Dio et tout Pizzo-Falcone dormaient, derrière leurs larges jalousies, sous la protection de jolies petites madones qui, au milieu de couronnes de fleurs artificielles et entre les étoiles roses des veilleuses, tendent leurs mains de plâtre aux passants en détresse.

Fortiguerri hâta le pas dans la direction de la villa Nationale.

— Me voilà loin de cette canaille, dit-il en arrivant devant sa porte. Par Bacchus ! Ce n'est pas sans mal.

Mais il n'avait pas plus tôt tiré la clef de sa maison qu'une main s'abattit sur son épaule.

— Eh bien, quoi ! seigneur, fit-on, vous abandonnez déjà notre compagnie !

Furiano était derrière lui avec Stellina.

— Laissez-moi tranquille, coquins ! s'écria le lieutenant. Je n'ai pas besoin de vos services.

Et il se prépara à tirer son revolver, mais, aussitôt, Furiano et Stellina lui saisissaient le bras et se serraient contre lui, de façon à l'empêcher de faire un geste. Le lieutenant, malgré tous ses efforts, ne parvint pas à se dégager. Ils le maintenaient solidement.

— Doucement, cher seigneur, dit Stellina. Vous avez un engagement avec nous. Vous devez le remplir.

— Je n'ai aucun engagement. Je ne veux pas avoir affaire à des misérables comme vous.

— Il ne faut pas déranger les violons, ma très jolie colombe, si on ne veut pas danser.

— J'ai donné de l'argent à votre amie. Allez le lui réclamer.

— Vous voulez rire, mon galonné. Cavalletta ne nous donnera rien, et elle-même ne lèvera pas du reposoir son Saint-Sacrement, si vous ne l'aurifiez pas davantage. Pensez que si Cavalletta vous livre Ascalona, elle se plaque aux cheveux et aux fesses la Barborin et tous ses amis ; or, chez nous, quand on s'en veut, ça ne se passe pas comme dans votre pays de pisse-froid : on joue du rasoir, et ma danseuse, telle que je la connais, n'ira pas risquer toute sa belle graisse pour quelques carlins donnés à son marchand de friture.

— Je n'ai pas besoin de cette fille, répliqua le lieutenant. Je prendrai bien Ascalona sans elle et sans vous.

— Ah ! vous croyez ça ! Eh bien, écoutez, joli blond, Ascalona nous appartient. Et vous nous le paierez. Vous entendez, œil de perruche !

— Je n'ai pas d'argent, dit le lieutenant.

— Les Piémontais vous en donneront. En attendant, entrons chez vous.

— Vous n'entrerez pas. J'appelle au secours.

Stellina lui colla sa paume de fer sur la bouche.

— Baise la main de ta dame, mon chéri, fit-elle, tandis que Furiano arrachait au lieutenant la clef et ouvrait la porte.

Puis ils l'entraînèrent, lui demandant à chaque étage :

— Est-ce ici ?

Fortiguerri eut un signe d'impatience quand ils arrivèrent sur son palier. Ils le forcèrent à leur indiquer sa chambre, y entrèrent avec lui, et le firent asseoir devant sa table de travail. Là, Furiano, allumant une lampe, mit une plume aux doigts du lieutenant et lui présenta une feuille de papier blanc.

— Écris, dit-il.

Et il le menaçait de son revolver.

— Vous ne me faites pas peur, répliqua le lieutenant.

— Écris, reprit Furiano en approchant le revolver.

Il appela Stellina d'un coup d'œil.

— Dicte-lui, commanda-t-il.

La grande fille, docilement, tira de sa poche un chiffon souillé et se mit à lire d'une voix grave, légèrement tremblante, comme si elle se sentait tout émue de sa nouvelle fonction :

— À Monsieur le capitaine Roselli, secrétaire du comité de surveillance et de police auprès du corps d'armée napolitain,

« Monsieur le capitaine,

» Je vous recommande tout particulièrement le porteur de cette lettre, Battista Furiano, affilié à la Camorra, qui peut vous donner les plus utiles renseignements sur la conspiration bourbonienne et vous aider à prendre Ascalona. Cet homme sera sans doute exigeant, mais j'ai pu apprécier l'importance des services qu'il est à même de vous rendre, et je crois qu'il serait bon d'être généreux avec lui.

Votre lieutenant respectueux,

Fortiguerri. »

Le lieutenant avait obéi sans trop de mauvaise grâce.

« Ils veulent m'enlever l'honneur d'arrêter moi-même Ascalona, se disait-il, mais je m'y résigne. Ces bandits napolitains sont vraiment un gibier trop difficile à chasser pour nous autres, simples Milanais. Qu'ils se mangent donc entre eux ! Quant à cette recommandation, je l'annulerai en me présentant chez le capitaine demain, avant l'arrivée de Furiano. »

— Eh bien, dit-il gaiement, vous n'aviez pas besoin, pour si peu, de me menacer d'un revolver !

Sans répondre, Furiano demanda :

— A-t-il tout écrit, Stellina ? Regarde, toi qui sais lire ! Et puis, vois s'il a bien signé du nom qui est dans son chapeau.

Stellina, lentement, lut la lettre.

— Il a été bien sage, le fan-fan, dit-elle après un minutieux examen ; aussi va-t-on lui donner de la zeppula[1] à croquer pour lui faire les dents.

Et elle l'embrassait, l'étreignait, le baisotait, si bien que le lieutenant, qui voulait se défendre de ces caresses, tomba en renversant sa chaise et en entraînant avec lui la grande fille.

Dans sa chute, elle ne cessa pas de l'étreindre ; elle le maintenait à terre et l'empêchait de se relever. Enfin, Fortiguerri, en se débattant, parvint à s'arracher aux lèvres de cette goule et il aperçut Furiano qui, avec une rapidité étonnante, était en train de le dévaliser. Il enlevait du mur les petites miniatures encadrées d'or, jetait sa montre, ses bagues, ses chandeliers, pêle-mêle dans un sac.

— Au voleur ! Au voleur ! cria Fortiguerri en repoussant Stellina et en se relevant d'un effort.

Mais Stellina s'était relevée encore plus vite et, précédée de Furiano, chargé de ses rapines et coiffé du chapeau à plumes de Fortiguerri, elle descendait quatre à quatre les marches de l'escalier.

— Au voleur ! appelait le lieutenant en descendant après eux.

— Plains-toi donc d'un vol si gracieux ! fit Stellina, comme elle s'élançait dans la rue.

Le lieutenant courait toujours derrière eux par des voies droites où, pensait-il, ils ne pouvaient manquer d'être arrêtés. Justement, il aperçut une patrouille de bersagliers qui venaient doubler un poste. Mais, à sa grande surprise, il vit Furiano leur parler, puis continuer sa marche. Stellina avait déjà disparu. Il se précipita vers les soldats.

1. Sorte de crêpe.

— Arrêtez ! lui cria un sergent.

Et, comme pour rendre cet ordre plus solennel, douze fusils s'abaissèrent en même temps. Puis le sergent, s'avançant vers Fortiguerri, le saisit rudement au collet.

— Tu es de bonne prise, dit-il, brigand !

— Es-tu fou ? s'écria Fortiguerri, d'arrêter ton lieutenant.

— Lieutenant !... Te moques-tu ? avec ce beau couvre-chef militaire !

Et il lui arracha de la tête le bonnet de Furiano. Le lieutenant comprit la ruse dont il était victime.

— Je viens d'être la proie d'une bande de misérables, dit-il, croyez-le : je suis réellement le lieutenant Fortiguerri !

— Connais pas, répliqua le sergent. Allons, emmenez-le au poste, vous autres.

Cette méprise irrita vivement Fortiguerri.

— Je vais vous faire fusiller, dit-il, si vous osez me toucher.

— Oh ! oh ! écoutez-le donc, s'écria le sergent, gouailleur. Eh bien, c'est moi qui vais te régler ton compte, tu vas voir ça, graine d'assassin.

— Emmenez-moi au quartier, reprit le lieutenant, et vous saurez qui je suis.

— Nous n'allons pas au quartier, nous allons au poste.

Fortiguerri dut se résigner ; il marcha derrière le sergent et au milieu des hommes, comme un prisonnier.

Au poste, on ne le reconnut point ; et il eut à subir les brutalités des soldats, qui s'étaient réveillés à sa venue et lui montrèrent la mauvaise humeur de dormeurs qu'on sort de leur sommeil. De plus, il fut fouillé ; on lui enleva les armes qui lui avaient été si inutiles. En songeant que deux brigands avaient pu ainsi se jouer de lui, il éprouva une humiliation douloureuse. Il ne manquait, pourtant, ni de courage ni de muscles. Comment s'était-il laissé bafouer et vaincre si aisément ?

Le jour arriva enfin, et le sergent consentit à emmener le lieutenant au quartier, à Castel-Nuovo. Le factionnaire qui se trouvait à l'entrée du château le reconnut et se mit au port d'armes. Fortiguerri s'avança, lui demanda de prononcer son nom devant le sergent qui, en l'entendant, perdit toute son arrogance.

— Maintenant, sergent, dit Fortiguerri, je vous donne quinze jours de prison pour vous apprendre, quand vous êtes de garde, à reconnaître vos officiers et à ne pas trop boire de vin du Vésuve.

Le sergent s'éloigna tout confus. Quant à Fortiguerri, il allait entrer au château pour raconter ses mésaventures au capitaine Roselli et le préparer à accueillir comme il convenait la requête de Furiano, lorsqu'une jeune femme, dans une toilette luxueuse et fripée, et dont le visage poudreux indiquait une nuit de vagabondage, vint s'accrocher à son bras.

— Veux-tu te sauver ? fit-il.

— Ah ! seigneur, dit-elle, vous ne me reconnaissez pas. Je suis la femme qui vous a caché au palais Tupputti. Ils m'ont jetée dehors !

— Que veux-tu que j'y fasse ?

— Ah ! seigneur, vous m'aviez promis de me venir en aide. Et moi j'étais si heureuse d'être utile à ceux de mon pays !

— Tu es, toi aussi, de leur bande de menteuses et de voleuses qui viennent vendre de faux renseignements ! Détale, ou je te fais arrêter.

Le lieutenant conservait de sa nuit une impression si pénible que tout ce qui venait la lui rappeler prenait à ses yeux le même caractère haïssable.

Cependant la pauvre femme demeurait immobile et le regardait de ses yeux brouillés de larmes.

— Je ne suis pas venue pour vous demander de l'argent, dit-elle. Certainement, je ne suis pas heureuse et j'ai grand besoin qu'on me vienne en aide. Mais, si vous ne me donnez rien, ça ne m'empêchera pas de vous dire ce que je sais. J'aime les Milanais, moi, parce que je suis de là-bas, et que je hais ces ordures de Napolitains !

— Qu'as-tu donc appris ? demanda le lieutenant, intéressé.

La femme promena autour d'elle un regard défiant, puis, à demi-voix :

— Il y a un complot contre vous. Ils se réunissent au palais Tupputti.

— Je le sais, dit Fortiguerri, et si tu n'as que cela à me dire !

— J'ai aussi autre chose. Le coup, j'en suis certaine, est pour dimanche. Ils ont tous les geôliers de la Vicaria pour eux. Ils vont armer les prisonniers. Tous ceux qui sont, comment appellent-ils cela ? de la Camorra… oui, de la Camorra, vont prendre les armes et marcher sur le Château-Neuf et les casernes. Ils vont se rassembler au palais Tupputti, dans les églises, à l'archevêché ! Je sais encore d'autres choses ; seulement, à présent, je ne me rappelle pas.

— Reste ici, dit Fortiguerri, tu vas répéter tout cela au capitaine.

Justement, le capitaine Roselli sortait du château. Il marchait d'un pas vif et avait le teint très enflammé.

— Mon capitaine, commença Fortiguerri, voici une pauvre fille…

Roselli lui lança un tel regard qu'il s'interrompit aussitôt. Le capitaine s'était arrêté, et, croisant les bras, il considérait tout à tour le lieutenant et la jeune femme.

Tout à coup sa colère éclata en explosions formidables et successives, comme une poudrière qui saute.

— Ah ! ça, monsieur, criait-il, avez-vous l'intention de m'envoyer toute la crapule de Naples ? Ce matin, vous m'adressez un brigand qui emporte ma caisse, et, à présent, vous m'amenez une catin du port ! Qu'est-ce que cela veut dire ? Êtes-vous fou ? Êtes-vous un imbécile ? Êtes-vous un traître ? Vous marchez à la dégradation, monsieur, je vous en avertis.

— Mais, mon capitaine, je vous jure…

— Taisez-vous, monsieur. Je vous défends de m'adresser la parole. Je vous mets aux arrêts, en attendant que le conseil décide quelle punition vous avez méritée. Votre conduite est inexplicable. Répondez ! Voulez-vous me dire pourquoi on ne vous a pas vu au quartier depuis lundi ?

— Permettez-moi, mon capitaine…

— Je ne vous permets rien. Je vous ordonne de vous rendre aussitôt chez vous et de n'en pas sortir. Vous êtes heureux que je ne vous fasse pas flanquer en prison dès maintenant. Vous déshonorez le quartier, votre uniforme, vos chefs. A-t-on vu un officier amener une prostituée devant ses soldats ? C'est une honte, monsieur ! Et que veut-elle, cette fille ? Je vous demande ce qu'elle fait ici.

— Mon capitaine, elle avait des renseignements de la plus haute importance…

— Vous n'avez pas d'appréciation à me donner. Et je vous défends de demeurer ici plus longtemps. Rentrez chez vous, monsieur ! On viendra vous y interroger. Et toi, drôlesse, hors d'ici, et plus vite que ça, ou je te fais fourbir les côtes comme tu le mérites, pourrie que tu es !

La pauvre fille s'éloigna, le corps soulevé de sanglots.

Quant au lieutenant, il parut accepter les remontrances et la punition, quelque sévères qu'elles fussent, et rentra chez lui. Cette soumission apaisa le capitaine. Déjà, dans l'après-midi, il regrettait sa fureur et, craignant de s'être montré injuste, il alla voir Fortiguerri. Il arriva le front couvert de sueur, haletant d'une marche hâtive, pressé de montrer au lieutenant qu'il était resté, malgré tout, son ami.

— M. le lieutenant est sorti, lui dit-on.

— Comment ? il est sorti ?

Cet acte de rébellion semblait à Roselli plus étonnant, plus incroyable que tout le reste. Il demeura quelques instants immobile de stupeur. Puis il sentit se réveiller sa colère de la matinée. Cette fois, il ne s'en prenait pas au lieutenant, mais à Naples et aux Napolitaines, qu'il chargeait de tous les crimes.

— Canaille ! répétait-il, canaille de ville qui égorge, qui déshonore nos soldats !

Il songea, je ne sais pourquoi, à Barborin, dont les camarades lui contaient les malices, et qu'il avait vue lui-même un jour au bras de cet infortuné Pignatelli, si traîtreusement assassiné. Ne fréquentant pas d'autres femmes que les servantes de la trattoria où il prenait ses repas, il jugeait l'amour et les amoureuses avec un sentiment d'envie et d'ignorance, toujours disposé à voir des crimes dans les moindres caprices, dans les enfantillages les plus innocents de la vie galante. Barborin, vantée de tous, mais dont il ne connaissait que la figure et la réputation de fille rusée, lui apparaissait comme une courtisane redoutable et représentait à ses yeux toute la perversité féminine.

« Fortiguerri, se dit-il, m'a déjà parlé d'elle. Je ne serais pas étonné qu'il se trouvât chez cette catin. »

Poussé par la curiosité, l'attirance d'un danger, le désir aussi, il jugea qu'il était de son devoir d'officier de police d'aller, le jour même, interroger cette femme. Et il courut chercher l'adresse de la danseuse à San-Carlo.

VIII
LAQUELLE SACRIFIER ?

Le lieutenant était bien rentré chez lui, mais seulement pour prendre un bain, faire sa toilette et se composer un visage ou rien ne se pût voir des souillures et des fatigues de la nuit. D'abord il voulait parler à miss Helen.

« Il sera toujours temps à mon retour, pensait-il, d'avertir le capitaine de la conspiration ; à présent cet homme irritable et obstiné ne veut rien entendre. Plus tard il se sera sans doute calmé et écoutera moins dédaigneusement les informations d'un camarade. »

Il se vêtit avec un soin coquet. Le pillage de sa chambre ne l'avait pas complètement dépouillé. Sur sa table il retrouva une épingle de rubis, cadeau d'une ancienne maîtresse, dont il orna sa cravate. À côté de l'épingle il y avait une bourse d'or et des boutons de brillants. Décidément Furiano s'était montré dans ses vols généreux et délicat.

Dès que Fortiguerri fut prêt, il passa au poste, où le sergent qui l'avait si singulièrement méconnu la nuit dernière, le remit en possession de ses précieuses armes ; et il se dirigea aussitôt vers Chiatamone. La pensée qu'il allait sauver miss Helen le gonflait de joie et d'orgueil ; il songea aussi que la jeune fille ne pouvait manquer de lui témoigner sa reconnaissance, et il se sentit enivré d'un vaste espoir. Puis tout ce bel enthousiasme s'évanouit. Il se demanda en quels termes il devait faire part à miss Helen du projet de Scamler. Trop vagues, on dédaignerait ses explications ; il ne pouvait guère, non plus, les préciser sans manquer de respect à la jeune fille et laisser deviner ses pitoyables aventures. Cette démarche ne laissait pas de l'embarrasser lorsqu'il arriva devant la maison de miss Helen. Il aperçut le concierge causant, sur le seuil de la porte, avec un domestique, dont la tenue correcte, le teint coloré et les cheveux roux étaient plus anglais que napolitains. Le domestique portait un lourd paquet et tenait par la boucle une boîte de couleurs.

— Alors nous ne verrons plus miss Helen ? demanda le concierge.

— Si, répondit le domestique, mais seulement dans quinze jours, un mois peut-être. N'oubliez pas de dire à tout le monde qu'elle a quitté Naples.

Et il s'en alla dans la direction de la villa Nationale.

« Voilà qui est étrange, pensa Fortiguerri. Pourquoi miss Helen a-t-elle quitté sa maison de Chiatamone ? et pourquoi montre-t-elle cette défiance à l'égard de ses amis ? Aurait-elle peur de Scamler ? Mais il est de mon devoir de lui parler, et je saurai bien où elle habite ! »

Et Fortiguerri se mit à suivre le domestique.

Il marchait vite, mais, comme il avait pris la route droite qui mène au Pausilippe et que, à cette heure du jour, il n'y avait personne dehors, le lieutenant ne le perdait pas de vue.

Au bout d'une heure, ils arrivèrent, l'un derrière l'autre, à une haute grille qui fermait un jardin sombre, frais et embaumé. Le domestique ouvrit, à côté de la grille, une petite porte dissimulée sous un laurier en fleur, entra et voulut pousser la porte, mais le lieutenant s'était déjà glissé avec lui dans le jardin. Le domestique eut un mouvement de surprise, puis :

— Que voulez-vous ? s'écria-t-il d'un ton insolent.

— Je désirerais parler à miss Helen Morgan.

— Il n'y a pas de miss Helen ici. Allez-vous-en !

— Allons, Jack, fit-on, soyez plus respectueux envers un brillant officier de l'armée italienne.

Miss Helen venait de paraître. Le visage à demi voilé par ses grands cheveux blonds, la robe blanche lâche et flottante, elle était rieuse, grassouillette et toute rose, d'un rose un peu doré par le soleil de Naples. Elle semblait à Fortiguerri une apparition enfantine de conte, quelque délicieuse princesse aimée des fées. Il n'avait pas imaginé qu'elle pût devenir si jolie quand elle était heureuse.

— Pardonnez-moi mon indiscrétion, mademoiselle, commença-t-il.

— C'est vrai, dit-elle, nous nous cachons. Oh ! pas de vous, cher monsieur. Vous ne me faites pas du tout peur.

— Vous auriez grand tort, mademoiselle, de vous méfier de moi, car je viens précisément pour vous sauver, ou plutôt pour vous mettre en garde contre un grand péril qui vous menace.

Au lieu de manifester la moindre frayeur, comme le lieutenant s'y attendait, la jeune fille éclata d'un rire franc, retentissant, interminable.

— Vous m'excuserez, faisait-elle au milieu des éclats de sa libre gaieté, mais aussi c'est si drôle, ce que vous me dites là !

— Ce n'est pas drôle, mais très sérieux, mademoiselle, reprit Fortiguerri, très choqué de cet accueil.

Et, désireux surtout de changer les impressions de la jeune fille, il ne craignit plus de la blesser. Librement, sans presque rien déguiser de ce qu'il avait entendu, il lui apprit les intentions de Scamler. Miss Helen ne riait plus, mais elle fixait sur lui ce regard vert, tranquille, dont il avait déjà éprouvé l'insolent orgueil.

— Je vous remercie, cher monsieur, dit-elle lorsqu'il eut achevé. Seulement, je ne suis pas tout à fait une enfant. Je sais ce que j'ai à faire, surtout à l'égard de ma famille, que vous ne prétendez pas, je pense, connaître mieux que moi. Mon oncle a le malheur de prendre un peu plus de whisky qu'il ne peut en supporter ; il y a même des soirs où cette habitude l'entraîne à mille extravagances de gestes et de langage. Mais il est vraiment bizarre que des esprits aussi sensés que le vôtre puissent prêter attention à ces excentricités passagères et les traiter comme des actes raisonnables. Pour moi, je ne m'en occupe pas. Permettez-moi de vous demander, pour une fois, de suivre mon exemple.

Le lieutenant, qui n'attendait point de ses discours un effet si misérable, allait se retirer, confus, mais il s'arrêta tout à coup, saisi de surprise. Le bourreau détesté, l'homme dont il avait voulu acheter la capture, l'admiration et l'horreur de Naples, Marco Ascalona enfin, venait de sortir d'une allée. Il était devant lui, non plus habillé de ses vêtements simples d'ouvrier, mais vêtu avec une recherche voyante qui donnait une brutalité vulgaire à sa magnifique beauté, insinueuse et puissante. Fortiguerri eut un tremblement d'émotion. Son dégoût d'homme du monde, son animosité de race éclatèrent dans un juron ignoble, que connaissaient à peine ses lèvres et qu'il laissa tomber comme un crachat.

— Tiens ! vous vous connaissez, dit miss Helen en éclatant de rire. Tant mieux. Je n'aurai pas besoin de vous présenter.

Les deux hommes lui lancèrent un regard furieux, puis ils marchèrent l'un vers l'autre.

— Que viens-tu faire ? dit Ascalona.

— Et toi, porc, pourquoi es-tu ici ? Est-ce ta place ? Va donc voir les filles du port.

Et le lieutenant tira son poignard. Ascalona lui saisit les mains, sans parvenir à détourner complètement la pointe de son adversaire ; du sang s'égoutta. Miss Helen, qui ne voyait que les physionomies violemment surexcitées des deux hommes, et n'en augurait point que le combat pût être sérieux, continuait à rire très haut. Cette jalousie l'amusait vivement, et elle jugeait que les poses des lutteurs étaient fort belles.

— Très réussi ! très plastique ! criait-elle.

Cependant, Ascalona, de la seule force de ses poignets, avait courbé le lieutenant, puis l'avait agenouillé à terre ; mais Fortiguerri ne lâchait pas, et, d'une étreinte plus solide, bien assis sur ses talons, il attira vers lui Ascalona, qui tomba également à genoux. Miss Helen s'amusait à l'extrême.

Tout à coup, Ascalona entraîna vivement, et de tout son effort, Fortiguerri, puis, se rejetant de côté, il le laissa tomber presque à plat ventre. Le lieutenant lâcha une des mains qu'il serrait.

Ascalona en profita pour saisir brusquement son couteau et, du genou, peser lourdement sur le dos de son adversaire.

— Assez ! dit miss Helen, qui voyait enfin le péril des combattants, voulez-vous donc le tuer ?

— Et lui, répliqua Ascalona, est-ce qu'il ne me tuerait pas, s'il le pouvait ? Est-ce que, s'il sort d'ici, il n'ira pas aussitôt prévenir la police pour me faire arrêter, pour me faire fusiller ?

— Eh bien, il ne sortira pas, voilà tout ! Mais, vous, lâchez ce couteau ; lâchez-le, je le veux ! et relevez-vous.

Ascalona se redressa tout hors d'haleine, les yeux injectés de sang, la main déchirée, saignante. Il eut un haussement d'épaules en regardant son adversaire.

— Mouche embrenée ! cria-t-il.

— Monsieur Fortiguerri, dit miss Helen, veuillez m'offrir le bras.

Et elle aida elle-même le lieutenant à se mettre debout. Ses jambes flageolaient ; il écumait de rage.

— N'est-ce pas que nous sommes bien ici ? disait-elle en l'entraînant. Regardez la vue : toute la baie ! le Vésuve ! C'est d'un caractère splendide !

Puis elle parla bas à Ascalona, qui partit devant eux, après avoir proféré des injures ignobles et tendu le poing au lieutenant.

Fortiguerri aperçut alors, dans le bas du jardin, la maisonnette de miss Helen, dissimulée par les grands ombrages. Ils y descendaient à grands pas. Miss Helen lui fit passer le seuil d'une pièce obscure.

— Nous vous conduisons au frais, dit-elle.

Et comme il entrait, deux hommes se jetèrent sur lui, le saisirent par le bras et les épaules, le poussèrent dans le fond de la chambre, et sortirent en refermant la porte à clef. Cela fut fait en un clin d'œil. Fortiguerri, déjà lassé par la lutte de tout à l'heure, et ne s'attendant pas à cette embuscade, n'opposa aucune résistance. Il demeura comme abasourdi.

— Monsieur Fortiguerri, bonsoir ! dit miss Helen.

Et, assez haut pour que le lieutenant pût l'entendre de l'intérieur, elle ajouta :

— Et vous, mon cher Ascalona, mes lèvres vous désirent. Baisez-les.

— Ah ! chère reine ! chère maîtresse ! s'écria Ascalona, en l'étreignant avec force.

Et il lui mordit la bouche, dans une sorte de colère amoureuse.

— Laissez-moi, dit-elle à demi voix, en se dégageant et en fixant sur lui son mauvais regard. Vous savez bien que je vous ai dit d'être plus calme. Vous ne devez pas m'aimer comme vos filles de Naples, moi ! Je suis digne d'un autre amour.

— Il ne faut pas m'en vouloir, répondit-il, je suis un homme grossier ; je vous aime comme un pauvre garçon, qui n'a ni votre instruction ni votre intelligence, et pourtant il me semble que cet amour est saint, est noble, est divin. Tenez, je me sens la même joie que les jours où Don Natale me donne l'absolution de mes péchés. Oui, je suis transporté de bonheur, je suis au ciel ; je suis pur auprès de vous.

Miss Helen eut son rire malicieux. Ascalona jeta sur elle un regard inquiet ; en un instant, toute sa physionomie s'était transformée.

— Pourquoi riez-vous ainsi ? Tenez, voici toute ma joie évanouie ! Ah ! oui, je sais ! Vous pensez que je suis un misérable, un criminel ! Mais pourquoi alors m'avez-vous dit… m'avez-vous laissé entendre que vous m'aimiez ? Si vous regrettez d'avoir encouragé mon amour, je vais partir tout de suite.

— Mais non, je ne le regrette pas, mon pauvre ami.

— Vous regrettez donc de ne pouvoir me pardonner ?

— Je n'y pense même pas. Si vous étiez un homme comme les autres, comme cet imbécile de lieutenant, par exemple, je n'aurais jamais songé à vous, bien que vous soyez beau, mon ami, très beau, et que je sois assez artiste pour apprécier votre beauté. Non ! ce que j'aime en vous, c'est l'indépendance du caractère. Vous ne vous êtes pas soumis à nos lois étroites, ni astreint à nos petites morales. Vous avez gardé intacte votre liberté. Et pourtant !…

Ascalona la regardait toujours avec anxiété, troublé de ces paroles, qui n'avaient point pour lui leur sens ordinaire. Elle parut changer le sujet et le ton de la conversation, quand, après un moment de silence, elle dit tout à coup :

— Savez-vous ce qui m'ennuie, dans votre Camorra ? C'est que ce soit une société dans la société. On y trouve un maître, une hiérarchie, des lois, une police !

— Sans doute, répliqua Ascalona, très étonné.

— Quelle idée ont pu avoir les fondateurs d'une telle association, en instituant une police ? En vérité, n'en avaient-ils pas déjà assez souffert – puisque c'étaient des repris de justice – pour ne pas songer à l'établir parmi eux ?

— Notre police mystérieuse, expliqua Ascalona, est le contrepoids de la police légale ; elle prévient les injustices, les abus de force.

— Elle aide à l'autorité ; cela suffit pour me la rendre haïssable. Le roi Ferdinand, m'a-t-on dit, s'appuyait tantôt sur vous, tantôt sur l'autre police. Vous étiez l'un des corps de l'État. À présent même, n'employez-vous pas toute votre énergie à rétablir le roi détrôné ? Et ces meurtres affreux, que vous m'avez presque avoués ; que je vous pardonnerais s'ils avaient été inspirés par une passion, par l'amour, par la jalousie, par l'ambition même, je les abhorre, si vous me laissez croire qu'ils ont été accomplis au nom d'un principe, par des gens qui se posaient en juges, en magistrats, en bourreaux… Non, voyez-vous, vous n'êtes pas véritablement libre. Vous ne renversez les lois existantes que pour en créer de nouvelles. Vous ne suivez point vos instincts, mais vos préjugés. Et cela m'est égal que ce soient vos préjugés, à vous, au lieu de ceux des ancêtres ou des voisins. Autant vivre selon les usages établis, s'il faut toujours vivre selon des usages, et non pas, comme je l'avais espéré un moment, selon son caprice d'un jour, sa passion d'une minute !

Miss Helen était dans un état d'exaltation extrême. Ascalona lui prit timidement les mains et risqua vers elle un humble regard.

— Qu'avez-vous, ma très chère maîtresse ? fit-il.

— Je disais tout à l'heure que vous n'étiez pas un homme comme les autres. Eh bien je me trompais. Et cela m'ennuie.

— Vous avez raison, je suis pareil à tous, mais je vous aime, je vous aime, mon Dieu !

Sans écouter les aveux d'Ascalona, miss Helen dit fièrement :

— Moi, je ne ressemble pas à toutes les femmes. Et vous auriez dû le comprendre !

Cette déclaration souleva toute la fureur d'Ascalona et le rendit aussi insultant qu'il s'était montré jusque-là respectueux.

— Oh ! si, s'écria-t-il, vous êtes pareille aux autres : fausse, orgueilleuse, cruelle. Et je sens bien que, si mon passé n'est point innocent, le vôtre est également tout chargé de hontes et de souillures.

Miss Helen se leva et souffleta par deux fois Ascalona. Mais, déjà, il se repentait de son audace et de sa colère.

— Pardon, fit-il en s'agenouillant.

— Que prétendiez-vous dire ? demanda-t-elle, d'un ton irrité.

— Je ne sais pas, répondit-il, tout confus.

— Parlez, je veux que vous parliez. Je vous l'ordonne. Entendez-vous ?

— J'ai écouté ce que le lieutenant vous disait. Cet oncle, qui a toujours vécu à vos côtés, ce Scamler, dont je ne puis prononcer le nom sans vous causer un trouble étrange, m'expliquerez-vous ce qu'il a été dans votre existence ?

— Mais c'est bien simple. Il était le frère de ma pauvre mère, et il m'a élevée ; il a pris soin de moi lorsque j'étais orpheline. Alors, quand il a perdu sa fortune, j'ai cru qu'il était de mon devoir de lui venir en aide.

— Aviez-vous besoin de demeurer avec lui ?

— C'est un interrogatoire complet. Soit. Je n'aurai pas de peine à y répondre et à détruire vos soupçons odieux. Il m'a plu de ne pas abandonner cet homme à ses instincts, de le gouverner comme il m'avait gouvernée autrefois ; oh ! mieux, car, vraiment, si je ne suis pas aujourd'hui une fille perdue, ce n'est pas de sa faute ! Mais, par respect de ma mère morte, par reconnaissance du peu qu'il a fait ou voulu faire pour moi autrefois, j'ai jugé charitable de le défendre contre lui-même, contre son amour du jeu, contre son goût de débauche, contre son ivrognerie ! Et puis cela m'amusait.

— Vous avez dit le mot.

— Et quel mal y a-t-il ? Est-ce que je ne lui rends pas service, et n'ai-je pas le droit de prendre plaisir à ma charité ?

— Vous l'aimez, avouez-le.

— L'aimer ? Ah ! non, certes, il me répugnerait plutôt.

— Je ne vous comprends plus.

— Vous êtes une âme trop naïve, monsieur Ascalona. Sachez que cet homme m'a fait beaucoup souffrir autrefois ; je prends ma revanche à mon tour. Oui, quand j'étais toute fillette, on a beau, à cet âge, avoir une sensibilité plus vive et moins profonde, mieux disposée à accueillir la joie que la peine, j'ai été très malheureuse. Sous prétexte de réformer en moi des inclinations vicieuses, un caractère très indépendant, il abusait de ce droit de punir qu'ont les éducateurs et les parents. Je me rappelle qu'un soir d'hiver, m'ayant trouvée dans mon lit, avec un volume français dont il m'avait interdit la lecture, il me chassa presque nue ; il m'enferma dans un cabinet glacé. Je fus malade à en mourir. Une autre fois, sans lui en parler, j'étais allée, avec une amie, à un bal chez des gens assez étranges dont il me défendait la fréquentation. Il le sut dès que je fus sortie. Il attendit ma rentrée. Ce fut une scène atroce. Après m'avoir lancé les plus dégoûtantes injures, il déchira cette toilette qui m'avait coûté tant de soins et toutes mes économies ; puis, sans tenir compte de la pudeur, de mon âge, de mon sexe, devant la femme de chambre qui m'avait habillée, et le cocher qui m'avait conduite, il me courbe contre lui, il me découvre toute, et m'inflige, avec une violence inouïe, un châtiment auquel, encore à présent, je ne puis penser sans colère. Oh ! cette humiliation d'être offerte ainsi à des yeux étrangers, voilà ce que je ne lui pardonne pas ! Les coups, si rudes qu'ils soient, d'un homme si emporté à une fille si difficile, ce n'est pas grave ; cela s'efface. Mais cette punition ignoble, devant des domestiques, et le sourire abominable avec lequel il regarda, après m'avoir torturée, mes yeux en larmes et ma peau meurtrie, je ne les oublie pas, je ne les oublierai jamais ; cela me serait impossible.

— Il vous a frappée ! s'écria Ascalona.

— Oui, mais il le paie bien aujourd'hui, allez. Il s'est pris d'amour pour moi, ou pour ma fortune, je ne sais, et il s'imagine que je ne lui suis pas indifférente. Moi-même je le lui fais croire un jour, pour lui laisser deviner la vérité le lendemain. Ainsi je lui ménage une suite de piquantes émotions qui l'empêchent de trouver l'existence trop monotone. Le régime est un peu dur parfois, il est vrai. Et il arrive qu'il se juge incapable de le supporter, comme ces jours-ci, où il m'a annoncé qu'il partait de Naples. Mais il ne manque jamais d'y revenir.

— Et vous n'avez pas peur de lui ? Ah ! si vous le détestiez comme vous dites, vous ne pourriez souffrir qu'il vécût auprès de vous. Je le sens bien, tôt ou tard vous serez sa maîtresse !

— Taisez-vous ! Je n'ai plus douze ans. Je suis forte. Je fais ce qui me plaît. Personne ne pourrait me contraindre. Mais je veux me divertir comme il m'en vient le caprice.

— Vous serez sa maîtresse ! répétait Ascalona. D'ailleurs, il a déjà souillé votre corps de ses regards, de ses mains immondes.

— Non, non ! Je ne veux pas que vous disiez cela. J'étais une enfant, voyons !

— Il vous a vue, il vous a possédée dans son étreinte obscène, le misérable !

— Vous devenez fou.

— Je verrai toujours à côté de vous je ne sais quel horrible fantôme. Ah ! si je le connaissais, ce Scamler !

— Oubliez tout ce que je vous ai dit. Est-ce que je songe, moi, à ce que vous avez fait avant de me connaître, vous ai-je parlé de cette femme qui est venue jusqu'à mon atelier vous hurler son amour ? Comprenez donc que cet homme, qui vous inquiète, n'a été coupable qu'envers l'enfant. S'il en était autrement, vous devez bien penser que j'aurais été plus discrète.

— Il vous a eue, vous dis-je, et vous me refusez à moi le moindre baiser !

— Taisez-vous ! Je ne souffrirai plus que vous m'insultiez ainsi par vos soupçons et vos exigences. Si vous avez pour moi le sentiment que vous dites, soyez heureux de ce que je vous accorde, et aimez-moi comme je veux être aimée.

Elle reposait son regard tranquille sur les brutales magnificences du paysage. Naples dormait à leurs pieds dans une clarté éblouissante. Aucune rumeur ne montait de cette ville agitée, perdue entre le volcan énorme et les monts, au milieu de l'étincellement de la mer et du ciel. Mais sur les flancs du Pausilippe les ombres des cèdres étaient légères ; les vignes mêlaient à leurs ors des lueurs glauques et rousses délicieuses ; et l'écorce des pins, au soleil, devenait d'un rose fin, tendre, humain, qui rappelait la chair. Au milieu des arbres Ascalona sentait crier en lui le désir. Toute cette nuit si douce des branches et des feuillées dans la pleine lumière du jour ne s'était-elle pas formée pour couvrir des caresses et des étreintes ? Pourquoi miss Helen, au lieu d'entrer dans le bois avec lui, demeurait-elle immobile dans la clarté, les yeux fixés sur les azurs diaphanes de Capri, comme éblouie par un rêve vague et irréel ? Ascalona ne put accepter cette insensibilité méprisante. Il saisit les mains mortes de la jeune fille ; et, comme pour mettre en elle le feu subtil qui le dévorait, les couvrit de baisers ; il voulait aussi lui ouvrir la bouche de ses lèvres, lui insuffler son âme ardente, mais il ne fit que lui effleurer le visage. D'un violent effort, qu'il n'eût point attendu de cette beauté enfantine, elle l'éloigna d'elle. Sous sa peau fine, transparente, le sang apparaissait, faisait toute rouge sa figure. Il l'avait bien enflammée, mais de colère.

— Lâche ! brutal ! criait-elle.

Et elle caressait sa robe à l'endroit où il s'était appuyé, comme s'il avait pu en froisser, en salir la blancheur.

Ascalona frappait du pied ; il cracha vers la terre ; c'était une défaite ; il eût voulu lui cracher à la face.

— Ah ! poupée ! poupée ! faisait-il. Quand on pense qu'on aime ça !

Il haussait les épaules. Miss Helen eut une moue dédaigneuse.

— Tenez, vous me répugnez, fit-elle. Je ne pensais pas que vous seriez avec moi si grossier.

— Je pars, dit Ascalona.

— Partez, dit-elle.

Et elle lui tourna le dos.

Ascalona monta jusqu'à la grille. Elle courut à lui.

— Ce n'est pas moi qui vous chasse, croyez-le bien.

— Et qui donc ? s'écria Ascalona. Ah ! vous êtes plus froide, plus glacée que les neiges de l'Apennin. Allez ! Vous m'avez fait bien souffrir. Je vous hais.

Et il sortit.

À ce moment, Jack s'approcha de miss Helen et lui remit une lettre à l'adresse d'Ascalona. Elle l'ouvrit. Tout à coup, elle devint pâle.

— Jack ! Jack ! cria-t-elle au domestique qui rentrait à la maison, venez, courez vite après le seigneur Ascalona. Dites-lui de revenir ici, que je l'attends. Ramenez-le, mon Dieu !

Le domestique s'élança vers Ascalona, et l'eut bientôt rejoint sur la route. Il lui parla quelques instants. Miss Helen, sur le seuil, suivait leur entretien, haletante d'émotion. Elle vit Jack retourner, tandis qu'Ascalona continuait sa marche.

— Il ne veut pas revenir, mademoiselle.

— Mon Dieu ! s'écria miss Helen. Oh ! j'aurais dû aller moi-même. Et vous Jack, vous êtes un imbécile, un sot, oui, un sot ! Vous deviez le décider à revenir. Ils vont le tuer ! Il va mourir pour cette folie ! Mon Dieu ! mon Dieu ! Que faire ? Comment le sauver ? Retournez, Jack ; ramenez-le de gré ou de force !

— Mais, mademoiselle, c'est impossible, vous le savez bien.

— Alors, suivez-le. Voyez où il va. Tâchez de savoir où il passera la nuit. Et revenez me dire où vous l'aurez quitté. Je ne peux pas le laisser s'en aller comme cela !

Et, tandis que Jack, une seconde fois, courait à la poursuite d'Ascalona, miss Helen regardait encore le billet qui, si brusquement, l'avait arrachée à sa quiétude fière et ironique : l'écriture était d'une femme ; voici ce qu'on y lisait :

« Les caisses sont arrivées de Resina. Tout est arrêté pour dimanche. J'aurai la veille, à souper, les officiers de bersagliers. Zurlo peut-il venir ? Moi, je suis prête à bien travailler.

» Prina veut absolument vous voir avant le souper. Venez par le vicolo du Mont-Calvaire. Le couloir est toujours libre, mais les abords de la maison, du côté de la rue de Tolède, sont gardés.

» On croit que vous allez chez Rosa Funtanella. Soyez prudent. S'il survenait quelque chose, Violetta, qui vous attendra au vico Cariali, vous préviendrait.

B.B. »

Un étranger, ignorant ce qui se passait à Naples depuis la chute de François II, n'eût pas pris garde à cette lettre, mais si miss Helen n'avait pas eu, pour l'instruire, sa curiosité, ses promenades, son goût de l'étude, ses yeux de peintre et d'observateur, les conversations de Don Natale et d'Ascalona l'auraient encore suffisamment renseignée. Ni la race ni l'éducation ne la préparaient à comprendre l'enthousiasme des révolutionnaires, mais par là même, elle sentait, plus vivement qu'eux, tout ce qu'il y avait de dangereux et d'incertain dans leur entreprise. Le péril de mort que courait Ascalona la déchirait d'angoisse. Elle s'était intéressée à lui moins en amoureuse qu'en fille romanesque, dont l'esprit goûte les hommes singuliers et les actions étranges. Si artificiel que fût d'abord cet attachement, il n'en était pas moins devenu sincère et affectueux. Miss Helen vouait à Ascalona la tendresse que peut avoir une écolière pour son maître. Elle y mettait sa pudeur, sa réserve, son orgueil, mais aussi sa sensualité d'enfant.

Elle déchira le billet et en foula aux pieds les morceaux.

« Maintenant, se disait-elle, il n'ira pas chez cette femme. Ils ne l'arrêteront pas. »

Tout à coup l'idée que cette lettre pouvait être utile à Ascalona lui traversa l'esprit et vint augmenter son inquiétude.

« Et s'il allait se rendre chez elle ? Ah ! il aurait mieux valu lui montrer cette lettre. Je suis une fille stupide, et ma stupidité va être cause de sa mort ! Mais non, cela ne peut pas être. Ce serait horrible, mon Dieu ! »

Elle voulait prier, mais elle n'avait point la foi naïve des Napolitaines, et ses oraisons ne la rassuraient point. Elle demeurait appuyée contre la grille, épiant l'arrivée de Jack. Elle resta là des heures à se forger sans cesse de nouvelles craintes et de nouveaux tourments.

La nuit s'élevait de la mer, froide et rapide. En un moment, les cimes des cèdres et des pins ne furent plus que de grandes ombres éplorées dans le ciel. Une braise ardente rougeoyait encore au haut des monts, mais, sur la terre, tout se fondait dans une nuée épaisse d'un bleu obscur, sous la limpidité glauque et rayonnante de l'air. Une brise molle courut un instant dans le bois et le jardin, lui apporta une gerbe d'odeurs fines, sucrées, piquantes. Miss Helen les aspirait avec une sorte de joie cruelle et pleine d'amertume, comme celle que l'on éprouve en regardant un mort aimé. Il lui semblait que c'était l'âme de ce jour finissant, où elle aurait pu aimer, être heureuse, sauver et ravir un homme, et où elle n'avait été qu'une enfant froide et méprisante. Et elle pleura. Elle pleura sur son ingénuité, sur son ignorance, et sur cet orgueil dont elle ne se résignait pas à se détacher.

— C'est vous, Jack ? dit-elle au milieu de ses larmes, comme on poussait la petite porte près de la grille.

— Oui, mademoiselle. Ah ! j'ai eu bien de la peine !

— Et le seigneur Ascalona ? Parlez donc, voyons !

— Il est sauvé.

— Comment, sauvé ?

— Oui, on nous a poursuivis. J'ai bien cru qu'on allait nous arrêter tous les deux. Là-bas, dans la rue de Médina. Ils ont cerné une maison où il était entré. Mais il y avait déjà cinq minutes qu'il en était parti par une cour. Moi, je le suivais toujours. Et ce n'était pas facile. Ah ! bénédiction ! J'ai bien cru que j'allais le perdre ; il escaladait des murs de jardins comme si ç'avait été son état. Heureusement que j'ai été autrefois dans un cirque, mais tout de même il m'embarrassait, le citoyen. Et puis il m'avait vu et de loin, comme ça, il me prenait pour quelqu'un de la police. Je me suis dit à un moment : Il va me lâcher un coup de feu. C'est sûr. Et s'il avait eu sur lui un revolver, c'est bien ça qui me serait arrivé, je vous le promets. Ah ! je n'étais pas à la noce. Enfin il a enfilé un bout de ruelle plus noir que le trou de l'enfer, et il s'est terré dans une vieille masure où il y a des escaliers sans fin, où on monte, où on descend je ne sais où. J'étais entré derrière lui, mais j'avais grand-peur. Des portes s'ouvraient comme je passais. Une femme dépeignée m'a demandé ou j'allais ; puis un homme de mauvaise figure. Et ils me toisaient de la tête aux pieds. « Don Ascalona ? ai-je fait — Ah ! qu'ils ont dit, je ne l'ai point vu. C'est sa minette qui demeure ici. — Moi, je l'ai vu, ai-je fait. — Eh bien, qu'ils m'ont dit en riant, attendez-le à la porte, mais vous l'attendrez longtemps, parce que lorsqu'il est chez sa déesse, il faut que le soleil ait fait plusieurs tours avant qu'il dise : Bonsoir, la compagnie ! » Et les voilà qui se mettent à gonfler leurs joues et à se donner des chiquenaudes dedans, et à jouer des doigts et à lever les jambes comme si, de penser au seigneur Ascalona, ça les avait joliment amusés. Alors moi je suis parti.

Miss Helen avait eu un frémissement.

— Et la police ? demanda-t-elle.

— Oh ! la police l'avait perdu. Il doit être en sûreté maintenant.

— Vous avez remarqué la maison ?

— Oui, mais je ne sais pas si je retrouverais la rue.

— Vous en savez le nom ?

— C'est le vicolo du Perruquier. Mais que c'est loin, bénédiction ! Tout là-bas, tout là-bas, derrière Castel Capuano.

— Nous allons y aller, dit miss Helen. Je trouverai bien quelqu'un sur le port pour nous y conduire.

Jack considérait sa maîtresse avec étonnement.

Il se demanda s'il n'était pas de son devoir de s'opposer à une volonté si téméraire, et il essaya une timide protestation.

— Vous avez entendu, reprit miss Helen. Apportez-moi mon manteau.

Jack vit bien qu'il n'y avait qu'à obéir, et il partit avec elle.

Ils marchaient vite sur les routes et les promenades désertes.

« Il faut que je le voie, que je lui parle, que je le ramène à moi, pensait miss Helen. S'il se trouve à Naples dimanche, au milieu des révolutionnaires, il court les plus grands dangers. Il est donc nécessaire qu'il vienne avec moi à Pompéi ; de là, nous gagnerons Sorrente et, au besoin, nous quitterons l'Italie. »

Elle ne songeait pas à l'aimer, mais à le sauver. Cette idée hâtait sa marche, et, quand ils passaient par des ruelles impures, la rendait insensible aux réflexions obscènes, aux invitations effrontées, aux gestes ignobles, à cette assaillante, enveloppante corruption au milieu de laquelle elle devait s'avancer.

Sur le port, ils coururent les trattorie, coudoyèrent des filles puant l'ail et des mariniers en gaieté qui mangeaient à pleines mains leurs lasagnes filantes ou, de la pointe du couteau, prenaient dans un plat énorme leur pitaffe ruisselant de graisse et fumant. Les dîneurs se dérangeaient, venaient regarder sous le nez miss Helen, ou brutalement, l'écartaient pour sortir, en lui plaquant les doigts au corsage. Parmi des chansons, des rires, des cris, des paroles bruyantes, des bruits d'assiettes, elle adressait toujours aux uns et aux autres, de la même voix ferme, cette invariable question :

« Quelqu'un de vous connaît-il le vicolo du Perruquier ? »

D'ordinaire on faisait silence complaisamment ; puis on s'interrogeait, on donnait quelque vague renseignement, mais tout le monde ignorait cette ruelle. Une fois, ils crurent être tombés dans un bouge, des regards inquiétants se fixèrent sur leur visage ; des hommes tendirent la main vers eux, demandant avec insistance du macaroni, et tout prêts à saisir le porte-monnaie qu'on leur refuserait. Le calme de miss Helen, les poings et les solides épaules de Jack imposèrent le respect. Cependant, un petit mousse vint leur dire : « Le vicolo du Perruquier, je crois bien que je le connais : j'y suis né ! » Et, s'étant offert, il fut accepté comme guide.

Dans les défilés tortueux où ils s'engagèrent, souvent l'odeur et les rencontres contraignirent miss Helen à détourner les yeux et lui soulevèrent le cœur. Mais elle était bien décidée à aller jusqu'au bout.

Enfin, ils arrivèrent. Jack reconnut la maison où il avait vu entrer Ascalona. Une vieille femme leur dit qu'il était là et leur indiqua la porte. Miss Helen frappa. On ne lui répondit pas.

Alors elle écouta.

Elle croyait avoir déjà souffert, autrefois dans son corps de fillette, et, à l'instant, lorsqu'elle avait vu, dans les trattorie du port, des regards curieux et moqueurs s'attacher sur elle ; mais jamais son âme fière, délicate et raffinée, son âme pudique et innocente d'enfant n'avait subi de tels déchirements. Elle entendait des paroles d'amour prononcées par la voix qui les lui adressait, il n'y avait que quelques heures, au milieu de soupirs et de baisers passionnés, elle entendait insulter son nom, railler sa personne, livrer le secret tendre de sa vie, à l'amusement d'une femme, et de quelle femme ! d'une catin, sans doute, d'une de ces misérables qui viennent s'offrir sur le port pour un carlin, pour une chaîne de cuivre doré, pour une bouteille de marsala, pour un souper !

Et cet homme lui parlait comme à une maîtresse adorée, à laquelle on peut sacrifier tout, parce qu'elle représente à ses yeux tout le bonheur du monde.

— Ô cher amour, ma Lisabetta, approche-toi, serre-toi contre moi, que je ne voie plus que tes yeux, ton visage divin, que je meure en toi !

— Ô Marco, tu vois que mon amour est bon, qu'il n'y a que lui pour te consoler, pour te rendre heureux.

— Oui, il n'y a que toi, il n'y a que toi, toi seule !

— Tu ne verras plus Barborin, n'est-ce pas ?

— Ne t'inquiète pas de Barborin : je vais chez elle parce que j'y suis obligé. Tu sais bien que nous ne nous aimons pas !

— Non, je ne sais pas. Ah ! ta politique, ta politique !

— Laisse la politique. Ne vois-tu pas que je t'aime.

— Et cette Anglaise, cette Helen Morgan, tu l'aimais, cette grande saleté-là !

— Non, non.

— Si, tu l'aimais. Ah ! je ne suis pas comme elle, moi, je n'ai point de belles robes, ni de beaux chapeaux. Et puis je ne sais pas entortiller un homme avec des mensonges. Je suis seulement ta pauvre petite femme qui te donne tout l'amour, toute la joie qu'elle peut te donner.

— Oh ! Lisabetta, dans notre pauvreté nous sommes plus riches que les plus grands seigneurs puisque nous nous aimons.

— Et si cette Anglaise venait t'offrir ce qu'elle a, son argent, et ses chevaux, et ses larbins en livrée, qu'est-ce que tu ferais ?

— Je lui dirais d'aller se promener parce que rien n'égale pour moi les lèvres et la douce chair de ma Lisabetta. Ô mon fruit, donne-toi que je te goûte, que je te savoure, que je m'enivre de toi !

— Dis que tu la hais.

— Oui, je la hais. Tiens, je crache sur elle !

Miss Helen s'arracha enfin à ce supplice qu'une volonté mystérieuse semblait l'avoir contrainte à subir. Mais elle ne se résignait pas à s'en aller. On eût dit qu'elle était attachée à la misérable maison. Soudain, avec cette résolution qui ne l'abandonnait jamais alors même qu'elle semblait le plus abattue, elle heurta violemment la porte de coups de pied. On ouvrit. Ascalona parut, pâle, les yeux vagues, le visage las et illuminé, comme transporté dans un rêve délicieux et accablant. Il eut un moment de surprise en reconnaissant la jeune fille, puis ses traits exprimèrent la plus ardente colère.

Va-t'en, fit-il à demi-voix, comme s'il craignait qu'on l'entendît de la chambre.

— Ascalona ! s'écria miss Helen, mettant dans ce nom toutes les caresses, toutes les pitiés de sa voix chantante.

— Va-t'en, reprit-il.

Et il la menaça du poing.

Alors miss Helen, étouffant en un instant fierté, pudeur, effroi juvénile, écartant même cette ignorance qui la rendait confiante et insoucieuse, et aussi embellissait, défendait sa vie, miss Helen dit tout à coup à Ascalona :

— Revenez. Je vous aimerai. Je serai à vous.

— Misérable fille, dit-il, pourquoi venir troubler ma joie, détruire mon amour ? Tu ne peux que me rendre malheureux. Va-t'en. Je n'ai pas besoin de tes sarcasmes.

— Marco ! appela une voix impatiente du fond de la chambre.

— Ne t'irrite pas, dit Ascalona. Je viens, mon adorée.

Miss Helen l'arrêta par le bras. Il n'y avait plus qu'un moyen de l'emmener de Naples. Elle le tenta.

— Attendez, dit-elle d'un ton calme, dominant sa douleur. J'ai reçu, après votre départ, une lettre de vos amis. Ils vous font savoir que le rendez-vous aura lieu, dimanche, dans l'enceinte de Pompéi, auprès de la porte Marina.

Et, malgré l'excès de son désespoir, elle sourit de ce mensonge qui allait peut-être le sauver.

— C'est bien, fit-il en lui fermant la porte au visage.

Alors miss Helen sortit, les yeux en larmes. Dans la ruelle, sa douleur éclata. Elle sanglotait si fort qu'elle dut s'arrêter, appuyer son front contre le mur souillé d'une trattoria. Son orgueil était vaincu. Elle ne songeait plus au domestique ni au petit mousse qui l'avaient conduite et qui souriaient de sa peine ; seulement, comme tous deux la regardaient avec une curiosité indiscrète, devant la lanterne de la trattoria, elle secoua, d'un léger mouvement de tête, ses beaux cheveux, qui lui retombèrent sur le visage et lui recouvrirent les joues, plus fraîches encore sous les pleurs.

IX
LA GRÂCE SE CHANGE EN COURAGE

Devant sa table parée de bouquets et illuminée, toute couverte de fruits, de pâtés et de pâtisseries, Barborin attendait, avec une joie frémissante, les heures à passer. Le souper, qui réunissait autour d'elle cinquante officiers des bersagliers, désireux de fêter son charme d'amoureuse et son talent de ballerine, était fixé après le spectacle, bien que Barborin, depuis deux soirs, ne dansât plus. Elle venait d'être, en effet, à San-Carlo, la cause involontaire d'étonnants scandales.

Lorsqu'elle avait paru, légère, envolée, ravie au ciel, fouettant les yeux de sa jupe bouffante et lumineuse, de ses élans, de ses tourbillons aériens pour offrir, une seconde, sa grâce secrète, une vision de peau nacrée, le régal d'une chair bombée et arrondie sous la gaze, il n'y avait pas eu dans la salle cette fureur d'acclamations, ce déchaînement d'enthousiasmes qui la jetait, après la danse, sur le canapé de sa loge, pâmée, éperdue de gloire et de plaisir. L'assistance était restée silencieuse et morne devant ses pas les plus merveilleux, ses mouvements les plus osés ; et quand, toute surprise de cette froideur, à laquelle on ne l'avait point habituée, elle était sortie, une troupe massée à l'entrée du théâtre l'avait accueillie par des huées et des sifflets. Le jour suivant, les sifflets avaient gagné les spectateurs, sifflets si violents, si continus que Barborin avait dû quitter la scène ; et, comme elle rentrait chez elle, des oranges étaient venues s'aplatir contre ses épaules ; des œufs s'étaient écrasés dans ses cheveux ; on avait levé des cannes sur sa tête, si bien que, sans le courage de ses compagnons, qui avaient sorti leurs couteaux et leurs revolvers, Barborin était assommée. De policiers, de soldats pour la protéger, il ne s'en était pas trouvé un seul. On avait vivement commenté l'aventure, qui avait surpris tout le monde, sauf Barborin. Les uns y voyaient la colère d'un amant éconduit ; les autres, la vengeance d'une rivale. Barborin n'avait rien dit ; si elle s'était indignée de ces lâches attaques, elle ne s'était plainte de personne ; elle n'avait désigné aucun nom suspect à la police ni à ses amis. Elle cacha même à plusieurs, notamment au marquis Malaspina, ce qui s'était passé. Seulement elle venait d'écrire à San-Carlo une lettre où elle déclarait qu'elle laisserait passer l'orage et ne jouerait pas durant un mois.

Ce soir-là, tout en fredonnant un air de « Gisèle », Barborin indiquait les places des convives.

« Ici le capitaine Girolani, disait-elle, devant la bouteille d'asti. Il faut qu'il ait le vin à portée de la main, pour boire à volonté. Encadrons-le de quatre bouteilles !… Le petit lieutenant Abbamonti sera près de moi. Je le servirai. Quant au gros Monteleone, c'est un homme du Nord. Il lui faut quelque chose de fort, du champagne très sec, par exemple. Avant le dessert, nous le verrons rouler sous la table. À présent, messieurs, vous pouvez venir. Tout est prêt. Ah ! Barborin va s'amuser ce soir ! »

Elle se mit à chanter la vieille chanson :

> Le fegliole che n'hanno Amore
> Songo nave senza la vela.
> So lanterne senza cannela,
> Songo cuorpo senzo lo core.
> Le fegliole che n'hanno Amore[1].

Cependant, le moment du souper s'approchait. Elle se sentit prise tout à coup d'une grande inquiétude.

« Pourquoi Ascalona n'est-il pas venu ? Lui serait-il arrivé malheur ? »

Elle eut un frisson.

« Violetta a pourtant remis ma lettre chez son Anglaise ; et il y était, elle me l'a dit !… Sûrement, si on l'avait arrêté, un homme comme lui ! je l'aurais su. Et puis nous devons réussir !… Ah ! porcs de Piémontais, dont j'ai dû souffrir les sales baisers, vous allez voir, m'bomba ! comme se venge une Napolitaine. »

Et elle chantait encore :

> Le fegliole che n'hanno Amore…

Les heures sonnaient, s'écoulaient.

« Comment ne sont-ils pas arrivés ? s'écria-t-elle, de nouveau anxieuse. Ils devaient être là, maintenant !… Le capitaine Monteleone est toujours en avance, quand on l'invite à une partie de plaisir. »

---

1. Les filles qui n'ont pas d'amour sont un navire sans voiles, une lanterne sans chandelle, un corps sans cœur. Les filles qui n'ont pas d'amour !

Son inquiétude augmentait ; puis elle se calmait et reprenait espoir.

« Les cartes n'ont pas été favorables, dit-elle, mais la vieille, hier, en me regardant la main, a paru joyeuse. Et Don Prina m'a affirmé qu'il fallait avoir confiance. Moi, je crois en Prina. »

Elle s'imagina entendre du bruit dans l'escalier, courut à la porte du vestibule, prêta l'oreille. Quelqu'un montait.

« Enfin, ce sont eux ! » fit-elle joyeusement.

Et elle ouvrit. Sous un grand manteau noir à capuchon apparaissaient une jupe rose, bordée de dentelle, et des pieds assez lourds, mais finement chaussés de souliers de satin.

À cette vue Barborin fut toute désappointée.

Le manteau noir s'était ouvert en arrivant devant elle.

— Comment ! c'est toi, Cavalletta ! Que viens-tu faire à cette heure ?

— Ah ! ma pauvre, dit d'un ton pleurard la rivale de Barborin, si tu savais ce qui m'est arrivé ! Elle m'a chassée de la maison !

— Qui donc ?

— Ma propriétaire, comme je rentrais de San-Carlo. Elle garde tout ce que je possède, mes jupes, mon linge, mes costumes de théâtre. Je n'ai plus à moi que ce que j'ai sur le dos. Je ne sais pas ce que je vais devenir !

Et, sans attendre que Barborin l'y invitât, la danseuse entra chez elle, s'en fut à la chambre où le souper était servi. Là, l'expression de maussaderie chagrine qu'elle avait en entrant disparut ; sa grasse figure poupine aux narines larges, aux yeux agrandis, aux dents offertes, sourit à la table chargée de plats fins et de friandises. Elle respirait les volailles juteuses, soulevait le couvercle des pâtés, trempait son doigt dans les crèmes et le suçait ensuite lentement, avec un plaisir indéniable.

— Je vois, dit Barborin, que ton malheur ne t'a pas fait oublier ta gourmandise !

— Méchante que tu es ! s'écria Cavalletta en essayant de reprendre un air de chagrin, tu te moques de moi, ton amie, quand je suis tant à plaindre !

— Enfin, ma chère, je ne sais pas ce que tu fais, mais il me semble qu'à ta place j'aurais des carlins dans mes tiroirs.

— C'est facile de parler de jeûne quand on a le ventre garni. Tu as toujours eu de la chance, toi ; alors ça te fait cracher sur les pauvres traîne-misère comme moi.

— On ne traîne pas la misère quand on a tous tes amants. Que fais-tu de Scamler ? Et du marquis de Castellucia ? Et du comte Vardarelli ? Ils te donnent de l'argent, je suppose. Et à San-Carlo aussi on t'en donne. Où cela passe-t-il ? Sans doute dans les poches des petits galopins que tu entretiens dans tes jupes comme une vermine. Tu n'as jamais pu rien faire par toi-même, ma pauvre fille. Il te faut Furiano pour te dénicher tes amants. Zingone pour te les amener et Domenico pour te les reconduire. Il te faudra aussi bientôt quelqu'un pour allumer le cierge et un autre pour l'éteindre. Tu es une sotte, tiens !

— Oui, je suis sotte, dit Cavalletta.

Et elle se mordit les lèvres, puis s'assit sur un canapé, à la profonde surprise de Barborin, qui s'attendait à une réplique injurieuse et espérait ainsi avoir un prétexte pour la mettre à la porte.

Le calme de cette fille qui, d'ordinaire, prenait feu à la moindre parole, lui parut extraordinaire.

Cavalletta semblait jouir de l'ennui que causait sa présence inattendue. Elle se tenait toute droite et souriante, les yeux fixés insolemment sur Barborin.

— Tu attends du monde ? demanda-t-elle.

— Je n'attends jamais personne, répliqua Barborin en jetant un coup d'œil sur l'horloge qui se trouvait au-dessus d'elle.

» Des officiers de bersagliers devaient venir, ce soir, chez moi, mais peut-on compter sur la parole de ces goujats ? Mon souper avait lieu trop tard ; ils n'ont pu se tenir de s'enivrer avant. Et puis tu dois comprendre, Cavalletta, qu'une jupe crottée de trattoria, quelque savate à tous pieds, quelque échine bourbeuse, mais souple, convient beaucoup mieux à ces porcs que d'élégantes filles comme nous.

— Sais-tu ce qui les attraperait bien ? Mettons-nous à table, et, s'ils viennent, on leur donnera nos restes.

— Ah ! quand il s'agit de bâfrer, tu deviens spirituelle !

— Dame ! fit Cavalletta. Est-ce la peine de perdre un pareil festin ? Et ne suis-je pas un convive plus agréable que ces brutes de galonnés ?

Déjà elle s'était assise devant le souper et commençait, en grande hâte, d'y faire honneur ; attirant à elle tous les plats, sa main allait au hasard de sa fantaisie, prenant ici, prenant là, mêlant sur son assiette les fruits, les pâtés et les confitures. Toute la table fut bientôt au pillage. Barborin, insouciante à présent, regardait se bourrer la danseuse.

— Ton souper était exquis, dit enfin Cavalletta, qui se dégrafa et se renversa sur le canapé. Maintenant, ma petite, si tu étais gentille, tu me ferais une place dans ton lit. Je meurs de sommeil… Tu ne me réponds pas ?… Ah ! voilà, je gêne ma princesse. Sans doute, elle attend son adoré. Le souper n'était pas pour les galonnés, mais pour le cher cœur.

— Es-tu folle ? s'écria Barborin. Me connais-tu un amoureux ?

— Oh ! tu es plus secrète qu'un confessionnal, ma divine ! Mais on sait pourtant que tu as aussi, toi, tes passionnettes. Il y a des trous dans ton rideau : on voit ta sorcellerie.

— Je voudrais bien savoir quel est ce bel amoureux.

— Il y en a plusieurs, paraît-il. Mais de l'un surtout, on conte mille merveilles : le seigneur Ascalona.

Barborin eut, en entendant ce nom, un léger tresaillement, mais elle éclata aussitôt d'un rire forcé qui trompa Cavalletta.

— Tu me les choisis bien ! Je te félicite.

— Et qui serait-ce donc ? demanda Cavalletta, étonnée. Allons, dis-moi !

Elle s'était levée, lui avait pris la taille, approchait ses lèvres comme pour un baiser. Cette insistance, cette curiosité tendre de la part d'une femme d'ordinaire si indifférente, parurent suspectes à Barborin. Déjà tout ce qui lui arrivait depuis quelques jours, tout ce qu'elle préparait elle-même en secret lui donnait des raisons de se défier. Elle eut soudain le pressentiment que cette fille venait la livrer avec Ascalona. Elle la repoussa avec horreur.

— Traîtresse ! s'écria-t-elle.

Cavalletta, se voyant découverte, n'essaya même pas de repousser l'accusation. Les lèvres serrées, tremblante d'émotion, elle voulut gagner la porte, s'enfuir. Mais Barborin l'avait déjà saisie par sa jupe ; d'une poussée, son bras vigoureux eut renversé cette grosse masse de chair ; elle lui enferma la gorge dans une étreinte d'acier. Cavalletta ne résista pas ; elle battait seulement l'air de ses jambes levées et égratignait de ses ongles le visage de son ennemie.

— Je vais te tuer, misérable ! dit Barborin.

Et elle la lâcha un instant pour se détourner et saisir un couteau sur la table.

Cet instant suffit à Cavalletta pour se relever ; la terreur de la mort la pressait, lui communiquait une ardeur, une force extraordinaires et qu'elle n'avait jamais eues. Elle écarta Barborin, qui essayait encore de la retenir et de la renverser ; elle se sauva dans le corridor, atteignit la porte, l'ouvrit, remplissant l'escalier de ses cris :

— Au secours ! au secours !

Barborin la suivait, le couteau à la main. Mais, au moment où elles allaient se joindre, les deux femmes se rencontrèrent avec une troupe qui montait.

— Doucement, mes colombes ! fit une voix éclatante.

Et Barborin, qui avait enfin atteint Cavalletta et l'enchaînait dans ses bras, se sentit repousser vivement avec elle jusque dans la chambre du souper.

Elles n'y étaient pas plus tôt arrivées que trois hommes, se jetant sur Barborin, lui arrachaient des mains sa prisonnière. Cavalletta, sans souffle, les joues déchirées, le front sanglant, eut l'impression de revenir à la vie lorsqu'elle reconnut, dans la troupe, Furiano, Zingone et son ami Domenico. Ils formèrent une barrière entre elle et Barborin, que leur arrivée n'avait pas apaisée et qui, brandissant toujours son couteau, essayait, par-dessus leurs épaules, de le lui planter dans la gorge.

Ils parvinrent enfin à la maîtriser et, à leur tour, lui courbèrent le visage contre terre.

— On a raison de dire, observa Furiano, que les petites juments sont les plus difficiles. Regardez-moi si elle rue, cette cavale !

En effet, dans une rage et une volonté folles de résistance, Barborin leur mordait les mains à enlever des lambeaux de chair ; leur lançait les pieds à la tête, dans la poitrine, dans le ventre, leur arrachant des cris et des malédictions.

— Te tairas-tu, gale ? fit Zingone, qui venait d'être rudement frappé à la jambe.

Et il la souffleta à toute volée.

Mais, par un effort inouï, elle échappa aux bras qui l'enserraient et envoya à Zingone un coup de poing en plein visage, qui le mit en sang.

Férocement, on la saisit, on l'emporta, on la lança sur son lit d'amour comme une poupée sans âme. Puis Zingone, qui avait à cœur de se venger, arracha de la muraille la jupe étincelante de ses succès, la jupe du ballet de « Gisèle » ; il la déchira et en fit un bouchon pour lui en presser la bouche. Quand elle aperçut en loques cette soie merveilleuse, parure plus que vêtement, qui avait été à tant de soirs de triomphe, qui avait caressé et encadré son corps devant un public frémissant et enivré, elle se sentit défaillir ;

des larmes voilèrent ses yeux, mais tout de suite elle se ressaisit, et ce fut sans terreur, sans même aucun signe d'émotion, qu'elle reçut sur la bouche le bâillon avec lequel Zingone voulait l'étouffer.

Cependant Furiano arrêta son compagnon, l'empêcha d'accomplir le meurtre.

— Du calme, voyons, fit-il. Attends au moins qu'on l'ait interrogée.

Et il dit à ceux de sa troupe :

— Tenez-la moi.

Comme s'il s'était agi d'un animal féroce, cinq hommes se précipitèrent sur la petite danseuse. C'était à qui violenterait cette chair délicate.

— Maintenant, seigneurie, dit Furiano, ce n'est plus le moment de danser, mais de chanter. Plus vous serez éloquente, plus nous nous montrerons galants envers Votre Grâce. Au contraire, si vous refusez de parler, il pourrait bien vous en cuire, ma chérie.

Barborin, qui eut alors un moment d'espoir, demanda :

— Que voulez-vous que je vous dise ?

— Plusieurs choses, répliqua Furiano. D'abord, pourrais-tu nous apprendre où est ton marchand de baisers, le bel Ascalona ?

— Je ne sais pas, fit Barborin.

— Voilà une petite minette bien indifférente au galant plaisir. Comment ! elle ignore l'endroit où se cache son amoureux !

— Ce n'est pas mon amoureux. Et je ne le connais pas.

— Le jurerais-tu ? demanda Furiano, en fixant sur Barborin un regard interrogateur.

Et il fit apporter deux statuettes grossièrement modelées, l'une de la Vierge, l'autre de sainte Anne, qui étaient accrochées au mur, au milieu des souvenirs de fête et des toilettes de la danseuse.

— Jure donc à présent, reprit Furiano.

Barborin eut un moment atroce d'hésitation ; tout son visage se contracta, laissa deviner le combat qui se livrait en elle, mais aucune parole ne sortit de ses lèvres. Elle n'osait ni trahir ni blasphémer.

— Ton silence te dénonce assez, gouape ! s'écria Furiano. Et maintenant, réponds-moi : où est Ascalona ?

— Je ne sais pas, dit-elle encore.

Furiano saisit un petit parasol ouvert qui pendait au plafond ; il en arracha les baleines, en fit un faisceau, le leva sur la danseuse et, d'un ton furieux :

— Parleras-tu ? balayure de bouge !

— Jamais ! fit-elle entre ses dents, d'une voix sourde, mais résolue.

Les baleines sifflèrent, frappèrent le visage, se levèrent encore, fouettèrent les épaules. Au milieu de la douleur, Barborin étouffait ses cris, ne laissait pas s'élever une plainte.

— Dépouillez-la ! commanda Furiano.

Et, se penchant sur sa victime :

— Une dernière fois, veux-tu nous dire où est Ascalona ? Où se trouvent ses papiers, ses plans, ses lettres, les armes qu'il a reçues au commencement de la semaine ? Tu vois que je suis bien informé. Allons, parle ! Ou, je te le promets, je change ton corps en un ruisseau de sang, en une pièce de boucherie !

Mais Barborin restait toujours silencieuse.

On lui arracha, lacéra sa jupe, sa chemise ; on la mit nue ; et, de toute la force de son bras, Furiano, avec le faisceau de baleines, creusa des sillons noirs, des rayures rouges, des pointes bleues dans le tendre corps, dans la chair voluptueuse, vouée à ses coups. La souffrance fut si vive à un moment qu'elle jaillit en un hurlement prolongé, un râle d'animal. Dès lors, les cris partirent sans trêve, horribles, portant le mal en même temps qu'ils l'annonçaient. On eût dit que l'âme frêle de Barborin s'envolait toute dans ces appels aux accents inattendus : ivres, féroces, gémissants, fiers, langoureux, – jamais implorateurs. Incapable de contenir sa douleur, du moins elle ne laissait pas échapper une parole. Furiano avait beau accompagner ses cinglades, qui étaient chacune une torture, de tout un interrogatoire : il n'obtenait rien d'elle.

À ce moment, un battement de sabre retentit dans l'escalier. Barborin, au milieu de son supplice, souleva un peu la tête du côté de la porte, comme si elle espérait y voir son salut. Il y avait dans l'armée des Piémontais un jeune sous-lieutenant, du nom de Cirillo, pour lequel la danseuse éprouvait une affection toute familiale. Lorsqu'elle conçut, avec Prina et Ascalona, le projet de ce souper criminel qui, dans leur pensée, devait se terminer par l'ivresse, l'arrestation, et peut-être l'assassinat des convives, elle décida qu'on n'inviterait pas le jeune homme. Un instant son esprit superstitieux s'imagina que ce Cirillo, qu'elle avait épargné, venait la sauver, mais elle s'enfonça plus avant dans son désespoir lorsqu'elle reconnut la face barbare et brutale, aux gros yeux vagues, aux moustaches énormes, du capitaine Roselli. Elle se rappela, en une minute, les menaces qu'il lui avait faites le jour même. C'était lui, sans doute, qui avait empêché les officiers de venir chez elle. Et il lui apparut comme l'homme qui l'allait tuer.

En le voyant entrer, Furiano jeta le faisceau de baleines, ruisselant de sang. Toute la chair qu'il venait de géhenner était marbrée de taches noires, déchirée de zébrures pourpres, de plaies coulantes. Le capitaine considéra cette grâce insultée, salie, et il eut un sourire comme s'il contemplait un chef-d'œuvre. Cette destruction le remplissait de joie.

— Eh bien, dit-il, a-t-elle avoué ?

— Non, Excellence ! elle n'a pas dit un mot. Et, pourtant, nous nous sommes donné assez de mal !

— Ah ça ! canaille, s'écria le capitaine, en saisissant Furiano au collet, tu sais pourtant bien : lorsque je t'ai pris à voler dans ma caisse l'autre matin, je ne t'ai accordé ta grâce qu'à la condition que tu me livrerais Ascalona. Qu'as-tu fait depuis ? Tu as tiré du sang d'une coquine. Ça ne suffit pas.

— Patientez, Excellence ! Les ânesses sont lentes à marcher, mais, une fois qu'on les a mises en train, on ne peut plus les retenir. Cette demoiselle-là est encore en froideur, mais nous n'avons pas fini de lui réchauffer le sang.

Roselli haussa les épaules.

— J'ai fait plus de besogne que toi. Tiens, vois.

Et il montrait à Furiano une lettre qu'il venait de trouver en perquisitionnant chez le lieutenant Fortiguerri. C'était le billet que le marquis Malaspina avait écrit du palais Tupputti et où il recommandait à Barborin, par l'entremise de Fortiguerri, de détruire des papiers compromettants.

— « Ils sont, écrit l'amant de la belle, dans un meuble en bois de rose que je lui ai donné. » Où est-il, ce meuble en bois de rose ?

— Tu dois savoir, Cavalletta, toi qui es son amie, demanda Furiano.

— Quoi ? Qu'y a-t-il ? demanda la grosse femme.

Et, bien remise de ses émotions, elle accourut, écarta tout le monde, avide de jouer un rôle, fût-ce celui de dénonciatrice. Quand elle sut de quoi il s'agissait :

— Le meuble était là, dit-elle, à côté du lit. Je l'ai vu encore la dernière fois que je suis venue. Je me souviens : il y avait des boucles d'or aux tiroirs.

— Parleras-tu enfin, drôlesse ? cria le capitaine en s'approchant du lit. Où sont les papiers d'Ascalona ?

Une voix répondit, très faible, mal assurée, comme la voix de quelqu'un que l'on tire du sommeil :

— Je ne sais pas.

— On va te donner de la mémoire, dit Roselli.

Sur un signe qu'il fit à Furiano, le supplice de la malheureuse recommença. On la retourna, et, avec des plaisanteries ignobles, tous ces hommes s'acharnèrent sur son corps, en découvrirent les grâces secrètes, cherchant les places qui n'étaient pas meurtries pour y tracer leurs stigmates cruels, fouillant les blessures pour les agrandir encore. La voix de Barborin était épuisée ; elle ne poussait plus qu'une plainte sans force, mourante. Cavalletta, assise sur le canapé, la regardait de ses gros yeux d'enfant, étonnés, insensibles, sans haine comme sans pitié.

— Arrêtez-vous un instant ! cria Roselli, qui craignait qu'en l'excès de sa souffrance sa victime ne s'évanouît.

Il commanda d'ouvrir les armoires, de défoncer les vantaux fermés à clef. On ne trouvait rien. Enfin, au fond d'une chambrette obscure, derrière un vieux paravent, on découvrit le chiffonnier en bois de rose. Vite on força les tiroirs. Des bijoux furent jetés pêle-mêle avec des rubans passés et des fleurs sèches. Mais, de lettres, de papiers, il n'y en avait point.

Le capitaine, profondément déçu, jura, gronda, frappa du pied.

— Attendez, dit Furiano : je vais bien la faire parler.

Il courut à la cuisine, ouvrit le fourneau, où brillaient encore des charbons embrasés, en prit un entre des pincettes et se précipita vers Barborin. Il y eut un sifflement de brûlure, et un cri sauvage, à peine humain, déchira l'air, effraya jusqu'à Cavalletta elle-même. Puis un grand silence se fit : Barborin était inanimée.

Mais, agenouillé devant le chiffonnier en bois de rose, Zingone, sans se soucier de la victime, éclata en rires, en paroles bruyantes et fanfaronnes.

— J'ai trouvé ! j'ai trouvé ! criait-il. Le secret de la belle est à nous.

Le capitaine, Furiano et tous ses hommes s'approchèrent. Zingone pressa un bouton caché au fond d'un tiroir ; la planchette qui le fermait se leva et laissa crouler un monceau de lettres. Roselli, tout joyeux, puisa à pleines mains et se mit à lire, devant le lit où était étendue la malheureuse, les invitations sur papier de nuance claire et les compliments rimés d'adorateurs. Il les parcourait vite, d'un œil ennuyé, et n'en regardait pas un sans en avoir froissé, déchiré un autre. Le lit, le tapis, le corps de Barborin étaient couverts de ces messages galants, maintenant jetés au rebut, écrits naguère avec tant de feu, de plaisir, qui avaient diverti ou enivré la pauvre femme, que peut-être baisèrent ses lèvres.

Roselli revint encore puiser au tas de lettres qui débordait le tiroir. Cette fois, sa peine ne fut pas inutile. Il était tombé sur les indications les plus importantes.

— Bravo ! bravo ! faisait-il au milieu de son examen. Oh ! un plan de bataille donné par Don Prina… Qui aurait pensé ? Tiens, l'évêque Sforza !… Aussi lui… Et des femmes du monde ! la duchesse Tupputti… Enfin, voilà l'adresse, les adresses plutôt d'Ascalona. Le bandit, ma foi, a plus de domiciles qu'un prince… J'ai bien fait de venir. Un peu plus tard, et Naples était à ces misérables.

Tandis qu'il lisait, Zingone s'approcha, la tête basse, timidement, et lui donna de petits coups sur le bras.

— Que veux-tu ? demanda Roselli, impatienté.

— Mais, Excellence, ce que vous nous avez promis.

— Attends à ce soir. À présent, nous allons au palais Tupputti.

Soudain, les yeux du capitaine s'illuminèrent, devinrent fixes, s'agrandirent. Roselli serrait avec force une lettre écrite sur un papier grossier par une plume plus grossière encore. Il ne pouvait pas s'en détacher. Plus il la regardait, plus semblaient s'accroître sa surprise, son horreur.

— Ah ! gueuse ! ah ! gueuse ! répétait-il. Je ne me trompais pas : c'est bien toi qui l'a assassiné !

Brusquement, on le vit se pencher sur la suppliciée, toujours sans connaissance, la souffleter ; puis, comme un fou, se jeter, s'étendre sur elle, lui saisir, lui étreindre le cou entre ses mains féroces ; et il lui entassait des oreillers sur le visage, et il l'écrasait du poids de son corps.

Une plainte sourde s'éleva, qui cessa tout à coup.

— Que faites-vous, Excellence ? s'écria Zingone effrayé, en essayant de l'entraîner. Vous allez la tuer.

Le capitaine se retourna, blême et haletant de fureur.

— Je me venge fit-il d'une voix entrecoupée. Elle a tué Pignatelli.

Et, se penchant encore sur Barborin, dont les bras étaient étendus, la face renversée, blafarde, et la bouche grande ouverte, comme si elle allait jeter encore de nouveaux gémissements :

— Tiens ! pourriture, mange ta condamnation, et va-t'en avec elle chez le diable !

Puis, entre les lèvres de sa victime, tordues par une dernière souffrance, il enfonça la lettre accusatrice.

Il y eut une rumeur d'indignation. Dans l'espoir d'un bon profit, tous ces hommes avaient accepté de flageller, même de torturer Barborin. Entre eux, ils se trouvaient bien le droit de se faire couler du sang. Mais cet assassinat, cet étouffement, sous leurs yeux, d'une des leurs, et par un étranger, les révolta, d'autant plus que Roselli n'avait pas pris soin d'acheter leurs bonnes grâces en leur montrant couleur d'argent. Plusieurs, déjà menaçants, tirèrent leurs couteaux, leurs revolvers. Cavalletta, les yeux humides, les jambes tremblantes, errait de chambre en chambre, en poussant de petits hurlements de chienne perdue. Seul Furiano confessait son indifférence.

— On ne peut pas couper la branche sans les feuilles, disait-il. C'était la cosse d'une mauvaise graine, puisqu'elle était Ascalona. Ça ne me gênera pas de ne plus la voir ! Et puis je songe à Blanchette[1].

— Ah ! innocent ! répliqua Zingone, le Roselli n'y songe guère, va ! Et tu seras bien en paradis quand tu toucheras à son héritage. Moi, je ne mange plus dans son écuelle. Je m'en vais de ce pas à Pompéi, retrouver l'Anglais. Et toi ?

— Je te suis.

— Tu as raison ; l'or glisse plus vite entre les doigts de Scamler que le poisson entre des mailles rompues. Et il vaut mieux être attelé à sa charette qu'à leur fourgon. Laissons ce porc de Roselli à ses affaires.

Mais le capitaine avait ce regard dominateur et ce geste volontaire qui entraînent les hommes malgré eux. Sans s'occuper des murmures, des grondements, des menaces sourdes :

— Maintenant, dit-il, nous allons au palais Tupputti.

Et, s'adressant à Furiano :

— La troupe est-elle prête ?

— Oui, Excellence.

— Eh bien, marchons. J'espère que vous ne ferez pas les couards, là-bas.

— Oh ! Excellence, répondit Furiano, vous pouvez compter sur notre courage.

1. À l'argent.

Ce qui ne l'empêcha pas d'ailleurs, de dire bas à Zingone :

— En chemin, nous le laisserons trotter sans nous.

Ils partirent tous ensemble. Seule, Cavalletta, dominée par cette terreur pieuse qu'ont les simples femmes devant la mort, était demeurée à veiller le corps de Barborin. Elle ne pensait pas à la lutte de la soirée ; elle n'avait plus conscience d'avoir livré une amie, et, de fait, n'ayant voulu que lui prendre un homme, elle n'imaginait pas le lien qui unissait sa perfidie à cet assassinat. Elle avait aussi oublié ses dernières médisances, pour ne plus se rappeler que leurs générosités et leurs tendresses d'autrefois, alors qu'elles étaient toutes deux de petites débutantes, ignorant également le théâtre et le monde, mettant en commun leurs étonnements et leur ingénuité. Soulevée par ces souvenirs, elle étreignit la morte avec passion, avec fureur.

— Ô pauvre ! Ô pauvre ! criait-elle, ma Barborin !

Elle sanglotait éperdument et, dans la violence de son émotion, elle baisait jusqu'aux blessures de la suppliciée. Toujours pleurant, elle voulut laver et habiller le corps. Elle choisit, dans les toilettes et le linge que Roselli avait rejetés des armoires et qui étaient entassés ou épars au milieu de la chambre, une chemise fine, pailletée de dorures, une robe couverte de passements et de broderies, qui plurent à son goût brutal, puis elle en revêtit la morte, non sans peine, car Barborin s'était étirée sous la douleur ; et ses jambes, écartées, ses bras, comme étendus en croix, demeuraient rigides. Après avoir mis un peu d'ordre dans cette chambre saccagée, elle alluma des flambeaux, alla chercher les fleurs du souper, afin d'en parer le corps, et, ne trouvant pas de crucifix, elle prit la petite croix qu'elle avait à son corsage. S'étant ensuite agenouillée au chevet de la morte, elle pria.

L'aube parut en des brumes bleuâtres et des lueurs vineuses, éclaira d'un jour avilissant ce visage dont on ne connaissait que la grâce. Des ombres cruelles vinrent modeler gauchement les joues, mettre un pli grimaçant à la bouche. Les petites mouches bourdonnantes arrivèrent, s'en furent, grisées, des reliefs du souper aux roses fanées et aux plaies encore fraîches, salirent la figure de taches noires. Et, lorsque Cavalletta se leva de ses oraisons, elle fut épouvantée de ce que le jour avait fait de son ancienne amie.

— Barborin, cria-t-elle, pourquoi me regardes-tu ainsi ?

Elle la contemplait, espérant retrouver dans la face inanimée quelque chose de la vie charmante qui n'était plus, mais il lui sembla que, à mesure que la lumière devenait plus abondante, la bouche ouverte, les yeux vitreux, auxquels elle n'avait osé toucher, se faisaient de plus en plus courroucés et menaçants. Alors elle eut peur, implora tous bas les saints, et se sauva vite, battant derrière elle la porte de l'escalier, comme si la morte avait pu la poursuivre.

Cependant, au palais Tupputti, toute une foule massée au milieu de la cour attendait anxieusement dans le crépuscule. Les vétérans des armées de Ferdinand, ceux qui avaient fait la guerre de Sicile, ceux qui s'étaient enfermés avec son fils à Gaëte, les gardes suisses en vestes écarlates, les gardes du corps en plastrons rouges à broderies blanches, étaient là, enveloppés de manteaux sombres qui cachaient leurs uniformes de gala et leurs armes prêtes, mêlés à des moines, à des artisans, à des hommes de toutes classes équipés comme eux. La comtesse Labriola et la duchesse Tupputti avaient revêtu des costumes masculins, qui, en accusant la maigreur de l'une et les formes trop pleines de la seconde, eussent paru singuliers en d'autres circonstances ; mais l'ivresse, l'angoisse de ces êtres qui jouaient leur existence, effaçaient le ridicule de chacun et prêtaient à cette réunion une noblesse tragique.

Devant la troupe, Don Prina passait et repassait, donnant l'idée de quelque apparition de l'autre monde, pâle, mince, si grand et si léger en même temps que son corps, dans la vareuse noire du soldat aussi bien que dans la robe ecclésiastique, ne paraissait pas réel, larve vague associée à une tête puissante dont les grands yeux d'eau obscure roulaient quelque pensée superbe et inflexible.

Don Prina semblait impatient, mais, s'il avait dans l'esprit quelque crainte, il ne la laissait point paraître sur son visage. Il n'en était pas de même du chef de la troupe, le marquis de Castellucia, grand jeune homme aux yeux doux, de grâce un peu efféminée, d'âme tranquille et voluptueuse, entraîné dans cette conspiration par esprit de caste, et surtout par l'amour de la maîtresse qui avait succédé à Cavalletta, bourbonienne fervente, dont il avait épousé non seulement le corps, mais les passions et le fanatisme. Don Prina avait réussi à le mettre à la tête de la petite troupe, le jugeant courageux, et persuadé que cette tête irrésolue, sans volonté propre, serait aisément gouvernable. Mais le marquis s'alarmait déjà de l'entreprise et ne cachait pas son inquiétude à son vieux parent, le duc de Roccaromana, calme, hautain, magnifique, et dont on révérait les cheveux blancs comme un diadème.

— Le jour arrive, disait le marquis, et nous allons manquer notre surprise.

— Comment cela ? demanda Roccaromana.

— Des femmes de théâtre dévouées à notre cause se sont fait offrir, cette nuit, un banquet auquel assistent les principaux officiers de la garnison piémontaise. Sans chefs, les soldats peuvent être enveloppés avant d'avoir le temps de s'organiser pour se défendre. Mais, à cette heure, les officiers doivent être rentrés au quartier ou chez eux. Les casernés feront avertir les autres, et tous seront promptement au milieu de leurs hommes qui, livrés à eux-mêmes, eussent perdu la tête, mais reprendront vite courage en présence de leurs officiers. Il y aura une sérieuse résistance. Nous serons sans doute repoussés, dispersés même, à moins que…

Ici le marquis hésita un instant, puis continua, d'un air un peu gêné, sans regarder le duc :

— … À moins que ces femmes ne retiennent les officiers auprès d'elles, ne les enivrent et même, s'il le faut…

— S'il le faut ? interrogea le duc d'un ton anxieux.

— S'il le faut, oui, elles essaieront de les assassiner… Mon Dieu ! c'est la guerre.

Roccaromana baissa la tête et dit à demi-voix, comme à lui-même :

— Meurtre inutile ! Quelques-uns échapperont, c'est certain ; ils iront prévenir les soldats, donner l'alarme… Et puis pourquoi, s'il en est ainsi, ne partons-nous pas ? ne sommes-nous pas déjà partis ?

— Le mouvement doit avoir lieu sur plusieurs points à la fois. Le comte Vardarelli, par exemple, va s'établir au château Saint-Elme, et Ascalona, après avoir fait prendre les armes aux prisonniers et aux gardiens de la Vicaria, qui sont avec nous, a pour mission d'aller arrêter le gouverneur à la résidence et, de là, surprendre le château Neuf. Nous ne nous mettrons en marche que lorsque Vardarelli et Ascalona nous auront fait avertir. Or Vardarelli nous a bien envoyé un courrier, mais nous attendons encore le message d'Ascalona.

— Et que fait-il, cet Ascalona ?

— Ah ! que fait-il ? Je me le demande. Il n'est pas venu à notre réunion d'hier.

— Êtes-vous sûr qu'il ait reçu la lettre de Prina ?

— Absolument.

— Qu'est-ce que cela veut dire ! Nous trahirait-il ?

— Prina prétend que non ; moi, je vous réponds : oui !

— Alors, cette entreprise ?…

— Elle est désespérée. C'est ma conviction.

Le vieux duc baissa la tête douloureusement.

— Nous saurons mourir, dit-il, si c'est là notre seul devoir.

À quelques pas d'eux, la comtesse Labriola, tout en jouant avec sa carabine, disait à la duchesse :

— Alors, ce pauvre Malaspina, vous pensez que c'est un homme si dangereux ?

— Certainement. Et je le laisse dans sa prison… jusqu'à notre victoire. Avec sa manie de bavardage, n'est-il pas allé colporter chez nos ennemis des secrets de la plus grande importance ! C'était à prévoir. Il fréquente des salons trop publics pour que nous puissions désormais causer librement devant lui. Nous ne disions pas un mot sans que tout Naples en fût averti le lendemain. Il a pris pour confidente cette demoiselle Barborin, qui lui fait la grâce de ses faveurs et qui est en même temps, paraît-il, la maîtresse d'un officier de police des Piémontais, le capitaine Monteleone. Cette personne ne se contente pas de la danse et de la galanterie ; elle exerce un troisième métier : l'espionnage.

— Croyez-vous ? dit la comtesse Labriola. On m'a dit, à moi, que ce sont des officiers piémontais qui ont fait siffler la danseuse, l'autre jour, à San-Carlo, et qui l'ont forcée à quitter le théâtre.

— Singulière amoureuse, et qui doit donner aux hommes bien du plaisir !

— Mais trahir les uns avec les autres, n'est-ce pas là toute sa profession ?

— On prétend qu'Ascalona la voyait. Et justement c'est lui qui nous empêche de partir. On ne sait pas s'il est allé à la Vicaria distribuer des armes comme il s'y était engagé.

— Elle l'a peut-être fait tuer, dit la comtesse Labriola.

Cette pensée les frappa. Les deux femmes, tout à l'heure souriantes et évaporées, devinrent aussitôt soucieuses. Cette fougue, ce désir d'aventures qui les entraînait à la révolution comme à un divertissement venait de les abandonner.

— Don Natale ! appela en ce moment Prina.

Comme tant d'êtres paisibles, femmes ou ecclésiastiques, Don Natale avait pris les armes pour une cause qu'il se croyait obligé de défendre. Mais, dans sa vie de sacrifices, aucun devoir ne lui avait plus coûté. Il ne manquait pourtant ni de courage ni de dévouement. Ses charges d'aumônier, de confesseur, de bienfaiteur des pauvres, que d'autres eussent trouvées si pénibles, lui semblaient douces ; il avait plaisir à secourir les hommes et à s'oublier pour eux ; au contraire, cette entreprise à laquelle il allait se mêler et qu'il prévoyait sanglante lui soulevait le cœur. S'exposer lui-même, il l'eût fait volontiers ; mais exposer d'autres existences, cela l'épouvantait. Il avait fallu que sa simple raison lui représentât le sort de l'Église intimement lié à la restauration de François II pour l'entraîner avec les soldats. Il se résignait à présent, décidé à faire ce que Dieu réclamait de lui, attendant le moment de combattre ou de mourir. Et il demeurait immobile, très calme, un peu à l'écart de la troupe, le fusil au pied, égrenant son rosaire.

— Don Natale ! appela encore Prina.

Cette fois, le prêtre avait entendu ; il tressaillit, et il eut cette sorte d'effroi mêlé d'admiration qu'il ressentait toujours à la vue de cet homme, maître plus que confrère, âme presque impénétrable à son humble esprit.

Devant Don Natale, Prina ne sut point dissimuler la colère violente qui l'enflammait. La pensée de cette révolution, qu'il avait préparée avec tant de patience et qu'il voyait arrêtée au début de sa course, le sortait de la réserve qu'il s'imposait d'ordinaire, lui jetait aux lèvres les invectives et les reproches insultants.

Il montra au prêtre les soldats irrités de cette attente inexplicable, qui murmuraient et faisaient sonner d'impatience les crosses sur les dalles.

— Contemplez votre œuvre ! dit-il.

Et, comme Don Natale paraissait tout surpris :

— Ah ! vous avez prêché à Ascalona la soumission aux lois de l'étranger, vous lui avez ordonné de me désobéir. Vous avez voulu qu'il fût un homme tranquille, soumis à sa femme, qui est une drôlesse, et à son confesseur, qui est un imbécile. Alors, au moment du danger, il se souvient de vos conseils. Ce serait criminel d'être ici, n'est-ce pas ? Et il préfère sauver sa peau. Voilà ce que vous avez fait, misérable prêtre, incapable de comprendre les grands desseins, indigne d'annoncer la parole de Dieu !

Don Natale, les yeux en larmes, regardait Prina.

— Oh ! vous êtes injuste, vous êtes cruel, dit-il. Et ce n'est pas le moment de me parler ainsi.

— Savez-vous où est Ascalona ? continua Prina, sans l'écouter. Chez une catin ! Oui, tandis que se jouent les destinées de son pays, il songe aux sales baisers d'une étrangère !

» Voilà où l'ont conduit vos beaux conseils !

— Ne l'accusez pas avant de savoir ce qui s'est passé.

— Il n'est pas allé à la Vicaria ; cela, je le sais. Il est tranquille, près d'une drôlesse, loin de Naples, peut-être. Et nous n'avons plus qu'à nous faire tuer, inutilement !

— Vous ne devez pas désespérer de Dieu ! fit Don Natale. Tenez, regardez !

On eût dit que l'événement allait confirmer la parole du prêtre.

En effet, un courrier venait d'arriver, tout haletant. Il s'approcha du marquis de Castellucia et lui remit une lettre. Une minute, il y eut, dans la petite troupe, un frémissement de curiosité et d'espoir. Ascalona était-il enfin à la Vicaria ?

Le marquis ouvrit la lettre. Ses yeux brillèrent ; ses doigts eurent un tremblement. Mais, aussitôt qu'il eut commencé de lire, son regard, un instant illuminé, se couvrit comme d'un nuage ; et ce fut avec un profond sentiment de tristesse, bien qu'avec calme, qu'il se tourna vers la troupe.

— Messieurs, dit-il d'une voix un peu éteinte, voici une lettre que m'envoie l'archevêque de Naples. Elle nous vient du roi.

Et, tandis que tous se découvraient autour de lui, il lut, sans élever le ton, ce qui suit :

« Dieu ne m'a pas fait la grâce de venir vous commander, messieurs, mais, du fond de mon douloureux exil, mes vœux vous accompagnent. Vous servez une grande cause, et vous avez déjà conquis, par votre zèle, des droits à ma reconnaissance. Le roi est fier de vous et se sent plein d'espoir dans le résultat de la lutte que vous avez entreprise. Il vous recommande seulement de ne pas chercher la victoire dans ces moyens barbares que réprouvent à la fois la religion et l'humanité. Il ne veut pas que le sang coule en son nom et tient à ne devoir sa couronne qu'à votre persévérance, à vos efforts généreux et à l'amour d'un peuple, qu'il espère ne pas avoir complètement perdu.

» Le roi, qui vous salue et se confie en votre vaillance.

François »

Prina secoua la tête et eut un léger haussement d'épaules.

— Enfin, dit-il entre ses dents, le roi, quel qu'il soit, ne peut faire tort à la royauté.

Et, d'une voix forte, il cria :

— Vive François II !

Seuls, le vieux duc de Roccaromana et le marquis lui répondirent. La troupe resta silencieuse.

Prina sentit l'indifférence ou l'hostilité de ces hommes dont il attendait un si grand sacrifice. Il se demanda s'il devait pousser plus loin une tentative condamnée d'avance. Plus tard, elle pouvait encore réussir ; tandis que la défection d'Ascalona la rendait, cette fois, impossible. Il fallait la remettre, congédier avec un peu d'argent, les soldats, essayer d'empêcher, s'il en était encore temps, le coup de main de Vardarelli au château Saint-Elme. On ne pouvait plus espérer de surprendre les casernes à présent. Le soleil éclairait déjà les plus hautes galeries du palais. La diane devait être sonnée.

Il s'approcha de Castellucia et lui laissa entendre à quelle résolution sage il convenait de s'arrêter. Le marquis se montra d'autant mieux disposé à suivre les conseils de Prina qu'il pensait comme lui, mais la crainte d'encourir une désapprobation le rendait hésitant encore. Le vieux duc de Roccaromana ne voulait pas entendre parler de retraite ni de licenciement. Il regardait comme une lâcheté de reculer au dernier instant. Il n'avait pas foi dans le calcul et la prudence, mais dans le courage, la fougue, la sainteté de la cause et la fortune, qui, disait-il, secourt les braves. Il semblait que sa solide vieillesse fût impatiente de la mort.

À demi-voix, et à l'écart de la troupe, de crainte qu'on ne les entendît, ils continuaient de discuter, lorsqu'un coup de feu éclata du côté de la porterie. Presque aussitôt Vincenzo se précipita vers eux, tomba sur le côté en criant :

— Au secours, madame la duchesse !...

Et un flot de sang l'étouffa. On n'eut pas le temps de s'occuper de lui.

Une foule en guenilles, houleuse et furieuse, grisée de vin, d'argent ou peut-être de belles promesses ; foule de chapeaux troués, de foulards éclatants, dont des tignasses flottantes, des mouchoirs verts et rouges étaient les bannières ; foule d'enfants, de vieux et de femelles, mettant toute leur colère avide dans un cri lancé à plein souffle, ouvrant des gueules féroces, tendant des poings, brandissant des bâtons, grondait et s'engouffrait lentement dans la porterie du palais, retardée seulement par ce désir bestial de la multitude de mouvoir tout son vaste corps à la fois.

— Fermez la grille, vite ! commanda Prina.

Déjà la foule entrait, faisant retentir les voûtes de ses rumeurs, bruyante comme une pluie d'orage. Les vieux soldats, pressés de se battre, les femmes, affolées, grisées par ce premier coup de feu, s'élancèrent.

— Ne tirez pas ! cria Castellucia, qui ne voulait pas donner l'alarme à la police et espérait, à coups de crosse et de sabre, repousser les assaillants.

On ne l'écouta pas. Vingt détonations retentirent, auxquelles répondirent à peine quelques coups de revolver.

La comtesse Labriola jeta un cri d'horreur. Un jet de sang venait de lui éclabousser la figure ; et un corps s'affaissa, tomba sur elle. On la releva toute tremblante, terrifiée de ce contact avec la mort.

Le bruit de la foule s'éloignait de la porterie, mais une formidable tempête de huées, de gémissements, de malédictions se déchaînait à la grille, que des soldats étaient parvenus à grand-peine à pousser, et qu'ils fermaient en toute hâte. Des balles crépitèrent encore contre les volets, et les heurts d'une poutre énorme vinrent ébranler les portes.

— On nous a vendus, dit le marquis.

— Je ne sais pas, répliqua Prina.

Ces adversaires inattendus, au lieu de le désespérer, lui avaient rendu confiance.

— Ces bandes, fit-il, doivent appartenir à la Camorra. Vous savez que nous ne l'avons pas toute avec nous. Ascalona est jalousé, détesté par beaucoup. Il est probable qu'on l'a vu entrer ici, et ce monde vient piller un palais qu'il honore de ses visites. Nous pourrons sans doute profiter de cette expédition de Camorristes pour cacher et accomplir la nôtre. Le corps d'armée piémontais, qui est tout neuf ici et ne connaît rien à ces associations, va surveiller des indifférents, qui ne le menacent point, et négliger ses véritables ennemis. Je pense que ce sont ces gens-là qui ont enveloppé Ascalona à la Vicaria et l'ont empêché de nous envoyer un message.

— Et vous trouvez cela heureux ! demanda le marquis, surpris de cette tranquillité.

Prina eut son regard d'eau sombre, où l'on essayait vainement de découvrir la pensée. Peut-être une âme de mystique se cachait-elle dans cette homme d'apparence froide, d'esprit raisonneur, de volonté sans défaillance.

— Si Ascalona est avec nous, dit-il, nous triompherons. Je craignais qu'il n'eût quitté Naples.

Cependant, au-dehors, le tumulte et les clameurs augmentaient, et Prina monta au premier étage pour observer la foule.

Toute la rue de Lavinaro, de la voie Égyptienne à la piazza del Carmine, s'emplissait d'une multitude agitée, criarde, mais stagnante. Si bruyants, si remuants que fussent ces êtres, ils semblaient plutôt des gardiens que des assaillants. Personne même ne se fût douté en ce moment que l'on venait tout à l'heure de se battre, que des hommes, des deux côtés, avaient été atteints mortellement. On ne s'occupait que de manger, de bavarder, de s'interpeller, de caresser, de rire, de vider des fiasques pleines, de grignoter des lasagnes enroulées autour des doigts. Une mère, tranquillement, donnait le sein sous un porche ; des filles dansaient l'une devant l'autre. Un jeune garçon s'amusait bien à tirer des coups de revolver, mais il visait les poutres d'une maison en démolition, et c'était pour montrer son adresse à des femmes. On eût dit que tout ce monde était installé là, non pas pour un siège, mais pour un blocus, sans crainte comme sans forfanterie, sûr du succès. Don Prina fit le tour des galeries. Il montait des ruelles voisines la même chaleur lourde, le même tapage de voix, pareil à un coassement immense de marécage, au bourdonnement d'une ruche monstrueuse. La foule augmentait sans cesse. Les gens qui s'étaient rués sur le palais Tupputti avaient excité la curiosité du voisinage ; et le rassemblement des voisins avait provoqué celui des passants. Il y avait ainsi plusieurs milliers de personnes autour du palais. Un seul côté n'était pas bordé de peuple : celui qui longeait le couvent des Dames de l'Immaculée ; mais les murs, très élevés, garnis au sommet de chevaux de frise, défiaient toute escalade.

— Nous sommes cernés, dit Prina, en redescendant.

— Évidemment, répliqua Castellucia : toute cette multitude nous est envoyée par les Piémontais. Ils craindraient, en nous attaquant en face, de soulever Naples ; ils préfèrent nous exciter à nous dévorer les uns les autres.

— Ce ne sont pas des ennemis bien dangereux que ces gens, continua Prina, qui n'avait pas écouté le marquis. Par malheur ils sont en nombre, mais attendons quelque temps. Ils seront bientôt fatigués de monter la garde autour de nous.

On se disposait à soutenir un siège. Pour prévenir une attaque, des factionnaires furent postés dans les galeries. Les femmes aussi voulaient se rendre utiles. Après avoir aidé à transporter le corps de Vincenzo, auprès duquel le duc et Don Natale demeurèrent à prier, la comtesse Labriola et la duchesse s'étaient occupées, en l'absence de tout domestique, de faire la cuisine. Au palais, depuis que les réunions militaires avaient lieu, il y avait quelques provisions ; et les deux femmes s'amusèrent beaucoup à préparer le dîner des soldats et à les servir elles-mêmes, riant aux éclats des compliments un peu libres et des timides caresses dont voulurent les honorer les vétérans des armées royales.

Bientôt les cris des deux foules, de la troupe du palais et de la troupe de la rue se répondirent ; les voix des ennemis se mêlèrent. Tous étaient surexcités par la pensée que la lutte et le péril étaient proches. Prina, lui, se félicitait de ne pas trouver devant lui de Piémontais.

La journée s'écoula dans ces préparatifs et cette attente.

Aux premières montées de l'ombre, comme les toits du couvent de l'Immaculée se fondaient dans le ciel terni, des spirales, des bouffées, puis des tourbillons de fumée bleue s'échappèrent de la galerie du premier étage, au-dessus de la grande grille. Là se trouvaient les petits appartements que le vieux Vincenzo, à l'insu de la duchesse, louait à de pauvres gens – des filles galantes, de petits employés – pour suppléer à des gages qu'on ne lui payait jamais. Une flamme vive jaillit, fit éclater les vitres et s'éleva, énorme, toute droite. Presque en même temps, la nuit se couvrit d'étincelles, et toutes les fenêtres de la façade du palais apparurent en feu.

La duchesse, qui sortait des cuisines, fut soudain éblouie par le rayonnement de l'incendie. Elle resta un moment frappée de stupeur ; puis, comme affolée, elle se mit à courir à travers la cour, interpellant les soldats, les femmes, furieuse de l'immobilité, du saisissement de tous.

— Que faites-vous là ? voyons ! criait-elle. Vous n'allez pas laisser brûler mon palais comme cela ! Il faut éteindre le feu, et vous hâter encore !

— Et comment l'éteindre, madame la duchesse ? répliqua un vieux soldat. En pissant dessus ?

— Mon Dieu ! mon Dieu !

Et elle serrait les poings, comme si elle eût voulu frapper tous ces êtres qui ne pouvaient rien pour elle.

— Que son palais flambe si telle est la volonté du Seigneur, dit quelqu'un, mais, pour moi, san Gennaro ! je ne tiens pas à laisser griller mes tripes.

— Méchant Dieu ! Méchant Dieu ! répétait la duchesse, arrachant la croix qui lui pendait au cou et la foulant aux pieds.

— Ne blasphémez pas, madame, fit Don Natale, qui ramassa la croix. Supportons avec courage les épreuves que le ciel nous envoie. Dieu ne nous abandonnera pas.

Des flammèches vinrent alors tomber à leurs pieds, et le vent poussa vers eux toute la chaleur de l'incendie.

— Nous allons mourir ! hurlait la duchesse, les yeux écarquillés d'épouvante.

Elle courut à Prina, qui paraissait indifférent à la catastrophe, absorbé dans ses pensées. Elle lui mit les mains sur les épaules, le secoua rudement.

— Ah ! canaille, c'est vous qui êtes cause de tout cela ! Mon palais ! mon pauvre palais !…

— Le roi vous en fera rebâtir un autre, madame.

— Laissez-moi donc tranquille avec votre roi ! Il ne nous sauvera pas. Il nous laissera crever, votre roi !

Cependant, d'un signe de tête, Prina avait appelé le marquis.

— Écoutez, dit-il.

Au milieu du tumulte qui venait de la rue, on entendait distinctement des sifflets suivis d'une sorte de roulade vive et joyeuse. Les sifflets cessaient une minute, puis reprenaient ensuite plus perçants, plus prolongés.

— Ascalona est là, dit Prina joyeusement. Il faut le rejoindre. Nous allons sortir par la petite porte de la strata del Carmine.

— Vous voulez donc nous faire assommer un à un ? répliqua le marquis.

— N'avons-nous pas d'armes pour nous défendre ? D'ailleurs, de ce côté, il n'y a presque plus personne. La foule s'est portée devant la façade incendiée.

Castellucia réunit vite la petite troupe. La station dans la cour devenait dangereuse : le feu gagnait l'aile droite du palais, et tout le monde, en hâte, se disposait à partir, quand soudain la duchesse se mit à pousser des cris horribles :

— Raffaele ! mon enfant ! Malheureuse, misérable que je suis !

— Qu'y a-t-il, madame ? demanda Roccaromana.

— J'ai enfermé Raffaele pour la punir, gémissait la duchesse, et elle est là, sous la porterie. Ah ! mon Dieu !

Aussitôt elle s'élança vers l'édifice en feu.

Roccaromana voulut courir après elle, l'empêcher de s'exposer ainsi, essayer lui-même de sauver l'enfant. Prina le retint par le bras.

— Restez, fit-il d'un ton impérieux. Restez. Je l'exige. Ménagez-vous. Votre présence au milieu de cette troupe sans ardeur est nécessaire. Vous devez donner l'exemple à ces hommes et les encourager.

Roccaromana grinça des dents et hocha la tête, mais il ne bougea pas, subissant, malgré lui, l'autorité du prêtre ; désolé de ne pouvoir être d'aucune aide à la duchesse, il la vit affronter cette pluie de feu et de débris enflammés qui volaient au milieu de la cour, puis pénétrer dans ces caves souterraines que menaçait, à chaque minute, l'effondrement du premier étage.

— Vous êtes prêt ? demanda Prina au marquis.

— Oui. Où est la duchesse ? Et la comtesse Labriola ? Je ne les vois pas.

— Ne vous occupez pas des femmes, dit Prina, et partons.

Toute la troupe se mit en marche.

Prina ouvrit lui-même la petite porte de la strata del Carmine. La ruelle était tranquille et obscure. Le bruit du quartier y arrivait très assourdi. Prina prêta l'oreille. On n'entendait plus les sifflets de tout à l'heure.

« Ne nous voyant pas venir, pensa-t-il, Ascalona s'est sans doute éloigné. N'importe. »

Et, bravement, il sortit le premier.

X

L'ODEUR DE LA LIBERTÉ

Ascalona se rendait à Pompéi. Il obéissait à miss Helen, ne sachant pas au juste s'il était convoqué par Prina ou s'il allait tout simplement à un rendez-vous d'amour ; mais il espérait bien retrouver la jeune Anglaise.

Sans qu'elle s'en doutât, et quoiqu'il s'en défendît, elle régnait déjà, en despote, sur cette âme infidèle et passionnée. Comme lui était indifférente, à présent, cette grande œuvre de la restauration napolitaine, qui lui avait coûté tant de sacrifices, et devait, d'après Prina, le purifier du passé et le relever à ses yeux ! Il n'y songeait guère plus qu'à sa Lisabetta, dont les baisers ne faisaient qu'accroître son dégoût et ses regrets. Ce matin même, il s'était brutalement séparé de la pauvre femme, et il l'avait battue parce qu'elle se refusait à le quitter. Pour bouleverser ainsi son existence, il avait suffi que cette jeune fille, à qui d'abord il n'osait penser, se montrât tour à tour bienveillante et moqueuse, l'encourageât puis parût le dédaigner. Il eût oublié le charme ; la blessure demeurait.

Tout, maintenant, l'attirait à elle : orgueil de mâle qui ne souffre pas la résistance et que l'obstacle irrite ; curiosité de cette enfant neuve ; admiration du luxe et de la richesse qui l'entouraient ; effroi aussi de cette petite âme mystérieuse dans ce corps d'étrangère. Cette chair de nacre et de fleur, légère et robuste, inconnue à ses rêves luxurieux de Méridional, lui donnait comme l'ivresse d'une volupté nouvelle. Il avait aimé de ces divinités sombres, noires, féroces, dont le désir vous conquiert plus que vous ne le subissez, ou de ces cajoleuses aux yeux pleins de promesses, qui vous endorment dans un rêve de plaisir ; jamais la magnificence seule du corps ne l'avait ainsi ravi. Miss Helen savait à peine son charme ; si elle souhaitait, comme toutes les femmes, dominer, elle ne connaissait rien de la singulière puissance qu'elle avait en elle ; elle ignorait que chacun de ses pas fût une joie des yeux ; et elle demeurait calme au milieu de toute la griserie lascive que vous donnaient ses moindres gestes. Grande, forte, avec ses hanches solides, sa merveilleuse chevelure, d'un blond pâle et fin, souvent éparse et flottante sur les épaules, elle lui apparaissait comme une de ces vierges guerrières dont elle lui avait confié les légendes, vierge au regard froid, à l'âme décidée. Mais pourquoi y avait-il tant d'étrangeté, d'incohérence dans sa vie et dans tout son être ? Pourquoi, avec ses apparences de tendresse et de bonté, les flèches vives, cruelles de sa causerie ? Pourquoi, sous les robes chastes, la chair semblait-elle se tendre et s'offrir comme impatiente et provocatrice ? Ce mélange de raillerie, de naïveté, de libertinage inconscient, cette alliance d'un corps si audacieux et d'un esprit si réservé lui semblaient monstrueux. Il se croyait abusé.

« Peut-être veut-elle encore se jouer de moi, se disait-il. Elle n'a pas été franche quand elle m'a parlé de l'Anglais. S'il allait se trouver là-bas avec elle ! »

Les abords de Pompéi étaient brûlants, poudreux, tout bourdonnants de mouches ; il goûta de nouveau à cette désolation aride et silencieuse qui lui était familière, où, tout enfant, il venait promener les voyageurs. Puis Pompéi apparut comme un vaste tombeau, entre ses remparts et ses monticules de cendres. Ne rencontrant personne, ni touriste ni gardien, Ascalona se livrait d'autant mieux à son amour. Les belles transparences des monts lointains, l'odeur piquante et sucrée qui lui vint de l'enceinte fleurie l'exaltèrent encore. Mais quand il pénétra dans la ville morte, il éprouva une vive anxiété ; et il craignait de voir apparaître, au lieu de la jeune fille, la figure serpentine de Prina.

Aussi, quelle ne fut pas sa joie, quand, de l'ombre de la porte Marina, surgit tout à coup miss Helen souriante de ses grasses lèvres d'enfant, plus jolie que jamais, avec son teint un peu rosi par la chaleur, l'élancement et la plénitude de ses formes qu'enveloppait sans les dérober une élégante robe de voyage d'un gris argenté, se moirant aux sinuosités et aux reliefs splendides de son corps. Elle remplissait de sa vie et de sa gaieté les petites rues, les solitaires maisonnettes en ruine, jolies dans leur décrépitude comme de vieux jouets d'enfants sages. Elle lui tendit les mains avec une simplicité qui le trompa : dans cet oubli de toute coquetterie, il crut voir une promesse d'abandon.

— Oh ! comme je suis heureuse, heureuse ! dit-elle.

Ascalona se crut obligé de feindre un peu d'irritation.

— Vous m'avez encore trompé !

— Mais non ! Je vous ai dit que vos amis vous attendaient. Ne puis-je me compter du nombre ? Ah ! vous avez été bien injuste pour moi, monsieur Ascalona, et moi, qui ne pleure pas souvent, vous m'avez fait rougir les yeux. Oh ! ne vous défendez pas. Tout ce que vous avez dit de moi à cette femme, dans cette chambre du vicolo du Perruquier, c'était horrible. Cela m'a rendue malade. J'aurais pu vous détester après ces injures affreuses. Puis j'ai pensé que j'avais dû, moi-même, vous paraître très méchante, que vous ne m'aviez pas du tout comprise. Alors je ne vous en ai plus voulu. Tenez, je ris maintenant de ce qui s'est passé, et je vous tends la main. Sommes-nous réconciliés ?

Pour toute réponse, Ascalona, saisissant les doigts roses qu'on lui offrait, les porta vivement à ses lèvres.

— Allons ! allons ! fit-elle en retirant sa main. Vous avez baisé le petit saphir que m'a donné Scamler. Aussi c'est bien fait ! vous n'êtes pas un chien pour me lécher ainsi, et je vous ai défendu d'être un amoureux.

Ascalona tressaillit. Toute sa colère lui revint, lui illumina la face.

— Ah ! assez de plaisanteries !

— J'ai réfléchi, reprit miss Helen, très tranquille ; j'ai trop de caprice dans l'esprit et trop de goût pour la liberté : un amour me rendrait malheureuse. Je vous offre ma loyale amitié.

— Vous recommencez à vous moquer de moi, gronda-t-il entre ses dents.

— Monsieur Ascalona, soyez raisonnable. Parce que je vous ai dit que vous étiez beau, que vous me plaisiez, ce n'est pas une raison pour que je sois votre femme ! Sachez reconnaître ce que je fais pour vous. Je vous ai donné l'hospitalité lorsqu'on vous poursuivait ; aujourd'hui, je vous sauve !

— Vous me sauvez ? s'écria-t-il, très étonné. Comment cela ?

Alors elle avoua pourquoi elle lui avait menti. Ascalona lui tournait déjà le dos, prêt à s'en aller.

Elle le retint par le bras.

— Où allez-vous ?

— Retrouver ceux que vous m'avez fait trahir.

— Arrêtez ! dit-elle. Je le veux ! Vous ne trahissez point en restant auprès de moi, et je ne souffrirai pas que vous alliez à une mort certaine et sans profit pour personne Comprenez donc que votre complot est déjà découvert, que les Piémontais le connaissent, que maintenant même les principaux chefs doivent être arrêtés.

Ascalona leva les yeux au ciel, grinça des dents, et il eut un juron abominable. Puis il demanda d'un ton furieux :

— Et qui nous a livrés ?

— Vous pensez bien que ce n'est pas moi ! Mais dans votre Camorra il y a plus d'un espion, plus d'une canaille. Vous devez le savoir mieux que moi. À présent votre cause est perdue.

— Si j'avais été à Naples, si j'avais reçu les lettres que vous avez interceptées, vous n'en diriez peut-être pas autant !

— Mais si j'ai intercepté vos lettres, c'est que je savais que votre entreprise était désespérée et que vos amis vous entraîneraient dans leur ruine… D'ailleurs, que j'aie eu raison ou bien tort, ce n'est plus le moment de se le demander. Vous devez penser à votre sûreté. Mes malles sont prêtes. Je vous emmène, à Sorrente, à Amalfi… Peut-être loin de l'Italie. Je vous le répète, je veux vous sauver.

— Et vous pensez que je vais partir comme cela ?

— Vous emmènerez votre femme, si vous le désirez. Pourvu que vous ne m'insultiez pas trop en chemin !

Elle n'avait pas achevé qu'Ascalona lui saisit les mains brutalement. Elle ne résista pas, devint toute tremblante. Elle venait, avec terreur, de sentir en lui son maître.

— Et vous pensez, reprit-il, qu'après m'avoir éloigné de Naples, le jour même où je devais combattre avec mes frères pour la délivrance de ma patrie, après m'avoir enlevé toute la joie d'effacer un passé criminel, de me réhabiliter, de donner un but à mon existence, vous avez le droit de venir me dire ensuite : « Je vous accorde ma loyale amitié et je viens vous sauver. » Eh bien, non ! Je ne veux pas de cette amitié, je ne veux pas être sauvé ! La vie, désormais, me sera un continuel remords. Si je puis encore la supporter, c'est en l'oubliant, et il n'y a qu'un être qui puisse et qui doive me la faire oublier : c'est vous !

— Laissez-moi ! dit miss Helen. Vous m'effrayez !

— Non, je ne vous laisserai pas, et tant pis si je vous effraie ! continua Ascalona, en la tenant toujours embrassée. Je vous veux ! Cette bouche menteuse, et ces joues qui glissent sous les baisers, et ces yeux qui se moquent, oui, je vous aurai toute !

— Laissez-moi ! reprit miss Helen. Je serai à vous, mais laissez-moi !

Elle se dégagea enfin et arrangea sa jupe froissée. Il vit qu'elle avait les yeux humides de larmes et qu'elle était toute pâle. Il n'eut pas l'air d'y prendre garde. Il avait toute la cruauté indifférente et barbare de son désir.

D'elle-même elle se calma, revint à lui. Entre les vieilles murailles il l'entraînait ; elle se laissait conduire, résignée, docile. Il lui expliqua les fresques amoureuses des ruines. Quand autrefois il accompagnait des étrangers, il les étonnait par les gloses libres et populaires qu'il mêlait aux contes des anciens poètes. Les histoires des dieux et des héros formaient la seule science de cet esprit presque inculte. Mais il avait poussé fort loin son unique savoir. Il s'était enivré de ces belles aventures. Il voulut, cette fois, s'en aider pour sa séduction.

Ils pénétrèrent dans ces antiques villas, sans toit, ouvertes au soleil, étalant à tous leur secret et leur âme béante. Une volupté endormie depuis des siècles se réveillait à leurs pas et venait les étreindre. Les fresques roussies qui s'effaçaient aux murs laissaient voir encore les scènes d'églogue sur lesquelles s'étaient reposés des yeux juvéniles d'amants et les bacchanales qui avaient réjoui des passions plus violentes.

Ici, des adolescents regardent s'envoler d'une cage l'oiseau de Vénus, la colombe ; et leur rapprochement, leurs mains pressées, leurs regards curieux, leur bouche entr'ouverte accusent assez le symbole ; là, un taureau fougueux enlève Europe ; plus loin, une nymphe se débat entre les bras d'un satyre, et ses efforts pour se délivrer ne parviennent qu'à la mieux offrir à son ravisseur.

Miss Helen ne savait guère des anciens mythes que ce qu'on en apprend aux jeunes filles et ce qu'elle en avait découvert elle-même, au hasard de ses promenades dans les musées. C'était comme un monde ardent, pâmé, anéanti ou furieux de désir, une foule soupirante ou tumultueuse de couples enlacés, de chairs découvertes, tendues, gonflées de jouissance, qui se révélaient tout à coup à ses yeux de vierge, tandis qu'Ascalona, de sa parole enivrée, ajoutait encore à cette vision lointaine une image plus proche et plus pressante du plaisir. Elle qui, avec assurance, lisait, regardait tout, elle qui avait travaillé avec des peintres et connu la liberté des ateliers, elle détournait maintenant la tête devant certaines fresques, rougissante, honteuse, devenue tout à coup d'une timidité farouche en présence de cet homme qui voulait la prendre, qui jouissait de son trouble et épiait dans ses yeux un signe de défaillance. Elle était bien décidée à ne point lui céder, et cependant, peu à peu, elle s'abandonnait au charme de cette heureuse lumière qui traînait sur les pavés de mosaïque et prêtait un air joyeux aux figures peintes sur les vieux murs. Puis elle retrouva son audace. Parfois même, elle s'attardait, frappée de la grâce d'une composition ou curieuse d'une scène libre. Ascalona lui sembla plus beau. Elle excusait presque des licences, des vivacités de paroles, certaines caresses furtives. Mais son bonheur était un peu inquiet, comme autrefois, lorsqu'elle allait à un bal sans la permission de Scamler ; le silence de toutes ces maisons peintes et décorées, riantes et pourtant à demi démolies, pleines de dieux et de satyres en rut, l'effarait comme un enchantement. Il lui sembla que tout un peuple d'ombres amoureuses s'agitait et conspirait sa défaite. Elle se sentait poussée à je ne sais quel abîme inconnu. Pourrait-elle résister ?

Comme la chaleur était pesante, ils s'assirent dans l'une de ces maisons, sous des auvents qu'on avait placés pour protéger des fresques, à la place peut-être où, jadis, l'on dressait le lit pour le maître et ses jeunes courtisanes. Miss Helen était songeuse. Ascalona se rapprocha d'elle, et, incapable de dominer son désir, impatient de goûter à cette grâce rose qui l'affolait, il embrassa la jeune fille dans une forte étreinte et mordit à ses lèvres. Elle eut un cri, rompit, de ses bras nerveux, l'enlacement et, souple, lui échappa. Mais il courut après, l'atteignit encore.

— Je vous veux, lui murmurait-il, mêlant son souffle au sien.

— Vous mentez. C'est votre femme que vous aimez. Vous m'avez insultée devant elle.

— Oh ! c'était la douleur de me voir repoussé par vous qui m'affolait. Mais je n'aime que vous. Et je vous veux. D'ailleurs, vous m'avez promis. Vous vous êtes donnée !

— Non, non, dit-elle, d'une voix faible ; laissez-moi. Plus tard !

— Maintenant !… Vous m'avez fait trop de mal. Il faut que votre baiser efface tout ce que j'ai souffert, tout ce que j'ai perdu à cause de vous.

Il se mêlait une fureur à sa passion ; cette fois, il ne la lâchait pas. Il lui serrait tellement les mains qu'elle gémissait de douleur. Il la poussa contre un banc de marbre, le long d'une figure grimaçante de satyre.

— Oh ! non ! disait-elle avec frayeur, oh ! non, pas ici ! Ce serait une honte.

À mesure qu'il la sentait plus désarmée, il devenait moins féroce ; ses mains, qui l'avaient meurtrie, se faisaient caressantes ; et sa voix, si éclatante dans l'invective, trouvait des accents d'adoration et de prière ; les mots gracieux et chantants de la galanterie napolitaine lui venaient aux lèvres. Il l'appelait de tous les noms tendres qui, en le flattant, diminuent l'être aimé, amollissent son courage, le font plus semblable à ces fleurs et à ces délices sans âme auxquelles on le compare, et qui ne peuvent point se refuser.

— Ô grappe mûre, disait-il, que je boive à pleines lèvres ton vin, que je m'enivre de ta liqueur. Viens, ma rose ! que ton parfum pénètre mon corps, me défende du mal comme un talisman.

— Ne me prenez pas ainsi, suppliait-elle, vaincue, mais se défendant encore, ayez pitié !

Peu à peu elle cessa ses plaintes, se laissa entraîner, la face détournée d'Ascalona, l'oreille aux écoutes. Une voix se lamentait au loin.

Avec une flamme d'espoir dans les yeux miss Helen s'écria :

— Quelqu'un vous appelle !

— Tu ne sais pas comme tu seras heureuse, continuait Ascalona sans l'entendre. Comme tu me remercieras d'avoir courbé ton orgueil !

Miss Helen reprit :

— C'est votre femme qui vous appelle. Tenez ! Je l'entends qui entre.

Cette fois, Ascalona écouta.

— Marco ! faisait la voix. Je veux te parler. Je sais que tu es ici. C'est inutile d'essayer de te cacher.

— Salope, dit-il, qui ne peux pas nous laisser à notre bonheur. Oh ! tu vas voir !

Il lui abandonna les mains et courut du côté de la voix. Mais, en partant, il eut une crainte, miss Helen voulait-elle l'abandonner ? Comme il allait franchir le seuil de l'atrium, il se retourna vers la jeune fille. Miss Helen, lassée de la lutte, s'était assise à la place où ils étaient tout à l'heure ; elle semblait l'attendre. Elle lui fit un sourire attristé. Peut-être regrettait-elle la menace troublante de son baiser ? Peut-être songeait-elle aux injures dont, l'avant-veille encore, il l'accablait elle-même, et qu'il retournait à présent à sa femme.

« Pourvu, dit-il, qu'elle ne s'enfuie pas, pendant que j'en finis avec la coquine. »

C'était bien Lisabetta qui était à la porte et criait vers lui. Elle lui apparut presque comme une inconnue. Elle n'avait plus dans le regard cette flamme de joie, d'assurance qui la rendait presque belle. Elle ne portait point les bijoux de toutes sortes dont elle aimait à se parer. Ses traits étaient creusés ; ses yeux, gonflés et rouges à force d'avoir pleuré. Sa robe, sa coiffure paraissaient d'une veuve.

— Pourquoi viens-tu ici ? demanda Ascalona d'un ton irrité. Veux-tu encore que je te batte, comme ce matin ? N'en as-tu pas reçu assez !

— Marco, dit-elle, c'est donc fini ? Tu ne m'aimes plus ?

— Non. Je suis fatigué de te voir me poursuivre ainsi, t'attacher à moi. Je ne suis pas le valet de lit qui amuse les nuitées de Sa Seigneurie. Je suis ton maître, entends-tu ? Qui t'a dit que j'étais à Pompéi ?

— Mais c'est elle, l'Anglaise ! Je l'ai bien entendue, va ! quand elle est venue l'autre jour à la maison. J'ai l'oreille fine. Ah ! Marco, quelle abomination ! Me trahir avec une étrangère ! Une fausseté, une hypocrisie, plus rongée de vices, plus éhontée, avec ses airs de sainteté, que la plus dégoûtante des couche-toi-là !

— Tais-toi, misérable ! Je te défends de parler ainsi de miss Helen !

Et il la souffleta. Sous la gifle, Lisabetta hurla et bondit de colère.

— Ah ! c'est comme cela, s'écria-t-elle, c'est comme cela ! Tu ne veux plus m'aimer ? Eh bien, tu vas voir, amateur de perruques en filasse et de truies parfumées ! Puisque tu n'es plus à moi, tu ne seras à personne !

Tirant alors un couteau qu'elle dissimulait sous son foulard de cou, elle s'élança sur lui. Elle put l'érafler légèrement ; mais Ascalona, vite, l'eut désarmée, roulée par terre, et, ramassant le couteau qu'elle avait dû jeter, il le brandit pour l'en frapper à son tour. Mais, à ce moment, s'éleva, derrière lui, une conversation fort animée où il crut reconnaître la voix de miss Helen. Très inquiet, il lâche Lisabetta, se relève, et rentre précipitamment dans la villa. Miss Helen n'est déjà plus où il l'a laissée. Il aperçoit alors, à droite du péristyle, une ouverture pratiquée dans la muraille qu'il n'avait pas remarquée, et par où la jeune fille a dû s'enfuir. Il y passe lui-même, puis, au hasard, traverse des villas, des rues désertes.

Ces ruines ensoleillées, cette solitude riante qui semblait se moquer de son angoisse, l'exaspéraient.

— Menteuse ! répétait-il ; mais, que je te retrouve !... Va, tu le paieras cher.

Il s'était arrêté, se demandant quel chemin il allait prendre. Dans son émotion, il ne se reconnaissait plus au milieu de cette Pompéi qu'il avait parcourue tant de fois. Enfin, comme il se dirigeait du côté de l'ancien théâtre, il crut entendre des gémissements, puis des cris. Il tressaille, prête l'oreille, et, n'entendant plus rien, court vers l'endroit d'où sont parties les plaintes. Il allait traverser l'hémicycle énorme du théâtre antique, lorsqu'un caillou vint tomber à ses pieds. Il promena les yeux autour du théâtre. Devant lui, il n'y avait que les gradins intacts, tout blancs, et les vomitoires obscurs. Mais, parmi les colonnes brisées de la scène, au haut d'un escalier à demi rompu, montant parmi des écroulements et des avalanches de pierres, il aperçut avec surprise Lisabetta, très intéressée, semblait-il, par ce qui se passait de l'autre côté de la muraille. À cette vue, une fureur nouvelle souleva Ascalona.

— Canaille ! cria-t-il, le poing tendu.

Lisabetta se retourna, et, comme si elle ne se souvenait plus des infidélités, des insultes, des coups de tout à l'heure, elle lui souriait et lui faisait signe de venir la rejoindre. Il pensa qu'elle le narguait et il eut l'idée d'en finir une bonne fois avec cette femme, de la précipiter du haut du théâtre, et, montant par le proscenium, il s'élança vers elle, la rejoignit, le bras levé. Lisabetta se courba, esquiva le coup, puis, lui prenant le bras, l'attira jusque sur le bord de l'escalier.

— Viens plus près, dit-elle, pour bien voir le beau spectacle.

Et, du doigt, elle désignait la cour de l'édifice ruiné qui bordait le théâtre.

— Regarde donc, reprit-elle, ta sainte et ton innocente ! Comme elle lâche bien le fruit contre la graine. Tu ne t'es pas assez hâté, chéri, elle ne te garde plus que le noyau.

Avec une curiosité anxieuse, Ascalona s'était tourné vers la cour. Tout au fond, entre les colonnes d'un portique, un homme, dans une étreinte féroce, enlaçait une femme dont on n'apercevait que la jupe grise relevée, les jambes fortes, d'une blancheur merveilleuse, et les doigts enfoncés dans l'échine trépidante qui la violentait.

Ascalona n'eut besoin que de voir la jupe grise, le saphir qui brillait à l'une de ces mains fines, pour être convaincu de sa honte et de son malheur. Sa gorge devint sèche, ses genoux mollirent, mais aussitôt une colère haineuse et terrible l'enivra.

— Ah ! truie ! ah ! boue ! ah ! immondice ! cria-t-il.

Et il se baissa pour ramasser des pierres et lapider le couple impudique, puis il dégringola parmi les décombres, sortit du théâtre, se précipita dans la cour. Trois hommes, au moment où il entra, s'en échappaient par un autre côté, tandis qu'une jeune femme se relevait lourdement dans un désordre de jupes et de batistes froissées. Un instant il eut le plein éblouissement de sa chair de neige et de ses cuisses nues dont l'ombre blonde et duvetée s'empourprait de lueurs sanglantes. Elle essaya de fuir, mais Ascalona courut, la rejoignit et, se campant devant elle, il écarta brutalement les grands cheveux blonds qui la voilaient, les mains dont elle se protégeait la face, et le visage de miss Helen, dans son désespoir et sa défaite, avec ses joues en feu et ses yeux rouges de larmes, lui apparut.

— Tu ne t'attendais pas à me voir, putain ? cria-t-il en l'arrêtant par le bras.

Elle ne répondit pas, se couvrit encore le visage de ses mains, éclata en sanglots.

— Ainsi, c'est pour te moquer de moi, canaille, que tu m'as fait venir… oui, pour que ton ruffian te prenne et qu'il jouisse de ta peau mes yeux ! C'est pour ce divertissement abominable que tu m'as fait abandonner mes amis ; c'est à cause de toi que Naples va succomber ! Ah ! tu es bien une fille de l'enfer !

Elle était tombée à genoux sous les coups et les insultes ; elle ne l'implorait que de ses pleurs, de ses gémissements, n'osant pas, dans sa honte, découvrir sa figure ni lui adresser une parole.

Lisabetta était accourue triomphante, et, pour attiser encore, s'il était possible, la haine d'Ascalona contre la malheureuse.

— Voilà donc, s'écria-t-elle, la belle chienne qui t'a mis en folie ! Elle est si bien façonnée, la perfection ! qu'elle n'ose pas te montrer seulement son masque, et l'innocente est tellement sûre d'être sans péché qu'elle ne peut tourner son battant pour se défendre. Mais voilà qui jabote et gueule pour elle, la gouge ! Voilà qui va lui faire tomber net ses manières de papillon blanc[1]. Tiens, respire sa puanteur, porc, et adore-la, ton ange de pureté, puisque tes lanternes n'ont plus de chandelle et que ton respireur prend le fumier pour l'essence de jasmin !

Et Lisabetta, sans que sa rivale, anéantie par l'humiliation, pût l'en empêcher, lui troussa les jupes, maculées de taches de pourpre, semées comme de pétales rouges qui attestaient un neuf et brutal amour.

À la vue de ces traces sanglantes, Ascalona ne sut plus se contenir ; il se rua sur miss Helen, lui releva la jupe sur la bouche, lui en pressa le visage, lui en souffleta les joues, enfin il lui fit mordre cette étoffe qu'avait colorée sa chair ouverte et déchirée.

Miss Helen, épouvantée, ne lui résistait pas. Ses mains, raidies, étendues devant elle, furent toute sa défense. Cette douceur, loin d'apaiser Ascalona, sembla l'irriter davantage. Il lui poussa, lui enfonça la jupe dans la gorge.

Tout à coup, Ascalona la vit rejeter la tête en arrière, sous le voile de souillures, puis s'affaisser, tomber à la renverse.

— Malédiction ! criait-il, tandis que Lisabetta, curieuse et toujours souriante, se penchait vers la pauvre enfant.

1. Religieuse.

Terrifié, il lui découvrit le visage. Les dents, offertes jusqu'aux gencives, étaient féroces, et les yeux élargis, sans lumière, semblaient l'attirer de toute leur horreur.

— Miss Helen ! Miss Helen ! répondez-moi ! appelait-il affolé. Vainement. De cette grâce robuste, de cette santé heureuse, il n'avait su créer qu'un cadavre.

Alors, devant l'atrocité du crime, son âme frissonna et jaillit de douleur. Les traits hideux qu'il contemplait n'avaient pas effacé pour lui le charme si récent de cette tête : ce qu'il voyait à présent ne faisait que mieux lui montrer ce qu'il venait de détruire et lui rendre plus sensible son forfait. Dans la folie de son désespoir, il se coucha sur cette décevante amoureuse, comme pour la réchauffer de son corps. Ah ! qu'il se maudissait lui-même ! Il eût accepté, maintenant, qu'un autre lui ravît la joie de l'initier ; il l'eût acceptée savante, et perverse, et cruelle, même immonde. Tout, venant d'elle, lui eût paru délicieux. Mais qu'elle eût un souffle pour frémir à son enlacement, un souffle pour lui dire une parole, pour lui crier une injure ! Seule, la mort ne pouvait pas le rassasier.

Debout, à côté de lui, Lisabetta considérait cette étreinte effrayante. Elle ne sentait rien de ce mal étranger ; il l'indignait plutôt. Mais ses yeux, sans larmes, demeuraient fixes. Elle ne bougeait pas ; elle attendait. Tant de vivantes aimées furent oubliées pour elle ; cette morte, peut-être, n'entraînerait pas dans la tombe son misérable amant.

Comme le soir montait, un bruit de voix et de pas s'éleva de la ruelle voisine. Lisabetta lui toucha l'épaule.

— On vient.

Ascalona n'entendit point. Elle dut s'approcher de lui, répéter son avertissement.

— Qu'ils viennent ! soupira-t-il.

Et sa bouche revint se coller aux lèvres glacées.

Alors, furieuse, Lisabetta le tira par sa veste et, d'un ton sec, impérieux :

— Lève-toi ! lui dit-elle.

La volonté défaillante obéit à cette énergie farouche. Ascalona se releva ; mais, à peine debout, il se penchait de nouveau vers sa victime : puis, détournant la tête, il éclatait en sanglots.

— Qui l'ensevelira ? fit-il, au milieu de ses pleurs.

— Eux ! répliqua-t-elle durement, en étendant la main vers la rue.

— Je ne pourrai donc même pas l'avoir morte, savoir où elle est ?

Et il voulut s'agenouiller, la baiser encore. Pleine de rage, Lisabetta l'entraîna violemment.

— Viendras-tu, à la fin ?

Ils sortirent ; il marchait comme un enfant se laisse conduire, et tout en larmes.

À peine avaient-ils quitté la villa, qu'il y eut, derrière eux, un grand tumulte. Lisabetta, pressa la marche. Absorbé par sa douleur, Ascalona paraissait ne rien entendre.

Ils quittèrent Pompéi sans avoir rencontré personne, et reprirent la route de Naples.

Ascalona pleurait toujours.

Comme ils arrivaient à Resina, Lisabetta tressaillit ; elle qui semblait tout à l'heure soutenir Ascalona, se serra contre lui avec terreur, implorant une protection.

— Des hommes nous suivent, dit-elle.

Tout son corps tremblait ; elle se sentait devenir lâche.

— Furiano est avec eux, reprit-elle.

À ce nom, Ascalona parut se réveiller, sortir d'un rêve.

— Eh bien ? dit-il, qu'ai-je à craindre de cet homme ?

— Il te hait.

— Je le sais. Et après ? Que peut-il contre moi ?

— Te tuer !

Ascalona haussa les épaules.

— Je ne suis pas homme à me laisser égorger. Et puis qu'importe ? ajouta-t-il songeur.

Lisabetta le considéra longuement. Le ton de ces paroles l'avait frappée. Jusque-là, les pires trahisons ne l'avaient pas fait douter de l'amour d'Ascalona. Elle avait toujours cru à un renouveau prochain. Et, à présent, elle se demandait avec terreur s'ils avaient déjà vécu la dernière de leurs joies.

— Ô Marco ! s'écria-t-elle, ce n'était donc pas vrai, ce que tu me disais ! À t'entendre, tu aurais sacrifié luxe, argent, et tout pour moi ! Tu la connaissais pourtant bien, tu pouvais la voir, et tu me préférais à elle ! Et, aujourd'hui, tu vas me sacrifier à une morte !

— Elle est morte, c'est vrai, dit-il. Pourtant, elle est là.

Et il montra la place où battait son cœur.

— Ah ! tais-toi, tu es fou ! Quand, il y a trois jours encore, tu me parlais comme tu sais, quand tu me criais des choses, des choses, tiens ! auxquelles ça me fait mal de penser !…

— Eh bien, je mentais, dit Ascalona simplement.

— Misérable tortureur de femmes, tu veux donc me tuer ?

— Tu l'as bien tuée, toi !

— Ah ! finis, assassin ! s'écria Lisabetta révoltée ; ne me charge pas de tes abominations.

— Si ! c'est toi qui l'as tuée. C'est toi qui m'as fait voir ce sang. C'est toi qui m'as rendu l'insensé que j'ai été. C'est ta haine qui m'a commandé de détruire cette pure merveille de Dieu. Ce crime est à toi, et je le crierai à tous !

— Et moi, je te dénoncerai, étouffeur de filles ! Ah ! tu m'accuseras de ton crime ! oui ! eh bien, moi, je raconterai tout ce que j'ai appris de tes atrocités. Ma folie pour toi m'avait arraché les yeux. Je ne voyais plus clair dans ta latrine, dans ta pourriture de vie ! Diamante, morte ; Orsolina, morte ; et ce que tu as fait pour le compte du prêtre et des autres, tout ça m'était sorti de ma cassette. Je ne savais plus ! Mais je me souviens, à présent. Et j'ai encore une langue.

— Je te la couperai bien, va, cracheuse d'immondices !

— Essaie ! cria-t-elle, mais, avant, j'aurai le temps d'appeler Furiano à mon secours.

— Appelle-le donc, veux-tu ? dit Ascalona.

Et, d'une poussée violente, il la jeta sur la route, la bourra de coups de pied.

Vite la douleur l'eut domptée et forcée à demander grâce.

— Pitié, Marco ! Oh ! pardon. J'étais folle. Je ne savais pas. Aie pitié !

Il n'en continuait pas moins de la battre de toutes ses forces, quand un jeune homme se jeta devant lui.

— Qui t'a permis, Mormino, s'écria Ascalona, de te mettre entre le lit et le fourneau ? Je règle aujourd'hui mes comptes de ménage. Occupe-toi de ta minette, et laisse-moi trousser la mienne comme il me plaît. Que je la marbre de coups ou que je l'ensalive de baisers, ça ne regarde que moi.

Le jeune homme, qui venait d'interrompre le châtiment, secoua la tête. Ses vêtements, tout tachés de sang, pendaient en loques, lui découvraient la poitrine et les genoux, et un bandeau lui enveloppait le haut du front. Il semblait épuisé par la course, l'émotion, peut-être aussi les blessures. Il dit d'une voix faible :

— On ne s'amuse pas à secouer ses jupes et à rétamer ses casseroles quand on a ses frères en train de mourir !

Ascalona eût un frémissement. Ses yeux brillèrent. Il saisit le bras de Mormino.

— Parle ! Que veux-tu dire ?

— Tu ne sais pas, reprit Mormino étonné, qu'on t'attendait aujourd'hui à la Vicaria ? Tu ne sais pas que Vardarelli est tué, l'archevêque arrêté, le palais Tupputti en feu, qu'on se bat sur la piazza del Carmine, et que je viens ici avertir le prince, pour qu'il parte en toute hâte ?

Ascalona demeurait silencieux. L'émotion l'écrasait. Enfin, d'une voix faible, il dit à Mormino :

— Alors, tu as douté de moi ?

— Mais n'avais-tu pas été prévenu ?

— Non, je croyais que l'affaire était arrêtée pour dimanche prochain. Pourquoi l'a-t-on avancée ?

— À cause de Cialdini, le nouveau général qui vient prendre le commandement de l'armée piémontaise. On voulait tenter l'entreprise avant son arrivée. Mais il nous a prévenus. Il a fait son entrée solennelle ce matin, avec tous les galonnés, tous les emplumés, et alezans par ci, et alezans par là, et trompettes en avant, et drapeaux par derrière. Ah ! les porcs !

— Et tu es blessé, Mormino ?

— Oh ! s'il n'y avait que ça !

— Et qu'est-ce qu'il y a donc ?

— Il y a tous ceux qui sont morts à cause de toi ! Ah ! tu es une fière canaille, tu peux t'en vanter !

Et il s'éloigna en courant.

— Marco, dit Lisabetta, vois ce qu'elle t'a fait faire !

Ascalona ne répondit pas.

Les rues de Portici étaient pleines d'odeurs de fritures et de vin renversé, encombrées d'une foule endimanchée, chantante et babillarde, éclatante de mouchoirs verts, de ceintures rouges, de chaînes de cuivre doré. On riait, on se caressait, on festoyait. Il y avait grande joie en cette fin de journée ensoleillée, dans l'enveloppement bleu du crépuscule.

Soudain on entendit le roulement lourd d'une grosse voiture ; puis, presque aussitôt, une éclatante galopade de chevaux, et les carabiniers, sabre au clair, apparurent au-dessus de la foule qu'ils rejetaient, hachaient à reculons, à coups de croupe, tandis qu'elle se retirait avec lenteur, répondant aux piaffements et aux pétarades des chevaux par des vivats et des acclamations. Des chuchotements partirent :

— Qu'est cela ?

— Une riche canaille qui s'est laissé prendre.

— Ces veinards-la ! a-t-on de la politesse pour leur cochonnerie !

— Ils se font promener dans leur roulante jusqu'en prison.

— La face de bandit !

— Chut ! chut ! c'est l'archevêque.

— Qu'a-t-il fait ?

— Des atrocités.

— Oh !

— On assure qu'il a tué des femmes !

Une berline arriva, encadrée de carabiniers. Des pierres furent lancées, puis des œufs, des oranges, des excréments. Un caillou fit voler la glace en éclats. À ce moment, on aperçut, à la portière, la face d'aigle, fière et sereine de Monseigneur Ricario Sforza, avec ce grand nez recourbé qui, en lui prêtant un caractère d'humanité plus vulgaire, presque comique, la rendait aussi plus bienveillante et plus douce.

— Mes enfants, je vous dis adieu et je vous bénis, fit-il d'une voix forte.

Et sa main traça dans l'air le signe de la croix.

Des sifflets déchirèrent l'espace ; une fille déguenillée, s'approchant de la voiture, cracha à la face de l'archevêque. Vite un carabinier, d'un coup d'éperon, lança son cheval en avant, repoussa la foule grondante.

— On punit l'archevêque d'avoir été fidèle, observa quelqu'un.

Cependant Ascalona, affolé, se poussant au milieu de la multitude, écartant par la bride le cheval qui protégeait la berline, monta sur le marchepied, et, accroché à la portière :

— Mon père, cria-t-il, mon père ! Le misérable qui est cause de votre arrestation est devant vous. Pardonnez-lui, mon père !

Mais monseigneur Sforza s'était rejeté au fond de la berline et détournait les yeux. Ascalona, désespéré, poussa un grand cri. Il parut tomber. Quelques-uns se demandèrent s'il avait roulé sous les pieds des chevaux, puis on le vit au bras d'une femme. Lisabetta l'avait suivi ; le serrait contre elle. Devant les faces hurlantes, les poings menaçants, elle releva fièrement la tête.

— C'est mon homme ! cria-t-elle. Qui s'attaque à lui s'attaque à moi. Et nous avons de la poigne tous deux !

Puis, jouant du coude, elle entra dans la multitude, se laissa porter par les vagues humaines, tandis que les derniers carabiniers disparaissaient dans un tourbillon de poussière.

Ils arrivèrent à Naples. Partout ils trouvaient la même foule heureuse, des trattorie pleines de monde, des filles dansant devant les portes, au milieu de rires et d'applaudissements qui, au fond des maisons sonores, roulaient comme un orage. Le port n'avait pas changé. Et, à deux pas, une bataille avait lieu. Une gerbe de flammes, qu'on ne voyait pas de la Strata Marinella, apparaissait tout à coup quand on arrivait sur la piazza del Carmine. Courbée, activée par le vent, elle fouettait la rue de Lavinaro, menaçant tout le quartier et l'étouffant de fumée. Sous l'ouragan de feu et dans l'ombre grandissante des ruelles voisines, une lutte énorme était engagée. Il s'en élevait une rumeur de cris confus, étouffés, inquiétante comme une colère sans voix. La rumeur, un instant, semblait rire, donnant l'idée d'une joie sans frein et tapageuse ; et, aussitôt après, elle éclatait en sifflements féroces ou gémissants, elle mourait pour renaître avec une rage nouvelle. C'est à peine si, de temps à autre, on entendait la détonation d'un fusil ou d'un revolver. Les munitions devaient être épuisées, et l'on se battait corps à corps. Sur le seuil des portes, des femmes, les yeux tournés vers l'endroit d'où venait le bruit, attendaient dans l'angoisse. Beaucoup de gens attirés par la curiosité avaient pris parti, subi l'ivresse sauvage du combat.

Ascalona voulut s'approcher de ce grand choc sombre d'où personne ne s'échappait, et où personne, non plus, n'osait maintenant s'aventurer. Lisabetta essaya en vain de le retenir.

— Je le veux, dit-il.

— Alors, je te suis.

Et elle s'accrocha à son bras.

Ils se poussèrent dans cette mêlée d'ombres, entre les ruelles rouges de l'incendie.

Il y avait dans cette multitude, jusqu'aux abords du palais, des hommes qui, sans entrer encore dans la bataille, attendaient, comme une réserve toute prête, le moment d'y prendre part.

À présent, au risque d'être étouffés, de recevoir un coup détourné ou d'être brûlés par les débris embrasés qui tombaient à chaque instant, ils se contentaient d'être spectateurs, ou plutôt ils essayaient de l'être, car il devenait fort difficile dans la poussière, l'obscurité ou l'éblouissement des flammes, de distinguer l'ensemble du combat. C'était comme une suite d'engagements particuliers où chacun paraissait lutter pour soi, sans s'occuper du voisin.

Ascalona parvint, avec beaucoup de peine, devant la porte du palais. Quelque chose de monstrueux, comme une bête informe, environnée de langues et de flèches de feu, s'en échappait avec grand fracas. Ascalona reconnut avec étonnement la calèche du marquis, attelée de ses vieux petits chevaux et que Malaspina, terrifié, l'œil hagard, conduisait lui-même, fouettant son attelage de toutes ses forces et criant :

— Place ! épargnez les femmes, épargnez les enfants !

La calèche renfermait la comtesse Labriola et la petite Raffaele. Par je ne sais quelle folle inspiration, comme on entourait la voiture, la comtesse, se croyant menacée, baissa la glace, saisit sa carabine et fit feu. Il y eut un cri, un écroulement de corps. Dans ce tas sombre, elle avait atteint une chair vivante. Mais aussitôt la calèche fut prise d'assaut ; le vieux marquis arraché de son siège ; Raffaele, la comtesse tirées brutalement de la voiture ; leurs vêtements mis en pièces. On entendit des plaintes désespérées ; une minute la jeune femme et la fillette apparurent toutes nues, et leurs jambes se débattirent au milieu de mains furieuses. Ces sauvages étalèrent des sexes déchiquetés, l'arc bandé des croupes sanguinolentes, des nudités ridicules et infâmes semblables à des viandes d'abattoir ; et ils tiraient, ils pressaient les peaux souillées comme des balles souples dont s'amusent les enfants. Ascalona tenta de porter secours aux malheureuses, mais vingt personnes le séparaient d'elles. Soudain il aperçut, au-dessus des groupes, la tête de la comtesse, dont les yeux, agrandis, exprimaient une effrayante angoisse. Les plaintes avaient cessé. Les deux corps inanimés et tout sanglants, passèrent près de lui, les pieds en avant, comme roulés par un torrent fangeux. La canaille les avait enlevés aux meurtriers pour quelque divertissement infâme. On se les disputait. Aux ongles, aux dents de misérables il en restait parfois des lambeaux. L'incendie mettait sur ces chairs meurtries des clartés rouges ; et des êtres, ivres de férocité, essayaient de les étreindre. Vainement Ascalona voulut s'opposer à l'indigne profanation ; déjà les corps étaient loin de lui ; on se les passait, on se les renvoyait. On eût dit un jeu barbare, quelque jonglerie obscène avec des poupées grimaçantes. Devant ces horreurs, Ascalona eut en une seconde le souvenir voluptueux de la petite comtesse, le liant de ses grands cheveux sombres ou se découvrant l'épaule pour l'offrir au baiser. Elle était si jolie lorsqu'elle fixait sur lui ses beaux yeux, où il lisait un commandement et une prière, et qu'elle disait du bout des lèvres, ne sachant trop si elle devait être encore maîtresse : « Embrassez-moi là, voulez-vous ? » Et quand elle riait sous ses caresses !… Les larmes lui voilaient le regard ; il détourna la tête. Lisabetta l'observait avec curiosité. Tant de crimes ne l'épouvantaient pas. Elle n'était occupée que de sa jalousie ; et elle s'applaudissait d'un meurtre qui lui enlevait une rivale.

Il se produisit, en ce moment, une poussée violente, et Ascalona avec Lisabetta furent rejetés, presque écrasés contre une porte. La multitude refluait de toutes parts. « Les carabiniers ! Les carabiniers ! » criait-on. Les Piémontais songeaient enfin à intervenir, jugeant la saignée suffisante. Ascalona, dans un malaise intolérable et sentant plier la porte à laquelle il s'appuyait, lui donna un fort coup d'épaule et acheva ainsi de l'ébranler. Ils pénétrèrent alors dans le vestibule d'une maison qui s'ouvrait sur une petite cour, et, de là, ils purent gagner une ruelle qui tombait sur la piazza del Carmine. Cette ruelle était déserte ; mais, comme ils arrivaient sur la piazza, ils remarquèrent un attroupement devant une pharmacie ; et, quelqu'un ayant prononcé le nom de Prina, Ascalona, très inquiet, voulut entrer.

Il poussa un cri de douleur. L'homme qu'il avait révéré jusque-là comme une idole, plus asservi qu'un esclave à cette puissante volonté : Don Prina était à présent étendu sur une table ; ses vêtements, son long corps amaigri ne formaient plus qu'une même robe de sang où l'étoffe se mêlait aux chairs broyées et coulantes, et où l'on cherchait en vain le souvenir d'une forme humaine. Pourtant, cette plaie vivait encore.

— Ils l'ont traîné tout le long de la rue de Lavinaro, les misérables ! dit quelqu'un. Et nous-mêmes avons failli être écharpés pour vouloir leur arracher la victime.

Un médecin se tenait debout auprès de Prina, immobile, pénétré de l'insuffisance et de l'inutilité de sa science, qui ne pouvait rien pour le sauver.

Les trois hommes qui avaient transporté le prêtre dans la pharmacie s'approchèrent. Ils avaient cru surprendre un suprême appel dans son regard, auquel la mort menaçante n'avait enlevé ni l'expression, ni la beauté. L'effort des meurtriers n'avait pu porter que sur le corps. Malgré des blessures profondes, le visage n'était pas déshonoré.

Prina ouvrit la bouche et prononça quelques paroles d'une voix sourde, pâteuse et embarrassée.

— Que le roi sache, dit-il, que je meurs en le servant.

Et, comme ceux qui l'entouraient voulaient lui laisser un espoir :

— Non, non, reprit-il, tous ceux de notre race doivent mourir ainsi. C'est leur destinée d'être assassiné par le peuple auquel ils se sacrifient. La canaille de Milan a massacré mon grand-oncle. À présent, c'est mon tour.

Il ajouta :

— Dieu n'a pas voulu que mon œuvre réussît avec moi, mais un autre la reprendra !

À ce moment, Ascalona vint tout près de lui et, d'un ton suppliant :

— Mon père ! implora-t-il.

Le regard de Prina s'illumina : le prêtre avait reconnu la voix. La colère l'arrachait à ses blessures. Il se souleva, menaçant.

— C'est toi, misérable ! Tu oses venir ici, traître ! Va-t'en, chien ! retourne à ton vomissement ! Éloignez-le, vous tous, que je ne sente pas la respiration de cette charogne auprès de moi ! Il n'est pas digne de voir mourir un homme comme moi.

Tous ceux qui entouraient Prina se préparèrent à jeter à la porte l'intrus ; mais, à ce cri de haine, Ascalona se retirait lui-même, trop accablé, trop anéanti pour oser une protestation. Repoussé par son maître, frappé par la mort de ses amies et la ruine de ses ambitions, il avait perdu toute énergie et toute fierté, se sentait faible et pusillanime. Comme il sortait, quelqu'un lui cria des insultes. Il hâta le pas. Dans sa marche, deux ou trois fois il se détourna, puis il dit à Lisabetta :

— As-tu entendu ?

— Quoi donc ?

— Quelqu'un a prononcé mon nom, là, derrière moi.

Lisabetta sourit.

— Ne te moque pas, s'écria-t-il.

— Je ne me moque pas. Je suis contente. Tu as peur. C'est que tu tiens à vivre. C'est que nous pouvons encore nous aimer.

— Comment peux-tu parler d'amour, à présent ! Comment peux-tu m'aimer encore, quand je me déteste moi-même, quand j'ai honte d'exister ?

— Tu es fou, reprit Lisabetta, mais ta folie passera. Ils ont déjà rendu à la terre leur pourriture ou sont prêts à partir pour l'autre monde, ceux ou celles qui t'ont mis des papillons dans la cervelle. Tu vois, le bon Dieu l'a frappé, ce serpent de Prina qui nous empêchait de nous aimer. Maintenant, tu seras à moi tout entier. Tu ne peux plus trouver de bonheur qu'en ta Bettina.

Ascalona secouait la tête à ces belles promesses, comme s'il ne voulait plus croire à l'avenir. Mais Lisabetta s'abandonnait à son rêve d'amour tranquille. Elle avait échangé avec lui ses craintes contre l'assurance et le courage ; dans leur accouplement étrange, elle était l'homme à présent.

— Ne pense plus qu'à te mettre à l'abri. Ils ne peuvent rien te faire…

— Ils peuvent me fusiller, dit Ascalona.

Lisabetta sourit encore, pleine de confiance. On eût dit qu'elle n'avait rien vu des massacres ni de l'agitation populaire.

— Comme tu es devenu lâche ! reprit-elle. Est-ce qu'on oserait fusiller Ascalona ? Cela mettrait Naples en révolution. Non ; s'ils te prenaient, ils te déporteraient peut-être à Tremiti, mais ce n'est pas difficile de s'en évader. Ursina en a tiré Domenico, tu te souviens, et tu sais pourtant s'il existe au monde deux meilleures bêtes. Et puis il ne faut pas se faire prendre. Je suis là pour te défendre…

— Ou te dénoncer !

— Ô Marco ! comme tu es cruel ! Est-ce qu'on s'occupe de ce qu'une femme peut dire quand elle est en colère ? Va, mon adoré, j'ai pu t'insulter et te menacer, mais ma bouche seule était coupable. S'il t'arrivait le moindre mal, je serais trop malheureuse. Ah ! parfois tu m'as causé bien de la peine, et même un jour, je te l'avoue, j'ai pensé – mais sérieusement ! – à te faire mourir. Oui ! Seulement, sois sûr que je ne serais pas allée chercher pour cela les alezans ni Furiano. C'est de mes mains que je voulais te tuer, et comment veux-tu qu'elles en aient le courage ? Il faudrait ne pas te voir !… Dès qu'on te regarde, ma douceur, ma beauté ! on a beau être furieux contre toi, on oublie tout, on ne pense qu'à te baiser. Tu le sais bien, vilaine crapule !

Et Lisabetta l'étreignait passionnément. Elle lui prit la bouche, lentement, entre ses lèvres, molles de volupté, puis ferma les yeux, voulant ne plus voir la foule agitée, la rue bruyante, souhaitant être toute à sa caresse Il se laissait embrasser. Soudain, d'un mouvement brusque, il se dégagea de l'enlacement.

— Qu'as-tu ? dit Lisabetta, contrariée.

— Tu as vu Furiano ? Derrière nous !

— Tu m'ennuies avec Furiano. J'ai ramassé le couteau que tu m'avais fait jeter, et toi, tu as le tien, n'est-ce pas ? Qu'il vienne donc ! Tu n'es pas une femme, voyons, pour qu'on te donne du courage !

Ils s'avançaient au hasard, emportés par la foule qui montait du port aux quartiers du centre. Ils passèrent devant San-Carlo, dont la façade était magnifiquement illuminée. Le vent faisait trembler les inscriptions lumineuses, les pyramides et les bouquets de clartés disposés devant le théâtre jusqu'à la place Saint-Ferdinand ; il apportait des odeurs de feuillages desséchés et de roses flétries. À chaque coin de rue, on avait élevé des arcs de triomphe.

— Ils sont en fête ! soupira Ascalona.

— Tu sais bien ce que t'a dit Mormino, observa tranquillement Lisabetta. Ils célèbrent l'arrivée du Cialdini, le nouveau général piémontais.

Ascalona tourna la tête dans la direction de la piazza del Carmine. La fumée de l'incendie s'épandait toujours, en nuages énormes, sur le ciel embrasé, dans le poudroiement d'or, continu, des étincelles. C'était comme une beauté inattendue qui venait s'ajouter à l'illumination. Parmi tant de clartés, nul ne s'alarmait de ces lueurs de funérailles.

Une vieille dame passa, toute couverte de fausses perles, de plumes, de soie chatoyante ; elle conduisait deux fillettes en robe blanche, très intimidées par la solennité, portant des brassées de fleurs, et sa marche s'accompagnait de leçons de maintien, de conseils sur la manière de se présenter devant l'illustre général, d'exclamations de colère contre la foule qui ne s'ouvrait pas assez devant ses anges, menaçait de froisser les robes et d'effeuiller les fleurs.

Autour d'Ascalona on causait avec animation :

— Ne croirait-on pas que l'on s'apprête à recevoir un roi ?

— Les bourgeois voient en Cialdini le pacificateur de Naples.

— Beau pacificateur par la fusillade ! Il va renouveler ses exploits d'Ancône et de Gaëte.

— C'est une honte d'acclamer cet homme-là.

— Moi, je crierai : « Vive Garibaldi ! » quand il passera.

— Et moi : « Vive François II ! »

— Et moi je ne crierai rien du tout. Aujourd'hui, ce serait dangereux de n'avoir pas d'enthousiasme.

— Il ne verra toujours pas danser la pauvre Barborin !

— Pourquoi cela ? Serait-elle bourbonienne jusqu'aux jambes ?

— Ne plaisantez pas. La malheureuse a été assassinée.

Ascalona avait entendu. Ce dernier malheur, si imprévu, l'atterra. Toutes les femmes qu'il avait connues semblaient l'appeler de leur tombe nouvelle. Il crut qu'il allait défaillir. Il s'appuya contre Lisabetta, qui ne cessait de l'observer et lui souriait cruellement.

— Nie donc que tu l'aimais ! fit-elle.

— Non, je ne l'aimais pas, mais quelle douleur de voir disparaître ainsi tous les êtres que l'on a connus !

— Est-ce que je ne suis pas là, moi, pour te consoler ?

Elle n'achevait pas qu'une immense clameur monta de la place Saint-Ferdinand. Les arcs de triomphe se couvraient de grappes humaines ; de grandes filles, des enfants, des jeunes gens, des vieux même, que l'âge n'avait point blasés, s'accrochaient à des piliers mouvants, à des planches pliantes, retenus comme par miracle à une branchette de feuillage, noués aux jambes, aux pieds, à la taille les uns des autres, pour voir arriver la voiture de Cialdini. San-Carlo devint plus resplendissant ; les reflets de l'illumination coururent dans cette ombre grouillante, sur ces milliers de têtes en attente, encadrèrent de lumière les uniformes, les sabres nus, le sautillement des cavaliers au-dessus des haies noires de la multitude, et le passage rapide, glissant, de la calèche où se trouvait l'idole.

« Viva Cialdin' ! » hurlait la foule qui suit la voiture ; « Viva Cialdin' ! » glapissait la foule massée devant le théâtre, et les deux chœurs se répondaient dans un crescendo continu. Les bouches ouvertes toutes grandes, immobilisées dans un cri, semblaient attendre que le son expirât pour le reprendre avec plus de force.

L'acclamation fut répétée mille fois, jaillit des fenêtres, des toits, pour tomber dans la foule houleuse et soulever des tempêtes. Pendant plusieurs minutes, ce fut un grondement inouï de tonnerre, aux éclats sans cesse répercutés. Il ne cessa qu'au moment où la voiture s'ouvrit. Un uniforme raide, des cheveux grisonnants et envolés, sous un chapeau à plumes de bersaglier, et un sabre traînant à terre, c'est tout ce que virent et entendirent, ce jour-là, de Cialdini les plus proches spectateurs, tant le général monta rapidement au théâtre et disparut vite parmi les robes blanches, les brassées de fleurs, les têtes inclinées et admiratives.

— Quand je songe, dit Ascalona, que c'était nous qui devions être acclamés ce soir à sa place ! Il nous vole notre gloire.

— C'est l'Anglaise qui est cause de tout cela !

— Ah ! non, tais-toi ! tais-toi !

Lisabetta, le voyant pleurer, lui essuyait doucement les yeux.

— Ne te tourmente pas, ma jouissance, dit-elle, et elle répétait toujours : Ton ensorcellement va cesser. Nous allons être heureux.

Avec beaucoup de difficultés ils parvinrent à sortir de la foule, gagnèrent la via Medina, les ruelles obscures et désertes.

— Vois-tu, mon chéri, dit-elle, ce Cialdini ne m'annonce rien qui vaille. Il va y avoir de l'orage à Naples, c'est sûr ! Allons passer les mauvais jours à Caserte. Notre vieux bon-Dieu d'oncle Pezzano, tu sais, qui te faisait si bon œil autrefois, y est installé. Il gagne de l'argent gros comme toi, dans la ganterie. Il m'aime bien, et ça ne lui déplaira pas de nous avoir chez lui durant une lune. Nous partirons demain, au frais du matin.

— Pourquoi ne pas partir maintenant ? demanda Ascalona.

— Si tu veux ! Seulement, il faut bien aller au vicolo du Perruquier pour prendre mon argent.

— Ah ! l'argent ! s'écria Ascalona. Qu'est-ce que c'est encore que cet argent ?

— De l'argent qu'a sué la misère. De l'argent qui fleure le travail. Il n'y a pas de honte à le toucher. Et je tiens à l'emporter. On nous le volerait. Et puis, nous en aurons besoin là-bas. Le vieux nous hébergera, on peut s'y fier ; mais une fois ou deux, pour l'amadouer, peut-être sera-t-il bon de lui sonner à l'oreille la chanson des carlins !

Tout en consolant, en caressant Ascalona, elle l'avait conduit jusqu'à l'horrible maison où il avait déjà surpris Fortiguerri, où la malheureuse Helen Morgan était venue le chercher l'avant-veille.

— J'ai peur, dit-il devant la porte. N'entrons pas ici : il me semble qu'il va nous arriver malheur.

— Pauvre âme d'homme ! répliqua Lisabetta. Tu es effrayé devant la maison où nous avons vécu de si belles années !

Et elle le poussa vers le couloir sombre, puis vers la chambrette encombrée. Ses pieds s'attachaient au sol ; il éprouvait l'épouvante instinctive que ressentent certains êtres à l'approche du péril.

À peine entrée, sans prendre le temps d'éclairer la chambre :

— Viens, mon amour, dit-elle, en l'embrassant avec force ; viens, serre-toi bien contre ta Lisabetta, que nous ne nous séparions plus jamais !

Mais elle poussa un cri. Quelqu'un l'avait saisie par-derrière, l'arrachait brutalement à son étreinte ; et on essayait de lui lier les mains, tandis qu'un rugissement énorme, un bruit de lutte et d'écroulement s'élevaient de l'autre côté de la chambre.

— Tu as le plaisir trop pressé, colifichette ! fit la voix de Furiano.

En même temps, la grande Stellina se montra, souriante, une chandelle à la main ; et Lisabetta put voir Ascalona maintenu à terre par quatre hommes. Deux autres hommes, dont l'un était Zingone, essayaient aussi de la terrasser. Elle hurla de détresse.

Stellina s'approcha d'elle et, à demi-voix :

— Ça t'apprendra, ma charmante, à me chiper mes galants.

— Et à te refuser à nous, décrottoir d'étrangers ! ajouta Zingone.

— Ah ! porc ! j'aimerais mieux mourir que d'être à toi.

— Tu n'auras peut-être pas le choix, répliqua-t-il. Et peut-être bien qu'avant demain…

— Jamais ! jamais !

Et elle lui crachait à la face.

Furiano se tourna vers eux :

— Étendez-la sur la table, commanda-t-il, et liez-la bien par les jambes et par les bras.

Puis, s'adressant aux hommes qui retenaient Ascalona :

— Vous le conduirez ici, contre le lit où ils ont fait leurs saletés, pour qu'il soit bien en face de sa gouge.

Ascalona lui jeta un coup d'œil dédaigneux. Après s'être défendu de toutes ses forces, voyant que la lutte était pour lui désespérée, il se résignait ; et ce courage dont il n'avait pu se servir contre ses ennemis il le retrouvait maintenant pour supporter sa défaite. Il se laissa traîner et attacher sans résistance.

— Agenouillez-le ! ordonna encore Furiano.

Et, allant à lui :

— Te souviens-tu, Marco, du temps où j'étais ton petit, où tu me donnais à faire toutes les sales besognes de la Camorra, et, pour me récompenser, me traitais plus mal qu'un muletier ne traite ses bêtes ? Battista a grandi à présent. Et tu regrettes peut-être, à l'heure qu'il est, que tes coups ne puissent se changer en pièces d'or.

— Non, brute, je ne regrette rien. Je ne t'ai pas assez battu plutôt. J'aurais dû t'écraser sous mon pied !

— Et, vois donc ! c'est moi qui t'écrase aujourd'hui.

— Dans un guet-apens, et avec l'aide de six hommes. Ah ! tu peux bien te vanter de ta victoire !

— Enfin, je suis le maître à présent.

— Imbécile ! si la Camorra est avec toi, maintenant, c'est parce qu'ils me jalousent et veulent se servir de ta haine ; mais ils savent bien que ce n'est pas toi qui peux me remplacer. Il faudrait pour cela de l'esprit et du courage, et tu n'as que ton fiel, grand lâche ! et tu es plus stupide que les pierres !

— Tais-toi ! tais-toi ! Pas un mot de plus ! s'écria Furiano, outré de colère. Et vous autres, ajouta-t-il en s'adressant à ses compagnons, laissez-moi avec lui. Nous avons mille tendresses à nous susurrer à l'oreille. Reste seulement, Stellina. J'ai besoin de toi.

On lui obéit. Quand les hommes se furent éloignés, Furiano laissa éclater toute la férocité de son ressentiment. Il courut à Ascalona et lui frappa le visage à coups de poing. Ascalona n'eut pas une plainte, mais Lisabetta, de la table où elle était liée, entendit les coups et remplit la chambre de gémissements, comme si on l'avait frappée elle-même.

— Assassin de Diamante, assassin d'Orsolina, criait Furiano, tu croyais la vengeance endormie ! Mais je t'épiais, va ; j'attendais le moment favorable pour t'atteindre. Tu me vois devant toi. Et je vais te jeter au fumier, pourriture ! Ah ! tu as beau fermer ou allumer tes lanternes, tes belles manières ne m'inquiètent pas plus que ma première culotte.

— Non, répliqua Ascalona, mais c'est que je suis attaché.

— Tu le seras toujours jusqu'à ce que tu sois crevé, chien ! ce qui ne tardera pas. Mais, avant, il faut que tu me paies tes vieilles dettes.

Et il fit un signe à Stellina.

— Où sont donc, lui demanda-t-il, les délicieuses découvertes que tu as faites chez Lisabetta, au fond de sa malle ? Toutes les jolies lettres des seigneurs étrangers ? Allons, lis, Stellina, toi qui sais lire : la lettre de l'Anglais, par exemple : elle est si tendre ! et celle du Français, qui est impayable. Quant à celle du Russe, peut-être Marco a-t-il l'oreille trop pudique pour l'entendre. On la lui montrera seulement.

Stellina, docilement, avait retiré de son corsage un petit paquet de lettres dont elle fit voir la suscription à Ascalona. Toutes étaient adressées à Lisabetta ; toutes étaient des messages galants qui ne laissaient aucun doute sur la cause de ces hommages et sur le don charnel dont ils semblaient le paiement. L'un des correspondants écrivait : « Comme tu étais belle, l'autre soir, dans cette chambre de la rue de Tolède… » Un autre : « Chère Bettina adorée, je t'envoie ce bracelet… » Un troisième conviait à un rendez-vous, avec des supplications agenouillées, des promesses ivres de luxure.

Ascalona serrait les dents d'humiliation et de rage, tandis que Furiano riait aux éclats.

— Regardez-moi donc, disait-il, ce beau tourne-tête de minettes ? Il avait, soi-disant, dames et demoiselles à ses genoux, et jamais catin n'a mieux encorné un homme que Sa vertueuse Seigneurie d'épouse.

De la table, Lisabetta faisait de violents efforts pour se dégager des cordes qui lui liaient les bras.

— Marco ! criait-elle d'une voix étranglée par l'émotion, n'écoute pas cette foireuse de fille ! C'est elle qui a inventé les lettres. C'est elle qui a des amants, et pour le plaisir ! Domenico, et Mormino, et Zingone, et d'autres encore.

Furiano avait tressailli.

— Est-ce vrai ? demanda-t-il à Stellina, la main levée, essayant de lire dans ses yeux.

— Vas-tu croire une femme qui délire ? répliqua Stellina en haussant les épaules.

— Ne les écoute pas, Marco, reprenait à son tour Lisabetta. Je n'aime que toi, toi seul, entends-tu ?

— Nous allons bien voir si tu n'aimes que lui, s'écria Furiano en se jetant sur elle.

Et, de sa main brutale, il retroussa les jupes, ouvrit les jambes fortes de l'amoureuse, étala le ventre aux lignes fléchies et cette fleur du sexe, pâle et délicate comme chez une vierge.

— Ah ! brute, criait Ascalona hors de lui, puisse-t-elle être pour toi une latrine et une pourriture, et te changer toi-même en putréfaction.

Lisabetta serrait les dents de colère, tandis que les doigts impatients et lubriques de Furiano lui molestaient cruellement tout le corps.

— Ça, dit Stellina furieuse, ça, je ne le souffrirai pas !

— Va-t'en à la porte si ça ne te plaît pas, et tant mieux si je t'aiguillonne un peu la peau ; tu m'as mis en rage assez de fois, bouche aux ordures !

— Tu m'insultes, grande viande ! Eh bien, tu vas voir. Je vais aider Marco à te flanquer par terre, rien que pour voir la belle grimace que tu lui feras, quand il aura les mains libres.

— Essaie donc, répliqua Furiano en se plaçant devant Ascalona.

C'était ce que désirait Stellina. Tout en faisant face à Furiano, elle s'approchait à reculons de Lisabetta, et, par-derrière, elle lui glissa dans la main son rasoir de Camorriste.

— Merci, fit Lisabetta, et, doucement, en raidissant et en appuyant la main contre le pied de la table, elle coupa la corde qui lui liait le bras droit.

— Nous nous arrangerons plus tard ensemble, dit à demi-voix Stellina.

— Vas-tu te sauver, coureuse ? cria Furiano. Que marmottes-tu là ?

— Un souhait pour toi, mignon, répondit la grande fille. Que la fortune te dore jusqu'au cul. Tu vois, je n'ai pas de rancune. Tu ne m'as pas dit : « Bon vent », et je te l'envoie.

Là-dessus, en signe d'adieu, elle tendit les reins, péta et fit la révérence, jupes étalées.

— Dehors, gouape ! dehors, puanteur !

Et, la poussant par les épaules, Furiano la jeta dans le couloir.

Puis il revint à Lisabetta. L'image de cette femme ajoutait à sa haine pour Ascalona. Il la désirait ; et, bien qu'elle fût facile aux étrangers, il sentait qu'elle le méprisait et ne se donnerait jamais à lui. Maintenant, il s'exaltait à l'idée de la posséder de force devant l'homme qu'elle prétendait aimer.

D'abord il voulut lui imposer d'immondes servages et, se dénudant :

— Baise ton vainqueur, dit-il avec un geste obscène… Ah ! crocodile ! C'est qu'elle a des dents, la carne ! Mais par où je te vais prendre, coquine, je crois que ta forteresse sera assez désarmée.

Il lui plaqua les paumes sur les lèvres puis, sans craindre les violences des mains et des pieds qu'il croyait liés, il l'étreignit avec colère, ivre de luxure et de vengeance.

Elle ferma les yeux et parut s'abandonner.

— Vois, Marco, disait-il, ravi de cette soumission, en se détournant vers Ascalona, vois comme elle est douce à tes ennemis. Je savais bien que tu n'étais pas son idéal.

Mais, tout à coup, il poussa un meuglement puissant et plaintif qui fit trembler les vitres, puis, d'une voix étranglée, il râlait des mots sans suite.

— La gueuse !… Au secours !… Elle m'assassine… Au secours !

Lisabetta s'était redressée à demi sous son étreinte, et, de ses mains libres, brandissant le rasoir de Stellina, férocement, elle lui tailladait la gorge. En vain il essayait de la repousser de ses ongles, qui lui labouraient la face : elle ne le lâchait pas.

— Crache donc ta salope de vie, porc ! criait-elle. Finiras-tu de gueuler, dis ! veux-tu !

Il ébranlait la chambre de ses cris, de ses hoquets, de ses convulsions. Enfin il roula, dégringola de la table, le cou ceinturé de sang, et entraîna dans sa chute Lisabetta, et la table elle-même, qui tomba sur eux. Un instant, ils restèrent liés ensemble, l'agonisant et la vivante, se déchirant l'un l'autre, unissant leur sang et leur haine. Puis Lisabetta se releva seule, la face toute rouge, meurtrie de griffes et de morsures, les mains, le ventre sanglants. Elle courut à Ascalona, trancha les liens qui l'enserraient et le baisa à pleine bouche. Puis, montrant la table :

— Notre plus grand ennemi est là-dessous, dit-elle. Maintenant. Nous pouvons respirer.

Cependant Ascalona promenait un regard indifférent autour de lui. Il semblait que tout ce qui venait de se passer l'avait à peine ému.

— Tu penses aux lettres ? reprit Lisabetta toute haletante, et échauffée de la lutte. Mais puisque je te dis et je te répète qu'elles sont fausses… C'est une invention de cette menteuse de Stellina et du misérable dont je viens de me délivrer. Ne t'occupe pas du passé.

Elle ne prenait pas garde à sa peau déchirée ; elle ne voyait pas le sang noirâtre dans lequel traînaient les lambeaux de sa jupe, et dont ses mains étaient engluées ; elle ne pensait pas au cadavre qui gisait à ses pieds ; insensible à tout ce qui n'était pas son amour, fière, tranquille, heureuse, toute pleine de beaux rêves, et voulant remplacer l'étreinte détestée dont elle avait encore le frisson par le baiser endormeur ou exaltant de l'adoré.

— Là-bas, disait-elle, à Caserte, nous ne nous quitterons plus. Je te dirai tout ce que je ferai ; mais, à mon tour, par exemple, moi aussi, je serai exigeante : il faudra que tu me dises tout également… Oh ! comme ce sera délicieux, notre existence, chez le vieux bon Dieu d'oncle ! Il est bien capable de t'associer à son commerce. Vois-tu, mon chéri, comme ce serait drôle si, après tous tes métiers, tu devenais un monsieur bien tranquille, comme M. Panettone, l'orfèvre, tu sais ? qui a l'air si gentil avec sa femme. On croirait voir de petits anges, lorsqu'ils sont ensemble. Aussi d'être sage devant le monde, ça n'empêche pas de faire des folies quand on est deux, n'est-ce pas ?… Oh ! que je t'aime. Tiens ! embrasse-moi. Sur le cou, là ! Il y a si longtemps que tu ne m'as baisée ainsi !

Elle l'enveloppait de ses caresses, de son verbiage amoureux. Dans son impatience du plaisir, elle avait dénoué ses jupes, et elle les faisait glisser le long de ses reins, en tordant les hanches, tandis qu'elle entraînait son Ascalona vers le lit. Elle voulait le reconquérir, lui rendre l'amour et la joie, dût-elle être sa courtisane ; après lui avoir offert son sein taché de sang comme d'un philtre voluptueux, elle avait exigé qu'il lui abandonnât sa chair indifférente, et elle la pressait, elle la buvait de ses lèvres avides et voluptueuses, lorsqu'ils entendirent courir dans l'escalier ; la porte s'ouvrit toute grande, et Teresina parut, les yeux égarés, les cheveux épars.

— Lisabetta, fit-elle, haletante, les alezans sont dans le vicolo. Ils viennent ici. Je les ai vus en rentrant de la trattoria. Les deux côtés de la rue sont barrés.

— Ah ! porcs de bêtes ! s'écria Lisabetta.

Ascalona demeurait très calme.

— Je savais bien, soupira-t-il, que le malheur était sur nous.

— Que faire ? demanda Lisabetta.

— Il y a là-haut, dit Teresina, la chambre secrète, où Stellina met le rôti et la garniture[1]. Vous pouvez bien vous y cacher. Personne ne vous y découvrira.

— Alors, viens Marco. Hâte-toi.

— Je reste répondit Ascalona.

Lisabetta lui lança un coup d'œil effrayé.

— Mon chéri, tu ne comprends donc pas qu'ils sont là, les alezans, là, devant la maison ! Nous n'avons que le temps de nous sauver.

— Nous ne pouvons pas nous sauver, répondit Ascalona. La chambre dont parle Teresina est connue de tout le quartier. On y a fait une perquisition il y a deux ans. Et je ne veux pas tomber entre les mains de ces gredins-là !

— Mais, Marco, dit encore Lisabetta, de plus en plus inquiète, je t'assure que nous pouvons leur échapper. Je t'en prie, Marco, je t'en prie, partons !

1. Les vols.

Et elle essayait de l'entraîner.

À ce moment, Teresina, qui épiait dans le couloir, revint vers eux.

— Ils entrent ! dit-elle, les yeux écarquillés de terreur.

Et comme elle ne bougeait pas, Ascalona l'attira brusquement dans la chambre et, tandis qu'elle se laissait choir sur une chaise, il ferma la porte à clef.

— Nous avons encore le temps de nous tirer de leurs pattes ! dit-il.

On entendit des pas pesants, un cliquetis de baïonnettes heurtées et des fusils qui tombèrent et résonnèrent sur les dalles.

— Jésus ! Sainte Vierge ! Sainte Anne ! Protégez-nous ! cria Lisabetta, toute tremblante, en se jetant à genoux.

Ascalona se pencha sur le cadavre de Furiano, fouilla dans une poche de veste, en retira un revolver. À la vue de cette arme, Lisabetta frissonna toute. Elle courut à Ascalona, lui entoura le cou de ses bras, et, bouche contre bouche :

— Que vas-tu faire, Marco ?… Écoute-moi, voyons, ne me désespère pas ! Quand même tu serais pris, tu pourrais bien leur glisser entre les mains, comme tu l'as déjà fait. Tu connais tous les geôliers de la Vicaria. Puis moi, tous tes amis, nous t'aiderions à t'évader. Oh ! Marco, ne me regarde pas comme cela. Je te le promets ; on me l'a assuré : la vie est belle encore pour nous !… Ah ! mon Dieu ! mon Dieu ! il ne veut rien entendre. Il va se tuer, mon Dieu !

Déjà, on heurtait à la porte. On criait : « Ouvrez ! ouvrez vite ! »

Lisabetta regarda son Ascalona. Elle comprit qu'il était décidé, que rien ne changerait sa résolution. Alors elle sentit, elle aussi, la joie de la mort l'emporter. Et, comme il levait le bras, elle l'arrêta, voulut lui donner un dernier baiser, puis :

— Frappe-moi d'abord, mon chéri ! La mort sera bonne, puisqu'elle viendra de toi.

Mais Ascalona ne l'écoutait plus. Il ouvrit sa chemise et, d'une main sûre, en homme qui sait tuer et qui n'a plus peur, il s'appuya le revolver contre la poitrine. Le coup partit. Ascalona s'affaissa sur le lit, doucement, comme s'il était toujours maître de son corps et qu'il voulût être beau jusque dans la mort pour ses amoureuses.

Lisabetta n'eut pas un cri.

— Là-bas ! avec toi ! dit-elle d'une voix sourde.

Et elle saisit à son tour le revolver tombé à terre. Mais, pour être sûre de ne pas se manquer, elle s'appliqua l'arme contre la tempe puis elle fit feu.

Un jet de pourpre éclaboussa Teresina au moment où les alezans faisaient sauter la serrure et pénétraient dans la chambre. Le lieutenant Fortiguerri et le capitaine Roselli accoururent ; mais, en apercevant les trois cadavres et cette femme couverte de sang, ils reculèrent jusqu'au seuil.

— La canaille nous échappe ! s'écria Roselli.

Les soldats s'étaient jetés sur la pauvre Teresina, et, s'imaginant que c'était une criminelle, ils la maltraitaient ; ils avaient déjà déchiré sa robe, et l'accablaient de coups de crosse. Fortiguerri voulut s'opposer aux brutalités de ses hommes, mais Roselli modéra la pitié de son lieutenant.

— Ne pensez pas tant aux femmes, monsieur Fortiguerri, dit-il. Si j'avais eu tous vos soucis amoureux, Sa Majesté perdait Naples, et je n'aurais pas, d'un coup, abattu toutes les têtes de la Camorra.

Le lieutenant n'eut pas le temps de prêter attention à ces paroles. Scamler et son ami Gawen, accompagnés de plusieurs hommes de mine douteuse, venaient, à la grande surprise de Fortiguerri, de pénétrer dans le couloir. Quand l'Anglais aperçut les officiers, il fit signe à ses étranges compagnons de rester à la porte et, suivi seulement de Gawen, il s'avança vers le lieutenant, la main tendue.

Fortiguerri la prit sans hésitation. Maltraité, enfermé par la malheureuse miss Helen, délivré ensuite par Scamler, qui l'avait, en même temps, réconcilié avec le capitaine, il pardonnait presque à l'Anglais des allures suspectes et des tentatives criminelles. Il était à un âge où les impressions se succèdent sans durer ; d'ailleurs, trop épris de lui-même pour aimer une femme qui ne lui avait montré que du dédain. Les événements tragiques de la journée et une visite faite la veille avaient achevé de transformer ses désirs. Il avait rencontré dans un salon une charmante compatriote, la fille d'un colonel milanais, et il rêvait déjà d'arranger ses mésaventures en berquinades et en contes héroïques pour l'amusement d'une fiancée. À peine eut-il une émotion lorsque Scamler, en dissimulant le rôle ambigu qu'il y avait joué, lui raconta le drame de Pompéi ; et il considéra d'un œil sec le cadavre de cette Lisabetta qui s'était donnée à lui. Âme solide, rude et un peu épaisse, il se laissait porter tranquillement par l'existence, n'en sentant pas plus les caresses que les colères.

Scamler, habitué par ses campagnes de l'Inde aux scènes sanglantes, ne fut pas davantage troublé en pénétrant dans la chambre. Il ne tressaillit qu'en découvrant le corps de Furiano, mais sa face s'éclaira dès qu'il se fut assuré que le misérable ne respirait plus. Alors, se tournant vers Gawen :

— Songez, fit-il à demi-voix, à ce qui serait arrivé si l'on eût arrêté ce drôle ! À présent nous n'avons besoin ni d'acheter son silence ni de le faire disparaître.

— Je vous ai toujours dit, mon cher colonel, repartit Gawen, que vous aviez le diable dans votre jeu.

— Mais pas dans mes amours. Ah ! cette pauvre Helen, ce charme de neige éblouissante ! Fallait-il donc qu'elle connût cette brute ?

— Vous prendrez pour maîtresse miss Esther Shapcot. C'est absolument le même type.

— Vous êtes un imbécile, Gawen.

— Et vous, un malhonnête, Scamler. On voit bien que vous n'êtes plus mon débiteur.

Remarquant alors que le capitaine, avec sa curiosité d'officier de police, les observait, Scamler, pour donner le change, tourna les yeux vers les morts et dit à Gawen :

— C'était vraiment un bel homme, cet Ascalona !

— Un homme de courage, évidemment, repartit Roselli. Mais, par Bacchus, que venez-vous faire ici ?

— Un enlèvement amoureux, monsieur le capitaine, répliqua Scamler au hasard.

— Vous cherchiez des femmes, observa Roselli, qui ne perdait jamais une occasion de moraliser, et vous rencontrez des cadavres !

— Ce sont toujours des émotions, dit Scamler. Et même douloureuses je les apprécie. Depuis quelque temps, mon existence était devenue un peu terne.

Cependant, les soldats revenaient avec des civières pour transporter les cadavres au Castel-Nuovo. Le capitaine donna le signal du départ.

L'aube se levait déjà, fraîche et bleue, au milieu d'odeurs fines et d'exhalaisons immondes. Dans la via Medina les lampions mouraient en des lueurs de cuivre sale, au-dessus des feuillages tordus, des roses bouffies, déjà rongées de flétrissure, et du crottin de cheval, – tout ce qui restait du triomphe de Cialdini. Et toujours, du fond assombri où s'effaçaient les étoiles, montaient et se développaient de longues colonnes de fumée qui allaient s'éclaircir et se perdre dans la lumière. Le palais Tupputti continuait de brûler, pareil à un bûcher énorme où se consumait le vieux Naples. Indifférent à ce qui disparaissait là-bas, à ce passé qui lui avait donné la forme de son existence, et qu'un soudard du Nord venait brutalement de détruire, le peuple s'attardait encore dans les trattorie, grisé de réjouissance et sans souci de l'avenir. Partout il y avait des résonances de guitares et des rondes volantes de jupes claires.

Quand passèrent les cadavres sur les brancards, au milieu des soldats, Stellina, qui était allée danser « Aux Calamares du Golfe », sortit très vite de la salle pour regarder le cortège.

— Il paraît que cela a mal tourné, dit-elle à un jeune amoureux qui l'avait suivie, bel adolescent aux cheveux noirs frisés, aux yeux sombres et ardents. J'ai eu bon nez de me sauver. Ce porc de Furiano m'aurait fait prendre. Vois-tu, frimousson, s'ils m'emmenaient à la Vicaria ! que deviendrait ton cierge !

— Dis-moi, demanda son compagnon, sans l'écouter, qui transporte-t-on comme ça ?

Quand elle l'eut renseigné :

— Quoi ! s'écria-t-il, Ascalona est mort ?

Il était devenu tout pâle, et il fit le signe de la croix.

— Ah ! la Camorra ne retrouvera pas de sitôt un pareil maître.

— Tu m'amuses, repartit Stellina. On voit bien que tu ne le connaissais pas entre peau et chemise. Et puis, quoi ? c'est une place libre qu'il te laisse. Tu peux la prendre, s'il y a encore une Camorra !

— Il y en aura toujours, fit le jeune homme, songeur.

— Comme tu es drôle, frimousson !

Elle était rieuse, toute perlée de sueur, avec un joli rose de nature et de fard aux pommettes. Sa bouche charnue s'ouvrait sur des dents heureuses ; ses narines frémissaient à l'air frais et au plaisir. Elle s'appuya sur l'épaule du garçonnet.

— Une valse française, encore ! s'écria-t-elle. Et puis tu me mangeras de baisers jusqu'après demain, à ton désir !

Alors ils tournèrent jusqu'à ce que le bonhomme de la trattoria, enfin vide, vînt les tirer par le bras et leur dire :

— Seigneurie, c'est gracieux de danser, mais j'ouvre de bonne heure, et je n'ai pas encore fermé l'œil. Par San Gennaro, je ne voudrais pas qu'il y eût des fêtes comme ça toutes les nuits !

FIN

LES NUITS CHAUDES DU CAP FRANÇAIS

Notice

Dernier grand texte d'Hugues Rebell, *Les Nuits chaudes du Cap français* a connu une gestation difficile, puis un échec cuisant.

Ruiné depuis longtemps, l'écrivain n'en finit pas de signer des contrats, afin de toucher des avances pour des livres qu'il ne sait s'il aura la force – et le temps – d'écrire. En 1900 il vend à La Maison d'art un roman sur l'univers caraïbe, qui s'intitulera *Noire et Créole* ou bien *La Caresse des tropiques*. Il s'agit d'un ensemble composé de quatre nouvelles d'apparences et de styles distincts, mais liées par une intrigue commune, vue sous des angles différents : la révolte des esclaves de Saint-Domingue, à la veille de la Révolution française.

Ce projet est surtout le prétexte, pour Rebell, de laisser libre cours à son imagination la plus vénéneuse : tout n'est que manipulations perverses, tableaux hallucinants de la décadence coloniale, explosions de violence torve, scènes saphiques et flagellatoires. Mais le ton de Rebell y est si tenu, l'emploi génial des métaphores si savant, que jamais il ne décrit avec crudité les scènes, les rendant encore plus troublantes. La force de ces nouvelles est une sorte de jeu de cache-cache entre la trivialité du propos et la subtilité narrative de l'auteur ; Hugues Rebell ne nous décrit pas le sexe, il ne nous met pas face à un miroir sensuel : bien plus ambigu, au moyen de touches successives, de mots parfaitement choisis, de périphrases d'autant plus percutantes qu'elles sont allusives, l'écrivain plonge au cœur même d'un érotisme suave, poisseux, aussi troublant qu'un théâtre d'ombres.

« Autour de l'intrigue qu'elles enlacent comme des lianes flexibles, écrit Auriant, on découvre une vie luxuriante et luxurieuse, un coin de la société française, futile, frivole, égoïste, corrompue, uniquement occupée de ses plaisirs, insouciante de tout ce qui n'est pas ses intérêts, des paysages évoqués en quelques traits, d'admirables portraits, des scènes de mœurs d'une étonnante vérité, le tout si parfaitement fondu et agencé qu'on jurerait qu'Hugues Rebell s'est promené sous ces allées d'acajou. »

Les deux premières nouvelles, *La Vengeance d'un inconnu* et le *Journal d'une femme créole*, sont prépubliées dans la revue *La Plume*, en septembre 1901, car entre-temps Rebell a vendu le même projet de roman historico-érotique à l'éditeur Karl Boès, sous le titre général des *Nuits chaudes du Cap français*. Entourloupe ? Inconscience ? Comment Rebell pouvait-il espérer passer entre les gouttes de ce double contrat pour des éditeurs concurrents ? Arrive le moment où Boès annonce la publication prochaine de ces *Nuits chaudes*, dans la maison d'édition associée à sa revue, à la colère de La Maison d'art, qui attendait ces mêmes textes, pour lesquels elle avait payé Rebell deux ans plus tôt. Acculé, l'auteur est contraint de faire un choix. Il décide de racheter ses droits à La Maison d'art ; pour rembourser la copieuse avance, le voilà obligé d'aller chez un prêteur sur gages, grevant sa bourse quand il espérait renflouer ses finances.

L'opération est d'autant plus navrante qu'elle est inutile.

Boès publie le livre en juin 1902[1], presque en catimini, à la veille des vacances d'été, sans prendre le soin d'envoyer d'exemplaires aux journalistes. À croire que Boès voulait saboter la sortie du volume, comme s'il espérait un bide pour annuler la publication du second volet, en octobre suivant. Dont acte : *Les Nuits chaudes du Cap français* sortent dans une indifférence complète, et Boès renonce à publier *L'Orgie noire*, dont les deux nouvelles manqueront à jamais pour constituer la tétralogie voulue par Rebell. On ne sait d'ailleurs s'il les a jamais écrites, car elles ont disparu. Et l'on ne peut que s'en lamenter, car *Livre de bord d'un négrier* et le *Récit de Mariette Dupin* auraient conféré une dimension encore plus ambitieuse à ce texte si singulier.

---

1. Clin d'œil gourmand : le livre est dédié à son ami Maurice Sailland, qui sera connu dans l'entre-deux-guerres sous le pseudonyme de Curnonsky (1872-1956), également surnommé le « prince des gastronomes », formidable promoteur de la tradition culinaire française et fondateur de l'Académie des gastronomes.

Quoi qu'il en soit, avec ses mulâtresses affolantes, ses esclaves pervers, ses colons sadiques, ses scènes de lucre crépusculaire, *Les Nuits chaudes du Cap français* reste le dernier chef-d'œuvre d'Hugues Rebell. Plus que jamais, il est, comme l'écrit Hubert juin, le « romancier de la chair, du mouvement, des odeurs fortes et des sentiments vifs ».

À Maurice Sailland

LIVRE PREMIER
LA VENGEANCE D'UN INCONNU

Comme je visitais Bordeaux, par un matin d'été, et que je suivais, avec un ami, une ruelle sombre conduisant à la Porte du Palais, mon regard s'attacha sur une maison du XVIIIe siècle, aux balcons de fer renflés, soutenus de cariatides, aux hautes fenêtres surmontées de mascarons grimaçants. Encadrée de jardins, de hauts feuillages pleins de ténèbres, elle semblait prendre ses aises avec les baraques étriquées, tordues, sans doute pauvrement habitées, de son entourage, où l'on voyait du linge et des mouchoirs rouges à sécher. En dépit de la lumière jaune et avare qui ne l'éclairait qu'à demi, des figures sculptées assez rudement, des amours aux jambes cagneuses et aux pieds serpentins cabriolant sous les balustres massifs du premier étage, cette demeure avait grand air ; j'y lisais comme une expression de richesse fastueuse et insolente ; des souvenirs de ce négoce hardi qui s'en allait à travers le monde à la ruine ou à la fortune et qui, s'il avait réussi, étalait au retour son triomphe et criait ses plaisirs.

Voyant que les vieux murs m'avaient rendu songeur, mon compagnon, qui était de la ville, me dit : « Cette maison a une histoire singulière. » Je la lui demandai. Et voici à peu près ce qu'il me conta, tandis que nous nous faisions un chemin avec peine au milieu des marchandes de fruits voiturant leurs éventaires et des servantes allant aux provisions, les cheveux enroulés sous un foulard écarlate.

*
* *

Pour écraser l'émeute qu'avaient soulevée à Bordeaux l'arrestation des députés girondins, l'arrêt des affaires et enfin la famine, la Convention venait d'envoyer avec pleins pouvoirs le représentant Tallien. C'était un homme médiocre, paisible, mais fat et ambitieux qui, par intérêt, besoin de se distinguer, de conquérir un rang élevé dans la République, devint tout à coup sanguinaire. Trouvant que l'insurrection s'était calmée trop promptement pour sa gloire, il affecta de découvrir partout des complots et des conspirateurs, et la guillotine ne chôma plus.

Cependant, au milieu de ces boucheries, Tallien eut un moment d'humanité et il se laissa attendrir. Une jeune femme, Thérésia de Cabarrus, épouse divorcée de M. de Fontenay, se trouvant en prison comme suspecte, s'autorisa d'une courte entrevue qu'elle avait eue naguère avec le représentant pour lui demander justice ; elle parvint à le voir, le toucha de sa vive et agaçante beauté d'Espagnole. Tallien lui rendit la liberté et n'eut pas de peine ensuite à en faire sa maîtresse ; sans être beau ni agréable, c'était alors une puissance que Thérésia, peu farouche et surtout intéressée, devait se plaire à conquérir. On les vit passer sur le Cours de Tourny, enlacés comme d'humbles et obscurs amoureux ; dès lors, Bordeaux les confondit dans la même réprobation.

Thérésia, pourtant loin de ressembler à Tallien, mettait son honneur féminin à être bonne et s'appliquait à la miséricorde comme à une élégance. Arracher de Tallien des passeports, parfois des levées d'écrou ; empêcher des visites domiciliaires, prévenir des condamnés, c'était son jeu. Seulement, comme la bonté est une vertu qui mérite récompense et qu'on ne peut guère attendre celles de l'autre monde, Thérésia trouvait juste de faire payer ses grâces à ses obligés. Tantôt c'était un collier de douze ou quinze mille livres, tantôt c'était presque une fortune, vite gaspillée d'ailleurs, en joyaux, en toilettes et en fêtes.

Le ménage vivait ainsi, fort doucement, des menaces du maître et des rémissions de la maîtresse. Il y avait bien, de temps à autre, de légères querelles, soit que Tallien jugeât périlleuse la vente d'une nouvelle grâce, soit que Thérésia se fût montrée trop aimable pour les camarades du représentant. Avec des façons d'ours mal apprivoisé, il criait à son amie : « Si tu continues, je vais te faire guillotiner. » Mais la jeune femme lui répliquait en riant : « C'est bien ! je ne t'embrasse plus. » Et sans force armée, sans bourreau, sans pouvoirs derrière elle, c'était encore elle la plus puissante.

Elle se faisait un divertissement, ou même une arme, de ces colères qu'elle savait fugitives, dont elle humiliait ensuite Tallien et qui le lui rendaient plus soumis, plus attaché. Alors, semblable aux femmes qui n'ont plus qu'à compter avec l'amour, elle sacrifiait ses adorateurs à sa fortune.

Un matin qu'elle était encore couchée, goûtant ces voluptés de paresse qui sont si chères aux créoles et aux Méridionales, on lui apporta une lettre qui longtemps la secoua de rires et la remplit d'une gaîté enfantine. Bien que Thérésia eût le style emphatique et contourné dès qu'elle se mêlait d'écrire, les manières prétentieuses de son correspondant ne l'en amusèrent pas moins à l'excès. La tête renversée sur l'oreiller, ayant peine à contenir son rire :

— Tiens, regarde-moi cela, dit-elle à Tallien qui travaillait près de son lit, et elle lui tendit l'épître d'un geste nonchalant, au bout de son bras nu.

« Jamais l'Innocence, écrivait-on, entre autres compliments, n'a décoré un front plus pur que le vôtre ; il rendrait l'Amour muet et glanerait jusqu'au Désir, si votre bouche mutine, formée par les Grâces, en inspirant l'admiration, ne laissait croire aussi que les paroles sensibles et pitoyables lui conviennent mieux que les cruelles… »

— Hein ! s'écria Thérésia, tu ne m'en as jamais écrit de pareilles !

— L'insolent, murmurait Tallien.

— Bah ! fit-elle, c'est du bel esprit de province. Ça ne tire pas à conséquence.

— Bel esprit, bel esprit ! cela te plaît à dire, mais ce jargon ridicule cache peut-être des intentions fort malhonnêtes. Je voudrais bien savoir quel est le malotru qui s'est permis de t'adresser ces indécences. Je lui ferais passer le goût de t'en écrire de nouvelles.

— Laisse donc ! Laisse donc ! disait Thérésia. Je suis de force à me défendre d'un galantin.

— Tu les encourages par tes coquetteries ! s'écriait Tallien, furieux, et il se promenait à grands pas, froissant la lettre, heurtant les meubles à jeter et à briser les uns contre les autres, les sèvres fragiles et les riens charmants de biscuit et de cristal, dont était remplie cette chambre féminine.

Mais Thérésia, toute joyeuse d'avoir ainsi chauffé au point voulu la colère de Tallien, se mettait à appeler sa femme de chambre :

— Frénelle ! Frénelle !

C'était la secrétaire, l'agent secret, l'auxiliaire de Thérésia ; d'ailleurs, comme sa maîtresse, jeune et jolie.

Elle accourut, riant déjà, le nez au vent, flairant quelque aventure.

— Frénelle, regardez la colère de mon mari pour une misérable lettre que je viens de lui montrer ! Voilà comment il encourage ma confiance !

— Oh ! citoyen, s'écria Frénelle, essayant de prendre un air contristé, pouvez-vous gronder une femme si excellente, si dévouée !

Et comme le regard de Tallien, radouci mais défiant, allait de la maîtresse à la servante :

— Allons ! embrassez-vous et que ça finisse !

Thérésia, vautrée sur le lit, à demi riante et à demi boudeuse, voyait Tallien hésiter, glissait, se haussait vers lui, souple et massive, et, d'une bouche chaude, molle, agrandie, lui buvait un baiser.

— Ne recommence plus, disait Tallien, ça fait trop de mal !

— Mes caresses ?

— Non, ces lettres…

— Mais ce n'est pourtant pas ma faute si on m'écrit, répliquait Thérésia de cette voix claire des Espagnoles du Nord, résonnante comme un roulement de tambour.

*

* *

Thérésia ne cachait guère son existence. Sauf les grâces accordées aux suspects qu'il fallait naturellement tenir secrètes si on ne voulait pas risquer sa fortune et plus encore, elle ne laissait rien ignorer de son ménage avec Tallien, de ses amours passées et de ses amoureux du moment. Sa cour d'admirateurs aussi bien que ses domestiques se chargeaient de colporter, avec les menus faits de sa maison, les médisances qui se succédaient sur ses lèvres. L'aventure de la lettre fut bientôt la fable de la ville.

Cet amant méprisé se nommait Dubousquens. C'était un des plus riches négociants de Bordeaux, bel homme avec cela, jeune encore, ayant ces façons élégantes, autoritaires et affables du haut commerce bordelais qui était autrefois une véritable aristocratie. Il passait pour un homme habile en affaires, assez fin dans la conduite de sa vie ; et, bien que ce ne fût pas son métier d'écrire des billets doux, on s'étonnait qu'il eût en cette affaire montré tant de maladresse. Il fallait que. Thérésia lui eût tourné la tête. D'ordinaire, il observait une réserve extrême ; et, en dehors des affaires et des réceptions obligées, son existence s'écoulait presque mystérieuse au fond de son hôtel de la rue Sainte-Catherine.

Il est vrai qu'il n'avait pas toujours ainsi vécu. On l'avait connu gai, d'une prodigalité extravagante, affichant son luxe et ses débauches. Il entretenait alors une comédienne à la mode et c'est pour elle qu'il avait fait bâtir ce fastueux hôtel de la Porte du Palais, où il ne l'installa point, car les amants se brouillèrent avant qu'il ne fût achevé. Après la rupture, Dubousquens était parti pour Saint-Domingue, d'où arriva un beau jour cette nouvelle : « Dubousquens se marie ! Dubousquens se marie ! »

Ces épousailles étaient au moins aussi inattendues que la déclaration à Thérésia de Fontenay.

On annonça son retour, et déjà la curiosité provinciale s'éveillait, essayant d'imaginer les qualités et les défauts de Mme Dubousquens ; déjà on préparait vœux et compliments, bals et festins, quand on vit le négociant revenir seul. Il apparut accablé, presque méconnaissable de visage et d'humeur.

Des bruits étranges se répandirent. Sa fiancée était morte, assassinée, disait-on, par une femme.

Dubousquens ne revenait pourtant pas seul, ainsi qu'il l'avait laissé soupçonner. Parmi ses domestiques il ramenait une jeune fille noire, trop belle pour n'être qu'une servante. Elle semblait réunir en sa personne comme la séduction de deux races. Elle avait les traits fins, les cheveux souples et soyeux, les formes élancées, je ne sais quelle grâce légère, tout européenne ; et aussi de ces grands yeux vagues qui s'endorment ou s'illuminent sans qu'on devine pourquoi ; une vie tour à tour somnolente et furieuse, mais ne se trahissant que par l'ardeur des gestes, le mouvement d'un sein qui s'offre, d'une croupe qui ondule, des bonds d'animal lubrique. C'est du moins ce qu'avaient rapporté les rares personnes qui l'avaient entrevue sur le navire, ou, en passant, par une fenêtre entr'ouverte. On ne pouvait l'approcher davantage. Dès son arrivée à Bordeaux, Dubousquens l'avait pour ainsi dire cloîtrée dans son hôtel de la Porte du Palais, dont les vastes jardins étaient défendus de toute curiosité par d'épais ombrages. Deux vieux domestiques anglais, et ne connaissant que leur langue natale, tout dévoués à leur maître, devaient la servir et la garder. Si tranquille et peu fréquentée que fût la rue où donnait l'hôtel, il n'était point permis à la jeune Noire de s'y montrer. Pourtant, quelquefois, elle apparaissait un instant au balcon. On ne l'avait jamais surprise à causer, ni même à dire un seul mot à personne, mais elle lançait de temps à autre au ciel du soir de ces courtes et dolentes mélopées africaines, qui semblent, plutôt qu'un chant développé, un soupir d'exil, un appel aux grandes forêts de ténèbres, à la mer endormeuse de là-bas.

Chaque mois, Dubousquens, laissant le soin de ses affaires à son premier commis Jumilhac, feignait de s'absenter de Bordeaux quelques jours. Il allait simplement s'enfermer dans son hôtel de la Porte du Palais. Il n'y recevait personne. Jumilhac lui-même, que seul on avait mis dans le secret, avait défense, sous quelque prétexte que ce fût, de venir l'y chercher.

Dans la ville, Dubousquens était aimé du peuple, auquel il faisait de larges aumônes, envié des riches, à cause de sa grande fortune. On ne manquait pas de commenter cette retraite et d'essayer d'en soulever le voile. « Pauvre homme ! disait-on, avec plus ou moins de pitié et de raillerie, il a été si malheureux, il tente de se consoler. – Il se vengerait plutôt, répliquaient les autres. Le négociant n'est peut-être point l'homme paisible qu'il veut paraître. »

Et l'on racontait qu'il s'élevait souvent de la maison mystérieuse des lamentations, des hurlements sauvages. Quelqu'un disait avoir assisté, à la faveur des fenêtres ouvertes, à une horrible scène. Dubousquens frappait de toute sa force la jeune Noire. On entendait, au milieu des sanglots, des coups sourds sur les os ou des claques retentissantes sur la chair nue, la voix furieuse du maître : « Ah ! parle donc de tes caresses ! toutes tes caresses abominables ne valent pas un seul de ses sourires. Tiens, donne-moi tes mains, tes mains criminelles, que je les frappe encore ! Vois-tu, je devrais te tuer comme tu l'as tuée, exécrable fille !… Est-ce que tu pouvais te comparer, brute obscène, à celle qui était l'Amour ! » Le témoin s'était enfui, épouvanté de ces imprécations insensées, puis, ramené par la curiosité, il avait vu Dubousquens subitement calmé, gémissant auprès de sa victime, lui disant d'une voix entrecoupée : « Laisse-moi baiser ton épaule, elle s'y appuyait comme cela, t'en souviens-tu ? Te rappelles-tu aussi le jour où elle s'est endormie contre toi ? » Puis il haussait la voix comme si la colère le dominait encore : « Ingrate ! Ingrate ! Elle qui t'aimait tant ! As-tu connu maîtresse si clémente ? »

On prétendait qu'entre le négociant et la jeune Noire il existait quelque sorcellerie diabolique et comme un pacte exécrable de luxure. Depuis plus de cinq ans, ils étaient ainsi enchaînés l'un à l'autre.

Tous ces bruits vinrent aux oreilles de Thérésia de Fontenay, qui s'amusa fort d'avoir pour adorateur « l'homme à la négresse ».

Elle ne comprenait rien à cette double adoration : « S'il m'aime tant, disait-elle, que ne quitte-t-il sa miss Chocolat ? Bah ! cœur d'artichaut : une feuille pour tout le monde ! »

*

* *

Cependant, avec une persistance, une régularité inexplicables, les épîtres amoureuses de Dubousquens arrivaient chaque matin à Thérésia. Elle ne les montrait point à Tallien et les mettait dans un petit bonheur du jour où elle conservait tout ce qui lui rappelait ses caprices ou flattait son âme vaniteuse. Bien qu'assez lasse d'une poursuite si opiniâtre, elle avait jugé convenable de ne point repousser brutalement une passion dont elle pouvait plus tard avoir besoin et tirer profit ; sans rien faire pour l'encourager, elle voulait attendre.

Mais ce qu'elle supportait d'abord sans trop d'ennui lui devint bientôt odieux. Les lettres, peu à peu, avaient changé de style. Ce n'étaient plus d'humbles supplications, d'idolâtres prières, mais des ordres et des menaces, puis des insultes.

Enfin la mesure fut dépassée. Un matin, la servante Frénelle vit sa maîtresse blême, tremblante d'émotion, les yeux en larmes, sauter à bas de son lit, se précipiter vers Tallien, lui tendre un papier bouchonné, déchiré comme si on avait voulu le détruire et qu'on se fût, après coup, décidé à le conserver.

— Lis, lis ! disait-elle. C'est inouï !

Tallien commença à haute voix, mais il s'arrêta à la première ligne :

« Immonde prostituée, toi qui t'es vendue à tout Bordeaux, toi que le dernier des portefaix a pu trousser sur le pont… »

Le reste était encore plus insultant.

Comme s'il n'y avait point dans le vocabulaire commun d'assez basse injure, on était allé chercher les mots les plus boueux que se lancent les mariniers ivres, ceux qui n'évoquent les charmes de la femme que pour les mépriser et les salir.

Le représentant devint pâle ; la lettre tremblait entre ses doigts.

— Tallien, dit Thérésa, vas-tu laisser ta femme être la risée d'une ville et la proie d'un misérable ? Vais-je tous les jours être traitée de la sorte ?

— Comment, tous les jours ?

— Oui, reprit Thérésia, ce n'est pas la première lettre de ce genre que je reçois. J'en ai reçu vingt, trente peut-être ! Je ne te les montrais pas, pour ne pas t'attrister. Cette fois, vraiment, c'est trop d'outrages ! Je ne peux plus me taire, souffrir sans crier. Défends-moi, frappe le lâche.

— Quel est le misérable, s'écriait le représentant, quel est le misérable qui a pu écrire ces abominations ?

— Tu ne vois pas ? La lettre est signée !

— Comment ! il a osé !... Du-bous-quens ! Dubousquens ! répétait Tallien, mais je connais ce nom-là.

Il courut chercher les rapports de police, éventra des montagnes de paperasses et, après avoir bouleversé de lourds dossiers, feuilleté et refeuilleté de gros livres, il finit par découvrir sur une page de calepin une petite note ainsi conçue :

« Dubousquens, négociant. Fortune évaluée à trente millions. Suspect par ses relations avec Gensonné, avec des royalistes avérés comme Martignac. Rôle douteux pendant l'insurrection contre-révolutionnaire. Depuis, a affecté des sentiments constitutionnels.

« À des amis puissants dans tous les partis. Très lié avec Robespierre jeune. Très populaire dans la ville. À ménager. »

— Très populaire, répétait Tallien en secouant la tête, très populaire et à ménager !

— Et qu'importe qu'il soit populaire ? s'écria Thérésia.

Puis changeant de ton et se penchant au cou de son amant, l'étreignant avec force :

— Voyons, m'aimes-tu, Tallien ? Vas-tu souffrir qu'on insulte ta Thérésia ? Vas-tu hésiter à châtier un monstre ! De quoi as-tu peur ? N'es-tu pas le maître ici ? D'ailleurs, il est suspect, ce bandit. Ah ! si tu ne prends pas mieux ma défense, tu verras ce qui arrivera. Ils me traiteront comme Théroigne, ils me battront, ils me fouleront aux pieds, ils m'égorgeront peut-être, les infâmes !

— Sois donc tranquille ! sois donc tranquille !

— Non ! Je ne serai pas tranquille tant que tu ne m'auras pas vengée !

*

* *

Le lendemain de cette scène, Jumilhac, le premier commis de Dubousquens, fut averti du danger que courait son patron par une chanteuse de théâtre, amie de Thérésia. Dubousquens était alors à son hôtel de la Porte du Palais, dont l'accès était interdit à tout le monde. Mais Jumilhac, sous le coup d'une si pressante menace, ne crut point devoir respecter la défense et, sans retard, il s'en fut le trouver.

À l'heure qu'il arriva, la rue était déserte. Sous le ciel clair, l'hôtel et les jardins formaient une nuit impénétrable. Mais comme il levait le marteau pour frapper, il surprit un mince filet de lumière aux fenêtres du premier étage et, au même instant, un cri atroce, un rugissement prolongé qui remplit la rue. Malgré l'émotion qu'il éprouvait, Jumilhac heurta violemment à la porte. La curiosité, et aussi le désir d'être utile à Dubousquens dominaient son inquiétude. On ne parut pas l'avoir entendu. Des cris étouffés, puis perçants, retentirent encore ; enfin, comme il s'obstinait à frapper, une fenêtre s'ouvrit, un homme parut, demanda :

— Qui est là ?

— C'est moi, Jumilhac, il faut absolument que je vous parle !

Un instant après un verrou glissait, la porte s'entrebâilla et Jumilhac pénétrait enfin dans la mystérieuse demeure, suivant Dubousquens à travers des corridors obscurs, jusqu'à un vaste salon entouré de glaces et meublé de sofas, qu'éclairait d'une lumière pâle un lustre à demi allumé. À son entrée, il entendit soupirer, sangloter longuement dans la pièce voisine.

— Que venez-vous faire ? demanda Dubousquens, et qui vous a permis ?

Sans habit, dans une fine et précieuse chemise de dentelles, mais à demi déchirée, laissant voir son cou sillonné d'éraflures rouges et comme de griffes profondes, Dubousquens l'effraya, avec ses yeux hagards, ses mains sanglantes, le halètement de colère ou de passion qui soulevait sa poitrine. Il tenait à la main une canne longue et flexible.

Jumilhac lui dit d'une voix sourde :

— Je viens vous sauver. Votre existence est en grand péril.

— Comment cela ? fit Dubousquens sans se troubler.

Absorbé comme il l'était, il prêtait à peine attention aux paroles les plus alarmantes.

— Vous avez été bien imprudent ! répliqua le commis. Courtiser la maîtresse d'un homme aussi puissant, c'était déjà dangereux ; mais lui écrire des injures !... Quel démon vous poussait à jouer aussi légèrement votre tête ?

— Que me contez-vous là ? s'écria Dubousquens, qui avait écouté son commis avec la plus grande surprise.

— Mais la vérité, simplement !

— Moi, j'ai courtisé une femme. Je lui ai écrit des injures ? Voyons, vous êtes fou !

— Je ne suis pas fou. On a bien reconnu votre écriture.

— Et comment s'appelait cette amoureuse que j'ignore ?

Avec hésitation, du bout des lèvres, comme si les démentis formels de son patron lui avaient enlevé son assurance, Jumilhac prononça le nom de la gracieuse Espagnole. Dubousquens le regarda fixement. Il cherchait à découvrir sur le visage de son commis quelque intention secrète, la raison d'un langage qui lui paraissait extravagant.

— Thérésia de Fontenay ! dit-il, mais c'est absurde, c'est insensé ! Thérésia de Fontenay ! je l'ai vue juste une fois, un soir qu'elle passait au Cours de Tourny. J'ai même dit, je m'en souviens, à un ami : « Vraiment, cette femme est au-dessous de sa réputation. Je l'aurais crue plus belle. »

À ce moment, un rire bizarre, comme une roulade de cris aigres, un rire qui ressemblait plutôt à un aboiement de chienne qu'à un éclat de gaîté humaine retentit dans la pièce voisine ; Dubousquens s'approcha de la porte, y donna un coup de pied.

— Tigresse ! te tairas-tu enfin ?

Et se tournant vers Jumilhac.

— Il n'y a pas d'être au monde qui m'ait fait plus de mal.

Puis il se mit à marcher à grands pas, la tête baissée, tandis qu'il répétait sans cesse :

— Thérésia de Fontenay ! mais je ne la connais pas ! Je ne la connais pas plus que je n'ai connu Mme de Pompadour. Quel est le coquin assez audacieux pour avoir osé se servir de mon nom ?

— Il est adroit en tout cas, observa Jumilhac. Tous ceux qui ont vu ces lettres n'ont pas douté qu'elles ne fussent de vous et Thérésia moins que tout autre. Or elle est en mesure de se venger. Vous connaissez Tallien, n'est-ce pas ? Il ne lui en faut pas beaucoup pour transformer un honnête homme en suspect.

— Mais que faire ? demanda Dubousquens, accablé.

— Il faut fuir, reprit Jumilhac, et sans retard. Il faut fuir dès ce soir.

— Puis-je ainsi abandonner mes affaires, risquer ma fortune ?

— Et votre vie ! vous n'y pensez plus ? Vous ne pensez pas que vous avez contre vous des ennemis acharnés, des amitiés compromettantes, des jalousies. Il ne s'agit d'ailleurs que de disparaître un moment. Je vous remplacerai pendant votre absence. Ce ne sera pas la première fois.

Dubousquens réfléchit quelque temps, puis se décidant tout à coup :

— Allons, fit-il, et il alla préparer son départ.

Il n'avait pas plutôt quitté le salon que, de la chambre voisine, s'élança, bondit et se glissa à côté de Jumilhac comme un vif et souple animal. Le commis aperçut alors une femme noire complètement nue.

Son allure conservait quelque chose de sauvage, même de féroce ; le regard, au contraire, était plein d'une douceur insinuante. Jumilhac crut lui voir autour du cou une parure de corail : c'étaient des gouttelettes de sang qui coulaient d'une blessure toute fraîche ; on eût dit qu'une lame d'épée venait de lui entailler la peau légèrement. Ses yeux restaient encore rouges et humides des pleurs qu'elle venait de répandre.

Elle alla s'étendre sur un sofa et, les bras rejetés en arrière, la tête appuyée contre les mains, la chevelure dénouée, elle regardait devant elle en montrant ses dents brillantes.

Dubousquens était revenu en manteau et en bottes de voyage, prêt à partir. Quand il vit la négresse, une grande fureur l'emporta ; il la prit par les cheveux et la poussa du sofa à coups de pied. Elle s'abandonnait aux brutalités du maître sans paraître en éprouver aucune frayeur et ne cessait de lui montrer les dents en un rire plein de dédain et qui semblait une menace de morsure.

— Misérable ! criait Dubousquens en la frappant. Oh ! je ne te laisserai pas ainsi. Il faut que je te tue !

— À quoi songez-vous ? dit Jumilhac, et il saisit le bras de Dubousquens qui se levait pour la battre encore. Quand vous êtes en danger d'être arrêté, ne pouvez-vous oublier vos querelles ? Tenez, écoutez !

La rue retentissait d'un long piétinement. Des pas s'arrêtèrent devant l'hôtel. Des crosses de fusil tombèrent sur le seuil. Une voix haute cria :

— Ouvrez ! au nom de la loi !

— Les bougres ! fit Jumilhac, nous sommes foutus maintenant !

Cependant, Dubousquens, très calme, éteignait le lustre, poussait la négresse dans la chambre voisine, dont il fermait la porte à clef, et priait Jumilhac de le suivre.

Ils se glissèrent doucement dans le jardin, et comme la lune était levée, ils longèrent les murs abrités par de grands cèdres. Ils gagnèrent ainsi une petite porte dissimulée sous les arbres. Tout en cherchant la clef qui devait l'ouvrir :

— Un parent et moi, fit Dubousquens, sommes seuls à connaître cette issue et nous avons intérêt tous deux à ne point nous trahir.

— Alors, soyez sans crainte, dit Jumilhac. J'ai tout préparé pour votre départ. Vous trouverez des chevaux à côté de la Sainte-Croix. Gagnez Soulac. Le *Scipion* prend la mer après-demain, il vous débarquera sur les côtes d'Espagne. En cas d'ennuis, voici un passeport en règle. Je vous apporte aussi l'argent qui est rentré cette semaine.

— Ah ! mon ami, puissé-je vous rendre, un jour, tout le bien que vous me faites en ce moment.

— Dépêchons-nous, fit Jumilhac. J'entends du bruit.

Dubousquens ouvrit alors avec précaution la petite porte. Mais il eut un recul de terreur. Des fusils et des baudriers blancs brillaient dans la nuit. Une troupe de gendarmes l'attendait à la sortie.

— Ah ! canailles, cria-t-il, qui a pu leur dire ?

Et il essaya de faire feu de ses pistolets ; mais aussitôt on se jeta sur lui, il fut désarmé en un clin d'œil.

Comme on l'entraînait avec Jumilhac, une forme noire surgit au milieu des gendarmes, les bouscula, glissa entre leurs mains. C'était la négresse qui s'était échappée ou qu'on venait de délivrer. Elle se détourna en courant, envoya du bout de ses longs doigts un baiser ironique à Dubousquens, eut son rire étrange pareil à un aboiement de chienne, puis elle disparut dans une ruelle.

*
* *

Dubousquens fut condamné à mort. Thérésia, implacable dans sa haine, suivit d'un balcon, en compagnie de Tallien, l'exécution de son insulteur. Il mourut courageusement, en homme qui a épuisé les plaisirs et peut-être, au milieu de toutes les apparences du bonheur, les maux de ce monde.

Mon guide ignore ce que devint la négresse. Elle dut quitter la France, retourner parmi les siens, maintenant affranchis et maîtres, oublier au milieu d'eux son servage, ses amours horribles, peut-être ses crimes.

À Bordeaux, le secret de cette vengeance et de cette union bizarre n'est point encore éclairci. Il dort au milieu de ces vieilles murailles, dont les mascarons grimaçants ont je ne sais quel cruel sourire. Sans doute, Dubousquens fut condamné à mort. Thérésia, implacable dans sa haine, suivit d'un balcon, en compagnie de Tallien, l'exécution de son insulteur. Il mourut courageusement, en homme qui a épuisé les plaisirs et peut-être, au milieu de toutes les apparences du bonheur, les maux de ce monde.

Mon guide ignore ce que devint la négresse. Elle dut quitter la France, retourner parmi les siens, maintenant affranchis et maîtres, oublier au milieu d'eux son servage, ses amours horribles, peut-être ses crimes.

À Bordeaux, le secret de cette vengeance et de cette union bizarre n'est point encore éclairci. Il dort au milieu de ces vieilles murailles, dont les mascarons grimaçants ont je ne sais quel cruel sourire. Sans doute, on craint toujours les fantômes de ce passé tragique, car les volets clos et le seuil moussu de l'hôtel exhalent la sombre tristesse des maisons abandonnées.

Quelques jours après avoir entendu et consigné par écrit cette aventure, le hasard nous mettait entre les mains divers manuscrits qui semblent se rapporter à notre histoire : c'est le journal d'une dame créole, le livre de bord d'un négrier et un cahier des mémoires d'un docteur. Plus tard, nous fîmes encore une nouvelle découverte. Nous donnerons toutes ces pages à la suite de ce récit. Peut-être le lecteur trouvera-t-il comme nous qu'un même lien les unit et que, contenant chacune des renseignements spéciaux et écrites d'un style particulier, elles n'en forment pas moins, dans leur ensemble, comme les diverses parties d'une même histoire.

LIVRE SECOND
JOURNAL D'UNE FEMME CRÉOLE

Le Cap français, mai 1791.

……………………………………………………………………

J'ai allumé tous les flambeaux, puis je me suis mise à écrire sur mon lit, après avoir fermé la moustiquaire. J'aurai moins peur à présent.

La nuit m'a semblé si brusque ! Oh ! je me rappellerai toujours cette sortie de l'église, ce jour décoloré, cette allée d'acajous dont le feuillage m'apparut terne et flétri. Il soufflait un vent frais, et j'ai respiré, sous le porche, une odeur exquise, la même odeur que Mme Du Plantier, l'autre soir, m'a fait respirer sur son corsage. On eût dit que la traîne de sa robe s'était longuement attardée sur ce seuil. Eh bien ! je me sentais oppressée comme par un air brûlant, corrompu. Et, lorsque le soleil est tombé dans la mer, que l'obscurité nous a envahis, j'ai cru que mon châtiment était venu et que j'allais, à ce moment même, cesser de vivre. Mon Dieu ! avant de m'appeler, laissez-moi du moins m'expliquer avec vous, entendez ma confession. Épargnez-moi si je n'ai pas tout dit à votre ministre : je ne le pouvais pas !

Je m'étais bien promis ce matin de ne rien cacher ; puis Mme de Létang m'a invitée à dîner. J'ai accepté pour m'étourdir, vous le savez : j'étais si malheureuse. Est-ce cette liqueur, ce tafia au muguet qu'elle m'a servi à la fin du repas, qui m'a grisée ? mais, lorsque plus tard, au confessionnal, l'abbé de la Pouyade m'a demandé d'une voix un peu surprise, inquiète même : « Est-ce tout ? », j'ai répondu « oui » sans hésitation. Je crois bien que je n'ai pas menti. Si coupable que je sois, du moins ma confession n'a-t-elle pas été sacrilège ! C'est seulement après avoir quitté M. de la Pouyade que j'ai retrouvé avec terreur mon péché, que je l'ai senti autour de moi qui m'étreignait, qui m'étouffait. Ah ! pourquoi l'abbé n'a-t-il pas insisté, ne m'a-t-il pas pressée de questions ? Je n'aurais pas cette charge horrible sur la conscience !

Il paraît que j'ai crié tout à l'heure, comme une suppliciée ; je me voyais damnée ; dans mon désespoir, j'avais jeté mes papiers, je me roulais sur mon lit et je mordais les draps. J'ai été bien surprise de voir tout à coup la bonne figure un peu pleine et réjouie de M. de Montouroy, cette forte moustache qui ombrage ses lèvres narquoises. Bien qu'il ne soit pas méchant, cet homme me gêne toujours un peu. Gras d'une graisse sans couleur, avec son teint noir, il ressemble à sa mère, qui est de Séville : il a, comme elle, une trivialité de gestes, une façon bruyante de rire et de parler qui manquent tout à fait d'élégance. Il venait d'entr'ouvrir les rideaux et d'écarter la moustiquaire. Je me suis retournée et relevée un peu lourdement et puis, au milieu de ma peine, j'ai ri, parce que ma chemise, dans les mouvements que j'avais faits, s'était un peu trop troussée et que Montouroy, en entrant, avait dû découvrir une drôle de figure.

— Vous me devez un cierge, Rose, m'a-t-il dit. (Il est familier avec moi à la façon des Espagnols, et puis nous sommes un peu parents.)

— Pour m'avoir surprise au lit ?

— Pour vous avoir empêchée de brûler. Sans moi, vous flambiez comme un champ de cannes. Le bas de vos rideaux était déjà en feu.

Je vis en effet le bord de la moustiquaire tout noirci et rongé. Je tremblais à l'idée du danger que je venais de courir et puis je riais de ma frayeur, parce que à présent j'étais en sûreté.

— Vous ne vous aperceviez de rien ?

— Non. Je sentais bien un peu le roussi ; seulement dans mon rêve, je me croyais en enfer : c'était de circonstance. Mais, comment étiez-vous encore ici ?

— Je suis resté pour elle, Rose. (Ici sa voix est devenue grave comme pour un reproche.) Ne vous souvenez-vous plus de votre promesse ? Ne deviez-vous pas *lui* parler ce soir ?

Il venait aussitôt de me rappeler, sans qu'il sans doutât, l'opprobre de mon existence, en me parlant de cette jeune fille qu'un crime a conduite chez moi et à laquelle j'ai pris tout son luxe, tout son bien-être, toute sa liberté !...

Ah ! qu'ai-je écrit ? Moi, qui passe pour la plus pieuse, la plus charitable des femmes ! Tant pis, j'avais besoin de me confesser. Et puis personne ne verra ce cahier, que moi – et Dieu.

— Si, mon ami, ai-je répondu, si, je me souviens bien, mais pour parler de vous à Antoinette, il fallait trouver une occasion. Il suffit que je vous présente pour qu'elle ne vous trouve pas de son goût. Venez souvent à la maison, faites-lui votre cour. Je vous y autorise. Et vous verrez ce qu'elle pense de vous. Je vous promets de faire tout pour la décider à une union que je souhaite de mon côté très vivement, je vous assure. Mais je ne me crois pas le droit de la lui imposer.

— Merci, Rose. Seulement, si elle songe à moi, sachez lui faire un bel éloge de votre serviteur.

— Je n'y manquerai pas. À présent, sauvez-vous, mon cher Jacques. Si quelque esclave vous apercevait, dès demain on dirait dans toute la ville... vous savez quoi !

— Personne ne m'a vu ni ne me verra. Je sais marcher discrètement. À propos, vous avez toujours cette Zinga ?

— Mais oui !

— Cette horrible négresse ?

— Pourquoi horrible ? Elle est plutôt jolie, cette enfant.

— Je n'aime pas ses yeux. J'y lis la haine, la cruauté, le goût du mal, et puis...

— Et puis quoi ? Dites, Jacques, dites vite. Je veux savoir !

Je lui avais saisi le bras, m'avançant toute vers lui, haletant contre sa poitrine, mais il se dégagea légèrement, et me saluant avec un sourire :

— Une autre fois ! Vous savez bien qu'il est trop tard ce soir pour que je vous parle longtemps. On dirait dans tout la ville…

— Méchant ! lui criai-je comme il sortait de la chambre.

Que lui a-t-on raconté sur la négresse ? Est-ce qu'il saurait quelque chose de nos conventions atroces ? Non, car il ne viendrait plus ici. Je lui ferais peur. Sa visite doit plutôt me rassurer. Et puisque je l'ai à ma disposition, ce jeune homme, je dois me servir de lui. C'est même étrange que je n'y aie pas songé plus tôt. Qu'il épouse Antoinette, oui ! qu'il l'emmène et me délivre pour toujours de cette enfant dont la vue même m'est un remords. Absente, je ne penserai plus à elle, je n'aurai plus souvenir des événements qui l'ont conduite dans ma maison ; je ne redouterai plus que les indiscrétions, les colères de Zinga lui révèlent le passé et me dénoncent à toute la ville. Je finirai par croire, comme tout le monde, à ma charité. Je serai à mes yeux mêmes « la bonne madame Gourgueil ».

Mais aux yeux de Dieu ?…

Et si Dieu n'existait pas ?… Mme Du Plantier est athée ; le docteur Chiron aussi. Ce sont des êtres intelligents pourtant, aussi intelligents que moi et beaucoup plus instruits. Peut-être ma croyance vient-elle de mon éducation et de cette bête de tante qui me faisait tout le jour, quand j'étais fillette, ânonner le catéchisme… À Paris, il y a, paraît-il, de grands esprits qui ne croient pas.

Dans cette nuit chaude, c'est en vain que j'essaie de m'assoupir. À chaque instant, des idées surgissent en moi ; il faut que je reprenne mon cahier, ma plume, et que j'écrive comme pour soulager mon esprit en feu.

Le vrai soulagement sans doute serait de parler à Antoinette. Si, enfin, je savais ce qu'elle pense de Montouroy ? Si j'avais la certitude qu'elle est prête à l'épouser. Elle partirait avec lui pour Saint-Domingue ; peut-être même le couple quitterait-il l'île ; je ne la verrais plus.

……………………………………………………………

Un désir de causer avec elle dès à présent m'a saisie. Il m'a semblé que le calme et la fraîcheur de la nuit seraient plus propices à notre entretien que le jour. Puis les esclaves dorment. Zinga elle-même s'est assoupie. Je l'entends ronfler à côté. Je ne verrai pas devant nous son sourire railleur ; elle ne soupçonnera rien ; elle ne s'avisera donc pas de m'adresser des reproches pour faire acte d'autorité.

Je me suis levée ; et sans prendre la peine de me vêtir j'ai traversé le corridor, je suis allée avec un flambeau jusqu'à la chambre d'Antoinette, j'ai écarté la portière : Antoinette dort aussi, elle, doucement. C'est à peine si je perçois son souffle. J'ai été surprise. D'ordinaire, elle se couche moins tôt. Je crains de l'éveiller. Elle est si tranquille ! Pourquoi troubler cette âme d'un amour auquel elle ne songe pas encore ? Son enfance lui est légère ; elle s'y attarde, dirait-on, avec délices. C'est vrai. Cependant l'image d'un jeune amant pourrait bien la ravir aussi. Et puis qu'importe qu'elle aime ou qu'elle reste innocente ! J'ai besoin, moi, qu'elle se marie ; il faut que je sache son opinion sur Montouroy. Elle l'aime peut-être. Et si elle ne l'aime pas, elle l'épousera tout de même. Pourtant je ne voudrais pas avoir trop l'air de la contraindre.

....

Je suis entrée dans la chambre ; je me suis approchée du lit. Comme sa bouche large, charnue, entr'ouverte, comme ses paupières aux longs cils, bien arrondies et baissées, lui donnent de grâce ! Le jour, quand elle laisse voir son regard, elle trahit moins sa pensée que dans ce sommeil ingénu et souriant. Un peu de feu anime son teint ; ses cheveux châtains, aux touffes opulentes, sont répandus ici et là sur l'oreiller ; de ses pieds unis, elle foule les draps rejetés au bas du lit et, comme pour corriger ce désordre, son bras, d'un geste pudique, ramène la chemise sur son sein.

Jamais je n'aurais soupçonné qu'elle pût être aussi jolie. J'ai eu soudain pitié d'elle. Quelle destinée atroce m'a livré cette malheureuse enfant !

Mais, dominant une émotion si nuisible à mes intérêts, j'ai hâté le réveil d'Antoinette en levant l'abat-jour du flambeau. À la clarté subite qui tombait sur son visage, elle a ouvert les yeux et, tout de suite, elle a fait une moue gentille, une moue d'enfant volontaire qui se révolte contre une pénitence.

— Je ne veux pas qu'on m'agace comme ça ! s'est-elle écriée, puis en me reconnaissant : Ah ! c'est vous, madame !...

Elle avait cru que c'était une esclave qui était entrée.

— Je venais voir si vous dormiez, ma chère enfant.

— Oh ! oui… et bien ! Il faisait si plaisant là-bas !

— Dans vos songes ? À quoi rêviez-vous donc ?

— Je ne sais pas… Mais je me sentais bien heureuse.

Et elle s'étirait, se retournait voluptueusement, comme pour saisir, effleurer encore ce bon sommeil qui s'enfuyait, tendant vers moi toute la cambrure déjà robuste de ses reins, insouciante, dans l'effarement du réveil, de ce qu'elle pouvait me montrer de ses grâces secrètes.

— Ma chérie, lui dis-je, j'aurais désiré vous parler de choses sérieuses. Je pensais que ce soir, comme d'habitude, vous profiteriez de la fraîcheur pour travailler à vos dentelles. Le moment me paraissait convenable pour causer avec vous. Nous n'aurions pas eu à craindre les visites, ni les nègres. Mais puisque vous êtes couchée, je me retire.

Elle parut troublée de mes paroles : une rougeur soudaine vint colorer son front, et ce fut d'une voix un peu tremblante qu'elle me dit :

— Restez, madame, je n'ai plus envie de dormir.

Je savais bien qu'elle insisterait. Je m'assis au bord de son lit, tout près d'elle.

— Vous avez vu aujourd'hui M. de Montouroy ?…

À ces paroles, Antoinette fut encore plus émue ; elle mit presque de la colère à me répondre :

— Oui, il a été ridicule comme toujours.

— Ridicule ! m'écriai-je, est-ce donc ridicule, de vous trouver aimable, de se plaire auprès de vous ?

— Ah ! il me trouve aimable ! fit-elle en riant d'un rire forcé. Et moi je le trouve simplement insupportable.

— Ne vous conduisez pas en fillette, continuai-je d'un ton sévère ; je vous rappelle que M. de Montouroy est mon parent, que je le reçois chez moi : vous lui devez des égards. J'avouerai que j'avais des vues sur lui : M. de Montouroy n'est pas un vieillard ; c'est un brillant gentilhomme.

— Un fat ! dit Antoinette à demi-voix et en haussant les épaules.

J'étais irritée ; je répliquais vivement :

— Vous répétez un mot d'Agathe ; maintenant vous jugez tout le monde d'après les impressions de votre amie.

Agathe de Létang est une de ces enfants dont l'aveugle tendresse d'une mère fait des révoltées, des envieuses ou des despotes. Habituées au plaisir comme à leur esclave, elles voudraient que tout pliât sous leurs caprices, jusqu'à la nature, jusqu'à l'existence. Agathe ne s'explique pas que Montouroy ait pu, au dernier bal de Mme Du Plantier, la faire danser toute une nuit sans aussitôt s'éprendre d'amour pour elle. À présent, auprès de toutes ses amies, elle essaie de le rendre odieux. Je pensais bien qu'aux yeux d'Antoinette cette aversion d'une camarade était le principal désavantage de Montouroy.

Cependant, Antoinette me répondit :

— Personne ne m'a jamais parlé de M. de Montouroy, madame.

— Alors qu'avez-vous contre lui ?

— Il me déplaît.

— Antoinette, lui dis-je, je veux vous parler ce soir comme l'aurait fait votre pauvre mère. Il ne s'agit pas d'une fantaisie enfantine, mais de votre avenir. Vous devez déjà y songer. Que deviendrez-vous sans fortune ? Vous savez que mon affection pour vous, qui est très grande, ne correspond malheureusement pas à mes ressources d'argent, d'une médiocrité telle que c'est à peine si j'ai pu vous venir en aide jusqu'ici et que j'ignore même si, plus tard, j'en aurai les moyens.

Je lui mentais avec tranquillité. Mon Dieu, pardonnez-moi ! Si je fus criminelle autrefois, je suis aujourd'hui décidée au bien. Peut-être de tout le mal que j'ai fait, naîtra-t-il une bonne action. Je ne puis oublier mes intérêts, je le confesse, du moins ai-je le désir d'être utile à cette enfant.

Antoinette ne perdait aucune de mes paroles, comme si chaque mot, tombé de mes lèvres, devait la perdre ou la sauver ; les battements précipités de son cœur soulevaient son sein, dont l'éclat et la plénitude se révélaient à moi pour la première fois. Touchée d'une soumission si attentive, je continuai de la sorte :

— Mon enfant, je vous prie, ne vous fiez pas à une impression qui ne peut durer. Dès que vous connaîtrez M. de Montouroy, soyez-en sûre, vous l'estimerez. Il possède ces sérieuses qualités d'esprit sans lesquelles il n'est point d'homme ; il a la jeunesse, la race, la fortune, que demander de plus ? J'ai donc pensé, et justement je crois, que personne mieux que lui ne saurait vous rendre heureuse.

Je n'achevais pas qu'Antoinette se cachait la tête dans l'oreiller et éclatait en sanglots. Je voulus la prendre contre moi et essuyer ses larmes, mais elle se refusait à mes consolations et gémissait plus fort, la face collée contre son lit. Lorsque j'essayais de l'attirer, elle me repoussait avec violence.

L'écrirai-je ? Au milieu des larmes qui donnaient à son teint plus de lustre et de chaleur, elle était si belle que je m'en voulais de mes propositions, tout en bénissant le chagrin qui me l'avait découverte. Je la regardais : elle était déjà femme par les proportions de son corps et pourtant elle conservait dans son visage gras, où les traits se dessinaient à peine, le charme d'enveloppement et la splendeur pulpeuse de l'enfance. La chair, dans sa blanche nudité ou sous les plis de la chemise, formait des courbes audacieuses ou s'effaçait en des lignes d'une mollesse et d'une modestie adorables. Pour moi, je ne me rassasiais pas de contempler cet épanouissement vaste ni ces flexibles souplesses.

Alors j'ai ressenti ce que je n'avais jamais éprouvé pour elle, pour personne. Je l'ai vraiment aimée comme ma fille, avec une tendresse jalouse qui ne souffre point de partage. Montouroy m'a paru absurde et mon désir de l'unir à cette enfant plus absurde encore. Je me suis dit qu'il fallait garder pour moi des grâces si précieuses. Ne serait-ce pas un sacrilège de confier cette enfant naïve, délicate, à un homme que je connais en réalité si mal ? Car, enfin, qu'il soit mon parent, que je le croie un honnête garçon, je n'en ignore pas moins son véritable caractère. Les hommes savent si bien se déguiser jusqu'au mariage ! Je suis sûre seulement que c'est un brutal. Il suffit pour s'en convaincre de l'entendre marcher, de le voir prendre un objet quelconque avec ses grosses mains. Mon flair de femme ne s'y trompe pas. Et j'allais lui confier Antoinette ! Ne serait-elle pas infiniment malheureuse avec lui ? D'ailleurs ne serait-elle pas malheureuse avec tout homme ? Elle est si jeune ; elle n'est pas en âge d'être sacrifiée.

Quelle plénitude de joie je ressens à la pensée que nous pourrons sans doute vivre ensemble, confondre nos existences et qu'ainsi une partie du mal que je lui ai fait autrefois sera réparé, puisque mon bien sera son bien, qu'elle vivra de sa, de ma fortune, comme je vivrai de son plaisir.

Dites, mon Dieu, que vous le permettez !

Elle pleurait toujours. Je me suis agenouillée sur son lit, courbée vers elle, et effleurant son visage dans un baiser :

— Chère petite sotte, lui ai-je dit, croyez-vous que je parlais sérieusement ? C'était une épreuve, voilà tout. Je voulais voir si vous teniez un peu à moi ou si vous désiriez quitter la maison.

— Oh ! Madame !

— Vous m'aimez donc un peu ?

— Oh ! oui. Et vrai, vous ne me chasserez pas d'ici ?

— Chère mignonne, madame Gourgueil n'a pas l'habitude de faire du mal à personne et moins encore à celles qu'elle aime.

— Je vous suis à charge, je le sens bien, allez, madame. Si je pouvais vous aider en quoi que ce soit. Je me trouve si inutile. Et puis je suis paresseuse !

— Vous n'avez pas besoin de vous inquiéter. Vous n'avez qu'à rester près de moi. Votre présence suffit à me rendre heureuse. J'ai tant aimé votre pauvre mère, ma chère mignonne. Vous me la rappelez ; puis vous me faites oublier la grande douleur de ma vie : l'enfant que Dieu n'a pas voulu me donner et que vous remplacez.

Ses larmes coulaient plus abondantes, mais à présent c'était la joie qui l'attendrissait ainsi. Avec quelles délices l'ai-je serrée dans mes bras ! J'étais aussi surprise qu'elle-même : la tranquillité d'âme que je cherchais ne m'était pas venue, mais une passion inattendue, dominatrice, qui effaçait tous les soucis et qui se répandait en moi brûlante, savoureuse comme un vin de fruits et de piments.

Comment ai-je pu vivre près d'elle et l'ignorer jusqu'à aujourd'hui ?

Je l'étreignis et je la baisai. La chérie me mit toute son âme fraîche sur les lèvres et je sentis ses larmes comme une rosée matinale humecter mes joues ; puis, voulant la laisser reposer, je regagnai doucement mon lit.

J'étais à peine couchée que Zinga a paru devant mon lit, riant de ses dents fines et de ses grosses lèvres entr'ouvertes qui me donnent à la fois l'idée d'un fruit suave et d'une gueule venimeuse. Son être est fait de contrastes. D'allures légères et de pieds lourds, gracieuse de traits, mais effrayante par l'expression de sa physionomie, cette jeune Noire respire un vice naïf, une haine caressante qui me remplit d'horreur. Dire que je pensais oublier le passé, refaire mon existence, ne rien laisser subsister en moi de la femme d'autrefois !… et la seule vue de cette fille moqueuse me rappelle mes fautes – mes crimes, hélas ! Ah ! si je pouvais la vendre ! Mais elle sait bien que cela n'est pas possible, elle me dénoncerait à ses nouveaux maîtres. On ne la connaît pas, elle, et moi on me soupçonnerait ; et puis il serait si facile de savoir tout ce que j'ai fait ! Si je la tuais… Peut-être. J'y songerai. Ce n'est qu'une esclave, après tout. Mais les mœurs deviennent si étranges à présent ! Mme Du Plantier a eu des ennuis pour avoir châtié trop rudement son vieux Jeannot qui, pourtant, avait volé son argenterie.

D'ailleurs cette fille, dont la présence m'est un continuel remords, dont le sourire m'épouvante, je ne sais quelle sorcellerie me lie à elle, me rend sa perversité délicieuse. Cependant je lui ai crié d'une voix rude :

— Qui t'a appelée ?

— *Maîtress, mo tandé-li. Pas domi. Mo çatouille li ?* (Maîtresse, je t'ai entendue. Tu ne dormais pas. Veux-tu que je te chatouille ?)

Je l'ai vue agiter ses longues ailes de perroquet dont elle vient me caresser le soir quand je ne dors pas.

— Non, non, ai-je murmuré tout bas.

Je ne voulais pas qu'elle me touchât ce soir.

Mais, soit qu'elle ne m'écoutât pas, soit qu'elle voulût agir à sa fantaisie, elle étendit mes jambes, que je lui abandonnai, et son bouquet de plumes courut par tout mon corps, me causant une impression de fraîcheur voluptueuse. Elle connaît bien les faiblesses de ma chair et s'égaie à les flatter. Malgré moi, j'approchais mes seins aux caresses des plumes ou je dénudais mon ventre ou bien encore, retournée, le visage couvert de ma chevelure dénouée, honteuse à peine, je lui offrais tous les secrets de mon corps ; et, sans fin, les ailes duveteuses, d'une touche lente effleuraient ma peau ou l'irritaient d'un coup brusque, pour la calmer presque aussitôt d'un baiser lascif et attardé au creux, aux retraits frémissants de mon être. Elle choisissait comme à dessein les replis minces qui ne défendent point contre le plaisir, les caches sombres et impures dont l'unique protection est le mystère. Elle y égarait ses plumes, elle y glissait les doigts et, tombant à genoux, comme ivre, elle posait là tout à coup un baiser ardent qui répandait une glace dans mon sang enflammé, puis me soulevait et m'anéantissait de jouissance. Alors, les yeux sans lumière, brisée, prête désormais pour la douce mort du sommeil, je tendais désespérément les bras vers elle, afin de demander une grâce que je n'osais implorer de mes paroles. Mais, insensible ou impitoyable, elle éclatait de rire et continuait ses féroces dévotions.

Enfin, je m'arrachai au plaisir, je me redressai et la repoussai, elle et son bouquet de plumes, de mes bras tendus.

— Va-t-en ! Va-t-en !

Elle cessa ses jeux câlins, mais sans pour cela vouloir s'éloigner. Elle se tenait immobile devant moi, les mains aux hanches ; je sentis qu'elle voulait et n'osait pas me parler.

— Allons, qu'as-tu ?

— *Maîtress*, fit-elle, *moi guen kichoz pou dili*. (Maîtresse, j'ai quelque chose à te dire.)

Mais elle hésita encore, bien que pourtant elle ne soit pas timide. Il fallut la presser. Mes yeux, mes gestes la décidèrent enfin.

— *Maîtress, oun blang vini joli*. (Maîtresse, un Blanc est venu aujourd'hui.)

— On est venu me voir ! Et tu ne m'as pas prévenue ?

— *No, Es, zot-oulé, diti, fé wé la démiselle ?* (Non, je ne t'ai pas prévenue. « Pourrais-je, dit-il, voir la demoiselle ? »)

— Comment ! un inconnu a osé venir demander Antoinette ! Ce n'était pas M. de Montouroy ?

— *No, pas mouché Montouroy, oun bel*. (Non, pas M. de Montouroy, un plus bel homme.)

— Et tu ne l'as pas reçu au moins. Tu n'as rien dit à Antoinette ?

— *No, lo ye rivé la kaz, diti*. (Non, il reviendra à la maison, a-t-il dit.)

— Eh bien ! tu entends : s'il reparaît ici, tu m'avertiras. Je veux apprendre à vivre à cet insolent. Et puis, écoute encore : M. de Montouroy reviendra demain, eh bien ! tu ne le recevras pas.

— *Mouché Montouroy !* s'écria Zinga en feignant une profonde surprise.

— Oui, M. de Montouroy. Il venait beaucoup trop de monde ici. J'y mets ordre. Allons, Zinga, retirez-vous à présent.

Mais avec un empressement exagéré et comme une exubérance d'affection, Zinga s'est encore agenouillée devant mon lit et m'a couvert les mains de baisers. Puis, dénouant tout un côté de sa candale[1], elle m'a montré des pièces d'or.

— *Es zot-oulé vandé mo to lang*. (Voudrais-tu me vendre ta langue ?)

Je ne pus me retenir de rire ; alors Zinga, vivement choquée de ma gaîté, m'exposa très gravement son projet.

— *Savé li, savé cri ké to !* (Je veux savoir lire, savoir écrire comme toi !)

— Demain, lui dis-je en plaisantant, demain nous penserons à t'acheter une langue.

1. Jupe très large et courte qui s'arrête au-dessus du genou.

Elle a noué de nouveau ses louis dans sa candale et est partie toute joyeuse, pleine de confiance, non sans m'avoir de nouveau baisé les mains.

Savoir lire, savoir écrire, est-ce bien utile pour une esclave ? Et pourquoi Zinga a-t-elle si grande envie de s'instruire ? Est-ce pour m'adresser cette demande qu'elle est entrée chez moi ? Est-ce pour m'avertir de cette visite, lorsque tout le jour elle me l'a laissé ignorer ? Plus je songe à cette fille, plus je suis inquiète.

J'ai bien pu subir ses caresses brutales, mais je la hais, je hais son sourire faux, je hais son odeur huileuse dont mon lit est encore tout imprégné. Ce soir, une tache immonde souillait sa jupe, et cependant je l'ai laissée s'approcher de moi avec sa puanteur, sa saleté et tout l'horreur secrète de son être, plus repoussante encore par ce que l'on devine que par ce que laisse voir son corps. Comment donc ai-je pu la trouver belle et quelle est aujourd'hui ma lâcheté pour la craindre et ne pas oser, une bonne fois, l'éloigner à jamais !

Il me semble que si elle n'était pas là, je retrouverais la paix, je me sentirais réconciliée avec Dieu, et l'innocente Antoinette me rendrait moi-même innocente ou du moins meilleure… La chère enfant ! je tremble quand je songe que sa grâce l'expose à tant de séductions misérables… Que lui voulait aujourd'hui cet inconnu ?

*
* *

Ce que j'ai surpris, ce qui m'est arrivé aujourd'hui me remplit d'inquiétude. Je crains, en voulant être trop habile, d'avoir manqué de prudence. Il y a tant de corruption et de méchanceté dans cette société du Cap qu'il faut à chaque instant me défendre et défendre Antoinette. Le vice et l'envie nous entourent. La grâce d'une enfant et un peu de fortune, il n'en faut pas davantage pour irriter toutes les convoitises.

Si Zinga voulait être silencieuse, mais elle est mariée ! Je sais bien qu'elle me caresse peut-être avec plus de plaisir que son mari. C'est un commandeur si rude par ses façons lourdes, son embonpoint embarrassant, sa face épaisse de mulâtre ! Quand il n'effraie pas, il provoque au rire plus qu'à l'amour. Il ne paraît d'ailleurs pas moins brutal avec sa femme qu'avec ses esclaves. Je crois qu'il m'est dévoué et pourtant, ce matin, en entrant chez eux à une heure où ils ne m'attendaient point, j'ai surpris une singulière conversation. Ils me tournaient le dos et étaient si occupés de leur causerie qu'ils ne m'ont pas entendue.

— Pourquoi trahis-tu les tiens ? disait-il, pourquoi ne me montres-tu pas plus de confiance ? Tu oublies qu'en obéissant à ce Blanc, en lui remettant ce qu'il veut, ce qui t'est facile, tu sers ta race et t'enrichis avec moi.

— *Guen, Zami* (ma richesse, c'est mon amour), a-t-elle répliqué.

— C'est à moi que tu oses dire cela ? s'est-il écrié en levant sa large paume.

Elle a éclaté de rire.

— *Pa jwé ! zami. Si li kré li pa bon pou a rien, mo ke tou fen mo fen, mo che, mo pran viand di mo voezen.* (Ah ! ah ! tu prends ça pour une insulte. Tu ne crois donc pas avoir de quoi être aimé ? Alors, si ça ne te gêne pas, il faut bien que j'en aime un autre.)

— Cours donc, coquine, puisque tu as le diable au cul, mais je veux savoir si *l'argent existe*.

— *No savé.* (Je ne sais pas.)

— Tu le sais et tu me le diras…

J'ai eu tort d'interrompre cette dispute. J'aurais appris si Zinga a fait à son mari quelque confidence au sujet de Mme Lafon et de l'argent que j'ai chez moi. Mais que signifie cette phrase de mon commandeur : « Tu sais bien qu'en obéissant à ce Blanc, en lui remettant ce qu'il veut… » ? Quel est ce Blanc ? que veut-il ? Zinga et son mari m'ont paru tous deux fort troublés à ma vue.

Si alarmantes que soient pour moi ces paroles, divers tracas, cet après-midi, sont venus me les faire oublier, tracas qui sont dus, je crois bien, à la malveillance jalouse de deux amies. Je veux fixer tout cela dans ce journal, j'y réfléchirai ensuite plus aisément et j'aviserai mieux aux moyens de lutter contre des ennemies secrètes et de protéger ma chère enfant.

J'étais allée visiter avec Antoinette le moulin et la sucrerie. Nous ne ferons la grande récolte qu'après la Saint-Jean, mais nous voulions voir si le moulin fonctionnait bien, et je fis couper des cannes de repousse de l'année dernière, qui étaient déjà mûres. J'expliquais à Antoinette le système du moulin, comment les deux bras, tirés par une paire de chevaux, mettent en branle l'arbre qui, à son tour, active le jeu de trois gros tambours entre lesquels les négresses font passer les cannes pleines, puis les bagaces.

Mme de Létang arriva, en compagnie de l'abbé de la Pouyade, vêtus l'un et l'autre avec une élégance telle qu'on aurait dit qu'ils allaient en visite de cérémonie.

Mme de Létang portait une robe de taffetas chiné à raies vertes, bordée de blonde d'Alençon, relevée sur un jupon de taffetas rose, bordé également de dentelles ; son fichu très ouvert et à peine noué par des ganses de soie rose laissait voir entièrement sa gorge. Une anglaise amadis, à grands pans, lui faisait une taille d'une finesse exagérée sur ses énormes paniers, une boucle de brillants fermait sa ceinture et une autre pareille retenait sur son chapeau jardinière une touffe de plumes blanches.

Je sais qu'elle a de beaux yeux noirs, quoique un peu bêtes, des dents petites et bien taillées, encore qu'elle les montre trop souvent ; et, malgré une prétention insupportable, de la physionomie, un air langoureux qui plaisent ; je sais aussi que Mme de Mauduit, qui l'a vue se baigner nue, dit qu'elle a le corps bien fait, mais Mme de Mauduit aurait-elle du goût et de la vue, et Mme de Létang serait-elle la plus belle des femmes, est-ce une raison pour s'habiller de la sorte quand on va voir une amie et visiter un moulin ? Toute cette coquetterie est d'un fâcheux exemple pour Agathe, qui l'accompagnait, d'autant plus qu'Agathe, habillée elle-même d'une simple robe de mousseline, devait être jalouse de sa mère. Comme je faisais mes compliments à Mme de Létang sur sa toilette, elle s'est retroussée pour me montrer son jupon. L'abbé de La Pouyade était présent, elle n'a manifesté pourtant aucun embarras ; je dois ajouter que l'abbé ne laissait voir non plus aucune gêne et donnait son avis sur la coupe du jupon comme une marchande de modes ; je remarquai seulement un sourire malicieux sous son nez en bec de corbeau, qui semble fureter partout.

Ces manières déplacées non seulement sont nuisibles pour la réputation, mais elles ont causé un accident des plus préjudiciables au moulin. Une négresse travailleuse et excellente ouvrière, nommée Jacqueline, voyant paraître une si belle toilette, n'a pu s'empêcher d'y prêter attention ; or, Jacqueline était justement occupée à pousser des cannes entre les tambours ; comme les paquets qu'apportent les cabrouetières sont quelquefois assez gros, il faut les pousser avec force pour qu'ils s'introduisent entre les tambours ; distraite par Mme de Létang, Jacqueline riait avec un sourire envieux à ces façons de petite maîtresse quand, tout à coup, son bras s'est trouvé engagé dans les tambours. Avec une rapidité effroyable nous l'avons vue se jeter, disparaître entre les pressoirs, un cri perçant s'est fait entendre puis un horrible hurlement étouffé par le ronflement de la machine, le clic-clac des fouets, le trot des chevaux : le moulin tournait alors à toute vitesse.

— Arrêtez donc, voyons, brutes ! ai-je crié à Berchoux et à Canqueteau, les deux nègres conducteurs qui poussaient les attelages au lieu de les arrêter, comme s'ils n'avaient rien vu de l'accident.

Il était trop tard ; les tambours avaient entraîné la malheureuse ; le corps avait suivi le bras ; un filet de sang qui coulait du moulin et je ne sais quelle bouillie qui engluait les cylindres étaient tout ce qui en restait. Quant à la tête, coupée violemment par les dents d'engrenage, elle s'était détachée du tronc et était tombée hors du moulin. Les yeux agrandis par le désespoir, l'épouvante, une douleur excessive, la langue collée à la lèvre inférieure, la bouche qui s'ouvrait pour crier, tout le visage révélait l'atrocité du supplice.

L'abbé de La Pouyade s'est approché en faisant le geste de la pénitence :

— *Ego te absolvo, in nomine Domini*.

— Qu'est-ce qu'il y a ? a demandé Antoinette, qui tournait la tête vers les cabrouets chargés de cannes que les négresses ramenaient des champs.

— Rien, mon enfant, ai-je répondu, car je voulais l'éloigner de ce répugnant spectacle ; mais il a fallu que cette sotte Agathe lui apprît l'accident :

— C'est une négresse qui vient de se faire couper la tête.

Mme de Létang s'est alors approchée, ramenant contre ses pieds sa robe et son jupon en les relevant un peu de crainte que le sang qui coulait du moulin ne les tachât, elle s'est mise à examiner avec curiosité la tête de la morte.

— C'est affreux ! a-t-elle fait, comme ces esclaves sont imprudentes !

— Faut-il continuer ? a demandé Robert, le mulâtre qui remplaçait mon commandeur alors absent.

— Faites porter par des négresses la tête de Jacqueline dans sa case, lui ai-je répondu, on l'enterrera demain, et continuez le travail.

C'est que l'un des conducteurs est son mari.

Berchoux, en effet, avait épousé Jacqueline l'année dernière, mais l'accident ne l'émouvait guère ; toujours assis sur la volée qui termine le bras du moulin, le fouet à la main, prêt à activer ses chevaux, il conservait le visage impassible.

— Vous le ferez fouetter ce soir, m'écriai-je, indignée de cette indifférence ; oui ! vous le ferez bien fouetter, pour lui apprendre à arrêter son attelage quand on le lui commande. C'est son insouciance impardonnable qui est cause de cet accident.

L'abbé de La Pouyade me dit alors à mi-voix :

— Ce n'est pas un accident, mais un crime.

Et comme nous le considérions avec effroi :

— Vous vous rappelez que Berchoux s'était marié contre son gré et par ordre de Mme Du Plantier, continua-t-il. Cette malheureuse Jacqueline se plaignait de l'abandon où la laissait son mari ; or, voici ce que j'ai appris récemment. Berchoux et votre autre conducteur avaient les mœurs ordinaires des nègres musulmans ; ils délaissent les femmes pour un commerce infâme. Et comme Jacqueline menaçait de les dénoncer, ils ont aidé le moulin à l'écraser, quand ils pouvaient si aisément arrêter les chevaux, empêcher que les tambours ne vinssent presser tout le corps. Sans eux, Jacqueline aurait eu le bras coupé, mais on aurait pu lui sauver la vie.

— Les misérables ! dis-je. Quand je pense que c'est Mme Du Plantier qui me les avait vendus et en me donnant les meilleurs arguments ! Fiez-vous donc à vos amies.

— Cette bonne Mme Du Plantier ! reprit Mme de Létang avec un sifflement.

— C'est tout simple, dit l'abbé de La Pouyade. Avec ces nègres sodomites, elle craignait d'avoir des ennuis.

— Elle préférait que je les eusse à sa place.

— Et qu'allez-vous faire de ces deux nègres, madame ? demanda l'abbé. Les dénoncer au Conseil colonial ?

— Je vais bien les sangler, ce soir… et j'espère qu'ils se corrigeront de ce vice exécrable, mais je vous prierais, monsieur l'Abbé, et vous, ma chère amie, de ne point parler de cette aventure, qui pourrait me causer les plus grands dommages.

Pourquoi, en effet, les dénoncer au Conseil ?

C'est assez de perdre une bonne négresse, sans encore me priver de deux ouvriers qui sont d'excellents travailleurs.

Mais il était dit que cette journée ne m'apporterait que des ennuis.

Nous allâmes à la sucrerie et, après que Mme de Létang se fut amusée à voir courir les nègres, comme des démons, autour des chaudières noires, bouillonnantes et sifflantes, et des fourneaux embrasés et crépitants, nous fîmes mettre aux fers deux esclaves qui avaient été pris à voler du sucre ; puis nous pénétrâmes dans le magasin, et c'est ici que l'employé se montra d'une suprême maladresse. Mme de Létang est trop absorbée par sa toilette, les fêtes, toutes les frivolités du monde et l'abbé a coutume de placer la vie trop haut, et il se croit trop près du ciel pour rien comprendre aux usages du commerce. Il était donc inutile de les leur faire connaître. Mais l'employé, sottement, s'est mis à leur décrire la vente. Il est vrai qu'avec une insistance et une curiosité très indiscrète, qu'expliquerait seul le désir de vérifier d'odieuses médisances, Mme de Létang, l'abbé et jusqu'à Agathe le pressaient de questions. Pour compenser les pertes inévitables causées dans la récolte et la fabrication par les négligences, les maladresses ou les vols des Noirs, il est admis que, dans une vente importante ou lorsqu'on fait affaire avec un négociant inconnu, on change le fond de quelques-unes des barriques qu'il vous a fournies et on le remplace par un bois plus lourd et qui, pesant davantage, permet d'y mettre moins de sucre ; ou bien, on remplit la barrique à plusieurs reprises, de telle sorte que le premier sirop s'étant refroidi, les sirops qu'on verse ensuite se figent et se condensent, ce qui donne tout de suite un poids considérable. Je sais bien que cela enlève au sucre un peu de sa finesse mais, à part des experts, je ne connais guère de gens qui puissent s'apercevoir de ce procédé, je le répète, tout naturel. L'abbé de La Pouyade ne s'en est pas moins permis, à ce sujet, une plaisanterie.

— Quand le bon Dieu vous demandera de goûter votre sucre, madame, prenez garde de vous tromper de barrique.

— Oh ! il est avec le ciel des accommodements, a repris Mme de Létang, et même avec la terre d'ailleurs, quand on est jolie femme.

— Vous le savez sans doute mieux que moi, ma chère, ai-je répondu sur le même ton.

Nous sommes tous sortis de la sucrerie de fort méchante humeur, et le spectacle qui nous attendait n'était point pour nous réjouir. Le commandeur, qui était de retour, avait fait aligner une vingtaine de jeunes négresses, dans le jardin, à quelques pas de la maison, et un Frère des Missions les examinait une à une, leur touchant le ventre, du bout des doigts, collant l'oreille sur leur abdomen en des mouvements répétés et indécis.

— Qu'est-ce que signifient toutes ces façons ? m'écriai-je. Voulez-vous me l'expliquer, mon frère ?

Le petit capucin, qui avait les yeux enfoncés sous d'épais sourcils roux, un profil pointu dur et sans barbe, m'adressa d'un coup de tête vif un salut dédaigneux qui me donna l'envie de le faire jeter sur la route : les jeunes négresses, derrière lui, riaient, chuchotaient, se pinçaient le derrière ou se heurtaient du coude. Une grosse courte, qui était certainement enceinte, immobile, promenait sur nous des yeux ahuris.

— Madame, dit le capucin, d'un ton apitoyé et solennel, comme s'il allait m'annoncer un malheur, on a rapporté à l'Hôpital que vos Noirs ne se conduisent pas selon les règles de la religion et de la morale ; on me signale de grands abus dans les relations sexuelles, et notamment plusieurs cas de grossesses. Or, vous savez quelle est la loi ; toute négresse convaincue d'avoir eu des relations avec un Blanc est confisquée par nos missions.

— Cela vous permet d'avoir des nègres pour rien, espèces de voleurs !

— Madame ! s'écria-t-il, vous manquez au respect dû à ma robe !

— Votre robe, je vous la lèverai tout à l'heure par-dessus la tête, malotru !

— Enfin, madame, vous avez des négresses enceintes et qui ne sont pas mariées. Celle-ci, par exemple, ajouta-t-il en indiquant de la main le ventre bombé de la grosse ahurie.

— Soutiendrez-vous que c'est un Blanc qui l'a engrossée ? Je suis veuve. Il n'y a pas de Blanc dans la plantation.

— Eh ! eh ! répliqua le Frère des Missions avec un air d'incrédulité des plus insolents.

— Que prétendez-vous insinuer, misérable ? m'écriai-je.

— Je ne prétends rien, madame, mais je dois vous dire que je dois emmener toute négresse enceinte et non mariée à l'hôpital ; si elle accouche d'un mulâtre, elle y sera retenue, si elle met au monde un Noir, elle vous sera, au contraire, renvoyée fort honnêtement.

— Et comment osez-vous me l'enlever sur une simple présomption ?

— Oh ! fit-il, ce n'est pas une simple présomption, mais un aveu de l'intéressée.

— Quoi ! elle a avoué ?

La surprise, un instant, me paralysa ; me tournant enfin vers l'esclave incriminée :

— Oserez-vous soutenir que vous êtes enceinte d'un Blanc, malheureuse ?

La grosse négresse, dont sa voisine, fille dégingandée, à l'air malicieux et sournois, pinçait le derrière, répondit « oui » tranquillement ; et, sans broncher, les yeux fixes, soufflée sans doute par sa camarade, montrant le capucin du doigt, d'un geste lent :

— *Li papa !*

Les négresses, à ce mot, partirent toutes d'un rire criard qui ressemblait à un aboiement de petits chiens. Dans leur hilarité, elles se courbaient sur les genoux ou bien rejetaient la face en arrière ; certaines sautaient en se frappant les fesses ou le haut de la tête, tandis que le frère, tout rouge, balbutiait des explications qu'il était seul à entendre. La gaîté des Noirs nous gagna nous-mêmes et, encouragées par notre tolérance, voilà qu'elles se mettent à danser autour du ridicule capucin, se baissant jusqu'à terre, se relevant d'un bond, d'une tension de reins impayable, et répétant en chœur :

— *Li papa ! Li papa !*

Il ne manquait à la calenda qu'un tambourin. Leur derrière sonore, qu'elles claquaient en cadence, en faisait l'office. Seule, la grosse fille qu'on avait réclamée restait contemplatrice de tous ces mouvements joyeux. Le moinillon essayait de fuir, mais le cercle des négresses s'était fermé autour de lui et s'il voulait s'en échappait, une danseuse le heurtait par derrière, et le renvoyait comme un ballon à la croupe de sa voisine ; ainsi secoué, il faisait, malgré lui, son tour de ronde et ses pirouettes. Trouvant enfin que le divertissement avait assez duré, je dis à mon commandeur de l'interrompre ; sur un ordre un peu vif et un battement des mains, les négresses se dispersèrent. Mon capucin rajusta sa robe, qu'elles avaient retroussée, chercha une de ses sandales, qu'il avait perdue, et suant, rouge de colère, il dit d'une voix courte et rageuse :

— Je vais faire ma déclaration à l'Hôpital et je ne manquerai, pas soyez-en sûre, madame, d'en avertir le Conseil colonial.

À peine était-il disparu que M. de La Pouyade, si indulgent d'ordinaire à toutes nos plaisanteries, prit un air grave pour nous saluer.

— Je regrette, dit-il, qu'on ait ainsi traité ce frère, car je le connais, sa conduite est non seulement à l'abri de tout soupçon, mais digne des plus grands éloges.

— Pourquoi est-il venu ainsi nous ennuyer ?

— Soyez persuadée, madame, répondit-il, qu'il ne vient pas de lui-même, mais à la requête de quelque puissant personnage auquel on vous aura méchamment dénoncée.

Quand je fus seule avec Mme de Létang, je ne manquai pas de me plaindre d'un procédé aussi vexatoire.

— Vous savez comme moi, chère amie, me dit-elle, que ces visites ont lieu bien rarement, mais vous avez une ennemie et même plusieurs qui, sous l'apparence d'une trompeuse amitié, vous font en secret tout le mal qu'elles peuvent.

Un nom me vint tout de suite aux lèvres :

— Vous songez à Mme Du Plantier, n'est-ce pas ?

Mme de Létang me répondit d'un signe de tête puis se tournant vers Agathe et Antoinette :

— Vous serez bien aimables, mes chéries, de vous promener au jardin. Nous avons, Mme Gourgueil et moi, à parler sérieusement.

Les jeunes filles nous ont fait une moue, d'ailleurs fort gracieuse, Agathe a chuchoté à l'oreille d'Antoinette et elles ont quitté la galerie vitrée. Nous nous sommes assises à l'entrée, dans la nuit ardente des hauts feuillages ; la lumière lissait les palmes les plus élevées, veloutait le parasol des cocolobas et semblait détacher au-dessus de nos têtes le beau fruit des aciers, rouge comme une chair à vif. Mais l'ombre était profonde autour de nous et, à nos pieds, toute une végétation de liane rampait et, eût-on dit, nous enlaçait, fortifiant notre intimité.

— Ma chère, me dit vivement Mme de Létang, je vous l'affirme, Mme Du Plantier est une catin… le mal qu'elle essaie de vous faire est incalculable. Elle vous a longtemps calomniée auprès de M. le gouverneur. Mais M. le gouverneur était un homme de trop bon goût pour souffrir une vieille fée de sa tournure.

— N'est-il plus son amant ? fis-je d'un ton de surprise qui n'était que joué, car je savais fort bien que le gouverneur avait remplacé cette ancienne maîtresse par Mme de Létang.

— Vous comprenez, répliqua-t-elle, qu'une personne de son âge, aussi mal conservée et aussi ridicule, n'a point les amants qu'elle voudrait. Par bonheur pour elle on la dit fort riche ; sans doute fait-elle part à ses amis de ses richesses. Il y a des gens qui ne demandent à une femme que de telles complaisances… Ainsi cet odieux Montouroy.

— Je croyais qu'il vous faisait la cour…

— Un moment, je l'ai eu à mes pieds, mais je lui ai donné de tels camouflets qu'il est allé porter ailleurs ses hommages. Tout l'argent qu'il gaspille au Cap avec des créatures lui vient de la Du Plantier. Mais elle est bien forcée de s'avouer plus d'une fois l'impuissance de ses charmes, or, savez-vous le moyen qu'elle emploie pour retenir dans ses jupons un homme qu'elle dégoûte ? Elle essaie d'attirer des jeunes filles et des plus jolies à ses collations. D'abord, j'ai cru que ces réunions étaient convenables, j'y ai envoyé Agathe ; on s'est permis de tels retroussis, de tels examens et, pour parler net, de telles indécences que ma pauvre enfant m'est revenue deux heures après être partie, toute rouge et en larmes. La dame qui me l'a reconduite m'a dit qu'elle avait pris sur elle de l'emmener, tant elle s'était sentie indignée des manières de Mme Du Plantier et de Montouroy.

— Elle avait invité aussi Antoinette, dis-je, fort satisfaite d'avoir prévu l'aventure ; mais j'ai trouvé qu'il sied à une jeune fille de ne point trop se montrer avant son mariage. Dans ces sortes de réunions, il se noue plus d'intrigues qu'il ne s'ébauche de fiançailles.

— Vous avez mille fois raison, mais soyez sûre que Mme Du Plantier vous en veut à mort, surtout après l'espèce d'injure que vous avez faite à Montouroy.

— Quelle injure ?

— Vous l'avez mis à la porte.

— Nullement. J'ai trouvé qu'il faisait des visites trop fréquentes aux Ingas et qu'il paraissait désirer mon absence pour être seul avec Antoinette ; j'ai prétexté quelquefois des sorties, voulant modérer son zèle, qui me semblait excessif et compromettant, mais si j'avais su quel homme il était, je n'aurais pas manqué, je vous le confesse, de lui dire moi-même de ne plus revenir chez moi.

— Il est pire encore que vous ne pouviez vous l'imaginer. C'est un homme capable de tous les crimes !

Et Mme de Létang poussa un long soupir.

— Vous avez eu à vous plaindre de lui, ma chère amie ?

— Certes ! fit-elle d'une voix furieuse, puis, changeant de ton : Il a répandu sur moi les calomnies les plus atroces. Peut-être, hélas ! va-t-il se révéler à vous dans toute sa méchanceté. C'est lui, n'en doutez pas, qui a inspiré la visite du capucin.

— Comme je vous remercie, ma chère bonne, lui dis-je en lui prenant les mains, comme je vous remercie de m'avertir ainsi.

Ah ! j'ai toujours mis en vous ma plus vive affection et je vois aujourd'hui comme elle était bien placée !

— Et croyez que je vous aime bien aussi, pauvre chère, repartit-elle en portant ma main à ses lèvres avec une effusion qui me toucha, je ferai tout pour vous rendre service !

— Vous avez un bon ami dans le gouverneur ?

— Il me chérit comme son enfant… c'est un père pour moi. Il m'a connue jeune ! Mais une telle affection, qui a la caducité de l'âge, ne peut satisfaire un cœur tel que le mien… Allez, pauvre chère, j'ai bien aimé, mais j'ai eu des déceptions cruelles.

Et elle éclata en sanglots.

— Notre infortune est la même, lui dis-je en l'embrassant, depuis la mort de mon pauvre mari, rien n'a égayé mon existence.

Elle me serra frénétiquement dans ses bras et ses lèvres vinrent se coller aux miennes ; elle me prenait à pleines mains comme si elle eût voulu s'unir à moi et qu'elle trouvât dans cette étreinte charnelle une consolation.

J'étais étonnée d'un attendrissement si subit. Je songeai cependant qu'elle pouvait m'être d'un grand secours auprès du gouverneur pour lequel – ce n'est pas un secret – elle a les extrêmes complaisances que réclament des vieillards usés et libertins ; j'avoue que moi-même j'étais grisée par le parfum intense qui montait de son jupon soulevé et de son corsage libre ; tout à coup sa main m'a surprise sous les robes, par une curiosité plus qu'indiscrète ; je ne sais si ses yeux, sa bouche souriaient alors de volupté, de raillerie ou de tendresse ; mais il m'a paru convenable de ne pas me choquer de familiarités qui, sans être ordinaires, n'avaient d'abord rien de répréhensible et d'y répondre sans contrainte ; puis j'ai voulu savoir si elle était aussi bien faite que l'assurait Mme de Mauduit ; la nudité mignonne de ses petites chairs qui, sous le tulle, la gaze et l'ampleur des robes, se tendait, se serrait ou bâillait à mes caresses, a tenté et retenu quelques instants ma main paresseuse comme à un jeu énigmatique et insolite. Elle était si émue qu'elle tremblait et soupirait contre mon épaule, je me demande si c'était toujours de douleur. J'étais, je l'avoue, heureuse de son émotion, qui me gagnait peu à peu, bien que ses gestes, plaisants d'abord, fussent devenus d'une brutalité trop égoïste. Tout à coup elle eut un tressaillement, se détacha de mes bras, mit entre nous l'espace d'une personne, rabattit sa robe dérangée d'un geste modeste et passa doucement la main sur son front.

— Je rêve, dit-elle.

Une lumière rouge qui venait de la galerie éclairait devant nous les plantes bizarres et leur donnait une apparence humaine ; les cierges des sables, les aloès, les agas, les figuiers d'Inde apparaissaient comme des virilités menaçantes.

À ce moment, le balcon de bois qui entoure la galerie eut un craquement. Craignant d'être épiée, je détournai la tête. Oh ! la désagréable surprise, Zinga, appuyée sur la balustrade, se penchait vers nous et souriait. Dès qu'elle se vit découverte, elle fit une brusque volte-face et entra dans la maison.

— Je me suis confiée à vous, ma chère, dit Mme de Létang, j'espère que vous ne tromperez pas ma bonne foi.

Je ne remarquai point aussitôt l'impertinence de ces paroles, prononcées d'une voix toute nouvelle pour moi. Je répliquai sur un ton de tendre prière :

— Mon amie, défendez-moi auprès du gouverneur, je vous en aurai une obligation éternelle.

J'ajoutai, comme si vraiment j'étais obligée de lui faire cet aveu :

— Vous ne savez pas combien j'ai besoin de votre aide !

Elle me considéra avec étonnement, sourit et prit une allure dégagée qui ne lui était pas ordinaire.

— Il faut appeler Agathe, dit-elle, car il est grand temps de retourner au Cap. Je me suis bien attardée chez vous, chère madame.

Ces mots « chère madame » semblaient effacer tout ce qui s'était passé entre nous. Agathe arriva en sueur et la robe un peu salie ; elle avait dû s'asseoir par terre.

— Oh ! que je vous gronde, dit Mme de Létang, se met-on dans des états pareils quand on est en visite ?

Nous brusquâmes les adieux, qui furent cérémonieux, et je les fis accompagner par des lanterniers jusqu'au Cap, car la nuit était fort sombre. À leur départ, je restai quelque temps seule dans la galerie, étendue sur un sofa, gênée, amusée, troublée par le souvenir de Mme de Létang, dont l'image la plus intime me poursuivait avec insistance.

Quand j'allai me coucher, Antoinette était dans sa chambre, occupée à écrire. Aussitôt qu'elle m'a vue entrer, elle a mis brusquement la main sur son papier et a essayé de le faire disparaître sous un livre.

— Voyons, mon enfant, lui ai-je dit, pourquoi ces cachotteries ? montrez-moi ce que vous écriviez.

Après de longues hésitations et toute rougissante, elle m'a tendu une lettre singulière qui commençait par ces mots : « Mon ami bien-aimé. »

— C'est Agathe, madame, a-t-elle expliqué, qui a inventé ce jeu. Je suis la fiancée, elle est le prétendu, et nous nous écrivons l'une à l'autre, pour rire !

— Voilà un jeu, dis-je, tout à fait contraire aux bienséances et je vous prie, ma chère enfant, de le laisser à l'avenir à votre amie. Qu'elle s'écrive et se réponde elle-même, autant qu'il lui plaira. Pour vous, je vous défends un pareil amusement.

J'étais fort contrariée et il me venait des soupçons qu'il m'était difficile d'écarter. Au risque d'instruire la jeune imagination d'Antoinette, je ne pus me défendre de lui demander l'emploi de sa journée.

— Qu'avez-vous fait avec Agathe ?

— Oh ! madame, figurez-vous qu'elle a absolument changé d'idée ; l'autre jour, elle ne pouvait pas sentir M. de Montouroy et maintenant elle lui embrasserait ses chaussures. Elle me dit que je devrais l'épouser.

— Et naturellement vous avez écouté votre amie, comme toujours, fis-je vivement pour l'éprouver.

— Oh ! Madame, vous savez combien je déteste cet homme-là. Je n'ai pas changé de sentiment. J'ai dit à Agathe qu'elle pouvait le garder pour elle, s'il lui plaisait tant ; mais elle ne cessait de me vanter ses qualités comme si elle eût répété une leçon de sa maman.

— Voilà qui est extraordinaire ! m'écriai-je, puis la prenant dans mes bras et l'embrassant de toute ma force : Mon enfant, ma chère enfant, lui disais-je, je vous prie, ne me cachez rien et aimez-moi un peu. Si vous saviez comme je vous aime moi-même et quel malheur ce serait pour moi de vous quitter. Je n'ai que vous au monde.

Elle avait, tandis que je l'étreignais, des yeux étonnés, puis indifférents ; elle est si neuve, si ignorante de la vie, me disais-je d'abord, elle ne peut deviner toutes les exigences de l'amitié ! et pourtant cette froideur me devint infiniment douloureuse. Tout à coup, j'eus honte de moi-même, je m'en voulus d'étreindre ce petit corps frais et intact, avec ces mains encore souillées d'attouchements bêtes et inutiles. Et je la quittai en pleurant, blessée de la trouver si insensible.

Je souffrais à cause d'elle et elle ne le savait même pas ! À un amant impitoyable, j'aurais du moins l'ivresse d'avouer mon sacrifice. Elle ne pouvait me comprendre.

Zinga me rejoignit au moment où j'allais m'étendre sur mont lit.

— *Maîtress, pas veni, pimigno Letang*. (Maîtresse, c'est inutile que je vienne, puisque tu aimes mieux la Létang.)

Je ne lui ai pas répondu, mais je crains d'irriter sa jalousie. Je tenais cette misérable par les caresses. Ah ! comme j'ai été dupe aujourd'hui, dans quel piège grossier suis-je tombée ?

Oui, je le vois bien à présent ; malgré ce que Mme de Létang m'a confié sur Montouroy, elle l'aime toujours ; persuadée qu'Antoinette est riche, elle espère me détacher de mon enfant et la décider à se réfugier chez elle pour la marier à cet homme qui, d'après ce qu'elle m'a laissé entendre, ne cherche que l'argent. Elle pense que ce mariage lui donnera un nouvel ascendant sur Montouroy et lui rendra son amour. Quant à Antoinette, elle la sacrifie sans remords, avec sa fortune.

Dire que j'ai pu me fier à cette femme et que j'avais songé un instant à unir Antoinette à ce gredin !

Ah ! que cette journée est affligeante. Il me semble que j'ai perdu considération, honneur et que ma chère Antoinette n'est plus à moi. Elle paraissait, l'autre soir, m'être si attachée ! Agathe lui a-t-elle dit du mal de moi ? Je tremble que Zinga ne lui raconte la mort de Mme Lafon.

Canaille ! si tu en avais l'audace, je te tuerais !

Mais non, Antoinette n'a que l'indifférence de son âge. Je dois la surveiller davantage, l'amuser, lui donner mille plaisirs. Il faudra bien qu'elle m'aime.

Surtout j'aurai l'œil sur mes ennemis.

*
* *

Par une soirée étouffante, nous étions tous réunis dans le salon des jalaps : Mme de Létang, Agathe auprès d'Antoinette, Mme Du Plantier, le docteur Chiron, l'abbé de La Pouyade et moi. De la galerie vitrée, dont les volets viennent d'être retirés, nous pouvons découvrir la mer, que le ciel, couvert de lourds nuages, a subitement assombrie et qui nous étreint de la menace infinie et obscure de ses vagues. Elles sont confondues en une montagne mouvante, qui s'avance lentement vers nous, qui brille ici de l'éclat dur d'un métal en fusion, et là-bas, jusqu'à l'horizon, se creuse, plonge en une profonde vallée de ténèbres. Au large, dans l'immensité, un lac glauque, lumineux et tranquille, semble dormir.

— Regardez donc, ma chère amie, dit Mme Du Plantier, cette admirable clarté d'émeraudes. Cela me rappelle la jupe que je portais au bal du gouverneur. Vous la voyez, ma chère, cette toilette qui m'avait été envoyée de Paris ?... le bas de la robe en crêpe blanc, la jupe vert d'eau, couverte de crêpe rayé en paillon d'argent. La couturière de la reine l'avait faite pour la comtesse de Chimay, qui l'avait trouvée trop chère et, comme j'ai absolument sa taille, c'est à peine s'il y avait eu besoin de quelques retouches.

Mme Du Plantier parle en se rengorgeant avec un jeu bien amusant de mentons, dont les uns ont l'air de crever, tandis que d'autres, en dessus ou en dessous, naissent et grandissent.

— Ma toute belle, lui dis-je, au prochain bal du gouverneur, vous devriez vous déguiser en paon. Cela vous irait à ravir ?

— Vous croyez ? a-t-elle répondu sans comprendre.

Antoinette regardait à une fenêtre ; elle avait le haut du corps un peu penché, et ses hanches s'arrondissaient gracieusement dans l'embrasure ; cette petite sèche, maigriotte d'Agathe s'est approchée, lui a claqué puis pincé la fesse, tandis qu'Antoinette se retournait vers elle, souriant, se défendant, rougissant.

— Oh ! maman, viens donc voir, Antoinette qui n'a rien sous ses jupes. Moi aussi je ne mettrai plus de chemise. Ce sera plus frais.

Mais Mme de Létang s'abandonnait toute à une contemplation qui semblait être pour elle des plus agréables, à en juger par le mouvement de ses narines, son sourire enivré, le vague de son regard. Elle considérait les cacaoyers du jardin, dont les fleurs fines et abondantes formaient sur le lisse feuillage comme une neige légère ; puis, se tournant de l'autre côté de la galerie, elle respirait des odeurs de jasmin qui montaient des plantations. Je la contemplais : plus mince encore que sa fille, avec des yeux énormes aux paupières en deuil, elle semble ruinée par la passion. Son confident ordinaire, l'abbé de La Pouyade, jeune et vieilli, tout en aspirant par une paille sa raisinade, ramène à chaque instant sur sa culotte les longues basques de son habit, comme pour cacher les merveilleuses jarretières en or ciselé, ornées de rubis qu'on lui voit porter depuis quelques jours et qu'on prétend être un cadeau d'une pénitente. Derrière nous, à l'oreille de l'abbé qui ne l'écoute pas, le docteur Chiron parle sans trêve, chassant, de pli en pli, dans son gilet aux broderies ternies et à la soie tachée, le tabac qu'il laisse fuir entre ses doigts, en se chargeant le nez.

Nous avions les nerfs un peu irrités par l'approche de l'orage et l'odeur entêtante qui montait du jardin ; Mme de Létang caressait les cheveux de sa fille qui, serrée contre Antoinette, se livrait à des jeux de mains si inconvenants que je me disposais à intervenir et à rappeler à une mère cette vigilance qui est le premier de ses devoirs. Soudain, derrière l'habitation, un cri s'éleva, perçant, exhalant quelque extrême douleur, et nous fit tous tressaillir.

Ce cri, suivi de beaucoup d'autres, nous annonçait qu'on châtiait quelque jeune esclave. La voix qui le poussait et qui était évidemment une voix de petite fille lançait une sorte de bêlement si bizarre qu'Agathe de Létang, qui n'a pas l'âme bien pitoyable, surprise et amusée, éclata de rire. Pour une fois et sans raison, ainsi qu'il arrive toujours, Mme de Létang, abandonnant tout à coup cette indulgence maternelle, dangereuse d'ordinaire, mais ici bien excusable, souffleta par deux fois Agathe, et comme la pauvre enfant, les yeux en larmes et rouge de honte, se levait pour quitter le salon et pleurer à son aise :

— Prenez exemple sur votre jeune amie, lui dit sa mère, je suis sûre qu'elle a horreur de votre cruauté.

— Oh ! répliqua Antoinette, j'admets qu'on frappe les vieux esclaves, mais cela me révolte qu'on maltraite les tout petits.

— Je croyais, ma chère amie, me dit Mme Du Plantier, que, chez vous, on ne châtiait plus les esclaves ?

— Ma toute belle, fis-je à cette remarque obligeante, je ne vais pas soigner vos victimes, permettez-moi donc d'être seule à m'occuper des miennes ; je suffis sans effort à cette tâche, d'autant mieux que je ne les aime pas assez pour me donner la peine, comme vous, de les envoyer en paradis.

Mme Du Plantier avait eu dernièrement des ennuis pour avoir tué ou du moins contribué, par un supplice horrible, à faire mourir un de ses nègres : tout le monde s'accorde à dire que, sans sa liaison avec le gouverneur, elle aurait subi une condamnation. Cependant, c'est à peine si ma repartie la blessa : elle est grasse, elle aime son repos et laisse passer les impertinences sans y répondre. Elle se contenta de hausser légèrement les épaules, de baisser les yeux d'une façon innocente et de battre l'air plus vivement de son éventail.

— Ces cris sont insupportables ! fit à demi-voix l'abbé de La Pouyade.

— Croyez bien, monsieur l'Abbé, lui dis-je, que je ne suis point la cause de cette barbarie ; j'ai rarement ordonné un châtiment, cela me répugne ; j'abandonne d'ailleurs tout le soin de ma propriété à mon commandeur.

— Un mulâtre, n'est-ce pas ? demanda le docteur Chiron.

— Oui, c'est un homme instruit, fort honnête. On dit même que son père était un riche négociant.

— Le père d'Obalukun ?

— Qu'est cela, Obalukun ?

— Mais votre commandeur !

— Il s'appelle Joseph Figeroux-Larougerie.

— Pour vous, madame, mais les Noirs l'appellent Obalukun. Figeroux a pris le nom de son ancien maître, un négociant de Bordeaux. Son père a été domestique en France.

— Vous le connaissez donc bien ?

— Trop, madame… Oui ! Et puisque l'occasion s'en présente, permettez à votre vieux docteur d'être sincère : vous avez, dans cette plantation, des êtres que je tiens à vous signaler comme les plus dangereux, non seulement pour vous, mais pour la colonie.

— Il est bien certain que Mme Gourgueil est trop bonne, dit Mme Du Plantier d'un ton aigre.

— Trop confiante, ajouta Mme de Létang. Cependant, je crois volontiers que le docteur exagère.

— Et en quoi donc, madame, je vous le demande ? La plantation des Ingas est éloignée de la ville. Quelle défense auriez-vous contre vos esclaves s'il leur prenait fantaisie de se révolter ?

— Pourquoi se révolteraient-ils, mon Dieu ? observa l'abbé. Ne sont-ils pas heureux ici ?

— Heureux, dit le docteur en souriant, permettez-moi d'en douter ; la petite voix que nous entendons encore maintenant, et qui a fait rire Mlle Agathe tout à l'heure, ne chanterait pas sur ce ton-là si elle éprouvait réellement de la félicité.

— Mais il faut bien battre les Noirs de temps à autre pour leur décrasser la peau ! D'ailleurs, je voudrais savoir qui ne les bat pas à Saint-Domingue !

— C'est que justement ils sont peut-être fatigués d'être battus.

— Voilà le docteur parti sur sa corvette favorite, l'expédition n'est pas près d'être terminée !

— Ah ! plût au Ciel !…

— Le docteur invoque le Ciel auquel il ne croit pas, observa l'abbé.

— Il faut bien parler votre langue, monsieur. Tout ce que je voulais dire, c'est que je désire vivement que mes soucis soient vains et mes paroles insensées.

— Alors, vous pensez, dit Mme de Létang, qu'une révolte au Cap serait possible ?

— Non seulement, je la crois possible, mais inévitable.

— Vous avez trop lu Diodore, mon cher docteur, dit l'abbé, qui cessa enfin de siroter sa raisinade. Seulement nous ne sommes pas à Syracuse, mais au Cap, colonie française. Nous ne sommes pas païens, mais chrétiens. Ne confondons pas des époques qui n'ont aucun trait commun. Vous ne pouvez comparer, en effet, aux infortunés esclaves du paganisme – plus malheureux, plus maltraités que des bêtes domestiques – des êtres qui reçoivent le baptême et les autres sacrements, qui peuvent participer aux joies et obtenir les consolations de tous les chrétiens et qui, s'ils font le bien, jouiront avec nous du bonheur éternel. Ce sont nos égaux après tout. Que nous leur enseignions parfois la vertu et la civilisation avec quelque rudesse, je ne le nie point : nous ne sommes pas parfaits, ni eux non plus. Nous sommes des hommes.

— Puisque vous n'êtes que des hommes, il fallait agir en hommes. Vous pouviez être bons avec les Noirs si vous en aviez le désir mais vous deviez vous garder de leur attribuer des droits que vous étiez décidés à ne jamais reconnaître.

L'abbé eut un mouvement d'indignation.

— Comment, à ne jamais reconnaître ? Est-ce que Mme de Létang n'a pas un hospice pour ses femmes malades ? je l'ai visité, moi qui vous parle, j'en ai admiré la propreté, l'excellente disposition ; j'ai loué la prévoyance délicate qui avait si bien secondé l'architecte. D'autres hospices vont se construire.

— Ah ! fit Mme de Létang avec ennui, car elle tient à garder le monopole de son originalité.

— Oui, une jeune Anglaise, mariée à un Français, a le dessein de vous imiter… Oh ! je sens que la religion fait de grands progrès. C'est incontestable. Ainsi on ne voit plus à Saint-Domingue les atroces exécutions dont j'ai été témoin dans mon enfance ; les mœurs s'adoucissent.

— Dites que les nerfs s'affaiblissent, ce sera plus vrai. On est aussi cruel, on l'est même plus qu'autrefois. Seulement, on tient à proclamer son bon cœur, sa charité, son humanité. De la sorte, on peut tout se permettre. Vos âmes vous paraissent si belles, mesdames, quand vous les regardez, que vous n'avez plus souvenir de ce qu'ont fait vos mains, si inconscientes !

— Docteur, je vous prie, m'écriai-je, cessez cet entretien ; vous blessez ces dames.

— De grâce, ma bonne, laissez-le divaguer à son aise, il nous divertirait.

Le docteur s'était levé, la face légèrement congestionnée ; il s'approcha de la fenêtre pour respirer un peu d'air, mais l'atmosphère était toujours étouffante ; alors il s'éventa, et ses cheveux blancs, qu'il porte arrangés en perruque, s'agitèrent autour de son front et lui firent comme une auréole burlesque. Après s'être promené quelques minutes silencieusement, les mains croisées sur son ventre qui formait, sous l'habit serré, de larges bourrelets de chair, il demanda, à brûle-pourpoint :

— Enfin, madame Du Plantier, avez-vous envie de recevoir des coups de fouet ?

— Seigneur mon Dieu !

— Et vous, mademoiselle Antoinette, vous plairait-il d'éventer une négresse accroupie à vos côtés ?

— En vérité, dit Mme Du Plantier, je crois que le docteur est devenu fou.

— Non, mesdames, je ne suis pas devenu fou. Je dis des choses très sensées, au contraire. Vous avez eu les beaux rôles assez longtemps. Puisque vous avez proclamé l'égalité de tous les hommes, il est logique que vos Noirs jugent bon à présent de prendre votre place et de vous donner la leur.

À ces paroles, les dames et l'abbé se regardèrent en riant et en secouant la tête.

— Je ne vois pas, fis-je, quel rapport tout cela peut avoir avec mon commandeur.

— Je vous parlerai de cet homme plus tard, répliqua le docteur : quand nous serons seuls.

— Docteur, vous manquez de respect à M. l'abbé, à ces dames et à moi-même. Nous sommes ici entre amis.

— Raison de plus pour ne rien dire !

— Antoinette va sortir, si vous l'exigez.

— C'est inutile. Plus tard, vous saurez quel est l'homme et aussi quelle est la femme en qui vous avez mis votre confiance.

— Cette pauvre Zinga ! s'écria Antoinette.

— Justement, mademoiselle, cette pauvre Zinga.

— Vous allez encore l'accuser, vous ! Je ne vous aimerai plus.

— Tant pis. On n'est pas toujours récompensé du bien que l'on peut faire. On se résigne.

— Enfin, docteur, on n'accuse pas sans raison. Vous ne pouvez plus vous taire !

— Ce que j'ai à vous dire ne regarde que vous. Je puis cependant vous citer un trait de vos fidèles serviteurs. Connaissez-vous Samuel Goring ?

— Oui, dit l'abbé, et bien qu'il ne pratique pas notre religion, c'est un excellent homme.

— C'est un quaker, dit dédaigneusement Mme Du Plantier, tandis qu'Antoinette et Agathe, qui avait essuyé ses larmes, répétaient en riant : « Couacre ! Couacre ! »

— Attendez un peu avant de le juger, continua le docteur. Samuel Goring, sous prétexte de soigner les Noirs malades, d'instruire les enfants, d'annoncer à tous l'Évangile, leur prêche la révolte contre leurs maîtres.

Ce fut un cri d'indignation.

— Mais c'est un maître lui aussi ! Qu'aurait-il à gagner à une révolte ?

— Peut-être, continua le docteur, son orgueil se flatte-t-il de l'apaiser et de la dominer. Peut-être n'écoute-t-il que sa haine de pauvre contre votre luxe, son animosité hautaine contre vos plaisirs !

— Et que peut avoir de commun Samuel Goring avec Joseph Figeroux ?

— Ce sont deux amis et, ce qui suffirait à les rendre suspects, deux amis secrets. Ma profession exige que je sorte souvent la nuit. Samuel Goring a une chambre dans une maison qui se trouve tout près de la mienne. Combien de fois Figeroux s'est attardé à causer devant la porte du prédicateur évangélique !… Sitôt qu'ils m'entendaient sortir, ils rentraient dans l'habitation, mais j'avais eu le temps de les voir.

— Figeroux, dis-je, est pourtant d'une sévérité cruelle ; souvent j'ai dû intervenir pour l'empêcher d'appliquer avec tant de rigueur les châtiments. Il me répondait que je n'avais pas assez l'habitude de commander à des Noirs pour connaître les moyens de les dompter et de les forcer au travail : « Si je ne puis à mon gré diriger la plantation, ajoutait-il, je préfère qu'un autre que moi en prenne le soin. » Sont-ce les paroles d'un homme qui prépare une révolution ?

— Le misérable est adroit et cache bien son jeu. Mais croyez que, s'il est cruel pour les Noirs, ce qui n'aurait rien d'étonnant, il ne le laisse point paraître. Toutes les punitions, tous les supplices plutôt qu'ils peuvent subir sont commandés par vous !

— Grand Dieu !

— Il le dit et on le croit. C'est votre Zinga qui est chargée de porter vos prétendus ordres de torture. Il lui a bien fait la leçon.

— Comment ose-t-elle après toutes ses démonstrations d'amitié !…

— Ah ! vous comprenez que, pour elle, Figeroux passe avant Mme Gourgueil.

— Serait-elle donc ?…

— Ce qu'elle est, je ne saurais vous le dire. Les uns prétendent qu'elle est sa fille et les autres sa maîtresse. Les uns et les autres ont peut-être raison.

— Docteur ! s'écria Mme Du Plantier, il y a des jeunes filles ici !

— Si elles ne pèchent jamais que par les oreilles, madame, il n'y aura pas grand mal.

— Cet homme est d'une inconvenance ! fit à demi-voix Mme Du Plantier à Mme de Létang, dont les yeux erraient toujours sur le jardin et qui semblaient ne pas se soucier de la conversation.

Pour moi, les révélations du docteur m'avaient causé un trouble que je ne parvenais pas à cacher à mon entourage. J'éprouvais surtout un désir violent de voir Zinga, comme si le visage de cette fille pouvait m'apprendre sa trahison ou son innocence. J'aurais voulu ne pas croire le docteur.

Afin d'avoir un prétexte pour la faire venir :

— Zinga, appelai-je, en entr'ouvrant le salon, apportez des raisinades.

Je pensais qu'elle était assise devant la porte. Mais je n'eus pas de réponse. J'allais voir où elle se trouvait, lorsqu'un nouveau visiteur entra, et que nous n'attendions point, certes ! le révérend Samuel Goring !

C'est un petit homme bossu, avec une énorme tête à jaunisse, dont le menton semble être toujours tiré, allongé par des mains invisibles.

Ses yeux vairons sont inquiets, troubles, de la couleur d'une eau saumâtre, défiants, tournés de côté, en yeux de lapin, comme s'ils craignaient que quelque chose ne vînt déranger la bosse de leur propriétaire ; ou bien enfoncés sous les poils roux épars qui lui tiennent lieu de sourcils, comme s'ils ne voulaient voir le monde que de loin en contempteurs. Les jeunes filles aiment entendre prêcher le révérend, car, à la fin de ses sermons, il a une manière de poser à l'extase, en levant le front vers le ciel et en laissant la bouche toute grande ouverte à la manne divine, qui est impayable. En ces moments-là, le manteau dont il est enveloppé, même par les plus grandes chaleurs, glisse le long de son dos contrefait et emporte son chapeau à larges bords. Aussitôt Agathe, Antoinette, toutes, nous nous précipitons pour le lui ramasser. Quand c'est une jeune fille qui arrive la première, il lui donne une tape sur la joue et pousse au fond de lui-même un grognement sourd, mais où l'on devine de la reconnaissance ; quand c'est une de ces dames ou moi, il se contente de dire : « Je n'avais pas besoin de vous. » Et il continue à prêcher d'une voix tour à tour grinçante et geignarde.

Vraiment, il faut avoir, comme le docteur Chiron, cette manie de découvrir partout des choses extraordinaires et de ne rien juger comme le commun des mortels, pour voir dans ce pantin un homme dangereux.

Loin d'avoir peur de lui et d'ajouter foi aux médisances, nous avons tous pris un air de fête à son apparition. Mme Du Plantier s'est épanouie davantage ; Agathe a oublié les soufflets de sa mère ; l'abbé, qui somnolait un peu, s'est complètement réveillé et Mme de Létang, qui rêvait, a bien voulu abaisser sur Goring son regard voluptueux. Jusqu'à la petite négresse, qu'on battait au loin, qui a cessé ses cris subitement, comme si elle en avait senti tout à coup l'inconvenance.

— Bonjour, mon révérend, bonjour, faisait-on à Goring, qui ne desserrait pas les lèvres et n'eut même pas pour ces dames une inclination de tête.

L'abbé s'avança au-devant de Goring avec une politesse souriante :

— Mon cher rival en Jésus-Christ, commença-t-il…

Mais voyant que le prédicateur semblait médiocrement touché de ses avances :

— Nous travaillons l'un et l'autre pour le ciel, ajouta-t-il, dans deux voies parallèles : je cherche à purifier les Blancs…

— Et le révérend voudrait bien faire blanchir les Noirs, ajouta le docteur en haussant les épaules et en se dirigeant vers la porte. J'essayai vainement de le retenir.

— Je vois, dit-il, qu'il faut unir le temple à la sacristie. Si cela vous amuse d'être la passerelle, madame, grand bien vous fasse !

— Allons, docteur, m'écriai-je, sans prendre garde à ses paroles, vous ne partez pas… Enfin, quand vous reverra-t-on ?

— Quand vous serez malade, madame, bien malade !

Et il descendit l'escalier de la galerie avec le bruit et la rapidité d'une avalanche.

Samuel Goring détourna vers lui son regard inquiet, craignant que son départ ne fût qu'une fausse sortie ; puis, les yeux baissés, d'une voix criarde qui avait le son d'une clef rouillée dans une vieille serrure :

— Je vous apporte, mes sœurs, une nouvelle bien réjouissante. La Société des Amis des Noirs vient d'achever sa grande œuvre. L'Assemblée nationale s'est rendue aux conseils de la raison et de la vertu. Elle est, m'écrit-on de France, sur le point de promulguer ce décret attendu depuis si longtemps, qui doit assurer à nos frères de couleur la liberté et les droits politiques. Enfin la nature fait entendre sa voix !

— M. Goring, dit avec malice Mme de Létang, défend les Noirs avec tant d'éloquence que je le soupçonne fort d'avoir donné son cœur à l'une de ces belles dames d'ébène, dont les lèvres ont des baisers, m'a-t-on dit, paradisiaques.

— Il ne s'agit point de voluptés criminelles, s'écria Goring, mais des vertus de nos frères. Eux seuls sont animés de ces grands principes de justice que la nature inspire. Et je vous le déclare : je serais plus fier d'avoir pour épouse une chaste mulâtresse que l'une de ces femmes blanches dont les paroles ne sont que des mensonges et les moindres gestes un hommage au vice et à l'impudeur.

— Bravo ! s'écria Mme Du Plantier.

— Le révérend, vous le savez, ajouta Mme de Létang, ne nous gâte point de confitures. Mais j'aime cette sévérité, moi ! Ça m'aiguillonne.

— Je ne parle pas pour faire plaisir, mais pour enseigner la vérité.

— Cette fois, pourtant, observa l'abbé, j'ai peur que vous ne vous abusiez. J'ai entendu parler aussi, moi, du décret prochain de l'Assemblée nationale, ce ne sera sans doute pas celui que vous attendez. On a l'intention, paraît-il, de laisser aux colons de couleur qui sont libres les droits de citoyens actifs, mais sous la réserve que les assemblées particulières des colonies fixeront elles-mêmes les conditions d'éligibilité. Or…

— Or, comme ces assemblées sont composées d'aristocrates…

— De Blancs !…

— Vous espérez que jamais elles n'accorderont les droits demandés ?

— J'en ai peur.

— Alors nous nous passerons des assemblées coloniales. Il nous suffira que la nation se soit prononcée pour nous.

— Mais les assemblées coloniales sont aussi la nation ?

— Non, elles n'en représentent que la pourriture ! Mais en vain s'opposent-elles aux revendications sacrées d'un peuple malheureux. J'irai dans chaque plantation, dans chaque case, s'il le faut, dire à tous les esclaves, aux vieillards vénérables, comme aux enfants innocents, que la nation désire leur liberté.

— Faites-le si cela vous amuse, mon révérend, réplique Mme Du Plantier. Seulement, attendez que les travaux des plantations soient finis. Nos esclaves sont trop occupés à présent. Une telle nouvelle leur causerait une émotion violente, les détournerait de leur labeur et pourrait nuire à la colonie.

— Ce qui nuit à la colonie, c'est l'ignorance et le servage dans lesquels on force à vivre des êtres sensibles, faits à l'image de Dieu. On a trop tardé à leur apprendre ce qu'ils étaient !

— Et s'ils allaient ne plus vouloir nous servir ? dit Mme de Létang.

— Ma bonne, répliquai-je, il faudrait nous soumettre et les laisser partir. N'usons jamais de la contrainte. Elle ne produit que des fruits sans saveur. Pour ma part, je suis toute prête à me servir moi-même, à user de mes mains, à faire la cuisine et le ménage, si cela est nécessaire. Ma mère, qui était une fervente de Rousseau, m'a enseigné tous les métiers. Si vous goûtiez de mes soufflés à la maréchale, vous deviendriez gourmande.

À ce moment, j'entendis comme un écroulement dans l'escalier qui conduisait à l'office. Je sortis vivement. Le couloir était plein d'assiettes et de verres brisés. L'auteur de ce bel exploit devait être Cochonnette, la fille de cuisine ; elle avait glissé, selon son habitude, et laissé toute la vaisselle s'échapper de ses mains.

— Vilaine mazette ! m'écriai-je, je vais te frotter le cul d'une pimentade qui t'apprendra bien, à l'avenir, à être solide sur tes jambes.

Et saisissant un balai de lianes, je courus après elle ; mais l'avisée, qui avait sans doute entendu mes menaces, s'était si bien cachée que je ne parvins pas à la découvrir. Alors je songeai à Zinga, dont l'absence inexplicable pouvait causer dans le domestique plus d'un désordre, car elle sait se faire craindre et obéir, et je me mis à la chercher dans la maison.

Comme j'errais partout, fort en colère de ne point la rencontrer, un bruit s'éleva de la chambre d'Antoinette. J'y entre aussitôt et ma suprise n'est pas légère de voir un homme qui enjambe la fenêtre. Je m'approche. Il courait à toutes jambes à travers la plantation. Bientôt il disparut derrière les bananiers du jardin. C'était un Blanc, habillé à la mode française, et qui m'a semblé fort bien fait et élégant.

Pourquoi s'introduire ici ? Dans quelle malhonnête intention ?

Je m'adressais cette demande lorsque, tournant la tête, j'ai aperçu Zinga qui, sur la pointe du pied, tout doucement, essayait de se couler le long du lit et se glisser hors de la chambre sans se laisser voir. Sa mise, d'ordinaire très simple, parfois même malpropre, était cette fois d'un soin et d'un apprêté extrêmes ; elle avait une chemise de soie à rubans, une jupe de mousseline sur une candale rayée et elle portait aux mains des bracelets de rassade. À mon entrée dans la chambre, elle devait être couchée ; comme mon regard s'était d'abord tourné du côté opposé au lit, elle espérait peut-être se dérober.

Lorsqu'elle se vit découverte, elle s'adossa au lit et, d'un air honteux, se protégea la figure de ses mains, mais entre ses doigts, je la voyais rire. Sa gaîté insultante me donna l'idée de la frapper.

— Pourquoi es-tu ici ? Que faisait cet homme ? m'écriai-je en écartant ses mains et en la souffletant.

Tout de suite, son air narquois disparut et ses yeux se remplirent de larmes.

— *Maîtress !* fit-elle d'une voix étouffée, avec un gémissement.

— Tu te moques de moi ! lui dis-je, mais je vais te vendre, et sans tarder.

Elle se redressa fièrement et, me regardant en face, d'une voix assurée :

— *Maîtress, mô libre !*

— Et que m'importe, lui criai-je, que tu sois libre ! Tu serais la femme du gouverneur, espèce de racoleuse d'hommes, traînée de boue, que je te fouetterais comme une bozale[1].

Et, du balai de lianes que j'avais emporté pour châtier Cochonnette, je lui cinglais les jambes. Elle poussa un rugissement terrible, plus honteuse que blessée ; puis, au milieu de sanglots, elle criait :

— *Parler, mô, di tout ké fi, mame Lafon ki li mouri !* (Je parlerai, moi, je dirai tout ce que tu as fait, oui, que tu as fait mourir Mme Lafon.)

La gueuse ! elle a prononcé le nom de Mme Lafon ! elle m'a accusée ; et elle hurlait si fort que du salon des jalaps, mes hôtes pouvaient l'entendre !

Je courus après elle, je la ramenai dans la chambre.

— Tais-toi, fis-je. Je te pardonne ! mais je veux que tu te taises, entends-tu ?

Elle me regarda au milieu de ses larmes, avec un mauvais rire qui me fit croire que tout ce chagrin n'était qu'une comédie, puis elle partit sans prononcer un mot. Au même instant, j'aperçus Antoinette qui, me voyant chez elle, parut très surprise et devint toute rouge.

— Qu'avez-vous, mon enfant ? lui dis-je, et en la serrant contre moi, je sentais son cœur battre très vivement.

Elle eut un coup d'œil vers le lit défait et vers le jardin et elle arrêta sur moi un regard plein d'anxiété.

— Enfin, que se passe-t-il ici ? repris-je. Que signifie cet air étonné ? Pourquoi avez-vous quitté le salon ? Quel est ce mystère ? Voulez-vous me parler, Antoinette !

Comme elle demeurait la tête basse, sans ouvrir la bouche :

— Je remplace votre mère, Antoinette, rappelez-vous ce que vous me devez. Je vous ordonne de répondre, et tout de suite.

Mais elle ne m'obéit pas davantage. Elle était moins troublée que moi-même ; je ne le lui laissai pas voir ; je fermai les volets de la fenêtre avec une clef, comme lorsque nous allions en promenade, puis je la laissai dans sa chambre, après avoir poussé le verrou extérieur de la porte.

— Si vous vous décidez à parler, mademoiselle, vous m'appellerez, lui criai-je du vestibule. En attendant, bonne soirée ! On vous apportera votre souper ici.

---

1. Négresse nouvellement débarquée d'Afrique et, par suite, inexperte et sauvage.

Je l'entendis sangloter, et pourtant j'eus le courage de m'arracher à cette porte derrière laquelle ma chérie se lamentait ; alors, il est vrai, je sentais je ne sais quelle haine contre elle. Il m'avait même fallu me retenir pour ne pas la battre comme j'aurais battu une enfant ; et j'étais presque heureuse d'avoir pu, sans la frapper, lui faire mal. Ce secret qu'elle garde pour elle seule m'irrite comme un affront. Hélas ! à peine commençais-je à sentir les joies d'une affection réelle, et déjà elle échappe à mon désir ! Mon Dieu ! quand je songe que c'est près de cette enfant que j'espérais trouver le pardon et l'oubli du passé. Pourquoi ne l'avez-vous pas voulu, Seigneur ?

Au milieu de ma rage, et par une sorte d'instinct irréfléchi, je me suis dirigé vers le salon des jalaps, comme si mes hôtes, dans une inquiétude si cruelle, ne devaient pas m'être indifférents !

L'orage, menaçant tout à l'heure, venait d'éclater. Les coups de tonnerre se succédaient, sourds, lointains ou, par des explosions soudaines, répétées par mille échos, harcelaient l'oreille et terrifiaient comme un fléau imminent, prêt à vous anéantir. Derrière la maison, les montagnes semblaient se rompre et s'écrouler dans des craquements, tandis que des fenêtres de la galerie nous voyions la mer s'avancer en colonnes noires, hautes et profondes, pareilles à quelque cordillère mouvante, où les lueurs brusques des éclairs révélaient des mondes infinis. Elle crevait en torrents d'écume qui, tels que des trombes, s'élevaient du rivage et nous semblaient aussi élevés que les pics les plus inaccessibles. Nous nous croyions perdus et ensevelis quand déjà elle se retirait vaincue, hurlante de colère pour accroître encore son effort et renouveler son immense menace.

— Comme à Moïse sur le Sinaï, disait Samuel Goring, les yeux fixés sur les nuages, sombres, c'est aux clartés de la foudre que se révèle à nous la loi du Seigneur.

Mais personne ne l'écoutait plus. Mme Du Plantier, tournée contre la muraille, poussait de petits gémissements ; Mme de Létang, assise sur le canapé, se cachait la face de ses mains, tandis qu'Agathe, agenouillée, appuyait la tête contre les genoux de sa mère, comme si elle devait y trouver abri et sécurité. Seul, l'abbé, les mains croisées derrière le dos, regardait froidement les palpitations flamboyantes de l'orage, les déchirures de feu du ciel, les incendies subits qui éclairent l'horizon et s'éteignent dans un tremblement.

— Mes sœurs, continuait Samuel Goring, écoutez la voix de Dieu !

— Tartuffe ! m'écriai-je en haussant les épaules.

Je me souvenais des paroles du docteur et la colère dont j'étais pleine s'étendait à tous. Cependant Zinga passait au dehors et, malgré la pluie qui s'était mise à tomber par torrents, je courus à elle, je l'arrêtai ; puis, sans me soucier du désespoir qu'elle montrait en voyant l'eau gâter toute sa fraîche toilette, sans m'occuper moi-même de l'inondation qui me suffoquait :

— Zinga, dis-je, parle-moi franchement : pourquoi cet homme était-il dans la chambre d'Antoinette ?

— *Pou Figeroux pas wé mo !* (Pour que Figeroux ne me vît pas !) a-t-elle répondu simplement. La chambre d'Antoinette se trouve en effet à l'aile droite de la maison, tandis que celle du mulâtre est tout à fait à gauche.

— Alors, cet homme venait pour toi ?

— *Wi ! pou mo !* (Oui, pour moi !)

— C'est bien vrai ? Jure-le sur ton talisman ?

Mais sans s'occuper de ma demande :

— *Maîtress, moy ye tou di lo !* (Maîtresse, je t'ai tout dit !)

Elle se secoua comme une perruche trempée sous l'averse qui redoublait et rentra dans la maison en courant.

À quoi bon l'interroger encore, puisque je ne puis avoir foi à ses paroles, malgré toute mon envie de les croire véridiques ?

J'ai laissé mes hôtes s'effrayer et se rassurer à la parole du quaker ; j'ai regagné ma chambre, je me suis jetée sur mon lit et j'ai pleuré. Zinga n'est pas venue cette nuit ; elle savait bien que je l'aurais chassée. Mais Dieu a eu pitié de moi ; il m'a envoyé un rêve de délices : j'ai vu près de moi la chérie ; elle était douce et elle m'aimait.

Seigneur ! je vous en supplie, faites qu'elle ne me quitte pas, qu'elle ne s'éprenne pas d'un homme. C'est pour son bien ! elle serait si malheureuse.

*

* *

Je m'étais éveillée avec tant de plaisir ! Ah ! je n'aurais pas prévu la fin horrible de cette journée !

Quand je me levai, le soleil étincelait sur la mer et une brise fraîche m'apportait les odeurs mielleuses et acides du jardin. C'est à peine si l'orage a laissé des traces autour de la maison, tandis que, à une demi-lieue, la plantation de M. Mauduit a beaucoup souffert.

Mes angoisses de la veille s'étaient dissipées à la clarté limpide du ciel ; à peine hors du lit, je courus à la chambre d'Antoinette. Je voulais lui dire que je lui pardonnais ou, du moins, lui souffler une excuse qui pût motiver mon pardon. La chère enfant ! j'éprouve tant de peine à lui causer le moindre chagrin, mais je ne puis vaincre l'égoïsme cruel de mon affection. Ah ! si j'étais sûre qu'elle m'aimât, j'aurais de moins dures exigences.

Par bonheur, Antoinette n'a pas eu trop à pâtir de ma méchanceté. Ces dames, qui connaissent l'inconstance de mon humeur, excusèrent ma brusque disparition, l'attribuant aux nerfs ou à l'orage. Profitant d'une courte accalmie, elles firent demander leurs palanquins et partirent pour le Cap en même temps que l'abbé. Seule, Agathe de Létang, que le tonnerre épouvante, ne voulut pas s'en aller avec sa mère. Zinga eut alors l'inspiration peut-être indiscrète, mais dont je lui sais gré, d'offrir à la jeune fille le lit d'Antoinette. Agathe accepta. Elles ne s'attendaient ni l'une ni l'autre à trouver fermée la porte de mon enfant. Mais Zinga ne s'émut pas de si peu. Elle devina ce qui s'était passé entre nous ; et, sans crainte de ma fureur, elle vint, pendant que je dormais, fouiller mes jupes, en retira la clef et délivra la prisonnière. On devine si Antoinette en eut du plaisir. À trois, elles ont organisé une petite fête. Agathe, à côté de son amie, n'a plus eu peur de l'orage ; et c'est dans toutes sortes de jeux qu'Antoinette a fini sa pénitence. Marion, la cuisinière, m'a arrêtée dans le vestibule pour tout me raconter.

Après avoir terminé ses médisances, la négresse a eu un sourire de fierté comme d'un acte méritoire. Je lui ai montré mon indignation.

— Tu attends une récompense, moucharde, lui dis-je, mais tu devrais plutôt attendre la rigoise pour tes méchantes dénonciations. Prends garde une autre fois de baver ton venin sur ta jeune maîtresse. Il en cuirait à ta peau.

Agathe et Antoinette, lasses d'avoir dansé la veille, reposaient encore. Un souffle léger, d'un mouvement égal, soulevait leur sein. Agathe avait la tête à demi cachée par les cheveux dénoués d'Antoinette ; frêle, presque maigre, elle semblait chercher protection auprès de sa grande amie, dont le bras s'allongeait sur son épaule. Une ombre charmante couvrait leurs paupières, jouait autour de leurs cils et de leurs lèvres ; elles devaient voir des choses merveilleuses et leur souriaient en rêve.

À mon pas, elles tressaillirent toutes deux, eurent des grimaces et des attitudes plaisantes, s'étirèrent de compagnie, puis quand elles furent réveillées et qu'elles me reconnurent, elles laissèrent voir un léger effroi. Les joues d'Antoinette s'empourprèrent ; Agathe poussa même un cri.

— Ne vous effrayez pas, mes chéries, fis-je, je ne veux point vous gronder. J'en veux seulement à Antoinette comme à Agathe de ne pas me montrer plus de confiance.

C'est tout ce que j'eus le courage de leur dire. Alors, de joie et de surprise sans doute, car elles s'attendaient à une semonce, elles partirent d'un éclat de rire. Ce fut délicieux comme un égouttis de source mêlé à des trilles d'oiseau. Cette gaîté franche, trop ingénue pour être coupable, acheva de m'enlever mes inquiétudes et, voyant que je ne me fâchais pas, elles me racontèrent leur soirée, avec une vive abondance de détails inutiles et gracieux.

— Nous nous sommes bien amusées, allez madame, Zinga nous a appris à faire du gâteau galeux… c'est un vilain nom, mais c'est follement bon. On prend une livre de farine, une demi-livre de beurre et trois œufs, mais il faut que l'œuf soit sans blanc, et puis vous détrempez la farine avec du lait froid, et puis vous roulez la pâte, et puis… Ah ! je ne me souviens plus ; tu sais, toi, Antoinette ?

— Mais oui, seulement tu t'es trompée ; on prend aussi du fromage fait, tu ne te rappelles rien !

— Moi, je m'en moque… de la cuisine. Seulement, je l'aime ; si vous n'aviez pas dormi, madame, on vous en aurait donné à goûter. C'était adorable !

— Prodigieux, ajoutait Antoinette. Ah ! vous avez bien manqué.

— C'est que nous avons dansé, le soir, après le goûter, et de jolies danses, celles de négresses. Si vous aviez vu les contorsions de Zinga, on crevait de rire !

— On ne peut rien voir de plus drôle que la calenda !

— Et la chica ? Elles se tortillent comme cela ; on dirait qu'elles ont la colique.

— Mais, mes enfants, ai-je observé, ces danses de négresses sont très inconvenantes ; j'avais défendu plus d'une fois à Antoinette de danser avec nos esclaves ; et votre mère, Agathe, a dû vous le défendre également. Comment avez-vous pu oublier ainsi la modestie qui sied à des jeunes filles ?

— Oh ! madame, s'écriait Agathe, je vous assure, ce n'était pas inconvenant ; il n'y avait que des négresses. On ne nous a pas vues ; nous étions les deux seules Blanches.

Elles babillaient toujours lorsque le docteur Chiron, qui se montre, partout où il va, plus familier que le parent le plus proche ou l'ami le plus intime, entra sans se faire annoncer, et comme les enfants, à demi nues à cause de la chaleur, semblaient fort effarées de cette visite matinale et cherchaient leurs chemises abandonnées pour se couvrir, il eut un geste dédaigneux.

— C'est inutile, mesdemoiselles, dit-il après un brusque salut. À force de voir les maux de l'humanité, je suis devenu insensible à ses grâces.

J'étais indignée de cette rusticité. J'essayai de le lui faire comprendre.

— Comment, Docteur, osez-vous dire…

— C'est la vérité, répliqua-t-il en riant, comme s'il ne m'avait pas entendue. Au vrai, j'exerce bien encore, quelquefois, mais c'est par habitude et par hygiène. J'ai pour cet office un des échantillons les moins attrayants de la race esclave. De la sorte, je ne crains pas les égarements de la passion.

Les enfants éclatèrent de rire presque en même temps. Le docteur leur jeta un regard de reproche.

— Oui, mesdemoiselles, reprit-il, j'ai beau avoir les cheveux blancs, sous ma vieille peau le cœur est jeune encore.

— Mais vous disiez tout de suite, observa Agathe, que vous étiez indifférent à nos grâces.

— Je le voudrais, seulement la nature, par malheur, ne m'a pas permis…

— Et la Faculté, reprit la malicieuse, a-t-elle permis au moins ? c'est là l'important.

— Allons, taisez-vous, Agathe, m'écriai-je, et vous, Docteur, trêve à ces compliments où vous semblez à l'aise comme un chat dans une mare à canards. Dites-moi seulement comme il se fait qu'ayant juré de ne plus me voir qu'à mon lit de mort vous vous trouviez si tôt devant moi.

— Mon serment, madame, n'avait rien de sérieux. On ne s'engage pas à faire le mal. J'étais seulement irrité de voir chez vous un coquin de l'espèce de Samuel Goring. Mais, si même nous avions été brouillés, je n'en serais pas moins venu aujourd'hui vous apprendre des événements que vous ignorez et que vous avez le plus grand intérêt à connaître.

Je le regardai. Son visage avait une expression grave qui m'émut.

— Je suis prête à vous écouter, lui dis-je, curieuse et assez alarmée.

Il me laissa voir qu'il ne tenait point à parler devant les jeunes filles. Alors nous sortîmes et, évitant les oreilles indiscrètes, nous traversâmes le jardin pour gagner un petit pavillon qui donne sur la route du Cap et sur la mer.

Autour de nous, séparés par des canaux miroitant au soleil, s'étendaient les champs de cannes aux larges ondulations vertes, où les élagueurs, cachés par les hautes tiges, coupaient les feuilles sèches et mettaient un frémissement continu. Il s'en élevait une plainte sourde, puis vibrante, pareille à l'écroulement des vagues sur le sable, mais perdue, comme le bourdonnement des murmures dans l'air silencieux, la joie et la splendeur de la lumière. Le cri d'une négrite châtiée, les roulements de la sucrerie, les bruits du travail et les gémissements des esclaves viennent ici se briser entre les montagnes, sont étouffés par les grands arbres, les plantes et les cultures innombrables qui se pressent sur la côte et dans la vallée. Les cases disparaissent au milieu du floconnement des caféiers, sous la neige fine des cacaoyers. Et partout de grandes feuilles de velours s'étalent ou se courbent vers nous ; les oranges font plier les branches et les grappes pendent sous le parasol des colocobas. La voix d'un esclave chante :

Si Bonguiè di li bon,
Li divet gagnen so rézon.

(Si le bon Dieu dit que c'est bon, il doit avoir raison.)

— Tu fais sagement, pensais-je, pauvre nègre, d'accepter le sort que t'envoie le bon Dieu, ici il faut être heureux ou bien mourir.

Comme devant la magnificence de cette matinée, j'oubliais tout, et le passé, et Zinga, et les appréhensions du docteur ! Je me rêvais déjà un paradis de jouissance pour moi et ma chère petite Antoinette. Ah ! que j'allais être promptement désabusée !

J'avais courbé vers le docteur une tige de canne, et je lui en faisais remarquer la lourdeur.

— La récolte sera belle, cette année, lui dis-je.

— Oui, répliqua-t-il, si vos Noirs veulent bien la faire.

— Encore ! repris-je en souriant, vous êtes donc incorrigible. On ne peut causer un instant avec vous sans que vous ne parliez de la révolte prochaine ! Comme si nos plantations n'étaient pas tranquilles ! Et qui la ferait donc, cette révolution ?

— Mais, mon Dieu, les Blancs d'abord et vos esclaves ensuite. Il y a de riches colons qui voudraient essayer de nouvelles cultures, remplacer la canne par le tabac ; ils n'ont que faire de payer des impôts pour des esclaves qui leur sont inutiles. Il y a des négociants qui, ayant une quantité énorme de sucre à vendre, ne seraient point fâchés que l'on abandonnât et même que l'on ravageât quelques plantations. Cela renchérirait d'autant leur marchandise. D'autres, enfin, ont affermé des boutiques à leurs anciens esclaves et en retireraient plus de profit si les commerçants noirs n'étaient pas soumis à certaines impositions. Tous ces gens-là versent, après dîner, des larmes bien sincères sur le sort des malheureux esclaves. Ils sont de la Société des Amis des Noirs, ils vont applaudir Samuel Goring et Figeroux, qui réclament pour les hommes de couleur les mêmes droits que pour les Blancs. Ils disent que le roi et l'Assemblée désirent leur liberté. Les Noirs ne voient pas tous du même œil arriver cet affranchissement de nom qui leur en coûtera peut-être un autre, moins honorable mais plus réel. Les nègres commerçants, en effet, sont pour le moment affranchis d'impôts et, en dépit des entraves apportées par la loi à leur négoce, comme ils n'ont rien à payer, ils arrivent à se faire de jolis bénéfices ; les esclaves n'ayant pas légalement le droit de vendre, les maîtres qui leur prêtent un nom et une boutique ne sont pas autorisés à rien leur réclamer et on leur donne ce qu'on veut. D'un autre côté, les Noirs des plantations, établis dans l'île depuis longtemps, ne se soucient pas d'une liberté qui va les jeter à la porte de leurs maîtres et leur enlever l'assurance qu'ils ont encore de pouvoir chaque jour de leur existence manger leur manioc et reposer leur corps sous un toit. Chose étrange ! ils se mettent avec ceux des planteurs qui tiennent encore à leurs champs de cannes et s'imaginent avec raison que des nègres citoyens se croiront déshonorés de cultiver autre chose que la politique ; ils s'unissent même aux petits-blancs qui ont un commerce et redoutent que les marchands noirs, établis par les gros négociants, ne leur fassent une concurrence ruineuse, dès qu'ils auront le droit de tenir boutique. Mais soyez assurée que cette union du bon sens ne tiendra pas contre l'intérêt de quelques grosses fortunes ; l'ambition, la vanité de deux ou trois mulâtres, avides de jouer un rôle ou de venger d'anciennes injures ; la folie enfin de ces nègres bozales, récemment débarqués par la traite et que vous affectez de considérer comme des êtres raisonnables. Le mot de liberté à de telles oreilles signifie incendie, pillage, viol et massacre. L'ivresse que leur versent vos beaux discours se communiquera aux autres. Tout ce troupeau, qui ne craint plus le fouet, va se précipiter avec délices dans la barbarie.

— Nous l'en empêcherons bien !

— Il sera trop tard, madame. Déjà M. de Larnage n'a plus chez lui que son commandeur. Tous les Noirs de sa plantation se sont enfuis.

— Et où sont-ils ?

— Dans les montagnes où, paraît-il, une armée s'organise. Et j'ai d'autres exemples du même genre à vous citer. Mme Dufourcq vient d'être assassinée par ses esclaves ; ce matin même, j'apprends qu'on a pillé la maison du gouverneur en l'absence du maître et sous les yeux de l'intendant, désarmé ou complice.

— Mais ce n'est pas la première fois qu'on voit de pareilles aventures. Elles sont plus ou moins fréquentes : voilà tout.

— Vous avez trop d'insouciance des événements qui ne se passent pas sous vos yeux pour pouvoir les juger. Ils ont, à mon sens, une importance extrême.

Nous étions arrivés au pavillon ; après une telle causerie, j'hésitais à y entrer, de crainte de la continuer encore. Je lui demandai d'un ton assez impertinent.

— Ainsi, c'est pour m'entretenir de votre « politique » que vous êtes venu me déranger ?

— Non, madame, répondit-il. Je n'ai ni le goût des paroles inutiles, ni celui des actes impossibles. Je ne prétends point empêcher une révolte qui est inévitable à Saint-Domingue ; je veux seulement avertir mes amis assez tôt pour qu'ils puissent se défendre. Et je venais vous répéter : veillez à vos serviteurs !

— Ah ! vous voulez encore me parlez de Zinga, m'écriai-je, irritée. Vous avez dû voir pourtant que vos médisances n'avaient eu, hier, aucun succès.

— C'est ce qui m'engage à les recommencer aujourd'hui, repartit le docteur.

Là-dessus, il entra dans le pavillon et s'assit lourdement sur un sofa, renversant la tête sur le dossier, comme pour bien marquer qu'on ne l'en déposséderait pas malgré lui. On ne peut échapper à cet homme-là !

Je n'en avais pas d'ailleurs l'intention. Un incident, en apparence négligeable, semblait, en effet, confirmer les paroles du docteur et éveillait mon inquiétude. Je venais de voir le révérend Samuel Goring se glisser dans la plantation ; ses yeux obliques et ridicules de lapin effrayé étaient encore plus soucieux qu'à l'ordinaire et il détournait la tête à chaque instant, comme s'il craignait d'être aperçu. Une négrite, l'ayant vu, s'inclina devant lui. Sans répondre à son salut, le révérend, un doigt sur la bouche, lui recommanda le silence puis continua sa route. Il disparut derrière les cacaoyers. Que signifiaient cette visite matinale et tout ce grand mystère ?

Le docteur avait suivi mon regard et il souriait de ma découverte.

— Êtes-vous disposée à m'écouter, à présent ? demanda-t-il.

Il n'avait pas besoin de ma réponse ; j'étais assez attentive ; il commença donc son récit sans prévoir le trouble qu'il allait me causer :

— Un mois environ avant la mort de M. Mettereau, Mme Lafon, sa sœur, reçut à Bordeaux, où elle vivait, une lettre de Saint-Domingue, lui demandant avec insistance de venir s'établir dans l'île. Son frère, écrivait-on, avait eu de grands malheurs ; l'orage avait détruit ses récoltes ; il se trouvait ruiné, malade, mais un peu d'argent, en lui enlevant de grands soucis, lui rendrait la santé, lui permettrait de rétablir promptement ses affaires et, placé sur la plantation, rapporterait de larges bénéfices au prêteur. La lettre, bien que signée « Mettereau », était écrite par une main étrangère, celle, sans doute, d'un garde-malade ou d'un intendant. Mme Lafon avait eu toujours pour son frère l'amitié la plus vive ; depuis longtemps elle avait formé le projet d'aller le rejoindre. Si elle avait reculé jusque-là son voyage, c'était à cause de la santé délicate de sa fille, mais comme celle-ci était alors bien portante et qu'il s'agissait peut-être de sauver de la mort un frère qu'elle aimait, elle se décida aussitôt à partir. Elle emmenait sa fille et, comme pour un établissement définitif dans la colonie, elle emportait sa fortune et tout ce qu'elle avait de précieux. Après une traversée difficile, elle débarqua à Saint-Domingue, où l'intendant de M. Mettereau vint la recevoir, pour la conduire à l'habitation de son maître, située assez loin du Cap, dans les terres.

Or, l'intendant savait et était alors peut-être le seul à savoir que M. Mettereau n'existait plus ; il le laissa ignorer à Mme Lafon comme à tout le monde, et c'est alors qu'eut lieu un effroyable drame. Tandis que les deux femmes suivaient le chemin des montagnes, pour arriver à la plantation Mettereau, l'intendant et les Noirs qui l'accompagnent se jettent sur les voyageuses, les maîtrisent, leur arrachent tout ce qu'elles possèdent et, non contents de les dépouiller, veulent les massacrer après les avoir souillées de leurs embrassements immondes. La mère est tuée ; la jeune fille échappe et c'est chez vous qu'elle vient chercher un refuge.

— Elle ne vint pas, fis-je vivement comme pour cacher mon émotion ; des esclaves trouvèrent Antoinette évanouie à quelques pas des Ingas. Nous parvînmes à la ranimer, mais, de longtemps, elle ne reprit connaissance. Vous savez, Docteur, puisque vous l'avez soignée, combien dura son délire ; il était impossible de prêter un sens quelconque aux mots sans suite qu'elle prononçait durant sa fièvre. Je l'entendais seulement quelquefois appeler sa mère.

— Mais, depuis, ne vous a-t-elle rien dit ?

— Ceci simplement : très fatiguée de la traversée, elle s'était endormie aux côtés de Mme Lafon dans le palanquin qui devait la conduire chez son oncle. Lorsqu'elle ouvrit les yeux, elle fut éblouie par la lumière des torches qui brillaient dans la nuit ; des nègres aux physionomies féroces, qui ressemblaient plus à des bêtes sauvages qu'à des hommes, avaient commencé à lui lier les mains ; elle entendait autour d'elle des cris et des gémissements ; elle voulut se débattre, on la maîtrisa, on lui mit un bâillon, on la frappa ; elle s'est évanouie de terreur sous les coups.

— Et vous avez fait rechercher les assassins, n'est-ce pas ? et, malgré tous vos efforts, vous n'avez pu les découvrir ?

— Non, fis-je, effrayée de cette question.

— Moi, j'ai été plus heureux, je connais le nom de l'assassin. Oui, un esclave que le misérable a voulu rendre complice et qui n'a été que témoin, m'a tout raconté.

Je sentis un frisson courir dans tout mon corps, et ce fut d'une voix tremblante que je demandai :

— Qui est-ce donc, Docteur ?

— Figeroux, oui, c'est Figeroux qui a machiné cet horrible guet-apens, comme c'est lui qui a assassiné le frère de Mme Lafon, Mettereau, dont il était l'intendant.

— N'accusez pas sans preuves ! m'écriai-je presque soulagée. J'avais craint un instant qu'il ne prononçât mon nom.

— Comment, lui dis-je, si tout cela est vrai, Figeroux n'est-il pas arrêté ?

— Le témoignage d'un seul homme, répondit-il, surtout d'un Noir, n'a pas de force contre la dénégation de tous ces esclaves que Figeroux tient sous sa main et qui sont prêts à faire son apologie. Mais, pour moi, ce témoignage suffit. Le Noir qui m'a raconté le crime n'a aucun intérêt à accuser Figeroux. D'ailleurs, au moment de la mort de Mettereau, on a déjà suspecté le mulâtre ; les explications qu'il a données, l'alibi qu'il a réussi à se créer n'ont point calmé tous les soupçons. Seulement, Figeroux impose, même aux Blancs.

Je savais, hélas ! mieux que personne, ce qu'il y avait de vrai et de faux dans ce récit. Sans le vouloir, le docteur avait renouvelé pour moi l'horrible scène ; je me rappelais cette arrivée de Mme Lafon ; les coups à la grille du jardin, les cris lamentables, les hurlements ; puis, dans l'entrebâillement de la porte, l'apparition effrayante sous la lanterne, les cheveux sanglants, la tête sanglante et qui semble détachée du corps, et cette grande femme aux yeux élargis et sans regard, qui entre tout à coup comme un fantôme, portant ou plutôt traînant une masse informe, un paquet de jupes boueuses : sa fille, ma chère Antoinette !… râlant d'une voix éteinte, stupide : « Sauvez-la ! Sauvez-nous ! » Tandis que nous nous empressions, Zinga et moi, autour de l'enfant évanouie, la mère perdit elle-même connaissance. Ah ! Dieu m'est témoin que je les ai couchées toutes les deux dans mon lit, que je les ai soignées comme j'aurais soigné ma mère et ma fille… Mais, pour mon malheur, Zinga était près de moi, l'immonde créature ! Je la vois qui s'approche du manteau dont j'avais débarrassé la pauvre femme, qui le regarde curieusement, qui en fouille les poches et puis tout bas, dans son jargon : « Maîtresse, regardez donc ! les voleurs n'ont pas été bien adroits. » Il y avait là, dans un sac de cuir dissimulé entre les doubles pans du manteau, tout un trésor. Mme Lafon, avant son départ, avait dû réaliser en espèces une partie de sa fortune. Zinga ouvrit le sac et contemplait l'or : « Voilà », dit-elle, « pour me faire plaisir, à moi ! » Elle ajoutait en me regardant : « Et à toi aussi, maîtresse. » Elle n'ignorait pas qu'à ce moment j'étais dans un embarras extrême ; un jeune mulâtre, fils d'affranchi, furieux d'avoir été chassé de la maison, menaçait, si je n'achetais pas son silence, de raconter que je l'avais soumis, avec d'autres Noirs et même des domestiques blancs, à d'abominables luxures. Il savait si bien mêler les vérités aux mensonges qu'il pouvait incriminer les plus innocents plaisirs et me déshonorer à jamais. Il fallait à tout prix fermer la bouche à cette canaille, mais j'étais alors sans argent ; une mauvaise récolte, des constructions dispendieuses, de grands frais agricoles me mettaient dans une gêne momentanée et un emprunt, la vente d'un titre ou d'un bien me répugnaient. « Cette somme-là serait bien utile », disait Zinga.

« Portez tout de suite le manteau et le sac dans ma chambre », dis-je en affectant la colère, mais Zinga sourit, car elle me voyait déjà vaincue. Sans s'occuper de mes ordres, sans paraître les entendre, elle continuait à regarder cet or tentateur. « C'est le bon Dieu qui nous a envoyé ces voyageuses », faisait-elle, « et puisqu'elles sont à moitié mortes… » Un geste affreux achevait sa pensée. Et j'avais beau m'indigner de ces paroles, le désir me venait, à moi aussi, de profiter du hasard. Loin du Cap, dans cette plantation isolée, où tous me sont soumis, ne suis-je pas maîtresse de mes actions ! Alors Zinga a senti combien je me défendais mollement contre son dessein ; elle a compris tout l'ascendant, toute l'autorité que pourrait lui valoir sur moi un tel acte ; peut-être aussi l'or l'avait-il fascinée, peut-être la haine féroce que j'avais déjà remarquée chez elle à l'égard des femmes blanches l'enivrait-elle contre les pauvres fugitives… Et l'horrible forfait s'est accompli. Zinga, ensuite, a porté elle-même dans la montagne le corps de l'infortunée. Mon Dieu ! que votre miséricorde s'étende sur moi ! Vous savez que je ne fus pas la vraie coupable, que cette infâme négresse est la véritable inspiratrice, la seule exécutante du meurtre, que ma faute n'a été que de faiblir, de manquer de courage. Ne voulait-elle pas aussi frapper Antoinette, sous prétexte que son existence compromettrait la mienne ? Certes, je devinais bien à quelle dissimulation, à quels mensonges, à quels périls continuels allait m'entraîner cette enfant, quelles fables il faudrait inventer pour elle et pour le monde afin d'expliquer sa présence auprès de moi. N'importe, je n'ai pas hésité ; et vous avez béni ma charité, mon Dieu ; au Cap, malgré tant de calomnies, on vante mon âme généreuse ; Antoinette me garde de la reconnaissance de l'avoir recueillie et je sais que cette bienfaisance me vaudra votre pardon…

Hélas ! je me flatte, Zinga est toujours ici pour me rappeler ce qu'elle a appelé mon crime lorsqu'elle a voulu partager l'or. Ah ! l'atroce nuit où je me suis disputée, battue avec elle – une esclave ! – où elle m'a menacée de m'accuser devant le gouverneur, si je ne lui donnais pas « sa part ». Ah ! comme elle se sent bien maîtresse de mon existence, comme elle se moque bien de mes ordres ! « Sa part », c'est ma fortune ! oui, voilà ce qu'elle désire.

Et dire que pour m'épargner une calomnie ridicule, par avarice, par lâcheté, je suis sous le coup d'une dénonciation capitale !

Il est vrai que le témoignage d'une esclave est nul devant la justice. Le docteur m'a bien semblé le dire. Et pour en être plus sûre encore, je lui ai demandé :

— N'est-ce pas, Docteur, on n'admet pas les plaintes des Noirs au Conseil ?

Il fut surpris de ma question. Le trouble que je montrai tout d'abord au récit du crime lui avait laissé croire qu'il m'avait convertie à sa méfiance et à sa haine extrême des Noirs. Ma demande, au contraire, qui tombait inopinément au milieu de son discours, lui prouvait que, depuis plusieurs minutes, je n'écoutais que d'une oreille fort distraite ses commentaires.

— Et qu'importe ! s'écria-t-il, revenant toujours à son sujet. Le nègre a beau être dissimulé et hypocrite, il y a des circonstances où il ne peut mentir, où il faut le croire. La loi a souvent la vue claire, mais le regard trop rapide ; elle ne distingue que les ensembles ; pour se familiariser et s'assouplir aux variétés de l'existence, elle a besoin de l'armée des légistes. Mais aux colonies nous ne connaissons pas ces animaux-là !

— Fort heureusement, dis-je.

Il leva les yeux et attacha sur moi un regard fixe, presque insolent, comme pour deviner ma pensée. Mon cœur battait plus fort. Se doutait-il de ma complicité ? Était-il venu m'arracher des aveux ? Mais je vis bientôt l'absurdité de mes craintes. Le bon docteur ne soupçonnait rien. Déjà, il s'était remis à parler de Figeroux.

— Tout l'accuse, reprit-il. C'est seulement le surlendemain du crime que Figeroux est venu annoncer la mort de son maître, M. Mettereau, et s'engager chez vous en qualité de commandeur. Le médecin, mon confrère Pasdeloup, a trouvé le corps en putréfaction ; on avait essayé de l'embaumer. Figeroux, m'a-t-on raconté, avait voulu d'abord le faire disparaître, puis il s'était décidé à le garder sous clef jusqu'à l'arrivée de Mme Lafon à Saint-Domingue. Il s'était sans doute proposé d'accomplir le triple assassinat le même jour, mais le navire qui amenait les dames Lafon subit en route des avaries et fut obligé de faire relâche. Le voyage fut ainsi beaucoup plus long qu'il n'aurait dû l'être, ce qui déjoua les projets du misérable.

— S'il est réellement l'assassin de Mme Lafon, dis-je, c'était bien maladroit de se rapprocher d'Antoinette. Il n'ignorait pas, en effet, quand il est venu chez moi, que je l'avais recueillie. Il voulait donc se faire reconnaître ?

— Oh ! fit le docteur, l'assassinat a eu lieu la nuit ; Figeroux avait peut-être le visage couvert, masqué ; peut-être aussi a-t-il dirigé les meurtriers de loin et sans se montrer à ses victimes.

— Mais quel avantage pouvait-il avoir à entrer chez moi ?

— Il paraît qu'après le crime, Figeroux n'a pas trouvé sur sa victime l'or qu'il attendait, soit que Mme Lafon eût laissé tomber l'argent, au milieu de la lutte, lorsqu'elle essaya d'échapper aux bandits, soit que les Noirs qu'il conduisait l'eussent emporté à son insu. Il s'est imaginé que Mme Lafon l'avait confié à Antoinette. Il est entré chez vous pour la voler, pour vous voler aussi peut-être.

— Oh, Docteur, comme cette idée est étrange !

— Mais, dans cette affaire, tout est étrange ! Pourquoi, par exemple, Figeroux a-t-il froidement commandé qu'on violentât ces femmes ? Ce ne pouvait être une vengeance et, d'après tout ce qu'on sait de ses mœurs, ce n'est pas un de ces tempéraments de fauve tels qu'on en rencontre parfois chez les mulâtres. Froidement cruel, il n'a point leurs passions de mâle. Il n'y a rien d'impossible à ce qu'il ait agi au nom d'un inconnu. Je vous le répète, madame, il faut vous tenir sur vos gardes. À votre place, moi, je renverrais Figeroux.

Je ne répondais rien. La pensée de ce mulâtre que m'avait recommandé Zinga, qu'elle m'avait presque forcée de prendre chez moi, me remplissait d'inquiétude. Connaissait-il « mon crime », ma destinée dépendait-elle de ces deux assassins ? Figeroux allait-il, un beau soir, devant mes esclaves insensibles et avec l'aide de Zinga, me tuer aussi, comme ils avaient tué Mme Lafon ? Certes, les conjectures du docteur n'avaient rien de chimérique. Et pourtant, au milieu de tant de craintes, une image plus puissante que les autres s'imposait à mon esprit. Je songeais à ma chère Antoinette. Je ne parvenais pas à éloigner de moi une scène d'horreur, d'une obscénité révoltante. Je voyais la délicieuse enfant se débattre au milieu de Noirs fous de luxure ; je voyais sa peau délicate comme les fleurs, meurtrie, ensanglantée par ces mains de barbares. J'entendais ses cris de douleur et de honte. Était-il possible, comme le docteur le prétendait, qu'on se fût attaqué à tant de grâces, qu'un sauvage eût osé souiller une si charmante jeunesse ?

— Docteur, dis-je, que vous fait croire qu'on a violenté ces malheureuses femmes ? Jamais Antoinette, aux rares fois où j'ai fait allusion à la mort de sa mère, n'a paru troublée comme aurait dû l'être une enfant, à la fois si franche et si timide, en se voyant contrainte de cacher une telle injure. Elle m'a toujours parlé de cette nuit horrible avec des larmes, mais sans honte ni embarras.

— Ah ! Madame, dit le docteur, les jeunes filles les plus franches savent à merveille dissimuler les aventures qui les importunent. Je suis sûr que vous-même autrefois… Allons, passons. Dans l'attitude de Mlle Antoinette, je m'imagine qu'il y a beaucoup d'inconscience. Vous m'avez raconté que vous l'aviez trouvée évanouie. Elle n'a donc rien senti pendant l'opération, heureuse enfant ! À moins, au contraire, qu'elle n'ait éprouvé beaucoup de plaisir. D'où sa réserve. La coquine tient à garder ses sensations pour elle. Voulez-vous que je vous donne un bon conseil, madame : il ne manque pas de beaux partis au Cap, mariez la demoiselle ; elle est en âge. Vous ferez une excellente action. Mais, d'abord, n'est-ce pas, renvoyez Figeroux.

— Pourquoi parlez-vous de Figeroux au sujet d'Antoinette ? m'écriai-je toute en fureur.

En vérité, cet homme a des paroles si grossières que j'avais envie de le gifler et de le mettre à la porte, lui et ses bons conseils. Mais, pour son bonheur et pour ma plus grande angoisse, est survenu un incident qui m'a fait oublier tant de cynisme et de rusticité.

Tout à coup, comme il considérait la plantation, il s'est levé brusquement et, m'attirant derrière le vantail de la fenêtre ouverte protégée de rideaux légers, de manière à laisser voir au-dehors et à vous dérober aux passants :

— Regardez Zinga ! m'a-t-il chuchoté à l'oreille.

La négresse était encore mieux vêtue, plus élégante et plus parée qu'au soir où je l'avais surprise dans la chambre d'Antoinette. Sa chemisette fine au col de dentelles bouffait sur une candale courte à raies roses, dont les fentes, resserrées par des nœuds de ruban écarlate, laissaient voir la jupe de dessous, de toile blanche. Elle avait son collier d'agate et ses bracelets. Ainsi faite, elle s'en allait la tête haute, les paupières légèrement retombées, les yeux à peine entr'ouverts sous les longs cils, les dents offertes dans un sourire, les narines palpitantes à la brise de mer. Elle avait oublié ses airs railleurs et méchants ; elle semblait presque jolie dans son bonheur.

Elle passa devant la fenêtre ; en même temps, à quelque distance, apparut Samuel Goring. Oubliant tout à fait que des yeux indiscrets pouvaient le voir, le quaker courait derrière elle ; il la rejoignit enfin et, tout essoufflé, d'une voix haletante :

— Zinga, dit-il, je vous ai attendue.

— *M'enfû !* répliqua-t-elle en haussant les épaules, sans le regarder et elle voulut continuer sa marche.

Alors, il l'étreignit, mais elle, des deux mains, se dégagea avec une brusquerie si vive et si violente que le révérend trébucha et s'en fut heurter la muraille de notre pavillon.

— *Ou pati, Kouraj ! aguié !* (Partez, bonne chance, adieu !) cria-t-elle en le saluant de la main.

Mais, ivre de douleur, de rage aussi, Goring se mit à la suivre. Il ne la suivit pas longtemps. Voyant qu'il la serrait de près, elle se détourna à demi et, la jambe allongée, d'un coup expert de boxeuse, elle lui envoya le pied en plein visage ; puis, comme il perdait l'équilibre, elle le poussa de sa croupe tendue et reprit sa marche en chantant la chanson créole :

E si nous kontré ké roch,
M'a kasé-yé ké mo do.

(Et si nous rencontrons quelque caillou, je le casserai avec mon dos.)

Le révérend se releva, la regarda, secoua la tête et prononça plusieurs paroles d'une voix entrecoupée. On eût dit que les mots se collaient à ses lèvres.

— Ils la suivent, disait-il, comme les bœufs qu'on va immoler… Que mon esprit ne se laisse point entraîner dans les sentiers de cette femme : elle a fait perdre la vie aux plus forts.

Et, lui tournant le dos, il s'essuya les yeux.

— Il a beau citer la Bible, observa le docteur, cela ne l'empêche pas de pleurer.

Puis se tournant vers moi :

— J'ai envie d'aller voir où court cette fille.

— Et moi de même, dis-je. Mais si elle s'aperçoit que nous la suivons ?

— Nous verrons bien ce qu'elle fera. En tout cas, nous ne nous laisserons pas envoyer des coups de pied au visage comme ce pauvre Goring. Nous lui en donnerons plutôt. D'ailleurs, voyez, elle a dans la cervelle des papillons blancs ; elle suit ses fantaisies, elle ne regarde rien, elle ne nous verra pas.

Nous partîmes sans nous montrer à Goring, ce qui nous fut aisé, car le révérend était trop absorbé par sa douleur amoureuse pour prendre garde à ce qui se passait autour de lui.

Zinga sortit de la plantation et prit la route du Cap. Nous la suivîmes à quelque distance. Elle s'avançait d'un pas rapide et dégagé, en fredonnant toujours sa romance créole. Le ciel, la mer étincelaient ; au loin, les monts avaient encore de grandes écharpes d'ombre ; un vent chaud, de temps à autre, soulevait des tourbillons.

Sur ce chemin morne, les aspics étaient nos seules rencontres. Nous les apercevions qui dormaient repliés au soleil. À notre approche, ils s'allongeaient et disparaissaient brusquement dans une palpitation de lumière.

Je regrettais déjà cette promenade d'espionnage ; le docteur s'essuyait le front ; mais Zinga, alerte, marchait du même pas et chantait toujours :

Lontan, lontan, tout moun té nwê
San pa oun blang lasou la té
Tan-là sa pa té kou jodi ;
Souvan Bonguié koutmé vini
Pou palé ké sa moun ki bon,
Yé pa pé li okin, fason,
Tout sa moun li téti palé
Li té, guen kichoz pou bay-yé.

(Longtemps, longtemps, tout le monde fut noir, sans un Blanc dessus la Terre. Temps-là n'était pas temps-ci.

Souvent Bon Dieu venait pour parler au monde qui était bon, et on n'avait peur de lui en aucune façon.

À tous les gens à qui il parlait, il avait quelque chose à donner.)

Après deux grandes heures de marche, des ombrages de plantations apparurent, des indigotiers, agités un instant par la brise de mer, nous éventèrent par-dessus les palissades et des feuilles légères, détachées de l'arbuste, vinrent courir sous nos pieds. Nous goûtâmes l'ombre et l'odorante fraîcheur. Un parfum de vanille remplissait l'air tandis qu'une neige blanche, s'échappant des massifs, volait devant nos yeux. On ne voyait personne, comme si tout le monde, maîtres et esclaves, eussent été endormis. Cependant, au milieu des champs de cannes, s'entendaient les ciseaux d'élagage et, sur l'écorce des cacaoyers, le claquement sec de la rigoise qui tue les insectes rongeurs.

Zinga, apercevant les maisons du Cap, s'arrêta devant des sterculias qui étendaient jusque sur la route leurs grandes feuilles contournées ; s'étant troussé la candale et la jupe, elle s'accroupit et pissa, puis nous la vîmes attirer un flacon de son sein et s'oindre la croupe, le ventre et les jambes. L'odeur était si forte qu'à cinquante pas nous en étions comme grisés. Ayant vidé sur son corps le flacon, elle le lança derrière elle et reprit sa marche.

— C'est sa toilette d'amour, dis-je au docteur.

— Elle est, ma foi, bien faite, pour une négresse, fit-il, pensif.

— Allez-vous donc, répliquai-je en riant, vous convertir à la négrophilie, comme le révérend Samuel Goring ?

Mais il releva la tête et étendant la main d'un geste solennel :

— Ça, jamais ! s'écria-t-il, et il ajouta à demi-voix, comme honteux : D'ailleurs, la science l'a voulu, je suis un chaste !

Derrière Zinga, nous arrivâmes au Cap et, nous engageant dans une petite ruelle bordée de sucreries, pleine du bruit saccadé des roues d'écrasage et exhalant l'odeur écœurante des mélasses, nous suivîmes la négresse jusqu'à une maisonnette riante et modeste, à demi dissimulée derrière de grands cocolobas qui formaient au devant d'elle une petite avenue ténébreuse et fraîche en plein soleil. Des fenêtres ouvertes s'envolaient les sons caressants, les tendres accords d'un clavecin. Zinga prit l'avenue, disparut vite au milieu des feuillages. Des portes s'ouvrirent, le clavecin se tut et j'entendis un bruit de baisers. Je ne sais pourquoi, je me sentis irritée comme si j'avais reçu un soufflet. J'eus envie de m'en aller, puis une curiosité insurmontable m'attacha devant ces fenêtres ; je voulus même entrer dans l'avenue.

— Où allez-vous ? me dit le docteur. C'est la maison de M. Dubousquens.

— Qu'est cela, Dubousquens ?

— Un négociant fort riche de Bordeaux et le propriétaire de ces sucreries.

— Tant pis ! Il n'a pas le droit de me prendre mes esclaves. Et je le lui dirai bien, à ce monsieur !

— Arrêtez ! reprit le docteur, vous allez faire une sottise. Châtiez Zinga, enfermez-la, dénoncez-la au Conseil national, mais n'allez pas ainsi compromettre votre dignité chez un étranger ! Ne vous suffit-il pas de savoir où elle est ? Je craignais qu'elle n'eût une liaison moins inoffensive.

— Inoffensive ! me récriai-je, qu'en savez-vous ? Cet homme-là est peut-être aussi, lui, un ennemi des colons. Et puis, croyez-vous que je permettrai jamais à une esclave de s'échapper de la plantation quand il lui en prend fantaisie ? Ne lui ai-je pas confié la surveillance des autres esclaves, la garde et le service d'Antoinette ? En vérité, c'est inouï, un tel dédain de mes ordres, un pareil oubli de ses devoirs… Et quelle audace a cet homme de me la prendre ! La religion, les mœurs, ma réputation, il dédaigne tout cela, ce monsieur. C'est un esprit fort, sans doute. Vous lui ressemblez, d'ailleurs. Ah ! il vous sied bien de parler de précaution et de défense. Ce sont des gens de votre sorte, tenez, qui perdront l'île !

— Calmez-vous, madame, on va vous entendre.

— Et qu'importe qu'on m'entende ! Je le voudrais, être entendue ! Ce serait une occasion de lui dire, à ce goujat, ce que je pense de sa conduite. Écoutez ! ils s'embrassent encore… Oh ! c'est trop fort ; elle prononce mon nom ; elle parle de moi. Il faut que je sache ce qu'ils disent. Approchons-nous. N'ayez pas peur, voyons, Docteur ! Derrière cette haie de lianes on ne nous verra pas.

Je ne pouvais plus me contenir. L'effronterie de cette horrible fille soulevait mon indignation et ma colère. Dire que c'était, les lèvres salies par les baisers d'un Dubousquens, qu'elle venait à moi. Ah ! l'ignoble coureuse. J'avais envie de me précipiter sur elle, de la frapper, de la déchirer de mes ongles ; puis, un instant après, j'aurais voulu m'éloigner, ne plus la voir et ainsi oublier ma rage. Mais la curiosité fut plus forte que mon dégoût et ma fureur. Il me fallut rester là, devant ces fenêtres, qu'ils n'avaient même pas la pudeur de fermer. Derrière la haie de lianes, nous nous glissâmes, le docteur et moi ; de grandes feuilles retombantes de raisinier nous cachaient suffisamment pour nous permettre de nous approcher et de tout entendre.

Je fus très étonnée que Zinga, au lieu de parler son patois, s'exprimât à peu près comme une Blanche qui n'aurait pas été à l'école. S'était-elle donc, ainsi qu'elle en avait devant moi témoigné le désir, « acheté une langue » ? ou bien m'avait-elle trompée en feignant de ne savoir que le créole ?

Je rapporte ici la conversation qu'elle eut avec Dubousquens. Je néglige seulement l'accent, la concision fatigante des nègres qui veulent parler français, quelques expressions grossières ou bizarres dont le sens m'échappe ou que j'ai oubliées.

— Je vois bien que tu ne m'aimes pas, disait-elle. Pourquoi n'es-tu pas heureux avec moi ? Est-ce que je ne sais pas t'embrasser, te donner du plaisir ? Pourquoi m'as-tu prise si tu ne m'aimes pas ?

— Ne joue pas à la passion, ma fille, lui répliquait Dubousquens. Ce serait peine perdue. Je ne suis pas un de ces serins que peut engluer la première venue. À Paris et ailleurs, j'ai déjà entendu maintes fois un ramage pareil au tien. Cela ne m'a pas encore tourné la tête.

— Ah ! sot, sot ! criait-elle, sot qui ne sait pas comprendre !

— Qu'est-ce donc que je ne sais pas comprendre ?… que tu ressembles à toutes les filles de ta sorte, que seul l'or peut te faire battre le cœur ? En vérité cela n'est pas difficile à voir… Il faut être raisonnable, Zinga : tu es belle, tu peux t'en vanter ; dans ta race, on n'en compte point des centaines comme toi, c'est sûr ; mais vas-tu, pour cela, exiger de l'amour de tous ceux qui t'ont payé tes baisers ? Je ne suppose pas que tu aies l'âme si despotique… ni si niaise.

Là-dessus, Dubousquens apparut à la fenêtre, haussa les épaules et eut un coup d'œil vague vers l'avenue. J'eus le temps de voir et d'étudier son visage. C'était un homme d'une trentaine d'années et, bien qu'assez gros, de belle prestance dans son gilet brodé et sa chemise de dentelle ; il avait le regard intelligent, avec quelque chose de ce dédain un peu fat, ordinaire aux gens d'esprit rapide et superficiel. Son œil n'observait pas ; à demi clos, peut-être ne se faisait-il voir que pour laisser luire tout son éclair méprisant. La graisse, qui déjà alourdissait sa face, ne lui permettait pas de montrer cette vivacité des physionomies tout en traits, que transforment les moindres impressions ; elle était comme un déguisement de sa pensée et une défense contre son entourage ; en revanche, elle accusait ses instincts avides et violents : la luxure, peut-être la cruauté. Sa bouche, aux lèvres charnues et saillantes, ressortait entre ses joues grasses ; les paroles, injures ou cajoleries, devaient en tomber sans âme, sans force, inexpressives et inutiles, comme les feuilles sèches tombent de l'arbre. On eût dit que rien chez lui ne pouvait l'émouvoir, en dehors de l'orgueil et du plaisir, mais cette bouche appelait plus que le plaisir égoïste, elle commandait la passion.

Nous autres femmes, les indifférents nous prennent avec tant d'aisance, lorsque seulement nous leur soupçonnons quelque goût pour le plaisir : nous nous piquons à leur conquête, et c'est nous, hélas ! qui sommes conquises !

Dubousquens s'était mis à siffloter à la fenêtre ; cependant, Zinga, qui avait laissé passer les injures sans les interrompre, s'approcha tout à coup, et, d'une voix sourde, haletante de fureur :

— Et à qui donc me suis-je donnée pour que tu me traites ainsi ? Dis-le donc, pour voir !

Il se retourna vers elle, étonné ; il n'avait point prévu que ses paroles dédaigneuses provoqueraient chez une esclave une telle colère :

— À qui tu t'es donnée ? s'écria-t-il ; en vérité, la demande est plaisante. À qui ! mais une colonne de mon grand registre ne suffirait pas à inscrire le nom de tous tes amants.

Il n'achevait pas qu'une gifle, puis deux, puis trois éclataient sur sa face. Cette dispute, dont je ne voulais rien perdre, me fit abandonner toute prudence. Au risque d'être vue, et malgré les conseils du docteur, j'approchai un banc et montai dessus ; de la sorte, le visage encadré de deux feuilles de raisinier, je pouvais découvrir tout ce qui se passait dans la chambre. Mais Dubousquens, vaincu avant de combattre, avait déjà fait sa soumission.

Il essaya d'enlacer Zinga qui détournait de lui le visage :

— Pardon, disait-il, je ne voulais pas t'offenser. Allons, Zinga, pardonne-moi !

— Jamais, répliqua-t-elle.

Elle parvint à desserrer les mains qui la tenaient et gagna la porte. Dubousquens courut après en criant :

— Où va-t-elle ? Elle est folle, cette fille !

— Non, répondit Zinga, je ne suis pas folle. Je pars. Tu ne me verras plus.

Il eut un sourire railleur, plein de dédain :

— Et quand viendras-tu me demander de l'argent ?

Zinga lui jeta un coup d'œil féroce ; je crus qu'elle allait se précipiter sur lui. Elle dénoua seulement l'extrémité de son mouchoir contre la muraille ; puis, comme écrasée par l'émotion, elle alla tomber sur un canapé en sanglotant. Dubousquens parut très embarrassé de ce chagrin. Il s'employa pourtant le mieux qu'il put à la consoler.

— Non, répétait-elle à toutes ses protestations, je n'ai pas besoin de tes belles paroles, ni de tes pièces d'or : tu m'as méprisée…

— Oh ! grand Dieu ! s'écriait Dubousquens.

— Si ! Tu as cru que j'étais une de ces putains que le premier venu peut avoir. Imbécile que tu es ! Tu penses que c'est ton argent qui m'attire. Eh bien ! veux-tu que je te le dise : il me brûle, ton argent, il me torture, quand tu me le mets dans la main j'ai mal là, tiens ! Je m'imagine que, plus tu me donnes, plus tu me mets au-dessous de toi… Ah ! ton argent c'est le paiement de ma liberté, de mon amour. Sans cet argent, je ne pourrais venir ici. C'est pour ça que je l'accepte… N'as-tu pas vu cette sale gueule de mulâtre qui m'épie chaque fois que je sors de chez toi ?… Il n'est pas là encore, mais il va venir tout à l'heure… C'est mon tourment, cette face-là. Si je ne lui rapportais rien, s'il pouvait penser que j'ai plaisir à te voir, que je viens pour toi…

— Il te tuerait, peut-être ?

— Oui, il me battrait à la mort !

— Et pourquoi ne le quittes-tu pas ? Pourquoi ne viens-tu pas demeurer ici, comme je te l'ai demandé ?

— Oh ! il est mon mari.

Dubousquens se mit à rire.

— Tu le trompes pourtant avec un bel entrain !

— Il le permet, mais il ne veut pas que je le quitte.

— On se passerait de sa volonté.

— Il peut me lancer une piaye[1]. C'est un sorcier.

— Je te défendrai contre lui.

— Et la maîtresse, la Mme Gourgueil. Je ne peux pas l'abandonner.

— J'irai lui demander de t'affranchir.

— Et quand même !… Il y a des serpents entre nous.

— Raison de plus pour t'éloigner d'elle.

— Tu ne comprends pas : il y a quelque chose d'inconnu qui nous lie.

Je tressaillis.

Allait-elle me dénoncer ? Le docteur, qui était tout oreille à cet entretien, semblait surpris. Cependant, elle détourna la conversation.

— … Et puis je ne veux pas que tu me parles d'elle ; je ne veux pas que tu viennes comme hier…

1. Un sortilège.

— N'as-tu pas été heureuse ?

— J'ai été heureuse de ton baiser et, ensuite, quand j'ai pensé à toi, j'ai eu très mal.

— Très mal, pourquoi ?

— Parce que j'ai pensé que tu n'étais pas venu pour moi.

— Et pour qui donc serais-je venu ?

— Pour la demoiselle… Rappelle-toi : quand tu m'as demandé avant-hier : « Seras-tu à la villa demain, à midi, Zinga ? — Mais non, t'ai-je répondu, tu sais bien, j'accompagne la Mme Gourgueil à la promenade. — Alors, as-tu dit, elle laisse sa maison toute seule ? — Non, il y a la demoiselle et Figeroux pour la garder. — Ah ! as-tu fait. » Pourquoi es-tu venu si ce n'est pour elle ? Sans l'orage tu ne me trouvais pas.

— Je venais voir où tu demeurais, Zinga. Cela m'intéressait de connaître la maison de mon amie et de visiter une plantation. Tout cela m'est encore inconnu ici ; il y a si peu de temps que je suis dans l'île !

— Ne fais pas le fourbe, pourquoi es-tu entré dans la chambre de la demoiselle ?

— Je t'avais vue à une fenêtre. J'ai essayé de trouver la chambre où était cette fenêtre. J'ai réussi par hasard. Comment aurais-je pu savoir où était la chambre de Mlle Antoinette ?

— Tu mens, vois-tu ! Je sais bien que tu mens ! L'autre jour, comme tu dormais près de moi, tu as parlé d'elle ; oui, tu as prononcé son nom, et tu as parlé aussi de l'enlever. C'est sûr ! Ah ! ami, ami blanc, moi qui t'aime, comme c'est mal ce que tu m'as fait !

— Tu ne sais pas ce que tu dis !

— Oh ! si. Et encore tout à l'heure, tu as parlé de Mme Gourgueil. Tu voulais la connaître ?

— Et qu'importe, bon Dieu ! Je puis désirer connaître une dame de mon pays. Je puis prendre plaisir à causer avec elle !

— Moi, je ne cause pas bien, n'est-ce pas ? Tu ne me comprends pas toujours ?

— Mais si, ma petite Zinga, tu causes bien.

— Non, je ne sais pas le français, mais je vais l'apprendre et plus tard je saurai parler comme toi, tu verras. Alors, tu ne connaîtras plus que moi. Tu m'aimeras seule. Est-ce qu'il y a des femmes au Cap, dans l'île, dans ton pays de Bordeaux, qui sont plus belles que moi ? Je suis noire, c'est vrai, mais tu te souviens de la chanson : « Il y a longtemps, longtemps, tout le monde était noir. » Je suis d'une meilleure race que tes faces à la crème. Vois donc si les Blanches ont des nênets comme ceux-ci !

Elle ouvrait sa chemise et montrait ses seins, larges et rigides, puis, comme il avançait les lèvres, elle évita son baiser en riant. Elle n'avait plus envie de partir. Vite, elle laissa couler candale et jupe ; vite la toile fine dont elle était enveloppée se roula, se froissa autour de ses épaules et de ses hanches, tomba à ses pieds, et elle apparut comme une idole de bronze. Un instant, elle jouit de l'admiration de Dubousquens qui, devant cette superbe nudité, avait abandonné ses airs d'orgueil et d'insouciance et l'attirait, la bouche avide, les yeux brillants ; mais bientôt l'idole s'anima ; le corps s'échappait, se lançait en des jeux sveltes et gracieux. Dubousquens tendait les mains ou les fermait sur le vide, il ne pouvait la saisir ; Zinga courait dans la chambre, se glissait derrière les meubles, les jetait au-devant de lui avec des rires gutturaux pareils au cancanage des jeunes aras. Et ses bonds, ses détours, ses glissades, semblaient n'être qu'une malice voluptueuse pour projeter, faire saillir davantage les magnificences du sexe, que la gracilité de son buste rendait plus apparentes : cette croupe vaste qui se tendait menaçante et narquoise, ces seins énormes qui semblaient écraser la poitrine. Enfin, il l'étreignit, mais comme pour assurer sa défaite. Il l'avait prise à bras-le-corps sur le canapé et elle semblait lutter avec lui, le fouler sous son ventre en rut, dans l'effort et sous la saccade de ses fesses majestueuses.

— Quelle impudicité révoltante ! dis-je au docteur.

— Ah ! c'est une belle fille, s'écria-t-il sans m'écouter, puis, comme s'il venait de deviner mon observation : Que voulez-vous, elle va à l'amour comme l'abeille va aux fleurs !

— Qu'elle aille où elle voudra, répliquai-je, elle devrait se souvenir de l'instruction que je lui ai donnée. C'était bien la peine de lui enseigner la morale !

Les baisers de Zinga ne montraient pas seulement l'obscénité abjecte de ses penchants ; ils accusaient encore un oubli plus coupable de ses devoirs envers moi. N'est-ce pas ma servante et ne me trahit-elle point en se livrant ainsi à un homme ? En vain, se croit-elle jolie – et certes je l'ai trouvée mieux que je ne l'avais jamais vue – sa beauté ne serait point une excuse, au contraire ! elle la doit à sa maîtresse, à la maison qui la nourrit et l'a faite ce qu'elle est.

Je voudrais la châtier pour lui bien montrer toute l'ignominie de sa conduite et je n'en ai pas l'audace. Si elle parlait ! certes, on ne la croirait pas, mais on pourrait me soupçonner. Je suis condamnée à supporter ses répugnantes débauches ; maîtresse, il faut me soumettre à l'esclave. Que va dire de moi le docteur, lui qui sait maintenant à quel point Zinga méprise mes ordres et son service ? Ne va-t-il pas suspecter mon indulgence, deviner le pacte criminel qui asservit ma volonté et me rend le pantin de cette gueuse ?

Au moment où ils s'enlaçaient avec frénésie, un coup de sifflet retentit derrière nous. Zinga n'y prit pas garde. Seul le plaisir semblait inspirer les tressaillements de sa chair heureuse. Cependant un second coup, suivi de deux autres, fit se disjoindre les amants. Zinga, encore sur les genoux de Dubousquens, tourna la tête vers la fenêtre et, prêtant l'oreille, parut attendre un nouvel appel.

— C'est lui, fit Zinga avec une grimace d'ennui.

— Qui donc ? demanda Dubousquens.

— Figeroux.

— Ne peux-tu le laisser siffler ?

— Oh ! non, dit-elle toute triste, je vais aller le trouver. Il le faut bien.

Et elle se revêtit en toute hâte, eut un baiser pressé, inattentif pour Dubousquens, qui l'étreignit avec passion. Les rôles d'amour semblaient renversés. C'était lui, à présent, qui paraissait l'aimer.

— Ah ! tes chères lèvres, disait-il, quand me les donneras-tu, Zinga ? Toutes les caresses seraient fades auprès des tiennes !

Elle eut un sourire railleur.

— Celles de « la demoiselle » sont plus douces encore.

— Méchante ! cria-t-il comme elle ouvrait la porte. Et quand reviendras-tu ?

— Après-demain, à la même heure. Adieu.

— Pourquoi pas demain ?

Il n'eut point de réponse ; elle était déjà partie. Elle effleura vivement la haie de lianes derrière laquelle nous étions cachés et gagna la ruelle. Une voix en colère gronda aussitôt et nous entendîmes une vigoureuse claquade puis des cris, des sanglots.

— Je t'apprendrai, disait la voix, à ne pas venir quand on t'appelle.

— Mais je n'entendais pas.

— Tu n'entendais pas ? C'est donc qu'il t'ensorcelle pour que tu ne penses plus à le quitter ! Sais-tu combien de temps tu es restée avec lui ? Et qu'est-ce qu'il t'a donné pour ta peine ?

Nous étions sortis de notre cachette et nous assistions de loin à l'algarade. Zinga levait le bras pour se défendre la figure contre les coups. Mon commandeur, Joseph Figeroux, était à côté d'elle, et le docteur, à demi-voix, me faisait observer l'expression féroce du mulâtre. Il est singulier que moi, qui l'ai tous les jours, à toute heure, devant les yeux, ce soit la première fois que je remarque sa physionomie. Je la trouve astucieuse, fausse ; elle annonce aussi, par moment, une décision cruelle et hardie, que rien n'arrête. Comment ne m'a-t-elle pas frappée plus tôt ? Figeroux a donc employé un sortilège pour m'aveugler et pour aveugler Zinga, car qui peut attacher cette femme à un être pareil ?

En vain Figeroux eut pour père un Blanc, en vain est-il affranchi, son visage, bien plus que celui de Zinga, garde les caractères de dissimulation et de cruauté de certains Africains. Il ne rappelle pas ces belles races sénégalaises, qui ne diffèrent des nôtres que par la couleur, mais plutôt ces tribus sauvages de la Guinée qui, dit-on, boivent à certaines fêtes le sang humain. La bouche extraordinairement lippue et qui ne sourit jamais, le nez écrasé, retroussé, aux narines larges, ne paraissent avides que de carnage. Le front est si bas qu'il apparaît à peine sous la touffe blanche et fine qui s'élance de ses cheveux, ailleurs noirs et laineux. L'œil à fleur de visage, brillant d'un regard fixe, inflexible, sous des sourcils toujours froncés, donnerait à croire que l'existence n'apporte à cet homme que motifs de colère ou de chagrin. Court, trapu, le ventre proéminent, il ressemble, malgré l'étonnante activité de son existence, toujours en éveil et en mouvement, à quelque planteur oisif qui ne quitte le lit que pour la table et le palanquin. Il portait un accoutrement ridicule et prétentieux : un tricorne de visite, l'habit de drap, que personne ne revêt par cette chaleur, et l'épée au côté, qui n'allait guère avec sa chemise ouverte, sa culotte de toile, ses mollets nus et ses énormes souliers.

Il ne cessait de menacer et d'injurier sa femme dans ce créole de port, rempli d'obscénités grossières, et que je n'entends pas toujours. Voici du moins ce que j'ai compris :

— Veux-tu me dire ce qu'il t'a donné ? répétait-il en secouant le bras de Zinga, qui se cachait toujours la figure, les coudes levés comme pour prévenir de nouvelles violences.

— J'ai oublié de prendre l'argent, gémit-elle.

— Tu as oublié ! Tu as oublié !

Les yeux du mulâtre s'élargissaient d'étonnement. Il ne pouvait concevoir une telle négligence.

— Eh bien ! je vais te donner de la mémoire, cria-t-il en fureur, tandis que Zinga s'adossait à une muraille, résignée à son sort, se protégeant seulement le plus qu'elle pouvait le dos et le visage. Il la battit de toute la force de son poing, frappant au hasard : les épaules, la poitrine, les hanches.

— Ah ! ah ! disait-il, je le vois bien, madame aime, madame a une passion ; le Blanc l'a embagouinée ! Le devoir à présent lui importe peu. Qu'elle jouisse, la truie, c'est tout ce qu'elle demande. Eh bien ! je t'en donnerai des jouissances. Comment trouves-tu celle-là ?

Sous les coups, Zinga soupirait, sanglotait sans répondre.

— Et veux-tu me dire aussi pourquoi tu as repoussé Samuel Goring, pourquoi tu l'as frappé ? Qu'est-ce qu'il t'avait fait ?

Zinga, au milieu de ses larmes, eut un cri de révolte :

— Ah ! tu ne vas pas aussi me forcer à voir cette brute-là !

— Et pourquoi donc pas ?

— Il me dégoûte. Je le déteste, je l'exècre !

— Ravale ton exécration, alors, parce que tu le verras, et pas plus tard qu'aujourd'hui. Je le veux !

— Pour l'argent qu'il me donne !

— Il ne s'agit pas d'argent. Il s'agit du bien qu'il fait à notre cause, par ses prédications.

— Je m'en fous de ses prédications, fit Zinga. Jamais il ne me touchera.

— Tu dis ? demanda Figeroux en levant sa lourde canne, répète un peu, pour voir !

— Jamais ! reprit-elle d'une voix résolue, jamais il ne me touchera !

Le mulâtre abaissa le bras, mais elle avait glissé de côté, évitant ainsi le coup de bâton, et s'était mise à courir. Figeroux la poursuivit quelques instants, jusqu'à ce qu'il fût hors de souffle. Alors il s'arrêta, tout haletant et, d'une main furieuse, lui jeta son bâton dans les jambes.

— Carne ! cria-t-il, je te retrouverai !

Dans sa fuite, Zinga se retourna et, ramassant à pleines mains de la bouse de vache qui séchait sur un mur, elle la lui lança au visage en éclatant de rire. Figeroux essuya sa face souillée, grommela je ne sais quelle injure et reprit sa marche lentement, derrière la négresse. Il était patient dans la vengeance.

— Vous êtes maintenant édifiée, me dit le docteur.

— Ils sont révoltants d'impudeur et de scélératesse ! m'écriai-je.

— Et qu'allez-vous faire ?

Il souriait en me regardant avec curiosité comme s'il avait deviné ma réponse et, déjà, s'en égayait. Je lui répondis d'un ton ferme :

— Renvoyer le mulâtre et enfermer Zinga dès que je serai de retour.

Je le quittai sur ces mots. J'étais outrée de colère et, en ce moment, bien décidée à traiter le couple Figeroux comme je l'avais dit. Mais la prudence domina mon ressentiment, ou plutôt une image qui me revient sans cesse à l'esprit, la douce image d'Antoinette, chassa toutes les autres. Je ne songeai plus qu'au danger qu'elle pouvait courir entre cette Zinga jalouse et ce Dubousquens amoureux, car, j'en étais sûre, les reproches que cette fille avait adressés à son amant étaient fondés. Si je l'avais surpris dans la chambre d'Antoinette, c'est qu'il voulait voir mon enfant bien-aimée, lui parler, lui crier sa détestable passion, qui sait ? peut-être la déshonorer.

Zinga n'était pour lui qu'un passe-temps, une de ces luxures sans âme où les hommes n'apportent que leur perversité, mais il aimait ou du moins il désirait Antoinette, tout me le laissait croire, jusqu'à cette répulsion secrète que j'éprouvais pour lui sans rien connaître de son existence et qui me faisait redouter de sa part de grands maux : les pressentiments ne m'ont jamais trompée.

Je revins en toute hâte aux Ingas. Dès mon arrivée, l'attitude accablée, l'air de consternation que je remarque chez tous les esclaves m'avertissent d'un malheur. La bouche sèche, la voix rauque, je demande à chacun : « Antoinette ! où est Antoinette ? » N'obtenant pas de réponse, je vole à la chambre de mon enfant, je la trouve enfin, mais dans quel état, grand Dieu ! La robe en lambeaux, les cheveux épars, la tête rejetée en arrière, elle paraît morte. Hors de moi, je prends par le bras la grosse Marion qui regarde devant elle et bouche bée ; je secoue Catherine Fuseau, qui pleure, la tête dans les mains. Je menace, je prie, j'injurie, je veux des explications : « Qu'est-il arrivé ? Voyons ! Voulez-vous répondre, canailles ? » Alors, au milieu de gémissements et avec toutes sortes d'excuses pour se mettre hors de cause, Marion, Catherine, des filles de cuisine qui surviennent, me versent leur bavardage intarissable, se coupant la parole, se contredisant, s'enfiévrant, parlant toutes à la fois, et ainsi elles essaient de me raconter ou plutôt de me faire deviner l'aventure. « Les demoiselles étaient à s'habiller, nous, nous préparions le dîner. — Dis donc que tu dormais ! — Si on peut mentir !… — Je ne mens point. Même que je disais : elle fait plus de bruit à elle seule en ronflant que toute la maison en travaillant. C'est vrai que ces demoiselles, qui s'ébattent comme des diables d'ordinaire, ne menaient cette fois pas plus de tapage que de petites souris. On pensait qu'elles s'étaient endormies… Mais voici tout à coup un cri, puis deux, puis toute une suite qui partent de la chambre de Mam'zelle, des cris à emporter le gosier de qui les pousse, des cris qui vous entrent dans le cœur. Catherine a peur, elle veut se sauver. — Non, c'est toi ! — C'est elle, maîtresse ! J'ai dû l'emmener avec la cuisinière. Nous la tenions chacune par un bras. Nous arrivons ainsi à la chambre de mam'zelle Antoinette. Bon Dieu ! qu'est-ce que nous voyons ! Des chaises renversées, les draps du lit arrachés, des traces d'ongles sur la tapisserie comme si on s'y était accroché, mais personne… La fenêtre était grande ouverte et, à présent, les cris venaient du dehors ; nous avons regardé dans le jardin : deux diables de nègres, des solides et qui n'avaient pas les jarrets en coton, décampaient si vite entre les champs de cannes, que le vent n'aurait pu les rattraper. Ils portaient dans leurs bras des robes gonflées et frétillantes. C'étaient nos demoiselles. J'ai bien reconnu la jupe à pois roses d'Agathe et ses petits pieds chaussés de pantoufles à rubans amarantes, qui battaient l'une après l'autre les côtes de son voleur. C'était elle qui criait, Antoinette pour son compte ne remuait pas plus les jambes ni les lèvres qu'une statue. Comme le jardinier et Justin venaient de notre côté, ça nous a donné du courage, nous avons appelé : « À l'aide ! à l'aide ! » et nous nous sommes lancés à la poursuite de ces brigands. L'un des diables, tout fort et tout grand qu'il était, nous voyant à ses trousses, a senti, je crois bien, grouiller ses entrailles. Il a lâché Mam'zelle qui était évanouie ; et nous l'avons portée dans sa chambre. En voilà-t-il une aventure ! »

Je laissais bavarder Marion et Catherine sans leur répondre. Dans un autre moment, je les aurais battues, mais je ne songeais qu'à Antoinette. Agenouillée devant son lit, j'ouvris son corsage et je passai sous ses narines un flacon de sels. Elle avait perdu tout sentiment.

— Vite ! vite ! dis-je en secouant par les épaules les brutes insensibles qui m'entouraient. Vite ! vite ! Courez chez le docteur Chiron. Ramenez-le ! Vous dépêcherez-vous, fainéantes !

Cependant Antoinette, peu à peu, reprit connaissance ; je vis ses paupières se relever lentement les ailes de son nez palpiter ; ses lèvres en s'entr'ouvrant parurent me sourire.

— Mon enfant adorée ! m'écriai-je en la serrant contre mon cœur, et mes larmes vinrent rafraîchir son front et les ondulations souples de ses beaux cheveux.

Lorsque le docteur entra et qu'il sut ce qui était arrivé :

— Eh bien, dit-il, on se fait enlever par les nègres à présent… Qu'est-ce que je vous disais, madame ?

— Ménagez-la, voyons, Docteur ! cette enfant souffre !

Il observa le pouls d'un air détaché, puis laissant tomber la main :

— Un peu de fièvre. Ce ne sera rien. Les émotions sont bonnes pour la jeunesse, ajouta-t-il avec un rire stupide et il ordonna, au hasard, quelque remède.

Il semblait enchanté comme si l'événement donnait raison à ses prophéties. Même l'enlèvement d'Agathe ne l'inquiétait pas.

— Bah ! elle reviendra ! Cette jeune fille avait évidemment des dispositions au libertinage.

— Vous êtes fou, Docteur !

— Ma théorie est faite, madame : point n'enlève-t-on fille qui n'y consente. La bouche dit non, le cul dit oui… D'ailleurs, si cela pouvait vous rendre à l'avenir plus prudente envers vos esclaves et plus attentive à mes conseils, l'aventure aurait été excellente.

À ce moment, j'aperçus Zinga qui glissait un regard sournois vers Antoinette. L'infâme ! était-elle donc complice des ravisseurs ? Si j'en étais sûre, je crois que je ne redouterais plus ni poursuites ni vengeances. J'aurais sa vie !

— Oh ! Oh ! fit le docteur, qui aperçut Zinga, vous ne vous décidez pas à enfermer cette fille, chère madame.

— Ah ! dis-je, en arrivant ici je n'ai pensé qu'à Antoinette.

Puis, comme pour lui montrer mon repentir, j'ajoutai en me tournant vers la négresse :

— Voilà donc les conséquences de votre inconduite, coureuse !

Elle feignit une profonde surprise ; la bouche entrebâillée, les yeux innocents, elle me considérait de la tête aux pieds, comme si elle ne me reconnaissait plus et semblant attendre mes paroles :

— Je vous défends, repris-je, de sortir de la maison. Sinon…

Et je levai le bras sur elle.

Elle resta immobile quelques instants, me fixant avec insolence, puis elle leva les épaules et se retira, remplissant le vestibule de son rire éclatant, de sa gaîté criarde de perroquet.

— Elle vous respecte bien, fit le docteur d'un ton ironique ; j'admire, pour ma part, votre courage. Ah ! si la rosse était à moi, je la ferais marcher, avec une bonne rigoise pour lui éventer les fesses.

Mais que m'importaient maintenant Zinga, le docteur et le monde entier ! Antoinette était là, les roses revenaient à ses joues : je n'avais plus cette idée horrible de la mort qui m'avait accablée en entrant dans la plantation. J'oubliais même l'enlèvement d'Agathe, je ne pensais même pas aux angoisses ni au désespoir que devait éprouver sa pauvre mère.

— Où est Agathe ? m'avait demandé la chère enfant en reprenant connaissance.

— On l'a retrouvée, répondis-je ; ne vous effrayez pas. Soyez calme.

J'étais pourtant inquiète, mais uniquement à cause de ma chérie. Qui avait pu ordonner cet enlèvement ? Ce n'était, certes, pas l'amour qui l'avait inspiré, car pourquoi s'attaquer à ces deux malheureuses enfants ! Je me perdais en conjectures.

— S'ils veulent t'enlever, m'écriai-je, il faudra qu'ils m'enlèvent avec toi car je ne te quitte plus.

Par le jardinier, je fis armer d'un fusil, et poster derrière les cacaoyers deux nègres dont j'ai eu déjà l'occasion d'éprouver la fidélité.

Si quelqu'un essaie d'entrer furtivement dans la maison, ils ont ordre de tirer.

De plus, Catherine et Marion vont transporter le lit d'Antoinette dans ma chambre, pour que je puisse mieux veiller sur mon enfant.

Je ne me fierai plus à personne, qu'à moi-même.

Au besoin, je saurai la défendre, M. le comte de Provence avait donné à mon mari d'excellents pistolets. Ils resteront désormais sur ma table, près de mon lit, tout chargés. Je ne suis point maladroite.

Mais qui donc a eu l'audace de commander cet enlèvement ?… Je ne crois pas que Dubousquens, ni Figeroux soient coupables. Et pourtant !… Dès demain j'irai porter plainte au Conseil ; il faudra bien qu'on découvre les coupables et qu'on venge mon Antoinette !

*
* *

Au milieu de tous les périls qui me menacent et dans l'inquiétude où je suis de perdre mon enfant, je n'espérais pas trouver un auxiliaire à la fois si précieux et si méprisé, ni qu'une main ignoble et charitable se tendrait vers la mienne et que je l'accepterais.

Je m'étais rendue dès le matin, au Cap, chez M. de La Pouyade. Il reposait encore. Par mes instances auprès de son esclave, je l'avais presque contraint de se lever et de venir entendre ma confession.

Il était accouru vers moi, l'habit à demi déboutonné, les souliers dénoués, une barbe de la veille et la perruque de travers. N'importe ! c'était un prêtre, et j'avais si grand besoin à ce moment de me confier à un ministre de Dieu et d'entendre, par ses lèvres, que j'étais pardonnée d'en haut, que je l'avais, tel quel, entraîné dans l'église.

— Mon Dieu ! s'écria-t-il, madame, qu'avez-vous, que vous est-il arrivé ? Le diable est-il dans votre maison, que vous venez si tôt me réveiller ?

— Hélas ! fis-je. Plût au ciel, mon père, qu'il fût seulement dans la maison, mais je soupçonne qu'il est en moi.

— Ah ! ah ! voilà qui est amusant, par exemple. Moi qui, jusqu'ici, n'ai exorcisé personne ! Comment vais-je faire pour chasser votre démon ?

— Ne riez pas, mon père, repris-je. De cruelles tentations viennent souvent incliner au mal une nature portée instinctivement à la vertu ; mais je ne saurais me reconnaître quand je fléchis. Il me semble qu'une autre personne emprunte alors mes sens et mon âme désavoue des actes auxquels elle ne prend aucune part.

— Dieu s'en réjouit là-haut, ma fille, conclut-il en aspirant une pincée de tabac vanillé, tandis que je tombais à ses pieds, puis : Dites vos péchés, fit-il, et, avec une ironie absolument déplacée, il ajouta : Ou plutôt ceux de votre démon.

La faute que j'avais commise ne me causait tant de trouble que parce qu'elle atteignait ma chère enfant et l'innocence de mon amour. Une autre ne s'en fût point émue, mais le lien qui m'unit à cet ange est saint à mes yeux et je ne pouvais assez me reprocher d'en avoir terni la céleste pureté.

L'enlèvement d'Agathe, l'état dans lequel se trouvait mon enfant, tout me conseillait de ne point me fier à des soins mercenaires, mais de veiller moi-même sur ce bien sacré. C'est pourquoi j'avais fait transporter dans ma chambre le lit d'Antoinette, mais la chère enfant était trop loin encore ! Le soir, je la pris tout endormie dans mes bras et la portai dans mon lit. Oh ! quelle joie lorsque je sentis son corps contre le mien ; que sa douce respiration approcha son jeune sein de ma poitrine et l'effleura d'une caresse délicieuse ! Je ne sais pourquoi à ce moment, comme si le ciel se fût montré jaloux de mon plaisir, je me rappelai les paroles du docteur et un soupçon affreux traversa mon esprit. Les brigands qui avaient attaqué la pauvre mère avaient-ils osé porter leurs mains sacrilèges sur l'enfant ? Le doute me suppliciait. Je voulus avoir une certitude – dût-elle être douloureuse – et profiter de ce sommeil. Repoussant tout ce qui voilait le corps de mon Antoinette, écartant ces jambes grassouillettes qui, chastement réunies, semblaient vouloir dérober leur trésor, j'approchai une petite lampe et penchée vers elle, comme une mère vigilante ou un mari fervent, je découvris le secret adorable. Dieu soit béni ! les barbares n'avaient point flétri mon enfant ; la fleur chaste, à peine rosée, mince et délicate encore, dissimulait ses annelets dans les profondeurs de la chair, parmi les frisures d'une mousse capricieuse et dorée.

Ô ma chérie ! m'écriai-je, se peut-il qu'un jour un mâle brutal déchire des grâces si parfaites et arrache à ton sein tranquille un cri de douleur ! Va, je te défendrai contre leurs désirs. Je te garderai pour moi seule, car, seule, mon affection ne blesse pas et ne sait pas tromper.

Alors, prise d'une étrange fureur amoureuse, je pressais toute cette jeunesse ; au risque de la flétrir moi-même, j'imprégnais mes doigts de son odeur et mes lèvres allaient, au plus intime de son être, goûter la saveur pénétrante, les effluves piquants et sauvages de ses organes. J'aurais voulu m'abîmer en elle.

Cependant, je la sentis soudain tressaillir ; elle eut une exclamation de lassitude ou de jouissance ; je crus qu'elle appelait sa mère ; à demi éveillée, à demi somnolente, elle retourna au-dessus de ma face, comme une narquoise figure, les charnures jumelles et l'arc tendu de son mignon derrière, puis, de la main, légèrement et sans y prendre garde, elle me toucha les cheveux. J'eus grand-peur qu'elle ne m'aperçût. Vite, doucement aussi, je me redressai, soufflai la lampe ; une honte froide, puis ardente m'envahit : mon ivresse impie s'était dissipée. Il me sembla que je venais d'insulter à ma religion ; je pleurai et plus d'une de mes larmes vint tomber sur ce front que ma bouche, comme si elle en était indigne, se refusait maintenant à baiser. Toute la nuit, auprès d'Antoinette, je souffris d'une solitude désespérée. En découvrant en elle des joies si coupables j'avais senti comme un nouvel être qui, par ses séductions mêmes, semblait outrager le premier.

Avec quelle émotion, quelle voix tremblante ai-je fait ces aveux ! Dans la crainte de me rendre odieuse à mon confesseur, j'essayais, sans lui rien cacher, de voiler ma faute le plus possible. Enfin les mots que j'avais tant de honte à prononcer tombèrent de mes lèvres. Jamais, je pense, repentir plus vif n'avait courbé une femme devant un prêtre et toutefois une étrange ivresse se mêlait à mes remords. L'image de mon enfant me poursuivait : nue, impudiquement offerte, elle tendait à mes lèvres les roses naissantes de sa chair et les délices maudites, jusque sous le crucifix de la pénitence, précipitaient les mouvements de mon cœur. Mais un sentiment tout autre vint m'agiter quand, jetant les yeux sur M. de La Pouyade, je le vis sourire et jouer négligemment avec une chaînette d'or qui soutenait son carnet.

Était-ce donc là l'effet que produisait sur lui ma confession ! Moi qui eusse rêvé l'éclat d'une sainte colère, une de ces pénitences sanglantes qu'imposait la primitive Église, à tout le moins de sincères reproches ! Cette indifférence de la part d'un prêtre me révoltait. Je fus encore plus choquée lorsque, pour me donner l'absolution, M. de La Pouyade leva une main où je vis, à l'annulaire, briller une améthyste entourée de topazes. Je ne crois point qu'il ait le titre d'évêque et, l'eût-il, de semblables parures conviennent-elles à un ministre de Jésus-Christ ?

Je me relevai tout irritée.

— Enfin, mon père, lui dis-je, que dois-je faire pour prévenir de pareils retours ?

Il était parvenu à ne plus sourire et à se composer un grave visage.

— Que sais-je ? vous séparer d'elle, la marier…

— La marier ! m'écriai-je avec une sorte d'indignation.

— Assurément, reprit-il, cela vaudrait mieux. Vous vous épargneriez des tentations inutiles. Mais vous êtes assez vertueuse, madame, pour y résister et je ne veux point vous donner de conseils à ce sujet. Le parti que vous choisirez sera le meilleur, j'en suis convaincu.

Je sortis, plus irritée, plus émue encore que je ne l'étais à mon arrivée. Sans doute, pour qu'on m'accueille ainsi, en souriant, j'ai dû exagérer ma faute. Pourquoi aussi ne serais-je qu'une mère à l'égard de cette enfant ? J'ai encore la jeunesse ; plus d'une fois on m'a dit que j'étais belle et sans cette clause horrible du testament de ce Gourgueil, qui m'interdit un second mariage à moins que je ne renonce à ses biens, je ne porterais plus aujourd'hui ce nom odieux. Mais, au fond, que m'importe ? Quel est l'homme qui saurait être tendre, caressant, soumis ? Le successeur de ce Gourgueil dont la tyrannie m'a été si cruelle, le continuerait ; il faudrait être, comme pour l'autre, une esclave. Et si j'avais un amant, quel scandale dans la colonie ! On s'est trop habitué à me considérer comme une des femmes les plus vertueuses de l'île ; il faut que je porte le poids de ma réputation. Charge bien légère ! Tous ces baisers barbares ne me tentent pas. Toi seule, adorable Antoinette, tu émeus mon être de plaisir. J'oublie que je suis une femme devant toi ; tu m'as donné comme un autre sexe pour t'aimer. Ô pure, innocente enfant, va ! je te garderai ! Tu ne connaîtras point l'étreinte odieuse qui détruirait la grâce de ton jeune corps et te ferait sentir la douleur, toi qui jusqu'ici as ignoré tous les maux ! Je ne te demande pas aujourd'hui ton amour ; je suis patiente ; un jour peut-être ta gratitude s'éveillera pour mon bienfait, mais, en attendant, laisse-toi adorer. Que je puisse prouver, autrement que par de vaines paroles, la force de la passion que je ressens pour toi, et que ma chair porte en ta chair tout le feu qui la dévore. Dieu ne nous maudira pas, ô la plus chérie ; il ne peut condamner l'amour qui veut pénétrer et défendre ta perfection. Et nous nous aimerons dans l'ombre, mystérieusement, sans que personne au Cap puisse se douter que tu n'es pas seulement ma fille, mais mon épouse adorée !

J'étais encore devant la maison de M. de La Pouyade lorsque je rencontrai Mme de Létang. Ce n'était plus la femme qui se laissait porter par l'existence avec tant d'indolence et de mollesse et que rien ne semblait émouvoir. Les yeux rougis et cernés, le sein soulevé de sanglots, elle marchait très vite et, comme au hasard, se heurtant contre les pierres de la route, chancelant, paraissant avoir peine à se soutenir. J'oubliai toute rancune, j'allai vers elle, je lui pris les mains ; elle n'eut point de larmes, ni de paroles, tant elle semblait hébétée par la douleur.

— Consolez-vous, ma pauvre amie, lui dis-je, nous retrouverons votre chère Agathe et nous châtierons le misérable ravisseur. Ne m'a-t-on pas dit que le chef de la milice avait déjà commencé les recherches et qu'il pensait être sur une bonne piste ?

Elle me regarda fixement comme si elle eût voulu trouver dans mon regard un motif d'espérer, puis secouant la tête d'un air de désolation, elle me quitta sans un mot. Je la vis frapper à la porte de M. de La Pouyade. Puisse-t-il avoir témoigné quelque pitié à cette malheureuse mère ! Pour moi, sa vue m'avait atterrée ; je pleurai en pensant au rapt de sa fille, mais je songeais moins à son infortune qu'au péril de mon Antoinette. Que deviendrais-je si elle aussi ?… mais je ne veux pas croire que la destinée me réserve des peines si cruelles ; je n'y survivrais pas. D'ailleurs, nous sommes deux à présent à veiller sur elle, et deux femmes qu'unissent l'amour et la haine ne sont-elles pas de bonnes gardiennes ?

Voici comment s'est faite cette nouvelle liaison. Ah ! bien étranges sont parfois les secours que nous envoie la Providence, mais nous courons des dangers si incroyables et nous avons des ennemis si inattendus !

Je rentrais aux Ingas en palanquin, menée à grande vitesse par mes quatre Noirs que j'activais de la voix et d'une souple badine, dans mon impatience de revoir Antoinette. Le trouble que j'avais ressenti devant l'abbé de La Pouyade avait cessé, je me sentais heureuse, pure de toute faute envers Dieu comme envers mon amour, prête à aimer mon enfant avec toute la force de mon âme et de mes sens. Déjà je me trouvais devant la porterie lorsque je croisai un palanquin qui revenait de la maison au galop, palanquin de fillette gâtée plus que de femme sérieuse : tout en acajou avec des crépines dorées et des rubans de soie claire, enveloppé de grands rideaux de mousseline à fleurs roses qui bouffaient au vent comme des voiles. À peine eus-je le temps de le regarder ; les rideaux s'écartèrent et, embarrassée dans sa robe, entraînant les coussins, faisant trébucher un porteur, roula et dégringola vers moi, pattes de satin, cul doré et dentelles aux cheveux, une frétillante petite négresse qui, à peine sur ses jambes, s'avança vers moi l'air dégagé et la malice d'une jeune guenon :

— *Maame Gourgueil !* fit-elle avec un sourire qui écarta et durcit ses lèvres entre les dents brillantes, lorsqu'elle fut tout près de moi.

— Comment, répondis-je, me connais-tu si bien ?

— *Li vue, li marquée.* (Une fois qu'on t'a vue, on ne t'oublie pas.)

Et, parlant ainsi, elle tira d'une pochette de sa candale une lettre odorante d'un parfum vif et entêtant. J'en rompis le cachet et j'y lus cette demande singulière :

« Madame,

Je vous prie d'excuser la liberté d'une simple fille qui, n'étant point de qualité et n'appartenant même pas à votre race, ne saurait prétendre à entrer en relations avec une dame de votre rang, si des intérêts, qui nous sont communs, ne me pressaient de solliciter humblement mais avec insistance, un rendez-vous. Comme il est utile pour l'une et l'autre que l'on ignore notre entre-vue, je vous demanderai de venir vous-même me trouver, pendant la fête qu'on donnera ce soir au Cap, en déguisée ou bien voilée. Vous ne serez pas remarquée au milieu de la foule. Tandis que, si j'allais aux Ingas, des personnes que je connais et ne tiens pas à rencontrer pourraient m'y voir. Vous demanderez la maison du sieur Pichon, au bout de l'allée des Lataniers. Elle est à votre droite. Je demeure derrière, dans un pavillon qui donne sur le jardin. Vous n'avez qu'à traverser la cour, vous y êtes. Encore une fois, madame, je déplore mon audace et les ennuis que doit vous coûter cette visite et pourtant j'ose espérer que vous n'en aurez point de regret.

Daignez, madame, accepter les sentiments de respectueux dévouement avec lesquels je suis votre très humble et très obéissante servante.

Nanette BERTHIER. »

Ce nom n'est que trop connu au Cap français. Nanette Berthier, que ses amis de couleur appellent Kouma-Toulou, la Langue Joyeuse, et que nous nommons familièrement Dodue-Fleurie, est une fort belle négresse, grande et grasse, une véritable *pièce d'Inde*[1]. Il n'est point de négociants, de voyageurs de passage à Saint-Domingue qui manquent d'aller souper avec Dodue-Fleurie ; ils croiraient même ignorer les délices de l'île s'ils n'obtenaient, à prix d'or, une de ses nuits où, dit-on, elle ne se montre jamais oisive. La lourde volupté que dégage son corps lorsqu'elle se

1. Les colons désignaient ainsi un nègre ou une négresse jeune en bonne santé et de belle conformation, tels enfin que les portugais avaient coutume d'en acheter pour leurs colonies des Indes.

promène dans les rues et les jardins du Cap ; tout ce qu'il y a de grossière et ardente luxure dans le balancement de ses hanches vastes, dans ses claquements provocateurs de langue, dans le jeu de ses paupières bordées de longs cils, tantôt retombées comme dans une extase, tantôt levées sur des yeux blancs, où le regard étincelle de colère ou de dédain ; ses domestiques noirs qu'elle traite comme des animaux, mais auxquels elle donne des livrées dignes de la Cour ; son luxe, ses toilettes, ses fantaisies ruineuses, les suicides des hommes qu'elle a désespérés par son mépris ou ses caprices, tout lui a fait une célébrité inouïe. Elle se croit reine et elle agit en despote. Combien a-t-elle brisé de mariages et fait pleurer de confiantes fiancées ! Personne n'ose élever la voix contre elle. Il a fallu que le fils du gouverneur s'éprît de cette femme pour que le père, alarmé et furieux d'une telle liaison, menaçât la courtisane de la faire arrêter et de déchirer l'acte qui l'affranchissait. Alors, pour quelques mois, elle a abandonné sa magnifique maison et s'est retirée dans ce logis à demi secret qu'elle m'indique dans sa lettre, ne sortant plus et condamnant sa porte à son ancien amoureux afin d'apaiser le père. Je ne connais pas d'être qui me répugne davantage que cette Dodue-Fleurie. Zinga m'irrite ; Zinga m'effraie ; Zinga me rappelle d'atroces souvenirs ; mais que de fois l'ai-je sentie liée et dévouée à mon être, soit qu'une caresse me l'eût conquise, soit que la beauté de mon corps ou la supériorité de ma race exerce sur son esprit quelque fascination, soit enfin que le fouet, quand il m'est arrivé d'en user avec elle, lui ait fait comprendre la force de ma volonté. Mais je n'ai jamais vu cette Dodue-Fleurie sans ressentir comme un soulèvement de dégoût ; toute sa personne me révolte ; sous ses cotillons de soie brochés d'or et parfumés à la poudre à la maréchale, je sens une odeur d'huile et de chair mal lavée. Elle me produit l'impression d'une latrine décorée somptueusement et pourtant, moi comme les autres, je me sens dominée par elle, et si elle me regarde en face, à la promenade, je baisse les yeux. Ah ! il ne fallait pas affranchir un pareil monstre ; c'est comme si on ouvrait un cloaque, on serait vite infecté par son débordement. Mais vais-je être injuste envers l'être qui va sauver mon Antoinette ; ne puis-je dominer ma répugnance et accepter, quel qu'il soit, le secours que m'envoie le Ciel ?

Dès que j'eus pris connaissance de la lettre, je dis à la petite négrillonne que j'irais trouver sa maîtresse, le soir même. Aussitôt, elle s'inclina, fit une pirouette de bouffonne, stylée à divertir sa maîtresse, et remonta dans le palanquin, qui redescendit très vite jusqu'au Cap, sur les épaules de ses porteurs.

Je n'avais pas hésité un seul instant à lui donner cette réponse ; l'humiliation d'une pareille démarche ne me coûtait pas, ou plutôt j'avais le pressentiment que cette femme allait me parler d'Antoinette et cela suffisait à m'attirer chez elle. Peut-être aussi ai-je senti dans sa lettre ce mystérieux pouvoir qu'elle exerce sur tous et auquel il faut se soumettre, malgré soi.

Je passai la journée avec ma chère enfant ; elle s'était remise peu à peu de son émotion, mais quand elle sut que son amie Agathe avait disparu, elle sanglota et rien ne put la consoler. Il fallait que j'eusse toutes ces inquiétudes et qu'elle m'occupât à ce point l'esprit, pour souffrir si courageusement les horribles douleurs d'entrailles qui vinrent me tourmenter. Je m'imaginais qu'un cercle de fer me comprimait, me rétrécissait le ventre de moment en moment ; le mal avait des élans brusques et des coups féroces. Parfois j'aurais eu envie de me rouler par terre tant je souffrais, et je cachais ma torture à Antoinette de crainte de l'ennuyer. Une minute, il me fut impossible de dissimuler. Elle m'interrogea. « Oh ! ce ne sera rien », lui dis-je. En réalité, je ne m'expliquais pas ce mal subit ; et je me rappelai un fait dont le docteur Chiron m'avait parlé peu de jours avant : l'empoisonnement d'une maîtresse par ses esclaves. Étais-je aussi, moi, empoisonnée ? La crainte de laisser paraître une inquiétude vaine lorsque je m'étais montrée d'abord si tranquille m'empêcha d'appeler le docteur. Je pensai qu'il se moquerait de moi.

Vers le soir, cependant, le mal se calma ; je dis adieu à Antoinette, je la laissai sous la garde de deux Noirs en qui j'avais confiance et, après l'avoir enfermée dans sa chambre, je descendis à pied vers le Cap, emportant, afin de n'être point reconnue, un voile léger de tulle noir que je me mis sur le visage aussitôt que j'eus quitté les Ingas. Je me faisais suivre seulement des deux fils de ma servante Manon, qui me sont dévoués parce que souvent je leur donne des friandises et des piécettes à l'insu de leur mère. Ils sont les espions des autres Noirs de la plantation et, bien que l'aîné n'ait pas quinze ans, ils sont si forts, si courageux et si hardis que je ne crains rien avec eux. Ils avaient chacun, dissimulés dans un manteau, un petit pistolet et un poignard. Ces sorties nocturnes sont dangereuses. Il faut vraiment que j'aime mon Antoinette pour m'exposer ainsi.

Le soleil, étincelant encore à mon départ, m'abandonna en route. Il tomba derrière la mer. La nuit se répandit tout à coup sur les champs de cannes et sur les monts. Des touffes de feu, aux plus hauts sommets, jaillirent seules de l'ombre noire dans le ciel qui, d'instant en instant, semblait se ternir et se fermer pour nos yeux. Une tristesse infinie pesa sur tout mon être. J'attirai mon plus jeune compagnon contre moi.

— Pas peur, maîtresse ! dit-il. Zozo et Troussot près de toi.

— Et Antoinette, fis-je, connais-tu ceux qui la gardent ?

— Maîtresse, sont bons.

Je ne sais pourquoi je baisai au front le petit nègre, qui, à son tour, me lécha la main. Cette venue de l'obscurité m'apporte presque chaque jour un frémissement extraordinaire de tendresse, d'effroi. Je me sens perdue dans ces vastes ténèbres ; j'embrasserais alors un animal dans ma terreur de la solitude.

Cependant mes petits nègres avaient allumé les lanternes. Troussot, le plus grand, marchait devant moi et Zozo à mes côtés, pour me rassurer.

De la route des Ingas j'aperçus le Cap dans une petite buée lumineuse. Les rumeurs de la fête venaient jusqu'à nous, assourdies. Dans l'immense repos, dans la grande solitude noire de la mer et des monts, les lumières, le bruit de la ville ne semblaient pas prendre plus de place que ces feux d'acacias que les nègres marrons allument en chantant pour conjurer les démons nocturnes.

Au contraire, à peine étions-nous entrés dans le faubourg des Milices que je me sentis comme étouffée par la foule. En ce dimanche de la Saint-Jean et sous l'influence des nouvelles idées, beaucoup de maîtres ont cru devoir laisser pleine licence à leurs esclaves. Pour la première fois, je me demandai si le docteur n'avait pas raison et je fus saisie de frayeur quand il me fallut, pour passer, écarter des poitrines, des épaules huileuses, me sentir effleurer par des faces noires et luisantes où les lampes fumeuses des éventaires faisaient courir d'étranges reflets. Il arriva que Zozo et Troussot durent frapper, jouer des poings. J'entendis autour de moi gronder des colères ; mon cœur battait violemment et je me disais : « S'ils devinent que j'ai peur, je suis perdue. »

Il y avait là tous les nègres récemment débarqués, ceux que l'on n'a pu dompter encore et qui gardent les violentes ardeurs de l'Afrique ; ceux qui ne travaillent que sous la surveillance du commandeur, au sifflement des rigoises et la chaîne aux pieds.

Par quelle étrange aberration les avait-on lâchés ainsi ? On ne voyait pas de gardes de la milice, ni de Blancs, ni même de ces esclaves policés qui ont pris auprès de nous nos mœurs, notre costume et nos façons de vivre. Point, non plus, de serviteurs ni de marchands sauf ceux qui s'étaient installés dans la journée. Des têtes ricaneuses et féroces d'un noir luisant comme le bronze, sans cheveux ou bien couvertes d'une laine frisée, des têtes aux yeux blancs, grands ouverts, fixes, aux narines larges, à la bouche grasse, tendue dans un rire continu et montrant des dents menaçantes, m'apparaissaient telles que ces faces d'animaux inconnus que nous voyons dans nos insomnies, sans âme et toutes semblables ; elles se frôlaient, me reniflaient ainsi que des chiens, semblaient vouloir me happer et me mordre. Je me croyais la proie de quelque horrible cauchemar, car les têtes se multipliaient à l'infini, me regardant de leurs gros yeux immobiles avec un rire incessant. Elles semblaient de plus en plus animées de joie furieuse et comme de délire ; les bouches d'abord muettes, puis grommelantes, devenaient orageuses ; on sentait que le mouvement des vagues humaines était plus rapide, plus violent, comme lorsque l'on quitte les rivages pour la pleine mer. D'instant en instant, elles me heurtaient et me pressaient davantage.

Deux jeunes Blanches qui s'étaient aventurés dans cette multitude, curieuses de verroteries et des menus objets qu'offraient les petits marchands sous les lampes, furent entraînées dans une chica ridicule et fatigante, à trois temps, que ces nègres dansent dos à dos en s'accroupissant, en se heurtant les fesses et en se relevant d'un élan brusque. Au milieu de cette foule, les mouvements étaient encore plus grossiers et plus brutaux. Ces brutes lâchaient en dansant des vents infects.

— Bola ! Bola ! criaient-ils lorsque les deux jeunes filles, d'abord essayant de rire, puis effarées, muettes de terreur, se mirent à tourner avec eux. Par ces appels, ils leur demandaient de se dévêtir pour danser nues ainsi qu'ils l'étaient eux-mêmes.

Comme elles ne paraissaient pas avoir même l'idée d'obéir ou de refuser, insensibles aux plaisanteries et aux menaces, on les dépouilla, on leur arracha cotillons, chemises, mouchoirs de cou, et des mains noires et rugueuses assaillirent, se disputèrent ces peaux de Blanches. Épouvantée, je regardais les Noirs, attirée par l'ignoble spectacle comme dans le vertige on est attiré par l'abîme ; moi-même je fus entraînée, emportée vers le tourbillon des grandes ombres bondissantes sous les lampes fumeuses, au milieu des exhalaisons puantes de ces animaux en rut, pincée, frappée, mordue jusqu'au sang par tout le corps. À mes cris, Troussot fit le geste de tirer son pistolet, mais Zozo l'arrêta : un coup de feu eût causé notre massacre ; avec une force étonnante pour son âge, il m'enleva aux bras qui m'étreignaient et, tandis que son frère frappait à poings fermés cette canaille, il me poussa sous la tente d'un marchand dressée juste en face d'une petite allée qui, heureusement, était déserte. Nous nous échappâmes par cette issue. Quand nous fûmes loin des brutes, je m'arrêtai pour arranger mes vêtements. J'étais toute meurtrie, et ils avaient déchiré ma robe. Tandis que, le jupon retroussé, je réparais tant bien que mal le désordre de ma toilette, Zozo vit, sur le haut de ma jambe, qui était découverte, des gouttes de sang ; alors ce bon petit être colla ses lèvres sur ma blessure et la lécha. Je fus bien touchée de cette marque d'affection et je l'en remerciais quand des voix gutturales partirent autour de nous, jacassantes et criardes. Je me serais crue transportée au milieu d'une volière immense de perroquets. C'était une troupe de Noirs qui passait ; elle nous rejeta contre une maison. Ils n'étaient pas très nombreux, mais ils emplissaient la ruelle d'un bruit énorme ; leurs pieds nus résonnaient sur la terre comme des claques sur une peau nue ; ils chantaient ou plutôt ils criaient, sur une mélopée monotone de trois notes, cette bizarre complainte :

Tili saba, a kouma
I soumousso akha gni
I assan nté
— *Nté : Mouso a bé fourou*
— *Nieba, baguifing debenta*
Nté ndimata.
Hé gni tubabulengo
Ouory a sota abé
Kono nian a bé
Nté moussodé.
— *Gni dé, ibé mousso la.*
— *Tyo tili kile abé fourota*
— *Nieba. Tan i foula misse.*
Ni sira
Nté ndimata.
Hé gni tubabulengo

Ouory a sota abé
Nimbe a kha mina dion.
Marka abée mousso.
Man ouory, sira, missé.
Tita Marka, galo diani
Konkho bena, aman doumount
Nté a mon dibissa kov bété
Nté a takha sesouma koro
Khang tombi khoto.
Hé gni tubabulengo.
Ouory a sota abé.
Moun nté a blo sounia da foula
Mousso ni ouory
Aman he fen nté.

(Il y a trois jours, il me dit :
— Ta jument est belle.
Vends-la-moi.
— Mais c'est ma femme, elle est mariée.
— Ça ne fait rien, Je te donnerai
Cinquante pièces de guinée.
Ah ! ces Européens rouges
Ils ont tous de l'argent.
Dans l'œil il avait aussi
Ma fille aînée.
— Est-ce ton enfant ? me demande-t-il.
— Oui, elle va se marier dans un mois.
— Ça ne fait rien. Je te donnerai
Douze bœufs
Et du tabac.
Ah ! ces Européens rouges
Ils ont tous de l'argent.
Ils ont emmené captives
Toutes les filles de Marka.
Et je n'ai eu ni argent, ni bœufs, ni tabac.
Marka démoli, le village brûlé,
La faim est venue, je n'ai pas mangé,
Je suis bien malheureux.
Je n'ai plus d'autre abri contre le soleil
Que le vieux tamarinier.

Ah ! ces Européens rouges
Ils ont tous de l'argent !
Mais pourquoi m'as-tu laissé voler ton
Fusil à deux coups.
Argent ni femmes maintenant
Ne te serviront guère.)

Lorsque la troupe fut passée, Zozo cracha dans leur direction.

— Guiambas, dit-il, Bambaras qui sentent encore cale où maître les a parqués, sales nègres ! Ah ! si moi étais maître à eux, les laisserais pas courir comme ça !

— Et que leur ferais-tu donc ?

— Tannerais cuir à eux, et bien ! Sales nègres, va !

— Mais tu es un nègre, pourtant, toi aussi !

Il baissa la tête :

— Maîtresse, dit-il, les larmes aux yeux et la voix tremblante, qu'ai fait moi à toi pou qu'insultes moi ?

— Mais je ne t'insulte pas, tu es fou, voyons !

Et je lui tapotais les joues.

Je le calmais de mon mieux quand j'entendis des pas précipités ; une femme courant à toutes jambes passa près de moi, puis un homme trapu qui la rattrapa et enfin un troisième individu qu'ils devaient chercher à éviter, mais qui, courant plus vite qu'eux, parvint à les rejoindre à l'extrémité de la ruelle. Ils eurent ensemble une violente altercation. Les invectives, les injures pleuvaient ; les deux hommes se menaçaient de leurs cannes hautes. La femme, muette et les bras croisés, attendait la fin de la querelle.

— Dieu ! m'écriai-je, mais c'est Zinga, et Figeroux, et Dubousquens. Les misérables ! Voilà comment ils gardent la plantation !

Nous nous étions réfugiés dans une galerie ouverte pour ne pas nous laisser voir. Zinga provoquait Figeroux de sa voix criarde et enfantine, avec des mots aussi grossiers que ceux que l'on entend crier aux portefaix et un babil gouailleur de gosseline qui sent son derrière protégé. Elle n'employait plus ce langage prétentieux qu'elle avait tenu à Dubousquens, mais un patois ignoble, demi-créole, demi-français, comme si tantôt elle eût voulu n'être comprise que de Figeroux et tantôt, au contraire, n'eût parlé que pour Dubousquens, vers qui elle se retournait avec un sourire d'intelligence, chaque fois qu'elle avait lancé au mulâtre une bonne injure.

Elle disait :

— *Ato li pa guen, soumaké. Sa pa arien*. (Il n'a pas d'argent, à présent, mais peu importe.) Fe'ai toi cornard si m'amuse !

— Je t'enlèverai la peau de la carcasse, gouapeuse ! répondit Figeroux.

— Moi, te la coupe'ai, un soi', pendant toi do'mi.

Le mulâtre leva le bras. Alors, le visage protégé de ses mains, elle dit comme pour s'excuser :

— C'était pou rire, pou rire. Toi, n'en a pas !

Et, se tournant vers Dubousquens, elle ajouta :

— Il n'en a pas ! Il n'en a pas ! Dort touzou quand z'ai envie.

Figeroux rugissait, voulait la battre, mais elle riait aux éclats, collée à Dubousquens qui, la canne toujours levée, écartait le mulâtre.

— On vous a payé, dit-il, laissez-nous.

— L'autre m'a payé aussi, répliqua froidement Figeroux ; elle lui doit sa nuit.

À ce moment, des sanglots s'élevèrent et j'aperçus un homme qui pleurait. La lanterne de la galerie qu'on alluma soudain audessus de nous lui éclaira le visage : c'était Samuel Goring.

— Moi, dois nuit, moi, dois nuit, répétait Zinga, furieuse, moi dois rien du tout. Ze vais lui parler tout de suite, à gros coçon.

En une minute elle fut devant nous. Je ne voulais pas qu'elle m'aperçût et je me cachai derrière un sterculia, mais c'était bien inutile ; elle était trop occupée de Samuel Goring, de Figeroux et de Dubousquens pour glisser un regard dans la galerie.

— Viens dire à toi, fit-elle, que Zinga veut plus toi, plus zamais !

Samuel Goring tomba à genoux, joignit les mains. Mais cette timidité de geste et d'attitude ne fit que provoquer chez Zinga des sarcasmes et des fusées de rire.

— *Gadé li !* disait-elle, *li ka fé so ben-joli. So dé wey ton pasé trou krab*. (Regardez-le, regardez-le ! Le voilà qui fait le joli cœur avec ses yeux pareils à des trous de crabes.)

— Au nom du Ciel ! implora Goring.

— Toi pas nommer Ciel, porte malheur, répliqua-t-elle, songeuse.

— Zinga, écoute-moi, tu m'avais promis…

Elle s'écria, furieuse :

— Moi zamais ai promis, tu mens, coçon !

Goring tendit les mains, l'enlaça et l'étreignit avec violence.

— Toi, lacer moi, et tout de suite, veux-tu ! Veux-tu ! moi vais cracer sur toi, moi vais péter sur toi, moi vais battre, tiens ! tiens !

Et elle essayait de se dégager, le heurtait de sa croupe, lui envoyait des ruades et des coups de poing ; Goring recevait les coups et les injures, mais la tenait toujours. Dubousquens dut s'interposer :

— Allons, viens, Zinga, laisse ce malheureux !

Hors d'haleine, la voix entrecoupée :

— Veux pas trouver sa sale figure touzou su route à moi, répétait-elle, veux pas ! moi hais lui !

— Puisqu'elle ne veut pas de vous, laissez-la donc s'en aller, dit à son tour Figeroux.

Samuel Goring avait enfin lâché sa rétive maîtresse ; il se releva, la regarda s'éloigner avec Dubousquens, et ses sanglots recommencèrent. Figeroux restait devant lui et le contemplait en haussant les épaules.

— Vous n'êtes pas un homme ! dit-il. Vous ne pourrez pas prononcer votre sermon ce soir.

— Oh ! ayez pitié ! soupira Goring.

— Il faut que vous parliez ce soir à l'Assemblée, dit Figeroux. Je le veux !

— J'essaierai, dit Goring.

Les deux hommes partirent ensemble, Figeroux toujours criant et gesticulant, Goring la tête basse et les lèvres scellées.

Je pris l'allée des Lataniers et n'eus pas de peine à trouver la demeure du sieur Pichon. Mais une fois rendu là, on n'est pas encore chez Nanette. La maison Pichon, en effet, forme un vaste îlot de cases africaines et de constructions européennes entourées de jardins. Quand on a franchi la grande grille et traversé ce long couloir, qui part de la rue pour aboutir aux jardins, on se trouve devant un entrecroisement infini d'allées et de sentes étroites, bordées de clôtures. De grands arbres cachent les maisons et achèvent de dérouter les visiteurs inaccoutumés. Nous heurtâmes à plusieurs portes, mais toutes restèrent obstinément closes. Enfin, nous avisâmes un passage obscur, au fond duquel nous aperçûmes, dans une cour ombragée, des lumières aux fenêtres. Ce devait être l'habitation de Nanette. Au hasard, nous suivîmes un corridor tortueux où brillait, dans un enfoncement de muraille, la lueur tremblotante d'une petite lampe.

Comme nous passions devant cette lampe, une forme humaine traversa le couloir. À sa candale de coton blanc et à sa taille un peu courte, il me sembla que c'était une jeune esclave et je lui demandai mon chemin :

— La maison de Nanette Berthier ?

On poussa un cri, une porte fut ouverte précipitamment et un flot de lumière se répandit aussitôt dans le corridor. Je tressaillis : la personne que j'avais prise pour une esclave venait, avant de disparaître, de laisser voir son visage et, en vain me disais-je que mes yeux me trompaient, j'avais bien reconnu Agathe de Létang !

Avant que je fusse revenue de ma surprise, la petite négresse qui m'avait porté la lettre de Nanette aux Ingas, tout habillée de soie brochée d'argent, vint au devant de moi :

— Maîtresse attend Mame Gourgueil, fit-il.

Alors je quittai le corridor sombre et mal tenu pour entrer dans un appartement vraiment extraordinaire de luxe et d'incurie, où l'on était d'abord ébloui par une profusion de meubles en bois de rose et d'ébène, ornés d'incrustations en or et en argent massif, où les lumières, le cristal des lustres et les hautes glaces mettaient partout un jeu magique de clartés, qu'adoucissaient à peine çà et là des tentures de l'Inde aux tissus transparents. Ce rayonnement et la violence des parfums âcres et capiteux que l'on respirait dès le seuil me suffoquèrent presque. Mais la petite domestique m'entraînait déjà vers la chambre de sa maîtresse, parmi des couloirs encombrés de toilettes autrefois somptueuses, à présent défraîchies, déformées, passées de couleurs, odorant l'étoffe ancienne et la négresse malpropre, jetées pêle-mêle en travers du passage, dans un abandon et un désordre qui en disaient long sur la paresse, l'insouciance et la saleté de la riche affranchie.

Dodue-Fleurie était vautrée parmi des mousselines brodées et des soies étincelantes, sur un petit canapé qu'elle écrasait de son corps large et robuste. Elle semblait jouer à frôler et à froisser ces étoffes fines, veloutées ou rudes ; elle s'amusait de tous ces tissus que l'ingéniosité des hommes avait inventés pour elle et ses pareilles. Elle s'abîmait pour ainsi dire dans sa chair, elle rentrait dans sa bestialité jouisseuse et triomphante.

La chambre où elle était, pareille à un bazar, ne contenait guère que des étoffes déroulées, en pièces ou formant des toilettes pompeuses qui, disposées aux quatre angles et rigides sur les mannequins, semblaient les autels de cette étrange église. Les lumières, éblouissantes dans les vestibules, étaient ici à demi voilées. Des tulles couvraient les lampes et laissaient la chambre dans une pénombre où Dodue-Fleurie se laissait deviner plutôt que voir. On distinguait seulement les lèvres épaisses dans la large face, un regard sournois et plein de méchanceté, où semblaient briller mille mauvais désirs puis quelquefois, à un mouvement capricieux ou plutôt voulu, comme un animal secret, majestueux et mutin apparaissait à demi, dans le relèvement des jupes et l'encadrement des dentelles : la raie d'ombre, attirante et mystérieuse, les joues énormes, happantes ou serrées de la croupe. Une odeur de souper, de vin répandu et d'amour emplissait la chambre. Dodue-Fleurie en parut incommodé et, au moment où j'entrais, sans paraître me voir, elle dit à la petite domestique qui m'avait précédée :

— Dis à Gatte de se dépêcher de venir.

Gatte apparut brusquement, comme si elle avait entendu l'ordre de sa maîtresse.

Hélas ! quelle fut mon émotion en reconnaissant Agathe de Létang, à peine vêtue et qui tremblait sous le regard de la négresse. Surprise et honteuse de me voir, elle rougit tout à coup et détourna la tête.

— Vas-tu finir d'emporter la collation, limaçonne ! cria Dodue-Fleurie.

J'aperçus alors, à terre, un très large plateau, tout chargé de plats, de verres, de bouteilles et que la pauvre Agathe, à grand-peine et en prenant mille précautions, essayait de transporter dans l'antichambre ; mais comme elle passait la porte, deux bouteilles se renversèrent.

— Attends, je vais t'apprendre à briser ma vaisselle, fit Dodue-Fleurie en envoyant sa pantoufle à la tête d'Agathe, puis, d'un bond, elle se précipita sur elle.

— Madame, dis-je en m'interposant, je connais Mlle de Létang et je ne pense pas que ce soit pour me faire assister à des scènes si inconvenantes que vous avez réclamé ma visite.

— Je suis confuse, confuse et charmée en même temps, madame, fit Dodue en balbutiant, d'une voix zézéyante et minaudière. Ah ! ce n'est pas ici le luxe des Ingas. Je ne suis qu'une pauvre négresse, madame, mais prenez place près de moi. Ce que j'ai à vous dire doit vous intéresser. Oh ! je regrette bien de vous recevoir dans cette misère.

Et elle eut un rire éclatant et forcé qu'on pouvait prendre aussi bien pour une marque d'affabilité que pour une affectation d'insolence.

— Vous êtes étonnée, continua-t-elle, que j'aie chez moi la petite Létang et que je ne la traite pas en princesse. Que voulez-vous ?

Je regrette qu'elle soit de vos amies, mais enfin si on me disait : « Dodue, pour Mme Gourgueil, tu vas te dépouiller et recevoir cent coups de pied dans le derrière », je vous aime bien, ma bonne et chère madame (elle reprenait sa voix mielleuse, zézéyante et me baisait les mains), je vous aime bien et tout de même je ne le ferais pas. Eh bien, avec Létang, c'est la même chose. Si je la laissais se trotter ce serait pour moi une maladie. D'ailleurs, l'aimez-vous tant que ça ? Elle ne vous aime guère, elle, et sa mère donc ! Comme elle riait, avec toutes ces dames, de la Gourgueil. Je les ai bien entendues lorsque j'étais dans leur maison !

— Et que disaient-elles donc de moi ?

— Oh ! je ne me souviens pas. Je sais seulement qu'on vous arrangeait de jolie manière et, comme on dit, que vous auriez pu ensuite vous montrer à la foire. Ah ! ah ! pauvre madame Gourgueil, bonne chère âme !

— Enfin, pourquoi Agathe est-elle chez vous ? Elle a été enlevée en même temps qu'Antoinette, dans ma plantation ; et, malgré vos démonstrations d'amitié, j'ai lieu d'être inquiète d'un dénouement que les événements semblent si fort démentir.

— C'est pour vous expliquer ce qui s'est passé et vous demander votre aide pour plus tard que je vous ai demandée. Vous allez voir combien la destinée nous a unies et comme nous aurions tort d'être des adversaires.

Et, après m'avoir offert de la liqueur de Barbade et en avoir bu elle-même un verre, elle commença ce récit que le ton sérieux avec lequel elle me l'a conté me fait croire véridique :

— Je ne vous apprendrai rien, madame, en vous disant que je n'ai pas toujours été révérée et servie comme je le suis à présent. À quatorze ans, j'étais esclave chez Mme de Létang, je travaillais aux sucreries. Dur emploi pour une fille qui était alors d'une santé fort délicate. On ne me ménageait point ; le commandeur, qui prétendait jouir de mon corps, avec sa face abominable, marquée de petite vérole et son corps pourri, dans sa rage de me voir toujours lui résister, me maltraitait plus que mes compagnes. Il ne se passait guère de jour qu'on ne m'attachât aux trois piquets et qu'on ne me déchirât de cordes ou de lianes. Ce fut après avoir été ainsi châtiée, alors qu'on me détachait toute sanglante et si brisée de coups que je pouvais à peine me tenir sur mes jambes, que M. de Montouroy me prit à mes bourreaux ; mais ne croyez pas que la pitié inspira ce mouvement. Sans sortir de la sucrerie, au milieu du travail des esclaves, avec une impudeur de Blanc qui se croit tout permis, il se jeta sur moi et, m'ayant possédée brutalement, il me laissa évanouie. On me fit reprendre connaissance à coups de fouet ; car l'honneur d'avoir été distinguée par un maître ne me fut pas compté. Depuis, M. de Montouroy ne cessa de me laisser voir que mon corps ne lui était pas indifférent, mais il ne me savait aucun gré des plaisirs que je lui donnais – il est vrai, bien malgré moi. La nuit, il venait me chercher dans ma case et je restais jusqu'au matin auprès de lui. Alors, lasse de ces caresses que je n'acceptais qu'avec dégoût, il me fallait retourner au travail et, comme parfois je tombais de fatigue, les coups pleuvaient sur mes épaules. M. de Montouroy assista quelquefois à ces exécutions ; il ne disait rien, quand il eût pu facilement les arrêter. Peut-être se plaisait-il à me voir ainsi torturée ! Cependant la sensualité grossière qui l'attachait à mes jupes ne l'empêchait pas de s'intéresser à des liaisons plus élégantes. Il était lié avec Mme de Létang et, un jour, je les surpris ensemble. Il se soucia peu de ma découverte, car il ne craignait pas – et il avait raison – ma jalousie, car il avait la sottise de ne point voir que j'étais une fille rusée et que je mettrais à profit ce que le hasard m'avait révélé.

En effet, une nuit que je le savais avec sa maîtresse, j'entre dans sa maison, dont un esclave ami m'avait ouvert la porte ; j'avais caché dans mon bonnet un couteau et passé un pistolet dans ma jupe. J'arrive au moment où ils étaient tous deux au lit et se tenaient embrassés : « Létang, dis-je à ma maîtresse, je n'ignore point que ton mari est un jaloux. Je l'ai vu te battre sur le plus léger soupçon et je suis sûre que, s'il vient à apprendre que tu le trompes, il n'hésitera pas à te tuer, or je vais sur-le-champ, le lui dire… — Je te tuerai avant, vipère ! », s'écria Montouroy, qui voulut s'élancer sur moi. Mais, sortant mon pistolet, je l'ajuste et le menace de faire feu s'il avance. « Je n'ai point l'intention de rien dire », repris-je, « si ta femme veut bien signer mon affranchissement. » Et je lui présente la feuille qui, d'après la loi, doit faire de moi une citoyenne. Mais Létang, qui s'est concertée du regard avec Montouroy, se jette sur moi en même temps que son amant, et, par la rapidité de leur agression, sans pouvoir m'arracher mes armes, ils me mettent dans l'impossibilité de m'en servir. « Nous allons t'apprendre à nous épier et à nous dénoncer, disent-ils. Tu feras de beaux discours, je te promets, quand nous t'aurons tuée ! — Tuez-moi, dis-je, mais il y a des esclaves qui me vengeront. »

Et je pousse un cri d'appel. C'était une ruse. Je n'avais personne avec moi. Mais le hasard me servit. Il y eut à ce moment un grand bruit dans la maison : sans doute un esclave qui rentrait furtivement de la ville s'était heurté contre un meuble, un siège quelconque, et l'avait renversé ; mais ce bruit, survenant après ma menace, la leur rendit terrifiante. Ils crurent qu'il y avait réellement des Noirs cachés dans la maison. « Eh bien ! dit Montouroy, Mme de Létang va t'affranchir, mais décampe. — Oh ! répliquai-je, pas avant d'avoir l'acte. » Ils eurent un moment d'hésitation. « Signe, ma chère amie, fait enfin Montouroy, notre existence vaut plus que la liberté de cette misérable ; d'ailleurs, libre ou esclave, nous la retrouverons bien un jour. » La Létang, pâle et tremblante, signa donc mon affranchissement, et je les laissai à leurs amours, que mon interruption avait peut-être refroidies.

J'étais libre, mais la liberté, quand on est pauvre, ce n'est guère que le droit de mourir de faim. Une jeune négresse qui, bien qu'esclave de fait, vivait avec tous les droits et toutes les richesses d'une Blanche, me prit avec elle et m'enseigna l'art d'être belle et de charmer. Montouroy, qui avait eu pour moi un caprice charnel quand j'étais esclave, me revint amoureux passionné. Il me prend chez lui, m'installe place Montarcher, dans un pavillon qu'il vient de faire bâtir, me couvre d'or et de joyaux. Dès que je sentis mon pouvoir sur lui, je pris à cœur d'être réellement sa maîtresse et de le traiter à mon tour comme il m'avait traitée jadis. Quelle joie j'eus à l'humilier, à le mettre en fureur, à le jeter à la porte de chez moi, à me jouer de lui devant ses amis, mes femmes, les esclaves ! Il devait me servir : à table, à la toilette, à la garde-robe ; et je m'amusais à le châtier comme un nègre. Il souffrait tout ; il semblait même heureux de souffrir. Avec moi il était si soumis que je lui aurais commandé de se tuer, il l'aurait fait. Mais, quand je n'étais plus devant ses yeux, il parlait de moi avec haine et colère. Je compris que son amour n'était pas sûr et que, si je voulais le garder à cause de ses hautes relations et de son pouvoir dans la colonie, je devais me l'attacher autrement que par des baisers ou des servitudes sensuelles. L'or, en un mot, me parut nécessaire pour le dominer, et, sans me soucier de ses plaintes, de ses menaces, de ses colères, j'attirai chez moi tous ceux qui voulaient se ruiner et m'enrichir.

J'acquis une fortune en très peu de temps ; lorsqu'une femme a quelque empire sur les hommes et veut vraiment parvenir à la toute-puissance, ce n'est pour elle qu'un jeu. Mais pour avoir cet homme à moi, bien à moi, il ne me suffisait pas qu'il fût ruiné et que moi j'eusse des richesses. Il fallait le compromettre et, avec lui, tous ceux dont j'attendais protection et honneur. Alors la destinée de ces gens dépendrait de ma volonté.

Voilà ce que j'ai fait : j'avais eu à me plaindre, au cours de mes relations amoureuses avec les jeunes gens de l'île, d'un certain Mettereau qui habitait seul une plantation isolée et assez éloignée du Cap ; je savais qu'il était détesté de ses esclaves et surtout de son commandeur (le vôtre, madame), ce Figeroux auquel vous avez donné toute votre confiance. Vous pourrez voir tout à l'heure si elle était bien placée. Je savais aussi, par cet homme, que Mettereau, très avare et peu confiant dans les banques et les affaires, avait chez lui des monceaux d'or. Après m'être assuré la complicité du gouverneur, je décidai une esclave qui m'est dévouée à s'en aller trouver Montouroy et à lui conseiller ce meurtre. Il en chargea Figeroux.

À cet aveu tranquille, je regardai Dodue-Fleurie, qui semblait aussi calme que si elle eût parlé de la pluie et du beau temps. Une pareille sérénité dans le crime m'effraya.

— Vous êtes surprise, madame, fit-elle, mais dans ce pays-ci, et surtout entre Noirs et Blancs, n'est-ce pas toujours la guerre ? De vous même ne dit-on pas…

— Que dit-on ? m'écriai-je, affectant un ton de colère pour cacher mon émotion.

— Rien, fit Dodue avec un sourire, mais souvenez-vous que nous sommes, que nous devons être des alliées et vous me pardonnerez ces violences, ces crimes, s'il vous plaît de les appeler ainsi. Violences ou crimes, de tels actes ne doivent pas répugner à quiconque est obligé de faire la guerre, car ils sont indispensables.

Hélas ! j'avais besoin de bonnes ou de mauvaises raisons pour calmer ma conscience et je fus plutôt reconnaissante à Dodue-Fleurie de composer une justification qui me convenait si bien.

— Mettereau fut donc assassiné, reprit-elle, et comme vous le savez, les meurtriers ne furent pas recherchés. J'avais dès lors le gouverneur et Montouroy à ma merci, car je pouvais les accuser et eux, au contraire, n'avaient aucune preuve contre moi. Le gouverneur et Montouroy avaient trouvé dans la demeure de leur victime de quoi rétablir leur fortune mais vous pensez bien que j'avais gardé la meilleure part.

— Mais, fis-je tout à coup, je suis surprise que vous me fassiez de telles confidences. Vous ne me connaissez nullement. Ne craignez-vous pas que je vous trahisse ?

— Je n'ai aucune crainte, répondit Dodue-Fleurie. Une dénonciation vous vaudrait une vengeance de ma part et ne m'inquiéterait en rien. On ne peut pas m'arrêter. Et d'ailleurs, je vous le répète, votre intérêt vous commande de vous taire et de rester mon alliée.

— Ah ! m'écriai-je, je n'aurais jamais soupçonné que M. de Montouroy fût un tel criminel.

Dodue, sans répondre, me sourit de ses grosses lèvres et de ses dents féroces, que l'on imagine toujours mordant dans la chair humaine.

— M. de Montouroy est, en effet, un malhonnête homme, dit-elle, parce qu'il ne tient pas ses engagements. Il n'avait pas plutôt l'argent que je lui avais procuré qu'il songeait à un mariage qui devait l'enrichir, l'éloigner de moi et du Cap. Or, c'est un mariage qui, m'a-t-on dit, ne vous agrée point.

— Certes ! fis-je. Mais M. de Montouroy sait très bien que je n'accorderai jamais mon consentement à un mariage qui répugne à ma protégée. Et d'ailleurs, ajoutai-je, ce mariage ne pourrait l'enrichir, puisque Antoinette n'aura rien.

— Rien ! s'écria Dodue-Fleurie, surprise ; et elle eut encore son insolent sourire.

— Rien que ce que je lui donnerai, répondis-je d'un ton que je m'efforçais de rendre assuré.

— Il compte peut-être vous voler l'or avec la fille. N'a-t-il pas déjà essayé de vous enlever Antoinette ?

— Grand Dieu ! c'était lui !

— Oui, lui et Figeroux.

— Le docteur m'avait bien dit que Figeroux était un misérable.

— Il fallait que vous n'eussiez pas d'yeux pour ne pas vous en apercevoir.

— La canaille ! je le ferai surveiller.

— Surveiller, c'est peu ; il faudrait le faire disparaître, et doucement ; car le gouverneur ne souffrira pas qu'on l'accuse, mais il serait heureux qu'il n'existât plus.

J'étais comme suffoquée d'une telle audace.

— Mais enfin, madame, lui dis-je, qui m'assure que vous êtes réellement avec moi ? Que peut vous faire le mariage de M. de

Montouroy ? Vous ne pouvez l'aimer, après ce que vous m'avez dit ; vous n'attendez pas la richesse puisque vous l'avez ; et vous n'espérez pas non plus l'accroître puisque Montouroy a peu ou point d'argent. Je ne vois pas quel intérêt vous lie à ma fortune et vous oppose à la sienne.

— Vous allez le savoir, fit-elle. Tant que Montouroy demeurera au Cap, je resterai sa maîtresse ; or, Montouroy, s'il est sans fortune, a, comme je vous l'ai déjà dit, une influence et des relations. Je prépare son mariage avec la fille du gouverneur ; la fille et le père sont favorables à cette union. Une fois que Montouroy sera marié, je gouvernerai réellement Saint-Domingue derrière eux et croyez que je saurai en tirer tout l'or et exercer toute l'autorité dont je suis ambitieuse.

Cette négresse me remplissait d'effroi et d'admiration. Je me demandais si j'étais en présence d'une folle ou d'une sorte de génie monstrueux et pervers.

— Il n'y a que deux obstacles à mon projet, continua-t-elle. Le premier, c'est la Létang. La Létang est la maîtresse du gouverneur, elle aime Montouroy mais elle l'aime en despote et ne veut pas d'un mariage qui nuirait à sa puissance. Le gouverneur ne fera rien contre moi, mais il ne désobéira point non plus à sa maîtresse.

Quant à Agathe de Létang, voici comment elle est ici.

Montouroy, ne pouvant obtenir votre consentement ni celui d'Antoinette, décida de s'en passer. Deux nègres devaient enlever votre pupille en votre absence. Mais les nègres trouvèrent Antoinette avec Agathe. Soit méprise, soit crainte que la restante ne les dénonçât, il les enlevèrent toutes deux : seulement, l'un des nègres, poursuivi et serré de près par vos esclaves, abandonna Antoinette ; l'autre revint avec Agathe à un pavillon que possède M. de Montouroy à l'entrée du Cap. J'y étais venue par hasard, je fus ainsi avertie de l'enlèvement avant Montouroy et je me réjouis de l'enlèvement avant Montouroy. Je fis conduire aussitôt Agathe chez moi liée et bâillonnée, dans un palanquin fermé et entouré de mes esclaves. C'était un otage. Depuis, elle n'a pas quitté cette maison. Un nègre à la porte et un autre dans la cour l'empêchent non seulement de sortir mais encore de se montrer aux fenêtres. Je la garderai ainsi jusqu'à ce que la mère se décide enfin à laisser le gouverneur donner sa fille à Montouroy.

— Et quel est le second obstacle à vos projets ? lui demandai-je.

— Le second, c'est vous, en ne mariant pas Antoinette.

— Jamais, dis-je, jamais Antoinette ne se mariera : elle n'aura qu'un amour, le mien !

Le sang me montait à la face.

— C'est parfait, répliqua-t-elle, mais alors faites bonne garde. Un mari pourtant la protégerait mieux que vous.

— Mais c'est contre les maris, quels qu'ils soient, dis-je, que je veux la protéger. Au surplus, quel pouvoir vous flattez-vous d'avoir, madame, pour oser donner des ordres à des gens qui vous sont inconnus ?

— Entrez ici, madame, dit à voix basse Dodue, qui entr'ouvrit une porte et souleva des tentures, ne soufflez mot, regardez et écoutez.

Elle m'avait poussée dans une sorte de petite loge obscure mais fermée par une glace, qui vous permettait de voir ce qui se passait dans la chambre voisine, sans laisser soupçonner votre présence ; par une fente assez large pratiquée dans la tapisserie, et que dissimulait un mince rideau, je pouvais aussi entendre tout ce qui se disait à côté.

Je fus bien surprise de reconnaître la voix du docteur Chiron, de Montouroy, de M. Léveillé, un des plus grands négociants de Saint-Domingue, de M. de La Marzelle, le chef de la milice. Un jeune homme disait des vers :

Sur les rameaux voisins, entends ces tourterelles
Former leur doux roucoulement ;
De quel air d'amitié s'entrelacent leurs ailes !
Vois, vois comme leurs becs sont unis tendrement ;
Ah ! que ces jeux, Eglé, nous servent de modèles.

Tout près de nous, le négociant Léveillé, replet, sanguin, la voix haute et autoritaire, vint causer avec le docteur Chiron.

— Le meilleur moyen, disait-il, de servir les hommes, n'est pas de s'abandonner aux réflexions philosophiques, mais de chercher à concilier les intérêts de l'humanité et ceux du commerce.

— Dites votre commerce, fit le docteur.

— Je suis un ami sincère des Noirs, continua Léveillé, et c'est pourquoi je verrais sans déplaisir une révolte contre leurs oppresseurs.

— Vous seriez enchanté, j'en suis sûr, que quelques incendies de champs de cannes et de plantations vous permissent de réaliser un joli gain sur les sucres à Londres et à Amsterdam.

— Vous insultez mon cœur, monsieur, dit Léveillé.

— C'est que j'apprécie votre caisse, continua Chiron.

Léveillé se rengorgea.

— Je n'ai jamais attendu, de mes sacrifices à la race opprimée, que sa reconnaissance. Les larmes des Noirs doivent être pour les âmes sensibles un prix plus doux que tous les lauriers des conquérants.

— Je crois, en effet, que les lauriers vous sont assez indifférents, dit Chiron : cela se flétrit trop vite. Quant aux larmes, vous ne pourriez, je crois, les apprécier que si elles se solidifiaient en perles ou en diamants, et qu'elles fissent l'objet d'un nouveau trafic. Alors il est probable que votre amour pour les larmes des nègres vous pousserait à battre leurs producteurs toute la journée, afin de les faire pleurer davantage. Pour moi, qui ne possède de sucre ni en cannes ni en magasin, mais qui tiens tant soit peu à ma vieille guenille, je n'attendrai pas, pour quitter l'île, les larmes de reconnaissance des nègres, ni les larmes de bienfaisance des Blancs.

— Vous partez vraiment, Docteur ?

— Avant un mois. J'éprouve des craintes sérieuses quand je vois l'humanité s'attendrir.

— Vous avez été élevé à l'école de Buffon, mon cher Docteur, dit alors l'abbé de La Pouyade. C'est un déiste et, comme tout déiste, un esprit rétrograde. Je suis heureux de voir que nos esprits les plus audacieux reconnaissent aujourd'hui la vérité du christianisme, de ce christianisme qui doit un jour reconstituer l'humanité. Buffon, lui, n'a pas compris le Noir, il n'a pas vu quels grands principes politiques font la base de nos institutions. L'idée de l'égalité lui échappe. Il a surtout déshonoré son nom par le titre de comte et son extrême sensibilité pour les hommages des femmes. Il avait d'ailleurs cette aristocratie du talent qui en est le poison…

— Mais il me semble, monsieur l'Abbé, que vous aussi n'êtes pas insensible *aux hommages* des femmes puisque vous venez chez Mme Dodue-Fleurie.

— C'est pour une œuvre de charité, mon cher Docteur, et croyez bien que, malgré que ce soit une excellente créature, cela me coûte beaucoup. La société est si mêlée ici ! À part vous, moi, deux ou trois autres personnes…

— Vous êtes bien difficile, monsieur l'Abbé.

— Je ne recule jamais devant le devoir, mais permettez à mon bon goût de se blesser…

— Que, Monsieur, votre goût se blesse, qu'il se blesse, je n'y vois pas d'inconvénient si cela vous amuse. Mais parlons sérieusement : avez-vous vendu vos hypothèques sur les nègres ?

— Pas encore et je venais justement ici avec l'espoir de trouver des acquéreurs.

— C'est là votre œuvre de charité !

— Certes, puisque je destine une partie de cet argent aux malheureux.

— Je plains vos malheureux, alors ; car les hypothèques sur les nègres ne s'achètent plus !

— Comment cela ! Les miennes portent sur d'excellentes plantations, riches, en pleine prospérité.

— Je suis bien fâché, mais ces hypothèques ne s'achètent plus. Du moins, les Blancs n'en veulent pas ; ils craignent trop la révolution prochaine. On m'a dit pourtant que les affranchis en prenaient encore quelques-unes. Ils espèrent montrer par là qu'ils feront cause commune avec nous, en cas de révolution et obtenir ainsi que le Conseil national leur accorde les droits des autres citoyens.

— Alors, les affranchis ne sont pas pour la révolution ? demanda Léveillé. On devrait les expulser de la colonie.

— Attendez, dit l'abbé, qu'ils aient acheté mes hypothèques.

— Le sentiment de la fraternité leur fait absolument défaut, continua Léveillé. Ils sont indignes de siéger au Conseil national.

— Voilà comment vous aimez les Noirs ! dit le docteur.

— Les affranchis sont de faux nègres, réplique Léveillé. Ils devraient partager les souffrances de leurs frères en attendant l'affranchissement commun. Au lieu de cela, ils ont voulu devenir des Blancs, prendre nos manières, notre esprit ; ils n'ont pris que nos vices. Tenez ! il y a un affranchi qui fait ce joli trafic. Vous savez qu'on récolte de moins en moins de sucre depuis deux ans, c'est un fait. Mon affranchi se procure du sucre inférieur, il le raffine lui-même, il le garde en magasin et, à l'aide de je ne sais quelle préparation, il lui donne un brillant qui n'ajoute rien à ses qualités, mais qui fait illusion. Au moment de la vente de la récolte, il ouvre ses magasins en laissant croire que le marché est encombré. Tous les propriétaires sont forcés de lui vendre à bas prix. Telles sont les façons d'agir de nos affranchis ! Ce sont, je vous le répète, des hommes abominables.

— À dire vrai, observa le docteur, si j'avais une plantation, je préférerais vendre ma récolte à bas prix que de la voir incendiée.

Et, coquins pour coquins, j'aime mieux ceux qui font croire à l'abondance d'un produit que ceux qui le suppriment complètement. Qu'en pensez-vous, jeune poète ?

— Je ne connais pas les affaires, dit le chantre des tourterelles, et je n'ai pas encore l'expérience des hommes ; du moins suis-je plein de zèle et d'ardeur pour servir la société.

— Ne vous empressez pas trop à servir ses caprices, mon jeune ami, dit le docteur, car elle en change sans cesse et, le lendemain, elle a horreur de ceux de la veille.

— Et vous, Montouroy, dit Léveillé, vous ne prenez parti ni pour les Noirs ni pour les Blancs, ni pour les affranchis ?

— Je prends parti pour les honnêtes gens, répliqua Montouroy. Je suis évidemment pour l'affranchissement des Noirs, mais aussi pour que les Noirs respectent les intérêts et la fortune de leurs bienfaiteurs.

— Fourbe et sot ! s'écria Dodue-Fleurie à demi-voix. Restez ici encore un instant, madame, me dit-elle, et vous allez voir comme je le traite.

Elle sortit alors de la logette et apparut à la porte du salon.

— Toutou, appela-t-elle en tournant à demi le derrière aux saluts de l'assistance. Allons, venez vite. J'ai besoin de vous !

Montouroy, les yeux inquiets, les gestes empressés, se hâta de sortir du salon et de rentrer dans la chambre de la négresse. Dodue se coucha d'abord sur le dos, puis sur le ventre ; elle avait découvert son vaste corps, elle semblait le présenter à l'adoration de Montouroy, qui s'agenouilla devant lui.

— Lèche-moi, Toutou ! dit-elle. Lave-moi. Décrasse-moi avec ta langue. Les esclaves ne savent pas et moi je suis trop paresseuse. Vois, je suis pleine d'ordure et de poussière.

Montouroy prit d'abord les pieds et sa langue habile et souple en fouillait les doigts, en caressait les ongles, provoquait chez Dodue des tressaillements, de petits cris, des rires ; puis la langue vipérine monta le long des jambes fortes et vint s'attarder aux courbes, aux larges ombres, aux replis énormes de la chair comme si la nuit de ce corps attirait Montouroy et qu'il prît plaisir à s'y enfoncer de plus en plus, à y oublier jusqu'à son sexe, à devenir une bête inconsciente et joyeuse de son avertissement. Et durant ce nettoyage bizarre, Dodue était aussi libre avec lui que si je n'eusse pas été près d'elle et qu'il n'eût été qu'un chien. Elle laissait s'accomplir sans honte, peut-être même provoquait-elle par une grossière malice les mouvements de ses organes. On eût dit que, dans son étrange orgueil, les impuretés même de son corps lui devenaient un moyen d'humiliation et lui procuraient un triomphe.

Le dégoût me soulevait le cœur ; j'étais tellement indignée contre Dodue et Montouroy que j'allais sortir de ma cachette quand, tout à coup, elle se releva vivement.

— Immonde brute, dit-elle, est-ce que je t'ai appelé pour que tu baises mon visage de ta bouche toute souillée ! Non, non, mon visage est à mon amant et tu sais bien que tu ne l'es pas ! Est-ce que tu es capable d'ailleurs d'être un amant ? Vois toi-même, un eunuque paraîtrait plus un homme et aurait des exigences moins insupportables ? Va-t'en ! Va-t'en, te dis-je ! Veux-tu partir ou je prends le fouet !…

Et comme vaincu, humilié par cette colère, il se retirait, elle le rappela un instant.

— Et je te défends d'entrer chez Gatte, fit-elle. Cette fille est à moi, entends-tu ! Au surplus, je vais te mettre à la porte, car je ne suis pas sûre de toi.

Elle sortit un instant, appela des Noirs et j'entendis le bruit d'une dispute puis d'une porte qu'on fermait violemment.

— Eh bien ! dit-elle en revenant vers moi, ne suis-je pas bien sa maîtresse ! Et croyez, chère madame, que je pourrais traiter comme Montouroy tous les hommes que vous venez de voir dans mon salon, qui m'attendent depuis une heure et ne se lassent pas de mon retard. Or ce sont les notables du Cap et de Saint-Domingue. Quant aux femmes, je sais bien qu'elles ne me reçoivent pas, mais si je le veux, si je l'exige de leurs maris et de leurs amants, elles m'ouvriront toutes grandes les portes de leurs maisons. Et d'ailleurs à part vous, moi, la Létang peut-être, est-ce que les femmes comptent à Saint-Domingue ?

Me prenant alors par le bras elle m'entraîna au-dehors. Je la suivais, je lui obéissais, sentant en elle comme une force supérieure.

— Je veux vous montrer, me dit-elle, que je n'ai pas conquis ceux de votre race pour devenir le jouet des Noirs…

Elle me conduisit à quelques pas, jusqu'à un terrain vague qui s'étend à l'extrémité de la ville jusqu'au Morne des Capucins. Là, grouillait, bruissait, dans une fête qui ressemblait à une bataille, la foule des Noirs où j'avais failli disparaître tout à l'heure, à mon arrivée.

À la lueur tremblotante des lanternes, les coiffures énormes et légères, les bonnets de tulle et de mousseline, les jupes de serge claire, les cercles dorés des oreilles et des colliers de rassade, au-dessus et parmi cette armée immense de têtes crépues et de corps bronzés, flottaient comme des papillons de nuit, des insectes brillants, des libellules et des fleurs d'eau sur un sombre marécage. La fange humaine augmentait toujours ; derrière elle, les hautes montagnes semblaient la vomir avec sérénité ; elle exhalait une odeur lourde et laineuse, de fourrure chaude, de linge humide, de peau en sueur et d'haleines corrompues, elle répandait une rumeur confuse, sorte de lamentation courte, de refrain sans cesse repris, que brisaient parfois un zézaiement de créole ou des cris gutturaux d'Africains. Tout à coup, la lune se dégagea des nuages, enveloppa cette tourbe de sa vapeur lumineuse, fit jaillir des ténèbres mille faces soûles et féroces, révéla des centaines de couples en folie, accouplements horribles où les dents, les ongles s'enfoncent dans la chair, où l'étreinte et le baiser ressemblent à des égorgements.

— N'ayez pas peur, me dit Dodue, comme je me serrais contre elle.

Non loin de nous, il y avait une troupe de nègres moins bruyants, troupes d'affranchis ou d'employés à demi libres, qui affectaient de ne point se mêler aux autres Noirs et même les repoussaient brutalement ; vêtus à l'européenne, ridicules sous la perruque, et l'habit à la française, pareils à des voleurs couverts des dépouilles de leurs victimes, ils me rappelaient ces monstres étranges qui, dans les estampes du siècle dernier, viennent assaillir un saint en oraison.

Le saint était là, en effet, monté sur un escabeau, droit, le bras étendu et sa tête sèche au long nez recourbé, au menton proéminent, se détachait en rouge entre son chapeau plat à larges bords et le collet de son manteau noir.

— Mais, fis-je, c'est Samuel Goring !

Dodue-Fleurie me regarda en souriant.

Goring n'avait plus sa mimique froide et son attitude figée. Il menaçait de son poing l'auditoire.

« Fils de prostituées, criait-il de toute sa voix, vous êtes indignes de la liberté ! Vous ne méritez que le joug dont un tyran chargera vos épaules ! »

Des huées et des injures lui répondirent.

— Voici les suites de son amour malheureux pour Zinga, dis-je.

— Oui, fit Dodue, et c'est moi qui lui ai rendu Zinga infidèle, car elle avait autrefois des complaisances pour lui. Je craignais qu'il ne devînt par trop négrophile.

« Que feriez-vous si vous étiez libres, continuait Goring en élevant les mains, vous ne sauriez que vous abandonner à l'ivresse et à la luxure ! »

Une clameur immense couvrit ces paroles, des Noirs se jetèrent sur Goring, le saisirent, l'accablèrent de coups ; il s'engouffra dans la foule qui s'ouvrit devant lui. J'entendis des voix le menacer, puis des cris et des supplications. Enfin, comme un pantin disloqué, aux loques boueuses, vint tomber agenouillé devant nous. C'était l'infortuné quaker. Figeroux, derrière lui, le poussait et le rouait de coups de pied.

— Ah ! canaille ! cria-t-il, tu nous as trahis.

— Je veux que vous lui fassiez grâce, dit Dodue d'une voix forte, en s'interposant entre Figeroux et la victime.

À la vue de la négresse, mon commandeur et ses compagnons s'arrêtèrent, haletants, frémissants devant leur proie ; ils haussaient les épaules, crachaient de dégoût et de fureur, mais ils ne touchèrent plus au révérend qui, avec une faible lamentation, se ramassa et se traîna lentement vers la rue des Capucins.

— Il va compromettre la révolution, gronda Figeroux.

— Et croyez-vous qu'elle serait un heureux événement pour nous ? fit un autre mulâtre. Nous n'avons rien à gagner à la liberté de ces sales Bozales qui dansent là-bas. Mieux vaut qu'ils restent esclaves !

— Ces nègres ont confiance en nous. Nous les dirigeons. Nous pouvons avec leur aide nous emparer du gouvernement de l'île.

— Et comment ces brutes nous comprendraient-elles ? fit l'interlocuteur de Figeroux.

Cependant le petit groupe des affranchis raisonneurs pour lesquels devait parler le quaker se dissipait. Toute la partie houleuse et bruyante de l'assemblée semblait les repousser.

Un vieil homme, les épaules sanglantes, les yeux chassieux et voilés, apparut tout à coup sur l'escalier où nous avions vu Goring. Il avait autour de lui un grand châle dont il tirait des petits sachets en peau huilée. Aussitôt le silence se fit dans la foule qui s'empressa autour du vieillard.

— Macandals ! Macandals ! criait-on.

— On leur donne des amulettes, m'expliqua Dodue, pour les protéger. Ils préparent quelque grande entreprise, cela est sûr.

Puis, tout à coup, se penchant vers moi, elle me dit à voix basse :

— Ne craignez-vous pas Zinga ?

— Moins que Figeroux.

— Voyez, chère madame, elle est ici !

En effet, Zinga était là, avec Dubousquens. Ils étaient assis à l'écart, à une petite table, devant des verres pleins auxquels ils ne touchaient pas ; ils parlaient sans s'occuper de la foule, sans prendre garde au bruit. Quelques paroles que je surpris renouvelèrent mes inquiétudes.

— Si tu te maries, disait Zinga, m'abandonneras-tu ?

— Tu sais bien, répondit Dubousquens, que je n'épouse cette jeune fille qu'à cause de sa fortune et que tu viendras avec nous en France.

— Et même si elle devient ta femme n'aimeras-tu que moi !

— Je n'aimerai que toi.

Et ils se baisèrent.

De quel mariage, de quelle jeune fille Dubousquens voulait-il parler ?

Figeroux, à ce moment s'approcha, frappa violemment sur l'épaule de Zinga.

— Ah ! truie, fit-il. Tu nous as trahis !

Zinga ne lui répondit que par un rire sarcastique.

Puis se tournant vers lui :

— As peur ? demanda-t-elle. *Es mô mem pa la ké to pou mò défand to lapo*. (Est-ce que je ne suis pas là avec toi pour la défendre ta pelure !)

— Saleté, cria-t-il en la menaçant, tu m'avais dit que tu viendrais…

— Bien, suis là !

— Que tu viendrais, reprit-il, pour encourager Goring.

— Étais là, suffit ! Pour embrasser li, peux pas. Li sent trop la maladie.

Des cris s'élevèrent. Deux ou trois mots que je ne compris pas furent plusieurs fois répétés.

— Les porcs, dit Figeroux, après avoir prêté l'oreille ; ils fixent la date de l'insurrection ; ils la feront sans nous.

Ces paroles m'effrayèrent et j'allais interroger Dodue lorsqu'une longue file de Noirs, de négresses et de négrites se tenant par la main et courant les uns derrière les autres nous heurtèrent et nous séparèrent brusquement de Zinga, de Dubousquens et de Figeroux. Deux vieillards, élevant à bout de bras des serpents, suivaient ces coureurs. À un claquement des mains des vieillards la bande forma autour d'eux une ronde de trois rangs et se mit à danser, les hommes tournant le dos aux femmes et se heurtant violemment de la croupe tous les trois pas.

— Ils nous empestent ! fit Dodue, allons-nous-en.

— Vous avez, dis-je, plus peur de ces Bozales que des visiteurs de votre salon.

— Nullement ! répliqua-t-elle en affectant une expression d'indifférence.

— Néanmoins vous ne les gouvernez pas si aisément !

Elle haussa les épaules.

— Bah ! fit-elle, une main énergique et un fouet, il n'en faut pas plus pour les tenir dans le devoir ; quant aux Blancs, ce sont des lâches !

À peine nous étions-nous éloignés que nous entendîmes une fusillade. Dodue me conta qu'après leurs danses les nègres s'amusaient souvent à tirer des coups de feu, mais il arrivait plus d'une fois qu'ils se faisaient partir le fusil dans les jambes ou contre le ventre, car ils étaient déjà ivres, de cette ivresse frénétique que leur donne le tafia mélangé, selon les rites des sorciers, à de la poudre.

— Vous voyez, me dit-elle, que j'ai dans la main l'âme de la résistance et celle de la révolte. C'est moi qui ai conseillé à Figeroux de réunir ses amis, tout en sachant fort bien que Goring allait les exaspérer et que les Noirs esclaves chasseraient les affranchis. Ceux-là seuls sont à craindre parce que vous leur avez appris à penser. Je m'en garde le plus possible et si j'ai l'air de protéger Figeroux, croyez-le, ce n'est qu'en apparence. Ah ! si vous vouliez, comme il serait facile de le faire disparaître, aux Ingas, dans la montagne. Mais je vois que cela ne vous sourit pas… Du moins, veillez sur Antoinette, chère madame, et surveillez-le, tenez-le sous clef ; le 10 août est une date dont vous devez vous méfier.

— Pourquoi ?

— Parce que les esclaves préparent une révolte pour ce jour-là. Il y aura sûrement des maisons pillées et des plantations incendiées.

— Êtes-vous donc avec les révoltés, demandai-je, que vous connaissez si bien leurs secrets ?

— Oh ! moi, dit-elle avec un gros rire et en se plaquant les deux mains sur la croupe, je suis seulement pour Dodue-Fleurie ! Je suis pour le parti qui triomphera, car c'est lui que je devrai dominer. Cependant je ne désire point que les esclaves réussissent. Qu'ai-je à gagner avec ces fous furieux ?

Là-dessus, elle me dit adieu et, ayant trouvé Troussot et Zozo dans l'antichambre, je repris la route des Ingas. Tous les Noirs s'étaient rassemblés du côté du Morne des Capucins, et je n'eus aucune peine à sortir du Cap. J'arrivai aux Ingas comme l'aube blanchissait le ciel. Je me précipitai vers le lit d'Antoinette. Dieu merci ! elle reposait doucement, la bouche entr'ouverte et souriant de ce joli sourire qu'elle a lorsqu'elle dort. Je l'embrassai sans l'éveiller et, me couchant près d'elle, je me laissai aller au sommeil, lasse de tant d'émotions.

*
* *

J'ai reconnu aujourd'hui que Dodue-Fleurie ne m'avait pas trompée et que les périls contre lesquels elle cherche à me prémunir n'étaient point imaginaires.

Mme de Létang qui, lors de l'enlèvement d'Agathe, a cherché querelle à Mme Du Plantier, l'a insultée dans la rue et même, prétend-on, l'a fait battre dans sa maison par deux Noirs, s'est réconciliée subitement avec elle ; elles sont venues chez moi cet après-midi en compagnie du révérend Goring, dont elles se moquaient si bien naguère.

— Ma chère amie, m'a dit Mme de Létang en se composant un visage sévère, j'ai une pénible requête à vous adresser, mais j'espère que vous comprendrez quels sentiments désintéressés me l'inspirent. L'amitié même que je vous porte me l'a rendue nécessaire et je dois ajouter la pitié que nous devons avoir pour nos semblables malheureux et persécutés.

Satisfaite de ce préambule, elle eut un coup d'œil rapide vers Mme Du Plantier et Samuel Goring qui, d'un signe de tête, marquèrent leur approbation et l'engagèrent à continuer.

— Il court de fâcheux bruits sur vous, madame… oui, de très fâcheux, et nous avons pensé qu'il était de notre devoir, étant de vos amies, de vous en avertir. Nous voudrions prévenir, si c'est possible, une accusation au Conseil colonial, accusation qui est imminente et qui pourrait avoir pour vous les conséquences les plus déplorables.

J'étais fort troublée, mais je déguisai assez bien l'émotion que j'éprouvais et ce fut de l'air le plus étonné que j'accueillis l'« avertissement ».

— Pour aller de suite au fait, dit Mme de Létang avec vivacité, je vous dirai qu'on vous accuse de séquestrer une jeune fille et de confisquer sa fortune.

— Séquestrer Antoinette, fis-je en partant d'un éclat de rire, mais n'est-ce pas absurde ? Vous l'avez tous vue aller et venir ici ; elle fait ce qui lui plaît !

— Vous lui avez caché qu'elle possédait une fortune et vous la retenez chez vous comme une esclave, exigeant d'elle une affection qui ne vous est nullement due, qu'elle aimerait mieux porter à un autre et qu'il ne serait peut-être pas fort décent de définir.

— Madame ! m'écriai-je indignée, êtes-vous venue chez moi pour m'insulter ?

— Nous ne voulons point vous blesser, dit à son tour Mme Du Plantier, et cependant si les intérêts de cette malheureuse enfant l'exigent, croyez bien que nous n'hésiterons pas à vous montrer qu'on se met en posture fâcheuse quand on prétend mépriser les lois de la nature et de toute société.

— Antoinette, reprit Mme de Létang, sans me laisser répondre à cette insolence, est en âge de se choisir un époux et de diriger elle-même sa fortune ; nous reconnaissons que vous avez pu veiller sur son enfance avec beaucoup de dévouement, mais ce n'est plus une fillette ; elle est libre de ses actes. Vous devez remettre sa fortune au Conseil colonial, qui vous dédommagera d'ailleurs de vos sacrifices.

— Je ne réclame point de dédommagement, répondis-je avec dédain, mais Antoinette est ma fille adoptive et je la garderai avec moi, comme d'ailleurs elle me l'a demandé. Quant à sa fortune, je n'aurai pas à la lui rendre, puisqu'elle n'en a point et qu'elle n'a vécu jusqu'ici que grâce à ma générosité.

— Nous savons très bien ce qu'il en est, dit sentencieusement Samuel Goring.

— Par une calomnie de quelque négresse sans doute ?

— Nullement, répliqua Mme Du Plantier, et vous regretterez bientôt, madame, d'avoir rendu notre démarche si inutile. Quelle que soit notre amitié pour vous, nous devons considérer que le bonheur d'une jeune fille est chose trop précieuse pour que nous vous la sacrifiions. Nous allons déposer dès ce jour notre plainte.

— Et je déposerai aussi la mienne, dis-je, pour vos façons inquisitoriales et révoltantes.

— Vous verrez ce qu'il en coûte de subir une enquête, dit Mme Du Plantier.

— Surtout lorsqu'on a plus d'un reproche à s'adresser, ajouta Mme de Létang, en me saluant de son plus ironique sourire.

Je me souvins alors de ses confidences et de ses caresses perfides.

— Sortez d'ici, madame, fis-je avec colère, sortez, et vous aussi, parpaillot !

Goring se retourna vers moi, très calme en apparence.

— Une femme a changé la nature, prononça-t-il les yeux fermés, et le bruit de son iniquité est monté jusqu'au Juge pour la dénoncer et la perdre.

La Létang m'a calomniée même auprès de lui. Ils ne savent rien encore de Mme Lafon, mais une enquête peut leur révéler l'assassinat. Et d'ailleurs, n'ai-je pas tout à craindre de leurs soupçons avilissants s'ils prétendent incriminer mon amour pour Antoinette ? Hélas, aux yeux de certains êtres, c'est un crime d'aimer quand ce n'est pas eux qu'on aime.

Le docteur qui est venu me voir m'a appris leur complot.

— Ces chères femmes, également délaissées de Montouroy, se sont imaginées qu'en mettant en commun leur fortune et en s'unissant pour le marier à une grosse dot, elles l'arracheraient sans peine à une jeune fille novice, sans expérience du plaisir, incapable de retenir près d'elle un amant si fourbu, et pourraient ensuite se partager ses précieuses nuits.

— Mais qu'a donc Montouroy de si séduisant pour elles ?

— Le miracle tente les femmes, dit le docteur. Elles espèrent donner de l'esprit aux sots, de l'élégance aux rustres, s'asservir les volages et convertir les coquins. Elles aiment à défaire, à bouleverser et si elles s'avisent de s'éprendre d'un homme intelligent, c'est pour lui faire commettre quelque bêtise : cela procure un petit frisson et une jolie jouissance.

Les paroles du docteur ne m'avaient pas rassurée, un mot que je reçus le lendemain, de Dodue-Fleurie, augmenta encore mes angoisses.

« Je sais que Létang et Du Plantier, écrivait la négresse, veulent porter plainte contre vous et vous enlever Antoinette ; mais je les en empêcherai bien : pour retenir Létang j'ai sa fille ; quant à Du Plantier, je connais certaine histoire de succession où l'on aide à mourir une vieille tante avec beaucoup d'empressement ; histoire qu'elle n'aimerait guère voir divulguée, et dont je l'effraierai pour la forcer à se taire.

Si pourtant mes menaces ne suffisaient pas, je vous engagerais à quitter le Cap. »

Quitter le Cap, c'est perdre une partie de ma fortune, car comment diriger cette plantation si je suis loin des Ingas et, d'un autre côté, comment la vendre sans perte ? Enfin, pour garder avec moi Antoinette et sauver ma liberté, je dois me résigner à tout. Je vais me préparer au départ – et, au premier bruit d'une dénonciation, je me dérobe à vos calomnies et à vos vengeances, misérables ! qui me punissez d'avoir eu pour vous trop d'amitié !

*
* *

Ce sont des heures que je n'oublierai pas : avoir fait un tel rêve de bonheur, avoir cru à l'innocence, à la gratitude de quelqu'un et être ainsi soudainement détrompée : c'est trop horrible. Ah ! mon Dieu, si criminelle que je sois, deviez-vous me châtier ainsi ?

Je souffrais depuis quelque temps, après mes repas, de cruelles douleurs d'entrailles ; comme j'ai toujours eu un estomac assez délicat et que ma gourmandise me fait rechercher plutôt les aliments agréables au goût, qu'une saine et facile nourriture, je ne m'inquiétais pas de la cause de ces souffrances et je tâchais de les supporter le plus patiemment possible.

Une après-souper, mon mal, à la suite d'élans violents et inattendus, semblait s'être calmé. Devant la véranda, je jouissais avec délices des derniers rayons du soleil. La fraîcheur était venue ; les machines de la sucrerie étaient arrêtées ; les chants des Noirs emplissaient la plantation. Je me sentais rassurée, confiante. Non, me disais-je, les craintes que j'ai eues le soir de ma visite à Dodue-Fleurie sont vaines. Nos esclaves nous sont soumis. Et, au Cap, on n'ose rien entreprendre contre moi. À mes côtés, Antoinette, fatiguée de la journée qui avait été fort chaude, s'était étendue ; elle dormait doucement, la tête appuyée sur les genoux de Zinga qui, elle aussi, s'était assoupie. Zinga se montrait depuis quelque temps si attentive à nous servir, Antoinette et moi, que je lui avais pardonné une passion à mes yeux inoffensive. Loin de suivre les conseils de Dodue-Fleurie, je ne l'avais point envoyée aux travaux de la plantation, je la gardais auprès de moi. Pourtant j'avais accepté une esclave que m'avait envoyée la courtisane pour veiller sur Antoinette ; lorsque Zinga s'en allait au Cap, elle ne devait pas quitter ma fille un instant. Figeroux seul était de ma part l'objet d'une étroite surveillance et j'attendais pour le renvoyer d'avoir trouvé son remplaçant.

Zinga, près d'Antoinette, me paraissait plus jolie ; elle l'enlaçait et ses mains, un peu lourdes, venaient se croiser sur son épaule, tandis que, le long de ses genoux, se déroulaient les beaux cheveux d'Antoinette dénoués, libres du réseau. Tout le corps de mon enfant était immobile, sauf la jeune poitrine, tendrement fleurie, que les soupirs du sommeil soulevaient lentement et laissaient entrevoir sous la chemise entr'ouverte.

Devant ces grâces adorables, de nouveau je ressentis ce désir terrible qui m'avait une fois jetée, ivre de joie, contre son corps ; j'oublie que Zinga est là, je lève ses robes, j'écarte avec précaution ses jambes et, sans craindre qu'elle ne se réveille, je m'accroupis devant la chère enfant, je me perds, je m'oublie au plus secret et au plus profond de son être ; je goûte à cette chair plus tendre que le jasmin et qui accuse la saveur piquante d'une plante marine. Oh ! comme j'eusse voulu qu'elle m'étouffât entre ses jambes déjà fortes ! que j'eusse souhaité mourir ainsi en aspirant sa sève et son plaisir ! Mais un effroi me saisit tout à coup. Dans l'ombre duveteuse où j'égarais mes lèvres, il me semblait que les frais pétales s'étaient desserrés, que plus large la fleur s'offrait au baiser. Alors, folle de curiosité impudique et au risque d'être surprise dans mon examen, je dévêts, comme si elle avait été une courtisane ou une esclave, ses jambes délicates. Je pousse un cri ! Ah ! mon Dieu ! Mon Antoinette, l'enfant que j'avais gardée jalousement, que j'avais tenue loin des hommes, qui n'avait jamais eu pour amie qu'Agathe de Létang, mon Antoinette si bien surveillée, si jalousement défendue, n'était plus vierge ! Ah ! la barbare déchirure ! j'avais l'idée à présent qu'Antoinette était laide, impure, qu'elle puait ! J'avais hâte de laver mes lèvres, mes doigts. Je respirais sur mon corps et sur moi l'odeur infecte de l'homme. Et pourtant j'espérais encore, je me disais : C'est peut-être un accident.

Comme elle faisait un mouvement, je rabats sa jupe, je me relève, mais à ce moment un papier plié s'échappe de son sein. Je le ramasse et je m'éloigne un peu pour le lire.

Il n'y avait que quelques mots, mais, hélas ! ils étaient significatifs.

« Achève les derniers préparatifs. Je viendrai ce soir. Fais attention. La Gourgueil veille. Je couvre de baisers ton corps adorable.

Pierre. »

J'étais si émue que mes jambes tremblaient, ma gorge était desséchée, je pensais qu'avec l'amour de cette enfant toute la joie de l'existence m'abandonnait. Cependant je me ressaisis, une grande colère m'agitait. Qu'allais-je faire ? les épier, les surprendre ! ou bien, attendant qu'il fût parti, traiter Antoinette comme une enfant, châtier cette chair qu'elle avait prostituée, la déchirer puisqu'elle l'avait salie. Elle me haïrait davantage ! Oui, mais j'aurais le plaisir de me venger, de l'empêcher d'être à cet homme, à ce Pierre. Elle ne lui appartiendra pas, me disais-je, quand je devrais l'enfermer dans une cave. Mais cet homme parle de préparatifs dans son billet : est-ce qu'elle voudrait s'enfuir ? Je l'en empêcherai bien !

Je cherchai Zozo et Troussot ; ils étaient à se promener dans la plantation ; enfin, je les rejoignis.

— Veillez bien sur Mademoiselle, leur dis-je, et soyez prêts au besoin à la défendre.

Je leur recommandai aussi de prendre leurs armes.

J'errais dans le jardin comme une insensée. La conduite de cette enfant, que je m'imaginais si innocente et si affectueuse, m'anéantissait. J'avais comme l'impression que le monde n'existait plus, tout me paraissait transformé, tout me devenait ennemi. Dans cette plantation, au milieu de mes esclaves, riche, gorgée de luxe et de bien-être, je me sentais plus solitaire, plus dénuée de tout qu'une pauvresse qui mendie son pain.

Je me décidai à interroger Antoinette et je revins à l'endroit où je l'avais laissée avec Zinga ; elles n'y étaient plus. Je me dirigeai alors vers une allée de raisiniers où elle se promenait quelquefois avant le coucher du soleil et qui regarde l'habitation. Les fenêtres de sa chambre étaient ouvertes et, d'où je me trouvais, je l'entendis, sans distinguer ses paroles, causer avec animation ; Zinga l'interrompit d'une voix forte.

— Non, ne le ferai pas, ne suis plus avec toi, plus avec toi, parce que tu m'as trompée.

J'allais rentrer à la maison quand, tout à coup, Zinga vient à moi ; elle a le visage bouleversé ; elle me dit d'une voix haletante, sans préambule :

— Maîtresse, on veut t'empoisonner, moi viens t'avertir.

— M'empoisonner ! Qui donc oserait m'empoisonner ?

J'affectais une assurance et un orgueil que j'étais loin d'avoir. En ce moment même mes horribles douleurs m'avaient reprise ; et ma voix étranglée et le tremblement de mon corps, tout trahissait bien ma terreur. Pourtant, les lèvres sèches, je répétais :

— Qui oserait ?

— Qui ? répliqua Zinga. La Demoiselle.

— Antoinette ! m'écriai-je, et, à l'idée d'un crime si monstrueux, il me sembla que la lumière se retirait du ciel et que la vie s'enfuyait de mon être.

— Oui, Antoinette, reprit Zinga d'une voix assurée, la physionomie aussi calme, aussi tranquille que celle d'une statue.

— Misérable ! misérable ! m'écriai-je en la saisissant à la gorge, oses-tu insulter mon Antoinette ? Ah ! tu ne mentiras plus, va ! je vais te tuer.

Elle râlait et se débattait dans mon étreinte ; seule la rapidité de l'attaque avait pu me rendre un instant victorieuse ; elle avait le corps trop robuste, et Figeroux et les autres esclaves l'avaient trop bien habituée à des luttes de ce genre pour qu'elle ne pût reprendre l'avantage.

Elle se dégagea donc très vite et, me repoussant violemment, elle se mit à courir dans la direction du Cap. Courant aussi, je la poursuivais.

À ce moment, j'aperçus Antoinette qui venait à sa rencontre, suivie de Zozo et de Troussot.

— Arrêtez-la ! criai-je aux Noirs.

Tous trois se jetèrent sur Zinga qui, vainement, voulut les éviter ; ils lui saisirent les mains et la poussèrent devant eux, malgré les ruades, les crachats et les injures dont elle les accablait.

— Madame, dit Antoinette, cette Noire est une criminelle ; vous avez mis en elle votre confiance et elle veut vous assassiner.

Je ne répondis rien ; j'étais si surprise, si troublée, que je ne savais quelle décision prendre. Mes regards allaient de Zinga, qui rugissait, la bouche écumante, les yeux féroces, au visage d'Antoinette, pâle, décomposé, les yeux cernés comme si elle avait été malade, sa jolie robe neuve rayée de rose toute froissée, avec une grande déchirure sur le côté, ses cheveux épars sur ses épaules et montrant dans toute sa personne une angoisse que je ne lui avais jamais vue. Craignant que Zinga ne me parlât, Antoinette fit signe aux Noirs de lui plaquer la main sur la bouche, mais comme Zinga avait été la plus forte avec moi, elle le fut cette fois encore. Elle se délivra vite des mains qui la retenaient ; seulement, au lieu de s'enfuir, elle marcha sur Antoinette, le visage résolu, le poing menaçant.

— Menteuse ! dit-elle, veux me dénoncer, mais moi va t'accuser et de façon que tu ne pourrais rien répondre !

Puis se tournant de mon côté :

— Maîtresse, voilà ton assassin.

Antoinette frémissait d'émotion, je voyais ses lèvres remuer comme si elle eût parlé très rapidement, mais pas un mot ne me parvenait à l'oreille.

— Oui, disait Zinga, raconterai tout ce que t'as fait, tes salauderies, ton putanisme, car tu as beau baisser les yeux, as beau zouer les modestes, les innocentes, t'es la plus sale de toutes les saletés !

Antoinette se cachait le visage dans ses mains, puis elle recula de quelques pas, comme si elle avait l'intention de s'éloigner ; pour moi, au lieu d'arrêter Zinga, au lieu de la battre comme je l'aurais fait il n'y avait qu'un moment, je dis à Antoinette :

— Restez ici.

À Zinga :

— Parle !

Et aux deux Noirs :

— Ne la touchez pas ! Qu'elle parle librement.

Alors, après avoir repris haleine, Zinga dit :

— Maîtresse, moi te l'affirme : cette fille est une traîtresse !

— Infâme calomniatrice ! s'écria Antoinette qui leva la main pour la frapper.

— Taisez-vous ! lui dis-je, vous vous défendrez quand Zinga aura achevé ses aveux.

— Maîtresse, Antoinette veut empoisonner toi pour ensuite te voler et se sauver avec celui qu'est son joli cœur, celui qui l'a épousée avant mariage.

— Malheureuse ! m'écriai-je, éperdue de douleur, tandis qu'Antoinette se protégeait le visage de son coude tendu comme une enfant qui craint d'être souffletée.

— Son joli cœur si vous voulez savoir, maîtresse, continuait Zinga, se nomme Moussiu Dubousquens, négociant à Bordeaux, une peau blanche qu'a du sang pour le bourreau. Oui, des hommes comme ça, voudrais les voir au bout d'une corde.

— Elle ment, madame ! interrompit Antoinette. Écoutez-moi, je vous en prie ! Elle me hait. Elle invente tout ; il n'y a pas un mot de vrai dans ce qu'elle vous dit. C'est elle qui mettait chaque jour du poison dans votre vin.

— Et comment ne me l'avez-vous pas dit plus tôt ! lui répliquai-je, moins effrayée du crime de Zinga que l'astuce et la scélératesse qu'avait montrées Antoinette.

— N'allait pas dire, disait Zinga, puisqu'elle commandait à moi.

— Et tu lui obéissais, abominable créature !

— Oui, lui obéissais. Croyais partir avec elle et Dubousquens pour France. Moi l'aime, Dubousquens !

— Oh ! grand Dieu ! s'écria Antoinette en haussant les épaules.

— Oui, l'aime et m'a aimée aussi… Mais regrette, car il est porc… Était aujourd'hui départ. Au port Charlot. Et puis ai vu que voulaient pas m'emmener. Alors quand Antoinette m'a commandé de te mettre, ce soir, dans ta raisinade, de la mancenille, au lieu d'arsenic, suis venue tout t'apprendre, maîtresse.

— Elle ment, répétait Antoinette, tout cela est faux !

— Et cela est-ce faux ? dis-je en lui montrant la lettre que j'avais trouvée sur elle.

Elle eut un cri de rage, ses yeux étincelèrent ; elle me saisit les mains en m'enfonçant les ongles dans la peau.

— Rendez-moi cela, fit-elle.

Mais avant qu'elle ait pu l'atteindre j'avais déchiré la lettre et j'en avais soufflé au vent les morceaux.

Alors elle devint comme un animal affolé, elle me frappa au visage au point de m'arracher des cris. Je crois bien qu'elle m'aurait toute meurtrie si Troussot et Zozo ne s'étaient jetés sur elle et ne lui avaient saisi les mains.

— Est-ce ainsi, dis-je, enfant dénaturée, que vous reconnaissez tout le bien que j'ai fait pour vous ?

— Le bien ! le bien ! ah ! vous voulez rire ! répondit-elle, découvrant tout à coup sa haine. Assassiner ma pauvre mère, voler ma fortune, voilà ce que vous appelez me faire du bien. Ah ! monstre, le mal que je t'ai fait pour me défendre, pour me sauver de toi, n'est rien en comparaison de ton crime et de mes souffrances.

À chaque minute, il me semblait descendre d'un degré l'échelle infernale des tortures. Je m'imaginais que mon supplice était achevé et je le voyais renaître de minute en minute comme un incendie qui ne s'endort un instant que pour éclater ensuite avec une ardeur plus dévorante.

— Que lui as-tu dit, misérable menteuse ? fis-je en me tournant vers Zinga.

— Tout ! Antoinette sait tout.

Et l'odieuse négresse se mit à ricaner.

— C'est ma vengeance à moi ! ajouta-t-elle en sifflotant d'une lèvre narquoise.

— Ah ! c'est ta vengeance, m'écriai-je, eh bien ! tu vas voir la mienne. Zozo, dis-je, Troussot, laissez Antoinette, je me charge d'elle, mais saisissez-vous de Zinga et conduisez-la dans la cour noire.

Elle eut un tressaillement et perdit son sourire.

— Maîtresse, suis libre !

— Je m'en moque pas mal que tu sois libre ou esclave !

— Toi peux pas me châtier. N'en as pas le droit !

— Eh bien ! tu vas voir si je n'en ai pas le droit, canaille ! Tu vas mourir ! Je suis la maîtresse ici.

Elle poussa un rugissement de bête qui, répété d'écho en écho, se prolongea dans la vallée comme un sanglot immense. Mais l'excès de sa terreur soulageait ma peine et je repris :

— Tu vas mourir, mais pas avant d'avoir souffert, d'avoir expié tes attentats, tes trahisons. Oh ! la mort serait trop douce pour toi. Oh ! oui, tu vas souffrir.

Je la vis frissonner, mais bientôt, rassemblant ses forces, elle poussa un suprême appel :

— Figeroux ! à moi ! à moi, Figeroux !

— Amenez Figeroux ici, dis-je à Zozo, elle l'appelle à son secours ; il est donc son complice. Il va mourir avec elle. Allons, courez le chercher. Et s'il ne veut pas venir, que Justin et Firmin l'amènent de force.

— Maîtresse, dit Zozo, Figeroux n'est pas là !

— Comment ! m'écriai-je, c'est ainsi que vous le gardiez.

— Maîtresse, Figeroux disparu depuis deux jours.

Je songeai à la recommandation de Dodue.

— Dieu ! me dis-je, nous sommes au 10 août.

Mais, éloignant ces craintes, ne songeant plus qu'à ma vengeance :

— Tu vas payer pour la fuite de Figeroux, dis-je à Zinga, et, en attendant qu'il rentre ici, avec un bâillon et enchaîné, sous les coups des Noirs, entraînez-la. Vous l'attacherez solidement par les pieds et par les mains ; et vous préparerez, ce soir, des fouets pour la déchirer. Elle restera toute la nuit nue, exposée au vent froid ; demain, le soleil brûlera ses blessures ; nous les rouvrirons encore et, cette fois, on enduira ses plaies de miel et l'on versera dans toutes les ouvertures de sa chair des cornets de sucre pour que les fourmis et les maringouins viennent aviver et multiplier son supplice. Ah ! oui, tu vas souffrir, Zinga !

À ces promesses de torture, la misérable voulut tenter un dernier effort et s'arracher à ses gardiens, mais inutilement. La lutte se termina par de cruelles lamentations qui ne cessèrent presque pas de la soirée ; interrompues une minute par des cris de douleur, elles reprirent de nouveau et proclamèrent que Zinga, vaincue, s'abandonnait corps et âme à ses bourreaux ; que son orgueil était brisé, qu'elle n'était plus qu'une chair sensible au mal et sans énergie pour le braver.

Dès ce moment d'ailleurs, je ne m'occupais plus d'elle. Ma colère, dont elle éprouvait la violence, était comme ces fleuves débordés qui répandent au hasard la destruction. Malgré ses crimes et le terrible châtiment auquel je venais de la condamner, je n'avais point de ressentiment contre elle. Elle avait disparu pour ainsi dire de mon existence, le souvenir même des voluptés et du meurtre qui nous avaient liées n'existait plus. Je ne pensais qu'à Antoinette, et c'était parce que j'hésitais encore à frapper cette enfant que je passais ma haine, ma rage sur la négresse.

Cependant, j'avais pris Antoinette par le bras et, malgré sa résistance, je l'entraînais dans sa chambre.

— Ignoble fille, lui dis-je, puisque vous n'avez pas voulu de mes bontés, vous apprendrez à vos dépens que je sais aussi punir.

— On me délivrera, dit-elle.

Je la souffletai.

— Personne n'entrera ici, entendez-vous : personne ! Vous êtes à moi et vous resterez à moi.

Elle se mit à sangloter en arrivant chez elle ; pour moi, je ne me souciais pas de ses larmes ; je m'assurai seulement que les volets des fenêtres étaient bien fermés. Tandis que j'étais aux croisées, elle tenta de se glisser hors de la chambre, mais je l'attrapai par sa jupe et, la ramenant jusqu'au lit, je dénudai son corps pour le mieux meurtrir. Alors, avec une rougeur et une confusion qui n'étaient plus d'une enfant, elle retenait sa jupe sur ses reins et luttait désespérément pour se sauver de mes coups.

— Corps d'impudique, disais-je en la battant, sentie de vices, réceptacle de crimes, tu n'as pas voulu être ma fille, tu seras mon esclave, va ! et plus fouettée, plus maltraitée que les pires négresses !

En vain serrait-elle les jambes et se collait-elle contre son lit, il fallut bien, sous mes coups, qu'elle écartât les membres, qu'elle offrît à mes mains impitoyables la place impure, la chair souillée et déchirée par l'homme, pour que je la déchirasse à mon tour.

Je la laissai enfin brisée de douleur, abîmée de honte et, l'enfermant à clef, je me retirai dans ma chambre. Mais à peine étais-je seule que l'espèce d'ivresse que l'on ressent à satisfaire ses haines m'abandonna ; après toutes ces exécutions, je me sentis plus malheureuse et seule dans le monde comme dans un désert. Le plaisir et l'amour n'existent plus pour moi, me dis-je. Toutes les souffrances que j'infligeai à Antoinette ne me rendront pas son affection, et pourtant c'est à cela que je tiens ; le reste m'est indifférent.

Et j'avais envie d'aller lui demander pardon, de m'humilier devant elle, de lui dire de prendre toute ma fortune, d'épouser qui il lui plaisait, d'être heureuse. Son bonheur aurait fait le mien : dans l'ombre, à côté d'elle, témoin de sa joie, j'étouffais toute jalousie, j'aimais qui l'aimait, je m'oubliais moi-même.

Puis mon égoïsme renaissait. Oh ! m'écriais-je, si elle pouvait me revenir ! À son âge, l'amour est un caprice qui ne dure point. Peut-être la douceur, la tendresse, après un peu de sévérité, me la rendront. Il faut seulement éloigner son ami et, durant son absence, je ferai en sorte qu'il lui paraisse ridicule et odieux. Ce ne sera sans doute pas difficile. Les séductions de ce Dubousquens sont si misérables !

À la nuit venue, je me décidai à rentrer dans sa chambre. Je n'entendais plus ses sanglots. Il me sembla qu'elle s'était endormie. Alors j'ouvris avec mille précautions et j'entrai sur la pointe du pied, retenant mon souffle. Avec quelle amoureuse compassion j'eusse collé mes lèvres à sa chaire meurtrie, baisé ses pieds et ses mains. J'avais la confiance du véritable amour : rien ne me semblait impossible.

Je ne pensais plus que la confidence de Zinga l'avait remplie pour moi de haine et d'horreur ; qu'à ses yeux j'étais l'assassin de sa mère et qu'elle était trop ingénue pour comprendre ; qu'un attachement plus fort que le plus violent amour d'un homme me dévouait désormais à sa vie.

Je m'approchai de son lit dans les ténèbres, espérant avoir la joie délicieuse de caresser sa chair chaude et ferme d'enfant, mais le lit était vide et je la cherchais, je l'appelais vainement par la chambre, faisant alterner les câlineries et les menaces :

— Antoinette ! Antoinette ! ma chérie ! Viens que je te pardonne, que je t'embrasse… Ah ! immonde créature, je te châtierai, tu vas souffrir dans ton corps vicieux, dans ta chair prostituée !… Antoinette, voulez-vous venir, à la fin !

La colère et l'angoisse égaraient ma raison. Enfin, je m'aperçus que les volets fermés à clef avaient été ouverts puis poussés du dehors. Je descendis dans le jardin. Peut-être n'était-elle pas encore sortie de la plantation. Je me mis à courir de tous côtés. Troussot me rencontra.

— Maîtresse, dit-il, faut venir avec toi ?

— Non, fis-je, reste ici. Cherchez Antoinette. Elle vient de s'enfuir de la maison.

Puis, me rappelant la lettre trouvée sur elle et le plaisir que prenait Troussot à causer avec les marins :

— Sais-tu, lui demandai-je, s'il y a un navire qui part pour la France aujourd'hui ?

— Oui, dit-il, le *Duquesne*.

Un frisson agita tout mon corps.

— Et où est-il ?

— Au port Charlot.

— Donne-moi une lanterne et un manteau. Vite, je m'en vais au Cap.

— Toute seule, maîtresse ?

— Oui, toute seule.

Dès que Troussot m'eut rapporté ce que je lui avais demandé, je partis. Je ne craignais ni les attaques des nègres marrons ni les difficultés du chemin. Je courais à tout moment au risque de tomber dans un précipice, me maudissant moi-même lorsque, faute de souffle, j'étais forcée de ralentir mes pas. La lune pleine et magnifique éclairait la route et, devant ces monts noirs ou enveloppés de vapeurs brillantes, je songeais par instant à des nuits aussi belles et plus douces où j'aurais pu être heureuse et qui étaient perdues pour l'amour.

Enfin, j'arrive au Cap et, un moment après, je suis au port Charlot. Je demande à un marinier :

— Le *Duquesne ?*

— Madame, il a quitté le port ; il est dans la rade.

Je sentis une mort froide me monter au cœur.

— Parti ?

— Non, madame. Mais il appareille demain matin au petit jour.

— Alors, trouve-moi une barque et allons-y de suite.

J'activais le marinier qui ne mettait nulle hâte à démarrer.

— Si vous étiez deux, dis-je, aux avirons, nous irions plus vite.

Il me regarda, étonné.

— Il n'y a pas un marin sur le quai, fit-il. C'est par hasard que j'étais là. Tout le monde est à la fête, aujourd'hui.

La traversée ne dura pas une demi-heure, durant laquelle je souffris toutes les angoisses.

« Est-elle là, me disais-je. Vais-je la trouver ? »

Je ne songeais même pas à Dubousquens, aux bras duquel pourtant il faudrait l'arracher.

Enfin, j'aperçois le *Duquesne*, nous touchons à sa coque énorme et sombre parmi les lumières des îlots, on me jette une échelle de corde que tient le marinier et d'où je manque de tomber dans la mer. Cependant on me hisse tant bien que mal. Le capitaine descend du pont, vient au-devant de moi.

— Monsieur, lui dis-je, je tiens absolument à voir M. Dubousquens avant son départ. N'est-il pas ici ?

— Il n'est pas encore ici, madame, me répondit-il, mais il doit s'embarquer cette nuit avec sa jeune femme.

Il appuya sur les derniers mots comme s'il se doutait, à mon air égaré, quel intérêt me faisait tenir à les rencontrer.

— Je les attends, dis-je.

Vainement voulut-il me détourner de mon projet. Il alléguait que, seuls, les passagers pouvaient rester sur le navire. C'était une règle qu'il devait observer, surtout à la veille d'un départ.

— Eh bien ! dis-je, inscrivez-moi parmi vos passagers. Je pars avec vous.

Et je payai le marinier qui m'avait conduite et qui retourna au port. Il eût fallu me jeter à la mer pour me faire quitter le *Duquesne*.

Dans la crainte de manquer leur arrivée, au lieu de me retirer dans ma cabine, je restais sur le pont, attendant toujours Dubousquens et Antoinette, en proie à une atroce inquiétude.

Comme les lumières du Cap s'éteignaient et que la ville semblait s'endormir, j'aperçus du côté des Ingas et au-dessus du faubourg des Milices une lueur vive grandir sur le ciel.

Des passagers, autour de moi, prétendaient qu'une révolte venait d'éclater au Cap.

— Bah ! disait quelqu'un, les milices auront vite calmé les révoltés.

— Détrompez-vous, fit un autre, les milices sont avec les Noirs.

— Ce sont les affranchis qui ont soulevé les esclaves pour faire peur aux Blancs et leur arracher l'égalité des droits, mais il se pourrait que la révolte fût plus sérieuse qu'ils ne pensent et qu'elle tourne contre ses organisateurs.

— Ah ! ah ! s'écria une voix que je connaissais, décidément je n'étais pas mauvais prophète et je n'ai pas agi en niais en prenant mes précautions.

Je me retournai et je reconnus le docteur Chiron ; nous fûmes tous deux assez surpris de nous rencontrer ; il me fit mille questions, selon son habitude, mais je lui répondais à peine, trop brisée d'angoisse et l'esprit trop occupé pour prendre garde à ses paroles. Je l'entendis seulement qui disait :

— Il commence à faire bon rentrer en France. Voyez, les scélérats ont tenu parole : ils ont commencé à incendier le Cap.

En effet, sur trois points, on voyait des colonnes d'étincelles monter vers le ciel et se fondre dans un nuage énorme de fumée et de flammes qui s'avançait sur le *Duquesne*.

Des débris en feu tombaient devant nous dans la mer ; quelques-uns même tombèrent à mes pieds.

Je m'étais jetée à genoux et les yeux levés au ciel :

— Mon Dieu ! Mon Dieu ! disais-je, sauvez mon Antoinette.

— Vous partez aussi, madame, dit le docteur Chiron. Je vous approuve. Votre sagesse, pour être tardive, n'en est pas moins utile. Si on n'a plus que le bout du nez à sauver, c'est toujours cela !

Une petite barque à ce moment sortit du port et s'approcha du *Duquesne* à force de rames. Mais déjà le capitaine, effrayé de l'ardeur de l'incendie que l'on ressentait jusque sur la mer et des flammèches innombrables que le vent chassait du rivage, redoutait pour son navire, chargé de tonnes de tafia et de toutes sortes de combustibles. Bien que l'on ne dût d'abord partir que le lendemain, il ordonna de lever l'ancre et de mettre à la voile.

Cependant, la petite barque vint, au risque de chavirer, se heurter contre nous. Deux hommes conduisaient l'embarcation. On leur jeta une corde et ils montèrent jusqu'à nous. Quelle fut mon émotion quand je reconnus Zozo et Troussot. Je me précipitai vers eux et, leur prenant la main, j'attendais avec angoisse leurs premières paroles.

— Ah ! maîtresse, dit Zozo, quel malheur ! Figeroux arrivé avec le cancre (il voulait dire le quaker) ; tout brûlé, tout massacré aux Ingas. Nous avons pu sauver ceci.

Il me remit un lourd coffret et s'affaissa.

— Mais Antoinette, dis-je sans me soucier de sa défaillance, parlez donc, voyons ! Antoinette, où est-elle ? Que m'importe l'argent que vous m'apportez si je n'ai pas Antoinette !

Troussot, qui avait le front couvert de sang, soupira d'une voix grave :

— Antoinette morte. On a tué bonne petite maîtresse !

Il me fut impossible d'en entendre davantage. On m'a dit que je suis tombée sur le pont sans connaissance et que, durant une partie de la traversée, ma vie a été en péril.

*
* *

Aux premiers moment où la douleur sembla me faire grâce, où, après avoir tant souffert, je me réveillais de mon mal, je reprenais les habitudes de la vie comme afin d'avoir plus de force pour souffrir encore, Zozo me raconta le crime atroce qui m'avait ravi de toutes mes jouissances.

Quelque temps après mon départ, Zozo avait découvert Antoinette alors qu'elle allait sortir de la plantation pour se diriger sur le Cap, et il l'avait ramenée dans sa chambre bien qu'Antoinette, se défendant avec toute l'énergie du désespoir, n'eût pas cessé de le mordre et de le frapper.

Après l'avoir enfermée, il m'avait attendue, en compagnie de Troussot, devant la chambre de la pauvre enfant.

Ils étaient encore à leur poste lorsque quatre nègres à la taille de géants se jettent sur eux avant qu'ils aient le temps de se servir de leurs armes, leur lient pieds et mains, les bâillonnent, puis, d'une poussée, ils enfoncent la porte. Montouroy les suivait. Il se précipite sur mon enfant, qui pousse des cris, se débat, lui échappe et veut sauter par la fenêtre ; il la rejoint, la renverse sur le lit, lui ouvre brutalement les jambes. Il a un mot abominable :

— Ma jolie perruche, il faut d'abord que je te mette ma marque, que tu sois mienne pour la vie. Après tu m'aimeras, si tu veux.

Cependant, Antoinette ne cédait pas, mais luttait avec fureur, lui mordait le visage et le battait de ses pieds.

— Venez donc me la tenir, brutes ! cria Montouroy aux nègres.

Ils ne pouvaient guère lui obéir. Ils étaient en train de jouer du couteau avec de nouveaux arrivants. En effet, Dodue-Fleurie, apprenant par ses espions les projets de Montouroy, avait réuni tous ses esclaves et était partie avec eux pour les Ingas ; elle entra derrière Montouroy. Elle était elle-même dans le couloir avec ses gens, un poignard à la main ; elle essayait de forcer le passage, avide de retrouver son amant, de le surprendre, de le frapper peut-être.

Au bruit de la lutte, Montouroy avait lâché Antoinette, il s'était élancé au milieu des combattants et, atteignant Dodue-Fleurie, il essaya de lui enlever le poignard qu'elle levait sur lui en lui criant les plus abominables injures.

Antoinette, se voyant seule, se hâta de fuir ; et déjà elle enjambait la fenêtre lorsque Zinga survint. Du poteau où la négresse était attachée, elle avait entendu le tumulte et les cris des nègres. Elle s'imagina que c'était Dubousquens qui arrivait avec une escorte pour enlever Antoinette. Zozo prétend qu'il a vu Samuel Goring la détacher ; Troussot soutient au contraire que la rage que la négresse avait conçue pour ma malheureuse enfant lui prêta une force extraordinaire et qu'elle parvint à briser ses liens. En une minute, elle fut devant la maison ; elle aperçut à la fenêtre la fugitive qui lui tournait le dos, les pieds en l'air, prête à sauter. Elle la saisit brusquement par les jambes. Antoinette poussa un cri, lâcha prise, tomba. Zinga se rua sur elle et plusieurs fois lui frappa la tête contre la muraille. Des nègres de la plantation aperçurent cette misérable s'acharnant contre mon enfant. Comme c'était une Blanche, ils ne se soucièrent point de venir à son secours et restèrent paisibles spectateurs de cet assassinat. Antoinette ne se défendait pas, mais, de toutes ses forces, elle appelait :

— À moi, Pierre ! Pierre ! à moi !

Les appels bientôt furent indistincts ; Zinga l'avait saisie à la gorge on n'entendit plus que des cris rauques, puis un râle horrible qui annonça la fin de cet égorgement. Zinga, grisée de haine, n'abandonna point sa victime, mais elle ne cessait de lui piétiner le corps.

— Pourriture de fillasse ! criait-elle, m'as fait torturer, m'as fait volé mon amour, crève donc, chienne, crève donc, catin, que ton corps pourrisse sous la pluie et que la chaleur en fasse une infection !

Et, après ces outrages affreux, comme si rien ne pouvait apaiser sa rage, dans le sol détrempé, elle roulait Antoinette. Elle put savourer tranquillement sa vengeance. Personne ne vint troubler son infâme plaisir. Zozo et Troussot, quand on les eut délivrés, retrouvèrent le corps tout sanglant et couvert de boue. Les membres adorables avaient laissé dans la terre leur empreinte.

Zinga, quand elle se fut repue à souhait de cette mort, disparut.

Sans respect pour le corps de ma chère enfant, Dodue-Fleurie et Montouroy se réconcilièrent devant lui dans une étreinte immonde.

Ils parvinrent à calmer leurs esclaves et à les ramener avec eux.

Mon Dieu ! ne pouviez-vous aussi me prendre, si vous teniez à ravir cet ange au ciel !

Zinga, Dubousquens se trouvent sur le *Duquesne* ; ils se sont embarqués en pleine mer, le soir de l'incendie. Ils vivent ici en secret, dans leur cabine, loin du capitaine, des passagers et de l'équipage, mais, comme l'animal découvre son ennemi à l'odeur, j'ai bien deviné leur présence ; et, dès que j'ai pu me lever de mon lit, je les ai vus, je les ai épiés, je les ai surpris, l'homme vautré sur la femme, qui le baisait, qui l'embrassait, qui le caressait comme un enfant.

— Antoinette était sotte, était bête, disait Zinga ; moi, je sais toutes les caresses, les consolantes ! les endormeuses ! et celles qui font vivre en une minute des existences ! Oh ! tu l'oublieras auprès de moi, je serai ta petite amie, je me ferai Française pour te plaire. Vois, déjà, je sais ta langue, je saurai bientôt toutes les façons des femmes de ton pays. Et tu ne te rappelleras plus même de *son* nom.

— Tais-toi, sacrilège ! tais-toi, disait-il. Oh ! ce charme, cette grâce de l'innocence, où les retrouver jamais ?

— Innocente, répliquait-elle, drôle d'innocence que celle d'une empoisonneuse !

— C'est toi, infâme ! c'est toi qui lui as conseillé cet attentat, et c'est toi qui es son assassin.

— Tant pis, disait-elle, tu l'aimeras encore cet assassin, il fera ton plaisir !

Elle avait alors mille jeux de hanches, de doigts, d'yeux et de lèvres ; son visage se transformait, éclatait en rires inattendus, sa croupe s'enfuyait comme un animal capricieux ou s'étalait, majestueuse comme un dieu lourd et despotique. Dubousquens, à ces gestes luxurieux, perdait sa tristesse, il poursuivait la négresse dans les couloirs, oubliant cette fois qu'il n'était pas seul sur le *Duquesne* et qu'on pouvait surprendre leurs caresses impudiques.

À de pareils spectacles, je puis à peine contenir mon indignation. Il pleurerait Antoinette comme je la pleure moi-même que peut-être lui pardonnerais-je de l'avoir enlevée à mon amour, mais profaner ainsi son souvenir auprès d'une négresse criminelle me semble une effroyable impiété qui réclame son châtiment.

Et chaque jour ma haine s'augmente pour cet homme qui a eu l'affection de mon enfant, pour cette Noire qui, en la dénonçant, a causé sa mort.

— Ah ! chère Antoinette, me dis-je, va, je te vengerai, je frapperai tes meurtriers.

Je me demande comment je pourrai châtier leur forfait. Oh ! je trouverai une torture digne du crime. Il le faut pour apaiser la chère morte. Il me semble que son ombre, ensuite, me regarderait avec moins d'horreur, qu'elle ne m'adresserait plus les reproches qu'elle me fait en songe. Par miracle, une nuit, elle est venue, douce et souriante, comme avant la dénonciation de Zinga. Je l'ai serrée dans mes bras et elle m'a laissé au matin son odeur délicieuse. Puisse Dieu permettre, en sa miséricorde, que je me console le soir de mes douloureuses journées et que j'étreigne encore dans mes rêves cette grâce que je ne veux pas voir coupable ; cette grâce qui, à mes yeux, est toujours ingénue, toujours innocente !

FIN

FEMMES CHÂTIÉES

Notice

Ruiné par ses créanciers, ses maîtres chanteurs et sa vie de patachon, Hugues Rebell doit prostituer son art. L'écrivain lyrique des *Chants de la pluie et du soleil*, le théoricien élitiste de l'*Union des trois aristocraties*, rédige ainsi des textes érotiques.

Ce n'était cependant pas travestir son inspiration, la pousser à rebrousse-plume, que lui commander cette mission. L'éditeur Charles Carrington l'avait bien compris, qui avait goûté les passages les plus grivois de *La Nichina* ; il devinait même en Rebell un virtuose de l'inspiration coquine. Ainsi l'auteur de *La Câlineuse* signe-t-il en 1899 un contrat pour livrer des nouvelles lestes ; textes dont il n'aura pas à rougir, puisqu'ils seront publiés sous le pseudonyme de Jean de Villiot. Il n'aura même pas à craindre qu'on l'identifie, car tous les collaborateurs de Carrington partagent cet alias !

Revers de la médaille : cette astuce éditoriale rend épineuse l'identification des textes réellement écrits par Rebell…

On sait qu'il était le père d'*En Virginie* et *Les Mystères de la maison de la verveine*, publiés en 1901. En revanche, on lui a souvent attribué la paternité du (très réjouissant) *Journal d'une enfant vicieuse*, sans que l'on puisse vraiment certifier qu'il n'a pas été écrit par un de ses compagnons de galère, tel Marius Boisson. De même, on ne sait s'il est intégralement l'auteur de *Volées de bois vert*, *Curiosités et anecdotes sur la flagellation*, *La Femme et son maître*, *Le Fouet au harem* ou encore *Le Fouet à Londres*… Enfin, si certains éditeurs érotiques publient encore les dix nouvelles de *Femmes châtiées* sous l'unique nom de Rebell, il semblerait que seule la seconde série (les cinq dernières) fût de son cru. Tant mieux : ce sont les meilleures !

Gringalette, *Un jeu de femme*, *Les Révoltés de Brescia*, *La Comédie chez la princesse* et *La Crinoline* sont autant d'historiettes paillardes, fort bien tenues, souvent cruelles, où Rebell – obéissant à son commanditaire – ouvre les vannes de ses obsessions flagellatoires. Chaque nouvelle offre le tableau d'une femme qui voit sa croupe rougie par les verges, donnant lieu à une humiliation puis une vengeance.

« L'art érotique, écrivait Rebell dans *L'Ermitage*, dès 1894, convie l'homme tout entier à la fête de la vie, c'est pourquoi il ne méprise pas les sens, il ne dédaigne pas le corps, ignorant qu'il y a des parties nobles ou honteuses, des idées basses ou élevées. »

GRINGALETTE

Par suite d'un incendie qui s'était déclaré la veille, après le spectacle, et qui, promptement étouffé, avait causé quelques dégâts, le cirque Cusani faisait relâche. Bichot Lagingeole, le clown favori du public, dont le nom éclatait en grosses lettres sur tous les programmes comme s'il devait en être l'attrait principal, Bichot qui ne pouvait montrer son long corps dégingandé et sa face ahurie, taillée en sabre, sans mettre en gaieté toute une salle, Bichot se reposait ce soir-là de ses farces triomphales et fatigantes. Mais habitué à veiller fort tard et ayant dormi tout le jour il n'avait point sommeil ; aussi se leva-t-il à peu près à l'heure de la représentation, plus embarrassé par ce congé inattendu que par les exercices les plus difficiles. Il se demandait à quoi il allait bien employer son temps.

— Si *nous nous* promenions ? dit-il enfin.

Il laissa son chapeau pointu et sa culotte bouffante à un clou de sa logette, et revêtit, un costume de ville fort commun et déjà râpé, mais qui ne laissait en rien deviner l'acrobate, puis il alla chercher la petite Juzaine qui était à l'écurie auprès de la belle jument blanche Reine-de-Mai.

— Allons, Juzaine, vite ! mets-toi quelque chose sur la tête, prends ton manteau. Nous allons en balade.

— Oh ! chic ! s'écria la fillette, qui bondit aussitôt de l'écurie dans le couloir, s'élança légèrement vers la logette du clown et revint un instant après, habillée pour sortir.

Bichot lui prit la main et ils montèrent les étroites ruelles de la butte Montmartre. Tout en haut, rue Gabrielle, Bichot connaissait un petit restaurant où il allait quelquefois déjeuner ou jouer à la manille. Il se proposait d'y souper avec Juzaine.

Ils étaient sans doute pressés d'arriver et dans leur hâte ils ne se parlaient point, mais on remarquait chez le clown, à sa manière de tenir Juzaine, de régler sa marche sur celle de l'enfant, de se pencher de temps à autre vers elle, comme une affectueuse sollicitude.

Juzaine paraissait avoir une douzaine d'années. Bien qu'elle ne vînt pas même à l'épaule de son compagnon, elle était déjà grande, elle était surtout joliment grassouillette, et, sous ses beaux cheveux d'un blond pâle, son teint avait l'éclat et la fraîcheur rosée dont Rubens se plaît à embellir ses nymphes et Hoppner ses gracieux visages de jeunes filles.

Elle semblait aussi toute heureuse d'être à côté de Bichot, sautait les flaques d'eau et descendait les trottoirs avec des gambades et des élans de plaisir.

Au cirque on prétendait qu'elle était la fille du clown ; la vérité est qu'il l'avait ramenée de Belgique ; on ne savait rien de plus. Il lui témoignait une tendresse toute paternelle à laquelle il mêlait peut-être une passion moins désintéressée et qui n'aurait pas été innocente si Juzaine avait eu l'âge d'y répondre.

À l'entrée de la rue Gabrielle, Juzaine abandonna la main de son compagnon et se mit à courir.

— Je vais en avant, cria-t-elle, je veux voir ce qu'ils vont nous donner à briffer.

Bichot voulut courir derrière elle, mais à peine était-elle arrivée au restaurant qu'elle revint sur ses pas.

— Tout est fermé, dit-elle, les volets sont sur les vitres.

— Il y a peut-être du monde à l'intérieur, fit Bichot étonné, mais non, je ne vois pas de lumière aux fenêtres.

À ce moment il aperçut une ombre contre la porte. Une fillette était assise sur le seuil.

— Que fais-tu là, Gringalette ? lui demanda le clown.

— J'fais rien, répondit l'enfant, avec un accent triste et découragé.

— Où sont ton papa et ta maman ?

— J'sais pas. *Ils* les ont emmenés.

— Qui les a emmenés ?

— Les flics[1].

— Et pourquoi, sang d'un taureau ! Qu'ont-ils fait ? Qu'est-il arrivé ?

1. Les sergents de ville.

— J'sais pas.
— Alors tu es toute seule dans la maison ?
— J'suis pas dans la maison. J'suis dehors. Quand j'suis arrivée de l'école, ce matin, tout était barricadé.
— Et où as-tu mangé ?
— J'ai pas mangé… depuis hier.
— Pauvre gosse ! s'écria Bichot ému. Eh bien, viens avec nous.
Gringalette ne demandait pas mieux. Juzaine et Bichot n'étaient pas des étrangers pour elle. Souvent, le soir, lorsqu'elle venait leur servir de la bière ou du lait, le clown la faisait asseoir à ses côtés, malgré les cris de la patronne qui ne voulait pas que sa fille « fainéantât », et les deux enfants ouvraient de grands yeux, ou éclataient de rire de compagnie aux merveilleuses histoires que leur contait Bichot.

Il les fit entrer dans un café, demanda des saucisses, de la choucroute, du poulet, des oranges, une bouteille de vin ; et Gringalette, après s'être jetée sur les victuailles avec une voracité de chienne affamée, après avoir honoré de ses jolies dents jusqu'aux os et aux écorces, oublia son chagrin et montra la plus vive gaieté.

La soirée se passa en plaisanteries qui, comme de coutume, égayèrent aux larmes Juzaine et Gringalette. Vers minuit, comme la plupart des clients se retiraient et qu'on éteignait le gaz ici et là, le clown demanda :
— Où vas-tu coucher, ma petite Gringalette ?
L'enfant ne souffla mot et redevint triste.
— Allons ! dit Bichot, tu n'es pas grosse, et Juzaine, je pense, voudra bien te faire une petite place dans son lit. N'est-ce pas Juzaine ?

Pour toute réponse, Juzaine se jeta au cou de Gringalette et l'embrassa avec emportement.
— J'espère que vous serez de bonnes amies !
— Mais nous le sommes déjà ! répliqua Juzaine.
— Et que vous ne vous disputerez pas trop, ajouta Bichot en souriant.

Ils rentrèrent au Cirque Cusani et le clown assista à leur coucher. Gringalette était toute honteuse parce qu'elle ne savait comment cacher toute la misère de ses vêtements qui, croyait-elle, devait mieux apparaître à la lumière de la lampe électrique qui ne laissait dans l'ombre aucun coin de la logette. Elle serrait ses jambes maigres et gauchement dénouait ses bottines éculées, s'imaginant toujours que les yeux du clown et de Juzaine étaient fixés sur les trous de ses bas et les déchirures de son jupon. Enfin à demi déshabillée et sur l'invitation de Bichot, elle s'allongea dans le lit, et, un instant après, Juzaine venait s'étendre à côté d'elle.

Le clown regarda les deux enfants dont les têtes se touchaient, comme liées l'une à l'autre par leurs cheveux mêlés. Du même âge à peu près que Juzaine, Gringalette était loin d'avoir le charme rose et grassouillet de sa compagne de lit ; maigriotte, noiraude, elle n'offrait rien d'agréable, au premier coup d'œil, mais pour peu qu'on l'examinât, on était attiré par ses yeux singuliers ; tantôt d'une reposante douceur, tantôt d'un étrange éclat, ils n'avaient point la naïve indifférence de leur âge, mais variaient sans cesse d'expression au point de laisser tout ignorer de l'âme qui les illuminait : âme de femme déjà, peut-être bonne, peut-être perfide, certainement passionnée.

Après les avoir contemplées un instant, le clown se pencha vers Juzaine et lui donna un long baiser qu'on lui rendit, puis il souhaita le bonsoir à Gringalette. En se couchant, il les regarda encore. Déjà Juzaine était endormie, quant à Gringalette il l'entendit sangloter. Il revint à leur lit. Les joues de Gringalette étaient humides de larmes.

— Voyons ma petite Gringalette, qu'as-tu à pleurer comme ça ?

Elle ne répondit point d'abord ; enfin, comme il la pressait :

— J'ai, j'ai… que tout à l'heure tu ne m'as pas embrassée !

Bichot ne voulut pas pour si peu, prolonger la peine de Gringalette.

— Quelle gosse, tout de même, répétait-il, quelle gosse, nom d'un taureau !

*
* *

Gringalette resta au cirque. En allant aux nouvelles, Bichot apprit que les parents de la petite étaient soupçonnés d'avoir participé à un vol, suivi d'assassinat, qui avait eu lieu quelques mois plus tôt. Que deviendrait-elle s'il n'en prenait pas soin ? Dans la rue, ou aux enfants assistés, son sort devait être à peu près le même. Il gagnait assez pour la nourrir ; ce serait une camarade pour Juzaine, et plus tard peut-être deviendrait-elle une artiste.

En attendant que la vocation de Gringalette lui fût clairement révélée, il s'occupait surtout de Juzaine. Mais à voir avec quelle exactitude attentive il dirigeait les exercices, on n'eût rien deviné de la tendre affection qui l'attachait à l'enfant. C'était un maître sans indulgence, soucieux seulement de développer et de mettre en valeur les talents de son élève. C'était peut-être aussi plus qu'un maître.

Chaque jour, dans l'après-midi, un valet d'écurie amenait Reine-de-Mai, la jument blanche, dans l'arène ; elle s'arrêtait brusquement en secouant deux ou trois fois sa belle tête et en s'ébrouant pour se préparer à la course. Alors, toute légère, toute fine, sous une grosse robe en toile, pliant sur ses jambes, puis bondissant très haut, mue, eût-on dit, par des ressorts, arrivait Juzaine. Le valet lui tendait le creux de la main pour qu'elle y mît le pied et sautât sur le cheval.

— Non ! non ! criait une voix. Pas de bêtises ! Qu'elle monte toute seule !

C'était Bichot qui arrivait un long fouet à la main.

Obéissante, Juzaine s'appuyait sur le garrot de la jument, se haussait sur la pointe du pied, puis d'un élan vif, elle était montée. Reine-de-Mai, bonne, docile, avant de sentir battre contre sa peau les petites jambes de la cavalière, ne se serait pas d'elle-même permis le moindre mouvement, mais Bichot se montrait moins patient, et d'un claquement de fouet il forçait la jument à partir ; parfois Juzaine n'avait pu encore s'enlever et elle restait une ou deux minutes accrochée à l'encolure, ou bien, mal assise, elle glissait très vite à terre et il lui fallait remonter sans que Reine-de-Mai interrompît sa course.

Juzaine accomplissait d'autres prouesses et devenait une très habile écuyère. Bichot voulait qu'elle se tînt debout sans selle sur Reine-de-Mai, et qu'elle dansât au trot de la jument. La fillette n'y arrivait pas sans peine ; d'autant que Bichot ne laissait passer aucune faute. Une cinglade à la croupe de la jument, et une autre, dirigée plus haut, plus doucement, mais qu'une jeune chair devait néanmoins sentir, punissait à la fois la bête et l'enfant comme s'ils ne formaient qu'une seule et même personne.

— Allons ! recommençons ! criait Bichot.

Et toute rouge de honte, la chevelure dénouée, les yeux pleins de larmes, la jupe collée aux flancs, Juzaine essayait de faire mieux ou du moins de contenter son professeur.

D'ordinaire les exercices se terminaient par une course aux cerceaux qui rendait Juzaine comme folle. Folle du désir de bien faire, folle de s'agiter ainsi dans l'espace, folle de la peur de tomber, folle de la crainte des coups de fouet. Et Bichot aussi semblait fou à ce moment. Les claquements et les cinglades se succédaient au hasard, accompagnant le trot régulier de Reine-de-Mai.

— Plus haut, plus haut ! criait-il aux valets d'écurie perchés sur les escabeaux, qui levaient au passage de l'écuyère les grands cercles de papier.

Et plus haut dans l'air s'élançait Juzaine ; les mains collées au corps, crevant et déchirant la soie des cerceaux, retombant tantôt debout, tantôt assise sur la jument, et laissant une minute dans le vent de la course entrevoir sous la robe soulevée son joli derrière épanoui où l'exercice et les coups de fouet dessinaient peu à peu une double rose.

Soit économie, soit sévérité de maître qui tient à ce que ses élèves sentent bien ses remontrances, Bichot voulait que Juzaine réservât ses maillots pour la représentation. Peut-être aussi cette exigence avait-elle une autre cause ; on en était même persuadé lorsqu'on voyait de quels yeux brillants il suivait cette voltige et ces apparitions blanches, puis pourpres, de la chair, tendue, arrondie, pareille à un astre en feu environné de nuages, au milieu de la jupe envolée et des papiers épars.

Et de plus en plus insensé, il fouaillait et criait sans interruption jusqu'à ce que, hors d'haleine, il donnât d'un geste l'ordre de finir.

Alors Reine-de-Mai, s'arrêtant brusquement, Juzaine, toute rouge, toute haletante, sautait à terre et tombait dans les bras de Bichot, qui, oubliant sa sévérité de tout à l'heure, l'étreignait avec une tendresse passionnée, baisait les yeux en larmes et les joues tout humides de la fillette.

— Une autre fois, par exemple, ma petite, disait-il, il ne faudra pas attendre trois tours de cirque pour sauter.

Mais le reproche était prononcé d'une voix douce comme une caresse.

Gringalette assistait à ces exercices dans une complète immobilité. Elle ne perdait pas de vue Juzaine un seul instant, les yeux illuminés d'on ne sait quel désir.

Tous trois rentraient dans la logette où Bichot, quand il était content, versait à Juzaine un petit verre de malaga. Une fois

Gringalette prit le verre des mains de Juzaine et le tendit au clown pour qu'il le lui remplît. Il eut un moment d'hésitation.

— En veux-tu aussi, toi ? C'est pas pour les fainéantes, tu sais, fit-il en riant.

À ces mots, Gringalette retirait son verre, sans souffler mot, demeurait un instant la tête basse, puis éclatait en sanglots. Bichot se retournait vers elle et la considérait avec surprise.

— Je voudrais bien savoir quelle araignée trotte dans sa ciboule, par exemple ! Lui ai-je refusé du malaga ? Tiens, voilà la bouteille ; bois-la toute, ma fille, et soûle-toi. Ça m'est bien égal !

Mais Gringalette repoussait la bouteille en haussant les épaules.

— Pourrais-je savoir quelle indisposition a Mademoiselle ? demandait Bichot de plus en plus étonné.

Gringalette ne répondit rien.

— Laissons-là marronner, et allons manger un morceau avant la représentation.

Il allait partir quand se ravisant :

— Tu ne viens pas, Gringalette ? Nous n'avons pas le temps d'attendre !

La faim décidait la petite à sortir avec ses compagnons, mais elle marchait derrière eux, et au restaurant elle s'asseyait sans prononcer une parole. Cependant elle essuya ses larmes et fit grand honneur à l'omelette savoureuse que le garçon venait de servir ; aussi Bichot crut-il le moment arrivé d'obtenir une explication.

— Gringalette, nous direz-vous à présent pourquoi vous êtes ce soir gentille comme un crin et riante comme une porte de prison ?

Alors sans se presser, en regardant son assiette, et d'une voix entrecoupée :

— Pourquoi que vous m'avez appelée fainéante ?

— Moi, je t'ai appelée fainéante ? C'était donc pour plaisanter.

— Non, non, continua-t-elle, c'était pas pour plaisanter. C'est vrai'que j'suis fainéante, mais à qui la faute ? Est-ce que je voudrais pas turbiner comme Juzaine, est-ce que je ne voudrais pas m'cavaler, sur Reine-de-Mai ou sur l'Arabe, est-ce que j'serais pas capable d'être écuyère, moi aussi ?

— Écuyère ! ma pauvre Gringalette, mais c'est difficile d'être écuyère : tout le monde n'y arrive pas.

— Vous ne savez pas si je pourrais le devenir. Vous ne m'avez jamais fait monter à cheval !

— Tu y monteras, je te promets. Et tu verras comme c'est agréable. Ton derrière recevra le fouet plus souvent peut-être qu'il ne le désirerait.

— Je recevrai des coups… parce que ça vous amusera de m'en donner.

— Oh ! ça ne m'amusera pas, mais je ne connais pas d'autre manière d'apprendre… M. Cusani et n'importe quel écuyer serait à ma place qu'il n'agirait pas différemment.

— Eh bien, dit résolument Gringalette, on me fouettera. Tant pis !

Juzaine se mit à rire.

— Mademoiselle Gringalette, dit-elle, je vois bien, consentirait à avoir les fesses à vif pour venir tirer sa révérence au public et faire la gracieuse. C'est que Mlle Gringalette aime les applaudissements et les succès, et je comprends ça, quand on est si jolie !

Elle s'arrêta, effrayée du regard étincelant de sa compagne.

— Oui, s'écria Gringalette, j'aimerais les succès et les bravos, et les messieurs qui vous lancent des fleurs et des oranges. Est-ce que tu ne les aimes pas, toi ? Pourquoi ne les aimerais-je pas aussi, moi ? Parce que j'suis moins gironde ? Mais tu ne t'es donc pas regardée, ma pauv'petite, tu as une tête de veau, oui, je le répète, une tête de veau !

Et elle éclata d'un rire forcé et sonore tandis que Juzaine, les poings menaçants, se rapprochait d'elle et lui jetait à la face toutes les plus grossières injures qu'elle connaissait.

— Espèce de crève-la-faim, finit-elle par dire, on ira te boucler dans le ballon[1], avant qu'il soit longtemps, avec tes sales dab et dabuche[2].

— Allons, silence, Juzaine, dit Bichot, et toi, Gringalette, assois-toi, tout de suite !

— Elle insulte mes parents, la canaille, grondait Gringalette, qui s'était jetée sur Juzaine, et, saisissant un couteau sur la table, le brandissait contre elle.

Bichot dut lui arrêter le bras.

— Du calme, voyons !

— Non, j'me calmerai pas. Puis, c'est vous qui êtes cause de tout ça. Pourquoi que vous m'avez prise et pourquoi que vous me gardez puisque j'suis bonne à rien. Dites-le donc !

1. Prison.
2. Tes père et mère.

— Mais je te trouve bonne à quelque chose. J'ai parlé de toi à M. Cusani. On te fera danser la valse, le quadrille et les rondes dans la pantomime du prochain carnaval.

Gringalette s'était subitement radoucie.

— Vrai ? je danserai au Carnaval ?

— Puisque je te le dis.

— Et je monterai à cheval ?

— Oui, mais plus tard. Attends un peu. À présent il faut que nous revenions au cirque pour la représentation. Mais avant, vous allez me faire le plaisir de vous embrasser gentiment, comme de bonnes camarades.

— Elle m'a appelée tête de veau, fit Juzaine en pleurnichant.

— Elle a dit des cochonneries sur ma famille.

— Avec ça que tu n'en disais pas autant sur ta sainte famille quand ils venaient de te trousser le jupon devant nous pour te rincer le derrière !

— Qu'on parle mal de papa, j'le défends pas, parce que d'abord, c'est pas mon père et puis y a d'autres raisons… mais maman, c'est pas la même chose, j'veux qu'on la respecte, et si Juzaine avait le malheur de lâcher un mot comme tout à l'heure !…

— Elle ne recommencera plus. Embrassez-vous maintenant. Il est tard. Il faut que nous rentrions.

Les deux fillettes obéirent à contrecœur. Elles se tendirent et se touchèrent la joue en détournant les yeux l'une de l'autre. C'était la paix que souhaitait le clown, mais une paix bien provisoire. Les adversaires semblaient encore trop animées de colère pour suspendre longtemps les hostilités.

Dans la nuit Bichot fut réveillé par des cris ; il éclaira aussitôt la logette : les cris cessèrent, mais il vit le drap qui recouvrait le lit des fillettes se soulever en des mouvements lents ou subits ; les épaules sombres de Gringalette apparurent, puis la nuque blonde de Juzaine, comme si successivement elles se vautraient l'une sur l'autre pour s'étouffer.

Le clown se leva, fut devant le lit d'un bond, découvrit les corps enlacés ; les dents qui mordent ; les mains qui s'étreignent enchaînées, ou libres vont pincer, égratigner, meurtrir la chair ; les derrières tendus, gonflés par l'effort ou aplatis par la défaite. Les combattantes étaient d'égale force ; en une minute tour à tour Juzaine était sur Gringalette, puis Gringalette sur Juzaine.

— Ah ! saloperies ! gronda-t-il.

Et, les tirant avec violence par les cheveux, il les eut bien vite séparées ; à toutes deux avec une impartiale libéralité, il gifla les joues, claqua les fesses. Gringalette était haletante, mais elle ne paraissait ni surprise de la soudaine intervention du clown, ni fatiguée de la lutte. Elle ne songeait pour le moment qu'à protéger son derrière ; aux premiers coups du clown, elle s'était vite placée sur le dos, et les cuisses, les reins collés au drap, elle luttait de toute sa force contre Bichot, qui avait entrepris de la retourner sur le ventre pour lui administrer, à l'endroit le moins osseux de sa personne, une vigoureuse correction.

— C'est Juzaine qui a commencé, disait-elle.

— Non, c'est elle, reprenait Juzaine, qui s'était mise à pleurer.

Bichot, arraché à un sommeil dont il avait grand besoin, n'était pas en humeur de faire le justicier.

— Eh bien ! que je vous entende encore, se contenta-t-il de dire, et je vous promets que cette fois vous n'échapperez pas !

Gringalette eut un coup d'œil d'aspic pour sa compagne. Le clown n'avait pas donné raison à Juzaine ; cela lui parut un premier triomphe.

La nuit se passa sans autre incident.

Le lendemain Mlle Amélia Cusani, la fille du directeur, devait monter en haute école. Comme le costume adopté pour ce genre d'exercice est assez simple, Mlle Cusani tenait à le relever par le luxe de quelques joyaux précieux et d'une cravache à pomme d'or d'un travail délicat et enrichie de merveilleuses émeraudes. Quelle ne fut pas sa surprise, au moment de s'habiller pour la représentation, de ne pas voir à côté de sa jupe d'amazone et de son haut-de-forme la cravache qu'elle venait d'y placer quelques minutes auparavant. Elle la fit chercher par les écuyers. Elle-même courut en chemise par tout le cirque, comme affolée de cette perte. On ne la trouva point. Elle était si désolée qu'elle ne voulait pas paraître en public. Son père dut l'y contraindre. Quel dépit lorsqu'elle dut se montrer avec une cravache vulgaire de quelques francs ! Elle en pleurait de rage.

— Mademoiselle, dit un écuyer à la fin de la représentation, je viens de retrouver votre cravache.

Le visage de la jeune fille s'illumina.

— Où donc cela ?

— Dans la loge de Bichot, sur le lit de Juzaine.

— La petite coquine ! Elle voulait me la voler, c'est sûr !

Et comme Juzaine passait dans un couloir, en toilette de cirque, elle l'arrêta brusquement par le bras.

— C'est vous qui avez pris ma cravache ?

— Moi, Mademoiselle !

— Oui, vous. Ne faites pas l'étonnée. Cela ne servirait à rien. Je suis édifiée sur votre compte.

À ce moment, M. Cusani accourut.

— Ah ! j'en apprends de belle. Vous êtes une escroqueuse, il paraît ?

— Je ne sais pas ce que vous voulez dire, Monsieur.

— Comment osez-vous, répliqua Cusani, filouter vos maîtres, friponne que vous êtes ! Vous êtes aussi maladroite dans vos actes que dans vos façons. Vous deviez bien penser qu'en volant ce soir la cravache de ma fille sans la mieux cacher, vous seriez découverte.

Juzaine écoutait avec stupeur ; on eût dit qu'on lui parlait une langue inconnue dont elle n'entendait pas un mot. Quand M. Cusani eut achevé, elle rougit de honte : elle avait compris enfin !

— Monsieur, dit Juzaine, vous n'avez pas le droit de me soupçonner sans raison, et je ne vous permets pas de m'accuser ainsi en public !

— Ah ! tu ne me permets pas… je vais te demander la permission, peut-être.

— Vous êtes un insolent.

— Si tu le prends sur ce ton-là, nous allons voir ça, par exemple ! Comme je vais te rabattre le caquet et moucher ton esbrouffe !

Tout en parlant de la sorte, le gros Cusani s'était jeté sur Juzaine qui, vainement, avait essayé de fuir, repoussée vers lui par Mlle Cusani, par les écuyers et les valets. Il l'avait acculée à l'écurie et, après une courte lutte, il la força de s'agenouiller et la traîna vers une stalle vide, la tête tournée vers le râtelier. Toute une foule parmi laquelle se trouvaient des spectateurs, les suivait, très intéressée.

— Nous allons voir à présent si tu fais la faraude, ma fille.

Et il releva les jupes légères qui formèrent au-dessus des reins comme une vaste auréole. De Juzaine, dans cette attitude, la tête, les épaules étaient complètement cachées ; les pieds disparaissaient presque sous la paille de l'écurie ; on n'apercevait que les fesses grassouillettes, un peu foncées par la clarté du tulle qui les environnait, saillantes, tendues malgré elles, et si bien en chair, si serrées par la frayeur que la fente s'en distinguait à peine sous le maillot collant et rosé. On eût dit, sous les larges feuilles d'un arbuste des tropiques, un beau fruit, à peine mûr, mais qui ravit déjà les yeux.

Mlle Cusani contemplait avec un visible plaisir ces grâces secrètes que Juzaine n'avait jamais laissé deviner qu'une seconde, dans une rapide voltige, et qu'elle offrait en spectacle, ce soir-là, malgré elle, pour qu'on les flétrît, et dans une posture qui les rendaient ridicules. Gringalette, se faufilant au milieu du public, était arrivée auprès de sa jeune directrice et, comme elle, se délectait à cette humiliante exposition, non moins qu'à la pensée des sévices cruels qu'annonçaient ces préparatifs. La lueur de leurs regards, le sourire qui desserrait leurs lèvres, exprimaient la joie féroce et sans déguisement des jeunes filles.

— Pas de maillot ! criait-on dans le public.

— C'est ça, pas de maillot ! répéta Gringalette entre ses dents et avec une crainte vague que Bichot fût présent et l'entendît.

— Déculotte-la, papa, qu'elle le sente bien ! glapissait Mlle Cusani. Veux-tu un canif ?

— Je crois, faisait Cusani en tenant Juzaine entre ses jambes, je crois que, tout à l'heure, vous ne ferez plus la fière quand nous vous aurons fourbi devant le monde le médaillon.

Et il allait lui déchirer le maillot lorsque Mlle Cusani, tournant la tête avec inquiétude, dit à son père :

— Papa, dépêche-toi. Si la police allait arriver ?

— Qu'elle arrive ! repartit Cusani. Je n'en ai pas peur. J'ai bien le droit de corriger une voleuse, je suppose.

Puis, comme s'il n'était pas si tranquille qu'il essayait de le paraître :

— Passe-moi un fouet, une cravache, vite !

Mlle Cusani lui tendit une légère badine, qu'il leva sur les chairs tremblantes de Juzaine ; mais le coup qu'il voulait porter fut donné dans le vide. Brusquement Bichot, surgissant du couloir, s'était élancé sur le directeur, lui avait arrêté la main et, le repoussant du genou, l'envoya tomber à quelques pas.

Il releva Juzaine et, se frayant un chemin à travers la foule, il rentra avec la fillette tout en pleurs dans sa loge où il s'enferma.

— Arrêtez les voleurs ! criait M. Cusani qui s'était relevé. Je ne veux pas que ces misérables passent la nuit sous mon toit.

Il fit grand bruit et, accompagné par sa fille, il proféra nombre d'injures à la porte de Bichot, mais n'obtenant aucune réponse et fatigué de cette scène, il alla se coucher après avoir donné l'ordre à deux valets d'écurie d'empêcher le clown de se sauver avant l'arrivée de la police. Mais soit qu'on eût négligé de la prévenir, soit qu'elle ne jugeât pas utile de se déranger, la police ne parut pas et laissa Bichot pleurer à son aise avec la pauvre Juzaine qu'il essayait vainement de consoler et dont il ne sut que partager le chagrin.

Dès le matin, M. Cusani, qu'un peu de sommeil avait calmé, vint avec sa fille frapper à la logette du clown. Bichot lui ouvrit. Il y eut une explication, puis des excuses de la part du directeur, qui ne voulait point se priver de deux artistes qui étaient l'honneur de sa troupe.

— J'avais bu trop de champagne, dit-il en les quittant. Oubliez ma brutalité… Certainement quelqu'un vous en veut et a essayé de vous faire passer pour des voleurs.

L'attitude de Gringalette était si embarrassée et, la veille, elle avait si bien encouragé M. Cusani à châtier Juzaine, que les soupçons du clown s'étaient portés aussitôt sur elle, et il ne le lui laissait aucunement ignorer. Il n'était pas sûr qu'elle fût coupable ; mais cette incertitude, loin de l'apaiser, excitait d'autant plus son irritation.

Elle éclata un beau jour que, rentrant dans sa loge à l'improviste, il surprit Gringalette, des ciseaux aux doigts, occupée avec Juzaine d'une façon fort singulière. Les exercices de la matinée, la chaleur du jour, avaient fatigué la petite écuyère, qui dormait profondément. Gringalette profitait de ce sommeil pour couper les beaux cheveux blonds de la fillette. Déjà de longues boucles étaient éparses à terre et sur le lit. L'étonnement, la colère du clown furent extrêmes ; et Gringalette, qui ne s'attendait point à le voir, laissa, de stupeur, tomber ses ciseaux.

— Canaille ! s'écria-t-il.

Elle voulut sourire, mais vite l'expression narquoise de son visage disparut et fit place à de l'épouvante, tant la fureur de Bichot semblait terrible. Il lui frappa la tête d'abord violemment, à lui laisser croire qu'il allait l'assommer. Elle eut une voix si plaintive pour demander grâce qu'il s'arrêta, ému de pitié malgré lui ; mais le sourire qui revint sur les lèvres de la fillette comme si, en dépit de sa faiblesse corporelle, elle se sentait réellement la plus forte, l'exaspéra et lui rendit toute sa colère. Alors il se décida à la meurtrir d'une façon ignominieuse et qui brisât son orgueil. Il la courba vers la terre, puis la chevauchant à reculons, il la saisit par le ventre, comme une enfant.

Ce fut un curieux spectacle que le corps à corps de cette fillette à la face malicieuse et de ce grand clown dégingandé, spectacle dont Juzaine, qui venait de s'éveiller, put jouir tout à son aise. Quand Bichot eut troussé la courte jupe et la chemise, apparurent des fesses jaunes et longues dont la fente ici et là se creusait en des replis sombres ; des fesses qui semblaient rire d'une gaieté railleuse. Bichot qui avait pris sa ceinture, se mit à les fouetter vigoureusement. Alors les jambes de la victime battirent l'air, et son corps souple, se redressa, parut s'enrouler comme un serpent. Sa figure, toute rouge, se retourna vers le clown et lui fit mille grimaces pour le narguer. Mais vainement Gringalette voulait-elle paraître moqueuse ; à chaque coup, il lui fallait faire un effort pour ne pas crier, tous ses traits se contractaient, en même temps que la douleur entr'ouvrait de force les fesses qui essayaient de dérober au supplice leur chair la plus sensible.

Vaincue et châtiée, mais non pas soumise, elle luttait, se défendait toujours. Étaient-ce des larmes, étaient-ce des éclairs de colère qui brillaient dans ses yeux ? Elle essayait de saisir en arrière et à la volée la ceinture du clown, ou encore de le mordre ; elle parvenait à le griffer.

Tout à coup, au milieu des valets et des écuyers qui étaient venus assister à cette féroce fessée, Mlle Cusani montra son nez retroussé, son visage rieur et curieux. Gringalette l'aperçut, et alors toute la résistance qu'elle avait jusqu'ici opposée à son bourreau cessa ; on eût dit qu'elle venait de sentir subitement la cruauté du fouet ; elle poussa des cris de bête et, sans plus essayer d'arrêter le clown, elle s'abandonna aux coups avec une sorte de désespoir.

— Allons, Monsieur Bichot, dit Mlle Cusani, je ne sais pas ce qu'elle a fait, mais elle en a assez ; voyez comme elle saigne !

— C'est une infection, Mademoiselle. C'est elle qui vous a volée, il n'y a plus de doute, et vous voyez ce qu'elle a fait à la pauvre Juzaine ! Si je n'étais pas arrivé, elle lui rasait la tête ainsi qu'à une galeuse.

Enfin, il lâcha Gringalette, que Mlle Cusani fit coucher sur le lit d'une loge voisine. Elle fermait à demi les yeux, comme si elle était près de s'évanouir, et respirait avec difficulté. Un verre de Porto que lui apporta Mlle Cusani la réconforta un peu.

*

* *

Elle resta au cirque, mais ne coucha plus dans la loge du clown. La directrice lui offrit un lit dans un cabinet proche de sa chambre.

Cette correction publique l'avait profondément humiliée ; elle en avait perdu son narquois et malicieux sourire. Elle ne pouvait rencontrer Juzaine sans murmurer entre ses dents ou lui lancer quelque injure ; au contraire, elle ne semblait point garder rancune à Bichot ; elle essayait même de lier la conversation avec lui, mais ses paroles n'obtenaient aucune réponse.

Il avait refusé, malgré la promesse faite naguère, de lui apprendre à danser. Il ne voulait plus s'occuper d'elle, et c'était Mlle Cusani qui lui montrait la valse et certaines danses espagnoles, pour qu'elle figurât avec des jeunes filles et des enfants dans un grand bal donné au cirque lors du Carnaval.

Cette fête dont elle espérait tant de plaisir ne lui causa que du dépit. Elle fut vivement irritée, ainsi que Mlle Cusani, de voir que tous les applaudissements étaient allés aux danses équestres de Juzaine.

Comme pour renouveler le triomphe de la petite écuyère, le cirque Cusani donna le même spectacle deux jours après. Mais au moment où Juzaine se disposait à monter en selle, un valet d'écurie accourut, effaré.

— Eh bien, dit-elle, vous ne m'amenez pas Reine-de-Mai ?

— Mademoiselle, Reine-de-Mai est couchée dans sa stalle. Il n'y a pas moyen de la faire lever. Elle doit être malade.

Juzaine, qui éprouvait pour sa jument toute l'affection d'une amie, fut très émue. Elle entra dans l'écurie, s'approcha de Reine-de-Mai, lui donna de petites tapes, lui caressa l'encolure, l'embrassa. Mais Reine-de-Mai, qui savait si bien d'ordinaire reconnaître les attentions de sa jeune maîtresse, parut cette fois insensible. Elle demeura couchée ; son œil était terne et immobile, et Juzaine observa qu'elle avait le ventre très enflé.

— Pauvre Reine-de-Mai ! répétait Juzaine qui avait les larmes aux yeux. Il faut qu'on aille chercher le vétérinaire dès ce soir.

À ce moment, M. Cusani parut, suivi de sa fille en jupe d'amazone.

— Il ne s'agit pas de vétérinaire, dit le directeur, il s'agit de vous, Juzaine. On vous attend. Si Reine-de-Mai est malade, prenez Frimousse que vous avez déjà montée.

— Ah ! non, s'écria Mlle Cusani. Je garde Frimousse. Qu'elle monte Le Kabyle.

— Mais Le Kabyle a trop de fougue. Elle ne pourra rien en faire.

— Tant pis ! dit Mlle Cusani, moi je garde Frimousse.

Juzaine fut obligée de prendre Le Kabyle.

C'était un magnifique cheval noir à la crinière et à la longue queue flottantes, vif, docile quand il se sentait conduit par une main solide, mais prêt à s'abandonner à toutes ses fantaisies dès que son cavalier était neuf, inexpérimenté, faible ou indulgent.

Juzaine, on l'a vu, n'était point une novice dans l'art de l'équitation, mais elle connaissait mal Le Kabyle. Elle sut pourtant le maîtriser durant une partie de la représentation. Le spectacle se terminait par une grande pantomime : *Scènes du Far-West*, où Juzaine figurait une jeune Américaine, fille d'un cowboy, que veulent enlever, puis que se disputent les Pawnies. Prisonnière d'un Indien, qui l'emportait en croupe du Kabyle, elle parvenait à rompre ses liens et, se dressant sur le cheval, elle frappait son ravisseur. À ce moment, un Indien à pied, qui n'avait point paru aux répétitions et dont la venue subite parut surprendre les autres acteurs de la pantomime, s'approcha du cheval et lui tira de côté, mais presque à bout portant, un coup de pistolet. Devant ce jet de feu et de fumée, Le Kabyle fit un écart et se leva sur ses pattes de derrière. Ce mouvement fut si brusque et si inattendu que Juzaine, qui se tenait alors tout debout sur le cheval, fut jetée à terre. La cavalerie des Indiens arrivait par derrière au galop. Ils ne purent retenir leurs chevaux. Juzaine fut piétinée. Un cri étrange, à la fois atroce et comique, cri d'oiseau blessé et poursuivi, cri de perroquet effarouché, remplit le cirque, et l'on vit attifé en burlesque, coiffé de son petit chapeau pointu et vêtu de sa culotte bouffante semée de grenouilles noires, Bichot écarter les Indiens et les écuyers, se précipiter entre les chevaux et se jeter sur Juzaine. Comme les spectateurs n'attendent que du plaisir, et que la tournure et la voix du clown avaient le don d'exciter l'hilarité, on crut pendant quelques minutes à une nouvelle farce du comique, et il y eut une fusée bruyante de rires ; mais cette gaieté eut un arrêt soudain, terrible, lorsqu'à la stupeur des écuyers, au désarroi des mimes, aux hurlements et aux lamentations de Bichot, il fallut bien que le public reconnût sa méprise et un accident peut être mortel. M. Cusani eut beau paraître en habit noir, saluer le public et annoncer que « la chute de cheval de Mlle Juzaine était sans gravité et que la représentation allait continuer », sa venue ne dissipa point l'impression tragique de la foule, non plus d'ailleurs que les danses les plus gracieuses de sa fille et de Gringalette. La douleur du clown, s'arrachant les cheveux de désespoir, derrière Juzaine inanimée, que deux écuyers se hâtaient de transporter hors de la salle, était un spectacle trop saisissant pour qu'on pût, d'une minute à l'autre, l'oublier.

Juzaine était réellement morte, et le pauvre clown qui la pleurait ressentait davantage son malheur à la vue de ce visage si joli il n'y avait qu'un instant et à présent défiguré par les sabots des chevaux. Le nez et l'œil droit étaient écrasés ; il n'y avait plus de traces de lèvres, et les dents fines, dans cette bouche découverte, paraissaient hideuses. Les beaux cheveux blonds eux-mêmes étaient éclaboussés de sang. Jamais la mort ne fut plus cruellement profanatrice.

Le chagrin du clown touchait tout le monde, mais Bichot demeurait indifférent aux témoignages d'intérêt ou d'amitié que lui prodiguaient ses camarades. Il semblait inconsolable.

....

Le soir de l'enterrement, comme il pleurait, agenouillé devant le lit vide de Juzaine, des cheveux effleurèrent sa joue, et une voix douce lui chuchota à l'oreille :

— Maintenant qu'Elle n'est plus là, veux-tu que je sois ta fille et m'aimer un peu ?

Il tressaillit à ces paroles et leva la tête avec une sorte de terreur. Gringalette était devant lui.

Il la regarda longtemps comme s'il cherchait à lire dans ce visage qui voulait paraître triste pour lui complaire, mais dont les yeux, involontairement, avaient un sourire. Sans doute une image effrayante passa dans son esprit ; il se couvrit le front, il écarta Gringalette avec horreur et sortit en courant comme un insensé. Des écuyers qui le rencontrèrent ont rapporté qu'il les arrêtait en leur disant : « Je suis un misérable ! J'ai recueilli, j'ai nourri moi-même l'assassin de mon enfant. »

Et à chacun il répétait ces paroles.

Depuis on ne l'a plus jamais revu.

UN JEU DE FEMME

Mlle Trébuchet, l'une des plus ferventes dévotes de la paroisse Saint-Jacques du Haut-Pas, qui venait chaque jour assister à la première messe, arrivait, par faute de sa pendule, un peu en retard ce matin-là, et gagnait sa chaise avec plus de hâte et moins de componction que d'habitude, lorsque le bedeau l'arrêta par le bord de son châle.

— Vous ne savez donc pas ce qui est arrivé, Mademoiselle, chuchota-t-il ?

Mlle Trébuchet parut très étonnée. Depuis des années, la vie s'écoulait pour elle d'un flot si semblable qu'elle n'imaginait même pas que le lendemain pût différer de la veille.

— Un grand malheur ! continua le bedeau qui se composa un visage de circonstance et leva les yeux vers la voûte de l'église comme s'il eût espéré y apercevoir le visage de Dieu, un grand malheur !

— M. l'abbé Palloy ne dit pas la messe de sept heures ?

Elle ne prévoyait pas dans le cours de son existence de révolution plus considérable.

— Non, répondit le bedeau d'un ton d'infini dédain, l'abbé Palloy ne dit pas sa messe.

— Il est malade ? demanda-t-elle avec inquiétude.

— Il vaudrait mieux qu'il fût malade, et même qu'il fût mort. Alors se penchant à l'oreille de Mlle Trébuchet, il murmura d'une voix à peine sensible :

— Il vient d'être arrêté par la police… pour affaire de mœurs… Il paraît que ce qu'il a commis est abominable.

— Mon Dieu ! Mon Dieu ! soupira Mlle Trébuchet qui chancela et dut s'appuyer sur une chaise.

Elle crut qu'elle allait devenir folle. L'idée que le bon abbé Palloy, son confesseur, était un criminel, qu'on pouvait le confondre à présent avec le mauvais larron ou le Judas de son chemin de Croix, était insupportable à sa pensée ; elle eût admis plus facilement la simultanéité du jour et de la nuit.

Ce ne fut qu'en récitant machinalement des prières qu'elle parvint peu à peu à dominer son trouble. Elle entendit la messe de huit heures et demeura longtemps en oraison après que le prêtre eut quitté l'autel.

Lorsqu'elle sortit de l'église, elle se sentit plus calme, mais avec un vif besoin de confidence. Elle ne pouvait garder pour elle seule le secret d'une telle aventure. Volontiers elle l'eût crié aux passants, mais elle préférait en instruire sa jeune amie Valentine Chassériau.

Comment Mlle Trébuchet, femme d'un âge mûr, d'une dévotion scrupuleuse, d'une vie modeste et tranquille, était-elle liée avec cette petite personne, coquette et évaporée, qui souriait aux jeunes gens et dont jasait tout le quartier ? Une circonstance les avait rapprochées. Le tuteur de Valentine était un parent de Mlle Trébuchet, et comme il habitait La Rochelle et que Valentine désirait achever son éducation à Paris, il lui avait confié sa pupille. Deux ans plus tard, Valentine se mariait, malgré les conseils de Mlle Trébuchet, avec un professeur connu pour son anticléricalisme. À cette occasion, Mlle Trébuchet avait tenté une rupture, mais son âme tendre s'y était refusée. Valentine et l'abbé Palloy étaient ses seules attaches terrestres ; elles en étaient d'autant plus fortes.

Mademoiselle se dirigea vers une haute maison de la rue Claude-Bernard. Elle monta au second étage et fut introduite par une bonne, jeune, de visage aimable et fort proprement vêtue. L'appartement n'avait rien de fastueux ; les appointements de M. Chassériau ne permettaient pas à sa femme d'être aussi dépensière qu'elle l'eût souhaité ; mais Valentine était de ces personnes qui, faute de pouvoir posséder des meubles vraiment beaux, préfèrent à une simplicité qui ne tire point l'œil l'imitation banale et grossière du luxe. Il y avait de faux canapés Louis XVI, de faux bahuts Henri II, de petites tables de Mapple achetées aux ventes publiques, des lambeaux de tentures liberty, et, pour harmoniser cet assemblage disparate, des rubans partout : aux fauteuils, aux tapis, aux rideaux, aux cadres. La bibliothèque, les livres mêmes du professeur en étaient entourés. On eût dit l'intérieur d'une « étudiante » ou d'une petite provinciale de la galanterie, et l'on juge que le châle noir, la capeline sombre et le long visage jaune et osseux de Mlle Trébuchet s'y trouvaient quelque peu dépaysés.

Bien qu'il fût onze heures, Valentine était encore au lit. En cette chaude matinée, elle avait rejeté les draps à ses pieds et, tournée vers l'ombre de la muraille, la chemise de soie noire retroussée sur les reins, c'était la médaille fendue et poinçonnée de sa personne qu'elle présentait aux regards.

— Que tu es paresseuse, ma pauvre Valentine ! s'écria Mlle Trébuchet en entrant ; mais voyant à quel interlocuteur inattendu elle avait affaire, elle parut très choquée et détourna pudiquement les yeux. Quelle indécence ! fit-elle, si au lieu d'une dame de mon âge, ç'avait été son mari ou sa bonne qui fût entré dans sa chambre ; joli et édifiant spectacle, en vérité !

Les réflexions de Mlle Trébuchet, proférées à haute voix, éveillèrent la dormeuse.

Mouvant toute une vague d'odeurs : la senteur forte de sa chair unie aux pénétrants parfums des essences, Valentine se retourna brusquement et montra son autre figure, un petit nez fin aux ailes palpitantes, aux narines voluptueuses, des dents riantes dans une bouche large et molle comme un fruit ; des yeux brillants et câlins sous leurs longs cils, et une chevelure sombre, ébouriffée, dont la double crinière cachait les seins menus laissés à découvert par la chemise trop lâche.

— Ah ! c'est vous, Mademoiselle, s'écria Valentine. Vous êtes bien aimable de venir me voir ; mais vous auriez bien dû ne pas venir si tôt.

— Si tôt ! Il y a cinq heures que je suis debout.

— Oh ! vous, vous êtes une sainte.

— Ce n'est pas un acte de sainteté de se lever de bonne heure ; seulement on a tort de passer comme vous ses journées dans son lit, surtout quand on a un ménage, un mari…

— Oh ! mon mari, vous savez bien qu'il ne rentre que le soir, pour dîner…

— Vous avez d'autres obligations, vous le savez, que de préparer le repas de votre mari… Il me semble, Valentine, que vous devenez bien indifférente à la religion, que vous négligez vos devoirs de chrétienne. Le matin, vous devriez assister à la messe…

— Mais vous-même, Mademoiselle, il me semble que vous ne prêchez pas d'exemple.

— J'ai entendu la messe il y a deux heures et, si je ne m'occupe pas aujourd'hui de mes œuvres ordinaires, c'est que je suis pour le moment incapable de penser à quoi que ce soit, sinon au grand malheur qui vient de m'arriver.

— Vous avez perdu de l'argent !

— J'ai perdu, ce qui est bien plus douloureux pour moi, mon confesseur, le vénérable abbé Palloy, qui vient d'être arrêté sur une dénonciation que j'ai toute raison de croire calomnieuse. Je venais vous demander un conseil. Malgré votre jeunesse, vous connaissez bien mieux que moi les choses de ce monde, et peut-être sauriez-vous ce que je dois faire pour le voir, et même pour obtenir sa mise en liberté. Au besoin votre mari, qui est très instruit, connu pour son savoir et son honorabilité, pourrait nous aider. Il ne s'agit pas ici de combattre ou de défendre la religion mais de sauver un innocent, accusé à tort, j'en suis persuadée.

Valentine se mordit les lèvres, se gratta la tête, rejeta sur son dos les touffes de cheveux qui lui couvraient la gorge et ne répondit pas.

— Qu'avez-vous ! s'écria Mlle Trébuchet surprise. Le service que je vous demande n'a rien d'extraordinaire.

— Il m'est impossible de vous le rendre, répliqua vivement Valentine.

— Et pourquoi cela ?

— Parce que c'est mon mari lui-même qui a fait arrêter l'abbé Palloy.

— Votre mari ! mais c'est donc un monstre. Et quels griefs peut-il avoir contre notre malheureux vicaire ?

— Mais comment voulez-vous que je le sache ?

— Vous le savez, j'en ai la conviction. Votre mari ne s'est pas déterminé à un acte pareil sans vous en avertir.

— Pourquoi m'aurait-il avertie ? Il ne me parle pas de ses affaires.

— Ce ne sont pas ses affaires, mais les vôtres. Vous avez vu l'abbé Palloy chez moi, vous avez entendu sa messe, peut-être vous êtes-vous confessée à lui. Si votre mari a songé à ce digne prêtre, c'est que vous lui en avait parlé. Qu'avez-vous pu lui dire ?

— Je ne lui ai rien dit à son sujet, je vous assure. Seulement, Victor, depuis quelque temps est devenu très jaloux ; il s'est imaginé que l'abbé Palloy fleuretait avec moi.

— Voyons, votre mari n'a pas encore perdu la raison. Comment se serait-il imaginé de lui-même que l'abbé Palloy vous courtisait ? Si l'abbé Palloy est venu vous voir, ce n'est que dans la journée ; il ne sort jamais après six heures. Or, vous m'avez dit plusieurs fois que votre mari ne rentrait que fort tard dans la soirée à cause de ses cours et de ses leçons.

— Il est rentré une fois dans l'après-midi ; l'abbé était venu quêter chez moi pour une œuvre de charité. Cette visite a donné des soupçons à Victor.

— Et c'est sur de pareils soupçons qu'il aurait pu le faire arrêter ! Valentine, vous me trompez. Vous savez la vérité et vous ne voulez pas me la dire ; mais vous me la direz, je vous le promets ; et je ne m'en irai pas d'ici que vous ne me l'ayez dite complètement !

Valentine, petite créature faible, se sentit vaincue par la volonté de Mlle Trébuchet ; elle eut une mine craintive, imploratrice ; puis d'une voix gémissante :

— Je vous assure, Mademoiselle, que je ne suis pas coupable. Il ne faut pas m'en vouloir… C'est une aventure bien singulière.

— Pour le moment, il s'agit de ne me rien cacher, dit Mlle Trébuchet, en s'asseyant tout près du lit ; si vous avez commis une faute, vous devez la réparer. Qu'est-il arrivé, voyons !

Après une courte hésitation, Valentine se décida enfin à des aveux. Sa confession fut d'abord timide ; mais peu à peu elle s'enhardit jusqu'à prendre des allures cyniques, dont ne réussirent pas à la corriger les appels indignés et fréquents de son interlocutrice.

— Un jour, fit-elle, ou plutôt une nuit, j'étais si piquée de l'indifférence, de la froideur de Victor que je cherchais tous les moyens de lui être désagréable. Au dîner, il avait attaqué les ordres religieux et le clergé avec la fureur qu'il montre d'ordinaire lorsqu'il aborde ce sujet.

« Ces prêtres que tu ne peux souffrir, lui dis-je tout à coup, n'ont pas votre âme sèche et brutale d'universitaires. Ils sont tendres, prévenants, amoureux.

— Comment peux-tu le savoir ? me demanda-t-il.

— Mais tu sais bien, lui répondis-je, que j'ai été élevée par les religieuses. Je voyais – c'est tout naturel – l'aumônier du couvent. Je me confessais à lui. Je l'aimais beaucoup, et il me témoignait lui-même la plus vive affection. Ah ! je l'ai bien regretté, je le regrette encore ! »

Ce fut tout ce que je lui dis ce soir-là, mais je sentis bien que je l'avais offensé, quoiqu'il ne m'eût soufflé mot. La blessure était faite, et j'allais, souvent sans le vouloir, l'élargir.

Le lendemain, au repas, il n'eut pas pour moi une parole. Il paraissait fort préoccupé. Comme nous nous déshabillions pour nous mettre au lit :

« Qu'as-tu donc ce soir ? lui demandai-je. »

Alors, sans répondre à ma question :

« Tu m'as parlé hier de l'aumônier du couvent où l'on t'a élevée. Tu m'as avoué qu'il te témoignait une grande affection. Est-ce qu'il t'embrassait ?

— Oui, quelquefois, comme un père peut embrasser un enfant.

— Seulement ce n'était pas ton père, et il n'en avait pas les droits… Et il te caressait ?

— Il me donnait de petites tapes sur les joues, et aussi par dessus ma robe.

— Ah ! il te donnait de petites tapes… À propos, il était ton confesseur ; quelles pénitences t'infligeait-il ?

— Quelles pénitences ?… Mais le chapelet à réciter, quelquefois tout entier, quand je n'avais pas été sage.

— Et il ne te battait pas ? »

J'eus grande envie de lui éclater de rire à la face, mais je me contins, et me ravisant :

« Oh ! s'il me battait ! tu connais le proverbe : qui aime bien châtie bien.

— Il t'a battue souvent ?

— Plusieurs fois.

— Et à quel âge as-tu quitté le couvent ?

— À seize ans.

— Et il te battait encore ?

— Sans doute. Pour dire vrai, je ne m'en souviens plus. »

Cette fois encore nous en restâmes là, mais je pris dans la suite un malin plaisir à irriter sa jalousie.

Un jour que je m'attardais en déshabillé devant mon miroir, il me reprocha ma lenteur et me dit de presser ma toilette. Je fus fort dépitée de son observation et qu'il n'eût pas eu un regard pour ce que je lui laissais voir de ma personne.

« Ah ! tu ne ressembles guère à notre ancien aumônier, m'écriai-je. Ce n'est pas lui qui serait resté indifférent à ce que je te montrais tout à l'heure. »

Voilà mon mari rouge de colère.

« Qu'est-ce que tu viens de dire ? Qu'est-ce que tu viens de dire ? Répète-le.

— Calme-toi d'abord, je te prie.

— Je veux avoir des explications. Avoue-le ; il t'a prise, il t'a eue avant moi.

— Tu sais bien que non, répliquai-je en souriant.

— Enfin que signifie ta phrase de tout à l'heure.

— Que notre aumônier cherchait toutes les occasions de nous voir… de contempler notre beauté.

— Le misérable !

— Ce n'était pas un misérable. J'en aurais fait tout autant à sa place. C'était si facile pour lui ! Je me rappelle le cours d'instruction religieuse. Un jour, je me frottais sur mon banc le derrière qui me démangeait. À la fin de la classe, l'abbé m'appelle, me conduit dans le petit cabinet où l'on mettait les livres d'études. « Vous souffrez, mon enfant ? me demanda-t-il. — Non, Monsieur l'abbé. — Vous ne pouviez tenir en place tout à l'heure. » Je rougissais et ne répondais rien. « Déshabillez-vous, me dit-il, et comme je déboutonnais ma pèlerine : non, par en bas ! Relevez votre robe et étendez-vous sur ce banc. » Juge si j'étais honteuse. Il m'écarte les jambes. « Petite coquine, que faisiez-vous tout à l'heure ? Que faites-vous la nuit ? Vous n'êtes pas sage. Vous allez être punie. Retournez-vous ! » Cette fois, je dois me coucher sur le ventre, les jupons retroussés, et comme je me demande, toute palpitante d'émotion, ce qui va m'arriver, je reçois un coup sur les fesses qui m'arrache un cri de douleur. Je sens les ongles de l'aumônier s'incruster aux creux et aux pleins de ma chair, tandis qu'il me recommande de ne plus crier si je ne veux pas augmenter la rigueur de mon châtiment. Il continue à me frapper, d'abord de ses larges paumes, puis de la souple baguette qui sert au maître de géographie pour montrer les cartes. Je lui obéis, je retiens mes cris, mais, à demi-voix, je le supplie de me pardonner : « Monsieur l'abbé ! Monsieur l'abbé ! je vous en prie, ne me battez plus ! J'ai trop mal ! » Mais il ne s'arrêtait pas. Ah ! comme il me cinglait. Il ne m'eut pas plutôt dit de me rajuster que j'éclatai en sanglots. Je n'osais pas rentrer dans la cour de récréation, les yeux rouges et comme meurtris. Quelque écolière indiscrète avait surpris la scène et était venue la raconter à mes condisciples ; les grandes chuchotaient en me regardant ; si je m'approchais, elles faisaient semblant de ne pas me voir, comme si la fessée que j'avais reçue m'avait déshonorée et rendue infréquentable. L'abbé, lui, me considérait en souriant. Il m'appela : « Écoutez-moi, mon enfant. C'est pour votre bien que je vous ai punie. Dites-moi que vous ne m'en voulez pas. Et donnez-moi un baiser de paix. — Non, Monsieur l'abbé, lui répondis-je en lui tendant la joue, je ne vous en veux pas. » C'était vrai. Même après une fessée aussi rude, je n'avais pas de haine pour lui. S'il m'administrait un jour des claques sur le derrière, une autre fois, pour me récompenser, il m'apportait des bonbons. Et puis, quoique gosse, je sentais bien qu'il s'amusait à me corriger, et de temps à autre je me résignais ainsi à lui faire plaisir.

— L'infâme !… L'infâme ! » répétait mon mari tout troublé, et comme je prenais ma figure naïve, il haussait les épaules.

*
* *

— Vraiment, s'écria Mlle Trébuchet fort surprise, cela le divertissait tant, votre aumônier, de vous donner le fouet ?

— Mais non ! répliqua Valentine ; seulement je m'amusais à conter des histoires à Victor pour l'agacer un peu. J'ai été élevée par une institutrice, et j'avais alors pour confesseur le curé de Saint-Michel dont je n'apercevais le visage que par le guichet du confessionnal.

— Alors, vous mentiez ainsi, par plaisir !… Mais c'est indigne !

— On voit bien que vous n'avez jamais eu de mari !

— Enfin ! quel rapport peut avoir ce récit avec l'arrestation de notre malheureux vicaire ?

— Vous allez le voir, répondit Valentine… Toutes ces confidences avaient exaspéré la jalousie de Victor bien plus que je ne me serais imaginée. En lui donnant de vagues soupçons, je ne songeais qu'à lui enlever quelque peu de sa belle assurance, à le rendre moins confiant dans ses propres mérites, moins sûr de mon affection et, par là même, plus amoureux. Quand je m'aperçus qu'il était si ému de mes fausses confidences, je fus très effrayée, mais il était trop tard.

— Il n'est jamais trop tard, observa Mlle Trébuchet, pour se repentir et réparer le mal que l'on a fait.

— Je me serais déshonorée à ses yeux, dit Valentine, en lui avouant que j'avais menti. Il s'imaginait réellement que l'aumônier ne s'était pas borné à me découvrir le derrière, que les corrections qu'il m'infligeait n'étaient qu'un prétexte pour prendre avec moi les plus grandes libertés. « Jure-moi, me disait-il, qu'il n'a pas été ton amant. » Je le lui jurai. Mon serment ne réussissait pas à le convaincre. « Tu ne me feras pas croire, disait-il, que ce prêtre n'a pas essayé de te revoir à Paris depuis que tu es mariée. » Pour le persuader, je dus inventer encore une histoire et mentir à nouveau.

— Malheureuse enfant ! soupira Mlle Trébuchet.

— Je ne pouvais pas agir autrement. Il me fallait à tout prix le rassurer, endormir cette jalousie du passé que j'avais irritée si étourdiment. Surtout, je ne voulais pas qu'il me jugeât coupable.

En reconnaissant que ses soupçons n'étaient pas illusoires, en flattant sa manie d'anticléricalisme, je pensais qu'il me croirait plus volontiers. « Je ne te cacherai pas, dis-je un soir à Victor, que mon ancien aumônier a essayé de me revoir ; il est venu sonner à cette porte, et malgré moi il a pénétré ici. Après s'être informé de ma vie et de mes dévotions, peu à peu il m'a parlé du couvent ; il m'en a rappelé les exercices, les actes de piété, quelquefois sur un ton grave et religieux, mais le plus souvent avec des familiarités insinuantes, des sous-entendus libertins qui m'ont tellement choquée que je lui ai ordonné de se taire, le menaçant, s'il continuait ses propos inconvenants, d'appeler la femme de chambre pour le mettre dehors. Sans m'écouter, décidé sans doute à tout se permettre, il a essayé de m'enlacer ; par bonheur je suis parvenue à me dégager de son étreinte, à gagner la chambre voisine, à m'y enfermer, le laissant dans un véritable état de folie amoureuse ou sensuelle. Mes trois petites nièces, Henriette, âgée de douze ans, Lise, qui a onze ans, et Émilie qui en a neuf, étaient à jouer à la maison ; elles couraient de chambre en chambre et firent irruption en se bousculant dans la pièce où il était demeuré. Comme les deux plus grandes fillettes avaient renversé leur cousine, ce lui fut une raison suffisante pour les gronder ; voyant qu'elles se moquaient de lui, il n'hésita pas à les gifler et à les battre. Était-ce fureur de n'avoir pas réussi, besoin de trouver à cet amour trompé une compensation luxurieuse ? Il saisit Henriette, la déculotta et à l'aide d'une embrasse de rideau il se mit à la fouetter avec une telle violence que la pauvre enfant, qui est très courageuse, poussa des hurlements que la bonne entendit de la cave. Elle reconnut la voix d'Henriette et remonta vite. J'étais si effrayée que je n'avais osé sortir de la chambre. « Madame, madame, me cria cette fille, le curé qui est à martyriser Mlle Henriette ! » À côté de ma bonne je repris courage, toutes deux nous arrachâmes ma petite nièce à ce barbare et nous le jetâmes à la porte. Henriette gémissait et de temps à autre portait la main à ses fesses qui saignaient jusque sur le plancher. Tandis que nous pansions la pauvre petite, Lise nous dit que l'abbé, avant de fouetter sa sœur, l'avait attachée à un fauteuil et qu'il l'avait pincée sous ses jupes à deux reprises et en des endroits qu'elle n'osait désigner : « Attends, s'était-il écrié, que j'en aie fini avec ta camarade, et je reviens accorder ta guitare. » Nous découvrîmes au haut de ses cuisses et sur son derrière des meurtrissures profondes. Les ongles du prêtre avaient labouré, déchiré cette peau tendre et lisse comme un pétale de rose. » Lorsque j'eus fini mon récit, je regardai Victor avec inquiétude : il ne m'avait pas interrompue une seule fois, il m'avait écoutée sans un geste et d'un visage impassible. Allait-il me croire ? « Quel monstre ! s'écria-t-il enfin, et imaginerait-on qu'il puisse exister de telles passions ! Et quand je songe que les pauvres enfants de tes sœurs ont failli être victimes de cette cruauté bestiale !… Écoute, Valentine, tu vas écrire tout ce que tu viens de me raconter. Et tu demanderas aussi à la bonne et aux fillettes d'écrire ce qu'on leur a fait et ce qu'elles ont vu. L'infâme ne pourra repousser ces cinq accusations !… Je vais d'ailleurs moi-même interroger la bonne et les enfants. » Un résultat si imprévu m'atterra. Vainement dis-je à Victor que cette aventure regrettable n'aurait pas de suite et qu'il valait mieux l'oublier, je ne réussis pas à le détourner de ses projets de vengeance. La bonne ni les fillettes n'étaient à la maison, mais il allait les voir le lendemain. Aurais-je le temps de les prévenir, et au reste voudraient-elles, sauraient-elles répéter mes mensonges ? Qu'arriverait-il s'il venait à s'apercevoir que tout ce que je lui avais raconté était faux ? Je passai une nuit d'angoisses, sans un instant de sommeil. Dès le matin j'étais levée et je me trouvais à l'arrivée de la domestique. Je lui dis… ce que j'attendais de sa complaisance. Cette fille, qui comprenait mal mes raisons et craignait de s'engager dans une fâcheuse affaire, se refusa longtemps à se mettre dans mon jeu. Enfin ma bourse, que je vidai dans ses mains, la décida. Je courus aussitôt chez mes nièces. Henriette et Émilie, ravies des bonbons que je leur apportai, écrivirent tout ce que je voulus ; mais Lise fit des façons : « Pisque z'ai pas vu l'curé, disait-elle… pisque z'ai pas eu le fouet.

— Si tu ne l'as pas eu, tu vas l'avoir ! » m'écriai-je en la courbant vers la table et en la forçant à se lever de la chaise où elle était assise, comme si je me préparais réellement à la fesser. Elle eut peur, implora mon pardon et se mit à écrire, à l'exemple de sa sœur et de sa cousine, ce que je lui dictai. Je commençais à être un peu plus rassurée et je ne fus pas trop émue quand mon mari rentra le soir et me demanda ma déposition ainsi que celles de la bonne et des enfants. « C'est bien, dit-il froidement, à présent il faut m'avouer le nom. — Le nom, quel nom ? m'écriai-je de nouveau effrayée. — Le nom du misérable qui est venu ici, qui a essayé de te prendre de force et de souiller tes pauvres petites nièces !

— Mais je ne sais pas son nom. — Tu ne sais pas son nom ! Tu ne sais pas le nom de ton ancien aumônier ! Prends garde, Valentine, je vais croire que tu es son complice. — Mais je vous jure !… »

Je ne trouvais plus une parole tant j'étais épouvantée. Il me serrait le bras si fort que je poussai des cris. Je crus qu'il allait me tuer : « On peut parfois pardonner à un adultère, disait-il, mais non pas une trahison pareille, et je serai sans pitié, sois-en sûre, pour une coquine qui s'est prostituée à un calotin immonde comme ton galant. — Mais ce n'est pas mon amant, m'écriais-je, désespérée. — Ce n'est pas ton amant, alors pourquoi ne veux-tu pas me dire son nom ? Si tu as pitié d'un tel scélérat, tu es digne d'aller avec lui. » Je sentis qu'il fallait parler, et je dis le nom que j'avais sur mes lèvres, le seul nom que ma mémoire m'offrit à ce moment : le nom du prêtre dont vous me parliez sans cesse, le nom de l'abbé Palloy. Je vous assure que je le lançai par hasard, sans mauvaise intention, ne cherchant qu'à me disculper devant mon mari. Vous savez le reste !

……………………………………………………………

Mlle Trébuchet avait écouté avec stupeur cette confession sans repentir. Elle ne trouva qu'un mot pour exprimer son trouble.

— C'est abominable ! C'est abominable ! répétait-elle en levant les yeux et en joignant les mains ; soudain elle se tourna vers Valentine dans un élan de colère si inattendu que la jeune femme, malgré l'apparence faible et vénérable de son interlocutrice, prit peur et eut un geste comme pour implorer sa grâce.

— C'est donc le diable qui est en toi, mauvaise fille ! s'écria Mlle Trébuchet.

— Je vous assure… je vous assure que c'est bien malgré moi que j'ai fait ces mensonges. Mon mari m'y a, pour ainsi dire, forcée.

— Tu mériterais qu'on te battît, qu'on t'assommât ! continuait Mlle Trébuchet en la menaçant de ses poings levés.

Enfin, les supplications, les yeux en larmes de Valentine ne la trouvèrent pas impitoyable ; elle se calma un peu.

— Je veux bien te pardonner, dit-elle, mais à une condition : c'est que tu vas rétracter par écrit toutes les calomnies infâmes que tu as osé lancer contre notre saint vicaire, et tu feras rétracter aussi toutes celles qu'ont proférées, à ton instigation, ta domestique et tes petites nièces.

— Oh ! Mademoiselle, que me demandez-vous ?

— Rien que de juste et de naturel. Tu as obtenu de quatre personnes qu'elles mentent pour t'être agréable ; tu obtiendras bien qu'elles disent la vérité pour sauver un innocent.

— Mais que dira mon mari ? Je vais être perdue !

— Tant pis. Tu l'auras voulu. Mais je ne permettrai pas qu'un bon prêtre comme l'abbé Palloy soit victime de tes mensonges… Allons, je ne partirai que lorsque tu m'auras donné ta confession, et bien sincère ! Dépêche-toi, et sois persuadée que tu n'as rien à gagner en faisant la fourbe avec moi. Je dirai à ton mari toute la vérité, si tu m'y contrains.

— Ah ! gémit Valentine, je le connais, il me tuera !

— Il ne saura rien. Mais avoue que s'il te battait un peu, tu ne l'aurais pas volé !

Valentine comprit qu'elle n'avait qu'à obéir ; elle se leva, s'enveloppa vivement de sa robe de chambre et se mit à écrire sous les yeux de Mlle Trébuchet ; puis elles allèrent ensemble trouver la bonne et les fillettes. Lorsque la vieille dévote quitta Valentine, elle emportait avec elle les cinq rétractations.

Elle ne perdit point de temps ; malgré les lenteurs de la justice, elle commença aussitôt ses démarches en faveur de l'abbé Palloy, et, trois jours plus tard, elle obtenait la libération du vicaire.

……………………………………………………………

Quand M. Chassériau vit dans les journaux que l'abbé Palloy, comme si rien ne s'était passé, avait repris ses fonctions à Saint-Jacques du Haut-Pas, il ne put contenir sa colère. C'était un samedi soir qu'il apprit cette nouvelle ; il passa toute la nuit du dimanche dans une agitation étrange. Il se promenait dans sa chambre en lançant des imprécations, ou, se jetant dans un fauteuil, il semblait ruminer je ne sais quels projets, puis reprenait vite sa marche folle. Vainement Valentine se leva plusieurs fois, vêtue seulement d'une chemise fine et souple qui, sans rien voiler de ses grâces, en rehaussait la séduction par la soie obscure et lumineuse qui ne les couvrait un instant que pour en donner, la minute d'après, une vision soudaine et éblouissante ; elle se montrait un instant à la porte du cabinet de travail, avec un clignement amoureux vers son lit défait dont elle apportait l'odeur chaude ; et par les plus charmantes, les plus libres attitudes, appelait son mari au plaisir.

— Eh bien, mon ami, tu ne veux donc pas te coucher ?

— Non, non, laisse-moi, répondait-il d'une voix hargneuse.

Il n'avait pas fermé l'œil lorsque l'aube vint éclairer la chambre, mais il avait sans doute pris une résolution, car il se mit à écrire plusieurs lettres et réveilla sa femme.

— Habille-toi vite, lui ordonna-t-il d'un ton autoritaire, nous allons aujourd'hui à la grand'messe.

Valentine fut bien étonnée.

— Comment, mon ami, toi, un impie, qui ne crois à rien, tu veux aller à une messe qui va durer près d'une heure. Mais tu vas t'ennuyer. Moi-même, qui suis pieuse, cela ne m'amuse guère…

— Il ne s'agit pas de s'amuser. Nous allons ce matin à la grand'messe à Saint-Jacques du Haut-Pas.

— Mais, mon ami, implora Valentine.

— Pas de réplique. C'est une chose décidée. Lève-toi !

Et comme elle demeurait hésitante, la tête appuyée sur son oreiller, il rejeta le drap qui couvrait le lit et tira sa femme sans précaution. Valentine se sentit aussi pénétrée de honte et de crainte que si elle eût été une fillette menacée du fouet ; même elle eut peur pour ses grasses, indolentes et voluptueuses fesses que son mari regardait sans sourire, d'un œil dur, impitoyable. Domptée, elle ne résista plus, se leva et s'habilla avec soin, mais sans ses flâneries habituelles.

Elle était bien tremblante lorsqu'ils partirent. Son mari, d'ordinaire insoucieux de sa toilette, s'était vêtu avec une grande recherche d'élégance ; il lui donnait le bras cérémonieusement sans lui parler, sans tourner la tête de son côté, à la façon d'un sergent de ville qui entraînerait le malfaiteur qu'il vient d'arrêter.

Ils arrivèrent à Saint-Jacques du Haut-Pas ; elle trempa sa main dans le bénitier et fit le signe de la croix avec une dévote lenteur, puis elle offrit de l'eau du bout des doigts à son mari, qui refusant de toucher son gant humide, passa devant elle et fendit la foule. L'église était pleine de monde, mais M. Chassériau écartait vivement tous ceux qui se trouvaient sur son passage. Sa femme le suivait, soumise, dominée par lui.

Tout à coup l'orgue déchaîna ses tempêtes ; des enfants calottés de rouge, des hommes obèses ou dégingandés, en surplis étroits ou trop courts, défilèrent ; des prêtres portant des chapes étincelantes parurent au milieu du rayonnement des cierges allumés. La messe commençait. L'abbé Palloy était parmi les officiants. À ce moment Valentine tourna la tête et vit tout près d'elle Mlle Trébuchet agenouillée sur son prie-Dieu et le front incliné vers son paroissien. Mademoiselle l'aperçut cependant, par suite de ce don singulier qu'ont les dévotes de pouvoir à la fois lire des prières et ne rien perdre de ce qui se passe autour d'elles ; elle eut un petit signe de tête discret auquel Valentine s'apprêtait à répondre quand tout à coup quatre détonations retentirent tout près d'elle. Elle n'eut pas le temps de s'épouvanter. Après quelques secondes de silence, de stupeur, un grand mouvement et une rumeur énorme se produisirent. Valentine fut écartée presque brutalement, rejetée sur Mlle Trébuchet, puis repoussée, emportée plus loin jusqu'en dehors de la nef. Alors, avec des battements de cœur précipités, elle regarda ce qui se passait. Sauf le prêtre qui disait la messe et qui était adossé à l'autel, tous les autres étaient groupés à droite de la balustrade devant un groupe très agité. Elle vit le bedeau, le suisse, et deux assistants qui emmenaient un homme dont, à cause de la distance, elle ne put distinguer les traits. Cependant l'orgue éclatait à nouveau ; les chants montaient vers les voûtes. La messe continuait. Ne pouvant changer de place Valentine ouvrit un paroissien, en tourna les pages, s'assit, se leva, se signa suivant les prescriptions, puis à la fin de la cérémonie, comme on commençait à sortir, elle gagna la porte, pensant qu'elle allait retrouver M. Chassériau. À ce moment Mlle Trébuchet passa près d'elle et lui dit :

— Il est donc insensé, votre mari ?

— Mais qu'a-t-il fait ? Qu'y a-t-il ? demanda-t-elle.

On ne lui répondit pas ; Mlle Trébuchet était déjà loin.

Alors abordant le sacristain elle l'interrogea et put enfin apprendre l'événement.

— C'est un fou qui a tiré quatre coups de revolver sur M. l'abbé Palloy.

Cela lui suffisait. Elle était sûre à présent que le coupable était son mari. Elle fut quelques minutes assez émue. Cependant personne ne lui disait rien, le soleil brillait dans les feuillages clairs, une chaude odeur de printemps, de poussière, d'étoffe neuve et de parfums lui venaient aux narines. Elle eut faim, et se dirigea tranquillement vers un restaurant où elle déjeuna de mets délicats et d'un fort bon appétit.

De retour à la maison elle eut peur. « Il est arrêté, se dit-elle, et peut-être va-t-on m'arrêter moi-même. » Elle attendait à chaque instant l'arrivée d'un commissaire de police. Il ne vint personne.

À la montée de la nuit elle songea qu'elle était libre de passer sa soirée selon son caprice ; elle s'habilla de sa plus belle robe, mit son chapeau neuf, ses bijoux, alla dîner dans un restaurant assez cher du Quartier latin où son mari l'avait menée une fois et se fit conduire ensuite aux Nouveautés, où elle rit et s'égaya de tout cœur. Un jeune homme, assez bien fait de sa personne, qui était assis près d'elle lui fit la cour ; ils causèrent durant les entr'actes et à la fin de la représentation il l'invita à souper.

— Non, dit-elle, après un moment d'hésitation, ce ne serait pas convenable.

Elle lui laissa toutefois son adresse et lui permit de lui écrire.

Elle eut une petite frayeur en rentrant dans son logis solitaire, mais son dîner copieux, le plaisir du théâtre, les émotions de la journée lui avaient donné quelque lassitude et à peine couchée, elle s'endormit.

Le lendemain elle fut mandée chez le juge d'instruction. Elle ressentit quelque trouble en apercevant ce magistrat, mais il fut si poli, si aimable qu'elle retrouva vite son assurance. Son mari apparut, pâle, affaissé.

— Mon pauvre ami, dit-elle en lui tendant la main, comment as-tu pu faire cela !

— Vous connaissiez depuis longtemps l'abbé Palloy, madame ? demanda le juge d'instruction.

— Nullement, monsieur, répondit Valentine, je le voyais seulement à la messe et aux offices de Saint-Jacques du Haut-Pas, mais je ne lui avais jamais parlé.

— Mais il était votre confesseur ?

— Non, monsieur. Je ne me confesse qu'une fois par an, et à un dominicain.

— Pourquoi alors avez-vous raconté à votre mari qu'il s'était permis des libertés excessives à votre égard, qu'il vous avait fouettée comme une enfant, à nu, après avoir retroussé vos jupes, et que plus tard même il avait essayé de devenir votre amant ?... Non seulement vous l'avez raconté, mais vous l'avez écrit. Ce manuscrit, en effet, est bien de votre écriture, vous le reconnaissez ?

Et il lui montrait le cahier qu'elle avait donné à son mari.

— Mon Dieu, monsieur, dit-elle, simplement je griffonne parfois du papier pour me distraire : cela n'a aucune importance. Je me suis amusée à écrire un conte que je destinais à une revue où collaborent quelques-une de mes amies.

— Mais pourquoi nommez-vous l'abbé Palloy ?

— Je parlais de l'abbé Palloy comme j'aurais parlé de l'abbé Durand. Je ne savais même pas qu'il y avait un prêtre qui portât ce nom.

— Tout cela est bien étrange… Enfin !… signez votre déposition.

Valentine signa d'une écriture ferme et entoura son nom d'une élégante arabesque.

— Vous pouvez vous retirer à présent, madame, dit le juge d'instruction.

Elle tendit alors dignement la main à son mari qui n'eut pas un mot ni un geste, puis elle s'éloigna d'un pas léger avec une allure de petite innocente.

Les balles de M. Chassériau n'avaient atteint personne ; cependant pour sa tentative de meurtre et malgré une éloquente plaidoirie de son avocat il fut condamné à deux ans de prison. À l'audience Valentine ne chargea point son mari, mais ne le disculpa point non plus. Elle eut d'ailleurs une attitude que tout le monde s'accorda à trouver excellente. Quand elle entendit la condamnation de M. Chassériau elle faillit s'évanouir.

Son appartement lui paraissait bien vide à présent que son mari ne l'habitait plus. Elle eut des heures de mélancolie, et comme le jeune homme qu'elle avait rencontré aux Nouveautés était venu la voir, elle l'accueillit avec empressement, tel qu'un consolateur. Que pouvait devenir une pauvre femme toute seule ? Elle prit un amant.

Mlle Trébuchet le sut ; elle alla trouver aussitôt Valentine pour la confesser et la gronder un peu, mais l'ayant trouvée docile, attentive aux conseils, toute disposée à reprendre les pratiques religieuses, elle jugea convenable de ne point se montrer trop sévère.

— Que veux-tu, ma chère enfant, lui dit-elle en la quittant, je ne t'approuve pas, mais ce Chassériau l'a bien mérité !

LES RÉVOLTÉES DE BRESCIA

(*Récit d'un ancien diplomate*)

En mai 1852 je me trouvais à Géra, chez le prince de Reuss, avec les généraux Haynau et Herbillon. Haynau était célèbre par la manière énergique et cruelle dont il avait conduit la guerre et réprimé diverses insurrections en Hongrie et en Italie. Herbillon avait eu la confiance de Saint-Arnaud et du prince président qui, au coup d'État de décembre 1851, lui donna l'ordre de combattre l'émeute au quartier Saint-Antoine.

Par un après-midi charmant nous nous promenions dans les jardins que venait d'arroser une légère ondée matinale ; le soleil en buvait la fraîcheur, fondait les perles suspendues aux branches, répandues sur les pelouses et les feuillées. Nous goûtions avec délices la douceur de l'air, quand un cri, suivi de gémissements, vint troubler notre plaisir.

— C'est un de mes jardiniers, nous dit le prince, qui est en train de corriger sa petite servante. Il la fouette souvent, car elle a un fort mauvais naturel ; elle est aussi insolente et désobéissante que gourmande et paresseuse. Aussi je ne lui reproche point de la châtier ; si on ne lui donnait de temps à autre sur le derrière, cette enfant deviendrait avec l'âge une coquine accomplie. Je vous avouerai que je ne suis point opposée aux châtiments corporels. J'imagine que c'est le seul moyen de mettre en harmonie avec les lois sociales la cruauté inhérente à l'homme. J'ai observé que mon jardinier avait un véritable agrément à trousser les jupons de la petite insubordonnée ; il n'en est pas moins vrai qu'en satisfaisant sa passion il corrige cette fille et lui est utile. S'il avait pris une servante douce et soumise, il aurait tort de la maltraiter ; au contraire avec cette méchante créature il se conduit comme il doit. Par ce choix il justifie son instinct qui, en réalité, n'est nuisible que s'il s'exerce à contre-temps.

« Moi-même je vous avoue que j'ai été parfois aussi cruel qu'amoureux. Il y a quelques années je m'étais épris d'une princesse allemande fort jolie, mais qui montrait une froideur, une insensibilité exaspérantes. Je sus bientôt que si elle paraissait indifférente à mes déclarations, elle entretenait le commerce le plus ignoble avec un de ses valets ; je trouvai un motif pour me plaindre de ce valet et le faire enfermer ; quant à la princesse je la dénonçai à son mari et j'eus le plaisir de voir l'adultère châtiée sous mes yeux, avant un dîner de gala. Dans l'étroit boudoir où je lui fis la confidence, attenant au grand salon de réception, le prince, sans songer à ses invités qui attendaient dans les pièces voisines, déchira la robe et les jupons de l'épouse coupable, et parmi les dentelles et la soie en lambeaux, il brandissait sa canne, un jonc souple, et en cinglait de toutes ses forces les épaules,

les jambes, le derrière de la princesse qui courait éperdue autour de la chambre, dont elle cherchait vainement à ouvrir les portes. Quand enfin elle y réussit, ses chairs étaient en sang et l'on put voir sa nudité rouge traverser vivement le grand corridor du palais, traînant après elle les loques d'une toilette de deux mille florins !

« Ce n'était pas un spectacle sans agrément pour un amoureux rebuté. Je vous avoue, toutefois, que j'eusse préféré tenir entre mes bras le corps sans blessure de la belle, mais pour cela il eût fallu lui imposer mon amour, lui faire violence ; il en serait résulté un scandale que je voulais éviter. Je me contentai donc d'assister à la punition de cette grossière amoureuse qui préférait les baisers d'un rustre à une liaison élégante et profitable. À voir ma physionomie impassible, le mari ne soupçonna point que je n'étais rien moins que justicier et que beaucoup plus qu'à son honneur conjugal je m'intéressais aux grâces charnelles de sa femme.

. . . .

— Vous avez agi sagement, monseigneur, dit Herbillon, en vous abstenant d'aimer une femme qui ne vous aimait point. Si elle s'était froidement donnée à vous, vous vous seriez attendri sur elle ; vous n'auriez pas eu le courage ensuite de punir ses trahisons, ses dédains, son indifférence, et le mal que vous auriez épargné à sa chair, elle vous l'aurait fait elle-même à votre cœur.

« L'année dernière j'ai commis une grande sottise. Mes soldats venaient d'enlever la barricade de la rue Tiquetonne. Ils avaient saisi plusieurs gamins de quatorze à quinze ans dont les mains noires de poudre montraient qu'ils avaient tiré sur nous. Mes hommes étaient exaspérés ; ils voulaient passer grands et petits par les armes. Je m'interposai. Les écrivains révolutionnaires ne m'ont point reproché une férocité extrême. Je dis aux soldats : « Faites grâce aux mômes ; ils sont plus bêtes que méchants ; déculottez-les et donnez-leur une fessée un peu rude, qui leur servira de leçon ; c'est tout ce qu'ils méritent. » Ce genre de punition amusa les soldats et les rendit moins cruels. Je ne dis pas toutefois que leurs mains furent douces aux coupables qui en voyant abaisser leur pantalon poussaient des cris indignés comme si on les eût pour toujours déshonorés.

« En procédant à cette exécution d'un genre plus familial que militaire, voilà un soldat qui dit tout à coup : « Ah ! il en a, celui-là, des coussins pour s'asseoir, on n'aura pas besoin de viser avec lui… mais c'est pas Dieu possible ! c'est une fille ! »

Je m'approche. C'était en effet une fille, les cheveux ramassés sous une casquette d'ouvrier, culottée et emblousée comme un garçon. Elle avait de beaux yeux vifs, un nez qui flairait les aventures et une bouche charnue ouverte sur les plus jolies dents du monde. Au milieu des mains d'hommes qui la tenaient, elle se débattait avec une fureur qui semblait infatigable. « Allons, laissez-la, dis-je aux soldats. Vous n'allez pas vous attaquer aux filles à présent. Je prends celle-ci sous ma protection. » Ils grondaient, et j'eus de la peine à leur arracher leur proie. Sans doute ils eussent fouetté cette petite avec des verges de leur façon.

« Je l'avais confiée à l'un de mes aides de camp, et lorsque je revins à ma garçonnière de la rue d'Alger, je l'emmenai avec moi.

« Elle était blessée et je ne savais pas trop ce que j'allais en faire ; mais la grâce qu'elle conservait dans son costume masculin, en dépit de ses allures d'insurgée, m'avait ému ; je ne pouvais à présent l'abandonner.

« À mon arrivée je la couchai, je lui donnai les premiers soins, et le lendemain un médecin que j'appelai, après un examen sérieux me déclara la blessure de la fillette sans gravité, causée seulement par l'effleurement d'une balle qui avait déchiré la peau sans pénétrer dans le corps. Elle se remit vite ; quelques jours après elle était sur pied.

« Allais-je la renvoyer ? Je ne pouvais m'y décider. À la voir chaque jour je m'étais attaché à elle, à son joli visage, à ses gestes gentils ; il me paraissait difficile de m'en passer. Elle pouvait avoir quinze ou seize ans au plus ; je sentais un ardent désir d'étreindre son corps ; je me décidai à lui demander de rester comme femme de chambre, Jacques, mon valet, lui dis-je, a besoin d'aide dans son service. En réalité ce n'était qu'un prétexte pour la garder.

« Mais ma proposition l'indigna. Être servante ? Elle, Irène Bureau ? Vraiment, que lui demandait-on ? Elle me débita alors des phrases de son catéchisme révolutionnaire. Qui l'avait donc si bien instruite ? À force d'être indiscret je finis par la pousser aux dernières confidences ; elle m'avoua que c'était son ami Charlot qui lui avait fait son éducation. Charlot avait le même âge qu'Irène.

— Eh bien, lui dis-je, si votre ami Charlot consentait à venir habiter avec vous, consentiriez-vous à rester ici ?

« Elle eut un sourire narquois.

— Oh ! fit-elle, je sais bien qu'il n'y consentirait pas.

— N'importe ! répliquai-je, écrivez-lui de venir vous trouver.

« J'avais mon projet qui n'était pas mauvais, comme vous allez le voir, si j'avais eu la constance de l'exécuter complètement. Lorsque Charlot arriva, je le pris à part. Je lui dis comment j'avais recueilli chez moi sa petite amie et que je désirais, s'ils le voulaient bien, les garder chez moi comme domestiques. Leurs gages seraient assez élevés. Mais tout dépendait d'Irène. C'était à lui, Charlot, de la décider.

« Je n'eus pas de peine à remarquer que mon amoureux révolutionnaire tenait bien moins à la gentille Irène et à ses idées politiques qu'à l'argent que je lui offrais, et comme il avait alors sur elle beaucoup d'influence, il l'eut vite décidée de rester.

— Écoute, lui dis-je, Irène me paraît une excellente fille, mais elle est très jeune, très enfant ; elle a besoin qu'on la surveille et même qu'on l'éduque un peu. Ne me cache rien de sa conduite. Si elle agit bien ou mal, je veux le savoir. Tu me diras chaque soir comment elle se sera comportée dans la journée. Au reste je te paierai pour cette facile surveillance. Si tu me trompes, et je le saurai un jour ou l'autre, je te mets aussitôt à la porte.

« Deux jours ne s'étaient pas écoulés que déjà Charlot me faisait son premier rapport pour lequel je lui donnai un louis de récompense : Irène avait découvert la cave à liqueurs et avait bu tout un flacon d'anisette russe. J'appelai Irène et quand je fus seul avec elle, je lui reprochai sa gourmandise et son vol. Elle mentit.

— Ce n'est pas moi ! Ce n'est pas moi ! répétait-elle avec des trépignements.

— Je vois, Irène, dis-je, ce dont vous avez besoin.

« Sans peut-être deviner ce que je lui voulais, elle me laissa rabattre sur ses bottines son pantalon d'ouvrier, mais quand j'eus retroussé sa chemise et qu'elle me vit lever ma cravache, elle eut une rage folle et essaya de lutter avec moi. Je dus lui attacher les mains et alors, malgré les bonds et les contorsions de son corps, malgré les hurlements dont elle remplissait la maison, je lui donnai une cinglade qui lui marbra convenablement la peau.

« Enfin je la laissai aller pleurant, sanglotant, gémissant. Charlot, par la porte entr'ouverte, avait assisté à la correction et riait sous cape d'avoir vu écorcher le derrière de sa bonne amie.

« Pendant deux jours elle se tint à l'écart, triste et boudeuse ; elle n'obéissait aux ordres de Jacques ni aux miens ; elle ne parlait à personne. Le soir du second jour elle s'approcha de moi et me dit très vite comme si elle n'était pas sûre d'elle-même et craignait une seconde plus tard de manquer d'audace :

— Ce n'est pas Jacques, c'est Charlot qui vous a dénoncé à moi. Eh bien, c'est un fourbe, ce Charlot, je le déteste ! C'est pour boire avec lui que j'ai pris le carafon de liqueur ; et puis il vous vole vos cigares…

« Mais il m'était indifférent qu'elle accusât Charlot et même que Charlot fût coupable de m'avoir volé des cigares. L'important pour moi, c'est qu'Irène et Charlot, d'amoureux fussent devenus des ennemis acharnés. Irène sentait en Charlot un espion et ne pouvait plus le souffrir ; Charlot trouvait son intérêt à dénoncer Irène et il ne l'aimait plus depuis qu'il l'avait vue courber le derrière sous ma cravache. Ce difficile amant la trouvait ridicule.

« Pour consoler Irène je lui commandai de jolis costumes d'homme : un pour la maison, deux pour sortir le jour, et un habillement complet pour m'accompagner le soir au cabaret et aux petits théâtres. J'avais aussi commandé des costumes pour Charlot.

« Le premier soir que nous dînâmes tous trois ensemble dans un salon du Café Anglais, Irène était si séduisante dans son travesti que je ne pus y tenir. Dès qu'on eut servi le champagne, je l'entraînai sur le canapé, et je déboutonnai ses vêtements. Je n'ai pas besoin de dire que ce ne fut pas pour la fouetter. Quelle joie de caresser son ventre lisse et de sentir sous mes mains la plénitude et la cambrure de ses fesses ! Les yeux d'Irène brillaient de plaisir ; ses joues étaient empourprées par le vin, l'émotion de la fête. Je l'embrassais comme un fou et elle me rendait au double mes baisers. Devant nous, Charlot faisait semblant de ricaner, mais au vrai il était furieux contre son ancienne maîtresse.

« Nous recommençâmes plusieurs fois ces dînettes ; nous terminions la soirée au théâtre. Le joli visage d'Irène lui valait des succès de toutes sortes ; des hommes, des femmes lui écrivaient ; beaucoup se trompaient ou feignaient de se tromper sur son sexe. Par ses espiègleries et aussi ses façons coquettes elle provoquait ces déclarations passionnées ; souvent même de notre baignoire, debout ou la tête penchée au dehors, elle répondait aux galanteries par des gestes, des œillades nullement équivoques.

— Regardez donc Irène, me chuchotait Charlot, en me poussant le coude.

— Irène, m'écriai-je, tu sais ce qui t'attend au retour.

« Elle me regardait, se rasseyait, et était prise sur son fauteuil d'un grand tremblement. Son derrière, dont la culotte étalait bien l'ampleur, se ramassait et semblait se rapetisser de crainte. Je jouissais vivement de son trouble qui durait tout le temps du spectacle. Cette angoisse augmentait quand nous montions en voiture. À peine rentrés, je la jetais sur un divan, je la faisais tenir par Charlot et après l'avoir à demi déshabillée, je la fessais vigoureusement avec une cravache. Elle criait, sanglotait. Elle se calmait ensuite dans mon lit entre mes bras.

« Elle était devenue tout à fait ma maîtresse ; laissant à Jacques et à Charlot les soins de la maison, elle ne s'occupait plus que de se vêtir et de se promener.

« Un jour Charlot me monta une lettre qu'elle venait d'écrire et qu'elle avait remise à un commissionnaire. Elle répondait à un inconnu et lui donnait un rendez-vous.

— Qu'est-ce que cette lettre ? dis-je à Irène en colère.

« Elle pâlit, se troubla, mais vite elle eut dominé son émotion ; et, haussant les épaules :

— Une invention de Charlot, fit-elle. Il me hait parce que je ne l'aime plus. Il a imité mon écriture, ce qui n'était pas difficile puisque c'est lui qui m'apprit à écrire, et qui autrefois me traçait les modèles que je m'efforçais ensuite de bien reproduire.

« Je feignis de me contenter de cette explication, mais je n'étais point rassuré sur la fidélité d'Irène.

« Le lendemain même, j'avais besoin de Charlot pour une commission ; je le sonne, il ne vient pas et Jacques m'apprend qu'il est sorti à la hâte il y a plus d'une heure. Cela me cause une certaine surprise car je lui avais défendu de quitter la maison sans m'en demander la permission.

« J'entre dans mon cabinet de travail pour écrire une lettre ; et là que vois-je ? Irène étendue tout de son long sur le parquet et paraissant évanouie.

— Ah ! c'est vous, fait-elle, d'une voix éteinte, entr'ouvrant les yeux. Oh ! secourez-moi, sauvez-moi. Je crois que je vais mourir.

« Très effrayé, je la prends dans mes bras.

— Mais qu'avez-vous, mon enfant, qu'avez-vous ?

— Oh ! je ne sais pas, je me sens malade… étourdie. Il me semble qu'on m'a donné un grand coup… Ah oui ! C'est lui… Charlot.

« Sa tête retombe comme si elle n'avait plus la force de parler et qu'elle fût sur le point de perdre connaissance, mais un moment après elle revient à elle, elle me parle de nouveau.

— J'étais là, dans ce fauteuil, quand Charlot est entré avec vos clefs. Il a ouvert le petit meuble. Comme il prenait des billets de banque, je me suis élancée sur lui : "Tu ne feras pas cela devant moi, je ne le permettrai pas !" Alors il m'a donné sur la tête un coup terrible qui m'a jetée à la renverse, et je ne sais plus ce qui est arrivé.

« Avec l'aide de Jacques je transportai Irène sur son lit, je fis venir un médecin, qui trouva que le coup avait pu être donné avec violence mais qu'il n'aurait pas de suites, et que la victime ne s'en ressentirait nullement. Rassuré, j'allai inspecter mon secrétaire et j'eus l'ennui de constater le vol qu'Irène venait de m'annoncer : deux mille francs avaient disparu de mon secrétaire.

« Le lendemain Irène était remise de son étourdissement et toute radieuse. Je ne l'avais jamais vue si gaie. Comme nous étions à déjeuner, Charlot, à ma grande surprise, revint. Il me dit que la veille, une lettre où on lui annonçait la mort de son père l'avait fait quitter brusquement la maison, mais qu'au moment où il allait prendre le chemin de fer pour se rendre dans sa famille et assister à l'enterrement, il avait rencontré par hasard un de ses parents qui lui avait donné des nouvelles de son père qu'il venait de voir, qui était à Paris et se portait à merveille.

— Cette histoire m'intéresse peu, m'écriai-je, mais veux-tu me dire ce que tu as fait de mes deux mille francs ?

« Il écarquilla les yeux et parut plus étonné encore que je ne l'avais été de son retour.

— Vos deux mille francs ? balbutia-t-il.

— Oui, mes deux mille francs, qu'en as-tu fait, coquin, voleur ! Je vais te faire arrêter.

— Mais, s'écria-t-il, je ne vous ai jamais rien pris, je vous le jure, mon général, je vous le jure sur la tête de mon père !

« Sans prendre garde à ses protestations je dis à Irène d'envoyer Jacques chercher des sergents de ville.

« Alors il comprit qu'il perdait sa peine à vouloir me convaincre ; voyant Irène se lever il tourne les talons et, sans qu'il me soit possible de l'arrêter, traverse en courant le corridor, le vestibule ; quelques secondes après il était dehors, au loin. Jacques essaya inutilement de le rattraper.

— La vue de cet homme me fait mal, me dit alors Irène. Elle était toute pâle et j'entendais battre son cœur.

— Sois tranquille, ma chérie, nous le retrouverons et nous le ferons mettre dans un endroit d'où il ne sortira plus pour t'ennuyer.

« Ce jour-là j'étais invité à l'Élysée et, comme j'avais à faire auparavant quelques visites officielles, je me mis de bonne heure en uniforme : je ne devais rentrer que fort tard à la maison. Par hasard je n'avais pris qu'une paire de gants ; il m'en fallait d'autres pour me présenter devant le prince. Je rentrai chez moi. Ah ! quelle surprise m'y attendait !

« Dans mon lit j'aperçus Irène à demi déshabillée et toute découverte auprès d'un homme dont elle ne laissait voir, dans sa posture, que les jambes et les bras, mais au juron que je proférai, l'homme se souleva du lit et me montra la figure effarée de mon aide de camp. Avec quelle colère je me jetai sur le couple ! je saisis le ceinturon de mon amoureux pour les cingler, et je les frappai à tour de bras. La tête dans l'oreiller, Irène hurlait comme une chienne. Quant à son complice, il se sauva en chemise dans la rue ; je lui lançai par la fenêtre son sabre, son shako, ses bottes, sa culotte. Il dut se rhabiller dans une allée. Je revins à Irène ; après lui avoir donné des coups de cravache par le visage et lui avoir botté le derrière de la bonne façon, je la fis dégringoler mon escalier et je la jetai à la porte avec une jupe et une blouse sur les bras. J'étais comme affolé de ce qui venait de m'arriver ; j'étais si sot, si naïf que j'avais fini par avoir confiance dans cette fille ; j'avais beau être jaloux, je ne m'imaginais pas qu'elle pût me tromper.

« Je regrettai bientôt d'avoir traité si durement Charlot. Je retrouvai l'un de mes billets de mille francs dans un coffret d'Irène, et, dans son buvard, le brouillon de la fausse lettre qu'elle lui avait envoyée pour lui annoncer la mort de son père et le tenir éloigné de la maison au moment où elle l'accuserait de m'avoir volé. Ainsi elle avait inventé toute cette mise en scène de l'évanouissement pour m'émouvoir ! Tant d'astuce me paraissait inconcevable ; j'étais surtout désespéré qu'elle m'eût trompé avec un officier, avec un des miens. Une pareille trahison m'était doublement douloureuse.

— Ah ! me disais-je, pourquoi n'ai-je pas laissé cette créature aux mains de mes soldats le 3 décembre ! Quand ils lui auraient déchiré son derrière de voleuse, quand ils l'auraient violée, ne valait-il pas mieux qu'elle subît tous les outrages et qu'elle ne vînt pas déshonorer mon uniforme, en me donnant des façons de niais et d'amoureux transi.

« Pourquoi n'ai-je pas été cruel ! Pourquoi me suis-je laissé attendrir ? »

……………………………………………………………………

— Mais, fit Herbillon après une pause et en essuyant une larme, c'est assez de regrets.

Et se tournant vers Haynau :

— À vous, général, à vous de nous conter vos exploits de guerre et d'amour.

— Permettez-moi un aveu, répliqua Haynau. Je ne conçois pas que dans nos relations avec une femme nous oubliions notre orgueil plus que notre plaisir. Monseigneur, dans l'aventure qu'il a bien voulu nous faire connaître, s'est souvenu surtout de son autorité : je ne puis lui donner tort. Vous, Herbillon, il me semble qu'à la mode de nombre de vos compatriotes, après avoir affecté de traiter votre petite prisonnière en conquérant, vous l'avez laissée devenir un peu trop votre maîtresse. Vous vous êtes placé dans un état d'infériorité fâcheux à l'égard de vos subordonnés qui n'ignoraient pas vos façons d'agir ; le prince, lui, s'est seulement privé d'une jouissance. Je ne prétends pas m'offrir en exemple, mais je crois avoir réussi quelquefois à contenter mes désirs d'homme sans rien perdre de mon prestige sur mes soldats et mes officiers qui, soyez-en persuadés, connaissent la vie privée de leur chef et lui refusent, dans les circonstances périlleuses, pleine obéissance, lorsqu'ils savent qu'il a faibli ou s'est rendu le moins du monde ridicule devant une femme.

Je vais vous dire ce qui m'est arrivé à Brescia en avril 1849.

D'abord je tiens à me justifier des reproches que m'ont lancés les journalistes révolutionnaires. À les entendre nul bourreau n'a surpassé mes cruautés ; je ne suis pas un homme, mais un monstre. Ces messieurs eussent voulu me voir panser les blessés et soigner les malades italiens, comme si j'étais un médecin ou une sœur de charité !

Je suis général, aux ordres de Sa Majesté l'empereur d'Autriche ; mon devoir était d'obéir à mon souverain qui me commandait de pacifier ses États par les moyens les plus rapides et en épargnant autant que je pourrais la vie de ses soldats. Il me fallait choisir entre l'armée dont j'avais le soin et les bandes des insurgés qui s'attaquaient au pouvoir de mon maître. Quant aux représailles dont j'ai usé à l'égard des rebelles, les Français, durant la guerre d'Espagne, les Russes, durant la guerre de Pologne, m'en ont donné l'exemple ; elles sont inévitables dans ces luttes de partisans ; après un assaut pareil à celui de Brescia, où chaque rue avait une barricade, où chaque maison était une forteresse, mes troupes se seraient révoltées si je leur avais demandé d'être miséricordieuses ; elles étaient exaspérées par une résistance aussi farouche, aussi meurtrière ; elles avaient soif de vengeance.

On me reproche surtout, je le sais, d'avoir été impitoyable pour les femmes ; mais si, comme moi, on les avait vues prêcher l'assassinat, si on avait découvert leur complicité dans plusieurs empoisonnements d'officiers autrichiens, on s'abstiendrait de me blâmer. J'ai évité d'ailleurs presque toujours de les condamner à mort, les regardant comme des enfants qu'il faut plutôt punir que supprimer. Les fusiller est un mauvais moyen de leur faire expier un crime ; la plupart en apprenant leur sort perdent connaissance ; on n'exécute que des cadavres. Au contraire, frapper leur orgueil, humilier leur beauté, dégrader, endolorir leurs chairs précieuses, voilà un châtiment sûr et que je ne me fis point faute de leur infliger…

Mais ce n'est point mon apologie que vous souhaitez entendre. Voici donc, sans plus tarder, l'aventure que je vous ai promise.

Je venais seulement d'entrer à Brescia.

À peine m'étais-je installé, avec mon état-major, à la maison de ville, qu'un jeune homme fort élégamment vêtu vint se présenter devant moi. Assez bien fait, il avait un de ces jolis visages un peu efféminés dont Raphaël nous a laissé le portrait. Il me dit sans préambule :

— Son Excellence désire-t-elle connaître le nom des conspirateurs ?

— Quels conspirateurs ? lui demandai-je.

— Ceux qui ont juré d'anéantir l'armée autrichienne. Son Excellence ne doit pas croire qu'elle en a déjà fini avec Brescia ?

— Je ne le pense pas non plus, répliquai-je, et je fais bonne garde. Mais, comment sais-tu qu'il y a une conspiration ?

— J'ai surpris le secret d'un des conjurés.

— Tu es donc un traître ou un espion ?

— Ni l'un ni l'autre.

— Un délateur en tout cas !

— Je n'ai qu'un moyen de me venger.

— Enfin quel est ce secret ?

— Je ne puis pas le dire.

— Tu attends que je te donne de l'argent. Prends garde plutôt que je te fasse fusiller ?

— Je ne dirai pas ce secret, parce que je n'en sais que ce que je viens de vous apprendre ; il y a un complot ; quel est ce complot ? je l'ignore ; mais je connais le nom de la personne chez qui se réunissent les conjurés.

— Nomme-la donc.

— Emma Camporesi. Elle habite Contrada della Palata.

— C'est bien. Reviens demain au Municipe, et si tu n'as pas menti, tu auras ta récompense : tout service en mérite une, quoique j'aie pu dire tout à l'heure…

— Oh ! fit-il, je ne veux aucune récompense. Il suffit à mon plaisir d'être vengé.

J'eus lieu de voir, dans la suite, que ce mépris de l'argent, comme il arrive en pareils cas, n'était nullement sincère.

Cependant mon jeune homme s'éloigna et, absorbé par l'installation de mes troupes, je ne m'inquiétai point de sa dénonciation. Souvent on m'en a fait de semblables dont je reconnaissais bientôt la fausseté et qui n'étaient inspirées que par la cupidité ou un besoin servile de montrer du zèle au vainqueur. J'avais même tout à fait oublié le personnage et sa démarche quand le soir, en dînant avec les principaux officiers de l'armée, je sentis l'enivrement féroce qu'on éprouve en quittant les champs de bataille, cette griserie du sang où l'on oublie les fatigues de la lutte et où on sent naître, violent et terrible, le désir de l'étreinte, comme si du carnage s'élevait un appel vers la vie. Mes compagnons, jeunes ou dans la force de l'âge, subissaient, comme moi, cette ivresse. Au-dessus des verres on entendait à chaque instant se croiser les mêmes mots prononcés par cent voix différentes : « Les femmes… Les filles de Brescia… Ces putes-là !… Il paraît qu'il y en a de jolies… J'ai vu une frimousse tout à l'heure en sortant du Municipe… » Et toujours revenaient dans la conversation les mots de femme, de fille, de créature.

Soudain le colonel Zichy dit à son voisin :

— Il y a dans cette ville une très belle courtisane : Emma Camporesi.

Je me souvins du jeune délateur.

— C'est, prétend-on, m'écriai-je en souriant, un de nos plus terribles adversaires.

— Allons donc !

— Il n'y a qu'à l'envoyer chercher : nous apprécierons.

J'avais inscrit l'adresse d'Emma. J'envoyai une lettre fort galante que je fis porter par l'ordonnance du colonel Zichy.

J'invitais la dame à venir boire du champagne le soir même en notre compagnie. La demande était peut-être un peu brusque, mais j'avais observé qu'en Italie, d'ordinaire, les princesses d'amour, même les plus huppées, ne se choquent point de façons vives et gaillardes.

L'ordonnance revint bientôt. Emma se trouvait à l'adresse indiquée. Elle habitait, au dire de notre soldat, un vieux palais très luxueusement meublé ; l'abord majestueux, mais le visage gracieux et joli, elle ne mentait point à sa réputation. Seulement ce friand morceau n'était point pour notre bouche.

— Madame, nous dit l'ordonnance, a fait répondre qu'elle refusait d'assister à une fête donnée par les ennemis de sa patrie. Il ne lui convient pas, a-t-elle ajouté, de se réjouir au moment où l'Italie est en deuil.

— Peste ! m'écriai-je, si nous avons affaire à des héroïnes, nous n'avons pas fini !

— Voulez-vous la voir ? ce n'est pas difficile !

La personne qui venait de parler ainsi était une femme grande, blonde et rose, aux hanches fortes, aux yeux gris, aux traits fins, le type de ces beautés du Nord qui vous charment d'autant plus qu'on a goûté longtemps aux Méridionales langoureuses, dont l'amabilité facile mais commune du visage, le corps d'ordinaire mal fait, à la taille longue et aux jambes courtes, vous lassent bien vite.

— Est-ce que cette dame est entrée par le plafond ? demandai-je à Schwab.

— Mais non ! répondit Schwab, vous n'avez pas vu la tête de Hartmann quand il l'a amenée à son bras ?

— Est-ce donc sa maîtresse ?

— Vous savez bien, me répliqua Schwab, que Hartmann n'a pas une fortune à s'offrir une pareille femme.

J'examinai la nouvelle venue ; sa toilette d'une élégance recherchée, surtout les diamants de ses bracelets et de ses bagues, et les joyaux splendides qui étincelaient dans ses cheveux, qui chargeaient son cou et sa poitrine, tout annonçait en elle une femme qui met un haut prix à ses faveurs.

— Pourriez-vous nous amener votre amie, madame ? lui demandai-je.

— Oh ! ce n'est point mon amie, se hâta-t-elle de répondre, mais je vous l'amènerai tout de même.

— Vous aurez de la peine !

— Et pourquoi donc ne viendrait-elle pas où je vais bien, moi ? Ne suis-je pas aussi riche et aussi distinguée que cette demoiselle ?

— Vous n'êtes sans doute pas une Italienne ?

— Par bonheur ! N'importe ! elle viendra, qu'elle le veuille ou non.

— Vous avez l'air de lui en vouloir. Seriez-vous jalouse ?

— Moi, jalouse d'elle ? Ah ! ce serait drôle par exemple. Si je n'habite pas comme elle un palais, mes amants sont plus riches que les siens, sans compter que j'ai une autre tournure !

Elle se cambrait et nous voyions se dessiner au milieu des fines batistes sa gorge aux pommes hautes et fermes et, sous la jupe serrée, les fesses amples et magnifiques.

— Avouez que vous avez une petite rancune à satisfaire.

— Certes ! répliqua-t-elle, je déteste cette femme, je la déteste à mort.

— Mais tout le monde a donc pour elle de la haine ?

Elle me regarda d'un œil interrogateur. Je lui contai la visite que j'avais reçue dans l'après-midi.

— Ah ! ah ! fit-elle, je sais : c'est Casacietto, son ancien amant ou plutôt son maq…

— C'est qu'il n'a pas l'air du tout de lui vouloir du bien !

— Je vous crois ! il s'imagine que la signora a un préféré, qui n'est pas lui, simplement parce que la Camporesi depuis quelque temps ne lui donne plus de galette et devient avare. On raconte qu'elle met de l'argent de côté pour qu'on lui dise des messes après sa mort.

— Vous êtes méchante. Que vous a-t-elle donc fait ?

— Une petite chose que je ne lui pardonnerai jamais… Elle m'a battue quand je servais chez elle.

Elle fit cet aveu avec une sorte de fierté qui surprit tout l'entourage.

— Eh bien oui ! dit-elle, j'ai été servante. Cela ne m'empêche pas d'être la maîtresse de ceux que je choisis pour m'adorer… Tenez, ce grand blanc qui est là, devant moi, avec sa poitrine couverte de plaques et de rubans, il sera à mes pieds quand je voudrai.

C'était à moi qu'elle s'adressait.

— Doucement, doucement, ma fille, lui dis-je en lui pinçant le derrière et je la secouai un peu rudement.

— Voulez-vous me lâcher, criait-elle en se débattant.

L'ancienne servante reparaissait toute dans ses façons grossières qui étaient en violent désaccord avec sa beauté gracieuse et l'élégance de sa toilette d'une richesse trop éclatante, mais pourtant de coupe et de nuances harmonieuses.

— Savez-vous que nous sommes les maîtres, dis-je, et que nous pouvons vous forcer à nous obéir ?

Changeant alors subitement de ton, elle prit une attitude câline, une voix caressante et mielleuse, où il y avait pourtant comme un arrière-goût d'ironie.

— Pourquoi prétendez-vous me contraindre, susurrait-elle, quand je suis toute aux ordres du vainqueur de Brescia ? Esther Bettington, dont la mère était autrichienne, est une admiratrice du général Haynau. Tout à l'heure je voulais plaisanter. Je sais bien qu'on n'est point la maîtresse du général, mais son humble servante. Que me commande Votre Excellence ?

— Ce que vous désirez vous-même, ma charmante Esther Bettington, répliquai-je, radouci. Nous voudrions voir comment votre beauté efface toutes les grâces si vantées de la Signora Camporesi.

— Je vais m'empresser de vous satisfaire. J'ai justement une lettre de Casacietto qui lui donne rendez-vous dans cette salle. Je vais envoyer porter cette lettre par une femme de chambre que la Camporesi ne connaît pas pour qu'elle vienne ici sans méfiance.

— Vous croyez qu'elle viendra ?

— Je n'en doute pas. Dès que son Casacietto l'appelle, elle accourt. Et l'imbécile s'imagine qu'elle ne l'aime plus ! Il est vrai qu'elle n'a plus pour lui ses prodigalités d'autrefois. Aussi lui ai-je conseillé d'irriter un peu son amour et sa jalousie afin de la rendre plus généreuse. Les amours trop confiantes deviennent égoïstes… Mon Casacietto lui donne donc aujourd'hui, à cette maison de ville, un rendez-vous auquel il ne viendra point.

— Mais pourquoi l'accuse-t-il de conspirer contre nous ?

— Par intérêt. Il espère obtenir ainsi une double récompense, de vous, pour l'avoir dénoncée ; d'elle pour l'avoir sauvée, car il croit à son innocence et pense qu'après quelques jours de prison il sera facile d'obtenir sa mise en liberté. Il compte, pour cette grâce, sur sa parenté avec une dame qui accompagne l'armée autrichienne, épouse de la main gauche d'un colonel… mais je dois être discrète.

— Et vous pensez sans doute, comme Casacietto, que la Signora Camporesi n'est pas coupable ?

— Je pense tout au contraire qu'elle est l'instigatrice du complot formé à Brescia pour massacrer les troupes autrichiennes. C'est moi qui ai dit à Casacietto d'aller la dénoncer, laissant croire à ce niais qu'il n'y avait à cela nul danger pour sa maîtresse et du profit pour lui-même.

— Mais parlera-t-elle ?

Esther Bettington eut un atroce sourire.

— Vous avez, mieux que moi, dit-elle, les moyens de la rendre bavarde.

— Envoyez-lui donc porter la lettre de Casacietto !

Esther aussitôt prit un papier dans son corsage, et le remit à l'ordonnance de Zichy pour sa domestique. La salle devint alors presque silencieuse. Malgré le vin bu en abondance, l'excitation des batailles récentes, du danger proche, et la vue de cette belle fille dont la personne n'avait rien de pudique, l'idée de cette Emma Camporesi nous avait rendus anxieux. Seul le colonel Hartmann, fier d'avoir amené Esther, ne cessait de chuchoter des plaisanteries à l'oreille de sa prétendue conquête, qui, assise sur le bord de la table, l'air indifférent, les yeux distraits, les accueillait par un petit rire de politesse, en s'éventant de son mouchoir parfumé.

Une heure se passa dans cette attente. Nous entendîmes un pas vif monter l'escalier.

— Je suis sûre que c'est elle, dit Esther en prêtant l'oreille, éloignez les lumières : cela vaudra mieux. Elle n'entrerait pas ici. Vous les rapporterez ensuite.

Les ordonnances emportèrent les candélabres de la salle qui demeura dans une pénombre. Une petite lampe qui brûlait dans l'escalier glissait seulement par la porte entrebâillée une mince lueur. Esther se couvrit le visage de sa sortie de bal et s'avança sur le palier ; puis contrefaisant sa voix :

— Vous cherchez sans doute Casacietto, Madame, dit-elle ; il va venir à l'instant. Il m'a priée de vous dire de l'attendre dans cette salle.

Emma Camporesi, la figure voilée, entra, suivie d'Esther. Aussitôt on rapporte les candélabres et on ferme les portes. Emma aperçut les officiers attablés, Esther qui avait rejeté sa sortie de bal et moi qui m'avançais vers elle pour lui faire les honneurs de la fête.

— C'est une indignité, s'écriait-elle, un pareil guet-apens !… C'est toi, coquine, lança-t-elle à Esther, c'est toi qui m'as attirée ici !

— Il m'a semblé, ma chère Emma, répliqua Esther, qu'on ne pouvait se réjouir à Brescia en votre absence.

— Ce n'est pas le moment de se réjouir, dit Emma, mais de se lamenter.

— Voilà des paroles bien graves, signora, répondis-je, pour une bouche aussi jeune.

Je la regardai. Sans être petite elle avait la taille courte et assez forte ; un visage aux grâces mignonnes, gentilles, presque enfantines, contrastait avec l'embonpoint naissant de son corps. Elle portait une mantille à l'espagnole et une jupe de satin noir ; aucun bijou, sauf une broche ornée d'une grosse émeraude dont les feux verts étaient pour ses amis un symbole d'espérance.

— Qu'on me laisse partir ! s'écria-t-elle comme mes officiers s'étaient approchés d'elle et l'entouraient. Qu'on me laisse partir ! Je ne veux pas rester ici une minute de plus.

— Et pourquoi êtes-vous venue, cara signora ?

— Un doux cœur et une bourse plus douce encore sans doute l'attendaient ici, chuchota Esther.

— Taisez-vous, répliqua Emma indignée ! si je me suis donnée, c'est librement et à un Italien.

— Si distingué que soit votre ami, madame, dit le colonel Zichy sérieusement, les officiers qui vous entourent ne lui cèdent en rien en noblesse. Vous avez ici devant vous les représentants de la meilleure aristocratie autrichienne et vous pouvez faire un choix parmi eux, j'imagine, sans vous croire déshonorée.

— F…-moi la paix, s'écria Emma, et laissez-moi sortir.

Je crus qu'il était temps d'intervenir.

— Si vous avez refusé, dis-je, une invitation qui vous était adressée avec courtoisie, du moins vous ne vous déroberez pas à mon interrogatoire.

Elle me regarda et pâlit. Elle vit que je n'avais nulle intention de plaisanter.

— Je sais, continuai-je, qu'on se réunit chez vous en secret, pour des desseins qui n'ont rien d'amoureux ni de divertissant. Pourriez-vous nous en faire part ? Pourriez-vous nous nommer quelques-uns de ces mystérieux affiliés ?

Elle eut un tremblement, mais reprit d'une voix ferme :

— Je ne vous dirai rien. Je ne vous dirai rien parce que je n'ai rien à vous dire.

— Vous oubliez qu'on peut vous faire parler.

— Vous pouvez seulement me faire fusiller.

— Oh ! oh ! ma chère, décidément vous étiez née pour la tragédie. Quel malheur que je goûte peu ce genre, et que je préfère le comique, qui, j'en suis sûr, vous divertit beaucoup moins. Vous faire fusiller ? faire fusiller la plus belle femme de Brescia ? Dieu m'en garde. L'Autriche se reprocherait une pareille cruauté ; elle tient à justifier au moins une fois le nom que vous lui donnez si fréquemment : « L'Autriche n'est pas une mère, dites-vous, c'est une marâtre. » Or une marâtre, avouez-le, est bien excusable si à une fille toujours en révolte elle administre parfois une copieuse fessée. Ce châtiment est peut-être moins décoratif qu'une fusillade, mais il est aussi plus bénin et il aurait pour nous de plus sérieux avantages. Nous ne voulons pas votre mort, chère madame, mais des aveux, des aveux sincères. Hein, dites-moi, belle signora Camporesi, que penseriez-vous d'une fessée, d'une fessée administrée d'une main un peu rude, mais juste ?

Emma Camporesi avait peine à se soutenir.

— C'est cela ! qu'on lui donne la fessée ! s'écria Esther en applaudissant.

— Oui ! oui ! qu'on la fouette ! qu'on la fouette ! rugirent les officiers.

— Vous entendez, chère amie ! dis-je, vos hommes politiques soutiennent l'excellence du suffrage universel ; vous accepterez donc une sentence qui a reçu une approbation aussi générale.

Emma tomba à mes pieds.

— Je supplie Votre Excellence !… faites-moi grâce, laissez-moi me retirer sans outrage. Vous êtes un homme brave ; vous devez avoir la générosité des soldats et ne pouvez prendre plaisir à déshonorer une femme !

— Vous déshonorer, ma chère ? mais je n'en ai nullement l'intention. Est-ce que votre maman, ou votre institutrice vous déshonoraient en vous corrigeant ? Vous n'allez pas vous calomnier en vous proclamant trop vieille pour avoir le fouet, je suppose. Il me semble en vous regardant que vous sortez du pensionnat. Ne vous plaignez donc pas si je vous traite en pensionnaire. C'est un hommage que je rends à votre jeunesse.

— Grâce ! pitié ! répétait la malheureuse Emma en étreignant mes jambes.

— Allons ! m'écriai-je. En voilà assez !

Et faisant signe à des ordonnances qui étaient là pour nous servir les rafraîchissements et les liqueurs.

— Saisissez-la, dis-je, entraînez-la jusqu'au fauteuil ; vous la forcerez de s'agenouiller sur les bras où vous l'attacherez par les pieds ; l'un de vous lui inclinera le haut du corps sur le dossier tandis qu'un autre, par derrière, lui tiendra les mains.

L'ordre s'exécute malgré la fureur d'Emma qui ne suppliait plus, mais luttait désespérément comme un animal affolé. Enfin elle est liée sur le fauteuil.

— Allez donc, dis-je à Esther, ils vont lui déchirer ses jupes.

— Oh non ! répond-elle, avec une moue, en s'éventant de son mouchoir parfumé, je craindrais ses mauvaises odeurs ; je l'ai approchée de trop près ; je sais comment elle soigne ses dessous.

— Comme je regrette, ma chère, fis-je à Emma en prenant un air apitoyé, comme je regrette que votre femme de chambre ne soit pas là pour vous déshabiller.

À ce moment elle poussa un cri de rage ; ses jupons de soie craquaient ; et on lui relevait sa chemise sur les épaules. Les officiers poussèrent des « och ! och ! » de plaisir. Pour moi j'étais à la fois surpris et amusé que cette petite tête mignonne et sérieuse de fillette pût appartenir à la même personne que cette croupe vraiment monumentale.

Jamais femme n'eut plus de honte. Emma, paraît-il, avait posé autrefois devant des peintres idéalistes fort épris de sa figure virginale et ingénue, mais que choquait le développement de ses charmes inférieurs. Ces artistes lui avaient persuadé que ses hanches et ses fesses n'étaient pas en harmonie avec le reste de sa personne. Aussi, sans parler de l'effroi qu'inspirait à cette courtisane douillette l'idée d'une peine physique, c'était déjà pour elle un supplice atroce de subir ce déshabillage et d'être contrainte d'étaler, aux yeux d'une centaine d'hommes, cette partie de son corps qu'elle croyait imparfaite et qu'elle dérobait même à ses amoureux.

— Voilà donc les grâces qui ont passionné l'Italie, s'écria Hartmann.

— Je ne sais, dit Esther, si divulguées elles ne perdront pas de leur valeur et si demain on paiera comme hier cent florins pour les voir.

— Les galants suivront notre exemple désormais et s'en offriront le spectacle gratuit.

— À moins qu'ils ne les jugent trop connues pour leur plaire.

Réduite à l'humiliation extrême, la Camporesi qui n'avait rien à ménager, retrouvait ses libertés anciennes de fille publique pour insulter et braver ses bourreaux. Et elle lançait les pires grossièretés à l'adresse de l'empereur, des officiers, de moi-même.

— Ah ! fi donc, ma chère, disait Hartmann, on m'avait vanté vos talents de cantatrice, mais je croyais que vous les manifestiez d'une autre façon.

— Allons, dis-je aux ordonnances, prenez vos sangles, et qu'on se mette à la fouetter vigoureusement.

Sous les cinglons des soldats, des pois de pourpre apparurent sur les chairs qui nous étaient offertes, puis des raies sombres ; bientôt la croupe de la Camporesi fut pareille à une grande compote de fraises, d'un rouge violacé. Elle retenait ses cris ; mais la douleur fut plus forte que son courage ; à une cinglade plus coupante, des hurlements montèrent de sa gorge, suivis de rugissements, et les injures alternèrent avec les supplications.

Je me penchai vers elle :

— Consentirez-vous maintenant à parler, à nommer vos complices ?

Sans me répondre elle se mit à pousser des gémissements.

— Arrêtez un instant, commandai-je aux ordonnances ; déliez-la et donnez-lui un verre de champagne. Si tout à l'heure elle refuse de faire des aveux, vous recommencerez à la sangler.

Elle avait un moment de répit. Comme l'endolorissement de ses fesses ne permettait pas de l'asseoir sur le fauteuil, on la coucha sur des coussins. Elle eut beaucoup de peine à boire car ses mains tremblaient, et son corps était secoué par de grands sanglots.

Esther Bettington contemplait sa rivale d'un œil féroce ; elle avait suivi le supplice sans en perdre le moindre détail.

— Je vois, me dit-elle, que ce ne sera pas facile de la faire parler sous le fouet. Il y aurait peut-être un autre moyen de lui arracher des paroles.

— Lequel ?

— Je vous préviens qu'il sera assez coûteux.

— Je paierai ce qu'il faut si ce moyen me paraît effectif et praticable.

— Oui, il vous donnera un résultat. Il s'agit d'acheter Casacietto.

Je sus plus tard qu'il s'agissait aussi d'acheter Esther Bettington.

— Et il demande un prix si élevé pour se vendre ?

— Vous comprenez que cet homme tire de beaux revenus de l'amour de la Camporesi : et il ne pourra plus guère y compter.

— Naturellement. Et combien voudra-t-il ?

— Dix mille florins au moins.

— Voilà des aveux que je n'aurai pas à bon marché !

— Mais songez donc que la Camporesi est à la tête des conjurés, qu'elle sait tout ce qu'ils préparent, et qu'en prévenant leur complot vous sauvez votre armée et peut-être votre propre existence !

— Évidemment, dis-je, ce n'est pas trop cher. Et une fois que mon homme est acheté, qu'arrivera-t-il ?

— Vous le verrez tout à l'heure.

— Vous allez amener ici Casacietto ?

— Dans un instant.

— Allez donc le chercher !

— J'attends que vous ayez versé l'argent.

— Vous avez ma parole.

— Je voudrais au moins un acompte et votre signature.

Je promis de lui remettre le soir même le papier qu'elle demandait et cinq cents florins que j'avais sur moi. Après quelques hésitations et m'avoir à plusieurs reprises regardé comme si elle craignait d'être ma dupe, elle partit à la recherche de Casacietto.

Elle le trouva promptement car elle connaissait les habitudes du beau sire. Chaque soir il allait jouer à la taverne de Saint-Filastre l'argent que lui avaient procuré ses amours.

Voilà l'entretien qu'Esther eut avec ce rufian, d'après ce qu'elle m'a rapporté :

— Veux-tu venir à la maison de ville où le général Haynau fait subir un interrogatoire à la Camporesi ?

Dans l'effroi que lui causa cette demande, Casacietto laissa tomber le cornet de dés qu'il tenait à la main.

— Aller à la maison de ville, s'écria-t-il, et pourquoi ?

— Pour y gagner quelques milliers de florins.

Il fut rassuré et se mit à sourire.

— Ce n'est pas à dédaigner.

— Alors tu viens ?

— Encore dois-je savoir ce que l'on attend de moi.

— Que tu aies l'air d'être mon amant !… Oh ! seulement l'air, ajouta-t-elle en riant. Je ne tiens pas d'ordinaire, à ce que tu frôles ton sale museau contre ma figure, mais pour une fois et quelques florins, j'y consens.

— Comment, s'écria cette brute, mais je n'ai pas l'intention de te donner quoi que ce soit.

— Sois rassuré, ladre ! réplique Esther, on nous paie tous deux.

Et lui prenant le bras, elle me l'amena ; puis, à voix basse, elle me dit le rôle qu'elle se proposait de jouer tout à l'heure aux yeux de son ancienne maîtresse et quel langage je devais lui tenir moi-même : cette femme, dans sa haine et sa soif de vengeance, me dictait mes actes et je me laissais conduire par elle.

La laissant à l'écart avec Casacietto au fond de la salle et bien dissimulée par un groupe d'officiers je m'approchai de la Camporesi qui ne cessait de sangloter.

— Eh bien, cara signora ! lui dis-je, ces coups sur votre beau derrière vous ont-ils amendée ? êtes-vous décidée enfin à vous confesser ?

Elle secoua la tête au milieu de ses larmes.

— Vous tenez donc à ce qu'on vous donne encore le fouet ?

Et comme elle me considérait d'un regard épouvanté :

— Oui ! nous sommes décidés à vous fouetter jusqu'à ce que vous soyez décidée à parler… Écoutez, lui dis-je, en m'asseyant auprès d'elle, nous ne vous voulons point de mal. Soyez seulement un peu raisonnable ! Nous savons que vous conspirez contre Sa Majesté l'Empereur, que vous complotez avec plusieurs fous le massacre de nos troupes et pourquoi cela, je vous le demande ? Simplement, pour vous donner une réputation de femme héroïque, dévouée à la patrie, qui fasse oublier votre ancien renom de beauté facile, et si vous tenez tant à entrer dans la classe des femmes vénérables, avant l'âge, c'est que vous désirez épouser certain marquis florentin, et pourquoi désirez-vous épouser ce marquis très riche, il est vrai, mais laid, vieux, infirme, plein de manies et d'exigences ? Est-ce donc que vous avez besoin d'argent pour vous-même ? Nullement. C'est que Casacietto devient chaque jour plus exigeant, et que vous voyez dans la fortune du marquis le moyen de satisfaire la cupidité de votre amant. Est-ce vrai ?

Je lui débitais tout ce que venait de m'apprendre sur son compte Esther Bettington. Elle parut très surprise que je fusse si bien informé.

— Vous voyez que je connais votre histoire, repris-je. Je sais aussi des choses que vous ignorez, et je vais vous les apprendre. Vous compromettez votre fortune et votre existence non seulement pour un homme qui ne vous aime pas, mais pour un ingrat, pour un traître.

— Que dites-vous ! s'écria-t-elle en se redressant vers moi.

— Votre bien-aimé Casacietto vous trompe avec Esther Bettington.

— C'est faux. Vous mentez !

Et, malgré la douleur qu'elle éprouvait, elle bondit vers moi, et sans les soldats qui la gardaient, elle m'eût frappé au visage.

— Calmez-vous, cara signora. Je puis vous prouver tout de suite que je ne mens pas. Regardez derrière vous.

Esther Bettington s'approchait au bras de Casacietto, à la grande fureur du colonel Hartmann qui tenait à passer auprès des autres officiers pour être l'amant d'Esther.

— Eh bien ! ma chère, dit la Bettington, comment avez-vous supporté le fouet tout à l'heure ? Quel triomphe c'eût été pour vous, quand on vous a découvert le derrière, si vous aviez suivi mes conseils et pris des bains de lait qui donnent à la peau un éclat incomparable. Vous eussiez enflammé d'amour tous les officiers ! Mais vous négligez trop votre personne, je vous le dis franchement, et puis que la musique plaintive que vous nous avez soupirée était monotone ! Cet accompagnement de sanglades, si original, aurait dû pourtant vous inspirer et nous valoir quelque brillante cavatine.

En même temps elle prenait la main de Casacietto qui lui entourait la taille.

La Camporesi eut un tremblement de colère.

— Combien lui donnes-tu, à ce porc, répliqua-t-elle pour qu'il te caresse ta peau ?… si avare que tu sois avec lui, je t'en avertis, tu perds ton argent, car il n'a pas de c…

— Un homme peut bien être impuissant avec une femme comme toi qui empestes !

— Tu ne sens donc pas ton odeur, bouche d'égout ?

— Et tu ne vois donc pas ton derrière en marmelade et tes seins qui dégringolent, vieille rouleuse !

Les deux femmes continuèrent ainsi à se jeter d'immondes injures à la face. Je dus m'interposer et éloigner Esther.

— Donnez-moi du papier, une plume, dit alors la Camporesi d'une voix sourde. Je suis décidée à tout vous dire. À présent cela m'est bien égal !

Je m'empressai de lui apporter ce qu'elle me demandait. Elle écrivit d'une main ferme et sans s'arrêter deux grandes pages de dénonciations qui compromettaient les principaux nobles de Brescia et plusieurs femmes de l'aristocratie.

— Puis-je à présent me retirer ? demanda-t-elle.

— Ne voulez-vous pas avoir, dans ces moments de trouble, chère amie, un sauf-conduit qui vous assure la protection de nos troupes ? Les soldats quelquefois peuvent pécher par excès de zèle. Venez donc avec moi. Vous avez d'ailleurs besoin de réparer le désordre de votre toilette.

Je la conduisis jusqu'à ma chambre qui était au second étage de la maison de ville. J'avoue que la vue de son joli visage d'enfant, que les larmes rendaient encore plus gracieux, que l'offre forcée, tardive de cette amoureuse qui s'était refusée à mon invitation galante et à laquelle j'avais imposé un châtiment ignominieux, tout enfin m'incitait à achever ma victoire. Je la poussai vers mon lit, je l'y fis rouler sous mon corps en rut, et j'étreignis, j'embrassai sa chair. J'eus le temps de prendre mon plaisir ; mais tout à coup avec brusquerie elle rompit l'enlacement et me mordit la bouche.

— Ah ! coquine ! m'écriai-je, et je voulus la frapper.

Mais avec plus de vivacité que je n'en eusse attendue d'une femme aussi grasse et qu'avaient dû fatiguer les émotions et les peines de cette soirée, elle s'échappa.

— Monstre ! fit-elle, du palier.

Le colonel Zichy, dont la chambre était près de la mienne, sortit à ce moment et la voyant s'enfuir :

— Vous la laissez s'en aller, me dit-il, vous ne craignez pas sa vengeance ?

— Je laisse à d'autres, lui répondis-je, le soin de se venger sur elle.

J'allais rentrer chez moi quand apparut la figure de Casacietto, basse de sournoiserie et de servilité.

— Que veux-tu ?

— Votre Excellence, je viens demander la récompense promise.

La morsure de la Camporesi dont je souffrais encore m'avait exaspéré. Je n'étais pas en humeur de libéralités.

— Ta récompense ? tu oses demander ta récompense ? Mais la récompense d'un espion et d'un rufian de ton espèce c'est une bonne bastonnade et le repos forcé au fond d'un cul-de-basse-fosse. Les désires-tu ?

Il n'en demanda pas davantage, descendit les escaliers très vivement et avec une grande peur qu'on ne le laissât pas sortir ; il fut tout surpris et tout heureux de pouvoir respirer l'air libre.

Esther Bettington ne se contenta pas si aisément. Dès le lendemain matin, et lorsque j'étais encore au lit, elle demanda à me voir, et mon ordonnance, croyant que j'attendais sa visite, eut le tort de la faire entrer dans ma chambre.

— Je pense que Votre Excellence tiendra sa promesse, me dit-elle après m'avoir salué.

— Vous pouvez y compter, ma belle, répondis-je, mais approchez-vous donc ; les chaises sont un peu rudes ici ; dans ce lit vous serez mieux pour causer.

Votre Excellence me pardonnera, répliqua-t-elle froidement, mais j'ai « mes mois » aujourd'hui et ne puis la satisfaire.

— Est-ce que vous croyez que je tiens à vos bonnes grâces ? vous vous trompez, ma chérie ; je ne désire pas avoir les restes de vos souteneurs !

— Je ne suis pas venue pour entendre vos insultes, mais pour recevoir les dix milles florins que vous m'aviez promis.

— On est déjà venu les réclamer hier soir.

— C'est à moi que vous deviez les remettre.

— Sa Majesté l'empereur d'Autriche ne m'a pas nommé général de ses armées pour entendre les récriminations des catins. Vous allez me faire le plaisir de tourner les talons.

— Je ne m'en irai pas avant d'avoir mon dû !

— Oh ! oh ! si vous le prenez sur ce ton, nous allons voir, par exemple !

Et je sonnai mes ordonnances.

— Prenez cette femme par le bras, agenouillez-la devant mon lit, et troussez-lui ses jupons.

Esther Bettington eut un cri de colère, mais elle eut beau se débattre, ruer, mordre, donner des coups de poing, les deux soldats qui la maintenaient l'eurent bientôt fait tomber au pied de mon lit.

— Détachez vos ceintures, dis-je alors, puis me tournant vers Esther : regardez ces sangles, ma belle ; ce sont celles qui ont fouetté hier soir votre amie Emma ; elles portent encore les traces de son sang. Vous allez bientôt, si vous y tenez, les marquer à votre tour ; j'imagine en effet que les ceintures feront de fort jolis dessins rouges sur vos grosses fesses dont la peau me paraît plus blanche et plus fine encore que celle de votre amie.

— Grâce ! s'écria Esther prête à pleurer.

J'étais fatigué, avais envie de dormir et je ne me montrai pas impitoyable.

— Relevez-là, dis-je à mes ordonnances, et mettez-la à la porte.

À mes paroles, elle se releva elle-même et s'enfuit aussi rapide que l'éclair. Elle quitta le soir même Brescia où elle avait tout à redouter de nos ennemis et où les officiers de mon armée eussent peut-être abusé de ses grâces.

J'appris, peu de temps après, que sans égard pour la peine que je lui avais infligée, on avait assassiné la Camporesi en représailles de sa trahison.

C'est ainsi que mes relations avec ces deux femmes fort séduisantes l'une et l'autre, mais toutes deux d'une vertu peu recommandable, n'eurent pas de suite. Mes amours ne me donnèrent que le délice d'un moment ; du moins ne me laissèrent-elles pas d'épines.

Le prince de Reuss avait écouté Haynau fort attentivement.

— Général, dit-il, je vous félicite de votre aventure ; mais laissez-moi vous dire que s'il y avait une émeute à Géra, je ne vous chargerais pas de la réprimer.

— Pourquoi, monseigneur ?

— Parce que vous la feriez dégénérer en révolution. Herbillon au contraire saurait la traiter doucement et l'apaiser.

Comme Haynau paraissait fort blessé de cette remarque, tandis que son compagnon se rengorgeait, le prince eut un sourire, et pour atténuer l'effet désobligeant de ses paroles :

— Soyez-en persuadé ! dit-il, si des passions féroces soulèvent mon peuple, et qu'il faille une main de fer pour le châtier, nous penserons à vous, Haynau.

— Vous aurez raison, monseigneur, répondit simplement le général, je ne suis jamais si heureux que lorsque dans une ville tumultueuse, en proie aux fureurs déchaînées de la foule, je parviens à rétablir l'ordre et à faire régner la paix.

Avouez, observa Herbillon, que vous ne craignez pas de ramener cette bonne déesse sur des ruines fumantes et des monceaux de cadavres.

— Ce sont les accidents inévitables de la guerre, répliqua Haynau. Ce n'est pas pour des jeux bénins que les peuples fabriquent des canons et équipent des armées.

LA COMÉDIE CHEZ LA PRINCESSE

Jamais la princesse Daschkoff ne s'était trouvée plus belle qu'à cette petite réception intime, où elle voyait les yeux de ses visiteurs s'allumer de désirs en la regardant. Dans son vaste et magnifique château de Glinnoë elle jouissait de tout le confort et de tout le luxe qu'elle avait à Pétersbourg, et elle se sentait plus adorée par les fonctionnaires et les châtelains oisifs du district, plus reine au milieu de cette armée de serviteurs attentifs à ses moindres désirs, prêts à satisfaire ses caprices les plus extravagants. Elle était digne aussi d'inspirer l'amour et l'admiration. Elle n'avait point cette stature massive de certaines Vénus slaves qui semblent avoir échangé les grâces de leur sexe contre une force trop apparente et masculine ; mais fine, souple, élancée, elle mouvait les hanches les mieux arrondies, et dans ses libres attaches sa jupe laissait deviner des formes amples et cambrées que n'annonce pas d'ordinaire une taille aussi mince. Au soleil couchant qui illuminait ses cheveux blonds, et mettait sur sa tête comme une auréole, toute droite sous une étole étincelante d'émeraudes, elle avait parfois quelque chose d'une sainte de vitrail ou d'une prêtresse à l'autel, mais vite un geste vif, un sourire malicieux corrigeait l'expression sévère ou orgueilleuse de son visage, et volontiers, malgré ses vingt-deux ans, elle devenait pour ses hôtes une gamine joueuse et espiègle, à condition que seule elle fût libre et que ses plus grandes audaces de paroles ne fissent point oublier le respect dû à son rang et à sa beauté.

À côté de la princesse se tenait comme son ombre, Mme Narischkin, petite, noirâtre, heureuse de tout ce qui pouvait rejaillir sur elle de son charme, de son luxe, de sa richesse, ayant renoncé par suite d'une humilité excessive au moindre succès personnel.

Parmi les visiteurs se trouvaient deux châtelains des environs, le général Kapieff, et l'aide-de-camp du nouveau gouverneur de Kalouga, M. Soubotcheff, qui s'était assis sur un siège très bas, tout près de la princesse et semblait un prêtre en extase devant son Dieu.

— Messieurs, dit-elle, en changeant soudain la conversation, profitons de ce que mon mari fait la sieste et n'est pas là à nous raser avec les réformes de l'administration et la politique du sultan pour organiser un complot.

— Un complot ! s'écrièrent ces messieurs avec surprise.

— Oui, un complot, mais avant que je vous explique ce dont il s'agit, il serait bon de prendre des forces. Vous en aurez besoin. Maria Pawlovna, ajouta-t-elle en se tournant vers Mme Narischkin, verse donc du xérès et offre des gâteaux à ces messieurs… Que penseriez-vous, pour charmer les loisirs ou plutôt distraire les ennuis de Glinnoë, d'une comédie que nous jouerions, que nous inventerions nous-mêmes ?

On se regarda en souriant ; on était rassuré.

— C'est là le complot ?

— Mais c'en est un, reprit la princesse. Je n'ai pas l'intention d'écrire une pièce, mais de contraindre par une sorte de suggestion des gens à la jouer autour de moi et comme je le voudrais.

— Nous entrons dans le domaine de la sorcellerie.

— Nullement. Certaines circonstances en déterminent d'autres pour ainsi dire forcément ; vous vous rappelez la pièce de Gogol et comment le gouverneur et les principaux officiers d'une petite ville prennent ce farceur de Khlestakof pour un inspecteur général et le forcent ainsi à en usurper les façons. Eh bien, il faut que nous trouvions parmi nos voisins un homme auquel nous composions un rôle sans qu'il s'en doute, et qui le joue au naturel pour notre plus grand plaisir.

— Ce n'est pas un divertissement facile, princesse, que vous imaginez là !

— Le plus aisé du monde au contraire. Par exemple, prenons M. Soubotcheff. Approchez, M. Soubotcheff. Agenouillez-vous et tendez le museau. Bien ! comme cela. Donnez-moi un biscuit, Maria Pawlovna. Écoutez, vous, Soubotcheff. Vous allez garder le biscuit sur votre museau. Et prenez bien garde de le faire tomber jusqu'à ce que je fasse un signe. Attention. Une, deux, trois ! hop ! Mangez le biscuit maintenant. Vous voyez, messieurs, comme M. Soubotcheff fait bien le chien, et sans sortir de son caractère !

Tout le monde éclata de rire, même M. Soubotcheff qui s'était relevé et avait repris sa place sur le siège bas, auprès de la princesse.

— L'important, pour la réalisation de notre projet, c'est que la personne choisie par nous n'ait pas à sortir de son caractère. Trouvez-moi donc quelqu'un auquel on puisse faire changer brusquement son genre de vie sans qu'il change pour cela de nature.

Le gouverneur, insinua Kapieff.

— Le nouveau gouverneur ? Je ne le connais pas.

— Il m'a dit qu'il avait eu l'honneur de vous être présenté par le prince à la gare de Kalouga.

— Je ne me le rappelais pas. Il était nuit, j'avais froid, je n'ai pas fait attention à lui, et il n'a pas dû non plus me trouver bien charmante, car j'avais relevé mon collet, baissé ma voilette et je m'étais emmitouflée de fourrures : on ne pouvait seulement découvrir le bout de mon nez.

— Il a dû garder cependant bon souvenir de cette entrevue puisqu'à peine installé à Kalouga il compte venir vous voir aujourd'hui.

— Simple visite de politesse ! Cela m'amuserait bien, moi, qu'il se dérangeât pour rien. Maria Pawlovna, veuillez donner l'ordre de ne pas recevoir le gouverneur, ou lui dire que je suis souffrante.

— Et s'il voit nos voitures dans la cour du château ?

— Tant pis ! il pensera ce qu'il voudra.

— Ce serait pourtant un acteur excellent pour votre comédie.

— Je le regrette. Seulement je ne suis pas en humeur de voir de nouveaux visages.

Mais il était trop tard. Mme Narischkin n'eut pas le temps de gagner l'antichambre que le maître d'hôtel, soulevant les draperies du salon, annonçait l'arrivée de l'importun.

— Son Excellence M. le Gouverneur de Kalouga !

Grand et gros, correct et élégant, les yeux fureteurs, les lèvres fines, avec quelque chose de hautain et d'insolent, apparut M. le Gouverneur. Devant la princesse il devint humble.

— Je n'ai pas voulu, madame, dit-il en s'inclinant, m'établir à Kalouga sans venir aussitôt vous présenter mes hommages. Il m'a semblé que de vous voir à mon arrivée serait non seulement un grand plaisir mais un gage de bonheur pour mon nouveau gouvernement. Je suis fort superstitieux et, en certaines circonstances, la vue d'une personne belle et aimable m'apparaît comme un heureux présage.

Ces compliments n'eurent aucun effet. Dès qu'elle avait aperçu le gouverneur, la princesse avait pâli, et tandis qu'il parlait, sans paraître se soucier de ses démonstrations de respect, elle le regardait avec stupeur.

— Je vous remercie, dit-elle froidement. Je suis en vérité très satisfaite de vous inspirer tant de confiance dans les agréments d'un séjour en notre district.

Le ton de ses paroles était d'une ironie si blessante, témoignait si évidemment de quelque ressentiment ancien que le gouverneur qui, jusque-là avait tenu les yeux baissés, leva la tête d'un mouvement brusque et regarda son interlocutrice : ce fut à son tour d'être surpris, mais il se remit vite de son étonnement ; un sourire narquois effleura ses lèvres, et il commença à examiner la princesse de la tête aux pieds avec l'attention injurieuse d'un fêteur en quête d'une compagne nocturne ou le souci minutieux d'un maître musulman qui veut acheter une esclave saine, solide et bien conformée.

Sous ce regard impudique et retrousseur qui détaillait son corps, en violait les charmes secrets, et lui donnait l'impression, malgré jupes, fourrures, étole, d'être nue comme une pauvre créature que le besoin d'une pièce d'or contraint à se livrer aux caprices brutaux d'un débauché, la princesse serrait les dents de rage et pouvait à peine maîtriser sa colère. Elle essaya toutefois, pour donner le change à ses visiteurs, de jouer l'indifférence et de lancer la causerie sur les plaisirs et les ennuis de Kalouga, mais son esprit, si brillant d'ordinaire, parut terne ou distrait ; ses paroles devinrent étranges ; et comme on n'y répondait que par politesse, la conversation traînait. Il y eut de longs et pénibles silences.

Elle se leva tout à coup.

— Messieurs, je vous prie de m'excuser : je suis un peu souffrante. Mme Narischkin, par bonheur, est là et me remplacera auprès de vous avec avantage.

Là-dessus elle sortit vivement, laissant ses visiteurs effarés, très émus du malaise mystérieux que venait de lui causer l'arrivée du gouverneur, et torturant leur imagination pour découvrir les motifs de cette scène inattendue.

Le prince, peu après, fit dire que l'état de la princesse l'obligeait à demeurer auprès d'elle et qu'il ne paraîtrait pas de la soirée. Au lieu du magnifique repas qu'il donnait chaque semaine aux jours de réception, ses visiteurs durent se contenter ce soir-là de sandwichs au caviar, de viandes froides et de quelques verres de kwas et de champagne, pris en compagnie de la triste Mme Narischkin, qui tentait vainement de paraître gaie, et risquait des plaisanteries dont pas une n'arrivait à faire rire.

*
* *

On remonta très tôt en voiture. M. Soubotcheff prit place dans l'automobile du gouverneur pour retourner avec lui à Kalouga. Le trajet fut court. Le gouverneur paraissait triomphant, mais n'adressa pas une parole à son compagnon, qui n'osait par déférence l'interroger, quoiqu'il en eût grande envie. Enfin, au bout d'un quart d'heure, comme on entrait à Kalouga, le gouverneur fit arrêter l'automobile devant le grand hôtel.

— Vous dînez avec moi, n'est-ce pas ? Cette maudite collation de Glinnoë, loin de calmer mon appétit, m'a donné une faim de tigre.

M. Soubotcheff eût jugé malhonnête de refuser l'invitation, et d'ailleurs il était trop content de l'accepter. Il pensait bien que le gouverneur, excité par le vin et la bonne chère, se laisserait facilement aller aux confidences. Son attente ne fut pas trompée.

À peine à table le gouverneur se frotta les mains.

— Voilà une visite, dit-il, qui me promet des journées assez divertissantes. Jamais je ne me serais imaginé ce matin qui j'allais voir !

Et comme Soubotcheff écarquillait les yeux :

— J'aurai la princesse quand il me plaira. Je connais un secret de sa belle jeunesse qui me rend absolument son maître… Vous tenez à le savoir, vous aussi, curieux !… Eh bien, je vais vous le dire. Vous pouvez en profiter après moi, si bon vous semble, et cela m'amusera, moi, de vous le confier. Je revivrai ainsi en imagination une soirée ou plutôt une nuit qui vraiment ne me parut pas du tout ennuyeuse. Permettez-moi seulement de goûter encore à ces sterlets à la sauce impériale qui sont vraiment exquis.

Il mit sur son assiette tout ce qui restait dans le plat, et l'engloutit en quelques bouchées.

Alors il s'essuya la moustache, reprit haleine et conta ce qui suit :

« Il y a de cela cinq ans. On venait de découvrir un terrible attentat nihiliste. Le train impérial avait été miné. L'explosion devait se produire quelques minutes après le départ. Le czar, la czarine et tous ceux qui les accompagnaient auraient été tués. Ce fut le maître d'hôtel, que l'un des conjurés avait cru pouvoir mettre dans le complot, qui le dénonça. Il y eut des arrestations en masse, et la police reçut les ordres les plus sévères. Elle devait étendre partout sa surveillance et non seulement arrêter les suspects, mais punir sans jugement les moindres délits. Une parole imprudente ou irrespectueuse était à ce moment considérée comme une provocation.

« J'appartenais alors au bureau de Santousky et je fus chargé d'assister à un bal que donnait la princesse Youssoupoff, connue pour ses opinions libérales, même révolutionnaires, et ses relations avec la société cosmopolite de Pétersbourg.

« Délaissant les salons de danse et de jeu, j'avais pénétré avec deux ou trois officiers dans une sorte de boudoir où causaient plusieurs jeunes femmes. L'une d'elles, que sa beauté, ses dentelles, ses joyaux, notamment un merveilleux collier de perles grises et roses, me firent aussitôt remarquer, avait une singulière hardiesse de langage, et étonnait, amusait tout l'entourage par l'esprit et parfois l'étourderie impertinente de ses reparties. On vint à parler du dernier attentat.

— Oh ! s'écria-t-elle, si nous n'avions plus notre petit père[1], ce ne serait pas un grand malheur. On en trouverait toujours un autre de sa force.

— Vous êtes un peu anarchiste, avouez-le, insinua quelqu'un.

— Moi, répliqua-t-elle, je ne trouve pas du tout absurdes les théories des révolutionnaires… J'en connais d'ailleurs quelques-uns. Ce sont de très honnêtes gens.

— À part leurs assassinats, répliqua un interlocuteur ironique, je ne vois pas en effet ce qu'on pourrait leur reprocher.

— Oh ! leurs assassinats, parlons-en ! dit la jeune femme. Si un homme ou même plusieurs hommes doivent, en mourant, procurer à l'humanité le bonheur, pourquoi hésiterait-on à sacrifier leur existence ?

— Voici, fis-je à mon voisin, une bien aimable sectaire.

— C'est la comtesse Pougatscheff, me répondit-il. Son mari n'a pas eu le temps de faire son éducation, car il est mort l'année dernière. Il y avait trois mois qu'il l'avait épousée.

— Voilà comment elle le pleure !

— Pougatscheff était vieux et maniaque, et elle avait à peine seize ans.

— Son père aurait mieux fait, au lieu de la marier, de l'envoyer à l'école.

« Durant tout le bal la comtesse Pougatscheff tint des propos aussi extravagants. Elle y prenait goût car elle ne sortit du boudoir que pour le souper, et ne quitta la fête que vers quatre heures du matin. On me dit qu'à l'ordinaire elle préférait de beaucoup la

1. Le czar.

danse à la causerie, mais que cette fois, une légère entorse qu'elle s'était donnée en descendant de voiture l'avait contrainte à renoncer à l'un de ses plus grands plaisirs.

« J'attendis son départ, la devançai à la sortie, montai avec l'ivoschik et, dès qu'elle fut en voiture, j'ordonnai d'aller au bureau de police de Santousky. Elle ne s'aperçut du changement de direction qu'à l'arrêt de la voiture devant le couloir du bureau, d'aspect assez misérable. Comme elle s'attendait à voir l'élégant escalier du palais Pougatscheff, elle crut à une erreur du cocher et eut un violent accès de colère.

— Brute, stupide imbécile ! criait-elle, vous vous êtes encore grisé sans doute ! Ne connaissez-vous plus le chemin du palais ? Allez-vous m'arrêter deux heures devant cette maison infecte et par un froid pareil ? Vous mériteriez qu'on vous déchirât la peau !

— Permettez, madame, dis-je en m'avançant vers elle et en lui offrant le bras, c'est moi qui ai dit à votre cocher de vous conduire au bureau de police. Nous aurions un petit renseignement à vous demander.

« Elle fut si étonnée et même, malgré son assurance de tout à l'heure, si effrayée, que je pus l'entraîner sans peine jusqu'au cabinet de travail de Santousky. Un vagabond, la face ensanglantée, et deux rôdeuses de la dernière classe, arrêtés le soir même, considéraient avec étonnement cette femme couverte de diamants, enveloppée des plus magnifiques fourrures et dont le passage laissait dans l'escalier une odeur fine et enivrante.

« Je chuchotai quelques mots à l'oreille de Santousky qui, après un court salut, demanda vivement et d'un ton assez autoritaire à ma comtesse :

— Vous connaissez des nihilistes ?

« Elle répondit en balbutiant :

— Mais non, monsieur, je vous assure.

— Pourquoi donc, il n'y a qu'un instant, chez la princesse Youssoupoff, disiez-vous que vous étiez liée avec des révolutionnaires…

— Et même que c'étaient de braves gens, ajoutai-je.

« Je la vis pâlir et trembler. Elle cherchait du regard une chaise pour s'y reposer, mais il n'y avait dans le cabinet de Santousky d'autre siège que le fauteuil où était assis le chef de police.

— Oh ! fit-elle, je ne sais pas ce que j'ai dit tout à l'heure. Je m'amusais, je plaisantais.

— Il y a des plaisanteries qui ne sont pas seulement inconvenantes, mais criminelles, reprit Santousky. Vous avez manqué de respect à Sa Majesté, vous avez excusé, bien mieux ! exalté l'assassinat. De tels discours tenus dans un salon plein de monde, sont une véritable provocation au meurtre. Félicitez-vous que votre rang et votre jeunesse ne vous vaillent cette fois qu'un avertissement.

« Elle regardait la porte avec angoisse, et pensa qu'on allait lui permettre, après cette admonestation honteuse, de se retirer, mais une humiliation autrement cruelle l'attendait.

— Veuillez, je vous prie, me dit Santousky, débarrasser madame de ses fourrures.

« Je lui enlevai son manteau. Elle était si émue que le chef de police dut la soutenir pour l'empêcher de tomber. Soulevant alors une draperie, il l'introduisit dans un petit salon obscur qui se trouvait derrière son fauteuil. Il sonna. J'entendis presque aussitôt un cri étouffé. Je m'approchai. Je n'oublierai jamais le spectacle qui s'offrit à mes yeux :

« Santousky venait de donner l'électricité et l'étroit salon était en pleine lumière. D'abord je me demandai où était la comtesse. Et voici dans quelle situation je l'aperçus. Sa tête apparaissait au ras du parquet, le cou rentré dans les épaules ; ses bras étaient étendus, ses doigts accrochés aux planches. On eût dit qu'on venait de lui trancher le haut du corps et qu'on avait jeté au loin la partie inférieure de sa personne, ou bien encore qu'un enchanteur l'avait privée de ses membres inférieurs, la rendant assez semblable à ces anges qu'on voit sur les retables des anciennes églises.

« Tandis que je me demandais où étaient passées ses superbes hanches qu'une heure plus tôt, au palais Youssoupoff, j'avais tant admirées, je compris l'aventure. Assez banale au temps de Nicolas, elle est d'un caractère plus surprenant à notre époque, sans être cependant unique. Je l'ai vue, moi qui vous parle, deux fois se renouveler, toujours il est vrai dans des moments de trouble, alors que les différents pouvoirs se trouvent sans contrôle et que les autorités peuvent se permettre les mesures les plus arbitraires pour ramener l'ordre.

« Par excès de zèle, peut-être aussi par vengeance, car j'ai su qu'il avait eu à se plaindre autrefois de la comtesse, Santousky l'avait soumise à une de ces corrections privées, qu'on n'administre plus guère qu'à des filles révoltées, en état d'ivresse ou coupables d'avoir frappé un policier. À un coup de sonnette, le gardien qui se trouvait dans le sous-sol avait fait descendre la trappe du petit salon où Santousky venait de mener la comtesse, de telle sorte que notre belle avait les reins au-dessous du parquet et les épaules au-dessus.

« Je vous assure que je n'ai point assisté à une comédie plus voluptueuse. Figurez-vous, au niveau du plancher, cette tête jeune et aimable dont l'effroi élargissait les yeux et rapetissait le front, la bouche entr'ouverte montrant les dents fines et claires, et le contraste surprenant d'une expression d'épouvante et d'une tenue de fête : les cheveux savamment crêpés, en boucles sur les tempes, en casque par derrière, illuminés de diamants ; le cou entouré d'un collier de quatre rangs de perles ; les bras cerclés de bracelets ; les doigts chargés de bagues étincelantes, et les traits figés de la face, les crispations des mains, et ce sein soulevé d'émotion ! Santousky, les mains collées aux genoux, se penchait sur sa victime et approchait de cette peau nue éblouissante ses souliers mouchetés de boue comme s'il eût voulu en essuyer le cuir sur la chair satinée, comme s'il eût exigé qu'elle y posât ses lèvres !

« Tout à coup ce visage, encore charmant malgré sa frayeur, s'allongea puis se contracta en une série de grimaces comiques : les paupières voilaient à demi et découvraient aussitôt les yeux vagues : comme si la comtesse s'attendait à un éternuement qui ne venait pas. Successivement elle serrait les dents, se mordait les lèvres, poussait un soupir. Enfin le cri qu'elle essayait de retenir s'échappa malgré elle, perçant, lamentable. Les yeux étaient grands ouverts, les sourcils arqués jusqu'aux cheveux et, de la bouche à présent, des hurlements montaient toutes les demi-minutes : il semblait qu'en bas le flagellateur voulût mettre un intervalle assez long entre chaque coup, de manière à produire une douleur lente et successive que doublaient les angoisses de l'attente. Santousky sans doute pressé ou qui était d'une cruauté moins raffinée que son bourreau, me dit :

— Allez donc voir ce que fait cet animal. Je crois qu'il s'endort sur l'ouvrage.

« Je descendis dans la pièce qui était au-dessous du petit salon, aussi basse qu'une cave. L'abat-jour d'une lampe était disposé de façon à réserver toute la lumière pour le milieu de la chambre où de petits pieds chaussés de satin blanc se débattaient, se perdaient dans une longue jupe à traîne qui semblait pendue au plafond. Mais je vis, en m'approchant, que les pieds et la jupe reposaient sur la trappe descendue à quelques centimètres du sol et soutenue par quatre fortes chaînes en fer. Derrière, apparut un homme court et trapu, à la barbe bien fournie et qui tenait une verge épineuse à la main.

— Y a pas moyen de fouetter cette gaupe-là, Excellence, me dit-il. La robe est si lourde qu'elle lui retombe à chaque coup sur le derrière.

— Eh bien, dis-je, appelle Serge Paulovitch et Ermeleï Serghéitch. L'un tiendra les pieds et l'autre retroussera les jupons, tandis que tu la cingleras.

« Les deux hommes arrivèrent un instant après. Il y eut un violent soubresaut de la comtesse lorsque Serge lui saisit les jambes ; ses reins alors se tendirent et nous vîmes se dessiner sous la jupe collante le double relief et le creux profond de la croupe ; mais c'est à peine si Ermeleï me laissa le temps d'admirer ce tableau sous son voile à demi transparent, tant il avait hâte probablement de l'étaler en pleine lumière.

« Quand il releva la robe et les dessous neigeux je crus voir s'ouvrir un riche écrin tandis que se répandait dans l'air une onde de parfums. Déjà rouges et pareilles à deux cornalines séparées par un onyx, apparurent les fesses de la Pougatscheff bien présentées par Serge qui, de la tête, à la façon d'un taureau qui assaille une cavale, lui repoussait le ventre de toute sa force et lui tirait les jambes pour qu'elle offrît largement son derrière aux piqûres des verges. Il n'était point si petit que la mignonne tête de la comtesse l'eût fait prévoir ; l'exercice du cheval l'avait développé, il eût inspiré l'admiration à des hommes moins rudes que ces policiers si la manière dont Serge l'offrait au regard ne lui avait donné un aspect quasi bouffon.

« Cependant les verges se levèrent, la croupe rougit encore, des gouttes de sang perlaient. Sans retenue dans son supplice, la vaste face lunaire s'agitait, et aux senteurs fines d'essence de fleurs qu'exhalaient les pantalons de dentelles, se mêlait une odeur forte et animale. Les mignons souliers blancs de la victime se levaient comme pour prévenir les coups ou implorer ses bourreaux, et retombaient ensuite avec une lassitude désespérée.

« Je voulus voir l'autre figure et je remontai dans le petit salon. Ce n'était plus le visage audacieux et fier que j'avais contemplé au palais Youssoupoff, mais une mine honteuse et effarée de petite fille. Les larmes faisaient paraître cette face de la comtesse aussi rouge et bouffie que son revers ; le fard des lèvres et des joues, le noir des cils se mêlaient à la poudre de riz et formaient ici et là de longues rigoles multicolores. Rien ne subsistait de cette beauté en détresse que son impeccable chevelure blonde dont, par un contraste plaisant, pas une boucle n'était défaite.

« Santousky était toujours penché sur sa victime. Elle lui avait saisi les pieds, les étreignaient de ses bras nus et entre deux cris arrachés par le fouet qu'on ne cessait de lui administrer, elle murmurait d'une voix entrecoupée :

— Grâce ! pitié !

« Le chef de police agita une sonnette et le supplice fut arrêté. La comtesse remonta avec sa jupe relevée et ses jupons en désordre, laissant voir sa peau sanglante sur laquelle Santousky ne put s'empêcher de jeter un coup d'œil.

« Remarquant les souillures qui tachaient ses dessous, il la conduisit haletante, secouée de sanglots, jusqu'à son cabinet de toilette et lui apporta un verre de xérès.

— Que cette leçon vous profite, madame ! lui dit-il.

« Tout en pleurant elle se leva et s'arrangea tant bien que mal. Je dus lui offrir mon bras pour la conduire jusqu'à sa voiture, et dans l'escalier elle eut à supporter les railleries ignobles des prostituées qui s'amusaient de ses yeux rouges, de ses joues luisantes de larmes, de ses jupons qui traînaient jusque sous ses souliers de satin mouchetés de sang. Santousky nous suivait à quelques pas.

« Lorsqu'elle fut dehors il parut qu'elle ne conservait plus de cette séance si pénible qu'un horrible désir de vengeance ; elle reprit son attitude fière, et nous jeta, à Santousky et à moi, un de ces regards qui fixent les traits d'un visage dans la mémoire comme pour les graver. Elle nous en voulait certes ! à tous deux, mais bah ! il a bien fallu qu'elle nous oubliât. D'ailleurs Santousky est mort comme vous savez, et quelques jours après cette aventure…

— Voudriez-vous dire ?… demanda Soubotcheff effrayé.

— Que la comtesse fut pour quelque chose dans cette fin ? Non, répliqua le gouverneur en souriant. Il est presque prouvé que Santousky a été assassiné par les nihilistes. Je n'ai jamais eu à me plaindre de la comtesse, et j'ai été bien étonné aujourd'hui de rencontrer à Glinnoë ma touchante fouettée de Pétersbourg.

— Alors cette comtesse Pougatscheff serait ?…

— La princesse Daschkoff. Elle a épousé le prince l'année dernière. J'étais alors malade, en congé à Menton. Je n'ai pas assisté à leur mariage. Je n'avais fait qu'entrevoir la princesse, si bien voilée et cachée dans son costume de voyage, qu'elle rendait méconnaissable cette beauté captivante dont j'avais pu découvrir au bureau de police, jusqu'aux charmes les plus secrets, jusqu'aux mystères les moins fastueux de son corps. Vous devez penser si je suis satisfait de cette rencontre, car une connaissance aussi intime n'est pas sans donner quelques droits à une possession complète et je compte bien en user !

— En vérité ? s'écria Soubotcheff, d'un ton si insolent que le gouverneur fronça les sourcils.

— Mais certainement, j'en userai reprit-il, et vous, mon cher, que cela vous plaise ou non, vous me céderez la place comme c'est le devoir d'un subordonné à l'égard de son supérieur. Vous prendrez plus tard votre revanche. Vous pouvez attendre, vous ! moi j'ai quarante ans. Il faut me dépêcher de jouir de la vie.

À ces paroles Soubotcheff se leva, salua froidement le gouverneur et les deux hommes se séparaient.

Depuis plus d'un mois Soubotcheff était l'amant heureux de la princesse Daschkoff. La jeune femme savait se donner à un homme sans rien perdre de son autorité ni de ses avantages sur lui. En réalité elle ne se donnait point, elle se livrait à des baisers, à des caresses, et demeurait tout de même une maîtresse indépendante, railleuse, parfois impitoyable, toujours sans gratitude pour celui qui lui procurait du plaisir. Obligée à la suite d'un scandale, et pour compenser des prodigalités excessives, d'aller vivre quelque temps sur les terres de son mari, elle avait essayé de retrouver aux environs de Kalouga les amusements de Pétersbourg et choisi Soubotcheff parmi tous les jeunes gens du voisinage pour être le serviteur docile de ses fantaisies. Habitué à l'existence monotone d'une ville de province, Soubotcheff ne se sentait pas d'orgueil d'avoir été distingué par une telle femme. Elle n'avait pas eu besoin d'un effort pour le plier à son caprice ; il lui obéissait naturellement ; il était devenu avec délices son esclave.

Mais le zèle n'empêche point la maladresse, et Soubotcheff était un amant aussi inhabile que dévoué. La princesse, pensa-t-il, se doutera de l'indiscrétion du gouverneur et il est de mon devoir de lui en parler. Il profita d'un après-midi de congé pour se rendre à Glinnoë.

Le prince était à la chasse et la princesse le reçut avec l'empressement d'une amoureuse longtemps privée. Ils s'embrassèrent et se réjouirent jusqu'au soir. Comme Soubotcheff quittait enfin le lit de sa maîtresse, il contempla un instant les beautés majestueuses qu'elle offrait à la vue. Lasse d'étreintes elle s'était tournée vers la muraille pour reposer ; sa légère chemisette s'était enroulée sur son dos, et elle présentait ses larges fesses dans toute leur ampleur.

— Ô belles chairs ! s'écria Soubotcheff. Comment des mains barbares ont-elles osé vous déchirer !

La princesse, qui avait un sommeil très léger, se réveilla aux paroles de son amant, et, se tournant vers lui :

— Que dites-vous ? fit-elle avec une vague inquiétude comme si elle pressentait que Soubotcheff allait lui avouer quelque chose de désagréable.

— J'admirais, reprit-il avec une sotte assurance, j'admirais votre beauté si parfaite et je me demandais comment il avait pu se trouver sur terre un rustre assez grossier, assez barbare pour se permettre de déchirer ces chairs divines d'une forme et d'un éclat incomparables.

Elle se redressa brusquement :

— Êtes-vous fou ?

Il sentit bien sa maladresse, mais il était trop tard pour la réparer.

— On m'a conté, balbutia-t-il…

Elle lui mit les mains sur les épaules et le secouant :

— On vous a conté ! Qui vous a conté ?

— Le gouverneur.

— Et que vous a-t-il conté, le gouverneur ?

À présent il n'osait plus répondre.

— Allons, parlez donc, dites-moi les belles choses que Son Excellence le gouverneur vous a contées.

Il se décida enfin et s'arrêtant après chaque mot :

— Mais il m'a dit qu'après un bal… où vous aviez tenu des propos… imprudents… il vous avait conduite au bureau de police et que là…

— Achevez donc ! en vérité vous êtes impatientant.

— Eh bien ! il a prétendu qu'il vous avait vu fouettée.

La princesse devint pâle, mais elle ne voulut pas laisser voir son émotion, et avec une colère qui n'était nullement jouée mais qu'on pouvait attribuer aussi bien qu'au ressentiment d'une injure réelle, à l'indignation qu'inspire une calomnie :

— Vous êtes un sot, mon pauvre garçon, oui, un sot, pour croire, comme parole d'évangile, les propos stupides que vous tient le gouverneur. Ah ! ce monsieur a beaucoup d'imagination ; seulement il devrait s'en servir pour conter des histoires de fées aux petits enfants et non pour essayer de noircir ses contemporains. Ses inventions en vérité sont trop absurdes ! Me voyez-vous fouettée, mon pauvre ami, et dans un bureau de police, moi, la princesse Daschkoff, qui suis à la tête de l'aristocratie russe ! Moi qui ai du sang royal dans les veines ! En vérité, M. le gouverneur a des plaisanteries bien amusantes, mais tout de même un peu grosses.

Et comme Soubotcheff restait abasourdi.

— Habillez-vous vite, dit-elle, mon cher, mon mari va rentrer de la chasse et je ne voudrais pas qu'il vous rencontrât dans cette chambre. Ce serait là une mauvaise farce, presque aussi mauvaise que celle de M. le Gouverneur.

Soubotcheff en partant voulut l'embrasser, mais elle ne lui laissa même pas baiser sa main.

— Au revoir, au revoir, fit-elle, en le poussant dans le vestibule.

Il s'en alla désolé.

Il était à peine sorti que la princesse fit appeler par un domestique Mme Narischkin, alors occupée à lire dans la bibliothèque. Mme Narischkin laissa son livre et accourut aussitôt, comme pour montrer son obéissance et son empressement à se rendre utile.

— Maria Pawlovna, demanda la princesse à demi-voix, as-tu de l'affection pour moi ?

— Comment peux-tu m'adresser une pareille question, ma chère Alexandra Mikhailowna, je n'oublierai jamais ce que tu as fait pour mon pauvre père et comment tu m'as retirée moi-même de la pauvreté, m'offrant en partage ton bien-être, ton luxe, tes plaisirs. Oh ! oui, je t'aime, tu peux en être sûre !

— Alors, ma chère Maria, je vais faire appel à ta reconnaissance. J'attends de toi un grand service.

— Sans savoir ce que c'est, je suis prête à te le rendre, si seulement j'en suis capable !

— Écoute. On m'a dit qu'autrefois tu accompagnais ton père à la chasse, et que tu étais toi-même une véritable Diane, que tu ne manquais jamais un coup de fusil.

— C'est vrai. Mon frère prétendait qu'il n'avait jamais rencontré d'aussi bon tireur que moi.

— Alors Maria Pawlovna, voilà ce que je veux… je veux mettre ton adresse à l'épreuve.

Et se penchant contre elle, la princesse pendant quelques instants lui parla à voix basse, en tournant de temps à autre des yeux inquiets vers la porte. Mme Narischkin écoutait avec stupeur. Et quand son interlocutrice eut cessé ses chuchotements, elle ne trouva point de réponse.

— Eh bien ! demanda la princesse qui parut très anxieuse.

Mme Narischkin eut une hésitation, puis résolument :

— Je t'ai promis, Alexandra, de faire ce que tu voudrais. Dispose de moi !

— Ne t'effraie pas à l'avance, reprit la princesse. Le bois qui entoure le pavillon où tu demeures est vaste. Et sur la lisière habite le vieux Vladimir. On le dit affilié à je ne sais quelle mauvaise secte ; le staroste (maire du village) ne pense point de bien de lui. C'est lui qu'on soupçonnera. Je voudrais qu'on osât t'accuser.

— Ce serait possible, Alexandra !

— Non, non. Je suis là, moi, pour te défendre, moi, la princesse Daschkoff. S'il t'arrivait la moindre chose, je parlerais au czar. Je n'aurais qu'un mot à dire pour te sauver. N'aie donc pas peur ! Seulement, cette lettre que tu dois remettre au gouverneur…

— Quelle lettre ?

— C'est vrai, je ne t'en ai pas parlé ! J'ai écrit hier soir, pendant que le prince dormait, une lettre au gouverneur. Tu la porteras à Kalouga ; mais, une fois dans la ville, tu descendras dans une petite auberge, tu prendras un cocher et tu l'enverras avec la lettre au gouverneur en lui recommandant de ne pas la laisser et de te la rapporter.

— Mais le gouverneur ne voudra jamais la rendre !

— Si ! si ! Je lui demande de me répondre au crayon par un mot à diverses questions que je lui pose et sur le même papier que je lui adresse. C'est une mesure de prudence qu'il doit comprendre et je pense qu'il n'y fera point d'objection. Voici la lettre et des roubles pour le cocher. Va maintenant, et aie confiance !

— Que Dieu nous protège ! soupira Mme Narischkin.

Les deux femmes s'étreignirent avant de se séparer.

*
* *

La princesse savait se dominer et cacher à l'entourage ses plus fortes impressions. Elle était pourtant inquiète et fébrile lorsque le maître d'hôtel vint annoncer la visite du gouverneur. Elle eut dans les yeux un éclair de joie puis donna l'ordre de l'introduire aussitôt dans le petit salon de réception. Une toilette fort simple en apparence, mais d'une élégance calculée et séductrice, en révélant tous ses charmes, répandait sur son passage les plus violents désirs qu'irritait son attitude altière et que l'expression orgueilleuse de son regard promettait de laisser inassouvis.

Le gouverneur sourit en apercevant la princesse, mais il lui fit le salut le plus respectueux, et s'avança vers elle d'un pas dégagé.

— Je ne vous cacherai pas, princesse, dit-il, que j'ai été quelque peu surpris de l'honneur et du plaisir que vous avez bien voulu me faire en m'invitant aujourd'hui à venir vous voir après votre réception plutôt froide de l'autre jour.

— Réception plutôt froide ! Vous avouerez, mon cher gouverneur, que je ne pouvais pas, après ce qui s'était passé entre nous à Pétersbourg, me montrer très empressée, avant de savoir quelles étaient vos nouvelles dispositions à mon égard.

Il eut l'air embarrassé et son visage se tendit en une grimace des moins galantes.

— Oh ! fit-elle, rassurez-vous, je ne vous en veux pas.

Et comme pour témoigner qu'elle lui pardonnait, elle lui tendit la main qu'il prit après une courte hésitation tout en regardant son interlocutrice d'un œil observateur et défiant. Il paraissait redouter une mauvaise plaisanterie. Enfin il se rassura et en balbutiant :

— Vous étiez une enfant à cette époque. Imaginez que Santousky et moi étions vos professeurs. Ce n'était qu'une pénitence comme on la donne quelquefois aux écolières, une petite leçon…

— Et la leçon n'a pas été perdue, comme vous allez le voir, reprit-elle, et c'est même pour prévenir un châtiment plus grave que je vous ai fait venir aujourd'hui si brusquement, car en d'autres circonstances, malgré tout le plaisir que j'éprouve à vous voir, je ne me serais pas permis de vous arracher de la sorte à vos occupations de Kalouga.

Il sourit assez niaisement, ne sachant trop si elle se moquait de lui.

— Et que désirez-vous donc de moi, parlez ! Le gouverneur de Kalouga ne négligera rien pour vous faire oublier le policier de Pétersbourg.

— Vous avez agi comme vous le deviez, dit-elle, en me punissant d'une parole imprudente. Aujourd'hui c'est moi qui remplis un devoir en venant vous dénoncer une conspiration des plus dangereuses et que j'ai surprise par hasard. Je ne veux pas que l'on me confonde avec des criminels.

— Comment vous soupçonnerait-on, princesse !

— J'ai le malheur de recevoir chez moi l'un des conjurés et même ce misérable, par ses ridicules propos, m'a fort compromise.

— En vérité ! Alors ce n'est pas seulement le souci de sauver le gouvernement qui vous a donné l'idée de m'écrire, mais aussi le désir de venger une injure personnelle ?

— J'ai pensé à l'État, mais aussi à moi-même ; cela ne doit pas vous étonner ?

— Nullement. Et quel serait le… misérable ?

— Vous voulez savoir son nom ?

— Oui.

— Vous vous rappelez que tout à l'heure vous vous êtes mis à mes ordres ?

— Quels sont-ils ?

— De faire arrêter à l'instant les coupables.

— Comme vous y allez !

— Vous les relâcherez ensuite si vous jugez que je me suis trompée. Vous allez entrer dans ce cabinet qui est devant vous. J'ai le téléphone. Vous communiquerez avec le bureau central de police.

— Et si vous vous jouiez de moi ? demanda-t-il, toujours défiant, en la regardant avec attention.

Mais la princesse demeurait très sérieuse, et on ne pouvait surprendre dans son visage aucune intention d'ironie.

— Enfin, je sers vos rancunes.

— Peut-être, mais vous sauvez aussi votre existence.

Il ne sut pas cacher une soudaine émotion.

— Pourquoi voudraient-ils me tuer ?

— N'êtes-vous pas un gouverneur assez sévère, et pensez-vous qu'on ne se souvienne plus du policier ? S'il vous faut d'autres détails pour mettre votre vie en sûreté, je puis vous les donner.

Et elle lui dit quelques mots à l'oreille.

Il était de plus en plus inquiet.

— Les noms… les noms de ces brigands, vite ! s'écria-t-il, rouge de colère.

— Voici le téléphone, dit-elle, vous allez les mettre sous bonne garde, j'espère.

— Vous pouvez m'en croire ! je ne vais pas les ménager. Quels sont leurs noms ?

— Je n'en connais que deux, mais je pourrai sans doute probablement vous donner les autres d'ici peu ; le premier est… on vous a mis en communication avec le bureau de police !

— Vous m'avez entendu. Je viens de vous obéir. On vous attend.

— Le premier coupable est Soubotcheff.

— Mon secrétaire !

— Lui-même. En êtes-vous surpris ?

— Pas trop. J'ai reçu déjà des lettres sur lui qui me le présentent comme un homme suspect en qui je ne dois avoir aucune confiance. Et quel est l'autre bandit ?

— Un fanatique, un paysan de Glinnoë, un certain Vladimir. Dans le village on vous montrera sa demeure.

Le gouverneur lança quelques paroles au téléphone, puis s'approchant doucement de la princesse.

— Vous pensez m'avoir sauvé la vie, dit-il, et cependant après vous avoir vue si bonne et si rayonnante de beauté, il me semble que je ne puis plus vivre si je n'obtiens de vous ce don suprême sans lequel ceux qui vous ont connue ne peuvent plus espérer le bonheur.

— Comment vous êtes galant, aujourd'hui !

Il fut tout démonté de cette réplique.

— Ah ! vous raillez encore ?

— Pas le moins du monde. Je vous admire.

— Vous me raillez. Vous ne pouvez oublier cette aventure de Pétersbourg. Santousky seul pourtant en était cause.

— Je n'en ai voulu ni à Santousky, ni à vous, croyez-le bien, mon cher gouverneur. Au contraire ! Les femmes, vous le savez, aiment parfois qu'on les brutalise et ne gardent point rancune à leurs vainqueurs.

— Hélas ! je ne suis pas un vainqueur, il s'en faut !

— N'est-ce donc rien de m'avoir eue en votre pouvoir ? Il me semble que si j'étais homme, j'aimerais être de la police. Contraindre une femme à se déshabiller, et lui infliger le traitement qui vous plaît, n'est-ce pas une belle victoire ?

— Une victoire dont je me serais bien passé. Si vous croyez que je ne souffrais pas de voir meurtrir de si parfaites beautés !

— Souffrance bénigne, légère, et que, si vous êtes franc, vous appelleriez un plaisir… Je m'étonne que m'ayant ainsi à votre discrétion, vous vous soyez satisfait si vite et à si bon compte.

Il crut pouvoir commencer une déclaration et sottement, sur un ton de prière :

— Oh ! princesse, je n'ai voulu jamais devoir qu'à votre générosité une si précieuse faveur !

— À ma générosité ! s'écria-t-elle, eh bien, mon cher, vous l'attendrez longtemps !

Il sentit soudain la colère et le persiflage de la princesse ; il en fut ému un instant, mais songeant combien était grande son autorité et que cette femme, malgré son rang, pouvait être de nouveau à sa merci, il retrouva toute son assurance.

— Vous oubliez trop, dit-il, que les pouvoirs d'un gouverneur surpassent de beaucoup ceux d'un simple policier et que plus ambitieux dans ses désirs il peut se satisfaire moins aisément.

Elle laissa passer entre ses lèvres une sifflante injure, il n'y prit pas garde et avec plus d'insolence :

— Qui m'empêche de vous mettre vous aussi dans ce complot que vous venez de me révéler si imprudemment ?

La princesse eut un rire triomphant.

— Le complot ! fit-elle. Et si je l'avais inventé, ce complot ? Si je m'étais jouée de vous ! Si j'avais voulu vous ridiculiser et compromettre votre toute-puissante autorité !

— Je m'en doutais, murmura-t-il entre ses dents.

— Vous vous en doutiez. Seulement vous avez téléphoné tout à l'heure à Kalouga ; vos ordres ont été exécutés. Soubotcheff est arrêté en ce moment. C'était ce que je voulais.

— Mais je vais le faire relâcher à l'instant !

— Si vous le pouvez, dit-elle en se mettant entre lui et la chambrette du téléphone. Il voulut l'écarter, mais elle saisit un revolver et le dirigea contre lui, prête à tirer. Vainement essaya-t-il de lui saisir le bras, de détourner l'arme ; la princesse ne céda pas.

— Ne tirez pas, au nom de Dieu ! fit-il pâle d'effroi.

— Agenouillez-vous, dit-elle, et demandez-moi pardon.

Il tomba tout tremblant aux pieds de la princesse.

— Ah ! ah ! dit-elle, tu es moins fier lorsque tu es seul avec moi. Tu as besoin pour maîtriser une femme de sentir derrière toi tous tes policiers !

— Grâce ! implora-t-il.

— Relève-toi, dit-elle, en lui lançant des coups de pied, relève-toi donc, misérable ! Et maintenant pars. Mais va-t'en donc, coquin ! va-t'en donc.

Elle lui ouvrit une petite porte par laquelle il sortit effaré, sans prononcer une parole. Il se trouva dans un étroit escalier qui dépendait des appartements de la princesse et donnait sur un bois de pins. Un chemin qui traversait le bois conduisait au village de Glinnoë. Le gouverneur le prit, croyant que c'était une allée de parc. Avant de s'y engager il se retourna vers la princesse qui d'une fenêtre observait son départ.

— Tu entendras parler de moi ! cria-t-il. Sois sûre que je ne t'oublierai pas dès que je serai à Kalouga !

— Il faudrait pour cela y arriver, mon cher, repartit la princesse.

Et elle le regarda s'éloigner sous les grands arbres. Déjà la nuit tombait et le chemin devenait obscur. Bientôt elle le perdit de vue. Elle resta à la fenêtre ne pouvant dominer son impatience fébrile, prêtant l'oreille au moindre bruit et tambourinant sur les vitres avec une sorte de rage. Soudain une détonation retentit au loin.

— Enfin ! dit-elle

Elle rentra dans son salon, alla s'étendre sur un canapé, les mains sur son cœur qui battait à coups précipités.

La nuit vint ; un valet de chambre apporta des flambeaux allumés et donna l'électricité ; le maître d'hôtel annonça le dîner ; la princesse demeurait toujours dans la même position ; seulement de temps à autre elle tournait la tête vers la porte du petit escalier et elle écoutait.

Un pas monta vivement ; elle se leva, courut ouvrir : Mme Narischkin entra en toute hâte ; ses cheveux en désordre, ses traits altérés, sa mise d'ordinaire si soignée et qui paraissait cette fois improvisée brusquement et comme à l'aventure la rendaient méconnaissable.

— C'est fait ! dit-elle d'une voix assourdie.

La princesse lui saisit les mains avec effusion.

— Ah ! Merci, merci, merci ! s'écria-t-elle. Et comment est-il mort, le misérable ?

— Je l'ai atteint à la tête. Il a tourné sur lui-même et est tombé. Il a certainement été tué sur le coup.

— Tant pis !

— Pourquoi tant pis ?

— J'aurais voulu qu'il souffrît mille fois ce qu'il m'a fait lui-même souffrir et qu'il vît lentement la mort s'approcher.

— Oui, mais ç'aurait été plus dangereux pour nous. S'il avait appelé au secours et parlé, un domestique, un paysan peut-être aurait pu l'entendre. Tandis qu'avec cette balle dans la tête, qui a fait de sa figure une bouillie sanglante, personne ne peut plus reconnaître son cadavre. J'ai eu soin de le déshabiller, d'emporter chez moi ses vêtements et de les brûler. Mais n'as-tu pas commis quelque imprudence quand il était avec toi ?

La princesse raconta la scène qui s'était passée entre elle et le gouverneur.

— Oh ! s'écria Mme Narischkin, pourquoi faire arrêter Soubotcheff ?

— Parce que dans un assassinat bien organisé, il faut d'avance choisir le faux coupable sur lequel iront s'égarer les soupçons.

— Mais s'il te dénonce, à son tour ?

— Je suis tranquille. Il n'osera jamais rien dire contre moi.

— Pauvre Soubotcheff ! fit Mme Narischkin pensive.

— Tu le plains ?

— Certes ! Il était innocent et il avait pour toi un grand amour.

— Il savait mon secret, dit la princesse.

*
* *

À quelques jours de là, il y avait grande réception au château de Glinnoë. Le général Kapieff, qui était parmi les invités, s'approcha de la princesse.

— Eh bien, dit-il, cette fameuse comédie où vous deviez suggérer son rôle au personnage principal, quand donc la jouerons-nous ?

— Mais général, repartit le prince Daschkoff qui, par hasard, ce soir-là, se trouvait au château, vous savez que nous sommes maintenant en plein drame : le secrétaire Soubotcheff est arrêté. On le soupçonne d'avoir fait assassiner le gouverneur. On soupçonne aussi divers paysans du district.

— Ah ! ce Soubotcheff, dit le général. J'avais toujours prédit qu'il finirait mal. Il était trop adonné aux femmes ! N'importe. Ce sont de vilaines histoires pour notre tranquille Kalouga.

— Elle était trop tranquille, répliqua la princesse, et le procès qui s'annonce nous promet des séances mouvementées. Je tâcherai d'avoir des cartes pour vous, messieurs.

LA CRINOLINE

Le souper auquel prenaient part de jolies femmes, de délicats jouisseurs, quelques entremetteuses fières de leur expérience et quelques antiques fashionables, vieux habitués de Compiègne et de Fontainebleau, farcis d'anecdotes et de souvenirs, se continuait joyeusement mais sans tumulte comme entre gens qui connaissent l'art du plaisir et jugent que le bruit empêche de goûter l'esprit d'une conversation, la saveur des mets, le fin bouquet des vins, l'éclat de la lumière des épaules nues et des chevelures diamantées. On parlait des toilettes de l'année et du retour qui s'annonçait déjà aux modes du second empire, quand le marquis de Clérambault s'écria tout à coup :

— Mesdames, permettez-moi d'abominer la crinoline : elle m'a fait rater mon mariage !

— Mais alors, observa quelqu'un, vous devriez avoir pour elle de la dévotion : ne vous a-t-elle pas rendu aux amours libres et volages ?

— Les amours libres et volages, si charmantes qu'elles soient, ne m'ont pas encore consolé de m'être séparé de ma femme, pour ainsi dire avant d'en avoir goûté, car le fruit me paraissait exquis.

— Mon cher ami, si vous devenez élégiaque, nous nous en allons.

— Oh ! je n'ai pas l'intention de vous conter mon histoire.

— Si ! si ! cria la voisine de Clérambault, une petite blonde à l'œil narquois et au nez joliment retroussé, contez-nous la !

— Oui ! oui ! contez-nous la, reprirent en chœur toutes les femmes, duègnes et amoureuses.

— Puisque vous le désirez, dit Clérambault, qui était en veine de paroles ce soir-là, je vais vous satisfaire : du moins essaierai-je d'être le moins triste et le plus joyeux que je pourrai.

— Quand vous deviendrez trop lugubre, on vous donnera une coupe de champagne pour vous rendre la gaieté.

— Soit, fit Clérambault, qui commença aussitôt le récit de son infortune conjugale :

Elle s'appelait Alix. Il est inutile que je vous donne son nom de famille. Elle était riche et de vieille lignée, orpheline et sous la gouverne d'une grand'mère dont elle faisait l'enchantement et qui, en retour, était soumise à tous ses caprices. Elle sortait du couvent, avait l'air modeste qui alors était de mode chez les jeunes filles, mais cependant ne se montrait ni gauche, ni embarrassée ; elle n'était même pas dépourvue d'une certaine coquetterie, s'habillait avec le goût d'une femme expérimentée et prenait de temps à autre des allures fières qui ne déplaisaient point à un chasseur de femmes de mon genre, dédaigneux des proies faciles, cherchant le gibier qui se dérobe et qu'on n'atteint qu'à force d'art et d'habileté.

On commençait alors à porter des crinolines, et Alix en avait une monumentale, étant à un âge où l'on se fait un point d'honneur d'exagérer tout ce qui paraît neuf, comme si on était fier de montrer ainsi sa jeunesse et d'insulter aux vieilles façons. Malgré ses proportions inusitées, je vous avoue que cette crinoline ne me paraissait nullement ridicule et que je trouvais au contraire qu'elle convenait à merveille à la beauté d'Alix.

Imaginez une petite tête fine sans maigreur, encadrée de beaux cheveux châtain clair, dont les yeux bruns, un peu myopes, semblaient de loin, par leur clignement, vous regarder avec insolence et devenaient plus larges et plus doux lorsque vous approchiez ; une peau fort blanche de blonde, pourtant bien enluminée aux joues d'une rougeur de santé ; la taille assez mince et ornée, pour tout joyau, d'une croix d'or suspendue par une longue chaîne de cou : cette figure où l'on trouvait à la fois les traits d'une madone et l'expression d'une petite fille espiègle ; ce buste vraiment virginal aux épaules et aux bras chastement couverts, aux seins menus et à peine accusés sous la mousseline ; cette image d'autel retouchée par un peintre un peu sensuel et irrévérencieux, mais malgré cela, grave, convenable, évoquant les vertus de famille, vous la voyiez se dresser comme au-dessus d'une estrade d'étoffes, et tandis que cette figure, ce corsage et ces mains restaient si parfaitement honnêtes, les cent volants de la jupe se mouvaient, s'agitaient, s'étalaient, tourbillonnaient avec une coquetterie, une impertinence, une impudeur extraordinaire. Vous asseyiez-vous devant, derrière, à côté, loin de cette jupe crinolisée ? Vous étiez sûr de l'avoir dans le dos, sur les épaules, à vos pieds ou même sous le nez. Vous ne pouviez pas y échapper. Elle vous entourait, vous enveloppait de soie et de parfums. On eût dit que la femme, telle qu'une étrange sirène, était parvenue à grandir monstrueusement le bas de son corps pour prendre les hommes comme dans une nasse énorme qui avait fini par s'adapter si bien à sa personne qu'elle en faisait partie, qu'on ne l'imaginait plus sans cela. Et quand sur un canapé, ou dans une voiture, vous étiez battu, souffleté, pressé par ces vagues d'étoffe, lourdes ou écumeuses, il vous semblait que c'était une chair féminine qui vous opprimait ainsi et c'était pour vos désirs mâles une irritation délicieuse. Énervante aussi. Devant la crinoline au repos d'Alix, il m'arrivait souvent de me demander quelle sorte de malicieux animal, grassouillet, large, cambré, palpitait au milieu de cette cage éblouissante. J'avais l'envie qu'on éprouve de briser un écrin pour avoir un diamant, de lacérer les feuilles d'un arbuste afin d'en cueillir le fruit.

L'innocente grand'mère s'étonnait en voyant sa mignonne petite-fille se mouvoir avec aisance au milieu de ces jupes grossies, bouffantes, tendues, qui vous mettaient à chaque instant dans l'attente d'un malheur : la prise et l'arrêt d'une femme dans l'embrasure d'une porte, le renversement d'une table à thé ou d'une console. Mais Alix passait partout comme une sylphide et sans autre éclat qu'un long bruissement d'étoffes, comme si elle courait sur des feuilles sèches, et elle n'avait à se reprocher jusqu'ici ni le bris d'une porcelaine, ni la déchirure d'un volant. Ce qui n'empêchait pas la grand'mère de s'écrier :

— Ah ! ma pauvre enfant, comme ces modes nouvelles sont extravagantes ! Si nous avions porté ces robes-là dans notre temps !

Observation qui amenait un sourire sur les lèvres d'Alix, et le sourire persistait au mot de la grand'mère :

— J'avoue qu'elles sont bien plus convenables pour une jeune fille que les jupes étroites.

Pauvre dame ! Qu'importe l'étroitesse ou la largeur d'une jupe ! Le Diable travaille toujours avec les couturières au grand bénéfice des amoureuses.

La vérité, c'est qu'avec ces robes qui remplissaient un salon et ces crinolines qui les défendaient contre toute entreprise, les femmes prenaient une importance, un orgueil, une hardiesse inimaginables. Sous la protection de pareilles cuirasses elles devenaient d'une liberté effrénée et elles s'exposaient au péril avec la sérénité la plus complète, persuadées qu'elles pourraient y échapper sans aucun dommage.

Ma fiancée, sortie à peine du couvent, n'avait pas encore l'audace d'une femme habituée à la vie mondaine, mais à ses intempérances de langage, à ses reparties trop vives, au ton décidé, impérieux, tranchant, de ses confidences, qui avaient pour but principal de m'initier à ses fantaisies et à ses volontés, je sentais qu'en dépit de sa gentillesse et de sa grâce, elle allait être pour moi, si je n'y mettais ordre, un inlassable despote. Cela excitait bien mon désir de conquérant, mais effaçait toutes mes idées matrimoniales ; elle se fût peut-être révélée la plus charmante des maîtresses ; au contraire elle promettait à un mari l'existence la moins unie et les plus ennuyeuses aventures.

Seulement elle savait si bien corriger ses paroles imprudentes par une manière chaste d'abaisser les yeux, et une expression d'ineffable modestie, que mes craintes se dissipaient et que je me laissais aisément persuader par mon amour qu'elle était aussi douce que jolie.

— Ce sont, me disais-je, ces pimpantes toilettes, si nouvelles pour une fille qui sort du pensionnat, qui la grisent ; elle a l'impression de figurer dans un bal costumé ; comme un masque elle se croit tout permis. Plus habituée à ces robes, ou moins fastueusement vêtue, elle sera par là même moins vaniteuse, moins volontaire ; elle perdra son effronterie et adoptera le maintien qui convient à une femme mariée.

Ayant hâte de voir cette transformation s'accomplir, je fus d'accord avec sa grand'mère pour décider que nous irions passer les premiers jours de notre union en Anjou, dans une vieille propriété de famille qui faisait partie de sa dot.

Dès que nos noces furent célébrées, immédiatement après la collation, Alix dépouilla son étincelante robe et revêtit un costume de voyage ; mais, hélas ! s'il était de teinte plus sombre et d'étoffe moins fine, il avait une coupe aussi compliquée, des formes aussi embarrassantes que les toilettes de ville ; enfin la jupe était soutenue par l'indispensable, l'inévitable crinoline.

Ce qui m'effraya davantage, ce furent les malles énormes dont on chargea la voiture. Une troupe de théâtre n'emporte pas plus de bagages.

— Mais, demandai-je, nous n'allons pas là-bas donner des réceptions ?

— Rassurez-vous, dit-elle, c'est pour nous !

Nous arrivâmes assez tard et assez fatigués dans ce château de La Chesnaye où, malgré la lettre de la grand'mère, on ne nous attendait point. Il fallut réveiller les domestiques, préparer des chambres à la hâte. Alix feignit l'embarrassée quand elle vit qu'il n'y avait qu'un lit pour nous deux, mais, comme elle était assez lasse, elle cessa vite ses minauderies et se décida à se déshabiller, tandis que j'allais dans une chambre voisine procéder à ma toilette nocturne.

Elle était déjà couchée lorsque je revins la trouver. Elle ne parut pas trop effarouchée quand je me glissai à ses côtés, mais à peine étais-je dans le lit qu'elle se redressa et souffla vivement la bougie qui brûlait près de nous.

Rien ne pouvait m'être plus désagréable. Les jouissances de la vue sont pour moi les principales, et puis j'aime à savoir où je suis ; d'un cloaque ou d'un jardin parfumé, parfois les dehors sont les mêmes. Enfin j'espérai que le contact de cette peau éblouissante compenserait le chagrin que j'avais de ne point la contempler, et j'étreignis avidement Alix. Hélas ! si mon épousée n'était pas en crinoline, cela n'en valait pas mieux pour moi. Une chemise empesée, aussi dure qu'une cuirasse, lui montait jusqu'au cou et lui descendait jusqu'aux pieds ; vainement j'essayais de la soulever, Alix se mit à se débattre, à égratigner les mains qui la caressaient, à mordre les lèvres qui la voulaient baiser, à envoyer de furieux coups de genou dans ces jambes qui essayaient de la presser amoureusement. Bref, cette nuit fut pour moi une révoltante défaite. Je perdis sans effet des flots d'éloquence. J'étais las de mon effort ; elle criait toujours en me repoussant : « Laissez-moi, mais laissez-moi donc ! » Je l'abandonnai ; elle me tourna son derrière, protégé comme le reste de sa personne, et j'accueillis en sauveur le sommeil qui me fermait les paupières.

En m'éveillant à la lumière le lendemain, avec le vague souvenir de cette nuit humiliante, je me promettais de mieux employer les heures de la journée et de venger l'affront qu'on venait de me faire. Je fus bien surpris de ne point voir Alix à côté de moi ; je me levai, j'allai dans les deux cabinets de toilette, dans le petit salon qui formait l'entrée de notre appartement nuptial : personne ! L'oiseau s'était envolé ! Tout confus d'une pareille aventure, je me décidai pourtant à m'habiller et, une fois vêtu, à me mettre à la recherche de mon épousée, je ne pouvais dire encore ma femme ! Il n'était pas probable qu'elle eût quitté La Chesnaye. J'errai donc une grande heure à travers le château, ne laissant pas un coin inexploré. Je ne découvris point Alix ; seulement, comme j'entrais dans une chambre, il me semblait entendre un trot léger dans la pièce voisine. Jugeant cette chasse inutile et ne voulant pas me risquer dans le parc où une pluie battante, comme pour narguer nos épousailles, s'était mise à tomber, je retournai à notre chambre. Mais je ne pus en ouvrir la porte qui était fermée à clef. De l'intérieur j'entendis la voix d'Alix qui me criait : « On n'entre pas ! On n'entre pas ! » Elle avait joué, mais sans rire, à cache-cache avec moi. Comme je priais et suppliais, à la fin sous la porte on glissa un papier. Il était à mon adresse. Voici ce que j'y lus :

« Vous vous êtes conduit hier soir en goujat. Je vous déteste. Je ne vous reparlerai jamais.

N'essayez pas de me voir. Je vais rester dans ma chambre jusqu'à l'arrivée de ma grand'mère avec laquelle je retournerai à Paris.

Alix. »

Je ne le cacherai point : j'étais furieux, et je ne sais à quelles violences je me laissais emporter quand survint une vieille servante portant le chocolat de « Mademoiselle ». Une idée me vint alors à l'esprit, fort inconvenante, mais qui me calma et me réjouit pleinement. « Attendez, dis-je à la servante, mademoiselle a toujours coutume de mettre dans son chocolat un peu de vanille et je n'en sens pas le parfum. » La bonne femme s'arrêta docilement ; aussitôt, courant à la petite pharmacie qui était renfermée dans une de mes valises, je retirai d'une boîte quelques pincées de poudre que je laissai tomber au milieu de la tasse : « Cela remplace la vanille ! » ajoutai-je ; la servante n'en demanda pas davantage, frappa chez sa maîtresse : « Mademoiselle, voici votre chocolat ! » La porte s'entrebâilla, une main prit vivement la tasse, puis on referma aussitôt. La comédie commençait et j'attendis que mon tour fût venu d'y jouer un rôle.

Une heure ne s'était pas écoulée que voici mon Alix toute pâle, toute effarée, qui sort de sa chambre.

— Je savais bien, me dis-je, que je t'en délogerais, petite obstinée !

Je n'eusse point osé souhaiter un pareil négligé. Les cheveux en torsade, ébouriffés, et non seulement point de crinoline, mais point de robe : une camisole légère comme les femmes alors en portaient la nuit, par-dessus la chemise longue il est vrai, mais libre et flottante sous le large et court jupon : c'était là toute sa toilette.

Elle passa très vite et s'enferma précipitamment dans une petite pièce du vestibule.

J’attendis son retour à la porte de sa chambre.

— Ah ! monsieur, c’est lâche ! Profiter de ce que je suis malade pour venir ici… Mais vous n’entrerez pas !

— J’entrerai !

Et après des poussées et des repoussées, je parvins à ouvrir, puis, lui saisissant les mains, je l’entraînai avec moi et verrouillai la porte. Elle était ma prisonnière.

— Ah ! Ah ! c’est affreux, c’est infâme, s’écria-t-elle.

J’étais tellement irrité que j’oubliai avec elle les galanteries ordinaires. Le moment des prières, des chatteries était passé ; il fallait bien lui parler d’un ton rude, et même, je le devinai de suite, il fallait plus encore pour la soumettre.

« Alix, lui dis-je, je suis votre mari depuis hier. Vous devez m’obéir comme vous obéissiez à votre grand’mère. »

Du fauteuil où elle s’était laissée tomber, elle eut cette riposte : « Je ne lui obéissais pas. »

— Vous aviez tort, lui répliquai-je à mon tour, mais croyez bien que je ne serai pas aussi indulgent que cette bonne dame.

Elle prit une attitude de défi.

— Pensez-vous que je vous supporterai ?

— Je vois ce dont vous avez besoin, m’écriai-je, et je m’élançai sur elle.

— Grand’mère ! grand’mère ! appela-t-elle, comme si sa grand’mère, de Paris pouvait l’entendre et voler à son secours.

Elle avait une frayeur extrême, et, cependant, par des coups de pied et des coups de dents, elle essayait de se défendre. Je parvins pourtant à la lever de son fauteuil, à la jeter en travers du lit, à la retourner sur le ventre ; en dépit de ses jambes qui les tenaient serrés entre leurs chairs, j’arrachai de sa peau jupon et chemise ; je dénouai et abaissai jusqu’à ses chevilles son pantalon, puis, m’asseyant à côté de son derrière, je lui enserrai la taille, et, de la main restée libre, je commençai à faire prendre à ses joues inférieures l’empreinte de mes cinq doigts.

Ce qui me surprit, c’est que sa main, durant toute la correction, demeura obstinément plaquée sur le haut de sa fesse droite, et que je ne pus l’en chasser. Enfin, j’avais un champ assez vaste pour la châtier ; elle devait sentir mes coups, et elle le témoignait bien par ses soupirs et le battement de ses jambes.

Quand ma colère se fut un peu dissipée, j’éprouvai le besoin de regarder ces beautés secrètes que, durant plusieurs mois, je n’avais même pu deviner sous la robe à crinoline. À la vérité, la petite obstinée à taille mince qui était ma femme possédait des hanches vastes et une croupe large, plus grasse que n'en ont d'ordinaire les jeunes filles, croupe honnête, pleine de gravité bourgeoise et différant fort du reste de sa personne évaporée, croupe qui, honteuse, eût-on dit, de ses proportions, dissimulait sa fente et ses mystères, en rapprochant ses vastes joues.

Par malheur, la main qui me cachait le côté droit des reins, le jour pluvieux, les arbres qui, devant les fenêtres, interceptaient la lumière, les lourds meubles qui emplissaient la chambre, le lit garni de rideaux, la posture de ma victime, tout était réuni pour dérober ces fesses joliment replètes et m'empêcher de bien jouir de leur aimable vue. Cependant, si imparfait que fût le spectacle, faute d'être éclairé suffisamment, je tenais à le prolonger. Aussi, comme je demandais à la douce épousée si elle était prête désormais à m'obéir et qu'elle me répondait par des injures en me traitant de « lâche » ou de « misérable », je trouvai dans ces paroles un prétexte à reprendre la correction. J'aperçus contre la cheminée un balai de genêts verts, et il me parut qu'en la cinglant de ces verges piquantes je rendrais la leçon pour elle plus profitable qu'en lui administrant une simple fessée.

De fait, elle ne les eût pas plus tôt reçues que sans retirer la main de sa fesse droite, elle se mit à pousser les hauts cris : « Au secours ! Grand'mère ! grâce ! ah ! c'est affreux ! grâce ! grâce ! au secours ! » Voyant sa peau rouge et meurtrie, et n'étant pas un bourreau impitoyable, je jugeai qu'elle en avait assez et je jetai les verges.

Quand elle ne sentit plus les cinglons, elle rabattit sa chemise et son jupon, remonta sa culotte et se coucha sur le lit. Je m'étendis à côté d'elle.

— Serez-vous obéissante, maintenant, lui demandai-je, reconnaîtrez-vous que je suis votre mari ?

Elle ne répondit que par des sanglots ; alors je l'étreignis et, jouissant du souvenir tout frais de ses grâces secrètes et de la vue de sa jolie figure rouge de larmes, je l'épousai réellement, cette fois, ce dont elle ne parut pas trop se plaindre, puisqu'à la fin du jour elle me rendait au double mes baisers.

— Oh ! dit-elle, pourquoi m'avez-vous ainsi maltraitée ?
— Pourquoi m'avez-vous fermé votre porte ?
— J'étais toute blessée de ce que aviez fait hier soir.

— Qu’avais-je donc fait de si horrible ?

— Vous m’avez regardée à la lumière ; vous avez soulevé ma chemise ! Dites que vous ne le ferez plus !

— Je ne le ferai plus, mais alors vous ne vous barricaderez plus dans votre chambre ?

— Non, mais jurez-moi de ne plus me maltraiter.

— Je le jure…

Puis, me penchant à l’oreille de ma petite femme :

— Jamais vous n’avez eu le fouet ?

— Jamais on ne m’a *battue*, dit-elle.

Il est à remarquer que les enfants admettent qu’on peut les battre, mais non pas les fouetter. Le battu en effet rend les coups, tandis que le fouetté subit sa peine avec une passivité déshonorante. Ainsi une fillette qu’on a troussée, déculottée, et qui a les yeux encore rouges de la fessée qu’elle vient de recevoir, reconnaît avoir été battue ; elle n’avouera jamais qu’on l’a corrigée. Les enfants comme les hommes font tenir leur orgueil dans des mots et des paroles.

………………………………………………………………………

Satisfait sottement de ce premier acte d’autorité, que je croyais suffire à assurer mon autorité de mari, je ne voulus pas blesser ma femme par mes exigences. Je pensais que peu à peu elle accommoderait ses habitudes aux miennes et que ses caprices céderaient quelquefois devant mes goûts. Mais il n’en fut rien. Je ne pouvais l’embrasser que dans les ténèbres, couverte de cette étrange chemise dont j’ai déjà parlé ; et à peine nous étions-nous enlacés qu’elle quittait mon lit pour aller dormir dans une chambre voisine dont elle fermait la porte à clef. Dès le matin elle était habillée, protégée par sa crinoline inattaquable, et elle retrouvait cette expression orgueilleuse, ces façons d’inconnue et d’étrangère qui prévenaient de ma part toute tendresse, toute expansion, toute familiarité. Sauf, en ces courts moments de la nuit où elle voulait bien s’étendre à côté de moi et recevoir mes caresses, dans une telle obscurité, un silence si bien gardé et en si grand secret qu’elle aurait pu aisément se faire remplacer pour cet office par une autre femme, j’étais moins pour elle un mari qu’un voisin de table, l’habitué d’une même maison à qui on adresse des phrases polies et indifférentes sans jamais s’abandonner devant lui à une confidence. Ce n’est pas ainsi que je conçois le mariage, ni même une cohabitation avec une femme. Aussi je ne tardai pas à reprendre ma liberté ; mais ce ne fut pas sans regret que nous nous séparâmes.

....

Là-dessus M. de Clérambault poussa un soupir et nous dit :

— Croyez-vous maintenant que je puisse adorer la crinoline ?

— Mais, observa quelqu'un, je ne vois pas trop comment cette pauvre crinoline peut avoir causé vos malheurs conjugaux.

— Il n'y eut pourtant pas d'autre coupable. Avec sa crinoline, la femme ne peut plus être soumise, ni bonne, ni douce ; elle perd même toutes ses grâces enfantines ; elle cesse d'être joueuse et espiègle ; elle a l'impression d'être éloignée des autres êtres, cuirassée contre les attaques des hommes ; elle est portée au sérieux, à la solennité ; convaincue d'être une puissance, elle se croit le devoir de se montrer un despote. La crinoline est un symbole ; elle représente bien le besoin qu'ont les femmes du monde moderne d'être toujours – comment dirais-je – sous les armes, de n'apparaître qu'en toilette et parées ; la crainte aussi qu'elles éprouvent de laisser voir une boucle défrisée à leur chevelure, un mauvais pli à leur jupe, une défaillance à leur orgueil.

— Accusez encore la crinoline. Elle peut être, comme vous le prétendez, un conseiller d'orgueil, mais aussi un déguisement, un moyen de cacher quelque défaut.

— Que voulez-vous dire ? demanda Clérambault, prêt à se mettre en colère.

— C'est sûr ! dit la petite blonde au nez retroussé qui, en sa qualité de femme galante, se croyait tout permis et ne redoutait nullement d'irriter Clérambault. C'est sûr ! Ne nous as-tu pas conté que lorsque tu as troussé ta femme pour la fesser, elle plaquait la main sur le côté droit de son c… ?

— Oh ! je ne prétends pas, s'écria l'interlocuteur mâle de Clérambault, que votre femme eût rien à cacher, mais les crinolines du jour, les chemises longues de la nuit ont été inventées bien moins par la pudeur et l'orgueil que par une coquetterie savante, soucieuse de dissimuler les imperfections du corps féminin. Écoutez plutôt ce qui est arrivé à un de mes amis :

J'étais, me disait-il, à Biarritz en septembre 186., au moment où la présence de l'empereur attirait sur cette plage les femmes les plus élégantes de Paris et de Madrid.

Elles s'y disputaient les hommes d'amour, non seulement aux bals et concerts du Casino, mais aussi le matin, à l'heure du bain, où, après s'être montrées la veille au soir, enveloppées jusqu'aux épaules, le corps dérobé par les jupes amples, les voiles de soie et de crêpe de Chine, la peau couverte par les fleurs et les diamants, elles révélaient subitement des charmes inattendus, dans un costume simple et serré qui moulait leurs formes, laissait éclater la cambrure et l'ampleur de leur croupe ; la fermeté ronde de leurs seins ; la sveltesse de leur taille ; des chevilles fines, des jambes hautes, de larges cuisses, des hanches fortes, une chair lumineuse et pleine ; – bref, toutes les séductions d'un corps bien fait. Plus que les fêtes du Casino le bain était le triomphe des beautés jeunes et accomplies. Les femmes qui n'étaient pas sûres de leurs grâces n'osaient s'y risquer. Et telles qui s'étaient faites remarquer l'hiver précédent par une physionomie expressive, langoureuse, espiègle, passionnée ; par les traits réguliers de leur visage ; par l'art de se bien vêtir et de porter avec aisance une toilette somptueuse, se voyaient avec étonnement dédaignées, laissées en oubli pour des créatures de nom, de figure et de tenue moins nobles, mais d'une solide et harmonieuse charpente, d'une chair riche, claire, qui réjouit et la main et l'œil.

Aux bals du Casino, une jeune femme me séduisit fort par sa mutinerie, son enjouement, ce qu'il y avait de gai et de naturel dans sa causerie. Bien qu'avec leurs crinolines, il est fort difficile de juger un corps féminin, elle me parut bien faite ; d'ailleurs, de formes ingrates ou admirables, je m'imaginais qu'elle devait être assez exempte de coquetterie pour affronter toutes les critiques et même s'en gausser au besoin ; aussi je fus assez surpris de ne point la voir se baigner. Je pensai qu'il fallait attribuer cette abstention à la crainte de certaines promiscuités, ou peut-être à l'une de ces étranges et excessives pudeurs qui se rencontrent quelquefois chez les femmes les plus libres et les plus hardies. Cela ne m'empêcha donc point de lui montrer qu'elle me plaisait, de lui faire la cour et d'avoir bientôt avec elle les relations les plus amicales. Mais bien que je ne sois point un timide, j'étais arrêté dans mes entreprises amoureuses par la colère soudaine et l'énergie de sa défense ; protégée comme elle était par sa toilette compliquée, véritable geôle pour son corps, dont elle seule connaissait les sorties et les échappées secrètes, il me paraissait inutile de l'attaquer ; que sa résistance fût feinte ou réelle, je ne pouvais réellement pas le savoir, tant qu'elle serait ainsi vêtue. Comme mon désir devenait de jour en jour violent et qu'il était bien improbable qu'elle changeât tout à coup sa manière de s'habiller, voici le stratagème que j'imaginai pour avoir bon gré mal gré cette hésitante ou cette moqueuse ; je ne la voyais en effet qu'avec l'un ou l'autre de ces caractères. Rien alors ne m'expliquait sa conduite avec moi que la crainte religieuse qu'elle pouvait avoir de commettre un péché ou le plaisir orgueilleux de se jouer d'un amant.

Une compagnie de jeunes gens et de jeunes femmes de notre connaissance avaient arrangé pour le lendemain une excursion assez lointaine et nous étions invités tous deux à y prendre part.

Mon amie se réjouissait à l'idée de changer de place et de voir du nouveau ; j'étais heureux à l'idée que cette promenade favoriserait mes desseins, car alors il me serait facile de me trouver seul avec elle, en un de ces abandons qui sont fréquents, même chez les prudes, en pareille circonstance, et dans un endroit assez isolé pour qu'elle ne songe point à s'y défendre ; seulement mon projet n'avait quelques chances de réussite que si elle renonçait à ces robes-forteresses qu'elle portait toujours, même en négligé. Naturellement elle ne s'y déciderait pas d'elle-même ; je devais donc l'y contraindre.

Dans la nuit qui précéda l'excursion, pendant qu'elle était au Casino, je fis enlever de chez elle et transporter chez moi toutes ses toilettes. Le lendemain sa femme de chambre que j'avais achetée, ce qui n'avait pas été sans peine, ni sans gros débours, devait au moment où elle ferait sa toilette lui apprendre le vol ; il était vraisemblable que Madame serait au désespoir. Là-dessus la femme de chambre avec douceur insinuerait notre proposition :

— Si Madame voulait sortir quand même aujourd'hui, il y aurait bien un moyen.

— Lequel ?

— La bonne de la villa voisine, à qui j'ai conté la chose, m'a dit que sa maîtresse était prête à mettre à la disposition de Madame un costume de chasse tout neuf, qu'elle n'a pas encore porté.

— Mais il ne m'irait pas, ce costume !

— Elle a la même taille que Madame.

— Et puis, c'est une personne de la galanterie ?

— Oh ! elle est tout à fait comme il faut.

Bref la femme de chambre, par de chaleureux discours, triompherait des répugnances de mon amie qui finirait par accepter le costume de sa voisine, une de mes anciennes maîtresses, restée en fort bons termes avec moi et qui s'était prêtée avec beaucoup de plaisir à cette petite intrigue.

Tout se passa comme je l'avais désiré, et mon amie, avec des soupirs mensongers et une joie réelle, revêtit cet habillement de Diane moderne qui la changeait des robes à volants et des jupes monumentales.

Vous n'imagineriez rien de plus gracieux que ce costume demi masculin, si bien ajusté à la taille de mon amie qu'on eût dit qu'il avait été fait pour elle. Je la découvrais plus jolie que je ne l'eusse rêvée sous cette veste légèrement flottante qui laissait voir le souple et ample dessin des épaules, la nuque longue et fine ; dans ce gilet qui ne déguisait rien de la beauté ronde de sa gorge ; dans cette culotte bouffante aux genoux, serrée sur le derrière large aux courbes hardies, qui, disproportionné chez une autre femme, au contraire était glorieux chez elle, porté par des cuisses fortes et de hautes jambes. Un chapeau tyrolien, orné d'une aigrette de plumes de coq, posé de côté sur les cheveux châtain clair, donnait à mon amie quelque chose de brave ou de fanfaron, qui rendait son charme encore plus irritant.

Sa beauté, que cette tenue rendait éclatante, et à laquelle on ne s'attendait point ; puis le récit du vol dont elle avait été la victime, lui valurent un grand succès. Les femmes lui lancèrent des regards envieux, les jeunes gens s'empressèrent autour d'elle ; les compliments, les œillades, l'ardeur amoureuse de son entourage la mirent en des dispositions excellentes pour mes projets, mais j'eus mille peines, lorsque nous descendîmes de notre char-à-bancs, à l'isoler de son cortège d'adorateurs. Il fallut, avec l'aide du guide, égarer les uns après les autres, ces messieurs, qui ne voulaient pas la quitter.

Enfin ils nous avaient laissés dans cette campagne assez sauvage, où je n'apercevais ni une maison, ni un être humain ; ni rien qui pût arrêter mon désir, lorsque tout à coup, pâle de gêne, et peut-être de la contrainte qu'elle s'imposait depuis quelques instants, elle me dit qu'elle voulait arranger ses dessous, négligés par sa femme de chambre, et me pria de la laisser seule un instant. Je feignis seulement de lui obéir. Le chemin que nous suivions, très ombragé, faisait un coude à quelques mètres de l'endroit où nous étions. J'allai jusqu'à ce tournant de route, et, au risque de m'entendre crier les pires injures, je revins sur mes pas en me cachant derrière les arbres jusqu'à la place où je l'avais quittée. Dans la violence de mon désir, je ne craignais ni sa honte, ni sa surprise, ni sa colère ; je voulais l'étreindre et j'avais hâte de la tenir dans mon embrassement.

Je l'aperçus de dos. La culotte aux chevilles et la tête courbée vers ses bas comme pour les rajuster, elle me tendait les reins.

À mon approche une bouffée de vent souleva sa courte et lâche chemisette ; et pareille à une large jatte de lait qu'on me lancerait au visage, je vis jaillir sa croupe vaste. Mon regard allait s'en délecter, quand tout à coup j'aperçus au bas des reins, à droite, sur le haut d'une de ses fesses magnifiques, une inscription et un dessin qui formaient sur la peau claire des arabesques d'un bleu noirâtre. Ces tatouages étaient alors fort mal portés. Ils n'étaient en usage que chez les femmes à matelot et les rôdeuses de barrière ; si épris que je fusse, la découverte de ces caractères et de ce grossier croquis furent pour mon désir comme une douche d'eau glacée. Je n'en voulus pas voir davantage. Je détournai les yeux. Je m'enfuis. Laissant là mes amours et leur cortège, je revins seul à Biarritz et repartis le soir même pour Paris.

— Si elle était si jolie, dit un convive, votre ami n'était pas excusable.

— Que voulez-vous ? J'avais… mon ami avait pris une aventurière de la dernière catégorie pour une femme du meilleur monde. La désillusion était cruelle. Trouver une pierreuse qui s'était donnée peut-être pour quarante sous sur les fortifs quand on s'attendait, après une attaque difficile, à conquérir la comtesse de Pommereuil !

— Comment s'appelait-elle ? demanda avec anxiété M. de Clérambault.

— La comtesse de Pommereuil, répéta le conteur, Alix de Pommereuil.

— Mais c'était ma femme ! s'écria Clérambault en levant les bras au ciel. Malheureux ! vous avez osé faire la cour à ma femme !

— Ce n'était pas moi, c'était mon ami. D'ailleurs, vous le voyez ! Il l'a respectée !

— Jolie façon de respecter une personne vertueuse et du meilleur monde ! C'était un goujat, votre ami, le dernier des goujats.

— Mais puisque vous étiez séparés ?

— Peu importe. C'était un insolent pour oser prétendre à l'amour de Mme de Pommereuil, et un sot pour s'imaginer ensuite qu'elle était une aventurière. Qu'y avait-il donc d'inscrit sur sa peau ?

— Vous devez bien le savoir puisque vous avez été son mari.

— Sauf pendant la querelle dont je vous ai parlé je n'ai jamais vu ma femme, le jour, qu'en crinoline ; la nuit, je vous l'ai dit, elle avait une chemise qui lui tombait jusqu'aux pieds. Encore me forçait-elle de souffler les bougies dès qu'elle s'était couchée. J'ai toujours ignoré qu'elle portât sur son corps une inscription. Mais quel était donc ce tatouage ?

— Je vais vous le dire, moi, s'écria tout à coup une dame majestueuse, presque imposante sous le harnais, à la faveur du henné qui lui teignait les cheveux, et qui ressemblait à sa voisine, la petite blonde au nez retroussé, comme une vieille chromo peut ressembler à une fraîche peinture, je vais vous dire aussi pourquoi on lui a fait ça !

— Vous connaissez Mme de Pommereuil, vous ! lança dédaigneusement Clérambault.

— Certainement, je la connais, Alix de Pommereuil, et je l'ai connue avant vous, avant son mariage.

Et, sans attendre qu'on l'en priât, la dame imposante nous fit ce récit :

J'étais alors toute gamine et j'avais un petit ami que j'aimais bien, qu'on appelait Totor. Totor et moi nous faisions des promenades à n'en plus finir dans la banlieue de Paris, même que nos paternels ne nous arrangeaient pas au retour pour cracher comme ça sur l'ouvrage et passer en balade les trois quarts de la journée et la moitié de l'autre quart. Une fois, un jeudi que je crois, nous étions partis toute une bande. Chacun de nous, Gisèle, Henriette, Clémentine, avait son ami. Il y avait même un garçon de trop, le petit Riri, qui était vieux d'à peine quinze ans et qui ne promenait point de demoiselle à son bras, quoiqu'il ne lui eût p't'être pas marché su'l'pied s'il en avait trouvé une à sa convenance, vu qu'y nous regardait toutes avec des mirettes en braise à chacun de nos tourniquets. Seulement Totor lui avait dit en partant : « Riri, n'te fais pas de bile ! Nous te trouverons une gosse gironde et nous te marierons en route. » Or, nous voilà tous envolés sur les hauteurs, là-bas, à Montmartre, qui n'était point un quartier de rupins comme aujourd'hui, mais pour ainsi dire la campagne perdue. Totor nous conduisit chez « La Mère Michel », un petit caboulot où l'on sirotait pour un rond une prune à l'eau-de-vie. Comme nous étions là à rire, à buvocher et à chanter, nous voyons défiler des régiments de demoiselles, des petites et des grandes et des moyennes, avec des sœurs dont les grandes coiffes claquaient en l'air et de longs chapelets qui leur battaient les cuisses avec le bruit d'un sabre de cavalerie, et toutes ces chères sœurs se remuaient et se trémoussaient et allaient de droite à gauche et alignaient les unes et morigénaient les autres, et avançaient celles-ci, et reculaient celles-là, que toutes baissaient les yeux et se laissaient mettre en place comme un troupeau de baudets. « Qu'est-ce que toute cette bondieuserie, Mère Michel ? demanda Totor. — M'sieur Totor, répondit la bonne femme qui était une copine pour lui, tout ça vient de Saint-Pierre. Y a fête et, je crois bien, pèlerinage. » Enfin comme le soir venait, toutes les chères sœurs se remisèrent avec les petites oies qu'elles conduisaient. « Y faut rentrer aussi nous », dit Totor, et il paya, en grand seigneur, la Mère Michel. Nous étions encore à souhaiter le bonsoir à la bonne femme quand voilà une grande demoiselle de quatorze, quinze ans, qui passe à côté de nous, effarée et toute niaise, comme si elle cherchait son esprit qu'elle avait perdu en chemin : « Messieurs, Mesdemoiselles, le chemin de Paris, s'il vous plaît ? — Le chemin de Paris, le voilà ! s'écrie Totor, et nous descendons avec vous. » Elle voulait se sauver, mais nous la rejoignons. « Tiens ! dit Totor à Riri, voici la femme que tu cherchais. Donne-lui le bras. » Et nous le poussions dans les jupons de la petite qui faisait toujours son effarouchée, d'autant mieux que Riri, qui n'avait point l'air moins penaud, ne pouvait guère lui donner confiance. Enfin, comme nous poussions toujours Riri et que nous nous moquions de sa timidité, mon Riri, d'un coup, s'enhardit, parle à Mademoiselle. Ce qu'il lui raconte, je n'en sais rien, mais ça ne devait pas être des oraisons, car la frimousse de Mademoiselle devient rouge comme un panier de cerises. Riri n'en reste pas là. Il lui prend la taille et l'embrasse. Pour le coup, Mademoiselle se fâche. Elle le gifle. Riri lui répond par une claque. Mademoiselle lui lance une ruade. Riri lui botte le fessier. Ils se prennent aux cheveux, se griffent, se mordent, se donnent des coups de poings. Nous les séparons, mais, comme Mademoiselle faisait toujours sa renchérie, Clémentine, qui venait d'avoir une roulée de sa belle-mère et la sentait encore dans les jambes, propose, histoire de se venger, de flanquer le fouet à Mademoiselle. « C'est ça, c'est ça ! crient toutes les filles et les garçons qui mouraient d'envie de voir le derrière d'une personne du monde, fichons-lui le fouet. » Nous entrons dans un autre rince-gueule, du genre de celui que nous venions de quitter, et, au milieu de la cour, la demoiselle a beau jouer des pieds et des mains, ses cotillons et sa chemise sont bientôt par-dessus sa tête, et nous y allons chacun d'une claque sur sa fesse, avec un entrain tel qu'on nous aurait payés nous n'y aurions pas mis plus de cœur ! Quand son séant a été rouge comme une culotte de soldat, elle s'est cachée la tête contre le mur, dans son jupon, mais alors Riri s'est mis à lui parler doucement, doucement, et, comme elle était toute tremblante et qu'elle n'aurait pas fait de mal à une mouche, je crois bien que mon Riri s'est conduit avec elle comme un petit homme. En tout cas, il en était fort capable, le scélérat ! Totor, qui les avait laissés s'expliquer en tête à tête un moment, est revenu avec nous et, voyant Riri embrasser la fillette, il lui a dit : « Riri, à présent, tu as une femme, c'est bien mais son mariage n'est pas signé ! Faut que tu passes devant Monsieur le Maire ! » Il appelait ainsi un grand maigre, un ancien matelot, qui était toujours dans la boutique et qui faisait métier de dessiner et d'écrire des devises sur la peau. Cet homme est venu. Et il a demandé à la demoiselle quel était son nom. « Alix », a-t-elle répondu. Alors Totor a commandé au dessinateur de lui écrire ceci : « Alix est à Riri pour la vie. »

— Et où faut-il lui écrire ça ?

— Sur le c… ! dit Totor que nous avons tous applaudi pour cette idée.

Là-dessus on a couché Alix sur le lit, on l'a retroussée encore une fois, et on lui a gravé en haut de la fesse droite deux cœurs percés d'une flèche avec cette inscription : *Alix est à Riri pour la vie*.

Quand l'opération lui causait trop de mal, nous lui apportions pour la calmer un verre d'anisette. Je crois bien qu'elle était ivre à la fin de la séance ; elle n'en dut pas moins assister à l'inscription de son mari auquel on grava sur le bras le même dessin avec cette devise : *Riri est pour toute la vie à Alix*.

Puis nous banquetâmes en l'honneur des nouveaux époux et toute la nuit se passa dans cette maison nuptiale.

Le lendemain Alix errait, dégrisée, d'une chambre à l'autre, comme une folle, criant sans cesse :

— Oh ! mon Dieu ! mon Dieu ! Que vais-je devenir ! que m'a-t-on fait ! Mon Dieu ! mon Dieu ! prenez pitié de moi ! Que vont dire les sœurs ?

Ses supplications nous émurent.

— Faut la ramener, dit Totor, mais où demeures-tu, la gosse ?

— Chez les sœurs de Marie, gémit Alix.

— Et où logent-elles, ces sœurs de Marie ?

— Au coin de la rue de Bourgogne et de la rue de Varennes.

— C'est bien, et comme Totor agissait toujours en grand seigneur, il prit une voiture pour reconduire Alix à son couvent.

On fut bientôt arrivé, Totor descendit avec la fillette et sonna à une grande porte ; une vieille tourière vint ouvrir.

— Dites donc, madame ! c'est une demoiselle qui s'est égarée de notre côté, qui était quasiment perdue et que nous vous ramenons. Y a-t-il une récompense ?

Pour toute réponse, la tourière prit Alix par le bras, la fit entrer dans le couvent et ferma la porte violemment.

— Eh bien, y sont rien pingres, dans cette boîte, observa Totor en réglant la voiture avec les quarante sous qui lui restaient.

À présent, je crois bien qu'Alix de Pommereuil, – car c'est bien le nom que j'ai vu inscrit sur le livret que la gosse avait laissé tomber de son jupon, – Alix de Pommereuil n'a point fait de boniments sur cette histoire, et si les chères sœurs en ont su quelque chose, elles se sont bien gardées d'en souffler mot à sa grand'mère.

— Allez donc vous fier aux jeunes filles, déclara Clérambault en matière de conclusion.

— Tu parais tout triste, mon vieux, dit la petite blonde au nez retroussé.

— On le serait à moins !

— Mais puisque tu t'es séparé de ta femme, que t'importent à présent les aventures qui lui sont arrivées avant ou après toi ?

— Je pensais que j'avais épousé une fière et chaste jeune fille, soupira Clérambault, et c'est navrant de perdre à mon âge ses illusions.

— Tout ça ce sont des fadaises ! s'écria la petite blonde qui, grisée, allumée par le champagne, monta sur le canapé du salon et releva ses jupes. Tiens ! contemple ! Tu n'auras pas d'illusions à perdre avec moi. Tu peux me regarder à gauche, à droite, de haut en bas, tu ne découvriras pas un défaut.

Et frappant sur ses fesses avec orgueil :

— J'ai posé pour Dalou, pour Falguière, pour Rodin, mon cher ! Il n'y a pas beaucoup de femmes qui pourraient s'en vanter ! Et j'en suis plus fière, moi, que d'avoir eu sur le dos des diamants et des frusques pour cinq cent mille francs !

ANNEXES

CHANTS DE LA PLUIE ET DU SOLEIL

Bien qu'ayant déjà publié sept livres en huit ans (dont deux romans), c'est avec les Chants de la pluie et du soleil *qu'Hugues Rebell entre de plain-pied en littérature. C'est surtout l'ouvrage qui lui vaut d'être reconnu par ses pairs. Jusqu'à présent, le milieu littéraire regardait avec une circonspection courtoise ce Nantais au comportement étrange ; son mélange de timidité et d'extravagances était bien dans l'air du temps, mais ils étaient légion ces dandys qui passaient dans le monde des lettres avec la vitalité d'un phalène. Et voilà que le singulier Rebell jette, au mitan de l'année 1894, ce joli pavé dans la mare.*

C'est presque par commodité (ou par paresse ?) que l'on range ces Chants *dans le registre de la poésie. Certes, poétique, ce recueil l'est ; indéniablement. Mais il est inclassable tant par sa forme que par son esprit, son ton. On trouve ici des poèmes, des paraboles, des odes, des fables, des contes, des coups de sang, des confessions, des souvenirs, des aveux. Tous sont autant de miniatures, appelées « chant », qui offrent une vue en coupe de la psyché de l'auteur, tel un journal de bord. D'une honnêteté sans fard, cet ouvrage ne s'embarrasse pas de termes abscons ni d'hermétisme ; comme dans ses romans, Hugues Rebell va droit au but, avec une énergie et une force parfois intimidantes. Le jeune homme de vingt-sept ans est tout entier dans ces instantanés arrachés à ses rêves. Ici l'on chante la nature, la virilité, la force de vie. L'élitisme y rôde à chaque page. « Les choses de l'intelligence ne sont point à l'usage du troupeau. » Le Christ est traîné dans la boue, tout comme la démocratie. C'est le grand appel païen aux forces primitives, à ces péchés qu'on a dit capitaux et que Rebell place sur un piédestal : la gourmandise, la colère, la luxure, la paresse. Provocation ? Sans doute, mais pas seulement. Il y a une sincérité brûlante dans ces quelques pages si denses, si fortes. Bien sûr, ici plus que dans ses textes ultérieurs, Rebell sacrifie aux tics de son temps. Mais l'énergie avec laquelle il clame son sentiment aristocratique ne laissera indifférents ni Barrès ni Maurras, qui l'emploieront tour à tour dans leurs colonnes. On trouve surtout, en filigrane, le si complexe rapport de Rebell à la personne féminine. Il déclare aimer « la vraie femme », fût-elle catin ou nonne, pourvu qu'elle incarne la beauté. Il appelle de ses vœux un tyran qui sauverait le monde de la déroute, de la bassesse, de la médiocrité, de la veulerie démocratique. Il guigne le grand réveil des sens, déréglés et souverains, pour la vaste orgie finale.*

Sortis trois ans avant Les Nourritures terrestres, *ces* Chants de la pluie *lui furent souvent comparés, au point qu'on pensait que le premier aurait influencé le second. L'assertion est aussi hasardeuse que les rapports entre Rebell et Gide furent épisodiques. Mais, à sa publication, le succès d'estime du livre eut un vrai retentissement dans les milieux intellectuels français et ouvrit Rebell à la reconnaissance littéraire.*

N. E. O.

À RENÉ BOYLESVE

Æneadum genitrix, hominum divumque voluptas,
Alma Venus ! cœli subter labentia signa
Quæ mare navigerum, quæ terras frugiferentes
Concelebras ;..............................
... Æternum da dictis, diva, leporem.

Le prisonnier qui, après avoir forcé des portes, trompé ses gardiens, franchi vingt clôtures, retrouve enfin le soleil, l'air libre et le sourire d'une jeune femme, n'a pas cette plénitude de bonheur que ressent mon esprit, au sortir de la geôle douloureuse où il a gémi des années.

On a peine à se figurer un amoureux des ténèbres, un homme qui se fait enfermer par plaisir dans un cachot. Tel étais-je pourtant et tels sont encore beaucoup de mes contemporains.

Comment pourront-ils sortir ? Quel bon Génie les poussera dehors ? je ne sais. J'avais du moins pour moi dans ma sombre cellule l'impatience, le désir de la lumière, mais pour les yeux dont je parle l'obscurité est bienfaisante ; la vue de ces gens est si fatiguée que peut-être ne s'habitueraient-ils pas aisément au grand jour.

Pauvres prisonniers volontaires ! que je vous plains. Vous imaginez dans votre nuit mille fantômes qui ne vous divertissent qu'à demi ; vous vous créez un paradis futur qui a tout l'éclat des vieilles toiles vingt fois retouchées, une âme idéale et gauche de jeune pensionnaire, une morale pour les anges, un état à l'usage des impotents qui désirent prolonger leurs infirmités, ce sont là des conceptions fort intéressantes, mais je vous assure, si vous pouviez marcher, si vous pouviez voir, vous auriez pour elles moins d'enthousiasme.

Oh ! si vous n'étiez pas des aveugles, si vous connaissiez le vaste Monde, si parfois vous aviez senti l'écume vous fouetter le visage et aspiré l'haleine salée du vent de mer, si vous aviez parcouru les cités immenses, – les villes du travail et les villes de la jouissance ! – comme votre grave rêverie vous paraîtrait puérile, et vain, ce songe que vous faites chaque jour, d'une humanité qui n'est pas humaine, d'une société qui n'est pas sociable.

Alors vous rougiriez de vos mépris et vous ne flagelleriez pas votre corps parce qu'il veut vivre, et vous ne maudiriez pas la Nature, parce qu'en réglant l'ordre des choses, elle oublia de vous consulter. Vous laisseriez le vice et la vertu s'épanouir selon l'intention divine et vous vénéreriez les héros comme les manifestations les plus complètes de la Beauté.

Mais je ne m'attends point à être écouté de vous. Je chante pour moi-même, ayant besoin de dire ma délivrance. Seulement, j'en ai l'espoir, ceux qui ne sont point malades et en qui la nature resplendit écouteront mes paroles. Que ceux-là me pardonnent ces tristesses et ces colères qui, bien que courtes, peuvent leur sembler misérables et sans signification. Ma pensée est depuis longtemps au-dessus de ces mouvements tout instinctifs, mais elle les admet comme des aiguillons nécessaires pour nous presser à vivre, c'est même sur eux qu'elle compte pour édifier son repos et sa joie.

Cette joie de ma pensée, les variations de mon être inférieur ne sauraient la démentir. Ne se retrouve-t-elle pas avec la Pensée de tous les temps pour confesser les éternelles vérités ? Qu'importe que des âmes volontairement obscurcies ne perçoivent pas l'éblouissante lumière ? Qu'importe que les foules se soient d'âge en âge souillées de préjugés comme le corps se couvre de poussière ? Dans mon apparente solitude je suis tranquille : l'affirmation de tant de nobles ombres m'encourage.

Ô Monde ! elles mentaient les voix du soir qui dirent au pilote que le grand Pan était mort. Il dormait seulement, se reposant sur son œuvre, après avoir fait la Grèce, après avoir fait Rome. Mais j'ai surpris son tressaillement, il va se réveiller et les Aveugles ont beau chanter maintenant leurs romances pleurardes ; ces membres impatients d'action, où tout à l'heure s'accomplira l'œuvre merveilleuse de vie, annoncent à l'humanité des jours de triomphe. La terre va être arrosée de sang nouveau et de nouvelles roses vont fleurir.

Munich, 10 septembre 1893.

INVOCATION

J'entends la grande voix de Nature.

C'est comme un flot qui arrive de loin et se brise et s'étale en frange d'écume sur l'immense rivage.

C'est le chant d'un orchestre voilé, par un soir de Mai étincelant d'étoiles.

C'est une lamentation de veuve monotone et douloureuse ainsi que les pluies.

Ce sont les rires d'un peuple d'enfants, c'est une forêt vivante d'oiseaux en gaieté.

J'entends la grande voix de Nature.

Et je le dis : ceux-là se trompent qui voient en elle une petite soubrette au nez retroussé, ou une vieille dame à principes, ou telle courtisane s'offrant dans un retroussis impudique de jupes.

Elle est chaste, voluptueuse, cruelle, tragique, joyeuse, triste, infinie !

Ô Mère, Mère divine !

Créatrice infatigable des formes et des rythmes,

Je me ris d'un art qui va en des chemins étroits bordés de haies ou de murailles,

Et de ceux qui jouent sur des chalumeaux à trois notes leurs ritournelles.

J'entends la grande voix de Nature.

Et je vais avec ceux qui veulent voir le vaste monde et que tentent le bruit de la mer

Et les horizons qu'on découvre à l'aube du haut des monts.

Ô Mère, Mère divine !

Mère de beauté, mère de volupté douce et mélancolique,

Je te salue !
Car je sens la vie universelle,
La vie glorieuse des prairies sous le soleil,
La vie des forêts dont les cimes frémissent sous le vent,
Et celle des peuples qui s'agitent dans les cités ; –
La vie des choses et des âmes !
Activité, complexité miraculeuse du monde !
D'impudentes sciences en deux mots veulent te décrire,
Les arts en leurs étroits réseaux t'emprisonnent :
Insensés !
Qui pourra dire la gerbe éblouissante des astres,
Quels parfums emportent les brises du soir,
Et de quelles fleurs la main capricieuse de l'Été sème les champs !
J'entends la grande voix de Nature,
Et devant le ciel illuminé,
Le port en rumeur,
La cité bourdonnante,
Et les champs au loin enveloppés de brume bleue ;
Devant les hommes qui reviennent en sueur du travail,
Et la beauté des femmes qui passent sveltes dans le crépuscule,
Je te salue,
Je t'adore,
Je t'invoque,
Mystérieuse ! Immense !

I
LA ROBE VIRILE

Je veux être un homme, cela seul m'importe.

J'ai en douaire non l'éternité, mais la vie, et je veux vivre.

Le droit à la vie, c'est la force, c'est l'intelligence, c'est la beauté. Si je ne possède aucune de ces qualités : c'est bien, je me résigne à mourir, mais que je sois beau, fort ou intelligent, je triompherai : je le sais.

Vivre, si vous compreniez ce mot, si vous en sentiez la grandeur, comme vous seriez fiers de toutes les divines activités qui sont en vous ! Comme vous n'auriez ni peine, ni crainte, ni colère.

Pour moi, je ne suis chrétien, ni païen, je suis ceci simplement : un homme, et je m'enorgueillis.

Je n'ai pas conscience d'un péché, je ne sais pas ce que c'est qu'un crime : je n'ai souci que de vivre.

Mes cheveux, que le vent vous mette en déroute, que la brise de mer vous caresse !

Mes yeux, réjouissez-vous de la variété des choses, du changement du ciel, des jours gris de pluie, des jours jaunes et violets de nuages, des jours bleus et or de soleil !

Mes oreilles, entendez tout : le bruit des sources et le bruit des feuilles, le chant des oiseaux et le chant des hommes !

Ma bouche, reçois la viande et le vin que ma main t'apporte ; la viande qui dispense la vigueur et le courage à tout le corps, le vin qui réveille les instincts assoupis et nous apprend la joie.

Vous, mains, soyez les nobles laborieuses, créez le bonheur de l'homme ; n'avez-vous pas votre récompense dans la caresse !

Mes pieds, allez sans peur des cailloux et des ronces, par les montagnes, par les vallées !

Ô toi qui fécondes, liqueur merveilleuse ! Épanche-toi librement dans nos étreintes.

Et toi, âme-reine pour qui peinent tous les membres du corps, associe-toi à ses plaisirs ; ne soyez point des ennemis, mais des compagnons ; marchez fraternellement dans la grande voie du Monde.

Mon âme, ce n'est point une demoiselle allemande à lunettes bleues qui songe au paradis, rougit de toutes choses et veut partir pour « ailleurs ».

Mon âme est éprise de la beauté de l'Univers, et rien ne la choque et rien ne l'afflige de ce qui est humain.

Son domaine (comme il est vaste !) ce sont les cités et campagnes, la pensée qui fermente dans l'intelligence et la grappe qui mûrit sur les coteaux.

Mon âme orgueilleuse parmi les autres semblables ne l'est point devant celle du Monde.

Et c'est pourquoi, lorsque j'aurai travaillé, aimé, joui, vécu de toutes façons, je mourrai simplement et sans murmure, comme le bois brûlé s'en va en cendre, comme la feuille verte tout l'été se dessèche à l'automne.

II

Dans le pressoir, les cuves de la vendange se vident de grappes noires et de grappes blondes à la grande lumière du soleil.

Belles filles et hommes vigoureux dressent le corps, tendent les bras et poussent les lourdes tonnes amoureusement, les hanches arrondies, les chairs tendues par l'effort.

Dans le pressoir, belles filles et hommes vigoureux écrasent sous un sabot brutal les raisins. Comme ils s'amusent d'exprimer le jus, comme ils ne se lassent point du labeur !

Grappes écrasées, vous allez faire le vin généreux, le vin qui réconforte le vieillard, distrait l'homme mûr, excite le jeune homme : grappes de la santé, de la joie et des neuves luxures.

Grappes de jeu ! Les filles vous mettent comme des parures dans leurs cheveux ou bien vous pressent contre la bouche de leurs amants, aspirant la grisante odeur qui monte des cuves.

Grappes de vie ! je veux imiter les belles vendangeuses : j'irai ravager la vigne et vous rapporterai à pleins paniers vers le pressoir et je me barbouillerai le visage de raisins et je m'enivrerai de vin nouveau, car il est temps pour moi de voir les richesses du Monde ; mais, si je suis resté dédaigneux et triste devant les grâces du printemps et le triomphe de l'été, je saurai danser à l'automne avec les troupes heureuses de l'humanité.

III

Chère Idée, te voici donc mienne ! tu ne seras plus la Galatée ironique et folâtre qui s'amuse de ses amoureux, tu ne seras plus la libellule qui voltige de fleurs en fleurs et qu'on n'atteint jamais.

Je suis plein d'amour comme devant la maîtresse que des mois on désira et qu'on a enfin obtenue ; je suis plein de paix comme à côté de la femme dont je sentirais la tendresse.

Maintenant je ne m'occuperai plus des injures ; je serai sans colère et sans mépris. La joie de notre union m'a tout fait oublier ; n'es-tu pas la douce reine à laquelle je ne sais point désobéir, n'es-tu pas aussi ma petite enfant ?

Car je t'ai recueillie, chère orpheline, fille de nobles peuples, j'ai surveillé ta croissance, et lorsque tu as été grande et mûre au baiser, tu t'en souviens : je t'ai fait sortir de l'ombre pour les fiançailles.

Oh ! pourquoi un matin ne t'ai-je plus retrouvée, pourquoi m'as-tu fui si longtemps ?

Si tu avais deviné mes peines, les fatigues de mon voyage, lorsque je te recherchais partout !

Je suis allé dans les couvents et les vieilles cathédrales, croyant te rencontrer en prière ; mais les églises étaient désertes et dans les cloîtres je n'ai trouvé que des ombres de mourants ; au lieu de tes libres et joyeuses chansons, je n'ai entendu que des psalmodies lugubres.

Une fois j'ai cru t'apercevoir sur la laborieuse Tamise, au milieu de l'armée ouvrière qui vide ou emplit les immenses entrepôts des richesses du Monde, j'ai cru t'apercevoir les cheveux épars, les yeux ardents, grande et superbe d'activité, mais je n'ai pu arrêter ta course et tu as disparu dans la brume.

À Venise je t'ai contemplée. Tu passais sur le Bucentaure, Dogaresse impudique, étalant sans voile devant la foule tes hanches et ton sein glorieux, mais tu t'endormis au bruit des rames ! drapée dans le manteau de triomphe que des siècles d'art t'avaient brodé.

À présent, je te tiens, je t'enlace, je te possède ! Ô délicieux inceste : mon enfant, ma femme ! Je te vois dans ta sainte nudité. Comme tu es belle ! forte et délicate, souple et énergique, gracieuse et majestueuse.

Comment t'appellerais-je, chère Idée ? Veux-tu des noms de fleurs ou des noms de plantes, veux-tu la rose ou la violette, le laurier ou l'olivier ? Je ne sais que choisir, car tu as tous les charmes ; laisse-moi donc t'appeler Nature : c'est le plus beau nom.

IV

Je cherche la Beauté.

Quand le soleil tombe et que les pelouses ont des veloutements si doux, si intimes, peut-être c'est la fille à l'orée du bois qui rit à un inconnu, la chevelure coiffée de rayons, les dents et les yeux illuminés, offrant son ventre et son corsage.

Et aux soirs des villes, lorsque le crépuscule nous enveloppe de ses magnifiques tristesses, et accroche aux maisons ses tentures bleuâtres, lorsqu'au ciel se joue la féerie somptueuse et mélancolique de nos âmes, c'est parfois sans doute Celle qui passe, vêtue d'ombre, Celle qui s'enfuit svelte et inconsciente dans l'inconnu.

Je l'ai vue, je la sais, je l'aime,
Je connais son corps, ses merveilleuses formes,
Et le mystère des calices fermés qu'elle recèle.
Elle va, fine, légère et rieuse ;
Sa tête de grâce est petite, insouciante, sans nul rêve, ni pensée,
Car elle ne doit pas donner le souci de l'amour,
Mais plutôt de brèves joies parmi les souffrances des heures.

Corps splendide, corps parfait, je te salue !
Ô vase où va se ruer notre jouissance
Et d'où vont sortir des générations !
Cette taille fine posée sur de larges hanches,
Comme le col d'une amphore,
Appelle l'étreinte,
De même que le petit pied, la croupe vaste,
Veulent les caresses de la main.

J'ai vu la Beauté : un jour, un soir ? je ne sais plus.

Il y a des yeux qui nous ont émus au départ des trains, derrière la vitre d'une portière ; il y a les yeux implorateurs qu'on vit une fois à la lueur d'un réverbère, au coin d'une rue ténébreuse. Il y a cette belle qui vint dans sa loge un moment, puis s'en alla et que nous n'avons plus rencontrée.

Ah ! Beauté ! Beauté inconnue et dont je meurs, qui que tu sois, princesse, plébéienne, fille des champs ou des rues, viens vers moi : que j'écrase le désir qui me brûle sur ton sein docile.

V

CHANT NUPTIAL

Sous cette neige pure, ces terres endormies,
Que la Nuit, le Silence et l'Hiver glacial
Tiennent maintenant captives ;
Comme Avril, comme le clair et joyeux Archer de gloire
Vont épanouir leur sein !
Comme toute cette désolation va sourire,
Chargée d'arbres à fruits et bruissante de chants d'oiseaux !

Je sais sous des robes jalouses
Un bouton de sang orgueilleux et fermé
Qui se cache et ne veut pas s'épanouir en rose,
Mais il s'entrouvrira malgré lui
Et la fleur m'abandonnera son calice
Au jour venu.

L'étincellement du soleil et la blanche rosée matinale,
Les azurs de l'horizon au crépuscule,
Et les mirages des étangs
Pleins d'ombre verte et de nuages lumineux,
N'est-ce pas un beau royaume
Pour une petite main de femme ?
Ô mignonne ! je t'apporte en cadeau de noce
Davantage :
— Une âme pour contempler et cueillir toute la vie.
Petite aveugle, petite sourde, petite estropiée,
Voici des yeux, voici des oreilles, voici des mains ;
Mais d'abord,
Dis adieu, dis adieu
Aux années anciennes ;
Et puis, en gage de soumission,
Incline ta tête orgueilleuse.

Je suis le tyran qui vient
Te faire abjurer l'autrefois
Et semer en toi des chants et des rêves,

Pour que germent la Caresse et l'Amour et le Sourire,
Et que brillent comme une parure les larmes charmantes.

Tout ce passé qui tressaille encore,
Tous ces souvenirs qui pleurent doucement dans l'ombre,
Et cet orgueil qui trépigne et se révolte,
Je vais les briser ainsi que des jouets de fillette.

J'ouvre toute grande ton âme à l'Été,
Aux ramures pleines de parfums, de chants et de soleil,
J'ouvre ton âme à la rumeur du monde
Et au grand ciel.
Voici tout le jardin paré,
Les rosiers en fleurs ;
Voici les abeilles et les papillons
Pour le jour nuptial.

VI
LE CANTIQUE DE L'ESCLAVE

Une Femme ou un Désir, je ne sais ; mais certainement un tyran farouche et implacable gouverne mon être et ma vie.
De son poids énorme il charge mes épaules,
Et, sans égard pour les gouttes de sueur qui perlent sur mon front,
De sa verge rouge de mon sang il active ma marche.
Par les chemins rocailleux ou les grand'routes brûlées de soleil,
Par les fourrés d'épines ou les sentiers glissants des monts,
Matin et soir il me conduit, en me fouettant et m'insultant comme un vieux cheval rétif ;
Et pourtant ni aux coups, ni aux outrages je ne fais attention,
Et je ne me préoccupe ni de la fatigue, ni du chemin,
Mais je lève mon regard sur lui,
Et les yeux du tyran me sont une source fraîche et un ciel.

*
* *

Une barrière de glycine et de chèvrefeuille,
Un espalier feuillu où pendent les pêches savoureuses que je mords avidement,
Mais un espalier, une barrière, ton étreinte, le cruel délice de ton baiser qui nous enivre et nous étouffe.

*
* *

Je rêve du ciel et de la mer.
C'est le soir ; le soleil a des somptuosités magnifiques ;
À pleins flots l'Océan roule rubis et pierreries ;
Et les grands nuages violets courent vers l'Est, précédés de la fine et légère troupe des nuées, comme des armées en déroute et des chœurs dansants de nymphes en robe de neige.
Je rêve du ciel et de la mer.
Les ailes blanches planent.
Et des nefs, toutes voiles dehors, fendent la vague.
Quelle belle hardiesse !
Comme elles voguent, sereines, sans crainte du flot ni du vent.
Elles vont ; elles vont
Vers les pays au loin, vers les pays des bois odorants, des fleurs larges, où la vie pour l'homme est un sommeil aux lumineuses visions.
Elles vont, elles vont…
Et moi je suis immobile ; et tu me serres encore contre ton sein comme si tu craignais de me perdre, de me voir partir.
Ah ! quelle prison m'est ton alcôve, avec son plafond bas, où sur un ciel de nuages folâtrent de petits culs d'amours, avec ses tentures fermées pour plus de mystère…
Belle, belle, le soleil resplendit au dehors, le soleil qui ranime la volonté, le soleil qui crée les hommes d'action et les poètes.
Des vaisseaux partent, des vaisseaux partent pour les terres lointaines…
Je rêve du ciel et de la mer.

*
* *

Puisque le soir vient triste et doux sur les choses
Et nous avertit de la fuite et de la vanité de notre être,

Par un simulacre de suicide renonçons dès maintenant
À notre personnalité, à la vie.
L'ombre de l'alcôve, comme une tombe discrète,
L'ombre de l'alcôve nous invite à nous unir,
Et voici que nous nous joignons
Pour quelle étreinte !
Notre âme se fond, s'anéantit dans un baiser ;
La Ville et la foule et les mille rumeurs
S'apaisent :
Chère, voici que descend sur nous
Comme l'ombre exquise de la Mort.

*
* *

Le Printemps blanc et vert du beau jardin, le Printemps des pommiers fleuris et des jeunes verdures m'a vaincu.

Mon être s'éparpille ; mon être devient la feuille de l'arbre, le chant de l'oiseau, le brin d'herbe ensoleillé, le nuage qui court.

Pensées douloureuses, raisonnements qui n'aboutissent pas, tout s'efface devant le sourire de la Nature.

J'ai la joie animale de l'homme qui se soumet au principe divin ; j'accepte l'impersonnalité ; je me résigne à la mort.

Bonheur de la fleur, bonheur du chien aux yeux aimants, bonheur de tous les êtres qui ne vivent que par l'instinct, tu es désormais mien.

Mais j'entends le bruit d'une barrière qui s'ouvre : svelte dans sa robe noire, la chevelure auréolée d'or, et ses yeux de volupté mystérieuse, l'Aimée paraît et me rend mon âme : – pour souffrir, – pour jouir.

VII

Ouvrez les fenêtres ! Ouvrez les fenêtres ! Il y a trop d'ombre et pas assez d'air ici. Vous vous êtes assez masturbés dans les coins.

Ouvrez les fenêtres ! Dehors des foules d'hommes passent ; il y a des Européens, il y a aussi des Noirs aux lèvres lippues et des Chinois aux robes multicolores.

Entendez-vous la voix de la mer et le vent qui agite les hautes cimes et tout le bruit des grandes villes ?

Il y a des jeunes femmes qui rient et babillent auprès des fontaines ; elles tordent leur longue chevelure blonde ; comme la lumière se joue sur leur croupe et sur leurs épaules !

Il y a toute une armée de mâtures dans les ports et l'on charge et l'on décharge les nefs de tous les produits du monde ; le ciel est noir de la fumée des vaisseaux.

Il y a de vastes temples emplis de livres où habite la pensée des siècles.

Restez dans vos cabanons, si vous voulez, moi j'irai par les routes illuminées de soleil et je me lèverai dès l'aurore et je marcherai longtemps la nuit.

Je veux me réjouir de tous ces sexes riants : que ma bouche baise toutes les bouches féminines, que mes mains et mes yeux connaissent tant de jolies formes !

Mon regard sera plein des combats de nuages et de flots et de la féerie des cultures aux mille nuances et de l'agitation des foules bigarrées.

Mon esprit s'égarera parmi les hommes, les animaux et les plantes et j'entrerai aussi dans les vastes bibliothèques, afin de posséder l'âme des peuples.

Car je veux avoir à mon lit de mort ma conscience en guise de prêtre, qui me bénisse et me parle ainsi :

— Tu avais un esprit et un corps, et tu en as usé comme tu devais, car tu as pensé et tu as agi jusqu'à ce que tu fusses brisé : va donc en paix dans la terre maternelle !

Alors, je rendrai doucement mon dernier souffle.

Ô Terre féconde, ô Ciel infini !

VIII

Es-tu digne de la Mer ?
As-tu une chevelure comme un diadème et comme une toison ?
Les seins aux pointes impérieuses et braves,
La taille faite pour l'étreinte,
Et des hanches énormes qui se raillent de la vague ?
Mets-toi nue sous le soleil,

Dresse-toi parmi l'écume et sous le ciel en feu.
Viens radieuse, voluptueuse, orgueilleuse ;
Car tu as une mission : être belle et charmer ;
Mais si tu la remplis,
Tu as aussi un sacre parmi les hommes.
Viens donc toute fière de tes hanches nues,
De ton corps de femme féconde,
Au-devant du flot,
Sous la caresse du clair soleil
Qui illumine ton impudeur.
Si les villes de vieillards te maudissent,
La jeune Nature acclamera ta beauté.

IX

LA VISITE DU TEMPS

Dans la maison aux galeries de bois, au mur d'ardoises, qu'ennoblissent les années, l'âtre s'égaie toujours d'une chanson d'aïeule, à son rouet ; la fenêtre enguirlandée de capucines est ouverte sur un rose et rieur visage de jeune fille, et des enfances babillent aux portes, tandis que M. Tristan passe et repasse devant la croisée, les yeux curieux et timides.

Or, chaque cinquantaine, le Temps fait sa tournée : « Bonjour vieille, bonjour jeunesse, bonjour marmaille », crie-t-il.

Chacun s'étonne, alors que personne ne le connaît, qu'il connaisse si bien tout le monde.

— Ah ! depuis le commencement des siècles, fait-il avec un sourire de bonhomme blasé. Et une poignée de main à la vieille, un baiser sur les joues subitement pouprées de la belle, une tape sur les têtes dorées des garçonnets ; puis il s'en va vers d'autres logis.

Et toujours, à chaque cinquantaine, il trouve des figures songeuses, l'œil vers la rue et à l'âtre de vieilles dames qui lisent leur passé dans les cendres rouges ou chantonnent au gai soleil qui dore de folâtres chevelures.

X

LES LOUANGES DE DOUCE

Cher babil, chers sourires,
Chère gaieté de la jeune femme,
Qui, par les bons et les mauvais jours,
Brilles comme un soleil qui ne se coucherait jamais,
Chantes comme le chant continu de l'oiseau au fond du val,
Ah ! tu es vraiment le plus beau sermon,
Le meilleur prône :
Tu nous enseignes à cueillir l'heure qui s'offre,
À toucher le bonheur qui nous est échu,
Sans plus penser à notre orgueil et au lendemain.

Cher corps d'amante qui frémis de plaisir,
Cher corps d'enfant qui te donnes sans savoir,
Ou te laisses prendre
Comme le fruit et la fleur,
Tu es bien selon le vœu de Nature :
Que tout s'unisse, que tout se mêle
Dans le baiser.
Je ne sais pas les religions, je ne sais pas les codes :
Je ne connais que le Soleil qui fait étinceler l'herbe et les eaux ;
Je n'ai reçu de conseil que des animaux et des arbres :
Et c'est pourquoi j'aime et loue
La radieuse nudité de Douce.

Joyeux et tristes,
Oisifs et laborieux,
Venez, accourez vers Douce :
Son corps est le pain bénit que l'on partage entre tous,
Où chacun trouve la saveur qu'il aime.

Cher corps délicat et robuste,
Comment louerais-je ta beauté !
J'ai tes yeux pour que ma pensée voyage et s'exalte parmi
[les choses,
J'ai tes cheveux comme un voile sur les chagrins,
Ta bouche pour te donner avec mon souffle une personnalité
[trop pesante,
Tes seins, tes fesses, comme des oasis de fraîcheur,
Tes cuisses pour m'enserrer dans une charmante paresse,
— Cher corps où s'oublient les luttes et les peines,
Où l'on meurt pour renaître ensuite plus viril et plus fort !

Chère aimée, tu n'as point à envier les lourdes matrones,
Ni à souhaiter d'être une doctoresse pédante,
Un bas-bleu ou une de ces demoiselles
Qui peignent sur toile et sur porcelaine
Des serins avec des pissenlits ;

Chère aimée, lève bien haut la tête,
Toi qui inspires l'artiste,
Artiste toi-même, qui sais les gestes de séduction
Et les robes merveilleuses
Et fais de ton corps un chef-d'œuvre toujours nouveau ;
Chère aimée, lève bien haut la tête,
Ô refuge de toutes les douleurs :
Ma Consolation, ma Charité.

XI

Depuis cent ans que le monde cultive la tristesse comme son plus magnifique jardin, et qu'il se divertit à pleurer, dites-moi, ne sent-il point quelque fatigue ?

On a élevé les hommes pour la mélancolie, et ils ont arboré le chagrin avec orgueil, et ils ont mis des violettes de douleur à leur boutonnière.

Ah ! quand me délivrera-t-on de ces visages de petites filles fouettées, de ces affreux pleurnicheurs qui se croient géniaux parce qu'ils sont experts dans l'art du désespoir.

Ils sont fiers de n'avoir point de virilité, et dédaigneux des choses terrestres, se faisant des pâleurs mystiques, ils étendent la main vers le ciel avec hypocrisie, en s'écriant : « Dieu ! que ne puis-je l'atteindre ! »

Mais je veux, afin de leur faire honte, élever la statue de l'Homme idéal : je la poserai sur les places publiques, pour que tous puissent la voir, pour que tous viennent l'admirer.

Vraiment Celui-là n'a point les yeux rouges, mais il sait rire et marcher ; il subjugue les hommes par son cerveau ou ses muscles, et les femmes, par son priape.

Il s'est dit tout d'abord : je veux être le Maître, et ce désir est son laurier ; même quand il tombe, même quand il est vaincu, il ne perd point sa couronne.

Car l'Humanité, ce n'est point l'eau croupissante des marécages, mais comme la lutte violente des flots une nuit de tempête, et on se joint, et on bataille, et on frappe sans se voir – et cela pour la Beauté !

Le troupeau socialiste aura beau ouvrir des yeux ahuris et cette vieille dame de protestantisme parler de sels et d'évanouissement, l'Humanité n'arrêtera point sa marche, ses ruts ni son combat.

Mais l'Homme idéal ne lutte point pour lui, ne songe pas à ses blessures, il ne s'occupe point de ramasser les morts, il ne s'émeut point aux cris des blessés, mais il s'en va droit vers la mêlée, vers le drapeau qu'on menace.

Ce beau drapeau de l'Humanité, cette loque aux mots de lumière qu'on se passe de main en main, il veut à son tour le défendre et faire flotter sa gloire, jusqu'à ce qu'il tombe, jusqu'à ce qu'un héros le remplace et vienne arracher l'étendard à son agonie.

XII
À LA JOLIE MORTE

La petite âme qui chantait,
La fleurette toujours épanouie et souriante,
Qui à tous les hommes offrait son calice parfumé,
Pour que chacun s'en embaumât,
La petite âme qui chantait
S'est envolée avec l'oiseau, avec le pétale, avec le brin d'herbe ;
Elle est mêlée à l'air subtil,
Et en le respirant, nous respirons son souvenir.

Paix à la morte gracieuse,
Qu'on cesse ces proses lugubres d'église,
Qu'on jette là les tentures funèbres ;
À pleines mains plutôt comme jadis,
À pleines mains répandons les lys
Pour qu'aussi doucement qu'a passé sa vie,
Passent ses funérailles.

Marbre aux formes parfaites,
Voix charmante,
Inconsciente rose,
Qui sans savoir ton but divin,
Rendais les heures légères,

On te maudit comme l'amour libre et naturel,
L'amour des cavales et des aigles
Qui ne connaît d'autre loi que celle de l'instinct robuste ;
Mais dans les cœurs déjà rouillés,
Dans les âmes qui se lézardent,
Où, comme les pluies de novembre,
Les chagrins ont coulé jour à jour,
Ruinant tout espoir ;
Dans les âmes obscures déjà de l'ombre de la tombe,
Voici la place claire telle qu'un rayon de mai :
C'est le souvenir du jour de la venue
Où pour la première fois résonna ta chanson,
Où pour la première fois sourit ta grâce.

La petite âme qui chantait
S'est enfuie avec l'Été,
Le triomphe des feuilles et des prairies ;
Mais pourquoi me désoler
De la saison morte et de la voix éteinte ?
Des feuilles, des feuilles et des feuilles
Sont tombées ;
Et l'on a porté des milliers et des milliers de jeunes femmes
Vers la terre,
Mais les saisons reviennent, les prés refleurissent,
Les amours s'enlacent à nouveau ;
Ce que j'adorais en elle lui a survécu :
La Beauté impérissable.

XIII

LE NOBLE PAUVRE

Le noble pauvre se dresse dans le ciel de flammes ; il a attendu pour se montrer la lumière du soir afin que les choses fussent en harmonie avec la fière ruine de son corps.

C'est un ancien soldat de l'armée d'Afrique ; et ses mains se sont rougies cent fois du sang des barbares. Il a haleté et rugi dans la bataille ; il a aimé la guerre comme une maîtresse sous le soleil brûlant et dans l'infinie tristesse des nuits tropicales.

Et maintenant, ombre d'un être dont le passé, encore qu'inconnu, fut glorieux, il s'en va le long des routes, traînant sa jambe de bois et ses haillons, mais sans déchoir, dédaigneux d'inspirer aux passants une pitié ridicule.

Pourquoi s'attacherait-il encore à la vie, quand il n'en a plus l'activité ? Machine à demi brisée, qu'on le détruise complètement : il ne poussera pas une plainte.

Mais il ne veut pas souiller le triomphal combattant qu'il se rappelle avoir été, et ce visage qui fut à tant de victoires, il ne lui donnera point un air humilié et vaincu.

Aussi, quand je passai près de lui et vis cette belle tête où les ardeurs anciennes brillaient encore, où toute une vie tumultueuse s'agitait :

— Prends donc, dis-je, prends, mon brave, cette bourse d'or, que tu ne sollicites point, mais que tu exiges. Surtout, n'aie pour moi aucune reconnaissance, car apercevant ton regard si magnifique d'orgueil, ton regard que n'a pu abaisser la mauvaise fortune, je devais oublier ma personnalité devant la tienne et proclamer ta grandeur.

Ô pauvre dont la main ne s'est point tendue, ce n'est pas à ta misère que je compatis. La misère me dégoûte et si je t'y voyais soumis, je détournerais de toi les yeux. Mais je veux glorifier ta beauté superbe et te remercier d'avoir fait luire devant moi un fantôme si splendide !

Le soldat accepta mon offrande, comme il avait accepté la médaille attachée à sa défroque, sans étonnement et sans bassesse, et il se dirigea vers le village, dominant de sa haute stature les groupes épars qui se formaient sur son passage, tandis que des chuchotements surpris, mais respectueux, célébraient le sacre du tranquille héros.

XIV

Je demande des hommes, je cherche des hommes.

Je vois des clowns bariolés, je vois les pesantes masses de chair des athlètes ; ici des membres souples, là des membres forts ; je ne vois pas d'âme virile.

Je demande des hommes, je cherche des hommes : de ceux qui ne trafiquent pas dans les marchés ; de ceux qui ont l'enthousiasme et l'ardeur.

Je veux des croyants et des violents ; je veux des êtres dont les yeux ne pleurent pas comme des priapes malades ; je veux des êtres qui sachent rire et combattre.

J'appelle avec moi ceux qui ont désappris les larmes, qui n'ont pas peur de répandre le sang, qui ne craignent pas de dominer.

Ils ont souri à ces mots : Enregimentons les êtres ! – mais leur éclat de rire a été formidable, quand quelques-uns se sont écriés : N'enregimentons personne, la liberté pour tous !

Et voici qu'ils ont enfourché les chevaux aux sabots barbares, les chevaux qui piaffent et hennissent d'impatience d'écraser et de briser, et voici qu'ils se sont élancés, les glorieux cavaliers, à la conquête de leur royaume.

Les foules avaient dit : Le guerrier a été roi ; puis le marchand ; c'est maintenant notre tour.

Ils ont répondu : Vous êtes des indignes. C'est à ceux qui portent l'Idée qu'il appartient de régner. Il y a des siècles qu'ils attendent.

Dans un galop effrayant les cavaliers ont renversé les bandes de misérables, ils ont fauché cette armée tremblante et jonché le sol de cadavres. À présent c'est à peine, au milieu des sonneries de la victoire et parmi les étendards déchirés, s'ils font attention au fleuve de sang qui baigne les pieds de leurs chevaux.

— Il faut désormais, disent-ils, que ces races sans courage nous soient soumises, car nous inaugurons un nouvel âge. Que nos embrassements soient féconds pour que toute une génération de dominateurs apprenne leurs devoirs aux multitudes. Nous chasserons les malades aux âmes de femme qui ne savent que pleurer, gémir et se désespérer ; nous chasserons ceux qui ont peur de la mort et ne veulent pas vivre ; tout cela nous le ferons, non pour nous : nous sommes désintéressés de nous-mêmes comme des autres individus, mais pour l'âme du Monde que nous devons défendre et agrandir.

XV

Prostituons-nous !

À tous les Dieux d'abord, aux graves et aux légers, aux souriants et aux tristes, aux obscurs et aux lumineux.

Prostituons-nous à tous les hommes, car chacun peut avoir une pensée, un rêve, un sentiment, et je veux respirer tous les parfums ; il n'est pas de violette si modeste qui ne m'attire.

La monogamie est impie ! Prostituons-nous à toutes les femmes. J'aime les fins cheveux de celle-ci, j'aime la langueur de ce regard, j'aime ces formes harmonieuses ; l'une me dit le charme du sourire, l'autre me révèle la force, une autre m'enseigne la grâce.

Prostituons-nous aux animaux, aux plantes, aux fleurs ; aux déserts immenses où dans toute sa splendeur se révèle le ciel ; aux marais mornes, où nous songeons parmi les oseraies, au mystère du monde ; aux champs où le vent dans les feuilles chante une complainte de vie tranquille ; à la montagne qui écrase notre personnalité, à la mer qui l'exalte.

Prostituons-nous aux choses, aux êtres ; il y a une pensée dans un brin d'herbe, dans un cheveu, dans un caillou et je veux qu'elle brille, qu'elle s'exhale, qu'elle chante en moi. Oui, je me prostituerai à toute la nature afin que tout mon être se réjouisse et dise l'hymne divin.

XVI

Comme nous revenions de Pompeï où Vénus a forcé la Mort à lui chanter un hymne si triomphal, mon amie d'une grande tristesse se sentit atteinte et s'approchant de moi, comme pour me demander protection : « Ah ! me dit-elle, quand nous serons de pauvres morts, de pauvres cadavres ! »

Alors, doucement, d'un baiser je lui fermai la bouche, puis je la blâmais ainsi : « Petite blasphématrice, n'as-tu point encore appris ton immortalité ?

« Sache que la tombe et le squelette sont de vaines apparences. Ne crois qu'à ton sourire, à ta chair fleurie, à la grâce de ta jeunesse. La Nature est vivante et belle éternellement.

« Vas-tu t'occuper de toute cette matière dont elle se sert pour ses sublimes créations ? La forme qu'elle donne aux choses, l'esprit dont elle les anime, seuls nous doivent occuper.

« Flamme divine que je vois luire dans les yeux de mon amie, peut-être illuminais-tu le regard de la charmante Cynthia et celui de cette Cytheris que pleura Gallus. Combien d'âmes autrefois as-tu fait briller ? Combien encore t'attendent dans l'ombre ? et tu pourrais t'éteindre, ô flamme de l'amour ! »

XVII

Nous avons erré dans les fougères de Pestum, devant les monts et la mer lumineuse et des ombres sont venues vers notre piété, les canéphores aux longues robes flottantes portant leurs corbeilles pleines de fruits, puis toute une procession de jeunes filles couronnées de violettes.

Et comme autrefois les prêtresses ont paru sur le seuil du temple, et le sang d'un taureau a coulé sur l'autel, signe d'humilité, témoignage de soumission des êtres à l'Infini.

Ainsi chaque jour s'accomplissent les mêmes fêtes pour ceux dont l'âme n'a pas été voilée. En vain passèrent jadis les hordes stupides des barbares, conduites par la croix ou l'étendard des Kalifes, Normands ou Arabes poussés par le vent et le flot : leur colère fut impuissante.

Ô saintes murailles ! Vous avez bravé les âges de grossièreté pour apprendre à notre siècle misérable la Beauté morte dont il n'a même plus gardé le souvenir. Vous donc qui gémissez en songeant aux formes pures de l'Ellade, approchez à cette révélation de l'Esprit devant les calmes merveilles de la nature ; venez voir comme le soleil du matin fait de nobles ombres aux temples antiques et comme les ciels du soir sont beaux entre leurs colonnes.

XVIII

Vous ne connaissez pas les voies de la Nature.

La Nature détruit pour reconstruire avec des ruines ; mais elle cache son action ; elle ne dit point ce qu'elle détruit, ce qu'elle anime.

Vous ne connaissez pas les voies de la Nature, c'est pourquoi vous jugez éclatant de santé ce qui est déjà mourant et que vous faites les funérailles de celui qui va se lever pour vous mener dans la tombe.

Ce que la foule acclame, ce sont de vieilles statues mutilées et sans art, des tableaux dont la peinture est craquelée, un idéal en enfance. Mais, parce qu'elle trépigne, vous croyez qu'elle s'avance, parce qu'elle pousse des cris, vous croyez qu'elle prononce des oracles, parce qu'elle a des hallucinations et des bonds de fiévreux, vous vous dites : « Voici l'humanité en marche sous la conduite d'un nouveau Dieu. »

Pour moi, je ne crois point au Dieu de la foule, ni à son infaillibilité, ni à sa santé. Le consentement universel, c'est l'acceptation de l'erreur et de la folie, car les choses de l'intelligence ne sont point à l'usage du troupeau ; la Pensée est une fleur rare que chacun ne trouve point sur sa route à piétiner.

Je ne m'occupe donc point de ce qu'on raconte dans les assemblées, des grosses erreurs fardées de vérité pour mettre le peuple en colère ou lui arracher des larmes, mais je m'occupe de l'enseignement et des traditions des penseurs de tous les siècles.

Je vais où est la science, où est la vérité : je vais trouver l'Homme de génie sur sa montagne.

Il est le médecin qui guérira l'Humanité malade : maintenant elle le méprise, elle dédaigne ses conseils, elle gambade comme une folle avec ce qui lui reste de santé dans les membres.

Mais le jour est proche où elle tombera épuisée ; alors il ne sera que temps d'aller chercher le bon docteur.

Car de même que l'enfant a besoin des soins maternels, l'Humanité ne saurait point se sauver sans ses héros.

XIX

Ô poëtes, mes frères, je crains pour vous.

Vous ressemblez à des voyageurs qui s'en vont portant des trésors à travers la forêt ; ceux-ci contemplent les ciselures du coffret qu'ils ont à la main, tandis que leurs compagnons regardent les arbres ou le ciel : nul ne songe aux voleurs.

J'en vois bien qui se croient plus éclairés et plus prudents et qui, allant au-devant des bandits, leur ont offert une partie de leurs richesses pour qu'ils les protègent ; mais ceux-là sont encore plus fous que les autres.

Ô poëtes, mes frères, je vous le dis : Vous serez tous égorgés.

Parce que nul ne se défie, parce que nul ne sait prendre un couteau, que nul n'a la force de frapper ceux qui l'attaquent.

Et pourtant cela est beau de défendre son rêve ; vous parliez hier des antinomies de la pensée et de l'action, vous ne saviez pas ce que vous deviez faire : Eh bien, la voilà votre tâche !

Les Barbares sont là près de vous ; dans leur colère imbécile ils vont renouveler les grands crimes de l'Histoire : ils brûleront les bibliothèques, ils mutileront et briseront les statues.

Ils frappent tous ceux de leurs ennemis qu'ils peuvent faire prisonniers, surtout les nobles, surtout les forts, surtout les beaux.

Pour moi, dès maintenant j'ai mes armes prêtes : je saurai combattre et mourir pour la Beauté.

XX

Cette nuit de révolution et d'incendie où la Pensée subit les derniers outrages, où les Barbares pour un moment triomphent, je suis allé chercher les Rois.

J'ai trouvé le premier blotti derrière une haie, mourant de peur.

— On vient de mettre le feu à ton palais, lui ai-je dit.

— Bien ! m'a-t-il répondu, mais pourvu qu'on ne découvre pas ma cachette.

Je lui ai craché à la face et me suis éloigné.

J'ai aperçu le second roi sur la rivière, conduisant une yole en compagnie de sa petite gourgandine qu'il embrassait de temps à autre.

De sa barque il m'a crié :

— Quel plaisir de se promener sur l'eau par un temps pareil !

À ces paroles, j'ai pris des pierres et les lui ai lancées ; puis j'ai continué ma route.

Bientôt j'ai entendu un grand bruit de foule et des rires et des exclamations, et comme je sortais de la forêt, je me suis trouvé au milieu d'un troupeau de monstres qui avaient sur un corps humain une tête de bête. Ils formaient un cercle autour d'un pitre amaigri qui se tenait à genoux, la tête dans la poussière et le derrière haut, maintenant à deux mains sur son front un diadème d'or. Parfois quelqu'un placé à côté lui lançait un coup de pied, mais le pitre loin de se fâcher, ne voyant là sans doute qu'un jeu aimable, exprimait par un sourire sa reconnaissance. Il chantait même une fort joyeuse chanson.

Je suis le roi de la Démocratie,
Le roi soci-, le roi socialiste.
Je me prête au plaisir de mes bons sujets
Pour la Justi-ice.

Qu'ils m'insultent, me donnent un soufflet,
Je sais que c'est la volonté de Dieu,
Du Dieu des pauvres, du Dieu des gueux,
Insultez-moi donc, chers amis, s'il vous plaît,
Pourvu que je garde ma bonne petite couronne.

Alors, l'âme emplie de dégoût, j'ai marché vers le misérable. Je lui ai arraché sa pourpre toute souillée et son diadème, puis le repoussant du pied, j'ai crié ces paroles :

— S'il y a parmi vous, bêtes, un être qui ait la pensée, la face et les bras d'un homme, qu'il vienne prendre le diadème de celui-là qui fut infidèle à sa race et ne sait plus le nom de ses ancêtres. Qu'il vienne, nous avons une couronne à vendre !

XXI

Vous tous qui parlez d'amour, vous pourriez aussi bien parler de honte et d'abdication.

Quiconque a une pensée à imposer ne sait pas ce que c'est que la pitié et il n'a point peur de marcher sur des cadavres.

Les multitudes sont pour la pensée comme une meute hurlante, prête à mordre, si vous espérez apaiser ces dogues par des caresses et si vous leur donnez du sucre, ils vous déchireront la main.

L'homme d'action qui ne s'épargne point lui-même ne se préoccupe point des autres.

N'avez-vous pas vu le cheval de labour et les bœufs tirant la charrette par les chemins de fondrières ?

Ah ! si le paysan ne fouaillait son cheval, si avec son aiguillon il ne faisait saigner ses bœufs, il n'y aurait pas un sillon de tracé et la charrette resterait dans la vase.

Ainsi les Forts agissent avec la foule : ils ne cherchent point son bonheur, mais son asservissement.

XXII

J'ai vu en rêve Gallia pareille à une raccrocheuse de trottoir, à ces filles à matelots avinées et obscènes qui, dans les ruelles sombres des ports, se jettent au cou du premier passant.

Elle avait renvoyé tous ses amants, parce qu'ils étaient nobles et beaux, et rien ne lui plaisait maintenant que l'odeur des ruisseaux bourbeux et les maisons qu'annoncent de tristes lanternes.

Elle ressemblait aux dernières des prostituées et elle se réjouissait de son ignominie.

Tout d'un coup elle a saisi par le bras un homme souillé et infect, l'a embrassé sur les lèvres, puis le repoussant :

— Tu ne pues pas assez, lui a-t-elle dit.

Une femme alors lui a présenté un être qui sortait d'un asile d'insensés ; un rire continuel découvrait ses dents longues et ses yeux paraissaient éblouis.

— Tu as trop d'esprit, s'est-elle écriée en lui tournant le dos.

Quelqu'un ensuite est venu. Le nouvel arrivant avait le corps difforme, la bouche baveuse, les yeux vicieux et criminels, la peau couverte de pustules.

— Tu as encore quelque beauté, va-t'en, lui a-t-elle crié.

Enfin est apparu un monstre dont le langage n'était qu'une suite de cris plaintifs ou féroces, un monstre à la tête et au corps velus, répandant une odeur de fumier.

Alors elle a couru au-devant de lui, l'a pressé contre son sein et elle le baisait, lui faisait mille caresses en répétant :

— Puisque tu t'appelles Bassesse et que tu n'es que vice et laideur et sottise, je t'aime, mon chéri, et je veux rester avec toi. Viens, tu verras quelle union sera la nôtre : tu es Bassesse, je suis Démocratie ; comment ne pas s'entendre ?

XXIII

En ces temps de honte où penser est regardé comme un outrage à l'humanité, le premier devoir du sage est de ne point jeter les yeux sur ce qui l'entoure, de voiler sa vie et de garder sa solitude.

Que le mépris soit sur ton visage ;
Rassemble ta colère ;
Tiens ta plume toujours prête ;
Et puis habitue-toi à voir le sang couler, car l'heure est proche où il te faudra combattre.

XXIV

J'attends le Tyran, le Tyran beau et fort qui va venir. Pour lui je prépare l'encens et les couronnes, et je rythme des chants de héros.

C'est en vérité l'Homme suprême, l'Homme qui s'élèvera et élèvera les forts comme lui.

Il saura être roi.

Il saura dominer de sa verge de fer les multitudes et les courber sous son joug de beauté et de gloire.

Il saura contraindre les peuples à se guérir du médiocre et du laid.

Au nom de l'Idée dont il est le représentant magnifique, il arrachera les préjugés, il proscrira les principes infâmes.

Je le vois déchirer les bannières de la fausse révolution ; je le vois effacer les mots grotesques : liberté, égalité, fraternité.

Il n'entrave en rien la marche du monde, mais il canalise la rivière ; il dessèche les marais, il défriche les landes.

Un esprit triomphant le conduit et l'anime.

Il ne se soucie des humbles ni de la pitié, il se moque de l'individu comme de lui-même.

Il n'a foi que dans l'âme universelle, dans l'âme divine dont il est la plus superbe floraison.

Au besoin il deviendra cruel, au besoin il se fera le fléau des misérables.

Car il faut que l'Homme suprême soit glorifié, en lui et en ceux qu'il élèvera.

XXV

Je ne veux pas d'un loisir sans lendemain, et c'est pourquoi, ô poètes, je délaisse les calmes chants de crépuscule pour les clairons d'appel et de colère : il faut bien maintenant nous occuper de ceux qui menacent la Pensée.

Mais peut-être un jour pourrons-nous partir en paix pour les pays de citronniers et d'orangers et dire devant la mer d'azur les vers de Virgile.

Alors nous nous en irons dans les jardins où l'ombre verte s'égaie d'une blanche statue de dieu.

Couchés sur l'herbe parmi les aloès et les clairs oliviers, nous regarderons au loin sous le soleil briller les mille yeux de la mer.

Et nous écouterons près de nous la voix fraîche des fontaines.

XXVI

Trois jeunes femmes se tenant par la main se sont avancées sur le rivage : l'une au front vaste et au regard sévère ; la seconde, belle de la tendresse de ses yeux et de son sourire ; la dernière ardente avec des gestes passionnés.

Tout en marchant elles ont les yeux fixés vers les roses charmants du ciel, et elles chantent dans le soir un chant plein de douceur.

À leur venue les feuillages des terrasses au loin s'inclinent pour les saluer ; le flot se fait caressant sur le sable ; tous les êtres s'arrêtent et s'émerveillent de leur passage.

Et il me semble que c'est ainsi que s'en va dans la vie une belle âme : la pensée, l'amour, l'instinct mêlent chez elle leur hymne glorieux : toute la nature l'acclame et elle acclame elle-même toute la Nature.

XXVII

Une pauvre prostituée dans la tempête ;
Une pauvre prostituée vagabonde sur le trottoir que l'averse change en rivière ;
À la lumière vacillante du gaz passe sa grande ombre douloureuse :
Je m'approche ;
Je ne vois pas la pluie,
Je ne vois plus la défroque dont elle se pare,
Mais ce corps aux belles épaules, aux nobles hanches, aux mains délicates,
Mais ce visage souriant éclairé de grands yeux doux,
Cette nuque où rayonnent de fines boucles blondes.

Il y a un crime sur la Terre.
C'est que celle-ci qui devrait être reine,
Acclamée par les clairons de triomphe, l'encens et les étendards,
Un pourceau peut l'insulter ;
Une police infâme lui inflige mille supplices :
L'âme des hommes s'est-elle donc envolée ?
Leur vue s'est-elle obscurcie ?

Je veux aller chercher les catins et les reines et les nonnes.
Et parmi je prendrai celles qui sont belles ;
Je les ferai monter sur un trône d'or.
Et je m'agenouillerai devant,
Et je saluerai leur divinité ;
Car il n'y a ni catins, ni nonnes, ni reines,
Ni femmes vertueuses, ni femmes vicieuses,
Mais ceci seulement,
Ceci seulement, entendez-le :
La Beauté.

Qu'est-ce qu'une femme savante ?
Qu'est-ce qu'une femme honnête ?

Une femme dont les sens n'existent pas ?
Une intelligence qui se nourrit de philosophie sentimentale et de romances ?
Voilà qui doit nous en imposer !
La femme n'a qu'à suivre sa voix intérieure ;
Elle n'a qu'à écouter le chant de l'Instinct ;
Elle est sainte quand elle s'abandonne,
Elle est savante quand elle nous caresse.

Je sais une musique divine :
Celle des soupirs de la jouissance ;
Je sais une sensation divine :
— Sentir les dents froides, les mains crispées de la Jouissance ;
Je sais une vision divine :
Des jambes largement ouvertes pour l'œuvre d'inconscience,
Quand deux êtres renient tout : égoïsme, personnalité, vouloir,
Pour s'absorber dans la grande communion de Nature. Pour s'unir au rut infini que commandent la Nuit et les Étoiles.

XXVIII

J'ai assez de cet homme, j'ai assez de ce livre, j'ai assez de ce paysage, j'ai assez de cette nourriture : je suis rassasié pour un jour.

Donne-moi tes pensées, donne-moi le dieu qui est en toi, puis va-t'en.

Je suis le voleur qui pénètre dans les maisons fermées et barricadées, qui prend les statues et les objets précieux pour s'en faire un musée, puis, quand il a les yeux malades de les avoir contemplés, il brise tout et s'éloigne.

Ah ! combien me faudra-t-il de temps pour butiner mon miel ! que les longues marches durcissent mes pieds ! que les embrassements brisent mes reins ! que mon âme soit noire du vol des grandes pensées !

XXIX

Petite fille qui, là-haut, dans ta solitaire chambrette, ne peux dormir, et, affolée d'une rage de jouissance, frottes ton ventre contre ta couche virginale et lèves en des bonds convulsifs ta croupe aux chairs tendues, petite fille qui ne vois qu'un sexe dans le miroir où passent chaque soir des images trop monotones, dis-moi, ces soupirs que tu pousses, est-ce le plaisir, est-ce la douleur qui te les arrache ?

Petite fille, si les glaces ont réfléchi tes peureuses caresses, ton oreiller humide témoigne que tu as pleuré, que tu as sangloté bien souvent.

Pauvre enfant dont les parents ou des préjugés séculaires ont gâté la jeunesse, je t'ai entendue te pâmer et te désespérer dans ton lit, et mon âme a volé vers ton âme. Douce inconnue dont j'ai tant de nuits attendu l'étreinte : hélas ! c'était peut-être ton baiser qui m'eût rendu heureux.

Petite fille, un jour viendra peut-être où tu te repentiras de n'avoir pas eu plus de courage pour le bonheur et de n'avoir pas jeté avec ta robe cette vieille défroque du faux honneur et de la fausse vertu.

Alors avec colère tu déchireras tes vêtements et, dans une minute de fièvre, tu voudras donner l'orgueilleux mystère de ton sexe au premier venu, mais désespérée, criant ton regret aux passants :

« Ah ! pourquoi n'ai-je pas su jouir des nuits chaudes d'été ; pourquoi n'ai-je pas senti l'odeur des foins et des jacinthes d'avril ?

« Je n'ai pas chanté le cantique du Renouveau, alors que tant d'hommes passaient à côté de moi les dents brillantes pour mordre mes lèvres, les yeux impudiques fouillant la nudité de ma chair.

« Et je n'ai pas vu le rut sacré des animaux et j'ai voulu dissimuler mon tressaillement, lorsque la feuille verdit aux ormes.

« Maintenant la vieillesse arrive, les cheveux blancs, la maladie, et mon corps n'a point reçu la blessure du jeune amour, et quand je regarde en arrière, vers les anciennes années, il n'y a pas pour me charmer le rire d'adolescent du Souvenir, mais un passé terne et grisâtre de jours de pluie et de brouillard jaune.

« Ah ! si j'avais un enfant ! je le verrais jouer, je délecterais mon rêve de ses joies futures, et je ne lui apprendrais point ce que ma mère m'a appris, mais pour ne point lui laisser en héritage la Douleur, je lui dirais chaque matin en guise de catéchisme :

— « Étreins l'heure, laisse s'épanouir les instincts, laisse chanter et folâtrer en toi le plaisir, car il faut que tes éclats de rire compensent toutes les larmes que j'ai versées. »

XXX
À UNE LOCOMOTIVE

Dans la brume, dans la fumée, parmi les étoiles de sang, les étoiles d'or, les lunes de neige bleue, c'est donc toi qui hennis et rugis et craches la flamme, Monstre de l'Infini !

Il y a dans les palais de fer où tout est ombre, où tout est chose, il y a des adieux de mouchoirs et de petites paroles mêlées à d'autres petites paroles, puis tu t'en vas, léger du fardeau de ces frêles existences, prolongeant sur les plaines sans voix ton grand cri vainqueur.

Ô homme ! tu as créé un Dieu pour te supplicier et t'écraser. Combien de pauvres êtres jetés aux torrents, brisés dans la nuit des cavernes, traités comme des martyrs et dont le cadavre même a disparu !

Qu'importe ! Il fallait cette sublime création pour proclamer encore une fois le néant de ton être et la divinité de ta pensée. Il fallait ce monstre pour que le génie de chaque peuple et la richesse de toute la terre se révélât.

Comme encore l'inépuisable génie humain se prépare à créer ! Rêves qui reposent et caressent notre esprit, dragons aux courses vertigineuses pour emporter notre activité.

Ô locomotive ! tu figures bien l'âme humaine de ce siècle que je vois bondir et se précipiter vers l'Inconnu.

Ô locomotive ! ton cri m'appelle au savoir, à l'amour.

Va ! emporte-moi au bout du monde ; tu sais, je ne suis pas un dégoûté et mon désir n'a point de bornes.

Je veux voir les villes de soleil où tout visage a un sourire, où les yeux de toutes les femmes vous convient à l'étreinte charmante.

Les villes sombres, les villes du Nord où l'existence est une bataille sans merci, où chacun a pour ennemi son désir.

Je veux voir les monts bleus et les pics que le soir teint de rose ;

La mer avec ses bercements, ses colères, son chant ivre du soir, quand toutes ses vagues ne sont plus qu'un grand hymne de gloire ou quand elles sont une furie d'écume contre les rocs ;

L'intimité des prés d'or et de glauque pâle où le thym se mêle aux reines-marguerites ;

Les petits dômes de laine des moutons serrés les uns contre les autres, si fraternels, si peureux d'immensité ;

Les taureaux farouches épars dans la plaine ;

Et le frais mystère de la forêt ;

Et toutes les choses et tous les êtres.

Va donc ! traverse les bois endormis, les cités tumultueuses, enfonce-toi dans ces cavernes que tu as fait creuser, passe les fleuves, les rivières, les torrents !

Va, divine ! Qu'une beauté de plus nous soit dévoilée, qu'une pensée nouvelle vienne nous enrichir !

XXXI
À LA POÉSIE

Ô poésie, tu n'es pas l'enfant qu'un médecin, après beaucoup d'efforts, arrache sanglant et couvert d'ordures du ventre maternel.

Tu n'es pas la patience byzantine du vieux moine au fond du cloître sombre.

Tu n'es pas la chansonnette des bonnes digestions, ni une gaîté de populace, ni une ritournelle de matelot ou de pâtre, pas plus qu'un texte hermétique et embrouillé.

Ô poésie, tu n'es rien de tout cela.

Mais tu es le vol libre de l'aigle, et la plainte de la mer, et la voix de l'ouragan.

Selon les jours, pluvieuse ou ensoleillée, pleine d'éclairs ou de tempêtes, fougueuse, impétueuse, éclatante de rire ou ruisselante de larmes !

Tu es l'idée qui surgit comme une apparition lumineuse au contemplatif soucieux de beauté et de vérité.

Tu es le chant intime que l'on entend monter doucement du fond de l'âme et qui éclate à la fin en une triomphale symphonie !

Ô poésie, va ton chemin !

Couvre-toi le visage, enveloppe-toi le corps de voiles et fends comme une vierge fière et courageuse la foule des sceptiques et des savantasses, la plèbe tumultueuse et endimanchée qui t'insulte.

Ô poésie, va ton chemin !

Vers la rue tranquille, vers la chambre où le solitaire t'attend pour de secrètes fêtes.

Alors tu déchireras tes vêtements et tu te donneras à lui dans ta nudité splendide.

Ô poésie ! maîtresse de ceux qui pensent, de ceux qui aiment.

XXXII

LE MAUVAIS CHRIST

Je l'ai vu, au détour du chemin pierreux, au-dessus de la haie déchirée, comme essayant de se hausser vers la mer qu'on entend au loin gronder contre les roches, je l'ai vu, le mauvais Christ !

Il se dressait, laid et ridicule dans l'ombre du sentier, entre deux flaques bourbeuses, sur sa croix trop haute ; jamais je n'avais surpris aux autres Christs rustiques si pitoyable, si piteuse mine !

Tous les oiseaux l'évitaient comme un épouvantail ; les amoureux, quand ils passaient près de lui, cessaient de rire et se désenlaçaient.

Il n'avait pour amis que les vieilles aux têtes de châtaigne grillée, les béquillardes tremblotantes qu'il savait faire grimacer, et dont les yeux larmoyants l'amusaient dans sa solitude.

Mais une fois j'ai trouvé agenouillée devant ce corps humilié d'esclave, j'ai trouvé une gracieuse jeune femme en deuil, quelque veuve de marin qui priait tout en larmes. Elle se lamentait, et soudain avec élan : « Seigneur, ayez pitié de moi ! Seigneur, ayez pitié de moi ! Je souffre tant ; comment, sans votre grâce, supporter ce malheur ! »

La pauvre femme pria encore ; puis, après une longue oraison, s'en alla tranquille, plus courageuse.

Alors je frappai de ma canne l'hypocrite consolateur, ce gibet ignoble que des rustres conservaient tel qu'un talisman.

— Puisses-tu être renversé par la tempête, dis-je, emblème de la lâcheté, toi qui voles aux êtres leur énergie et leur faculté de jouissance, et les laisses ensuite désarmés et misérables. Hélas ! cette malheureuse espère en toi ; tu la rassures, tu la berces de vaines promesses, mais quand elle se sera abandonnée à la douceur de pleurer, que ses yeux n'auront plus de larmes, alors elle sentira sa solitude et sa détresse, et ce sera trop tard, car elle ne pourra plus lutter contre la vie ; elle n'aura de force que pour le blasphème. Ah ! trompeur ! ton agonie sur la croix ne fut pas assez longue ; as-tu donc expié le péché et la douleur des siècles, tous les supplices ordonnés en ton nom et tant de gémissements que l'Histoire n'a pas entendus ! Tu nous as caché le soleil, tu nous as caché les fleurs odorantes et la chair sexuelle si douce ! et le sourire de la Nature qui nous acclame. Ah ! infâme, c'est à cause de toi que notre jeunesse fut triste, que nos yeux malades de pleurs ne peuvent voir la beauté des choses ; c'est à cause de toi que notre imagination terrifiée ne connaîtra plus les rêves mâles et héroïques !

Ainsi je m'indignais dans le soir, tandis que, comme pour me narguer, grandissait l'ombre de la croix. Mais cette malédiction ne fut pas vaine : des nuits de bourrasques sont venues, des nuits justicières qui brisèrent le bois grotesque et, un jour, repassant en ce chemin, je l'aperçus, renversé et souillé de vase, qui barrait ma route.

Et quand, après avoir contemplé cette ruine, je descendis vers les grèves, je vis le ciel resplendissant d'or, où s'avançaient des armées de nuages et de géants de feu, des chœurs légers de nymphes et de nuées d'hyacinthe.

La mer était un bouillonnement de pierreries et d'écume d'où montait un chant grave ainsi qu'un hymne.

Et des flots harmonieux Vénus s'est levée, dans une éclatante résurrection, immense, magnifique de jeunesse et de beauté, comme heureuse des caresses de la vague qui s'enroulait autour de ses hanches de déesse féconde, heureuse aussi du soleil qui inondait ses épaules et embrasait ses cheveux.

En ce moment, de tous côtés, des voix célébrèrent la joyeuse renaissance, tandis qu'en moi s'épanouissait un été inconnu.

XXXIII

Mes amis ! mes amis ! Quel jour brûlerons-nous en place publique l'Institution chrétienne ? Quand souillerons-nous de boue l'effigie de Calvin ?

Il y a eu un infâme sur la terre : ce fut le bourreau de Genève.

La Suisse, la France, l'Angleterre, le monde entier sont encore empestés de son cadavre : on promène cette pourriture au milieu de nous en grande pompe comme une relique.

Les livres gris, la science grise, la morale grise, cette eau rougie du bon sens médiocre, de l'honnêteté et de la pudeur bourgeoise, oh ! quel sera le bon tyran qui nous en débarrassera.

Montrez la nudité de votre corps et de votre pensée ; soyez joyeux ; chantez et vivez, mais auparavant chassez à coups de fouet les ministres évangéliques.

Car les plus grands ennemis de l'humanité, ce ne sont pas ceux qui en des fêtes somptueuses et orientales, parmi les chants de triomphe et les processions lumineuses, élèvent les âmes vers l'extase et célèbrent sans le savoir la divine Nature.

Ce sont ces marionnettes pour murs blanchis, ces commentateurs de la Bible en habit noir, ces odieux radoteurs à l'air hypocrite qui ne veulent être ni des hommes ni des saints, engrossent leur femme selon le Seigneur et fabriquent des enfants sans péché.

Vous ne savez pas ce que c'est que l'esprit protestant : il pénètre, il se faufile, il s'installe partout avec son masque d'austérité ; à peine vous en croyez-vous délivré qu'il vous enveloppe et vous entre dans la gorge comme le brouillard londonien.

Toute la grande tristesse de ce siècle, c'est toi, Calvin, c'est toi misérable, qui l'as faite ! Quand l'humanité commençait à se délivrer de Jésus, à se délivrer de Paul, tu es venu étouffer sa force ; mais nous finirons peut-être par t'étouffer à ton tour.

Nous déchirerons les redingotes grotesques de tes ministres ; nous ferons des édits somptuaires contre le noir, le chagrin, la ridicule solennité et nous couvrirons de fresques païennes et de claires tentures les murs blancs de tes temples pour installer à la place du crucifié la sainte Vénus, le saint Amour.

Puis nous brûlerons les livres graves, lourds et pédantesques de tes savantasses et nous canoniserons le soleil, la poésie et la joie.

Alors on dira :

Les dieux et les déesses sont revenus, car sur les gazons frais, des nymphes et des satyres couronnés de roses se seront mis à danser.

XXXIV
LE RETOUR DES DIEUX

Que la foule se prosterne devant les dieux nouveaux : ils s'avancent en triomphe prendre possession des églises purifiées ; les hommes enfin ont détruit les anciennes idoles et rendent un culte à leurs vrais Protecteurs.

Par les portes ouvertes et les larges verrières, le soleil entre à flots dans les vieilles basiliques : les laids épouvantails ne savent où se cacher, maintenant que la nuit n'est plus complice de leurs mensonges.

Sainte Humilité, c'est à toi de partir la première, tourne ton dos servile, meurtri par les flagellations, baisse les yeux modestement et quitte la chapelle où l'on t'admirait : déjà, au dehors, éclatent les fanfares joyeuses de l'Orgueil ; le dieu arrive, escorté des conquérants et des poètes qui forcèrent l'Histoire à inscrire leur nom.

Je vole à ta rencontre, toute-puissante déesse de l'or, Avarice ! Les villes t'acclament, que créa ton bienfaisant génie : Carthage,

Corinthe, Venise, et toi, Londres immense, cœur du monde ! forge de toute l'activité moderne !

… Ce sont les musiques gaies des dieux du Sourire, ô bois qui virent les danses des bacchantes, fêtes antiques folles et charmantes ! les beaux jours sont revenus de l'ivresse et du plaisir ! J'entends déjà les flûtes et les tympanons des femmes en rut qui louent Dionysos parmi les amphores renversées. Vénus paraît, annoncée par les colombes ; elle vient pour féconder et réjouir, tandis qu'Eros poursuit de légers coups de verges cette Virginité pâle aux yeux funèbres, dont la robe sent le moisi.

Et je vois passer, froide et le regard fixe, la déesse du Désir, celle qui, par un constant effort, développe notre être et renouvelle la terre ; je contemple respectueusement cette maîtresse de tous les grands hommes et je salue la belliqueuse, la conquérante, l'insatiable Envie !

Douce souveraine des festins qui nous rends la gaîté et nous prépares à de nouvelles luttes, célébrons d'un rire plein de franchise ton aimable lourdeur ; viens, appuie-toi sur nos épaules, et que nous te portions en triomphe ! Chère Gourmandise, ton corps aux formes grasses nous pèse délicieusement.

Je te louerai aussi, amazone audacieuse, ô Colère ! je louerai ta course précipitée, ton geste brusque, révélateur d'une vie abondante qui s'affirme, d'un sang riche.

Mais je réserverai mon encens pour la voluptueuse et la langoureuse, pour celle à qui chaque artiste s'est voué tout d'abord, pour la Paresse, car c'est toi, déesse, qui nous a permis de goûter la Beauté en de lentes promenades ; sœur de la Fantaisie, tu nous inspiras les rêveries capricieuses ; tu nous révélas le charme des crépuscules et la magnificence de la mer.

Ô dieux délivrés ! Instincts éternels qu'on maudit autrefois ! L'humanité désabusée n'est plus malade ; elle vous accueille comme le soleil et la santé ; elle se lève du lit où elle a gémi des siècles ; et détruisant les fétiches barbares, dispersant les haillons qui couvraient les autels, elle reconnaît ses Dominateurs, et elle adore dans un pieux cantique, l'âme du Monde que vous portez en vous.

XXXV

J'entonne pour les nobles d'esprit le chant d'indépendance, le chant de liberté.

Quelqu'un voudra-t-il jamais nous soumettre, ô nous, amoureux du vent, de la montagne et de la mer ?

Petit être chétif, chétive assemblée d'êtres, prétendez-vous par de fugitives apparences nous absorber ? Les plus beaux yeux, les plus belles paroles ne nous domineront pas.

Car nous n'avons jamais eu ni patrie, ni famille, ni maîtresse, et notre seule amie, c'est la fière solitude.

Nous irons par tous les chemins et sous tous les ciels, cueillant des fleurs et des baisers selon notre caprice ; que nulle femme, que nul homme ne nous arrête : nous sommes les Vagabonds !

Monde ! Monde ! Ce n'est pas une parcelle de toi que je veux : c'est toute ton âme ; j'ai soif de toi, Immense !

Je prendrai tous les sourires, je volerai toutes les paroles et j'irai sans cesse vers de nouveaux sourires, vers de nouvelles paroles.

Ah ! Monde ! Comment pourrais-je m'oublier dans un être, moi qui suis un désir d'Infini !

XXXVI

C'était une ville de tombeaux et de souvenirs, voilée de l'ombre bleue des soirs lunaires.

Au loin, des fleuves, sous des verdures funèbres, coulaient, avec des scintillements pâles, dans la grande douceur nocturne. Au milieu de ses rues bordées de ruines, toute une multitude de fête passait en chantant et des jeunes filles s'entrelaçaient pour la danse.

Mais parmi ce peuple il y avait de longs vieillards qui s'arrêtaient pour interroger les ténèbres, jetant de temps à autre une phrase solennelle. Les yeux aux étoiles, ils commençaient leurs incantations, cherchaient à évoquer les morts, puis ils criaient en levant les mains :

— Ah ! qui de la tombe nous apportera la Vérité !

Alors une voix forte s'éleva des profondeurs de la terre et leur lança ces paroles :

— Soyez avec ceux qui dansent sur les tombes, avec ceux qui ne voient pas les tombes. Les morts ne savent rien, et si un miracle les faisait parler, ils ne pourraient vous dire que comment ils ont vécu.

XXXVII

Où ai-je vu ces yeux ? À Londres ? à Paris ou à Venise ? Je ne sais : c'était dans des ruelles, aux lanternes, parmi le vent, les jeux d'ombre et de lumière et toute la tristesse de maisons fermées.

Ces yeux m'affligent et je me demande pourquoi, car ils n'ont ni chagrin, ni ennui ; ils sont simplement vides.

Ils sont simplement vides ! ils n'ont pas d'âme et c'est là ce qui me désespère : je crois voir un cadre veuf du tableau dont il était chargé d'illuminer la beauté.

Et je songe à la misérable vie qu'indiquent ces yeux :

Attirer les hommes, les étreindre, leur demander de l'argent, puis dormir, dormir – oh ! si c'était pour toujours !

Mon enfant, ton métier ne me choque pas plus que les autres. Pourquoi me choquerait-il ? Il est selon la nature qui exige ces brusques animalités, mais je souffre que toute l'année tu ne penses qu'à attirer des hommes, à les étreindre, à recevoir de l'argent et à t'endormir. Sans doute tu t'en iras à la tombe sans avoir eu d'autre pensée.

Et tant d'êtres qu'on proclame heureux, qui sont riches et passent dans la vie en riant, tant d'êtres que tu envies peut-être, n'ont pas donné à leur existence un but plus noble ! Tant d'êtres sont comme toi qui disparaîtront sans avoir entendu leur âme gémir, sans l'avoir entendue chanter !

XXXVIII

Les bourreaux d'autrefois
Qui n'avaient pas d'yeux

Pour voir les convulsions de la Douleur,
Pas d'oreilles pour les cris des suppliciés,
Avec les roues armées de pointes,
Avec les fouets aux lanières plombées,
Surent-ils jamais torturer comme toi, Luxure !

Le criminel escorté de son remords
Et les affamés qui ont vu toutes les portes
Se refermer sur leur misère,
S'en vont-ils hagards, affolés, pleins d'épouvante,
Sans savoir où ils se dirigent,
Sans savoir même qu'ils sont en marche
Comme ceux que tu poursuis, Luxure ?

Il n'y a pas eu d'esclave chargé de chaînes
Et fouaillé comme une bête de somme,
Qui ne puisse se croire heureux
Quand il se compare à ceux qui sont à ta merci
Et que tu conduis au hasard
Par les chemins de vase et les marécages,

N'être ni une volonté,
Ni même un désir de bête ;
Ne rien souhaiter ;
Ne plus s'appartenir ;
Détester le présent et ne rien vouloir des choses futures ;
N'être vivant
Que pour sentir chaque jour plus profondément sa souffrance,
Pour rêver sans cesse ce que la vie ne peut réaliser,
Oh ! c'est le tourment suprême !

Ô Luxure ! Tu es l'immense Océan
Où nous ne sommes plus nous-mêmes,
Où nous errons au gré de vagues en colère
Sur un navire sans gouvernail,
Sans voir, sans espérer voir aucune terre.

Ô Luxure ! Tu es l'immense Océan sans île
Où ceux qui gagnent le large
Ne reviendront plus au rivage,
N'aborderont à aucun rivage
Qu'à celui qu'ils s'obstinent à créer
Dans la détresse et la tempête.

XXXIX

À travers bois, à travers plaines
Elle vole, la petite,
Elle vole
À la poursuite d'un rêve de printemps.
Qui va la saisir ?
Qui va la retenir ?

Elle vole, la petite : oiseau ou libellule ;
– N'arrêtez pas la vagabonde. –
Distrait est son sourire,
Distrait est son baiser ;
Ses yeux ne savent point voir le présent,
Ni ses bras enlacer la réalité.

Sont-ce les dieux bannis qui chantent en son âme ?
A-t-elle respiré les roses de Cornus,
Et vu se becqueter les colombes d'Aphrodite ?

« Plus que vos paroles ces chants lointains m'appellent ;
Plus que vos baisers, une caresse inconnue ;
Je veux enlacer mon beau fantôme,
Je veux voir mon paradis.

« J'entends au loin les chants du soir,
C'est la fête, dans les gazons d'or

Et à l'ombre fraîche des grands arbres
C'est la fête des dieux et des bergers.
Quel est le vainqueur, dites-le-moi.
Est-ce Lui ? Est-ce Lui ?
L'homme que mon âme a élu
Et que mes yeux ne connaissent pas.
Son baiser va me le dire,
Car je sais qu'en cette étreinte
Tout mon corps doit frémir d'ivresse. »

À travers bois, à travers plaines,
Elle vole, la petite,
Elle vole
À la poursuite d'un rêve de printemps.

XL

J'épie cette âme qui va et vient derrière un rideau ; je l'entrevois par une déchirure ; je sais certains traits d'elle qui me la font adorer, mais avec eux je ne puis composer une image, et tout son inconnu m'épouvante.

J'épie cette âme : il me semble qu'elle va m'apparaître complètement et que la déchirure du rideau s'élargit.

Si même il allait s'ouvrir ?

Hélas ! l'âme que j'épiais s'est évanouie.

XLI

Dans le jardin dont vous croyez connaître toutes les allées,
Jusqu'au moindre arbuste,
Un jour vous verrez une fleur, un insecte, un oiseau
Qui feront votre étonnement.
Ô vous qui jugez les âmes, classez les esprits et étiquetez les êtres
D'après un geste ou un mot que vous avez surpris,

Ô vous qui pensez en quelques paroles avoir décrit l'Infini,
Je vous convie à des surprises :
Celle qui couche chaque nuit à votre côté : votre femme,
Celui qui dîne chaque jour avec vous : votre ami,
Après des années et des années de vie commune,
En une seconde se révéleront à vos yeux des étrangers ;
Et vous ne vous rappellerez point alors qu'il y a eu pour vous lier
Des serrements de mains ou des étreintes,
Et devant la nouveauté de leur âme subitement apparue
Vous aurez peur comme devant l'hôte paisible
Qui, après des sourires et beaucoup de paroles amicales,
Se montre tout-à-coup un assassin.

XLII

Enfant belliqueuse et fière,
Et qui s'échappe
Au milieu même de l'étreinte,
Enfant que le rire n'a pas désarmée,
Et qui s'enfuyait au milieu des musiques de fête,
Elle s'en va maintenant solitaire,
Blessée d'hommages indignes,
Les yeux tristes de n'avoir vu le doux pays.

Ainsi se désespèrent ceux qui ne peuvent
Embrasser des illusions,
Et que brûle sans cesse
L'impossible désir d'amour.
— Personne ne peut imposer son joug à un être
À moins de le détruire,
Et nous marchons les uns à côté des autres,
Sans nous voir,
Chacun regardant un monde qu'il est seul à connaître.

XLIII

Que sont devenues toutes les mains que j'ai pressées ?

Des hommes viennent dans votre vie, sourient et s'éloignent. Quelle file innombrable d'ombres je vois s'enfoncer dans le Passé ; chacune avec ses petits ridicules, ses petits agréments, sa voix plaintive, ou riante, ou impérieuse.

Il y a des femmes dont j'ai tenu le corps contre mon corps et dont j'entends le cri de plaisir. Leur vague fantôme vient parfois voleter dans mon rêve, aux soirs de solitude.

Oh ! combien de paroles se sont dites ! Et comme il y a eu des baisers sur les lèvres ! Tout cela est enfoui dans le grand abîme silencieux du Temps où nul ne descendra jamais pour en compter tous les cadavres.

XLIV

Qu'importent tous les êtres ? Qu'importent toutes les choses ?
Comme à une comédie dont chaque personnage,
N'étant rien par lui-même,
Se meut, puis s'évanouit pour laisser seule à la fin,
Resplendir la pensée créatrice,
Je ne m'occuperai point de ces petites agitations qui commencent
[sur un vagissement,
Et se terminent par un râle,
Mais de l'Idée qu'elles révèlent.
Je regarde les larmes, je regarde les sourires,
Ainsi que la pluie et le soleil ;
Et les rugissements, les cris, les clameurs joyeuses,
[les appels désespérés,
Passent en moi comme le vent dans les branches d'un grand chêne.
Je n'étudierai point une passion, une âme, un visage,
Mais je monterai sur la Tour qui domine l'horizon,
Pour découvrir les peuples en marche,
Voir la forêt, la plaine et la mer
Et entendre des milliers de voix célébrer l'Harmonie.

XLV

La prodigue Nature passe sur le monde, le manteau ouvert et lançant à pleines mains ses richesses.

Ô multitude des choses, ô foule des êtres qui viennent chaque jour à la vie ! Peuples d'insectes, de poissons, volées d'oiseaux, armées de fleurs, immensité d'existences ignorées au-dessus, autour, au-dessous de nous ! Et l'âme humaine est aussi riche de pensées que de flots l'Océan.

Mère qui se réjouit de sa fécondité, la Nature n'a souci que de toujours enfanter ; sa parturition lui coûte si peu d'efforts qu'elle ne se repose jamais et qu'incessamment elle détruit son ouvrage pour recommencer et varier à l'infini ses créations.

Combien de fois les cavaliers de la guerre se sont-ils élancés dans un horizon d'incendie, massacrant les peuples et rasant les villes ! Combien de fois la terre a-t-elle été remuée de fond en comble et la pensée étouffée par les Barbares ? – Dévastez les champs, massacrez les hommes, détruisez les œuvres de l'Intelligence ; des ruines sortira une génération vigoureuse et forte, des ruines sortiront une science et un art nouveaux.

La Nature souriant aux désastres et jeune éternellement, illumine d'un même soleil la moisson et le carnage.

XLVI

Je me défie des harangueurs de populace et des causeurs de salon et des héros de brasserie. Ces hâbleurs qui jettent au vent tant de paroles, ne sont point des sages, riches de pensées, mais bien de pauvres gens qui essaient de nous éblouir.

S'ils avaient réellement une pensée, ils en seraient jaloux et la cacheraient comme un amoureux cache sa maîtresse, ne la montrant qu'aux jours de fête.

C'est parce qu'ils n'ont jamais entendu les voix intérieures de l'âme qu'ils ont besoin d'écouter leurs paroles. C'est parce qu'ils ne sentent point leur propre existence qu'ils ont besoin des autres pour la leur prouver.

J'aime les solitaires ; ce sont les grands penseurs et les grands travailleurs ; et leur chambre voit beaucoup de combats, beaucoup d'extases.

Ceux-là, je ne les connais que par leurs livres, mais un homme a-t-il besoin de se faire connaître autrement que par sa Divinité ?

Le grand crime est de mettre en commun sa bassesse et son animalité.

Ma personne ne se prostituera donc pas à ses petites semblables, ainsi laissera-t-elle plus de temps à mon intelligence pour se prostituer aux autres intelligences.

Ô féconde ivresse des bibliothèques et des livres ! extases des campagnes, du ciel infini, de l'air libre, du grand vent de mer qui rafraîchit la tête en feu ; gracieuse hospitalité de la prairie et des vastes ombrages ; oubli que l'on goûte dans le flot des passants aux villes étrangères, aux ports emplis de vaisseaux : voilà les seules joies que j'ambitionne.

XLVII

Si vous avez une âme tournée vers l'Infini, et qui s'exalte, et qui chante, abstenez-vous des foules.

Les millions d'yeux de la multitude n'ont pas de pensée ; pourtant ils vous fascinent, ils vous saisissent, ils vous attirent, – ah ! non point vers l'abîme du pur amour comme la nature, comme les grandes villes muettes, comme les ruines !

mais vers l'ennui grisâtre et la lourde débauche et le plaisir mou et dégoûté, qui ne hurle pas, qui ne palpite pas, mais languit et paresse comme un malade.

Si vous désirez le soir vous endormir le cœur content, l'âme haute, abstenez-vous donc des foules.

Les jardins ont leur fumier, les palais leurs latrines, l'humanité a la foule.

Chaque homme a une âme grande comme un soleil ou une âme petite, de lueur indécise et faible comme celle d'une veilleuse : la foule n'a aucune âme. Aussi n'y a-t-il pas de pollution pour un être noble, égale à celle qu'elle nous inflige.

Quand je marche au milieu de la multitude je me sens souillé comme par de la boue par tous ces regards qui se fixent sur moi et je voudrais me cacher le visage ; j'ai envie de crier : « Un masque ! donnez-moi un masque ! »

Ceux qui auront été mêlés à la foule ne verront point le soleil ; pour eux les femmes seront sans sourire, les fleurs sans parfum ; car la foule est la méchante fée qui détruit tout ce qu'elle approche et vole aux hommes leur joie, leur rire, leur amour et cette faculté d'illusion qui décore sans cesse l'Univers.

XLVIII

L'enthousiasme des nouvelles sociétés, je le compare à cette joie des enfants qui entrent dans l'existence avec de jeunes énergies, et veulent éduquer leurs parents, s'imaginant que personne ne connut le monde avant eux.

Les hommes de ce siècle ont la naïveté des primitifs, mais aussi leur ignorance, et par malheur, ils s'imaginent savoir.

Qui aura le courage de leur crier : Votre vie est l'œuvre de toutes les vies passées ; c'est ce que vous appelez barbarie, cruauté, injustice, c'est tout cela qui vous a créés.

Oh ! que la pensée des ancêtres m'accompagne, que je voie toujours avec moi les hommes des anciens âges ! Empereurs féroces, ministres implacables ! vous êtes nos collaborateurs dans l'œuvre de civilisation ! Et je ne vous renierai point, mes pères, car il faudrait aussi renier l'âme que vous m'avez transmise.

XLIX

Est-il un esprit plus odieux que l'esprit scientifique ? L'esprit populaire enthousiaste, puis ennemi de ce qu'il ne connaît pas, créateur d'idoles qu'il s'amuse ensuite à briser, si méprisable qu'il soit, lui est encore supérieur.

L'esprit scientifique a la haine inconsciente du véritable savoir ; il est plein de suffisance ; il fait la roue et se rengorge ; rien ne l'embarrasse ; il prétend tout expliquer ; et si vous osez prononcer devant lui les mots de mystère et d'inconnu, doucement, il lève les épaules :

— Cela ne me regarde pas, dit-il.

Ces misérables savantasses me font penser à des pourceaux trottant parmi des verres de Venise : ces lourds rustres brisent tout ce qu'ils effleurent.

De la chaire de professeur, l'ignoble esprit scientifique est descendu dans la populace ; il n'est pas de commis-voyageur, pas d'instituteur de village qui veuille admettre aujourd'hui le Dieu obscur du monde.

Grotesques petites personnalités qui vous enflez jusqu'à en crever, restez dans la boue des marécages et l'eau croupie : je saurai voler aux aigles leurs ailes pour gagner les hauteurs !

Et je chanterai la joie de l'esprit ardent et résigné qui veut savoir mais ne s'imagine point qu'il peut tout savoir ; je chanterai l'adoration du mystère et la curiosité pieuse qui ne violente pas Dieu pour qu'il se révèle, mais qui peine et sue pour le connaître ; je chanterai l'humilité de l'être qui baisse la tête devant l'immensité et ne s'irrite point lorsque la Nature reste silencieuse devant lui.

L

Je ne m'occupe point des fleurs flétries, des roses qui ont laissé tomber sur les plates-bandes une partie de leurs pétales, des dahlias dont la tige traîne à terre, des marguerites que les chiens écrasèrent en passant sur le gazon ; je vais vers la fleur immaculée et glorieuse du jardin ; je dédaigne les autres ; je ne cueillerai qu'elle ; c'est elle qui parera mon vase jusqu'alors orgueilleusement vide.

Je ne m'occupe point des vieilles femmes et des laides et des infirmes ; il n'y a qu'une seule femme pour laquelle je serai homme, qu'une seule que je célébrerai et adorerai : Celle-là qui a vraiment la toute beauté, la toute splendeur de la femme.

Et je ne m'occupe point non plus des hommes de la foule, de ceux dont les paroles sont inféconds, de ceux qui ignorent la noblesse des actions et dont l'âme est une maison déserte, ouverte à tous les vents. Je vais vers l'audacieux Prophète qui, chaque jour, fait luire une nouvelle vérité, et je lui rends hommage comme à l'unique Maître.

Suprématie d'une fleur, suprématie d'une femme, suprématie d'une pensée, Dieu est là ! De l'essai manqué, de l'ébauche informe, je ne retiendrai rien ; je ne veux voir que Dieu réalisé par les choses et les êtres parfaits.

LI

Pourquoi n'aimerais-je pas le peuple ? Pourquoi ne voudrais-je pas qu'il fût heureux ? Est-ce que je ne lui abandonne pas le monde entier ? Est-ce que je ne le laisse pas avec ses désirs, ses passions, aussi libre que le jeune poulain galopant dans la prairie ?

Si je lui interdis le Château sur la montagne, le Château dont les fenêtres donnent sur le ciel et qu'entoure une si lugubre forêt, c'est que la pensée de ceux qui y demeurent est toute chargée de mélancolie, c'est que ses habitants ressemblent à des oiseaux dépaysés : ils passent leurs jours à regretter le royaume du soleil.

Quels êtres ont pu porter la pensée sans fléchir, quels sont ceux qu'elle n'a pas rendus malades ? Cependant voici ce que tu désires, peuple : gémir sous une charge trop lourde, souffrir, mieux que cela – mourir.

Mais j'ai éprouvé ceux qui entraient dans le château ; j'ai regardé si leur front était triste et s'ils pourraient supporter la grande tristesse de la pensée ; puis j'ai fermé la porte au nez de tous les simples qui, les yeux grands ouverts, essayaient de voir à l'intérieur, en leur disant ces paroles :

— Le soleil brille maintenant sur les prés fleuris ; hâtez-vous d'y promener vos amoureuses, et laissez-nous parcourir seuls les salles de cette demeure. Le demi-jour qui y règne vous irriterait sans profit, et vous ne sauriez point accepter les railleries continuelles de la Fée que nous avons choisie pour maîtresse. Son attitude, ses paroles, sa conduite présentent des contrastes si violents que votre esprit, ami de la simplicité, pourrait faire un mauvais parti à cette changeante beauté, habitué qu'il est à modeler de la Nature une seule image.

LII

Vous égorgerez des bêtes pour vous nourrir ; et vous n'aurez point de dégoût à boire le sang qui donne la force.

Vous détruirez des livres et des âmes et des êtres, car c'est de cette destruction que doit être faite votre vie.

LIII

Il y a des êtres dont les yeux sont en extase devant d'autres yeux. Ils sont pleins d'une vie qu'ils cachent en avares. Le monde a beau les étourdir de sa clameur de fête et de combat, ils restent agenouillés devant leur idole.

Ceux-là n'auront jamais le courage d'acquérir une personnalité. Leur âme est le flot d'une rivière où mille paysages, mille ciels ont passé et ils n'ont rien gardé de tant de glorieuses apparitions.

LIV

Je sais bien que nous sommes égoïstes, mais notre égoïsme est fait de tant d'amour ! Comment pourrais-je vivre sans ces sourires, que deviendrais-je sans ces causeries ?

Je suis égoïste, c'est vrai ; je suis amant aussi. Moralistes, pourquoi jeter vos lourds anathèmes ? – Ils ne font que proclamer votre sottise. Ne maudissez donc point un monde dont vous ignorez les lois. Vous feriez mieux d'essayer de pénétrer le sens des choses au lieu de fabriquer une vertu à l'usage des habitants de la lune.

LV

J'aime la Femme, la vraie Femme, celle qui ne rêve point, celle qui ne pense point, la Femme des chairs jeunes, des bras tendres, des yeux soumis.

Je ne demande point qu'elle soit un ange et qu'elle n'ait pas d'organes et qu'elle ne mange pas.

Je l'aime comme elle est, sans m'indigner de sa nature, sans blâmer ses faiblesses, ses impuretés, ses trahisons.

Est-ce que je vais crier au scandale parce qu'une femme s'emporte d'une belle passion pour un homme qui n'est pas moi, et qu'elle l'étreint et qu'elle palpite d'amour avec lui !

Pour moi, je laisse les solennels pitres de la morale déplorer les vices de l'humanité en longs discours. J'aime qu'une femme se pâme et qu'elle soit impudique ; rien ne me rend si heureux que sa propre joie ;

les mouvements de sa croupe gonflée, ses fesses qui se serrent, ses dents froides et ses yeux de morte qui s'emplissent d'étoiles ;

son corps anéanti dans la grande tombe du baiser, puis, après l'étreinte, cette tête de ressuscitée qui se lève, cette tête qui s'approche de la mienne, la bouche offerte comme pour me dire « Merci ! »

LVI

Ces caresses comme une berceuse musique,
Comme le doux clapotis endormeur des eaux,
Ces caresses où nous trouvions la mort du désir insatiable,
La mort de l'effort et de la douleur,
Le suprême repos,
Ces caresses sont la barque de fête, la barque chantante
Et disparue
Dont le vent apporte de temps à autre le refrain de joie
À notre solitude.
Ces caresses, un soir d'été, volèrent notre âme.
Comme elle voudrait encore se plonger dans l'alcôve obscure,
Être tout entière sur ces seins et sur cette bouche !

Comme elle palpite encore de désir impuissant,
Battant des ailes pour s'envoler dans le passé.
Parfum qui s'attache aux vêtements,
Chant qui résonne encore,
Image qui ne s'efface,
Sa pensée règne sur ma pensée,
Et mon être se débat en vain,
Ne pouvant être lui, ne pouvant être elle.
Ah ! nul ne pourra reprendre sa marche au soleil,
Qui se sera couché le matin dans la fraîcheur du bois,
Ou qui aura goûté à l'eau de ces fontaines.

LVII

Des yeux brillants ; le sourire fin ; un geste gracieux, cela suffit à bouleverser un homme et beaucoup d'hommes.

L'Instinct est plus fort que les volontés et les haines, et il nous pousse à coups de fouet vers des embrassements détestés.

Quand il parle, il faut dire adieu au travail, au repos voluptueux, au vagabondage de la pensée.

Quand il parle, l'Insomnie aux yeux cernés, au teint jaune, s'assoit à notre chevet, et nous nous tordons sur notre lit comme sur les chevalets des tortionnaires.

Quand il parle, nous crions vers l'impossible amour, l'amour qui réunit les ardeurs de la vie et la paix de la tombe, l'amour qui nous fait à la fois l'esclave et le tyran d'un être.

Quand il parle, nous voyons passer la mort ; il y aura sûrement des pensées et des âmes égorgées ; il y aura peut-être aussi une voix de meurtre qui criera dans le silence et la paix de notre vie pour nous ordonner d'être assassin.

LVIII

Loin des foules,
Loin des fêtes,

Dans des chemins si ombreux que c'est à peine
Si, aux midis de soleil,
On voit percer un rayon ;
— Dans des alcôves si fermées
Que nulle lumière n'y pénètre,
Les Voluptueux se glissent :
Des mains qui se caressent et se meurtrissent ;
Des regards qui s'adorent et se détestent ;
Des voix d'outrage et de prière,
Et des soupirs si prolongés, des rugissements si atroces
Qu'ils pourraient épouvanter un enfer.

J'ai songé à l'entreprise des géants,
Voulant escalader le ciel,
Devant ces corps tordus et brisés de désir
Qui entassent tout ce que l'Humanité, depuis des siècles,
A rêvé de jouissances,
Sans pouvoir jamais se satisfaire
Ils ne se contentent point des immenses horizons,
Mais voudraient voir les terres de derrière l'horizon,
Que va éclairer le soleil.

Chaque minute est pour eux une lutte et une défaite,
Car leur orgueil ne veut rien céder à la vie.
Avec un sourire de mépris,
Ils ont repoussé les petits bonheurs de la multitude,
N'ambitionnant que les voluptés suprêmes !
La mort les frappera plus tôt que les autres,
Mais ils tomberont comme les grands chênes !

LIX

Cette plaine où s'élèvent tant de palais commencés,
Parmi tant de ruines ;
Cette plaine où, dans l'espace d'un jour,
Luit le soleil, siffle la grêle ou se lamente la bourrasque

Qui renverse le faîte des tours
Et fait s'écrouler les murailles,
Jusqu'à ce qu'un bon génie se mette à la tâche
Pour achever les constructions ;
Cette plaine où mille ouvriers travaillent incessamment,
Puis se disputent,
Et, pleins de colère,
Insultent le ciel ; –
C'est bien l'image de cette âme misérable qui veut créer pour
[l'éternité
Et bâtit sans cesse pour celles qui viendront après,
Âme en fête et en souffrance
Que chaque heure caresse et torture en même temps.
Ah ! qui verra s'élancer les flèches et les campaniles
Auxquels je songe ;
Qui entendra frémir et se balancer sous le vent
Les frondaisons des hautes cimes !

LX

C'est la fin du mois, – c'est la fin de l'année : Quelles pensées sont venues t'enrichir, quelles énergies nouvelles ?

C'est la fin du mois, – c'est la fin de l'année : Combien de jours de grisaille pour l'intelligence ! Combien de péchés d'omission !

C'est la fin du mois, – c'est la fin de l'année : J'entends déjà le pas de la Mort. Oh ! ne pourrai-je la retenir ? Ne retrouverai-je point les heures que j'ai perdues ?

LXI

Ma pauvre vie, je la mène par tous les chemins,
Les yeux fixés sur un clocher
Dont les cloches sonnent pour une fête ;
Mais j'ai cueilli des fleurs le long des haies,
Et j'ai respiré en route leurs parfums d'oubli.

Ô Clocher ! Clocher !
Derrière quels arbres te cachais-tu,
Que j'eus beau regarder partout,
Je ne t'ai plus aperçu ?

Hélas ! quel démon se joue de nous ?
Qui va d'un pied sûr vers son but ?
Il y a tant de voix qui vous appellent !
Il y a tant de mains pour vous retenir !

LXII

Mes jours m'apparaissent. Chaque soir ils viennent en long cortège, aux heures indécises où la lampe est à l'agonie, où la flamme des bougies vacille au fond des chandeliers.

Je les vois tous ! tous ! Ce sont de grises et pâles ombres, ou bien de grandes dames en deuil, ou des malades, des blessés dont les pieds saignent et dont la bouche fait d'horribles grimaces de douleur.

J'en cherche un à l'armure de lumière, à l'épée glorieuse, aux gestes de héros : il n'est pas là ! il n'est pas là ! tous mes jours sont pourtant devant moi.

Il me semble, au milieu de ces tristes enfants auxquels je n'ai pas donné la beauté, au milieu de ces jours que je voulais féconds, resplendissants et pleins d'amour, il me semble que déjà la nuit vient sur moi, une grande nuit de froid et de brouillard jaune.

Et une voix crie, solennelle et terrifiante : « Où sont les jours que tu as faits ? »

Ah ! comme je voudrais me mettre devant, afin de pouvoir les dissimuler, les cacher et ne pas les voir, mais ils m'apparaissent sans cesse, mes jours ! en long cortège sombre et monotone, pour me supplicier, pour me désespérer.

LXIII

Comme le Soir vient vite sur nos livres,
Sur nos âmes impatientes de savoir,
Sur nos lèvres qui ne sont pas encore rassasiées de baisers !
Nuit, méchante Nuit qui nous rappelles
Que nous ne sommes pas des dieux,
Avec quelle discrète ironie, d'un geste gracieux au loin
Nous montres-tu la Mort,
Nuit de la Lassitude, du Sommeil et de l'Ombre !

Mais je veux être comme un vigilant soldat
Fidèle au poste ;
Tu ne me surprendras pas et je repousserai ton attaque.
Et chaque fois je sortirai victorieux du combat.
Tu ne souffleras pas la lumière de ma veille,
Et tu ne trouveras point mes membres lâches :
Je resterai debout !
Je resterai debout !
— Jusqu'à ce qu'il n'y ait plus de souffle en moi pour la vie,
Jusqu'à ce que de mon corps ait jailli toute la sève.

LXIV

Que ne suis-je Atlas qui portait le Monde ! Que ne suis-je un dieu pour embrasser toutes les choses !

Je voudrais que France la douce, et la laborieuse Angleterre et les magnifiques golfes de l'Italie, et l'Amérique et toute la terre fussent comme un corps de femme qu'on peut enlacer et serrer contre son corps.

Ô Monde ! je t'aime comme une maîtresse dont on ne veut pas savoir les hontes, je t'aime avec tes lèpres et tes véroles et je te baise sur tout cela.

Comme, dans la brume du crépuscule, des régiments qu'inspecte l'œil attentif du général, je voudrais des arts et des sciences faire le tour et promener de claires lanternes sur ces armées de gloire, sur les épées étincelantes des conquérants de l'Avenir.

Mon corps ne sait pas, mon corps ne peut pas, mais loi, ô âme porteuse d'Infini, quand donc tes pensées sortiront-elles de la nuit pour s'envoler, pour planer, sereines comme des colombes, dans l'air frais du matin ?

Que tes désirs, s'ils ne t'arrachent pas une œuvre, puissent du moins féconder d'autres âmes ! Que ces mondes que tu as rêvés, d'autres les embrassent après toi !

LXV

Je m'enorgueillis de souffrir, je me réjouis de souffrir : ma souffrance est ma noblesse, mon orgueil, ma couronne de roi.

Toute vie est un désir ; tout désir est accompagné de souffrance. – Allons-nous avoir peur de la souffrance, puisque nous voulons vivre ?

Je serai une pensée calme et sereine au milieu de la meute des désirs qui s'acharnent contre la vie ; je serai semblable au général qui domine le champ de bataille de son visage impassible et regarde avec des yeux secs la mêlée et le carnage.

Je serai une pensée résignée au-dessus des ambitions, des triomphes et des défaites, tandis que toutes les activités de mon être sangloteront, pousseront des gémissements et des clameurs de colère pour s'exprimer et s'agrandir.

LXVI

Dans le tourbillon de poussière de l'arène
Et les claquements du fouet,
Le bruit lourd et adouci sur le sable
Des vertigineux sabots équestres,
J'ai vu la taille droite, la tête haute et le manteau de pourpre
Du conducteur de char,
Qui dompte les chevaux aux opulentes crinières,
Aux longues queues glorieuses.

Toute la fureur de l'Attelage,
Ces ébrouements, ces piaffements, ces têtes secouant leur
[servitude,
Cette bave d'impuissance qui couvre les mors,
Et ces ruades des croupes en colère
N'ont point troublé le conducteur de char
Qui sut de chaque coursier faire un esclave.

Ces ardeurs écumantes
Levées contre lui-même,
Ces chevaux révoltés,
Il sait les soumettre et les ramener vers la terre,
Et les réunir flancs contre flancs,
Pour que, humbles et serviles sous son fouet,
Ils bondissent et dévorent l'espace,
Lui donnant l'ivresse de la course et du triomphe.

Moi aussi je veux être
Comme ce fier conducteur de char,
Impitoyable pour les passions affolées
Et tumultueuses de mon âme.
Je n'en écarterai aucune,
Mais toutes devront subir ma volonté,
Et je réglerai leur course.
Que rapides toutes ensemble elles m'emportent
Se dirigeant en ligne droite ;
Nul ne saura les peines du servage,
La révolte ni les répressions anciennes,
En voyant tendre au même but
Toutes les énergies de mon être :
Ainsi aux yeux des spectateurs qui entourent l'arène,
Chevaux et conducteur ne font qu'un,
Emportés tous du même désir.

LXIII

Quand les soirs humides d'automne viennent parmi les
[brouillards
Sur la rivière et le ciel jaune et les bois
Où frissonnent les dernières feuilles rousses,
Il s'en retourne vers la maison cachée derrière les pins,
Vers la maison où l'attendent le sourire et les yeux aimés.

Les heures lentes et douces de la veillée !
Près du foyer encore chaud où soupirent
Les ruines obscures de la flambée tout à l'heure éclatante,
Les heures lentes où l'âme s'épanouit
Dans une joie paisible,
Tandis que la chatte rêve à l'écart dans les cendres,
Et que le chien de ses yeux aimants épie sa pensée,
Les heures douces près de la jeune femme,
Qui, appliquée à quelque travail d'aiguille,
De temps en temps lève les yeux de son ouvrage,
Pour lui donner un regard tendre prometteur de baisers.
Mais dans son bonheur du moment,
Il songe aux bras qui, au milieu des ténèbres,
Cherchent des bras amis,
À tous ceux qui s'avancent seuls dans l'ombre
Et que tyrannise la solitude des nuits ;
Il songe
Aux heures anciennes, aux heures de ses larmes.

La Maison derrière les pins
Où chantent chaque soir les douces chansons de paix,
La Maison qu'il aperçut au déclin de l'été,
Dominant l'horizon de brume, de verdures et de frondaisons,
Beaucoup de voyageurs sont passés sans la voir,
Beaucoup la virent qui n'y sont pas entrés.

LXIV

Peut-être celui qui cherche la vérité est un monstre.

Il ne se réjouit point avec la foule ; il ne mène point la vie de tous les hommes ; il n'éprouve de joies que celles qu'il imagine.

Aussi n'a-t-il point de voix caressante qui lui dise : « Je t'aime. » Les paroles des amis et les câlineries des maîtresses lui manquent également.

Il s'en va poursuivi par les huées, le solitaire penseur, et on lui lance des pierres quand il passe.

Lui-même se condamne sans cesse ; les rêves qu'il offre au monde, si beaux qu'ils soient, le choquent et l'exaspèrent.

Pourtant il pourrait être heureux : il sait voir comme les autres le jeu des enfants, la grâce des jeunes femmes et l'ombre séductrice des prairies. Mais quelle cloche l'appelle sans cesse, quel démon l'agite nuit et jour ?

Va-t-il s'arrêter, ce Juif errant ? va-t-il profiter du frais abri de feuillage, va-t-il répondre au sourire de la jeune fille entrevue ?

En route ! en route ! sonne la cloche, tu t'arrêteras demain.

Demain, c'est sans doute le jour de la mort.

Ô délicieuse oisiveté des amants, laissant s'envoler les heures et oubliant tout dans leurs baisers, il ne vous connaîtra jamais !

LXV

Assez de confidences, assez d'aveux ridicules.

Mes peines (si j'en ai eu), mes larmes (si j'en ai versé), vous ne les connaîtrez pas.

Qu'importe au Monde qu'il y ait eu pour moi des soirs de pleurs, des soirs de blessures ?

Si vous êtes nobles, si vous êtes pudiques, vous n'aurez point peur d'étaler une belle nudité ou une âme joyeuse, mais vous rougirez de montrer vos plaies, vos maladies, et votre laideur et votre tristesse.

Personne n'a besoin de pleureuse pour lui donner l'exemple du chagrin et l'exciter à la douleur. Assez longtemps nous avons eu des âmes en deuil : ne ressemblons pas à de vieilles femmes sans courage ; ne confessons pas à tous les coins de rue notre faiblesse.

Si nous n'avons plus l'amour du rire ni la force d'exister, si nous ne pouvons plus mêler notre personnalité à la fête de la Nature, accueillons tranquillement et fièrement le suicide libérateur.

LXVI

Je n'ai pas à regarder la route ; mon bâton est là, ma gourde est pleine : je pars.

La boue jaillit et me souille. Qu'importe ? le soleil sèchera la boue : marchons.

Il y aura de la boue ; il y aura aussi de la lumière. Il pleuvra, il neigera, il y aura des orages : c'est la vie. Marchons.

LXVII

Êtes-vous de ceux qui portent des torches ? êtes-vous de ceux qui suivent les conquérants ? êtes-vous de ceux qui travaillent ?

Venez ! venez !

Êtes-vous des êtres sans énergie et sans beauté ? êtes-vous des vieillards impuissants ? êtes-vous de ceux qui pleurent pour du pain : arrière !

Il n'y a point de place dans le monde pour ce qui n'est qu'ébauché, imparfait, ou en ruines.

LXVIII

J'ai dit à la Maladie : Entre, je suis prêt à te recevoir.

J'ai dit à la Folie : Tu ne m'effraies pas.

J'ai dit à la Mort : Je pense à toi.

Quel que soit le malheur personnel que m'apportera l'heure, je m'incline devant la Volonté divine. Si je souffre, c'est que ma souffrance est nécessaire : qu'elle soit donc la bienvenue.

Que servirait mon petit cri de détresse ? Couvrirait-il l'hymne triomphal de la Nature ? Est-ce parce que je suis tombé que les glorieux porte-bannières, que les trompettes ivres du cortège du Monde vont s'arrêter ?

LXIX

Avec ta flamme pour t'éclairer, t'enorgueillir, te consoler, tu n'as rien à craindre de la vie.

Une pensée hautaine et qui ne tâtonnant point, va droit devant elle, c'est le seul soutien, le seul guide qu'il faut avoir.

Avec la flamme qui éclaire et enorgueillit, on traverse sans déchoir la richesse ou la pauvreté ; on supporte sans envie, sans plainte, la vie grise et médiocre.

Avec cette flamme de fierté nulles besognes basses, nulle servitude, nulle société misérable, nulles huées de foule, nuls mépris du public ne peuvent t'humilier, ne peuvent t'atteindre.

Avec cette flamme de croyance tu ne redoutes pas la mort.

Avec cette flamme de méditation tu ne redoutes pas la solitude.

Avec cette flamme qui te grandit tu ne redoutes pas tes actions : tu es au-dessus de toi-même.

LXX

J'aime les ports où les mâtures des vaisseaux quadrillent le ciel, où les vapeurs crient et crachent la fumée, où les grues grincent, où les trésors du monde s'entassent sur les quais, où il y a un fourmillement d'hommes en travail, de toutes couleurs, de tous pays.

Ô sueur féconde ! quelle parure, quels diamants te valent, quand tu perles en belles gouttes dorées sur les rudes visages et sur les bras musclés.

J'aime les rues avec leur bon arôme de labeur et leurs étalages de fruits multicolores, leurs magasins si divers, leur foule, leur bruit et ces maisons si mystérieuses ! où derrière les fenêtres sombres on sent tant de rêves enfermés.

J'aime les soirs, les beaux soirs de rut dans la nuit bleue qu'illuminent le gaz jaune et les blanches lunes électriques, j'aime les vendeuses d'amour, et la rumeur des êtres qui se réjouissent après la tâche de la journée.

J'aime l'Aube et l'appel magnifique de la Lumière, ces chevaux de feu et cette pluie de roses du Réveil lancés sur les cités et sur les champs et cette soumission au Ciel de l'Humanité qui sort du repos docilement.

J'aime les êtres solitaires, les femmes très belles qui montrent mais ne veulent pas qu'on possède leur splendeur, les nobles esprits qui pensent à l'écart, loin des hommes.

J'aime… qu'est-ce que je n'aime pas ? j'aime tout ce qui est du Monde, tout ce qui s'efforce vers la Vie, vers la Beauté.

Même ces êtres qui mettent leur caillou contre la roue du Char – ces moralistes, ces économistes, ces réformateurs –, ils me réjouissent, ces animalcules, avec leurs petites pattes d'insectes qui s'amusent à se faire écraser.

LXXI

Combien de soleils que je n'ai pas vus ! Combien de bouches que je n'ai pas baisées !

Mes oreilles bourdonnent encore du bruit des flots qui se brisent et mes yeux ne peuvent oublier la Mer – la Mer mystérieuse – quand la Nuit vient sur elle, que le Ciel est encore clair, comme ensanglanté par des luttes d'athlètes énormes, par des étreintes charnues de géantes et que les troupes virginales des nuées – en blanc, en mauve, en rose – s'envolent et glissent, glissent parmi des courses de chars et des batailles !

Ô mon amie ! quand en paix irons-nous enlacés vers la grève pour jouir des merveilleux crépuscules, quand serons-nous libres de pensée comme les mouettes qui rasent la vague ?

Mes yeux sont malades des nuits de labeur, mes doigts sont souillés de la poussière des vieux livres, et mon âme a vieilli avant l'heure du chagrin des siècles.

Douleur vaine ! Douleur illusoire ! c'est parce que le prêtre a menti, c'est parce que les peuples n'ont pas vu le Soleil que la Tristesse est sur la terre.

Ô mon amie, je veux me rouler avec toi sur l'herbe fraîche : là-bas, parmi les vaches qui ruminent, nous étalerons nos amours à la belle lumière comme les bêtes.

Et je rajeunirai ma pensée à ta bouche, délicieuse Jouvence ! pour que par toi elle rie et chante et gambade.

Je n'envierai plus le chasseur qui part dès l'aube et marche et tue, puis le dimanche, pour se reposer, se mêle à la ronde des jolies villageoises ou caresse à l'ombre quelque fille forte et joyeuse.

Car j'irai avec toi sentir les saisons et assistant au tranquille et solennel office des champs, nous goûterons les grands silences et nous entendrons dans nos étreintes les battements d'aile des colombes qui s'envolent.

LXXII

La chère odeur de la maîtresse enfuie,
Comme tout son corps et toute son âme,
– Odeur délicate du parfum aimé mêlée à l'odeur sauvage du sexe ; –
Le cher geste de la jeune femme jetant son adieu
Dans un triste sourire adorable
Par la portière du train qui s'ébranle,
Au milieu de la fumée et des gémissements de la locomotive ;
Le cher et dernier baiser où elle s'est toute donnée :
Ce sont là les précieux talismans
Pour que son fantôme désormais m'appartienne,
Pour que son fantôme se lève à mon côté,
Non pas même celui de son corps gracieux,
Mais celui de l'être idéal qu'elle veut être.
Odeur, geste, baiser de la dernière minute,
Vous m'avez transmis sa pure pensée,
Vous avez créé mon paradis.

LXXIII
SUR UN PRIAPE

Dans le parc aux vastes ombrages de cette Villa della Petraia dont les arbres virent jadis passer tant de cortèges brillants et de couples amoureux, une fontaine s'élève encore, cligne à elle seule d'immortaliser le vieux maître Jean de Bologne.

Devant le doux sommeil de la campagne florentine, sa Vénus étale ses formes opulentes et tord une lourde chevelure, tandis qu'autour des vasques folâtrent parmi des nymphes et de larges poissons les satyres impudiques.

Au temps de Bianca Capello, de belles jeunes femmes vinrent souvent au bras de quelque gentilhomme se réjouir le regard en contemplant le chef-d'œuvre, et sans doute plus d'une sourit tendrement de l'ardente ivresse des égipans.

Mais aujourd'hui cette joie sans voiles offense nos ridicules puritains qui eurent toujours également en haine les belles lignes et les libres expansions de nature.

Sans crainte d'outrager l'Amour, des mains sacrilèges se complurent à voiler l'innocent bonheur des sylvains.

Mais Bacchus, forcé de devenir de dieu des bruyantes orgies un austère clergyman, s'est entendu avec un satyre pour faire la nique à Dame Morale.

Un priape si audacieusement regarde le ciel qu'il a découragé nos zélés placeurs de feuilles de vigne.

Il me semble que ce priape de pierre est vivant et qu'il me chuchote ces paroles :

« J'ai été sur ce socle sculpté par le statuaire pour railler chaque jour cette fausse Vertu dont l'unique souci est de dérober son corps maigre sous une robe à jamais baissée.

« Pour moi, proclamant la Vie, l'Instinct et les fécondantes Sèves, je me dresse hardi vers les nuages ; mais, triste de ne plus voir passer la Volupté rieuse aux larges fesses, je crache en l'air ma semence, dédaigneux de l'Idéal décharné et des os pointus. »

LXXIV

Parce qu'ils s'agenouillent auprès des autels et font des génuflexions devant les images, parce qu'ils n'ont pas vu le soleil et ne connaissent pas la Femme, ils s'écrient : Nous sommes religieux !

Mais à leur piété de gestes et de formules, à leur dévotion selon le grimoire, j'oppose la sainte et réelle religion de Nature : à l'idéal d'un Paradis la terre riche et féconde, à leur dieu en bois le monde infini, à leur morale de mutilation la morale du libre développement.

Soyons religieux, mais comme le veut l'Instinct divin qui nous agite : acceptons la vie, acceptons-nous, acceptons les autres.

Que mon petit être fragile, lent, borné, devienne fort, s'active et s'agrandisse, que toutes ses énergies s'harmonisent.

Ô loi d'amour ! je saurai me soumettre à ton joug, mais pour un moment, car il faut qu'après l'étreinte je retrouve mon être. Les fleurs que je verrai sur le chemin, je veux les cueillir et m'en faire un bouquet joyeux de parfums et de couleurs, mais sa gloire ne m'enivrera pas assez pour m'empêcher de regarder la route, de voir le ciel.

Ô loi d'amour que j'accepte pour moi, tu ne dois pas peser sur tous, pas plus que les autres lois.

Cherchez-vous jour et nuit ; écoutez les voix intérieures et quand vous connaîtrez votre barque et vos pouvoirs, confiez-vous à la mer.

Je n'impose ma vision ni mon rêve à personne : il n'y a que des visions et des rêves personnels.

Aimez ou combattez à votre choix, agissez seulement. Votre âme et votre corps sont des trésors dont vous avez à faire profiter les hommes. Comptez-les le soir à la lampe. Avez-vous aimé ? avez-vous pensé ? avez-vous vécu ? vous demandent les voix de la nuit.

Malheur à qui rapportera intactes les richesses à la tombe ou aura laissé le Coffret précieux se pourrir dans l'oubli.

LXXV

Quel misérable a dit ces mots : L'homme qui aime le travail est né esclave ? Je lui réponds ceci : Le véritable esclave est celui qui a besoin du fouet pour travailler.

Je veux tresser des couronnes aux travailleurs
Et composer un hymne à leur gloire.
Je chanterai les belles filles qui vont vers les champs dès l'aurore,
Portant fièrement sur leurs cheveux
L'arme qui va vaincre la terre ;
Je chanterai les mains et les visages noircis des ouvriers,
Et l'âme fiévreuse de l'artiste,
Et l'anéantissement du savant,
Lorsque son esprit parcourt des mondes
Parmi le vol rapide des idées ;
Je chanterai les plaisirs où tout l'être est en activité,
Quand l'homme dompte un cheval, égorge les bêtes
Ou lutte avec la mer ;
Ou que jouant des reins, avec un ferme priape,
Ivre de toucher, de sentir, de baiser,
Il répand sa vie dans une autre vie
Et absorbe lui-même l'être de son étreinte.
Je chanterai la grande jouisseuse, la grande laborieuse
[de l'humanité ;
La ville qui ne sait pas le sommeil
Et qui se réjouit de son travail éternel ;
Je chanterai cette forge et cette bataille immense : Paris !
— Ces apparitions de visages souriants
Au milieu des fleurs et des équipages
Comme une vision de triomphe
Devant les lutteurs de l'arène ;
— Ces mots de lumière qui tout d'un coup resplendissent
Dans un incessant bouleversement de l'esprit humain ;
Et toutes ces tragédies de sueurs, de larmes et de sang
D'où naît à chaque instant une Vénus.

Ô Travail ! ceux qui ont vu rayonner ta face ;
Ceux qui ont entendu ton rire et senti ta forte étreinte,
Ne te prendront point pour un compagnon de passage,
Pour le domestique dont on emploie un jour les services,
Et que l'on congédie une fois la tâche achevée ;
Ô Travail ! maître, but, joie de l'humanité,
Je ne te demande pas une œuvre
Car tu es toi-même l'Œuvre tout entière !

LXXVI

Cette Catherine de Cellini, cette Nymphe de Fontainebleau, aux formes riches et glorieuses – bête superbe parmi des bêtes – ne nous dit pas seulement d'opulentes voluptés, mais elle est pleine de colère vaincue, de soumission involontaire et grondante – et dans ses yeux de paresse, il y a comme d'impuissantes menaces.

Ô insoucieuse ! quand Cellini tira de toi un chef-d'œuvre, et qu'il te forçait à rester inclinée pour contempler les lignes harmonieuses de ton beau corps, tu t'irritais contre son labeur et tu te plaignais qu'il t'immortalisât.

Catherine ! des années et des années ont passé depuis ces jours mémorables où tu posais nue devant ce génie, tu n'es plus même une petite pourriture : quelques débris mêlés à de la terre, c'est tout ce qui reste de toi, mais la Nymphe de Fontainebleau nous ravit encore, et si le temps osait s'attaquer à elle, la piété de ses amants du moins léguerait à l'avenir son image.

Comme j'applaudis, Cellini, à ta sainte colère contre la fille révoltée qui craint une légère fatigue et ne veut pas s'offrir à toi dans toute la noblesse de son être. Frappe ! frappe, bon Cellini, encore ! encore ! que les coups retentissent sur cette chair jusqu'à ce qu'elle soit docile : n'aie pas peur de la battre. Qu'elle se montre, qu'elle s'étale : l'ivresse des siècles l'exige.

« L'Âme divine, lui disais-tu, l'Âme à laquelle ton regard emprunta son rayonnement et qui se plut à décorer ton corps, crois-tu, chétive, qu'elle t'appartient et que tu peux la ravir à la Beauté ?

« Trop heureuse devrais-tu t'estimer qu'elle vînt habiter en toi, mais tu n'es qu'un temple provisoire, ne te flatte point de la garder en ta chair vouée au tombeau.

« Car la splendeur de ton corps est immortelle et je suis l'instrument choisi par la Nature pour conserver de toi ce que le monde ne doit pas oublier.

« Les cris de Catherine, ses ruades de jeune cavale, ses larmes, ses injures ne m'émeuvent pas plus qu'une ondée de printemps, – mais j'arracherai sa beauté à la mort.

« Ah ! Catherine ! vas-tu te soumettre ? Mes coups vont-ils te rendre sage ?

« Va ! petite chose, avec humilité envers toi-même, avec fierté devant la foule, accepte cette couronne étincelante que la Destinée vient poser sur ta tête ; puis, quand les derniers moments seront venus, sans fureur laisse sa main invisible te la retirer du front.

« Il y a dans l'avenir des reines qui attendent.

LXXVII
MAÎTRE COUPEAU

Comme sonnait l'heure de la Justice à l'horloge remontée du Temps, Maître Coupeau, en blouse bleue et en gros souliers, avec, en guise de couronne, une haute casquette de soie sur la tête, gravit les degrés de son trône.

Il titubait légèrement, car il avait trop goûté au vin de son patron et son dîner d'une façon désagréable lui remontait à la bouche. Cependant il conservait encore quelque majesté ; il eut même, lorsqu'il se fut assis, une attitude vraiment royale.

Alors, mû par une charité au-dessus de tout éloge, il se préparait, avec des airs d'indifférence et de jolie langueur, à rendre justice au pauvre monde.

Il se l'était d'abord rendue à lui-même, avait chassé ou massacré ceux qui le gênaient. À présent il s'agissait de veiller aux inférieurs.

Des troupes d'animaux entrèrent dans le palais, la croupe et les pieds mouchetés de boue, fleurant l'étable ou le marécage. Maître Coupeau sourit doucement à ces odeurs qui lui rappelaient la ferme de son enfance ; il fut encore mieux disposé à satisfaire ses sujets.

Bientôt la salle du trône s'emplit d'un vacarme assourdissant : des moutons bêlaient, des bœufs meuglaient, et perdu au milieu d'un bataillon d'ânes, un cheval poussait un hennissement plaintif et prolongé.

Maître Coupeau jugea utile de prononcer un petit discours, mais comme il avait peu fréquenté les écoles, il se contenta de servir à l'assistance une ou deux jolies phrases volées à quelque vieux journal socialiste et qui se promenaient librement dans la pièce vide de sa mémoire.

« Mes chers amis… hem ! hem !… L'heure de la Justice étant venue… hem ! hem !… Tous les êtres vont être heureux… Et c'est moi qui désormais ferai votre bonheur. »

L'assistance témoigna son approbation par un redoublement de bêlements, de meuglements et de hennissements. Puis les animaux qui avaient tous reçu avec la parole le droit d'exprimer leurs réclamations et de porter leurs vœux au nouveau pouvoir déléguèrent des députés vers le Souverain.

Le cheval se présenta d'abord et très fier :

— N'est-ce pas une honte pour vous, dit-il, qu'en dépit de ma noblesse et de l'élégance de mon corps, je ne jouisse d'aucun droit et qu'on m'attelle, qu'on me force à traîner de lourds équipages, qu'on m'interdise l'amour, quand il ne plaît pas à l'homme que je me reproduise ?

Maître Coupeau songeait déjà que sa nouvelle dignité lui permettait de se servir des carrosses royaux : aussi fut-il assez mécontent de ces reproches.

— C'est bien, fit-il, nous verrons… nous aviserons.

Le bœuf s'avança, piteux et humilié ; ses yeux pleuraient de grosses larmes sur la main de Maître Coupeau et le nouveau prince les recevait avec une dignité imperturbable, craignant, par un changement d'attitude, de choquer la délicatesse de son député.

— Ah ! gémissait le malheureux animal, j'accepte les durs labeurs, j'accepte de conduire la charrue pendant des heures sous le soleil, au milieu des mouches barbares qui se plaisent à me tourmenter, j'accepte de tirer, en des chemins de vase et de fondrières, les chariots énormes auxquels les hommes veulent m'atteler : mais du moins, je l'implore de Votre Grâce, Seigneur, qu'on m'épargne l'aiguillon et que l'abattoir ne soit pas le terme de mes jours.

— Lâche, lui cria le cheval avec mépris.

Maître Coupeau était très embarrassé.

— Je comprends, dit-il, je comprends, mon cher ami, la légitimité de vos plaintes. Soyez sûr que plus tard… Mais en ce moment nous sommes absolument forcés de vous manger. Je ne puis pour ma part, renoncer au rôti de bœuf, c'est le régal de mon souper.

À ce moment de petites mouches se mirent à voler autour de Maître Coupeau ; parfois l'une d'elles se posait sur son nez, tandis qu'une autre se promenait sur sa joue et qu'une troisième se glissait dans ses cheveux.

— Allons, que voulez-vous ? leur demanda-t-il impatienté.

— Nous voulons, Sire, nous voulons que tu nous délivres de cette vilaine, de cette misérable, de cette infâme araignée qui ne désire rien tant que de nous envelopper dans ses toiles.

— C'est une autre affaire, reprit Maître Coupeau, et puisque cela ne nous intéresse pas directement… Cependant, je vous l'avouerai, l'araignée me rend grand service en me débarrassant de vos importunités.

Les plaintes ne cessaient pas. Les oiseaux glorieux : les aigles et les faucons furent violemment attaqués ; on reprocha aux lions et aux tigres leurs habitudes cruelles ; les animaux moins nobles comme le renard et le chat n'échappèrent point non plus aux accusations.

Enfin on en vint aux animaux repoussants, aux bêtes immondes : tous avaient péché contre la Justice. Maître Coupeau était étourdi. Ces récriminations de toutes sortes lui avaient enlevé le peu de raison qu'il possédait en montant sur le trône. Il ne savait quel parti prendre.

Pour se tirer d'embarras, il appela son secrétaire. C'était le seul homme de ses états qui eût quelque littérature (il fut jadis maître d'école). Maître Coupeau l'avait excepté du bannissement général des artistes et des savants parce que ce magister, en son bagage de pédant, possédait certaines recettes de cuisine merveilleuses.

— Allons, lui dit-il, apaise cette foule, éclaire-la, enseigne-lui la vérité.

L'ancien pédagogue enleva ses lunettes afin de ne pas voir tous ces regards de bêtes, puis, ayant réclamé le silence, il commença un pompeux discours. Orphée ni François d'Assise n'eurent le pouvoir de charmer comme ce maître d'école.

Il dit le bouleversement proche et soudain du monde ; les êtres n'attenteraient plus à la vie ni à la liberté d'aucun être ; un même amour allait réunir toutes les créatures.

— Bientôt l'animal sera l'égal de l'homme : assez longtemps il a été opprimé ; d'ailleurs la science sociale exige qu'il en soit ainsi : après Dieu, l'Homme, après l'Homme, la Bête. Bientôt tout ce qui vit s'unira dans une fraternelle et immense étreinte ; le renard n'effraiera plus la basse-cour, le loup deviendra l'ami de la bergerie. Bientôt…

Le pédagogue fut interrompu par de bruyants ronflements. Maître Coupeau n'avait pu supporter cette sublime péroraison et s'était endormi. C'était le meilleur moyen de lever la séance. Les députés ne voulurent pas troubler le sommeil de leur Souverain et annoncèrent qu'ils allaient se retirer.

— Surtout n'oubliez pas, s'écria l'orateur, en les congédiant, n'oubliez pas que l'heure de la Justice est venue pour Maître Coupeau. Cela ne suffit-il pas à votre félicité ?

LXXVIII

Je ne suis pas un hypocrite qui crache en public sur ce qu'il admire en secret ; je crierai donc ma piété vers toi Or-puissance ! Or-volupté ! Or-créateur !

Dans le lumineux métal je vois luire la couronne et le sceptre et je marche à ta conquête.

Combien de sueurs, de peines, d'angoisses représente une pièce d'or, mais combien aussi de jouissance pour mon orgueil, pour ma luxure !

Je ne m'arrête pas aux épines des haies, ni aux vases du chemin, je poursuis ma route ; tes reflets me séduisent et m'attirent comme la robe fuyante d'une espiègle et délicieuse maîtresse.

Vie humaine, mouvement des peuples, activité des intelligences, tu diriges tout, Souverain Dieu !

Ah ! qu'ils avaient raison ceux qui jadis t'élevèrent un autel et dansèrent devant toi et t'adorèrent. Que n'étais-je là pour te célébrer avec eux, pour briser moi-même les tables de cette loi prétendue divine qui t'avait oublié.

Je veux qu'on m'appelle avare, ce nom sera pour moi un sacre. Les aveugles m'insulteront, mais ceux qui aperçoivent la splendeur du dieu me rendront hommage.

Mais peut-être apprendrais-je trop tard la science qui m'aurait rendu maître de toi : mes fils du moins sauront comment te chasser, comment te prendre.

Or ! bête magnifique, bête moqueuse, ils te traqueront, ils te poursuivront et finiront bien par te prendre, malgré l'ombre de la forêt.

Pour que tu sois à leur service et que tes sorcelleries les rendent dominateurs.

Car il faut que tu deviennes l'esclave de ceux qui doivent au Monde de grandes vies, après avoir été le jouet de la multitude.

Or ! rebelle aux plus nobles, tu auras beau me renverser et me meurtrir, je ne m'affligerai pas de mes revers, je ne te maudirai pas, j'étoufferai ma plainte, bête cruelle, car je sais bien la fraîche aurore où enfin domptée tu emporteras d'une course fière les Héros de l'avenir.

LXXIX

Dans le ciel embrasé des incendies de villages, au milieu d'une terre dévastée, parmi les ruines fumantes et les monceaux de cadavres, il a surgi fier et tranquille sur son cheval noir, le grand Chancelier.

À sa venue les peuples ont frémi, les décombres sont devenus loquaces, tout le champ de bataille a tressailli, tandis que les ossements se mettaient à marcher et que du bout de l'horizon accouraient des foules en deuil : des mères cassées par la vieillesse et le chagrin, des enfants aux regards ivres.

Et un orage de paroles menaçantes, d'injures, de malédictions a éclaté : ces fantômes et ces vivants s'unissaient pour outrager le passant, ils lui auraient même craché au visage s'ils avaient osé.

Mais le grand Chancelier, sans détourner son regard, sans se préoccuper des cris de haine, n'a point activé sa monture et paisiblement il s'est avancé, comme l'ouvrier après sa journée faite.

« Je me moque, a-t-il dit, je me moque des fantômes que les vieux préjugés poussent vers moi. Que m'importe le sang, que m'importent les cadavres, que m'importent les clameurs de ces foules imbéciles !

« J'ai été le père qui fouette de verges l'enfant rebelle, le médecin qui coupe le membre gangrené. J'ai été le guide qui force le voyageur à monter vers l'auberge où il trouvera le pain, le repos et la vue magnifique des montagnes. Quelle voix de raison oserait s'élever contre mon œuvre ?

« Idée d'Allemagne ! Idée d'Allemagne !… Je te garde en moi. Suis-je égoïste ou désintéressé ? Je ne sais : je vais mon chemin.

« Idée d'Allemagne ! Idée d'Allemagne ! tu es pour moi comme la fiancée que le jeune homme porte en croupe vers les épousailles. Que nul ne s'en prenne à son amie, car c'est à l'ivresse de ses nuits, à la douceur de ses jours qu'on s'attaque : le fiancé se battra jusqu'à la mort.

« Idée d'Allemagne ! Idée d'Allemagne ! épands-toi ainsi que le fleuve qui approche de la mer. Sois l'eau fertilisatrice, sois l'eau miroitante où vient se refléter le ciel.

« Richelieu a fondé la France ! Je fonde l'Allemagne ! Ah ! ah ! l'or pris et répandu ! Ah ! ah ! le sang qui coule : je m'en soucie bien. Ma pensée habite une plus haute montagne que la petite morale de la multitude : la montagne de l'avenir d'un peuple.

« Oh ! que j'entende tressaillir et vagir dans son berceau l'enfant qui sera l'homme de demain. Que j'entende même chanter le chant de triomphe du génie allemand.

« Toutes les nations passent dans l'éternité comme les navires devant le vaisseau-amiral. Allemagne, Allemagne ! pavoise ton navire et que j'entende dans les siècles les coups de canon du salut !

« Ainsi que le bruit des hautes cimes que le vent agite, ainsi que la musique des grands arbres pendant la tempête, le frémissement de la pensée allemande s'entendra au loin.

« Car tous ces chevaux furieux et affolés qui bondissaient et se précipitaient sans savoir où, je les ai attelés à mon char afin de les conduire d'un galop sûr vers le but que je rêve. Tout devant tendre à la gerbe, au bouquet, à l'Unité : homme, j'ai de mes passions créé ma personnalité ; maître, j'ai des petites patries bâti la grande patrie allemande !

« Ô Allemagne ! Allemagne ! tu peux me maudire maintenant : je t'ai marquée au front et au flanc ; tu es ma chose, tu es la maîtresse qui répète inconsciemment les paroles de l'amoureux et qui s'arrange à sa guise.

« Apportez-moi des coupes pleines du sang de ceux que j'ai tués ; tassez autour de moi les restes de ceux qui sont devenus des cadavres par mon ordre ; que je m'abreuve de ce sang comme d'un vin généreux ; que je me rassasie les regards de cette évocation du carnage.

« Car étant l'homme de Dieu, je bâtis comme Dieu avec la mort et je ne sais point pleurnicher avec la foule, mais je regarde par-dessus les cadavres, vers l'avenir.

« J'ai fait des ruines pour les clématites et pour le lierre, j'ai fait du fumier pour la terre qui veut enfanter.

« Allemagne ! Allemagne ! Tes insultes ne m'atteignent pas ! je m'endors tranquille dans le songe lumineux de l'âge qui vient, en attendant que selon la loi de nature, un autre héros bouleverse mon œuvre et enrichisse l'humanité d'un nouvel Idéal et d'une nouvelle patrie. »

LXXX
FRANCE ET ITALIE

Quand j'ai vu Florence et ses palais où sommeille tout un passé de luttes glorieuses, quand j'ai contemplé ces chefs-d'œuvre de l'art qui dans toutes les rues vous appellent à un rêve de beauté, mon être a tressailli et j'ai voulu m'écrier : « Je suis toscan ! Je suis toscan ! »

Si je suis né en France, mon âme dut prendre son vol au soleil un matin d'été, des hauteurs de Fiesole, au-dessus des belles ombres noires des cyprès, au-dessus de la vallée de l'Arno, qu'emplit le chant des cigales.

À moins qu'elle ne vienne de ces plaines où frissonnent les saules, où des vignes en guirlandes ploient sous le raisin, de ces plaines qui réjouirent le regard du Sodoma, du Corrège et du grand Léonard.

Peut-être est-elle une enfant de cette fertile Campanie que Cérès et le Dieu du vin protègent : peut-être est-elle née aux murmures de la mer amoureuse de Baïa.

Je sais seulement que vous faites partie d'un paysage familier vu en songe, ou connu autrefois, ô terres de lumière, monts d'azur dans la mer d'azur, campagnes où le crépuscule s'élève en grandes ombres majestueuses.

Italie, terre sainte pour ceux qu'un soir Virgile vint charmer de sa solennelle tristesse, pour ceux qui vécurent aux siècles d'action et de beauté, Italie, j'ai envie de m'agenouiller et de baiser ton sol de souvenir !

Qui en te voyant maintenant dormir pourra croire que tu es morte ?

Ô dormeuse, lasse de chefs-d'œuvre, sommeillant parmi les monuments de gloire que tu donnas au monde, épuisée par tant de divines parturitions, repose-toi, va ! tu as bien gagné ton sommeil. Mais j'ai vu passer les clairons qui vont sonner ton réveil.

Comme, l'heure venue, tu bondiras hors de ton lit, prête pour de nouveaux labeurs et couronnée du diadème !

Ô dormeuse, n'as-tu pas été, même en ce siècle, une grande laborieuse, n'avons-nous pas vu s'unir la Fierté vénitienne, le Rire de Naples, l'Activité génoise, la Grâce milanaise, l'Esprit de Florence et cet orgueil romain lourd des couronnes que les siècles entassèrent sur son front ?

Ô âmes diverses de l'Italie, vous n'êtes aujourd'hui qu'une âme, car vous avez toutes un même amour : la Beauté.

Mais, Italie, berceau de mes songes, tu ne m'as pas élevé ; ma mère et ma nourrice, c'est France la douce, et je ne veux pas être ingrat envers elle, ni envers mes maîtres familiaux : Montaigne, le grand Montesquieu et La Fontaine, cet enfant aux malices souriantes.

Mon rêve d'amour grandit au milieu des jolies et voluptueuses filles de Fragonard, dans les parcs où Watteau sous de vastes ombrages fait s'avancer avec des révérences des jeunes femmes aux nuques blondes, aux robes amples et lumineuses.

Mon désir et ma pensée, c'est la France qui me les donna ; je serais incapable de vivre, si on me défendait de vivre en français.

Peuple de force, peuple de grâce, dont la langue est vaporeuse comme une belle vallée à l'aurore, dont les mots fuient et s'évanouissent comme la rivière entre les saules, cher génie de sourires et de claires pensées, quels seraient mon crime et ma folie, si j'osais te désavouer !

Il faut être un lourd buveur de bière d'outre-Rhin, disciple de Marx, un pesant socialiste serviteur du Ventre, pour renier la Patrie. Tout homme qui a une virilité, tout peuple qui n'est pas esclave sent un génie de feu palpiter en lui qui le pousse à dominer ! Tout homme fier, tout peuple noble a un orgueil à nourrir et pour lui il se bat, et pour lui il veut vaincre. C'est dans cette lutte éternelle que se trouvent la gloire et la joie de l'humanité. Pour tant d'argent versé, tant de sang répandu, la Guerre donne la force, dispense la vie. La Guerre est la grande alcôve d'humiliation et d'orgueil où un peuple s'abaisse, où un peuple s'élève.

Que les Allemands désirent la gloire de l'Allemagne, c'est bien ; moi je dois vouloir la France victorieuse.

Tous les peuples, chacun à leur tour, tiendront la tête du défilé.

Ô mon être, sois l'homme des premiers rangs ; ô patrie, sois celle que je vois conduire le char de triomphe.

LXXXI

N'avez-vous donc jamais songé à la mort, n'avez-vous pas songé au fourmillement des êtres et des choses pour n'avoir pas d'autre souci que votre petit bonheur de quelques années ? Chaque seconde, des milliers d'individus expirent, chaque seconde la maladie vient étreindre des êtres.

Hommes, cherchez à être heureux, si vous voulez ; législateurs, essayez de faire des heureux, mais si vous ne réussissez pas, ne maudissez point pour cela l'Univers.

Combien d'hommes ont pâti ! Combien de peuples ont disparu ! En vérité la vie d'un homme, la vie des hommes est peu de chose dans la splendeur éternelle de la Nature. Le monde aurait donc manqué son but, puisque l'individu, depuis des siècles, est sacrifié. Mais non, son but est bien autre.

Allez à Pestum, agenouillez-vous au Temple de Neptune, voyez les chefs-d'œuvre des siècles, pénétrez dans le rêve des sages.

Pour moi, j'ai appris les mots de vérité et je veux le crier à tous et jusque dans mon agonie : La Vie est Pensée ! La Vie est Beauté ! Que ces mots soient vos soutiens et vos guides durant la route.

LXXXII

Une note perdue n'est rien, mais un ensemble de notes, mais une succession d'accords, mais la symphonie d'un orchestre !

Ô hommes ! vous n'êtes pas plus que le son qui s'envole des cordes d'une harpe ; apprenez donc à ne point vous regarder isolément, mais dans un ensemble.

Qu'est-ce qu'une de vos petites actions que vous flétrissez du nom de vice ou que vous décorez du nom de vertu ?

Il n'y a de réelle beauté, de réelle bonté, de réelle vérité que celle qui oublie les apparences éphémères et confesse l'Éternel.

Aussi je renie dès à présent ma personnalité et je ne m'occuperai plus de celle des autres hommes : je ne crois qu'en celle du Monde.

Je ne veux pas être l'aveugle qui joue de la flûte au bout du pont, mais le violoniste conscient de l'orchestre.

LXXXIII

On me croit plein de haine et je suis plein d'amour.

Que chacun fasse luire sa lumière, je l'aime, mais je veux voir une lumière.

Ma lumière, mon idée, voilà ma seule force. Et sa vie m'intéresse plus que la mienne.

Mon être fragile avec ses petites passions, ses petits soucis, comme je m'en raille, comme je m'en amuse ! Je suis pour lui comme la servante qui dit à l'enfant d'une autre mère : Va, mon mignon, tu peux aller jouer ; et s'il tombe sur la promenade et s'écorche les genoux, elle le gronde un peu par devoir, mais ne se gêne point pour rire de sa maladresse.

Car elle a un autre enfant qui est le sien, et de celui-là les moindres cris la font tressaillir et ses larmes l'attristent comme ses propres souffrances.

Ainsi le bonheur ou le malheur de l'être qui porte mon nom me sont indifférents comme ceux d'un étranger, mais la pensée que j'ai portée des mois, mais l'enfant d'une nuit douloureuse, oh ! elle me tient au cœur.

Pour elle j'aurai l'amour et l'orgueil, et je la défendrai et je combattrai comme un lion ou comme un tigre.

Que des êtres ne viennent donc point en travers de ma route ; j'ai la force et l'audace de la mère qui porte son enfant dans ses bras à travers la bataille.

LXXXIV

— Désir qui, tous les jours,
À toute heure,
Me jettes en croupe sur ton cheval,
Et m'emmènes, et m'emmènes
Vers l'Inconnu,
Vois comme je suis las ; mes reins sont brisés ;
J'ai le vertige :
Arrête, arrête-toi.

— Oh ! je veux t'emmener encore sur mon cheval,
Mon bon cheval,
Toujours inquiet ! toujours ardent !
Et qui hennit au vent de mer ;
Il te fera passer par les plaines, par les forêts,
Par tous les pays du monde.

— Désir ! désir ! Tu m'as conduit trop souvent
Dans les marécages,
Et trop souvent j'ai roulé avec toi dans leurs vases.
Combien de fois tu m'as souillé !

— Ne pense pas aux mauvais chemins
Où je te fis passer,
Mais à l'ardeur, mais à la joie
Que je porte et prodigue
À mes compagnons :
Je suis le dieu, la vie du Monde ;
Je suis le mouvement de la mer,
Et le travail de la sève
Et la lumière des astres.

Si je t'incline un moment sur les marécages
C'est pour te donner l'illusion de la mort,

De cette mort à laquelle tu aspires sans cesse,
Et que tu achètes par tant de sueurs.
Ne t'inquiète pas, ne t'inquiète pas ;
Mais étreins-moi pendant la course,
Car mon cheval est un cheval ailé :
Vois comme d'une fière élancée
Il s'envole vers le ciel !

LXXXV

LES MORTS SUCCESSIVES

Oh ! pourquoi mes yeux ne sont-ils comme ces bons chiens de chasse qui rapportent tout le gibier tué par leur maître, que ne sont-ils semblables à des geôliers qui ne laissent personne s'évader de la prison ?

Ces couchers de soleil, ces mille teintes grise, rose, pourpre, orange et ce ciel de douceur et les verdures fraîches que voile le soir, toutes ces merveilles s'écouleront donc comme un château de féerie en un instant !

Des nuages de gloire, des senteurs de la plaine, du bruit des cigales dans l'air chaud, et de ce baiser humide, et de ces beaux yeux qui me regardent fixement, rien ne restera-t-il ? rien ?

Je voudrais percevoir toute la beauté, toutes les beautés et chaque scintillement de flot et toutes les odeurs et toutes les nuances ; et jalousement conserver en moi le trésor des choses ; mais je ne suis dans la vie immense qu'une petite glace volante, qu'une vaguette où se réfléchit pour une minute une parcelle d'Univers.

Je me réjouis pourtant des formes qui sont venues se mirer en moi. Tant d'images succèdent à tant d'images ! Je veux songer à celles qui viendront encore, je veux même penser aux miroirs futurs.

LXXXVI

C'est l'heure religieuse
Où l'ombre de la terre et la lumière du ciel sont si douces,

Où les êtres s'anéantissent dans l'amour ;
Étreinte lente des choses par la Nuit,
Ô mort du Soleil !
Mystère sacré que célébrèrent les cultes antiques,
Auquel s'unissent les âmes pieuses,
Quelle mélancolie rafraîchissante,
À ces derniers reflets de la lumière sur l'herbe,
Venait toucher le cœur des païens
Au temps des églogues virgiliennes,
Et quelle prière humide des pleurs du désir
S'envola des lèvres des anciens moines,
Alors qu'au-dessus des murs du vieux couvent
Le ciel s'empourprait pour l'agonie du dieu
Et que voyageaient les nuées légères !
Heure solennelle de la communion
Où les âmes des vierges tressaillent !
Chacun vers la réparation de paix s'achemine :
Vers le pain, vers le baiser, vers le sommeil.
C'est l'heure religieuse,
L'heure de l'amie
Qui vient svelte et forte dans le soir,
Les joues en fleur
Et les yeux pleins de douce lumière,
Pour la tendre mort de l'étreinte.
— Culte simple de résignation et de soumission,
Qu'avec toutes choses
Nos âmes entrent lentement dans l'immense abîme de la Nuit.

LXXXVII

— Garde ta beauté, tendre amie dont l'élégante nonchalance m'est si douce.

Ne prête point l'oreille à ce tumulte de grotesques qui, n'étant d'aucun sexe, veulent des droits et des devoirs égaux pour l'homme et pour la femme.

La Beauté du monde est dans la variété et l'inégalité ; sache-le bien : il n'y a rien d'égal, il n'y a rien de semblable.

Laisse ces êtres qui ne savent plus charmer essayer de dominer ; laisse-les devenir docteur ou député, artiste ou savant : la force leur manque autant que la Grâce.

Parce qu'elles ont voulu se mettre en dehors de la nature, parce qu'elles n'ont pas senti la grandeur de la femme, qu'elles soient l'être incomplet qu'elles ont rêvé, qu'elles deviennent ce monstre : le bas bleu !

Ô souveraine, ô dominatrice, ô déesse !
Toi qui nous gouvernes
Par la toute-puissance de ton sourire et de tes larmes,
Et caches tes pouvoirs dans ton geste et ta caresse,
Que je te sacre de ton nom glorieux : Ô Femme !
Crée ta beauté sans relâche,
Trace autour de nous un cercle magique,
Un cercle dont nous ne puissions jamais sortir ;
Sois l'ouvrière de ta grâce et de ta séduction,
Pour que nous t'adorions toujours : Ô Femme !

Je vois les tentures de l'Histoire
Qui s'écartent brusquement :
Sur le lit immense où tu es couchée.
Ô Douce ! de tes petites mains mignonnes
S'échappent
Des lois, des guerres et des révolutions.

Laisse aux hommes le soin d'agir,
Et nous exécuterons
Tout ce que ta beauté nous ordonne !
Mais que ta voix s'élève seulement pour chanter :
Tes yeux sont nos inspirateurs,
Non tes paroles.

Corps superbe que j'adore,
Fait avec ses courbes délicieuses
Pour la caresse et le baiser
Et pour que notre imagination s'y attarde
Comme dans un jardin sans issue !

Redresse-toi fier et impudique !
Déchire ces linceuls dont t'enveloppèrent

Des siècles de folie.
Offre à tous les lèvres de ton sexe
Pour que nous venions y puiser
La joie avec l'oubli.
Crie sans crainte ton amour au ciel
Et pâme-toi au milieu de nos caresses
Montre-toi toute
Que nous rassasions notre regard de ta beauté,
Montre-nous tout, ô femme !
Tes bras de neige et tes épaules onduleuses
Et tes seins impérieux,
Et tes hanches vastes,
Et ta chevelure comme une bannière !

Et si un jour quelque misérable
S'approche de toi pour t'insulter,
Montre-lui le ventre et le sexe sacré,
Le sexe créateur !
Et qu'il recule comme un sacrilège
Pour avoir blasphémé l'autel,
Ô mère ! Ô sainte !

Ô Femme ! ta gloire est là sous ta robe,
Ta gloire que nous proclamerons un jour
Avec l'encens et les trompettes de triomphe,
Et une ferveur religieuse ;
Laisse les lunettes de docteur et la poussière des in-quartos,
Et n'abandonne pas ton sceptre et ton diadème :
La Beauté ! La Maternité !

LXXXVIII

J'ai vu les statues des âges qui disent la grâce et la force et l'amour de l'humanité.

J'ai visité les usines où l'on entend gémir les bêtes énormes de fer et les vastes fabriques d'où sortent tant de merveilles pour proclamer le génie et la fécondité du Monde.

Les verres de Murano dont le pied est un serpent de lumière, les vases de grès au col fin et irisé, les délicats travaux d'ivoire, les ors ciselés ; les armes qui rappellent un passé de courage ; les costumes aux riches broderies, du faste et de la luxure ; ce que l'homme, de complicité avec la nature, a créé pour sa vie, sa paresse ou sa jouissance ; ce qu'il a tiré du sol ou de la mer et travaillé de ses mains : je l'ai vu, je l'ai aimé et admiré.

Mais je sais bien que ma vision et ma mémoire sont pauvres, et que malgré tant de marches et de voyages, je n'ai rien vu.

Monde immense ! tu ne donnes ton secret et ta beauté à personne. Il y a toujours devant nous des trésors et toujours aussi des voiles. L'Univers est plus grand encore aux yeux du Souvenir qu'à ceux du Rêve.

Ah ! que ne suis-je un orchestre ivre, un bel orchestre de Beethoven ou de Wagner aux cent voix de bonheur, aux mille rugissements de volupté pour crier ta divinité, ô Monde !

Ma petite plume maladroite j'ai envie de la briser, puisque de toute cette musique qui chante en moi, rien ne s'envole que de misérables notes tremblantes.

Qu'elle retrace au moins mon acte d'adoration, qu'elle maudisse les pessimistes blêmes qui s'en vont par les chemins, frottant leurs yeux avec des oignons et penchés anxieusement sur la petite épine qu'ils ont au doigt.

Ah ! j'ai pleuré comme les autres – quand je portais des robes courtes –, j'ai pleuré aussi au temps où je transformais mes petites souffrances personnelles en maux de l'Univers.

Mais en vérité, il y a aujourd'hui une autre tâche pour un être raisonnable que celle d'essayer d'envoyer ses larmes à la postérité.

Leurs harmonies de cimetière, leurs prières pour les morts sonnent mal et leurs soupirs ne nous charment pas plus que les vents bruyants d'un rustre chargé de victuailles.

LXXXIX

Écoutons ce que dit la Nuit ; écoutons les conseils de l'Ombre : quand toute la terre s'efface et que commencent les grandes fêtes du ciel, c'est alors qu'il faut faire silence : chaque nuée qui passe là-haut est une vérité.

Et maintenant que les animaux sont rentrés à l'étable et que tous les habitants du village, selon l'instinct, s'étreignent l'un l'autre ou dorment en paix, maintenant que toutes ces petites personnalités sont fondues dans la grande vie de l'Univers, l'âme de la Nature se réjouit et dévoile toute sa beauté.

Comme la nuit est solennelle ! Il n'y a plus un être, il n'y a plus une chose, mais de grands espaces illuminés de lune.

Parfois des nuages passent sur la lune ; le vent agite les hautes cimes voilées ; des cris s'élèvent comme des prières.

Écoutons la Nuit !

Je ne sais qui rit et chante là-bas ; je ne sais qui sanglote. C'est une voix d'homme, c'est une voix de femme.

L'une dit : « J'ai l'or, la santé ; je puis me satisfaire à ma guise de vin et de caresses ; je suis heureux. »

L'autre gémit de la sorte : « Mon amant est parti, mon père me bat, mon maître me brise de travail ; ma vie est bien douloureuse. »

Pauvres petites voix perdues dans l'infini ! La mer, là-bas, n'interrompt pas sa plainte, le vent passe sans vous entendre.

Écoutons la Nuit.

Une voix s'élève du couvent avec le son des cloches et les hymnes nocturnes ; et c'est un cantique d'actions de grâces :

« Seigneur, fait-elle, mon corps est une plaie ; mon âme, tu l'as déchirée de mille chagrins : gloire à Toi !

« Seigneur, je n'ai pas un ami et je me suis éloigné pour Toi de Celle qui consolait mes jours : gloire à Toi !

« Seigneur, mes ambitions, je les ai foulées aux pieds, je ne désire plus rien : gloire à Toi !

« Car je me suis détaché du pauvre être que je suis pour rentrer et m'exalter en Toi, et voici que les hontes de mes blessures et toute la misère de mon âme ont disparu.

« Étoiles ! immensité du ciel et de l'ombre, comment pourrais-je penser à moi devant le Seigneur ! sa gloire désormais est la mienne et je le remercie de m'avoir élevé jusqu'à Lui. »

La voix douce monte vers la lune.

La voix douce, la voix de bonheur domine l'écume et les batailles de la mer. C'est peut-être toute la Terre qui chante et s'exalte en cette voix.

Le ciel s'illumine, des chœurs chantent dans notre âme purifiée.

Écoutons la Nuit.

XC

PAN ET SATURNE

J'ai vu s'avancer les Dieux étranges.

Sur la route infinie, sur la route que traversent les mille chemins du monde, j'ai vu s'avancer Pan et Saturne.

Saturne marche à pas lents ; il a la physionomie d'un vieillard boudeur et dogmatique ; il penche la tête comme sous le poids de l'expérience, mais en réalité à cause des fatigues de son âge ; ses paroles tombent dans sa barbe comme des oracles et son geste monotone a l'ennui d'un commandement.

Ah ! tout autre est son compagnon. Mais comment le définir ? Ses yeux reflètent tantôt des paysages graves d'étangs endormis, de moissons heureuses, tantôt des danses folles de sylvains et de bacchantes. Selon la lumière et l'ombre, il est blond et rose, noir et pâle, roux et bruni. Il a parfois la solennité du prêtre qui conduit à l'autel des foules religieuses, parfois aussi l'allure libre et gaie d'un jeune homme qui embrasse sa maîtresse un soir de fête.

Pan parle le premier :

— Saturne ? où est ta fille la Nuit, ta fille dont les yeux brillent comme de tranquilles étoiles dans l'ombre douce de sa chevelure.

Saturne répond :

— Je l'ai tuée.

— Et pourquoi l'as-tu tuée ? s'écrie Pan.

— Je l'ai tuée parce qu'elle n'était pas semblable à moi, parce qu'elle n'avait pas la beauté que je souhaitais pour elle.

— Et ton fils le Jour, qu'en as-tu fait ? lui qui, lorsque je le vis, courait dans les prairies aux hautes herbes et suivait les chasseurs sur les monts.

— Je l'ai tué aussi, continue Saturne.

Et comme Pan s'indigne et veut maudire le meurtrier :

— Oui ! je l'ai tué, reprend le vieillard, et j'ai tué aussi mon fils le Soir et ma fille l'Aurore, et d'autres que je ne me rappelle point, et d'autres dont je ne me soucie, car je veux que mes enfants reproduisent mes traits et mes formes, mon esprit et mon corps ; et ceux dont le type s'écarte du type que j'ai rêvé, je les voue au Styx, désirant ne plus jamais les revoir.

Alors Pan cria dans la lumière :

— Sois donc exécré parmi les hommes, dieu criminel, dieu stupide qui veux remplir l'Univers de ton être et égorges tes fils !

Pour moi, continuel voyageur que réjouit l'étreinte de tant de femmes, puissent mes descendants ne point se ressembler et perpétuer seulement la variété de mon désir. Comment, d'ailleurs, seraient-ils pareils à leur père, quand lui-même change sans cesse ? Ainsi le ciel a perdu les nuances pures, l'éblouissante clarté de midi, le voici en feu comme pour célébrer des noces barbares et bientôt ses torches s'éteindront, ce sera la grande pâleur crépusculaire, ce sera la douceur tendre de la nuit.

Ô Monde où toutes formes naissent et meurent pour céder la place à d'autres formes aussi magnifiques, je m'incline devant ta beauté infinie et je m'éloigne du ridicule vieillard qui t'a blasphémé.

Pan disparut à ces paroles. Peut-être se mêla-t-il à l'air, peut-être s'est-il enfoncé dans la forêt ou caché sous les eaux de quelque fleuve. Quant à Saturne, il continua sa route, le visage baissé, se heurtant contre les pierres et répétant, à haute voix, de lourdes sentences dont s'amusaient les hamadryades malignes qui babillent dans la paix du soir.

XCI

Que toutes les passions frémissent en moi !
Je veux aller dans les cavernes et sur les monts,
Je veux être saint et infâme ;
Je boirai aux amphores de vins précieux
Et aux auges des pourceaux.

Homme qui passes dans la rue,
Toi qui cours le long des maisons,
Toi qui lèves fièrement la tête,
Ô soldat qui vas tuer,
Ô amant qui vas embrasser,
Ô prêtre qui vas bénir,
Il me semble, quand je vous rencontre,
Rencontrer ma propre personne,
Comme on voit dans un miroir son image.

Proclamons la beauté de tout être vivant !
Rien n'est laid
Que la maladie et la mort ;
Rien n'est vice, rien n'est péché
Que l'effacement et l'humiliation
De ceux qui n'osent pas lever la tête,
Ni être eux-mêmes.
Cette terre est mon paradis,
Et mes héros et mes saints sont des hommes de la terre ;
Ils n'ont retranché de leur être aucune passion,
Mais toutes en eux déchaînèrent leurs tempêtes
Sans qu'ils en fussent ébranlés ;
Mes héros sont des hommes complets :
Ils n'ont pas besoin d'être des surhommes.

XCII
POUR VOLER LA MORT

Nos heures doivent être employées à voler la mort.

Des embrassements et du travail ; du travail et des embrassements ! – Toujours ! Toujours !

Car, vois-tu, il faut que ton intelligence, et tes sens, et tes membres soient usés à la fin de ta vie.

Si tu as une intelligence, tu tireras d'elle quelque chose de grand ; si tu n'as que tes bras, tu créeras avec eux.

Tu féconderas toutes les jolies, toutes les souriantes.

Et tu donneras ta pensée et ta parole, recevant de tous les corps, de toutes les intelligences, de tous les bras, de toutes les bouches.

Ô trésor de mon âme et de mon corps, je veux te grossir, puis te répandre à travers le monde.

Sommeil ! comme je rirai chaque soir de toi, quand tu viendras.

Ô Mort ! comme je rirai de toi, à mon dernier jour.

Quel beau tour je t'aurai joué !

Comment t'emparerais-tu de ma pensée, puisqu'elle sera par toute la terre.

Comment t'emparerais-tu de mon corps, puisque je l'aurai donné à tous et à toutes.

Même que deviendras-tu, ô Mort !
Quand l'Univers aura repris mon cadavre
Pour ses sublimes métamorphoses ?

XCIII

J'évoque le Paradis où je voudrais aller.

On y entend chanter les vers de tous les grands poètes, on y entend les paroles de tous les sages.

Là, les âmes étalent leurs rouages de passion ; là s'épanouissent toutes les fleurs ; là se célèbre, sous les lourds ombrages et parmi les claires feuillées, un carnaval de chants et de couleurs où figurent des oiseaux pourpre, vert ou azur.

Là, se découvre le monde de la Mer et le monde de la Forêt.

On voit l'avalanche se précipiter et entraîner tout dans la montagne ; on voit les orages et les fêtes de l'Océan, et les campagnes endormies, et l'agitation immense des cités.

Là, toutes les formes s'harmonisent aux yeux ; là, toutes les voix se fondent en une seule qui monte et s'épand comme un hymne de triomphe.

Et puis de mon paradis on ne distingue pas la vie de la mort ; on ne distingue pas le bien du mal.

XCIV
AUX LABOUREURS

À celui qui ensemence !
À celui qui nous donne le pain !
Au laboureur !

Ce mot de paysan que profèrent avec mépris
Les hommes des villes,
Je veux que ce soit un titre de noblesse,
Je veux qu'on l'ajoute maintenant avec orgueil à son nom.

Ô belle vie que cette vie passée
Parmi les bœufs du silence,
Et les troupeaux dociles aux riches toisons,
Et les chèvres capricieuses ;
Ô belle vie que celle de l'homme à qui les bois,
La terre, les oiseaux, les insectes
Révèlent quelque chose du Mystère,
Quelque chose de Dieu.
La grande paix de la nature est sur ces visages
D'amoureux et de travailleurs ;
La grande paix des choses est dans le vieillard
Qui s'en vient courbé par le sentier,
Et dans le regard de la petite gardeuse de moutons au coin
[des haies.

Aux veillées d'hiver,
Quand la résine à peine met une lueur
Sur les couples assis autour de l'âtre,
– Comme si les êtres devaient disparaître,
Maintenant que la tâche est achevée ; –
Aux veillées d'hiver, quand le feu à l'agonie
Gémit doucement dans le foyer,
J'aime la voix d'un autre âge
Qui conte les légendes
Et le grand voyage fait à la ville autrefois,
Tandis que les garçons rieurs et les filles bien hanchées
Deviennent soudain timides en se regardant.

Mais ils sauront profiter des chaudes journées d'été,
Entendre le conseil du soleil, du ciel pur, de la prairie embaumée,
Et répondre à l'invitation des haies
Et des frais ombrages.
— D'un bel élan, mon galant !
— D'une belle étreinte, ma promise !
Nous consommerons l'œuvre de chair,

Pour ensuite nous relever riants et pleins de bonheur,
Comme des êtres qui ne savent rien du péché.
Les laboureurs ne sont point faits, je l'avoue,
Pour attendrir quelque bas-bleu protestant,
Disciple de madame Eliot,
Ils fleurent fort la terre et le fumier
Dans leurs vêtements troués ;
Et parfois,
Comme ils ne connaissent point l'enseignement des pasteurs,
Et qu'ils ignorent l'Église du Salut,
Après les durs labeurs, – le dimanche,
Ils vident à grandes lampées
La cave de l'aubergiste
Et ne s'en retournent point droits au logis.
Ah ! il y aura, le soir, j'imagine,
Des filles mises à mal contre leur gré,
Et des femmes battues,
Et de furieuses contestations, des rixes sanglantes
Pour quelques sous,
– Car les laboureurs sont, après tout, des hommes ; –
Mais comme je ne fus point élevé par quelque révérend biblomane,
J'ai perdu tout à fait le sens de l'indignation.

Je les ai vus, dans la vieille église, agenouillés,
Sous le geste du prêtre qui élève le calice ;
Je les ai vus s'inclinant
Selon le rite voulu par la simple et obscure religion
De leur âme ;
Et cette adoration, cet oubli de l'instinct égoïste,
Un moment,
Cela suffit à me grandir ces hommes.

Paysans ! paysans ! c'est peut-être vous qui gardez les purs textes,
C'est peut-être en votre cœur qu'est inscrite la Loi,
Car vous ne vous révoltez point contre la Volonté de vie,
Ni contre vous, ni contre les autres ;
Vous acceptez le labeur, la misère et la mort.
Soumis aux caprices de cette Nature

Qui fait l'abondance ou la famine
Et se joue de l'existence des êtres.
Peut-être devons-nous apprendre de votre bouche la Vérité,
Car, mieux que dans les villes,
Vous la sentez palpiter dans les vastes labours.
Dans les prairies blanches de rosée,
Aux aurores parfumées du travail.

XCV
PENSÉES DE PLEIN AIR

Dans le jardin, à l'ombre des grands arbres, les mères regardent au loin le sable brillant où courent les robes légères et les petites jambes nues.

Gai bourdonnement comme d'abeilles ! Clair susurrement comme de la source dans la forêt verte.

Partout la fraîcheur et les rayons subtils et caressants qui se glissent dans les ramures et mettent des voiles de gaze dorée sur les feuilles aux tendres nuances.

Partout les chants des oiseaux revenus et la bonne odeur du printemps.

Les mères s'abandonnent à la douceur du jour et baisent ces petits fronts où perle la sueur, cette petite chair au parfum de renouveau dans les neuves étoffes.

Les mères rient avec ces rires gentils, zézaient avec ces zézaiements.

Moi qui n'ai rien à embrasser dans le clair jardin, je songe au profond mystère d'enfance :

À tout ce qui sommeille dans cette tête mignonne, à toute la beauté que contient cette robe.

Ah ! voici ce qu'ils ne savent point, ces impies qui se nomment savants, ceux qui nient le divin et la vie obscure du Monde.

C'est au jardin clair qu'on apprend le dernier mot du savoir, la suprême révélation de nature.

Tout ce qui pousse, s'élabore et se crée secrètement, sans la volonté des hommes, dans leur complète ignorance, et pour autre chose que leur vie.

La Pensée que je vois déjà briller dans ces yeux, je sais bien que nulles lois, nulles défenses, nuls obstacles ne l'empêcheront de venir illuminer le monde.

La Beauté qui se prépare sous cette robe de fillette, je sais bien qu'elle se développera, parviendra à sa maturité pour la joie et la souffrance des peuples.

Ô mères ! quand vous veillez sur ces petits êtres, vous êtes aussi peu vous-mêmes que les esclaves d'un tyran et c'est pourquoi je vous aime.

Ô femmes ! comme vous savez bien obéir aux ordres de la Nature, abandonner et briser tout pour votre beauté, pour votre amour, pour votre enfant.

Les législateurs et les moralistes qui n'ont jamais vu l'herbe des champs, les savantasses qui étudient le monde d'après des fleurs séchées, il faut qu'ils viennent tous dans le clair jardin de nature, pour apprendre que leur volonté est comme un aveugle qu'un autre conduit et que la sève et l'instinct se passent du consentement des peuples pour leurs magnifiques créations.

XCVI

LE CHEVRIER

Sur l'âme simple du chevrier
Les heures du jour et de la nuit,
Sans l'effleurer, passent doucement ;
Vienne l'Été aux lèvres aimées d'Apollon
Et des Grâces souriantes,
Vienne l'Été avec sa corbeille :
— Sois bienvenue, dit-il, porteuse de joie, porteuse de roses !
Et si l'Hiver s'en vient, cheminant lent et silencieux
À travers la vaste plaine,
Il le salue aussi d'une bonne parole :
— Tu arrives à ton heure, sois bienvenu,
Ô Père des longs sommeils.

L'âme simple du chevrier
Se réjouit parmi ses chèvres barbues ;
Il est le confident de leurs caprices,
Il les regarde dévaster la haie,
Ou tranquillement rêver l'une contre l'autre dans le sentier plein
[d'herbe.
Quand le troupeau est renfermé dans l'étable,
Et que du ciel noir la Nuit descend d'un vol rapide
Sur le royaume immense de la neige,
Seul devant le feu odorant des pins,
Il songe aux mois vert et or de l'été.

Il songe surtout à ce jour
Où, à un ami ayant confié son troupeau,
Il se dirigea vers cette ville
Dont on lui avait conté mille merveilles.

Le soir était de soleil et de brumes d'or
Quand, du chemin qui contourne la montagne,
Il aperçut la ville au milieu de la vallée.

L'ombre l'emplissait déjà d'une solennelle tristesse,
Les hauts sapins descendaient les revers de la montagne
Et y mettaient une forêt de ténèbres ;
Mais en face les monts brillaient encore,
Et les nuages en passant y laissaient traîner leurs ailes sombres ;
Au loin, des monts et des monts s'étageaient à l'infini,
Vêtus d'azur et de bleu pâle,
Ou couronnés d'une neige éblouissante.

Les petits toits se groupaient au milieu de la vallée,
Comme les moutons peureux qui rentrent à l'étable ;
Nulle rumeur ne parvenait au chevrier :
Sans les fumées bleues qui s'élevaient des cheminées,
On eût dit que la ville était morte.
On lui avait énuméré les splendeurs de cette cité
Où étaient rassemblées tant d'existences,

Mais à la vue de ces maisonnettes au milieu des montagnes
Il fut plein de mépris.
Et puis il craignait de montrer sa personne à des étrangers,
Jaloux de son orgueilleuse solitude.

Il pensa à ses chèvres délaissées,
À son chien dont le long poil venait cacher les yeux ;
Il pensa aussi à son foyer désert
Où l'on n'entendait point le chant d'une douce voix
Ni les gais piaillements d'une marmaille.

— Je suis heureux, je suis heureux, songeait-il,
Et je ne désirerais rien
Que d'avoir au foyer une amie
Comme la ménagère de Pierre-Jean.

Il ne regarda plus les maisons ni les clochers
Et reprit la route qu'il avait suivie le matin ;
Déjà l'ombre enveloppait les monts
Et les pics se teignaient de rose.

Il marcha, il marcha, mais la nuit et le froid
Vinrent le trouver au milieu de la route,
Et comme il passait devant une maison aux claires fenêtres,
Illuminées par un grand feu,
En lui s'éleva une voix
Qui lui disait d'entrer.
Il frappe, on lui ouvre, et sur ses paroles,
Voici qu'auprès du foyer
Une vieille femme et une jeune fille l'invitent à prendre place :
Qu'il soit le bienvenu à l'heure du dîner !
Qu'il goûte à la soupe fumante dans l'assiette à fleurs !

Avec la soupe ils mangèrent l'amitié
Et s'épanchèrent en souvenirs et en récits.

Chaque parole nouvelle les liait plus étroitement.
Et de son vol triste et souriant
Le Passé planait sur leur causerie.

Le chevrier aimait la voix de la vieille femme,
Mais il lui semblait, quand elle parlait,
Entendre une autre voix :
C'était celle de la jeune fille aux yeux clairs,
Aux yeux joyeux ;
Comme il l'eût aimée, si elle lui avait dit : Je t'aime !

Elle allait et venait dans la maison,
Promenant partout sa robe
Que l'on devinait bien fournie de chair jeune et savoureuse.
Que l'on voyait accuser les formes belles d'un corps robuste ;
Elle allait et venait, mettant tout en place.
Et – peut-être pour cacher son trouble –
Faisait grand tapage.
Quand elle rencontrait le regard du chevrier,
Aussitôt elle baissait les yeux,
Mais ses lèvres ébauchaient un sourire.
Cette nuit-là, sous le toit de son hôtesse,
Tout près du lit de la jeune fille,
Le chevrier coucha, mais il ne dormit point :
Il regardait briller dans les ténèbres
L'image charmante qui ne devait plus le quitter.

Oh ! quand il fallut partir le matin,
Comme il attacha son regard sur elle,
Pour l'emporter dans son rêve !
Comme il lui serra la main
Pour la brûler de son amour !

L'enfant avait ses yeux clairs et riait doucement au matin.
Elle ne sut point dire au revoir comme la vieille,
Elle ne fit point de geste d'adieu,
Mais quand, une fois sur le chemin,

Il se retourna vers la maison,
La jeune fille était encore sur le seuil de la porte
Et le regardait s'éloigner.

De retour chez lui le chevrier
Ne vit ni ami, ni chien, ni troupeau,
Mais seulement les yeux clairs de la jeune fille.
Le soir même il serait retourné la voir,
S'il n'avait eu, avec l'amour, la peur de son désir.
Il craignait qu'elle le méprisât,
Et tout le jour il se désespérait
À cause de la lâcheté de sa passion.
Enfin, en une aube de fraîche lumière,
Lorsque les brumes matinales
Comme d'une ceinture de plumes de cygne
Entouraient la montagne,
Il s'achemina vers la maison de l'amie,
Espérant peut-être entendre d'elle
Une parole de tendresse.

Il marcha de longues heures sans fatigue ;
Il marcha sans rien regarder
Que la douce image au fond de son âme.

Il arrive ! Il arrive ! Son cœur bat bien fort
Lorsqu'il frappe à la porte,
Mais il a beau frapper et appeler,
Cette fois-là nul ne lui ouvrit.

Il revint chaque jour
Durant une semaine,
Espérant voir s'ouvrir
La porte de son bonheur.
Enfin un casseur de pierres qui l'avait déjà remarqué,
Lui cria du chemin :
— Que cherchez-vous ? Depuis longtemps
Cette maison n'est plus habitée.

Les gens qui vivaient là sont partis,
Ils ont quitté le pays,
Nul ne sait où ils sont allés.
À ces mots le chevrier regarda l'homme qui lui parlait,
Et devint pâle ;
Il sentit ses genoux fléchir et tout son corps trembler,
Mais il ne dit rien ;
Et les jambes molles, privé de force,
Sans penser à rien il s'en retourna chez lui.

En entrant, il se jette sur son grabat ;
Il pleura et pleura toutes ses larmes ;
Son chien regardait ses yeux rouges
Et s'attristait avec son maître.

Il pleura des mois et des mois ;
Il ne s'occupait plus de ses chèvres ;
On le voyait se frapper la tête contre les arbres,
Animé d'un grand désir de mort.

Maintenant le fer de la douleur s'est émoussé,
Laissant seulement son âme meurtrie
D'une tranquille tristesse.
— Maintenant, dit-il, que viennent les jours
Du printemps et de l'automne,
Je n'attends plus rien et reste calme,
Puisque déjà j'ai bu en une fois
Toute l'amertume de la vie,
Mais tant que je pourrai me souvenir,
J'aurai des heures qui me seront douces.

Au coin du feu, les soirs d'hiver,
L'été, par les chemins d'ombre verte
Et devant les monts,
Je songe à Celle que je vis une fois
Et qui m'a pris mon cœur pour toujours.

XCVII

SAINT FRANÇOIS D'ASSISE ET LA FÉE

Pour obéir à un ordre du Ciel, Saint François dut quitter ses chères grottes de la Verna. – Douce nuit de verdure au-dessus de sa tête, ombre fraîche des rochers parmi lesquels s'épanouissaient, comme des fleurs de pureté, des sureaux éblouissants de blancheur, de quel regret se sentit blessé son cœur quand il fallut vous abandonner ! Il délaissait ces ténèbres d'amour où se reniant lui-même, tout son être s'abîmait dans la contemplation de son Dieu ; il allait vers le jour et les visions terrestres, afin d'enlever une âme aux maléfiques influences qui l'égaraient.

Une Fée habitait un vaste château du voisinage. Soumise aux esprits de destruction et de méchanceté, elle était, disait-on, adonnée à des œuvres sacrilèges et martyrisait, on ne sait en quel but, ces animaux auxquels François témoignait tant de tendresse. Mais sa haine poursuivait aussi les hommes. Nul ne pouvait voir ce corps onduleux et fort, ni contempler ces yeux où dormaient toutes les beautés de la terre, sans être brûlé d'un amour d'autant plus funeste qu'elle restait insensible. Elle paraissait avoir hérité des héroïnes du passé toutes leurs grâces : avant l'audace et la splendeur d'Hélène, le charme lascif et la cruauté d'Hérodiade ; selon les heures, vierge pudique ou obscène courtisane.

Quelque peine qu'éprouvât François à se rendre chez la Fée, il n'hésita point, car il s'agissait d'augmenter le nombre des serviteurs de Dieu.

Après une nuit de prière et de paisible sommeil, comme le jour commençait à poindre, François s'était éveillé et il s'était aussitôt préparé à partir.

Dès qu'il eut franchi le seuil du couvent et quitté cette nuit des cavernes où le Seigneur lui apparaissait, il fut comme ébloui par la douce clarté du crépuscule.

Au loin les monts bleus étageaient leurs masses obscures, les moissons étaient encore couvertes d'une ombre pâle, d'épais nuages blancs demeuraient suspendus au-dessus de la vallée, mais les oiseaux chantaient déjà dans l'air frais du matin.

François acclama la lumière naissante et l'astre endormi à l'horizon dans un fleuve de sang ; il sourit à la rosée de l'herbe et aux verdures humides, puis dit adieu à la Verna, sombre en ce moment avec sa forêt de sapins et de hêtres.

Sa frayeur s'était enfuie comme la nuit, il ne redoutait plus la Fée, toute son âme s'épanouissait.

Il suivait le sentier pierreux, s'avançant parmi les rocs énormes que la tempête avait roulés çà et là, et sa marche était pleine de joie, car il ne se sentait pas seul.

Mais voici, comme il passe devant de massifs châtaigniers au lourd feuillage, une jeune femme vêtue de blanc qui lui fait un signe : c'est la Fée. Elle a deviné sa venue et, courtoise, est allée au devant de lui.

François aperçoit des boucles blondes, des lèvres fraîches et souriantes ; il baisse vivement les yeux et, très troublé, s'avance vers la jeune femme.

— Doux ami, dit la Fée, pourquoi ne me regardes-tu pas ?

— Ah ! madame, répond le saint, c'est que vous êtes belle, et je craindrais d'oublier pour vous mon Sauveur.

— Mais, doux ami, pourquoi regardais-tu tout à l'heure le ciel, et les arbres, et ces montagnes lointaines ? Tu devais craindre aussi que la vue de tant de merveilles troublât ta mystique contemplation.

— Madame, dans le ciel, dans les arbres et sur les monts, je voyais Dieu, tandis qu'en vous, hélas ! réside le Malin, fort de tous ses artifices.

La Fée part d'un grand éclat de rire qui consterne François.

— Doux ami, si tu me trouves belle, c'est que Dieu est en moi. Dieu est dans toute beauté, dans tout ce qui remplit de bonheur une âme humaine, dans tout ce qui satisfait le corps de l'homme sain et l'intelligence du sage.

— Je sais, dit François, que vous avez le don de déguiser à merveille l'erreur et le mensonge, mais, avec l'aide de Dieu, j'échapperai à vos ruses. Touché de compassion pour l'état de votre âme, je viens justement, au nom du divin Crucifié, essayer de chasser la haine de votre cœur et vous rendre digne du bonheur céleste.

À ces paroles, une tristesse voile le visage de la Fée.

— Je n'ai pas le droit, réplique-t-elle, d'aspirer au bonheur céleste. Je suis comme toi, doux ami : un être de quelques années.

— Il est vrai, répond le saint, que nous ne demeurerons pas longtemps sur la terre, mais nous ressusciterons pour une vie plus glorieuse, du moins ceux d'entre nous qui auront suivi la loi d'amour que Jésus est venu apporter aux hommes – ceux qui auront renoncé aux vaines richesses de ce monde.

— François, sans le savoir, tu t'enivres de songes superbes ! Tu donnes ta vie à conduire à l'orgueil qui la pousse vers des sommets inaccessibles et lui assigne un but illusoire. Soyons plutôt fidèles aux instincts qui chantent en nous : nous serons fidèles à la Nature. Acceptons les heures avec toutes leurs tempêtes, et quand, au soir des difficiles journées, le soleil rit sur la colline, ne détournons pas les yeux, car la douceur de ce rayon, c'est peut-être toute notre récompense.

— Je m'afflige, madame, à cause du Seigneur que vous insultez par vos discours, à cause aussi de votre conversion dont – si j'avais moins de foi – je pourrais désespérer. Je vois bien, hélas ! qu'il me faudra plus d'un jour pour vous ramener à la vertu ; je voudrais cependant, sinon changer votre cœur, du moins l'émouvoir de compassion pour les victimes que vous avez faites. Il y a quelques jours encore, deux jeunes gens se sont battus pour vous ; deux princes jeunes et courageux, destinés à une noble existence, unis jusque-là par une profonde amitié. On a trouvé l'un couvert de sang à la porte du château familial et il a expiré quelques instants après. Quant à l'autre, il traîne une vie si malheureuse qu'il vaudrait mieux pour lui qu'il fût mort. Son père, tout en larmes, est venu me prier de dissiper la dangereuse illusion qui obscurcit son âme. Je m'adresse donc à vous qui êtes l'unique cause de son mal : brisez le charme qui enchaîne à vous cet enfant.

— Ah ! il n'y a ni charme ni magie. Je ne suis qu'une pauvre femme ! Mais la Nature m'a faite, sans que j'y puisse rien, un instrument de mort. J'ai vu des villes incendiées, j'ai vu l'horreur des champs de bataille jonchés de cadavres et des villages en ruines, parce que mes amants, afin de me rendre plus heureuse, tyrannisaient leurs peuples… Je ne puis pourtant pas me détruire, meurtrir ma chair, me raser la tête et crever ces yeux qui enflamment les hommes !

— Si, ma sœur, vous devez vous sacrifier pour secourir vos semblables.

— Mais je ne suis pas toujours malfaisante. Comme les fleuves qui inondent et fertilisent, si je ruine, en même temps je relève et glorifie. Que d'êtres ternes et lassés ont senti, près de moi, tressaillir en eux une âme nouvelle ! De combien d'images de beauté ai-je enrichi le monde ! Si les strophes des poètes s'envolent riantes et musicales, si le marbre prend des formes divines, si des hymnes s'élèvent dans les vastes nefs, si une immense activité met les villes en rumeur et développe toutes les énergies humaines, n'est-ce pas parce que je suis là pour féconder les esprits et consoler les cœurs, pour endormir, caresser et illuminer ! On accuse ma stérilité : on ne pense pas que je suis belle et on oublie tout ce qu'a créé mon regard. Le monde ne peut se passer de moi. Que serait le printemps sans mon sourire ?

— Ma sœur, votre égoïsme et votre orgueil sont si abominables qu'ils m'arracheraient des malédictions. Vous attribuez à une pauvre créature mortelle ce qui n'est dû qu'à Dieu. Ma sœur, sachez-le : vous n'êtes qu'une main que Quelqu'un mène.

— Doux ami ! Tu viens de dire la vérité, et c'est parce que ma main n'est point libre que je ne me déteste point.

— Ma sœur ! ma sœur ! Si vous acceptez ma parole, si vous n'êtes pas aussi éloignée de la bonne route que je le pensais, oh ! humiliez votre chair de pécheresse ; que les orties déchirent votre corps ; c'est à force de souffrances que vous sentirez la joie du saint amour.

— Mon ami, je ne meurtrirai pas mon corps, car j'ai à préserver sa beauté.

— Hélas ! j'espérais en vain vous convertir. Vous voyez que votre vie est funeste et vous ne voulez pas la changer ! Ils ne m'avaient donc pas trompé, ceux qui vous appelaient l'ennemie de tous les êtres et racontaient que vous assouvissiez votre haine, même sur d'innocents animaux.

— J'ai tué, il est vrai, mais ce n'est ni par haine, ni par cruauté. Je cherchais les secrets de la vie. Ne suis-je pas la Fée ? Il me fallait créer, et tu le sais bien, que l'on ne crée qu'en détruisant.

— Ah ! vous êtes l'esclave du démon ! Vous êtes à jamais fermée aux pures extases de l'Amour.

— Doux ami ! doux ami ! L'Amour embrase mon âme comme la tienne, mais si tu t'effaces devant les créatures, je dois, au nom même de cet Amour, préserver ma personnalité. Ne crois pas pour cela que je sois égoïste. À ma beauté, à ma pensée en qui Dieu rayonne, j'ai sacrifié mes jours. Que suis-je moi-même ? Le brin d'herbe où brille la rosée, le flot aux mille rayonnements ! Pensée d'une vie qui ne m'appartient pas et que dirige une volonté supérieure. Des âmes viennent rire, viennent mourir en moi ; des êtres viennent grossir ma vie de la leur : c'est qu'elle a besoin elle-même d'être riche pour se prodiguer à toutes. La tâche et les fonctions des êtres ne sont pas semblables. Les uns sont seulement de petites bouches enfantines, altérées de lait, d'autres sont comme des mères qui doivent manger pour leur enfant. Mais sais-tu quelle lassitude m'accable de rester toujours moi-même quand je voudrais si bien, comme toi, m'oublier et m'anéantir !

....

Tandis qu'ils parlaient, les grands brasiers rouges à l'horizon s'étaient éteints ; le ciel resplendissait d'un bleu pur et le soleil montait, épandant partout une chaude lumière.

François s'agenouilla, chantant la gloire de Dieu qui visite et illumine toutes les choses de la terre. La Fée était partie, mais comme elle passait devant une fontaine, elle ouvrit son manteau, dénoua sa longue chevelure et elle se mirait dans l'onde claire.

XCVIII

LE SATYRE

Il ne dansera plus aux fêtes rustiques !
Il ne chantera plus ses chants d'amour,
Bondissant de ses pieds agiles,
Dès que le soleil rouge surgit de l'horizon,
Heureux de fouler l'herbe fraîche,
Ivre de brise odorante et d'espace.

À sa venue jadis,
Les nymphes demandaient une cachette aux eaux chastes ;
Les dryades, aux épais feuillages ;
Mais, aux midis brûlants d'été,
Plus d'une fois il surprit
La courbe d'un dos charmant :
L'ingénue se mirait dans la fontaine,

Plus blanche que la fleur du nénuphar,
Plus claire que l'onde,
Avec ses cheveux comme gerbes de Cérès
Pour la vêtir et la couronner,
Plus d'une fois aussi, dans une retraite de feuillage
Il emporta une chair jeune et palpitante ;
Une chair furieuse qui se débattait dans ses bras :
Seins fleuris, fesses glorieuses
Que ses mains caressantes durent meurtrir,
Mais dont la révolte s'adoucit à son baiser.

Sa flûte à présent soupire pour lui seul
À l'entrée des cavernes,
Car maintenant que sa barbe est blanche et que les rides
Couvrent sa face,
Il redoute pour sa plainte tendre
Et pour ses yeux où brille encore l'amour,
L'éclat de rire d'une jeune fille.

Mais son chant triste et doux s'élève vers le ciel :

« Je ne sens plus, dit-il, octobre,
Ni la pureté fraîche des cieux d'automne,
Et les feuilles tombées obscurcissent en vain
Le miroir glauque des étangs.

Toutefois je songe que peut-être
Je ne reverrai plus le fin duvet des branches
Aux verdures prochaines ;
Et qu'un matin bientôt un berger en passant
Trouvera mon corps glacé parmi les feuilles.
Mais je suis sans crainte quand le soir gagne les hautes cimes
Et je m'habitue à l'ombre.
Derrière les haies je me cache le jour,
Pour ne pas effrayer de mon vieux visage
Les enfants aux joues d'aurore.

De loin je suis leurs jeux, et leurs rires
Réjouissent ma solitude ;
Ce soir, par un trou de ma caverne,
J'ai regardé sur le gazon
La lutte amoureuse d'un jeune couple.

Ô Nuit ! garde-les de ton ombre propice.

Mon âme déjà se mêle aux âmes qui s'éveillent. »

XCIX

Laissez toutes les fleurs se mêler dans les corbeilles ;
Laissez toutes les passions embraser les âmes ;
De l'Univers je ne veux rien retrancher
Et j'admirerai chaque chose.

Laissez les riches à leur insouciance ;
Les pauvres à leur espoir de conquérir ;
Les couples s'étreindre avec colère,
Et les peuples féconder la terre de leur sang :
N'interrompez point la lutte de tous les êtres.

Laissez la courtisane travailler à sa beauté
Et se parer pour la consolation des hommes,
L'allégement des heures de peine et de travail ;
Laissez la mère s'absorber dans l'avenir
Et mettre son âme dans ceux qui sortiront de son ventre ;
Laissez les Dominateurs imposer leur joug
Et ceux qui n'ont point de personnalité
Tendre leurs poignets aux chaînes de servage.
Laissez la Fortune, comme une capricieuse,
Voler de mains en mains,
Embrassant ceux qu'elle méprisait naguère
Et piétinant ceux qu'elle acclama.

Laissez les lois ; laissez les rébellions ;
Laissez les mœurs et les moralistes.
Je veux jusqu'à mon dernier jour admirer
L'infinie variété des êtres,
Et comme la Nature varie incessamment ses types.

Je veux jusqu'à mon dernier jour crier de toutes mes forces
Que le bonheur et la beauté ne sont point dans le sommeil,
Ni dans un repos confortable,
Mais dans l'effort, le travail et les combats,
Que de la guerre sort la guerre,
Et que rien n'aspire à la paix ;
— Circulation du sang, révolution du globe.
Transformation, succession des êtres,
Création et destruction :
Le mot du monde est Mouvement.

C
CHANT DES NOUVEAUX PIRATES

Le ciel est clair ; la mer étincelle ;
Le vent souffle…
Dans le port notre navire
Se balance,
Se balance et nous invite,
Comme une femme qui remue les hanches
Voluptueusement.

Puisque nous avons le vent pour nous,
Partons ! partons ! par ce ciel clair,

Et bravons la mer tumultueuse,
Et montons-la et domptons-la.
Fendons la mer ! Fendons l'écume !
À pleines voiles !
À pleines voiles !
Nous ne craignons pas la tempête ;
Nous nous soucions peu des nuages à venir et du vent ;
S'il faut périr, qu'importe !
Nous n'avons pas peur de la mort ;
Mais si nous avons la vie,
C'est pour l'étreindre !
C'est pour l'étreindre !
Fendons la mer ! Fendons l'écume !
À pleines voiles !
À pleines voiles !

Nos âmes étaient d'antiques arsenaux
Où depuis des ans,
Depuis des ans,
Mille énergies se rouillaient ;
Mais nous avons fourbi et fait luire nos épées,
Et nous les levons pour qu'elles brillent,
Pour qu'elles brillent
Au grand soleil de la mer.

Nous n'avons pas peur des vaisseaux ennemis,
Et le cœur confiant,
Nous chevauchons la vague ;
Ah ! depuis si longtemps qu'elles sont enfermées,
Nos énergies sont impatientes !
Comme elles veulent jaillir au dehors
Parmi l'écume, parmi le sang !
Puisque nous ne sommes pas rois ici,
Nous allons vers des terres lointaines,

Vers des conquêtes,
Batailler pour le butin
Et notre sacre ;
Nous voulons régner ou bien mourir,
Nous, les pirates insoumis.
Que le sang coule !
Que le sang coule !
Peu importe lequel.
Fendons la mer ! Fendons l'écume !
À pleines voiles !
À pleines voiles !

À MON LIVRE

Ô petit livre de mes soirs que j'ai caressé et dorloté comme mon enfant, maintenant que je t'abandonne au bruit humain, que je te lance dans la foule, où vas-tu aller, quel esprit va t'embrasser ou te maudire ?

Qui pourrait prétendre intéresser les hommes ? Voyez ces passants qui vous heurtent et vous bousculent. L'un va à sa luxure, l'autre à son travail, un autre à son argent : tous sont indifférents. Quelle pensée va se mettre en travers de leur chemin pour que leurs yeux la boivent du regard, pour que leur esprit la presse et la couronne.

Ô mon livre, je n'ai pas peur, je crois au travail mystérieux de la pensée ; et l'insouciance pas plus que la clameur momentanée des peuples ne m'effraie.

Il suffit qu'au fond d'une province perdue, dans quelque ville endormie, ou sur un quai abandonné, il suffit que, par hasard, un inconnu feuillette distraitement tes pages ensevelies dans la poussière et dans l'oubli, il suffit qu'un seul homme te connaisse pour que mon travail n'ait pas été vain.

Connaissez-vous l'origine de vos pensées, savez-vous d'où elles viennent ? Alors pourquoi souriez-vous des livres que ne lit pas le public ? Les livres que ne lit pas le public font leur chemin comme les autres ; ils entrent le soir, furtivement, comme des ombres, dans les maisons qu'on croyait fermées, et lorsque les êtres reposent sans crainte, ils s'approchent d'eux, doucement, ainsi que des voleurs. Ils enlèvent de leur cerveau les pensées caduques, les préjugés pourris pour mettre à la place leurs neuves pensées, de sorte que le lendemain les dormeurs, en se réveillant, s'étonnent de ce rajeunissement spirituel et se demandent qui leur a pris leurs vieilles croyances.

La pensée vole d'une intelligence à une autre intelligence avec la parole, avec le livre, avec l'action. C'est comme la pièce d'or que l'on passe de main en main. Où va-t-elle aller ? Quelles actions va-t-elle produire ? J'assiste à des assassinats, je vois à l'infini des rires, des pleurs et des étreintes, des joies immenses, d'immenses douleurs, parce qu'un mot fut dit par hasard quelque jour.

Ô mon livre ! je ne crains pas pour toi, car tu es venu à ton heure, non comme une plante de serre chaude, mais comme l'aubépine de la haie que fleurit le printemps. Et je ne m'épouvante point de tes doctrines : j'ai mis seulement de nouvelles paroles au chant antique qu'on avait oublié ; tu ne célèbres rien de plus que le soleil, la pluie et les saisons, comme les livres des divins païens qui te précédèrent.

Ah ! qu'un beau rut agite les bois et les cités ! Que le travail du monde s'active encore et que les sources des fleuves soient révérées !

Venise, 1892. – Naples, 1893.

FIN

EXAMEN

Nec magis id nunc est, nec erit mox quam fuit ante.

Tout homme doit avoir une double vie : d'une part la vie restreinte et faite de fonctions spéciales de son individu ; d'autre part la vie immense, contemplative et désintéressée de sa pensée. L'action des hommes n'est point inutile, elle a seulement un autre but que celui qu'ils ont en vue, mais ils doivent agir, s'ils veulent être comptés comme facteurs de l'humanité. Les incertitudes et les sourires du sceptique sont, à certains moments, aussi coupables que l'aveuglement volontaire et les basses complaisances de l'ambitieux. Aux intellectuels de l'heure présente la tâche incombe de soutenir, même avec colère, la cause de l'Intelligence et de sa résultante : la Volonté. Aussi, alors que tous se tournent vers la pitié, et – disons le mot – vers la lâcheté, alors que tous désertent les hauteurs de l'Esprit pour s'abaisser à la populace, j'ai jugé utile de pousser un cri d'alarme, j'ai cru qu'il fallait, pour maintenir l'équilibre de la barque, que certains se jetassent du côté justement opposé, c'est-à-dire avec la virilité et l'aristocratie spirituelle. Les mouvements des peuples ont leur raison, mais le devoir des penseurs est de les arrêter au point où ils pourraient devenir dangereux. Au milieu de cette vie vertigineuse et égoïste du second empire, Michelet et Hugo, prêchant pour les misérables, défendaient vraiment la cause du Monde. Aujourd'hui que ce qu'il y avait à soutenir – les intérêts des travailleurs pauvres – a été défendu (les réformes suivront d'elles-mêmes), il est temps de s'opposer à cette effroyable confusion qui est en train de se faire dans tous les cerveaux, du bon sens et de la folie, de la misère inhérente à des êtres méprisables et de celle qui résulte uniquement de conditions fâcheuses et momentanées.

À combattre pour des idées qui me sont chères, je n'ai pu cependant m'oublier tout à fait moi-même, car un homme a beau essayer de retrouver l'essence des choses, il n'abandonne pas pour cela sa nature, et sa vision de l'Univers demeure fragmentaire et spéciale : ainsi les étangs ne réfléchissent point le vaste ciel, mais seulement quelques nuages et parmi les roseaux de leurs rives. Du moins, toutes les fois que cela m'a été possible, me suis-je élevé jusqu'à ces hauteurs sereines où l'on dépose les armes et déchire ses enseignes, où n'étant plus d'aucun parti, d'aucune association, on assiste au combat comme un dieu qui n'en peut voir que la beauté. Si, sur ces sommets, des cris vous parviennent, vous ne les séparez point de la rumeur qui vous environne et ils ne troublent en rien la suite de vos raisonnements ni votre contemplation. Mais qu'au milieu du tumulte, il devienne nécessaire d'affirmer les vérités qu'on a mises en oubli, vous délaisserez un instant votre poste d'observation et viendrez les proclamer dans la mêlée, d'une voix assez forte pour dominer la bataille. J'ai agi de la sorte. Devant l'assaut que le néo-christianisme livre à la morale naturelle, devant l'attaque de ces autres négateurs de la vie : les révolutionnaires modernes, j'ai dû crier et en haussant le ton l'enseignement des

Sages, nos ancêtres ! Toutefois on se tromperait en attribuant à une haine qui serait d'ailleurs absolument anti-philosophique, la violence de certains de ces chants. Par exemple, j'affirme n'avoir jamais voulu toucher à la séduisante image que les catholiques se sont faite du Christ, mais Jésus est un fantôme, qu'à travers les contradictions des Évangiles chacun crée à sa façon. Il apparaît aux uns avec la figure charmante qui inspira aux saints leurs plus beaux cantiques, aux autres comme un esclave affamé d'humiliation, à d'autres enfin, monstrueux comme un Moloch et plus semblable à un bourreau qu'à un justicier[1]. C'est seulement à ce Dieu de meurtre et de sacrifice, toujours prêt à venger ou à réparer des torts imaginaires que s'adressent mes malédictions. Je ne connais pas d'image plus immorale que celle d'un crucifix, nulle qui proscrive avec autant d'âpreté la satisfaction des instincts légitimes, nulle qui nous ordonne comme elle de renoncer à ce sentiment de la vie que la Nature a voulu nous inculquer, nulle aussi qui, en étalant devant nous le spectacle de la laideur, de la souffrance et de la mort, nous dégoûte plus complètement de tout ce qui doit nous soutenir et faire notre force dans l'existence. Aussi, sans vouloir prendre à partie une religion qui, avec les siècles, s'est humanisée jusqu'à devenir absolument différente de ce qu'elle était à sa fondation, j'aurais désiré la purifier des éléments empoisonnés qu'elle contient encore et auxquels des esprits superficiels prétendent attribuer maintenant des vertus merveilleuses. Comme des vieillards qui retournent en enfance, certains écrivains de notre temps, d'ailleurs parfaitement incrédules, n'ont-ils pas jugé élégant de célébrer ce qu'ils appellent « les vertus chrétiennes » et ce qui fut en effet l'apanage des esclaves que groupa le christianisme à ses origines : la paresse, la haine de la beauté, de la pensée, des énergies humaines, la révolte aux ordres du prince et autres vices de populace. Je n'ai donc pu laisser plus longtemps cet abominable symbole de la Croix dans le petit temple où, comme les Romains de la fin de l'Empire, les dilettanti de notre époque ont coutume de réunir les statues des dieux auxquels ils témoignent de

1. L'art croyant, c'est-à-dire celui des premiers peintres italiens, d'Orcagna, de Cimabue, de Lorenzetti, et celui des primitifs allemands, est plein d'épouvante, de douleur, de haine de la vie. Au contraire, à mesure que la société redevient païenne, c'est-à-dire humaine, les peintres animent les corps et les visages, y mettent la passion, le mouvement, la beauté. Voyez les charmantes vierges de Botticelli et de Lorenzo di Credi, voyez aussi les attitudes passionnées de Luca Signorelli.

la sympathie. L'esprit de sévérité du christianisme est tout opposé à ce bel esprit d'indulgence qui nous charme chez les Anciens. Si les « Pensées de Pascal » et « l'Institution chrétienne » sont vos livres de chevet, il est inutile de dire que vous aimez Lucrèce et Virgile, que la beauté des statues grecques vous a enthousiasmé et que vous avez compris Spinosa. Condamnez tous les siècles de l'art et de la pensée – vous êtes d'ailleurs près de le faire ! – et allez chanter le Dies iræ dans les cimetières !

Pour moi, si je n'estime point qu'on puisse imposer aux hommes une pensée juste, autrement que par la persuasion du livre, il me semble que le désordre intellectuel où se cherchent les esprits est une conséquence du désordre social qu'on remarque partout. Les gouvernements peuvent arriver par des voies très diverses à régir les milliers d'appétits qu'ils représentent et – ce qui importe principalement – à réaliser une grande œuvre, mais il faut d'abord qu'ils existent. Or, si l'émeute est si forte aujourd'hui, c'est que républiques et monarchies sont également misérables. Le tyran que j'appelle dans mon livre, ce n'est point l'aventurier qui bouleverserait tous les états, voyez plutôt en lui le rêve d'une autorité réelle, d'un homme qui veuille sans faiblesse et sans transaction. Les pleurnicheurs à visage de femme, les femmes déguisées qui se composent de grosses voix, tels sont les deux éléments de la société moderne, cruelle sous des apparences de charité, aussi vite disposée à répandre des larmes que du sang. Le héros à qui je songe ne connaît point les crises d'hystérie, seulement il sait frapper, quand l'heure l'exige. Ce n'est encore qu'une figure idéale, mais l'idéal parfois se réalise, et mon utopie ne vaut-elle pas celle de ces gens qui aspirent à la désorganisation complète comme au bien suprême ?

Certains artistes me reprocheront de ne pas les suivre dans leur tour d'ivoire et de me mêler aux luttes du forum. Est-il donc possible, leur répondrai-je, si l'on est un homme, de s'arracher aux passions de son temps ? Quel écrivain digne de ce nom ne s'est pas uni à son siècle pour l'acclamer ou le maudire ? Le plus beau poème des temps modernes « La Divine Comédie » n'est-il pas plein des passions ardentes d'une cité et d'une époque ? Et cependant j'avoue que j'eusse désiré naître en des jours plus calmes et qu'il m'eût été plus doux de vivre davantage parmi les rêves glorieux et tranquilles des siècles. Mais j'ai été jeté au milieu d'une tourmente : avant donc de manger à l'écart les fruits du repos, il convient de bâtir au moins pour moi une maison d'abri, et de la fortifier contre la tempête.

Contraint de mêler aux pensées de la solitude celles qui naissent durant la lutte, j'ai choisi comme moyen d'expression une prose d'un rythme spécial, plus lyrique que ne l'est la prose ordinaire et n'ayant pourtant pas la forme précise et musicale de notre poésie. Le vers classique, qui exige la simplification et la synthèse, se fût mal accommodé de la plupart des sujets que j'avais à traiter et, alors qu'il pouvait me convenir, j'ai dû également le délaisser pour conserver à mon livre une certaine unité rythmique. Toutefois je ne voudrais point que l'abandon d'une forme consacrée par des œuvres admirables fît croire chez moi à quelque ridicule dédain. Ayant à exprimer des idées toutes particulières, je me suis cru autorisé à user de rythmes libres, mais, dans la majorité des cas, le vers classique demeure l'instrument préférable et, comme l'ont prouvé les maîtres de notre poésie, il est aussi souple et varié que l'âme humaine.

Sous ce costume plus simple et qui ne la déguise point, peut-être ma pensée s'offrira-t-elle mieux à ceux que j'aime et qui me donnèrent ou me donneront la leur un jour. Puisse du moins ce livre – c'est mon dernier souhait – ne pas être un solitaire ; puisse-t-il venir comme l'annonciateur d'une morale noble et humaine, d'une beauté respectueuse du Passé et confiante dans l'Avenir : « Ayant écarté le brouillard pluvieux – chante un chœur d'Aristophane –, regardons les formes immortelles – et que nos yeux contemplent l'immensité de la Terre. »

JUGEMENTS ET TÉMOIGNAGES

Jean Lorrain, *Le Journal*, 11 octobre 1896

« C'est sur le *Mercure de France* que la nuit me trouvera penché, très allumé, je l'avoue à ma honte, sur le roman un peu scabreux de M. Hugues Rebell.

La Nichina, oh ! l'amusante peinture de la Venise galante et débauchée du dix-huitième siècle (*sic*) que cette histoire d'une courtisane vénitienne racontée par elle-même, au milieu d'un décaméron de moines paillards et de jeunes prostituées, dans le cadre élégant d'une villa maritime. Et le curieux intérieur que ce palais de cardinal romain, mauvais poète et somptueux Mécène de peintres et de sculpteurs, vivant là en compagnie d'artistes, d'abbés intrigants et de moines illuminés parmi les fresques d'un fou de génie, les objets rares, les tapisseries et les belles armes, avec ses perroquets et ses chiens ! Et l'équivoque et délicieuse idylle des deux pages du prélat, la Nichina, petite fille déguisée en garçon, et son cousin Guido, favori trop aimé du fastueux nonce, tous deux au service de ce très italien personnage.

Ce sont des duels, des rapts, des enlèvements, des querelles, des émeutes et des meurtres même et parfois des baisers tachés de sang, des substitutions de sexe et de personne, des scènes de chapelles et de bouges, des exploits d'entremetteuses et de ruffians, tout cela dans une atmosphère passionnée, sensuelle et joviale que je recommande à mon ami Henry Bauër, fervent lecteur des *Mémoires* de Casanova, dont M. Hugues Rebell a pour ainsi dire poétisé et précisé les personnages… et le cadre. »

Maurice Barrès, *Le Journal*, 11 septembre 1897

« Dans la dédicace si bienveillante que vous faites à l'un de nos amis, vous affichez votre dessein de décrire une période de Venise “odieuse aux professeurs d'esthétique et de morale protestante”. Bien que les temps de votre fiction ne soient pas autrement désignés, on voit tout de suite que vous peignez un temps postérieur au quinzième siècle, car vous avez rejeté bien loin le précepte de Vinci et de ses prédécesseurs, que les femmes doivent “faire paraître beaucoup de retenue et de modestie et qu'à cet effet l'artiste doit les représenter les genoux serrés”. Il vous a plu, au contraire, que votre Nichina desserrât les genoux, et je ne m'étonne pas que votre livre soit daté de Mantoue. Certainement vous étiez en visite chez Jules Romains ; au palais de Té, son Jupiter caressant Junon vous autorisait à des audaces que vous avez dépassées… On jugerait mal, aujourd'hui, une famille parfumée par un grand saint, comme fut la maison de Gonzague, et qui jouerait sa partie avec un jeu de cartes présentant les figures qu'on voit sur les murs de cette demeure. On ne comprendrait plus que d'estimables prélats murmurassent leurs *vobiscum* au milieu des fresques licencieuses des villas charmantes de la Vénétie.

Les courtisanes, les libres cardinaux, les moines effrontés, les gentilshommes que vous tirez de dessous les dalles funéraires où ils reposent depuis la Renaissance ont perdu leurs rapports avec nos mœurs… Je soupçonne d'ailleurs que, vous autorisant de la veine flamande, sensible à Venise, vous introduisez dans vos tableaux quelques postures de Kermesse ; et certaines choses défendues que vous nous laissez voir appartiennent plutôt à des villageoises canailles qu'à des déesses impudiques. Quoi qu'il en soit de la pureté de leur race, vos héros étonnent notre goût moderne, que vous trouverez peureux ; vous qui faites profession de libre individualisme et de je ne sais quelle cruelle et hautaine aristocratie, vous êtes dans votre logique en admirant ces bêtes puissantes qui gâchent des forces, de la jeunesse et des richesses ; mais s'ils nous scandalisent, nous n'avons pas tort. Pourquoi aurions-nous des compréhensions archéologiques ! Pourquoi donnerions-nous raison à la Nichina, à la Petanea, au frère Arrivabene qui, eux-mêmes, se sont découragés à vivre ? Imprudents et incompréhensibles, ils sont pareils à ces sphinx qui lèvent encore un front impénétrable et une croupe effrontée au milieu des sables et des tombeaux.

S'il vous plaît, mon cher Rebell, de vivre une vie complète – et je le crois, car vous êtes un homme de goût – vous accepterez plus tard d'introduire un élément moral dans votre esthétique : il me semble que c'est le développement normal d'un esprit ample et qui saisit chaque jour des rapports plus nombreux entre l'œuvre d'Art et la Société. Alors, causant entre sénateurs, vous aurez au moins quelque excuse à donner à votre *Nichina*. Je vous engage simplement à dire avec Eudore, le païen converti des Martyrs : "Peut-être est-il des climats dangereux à la vertu par leur extrême volupté." Il ajoutait que Naples, théâtre préféré de ses égarements, fut bâti sur le tombeau d'une sirène. Votre livre est une pivoine odorante, poussée sur le tombeau des belles promeneuses de Murano et des ruffians disciples de l'Arétin.

Je vous suis obligé de m'avoir fait respirer des émanations d'une période vénitienne que, dans mes promenades, je n'avais pas évoquée, autant que je fais à vous lire. Je comprends que vous vous égayiez l'esprit à renouveler ces extrêmes libertés de mœurs : un tel déchaînement donne l'illusion d'une force de la nature, et de telles somptuosités paraissent artistiques, comme les monuments qu'on élevait alors et qui cherchent à captiver l'attention par la surcharge décorative et par des contrastes inattendus. Mais, pour ma part, de ce puissant ensemble vénitien, autant vous l'avouer, ce ne sont point les parties splendides que je sens le plus vivement : non, pas même le Bucentaure au quai, les maisons peintes de fresques du Giorgione et dont les visiteurs émerveillés ont dit qu'elles étaient comme de grandes tapisseries tendues émergeant, ni les pièces superbes de velours que laissent traîner les gondoles dans leur sillage… Ces magnificences incontestables et de bon aloi me parlent sans me retenir, car dans Venise je vais vers les régions de la mort… »

Rémy de Gourmont, *Le II*[e] *Livre des Masques*,
Mercure de France, 1898

« En un temps où, petits plagiaires de Sénèque le philosophe, les agents de change, les avocats populaires, les professeurs retirés dans un héritage, les millionnaires, les ambassadeurs, les ténors, les ministres et les banquiers, où toute la "noblesse républicaine", hypocritement joyeuse de vivre, s'attendrit avec soin sur le "sort des humbles", au moment même qu'elle leur met le pied sur la nuque, en ce temps-là, il est agréable d'entendre quelques paroles de franchise et M. Rebell dire : "Je veux jouir de la vie telle qu'elle m'a été donnée, selon toute sa richesse, toute sa beauté, toute son élégance ; je suis un aristocrate." Cela ne signifie pas qu'insensible à toutes les souffrances naturelles il dédaigne le peuple (comme le bourgeois-type qui hait au-dessus de lui et même au-dessous) ; il l'aime au contraire, mais d'un amour trop raisonnable et trop élevé pour que le peuple en soit touché. Au pauvre monde que de stupides sermons ont incliné vers les satisfactions de la vanité et du civisme, il enseignerait volontiers la joie toute simple d'être un brave animal…

Des idées, il en est riche autant que le plus opulent des penseurs d'hier et d'aujourd'hui : il ne lui manque que de savoir les insérer plus solidement dans le cerveau de ses personnages. Ouvrir les *Chants de la pluie et du soleil*, c'est tomber dans une mine où l'on puiserait longtemps sans l'appauvrir… Le thème fondamental est la joie de vivre, d'être un homme libre, fier, qui ne songe qu'à accomplir son destin naturel, en aimant la beauté, en jouissant de tous les plaisirs des sens et de l'intelligence, et cela sans mesure, sans hypocrisie, avec une fougue ignorante de tous les ménagements et de toutes les morales…

C'est là qu'il faut, au moins provisoirement, aller chercher la vraie pensée de M. Hugues Rebell et ses vraies chimères. Cet écrivain est d'ailleurs apte à nous surprendre de plus d'une manière avec tout ce qu'il y a en lui de liberté d'esprit, d'imaginations audacieuses. Mais dès maintenant son originalité est visible et indiscutable : il est celui qui préfère le manteau de soie au fichu de coton, le tapis de pourpre au paillasson socialiste, la beauté à la vertu, la splendeur de Vénus nue aux "yeux funèbres de la pâle Virginité".

Il est aristocrate et païen. »

Jean Ernest-Charles, *La Revue bleue*, 12 juillet 1902, « De *La Nichina* aux *Nuits chaudes du Cap français* »

« Dans l'œuvre entière d'Hugues Rebell, c'est le même feu, la même fougue, la même frénésie. Qu'il nous conte, comme aujourd'hui, les aventures singulières des colons de quelque Saint-Domingue aux temps troublés de l'émancipation des nègres et d'abord des négresses, qu'il nous renvoie à l'heureuse époque où prospérait *La Nichina*, à l'époque plus lointaine encore, mais non moins heureuse, où les élégants de Rome s'amusaient à Baïa, qu'il déroule devant nos yeux éblouis les drames véhéments qui se développent dans les ombres incertaines de *La Camorra*, qu'il ressuscite les temps à peine morts du Second Empire et rappelle pour nous charmer les aventures un peu confuses de *La Femme qui a connu l'Empereur*, les qualités de Hugues Rebell sont partout identiques et partout excellentes, éminentes, exceptionnelles, j'allais dire admirables. Si je l'ai dit, je ne m'en dédis pas.

Rien n'est rare comme l'originalité. C'est d'ailleurs ce qui la rend originale. Hugues Rebell est original au plus haut point. Il l'est sans effort, et sans prétendre à l'être. C'est la meilleure façon de l'être. La seule.

Les œuvres de Hugues Rebell sont de merveilleuses psychologies en action. Les héros ne s'analysent pas, ils vivent. Et leur vie ne cesse jamais d'être intense et vibrante et furieusement agitée, quel que soit le temps où elle se déroule. Presque tous les livres de Rebell sont des romans historiques, beaucoup mieux, des romans de mœurs de tous les temps. Et, dans tous les temps, c'est l'amour qui divise et qui rapproche les hommes et les femmes. Et, dans tous les temps, les hommes et les femmes se livrèrent de grandes batailles amoureuses. Hugues Rebell est constamment émerveillé par ces surprenants combats. Et il les conte, les conte avec une infernale verve.

Cet écrivain habile, si habile à reconstituer les civilisations abolies, a le mérite suprême de montrer, par la similitude même de ses compositions d'histoire immorale, l'extrême variété de son talent. S'il se promène à travers les siècles, ce n'est pas, non ce n'est pas parce qu'il est plus facile de combiner des ouvrages qu'encadrent les décors éphémères d'un temps ou d'un pas. Il semble revivre lui-même dans les siècles qu'il ranime : il est perpétuellement un contemporain de ses héros. Et cette prestigieuse aptitude à devenir un homme de tous les temps est d'autant plus saisissante que Hugues Rebell dans tous les temps n'aperçoit qu'une passion unique : l'amour, et plus simplement, presque trop simplement, l'amour sensuel. L'œuvre d'Hugues Rebell commence à paraître comme une encyclopédie de l'histoire amoureuse de l'humanité antique et moderne. Elle pourrait être uniforme et monotone. Eh bien ! au moment qu'on se persuade que l'auteur n'a pu échapper à cette uniformité ni éviter cette monotonie, on est contraint de reconnaître que la variété de son talent ainsi que de son œuvre n'est à nulle autre pareille. L'œuvre totale de Hugues Rebell est un hymne à la beauté. Et pour ce précieux écrivain, qui a vraiment, ah ! oui, vraiment, le courage de son opinion, l'histoire intégrale de l'humanité se résout dans l'histoire de la beauté des femmes et se confond avec elle. Mais, en fin de compte, si les hommes ont de tout temps célébré avec les mêmes rites leur culte de la beauté souveraine et divine, et s'ils ont constamment abouti aux mêmes résultats, ils ont cependant, selon les époques, pris des chemins différents, voies directes ou routes détournées, pour aboutir à ces résultats. Et Hugues Rebell ne cesse jamais d'être un guide prodigieux pour nous conduire dans ces chemins séduisants et terribles. Décidément, Hugues Rebell est le plus grand poète de l'amour matériel et de la beauté palpable des formes féminines.

Mais ce poète est un guide très sûr, et pourquoi ? Non pas seulement parce que Hugues Rebell a tout lu des mémoires qui nous transmettent des témoignages décisifs sur la vie intime de nos plus véhéments aïeux. Et, certes, Hugues Rebell est un lecteur effréné, qui s'imprègne mieux que personne de ces lectures indéfinies. Mais il parvient, par un effort charmant d'imagination, à se transporter tout entier parmi les hommes qu'il veut peindre et recréer. De tous il est le contemporain, l'ami, le compagnon, le frère. Il les observe tour à tour avec une précision méticuleuse qui n'arrête nulle part l'élan radieux de son récit. Que dis-je ? On croirait qu'il s'observe lui-même, qu'il contemple sa propre vie agitée et vibrante, dépensée parmi d'amoureuses et tragiques complications et qu'il est tantôt un de ces oisifs raffinés de Baïa, ou même (voilà qui est grave) un de ces moines raffinés de la Renaissance qui frayaient l'exquise courtisane Nichina. Quoi encore ? On croirait que, mettant en pratique le plus sympathiquement et les plus opportunément du monde l'excellente doctrine de la métempsychose, il a pu émigrer d'un corps dans un autre et voyager de ce siècle-ci à ce siècle-là, et qu'enfin s'étant mêlé le plus possible à toutes les agitations humaines, ayant vécu dans son intimité la vie sociale de tous les temps, il a reparu de nos jours pour écrire, chapitre par chapitre, les mémoires de sa vie incessamment recommencée et toujours dévouée aux mêmes dieux ou, si vous préférez, aux mêmes déesses.

Et sans doute, il n'est pas de mémoires qui, en leur abondance, ne se prêtent à quelque confusion. Mais ici l'abondance est un charme de plus, car elle est sans prolixité, et la confusion même des détails rend plus sensible la clarté de l'ensemble. Et je vous assure que, même dans l'excès de ses récits ardents, il y a beaucoup de goût parce qu'il y a beaucoup de mesure. Hugues Rebell, d'ailleurs, est un écrivain si parfaitement artiste.

Son style élégant, enjoué, rieur, alerte, où tant de grâce délicate, tant d'ironie discrète et légère se mêlent à tant de couleurs et tant de vie, son style dont la précision même semble nuancée, à tel point qu'on ne saurait dire s'il aggrave parfois les audaces de la pensée ou s'il ne les atténue pas plutôt ; son style est d'un grand écrivain, mais d'un écrivain qui n'a pas besoin de se surveiller pour écrire admirablement, mais, au contraire d'un écrivain qui voluptueusement s'abandonne à l'ivresse d'écrire… Je n'en sais pas aujourd'hui qui ait plus de verve naturelle, et qui soit davantage un écrivain-né. À noter que tous les charmes du style semblent s'ignorer et que jamais ces grâces ne se contorsionnent pour qu'on les voie mieux. On se laisse aller d'abord au charme de lire ; et le charme se prolonge avec la lecture et par elle se multiplie, et c'est lorsqu'on a tourné, tourné les pages de ces livres copieux, qui néanmoins semblent brefs, qu'on se demande par quel sortilège on a pu se croire transporté dans un monde enchanté d'où on retombe si brusquement sur la terre, et c'est alors, alors seulement, qu'on se demande si, à l'heure actuelle, Hugues Rebell ne serait pas le premier des conteurs français.

Le premier et presque le seul.

Auteur ample et somptueux et savoureux, dont l'imagination fertile se déploie en phrases luxuriantes et s'épanche en des récits d'aventures étonnantes et pourtant réelles, dont l'enchevêtrement éblouissant montre mieux la simple vérité. Hugues Rebell est de sa génération le seul écrivain peut-être qui ne cherche pas l'originalité dans la bizarrerie laborieuse et, enfin, le seul écrivain assurément qui ne soit pas, ainsi que les autres, un disciple impatient de l'être, mais le restant par incapacité d'être autre chose. »

Paul Léautaud, *Journal littéraire*

« *16 mars 1905*

Appris ce soir, au Mercure, la mort d'Hugues Rebell, survenue hier ou avant-hier. Un bel esprit, fin, curieux, très raffiné. À propos de mon article sur Stendhal, je lisais dernièrement un livre récent de lui : *Les Inspiratrices de Balzac, Stendhal, Mérimée*. C'est fait avec des livres, et cependant tout l'esprit un peu hautain de Rebell y paraît, plein de séduction.

Un curieux individu aussi, sorte de sadique, de corrompu à l'excès. Je le vis pour la dernière fois l'année dernière, traversant la rue Corneille. J'en demeurai stupéfait. Le Rebell d'autrefois, assez corpulent, avec son visage d'abbé du XVIIIe siècle, était devenu un homme maigre, courbé, avec le masque, tout à fait, du Voltaire de Houdon, la démarche vacillante, s'appuyant sur une canne, sénile et ravagé à la fois. Il avait bien mis cinq minutes pour traverser la chaussée de la rue Corneille. Une certaine maladie probablement, des façons de faire l'amour anormales à l'excès, la ruine de sa fortune, tout cela avait dû l'amener là.

Quelqu'un disait ce soir au Mercure, c'était van Bever : “Encore un qui aurait pu avoir une belle carrière, etc., etc.” Je ne pus m'empêcher de répliquer ce qui est vrai, à mon sens : "Il a fait mieux qu'écrire et laisser une belle œuvre. Il a été un individu curieux, d'une vie étrange, singulière, et avec les circonstances de sa vie, on pourra écrire une biographie pas ordinaire, surtout à notre époque." Rien que les circonstances de sa mort, étant donné l'homme qu'il était, je les trouve pleines de beauté. Ruiné, poursuivi par ses créanciers, par certains êtres louches, compagnons de ses débauches, qui sans doute cherchaient à le faire chanter – malade, devenu un vieillard, le mot n'est pas exagéré, il avait quitté son appartement, disant à son propriétaire : "Je m'en vais, vous ferez celui qui n'en sait rien au juste… Je vous laisse tout ce qui est là-haut (ses meubles, et le reste de ses collections) pour vous payer de ce que je vous dois. Gardez-moi le secret." Il était allé vivre au Marais, dans une chambre, sous un faux nom, avec sa bonne, qui était en même temps sa maîtresse, paraît-il. Il ne sortait jamais que le soir, la nuit, pour prendre un peu l'air, ayant ainsi plus de chance de n'être pas rencontré et reconnu. Il y a quelques jours, il prit froid. Dans l'état où il était, cela ne traîna pas. On le rentra. Son frère qu'on prévint, arriva, le fit transporter à l'Hôtel-Dieu, où il mourut tout de suite. Hier, je crois, on a emmené son corps à Nantes, d'où il était, je pense, et où il sera enterré. Je le répète : cela, cette mort, dans le mystère, le vice, et la pauvreté, je le trouve plein d'une sorte de beauté. Presque la même mort qu'Oscar Wilde, un autre dandy aussi, un autre encore de ceux qui vivent en marge de la société, les meilleurs, les plus doués, les plus intéressants. Aucune pose de ma part ici : je suis vraiment, au plus profond de mon esprit, séduit, conquis, ému par le relief que comportent de tels individus, de telles existences.

Je veux noter tout de suite quelques anecdotes que j'ai entendues ce soir sur Rebell.

À une époque, il avait une collection de femmes chez lui. Donc, aucune tranquillité d'esprit. Alors, quand il avait à travailler, sans prévenir, il s'en allait habiter, le temps qu'il lui fallait, une chambre d'hôtel chez Foyot, dont il ne sortait pas, où personne ne le savait que son éditeur, et sous un faux nom. Il avait le goût du mystère, et souvent il lui arrivait de s'évader, de fuir ses amitiés, ses relations, etc.

J'ai dit qu'il était excessivement pervers. Ainsi, il avait une chatte. Il s'était mis à la masturber. Si bien qu'à la fin, cette chatte ne le quittait plus. Cela alla bien quelque temps, puis cela assomma Rebell. La chatte n'en était pas moins exigeante. Ce fut alors le valet de chambre qui dut s'occuper d'elle. Quand elle se montrait amoureuse, Rebell appelait le valet de chambre : "Jean, lui disait-il, masturbez la chatte" tout comme il aurait dit : "Jean, donnez-moi mon chapeau." Et le domestique remplissait son office, avec un crayon taillé soigneusement à cet effet.

Il paraît qu'il avait été ruiné en partie par suite des vols de son domestique. Il lui remettait, ne s'occupant personnellement de rien, tout l'argent nécessaire pour solder ses dépenses, et celles-ci étaient grosses. Le domestique prenait l'argent, et ne payait rien. À la fin, l'argent s'épuisa, et les créanciers se révélèrent.

Ce que cet homme a dû souffrir, depuis quelques années. Il faut laisser les imbéciles dire que c'était de sa faute. »

« *Jeudi 18 mai 1916*

J'ai eu l'idée, hier soir, de relire quelques pages d'un livre d'Hugues Rebell, le seul que j'ai de lui, *Les Inspiratrices de Balzac, Stendhal, Mérimée*. Cela m'a amené à parler un peu de lui à Vallette tantôt. J'ai déjà noté pas mal de choses sur Rebell au moment de sa mort. Je note ce que m'a dit aujourd'hui Vallette. Il se peut que cela fasse double emploi avec mes *Notes* précédentes et que je ne me rappelle plus très bien. Il se peut aussi que cela les complète. D'abord, le vrai nom de Rebell : Grassal, je ne sais pas l'orthographe exacte. Ensuite, ce que m'a dit Vallette, qu'il n'était pas, comme écrivain, d'une honnêteté irréprochable, vendant plusieurs fois, c'est-à-dire à plusieurs éditeurs à la fois, le même ou les mêmes livres. Vallette me disait que Rebell a bien raté, par sa faute, l'affaire de *La Nichina*, par sa manie d'ajouter sans cesse à ce qu'il écrivait. Le texte paru dans le *Mercure* était déjà sensiblement plus fort que le texte dans le manuscrit accepté. Quand la publication dans le *Mercure* fut terminée et qu'on allait aussitôt faire le volume, Rebell demanda qu'on attende un peu, voulant ajouter de nouveaux chapitres. Le livre était déjà très demandé par les libraires. Les augmentations de Rebell ajournèrent la publication en volume à plusieurs mois. À ce moment-là, on avait un peu oublié *La Nichina*. Au dire de Vallette, le volume publié sitôt après la publication dans le Mercure, c'était une vente de 15 000. On ne dépassa pas 5 000.

Quand Rebell voulait travailler, il quittait son domicile et venait s'installer chez Foyot. Son domestique, resté chez lui, lui apportait chaque matin son courrier et avait mission de répondre, chez lui, aux visiteurs, que Rebell était en voyage. Ayant un jour à parler affaires avec Vallette, il l'invita à dîner chez Foyot, dans un petit cabinet bas de plafond, et non pas assis en face l'un de l'autre, mais à côté l'un de l'autre, ce qui les obligeait à se tourner un peu chacun pour la conversation. Tout ce dîner d'un cérémonial parfait. Vallette disait tantôt : "Quand il avait à me parler, il arrivait toujours aux mauvaises heures, par exemple à midi passé, et ne savait pas s'en aller."

Morisse m'a dit que Mme Faure-Favier sait pas mal de choses sur Rebell. Il paraît qu'elle l'a beaucoup vu dans ces derniers temps, quand il était dans la plus grande pauvreté, s'occupant de lui procurer de l'argent en demandant çà et là à des gens. Elle a été le voir plusieurs fois chez lui, du côté des quais, vers Notre-Dame, je crois, dans une sorte de logement où il n'y avait que des livres, sans aucun meuble. Il paraît que Rebell vivait là, tout nu dans une sorte de toge, ne possédant plus le moindre vêtement.

Il y a un portrait de Rebell par Jean Veber qui est tout à fait Rebell, je le rappelais tantôt à Vallette. »

Henri Mazel

« Il se dressait parmi nous plein d'enthousiasme pour la force, pour toutes les forces, plein de mépris pour toutes les faiblesses et ayant au cœur deux haines formidables, le christianisme et le socialisme. »

Kléber Haedens, *Une histoire de la littérature française*

« Le grand méconnu de cette époque est le romancier Hugues Rebell (1867-1905). On a comparé *La Nichina*, histoire d'une courtisane vénitienne de la Renaissance, à l'*Aphrodite* de Pierre Louÿs. Le livre de Rebell, avec ses filles aux yeux sombres, ses poètes, ses moines, ses capitaines maures, ses vieilles comtesses corrompues et ses prélats assassins, est d'une ardeur bien plus vive. Barrès parlait à son propos d'une "pivoine odorante poussée sur le tombeau des belles promeneuses de Murano". Dans *Les Nuits chaudes du Cap français* nous respirons le poivre et le muguet. On pourrait dire de ce livre ce que Rebell dit d'une jeune esclave dont les grosses lèvres entrouvertes "donnent à la fois l'idée d'un fruit suave et d'une gueule venimeuse".

Mort à trente-huit ans après avoir mené une existence assez secrète, Hugues Rebell a voulu jouir de la vie "selon toute sa richesse, toute sa beauté, toute sa liberté, toute son élégance…” Ce jeune homme venu de Nantes posait sur le monde un regard si franc et si hardi qu'il faisait rougir les auteurs de son époque. “Le devoir d'un écrivain, disait-il, n'est point de critiquer les instincts, de reprocher aux tigres leurs griffes et aux hommes leur égoïsme, mais de détruire peu à peu indirectement par des tableaux de nature cette fascination qu'exerce encore sur quelques-uns une morale caduque faite pour d'autres peuples et d'autres temps.” Si l'on cherchait un précurseur à la littérature moderne, c'est Hugues Rebell qu'il faudrait désigner. »

Pascal Pia, *Le Magazine littéraire*

« L'œuvre de Rebell romancier est tout imprégnée d'une sensualité qu'il serait inexact de dire dévoyée, étant donné que la cruauté n'est pas moins naturelle à l'espèce humaine que la patience ou l'esprit de soumission. Ce qui est particulier à Rebell, c'est le caractère obsédant de son érotisme. »

« Tout porte à croire qu'autour de Rebell persistera toujours une brume mêlée de noir. Comme Gilbert, il a pris soin de mourir en avalant sa clef. »

Jean Dutourd, *Le Point*

« Hugues Rebell est une des grandes injustices de la postérité. Le nom de cet écrivain devrait être dans tous les dictionnaires, son œuvre citée dans toutes les anthologies. »

Frédéric Vitoux, *Le Nouvel Observateur*

« On connaît de ces mots qui enchantent, de ces mots dont la magie semble relever désormais des seuls sortilèges du roman. Celui de “courtisane” par exemple, qui vient immanquablement à l'esprit dès que l'on prétend évoquer Hugues Rebell. Il faut dire que les femmes mariées ne l'intéressaient pas ; elles n'ont pas d'histoire. »

François Rivière, *À suivre*

« Rebell s'avère un manieur de texte peu orthodoxe, mêlant les descriptions minutieuses de ses propres tourments amoureux à une évocation non moins scrupuleuse et luxuriante des paysages de sa dramaturge. En somme, il crée l'épopée amoureuse de cette fin du XIXe siècle, époque un peu hébétée encore par une trop longue abstinence en matière de fantasmes. »

Roland Stragliati, *Le Monde*

« Le corps et le sexe se donnent là une fête effrénée, qui se voudrait sans in et dont l'impudeur, ou mieux, l'a-pudeur fascine. »

Gérard-Humbert Goury, *Le Matin*

« Hugues Rebell est décidément un amoureux du sexe féminin. Un adorateur même qui prie sur un autel que la bienséance m'interdit de nommer ici en toutes lettres. »

Gustave Le Rouge, « Sur Hugues Rebell »
(in *Verlainiens et décadents*)

« Hugues Rebell, de son véritable nom Grassal de Choffat, appartenait à une très ancienne famille bretonne d'armateurs et de banquiers.

Il était de Nantes. Son aspect déconcertait au premier abord : les épaules carrées, le front vaste, les mâchoires puissantes, il offrait un singulier mélange d'audace et de timidité.

Bien qu'il fût toujours vêtu de complets bleu marine ou noirs, d'une coupe de haut style, il avait l'air gauche, embarrassé de son allure, de cette gaucherie de ceux qui ont passé de longs mois enfermés avec leurs livres et ne vivent que d'une vie toute cérébrale. Quoique habillé par un tailleur de Londres, il paraissait toujours mal mis, comme si ses vêtements fussent sortis d'un magasin de confection ou de la boutique d'un tailleur de province, et cette impression que j'ai eue très nettement, la première fois que je l'ai vu, tenait sans nul doute à l'hésitation de ses gestes. Il se comparait parfois lui-même au hibou de Minerve qui, arraché aux bienfaisantes ténèbres de la méditation, devient la risée de la populace, ennemie de la sagesse et de la pensée, sous le cruel soleil. Il est certain qu'à la nuit close, il prenait un tout autre aspect, il n'était plus le même. Son hésitation disparaissait, il devenait autoritaire et parfois arrogant. Il donnait des ordres en homme qui se sait le droit de commander.

Rebell m'a toujours fait songer à ces évêques qu'a dépeints Anatole France et qui, de passage à Paris, s'habillent en civil avec de longues redingotes noires, mal seyantes, pour assister furtivement, au Théâtre-Français, à quelque représentation de Corneille ou de Molière. Toujours rasé "sous la peau", le teint très coloré, il évoquait aussi ces capitaines de navires qui, après avoir passé de longs mois en pleine mer, se trouvent tout à coup dépaysés quand ils mettent le pied sur la terre ferme. Je crois ces notations exactes car il y a dans l'ascendance du romancier quelques prélats et beaucoup de marins. D'ailleurs envers ceux qui n'étaient pas de ses amis, il était très distant. Il avait une manière à lui de repousser les avances des gens qui lui déplaisaient.

L'auteur de l'*Union des trois aristocraties* était un aristocrate né.

Avec son masque aux méplats puissamment modelés, ses lèvres minces, son menton énergique, son front très haut, il ressemblait à certains de ces consuls ou de ces dictateurs dont on peut admirer les bustes au Musée du Vatican.

— Avec votre chevelure blonde, qu'une raie partage en deux, vous avez tout à fait l'air, lui disait un jour un de ses amis, d'un empereur romain qui aurait vécu dix ans à Londres et serait – naturellement – membre des clubs les plus chics.

— Oui, répliqua Rebell avec son fin sourire, d'un empereur romain qui serait obligé de gagner sa vie en écrivant des romans…

De fait, il y avait chez lui quelque chose d'un Néron ou d'un Vitellius. Je n'ai jamais connu personne qui fût aussi formidablement doué pour jouir des plaisirs des sens, de ceux de la table et des autres. C'était le plus délicat appréciateur de la grande cuisine et de la beauté féminine. Il prétendait, avec assez de vraisemblance, qu'à ces deux points de vue, neuf sur dix des hommes étaient des eunuques.

*
* *

Hugues Rebell professait un véritable culte pour la splendeur du corps féminin, dont il avait fait une étude passionnée dans tous les musées de l'Europe, et aussi – il en convenait avec ce demi-sourire qui donnait à sa physionomie une expression singulièrement mystérieuse – d'après la nature elle-même. Cette admiration presque maladive et qui allait parfois jusqu'à l'aberration, jusqu'au délire, éclate dans toute l'œuvre du romancier, c'est pour ainsi dire, sous cette unique inspiration qu'il a écrit ses plus belles pages.

[…] Dans la rue, si une belle femme venait à passer, Rebell s'arrêtait net au milieu d'une phrase, devenait muet de saisissement et restait immobile, comme en extase, en suivant du regard l'inconnue, jusqu'à ce qu'elle eût disparu dans la foule. Au café, au restaurant, où qu'il se trouvât, une sorte d'intuition lui faisait découvrir tout de suite celle qui possédait le profil le plus pur, la taille la plus harmonieuse et ses yeux ne pouvaient plus s'en détacher.

Cette adoration très païenne de l'éternelle Vénus, après avoir été une des sources de son inspiration, devait être plus tard la cause de sa perte. Comme ces profanateurs, frappés de la foudre, pour avoir osé pénétrer le secret des sanctuaires antiques, Rebell est mort dans la fleur de sa jeunesse et de son talent, pour avoir voulu contempler de trop près l'inexorable et radieuse déité.

Cette religion des belles formes était chez lui un perpétuel souci et dans son cabinet de travail il possédait les moulages de quelques-unes des œuvres les plus parfaites de la statuaire grecque.

Tout ce qui touchait à l'amour l'intéressait passionnément. Il avait réuni à grands frais les gravures de certains érotiques du XVIIIe siècle et sa bibliothèque contenait une rare collection de romans et de poésies du même genre, les sonnets de l'Arétin illustrés par Marc Antoine y figuraient à côté de certaines planches de Rops, de certaines gravures de Rowlandson et de Boucher et de reproductions de certaines pierres gravées du Musée secret de Naples.

Les ennemis du romancier ne manquaient pas de le comparer au marquis de Sade, mais il est juste de reconnaître qu'il était enthousiaste de toute espèce de beauté, sous quelque forme qu'elle se présentât : un opulent coucher de soleil, un beau poème, un paysage aux nobles lignes le plongeaient dans le ravissement. Il n'a peut-être pas existé un homme d'une sensibilité d'impression aussi exquise, et qui fût si facilement ému par le spectacle de la beauté pure.

*
* *

Hugues Rebell était né avec les dons de l'intelligence et de la richesse qui contribuent d'ordinaire au bonheur des hommes. Doué d'un réel génie, presque millionnaire, déjà connu de tous les poètes de talent, il entrait dans l'existence par une avenue ombragée de lauriers d'or. La fortune l'avait gâté, la gloire lui souriait et pendant quelques années il a été un véritable grand seigneur de lettres.

Fuyant les gens officiels aussi bien que les camaraderies faciles, il menait une existence délicieuse, toute de travail et de plaisir, entouré des plus rares livres qu'il avait pu trouver en France, en Angleterre et même en Allemagne. En 1901 sa bibliothèque était évaluée à plus de soixante mille francs, somme considérable alors. C'était un érudit, si laborieux que pendant des semaines il lui arrivait de ne pas descendre dans la rue, si scrupuleux qu'il lisait tout, même les romans de cape et d'épée dont le style est le moins recommandable. Inlassablement, il prenait des notes, traduisait ou jetait le plan de ses œuvres futures.

Mais chaque hiver, pour se reposer de ce labeur excessif, il partait pour Venise ou pour Valence, où il s'installait pour plusieurs mois avec un grand souci du confortable ; une partie de sa bibliothèque le suivait, son appartement était retenu télégraphiquement plusieurs jours à l'avance dans un excellent hôtel. En arrivant il trouvait son couvert mis dans un salon particulier, la table doublement parée de fleurs et de flacons poudreux et, souvent, quelque belle fille qu'il n'avait jamais vue, mais qu'il avait commandée, par télégramme, comme le dîner, l'attendait en souriant. Jamais personne certainement n'a vécu pour son plaisir d'une façon aussi savamment calculée. Pendant tout l'hiver, Rebell battait les bibliothèques, les musées et même les mauvais lieux. Puis il s'enfermait quinze jours ou un mois pour écrire, plongé dans le travail jusqu'au point d'en perdre le manger et le boire. C'est à Venise qu'il a écrit les pages si délicatement passionnées de *La Nichina*.

On a raconté de lui des histoires monstrueuses, des scènes de débauche dignes de l'antique. On a dit qu'il avait été la proie de bandits, de courtisane et de maîtres chanteurs. Nous n'ajoutons pas beaucoup de créance à ces histoires. Rebell était surtout un grand enfant, aux poches pleines d'or et que la vision de la vie, le goût du plaisir extasiaient jusqu'à l'émerveillement. "Il avait, a dit de lui son ami René Boylesve, un amour ingénu pour toutes les créatures."

Rebell eut toujours un grand mépris de l'argent, tant qu'il en eut, il le prodigua sans compter ; malheureusement pour lui, il n'avait pas été à l'école de la dure nécessité, il se figurait que le million dont il s'était trouvé maître à sa majorité était un trésor inépuisable.

Chaque année, il dépensait une cinquantaine de mille francs – somme énorme pour l'époque – entamant son capital avec une magnifique insouciance.

— Quand je n'aurai plus d'argent, j'en gagnerai, disait-il, plein de confiance dans son talent.

Tout d'abord les événements semblèrent lui donner raison : *La Nichina* eut un gros succès de librairie, rapporta près de 40 000 francs. Les romans qui suivirent se vendirent moins bien. Un beau matin, Rebell s'aperçut qu'il était très pauvre, qu'il avait des dettes et qu'il lui fallait travailler beaucoup. Il était laborieux, mais l'existence fastueuse qu'il avait précédemment menée l'avait habitué à ne jamais manquer d'argent comptant. Il frémissait d'impatience quand un éditeur lui refusait un à-compte ou faisait mine de discuter ses prix. Enfin, il était tombé malade et lui, jadis si généreux, était obligé de calculer, de ruser, avec une foule de créanciers qui venaient le harceler. D'ailleurs ses soucis pécuniaires ne le troublaient pas énormément. Il avait foi en lui-même et dès qu'il avait touché quelques billets de mille francs, il redevenait l'insoucieux et prodigue Rebell de naguère.

C'est à cette époque troublée que je fis sa connaissance. À ce moment il cherchait un collaborateur capable d'entreprendre avec lui des romans d'imagination. L'astucieux Schilt de Monclar qui nous avait présentés l'un à l'autre avait si bien préparé le terrain, que dès la première entrevue, nous nous entendîmes parfaitement. La collaboration commença la même semaine.

*
* *

J'habitais alors un modeste appartement de trois pièces situé 1 *bis*, rue Lacaille. Rebell demeurait au numéro 35 du boulevard des Batignolles. Somme toute, nous étions voisins. Le romancier prit l'habitude de venir assez souvent déjeuner chez moi. Certes ma table n'était pas aussi somptueuse que celle des palaces de Venise, mais comme j'étais, ainsi que lui, féru de bonne cuisine, je tâchais qu'il ne regrettât pas trop ses splendeurs. Parfois même – Rebell nous comparait alors certains personnages de l'honnête Belge, Paul de Kock – il daignait venir faire le marché avec moi, avenue de Saint-Ouen. Il découvrait là un monde tout nouveau pour lui et quelquefois, en observant le sourire d'une petite marchande à la voiture qui se moquait de ses gestes un peu gauches, il murmurait : "Cette petite rousse est charmante ! Des yeux de jade vert, une peau de lait !... C'est une merveille ! Dès que je serai redevenu riche, je lui achèterai de jolies robes et de beaux bijoux ! On verra bien ! je vais la noter sur mes tablettes !"

Il faut dire qu'il n'était pas exclusif, il professait la même admiration pour les brunes et pour les blondes et même pour celles dont les cheveux couleur de paille, presque blancs, encadraient une face toute rose, avec ces claires prunelles d'un gris bleu, couleur d'eau, qui sont l'apanage des femmes nées au bord de l'Océan.

Hélas ! le pauvre Rebell n'est jamais redevenu millionnaire, et les petites marchandes à la voiture, qui sont sans doute maintenant de grosses commerçantes, ayant pignon sur rue, avaient bien raison de se moquer de ce gros naïf de poète, aux épaules déjà un peu courbées, qui aurait eu grand besoin d'un peu de leur sens pratique.

[…] Enfin nous remontions à mon cinquième où la nappe était mise. Rebell, pour se concilier les bonnes grâces de la maîtresse de maison, n'arrivait jamais que chargé d'une gerbe de roses ou de chrysanthèmes qu'il offrait avec les gestes un peu maladroits d'un fiancé de village, mais il accompagnait ce présent, toujours bien accueilli, de ces phrases charmantes dont il avait le secret.

Pendant que le déjeuner se préparait, Rebell examinait mes livres ; furetait à droite et à gauche, très à l'aise, tout à fait chez lui. Schilt cependant déployait une activité fiévreuse, cherchant à se rendre utile de toutes façons : il épluchait les légumes, avec une dextérité dont il avait appris le secret chez les trappistes, il disposait les hors-d'œuvre "comme chez le cardinal, dont il avait été trois mois secrétaire", enfin il s'occupait à déboucher les bouteilles avec un zèle qui n'était nullement désintéressé.

Rebell, avec ses manières à la fois méfiantes et timides, sa parole hésitante, paraissait d'abord très quelconque, mais dès qu'on venait à parler de littérature, d'art ou de philosophie, l'homme se transformait, il devenait éloquent et la passion qu'il éprouvait pour tout ce qui est beau lui inspirait des phrases merveilleuses.

Schilt qui, près du romancier, jouissait à peu près des mêmes prérogatives que les fous à la cour des rois de France en profitait pour énoncer parfois de dures vérités.

— Il n'y a pas d'amis, déclara-t-il un jour, il n'y a que des complices, des gens qui ont les mêmes intérêts et les mêmes vices ; Barbey d'Aurevilly n'a-t-il pas déclaré, avec une douloureuse amertume : "Les amis, ce sont les gens sur le compte desquels on s'est trompé."

Rebell s'indigna :

— Si, répliqua-t-il, il y a des amis, ceux qu'on aime pour leur intelligence, pour leur beauté, pour le plaisir, ou seulement pour l'illusion qu'ils nous donnent, que ce sont eux qui nous aiment de façon désintéressée.

L'ancien moine haussa les épaules.

— Vous parlez comme dans vos livres, dont les phrases délicieuses sont comme des fleurs empoisonnées, comme ces fruits de la mer Morte dont les riches couleurs tentent l'appétit et dont l'intérieur est plein de cendres.

— Le seul, l'unique poison, riposta Rebell avec véhémence, c'est la vérité ! La laide et brutale vérité qui fait le malheur des hommes.

Après cette sortie, il demeura quelques minutes silencieux, puis, jetant un regard distrait sur les livres qui tapissaient les murs de la salle à manger :

— C'est tout de même beau les livres, murmura-t-il, cela meuble étonnamment.

Les livres, ce sont les seuls meubles…

*
* *

[…] Rebell a besoin d'argent. Il voudrait toucher le prix des romans, avant même qu'ils soient écrits, mais presque partout, il se heurte à la méfiance des éditeurs. Puis, son état de santé ne s'améliore pas, bien au contraire. Arthritique et même, du moins il en est persuadé, syphilitique, il souffre aussi beaucoup d'une gastro-entérite et tous ces maux combinés le rendent incapable d'aucun travail.

C'est à ce moment qu'il cherche des collaborateurs avec une espèce de rage, et qu'il fait écrire par Marius Boisson les amusants volumes publiés chez Carrington.

Cet éditeur singulier, successivement expulsé de France, d'Angleterre et de Belgique, s'était fait une spécialité des livres érotiques qu'il présentait d'ailleurs dans de luxueuses éditions, mais qui, en dépit de toutes ses précautions, ne tardaient pas à attirer l'attention de la police, qui compte, parmi ses membres, on le sait, nombre de bibliophiles très avertis.

— Carrington, disait Rebell, avec son étrange sourire, réalise tout à fait le personnage qu'on s'imagine, après avoir lu son catalogue. Avec ses yeux bordés de rouge, son regard tantôt fiévreux et tantôt abattu, ses manières bizarres, c'est le type classique du satyre que l'on voit figurer sur la sellette certaines audiences où le huis clos est de rigueur. Il mourra jeune, car je crains qu'il ne soit un peu trop, dans la vie privée, l'homme des livres qu'il édite.

Carrington n'avait pas de Rebell une opinion beaucoup plus flatteuse, mais il s'inclinait devant le grand talent de l'écrivain, car il faut le reconnaître, cet éditeur de priapées était un homme de goût qui connaissait à fond toute la littérature galante de France, d'Angleterre et d'Italie.

— Monsieur Rebell, me dit-il un jour, a le grand défaut de demander toujours des avances, mais avec lui, je n'ai jamais regretté mon argent, c'est un véritable artiste.

Cependant, je travaillais d'arrache-pied au fameux plan de l'épopée des Flibustiers, et j'avais dû remuer, pour le mettre au point, une immense quantité de documents.

Rebell s'impatientait et je n'étais pas non plus très satisfait car il ne trouvait toujours pas l'éditeur millionnaire et bienveillant qu'il m'avait promis.

Certains jours, il était pris d'une véritable fièvre d'énergie : il envoyait sa vieille bonne lui chercher une voiture, et, dans sa matinée, il faisait huit ou dix visites, les poches pleines de plans de romans, plus étonnants les uns que les autres, et, parfois, il rentrait au logis avec un ou deux billets de mille francs qu'il avait trouvé le moyen de se faire avancer sur des œuvres futures.

Ces jours-là, Rebell accourait chez moi, nous dînions ensemble, nous reprenions nos superbes projets sur l'histoire des Flibustiers. Il avait l'art de me redonner confiance et m'infuser de l'espérance et du courage.

— Vous voyez bien qu'on trouve des éditeurs, me disait-il. Tenez bon ! Je ne suis pas embarrassé pour l'avenir. Notre série de romans rapportera des centaines de mille francs !

Cependant, ces magnifiques promesses ne se réalisaient pas, les semaines et les mois s'écoulaient et personne ne se souciait d'accepter sur plan une collection de cette importance, enfin la question des avances gâtait tout ; dans son impatience Rebell eût voulu qu'on nous signât immédiatement un traité, en nous versant aussitôt une somme importante. Hommes d'affaires avant tout, les éditeurs battaient en retraite et se récusaient poliment.

— Je crois bien, dut un jour m'avouer Rebell avec mélancolie, que pour placer les huit volumes, il faudra que vous ayez au moins écrit entièrement le premier. Avec de la copie terminée, on trouve toujours de l'argent.

Je commençai à rédiger ce premier volume, mais je n'allai guère plus loin que le second chapitre. Les événements se précipitèrent ; Rebell, de plus en plus malade et fatigué, ne pouvait plus venir me voir. C'était moi qui presque tous les soirs allais passer une heure ou deux au chevet de son lit. Il m'accablait de recommandations, me confiait une foule de missions délicates qui m'ennuyaient fort, mais qu'il ne m'était guère possible de refuser d'accomplir.

[…] Le malade était très sensible à mes visites, car à ce moment, il était délaissé par la plupart des amis qui lui avaient fait cortège au temps de sa splendeur. C'est alors qu'il me fit présent de quelques-uns de ses volumes, *La Nichina*, *La Femme qui a connu l'Empereur*, enfin, les *Chants de la pluie et du soleil*, ce volume de poèmes en prose, déjà rarissime à cette époque et dont il ne restait plus à Rebell lui-même que deux ou trois exemplaires.

René Boylesve regardait ce livre, inspiré par la lecture de Walt Whitman et de Nietzsche, comme le meilleur qu'eût écrit Rebell qui était un de ses vieux amis[1]. Le romancier, lui-même, aimait beaucoup ce volume d'une fougueuse inspiration et dont chaque stance est une glorification passionnée, presque brutale de toutes les voluptés humaines ; mais derrière cet hymne à la vie se dissimule un terrible pessimisme. […]

Rebell, je crois, était encore plus poète que romancier.

*
* *

Même au jour de ses plus grands ennuis, Rebell garda dans son intérieur une discipline à la fois monacale et aristocratique qui, parfois, donnait lieu à des scènes amusantes. Chez lui, quand il travaillait, ou simplement qu'il avait décidé de ne pas sortir, il était vêtu d'une ample soutane violette, d'une robe d'évêque, comme disaient les gens, et, lorsqu'un intrus se présentait et que, dans l'entrebâillement de la porte, il voyait apparaître ce personnage imposant, à la physionomie à la fois grave et méfiante, il fallait qu'il fût véritablement effronté pour ne pas être intimidé. Rebell

1. À ce sujet il serait intéressant de savoir ce que sont devenues les pièces trop audacieuses qu'au dernier moment leur auteur supprima quand, en 1894, il fit paraître les *Chants de la pluie et du soleil* chez l'éditeur Charles.

portait ce costume par goût et avec une aisance tout à fait déconcertante ; il eût fait un archevêque admirable, et il avait même les manières et les gestes du personnage ; la façon de se carrer dans son fauteuil, de porter son index à sa tempe en réfléchissant, ou de se croiser les mains dans ses manches, dans une immobilité méditative, enfin la lenteur solennelle avec laquelle il s'exprimait souvent, tout contribuait à produire sur ceux qui le voyaient pour la première fois une impression saisissante où il y avait beaucoup de respect et un peu d'inquiétude. Son portrait, dessiné par un artiste de quelque talent, eût fait le meilleur des frontispices au livre qu'il a peut-être écrit avec le plus de sincérité, l'*Union des trois aristocraties*. Il était lui-même, en même temps que l'auteur, le prototype de ce livre, un chef-d'œuvre, qui renferme des pages aussi puissantes, et d'une langue cent fois plus belle que les plus éloquentes dissertations du fanatique Joseph de Maistre.

Encore un livre, presque oublié par la hâte fiévreuse de la génération présente, oublié, comme *Les Nuits chaudes du Cap français*, comme *Les Inspiratrices de Balzac, Stendhal, Mérimée* ; les œuvres où éclate le mieux la vision si personnelle, le si original génie du critique et du romancier.

La gloire de Rebell après sa mort n'a pas eu de chance ; ses livres d'une si prenante originalité ont été peu à peu laissés de côté et c'est à peine si la génération d'après-guerre connaît *La Nichina* sans doute à cause du gros succès de librairie qu'eut autrefois ce volume qui fut aussi célèbre en son temps que *L'Atlantide*, *La Madone des sleepings* ou tel autre roman de bonne vente.

*
* *

[…] En bien des occasions, la face romaine et la soutane violette en imposèrent aux créanciers ; ses gestes dominateurs, son sang-froid, son silence même, troublaient les plus enragés. Ils comprenaient, par une secrète intuition, que Rebell, quelque obéré qu'il fût, était, tout de même, un homme que l'on ne pouvait pas "engueuler" comme le premier venu.

Ce prestige même finit pourtant par s'user et j'assistai un soir à une scène tragi-comique qui m'en donna la preuve.

Ce n'est qu'au bois que Rebell se chauffait et son fournisseur attitré était un charbonnier du boulevard des Batignolles, d'origine auvergnate, comme beaucoup de ses pareils, et auquel, à force d'atermoiements, il avait fini par devoir une somme assez ronde.

J'étais en train de discuter avec Rebell sur le fameux plan des Flibustiers lorsqu'on frappa rudement à la porte. Il alla ouvrir. Le visiteur, pliant sous le poids d'un crochet où s'entassaient des bûches de hêtre, pénétra dans l'antichambre et tout de suite je remarquai que cet homme avait l'air de fort méchante humeur, l'escalade des étages lui avait mis le front en sueur et il brandissait une facture. Silencieusement, le romancier eut un geste impérieux, pour montrer à l'homme l'endroit où il devait déposer son bois. Le geste était magnifique, digne du pape Sixte Quint, et l'expression de la physionomie ne l'était pas moins, mais il faut croire que le "bougnat" était blasé sur cette mimique théâtrale, il ne fit pas un mouvement pour mettre à terre sa lourde charge. Ce fut d'une voix courroucée qu'il s'écria, et avec quel accent :

— Moi, je m'en fous des choutanes d'évêque, mochieu Rebell, vous me devez chant chinquante trois francs ! chi vous ne me payez pas, che m'en retourne avec mon bois.

La scène était si comique – du Courteline de la bonne époque – que Rebell rit de bon cœur, tout en grommelant entre ses dents :

— Quel imbécile !

Et sans plus discuter, il alla chercher de l'argent dans sa chambre à coucher et paya intégralement le redoutable bougnat, qui, tout de suite, redevint aimable et rangea complaisamment les bûches dans le coffre de l'antichambre.

— Bonchoir, meschieux, dit-il poliment avant de se retirer – je vous laiche !

Mais dès qu'il eut refermé la porte, Rebell lui montra le poing en s'écriant :

— Qu'il aille donc lécher le derrière du diable, quel crétin !

Puis il rit de si bon cœur qu'il faillit s'en étrangler.

— Cet animal-là m'a bien amusé ! Je ne regrette pas mon argent !

Et me prenant par la main, il me conduisit dans son cabinet de travail où il me montra une caisse pleine de bougies.

— Je suis tranquille maintenant, ajouta-t-il. J'ai du feu et de la lumière pour quelque temps.

Il ne faut pas oublier, ainsi que l'ont noté plusieurs de ses biographes, entre autres Marius Boisson, que Rebell avait en horreur, le gaz, le pétrole et l'électricité ; il n'écrivait jamais qu'à la lueur de deux bougies, l'une placée à sa droite et l'autre à sa gauche dans d'anciens chandeliers de cuivre.

La visite du charbonnier, bien qu'elle eût allégé son portefeuille, l'avait mis en belle humeur. Il me parla avec enthousiasme d'un volume pour lequel il avait réuni une foule de notes, et qui aurait pour titre *Le Lierre*. Ce devait être un roman qui montrerait les dessous mystérieux du monde catholique, et en particulier du quartier Saint-Sulpice, les amours des dévotes, les combinaisons des marchands d'objets de piété, et même le mysticisme et le satanisme devaient y tenir une grande place.

Rebell n'écrivit jamais ce livre, la maladie ne lui en laissa pas le temps.

Le grand ouvrage sur les "Flibustiers", dont le plan avait coûté des mois de travail, demeurait en suspens. Rebell, bien qu'il eût sollicité beaucoup d'éditeurs, et même obtenu de certains d'entre eux quelques avances, n'en avait pas trouvé le placement. Après avoir montré pour cette œuvre, qui aurait pu être grandiose, un enthousiasme extraordinaire, il s'en était désintéressé. Il n'en parlait plus que comme d'une chose admirable, mais lointaine, qu'il fallait remettre à plus tard. Il avait d'ailleurs la foi, il croyait au succès de ce gigantesque roman qui, d'après lui, eût bouleversé l'univers.

*
* *

[…] Rebell, pourtant, devenait de plus en plus faible, de plus en plus malade, il demeurait couché des journées entières et malgré les soins des quelques amis qui lui étaient restés fidèles, il dépérissait de jour en jour. Un de mes camarades de collège, le docteur Heulin, venait le voir de temps en temps et finalement il fit appeler le docteur Lancereaux dont les consultations se payaient très cher. Le fameux médecin ne dit pas grand-chose, sinon que l'organisme de Rebell était usé jusqu'à la corde et qu'il faudrait des mois et des mois d'un régime rigoureux pour le ramener, peut-être, à la santé.

— Ce docteur est un niais, grommela Rebell, après le départ du célèbre praticien. Il se fout du monde ! J'en aurais dit tout autant que lui ! Bien sûr, j'ai besoin de me reposer, cela ne fait pas de doute ! c'est un morticole, dans le genre de ceux qui ordonnent aux marchands de mouron et aux ramasseurs de mégots des côtelettes premières et du Mouton-Rothschild.

Suivant l'usage, le "prince de la science" s'était fait payer d'avance le prix de la consultation par le docteur Heulin, d'ailleurs millionnaire, Rebell refusa énergiquement d'acquitter cette dette et, de ce fait, me brouilla presque avec mon vieux camarade.

De tous côtés d'ailleurs, des créanciers que Rebell, avec sa magnifique insouciance, avait oubliés depuis longtemps surgissaient menaçants, exaspérés par l'insolence et le dédain méprisant de leur débiteur.

Il en sortait de partout et Rebell avait beau emprunter de l'argent de toutes mains, frapper à la caisse des éditeurs qui avaient confiance en son talent, il n'arrivait pas à satisfaire la horde furieuse de ces gens, devenus d'autant plus implacables qu'ils savaient que le malheureux écrivain était peut-être ruiné.

Enfin, sa santé périclitait de plus en plus, il ne quittait guère son lit, mais il y avait en lui une telle soif de vivre, un tel appétit de jouissances que, dès qu'il allait un peu mieux, dès qu'il était assez fort pour se lever et s'habiller, il se mettait en quête de distractions qui ne lui valaient rien. Après quelque joyeuse soirée, il rentrait exténué, brisé de fatigue et ces imprudentes sorties accéléraient anormalement l'évolution du mal qui devait l'emporter.

Je n'oublierai jamais le dernier dîner auquel j'assistai avec Hugues Rebell, que je ne devais plus revoir. Nous allions, ma femme et moi, le visiter assez fréquemment depuis qu'il était obligé de garder la chambre. Un soir, nous eûmes la surprise de le trouver tout habillé, rasé de frais, la mine guillerette :

— Vous arrivez à point, nous dit-il, j'allais aller vous chercher. Je suis tout à fait bien, presque guéri.

— Que voulez-vous faire ? demandai-je.

— Nous allons prendre une voiture et descendre jusqu'à la gare Saint-Lazare. Il y a un temps infini que je me propose d'aller dîner à cette taverne anglaise de la rue d'Amsterdam que Huysmans a décrite dans *À Rebours* et où l'on mange très bien.

Il continua, très gai, plein d'entrain :

— J'aime beaucoup ce coin de Paris qui n'a guère changé depuis une soixantaine d'années. Vous savez que c'est dans la maison qui touche à la taverne que Baudelaire a habité pendant près de vingt ans. C'est là qu'il a écrit *Les Fleurs du mal* et la traduction des *Contes* d'Edgar Poe.

Nous partîmes.

Une fois arrivés, Rebell choisit une table dans un coin tranquille et nous fit apporter du pale-ale dans des pintes d'étain, luisantes comme de l'argent. Puis, après avoir consulté le menu, il décida que nous mangerions un poulet au kary.

J'eus beau lui démontrer qu'un mets aussi épicé ne convenait guère à sa maladie et ne ferait qu'aggraver l'inflammation d'intestins dont il souffrait, il ne voulut rien entendre.

— Laissez-moi tranquille, répétait-il avec impatience. Chacun connaît midi à sa porte, n'est-ce pas ? Je suppose que vous n'allez pas me tenir le même langage que ces ânes de médecins qui n'ont rien su faire pour me soulager ?

Je savais qu'il était inutile de discuter. Rebell, qui avait un gros appétit, mangea d'abord un filet de haddock entouré de pommes de terre fumantes et arrosé de beurre fondu et de jus de citron, enfin le fameux poulet au kary qui était une des spécialités de la maison.

Mes prévisions se trouvèrent malheureusement exactes. Nous n'étions pas encore au dessert que Rebell fut pris d'atroces douleurs d'entrailles, la sauce corrosive produisait son effet. Nous dûmes quitter la table, chercher une voiture, et enfin aider l'imprudent gastronome, qui souffrait à crier, à gravir ses cinq étages. Avec l'aide de la vieille bonne, mère Roulleau, nous le couchâmes en lui donnant tous les soins usités en pareil cas.

Rebell était désolé.

— C'est fini ! nous dit-il. Tous les plaisirs qui rendent l'existence à peu près supportable me sont interdits désormais… Je viens d'en avoir la preuve. Je suis vaincu, désarmé…

Nous lui tînmes compagnie jusqu'à une heure avancée de la soirée et il finit par s'endormir un peu calmé.

*
* *

La bonne de Rebell, la mère Roulleau, était une septuagénaire toute menue et toute maigre, son nez pointu lui donnait l'aspect d'une souris et un bonnet de lingerie aux barbes pendantes, à la mode de la campagne normande, complétait cette ressemblance.

Elle faisait invinciblement songer à ces animaux costumés dont Granville a illustré les fables de La Fontaine. C'était d'ailleurs une très honnête et digne personne qui, bien que peu ou point payée, montra toujours pour son maître un réel dévouement.

Deux jours après le dîner à la taverne, la mère Roulleau arrivait chez moi consternée, les huissiers avaient emporté tous les meubles de l'appartement du boulevard des Batignolles, et Rebell, qui avait réussi à sauver sa bibliothèque, était parti sans laisser d'adresse.

Ce ne fut que bien des semaines plus tard que j'appris qu'il habitait au numéro 10 de la rue des Francs-Bourgeois, un petit logement qui n'était pas à son nom.

"Quand il mourut, a écrit son ami René Boylesve, il était, en quelque sorte, chambré par une femme, et ses meilleurs amis ne pouvaient l'approcher. Il est mort dans la misère, victime à la fois de son amour des livres et du dédain qu'il avait pour la science, il ne croyait pas à la médecine et il laissa plus de soixante mille francs de livres, ce qui était une somme considérable pour le temps. Mais il eût considéré comme un crime de se séparer d'un seul de ses bouquins."

Marius Boisson a décrit de saisissante façon la fin lamentable de l'écrivain qu'on faisait coucher à terre sur un sommier, pendant que sa femme de chambre et l'ami de celle-ci, ou peut-être son mari, occupaient l'unique lit du logement. Quand Rebell fut à l'agonie, on le transporta à l'Hôtel-Dieu où une opération hâtive ne put le sauver.

J'ai su, bien des années après, que, quelques jours avant sa mort, il m'avait écrit pour me prier de venir à son secours, mais cette lettre, sans doute interceptée, ne m'est jamais parvenue.

Il reste du romancier mort si tragiquement des pages magnifiques, d'un style qui peut être comparé à celui des plus grands écrivains français. Hugues Rebell a été l'homme de lettres par excellence, toute son existence, toutes ses pensées ont été consacrées à la littérature qu'il a aimée avec passion. Même quand il était agonisant, il imaginait encore des plans de romans et jetait sur le papier, d'une main déjà affaiblie par la mort, des notes ou des projets de livres, qu'il ne devait jamais exécuter.

J'ai toujours pensé que le pressentiment d'une fin prématurée, la conviction qu'il mourrait jeune, avaient été pour beaucoup dans cette soif ardente de vivre, dans ce formidable appétit de toutes les jouissances intellectuelles et matérielles dont Rebell fit preuve toute sa vie.

Enfin, ceux qui l'ont connu n'ont pas oublié quel charme émanait de sa conversation, nourrie d'immenses lectures. Et de quelle délicieuse camaraderie il faisait preuve pourvu que l'avenir ne lui parût pas trop sombre.

*
* *

En feuilletant l'exemplaire des *Chants de la pluie et du soleil*, que Rebell m'offrit autrefois, je retrouve un passage où il me semble qu'il ait eu le pressentiment de sa fin douloureuse et de sa carrière, brisée au moment où il allait atteindre à toute la vigueur de son talent :

C'est la fin du mois... c'est la fin de l'année : J'entends déjà le pas de la Mort. Oh ! Ne pourrai-je pas la retenir ? Ne retrouverai-je point les heures que j'ai perdues ? »

BIBLIOGRAPHIE SÉLECTIVE

Ouvrages signés Hugues Rebell

Les Jeudis saints, Vier, Nantes, 1886.

Les Méprisants, L. Vanier, Paris, 1886.

Tymandra, L. Vanier, Paris, 1887.

Les Étourdissements, L. Vanier, Paris, 1888.

Athlètes et Psychologues, L. Vanier, Paris, 1890.

Baisers d'ennemis, L. Sauvaitre, Paris, 1892.

Union des trois aristocraties, Bibliothèque artistique et littéraire, Paris, 1894.

Chants de la pluie et du soleil, A. Charles, Paris, 1894.

Le Magasin d'auréoles, Mercure de France, Paris, 1896.

La Nichina, Mercure de France, Paris, 1897.

La Clef de saint Pierre, Bibliothèque artistique et littéraire, Paris, 1897.

La Femme qui a connu l'Empereur, Mercure de France, Paris, 1898.

Lettre à un catholique, A. Charles, Paris, 1898.

La Câlineuse, Éditions de la Revue blanche, Paris, 1899.

L'Espionne impériale, Borel, Paris, 1899.

La Saison à Baia, Borel, Paris, 1900.

La Camorra, Éditions de la Revue blanche, Paris, 1900.

La Brocanteuse d'amours, Nilsson, Per Lamm, Paris, 1901.

Trois Artistes étrangers, Tricon, Paris, 1901.

Les Inspiratrices de Balzac, Stendhal, Mérimée, Dujarric & Cie, Paris, 1902.

Les Nuits chaudes du Cap français, Éditions de la Plume, Paris, 1902.

Victorien Sardou. Le théâtre et l'époque, F. Juven, 1903.

Source : Thierry Rodange, *Le Diable quitte la table ou la vie passionnée d'Hugues Rebell*, Mercure de France, 1994.

Le Baiser d'une esclave, Nilsson, Per Lamm, Paris, 1905.

Femmes châtiées (2e série), Librairie des bibliophiles parisiens, Paris, 1905.

Le Diable est à table, Mercure de France, Paris, 1905.

Le Culte des idoles, J. Bernard, Paris, 1929.

Ouvrages signés Jean de Villiot

Les Mystères de la maison de la verveine, Carrington, Paris, 1901.

En Virginie, Carrington, Paris, 1901.

Cinq Histoires vécues, Carrington, Paris, 1904.

TABLE

LA CAMORRA

LES NUITS CHAUDES DU CAP FRANÇAIS

FEMMES CHÂTIÉES

ANNEXES

DANS LA MÊME COLLECTION

LITTÉRATURE POPULAIRE
AVENTURES & POLICIERS

AIMARD, Gustave

Les Trappeurs de l'Arkansas et autres romans de l'Ouest
Les Trappeurs de l'Arkansas — Balle-Franche — L'Éclaireur — Les Bandits de l'Arizona
Édition établie et présentée par Matthieu Letourneux

AVENTURES POUR TOUS LES TEMPS

LÉON CAHUN : La Bannière bleue — EDMOND ABOUT : Le Roi des montagnes — ALFRED ASSOLANT : Aventures merveilleuses mais authentiques du capitaine Corcoran — THÉOPHILE GAUTIER : Le Capitaine Fracasse
Édition établie par Francis Lacassin

BIGGERS, Earl Derr

Charlie Chan
La Maison sans clef — Le Perroquet chinois — Derrière ce rideau — Le Chameau noir — Charlie Chan à la rescousse — Le Gardien des clefs
Édition établie par Francis Lacassin

BOILEAU-NARCEJAC

Quarante Ans de suspense
Édition établie par Francis Lacassin
TOME I : L'Ombre et la Proie — Celle qui n'était plus — Les Visages de l'ombre — L'Ange gardien — D'entre les morts — Les Louves — Le Dernier Mot — Le Mauvais Œil — Au bois dormant — Meurtre au ralenti — Les Magiciennes — L'ingénieur aimait trop les chiffres — Deux Essais de suspense dans l'ailleurs — À cœur perdu
TOME II : Sylvestre à qui je dois la vie — Maléfices — Maldonne — Les Victimes — 6 – 1 = 6 — Le Mystère de Sutton Place — … Et mon tout est un homme — Le train bleu s'arrête treize fois… — Les Apprenties détectives (1967) — La Mort a dit : peut-être — Télé-crime — La Bête noire — La Porte du large — La Clef
TOME III : Délirium — L'Île — Les Veufs — Récital pour une blonde — Sans Atout et le cheval fantôme — Sans Atout contre l'homme à la dague — Trois indispensables alibis — Manigances — La Vie en miettes — Trois nouvelles pour *Le Journal du dimanche* — Les Pistolets de Sans Atout — Opération Primevère — Nouvelles (1973-1974) — Frère Judas
TOME IV : L'Étrange Traversée — La Tenaille — Nouvelles (1975-1976) — La Lèpre — Nouvelles (1977) — Les Apprenties détectives (1977) — L'Âge bête — Impunité — Carte vermeil — Les Intouchables — Terminus — À une heure près — Box-office — Mamie — Un cas unique — Les Eaux dormantes — Dans la gueule du loup

TOME V : L'Invisible Agresseur — Les Énigmes littéraires de Boileau-Narcejac — La Dernière Cascade — Le Soupçon — Schuss — Une étrange disparition — L'As de pique — Mr. Hyde — Le cadavre fait le mort — Champ clos — La Brebis galeuse — Nouvelles pièces retrouvées — Tandem ou 35 ans de suspense

CARCO, Francis

Romans

Jésus-la-Caille — Les Innocents — L'Équipe — Rien qu'une femme — L'Homme traqué — Verotchka l'étrangère ou le Goût du malheur — Perversité — Rue Pigalle — La Rue — L'Ombre — La Lumière noire — Brumes

Édition établie et présentée par Jean-Jacques Bedu et Gilles Freyssinet

LES CHEFS-D'ŒUVRE DE LA LITTÉRATURE DE JEUNESSE

JEROME K. JEROME : Trois Hommes dans un bateau — ANDRÉ LICHTENBERGER : Mon petit Trott — PAMELA L. TRAVERS : Mary Poppins — DODIE SMITH : Les Cent Un Dalmatiens — ERICH KÄSTNER : Émile et les détectives — ENID BLYTON : L'Île de l'aventure — JEAN-LOUIS FONCINE : Le Relais de la Chance au Roy — PAUL BERNA : Le Cheval-sans-tête — CLAUDE CAMPAGNE : Adieu, mes quinze ans

Édition établie par François Rivière

DOYLE, Arthur Conan

Sherlock Holmes

Édition établie par Francis Lacassin

TOME I : Une étude en rouge — Le Signe des quatre — Les Aventures de Sherlock Holmes — Les Mémoires de Sherlock Holmes — Le Retour de Sherlock Holmes

TOME II : La Vallée de la Peur — Le Chien des Baskerville — Les Archives de Sherlock Holmes — Son dernier coup d'archet — Les Exploits de Sherlock Holmes

Les Exploits du professeur Challenger et autres aventures étranges

Le Monde perdu — La Ceinture empoisonnée — La Machine à désintégrer — Quand la terre hurla — Au pays des brumes — Le Monde perdu sous la mer — Contes de terreur — Contes de crépuscule — Contes d'aventures — La Tragédie du « Korosko » — Contes de l'eau bleue — Contes de pirates

Édition établie par Francis Lacassin

Inédits et Introuvables

Le Mystère de Cloomber — L'Oncle Jérémie et les siens — Mystères et Aventures — Autres mystères et aventures — Le Parasite — Raffles Haw — Girdlestone et Cie — Idylle de banlieue — Les Lettres de Stark Munro — Un duo

Édition établie par Francis Lacassin

LES ÉVADÉS DES TÉNÈBRES

ANN RADCLIFFE : Les Mystères du château d'Udolphe — MARY W. SHELLEY : Frankenstein ou le Prométhée moderne — JOSEPH SHERIDAN LE FANU : Carmilla — BRAM STOKER : Dracula — GUSTAV MEYRINK : Le Golem

Introduction de Francis Lacassin

Préfaces de Jacques Bergier, Tony Faivre et Jacques Papy

LES ÉVANGILES DU DIABLE

Suivis par Le Grand et le Petit Albert

Par Claude Seignolle

Édition établie par Francis Lacassin

FÉVAL, Paul

Les Habits noirs

Maman Léo — L'Avaleur de sabres — Les Compagnons du trésor — La Bande Cadet

Édition établie par Francis Lacassin et François Le Lionnais

FLEMING, Ian

James Bond 007

Édition établie par Francis Lacassin

TOME I : Casino Royale — Vivre et laisser mourir — Entourloupe dans l'azimut — Les diamants sont éternels — Les Contrebandiers du diamant — Bons Baisers de Russie — Docteur No

TOME II : Goldfinger — Bons Baisers de Paris — Opération Tonnerre — Motel 007 (L'Espion qui m'aimait) — On ne vit que deux fois — L'Homme au pistolet d'or — Meilleurs vœux de la Jamaïque

GALLO, Max

Romans

La Baie des Anges — Le Palais des fêtes — La Promenade des Anglais

GOURIO, Jean-Marie

Brèves de comptoir

TOME I : 1988-1994 — TOME II : 1995-2000 — TOME III : 2007-2009

HOUGRON, Jean

La Nuit indochinoise

TOME I : Tu récolteras la tempête — Soleil au ventre — Rage blanche

TOME II : Mort en fraude — Les Portes de l'aventure — Les Asiates — La Terre du Barbare

JACQ, Christian

Ramsès

TOME I : Le Fils de la lumière — Le Temple des millions d'années — La Bataille de Kadesh

TOME II : La Dame d'Abou Simbel — Sous l'acacia d'Occident

KIPLING, Rudyard

Œuvres

Édition établie par Francis Lacassin

TOME I : Le Livre de la jungle — Le Second Livre de la jungle — La Première Apparition de Mowgli — Kim — Simples Contes des collines — Fantômes et prodiges de l'Inde — Capitaines courageux

Préface de Jack London

TOME II : Au hasard de la vie — Histoires en noir et blanc — Trois Soldats — Le Naulahka — Sous les cèdres de l'Himalaya — Wee Willie Winkie — L'Administration Smith — Le Rickshaw fantôme et autres contes étranges — Monseigneur l'éléphant

Introduction de Marcel Brion

TOME III : Puck, lutin de la colline — Retour de Puck — La Lumière qui s'éteint — Histoires comme ça — Ce chien, ton serviteur — Stalky et Cie — L'Histoire des Gadsby — Les Yeux de l'Asie — Histoires des mers violettes — Souvenirs. Un peu de moi-même pour mes amis connus et inconnus

Préfaces de Marcel Brion, Francis Lacassin, Pierre Mac Orlan et André Maurois

LE CARRÉ, John

Un amant naïf et sentimental — Un pur espion — La Maison Russie

Édition établie par Francis Lacassin

LE ROUGE, Gustave

L'Amérique des dollars et du crime

La Conspiration des milliardaires — À coups de milliards — Le Régiment des hypnotiseurs — La Revanche du vieux monde — L'Héroïne du Colorado

Édition établie par Francis Lacassin

LEROUX, Gaston

Le Fantôme de l'Opéra — La Reine du sabbat — Les Ténébreuses — La Mansarde en or

Édition établie par Francis Lacassin

Les Aventures extraordinaires de Rouletabille

Édition établie par Francis Lacassin

TOME I : Le Mystère de la chambre jaune — Le Parfum de la dame en noir — Rouletabille chez le tsar — Le Château noir — Les Étranges Noces de Rouletabille
TOME II : Rouletabille chez Krupp — Le Crime de Rouletabille — Rouletabille chez les bohémiens — La Double Vie de Théophraste Longuet — Balaoo — Les Fils de Balaoo

Chéri-Bibi
Les Cages flottantes — Chéri-Bibi et Cécily — Palas et Chéri-Bibi — Fatalitas ! — Le Coup d'État de Chéri-Bibi — Les Mohicans de Babel
Édition établie par Francis Lacassin

Aventures incroyables
Le Capitaine Hyx — La Bataille invisible — La Poupée sanglante — La Machine à assassiner — L'Homme qui a vu le diable — Le Cœur cambriolé — L'Homme qui revient de loin — Histoires épouvantables — Mister Flow
Édition établie par Francis Lacassin

Les Assassins fantômes
Le Fauteuil hanté — La Colonne infernale — Tue-la-mort — Le Sept de trèfle
Édition établie par Francis Lacassin

LONDON, Jack
Romans, récits et nouvelles du Grand Nord
L'Appel de la forêt — Le Fils du loup — Croc-Blanc — Construire un feu — Histoires du pays de l'or — Les Enfants du froid — La Fin de Morganson — Souvenirs et aventures du pays de l'or — Radieuse aurore
Édition établie par Francis Lacassin

Romans maritimes et exotiques
Le Loup des mers — Histoires des îles — L'Île des lépreux — Jerry, chien des îles — Contes des mers du Sud — Fils du Soleil — Histoires de la mer — Les Mutinés de l'*Elseneur*
Édition établie par Francis Lacassin

Du possible à l'impossible
Michael, chien de cirque — Trois Cœurs — Le Vagabond des étoiles — Le Bureau des assassinats — Le Dieu tombé du ciel — Histoires des siècles futurs — Avant Adam
Édition établie par Francis Lacassin

Romans et récits autobiographiques
Martin Eden — Les Pirates de San Francisco — La Croisière du *Dazzler* — Les Vagabonds du rail — Le Peuple de l'Abîme — La Croisière du *Snark* — Le Mexique puni — Le Cabaret de la Dernière Chance
Édition établie par Francis Lacassin

Aventures des neiges et d'ailleurs
Belliou la fumée — L'Amour de la vie — En pays lointain — Fille des neiges — L'Aventureuse — Cherry ou les Yeux de l'Asie — La Petite Dame de la grande maison
Édition établie par Francis Lacassin

Épisodes de la lutte quotidienne
Le Talon de fer — Les Temps maudits — Le Jeu du ring — La Brute des cavernes — La Vallée de la Lune — Avec vous pour la révolution
Édition établie par Francis Lacassin

LOVECRAFT, Howard Phillips
Œuvres
Édition établie par Francis Lacassin
TOME I : Les Mythes de Cthulhu — Légendes et mythes de Cthulhu — Premiers contes — *Documents* : L'Art d'écrire selon Lovecraft

TOME II : Contes et nouvelles — L'Horreur dans le musée et autres révisions — Fungi de Yuggoth et autres poèmes fantastiques — Épouvante et surnaturel en littérature — *Documents* : Lovecraft par les témoins de sa vie — Autour de Providence

TOME III : Le Monde du rêve — Parodies et Pastiches — Les « collaborations » Lovecraft-Derleth — Rêve et Réalité — *Documents* : Quelques aperçus politiques et philosophiques selon Lovecraft

LES MAÎTRES DE L'ÉTRANGE ET DE LA PEUR

De l'abbé Prévost à Guillaume Apollinaire

L'abbé Prévost — François de Rosset — Dom Augustin Calmet — Jacques Cazotte — Restif de La Bretonne — Marquis de Sade — Jan Potocki — Charles Nodier — Comtesse de Bradi — Jacques Boucher de Perthes — Philarète Chasles — Abel Hugo — Émile Morice — Honoré de Balzac — Victor Hugo — Samuel-Henry Berthoud — Prosper Mérimée — Charles Rabou — Paul Gavarni — Eugène Sue — Jules Janin — Édouard de Puycousin — Aloysius Block — S. Duffau — Léon de Wailly — Paul-Lacroix Jacob — Alphonse Karr — Gérard de Nerval — Alphonse Brot — Théophile Gautier

Édition établie par Francis Lacassin

MALET, Léo

Nestor Burma

Nouvelle édition établie par Nadia Dhoukar

TOME I : *Premières enquêtes* : Gros Plan du macchabée — Nestor Burma et le monstre — L'Homme au sang bleu — 120, rue de la Gare — Nestor Burma contre CQFD — Le Cinquième Procédé — Hélène en danger — Pas de veine avec le pendu — Les Paletots sans manches — Faux Frère — Solution au cimetière

TOME II : *Les Nouveaux Mystères de Paris (I)* : Le soleil naît derrière le Louvre — Du Rébecca rue des Rosiers — Des kilomètres de linceuls — Casse-pipe à la Nation — Corrida aux Champs-Élysées — Les Rats de Montsouris — M'as-tu vu en cadavre ? — Brouillard au pont de Tolbiac

TOME III : *Les Nouveaux Mystères de Paris (II)* : Les Eaux troubles de Javel — Pas de bavards à la Muette — Boulevard… Ossements — Fièvre au Marais — La Nuit de Saint-Germain-des-Prés — L'Envahissant Cadavre de la Plaine Monceau — Micmac moche au Boul'Mich

TOME IV : *Dernières enquêtes* : Nestor Burma en direct — Un croque-mort nommé Nestor — Poste restante — Drôle d'épreuve pour Nestor Burma — Nestor Burma court la poupée — Nestor Burma dans l'île — Nestor Burma rentre au bercail

MARY, Jules

Roger-la-Honte — La Revanche de Roger-la-Honte — La Pocharde — Les Filles de la Pocharde

Édition établie et présentée par Aline Demars

PETIT MUSÉE DES HORREURS

Nouvelles fantastiques, cruelles et macabres (1880-1900)

Édition établie et présentée par Nathalie Prince

PEYRAMAURE, Michel

Henri IV

L'Enfant roi de Navarre — Ralliez-vous à mon panache blanc ! — Les Amours, les passions et la gloire

PONSON DU TERRAIL, Pierre-Alexis

Rocambole

Édition établie et présentée par Laurent Bazin

TOME I : Les Exploits de Rocambole — TOME II : La Résurrection de Rocambole

RENARD, Maurice

Romans et contes fantastiques

Fantômes et Fantoches — Le Docteur Lerne, sous-dieu — Le Péril bleu — Monsieur d'Outremort — Les Mains d'Orlac — L'Homme truqué — Un homme chez les microbes — Le Professeur Krantz — Le Maître de la lumière — Contes des « Mille et Un Matins »

Édition établie par Francis Lacassin et Jean Tulard

ROMANS D'ESPIONNAGE DE LA GRANDE GUERRE

E. PHILLIPS OPPENHEIM : L'Imposteur — VALENTINE WILLIAMS : L'Homme au Pied bot — JEAN BOMMART : Le Train blindé n° 4 — MARTHE MCKENNA : Les Espions que j'ai connus — RUDYARD KIPLING : Mary Postgate — ARTHUR CONAN DOYLE : Plaidoirie pour un homme seul

Édition établie par François Rivière

ROMANS TERRIFIANTS

HORACE WALPOLE : Le Château d'Otrante, *préface de Paul Éluard* — ANN RADCLIFFE : L'Italien ou le Confessionnal des pénitents noirs — MATTHEW GREGORY LEWIS : Le Moine — ERNST THEODOR AMADEUS HOFFMANN : Les Élixirs du diable — CHARLES ROBERT MATURIN : Melmoth ou l'Homme errant

Édition établie par Francis Lacassin

ROSNY AÎNÉ, J.-H.

La Guerre du feu et autres romans préhistoriques

Vamireh — Eyrimah — La Guerre du feu — Le Félin géant — Helgvor du fleuve Bleu — Elem d'Asie — Nomaï — Les Xipéhuz — La Grande Énigme — Les Hommes sangliers

Édition établie par Jean-Baptiste Baronian

SALGARI, Emilio

Le Corsaire noir et autres romans exotiques

Les Mystères de la jungle noire — Les Tigres de Mompracem — Le Corsaire noir — La Reine des Caraïbes

Édition établie et présentée par Matthieu Letourneux

SAN-ANTONIO

Édition établie par François Rivière

TOME 1 : Réglez-lui son compte ! — Laissez tomber la fille — Les souris ont la peau tendre — Mes hommages à la donzelle — Du plomb dans les tripes — Des dragées sans baptême — Des clientes pour la morgue — Descendez-le à la prochaine — Passez-moi la Joconde

TOME 2 : Sérénade pour une souris défunte — Rue des Macchabées — Bas les pattes ! — Deuil express — J'ai bien l'honneur… de vous buter — C'est mort et ça ne sait pas — Messieurs les hommes — Du mouron à se faire — Le Fil à couper le beurre — Fais gaffe à tes os

TOME 3 : À tue… et à toi — Ça tourne au vinaigre — Les doigts dans le nez — Au suivant de ces messieurs — Des gueules d'enterrement — Les anges se font plumer — La Tombola des voyous — J'ai peur des mouches — Le Secret de polichinelle — Du poulet au menu — Tu vas trinquer San-Antonio

TOME 4 : En long, en large et en travers — La Vérité en salade — Prenez-en de la graine — On t'enverra du monde — San-Antonio met le paquet — Entre la vie et la morgue — Tout le plaisir est pour moi — Du sirop pour les guêpes — Du brut pour les brutes — J'suis comme ça

TOME 5 : San-Antonio renvoie la balle — Berceuse pour Bérurier — Ne mangez pas la consigne — La Fin des haricots — Y'a bon San-Antonio — De « A » jusqu'à « Z » — San-Antonio chez les Mac — Fleur de nave vinaigrette — Ménage tes méninges — Le Loup habillé en grand-mère

TOME 6 : San-Antonio chez les « gones » — San-Antonio polka — En peignant la girafe — Le Coup du père François — Le Gala des emplumés — Votez Bérurier — Bérurier au sérail — La Rate au court-bouillon — Vas-y Béru !

TOME 7 : Tango chinetoque — Salut, mon pope ! — Mange, et tais-toi ! — Faut être logique — Y a de l'action ! — Béru contre San-Antonio — L'Archipel des Malotrus — Zéro pour la question

TOME 8 : Bravo, docteur Béru ! — Viva Bertaga ! — Un éléphant, ça trompe — Faut-il vous l'envelopper ? — En avant la moujik ! — Ma langue au châh — Ça mange pas de pain

TOME 9 : N'en jetez plus ! — Moi, vous me connaissez ?… — Emballage cadeau — Appelez-moi, chérie ! — T'es beau, tu sais ! — Ça ne s'invente pas ! — J'ai essayé : on peut !

TOME 10 : Un os dans la noce — Les Prédictions de Nostrabérus — Mets ton doigt où j'ai mon doigt — Si, signore — Maman, les petits bateaux… — La Vie privée de Walter Klozett — Dis bonjour à la dame

TOME 11 : Certaines l'aiment chauve — Concerto pour porte-jarretelles — Sucette Boulevard — Remets ton slip, gondolier ! — Chérie, passe-moi tes microbes — Une banane dans l'oreille — Hue, Dada !

TOME 12 : Vol au-dessus d'un lit de cocu — Si ma tante en avait — Fais-moi des choses — Viens avec ton cierge — Mon culte sur la commode — Tire-m'en deux, c'est pour offrir — À prendre ou à lécher
TOME 13 : Baise-ball à La Baule — Meurs pas, on a du monde — Tarte à la crème story — On liquide et on s'en va — Champagne pour tout le monde ! — La Pute enchantée — Bouge ton pied que je voie la mer
TOME 14 : L'Année de la moule — Du bois dont on fait les pipes — Va donc m'attendre chez Plumeau — Morpions circus — Remouille-moi la compresse — Si Maman me voyait ! — Des gonzesses comme s'il en pleuvait — Les Deux Oreilles et la queue
TOME 15 : Pleins feux sur le tutu — Laissez pousser les asperges — Poison d'avril ou la Vie sexuelle de Lili Pute — Bacchanale chez la mère Tatzi — Dégustez, gourmandes ! — Plein les moustaches — Après vous s'il en reste, monsieur le président — Chauds, les lapins !
TOME 16 : Alice au pays des merguez — Fais pas dans le porno… — La Fête des paires — Le Casse de l'oncle Tom — Bons baisers où tu sais — Le Trouillomètre à zéro — Circulez ! Y a rien à voir

SCOTT, Walter
Waverley — Rob-Roy — La Fiancée de Lammermoor
Édition établie par Michel Crouzet

SOULIÉ, Frédéric
Les Mémoires du Diable
Édition établie par Alex Lascar

SOUVESTRE, Pierre et ALLAIN, Marcel
Fantômas
Édition établie et présentée par Loïc Artiaga et Matthieu Letourieux
TOME 1 : Fantômas — Juve contre Fantômas — Le Mort qui tue — L'Agent secret
TOME 2 : Un roi prisonnier de Fantômas — Le Policier apache — Le Pendu de Londres — La Fille de Fantômas
TOME 3 : Le Fiacre de nuit — La Main coupée — L'Arrestation de Fantômas — Le Magistrat cambrioleur
TOME 4 : La Livrée du crime — La Mort de Juve — L'Évadée de Saint-Lazare — La Disparition de Fandor
TOME 5 : Le Mariage de Fantômas — L'Assassin de Lady Beltham — La Guêpe rouge — Les Souliers du mort

STEVENSON, Robert Louis
L'Île au trésor et autres récits
L'Île au trésor — Le Maître de Ballantrae — Enlevé ! — Catriona — Veillées des îles — Un mort encombrant — L'Étrange Cas du Dr Jekyll et de Mr Hyde
Édition établie par Francis Lacassin

Le Prisonnier d'Édimbourg et autres récits
Les Gais Lurons — Olalla — Le Trafiquant d'épaves — Le Creux de la vaque — Hermiston le juge pendeur — Saint-Yves ou le Prisonnier d'Édimbourg — Un portrait intime de R.L.S. par son beau-fils, Lloyd Osbourne
Édition établie et présentée par François Rivière et Emmanuel Roussel

SUE, Eugène
Le Juif errant
Édition établie par Francis Lacassin

Les Mystères de Paris
Édition établie par Francis Lacassin

Les Mystères du peuple ou l'Histoire d'une famille de prolétaires à travers les âges
Édition établie par Matthieu Letourneux

Romans de mort et d'aventures
Kernok le Pirate — El Gitano — Atar-Gull — La Salamandre — La Vigie de Koat-Vën — Songes de Tippo Sahib — Le Morne au diable
Édition établie par Francis Lacassin

TWAIN, Mark
Les Aventures de Tom Sawyer — Les Aventures d'Huckleberry Finn, l'ami de Tom Sawyer — Tom Sawyer à travers le monde — Tom Sawyer détective — Le Prince et le Pauvre — Un Yankee à la cour du roi Arthur — Wilson Tête-de-Mou — Les Jumeaux extraordinaires
Édition établie par Francis Lacassin

VAUTRIN, Jean
Romans noirs
Billy-ze-Kick — Bloody Mary — Canicule — L'Homme qui assassinait sa vie — Le Roi des ordures
Préface de Gérard Mordillat

VIDOCQ, Eugène-François
Mémoires — Les Voleurs
Édition établie par Francis Lacassin

VOYAGES AUX PAYS DE NULLE PART
LUCIEN DE SAMOSATE : Histoire véritable [d'un voyage à la Lune] — BENOÎT : Navigation de saint Brendan à la recherche du paradis — H. DE SALTRAY : Le Purgatoire de Saint-Patrick — ANONYME : La Vision d'Albéric — THOMAS MORUS : L'Utopie — TOMMASO CAMPANELLA : La Cité du Soleil ou Idée d'une république philosophique — SAVINIEN CYRANO DE BERGERAC : L'Autre Monde : les États et empires de la Lune et du Soleil — JOHN BUNYAN : Le Voyage du pèlerin, de ce monde à celui qui doit venir — JONATHAN SWIFT : Voyages de Gulliver dans des contrées lointaines — ANONYME : Le Passage du pôle arctique au pôle antarctique — CHARLES-FRANÇOIS TIPHAIGNE DE LA ROCHE : Giphantie — NICOLAS-ANNE-EDME RESTIF DE LA BRETONNE : La Découverte australe par un homme-volant, ou le Dédale français
Édition établie par Francis Lacassin

ZÉVACO, Michel
Le Capitan — L'Héroïne
Édition établie par Aline Demars

Nostradamus — Le Pré-aux-Clercs — Fiorinda la Belle
Édition établie par Aline Demars

Les Pardaillan
Édition établie par Aline Demars
TOME I : Les Pardaillan — L'Épopée d'amour — La Fausta
TOME II : La Fausta *(suite)* — Fausta vaincue — Pardaillan et Fausta — Les Amours du Chico
TOME III : Le Fils de Pardaillan — La Fin de Pardaillan — La Fin de Fausta

Composition et mise en pages
Nord Compo à Villeneuve-d'Ascq

Pour plus d'information :

www.lisez.com

Imprimé sur du papier issu de forêts gérées durablement.

Cet ouvrage a été achevé d'imprimer en avril 2023
dans les ateliers de Normandie Roto Impression s.a.s.
61250 Lonrai (Orne)
N° d'impression : 2300919

Imprimé en France